復旦大學中國古代文學研究中心
The Research Center for Chinese Ancient Literature of Fudan University

稀見清人文話二十種

（上）

王水照　侯體健　編

復旦大學出版社

國家社科基金重大項目「中國古代文章學著述彙編、整理與研究」
（15ZDB066）階段性成果
國家古籍整理出版專項經費資助項目

前　言

文話是我國古代文學批評的重要著述體裁，它以談論評析文章（含古文、駢文、制藝等）爲主要内容，包括頗具理論原創性的專著、品評叢談式的隨筆、輯而不述型的資料彙編等不同類型；另有單獨輯録成書或成卷的選集評語、文格文式、題辭凡例、序跋書牘等論文之什，也帶有文話性質，可以納入廣義的文話範疇。文話自宋代誕生以來，歷宋、元、明三代發展，至清代全面勃興而顯集成氣象。現存清代文話兩百餘種，比此前文話的總和還要多，不同文學流派、不同作者身份、不同理論主張、不同撰寫目的、不同著述形態的文話貫穿有清近三百年，構成了層次多樣、結構立體、内涵豐厚的著述群落，深刻地反映出清代文章學的嬗變軌迹，是認識清代文章創作生態和文學批評圖景的基礎文獻資料。

清代文話數量龐大，成就可觀，然而對它的系統整理，要遲至本世紀纔開始，標志性成果即王水照先生於二〇〇七年編成的《歷代文話》。《歷代文話》收録自宋迄民國的文話一百四十三種，其中清人文話五十四種，清末民初文話三十種，這批優秀的文話著作，已大體勾勒出清代文章學的獨特風貌。在此之前，學界只留意唐彪《讀書作文譜》、劉大櫆《論文偶記》、林紓《春覺齋論文》等少數幾種；在此之後，清代文話更多地進入學術視野，得到了前所未有的關注，尤其是蔡德龍教授陸續推出了《清代文話研究》、《清代文話叙録》兩部著作，慈波教授出版了《文話流變研究》，余祖坤教授整理了《歷代文話續編》，進一步拓展深化了本領域研究，其他學者的散見成果也時有刊載，清代文話與文章學研究呈現出方興未艾之勢。我們自二〇一五年始，着手開展國家社科基金重大項目「中國古代文章學著述彙編、整理與研究」的文獻調查工作，在全面清理古代文話的基礎上，遵循「寓選於輯」的原則，擬擴大收書範圍，編成篇幅翻倍的《歷代文話新編》，其中重點處理的對象即爲清代文話。收入本書的二十種文話，就是從未經整理、影印的百餘種清人文話中挑選出來的，多爲稿抄孤本或存世極少的印本，有些在各類書目中亦未曾被著録過，其「稀見」性不言而喻。它們或評古文、或論駢文、或析制藝，討論對象不一，撰著體制各異，時代也由清初跨至清末，具有一定的代表性和較高的學術價值，集中反映出清代文話和文章學的某些特性品格，是清代文章學體系的重要組成部分。

茲從以下三個方面略申其價值與意義。

一、清人文話是古代作家作品經典化過程中的重要一環，也是文話經典化的關鍵一環。歷代文章家及其作品是在後人不斷的評論和選録中逐漸建構起經典地位的，「唐宋八大家」的成立過程，就是明證。在經歷南宋、元、明諸多筆記、文話、總集的品評選編後，「唐宋八大家」最終出近世文章學的重要個性。文話自宋代誕生之初，就與科舉文化密切相關。特別是從元人倪士毅《作義要訣》開始，專門的科舉制藝文話初現雛形，經歷明代的衍化嬗變，至清代已蔚成大國。這類文話普遍傾向於具體的作法討論，喜好科場八股例文的解析，其長處在於實踐指導性强，便於初學者入手模仿；短處也很明顯，即往往流於瑣碎，缺乏由技入道的宏觀觀照，更容易忽視法度之外的文章藝術性，拘拘於識題扣題、揣字摩句。但優秀的作者在分析八股時，也常有超越的一面，可爲研究一般文章學提供思想資源，本書收録的林世榕《課士論文》就是如此。林世榕此書的撰寫目的雖然是指導學子研習八股文，但其所秉持的文章立場，則以古文爲根本，認爲「制藝雖古文流別，用殊而體不分，能有得於古文，乃能有資於今文」（自序），强調要吸取歷代古文理論，尤其是韓歐一脉主張，注入時文作法之中。此書分作四十四篇（實四十三篇，最後「文辭」一篇有目無文），頗似《文心雕龍》格局，以「窮經」開篇，「文辭」束尾，每篇均是結構講究、一氣貫之的文章。所論既有爲文準備，如「窮經」、「立志」、「養氣」等篇，也有具體作法，如「字法」、「句法」、「股法」、「篇法」等篇，都頗具識見；乃至文章修辭技巧、風格趨向、藝術取資等，也博涉廣收。論者認爲「其言法也，如工倕、輪扁之誨人，瞭若指掌而可見；其中弊也，如倉公、扁鵲之治病，洞視膏肓而立決」（劉凡序言），評價甚高。更難能可貴的是，林氏總能「於前輩諸大家精義名言，淺深變化」（張如錦序言）的基礎上，融液貫通，自鑄新意。如「體制」篇，既肯定「文固以有體爲貴耳」，並引述朱夏之説爲證，同時又特别强調「體愈變者文益工」、「有定體者，固文之體；無定體而有一定之體，又繫於作者之能自得其體」，觀點中肯通達，洞破尊體破體之奥，顯然已不局限於制藝本身，而具有普遍的文章學意義。本書所收胡珊《胡含川先生文訣》、洪天錫《漁村講授論文》、史祐《論文枕秘》等也是與科舉制藝相關的文話，它們雖然没有《課士論文》那般的原創構架和思想統系，但亦多能參酌古今，自成一家，顯示出制藝文話的特殊價值。

與此同時，制藝的文章學思想也與古文評論形成了深入互動。朱瀚在《韓柳歐蘇諸大家文發明》中用了許多八股術語和方法來解讀古文，如用蒙繞、抱轉、顧母、虚籠、洗發等詞語解讀韓柳歐蘇之作，着意闡述字句内部勾連照應的關係，形成了透析文章肌理、倚重語言技巧的評文模式，較之一般的文章評點更熨帖細微，雖時有瑣碎之弊，却也展開了更具動感的閲讀欣賞過程，爲讀者體味古文意脉和藝術風格提供了新的路徑，並在文話體制上呈現出新的形態特徵。在論析古文時，朱瀚也不忘提示讀者從中領悟時文之法，以古文之法反哺時文。如卷五論歐陽修《與石推官第二書》説「制藝得此法，所謂黄河從天上來矣，又如媧皇煉五色石補天也」，卷六論蘇軾《晁錯論》「咏嘆以結，開制藝法門」，卷八論王鏊《静觀樓記》説「必從綱領起局，制藝亦爾，又盡得歐句」，卷九論蘇軾《超然臺記》又説「文理貫通，勿謂序記中無制藝也。後學知此法門，有許多受用，許多便宜，奈何拘拘對題抄録乎」，尤其是談到王安石的文章時，更是指出「又有一種近於時文語句，雖在彼爲降格，學者亦可得制藝門路」，等等，都是提醒讀者可由精研古文而得制藝法門，表現出清代古文、時文評論互相影響、互相交融的傾向。

由於與科舉制度的關係日趨密切，書院、學堂教育也就成爲清代文話創作的重要場域。本書所收多部文話均旨在教授後生，打上了書院、學堂教育的深刻烙印。林世榕《課士論文》、洪天錫《漁村講授論文》兩書，一望書名即知是爲教授子弟攻研舉業所撰；王昶《述庵論文別録》不但將「友教書院條規」納入了正文，南京圖書館藏本還附有《婁東書院淺説》這一典型的書院勸學文本；趙曾望《菑畝櫟論文》在跋中説「吾家世以聚徒講學爲業」，此書正成於玭山講堂；吴蔭培《文略》自序其書當「置諸家塾，以爲先路之導」，乃是「爲家塾課本」；楊昭楷講學黄氏私塾菱谿精舍，始有《菱谿精舍課文六條》之作。它們都誕生於書院學堂。當然，因成書年代有異，作者才性有别，其形態、内容亦頗相異趣。比如《課士論文》體系分明、規矩粲然，而《菑畝櫟論文》仍傾向於漫話叢談；《漁村講授論文》重於八股技巧之分析，而《述庵論文別録》却兼備衆體之論述；《菱谿精舍課文六條》論題集中、簡約明瞭，而《文略》則包羅宏富、取資廣博。從這個角度來看，這批學堂講授性文話的多樣性更勝於統一性。不過，它們撰述旨趣上的趨同性仍有值得注意處，比如對讀書、立志、養心之類的學文準備之强調就是非常突出的一點。非講授型的文話，重在表達自我文章學主張，多着眼於具體文章觀念和藝術風格之評述，而學堂講授型文話，除了偏重於具體作文技巧傳授之外，還常常加入文章本體之外的知識，以引導、教育學子們培養整體素質。像《課士論文》就列了立志、養氣、立命、熟誦等目，以告誡後學蓄養爲學爲文的品性；《菑畬樸論文》在論文之外，又多涉小學考訂，尤重讀書之進階、治學之修養；《漁村講授論文》所附即有《讀書要略》，以指示門人弟子讀書的範圍、方法、路徑。這些都是從教授學子臨文準備的角度填充進入文話的内容，體現出講學場域對文話撰作的結構性影響。

尤其值得一提的是吴蔭培《文略》一書。該書撰成時，清廷已廢科舉，故所撰並不爲舉業服務，而是用作學堂教育的教材。因有感於日本小林氏對中國文學之推崇，更負「鎔鑄古今，勉求國粹」之責任，吴蔭培出入經史，雜取百家，分門別類，成此著作。全書初創時僅五卷，後又續添了「首三卷」，此三卷篇幅却比後五卷更大，頗有喧賓奪主之意，而所涉内容主要都是傳統的爲學爲人素養之養成，並非文章寫作本身。卷首上乃聚焦於原學、養蒙、立志之類，類似於作家個人心性修養論；卷首中爲文字、音韻、經籍，偏重於小學、文獻學等知識體系的梳理；卷首下則列讀書、課程、默識、評文乃至圖表、書法等，已是爲臨文做準備。正文五卷以桐城派格律、聲色、神理、氣味爲綱，尤重於格律之解説。其中格律一、二設上下、前後、離合、抑揚、奇偶等四十一種文法，於每種文法下釋其要旨，並拈出《詩經》、《論語》以至於唐宋古文等具體篇章予以示例；格律四則羅列三十一種文章風格，雜取諸家相關言論以闡説。正文五卷乃吴蔭培文章學之核心，而續添首三卷則將《文略》的教科書屬性顯露無遺，天然地帶上了學堂教育的印記。如果放入更長的歷史圖景中觀察，可見出《文略》已帶有傳統文話向近代文學教育教材轉型的色彩。它一方面將臨文準備、文法要義、文章風格相涵攝，一方面又將諸家論説與例文例句相糅合，可謂既有批評史眼光，又涉範疇論闡釋，還兼作品選分析，集史、論、選於一體，顯示出傳統文章學著述在清末民初學堂教育風習下形成的新面貌。

第三，清人文話中的輯録彙編之作有獨特學術價值，某種意義上甚至可以説輯録彙編是我國傳統文學批評理論品格的獨特生成路徑之一，彰顯了一種本土文化性格。輯録之作，常因缺乏原創性而爲人所輕視，被認爲多有蹈襲稗販、陳陳相因之弊。這或算其「原罪」，無需多辯。但縱觀歷代文論輯録之作所呈現出的豐富樣態和潛藏的學術理路，無疑構建了自足自洽的知識秩序，在剪輯編排之中，思想自然滲透其裏，其意義和價值不可輕率否定。本書收録的六部清人輯録彙編式文話，就很好地體現了這一點。同是輯録，它們各有學術追求，並非簡單的抄撮資料而已。姚椿《論文別録》所輯最雜，它將自魏晉訖於明清的文話、目録、史書、評點、凡例、序説等各類批評形式並置一處，展現出各家多樣的批評方法和觀念，作者的編撰旨趣顯然是開放的，能够兼容各派主張。丁晏《文彀》多采單篇文章，尤其集中於論文書牘，而以唐宋諸家爲最，此乃基於他「闡明聖言，維持名教」的認識，以服務於「文以載道」的理念，立場非常鮮明。范濂《四六談薈》摭拾宋元明清詩話、筆記、文話、别集、方志等涉及四六名言警句、寫作理論及逸聞軼事的相關内容，最喜摘録宋人駢文觀點，反映出宋四六理論對清代駢文及駢文理論發展的影響。許鍾嶽《古文義法鈔》以輯録明清古文家之論述爲主，其持論明顯受到桐城派影響，但常於各家論述之後下按語，闡述自己看法，又多有超越桐城之處，是一部輯中有作的文話。《十家論文》雜取潘昂霄、黄宗羲等十人綜論古文風格、文章史和古文要法的言論而成，尤重桐城一脉，編者可能即是晚清桐城後學。至於《文略》，雖也是輯録之作，但結構獨具匠心，剪裁尤爲講究，如上文所論，乃是一部初具規模的、帶有轉型色彩的文學教育教材。這些文話都是在一定的文章學觀念指導下編排前人言論的，我們應將其視爲特殊的文論選本，以選本批評的眼光諦審之，那麽就可能透視出潛藏在剪裁去取、體例結構背後的文章學思想，以及它們與時代學術之互動關係。比如多部輯録彙編式文話與桐城派的關係，就頗堪留意。

桐城派是清代最大的文章流派，影響所及，無遠弗屆。姚椿親承姚鼐謦欬，是晚期桐城派的重要成員，對桐城文章可謂終身服膺，但《論文别録》所輯清代文論十二家，可算作桐城派者寥寥，反倒是對桐城文法多有質疑的惲敬、袁枚諸家入選其中，此即説明姚氏論文並不爲一家一派所囿，表現出桐城後學在作文取法上的多元化。《文略》作者吴蔭培和《古文義法鈔》作者許鍾嶽，都是安徽歙縣人，歙縣與桐城距離不遠，兩人想必因地緣之近多受桐城文風浸潤。《文略》一書骨骼全依姚鼐的格律、聲色、神理、氣味而設，内容也以徵引桐城諸家文論爲多，各個類目之中均不忘致敬方苞、劉大櫆、姚鼐等桐城派代表人物；但《文略》明顯也兼取多家之説，並蓄各派觀點，如前文所論，其所列「格律」諸目釋義全襲包世臣，而包氏持論多有與桐城異趣者。吴蔭培也指出：「桐城雖云《史》、《漢》、昌黎，實則遠宗歐、曾，近法震川。」對桐城派的自我標榜有所保留。許氏《古文義法鈔》書名就高舉桐城「義法」大纛，但他不滿於「株守宗派，擬議銖寸」的桐城末流，希望能够取法近代大家，以溯源韓柳，通於爲文之法。選録諸家以桐城一脉爲主，並且認爲袁枚論文「與桐城格律亦合」，試圖統攝彌合桐城派之外的各家有益之論。《十家論文》輯録元潘昂霄及清黄宗羲、魏禧、劉大櫆、姚鼐、惲敬、吴德旋、方東樹、曾國藩、吴敏樹等十家論文，明顯也是以桐城派爲核心而略有放寬，一定程度上展現出晚清桐城文章學的脉絡重構。這四家有同一傾向，即均推重桐城却又有突破桐城藩籬之處，或許可視爲桐城派發展過程中不斷自我調適的表現。

此外，《文略》和《古文義法鈔》兩書還都表現出西風東漸時局下强烈的文學危機感。《文略》開篇大段徵引日本小林氏演講文字，强調「以中國文學論，誠可謂舉世無雙」，提醒應警惕青年「醉心歐美」，希望能够「重整保存國粹之旗鼓」，改變「近日學者無不規倣歐西」的局面。《古文義法鈔》汪宗沂序説「古文詞雖中國舊學，而斷爲啓新者所不能廢」，鮑鴞跋也説「言語文字爲一國之人精神命脉之所寄」，都是以悲壯而痛惜的口吻來强調古文詞在劇變時期的重要性，認爲許鍾嶽此書有助於「通夫世運之變」。在歐風美雨的侵襲之中，傳統文化的守成者們，采用這種述而不作的本土化撰著方式，回應了時代的詭譎，似藉以對抗大變局下中國文章學不絶若綫的頽勢命運。由此可見，輯録彙編確然藴藏了獨有的知識秩序和思想秩序，與時代學術發生了内在的呼應，並非無意義的重複和轉録，而是一種表達主張的著述方式，也是本土化的理論生成路徑。

以上三方面是從這批稀見文話中所窺得的清代文話的某些品格，隨着清代文章學研究的深入，相信它們的價值會愈加顯現。

本書依《歷代文話》之例，所收之作均撰提要，介紹著者生平、内容梗概和版本情況，並予以新式標點。凡有誤字、衍字均以（）標出，改正字、增補字則標以〔〕號。所引前人文章，若不影響文義表達，一般不作校改，個别明顯訛誤且影響表達者，據以校改。

本書是在王水照先生主持下展開編纂的，由我承擔具體的選目、統稿和日常協調工作，課題組成員或參與版本調查，或負責整理標點，或協助文本校對，爲本書的出版付出了艱辛勞動；我曾在復旦書院開設「文話整理訓練營」，並曾將部分文字作爲研究生課程「中國古代文體學研究」、「中國古代文學史料學」的練習文本，選課的同學也或多或少爲本書做過貢獻，在此一併致謝。至於書中不足與錯誤，責自在我，期盼讀者方家批評指正。

侯體健

二〇二一年七月於復旦大學光華樓

總目録

第一册目録

韓柳歐蘇諸大家文發明

朱瀚　撰

《韓柳歐蘇諸大家文發明》九卷存八卷

朱瀚　撰

朱瀚（一六二三—一六七八），字霍臨，一字南詢（一説號南詢），晚號寒香。上海縣（今屬上海市）人，僑寓嘉定縣南翔鎮。諸生，坐事廢，授生徒爲業，三十年不出里閈。少從南翔朱之璵（字魯玉）習時文，後好古學，淹貫該洽，「若《周易》、《左氏》、杜詩、韓柳文集，章分句析，洞筋抉髓，皆前人所未發」（王原《朱南詢先生哀辭》，《西亭文鈔》卷一一）。著述頗豐，弟子吴旦震（字坦之，號訒齋）編輯手録爲《南詢朱先生寒香全集》，今存殘缺稿本，録有《周易玩詞》、《六十四卦觀象》、《四書發明》、《左史發明》、《韓柳歐蘇諸大家文發明》、《杜詩解意》、《杜詩辨贋》、《杜詩闕疑》等。

《韓柳歐蘇諸大家文發明》九卷，今存八卷（即《南詢朱先生寒香全集》卷九三至卷一〇〇）：前七卷評析韓愈、柳宗元、歐陽修、蘇軾、吕祖謙、真德秀、葉適、楊萬里及明代王鏊古文，以韓、歐爲主；末卷爲「拾遺」，所涉頗廣，補評前諸家之外，尚論及唐之皮日休，宋之蘇洵、蘇轍、曾鞏、王安石、朱熹、陸九淵、陳亮，明之楊士奇、李東陽、王慎中、唐順之、歸有光、錢謙益等，亦間及先秦兩漢。書題「發明」，即如王原所言「章分句析，洞筋抉髓」，詳述諸家古文之字句章法、筆調風度及其承傳變格。提挈綱領，略可歸爲三點：

其一，古文源流之揭示。作者此前著有《左史發明》，故而於韓、歐諸家古文章法解析中亦能溯源探本。如「韓、柳直接史公，非唐文本色」（卷九）、韓愈《送竇從事序》「脉之靈、局之變，則從《左》、《史》得之」（卷二）、《省試學生代齋郎議》「沖夷典雅，源委詳盡，開歐公法門」、「歐之學韓在波瀾意度之間」、「王介甫文從昌黎發源，只是剗去波瀾，獨留筋骨處」（卷九）、歐陽修《答宋咸書》「理醇而氣雄，南豐領此一派」（卷五）、蘇軾《答李端叔書》「斡旋曲折，得韓之神」、「逼真《史記》文字」（卷六）、葉適爲「柳州之嫡派」、王鏊「發源于左氏，結穴昌黎」、唐順之「發源《史》、《漢》，結穴大蘇」（卷九）等言論，斷續勾畫出古文遠祖《左傳》、《史記》，近師韓、歐諸大家之脉絡。

其二，韓、歐諸家文風之評斷。如謂歐陽修文「風神淡宕」、「如化工元氣之間，品物流行而各得其所」，其《吏部唱和詩序》「較昌黎《荆潭唱和詩序》別自感慨韻折，此歐公獨出頭地處」（卷三）。所言堪作「六一風神」之注脚。又如稱蘇軾文「如環無端」（卷六）、「如百花正開，極爲璀璨」、曾鞏文「未免小沉晦，而排宕處煞有元神大力，如獅子捉象矣」（卷九）、王安石文「如絶澗寒梅，疏花的皪，妙在骨幹，不在花也」、「佳處真有扛鼎之力，捕龍蛇、攫虎豹之勢」（卷九）等，均切實允當。而其指出楊萬里文「在諸集中可自作一子，脱盡蹊徑，建立宗風」（卷九），則見地獨到。

其三，古文、時文之法門相通。書中多處提及制藝，如謂歐陽修《爲後或問》下「名通極似制藝妙手」（卷三）、王安石文「又有一種近于時文語句，雖在彼爲降格，學者亦可得制藝門路」、蘇軾《超然臺記》「從《衡門》之詩發揮出來，人都不覺。然則文理貫通，勿謂序記中無制藝也」（卷九）、《荀卿論》「前半氣脉雍和，步驟容與，尤有益于制藝」、《晁錯論》「咏歎以結，開制藝法門」（卷六）等評語，見出古文、時文之文法貫通處。

此書僅存上海圖書館所藏《南詢朱先生寒香全集》本，今據以録入，卷次改作卷一至卷九。卷一缺；卷八結末有篇無評，且頁數遠少於他卷，疑有散佚。末卷「拾遺」多有未標明所評篇目者，今爲補注，以便讀者。

（聶安福）

韓柳歐蘇諸大家文發明卷一

（缺）

韓柳歐蘇諸大家文發明卷二

韓下 附柳

《送王含秀才序》

拈「醉鄉」立論，所謂空中樓閣。「怪」字、「知」字、「悲」字是大轉折。陶、阮即從《記》中拈出，伏下「徒」字，以詩襯《記》。以顏、曾襯陶、阮，又以「簞瓢」、「歌聲」襯《醉鄉記》及陶、阮詩。層層虛景，真有月移花影之趣。

「讀《醉鄉記》」便籠定題神，疑信生出波瀾，從《伯夷傳》得來。「豈誠」句傳疑訝之神。

「無所累於世」，拓一句，章段員逸。「言」字貼「記」，「味」字貼「醉鄉」。

「及」字承「少時」二字，漸長則又學力漸進耳，轉接對首，層層虛景，亦讀書開悟之的傳也。

「彼雖」二句承上「隱居」，開；「於是」應「豈誠」句，合。闡發久微，是真理致。

「不欲」句又拓，「然猶」轉得圓，「未能平」應「無累」，「或爲」又申一句，始暢。只「有托而逃」一句發明晉、宋易代事，中有數行議論，韓之高妙以此。峰巒插天，識高于題。顏、曾、陶、阮，「簞瓢」、「醉鄉」、「歌聲」，詩、記等相映，又有離合之法，而轉到孔子，則其登峰造極處。

看他生發，想王秀才下第有不平於心，故以聖賢真樂微諷之，又在賓位點出，故妙。

「汲汲」推高一層，與「風俗與化移易」參看，此韓子本六經處，前後皆奇情，史公難弟。

「尚何」二句應「有托而逃」，下句撥轉正意，顏、曾畢竟是賓意。

悲其不遇聖人，煞語千鈞。「徒」字該括上文。

「建中」，德宗，入題，頌美得體，見秀才可以仕進，又以直言斥，此其所以不平也。

人君法祖，求直言之時，而又見廢，一腔感慨却又含蓄，非養到不能。「醉鄉之後世」，聯絡得法。

「吾既悲」承前，周匝；「良臣」當是王珪輩，側重此句。「文」應「醉鄉之文」，「行」應「良臣之烈」，步步熨貼。

「思識」承上句，說入交誼，下善於開合，「不失」句意密有着落，「渾然」總承「文」、「行」。

「振之」、「張之」呼應有情，申縮分明，「言不見信」與「直廢」句應，此處簡潔。

結妙在「姑」字，言且醉酒以消憂，而尋孔、顔樂處，則尚有待也。命意最高，似謙而任，從熟讀《孟子》得來。

王績字無功，隱居作《醉鄉記》，秀才其裔孫也，故借此生情，以寓不得志之意。所謂文無定局，因物付形，與造化同其妙。

「醉鄉」起，「飲酒」結，首尾如環，神品。績於大業中舉孝悌廉潔，授秘書省正字。武德初，以前官待詔門下省，故稱「良臣」。棄官隱東皋，故曰「隱居」者。

仁壽三年，王通西遊長安，見文帝，奏《太平十二策》。帝下其議於公卿。公卿不悦。通知謀之不用，賦《東征之歌》而歸。帝聞而再徵之，不至。其詞曰：「我思國家，遠遊京畿。忽逢帝王兮，降禮布衣。遂懷古人之心兮，將興太平之基。時異事變兮，志乖願違。吁嗟道之不行兮，垂翅東歸。皇之不斷兮，勞身西飛。」可證「世守」句。

《送董邵南序》

因董生此遊，便借燕市「悲歌」生發波瀾，此是其情致。唐時河北藩鎮僭悖已甚，諷生之不當往，此是其識力。却借樂毅、狗屠寄托深旨，如烟雲縹緲，此是其風度。至於字字典雅，稟經酌史，此是其學問。

起句用班固《地理志》，秀骨凌空，又陗拔，又澹宕，此句斷。「連不得志」句，簡煉。「懷抱」句點睛，見其宜得志而不得志，「鬱鬱」貼悲感，「適兹土」聯「吾知」句，主賓總結，「董生」句頓挫。

夫以一段申明上意，婉而暢。馮開之、李九我制藝每得力於此種文字。

「矧燕趙」句顧首句，親切爽亮，曲折起伏，熟玩筆勢自活。此節勸之使往。

「然」字轉，便令俠士竦息，高絶。

「與化移易」伏「明天子」，「古所云」應「古稱」，「今」字緊照冷韻。「董生」複句頓挫應前，以勉駕爲勸駕，別有遠神。此節挽之使留。「吾因」句起下。

「吊墓」，趙；「其市」，燕。查本傳便見其說法之妙，敘兩人，一順一逆，一殺一活，文心如繡，倒對入神。

「明天子」，大頭腦。「可以出」，意在言外，鏡中之花。

《送楊少尹序》

「古今人不相及」、「古之鄉先生可祭於社」，首尾關鍵如一線。

「以年老」二句正意，爲綱骨。「於時」一段旁意，爲烟波。已上「公卿」等句，即「漢史」，妙在倒點，與「畫工」聯絡，便無斷續痕也。

「又」對「既」，「圖其迹」對「傳其事」，「赫赫」句總結史傳畫工。「能詩」，分寸。「一旦」句，正意。「歸其鄉」，退以義。「世嘗説」一句兼正意、旁意。「今楊與二疏」結住正意，下一段旁意，以古證今，以「與」通，六朝文每用之。「不落寞否」，章法變化。「然吾聞」一段亦旁意，以今證古，「又」字應上，「古今」句結住旁意，「未可知」應兩「不知」。

觀昌黎辭疾，則祖道之盛明明不及古人，而予禄贈詩則又史傳所無，皆確然不疑者，却用疑詞點活，方有生趣，故知行文最忌板局。

「中世」一段承前正意推廣言之，見楊侯一去大有關於名教，格高意偉，韓文之不朽在此。「舉於其鄉」，進以禮。「今之歸」遥接「歸鄉」。「某樹」云云，發明巨源首丘之意，莫作閑語會。

「莫不加敬」應「以官爲家」，斡旋無迹。

歸鄉亦恒事，何至尸祝？特謂其爲於舉世不爲之時也，意激語平。

以贊歎寓激切，其味無窮。

「世嘗説古今人不相及」，此句承上起下，直管到「中世士大夫以官爲家」。楊少尹，今人；二疏，古人。「其意豈異」應「不相及」。「余」字及「送者」、「觀者」、「太史氏」、「工畫者」、「愛而惜之者」、「長於詩者」，皆指今人。「當時二疏」云云，指古人。「同不同未可知」應「不相及」。若

「中世士大夫」、「無所於歸」者，此誠不及古人遠甚，賴有一楊侯無愧於「古之鄉先生」，可以風世而復歸於古也。此通篇結構筋眼所在，讀之三十年，今始清徹。韓文豈易讀耶。

《送殷員外序》

稱天祖以鎮壓遠人，筆端便自雄傑。

「唐受天命」一層，「元和睿聖」兩層，「四方萬國」串「受命爲天子」，「咸」字、「惟」字相應，「水土百物」串「臣順」，與「奉職」相應。「職」謂職貢也。「既嗣位」接對「受命爲天子」，「悉治」句頌美朝廷，對「臣順」、「來」、「附」，先中國，後四夷，意密。回鶻尚公主。「丞相」，伏。不叙宗室姓氏，序爲員外作也。古人下筆，決無世情。「學有經法」，伏。「經法」、「時事」非兩件，故以「通經」二字總結。

元年平劉闢，次年平李錡，七年田弘正歸朝，十年討吳元濟，十二年討王承宗，十二年十月擒吳元濟。

書爵得體，逼真西京詔也。「由是殷侯侑」點題。「太常」，原官；「員外」，遷官；「侍御」，兼官。

「有經法」、「知時事」、「朱衣」八字寫出丈夫氣概，不但點綴景色。

「酒半」，微酣，然後一言以壯行色，步驟合拍。「酒」粘「餞」字，「盞」粘「半」字。

「執盞言曰」，細開口，儆亮。以下贈行語，無非直氣噴薄。韓文、杜詩最入微處，參之。

「適數百里」，指巡行之臣言。

「持被」讀，「三省」句，「婢子」句，「不能休」申上句。「色」、「語」互文也，「言面」貼上。

「三省」，尚書省、中書省、門下省。「剌」音戚。讀辣者，燕王謚言「乖剌」耳。「焉能與雞鶩剌促爭一餐」，見太白《剌促行》，自讀戚也。今諺謂私語爲「剌促」云。

美殷大夫，兼美丞相。如此贈行，真覺忠義貫日月。浮泛詩文如唐人行卷所載，雖工亦詹詹耳。

「以子應詔」應前，謹潔養到，故言色如常，經學之驗。「知輕重」即「通知時事」也，照應精密。

公爾忘私，從「通經」得來，精理名言。

旁照「今人」，正照「學有經法，通知時事」，掉句健如生龍。

精嚴，柳州所及。高古渾樸，則昌黎所讀，所謂「上規姚姒，渾渾無涯」者，豈復有伎倆可言。唯焚香静對，與爲神游，如時氣之方春，如嬰兒之方孩而已。

敘事從《尚書》來，議論從漢詔出。

使外國遠夷，詞氣之間稍有屈折便爲無狀辱國矣，故特挈此旨以爲贈言。「無幾微出于言面」，通篇關鍵，意深慮達，豈唯張行色而已耶。讀者詳之。

《送權秀才序》

順起逆接，起局秀美而文。

「伯樂」、「卞和」映「大人君子」，「厩」、「匱」映「門」字，「良馬」、「美玉」映「卓瓌之士」，看其賓主順逆銜接之法。

「隴西公」所謂「大人」，「吴縣男」所謂「君子」，「門下」應「君子之門」，「實從之來」點題，「固若」跌一句，有鋒鍔，有波致。文辭是秀才本色，無多語耳，自是烟波浩大，有存於句字之先者矣。

「窮情盡變」，言其精傳；「相宣諧和」，言其鏗鏘；「短章」、「大篇」，言其變化；「閲之累日」，又言其富有。

「愈嘗」一段拓開，恰好以貢士形秀才。

緩收，洪鐘大吕之音也，與《彈琴詩序》參看。

「其果有成」，詞淡意濃，若多作飛黄騰達語，便俗矣。

應轉貢士，不欲其終爲秀才已也，可知此序爲應試而贈之。結潔甚。

簡極矣，格高神遠，局大氣寬，歐陽子所云「浩乎若千萬言之多者」是也。章句精妍古雅，又不必言。讀古正須於空曠處着眼，方能一日千里，尋章摘句其次耳，思之。甲寅初冬十七日記。

《送區册序》

突起如片雲在空，以下分兩節，一言道路之艱，一言風俗之陋。描寫處，着色畫也。

「有」、「無」相應，有所不必有，無所不應無，故是「窮處」。

「是以」二句結上生下，渾融沖淡，絕無謫宦牢騷之意。鹿門評非也。

「不相通」粘「小吏」，水路應「江流」，「儀觀」應「夷面」，妙。「文義」應「鳥言」，妙。「聞人足音」顧上賓客不至。

「入吾室」，上段叙客，此段叙主客酬對之樂。

叙事中烟波映帶，乃文家離合斷續之法。

兩「若」字有分寸，然引進之意居多。

「貧賤」，自謂也，猶孟子云「卑貧」。結出別意，閑雅。

「無所爲而至」，含蓄有味。樂「仁義《詩》、《書》」，「不厭乎貧賤」，正與此應。

起句寂寥抗壯，總一句，已下申言之，至「賓客」二句結。「有」、「無」二字相照。東坡云：

「大約皆無耳。」互參之。

「急流」對「丘陵」，「怪石」對「虎豹」，「破碎淪溺」對「虞」字、「險」字，「舟」下有「船」字，古樸。「破碎」應「廉利」，「淪溺」應「悍急」，「往往有之」，倒對法。

「居民」、「丞尉」兩者且無，其他可知。此文章點睛法。

「夾江」承上「江」字，此在郭外。

荒江景色，「荒茅篁竹」四字盡之。此文章惜墨處，地理志佳處。

夷人情狀亦「鳥言夷面」四字盡之。「小吏」句應「無」字，暗轉，言所有惟此。

「言語」作言說，應「鳥言」，當玩「始至」二字，蓋言久則習知。柳州云：「已與爲類矣。」謫居情事侘傺可想，絶不露一字。韓文之所以醇也。

「畫地爲字」，猶見同文之化。曰「可告以出租奉約」，拊循之意又何藹然也。

「賓客游從」，二種人，并賓客朋友亦無，綰約「窮處」，何等風神。「無所爲」三字入微，句法亦澹宕。

「待罪於斯」，絶不提被謫之由，文心古淡。「有區生者」應「無所爲」句，轉脉婉潤。「誓言相好」，明非過賓食客，乃從游之士。「舟」字相應，從急流怪石險道中來，見其相好。

「來」字、「升」字、「坐」字、「入」字、「翳」字等，一一聯貫。「投竿」對「挐舟」，「儀觀」映「夷面」，妙。「文義」映「鳥言」，妙。「空虚」應「窮處」。

「豈易得」，言南夷中安得此人。柳州云：「楚之南，少人而多石。」亦此意也。「人」字相應，應上賓客不至。音詞頓挫，先於此作一束，以下再叙，亦見當時把臂歡悦，相見恨晚光景，不特結構之奇。

「入」應「坐」字，前是賓館，此是齋閣。

「《詩》、《書》仁義」應「文義卓然」，前是投以木桃，此是報以瓊玖。「嘉林」、「石磯」切江邊物色。

「不厭」應「與之」二字，言與之遊，初不以我貧賤而厭棄之。語意與「無所爲」句隱然顧盼，即昌黎之安貧樂道，又可想見於言外矣。

此「貧賤」即孟子所謂「卑貧」。「歲之初吉」應「半歲」。

「歸」字應「來」字，承「不厭」轉脉。歲初定省，正其合於《詩》、《書》仁義處也。結雅飭。

由陸溯江以至縣，皆來路飽諳，故描寫如畫。又有其所不應有，而無其所不應無，「窮」字徹骨徹髓矣，妙筆。

增「船」字、「相」字，改「語」字，減「矣」字，悉照《文粹》。《文粹》多誤脱，此則灼然可從，乃知古文爲人損壞者多矣。

《送浮屠文暢師序》

暗破柳州輩。柳州《送浩初序》云：「病餘嗜浮屠言。」正謂此也。又云：「韓子好儒未能過揚子。」亦暗破「揚子雲」一段文字。

起句當看「固」字、「如」字、「則」字、「而」字，一殺一活，有褒有貶。「是」、「非」二字甚嚴。「遊」字喚「揮」字，「如」字轉接，開中之合，便照文暢。「而」字便有鼓舞之意，「遊」字喚「進」字。「則揮」句，主中賓；「則進」句，主中主。

「揚子雲稱」引揚雄語，詞旨凛凛，有泰山北斗氣象。「揮之」、「進之」，一篇主意。「在夷狄則進之」，通篇關鍵，「宜當告之」、「而語之」、「不當瀆告之」，俱與此應。「而問之」、「而請之」，又是中間過峽。「傳之」、「孰傳之」，是結穴處也。

「法」字下得嚴，亦根「法言」二字來。

「喜文章」，「儒行」之一；「有行必請」，「儒行」之二。「請」字伏脉，已後反覆生情，文有精彩。

「浮屠師」，「墨名」。「求咏」是「有慕」。「咏其所志」是「拘法」。原求咏其所志，故爲浮屠之説以告之也。

「柳君」應「縉紳」，伏「吾徒」。「爲之請」，兩「請」字相應。

「所得」，「得」字《文粹》作「送」，是，蓋謂送行之作，正與「有行」、「將行」相應，此序亦送行者。

「非至篤好」句提醒「喜文章」，作一頓。「惜其」兩句籠定全局，「宜當」云云，「不當」云云，從

此落脉。

「夫文暢」，斷而復續，意脉婉暢。「浮屠」提醒「浮屠師」，應「墨名」，曲折引入，應上「墨名儒

行」。此下數行頓挫呼吸，可默識而不可言傳。

「吾徒」謂儒者，隱然有擯浮屠之意，語謙而切。「何故」句提醒「縉紳先生」，「彼見」云云，委

折，唯歐陽得其神解。「懿」、「盛」應「儒行」。

「拘其法」，此句輕遞。「樂」應「心慕」，「其説」應「文章」，「入」字應「進」字，兩「故」字相應如

一句，妙。

「樂」，去聲，願樂欲聞，釋典句法，暗用之耳。

「而請之」應「爲之請」句，又應「必請」句，「如吾徒者」又提醒「吾徒」。

詞理深細，且得勸誇之意。「宜當告之」應上「在夷狄則進之」，「當」字貫「告之」、「語之」兩

層，「不當」句單收應前，局勢圓緊。

昌黎有詩云：「吁嗟苦駑緩，但懼失宜當。」王荆公詩云：「狂言豈宜當。」黄山谷詩：「欲招千載魂，斯文或宜當。」皆去聲。

「宜當告之」句，「知而不以告人」與此應。「以二帝」云云「而語之」句，「告而不以實」與此應。又一章法。

「告之」、「而語之」、「而瀆告之」，自是章法。

此「是」，「聖人之道」。「帝王」一句爲綱領，下「傳舜」七句從此出。

「何故謁吾徒」、「故樂聞其説」，一「揮之」，一「進之」；「宜當」、「不當」，一「進之」，一「揮之」。呼吸轉換，驚鴻之舞歟？

「不當」句，其氣浩然，其色爛然，其聲淵然。

《易》云：「瀆則不告。瀆，蒙也。」「瀆」、「告」二字參用其意。

「告」，啓也。「語」，教戒也，又論難也。字書云：「語者，午也，言交午也。」

「民之初生」已上，告之以大綱，已下語之以條目。

此下大暢其「進之」之説，以「禽獸」起，以「禽獸」結，總爲「夷狄」下此毒棒，從《孟子》「好辯」章及「幾希」章脱胎。

「固若」句應「在夷狄」句，以「禽獸」陪説，意思十分痛切。若曰「夷狄」即「禽獸」也，故結處單指「禽獸」言。人各自安於故我，必無安於「禽獸」者，特挈以醒之。「語之」故「當告之」，然當以「帝王之道」「語之」，不當「以浮屠之説」「告之」也。「浮屠之説」兩句，前後相照，機局天然。

上是總言聖人位天地、贊化育之道，此又析言聖人養民教民、爲君爲師之道。「聖人」者二字提起，極清。

「是故」二字直貫至「世守」句，言非聖人之教則與禽獸夷狄不異，故「仁義」、「禮樂」等，「中國世守之」，此中國之所以異於夷狄禽獸者也。今浮屠者，非中國之教，而夷狄之教也。以下痛言背聖人、從夷狄之非以終其説。

「道莫大乎」云云，一篇骨幹，撮《原道》大意。

「施之」二句，君相；「措之」二句，先師。下點八個聖人，以該其餘。

「中國世守」，緊煞。「浮屠者」對「聖人者」句，兩「孰」字應「堯」、「舜」、「禹」等，「爲」字應「宫居」以下，「傳」字應「傳舜」以下，兩句對兩節，何等筆力。

「孰爲孰傳」，只攻浮屠爲夷狄之教，尚未説到學浮屠者，下節纔盡其説，非收繳也。兩「孰」字，言其爲夷狄之教，却不説出，最有含蓄，下遂以鳥獸接，詞旨嚴矣。

夫「鳥」應「禽」字，從「夷狄禽獸」句抽出，「啄」貼「粒食」。夫「獸」應「獸」字，「深居」貼「宫居」。「四顧」、「簡出」、「懼物害」貼「尊尊」、「親親」，「弱肉」、「强食」貼「生養」、「死藏」。「居」、「食」貼「深居」，「俯啄」、「安暇」貼「四顧」、「簡出」，應前「宮居粒食」。「優游以生死」貼「物害」及「弱肉」、「强食」，應前「尊尊」、「親親」、「生養」、「死藏」。真慇是文章家秘奥處。「異」字應「若」字，反結，應「聖人者立然後知」七字。「不知」二字緊扣「知」字，以下又接「不知」二字去。

「安可不知前聖之功而反從夷狄之教耶」，與「孰爲而孰傳之耶」，語脉蟬聯，作一節領會始得。

「不知不罪」，語鬆意緊，「知而不爲」應「其心有慕」，「慕」即是知處。「弱」應「拘其法而未能入」，「不以告」應「宜當告之」，「告而不以實」應「二帝三王之道」六句，總起「於是乎言」意耳。「重」對「揮」字，「嘉」應「進」字，言柳亦有進浮屠之意，故重之。此妙於斡旋處。「重」字、「嘉」字俱有分寸。「於是乎言」應「以聖人之道告之」。其心既慕悦儒道，又篤好文辭，是真可與言者，故不惜傾倒，欲其從文字悟入也。

委曲開諭，所以終「進之」之説。「不仁」、「不信」，直而無恕詞，所以終「揮之」之説，明白痛快。

「有行必請」、「累百餘篇」，此兩句近斡「喜文章」，遠管「宜當告之」、「不當瀆告之」。蓋凡行必請咏其所志，幾於瀆矣，瀆則不當告，但以其心慕儒，故曰「宜當告之」。而是數百篇者，不出浮屠宗旨，是爲瀆蒙矣，故曰「不當又爲浮屠之説而瀆告之也」。此種綫索，雖鬼神不能窺其秘。又每行必請，意在援儒入墨，却看作推墨附儒，最妙機鋒也。

《送齊皞下第序》

「古」、「今」二字前後相照，「公」、「私」二字通篇骨子。起手數行極其端亮，「無擇」、「不疑」，參差作對，「惟其宜可」伏「可得」二節。「無憂」、「無惑」，反説；「詳舉」、「明去」，正説。反正合明，文理始暢。着「爲君」二句作過峽，結構法也。

兩「可得」與「無憂」、「無惑」相照，又描出「不勞」、「甚易」神情。「及道之衰」，從首節轉脉，以散對整，「上」字、「下」字、「疑」字、「舉」字，一一應前，却用「雠」字映「疏遠」、「子」字映「親」、「邇」，而「親疏遠邇」四字嵌入下節，此其格意精巧處。

「見善不舉」，應「詳舉」二句，而攙入「親」、「邇」；「見惡不去」，應「明去」二句，而攙入「疏遠」，是照應兼錯綜法。以下點「黜」字、「舉」字，通上「親邇」、「疏遠」，即應完首節，隨插「違心」八句作一束，而以「君勞」、「臣難」應前「不勞」、「不難」。「向道」而「勤」，應前「無憂」、「無惑」，只作波瀾咏歎，絶不見照應痕迹。昌黎之爲文，真如神龍之噓氣矣。

「而稱美之，而謂之忠」，句法如貫珠。

非惟「不敢舉」而且「黜之」，非惟「不敢去」而且「舉之」，大約親疏遠近之是拘而不問舉黜之當否，緊應首節。「同好」應「善」字，「同惡」應「不善」。其所以黜，全由親邇；其所以舉，全由疏遠。「好」、「惡」二句不過爲「善」、「不善」二句綫索耳，所重不在此，兩「乃」字亦從「不敢」二字轉脉。

「違心之行」即「矯」、「激」之行，「佛志之言」即「矯」、「激」之言，「内愧之名」即「公」、「忠」之名。「良有司」句綰上起下，「俗所謂」應「道衰」、「交疑」。

「不亦勞乎」應「爲君不勞」，「不亦難乎」應「爲臣甚易」，「不亦勤乎」應「行志擇誼」、「克己慎行」。蓋「行志」、「克己」，所謂「嚮道」也，「人」字應「上之人」、「下之人」，一句束前六句，甚奇，「勤」即「憂」、「惑」意。

「端居而念」，又着此句，熨貼細膩，寫出平居憂國憂時之意。

細玩「非君過」句，爲「膚受」二句出脱，「非有司過」句爲「俗所謂良有司」出脱，「非天下人之過」句爲「巧言」二句出脱。「蓋」字下專指作俑者而言，「私其身」謂角立門户，如蔡京父子之間其極弊也。「生」字應「因」字、「根」字，「成」字應「漸」字、「本」字，「私」字應「公無私」。

「其漸」二句一意，因根有本，因本有末，即其漸也，故下文「植」字專承「根」、「本」，而「久」字攙入其中。

「生於」二句，推見至隱，與《原毀》並讀。

行私者偏慮人行私，曲而透，四句爲通篇骨幹。

遍置私人爲根，堅立門户爲本，猜疑同輩爲末，即「因」也，「漸」也。窮原溯流，直從藕絲孔中鉤出。

「植」應「本」字，「久」應「漸」字，串合「其漸」二句，轉遞無迹。

「百年必世」應「久」字，「化」應「根」字，兩「可得」與「不可得」關映，兩句總見除根之難。「知命不惑」應「確乎無惑」，兩「非」字、「不」字喚起「已矣乎」二句，「復」字應「化」字、「改」字，知其能復古，故曰「起予」。

「已矣乎」，翩然而下，是端居深念光景。

「起予」與「已矣乎」呼應，蓋習俗根深，除之須「百年必世」，則固使人絶望矣，忽遇「知命不惑」之人，古道庶幾可復，而意氣爲之開頓，故曰「起予」。

「用是連枉」，澹詞自足，應「若親與邇，不敢舉」、「矯而黜之」。「不以云」、「不以親疏遠邇疑乎其上」，前後相應，光景燁燁。「不云」、「乃曰」，細潤異常。

「枉我」應「連枉」，「將」字應「未」字，描寫一種居易俟命之意，頰上添毫矣。

「東歸」句頓住「抱負」二字，情景參《儒行篇》，神氣揚揚如誦《衡門》詩。

「吾觀於人」提起「下之人」，「上」謂「上之人」，「衆」字、「鮮」字相應，以客形主，曲折匠心。

「既至」二句應「未至」二字，變化伸縮入妙。

「不閔有司」應「不以親疏遠邇疑乎其上之人」，此真古人用心，故以「能復古」許之。在下如此，則異日在上可知，故以「良有司」許之，加一「誠」字以別於「俗所謂良有司」者。「公無私」、「知命不惑」，攝盡首尾，亦應前「不以云云」，光景四照。

抱定「復古」二字以結「啓予」之意，文脉徹清。

「古之所謂公無私者」，只一句，此却以兩句應，所謂合者離之。

直以挽回世道期之，若曰一第何足爲生輕重乎？韓文高視宇宙以此，試參之。

《送陸歙州序》

伏「祠部」二句，以下逐字分劈，如牛毛繭絲。

夙夜同官、游過客居，居人。「咸以爲」伏「願留」。此句管通篇，此事可入史。

着力在「賢」、「良」二字，此以賓形主法，「齎咨涕洟」只四字，極其濃至，觀公《薦侯喜八人書》，則陸固加意人才者，故惜而留之者衆也。

「歙」字一層，「刺」字一層，「員外郎」一層，「也」字不了，恰好接「如是」二字，妙。以上只輕翻重，下節「往」應「出」字。

又重提歙州一段，應前「大州」，起下「刺一州」，爲通篇要領。是時德宗方急聚斂，特重此選，而不知用違其才。既曰「天子選用」，又曰「豈吾君之心」，全是諷諫，宰相但陪説。按，十六年以齊抗同平章事。

「如是」雙承，是無縫天衣，妙轉，潔甚。「者」字下，《文粹》有「何也」二字，「陸君」上有「蓋」字。

「行乎」四句，全篇關鍵。

「先一州」句掉「豈吾君」句，應「薦聞」、「選用」，點成活局，前逆此順，文理天然。

「於是昌黎」句，過脉似《史記》。

「道願留者之心」應「行乎朝廷」四句，結上。詩以發其願留而不遂之思，起下。綰結如此，可謂美矣。

「衣華」、「佩光」，字法。「之去」二句應「不當去」，「大惠」應「天下望其賜」，「一州」應「刺一州」，「胡不」句應「願留」，結歸吾君，通篇主意。

從《白駒》之詩脱胎，送行而寓留行之意，與《送董生序》參。

《送李愿歸盤谷序》

起局奇而典，細究乃《考槃》之義疏也。「盤谷」緊頂，「甘」、「肥」自對句，「叢茂」、「鮮少」，平對句。兩「或曰」爲「愿之言曰」弄引。通篇以議論代叙事也，看四個「曰」字。點景後應徑接「隱」、「居」句，却將「盤」字播弄光影，極其空明蕩漾，而題旨已躍露，不然便犯直項之病矣。

「人之稱」句唱起，「利澤施於人」，只此句是正論，其他皆説得粗，辨之。「利澤」、「名聲」對句，「坐於」三句單行。此段凡六節，皆實叙。「樹」、「羅」對，「武夫」、「從者」對。「供給」三句單，意淺語快，翩翩公子，傳神至今，可與太史公比肩。「喜」、「怒」對，「才畯」三句單，行不足道，以誚世可耳。二段意致入微，非六朝人所到，信乎文貴以意勝也。「眉」、「頰」自對，「清聲」云云尤不足道，二句平對中自對。「裾」、「袖」平對，「粉」、「黛」自對，「列屋」三句對。「恃」言爲貴人所恃賴，所謂「君安驪姬」也。「負」字乃以女人言，與「妬寵」合看，在人則妬之，在己則負之，語意極精。張文潛議其不工，謬矣，具見《楊誠齋集》。「大丈夫」句挽結，對句，亦長句。

「吾非」三句過峽，何等頓挫活潑。語雖圓，以視《孟子》「得志弗爲」，精粗判然。

通篇議論，蜃樓海市之文。又愿本閥閲世家，以功名顯，故其丰神意氣，直是磊落軒舉，與石隱校別，所謂相頭買帽者也。

愿性奢侈，不恤士卒，卒爲押牙李岕所逐，事見長慶二年。據實直書，而以「壯」字結之，分寸見矣。

「窮居」二句，對句中又各自爲對。此段亦六節，半實半虚。「坐茂樹」二句，上對下不對。「採」、「釣」四句，隔句對。隱居之樂，如是而已耶？特借以諷伺候權門者。「起居」二句單。「與其」四句開合對，以上句喚下句。八句一意。「車服不維」、「理亂不知」，所謂無「譽」無「樂」也。「刀鋸不加」、「黜陟不聞」，所謂「無毁」「無憂」也，亦以上句喚下句。而「車服」、「刀鋸」、「理亂」、「黜陟」又各自爲對，猶前云「毁」「譽」、「憂」「樂」也。「不遇」應「遇知」，「時」應「當世」，「行之」、「逃之」相照。「伺候」不能進，兩句對，「足」、「口」對，「處穢污」不能退，與「觸刑辟」對，「徼倖」二句單，「賢不肖」倒對「大丈夫」三字。

「聞其言」應「愿之言」，「壯」字好，與「友人」句遥對，有情，「壯」字，點睛手。

「維子宫」，「宅幽」；「可以稼」，「土肥」；「可濯」，「泉甘」；「誰争」，「勢阻」；「窈而深」四句，「環兩山之間」；「虎豹」云云，奇偉處，人決不到；「飲則食」二句，檃括「窮居」六節，有筆力。

昌黎志在行道，而云爾者，所以寄其憤世嫉邪之意耳。歌以答其言，自不可少，而詞氣渾厚在西京之間。「盤」字凡六見，與起手相掩映，而以「從子於盤」作結，尤有思致。通篇皆粗豪語耳，直叙以見其風概，非深取之也。讀者詳焉。

《上巳日燕太學聽彈琴詩序》

起烹煉孟子之語而得其腴，次二句承上，無迹。琴爲雅樂。雅者，正也。起局渾涵有味，便得琴理，所謂春蠶作繭者歟？說出樂之原本，便見關係，與《金谷》、《桃李》不同。「無鬬争」句淺，「既庶」句深。「天子」云云，意到，《詩》所云「好樂無荒」。緊貼，不失其正意。

從「四方」入「京師」，從「天子」入「公卿有司」，何等命意，不但步驟之工。「所以」二句，「與衆樂之」，下二句，「不失其正」，承上「庶且豐」，暗補教育意，妙。「三月初吉」粘「令節」句，有脉。

「感心」、「成文」含「聽琴詩」及「序」，有味哉。

「三十六人」，「與衆樂之」。「樽俎」四句寫列燕次第，精潔。「歌」、「斥」二句，「不失其正」，映襯賦詩彈琴，洋洋乎，渢渢乎，大雅之章。

「衣冠與與」，此言學官；「魁然其形」，此言學宫弟子員。「抱琴」點題，「坐於」句粘上，入細。下應「無鬭争」二句，頌美得體。「文王」、「孔子」則與太學關切，又所謂「歌風雅之古辭」者也。精妙不可擬議。此二句實，下二句虚。「追三代」二句暗粘「文王宣父」而推言之，虚實相參。「舞雩咏歎」又以曾晳美儒生，而「司業」以下皆在其中，極主賓即離之妙。

「充然若有得」，淵廣無際，聲音之感人微矣。

以點題爲結尾，恬凈，有絲桐遺韻。

「命」字對「詔」字，有脉理。

和平風雅，寫出太平景象，與《芣苢》之詩並讀，真使六朝人無處着手。文起八代之衰，豈虚乎哉？

《送牛堪序》

波紋滿紙，從涵養得來，可砭掇拾餖飣之習，又非枵腹信手者所可倚傍也。

「約通」云云，是讀書正傳，兩「又」字相應。此節賓，「勤」字上暗插一「固」字，則兩節開合了然。「常常有之」，此節主。「其爲獲」一句提起通篇，「亦」字有脉，非此則下段轉不去。「豈有司」句逐層轉入，以鬆爲緊。「情」字含「私」字，脱卸。「其進」句轉折，「私」字應「公」字。「抑無乃」二句是正意，「抑」字另轉，「無乃」、「或者」相應，「未思」、「不能」，倒對法。「不能舉」已轉到盡頭處，看他下文點活，真是好手。「足以及」應「人事未思」，「足以行」應「不能舉其禮」，「其將」二字喝起下三句，言衆人皆然，而堪獨進謝，便是違衆而求識於主司，釣奇而取名於當世，則非心之所安，故寧從俗也。説得牛生心事，曲折透露。

韓文每用倒跌法，生龍活虎。

兩「心」字相應，「大官」應「累爲卿相」。

相知情事只澹寫，如蜻蜓點水，古意油然。

「博士，師屬也。」着此句有脱卸轉换之法，儒雅至此，不容贊歎，焚香静對而已。

細玩格意，可謂執轡如組，兩驂如舞。

當玩其虚字轉接，從史贊脱胎，左之右之，極匠心之樂。

隨俗者不知禮，知禮者必立異，牛生和而不同，君子之用心也。昌黎所以深喜之，要知師弟間能如此體認者已少，況博士之於太學生乎。

不謝舉主亦變禮之一節，而士子相沿不知其非，正爲人師者所當講明也，特因送堪以發之。

其所爲特發於堪者，謂其思慮足以及此，則固可與議禮者，故不憚告之也。與《小功不税書》參。

《贈崔復州序》

起手用着色語，與《盤谷序》同一機杼，詳略各佳。

以數目作句眼，率爾煙波。

「榮」字、「難」字相照，「幽遠」，從「一境之人」轉脉。「城邑」謂縣城。「苟有」句虚，籠至次節。「民産」、「水旱」二句乃實發之，脉理貫穿如一線。「況能」句應「未嘗至城邑」，「刺史」句補「庭」字，倒映「城邑」二字，細巧無迹。

説小民疾苦瞭然在目，文簡意盡。

「不聞」、「不宣」、「不言」、「不信」，四「不」字作眼目，兩兩關映。

「不宣」結，又從「小民」句轉脉蟬聯而下，當玩「有」字、「無」字、「不」字。「民之豐約」，重「約」字，應「無恒」、「不期」。「不以言」，此是「不聞」之由，牽上節一句串落下句，蓋謂即聞之而言于連帥，又未必信也。省多少閑話，思之。

「不以信」結。「民就窮」二句通承二節，遞下結之。

「吾見」句總結，應「榮矣」句，起止分明，水源山脚，歷歷掌上。

只仰上文申言之，更不起頭，趁縣令跌入連帥，良工苦心。「崔君」二句應「刺史不聞」，必訪其利病於縣令，然後謂之「蘇」。「于公」二句應「連帥不信」，必以刺史之言上達，請蠲請貸，然後謂之「庸」耳。「有刺史」云云，與「縣之于州，猶州之于府」同一機軸。何以知其賢？蓋「嘗辱于公之知」故；何以知其仁？盖嘗「游于崔君」故。逆結緊峭。于之賢既足以庸崔，崔之仁又足以蘇復，則復將蒙兩人之休澤矣。順結悠婉，純以抽添進退爲作法，此道中九轉丹歟？

結句與「縣令不以言」關映。言之使知所用心，所以不負相知故舊也。此落句本旨。《送許郢州序》先叙州之於府，次叙縣之於州。此作從縣令至連帥，一氣遞接，而輕重自寓其間。當互參之。

「仁義之言藹如」，斯文有焉。

《送許郢州序》

起句直入麾下取大旗，奇矣。「復書」句證佐，緊要，此劫法也。隱括《上于襄陽書》曲折引入，以見非未同而言。

重「樂善」二字，婉暢，籠罩歐、蘇矣。

「情已至」頂「知己」二字，道刺史之難爲，以感動于公耳。「凡天下」句開局，以下規于公，詳而實。

刺史輕，觀察重。于公暴歛，故規之如此。

「財已竭」二句全責備觀察，反一節，下正一節，妙在「亦」字。「其前之言」應「足下之言是也」，「行」字意透。「其有不信」，亦欲其行之。劫得妙。以下規郢州，略而虛，對上看無一剩意。

「縣之於州」即絜矩之意聯映，妙。「事乎上」，縣；「臨乎下」，州。「同成異敗」應前。「非使君之言」對「前之言者」四句。「愈於使君」對「情已至」二句。兩「贈」字相照，「規」字申明，「贈」字兼于公在内矣。茅評是，但不當云（扯）〔諷〕于公耳。「故其」二句對「故於使君」三句，餘意云：愈於于公相知也，故「不以頌而以規」。

于，賓也；許，主也。以賓作主，以主作賓，詳其所當略，略其所當詳，千古奇絶處，一莫測其所由來。結構錯綜，尤易炫目，故分別○●，以便初學。乙卯閏五二十三日，東林閣下。

《送陳密序》

「爲戒」、「爲榮」，分兩意。答處鎔成一片，仍自條理清徹，聖於文矣。

「余愧乎其言」，筋脉「遺之言」、「賜之言」。「業」承「易業」，「禮」承「習禮」、「張之」。「抑吾」二句曲折頓挫。「誦其文」，戒之思義致知、行道力行。君子文行交修，爵禄鄉榮不可辭。言揚行舉，掉尾透徹。

前半謹嚴，中淡宕，後半淡宕中謹嚴。

《送王秀才序》

孟子願學孔子，故以孔子起局，所謂「黄河之水天上來」也。

從《孟子》「皆有聖人之一體」化出，又「十哲」、「四科」是也。「源遠末分」，自從子史看出，非博學精思，豈易構此數行文字乎？

子夏，賓。子夏篤信謹守，故子方節操凛然，而流爲莊周之傲倪王侯，輕意肆志矣。此節順叙，次節逆叙，而佐以烟波。

子弓，賓。「事業不傳」，烟波。

孟軻，主。此節亦逆叙，都用短兵，章法變化。

獨提《孟子》七篇爲綱領，又總攝前文，體大而思精。

「得其宗」緊照「得其所近」。

「太原」句入題。「舉所道」貼切「書」字。「信悦孟子」,深一步。「屢贊」句又繳歸「書」字,喫緊,與「好舉」句對看,始知句法之變化。

「海」字應前「道大能博」,亦從《孟子》「觀海」句脱胎。忽插入譬喻,波瀾蕩漾。無不賞其奇者,而不知其從「源遠末分」句落脉也,唯慧眼知之。

「故學者」緊接「猶航」句,蒙繞甚妍,「故求觀」又緊接。兩「故」字相照作眼目,所謂懸崖撒手。

「知沿」句即「深造」二字變得,妙。結語含蓄。

「沿而不止」應「沿河」句,「其可量哉」緊照「必至於海」,殺活並妙。

因源流生出河海,又生出港與潢,結處想到船與檝,即《與李翊書》所謂「非聖人之志不敢存」及「行之乎仁義之塗」是也。迴顧「文辭」二字,不失分寸,真此道中劊子手。

《送孟東野序》

發端奇偉,以下歷叙古今,似從《孟子》「好辯」章脱胎。

「撓之鳴」本《莊子》。「其躍」六句從「鳴」字生出,「或躍」而鳴,「或趨」、「或沸」而鳴也,所謂姿態橫生。「激」字、「梗」字、「炙」字替「不平」二字。

「人之於言也」配首句。「皆有弗平」，露。「鬱於中」，含。「金、石」等，略。細玩語意，亦自活着，勿輕議古人。

「不平」節，以草、木、風、水、金、石爲賓，「善鳴」節以八音四時爲賓，而以「鬱於中」暗接「不得其平」，明挽兩節如一節。

以「鳥鳴春」等，詳；「必有不得其平」，露。「人聲」、「文辭」承上「不得已而後言」及「出乎口而爲聲」四句，「尤擇」句入題，「夔弗能」，游兵點綴。

此下但論善否，直至結處方暗縮「不平」意，亦不明點，以「不幸」、「不釋然」代之。

「凡載皆善」，總申一句，「大而遠」補「善」字意，不漏。「木鐸」襯「鳴」字，古拙，未許傚顰。

「其下」節借「善」字轉折，甚活。「其聲」，一句法；「其爲言也」，兩句法。「數以急」，東野時有之，提醒「天」字。

陳子昂等，遠客；李翱等，近客；孟郊，主。「能」字對「道」、「術」字。「始以」句承上「能」字，下三句精核，絶不假借，想見古人自愛愛人處。

「三子者」承前「擇其善鳴者而假之鳴」句，願其爲和平温厚盛世之音，不願其爲愁思憂颯之響，託之於天，所以諷也。

「解」字應「釋」字，「不釋然」即「不平」之變文，點明大意，掉尾中之雄闊者，與起句相稱。

勗以樂天知命，悲喜且無所用之，又安有不平之鳴。此是一篇歸宿，識高格正。

《送陳秀才彤序》

有呼有轉有應，皆用「以」字爲筋，與《孟》「賢勞」節參。

「讀書」、「纘言」，分。「非以」句切中唐人氣習，故曰「文起八代之衰」。「蓋學」二句入理深淡。

「行事」承「學道」，「出言」承「文理」。「雖不」句跌起，「信」字埋伏，「文學」句合。

「吾見之」反映「不吾面」。「頎然」，貌；「薰然」，兼言語。「因以」句，淺一層；「果若」句，深一層。

「其」字爲筋。「得其人」、「不可及」，正反相照，應前「信其富於文學」。

「湖南」，賓中主。「不輕」句，先反籠，「吾見」句，後正接，「又以知句」結「信」字，奇。

拓開一步，因衆論以決獨信之無誤。了無段落可尋，又轉到「不吾面」、「吾將信」，迴環入妙。

「文」、「學」應起局，寫出相知莫逆，只用成語，居然雅淡。

長句正自清泠，俗人必以數數爲有情耳。「凡吾」句意到。「見」字應前，意正而詞反，妙於主賓。

決其遇合，通篇結穴，却自雅淡。時手定是濃厚。古人作文，全在筆意。

《送高閑上人序》

起句磅礴，類《南華》外篇。篇中「心」字凡五見，一一關映。「外物不膠」，故能得心應手。「外慕徙義」句根此句來，「不治他伎」亦然。

有動於心必發於書，可喜可愕亦寓於書，所謂應機寓巧而不膠於物者也。苟膠於物則爲物所遷徙，又安能「神完守固」，發豪傑之氣於書哉？此前後呼吸大旨。試就今之嗜讀書、嗜博弈、飲酒者觀之，起五句不煩言而自解矣。

「外慕」句反收，勢甚遒逸。

「不治他伎」，乃百工之所以入神。旨哉是言。

「動心」總攝上文，應「機應於心」。

「山水」句，地；「鳥獸」句，物；「日月」句，天；「歌舞」句，事。「天地事物」，總承。「一寓於書」應「寓其巧智」。

「必」字、「一」字，便見其不爲外物遷徙，故以「終身」二字承之，皆從「不治他伎」發脉。

内外感觸，無非草書，故能見擔夫争道而頓悟，觀公孫舞劍器而豪宕感激也。他如壁折、漏痕、蠶頭、釵脚，不可枚舉。

「以此終其身」應「終身不厭」。「今閑」句飛渡，「有旭之心」，言不必如旭之專心致志。「不得」句兜轉，有龍跳虎卧之狀，今之臨摹家所謂「逐其跡」者。

「爲旭有道」又進一層，此「動心」之所由來也。蓋爲浮屠多淡然，不與物相關，故着此一番議論。然謂草書必借「利害」、「得喪」以感發其心而後工，而彼淡泊者不與焉，則亦太奇而傷於理矣，故復以「善幻多伎」救轉前文，放開活路，的的苦心。

倏與忽遇，見《莊子》。「不治他伎」是通篇關鍵，「多技能」句斡旋入細，參之。

《送廖道士序》

「衡山最遠」伏「學于衡山」。「其神」句，縮。「八九百里」伏「遠」字意。「益高」粘，「最高」又粘，「測其高下」又粘。「郴之爲州」伏「郴民」。逐句頂接，俱有脉理。「必蜿蟺」句，伸。即地靈人傑之意，却寫得山重水複，磅礴迴環，總以「高」、「遠」二字爲骨，「神」、「氣」二字爲髓。

「衡山之神」云云，承上起下處作一大束，力可拔山。「其水土」，「水清」、「地峻」下又虚括兩句，人所不到。

「魁奇」，「材」；「忠信」，「德」；「迷惑」，「淺」；「溺没」，「深」。「佛老之學」，蜻蜓點水，曲折。取意於《左》，取氣於《史》。

「氣專」二句，品題亦足。「多藝好遊」，唐時二氏習尚如此。「魁奇迷溺」，揀「忠信」，該「迷惑」，嚴正。

「必在」，「必」字相應如貫珠，「與遊」粘「善遊」。

上二節俱作疑詞，結尾正與之應。神氣所鍾當不止一人，又當有優於（寥）〔廖〕師者，所以足前文之意，妙在不了語，別情倍深。若謂倘遇其人，不吝告我。虛懷樂善，隱然言外矣。

與柳州《送婁生序》同意不同局，一如滄海靈槎，一如仙山樓閣。

《荆潭唱和詩序》

七情均賦于天，而歌詩一道，每得於悲感者，則其致倍深，太史公所謂「聖賢發憤而作者」是也。開局四句真是千古名論。

讀軒冕諸公之作，自知不能細述。「非好不暇」，反結。伸文士之權，抑豪貴之色，何等魁偉奇崛。此亦不可時施，衹以自娱之一徵也。

「並勤」、「兩崇」，暗中斡旋，然是客意，乃能應「性能」。「有唱斯和」點題，亦應首句。

「搜奇」一段，讀古人聯句限韻詩乃知其妙，埋頭帖括安足語此。

「信所謂」句正收，又應「性能」。「宜乎」二句敘意得體。「從事」應首句。

《送竇從事序》

總挈二句，以下申明分天、地、人三層，又以二句總結。當玩其錯綜之法，古雅之神。「其次」，十二次。「其星」，二十八宿。「風氣之殊」，結前起下。「唐之」句粘「古昔」二字落脉，歸美君相，識高局正。

「民俗」云云，應天、地、人三層意，别開生面。天氣、地理悉因人事而變，可謂精言。

「是以」二句順籠題意，水到渠成，妙於點襯，所以壯行色。

「皇帝臨天下」又從「唐」字落脉，「詔工部」點題，以下次第引入。「文辭」伏，「能文」應。「昌黎」對「扶風」。「能文」之一合，「文辭」又應，總結上文，古質有味。

典雅與班固《地理志》同，讀其脉之靈、局之變，則從《左》、《史》得之。

《送石處士序》

「大夫」、「先生」，通篇眼目。「爲節度」便見急於求士。「賢者」句，唯賢知賢意到。「石先生」，猶史稱「毛先生」、「魯連先生」之類，尊敬之稱，不必年高。

「嵩邙瀍穀」伏「東都」二字，淡淡語，何等神彩，徜徉名山大川間，爲隱君子生色。然只一句已足，俗手貪寫，不成體矣。

「冬一裘」至「人與之錢」五句相承，廉於衣食故廉於取。下兩句相喚，遊興不乏而懶于奔競，觀「請」字、「勸」字屬對可知。「坐一室」句單行，却是肯綮語，唯「左圖右書」，故能熟究理事人物如所云也。

「冬」、「夏」、「食」，節奏好，煉格選詞，方珪圓璧，卓乎名篇。

「古今事」是已往事，「事後」是將來，事之成敗即成敗以驗「人高下」。下句以「人」字爲主，但就「事」論，則「今」字已足。

「語道理」須辯才，故喻以懸河；辯「古今事」須熟諳，故以御車喻；論「人高下」須明析，「事後成敗」須前知，故有取於「燭照」、「數計」、「龜卜」三者。

「自老」、「無求」虛該衣食居處、不愛錢、不求仕，神情宛合「其肯」句，謙謙可掬，又伉爽，是武人聲口，妙。可移入張僕射、裴中丞語氣中耶？

「大夫」云云，稜稜露爽，亦是開曉鄜公語氣，如酈食其上謁沛公：「臣乃高陽酒徒，非儒生也。」傳神之筆，典碩近柳州，同發源於《左》、《國》也。

「農不耕收」，春、秋或不得種，或種不得收，若作「牧」字便緩。

「治法」二句，治師之法，征斂之謀，宜咨訪於士而使之出力以佐。「仁且勇」對「文武忠孝」，「以義請」應「爲國」，又應「宜」字，「彊委重」應「無求」，「其何」句應「其肯」。

《送温生序》所云「以禮爲羅」者，詳略皆妙。「先生之廬」即次篇云「處士之廬」。「先生」句暗承「仁且勇」。「冠帶」一字一句。「受書禮」謂「馬幣」，《温生序》中「禮」字不專指此。

「不告」、「不謀」，不辭，宵而戒行，晨而告别，皆見其勇處，而忠愛之意自寓其中。「一裘」、「一葛」，行李灑然，寫出丈夫意狀。「晨」應「宵」字，「執爵」點綴「酒」字。「以義取人」應「求士爲國」，又應「若以義請」，必不可省。「以道自任」應「仁且勇」、「決去就」、「不告」、「不謀」，「凡去就」承「去就」句側重石生，以上皆美也。「惟義之歸」，昔罷參軍，今復爲參謀。「富其家」應「饋輸之途」，「饑其師」應「師環」、「粟殫」。前二節是賓，後二節是主。大夫「惟先生是聽」，「先生無圖利於大夫」，所謂「規」也。兩「使」字交互，「使大夫」者先生，「使先生」者大夫也。如此看則「求從祝規」句纔貫穿，而「相與有成」意亦透。「無圖利」應「人與之錢則辭」，願保其皭然之節。

「大夫先生」，總結，掉句宏偉，有幾許屬望意，言盡而味長。「退」應「畢至」，連上句。以「退」爲「遣」，便不成句法。

《送孟秀才序》

以歲月方所爲次第，以能文慎交爲關鍵，格簡意浄，風味有餘。

「退」粘接「盡其書」，文多且工，章句變换。「固」字、「益」字相呼應。「道於衡潭」，句法風韻似《左氏》。「盡善人」伏「與善」無迹。「授之」，「授受」之「授」。

粘「京師」二字生情，斷中有續。

進士，福根耳，其中何翅十等，煉詞虚妙。「折肱」本《左傳》，幾許含蓄。

「其要」句，所授在此。少年意氣飛揚，見識未定，尤爲要着。下申明「詳擇固交」，有賓有主，語似《左》、《國》。

切磋進業，禄在其中，似易而實難。「階而升堂」，尤寓速化之誡意嚴矣。

《贈張童子序》

逆挈「鄉貢」一句，以下詳言之，創格甚奇。「始自縣」，順叙。「又考試之」，牽聯法，本《史記》。「謂之鄉貢」，結，一句多用，複句掩映成章。

「有司」粘上，進士「出身」自爲一節，與上長短相對，「不及」二字含不能中科意。

「禮部」、「吏部」、「三千人」、「二百人」是兩節眼目。

「惟艱」通二節言，以起下文，詞致淡而有力。

「二經」節申「艱」字意，「十餘年」伏「九年」，「三千」應「鄉貢」，「又」字聯絡「十餘年」，伏「又二年」。

「班白」句言中科者，映「童子」也，應「不能中科」，又起下「童子耳目明達，神氣以靈」，足「維艱」二字之意，淋漓滿志。

「終身不得與」反映「十餘年然後與」。

「自州縣達」應「明經得舉」，所謂「鄉貢」者也。「復上」應「有司以名上」。「由是」句，出身則授官，又是一意。

結束處滴水不漏，要看「獨出等夷」句。

「隨父寧母」，何樂如之。「五都」即指上文經宿之地耳。「亦榮矣」，再用「非欲」句，反映「艱」字，轉局謹嚴。

「成人」云云，引而不發，方是序體。

「俱陸公門人」，讀此句乃知詳述明經，隱占地步。「慕回、路」句，迴護得體。唐制，取士之科，其大要有三：由學館者曰生徒，由州縣者曰鄉貢，皆升於有司而進退之。其科之目有秀才，有明經，有俊士，有進士，有明法，有明字，有明算，有一史，有三史，有開元禮，有道舉，有童子。凡童子科，十歲以下能通一經及《孝經》、《論語》卷，誦文十通者予官，通七予出身。

大意言明經等科由鄉貢、出身之艱，以見童子科之較易，然十歲以下能通經習文，正自難，況「又二年蓋通二經」乎，故美其耳目神氣之靈達也。今按「一舉而立於二百之列」，即通七予出身。拜衛兵曹參軍，即所謂予官也。起句言「二經」，蓋以該三經五經云。

《送幽州李端公序》

李益爲幽州幕僚，故叙幽州特詳，以寓感諷大籓之意，小中現大。「元年」，憲宗，進叙事，實議論，皆空中樓閣。「前年」粘「元年」，「告禮」，德宗崩，李藩爲告哀使。「司徒公」二十五字句，着色學班《書》。

「入地」、「及郊」、「及府」、「上堂」、「坐」，凡五節。

「辭」字順點，「禮辭」見《周禮》。「又以」句虛，「某又曰」含固辭意。「不可」句應「被詔」，入細。「卒不得辭」,「辭」字倒點,「必東向」,不敢以主人自居。「六十年」又粘「元年」,伏「開元時」。「十日」見《左傳》,即十幹,「十二子」即十二枝。「亂之所出」,倒插句,生龍活虎。

「今天子」一段,神凝脉厚,有西漢詔遺風。天寶末,安、史始亂幽、薊,以「開元」二字點清「六十年」,脉絡極藏顯照應之妙。

「曰然」,簡。「今」應「今相國」,「元年之言殆合」應「道語司徒之賢」,望其入朝,不虚「庶幾」之言也。

「來壽其親」,移孝作忠。「東都」二句,旁襯端公之賢。

「其爲人佐」兩句管攝上文,一句掉轉全局,有萬鈞力。「愈言」即「率先奉職」之言。

《送湖南李正字序》

以時序爲經,交誼爲緯,凡分四層,又以「其弟」、「司馬從事」、「周君」映帶於其間,見謂挨實鋪陳,却自烟雲變化。

「李生」在下文方入正位,透點更妙。「汴」字粘上。

叙四人次第有法,又以「其弟」作波。

「愈於太傅」總束三節，閑雅。「得交」一句該四人，爲離合張本。已上合。

「爲民日南」該李生，老氣。已上離。

「於時太傅府」句應「愈於太傅府」句，「於時」承「今」字，「河南司録」攙入一人，伏次節議論，「獨存」應「軍司馬從事皆死」，感慨特深。「天也，非人力」意正謂此。

「相與爲四人」，束一句，眼目分明。

應轉四人有法，又以「周君」作波，燕閒也。撫今追昔，如噩夢初醒，有憮然嗒然意，況筆力峻潔似史公。已上又合。

「侍御」、「周君」，此節兩人。「於今」承「於時」，「今」應「今」字，「爲先輩」句以德重。

「李生温然」，此節一人。「爲君子」，兩「爲」字相照，「又有文」應前「讀書」二句。以上不過寫離合情，此直從脚跟下極力研究，纔是古人安身立命處。梔言蠟貌，對此能無媿汗？

「業」應「文學」，「行」應「成德」，「未死耳」應前「軍司馬」句，又有傷逝之意，文致入微。此節串入三人，格法變化。真正交情友誼，刺骨印心。此通篇究竟處。

「往時」一段叙送行之意。「盡費」應前「爲酒享賓客」，言不計有無，費盡而止。「及今」又承「於今」，「三族」對「友朋」。「疏遠」句進一步，「禄」字謹嚴，「從事」應前，命意高，不然爲禄忘親矣，懿行可傳，絶不作媚人語也，先輩所云「有爲而作」，又與「先輩成德」關映入微。

仍赴湖南，故曰「還」，對「來覲」，有脉。結輕綰，應「得交李生父子間」，渾融有味。「最故」，宜其無一字緣飾，古質可玩。筆力高古，後賢不能到，總由三代兩漢之書得來。

《送楊支使序》

因「二人」以驗「多賢」，因「多賢」以驗「主人」之賢。「知其客」云云，聯絡法。「所謂」二句，收繳法。從主人串入幕下士，從幕下士串入儀之，與前文順逆交互，尤妙在聯絡、收繳打成一片。「儀之」一段，先躬行，後文字，次第不紊。「從事」，支使。「樂道」句，占地步。「爲邑長」應「爲邑於陽山」。通篇皆美詞，故須闡發。掉尾謂贊歎之不足，故長言之，斷續縹眇。

《送何堅歸道州序》

「爲」字凡十見，斷續隱顯，猶遠山之出没也。讀此可悟析題之法。彼生吞活剝者，總由心氣粗疏耳。

四節由淺入深，無一譽詞，而莫逆之意自見。

「識十年」伏「賢」字。因其失志而歸而贈以言，亦唯告以居下獲上之道而已。漢人云：「業不得違世而獨立，功不得背時而獨章。」何生且奈何哉！況道州、湖南又皆賢者。慎無爲逾垣閉門之行，而失聲應氣，求之樂也。

明是囑何生於道州、湖南，先從自己説入，便有根據，中間鼓舞盡致而寓意微婉，毫無朕迹，真文章聖境。

前序何堅，後序歸道州，格法井然，勿爲烟雲所眩，只一「賢」字已足，惜墨如金。「湖南」、「道」鎖二句，有格法。「唱其」兩段，通篇關鍵，堅唱而陽公和，主客了然。前順逆，此逆綰，組織法也。

「吾聞」一段，文思飄渺，筆亦老縱。「有道」二字承「賢」字，觀察賢，刺史賢，州民又賢，豈非「有道之國」。

「黄霸」貼「陽公」，「若史」句轉接，有格法。

「唱」字、「鳴」字相應，從「同聲相應」脱出。參《東野序》，繁簡各妙。細玩語意，亦猶少室山人以景星鳳皇也。

「堅歸」句仍含「唱其父老」四句意，又應前「堅歸」。

《送温處士赴河陽軍序》

借喻凌空而起，峰巒奇特。「伯樂」貼「烏公」，「良馬」貼二「處士」，「冀北」貼「東都」。「夫冀北」是難，「吾所謂空」是解，「不爲虛語」兜轉。一難一答，申明「一過」、「遂空」，刻畫精新。

「東都」句飛渡聯絡，有法有才。

「才能」映「良馬」。「洛之北涯」，請客，好。「鈇鉞」伏「將」字。「三月」映「一過冀北」；羅而又羅，映「輒取之」。雙關法，又一貫而下，纍纍如貫珠。先輩制藝，兩比如一比，從此等文脱胎。

「東都」三句游衍，局法悠婉。「朝取」、「暮取」映「遇其良輒取」，又映「空群」。

「若是而稱」收束，一句顧首，有千鈞力。

「南面」節，申「鈇鉞」以下，從君道入「相與將」，補天手，原原委委。當細玩「爲天子」，意到最佳，當學其組織之法。「求内外無治」，語稍滯。

「愈縻於兹」，申居守以下。

「軍門」，細切。「吾以前所稱」結前「拔尤」，「爲天下賀」結後「内外治」，「以後所稱」結前「奚所諮」四段，「爲吾致私怨」結後「有力者奪之」，「稱」字應前。收煞不漏涓滴。

又結明序意所自出，細極。「推其意」，當考留守詩。

《獲麟解》

麟、鳳、龜、龍，謂之四靈，見《禮記》，「昭昭也」。起句下三樣句法，先短後長。「《春秋》」句是「獲麟」二字之來由，以《詩》、《傳》陪説，便不覺。「雖」字頓挫，「婦人小子」映「聖人」。「皆知」結句，「知」字、「祥」字起局，此但聞名而知其爲祥，非真能知其爲麟，故下以「不可知」接，以「不祥」結。

三「不」字引起「不知」，二順一倒，「其爲形」，看其章法變化。「非若」云云伏一句，奇。麟，馬足牛尾麇身，故用此句翻弄，又狼頭，見何法盛《中興徵祥記》。

格意從《老子傳》脱出。「不可知」應轉「知」字，又沉發借前文作波，一句變三層，波濤汹涌。「惟麟」句，此仍是「雖有麟，不可知其爲麟」句，不添一筆，「則其」句看「其」字，「不祥」應轉「祥」字，就「不知」轉出「不祥」，亦不着一語，描神手。若無此鎖，失於直；若無此翻，失於促。細玩結構，却是重説一遍，妙。

麟爲明王出，見《家語》。王者，好生惡殺。麟在郊野，見《荀卿子》。「麟爲聖人」，紐一句，有脉。「必」字相應，又應轉「不可知」，就「知」字轉歸「祥」字，破上文，明快。「果不爲不祥」，又應轉「不祥」。

「又曰」，奇。此是餘波，補足「必有聖人」句意。

史傳所載多有非時而出者，結意老到。

句法掩映而義自别。前言「不知」，故無怪乎「謂之不祥」。此云「出不待聖人」，則真無德而爲不祥之物矣。減幾許驕君佞臣光彩，非但遮妨難而已。

此見知人不易，唯明君知良臣耳。而從空結撰，風發韻流，極爲奇變。然非昌黎所難。《左傳》「哀公十四年」：「春，叔孫氏之車子鉏商獲麟，以爲不祥。仲尼觀之，曰：『麟也。』然後取之。」「亦宜」二字，正爲現成公案下此斷語。「聖人必知麟」，亦暗用本事，方是《獲麟解》文字。

兩「祥」、兩「不祥」，錯綜成局。「然」、「雖然」、「又曰」，轉局。「麟之爲靈」、「麟之爲物」、「麟之出」、「麟之所以爲麟」四句，起局。奇在「其爲形」二句變化。蓋「不畜於」、「不恒有於」對上「咏於」、「書於」，若仍作「不類於馬牛」云云，使少波瀾。尤奇在「角者」四五句，空中樓閣，使人目眩。

《鱷魚文》

「惡谿」，總名；「潭水」，魚所居。祭魚是瑣題，以刺史祭之便是大題。看它何等發端。

據《孟子》「禽獸逃匿」及「驅蛇龍而放之菹」，蓋聖人元無殺心。首句便開出路，胸次廓落，鱷魚氣勢頓減矣。此文豈可學而至哉？

開局英偉便壓倒妖祥，從《孟子》脱胎。

「昔先王」句，「既有天下」伏「德」字意。「列山澤」，重「澤」字，「罔繩擉刃」便切水族。「蟲蛇」當云「龍蛇」，纔説龍便添鱷魚氣焰，换「蟲」字。《韓非子》曰：「龍之爲蟲也。」煞是精嚴。「民害」二字通篇關鍵，首尾照應，立案如照律擬罪，先輩所謂「鐵板文字」。

「及後王」句，「德薄」句，三「有」字相應。「況潮」實點，只一字點題，作一縱，是大局面。「亦固其所」，逆結。

「今天子」句對「昔先王」，應「後王」。「神聖慈武」，見德厚，應「德薄」。「皆撫而有」對「既有天下」，應「不能遠有」。

以遠況近，合四讀爲一句，凡三十四字，發揮「潮州」二字。此等文法從《左傳》得來，雄健則《史記》也。

「況」字、「哉」字一一遥對，長句磊落。

作一擒，傲峭雄深，對「淹涵卵育」二句。「雜處此土」句順結。「此土」承「壤」字，緊。下節申此句，醒。「不可」是説理，「安肯」是説情。

從「天子」落到「刺史」，渾融無迹。

「受天子命」應「今天子」，總承，筋節起三句，下二節分應，當細玩。

「治民」應「害民」，脉理瑩貫。「而鱷魚」轉得勁，「睅然」，舉一以例，便是鱷魚圖畫。

「谿潭」、「據處」倒句，本「惡谿之潭」，本「雜處此土」。「食民、畜」，重「民」字，應「守此土，治此民」。「肥」應「淹涵」，「種」應「卵育」。七句入鱷魚罪案，尤重「與刺史抗拒」二句，刺史「守此土」，鱷魚據吾土；刺史「治此民」，鱷魚食我民，則與刺史争雄矣，刺史亦何顔對此民且偷活此土耶？反覆呼吸如一綫。

物之情聚於目，鱷又蟹目，故特狀之。無此句則無神，無「肥身」二句則無肉。文家動稱骨格，將髑髏亦骨格耶？

此節應「刺史」二字，明不肯爲鱷魚屈。次節應「受天子命」四字，明「不得不與鱷魚辯」。

「民吏」，「民」字串「治此民」句，「此」字含「守此」二句，又應「卵育於此」、「雜處此土」。

連上節，「刺史」、「鱷魚」凡三轉，如游龍。「亢拒」、「長雄」、「低首下心」，互相映發，如織錦。

「不得不」兼説勢，便伏下「强弓毒矢」，又猛喝一句作結，聲色俱厲。刺史意中固已不肯偷活，況臨以天子之命，其可辱朝廷耶？語脉盡此句，下放開生路，使其徙以終前驅之之説。

二句倒結前文，以上與鱷魚辯，以下與鱷魚言。

起下數句至「七日」句止，語氣慈祥如諭吏民，想見古人胸次。

「言」字起，如曉諭赤子。　文中元氣，漢文帝遺單于及南粵書相似。

居之甚安，去之甚便，設限又甚寬，步步入情入理，無一言可答。

「以避」句，顧母句，意密，始終以君命爲主。　「安肯」、「不肯」相應，又應「南徙」。　「不有」句應「其聽刺史言」，「言」字結。　「不然」一轉，意到。　熟此能參活解。

「言」字轉有餘情，「有知」、「不知」相應。

「傲天子」句對「避天子之命吏」，應「不有刺史」。　「不聽」句應「不聽從其言」。　「不徙」句應「終不肯徙」，「驅」字之變文。　「與冥頑」應「冥頑」句，實兼三句，「民物害」重「民」字，應前「爲民害者」，「殺」是活着，只是驅之使走，本《孟子》「好辯」章。　「選材技」、「操强毒」，煉字精悍，無非怖之使遠徙耳。　語在此而意在彼，必有事於「選」、「操」，便落第二義。

搏捖有全力，結歸民害，滴水不漏。　「物」字應「熊豕鹿獐」，意到。

「盡」字進一步，所謂挽弓挽强，顧「醜類」二字，意到。

反覆開示，以「無悔」結，盡理盡情。

筆底如雷霆，與漢高討項羽詔書並讀。

「驅」字張本，「徙」字照應。　「谿潭」、「據處」定罪，「不肯徙」照應。　然「據處」失於不知，尚可驅。告而不徙，則負固矣，是可殺，亦驅之變計也。又「卵育」句，「據處」根由，「雜處」句，「驅」字過峽。一篇骨格如此，參之。

《伯夷頌》

君臣主「義」，叩馬之諫太公，亦曰義人也。若論父子兄弟之際，則當云「求仁得仁」。古人立意不苟如此。「義」字起，「臣子」結，首尾一線。

以「豪傑之士」目夷、齊，却是於孟子後別出手眼，與《諫臣論》「二聖一賢」參看，可見昌黎心膽。「聖人」緊對「豪傑」，低昂入微。

「皆」字攝下三種。「至於」，虛字爲筋，「若」字少不得，「乃一人」句擒。「若伯夷者」點，「窮天地，亘萬世」應上「千百年一人」。

「昭乎」讀，明如日月，高如泰山，大如天地，猶不足以比其「高」、「明」、「容」，其幽憤分明，畫出伯夷隘要，看「不足」二字最精妙。

「聖也」伏案無迹，「賢」字陪「聖」字，層層虛景。「非」字承上起下，脱换最好。「叔齊」攙入，「獨以爲」骨力，「不可」緊應「不顧」。「彼二子」變文，「乃獨」句骨力，「餓死而不顧」點，還足一句，勁透。「夫豈」二句掉轉結住。「今世」云云，承「豪傑之士」，虛機最佳，絶處逢生，金蓮活水。

「凡人」，賓中賓；「沮之」映「非之」，賓中主。「自以爲不足」與前三「不足」巧映，「自是」應前「是非」二字。「自是」句下可徑接「余故曰」一句，却倒插一語，非但具扛鼎筆力，亦爲萬世扶持名教，東坡《武王非聖人論》可以不作。「若伯夷者」減去，此處得力，則彼處省力矣。中有玄機。

「特立獨行」三句又應「萬世標準」。韓文如薜蘿，隨處生根也。

前皆揚中微抑，故用「雖然」一轉，不知此意，却說不去矣。

方見周公、伯夷並行不悖，可謂析理之精。「接迹後世」仍照「亘萬世而不顧」。甲寅菊月五日辰刻評定。

《雜説》

雲之從龍，猶聖人作而萬物覩也。然聖君必資賢臣，是一篇本意。轉掉不測，文亦如龍如雲矣。

「龍」字直出，賓；「雲」字，主。「雲固弗」句，跌起，倒捲「龍」字，又直承粘「氣」字。「茫洋」一句，寫雲之體狀，「玄」，天玄。雲掩日月，雲藏雷電，雲載雨，六句寫雲之功用。「伏光景」即日月，「神變化」即雷電，「汨陵谷」即水。「雲亦」句又倒捲，應轉「弗靈」句作一頓。

兩「然」字轉折分明。古人煉局全在此，不得草草。

「雲固弗靈於龍」、「雲亦靈怪矣哉」，呼吸極靈。

「雲龍」句直，下一句翻起，下一句根「噓氣」、「乘氣」作一翻跌，與「雲弗靈於龍」句法相對，奇妙。

上言雲之靈，此言龍得雲而靈，又進一步。雲以龍而靈，然不因雲而靈。此兩句是翻頭，須認「失」字粘「弗得」二字入細。此四句全是咏歎。

龍不待雲而靈，然必得雲而神其靈，如湯、武，聖君也，不得伊尹、太公無以成弔伐之業。只「雲」、「龍」兩字首尾錯綜盡變，對勘知之。

咏歎俱見深情。「失」應「弗得」，「不可」應「無以」。

「靈」、「不靈」反覆成篇法，與《獲麟解》「知」「不知」、「祥」「不祥」同一機杼。

末又引《易》以釋。上文言但患非真龍耳。既是真龍，又何憂弗得雲耶？脉絡轉折，當静會之。甲寅菊月十八日雨窗。

《雜説》

雙起，「視人」，望也；「察其脉」，切也。「紀綱」如六脉，切喻也。

「天下者」一段，聯絡緊湊。此俗手所削去者。

「脉不病」伏三代，「脉病」伏秦，又從客景卸落，極奇。

單行過渡，局法變化。

古今治亂之故，開卷了然，洵大手筆。分貼如訓詁文字，彌見精詳。只是心清，故其詞達，且得此提挈，以下衹説夏、商、周、秦，不必插入譬喻，亦自省多少説話。此争上流之法也。記之。

「諸侯作」，「瘠」；「不傾」，「不害」；「天下傾」，「死」；「紀綱存」，「脉不病」；「紀綱亡」，「脉病」。勾當千古，略無枝葉句，由其胸中雪亮，是故雙收應起，局甚穩。

在病人、爲國者，能知所憂懼，則醫人、謀士謂其得天助也。又進一步，在醫人、謀士，亦當代病人、爲國者助一籌也，視素履以考凶吉，可不互相儆策乎？結不了，先秦往往有此，却是一法。

《雜説》

順行倒捲，仍是「雲龍」章法。「有」、「不有」相呼應，與「靈」、「不靈」同一機杼。

上「有」字，有無之「有」；下「有」字當「識」字看，妙在「有」字，换「識」字便嚼蠟矣。參之。

「千里馬常有」倒應上二句，如杜律反覆呼吸也。此節反釋起句，起句又反起此節。呼應之妙如此。

祇屬「奴隸」，無伯樂。「駢死」句伏「策之不以其道」，悲感横放。「不以千里稱」，無千里馬。「馬之千里者」，更端申所以見辱之故，忠信重禄之喻也。「食馬」句亦根「伯樂不常有」來，伏「食之不能盡其材」。

「食不飽」云云，上書宰相僕射，乞一朝之饗爲芻馬僕賃之資，真令英雄氣盡。伏「鳴之不能通其意」。

「且欲」句，頓挫陡絶，應「才」、「力」二句。常馬一飽則奮迅遨嬉，彼即懸涎垂首，安得同。「安求」句應「雖有千里之能」，貫穿如一線，妙於呼吸順逆之法。

「不以其道」兼喻爵位，應前，有隱有顯，具變化法。「鳴之」句暗用《國策》鹽車事最精，與首句迴映無迹，有神在，正意則謂不能吐胸中之奇也。

精言。「執策」「策」字，與「策之」「策」字别。

「天下無馬」應「千里馬不常有」，「有」、「無」首尾相應。「不知馬」應「伯樂不常有」，以伯樂知馬故。咏歎結，有不盡之妙。

寫盡權要恃勢輕賢情狀。比於「奴隸人」，非虐也。「天下無馬」，極力提唱，真是瓦釜雷鳴，想下筆時欲歌欲笑。

「嗚呼，其真」二句，發抒貧士傲睨王侯意氣，「知馬」緊應「伯樂」。「俯而歎，仰而鳴，聲達於天，若出金石聲者，何也？彼見伯樂之知己也。」見《國策》。超奇絶俗之名言。

《諱辯》

叙不得不辯之故，入手緊浄。「同然一辭」，描出俗人可悲可歎。「愈曰然」，急入「二名」句，客；「不諱」句，主。「禹」「雨」、「丘」「蓲」，古趣可挹。側重「嫌名」句，就「嫌名」作一窮詰，并古人「不諱嫌名」之意亦了然矣。神來之技。「晉」、「進」亦嫌名之類也，故通篇以「不諱嫌名」爲主，而歷引周、孔、漢、唐以證之。「偏諱」、「宦官」等皆是賓意，穿插翻弄，真覺紙上烟雲歷亂。鹿門尚未得其阡陌，況餘子耶？「作詩不諱」，一證，牽「二名」一句，意密；「不譏不諱」，二證；「康王」承「周公」句，三證；「曾參」承「孔子」句，四證。以下又借姓名同音者作一窮詰，結清「不諱」二字。「漢諱」，客句，「又諱」，主句，五證。「諱呂后」，客句，「又諱」，主句，六證。今上章七證，「宦官宮妾」，餘波，是客意，與「名徹」、「名雉」兩句倒對，又伏結處，文情妙絶。先武帝，後呂氏，體段應爾。「言語行事」伏事親作人及「諱親之名」。「今考之」一段總結住，「爲是」、「爲非」，「爲可」、「爲不可」，首尾照應。

「凡事」一段暗承「法守」句，有聯山斷嶺之奇。「不務行」云云，又是探本之論。文如弄丸，但看出手，勿看丸也。

《毛穎傳》

先叙世系。「兔曰明視」，見《曲禮》。東作西成，土功始於東，斗柄震方，皆是。見《論衡》。地支卯肖爲兔，其説見《王文恪集》。「死爲十二神」，結清上文之意。

「䨲」，耨平聲，兔子，「居中山」接首尾。「恒娥」、「蟾蜍」皆月中所有，遂隱伏「中書君」。「㕙」見《國策》。蒙恬造筆。《連山》，殷《易》，「天與人文」見「賁」卦，是起。相傳兔無雄者，又吐生，故「八竅」也。畫出小像，筆花如笑。

從文王獵于渭濱脱胎，文彩蔚然，與《左傳》比肩矣。「賜之湯沐」，見《禮記》。無句不秀，無字不工，長句中有短句，故磊落可誦。

「自秦皇帝」云云，結上。爲人唯敏給，故可愛。「善隨人意」又懸接「爲人」。「不喜武士」，冷雋。

燭，賓；墨、硯、楮，賓。「君中書」，巧映，是結。「臣所謂」，百煉之句，想頭深入，題無賸義。

制科文當如是。

餘波精妍曲折。

戰國以上一族，中山又一族，叙兩族變化無迹。

「《春秋》之成」承「中山之族」，「拔豪」入題，「世遂有名」應「不知」句，「無聞」迴映。筆意玲瓏。以秦事作結，此餘波也，正意在「姬姓之毛」句已畢。學史公而得其神髓，後世僞秦漢者觀此可以深省。

夫子絶筆于「獲麟」，故贊中引之。然孔子時未嘗有兔毫筆也，得意處不及細檢，遂與蒙恬一案自相矛盾，迎而距之，皆醇而後肆焉，蓋難言哉。甲寅季冬十八，東林菴偶筆。

柳

《讀韓愈所著〈毛穎傳〉後題》

起手泠而雋，謂世棄余，余亦棄世也。

「有來南者」，没其氏名，「時言」句點題，「不能舉」二句畫出俗子種種煙波，又埋伏下文。

「久不克見」句有筋，便寓想慕意。「始持其書」對「不能舉其詞」，「索而讀之」對「久不克見」。「捕龍蛇，搏虎豹」，突兀。「力不敢暇」，言不敢亦不暇。「信韓子」句，冷甚，趣甚，應「怪笑」。飄眇生動，純以筋力風韻爲文，妙哉。

「其大笑固宜」，冷甚，毒甚。「且世人」句聯絡轉换。「俳」，戲也，對上「怪」字。

「皆取乎」承《史記》，拗勁。唯柳州引《禮記》與《詩》掩映，妙在離合。

「味之至者」句，婉勁。「咸有篤好」句，領起「文王」、「屈到」、「曾子」，「然後盡」句應轉結住，「獨文異乎」一句串合。

拓開一步，以味之適口喻文之娱情，離奇斑駁，色蒼神活，柳文最佳處。

「以足其口」束上，瀟洒。「而不若是」一轉，波濤怪偉，極文之態。「不可」句收住，亦婉勁。

「且凡」一段切「毛穎」，又發韓所未發。

「勵」字對「疲憊」看，應前「有益于世」，「歟」字應前增態。

「異世」句應「設以奇異」，蓋自況也。「貪常嗜瑣」應「模擬者」，「呫呫動喙」應「笑怪」，「甚勞」句亦笑之。

《送薛存義之任序》

告勤廉吏，何必如此諄複。蓋所以諷切，凡爲屬吏者，存公心不苟，宜生有遺愛而没爲明神也。文尤曲折渾厚，有《史》、《漢》筆意。

「凡吏於土」二句，呼，虛；「蓋民」二句應，「凡民」句實。「傭」，俸也，伏下。妙。「平」，賦訟之平。「今」字轉，「受其直」，一項；「怠其事」，二項；「天下皆然」虛結，有章法。止而復行，「又從而盜之」，三項。「向使」句粘「傭」字，「受若」云云，粘上三項，「則必」句穿插，「以今」應前虛結，「怒與黜罰」照應，「何哉」力透。「勢不同」，但不敢肆，格於勢也。理實同於盜傭，其民之怨怒何哉！既舍勢論理，即匹夫匹婦能不惴焉？此本旨也。

「恐而畏」，恐己之失職也。《書》曰：「可畏非民。」當分別。

「假令」，攝也。「訟者平」，「司平」。「不虛」二句，以動該廉，藏顯有法。

「辱」謂叔文黨，悲壯。「不得與」，言謫守在遠，無由峻擢之，聊致賞功之意云。合「天下皆然」句，詮衡失人，其感慨在言外矣。

結載酒崇肴而告之，無一滴滲漏，僅以一酒一肉一文賞功，自嘲嘲人，幾許含蓄。

薛不必知文，故質言之，非謂告屬官定應如是。參之參之。

字字着骨，浮掇者以此砭之。其勁而婉，深入而顯出，則又拆襪線之良藥也。

黜罰之公，朝廷操之，曰「民莫敢肆罰」，含諷最妙。「考績」句正與此應。

《送李渭赴京師序》

一意化兩層，布格玲瓏。

「又況」承起句，整齊。「名不在刑部」對「有罪」句，變化。「來吏」伏「吏」字，「逐居」應「左遷」，「至」應「罕至」，「棄美就醜」應「來吏」，含蓄。前後二字脉絡，「至」字又應，「屑屑」句應「來吏」，明顯。「何自苦」對「怪其棄美就醜」。先用虛語，次點畿縣，反照瘴鄉，飄眇飛動。

「宗室」切「李渭」，「當尉畿縣」見《史記》，妙在倒裝。怪他人全是憒自己，下節同此。知此則知結尾不能長言之故矣。

「(今)(君)又」承「後」字來。「二府」，丞相、樞密。「爲詩有幹局」，文武兼優，應「二府」。

「知人情」云云，所謂「言止是」者指此。「以是入都」顧題中「赴京師」三字，「嫉其不爲是」應「屑屑爲吏」。

「行哉」收前半篇，「言止是」收後半篇。簡樸似西漢人。結應上「將」字，亦覺全篇力透。

前段極其變換，然明是四比文字，慧眼自知。

蒙繞、怪歎兩節抱轉，今時一節并點作序意，曲折古雋。結語自傷，不禁嗚咽，若盡若不盡，妙於寄情。鹿門譏其衰颯，未得個中意耳。

《送詩人廖有方序》

「地極南」伏「陽德」二字，「璹瑁」句伏「瑰麗」，「其産皆奇怪」連上言「多」且「奇」，「亦殊異」對上「奇怪」，伏下「紛葩」。

「吾嘗怪」一轉，氣可拔山。「罕鍾」句，反挑「廖生」。

分四節看，語簡味長。

「今廖生」下，一句賦性，一句制行。「以質」句結上生下。「爲唐詩」謂律詩，沈、宋倡之也。

倒應「罕鍾」二字，分兩句，有力如虎。

「今之世」節，絶處逢生，文情奇宕，如老松壽藤，枝幹横出，偃蹇紛披，真怪偉之作。

「恒人」句，映帶極妍。「罕」字結，匪夷所思。結語即唐詩所云「莫愁前路無知己，天下誰人不識君」耳，却説得淩厲頓挫，旁若無人。此柳州勝場，蓋數奇見廢而以胸中感憤發之於文，故能如此。

全以氣魄筋骨爲文，比肩太史公矣。

《零陵郡復乳穴記》

直入，與《捕蛇説》同。「多産」句伏「買諸他部」，「于連于韶」粘「産」字，暗中有脉。

「祥」字布局，一「謠」一「笑」，虛景可愛，又順逆相生，筆筆有法。

一刺一美，不分門户，申明處有詳有略，宋文便不能爾。「令明」云云，頌美無迹，與韓《滕王閣記》參。「令明」二句是感，下二句是應，「誠」對「紿」字。「且夫乳穴」一段申明「紿」字意，言出於不得已，爲連人出脱，而昔刺史之罪昭然矣，妙。

「由而入」承「山林」，「觸昏霧」對「冰雪」，「扞龍蛇」對「豺虎」，「束火」、「縻繩」是穴中景象，「出」對「入」，「紿」與「誠」逆順相接，思之。「今而」句圓逸，「何祥之爲」應「惡知所謂祥」，《史記》體，總結「謠」、「笑」兩節，又歸美刺史德政，結穴井然。

「以政」應「令明」二句，「誠乎物」以應「欺誣」二句，「人樂用命」應「誠告」。「祥」字結局，與「君子之祥以政」反覆照應，一味清真，洗盡脂粉，所謂著其潔者此也。

「祥」字翻覆播弄，簡峭中有波瀾，發揮生民利病，亦有關係文字。三月朔旦，東林閣評定。

《遊黄溪記》

雖未窮極幽致，已爲後遊發端。合諸記讀之，此作猶弁冕也。

「黄神之上」四字衍，「如」字亦衍，虞集曰：「看來『丹碧華葉』乃實景，自然着『如』字不得。」

「初潭」、「二潭」，山水禽魚，劃然竦峙，老筆。「可坐飲食」，變文，句字益劖刻淘洗。

始於峭峻，終於寬衍，山水之起結，即文字之起結也。「黄皇室主」一段，典雅似《西漢書》。

《始得西山宴遊記》

「爲僇人」，得罪而貶。「是州」，永州。「恒惴慄」應「僇」字，起「遊」字。「其隟」，意密，應「居是州」。「施施」、「漫漫」顧「遊」字，唤下文。「日與其徒」伏「相枕」、「同趣」，「入深林」云云，一一伏案。「到」字讀，「披草」接，意好。「傾壺」顧「燕」字，「則更」句又接，好。四句應「徒」字，「卧而夢」又接，妙甚。「意有所極」，幽妍。

「凡是州」應「居是州」，轉入「始」字，反點題面，「怪」、「異」相應，是第一篇起手，看題中「始」字得之矣。

是謫官游况，全寫一段悲憤，參詩集自見。

爲「始得」張本，何等頓挫，眼目徹清。

「今年」承前篇入細，又應「自」字，又伏結案，兩「日」字相應。「因坐」閑一句，妙。「望西山」正合上文，兩「異」字相應，又有動静之别。

出「始」字，何等清亮，又無痕迹，制藝家能望其涯岸否？「遂命」以下蹊徑幽折。「染溪」應「迴溪」，「榛莽」應「深林」，「窮山之高」應「高山」，應前三句，前順後逆。「攀援」二句粘「山」字，有氣脉，遥接「施施」、「漫漫」，「數州」應「是州」，發明「窮山之高」，承「高」字，劃然。以所見之遠明此山之高，所謂蜃樓海市。

「其高下」一段發明「數州土壤」。「岈然」，高山；「洼然」，下水。「若垤若穴」映襯「高下」，「尺寸千里」應「衽席」句。「攢蹙」二句，虛語作一束，又承上起下，妙，妙。「縈青」云云，斷而不斷，意脉雄暢。「青」謂山，「白」謂水，承上「高下」三句，又應前「是州之山水」句，奥致似《水經註》。

虛語咏歎以暢其局勢，「特出」應「怪特」，「然後知」、「未始知」照應清醒。「引觴」句，氣貫「頹然」句，應「披草」、「傾壺」，「不欲歸」應「起而歸」，曲盡遯世遺形意趣。「心凝形釋」，蒙繞「悠悠」、「洋洋」四句，乃埋憂寄愁之極致，勿錯看。「然後知」凡兩見，迴抱深穩。「始」字翻覆頓跌，則匪夷所思矣。「游」應「漫漫而游」，「始」字結穴，正反互用如游龍。「爲之文」句，潔甚。「是歲」應「今年」。

《鈷鉧潭記》

「尤與」三句，離奇有勢。

《鈷鉧潭西小丘記》

「後八日」伏「不匝旬」，「西北道」應前篇「在西山西」，「又得」句點題，「西」字、「丘」字又點，「生竹樹」綏入，「其石」四句虛籠，「其嶔然」云云，實點，「而下」、「而上」寫「丘」字，俯仰盡致。「可以籠」句管束，使氣脉不走。「問其主」，變文，與前首參。「憐而售之」，句法掩映。

「嘉木」句應前，簡透，是《左傳》句法。

「舉熙熙然」句顧母作一束，以下又行，當細玩其章脉之妙。

或「望」或「卧」，解衣磐礴，不獨爲山水傳神矣。

「清泠」四句深致，「不匝旬」三句迴合無痕，收束有法。

「深源、克己」，不漏。

末段沉思忽往，至較量於繁華寂寞之間，而賀兹丘之遭，乃所以自傷其不遇也歟？

《至小丘西小石潭記》

只一「清」字作骨，得此意始知此文之妙。

文貴生機，若此記之游魚、《石渠記》之「風摇其顛」是也。又欲形其清則言魚，欲形其静則言風，所謂水中鹽味，色裏膠青。東坡云「庭前積水空明，荇藻凌亂」，得此意也。天機活潑，如誦西漢「魚戲蓮葉」之詩。然此是寫石潭之清絕，尤屬空中色相。點綴曲折，近能使之遠，乃知行文忌徑直也。

《袁家渴記》

「水行十里」、「陸行」、「水行至蕪江」，三换句，又從頭搬弄一遍，直如米顛好石，恒欲置之袖中，真癡。

「渴」字本奇，箋解更益嫵媚。

「舟行」二句，書家以轉折取筋，行文亦爾。

「其旁」、「其下」、「其樹」，三换句。

「每風」一段即《上林賦》「紛容蕭蔘，旖旎從風」之意。而動摇以文彩，無中生有，一篇增勝。作記者須知此法。

末段拈一「風」字，景象俱活，妙想。「無以窮其狀」，密中之疏。

韓柳歐蘇諸大家文發明卷三

歐　上

《易或問》

理、數本不相離，然理得而數可以忘，言孔子學《易》寡過，此萬世《易》學指南也。故雖洞中如康節，程子謂其不知《易》。康節問「雷」從何處起？程子答：「起處起。」其學《易》之淺深見矣。歐文原本六經，《或問》等作，真可爲孔、孟註疏，特其排斥《繫詞》及以《彖傳》、《象大象》爲夫子所作，則猶千慮之失耳。丁巳六月二十二日，曉窗。

「《易》者」一段，本末互勘，便有根柢，不然，無以服京、焦之學。

「不足學」，拈「學」字答之，「自古用焉」伏「不更其法」。

歐公不信《繫辭》，獨以作《易》起於中古，爲夫子之言，故於《或問》亦詳述之。

「奇耦」「陰陽」句，象數；「有君子」句，理事。一句順，一句逆，即數即理，一口吸西江矣。

「假取」句，慧心慧眼。「名之」句伏「更其詞」。「至其」句，逐末忘本，今世皆爾。

卦詞曰：「彖，周公作象。」「必稱」對上「君子小人」，「常以」對上「治亂盛衰」。

「推原本意」應憂患之志，「矯世失」應「後世用以卜筮」。據考亭説，則宋世并亡古筮法，而盛行火珠林占法矣。今以三文錢代四十九蓍，奸詐之事無所不占，即其流弊也，可歎哉！宜歐公重言累欷而以孔子覺群迷爾。

「自古所用」應「自古用焉」，「更辭」應「假取以寓其言」，「大衍」顧首。

以下總結，錯綜變化，所謂以寸管作梨花槍也。

粘「占辭」結憂患一節，串結「孔子」一節，要見「文王作《易》之意」只在現前。

本末雙結，答還兩問。「君子者」、「占者」，眼目分明，曉人當如是。

《明用》

便是制藝之粉本，清粹可挹。

「何謂也」，便學釋爻體。

釋「用九」明浄，至所以名九之意，則未詳。

正講全得力於反挑，方成活局，其亦九六互變之理歟？丁巳六月二十三日。

「不可不釋」，閑淡。「陽極則變而之他」句，句切似成、弘間文。

「陰陽」節總結出宗旨，餘波閑淡。

《泰誓論》

不作論冒，劃然四比，而商君臣、孔子、伯夷，各以類相從也。

蔡氏云：「歐陽之辨最爲明著，但其曰『十一年』者，亦惑於《書序》『十一年』之誤也。詳見《序篇》。」

「爲職事」句，挑剔入細。「難制」句，頓挫有法。「使西伯」云云，轉折次第。

六經原性情而作，「人情」二字最得肯綮。

「西伯聞之」，挑剔。「反優容而不問」，頓挫。「不稱臣而稱王」，挑剔。「起於何説」，頓挫。

「人情」句，隱略。

「聞西伯之賢」，挑剔。「不以爲非」，頓挫。「彼二子者」又總括，點出「人情」。

以下「改元」另爲一節，而斷語則遥應，是斷續法。

始點《泰誓》「十一年」與「十年」有别，「受命九年」與「受命十年」有别。

説者以謂漢孔氏之説惑於僞《泰誓》而然也。

「然則」二句又作縱奪兩難，姿態横逸。

「不宜改元」，謂聽訟時以爲元年。既不改元，則是冒先君之元年矣，其實連第九年爲十一年也。要之，既稱十一年，則非冒元年而何。思之。

以兩「不改元」陪「又改元」，重重花影。「上冒」三句連讀。「生不稱王」結前四節，「不再改元」結後一節，總結五節，簡要，真是冰融雪浄。

「曷謂」句又隔接《泰誓》，連山斷嶺。

「今有」一段，文自文，武自武，剿盡葛藤。

餘波醒眼。一人之説尚自牴牾，況衆説聚訟乎？一斷以孔子，而撥雲睹青矣。六月二十三日。

結粘「取」字、「信」字，巧甚。

《爲後或問》上

《詩》曰：「父母之恩，昊天罔極。」若出繼而絶其本生，是有極矣，且不得與不同居繼父比，是何心哉。孟子謂：「父母俱存爲至樂，而王天下不與焉。」又謂：「舜負瞍以逃，訢然忘天下。」

觀此則可以斷濮議矣。伊川知道者，亦云當稱皇伯父，與朝四暮三者復何異？歐公之論當爲萬世法。丁巳六月二十五日。

「何謂」句，隔接「不絶而降」，順逆相生。「降者」云云，字義精切，讀經當如是，所謂聯絡。「禮」隔接「於經見之」，「降其所生」句，「降不改」句，「不絶」是也，見鑿鑿有所稽考。

「今之議者」，「古」、「今」相對，「必使」云云，真陋見。

指稱皇伯之議，王珪倡之，吕誨和之。伯父、叔父，公已言之，伊川憒憒。

「此余所謂」反結。「稽之」句粘「不知何稽」。轉軸「制禮」粘前「禮」字。此節中降服之意。木本水原，一眼覰定，一口道破，真孝真忠，奈何群豖之乎？

「尊祖而爲之屈」，搜出降服本旨，它人亦未道及。「伸於彼」，層層脱卸。

「所以勉」一段，盡力發揮，透快沉着。説經當如是。然則繼統者亦可以惕然思矣。下節中「不絶親」之意，「大義」陪説，「至仁」二句是主，「絶人道」句反挑，痛快。

精義存仁，六經羽翼。

「爲降」句陪，「不没」句主，「其父母」三字，際天蟠地，如何抹摋得。

「方子夏」一段，不遽入正文，波瀾反覆，是歐文家數。「奈何」、「不然」應前「不然」，「其於傳經」應「傳《喪服》」，「委曲」句應「直爲一言」，「視所後」句虚籠。

「若子」便非「真子」，概曰「爲之子」，析理粗疏，説經不當爾。「若子者」，攙入註脚，烟雲眇眇，山意娟娟。「故曰」句，實點，「昆弟之子」承「妻」字，「猶嫌」句虚步增妍，應「委曲」意。「又曰」又點，「其言詳矣」結「詳言」，又頓起下句。

「爲其父母報」實點，「獨於其」一段鉤深闡幽，要在六經句字之中，非於其外有分毫添入，若考亭之集註也。釋經如是，寧患古義晦蝕哉？有三年之愛於父母者，讀此能不泣數行下。

「則是若所後」句，刺入心窩矣，尚自刺，刺不休，所謂棺中瞠眼者也。以下層層收拾，詞有餘悲。

「可乎」、「不可」，遥應「可乎」、「可矣」。

古今交織，又從即今拈出定案，如爇返魂香，雖陳死人，無不悲歎涙交頤矣。

「律令」者謂律與令，「同五服者」，即《五服圖》所載。「以謂三年」一段，申釋婉而摯，所謂又有加者此也。

以「律令」串「《開寶禮》」、「《五服圖》」，而《五服圖》又别一峰，參差縹眇，海上仙山。

「何謂今人之不然」，應「是何言歟」。

《爲後或問》下

承前篇起局。前作引經據古，此作專求諸心之仁義，又禮之所由起也。

「以人情制禮」，一篇提綱。「降」是禮，「不絶」是情，分貼仁義。「豈非人情」，此是私見，乃若其情，則必不然。

「不知仁義」，毒罵。不可少正，所以醒之於人禽之關耳。「衆人」、「聖人」，對揀分明。

「父子之道」一段，説理至此，十分近情。今人八比，邈若秦越，可以發汗。

「故人情」遥接「降服」，是賓；「不絶親」，是主。名通極似制藝妙手。

「此聖人」句結「聖人」，「彼衆人」句結「衆人」。「不兩得」，樊遲未達亦然。「故曰」，申明「不知」句。

「因人性而制禮，緣人情而作儀」，見《禮》書。「有所强」、「有所拂」，層層勘入。

「是直欲」句，虛景。「爲我絶之」，「反」；「易爾」句，「易」。「其可以强」應「其可得乎」，緊粘不可强，搜出真絶、僞絶兩意，重僞絶邊，又轉結「聖人以人情而制禮」。真覺「降而不絶」爲仁至義盡，萬古當遵，諸説悉可燒也。

「無一不可」應「無一可」，重重咏歎，甘芳之意達於面目四肢，所謂粹然盎然者歟。六月二十五日。

衆人之偏，王珪諸説；知仁義相爲用，韓、歐之説。

「降則不能干」，答得簡淡，認定經旨，如掌大指南車，任渠波濤萬狀。

立廟則不降矣。反正相應，筆力千鈞。

《晉問》

「固無之矣」，縱；「果無之乎」奪；「曰有」即縱即奪，扼吭之法。

「由藩侯」，賓；「晉出帝」，主。「皆無之」應「果無」句，又應「有」字。「嘗以」句申「有」字，「何足道」應「不足法」。本色映襯，秦鏡當臺矣。

「彼出帝者」云云，虛蒙上「入繼大統」、「得正之君」。「蓋其」節粘上起下，探出「不得已」之情，死灰中活火，今日有何不得已亦可悟矣。

「出帝父曰敬儒」節，實「其義不當立」，曲折分明。

「蓋立」三句斷倒，緊照時事。「嗚呼」一段，申「不足取法」，從賓入主，深悲極痛，參《五代史論》。

「滅亡禍敗」兼禍福言之，結句所謂意愈切則詞愈緩。

《漢魏五君篇》

本旨在兩《或問》，本事在兩《議》，此特掇拾賸意以破妄言禍福者。風恬浪活，自有襟情，合看始得之。

「厚誣天人」，客意，輕放過。「前世」云云，連類而及之，入題有法。「由諸侯入繼」又提鬆一句，「今略舉」一段總挈，「其追尊」一段分承。

「漢儒」句實，「後世」句虛。「是皆」以下承「降而不絶」意。

「其不追崇」一段分承，以下追述，原委分明。連三世便見禍端，「其一曰」複轉前案，結構有法。

「彼漢魏」，總結，入理瑩浄。

《春秋論》上

突起，省許葛藤。「二説」，經、傳；「可信」，從經。

「君子」、《三傳》，「博學多聞」句，聯絡法，兩層如一層。「聖人」，孔子；「學《春秋》」句，入題不測。

雙闢剥入，忽作一轉，波瀾瀠洄，急脉所以貴緩入也。「孔子聖人」一段，一一貼切上節，虚實法爾。

「則學者」三句，結上起下。

「學者不從孔子」云云，指點歷歷，如於古松流泉聞落子聲。妙在以案爲斷，結現在之局；案而不斷，伏未來之局。神於謀篇之法。

「捨經從傳何哉？」」生意不竭。經者，常也，安取新奇。

「是以樂聞」句搜出「惑」字根株，照應分曉。「予非敢」句粘「惑」字，轉出「信」字，而以「從聖人」終之。

條例創立而經旨晦矣，昌黎詒玉川詩云：「《春秋》三傳束高閣，獨抱遺經究終始。」蓋以是也。

「經文」一段，辯亦勁甚，以下忽以軟語收之，至次篇乃暢言之。此行文斷續妙處。

「三子之過」擒王，結。趨下蜿蜒靈動，逼真史公。

《春秋論》中

亦用反詰起局，從《公》、《穀》脱胎。「求情責實」，隱括精嚴。「此《春秋》」句，呼吸分明。

「臣弑君」牽盾，「子弑父」牽止，「諸侯之國」牽桓。「有一人焉」，申明前作，故只如此説，不一一點題。

「立乎争國之亂世」承「争爲國君」句。此下單論隱公，只拈一「公」字反覆辯難，文勢如驚濤怒波。

「所謂攝者」粘「攝」字，送難又引古以證，層層花影。蓋「公」字屬經，「攝」字屬傳，主賓交映，便有蛟虬出没於毫楮間。

「使息姑實攝」又粘「攝」字，揚傳而抑經，迴盼起局。虬松怪藤，文心文筆，變幻極矣。

「夫攝者」又粘「攝」字，訓詁一番，以見與「公」字書法絶不相侔，此是則彼非，亦縱傳而奪經，其實以縱爲奪也。上節以揚爲抑可知。

「今書曰」迴盼起局，純用反跌，淋漓滃鬱。相其筆底，真覺油然雲而沛然雨也，亦《易》之所謂「訟，元吉」者乎？

「《春秋》辭有同異」一段，重理前文，收歸正意，如苦戰得捷，按部凱旋，軍容國容備之矣。

「其於是非」二句伏下二節。

「息姑之攝」仍粘「攝」字，委曲闡明，以見攝則不當稱公。

書公則是非不明，應「是非」「聖人所盡心」；書公則善惡不明，應「善惡」「聖人所盡心」。

「今説《春秋》者」，此又因其所明而曉之，天然映帶。

此節餘波耳，尚有絶力。以我之上駟當彼之中駟，行文亦有此理，非會心深心不知也。

「以此而言」，結案鐵板又珠圓。

「難者曰」，搜意絶無罅隙。「惠公」云云，解鈴不費絲毫力，「闕疑」是孔子家法。「又曰」，波外之波，方是「三傳」總斷。難處細巧，答處却直截，文貴理勝耳。步步緊，着着煞，似從《諱辯》、《雜説》等脱胎。東坡有此英快，無此綿密。六月二十一日。

《春秋論》下

歐文固自細密，至其説經之文尤所着意，無字不從心中稱量而出，又無句不從指端組織而成。昌黎所謂「若思若迷，距之察之，自命不朽」者，一一從此經過，而歐公其尤者也。讀者詳之。

總起。「法施於人」倒粘，論冒又變，「三子」分承。「輒加」句應輕以「輒加」；「使同」，「輒赦」。

是非不並立，賞罰不兩行，與柳州《復仇議》參看，可知辯論之法，所謂「撼山易，撼岳家軍難」也。不知此法而當場延敵，其不入談圍者幾希。

「其於進退」二句，應「《春秋》用法」二句結住，次以趙穿相提而論。

「大惡」，重；「失刑」，輕。經書盾是入其所輕，經不書穿是出其所重。「今免」句縱，「此決知」句奪。

步步提《春秋》之法，以見論意一遵聖人，初非臆説，亦與「捨君子而從聖人」相應。

上節略辯之，此節詳辯之。論難文字，決無一口道盡，而沓拖又令人睡，須知此法。

「此疑似」句粘上，「尤當」句承「疑似」，「以明」句承「難明」。「使盾」句，「求情」；「自然」句，「責實」。「不得曰」句明白。「使果」句，「求情」。「當爲之」句，明白。「必先」二句，應「惡者不得倖免」，亦貼「求情責實」。「然後」句，「責實」。「免盾」句應「爲之辯明」。「不討」句應「責盾縱賊」。「如此」句應「是非之公」。「此決知其不然」，複句，相應成章。

申「求情責實」句意耳，盾、穿互舉便如錯繡，兼應「善惡是非」，又如錦上花。東坡作論必有一番磊礴，然安得細心耐心如許，焚香静對可也。

「若曰」粘上，又轉「忠恕」句，仁至義盡之言。以《春秋》爲刑書，誤甚。

「孔子患」句，委曲搜出聖人心事。「又教人」句破左氏，遥接「受惡積賢」。「此可知」句對「決知其不然」，「不然」，以孔子言；「繆傳」，以「三傳」言。

「孔子所書是已」，結似平而實奇，絢爛之極臻於平淡者，此也。

「今有一人焉」，分承處玲瓏嵌空。

「躬藥」云云，爰書允當，千秋疑獄，只談笑決之，亦決之本心耳。六經皆心學，至于聚訟，雖多奚爲。

「況以」句應「孝心」，「反與」句應「無罪」，「庸吏」句倒對「善治獄者」，「然則」結法與《隱公篇》遥映，妙。

就三種人，只將「躬藥」、「不躬藥」對勘，而操刃一人不復定罪，但於「操刃同罪」句反逗出來，神於詳略之法。

「借止垂教」，真豎儒，宜漢高之溺其冠中矣。看其答處委曲分明，所謂十年養氣。

「不過欲人」就「垂教」句反覆辯明。

「卒不見於文」，心細于髮。「不如是迂」，結「垂教」二字，斷定。「果曰」句結「借止」二字，不漏涓滴。

「難者」一段，總難以結，遥接首篇未了公案，是真斷嶺連山也。

「三子説爾」遥應「三子之過」，是鐵板斷案，意兼「討賊」、「書葬」，參之，痛參之。「且安知」句，此順「三子之説」而破之，是放鬆一步，轉極緊峭，亦須參也。

「不可得而知」終「安知」之意，「非其臆出」反挑，次第「得於所傳」，明有尹氏破綻，爲天然妙結。借設難端，爲過峽耳，勿受其瞞。「何可盡信」，勒住又起。結構嚴整，到底無一率筆。

結三句對來難三句，如响應聲。

餘情餘景，返照入林，不獨匡説《詩》解人頤也。二十一日評于芳訊閣下。

《春秋或問》

「何爲」句真是披枷帶瑣。「吾不知也」，淡而妙。「學者之所盡心」，冷刺。「吾所知」句，主；「吾不知」句，賓。「吾無所用」，掉句冷而雋，「盡心」相應。

質樸不華，只如數家事，真令弔詭通身白汗。

「仕魯不用」，原委，「得《詩》」、「得《書》」陪說，便豁疑情。「遂刪修」句總承，下又總申一節，如見乎其人，如即乎其事。「孔子非史官」，此節單說「《春秋》起止」，「吾所知」者如此，而非別有義也。

「魯之史記」粘「止」字以證，花開水流之文。

「義在」八字，鐵案。「《春秋》謹一言」，結「義在《春秋》」，「予厭衆說」句結「不在起止」。

「子於隱攝」云云，躡三《論》而言。「吾豈」句，公道，一句一轉，一轉一珠。

「時有得」申「有賴」；「及其失」申「失傳」。「取其詳」承兩節，「廢其失」承兩節，「嘉其」句綜次節。

「經不待傳」二句，功過相準，以見無傳亦可通經。

「日月」「萬物」，鏡花、水月，二句反言。「盲者」，雖傳何益；「明者」，因傳反晦。俱妙。

「皎然乎經」，言經原可通，妙。二句正結，言廢傳則經通，尤妙。

反意云若非具眼，則不明經。其稍有見者，又惑亂於諸説，是傳不足爲功，適足爲過矣。正意云：具眼自明，經何必傳。明經則洞見傳之蔽，經又何以傳爲言。廢傳則經不通，非確論也。總是尊經抑傳意，却織得如許錦段耳。六月二十二日。

《準詔言事上書》

歐公《上仁宗書》渾厚，是廊廟訏謨。坡公《上神宗書》痛快，是臺諫文字。治道升降亦於此可窺矣。丁巳六月十九日。

仁宗天性寬裕，大約是非兼容，臨事不斷，故先以「致知」、「力行」兩條格君心之非，然後三弊五事可得而言也。此二節脉理次第處。

「謹採」提綱一節，「臣聞」另一節。「細務責人」，心不勞；「大事獨斷」，事不乖；「納一言」，言不多；「雖衆説」，聽不惑。

「可謂至矣」，「心愈勞」；「然而」以下，「事愈乖」。「其將」句，虚束又起，波瀾反覆。「日憂」句，結清「勞」、「惑」。此節詳。

「不下數千」，「言愈多」；「然而」以下，「聽愈惑」。此節略，故無虚結。以下入正講。將陳「三弊」，却從五事翻入，烟雲滿紙。

「未思其術」，不遽入「三弊」，文情逸宕，以昔例今，指事分明。

「盡有天下」云云，蒙繞「皆有」，神行無跡。「萬事」照五事，筋節。

「三弊」串講變化。「是以」句，龍脉最佳。

又不遽剖「三弊」，引古之得以證今之失，文情逸宕，指事分明。

「自古」一段，虚挈。「漢武」以下，實叙處，又約略映帶五事，格意如蜃樓海市。

「惟能自執」句應「皆知用此三術」，起訖劃然。

應前「五無」，風迴瀾轉。析言之曰「三術」，統言之曰「威權」。若號令不一，賞罰不明，功實不辨，威權安在哉？

「或爲」一段斡旋，以鬆爲緊，所謂責難於君者。

「傾耳延首」，畫出仁宗時景像。

「若一日」云云，至此纔盡言，以上真如龍飛鳳舞。

「言多變」，次第從容，切而不戇。下二弊例之。

「未是」句，明如指掌。「或相謂」，虚寫；「至於」一段，實寫。「中外臣庶」一段，欲歌欲泣，忠義之氣，千載如存。大蘇奏議，何以加此。

「太祖」一段，攙入祖烈，尤切當。「不妨」句，賞；「不誅」句，罰。「略言其一二」，有包括。

此節尤精彩動人，丙夜讀之，有不淚沾襟袖，非仁君矣。歐陽何處得來，豈獨《朋黨論》爲然哉？「以草草」一段，總束。添「事無大小」二句，變化，又應「略言一二」。「臣故曰」三句，結上諸事，過下「五事」，鉤鎖入神。「三弊」總點，五項分開，步步煅煉。今人作制藝，尚如「老怯之兵執鈍折之器」，況二三場乎？可恥可歎。

「攻人」二句，精言如玉屑。「漢王尋等」，先泛論一段。「大敗於吕布」，一事變兩層。「況於」三句，折入西北二虜，照應前文。「李靖破突厥」句，本色精當。「兵不在多」結上，「雖多愈少」四句起下，「爲今」三句斷制。「雖多」句結上，「以少」句結上，「少而常勝」，迴顧有餘閑。「今不思」云云，與「爲今計」三句正反相應。「臣又聞」承「臣聞」。「國家」二句，先斷後案，「至於無人」轉出積弊，章法逶迤。「議者不知」，醒語。「有賢豪」云云應前，款曲動聽。「起於」句，病源扼要。「所以」云云，悲惋切骨，如讀《出師表》。

語意十分緊嚴，奈何半山復倡附益之説以瘖國脉乎？

「上兵」句總提。「僅」與「近」同意，西漢文皆然。

西北二寇，賓主歷然。「此所謂」分應，此兵法分應。以下又搜出兩層，一以北虜言，一以元昊言，總就「交」字勘覷親切耳。

「伐交」中串入「親而離之」、「出其不意」，月中荇藻，參差奪目。

「況今元昊」句含，「此可攻」句吐，以「出其不意」爲「可攻」註脚，奇而又奇。

四路：韓琦分秦、鳳，王沿分涇、原，范仲淹分環、慶，龐籍分鄜、延，皆兼經略安撫招討使。又以四帥證「可攻」，總欲急攻元昊以伐其謀與交也。　公嘗辭范龍圖書記之辟，而願爲參謀，蓋有深於兵事者矣。

「不能」、「不敢」合言之。「今議者」又搜出根株而分言之。

苟失此時，有策無策，只争先後着，精思眇論。

任人先辨舉主，此即善者好不善者惡之説，最爲切着。

庸才與貪吏同害，敲骨取髓之論。

「十不去一二」，「容奸」；「上下共知」，寬緩。「其弊」句，雙承，就第五事綰合三弊，錯綜古意。

「皆有」、「有弊」，兩「有」字相應成文。「既已」句總結顧首，所謂天下事，數着可了。以「力行」之意終之，無一剩語。

《濮議》第一

公竟以濮園事不理於口，因而致仕。今讀兩《議》，絶不怒張，事明理直，氣象誾誾如也。嗚呼，可以爲大臣矣。使神宗留公而去介甫，何至壞社稷事耶？

「宗室」句便見從容，非私其親。「上所生父」，認定此所謂父爲子綱，萬世不可損益。「宜俟服除」，從容無私。「高官大國」，草草。「中書以爲」應上。「制則當曰」，詳盡而確。「父子也」，認定稱皇伯無稽，《儀禮・喪服記》有據。「皆稱父母」，認定；「古今典禮」一句，抹倒。以上經，以下史。「盛德之君」「皆稱」，有據。「既非典禮」，非經；「出于無稽」，非史。「未及集議」句，轉。「中書具對」句，簡盡。「見手書驚駭」，洗發先帝之誣，是作者本意。「聖性」以下拓開，故須提綱數語。「又多寢」句伏誨去不專爲濮議。「出怨言并怒」，是何理也？「上仍問」，從容盡致。「是時」結上起下，至言切中於理而誨之，去意於是決矣。去意既決，則必借濮議爲口實矣。私心委折，纖微畢見。

「京師大雨水」，抽一事言之。「請每營一員」，草草。「狂率」句，切直。「聚議時」，閑冷。「兩營共差」，更草草，如三家村口語。「所言」云云，繳前「見事輒言」四句「盡批進呈」，閑冷。「戲笑」，「慚憤」，老羞成怒，士君子亦爾，甚矣克己難也。

「手詔」一段，寫出朝廷無事，臺臣喜事光景，可悲可笑。

味淡如水，諫官如此而已乎。

「置而不問」，急脉緩受，大臣當爾。「群至」「揚言」，急其所不當急；「決意罷議」，緩其所當緩。「愧耻」遥接「慚憤」。

「不用其議」，謂王珪等。

敘事分合處如涇渭了了。「而庸俗」句，此轉尤有力，政府益孤立矣。

「習見」云云，真鄙猥見識。

畢竟罪在臺官，兩制次之，公案平允。

「朝廷」云云，是何言也，與一鬨之市何異。「待將濮王」云云，此言是誰致之？

「子無爵父之義」，至當不易。

中書始終只此一句，天經地義，賴此不晦蝕於天壤間。而讀史者至今爲吕氏左袒，真矮人觀場耳。

「略無難色」，洗發先帝之誣。「白過太后」，從容無私。「臺議稍息」，忽起忽滅，盡屬無端。

「詔草絶異」已上，「非中書本意」。「上亦不曾」句，洗發先帝之誣。「亦不云請」已上，「非皇帝本意」。「皆非」二句雙結。「是日」、「日夕」相對，「事出不意」應「不期」。

辯明冤枉，字字據實，可質上帝。

「不及交言」，寫出真情。「欣然」，洗發酷肖。「爲臺官眩惑」，又搜出罪案。「更無異論」，可見公心。

「乞行誅戮」，何至此？「正本」云云，益醜，無復臣禮。

鉤勒上恭下慢之意如指掌。

「猶數遣」云云，盡禮，如此可以止矣。「以本官除」，盡禮，諫官去而事畢。

「豈欲過當」已上，辯先帝之誣，總括前文。「廣引哀、桓」，謂稱皇立廟於京師。「皆未嘗議及」已上，辯中書之誣，總括前文。

「但不曾下拜」語，不足齒之人。「以此自誇」，又描一筆，不翅參軍打蒼鶻矣，可爲噴飯。呂公亦爲是言，復何望哉？

「由是言之」，總結分明：一、濮議無過；二、臺臣自欲去；三、去意亦不爲濮議也。

「争爲之譽」，勿欺而犯誠難言之。「得虛名」應前「賈名」。「揚君之惡」，掉尾激烈，語有餘悲。

呂公向後必當深悔。不然，何謂賢者。如張商英助邪黨攻正人，亦未嘗不悔，所以卒能聞道。丁巳六月二十七斗齋日。

《濮議》第二

大道如弦，理未有若斯之正者；蠶叢插天，文未有若斯之奇者。當熟玩之，毋以楚咻而棄置爲也。書示坦士。

辯罷議詔書。「議者」伏呂誨。「此厚誣」一句，斷定。「使朝廷」，縱難一節，「是時」又一節。「然則何故」，挑剔。彰「孝經」，「不得已」，權。「故厚誣」句，應前結住。引先帝矢天之語，如洪鐘夜叩，誣罔者何以爲情也耶？以下辯太后手書非外人知，存疑，無一曲筆。「則又厚誣」句，躡前。「若手書」云云，亦用縱難法。「然則出於上意」，挑剔。此呂誨言外之意耳。「若出於上意」，又縱難以洗發其誣。凡兩節俱以中書襯貼。「以此知」句雙承結住。以下辯臺臣誣奏。

此問明放倒臺臣，故下只順承一句，而其誣自見。然愈根詆繆則又不能不辯正之。以彼之粗出我之細，所謂泥多佛大者也。

「非國家」四句，層層剥换，心花怒生。

「若此」一段，從容論古，彌見淹貫，使呂有形穢之歎。

「是師丹所争」答「何事」，分曉。「繫」對「去」字。「干」，干犯也。「干統」，一事宜争；「亂宗」，二事宜争。「此師丹」句結住。

尚不知丹所争何事，「動以丹自比」，此語刺入心脾矣。「誨等」一段轉脉辯不當「稱親」。「此乃漢宣故事」，引證活於盤珠，只是洞明經史，故爾横見側出。

「裁置奉邑而已」，纔通。「親謚」云云，蔡議復行。「稱親置邑」，緊照時事。結「稱親是矣」。

「所謂」一段粘合本旨，神行無迹。以下辯「置園立（朝）〔廟〕」，若「稱親」已見上文，只陪説耳。

緊照「即濮王塋爲園」。此問真是驚濤拍天。看其答處如操一葉舟犯蛟涎而出，不啻履平地也，非爛熟掌故，何能猝辦。吕公正坐學力，又加勝心，故遭跌撲耳。

「稱親」、「置園」、「立廟」三事，鎔經鑄史，南山可移，此議不改。「如漢諸王廟」，斡旋透徹。「即園立廟」，此事又殺於古，總見無可致議。「依經」二句，總結三事。

辯「稱親」、「立園」、「置廟」非「兩統二父」。園廟在塋不在京師，故非兩統。稱親而降朞，故非二父。與下節所問二父不同。

「自相矛盾」節，論古餘疑，亦於不絶親終不釋然也。「立廟」、「並立」，如此方是「兩統二父」，以見今之不然。

「使悼皇考」一段緊照「即園立廟」，暗破其不釋然之意。以下辯所生所後皆可稱父。「父有二乎？」此亦伏難法也。「何止二」，以縱爲奪。

就最輕者以較最重者，而天性朗然矣。孟子之文也。

「父母之名果不可改」粘「不得謂之父」，又作一問，態有餘妍。本意欲引明帝事以足之，離爲兩節，轉增奇耳。

明帝詔，痴人痴語，詒笑千秋。然「考妣」二字已成逗漏，掩耳盜鐘，掩目捕雀，亦何益哉？

本身劫最妙。以下辯生今反古。

「況所謂」一段就「今世未嘗用」句拈出證據以破之，議論花團錦簇。「是時王子融卒」陡插。對勘親切，亦是天生話頭供其簸弄。下一段辯平時不當稱親，引律奇絶。又一段辯今世絶親之非。「其心必二」，暗破兩制「分施」、「專一」之説。

提出良知良能，聖凡不二。雖挾怒强聒，能不憮然。「唯聖人」句轉歸正意。「所謂」云云，釋經淡而有味，如食粱稻。「聖人之法」對「小人之事」。

今雖不用，而自古無不用者。古是今非，瞭然明白。

「以濮王稱親」暗破吕誨之誣説，見上篇。

辯仁宗不諱所生父，即以詔書證之。

以「子」字剔清「父子」，意曲而詞達。

「不苟不竊」應前節，亦應「至聖至明」。

辯兩制禮官議狀，問處已按倒，答但搜入一步耳。種種變化。

「竦然」貼「恭」，「忻然」貼「愛」。「君子」句粘「言」字轉折。

「今斯人」一段，告以忠恕之道，文致信極婉孌。

結辯降禮無干正統。以淡詞了之，此説元無庸深論也。行文貴知輕重如此。六月二十七日。

《劄子》

宰我欲短喪，夫子曰：「於汝安乎？」此歐、韓之議也。宰我對曰：「安」。此王、呂之議也。濮議千萬牒，只此兩句可了。

「衆論」起下三説，「以謂」句粘上，「其一」、「其二」、「其三」，提挈了了。歷點書目以證有據。二經共一節，四項共一節，「此聖人」四句總結。「若所謂」一段，第一説只暗遞，是變化法。屢點「無」字以證「無稽」，「可謂」句總結。《儀禮》一段有無對勘，是非劃然。

「多求闕政」，臣；「自知過失」，君。「然皆須」二句，斷制。「雖有明據」，虚斡有力。「誣天」、「誣人」分結，刻畫臺臣率皆鹵莽。

「初稱親」，是。「置奉邑」句伏「師丹無所議」。「改親」，非。「立廟京師」伏「師丹大非之」。

「初不以爲非」，是其所是；「始議毁廟」，非其所非。「不絶親」意，層層挑剔。

「數十年間」云云，叙事章段有法。「哀帝時」，此事在後而先之，「所謂」一段忽牽前文，波瀾活，線索清。傅晏奏議，離合增奇。

「稱親」，一是；「亂昭穆」，一非。「立廟本國」，一是；「欲去定陶」，一非。隔接倒點，奇藏於正。心細乃知，慎勿草草。

「丹遂大非」，此事在先而後之。

「定陶」云云詳，「但論」句略，結合一非一是。傅晏節不結，章法變换處。

師丹自居者，即與考師丹之持論，而影借誣奏之情俱露。辯論文字全貴理勝。

「然則」一段又承上數語，然後遞入衆論。從容盡致，映襯亦切。

合經者，今之所有；不可者，今之所無。何諍之有？

「不究」句起下，巧。「不尋」句應上，巧。「中書之議」六句，提。「而言事者」一句，轉。「夫去國」九句，提。「過舉」句又攙入「人主」，重重映襯。「而言事者」一句，轉。「不審知」句，亦攙入「外庭」，重重映襯。「而言事者」，此句直下，總結三說，筆力千鈞。

中朝廷本議凡五轉，脉理一線，句眼極清，又以「而言事者」三句錯綜其間，不究何事，意亦了然矣。

「反指」句，一氣不斷。「禮當優容」，補出人主容恕，益致外論猖狂。敲骨見髓。

「此所以呶呶」句，并結衆論紛然，至今不已。力透。

重提定案。「夫爲人後」節，先案後斷。「自有天地」，直截議論，所謂易簡而天下之理得。

「夫無子者」節，先斷後案。「不諱無子」一句應「禮之所許」，「不諱爲人後」二句應「安得無父之子以爲後」。「不欺」二句正結住。以上就立嗣者説。「故爲人後」九句三層，應「以所後爲父」。「惟其」三句應「存其所生父名」。「易之」句反結住。以上就入立者説。「欺天誣人」緊對「不欺天，不誣人」，關鍵分明。

蒯聵得罪於父而奔矣，然夫子以衛輒不父其父，終欲正父子之名。奈何行年三十，一旦入繼正統，便割三十年父母之愛而靳於一稱謂之間，毋論子心不忍，父母果有何辜耶？吕誨不生於空桑，力倡絶親議論。是誰奸邪，一言而判。乃芝蘇《通鑑》，至今夢夢。甚矣，是非不公，而世教之下衰爲可歎也。丁巳六月二十九日。

詳舉服制，一稱伯父，種種相礙。花團錦簇，議禮絶奇文字。

「子爲父母服」一段，先案；「今若以」一段，後難。

「小功」、「義服」互文耳。既是從伯父，合服小功，今乃服朞，却似義服。

父母降朞則兄弟服大功。「是禮」句貼「降朞」，「小功」句貼「伯父」，應「反爲小功」句。「義服」句貼「降服」，應「反爲義服」句。

「上於濮王」節又以「父」、「兄」相難一番，波致横生。「小功」、「大功」躡上文而言耳。

「此自古」句結住。前言天人不可欺，此言禮制不可亂。大意謂既泛稱伯父，則當服小功矣，何故服朞？既降服則不當稱伯，而稱父彰彰矣。兩意亢互鎔，窮幽極眇，議禮豈惠文冠所辨。

收局轉見從容。

處置最妥,《牓朝堂手詔》即此意。

「庶幾」句,正結衆論。「而猶以謂」反掉禮官臺諫。

《牓朝堂手詔》

理明氣厚,有漢文、景遺風,不以詞之繁簡論也。六月二十九日。

「遂遵慈訓」,稱親有别於伯叔。「不敢當追崇」,「遠嫌」,不干於正統。

「義不得兼」,「遠嫌」;「即(國)(園)立廟」,有别。「蓋欲」二句總結。

「並無典據」,判倒。「禮無加爵之道」,判倒。

「皆朝廷」云云,極妥處,詞氣嚴肅。「意欲」二句,誅意;「以至」四句,誅事。

逗漏「本親」二字,足見公心,以後客氣勝而公心泯矣。「繼以」云云,聯絡處,首從分明,詞亦嚴肅。「姑務」二句,至公之言,神宗豈能爾。「止命各以」,處分,只一句。

《仁宗御集序》

英宗密旨代作。

大哉王言，後此唯南豐得其典贍，眉山得其昌明。與《御飛白記》並讀，聖君賢臣，焕若披圖矣。丁巳小暑日謹志。

「堯舜」一段，總束。「唯我」句入脉，鄭重。「矧余小子」，此折深厚，言文章特其餘事，而亦不敢失墜。

「乃詔」乃「勉」，「都俞」景象如畫。「予惟」句，緊潔。「承三聖」二句，源委。「不敢暇逸」，勤。「慎重」四句，虚籠。「故親郊」一段，實叙。

「若夫」三句，儉。「前世不免」，如漢文好射獵之類。「皆非所欲」，虚籠。以下實叙。「必遵」二句先正，「不聞」句後反。「中廢」句先反，「時畋」句後正。「故明禋」云云，總束。「登臨」句，「詩賦」對「樂章」，「前世所誇」應「前世不能免」。「不見所好」，亦儉之證。「躬閱」、「陳經」，亦勤之證。此文集百卷之由。「其從事」句，總束。

「大禹」應「三代」，博大渾厚，與六經並垂。

「澤被」、「恩加」、「安其逸」、「享其豐」。「勤」，「勞于上」；「儉」，約于己；「久」謂在位四十餘年。

有宋之主，惟仁宗可媲美成、康，文亦相稱。

串入廟號，題意週匝。「堯、舜」應「二帝」。

讀書論世，結意極精。

簡嚴如《書》。

《帝王世次圖序》

博辯之文，以此爲宗。

「遠」字，一篇主宰。「不窮遠」句粘上轉，勁而爽。「俗其傳之信」，關映筋節。

「闕疑」乃孔門家法，異端徒勞耳。

「著其大事」，詳；「皆未嘗道」，略。「以其世遠」二句，結「不窮遠」三句，銀鉤鐵畫。

「孔子既没」，躡前叙前古升降爛然，與昌黎《答孟尚書書》參，同局。

「其言往往」，覷破處，可謂利眼當空也。又爲史公開去路，嚴而不苛。

「習傳盛行」承「異説」，「好奇」承「奇書」。「務多聞」極肖史公性情。「諸説」句、「如司馬」句，出落淡宕。

有宋去聖益遠，而道乃大明，亦取信于六經而已。綿亘磅礴，古意可挹。

以「孔子之學」總束一段，氣雄力厚，卓乎巨篇。

「其不量力」句，斷倒。「宜其」句，起下。

以下詳剖其世次之謬，皆列案分明，只用一句斷倒，如推門落臼也，可爲辯難文字之法，與《諱辯》參讀。

「出於《大戴禮》、《世本》諸書」應「諸説」、「無所擇」。「下傳四世孫」，繆。「上傳四世祖」，繆。「皆壽」，此説俟下篇終之。

「以十五世祖臣事」，繆。「以十四世祖代王」，繆。「失」、「繆」相應，并斷倒《戴記》、《世本》。「堯舜」云云，迴顧「六君子」及「孔子患之」一節。

道不可不明，事不必盡載，眼目分明。

「皆已論著」，「取」；「皆不道」，「捨」。「不害爲君子」應「君子之學」，結反照「無所擇」，史公好奇之蔽見於言外，雅人深致。丁巳六月十二日。

《後序》

前以「世次」言，此以「壽數」言。向後兩辯即從上傳其四世祖、下傳其四世孫抽出，亦所謂「《綿》九章如斷嶺聯山」者也。

起句承前，「文、武」，賓；「堯、舜」，主。「乃復以」，提起。「《尚書》、《孟子》」，可信；「孔安國、皇甫謐」，可闕。「堯壽」三句，案；「堯年」一段，斷中又詳定其案。

「由是言之」一段，只用承除法而千載訛傳如指掌。太史公酒肉帳簿皆成文章，尚未及此作之有補於世道也。

「是堯已見」二句，仍以世次互勘，所云以子之矛陷子之盾，其説必不兩立矣。

「至於舜娶」，此事尤有關係，仰質聖心，日月麗天。楊文貞推《五代史》識力在《史》、《漢》而上，不虛耳。

結迴顧《尚書》，兼承「孔子」，兩篇如一篇。

《内制集序》

以文章自負，是其本意。恨無大手筆副其所懷，是旁意。

即如《答契丹太后書》自稱「姪」，而稱之曰「嬸」，又兼徽號至二十字，詞致更極疲苶。想公下筆時作何憤歎。青詞猥瑣又不足論，讀者當得之言外。

一起烟波閑淡，「非文章不可」。「今」字轉，「學士」句虛喝，實點二節。「必用」，時君沿襲故常，不能復古，誠可太息。「常拘」，公最薄此體，故范龍圖徵辟，辭不赴。「其類」句，虛應。「然則」句，抑。

「皆適不當直」，補意。「而天下無事」一節，「矧予」纔盡一節，「以非工」總紐二節。「屑屑」

應「必用」，「拘牽」應「常拘」，確評。「宜可」應「果可」句，含吐得法，「羞」字痛快。

稿不足存，因榮遇故「不忍棄」，懷君恩也。又進一步，朝廷典故所關與史官相表裏，不得以文而闕其事，則文亦與俱傳矣。婉折。「予且老」應「中年」。「職官名氏」，此又抽出除拜一事，與「不當直」遥映，盡離合之致。「因以誇」句又掉轉「買田」潁上，婉而韻，且見文章卑弱可羞。照應嚴密。鹿門以爲俗韻，要不識其意思所在。甚矣，知言難。

退休之意，藹然言下，以視戀戀高爵，如張洎罷參知政事，捧詔嗚咽，相去若鸞鳳之於鴟鳶矣。丁巳夏五。

《外制集序》

許公以孫沔、蔡襄言罷相，以太尉致仕。提綱煞有關係，申「更用大臣」。「諫官」，公自謂也。罷竦，以杜衍爲樞密副使。

呂申公與韓、范輩互爲升降，而仁宗之治道係焉，故詳書以致颺言于朝之意，文亦昌明俊偉，有三代遺風。

「顧予何人」，折入本題，踴躍頓挫。

「夏四月」應「春」，敘「是時」一節，見銳意更新之當也。而許公於業亦有未光者矣。「天子方慨然」，申「銳意天下事」。范文正之力居多，以致小人不悅，而夏竦造飛語以中富公。明年夏，遂相繼請外，許公亦卒。又明年，罷仲淹知邠州，弼知鄆州，并罷磨勘、任子新法，又罷韓琦知揚州。

掌誥命、知制誥，猶在諫職、右正言，「予方」一段，兼職盡勞。

「嗟夫」，一縱一收，紆徐渾厚，垂紳佩玉之度，明堂清廟之音。時朝局已大變，而其詞如此，豈止十年養氣已哉？丁巳六月十二日午刻。

「明年秋」又應「三年春」。「權知」，時以上疏救韓、范、富朋黨事，遂左遷知滁州。「三月」承「又明年」。

《韻總序》

一起章法玲瓏。「不兩能」句，伏。

倕、吴仲以喻爲《韻總》者；善射、御以喻能爲文章發明聖賢之理道者。占地自高。

「儒者」二句，緊照「浮圖」。「然至其」，急轉。

發揮儒學，局勢汪洋，隱然以聖人之道詔浮圖也。與昌黎《送文暢序》參。

申「不兩能」意。「不兩能」由於「有所不暇」，「不暇」由於儒道「遠大而用功多」，又安能究心於字書之學哉。總是壓倒僧聿。

又引孔子以證，用倒裝法，格意玲瓏。

「其亦」句呼，「宜也」句吸。「字之爲學」，入題。「儒者」句粘上，「莫暇精之」伏「前儒之失」。下句粘「精」字。「不兩能」應「必待乎」，掉一句籠起下文，筆意泠然。

曲明儒者不暇留心字書之故，刻畫清新。「不兩能」，照應又密。

「洛僧」對「儒者」。「考求前儒之失」，得魚者忘筌，失亦何害，但不可爲後學假口耳。

發明處又極好善之公心。「莫能難」應「學者有取焉」。唯「尤盡心」，故儒者取之。申足上節之意。以下又叙其出處爲人之大概云。

「本儒家子」，不脱儒家衛道之志殷矣。「有不可」一段，申交情，一反一正。「介然」，單句束。「所謂」，結正意。

言專爲方外士，不爲浮榮所汩没，故所學必至兼上大衍、陰陽諸家而言，包舉有力。

以《韻總》有益於釋典爲餘波，結應前，法密。「取于吾儒」，「傳于其徒」，語意極有分寸。心細如髮，乃克知之。

《孫子後序》

大意蓋謂《孫子》註二十餘家，原本三家，而梅註又出其上。當玩其主賓順逆之法。

「多用」句，順點三家，主；二十餘家，賓。「宜其」句，應「尤多」。

「凡人」一段，總斷。「無出」句，結歸主意。「三家」句粘上，「皞最後」逆叙下句應「其説」，應「短長」。

「欲試」應「施設」。只贊牧之，而皞評未允自見。皞尚論杜牧，牧又尚論曹公，聯絡出奇，亦如布陣，尤其在「牧之」三句結上生下，有神龍夭矯之勢。此倒裝法之最奇者，細玩始知。

「《新書》」句穿插，「精于兵」應「善用兵」句，以議論代叙事，氣頗縱而法甚嚴。

斷《孫武註》是主，斷《新書》是賓，「悉得」句飛渡。

「夫使」句應「用智」，此轉謹嚴，意謂用之固極盡能事矣，其如以力服人未有能服人者也。其兩家不允於施設者，又可意推。

「豈武」句，主；「抑用之」句，賓。「各牽己見」，蒙繞前文，以起下文。

辨王伯分途處，感慨藴藉，不似同甫輩怒目奮髯，生孔子之時，亦當與游、夏升堂矣。

「獨我友」句入題。「此戰國」句，老吏斷獄。

陳評杜，杜評曹，梅又評孫武，隱然出一頭地，章法遥映尤佳也。

「其行師」句即指其文所載，「其言」承「其文」，「汩」字對「發」字。「凡膠」句應前。「其意」是本意，「己意」則非諸註之意，而得本意者，與「自爲注」應。「然後」句反應，「不汩而明」承「發」字。

折衷四家，渾融有餘味。「謹質温恭」，論兵之深，「(談)〔壯〕夫何異」，奇宕得《史》之神。言其兵略本於儒術，絶非傾危之士可比。使得展其藴西取寧夏，北攘契丹，直可追踪子房，亦非偏伯之佐可比。此是推尊聖俞本旨，故爲小中見大，却以烟波韻折出之，使讀者如入仙源，忘其來路，誠千載不傳之秘也。丁巳長夏十一日記于鸛巢。

《九射格序》

起總挈一句，虚籠三句，而以次句承初句，以下二句申次句。一、八、九，眉目分明。實點九物如畫，上、中、下、左、右，又極分明。

從「侯」遞到「飲」、「籌」，步驟雍雍，粘「射」字布局，「九射」顧首句，「酒禍」粘「飲」字。射而飲，故無争；飲而射，則易争。意各不同，斟酌入細。

「故無」總二句，下分承應無勝，應無負，應無賞罰。「觥」，罰爵也。「息争」結「酒禍」句，「終日」三句結「不争而樂」。

「探籌之法」承「物各有籌」，離合盡致，「一」字、「三」字又與起局掩映。逐句變化，如國手弈棊，一子一法。

「置熊籌」，大侯先置。「而又少」，言遞降也。「置餘籌」，八侯任意置之。「益以籌」，不必置餘籌，信手探之，至於二籌亦可也。「惟主人」句結兩「可」字，又迴顧一句，風情綽約。

叙事二節，議論二節，綜而成篇，與柳州《碁序》並傳。其雍和自得之趣油然於筆端，勝柳遠矣，慎毋曰「古今人不相及也」。

「亦惟主人」對「臨時之約」，章法井井。「若兩籌」迴顧「探」二句，風情綽約。

「既飲釂」，題後周匝，所謂酒行無算者也。

掉尾應前，機神圓逸。

總挈聳峭似昌黎，反接亦神似。

《集古録目序》

「雖近且易」，插意。「山海」，「遠難」；「殺人」，「死禍」。「可聚而有」應「好有力」，自爲一節。

「萬里外」，「遠難」，亦兼「死禍」。「南海」，「遠」；「深淵」，「難」；「往往不出」，「死禍」。「鑿深穴遠」，「遠難」；「葬其中」，「死禍」。「常如此」句挑本節，即照上節，妙。「兼聚」應「好有力」，共爲一節。「凡物」總束二節，首尾相照。

「湯盤」一段入題，爛熳如閱古錦，句或單或複。

「皆三代」句作一關鎖，掩映「象犀珠玉」，氣脉深厚。

「其去人」二句，「近且易」，又無「死禍」。「然而」一段層翻，氣沉而力雄。「好者少」應「不好」，「力不足」應「無力」。「僅得一二」剔醒首句「聚」字。

「夫力」二句，過峽有力。「好莫如一」，抉「好」字精髓，非有兩層。

「皆無欲」洗發「一」字，「力雖未足」斡「力」字。

「上自周穆」，縱説。據跋尾，則始于武王，作序時尚未及見耳。「外至」長句，離奇夭矯，横説。「以爲」句截住。「以謂」下申「録」字，「又以謂」下申「目」字，「别爲録目」點題。「并載」句搜意精到，總期此録之永其傳。

必如此而後爲快，則與求珍奇於遠且難者亦何以異。東坡《寶繪堂記》又翻出一番議論，真覺青出于藍而青于藍矣。然結處已自開出路，想見古人臨文用意之周密，如蠶作繭，無隙可入也。

「或譏」節即承上文以送一難，波瀾曲折。

「足我所好」答「區區於是」，「玩而老」答「聚久必散」，點破幾許春夢。

結仍籠定主意，又應不貪世人之所欲，着着中窾。公自跋此序云：「希深善評文章，師魯辯論精博。余每有所作，伸紙疾讀，便得余深意。以示他人，亦或有所稱，皆非余所自得。此序之作，惜無謝、尹之知音。」右見歐陽發《事迹述》。

《詩譜補亡後序》

先提「六經」，「今」、「昔」相應。「收拾」、「發明」便爲補訂《詩譜》伏案。「所傳」粘「傳」字。「較其得失」伏「毛、鄭之失」。「焚餘殘脱」應「焚棄」、「亡逸」。「特立一家」應「一人之力」，「果有」應「或有」，結法婉而遒。

反覆發明先儒之功，又見《補遺》爲不得已而作。春容婉折，卓然鉅篇。

「然則」一段，折衷和平，可息從來聚訟。

次入本題。「其學」句，揚。「惜其」句，抑。唯學博，自不能無失。「孰能」句應轉「不合」，以縱爲擒。

「予疑」節粘「失」字，遞入《詩譜》，千迴百轉，鹿門所謂婀娜處也。然鹿門豈得其神解哉？「不敢輕」句應「不得已而改易」，「不止箋傳」剔《詩譜》。

閑中着牝，烟波唱歎。蘇文善取喻，未若歐公有深味也。

「世言」一段，「千呼萬喚始出來，猶抱琵琶半遮面」，文態似之。

「偶得」應「不可得」。其全文不具，一節；其國譜雜亂，一節；凡《詩》篇次第不可解，另一節。

已上二節言《詩譜》無可取，故皆冠以「其」字。已下一節泛論從來《詩》篇次第，故冠以「凡」字，又以《雅》、《頌》陪《國風》，則其賓主也。

「十有四國」，疑《王風》本屬天子，不在封國之列也。

不遽接「次第莫詳」，先攙入「封國、變風之先後」自爲一節，此錯綜法，即後所謂《詩圖》者歟，故是前篇關鍵。「其可考者」承「無世家」句轉脉。

「《周南》、《召南》」一句，闕《檜》疑當補入。

「太師樂歌次第」莫詳，「鄭氏《詩譜》次第」莫詳，「今詩次第」莫詳。「初予」云云，逆叙，與「依其箋、傳」三句相照。「《詩圖》十四」即「封國、變風之先後」也。「世次甚備」，因補而見其備也。「得失較然」應「較其得失」。

「予豈」句掉轉「不得已而改正」，婉甚，想見古人謙抑之意。

「凡補其譜」云云，詳盡。

《禮部唱和詩序》

首叙禮部之事，次叙唱和之詩。「得從五人」，伏後離合之感。「間時」，「吾嘗多間日」見《史記》。「群居」承「五人」，「亦所以」句承「絶不通人」。「故其爲言」云云，詩評，抑揚盡致。「及其至也」，一氣讀下，「往往亦造」，自得之語，油然會心不在多。

「雖滑稽鄙俚」映上退一步，「而況於詩」，倒結。「古者《詩》三百篇」，順起。叙録詩之意，細分兩節，翻覆變化，無層次痕迹，眼目在「不遺」、「爲貴」兩句。

「(惜)〔惟〕其」云云映上進一步，「六家」應「五人」。

就詩中點别後交情，結初節、次節，「握手」句。

較昌黎《荆潭唱和詩序》别自感慨韻折，此歐公獨出頭地處。

上是客情，「豈徒」輕抹一句最是。

「有取」，見詩之可貴，結第三節。

結穴清真而有餘味。

《歸田録序》

「歸田」起，「朝廷」一句實，「史官」一句虛，下又一句實，「而曰」總承，「以備」申明一句。大意已盡，已下寫宦海風波及思歸之志，空中樓閣。

《客難》、《解嘲》、《答賓》，次第摹彷，一變爲《進學解》，則閎肆欲空古今。此又從《進學解》脱胎，一氣呵成，居然逸品矣。不讀此，不讀此，不知輕裘緩帶，順風恬波爲行文之至樂也。

「修仁義」二句，高占地步。

學業既茂，遭遇復隆，兩層意振起下文，有勢。

「既不能」云云，二轉，從太史公《報任少卿書》得來。

「當其」一段承上，筆力曉暢。此公最不平事，故着意發揮，却無不平之色，直由養到。坡公便不能爾。

「以蹈」句，愚忠如畫。玩其虛字、實字承接轉換處。

「方其」一段，結上生下，格意婉暢。「太倉之鼠」映襯「蛇雀」，好。

「尚何」句顧首。「吾其」句結，「姑待」應「久之不决」，其中有故，參《思潁詩序》。

不措一詞收局，古峭，從昌黎《丞廳記》得來，而《進學解》後幅翻剔殆盡，真奪胎手。丁巳二月十六日。

妙在婉孌如處子。以鉤章棘句爲古者,當以此爲丹頭也。

《思潁詩後序》

「愛其」一段,思潁之由。「三朝」兼神宗。「二府」,中書、樞密。「心志」句,自書忠藎。「其思潁」句,點題。「亦時時」句,思潁詩所由作。

皇祐五年、至和二年、嘉祐八年,又英宗治平四年,英宗崩,公以濮議爲言者所詆,遂力求退,以觀文殿學士知亳州。

「獲解」應「竊位」,「危機」應「憂患」,「閒曠」應「老憊」。「其進退」云云,斡旋二十年不得退休之意,不露圭角。「此其」句頓挫。「因假道」承「待罪」結思潁,「乃發舊稿」結「思潁詩」,「治平四年」紀時,不可少。

濮園之議,迄今無定論,而攻公者呂誨、范忠宣、呂大防等又皆君子也,于理固應無所憤懟。然公既見攻,已而引退,所寓意于筆墨間者,率皆文秀可挹,絶無氣矜之詞。合《續序》讀之,可知君子之所養矣。

《續思潁詩序》

「二年」引起數「今」、「年」字，又伏結句。「其詩」點眼，「彊健」，主；「衰病」，賓。「時年四十有四」應「彊健」。年譜爲通篇眼目。「忽忽」句聯絡，「歸潁之志」三句顧盼有情，婉折有韻。「彊健」，賓；「衰老」，主。「時年五十有二」應「衰老」。

引詩亦照應入細，後人詩序中輒引詩，有何趣味。

「蓋自」一段，斡旋處一腔忠悃如將見之，而行間亦有謦欬之聲，妙哉文。

「俯仰」句聯絡「蓋自有」二句，鎖住又起，斷中連，酷似《史記》。以下七行文，大開大合，從容博大，真廟堂臺閣氣象。

中間承「嘉祐、治平間」，「無事」應「多事」，「以其私言」應「自言其私」，「病且衰」應前詩句，「避事」應「無事」，「便私」應「言私」，點「歸潁」無迹。

「以刻于石」長句，又以篇數與年數相映發，空中色相。「年益」二句，一一應前，無隻字漏落。

收局完密，氣特充然，非涵養不能到。「三年」應「皇祐二年」，「居士」，隱士之稱。

縱觀之則氣充，細觀之則機密。每讀歐公文，如化工元氣之間，品物流形而各得其所也，至矣哉。丁巳二月十三日。

其間。

《廖氏文集序》

磊落渾古，絶似西京文字，向下夭矯飛動，直與昌黎《答孟簡書》相伯仲，疑有蛟龍出没於

「異説」引起「説」字，「如河圖」句提清，「僞説」，引起「説」字。

先設一難，便有千鈞力。解難則幾幾傾河注海，沛乎其不可禦。而映襯廖氏，同時同志，更

自光彩四射，神哉。

「余以謂」句顧前。「有一」云云，倔强如畫。「不待千歲」轉换入神，「可勝而奪」截住。

又進一步，鋒出紙背。「數千歲」，「頃刻爾」，想頭話頭，穿天心而破月脇矣。

「非汲汲」句挑動下文，雄勁中風韻。

「余乃知」一句截住，以下發明。「冀有」云云，發明「有與余同」；「然則」云云，發明「不待

千歲」。

「能文章」應「能詩」，「聞于鄉里」又兼躬行，「不達」，闡幽。

數句簡括，可勒誌銘，廖偁爲不朽矣。若其辯《洛書》之僞，有功於經者大，故别爲論次云。

以正意結，蒙繞深密，有經有緯，宇宙大文。

《蘇氏文集序》

「友」、「壻」相對。「子美」句申上起下。

「斯文」一句起，正意、喻意俱攝。「棄擲」二句，喻意；「見遺」二句，正意。此言身後必傳。

「雖其」句粘上轉身。「精氣」四句，喻意；「方其」六句，正意。此言生前已傳。

劈空取喻，以目前、日後兩意交互抑揚，活如龍行鳳舉。

「凡人之情」，閒宕處筆機横逸。一節言其文必傳，以慰杜公。二意串結，歸重傳後。「公其」句應「告公」，結「杜壻」。下拓開局面。「予」字從首句落脉。

「幾乎」句，政理盛；「不能革」，文運衰。「然後」「始復」，政理、文運俱盛；「兵亂」，俱衰。

「聖宋興」，政理盛，文運衰，與「唐太宗」對。「而古」句，俱盛，與「元和之文」對。

「自古」一段，就上叙事翻出議論。

「一有」對「難得」，「幸而及」對「不相及」。兩「惜」字頓挫起伏。一節言其人可惜，以發公憤。「惜」字發揮暢，占地高。「子美之齒」一段，申第一節以爲文言，攙入友誼。時公亦以禄養之，故屈意爲時文耳，非才力有不逮也。斡旋學古獨後。

「古文」與「復古」遥應，「獨子美」云云，斷語聳拔。

「子美官至」一段，申第二節以爲人言，攙入讒案。

「其材」云云，斷語圓活，反爲讒人出脱，愈見子美可惜。以下言大臣及子美同官皆始屈而終伸，獨子美蚤逝，是有天命，雖極可悲，又何怨尤。皆所以排解杜公之意也。識力器度亦逸倫絶群矣。七月初二日。

「獨不幸」應卒於長史；「命也」應「四十一」。

子美監進奏院，循例祠神，以伎樂娱賓。有即席爲傲歌者，中丞王拱辰聞之，諷屬官劾之。蓋子美，杜衍壻，范文正公所薦士，欲因是以傾兩公也。舜欽坐罪名，同被絀者十餘人，皆知名之士，兩公亦相繼罷。拱辰喜曰：「吾一舉網盡矣。」事在慶曆五年。

《江鄰幾文集序》

婉折如獨繭抽絲，在序文爲創調，視《史記》則難兄矣。其通身手眼，又須讀者静晤而得之。二月廿日。

以銘襯序。「論次當世」句，賓。「明道、景祐」，仁宗。「至於朋友」句，主。「蓋自尹之亡」近承主意，「逮今」句承「明道以來」，「又有不及銘」遥應賓意。「嗚呼」，總結。「善人君子」應「賢士大夫」，「交游」應「朋友故舊」，攙入自己，尤痛切。「而其間」三句，伏蘇、梅。「與夫」二句，伏江鄰幾。「獨其」句總三子文集。「然則」句轉入序文。「既已」句迴顧「銘章」。「又類」云云，并點明作序意。

轉入主意，又以蘇、梅二子爲主中賓，真是雲霞散錦。

「常與」句聯絡。「既誌」對「已銘其壙」。「後十有五年」，又從「二十五年」抽出。「得其文集」句對「類集其文而序之」。「毅然仁厚」，人品可銘，所謂善人君子也。「久而不進」應「連蹇」，「未及」應「不獲伸而没」。

從學問入詩文，意思周密。「然其文」句轉遞，悄然掉結，滴水不漏。「熙寧」，神宗，映「明道、景祐以來」。

《梅聖俞詩集序》

「山巔水涯」矣，又着「之外」二字，豈非剩語？善本無「之」字，則「外」、「内」相對，章法井然。故知俗本爲可恨也。

議論起，「蓋世」句粘上，「古」字承「傳」字，隱占地步。

論似翻新，其實謂聖俞詩才不當使之窮困以老耳。祗緣説得藴藉，令讀者忘其悲慨。此歐文所以爲神品也。

「不得施於世人自放於山水」，「窮」、「蟲魚」，「類」；「草木」，「狀」；「風雲」，「狀」；「鳥獸」，「類」。

「蟲魚」數句從昌黎《送閑上人序》脱胎，真化工手。

此節文緒如織錦，細玩之。

「其興」句合「外」、「内」。詩情在「内」，「以道」字接，「歎」承「憂思感憤」；詩景在「外」，以「寫」字接，承「風雲草木」，「難言」謂「奇怪」，「窮人之詞」。

「蓋愈窮則愈工」，總括一句。「然則」以下申結應前。

「予友」一段，先述其窮，次及其詩。以年齒爲緯，却先述少壯至艾年，次及幼童時，變化天然，直逼《史記》。「鬱其所畜」應「藴其所有」，「不得奮見」應「不得施於世」，「宛陵」，佳山水處，應「自放山水」，非閒語也。

「出語已驚」爲「工」字設色。「六經仁義」，探本之論。

步步推高，便見不當窮。使之窮者，宰相責也。「不求苟説」，此窮困之由，《林逋詩序》可證，時方尚楊、劉之學，惜哉。

「徒知其詩」，鉤出題意，賓主分明。

言世人不知其仁義文章，而詩則高卑同賞，此「然」字轉脉處。

「亦自以」云云，迴抱「興于怨刺」三句。「於詩尤多」截住，應「爲文」，入細。「世既知」遥接「徒知」，又深一步，前言不知其道義文章而但知其詩，已屬淺陋，今言既知其詩，亦當薦引，而又不能，彌可怪也。

「二百年」，以盛唐言，故曰「深知」，然竟「不果薦」，與不知同。發明宛陵無知己以致窮老，淋漓婉折。

粘「薦」字轉脉，深致慨於當事，而詩之定評亦見矣。「頌」，衍字。

「若使其」、「奈何使其」，千載後有任其咎者，筆意深婉，太史公的派，昌黎雄奇亦當退步，况曾、蘇哉？

窮、老、死次第相生，知、不知前後相應，「蟲、魚物類」迴抱無迹，「可不惜哉」，議論訖。「其妻之兄子」，詳悉，「懼其多」應「多」字。「嘗嗜」暗照「賢」字，與「文康」遥對。「喜」字遥映，「遽」字便伏不及精選，意更精。「類次」承「次」字，入細。「序而藏之」伏結句，好。「千餘篇」，亦見其多。「并舊所藏」聯絡，「掇其尤者」，存詩之法當爾。「十五卷」，言精選復不少也。

結對文章，簡古純粹，餘波婉潤。蓋通篇無隻字論其詩格，補此三句自不可少，謂大意已見前序也。

前序即《書梅稿後》一首也。

聖俞亡後，始掇其詩而序之，則「年今五十」句大謬不然矣。「今」字作「及」字或「垂」字方妥。「及」字與「今」相近，從「及」更妥。丁巳暮春十六日，雨窗勘定。

《釋秘演詩集序》

從賓入主，超脱變化，全得《史記》神解，又非昌黎所能籠罩也。

「進士」便對隱淪，「非常」伏「奇士」，「老死」伏「曼卿死，秘演老病」。「欲從」句一頓，「得」字粘。「亦不屈」句意到。

「無所放」一段，神情全注秘演，鏡花水月。「酣嬉淋漓」，伏詩酒壯遊，化工無迹。

「狎而得之」應「不可得」。

「欲因以陰求」，此句非文人所知。蓋是時北有契丹，西有元昊，正所謂厝火積薪之時。「陰求奇士」，與韓、范同一經濟，而以天下爲己任也。起伏之法，其餘事耳。

二人交情，申上。「狎而得之」，自爲一節。

曼卿、秘演雙結，「喜爲歌詩」籠題。「當其」句雙承，「極飲」，「隱于酒」；「歌吟」，「喜爲詩」。

「壯也」，盛。「皆願從」應「喜從曼卿遊」、「陰求奇士」，「十年」句轉脉。

「隱」字點睛，「浮屠」則異，而詩酒則同，玲瓏互見，當善會之。

總括處眼目分明，章法頓挫。

「清絶」句應「喜爲詩」，又見唯能詩者知詩也。

入題又分兩層，一以曼卿證之，一以己意斷之。

「狀貌」、「胸中」應「天下奇士」，「習佛」應「浮屠」，「無所用」應「無所用其能」，「不自惜」言散逸者多，「已老」應「老病」。

「曼卿死」聯絡，「漠然」句映「歡然無所間」，妙。

「崛嵂」，「山」；「洶涌」，「水」；映「渡河」、「之鄆」，妙。

「甚可壯也」、「何其壯也」，遥應入妙，言雖老矣，尚有志于壯觀，所謂老當益壯，傳天下奇男子之神，可以招魂復起。

叙詩兼贈别，單結秘演，勁悍似《史記》，又應「見其盛衰」。

通篇以曼卿陪説，又攙入自己交情爲線索關鍵，如龍得水，爲雲爲雨，莫測其所至，真神物也。

《釋惟儼文集序》

與《秘演序》同以曼卿作賓，而性行不同，秘演類狂，惟儼類狷。只照實寫，格意自不剿襲。此史公作傳法也。今之古文得此意便足名於世矣。制藝亦爾。

「杭州」對「京師」，「雖學」句輕逗，「喜爲」句籠題，而「通儒術」急轉，爲通篇關鍵。墨名儒行，與《文暢序》參。

「曼卿」，賓。「無所擇」云云，略。「惟儼」，主。「非賢士」句，通篇眼目。「無貴賤」云云，詳。

「曼卿」四句，寫出君子之交，束住又申明，此文章氣脉之妙也。

「曼卿嘗曰」，略；「惟儼曰」一段，詳。「賢」應「賢士」，「不肖」應「不可」。「以此」句又束住，爲自己占地，亦爲作序張本。

「居相國浮屠」，切「京師」。

「十五年」對「三十年」，謂閉關禪静，其操履益峻，應「學佛」句，不然便緇素無别矣。此皆入細處。下四句又申寫交遊，亦進一步。

「然嘗竊怪」一轉，局勢汪洋，主賓往復中用聯絡，所謂界畫不斷，昌黎的傳也。伏「古事」、「今人」，文心如繡。

「苟皆不用」一段，爲方外人添頰上三毫，且發明其「通儒術而學佛」之意。直取命門，非相知深，不能描寫到此。

「醉」字泠逗，與《秘演序》「酣嬉淋漓」、「極飲大醉」參看，可悟詳略變化之法。

「周、孔」句占地，「今子」句步步顧母。

「乃以」句見其博古，與「通儒」句應，以下又暢言之，以見所以友之者在此不在彼也。

「儼雖」句粘上，「惜其」句起下，即以議論結合叙事，化工手。

主賓雙結，首尾謹嚴。「所爲文」應「詞章」，「不用」結「儒術」，「考其筆墨」結「詞章」。「不用於世」即《秘演序》「無所用」于世也，「可以見其志」即《秘演序》「足以知其老而志在也」。兩篇對看更佳。又《秘演序》攙入自己交情，此只直點求序，而交情自見，皆文心茹吐變换處，非潛神翫索，安能闖其堂户哉。丁巳季春中浣評定。

《謝氏詩序》

看其入路，絶不犯手。

「善歌詩」映希孟詩集。「今舍人宋公」，取信。「負其藝」應「少年甲科」，「遂以名知」應「善歌詩」。「其母」，賓。

一兄一弟一孀母，次第轉折，反覆照應，盡主賓之妙。「予自夷陵」伏結句，時爲許州法曹，參《歸田録》。「女弟」句點題，「然後」對「乃知」接教子，「又以其餘」，斟酌。「景山嘗學」補「善歌詩」註脚。「雄健」是才士，「守禮」是閨秀，「隱約深厚」對「雄健高逸」，是「百許篇」評跋。

援引后妃，推高一層，恰好串合「好學通經」，化工無迹，言因其言以得其人，益信其母之賢也。

始終以兄弟闡發，命意謹嚴。

「然景山」接景山之文，「得聞」應「知名於人」；「而希孟」接希孟之文，「莫自章顯」應「非特婦人之能言」句，作一截，以下轉意。

爲婦人作詩序頗難，下筆以仲尼删詩而不廢《緑衣》、《載馳》立案，便有出路，而占地亦高。

「傑然」句，伏「予力不足」，「不泯没」應「莫自章顯」，掉結極其高老，不爾便爲脂粉氣沾惹，與《玉臺新咏序》同科矣，參之。

「嫁進士」，「卒二十四」，并作墓志，殊鄭重，此亦景山之意歟？

《七賢畫序》

起便入骨，「先人」句逆叙，「四歲」、「捐館」、「少孤」。「爲兒童」句粘上，字字從膝上乳下嘔出，肺腸逼真，神品。

「時」字屢點，句法相關。

「至廉」對「極貧」，「喜賓客」便伏愛《七賢圖》意。

家常語，質素愈見古筆，着一毫粉飾便俗，亦失敬謹之意。

「他人」句，以客形主。「汝父」云云，爲母者何以堪。此一字一淚。「亦無餘」，一一承上。

「不」字、「亦」字相應，好。

「已罷官」一段，清苦中有風韻，其人可思。

「後先人」句遥接，閑冷。「十許歲」承「兒童時」，「益貧」承「家貧」，意更悲咽。

「張此圖」，無屏幕，故以畫，且生前所愛也。

「必指」，示所以勉令善繼者，可知真孟母也。

「懼」字真永，見畫如見父，又可知别無故物。與《書舊本韓文》參看。

「使子孫不忘」一段，作序大旨，是有關係文字。

「百餘年」承「三十餘年」，「二十年」承「三十餘年」，細分二節。

富貴不足論，然非致身廊廟不足以仰報前人，故必至三十餘年始爲作贊序。古人用意深厚如此。從極盛時追述極孤貧時景況，如在目前，展玩再四，真有青燈白髮作苦之聲，與膝下咿唔聲、破壁蛩聲相弔於寒霜殘月下也，發人仁孝之思、勇猛精進之志，勝於七賢圖遠矣。丁巳清和三日雨窗謹跋。

《送徐無黨南歸序》

嘗與徐生書，喜其學文有成，自喜不負於其父母親戚，詞意懇到。今送其歸，又進以立功、立德，而言辭不足恃，倍加痛切，欲其爲千古傳人，不欲其死而泯滅如《藝文》、《書目》所載。想見古人父兄骨肉之情，可銘金石，扶世教。此風至今日蕩然矣，讀者可無興起乎？丁巳二月十八日記。

速朽、不朽、所以不朽，三節轉入，次第分明。

「腐壞」，淺；「澌盡」，深；「泯滅」總承上二。「而衆人」句婉勁，「雖死」句對「腐盡」，「逾遠」句對「泯滅」。「其所以」一段申明上節。「修之」，主；「施之」、「見之」，賓。三項中分出輕重，如剥笋旋螺，思深力厚。

「無所不獲」，便見當務；「有得有不得」，時命不可爲；「有能有不能」，賦質有不同。

「施於事」一段，以事壓言，「所傳其人」，立功。「修於身」一段，以德壓事與言，「陋巷」對「群居」，「群弟子」包政事、言語。「後世」對「當時」，「不朽而存」，立德。

「予讀」云云，此是其落想處，從前議論皆從此出。

「予竊悲」一段，蒙繞處，一往情深。「朝華夕秀」見《文賦》。「猩猩」、「鸚鵡」見《禮記》。

「衆人」對「其人」。「營營」斷句，「以死者」讀，「雖異」斷句。「三者」，「草木鳥獸」。「言之」一句結，有力如虎，語意警策，真清夜鐘聲也。

「今之學者」，總結全篇，尤爲悲壯。「三不朽」見《左傳》，得此翻案，使人恍然，史公每有之。

立言何足悲，唯專盡心於此，故足悲耳。

「少從予學」，得力在此，胸中便無雜毒。

「知名」對「見稱」，可見高第亦不可少，然李膺老於諸生，未嘗不傳。

「欲摧」句粘「水涌山出」，點明大旨，如良冶鑄金矣。

結自勉以勉人，忠悃可挹，文情婉孌。

《送楊寘序》

澹宕從《史記》得來。《琴記》見集中，琴亦「六一」之一。

現身指點，煙景天然。一句伏「不平之心」，「多疾之體」；二句伏「居異宜之俗」；「宮聲」伏「取其和者」；「樂之」伏「喜怒哀樂」。

憂樂緊照，如藥治病，妙。

宮聲和平，「樂」對「憂」字，文意轉折迴環，故能簡而不促。「琴之爲技」一句跌起，以下正説，喻説分兩層。

技雖小而動人必深，起訖分明，數十句作一句讀。「大者爲宮」應「宮聲」，是主；「細者」句是賓。「操絃」二句仰授琴者説。「急者」句伏「哀怒」，應「羽」；「緩者」句伏「喜樂」，應「宮」。「大者」云云，從「宮」字引出，意到。「崩崖」三句應「驟作忽變」，「怨夫寡婦」應「悽然以促」，「雍雍相鳴」應「舒然以和」。「其憂深思遠」句直下。

四段隱括《琴操》，須翫其句法變化。

四句説《琴操》，初句如《崩山》之音、《淋雨》之音是也；次句如《雉朝飛》、《黄鵠歌》、《鳳求皇》之類也；三句如《歷山》、《羑里》、《龜山操》也；四句如《履霜》、《沉湘》等操是也。想路高深至此，真可謂出於九天，潛於九地矣。

總括憂思悲感，雖用情不同，同一雅音，直與《詩》、《書》、《易》、《論》無别，所以小技通於至道也。

此段極言琴理之深微，總承前「至」字來，似斷而實聯。

「喜怒」二句總承，以下轉入琴理，言雖有喜怒哀樂，而古淡之意直與《詩》、《書》、《語論》同，蓋指琴中之言也。「其能」云云，切學琴者說，脉理淵微。「和者」應「宮聲」，「憂思」應「幽憂」。已上説鼓琴者，已下説學琴者，心細于髮。「和」字應前「舒然以和」。琴音雖有慘舒之别，而學之以寫憂者，則當取其和，不當取其促也。「憂思」應「憂深思遠」，「感人之至」應前「動人必深」、「及其至也」，渾融入神，「亦」字要看。

「及其至也」、「亦有至者」，起結分明。學琴者對古琴師説，故着「亦」字。

「亦有」句應「及其」句，言琴音入神，而學琴亦有神驗。「好學有文」，「累舉不得志」，層層發意。

「劍浦」即今閩中延平府南平縣。「不平」應「幽憂」，「多疾」應「有疾」，錯綜。「以多疾」句承，束上有法。「其能」句宕，「然欲」句轉合。「亦」字對己而言，或對平心看亦可。平心有道，琴亦其一。如此看更與「心」字有情耳。

和樂相應，琴和則心樂，樂而忘憂，斯疾愈矣。此天然脉絡處。

收束轉掉，色色天然，結尾顧前，尤有風韻。

「且邀」句，首尾不漏，餘波照顧送行，顧母尤妙。

酒亦忘憂，層層映襯，顧首尤入神妙，從韓集《送王含秀才序》得來。「小矣」跌起，「至也」轉關，并下四「也」字，一氣遞過，直至「動人」句一截，「深」字與「小」字緊扣。然泛説動人，豈不更增哀怒，故須「醇古淡泊」一轉，方是正龍入穴也。格法婉密，局勢飛動，與昌黎比肩。「取其和者」應「受宫聲數引」，「道其」、「寫其」應「治」字，「抑鬱」、「憂思」應「幽憂之疾」，「感人之際」應「久而樂之」，「亦有至者」應「不知疾之在其體」，而「動人必深」、「感人亦至」兩句，前後相照，前爲道滋傳神，後爲自己傳神。非歐公善琴，不能道此。又「至者」亦倒應「至也」。「上有加餐飯，下有長相憶」，妙於簡；《送楊寘序》，妙於詳。讀之三十年，始得其解。丁巳二月吉，時五十有五。南詢記。

《送秘書丞宋君歸太學序》

「陋巷」，客意，伏後案。「甘藜藿」承上句，「修仁義」起下句。「此衆人」二句斷，一開一合。「高門」，主意。「其驕榮」申「高門世襲」，「而不溺」句申「韋布之行」。「此雖君子」，斷一句，貫串前節。「學行」云云，此又從「韋布」句深入一層。「此雖聖人」，斷一句，亦躡上節。引證聖人，亦兼富貴意。説理純粹，定推歐、曾。

「宣獻公子」應前「世襲」。申明宣獻爲人，又與尋常軒冕别。

「不以門第」句應「君子所難」。「天下賢士」句意到。「慊然常若」應「聖人所難」，通篇關鍵。「守官」句入題無迹。「此蓋」句發明「生長」二句，重「性」字。「由性之明」發明「日見」二句，重「學」字，又從「性」字串入。「不倦」句發明「學行」四句，且以聖道期之，「無所不至」含「聖」字，有斟酌。

「予陋巷」句，迴抱賓意，如遥峰相對，娟娟雲表。

「守其貧賤」應「甘藜藿」，此所已能。「其臨利害」應「修仁義」，不干不累，此猶未能。結穴應「誠可謂難」，又寓勉勵意，可謂能粹精矣。

「雖與之」句承「議論」、「爲人」，應「學問好古」，起下數句。「留之數日」明「送歸」之意。自謂難便與「學而不止」，有水乳之契。如此融化，豈可以心思口議至者歟，直由造詣入微，故文不期然而自然矣。丁巳仲春二十六日評定。

《送廖倚歸衡山序》

本昌黎《送廖道士歸衡山序》，只以數語括盡，何等峻潔。中間自出機杼，結尤渾融，是謂神明于古，敢以告當世之學韓者。

「衡湘」，「山川」；「其蒸」，川；「其生」，山。「生於衡山之陽」，山；「故其文」，點化又有出藍之妙。

「始以」句，來原；「遂游」，此句是主；「無不虛」括二句，贊太原所以重廖。「初」一段逆叙，「行」字伏下，「西方」句對下「友益」。「獲餞」、「語舊」，起伏照應，入手天然。「凡居秦」句順遞。「當君之西」又逆接「函關」一節，「西」、「東」二字相照。「及夫」句順叙，「山川固能」遥接無痕，「今君行」字粘上。

細玩真有惜墨如金之意。

《送曾羣秀才序》

叙事累累如貫珠，逼真韓文。

「有司」句似連實斷，不曰「考其中者」，而曰「考其不中者」，便見刻於取士，爲「失多」二字張本。

此是總挈，以下細分賓主。

「幸而」不失法「良有司」，賓意。「咨嗟」句刻畫，「誘曰」虚景迴映，不嬉笑爲嫚罵。「有司」句聯絡。

反覆寫俗下有司如畫。

一層化兩層，亦昌黎家法。

「幸」、「不幸」相應。「一失守」，主意，并成法而失之，又進一步，爲曾生見棄張本。

「有司所操」緊頂「失守」，咏歎以結，兩「操」字相應。

法既不良，則守法亦未爲良有司，掩映韻甚。「況若曾生」遥接。

「不幸」二句雖應「良有司」數句意，實貫下爲曾生中法而反見棄張本。此是一篇關鍵，若讀斷便失反脉，思之。

「固已」句應中法而棄之，亦進一步，與「不幸」二句應。

「然曾生」一段，從《送齊皞序》得來。

「初驚」兩句括盡前文，不得於今，必得于後，所以慰之。其虚景點綴，從《送王秀才序》得來。

「橐其文」節證上「初驚其文」及「大者」、「小者」，總之古人不妄許可，故久要不忘也。

又以士大夫陪出，「有司」應「不以責有司」，入細。

「告予」、「顧予」相貫串，又包括前文，層山叠嶂。

掉尾婉韻，「得」、「失」二字眼目分明，「弔」、「賀」二字諷刺入骨。以後公主試，竟大破成法而得曾、蘇，豈非言行相顧，慥慥之君子哉。若馮宿得劉蕡策，噤不敢取，乃所謂「良有司」者也，其有負昌黎多矣。

《送梅聖俞歸河陽序》

尋出話頭，脱胎昌黎。客意、正意分兩節，客意又分虚、實，而語義照應，無剩無欠，直是心精手敏。

讀者正當於肌分理劈處，得其化工元氣之妙。不然，得其五官而失其全神矣。

「珠」、「寶」，「泥」、「川」，「玉」、「寶」，「璞」、「山」，「不與夫」、「先群物貴于世」，「蜃蛤」貼「珠」，「珉石」貼「玉」，「美澤」、「有異」，「特見」、「負」。

「卑位」貼「泥」、「璞」，「庸庸」貼「蜃蛤」等，「不混」貼「不混而棄」，「才美」貼「美澤之氣」，「亦有」貼「輝然」句。不另着色，彌見清醒。下轉入取友，筆力甚勁，仍顧「山川」句，如組如繡。

一節貼「通邑大都」，「洛陽」二字爲主，句本六朝。一節貼「據其會」、「而擇其精」，「余」字爲主。

正意、客意鎔成一片，從「東都，士大夫之冀北」脱胎，眉目不同，精神宛肖。學古者以此爲三昧，豈一朝夕之故哉。未離坊刻，慎勿輕談先正，未諳先正，慎勿輕談古文。老狐化人，終露本色耳。

「聖俞」三句申明「特見而精」，作倒插勢，自爲一節，零碎渾成，如針神之繡澮也。「行潔」貼

「珠」，「色和」貼「玉」，又當與昌黎把臂矣。此節以聖俞爲主。

「以親嫌」，謂梅詢。非但人求珠玉，珠玉亦復求人，思致迴環，決非人所能到。

「喜與」、「嘗與」，如水乳之契，又「喜」、「歡」、「悲」、「惜」等字面一一貫穿。

「相與吟哦」，此以「文章」言；「志高」二句，以「才美」言。此離合之妙，非法眼不知。

從淺入深，「文章」則歡然相得，「才美」則「熏蒸浸漬」。發揮「至寶」二字，透徹無遺。「恃其異」，「負」字變文。

收束無滲漏，又有轉折，言外有其心好之不啻口出之意，是知己襟懷，亦是大臣風度。丁巳暮春十有四日。

《送張唐民歸青州序》

《周禮》起，《周易》結，看其轉折融合處，全學《史記》。慶曆盛時，感歎尚如此，假令生衰世，感歎又何如哉。

「賢」字凡八見，一一貫串。

「三代」句呼「當其」云云，正反相對，不復細評。

「仁義」伏「行義」，「孝慈」伏「養母」。「善」字五見，一一貫串，「賢」字應。「及後世」聯絡「又失其方」，伏「黜於有司」。

文字醇深典雅，作學記讀，唐人所不能爲也。一涉怨尤，便非聖學。太史公《報任少卿書》，西山夫子不入正文，以其未見道耳。思之思之，以此見之躬行，庶幾彬彬君子矣。

「然則士生」，對句分明，「卓然」句伏後，「天所賦予」伏「天」字。「孰能」、「豈能」，首尾相應。下二句亦然，結構最密。

「故善人」句轉，「幸而有」又轉，隔接「生知」，氣脉深婉，局勢淋漓。

「往往」句，正意，伏見斥而貧。「其幸者」，傍意，伏結句。

「豈必」句，洗發，爲張生占地。「嗚呼」一段，總結。「則雖」句應前，所謂人能弘道，非道弘人。說理最微。

「此所謂」句伏「好《易》」。「卓然」應前，「困且艱」應前。

「常以講於予」，講六十四卦耳，《繫詞》固公之所不信也。通篇說理顯親，意只輕掉，最是。無隻字蹈襲昌黎，而機局實本於《送王含序》。丁巳季春十七日。

《送楊子聰户曹序》

三句起局，其峰巒直逼昌黎。地有大小，則望有高下，串合一句，有法。

「參軍」映楊子。望高宜重而反輕，妙於轉折。「固與」句風神淡宕，得昌黎佳處。

「然」字轉。「居者」一層，「居又不久」兩層。「某相」、「將」應「將相」，「某官」應「達官」，「一二」歲應「一歲」，「半歲」又拓一層，空中樓閣。「出者」、「居者」，眼目分明。「入」讀、「去」讀。

以賓形主，絮語如織，有西漢風。「豈素慢哉」，總結上二節。「彼視」云云，承上卸下，又迴抱前文，化工在手，從《崔斯立廳壁記》脱胎。此節是另出機杼處，至「群嘲」以下則粉本宛然。要在讀者善會之耳。

「幸也」住，格意斷而不斷，直至「反賤於他州」句，方與「異於他州」句相爲起訖。

以上言參軍見輕於居民，此節言參軍見侮於府吏。一一如畫，非深于《史記》不能作。

「肩」句、「揖」句、「焉」句，「雖心負」又用虚語發揮大意，最爲渾厚。「然其間」，不遽接楊子，又作一轉，爲薦引張本，曲折如游龍。

「常衣」云云，着色處何減顧虎頭。「府門」應「上府」，「人固」句應「群嘲」、「肩摩」，「易之」、「薦之」，蟬聯法。「盡交之」又出一波。「若去」句遞入送行，又迴顧前文，步步蓮花矣。

「樂其土風」，「樂」字相應。「必吏於南」，所以囑彭城二公，蓄意深婉。申於久屈，亦情理之固然，抑何泠然善入也。

步步迴顧，婉孌之至，語盡意不盡，神哉。丁巳仲春二十二日，雨窗。

《送田畫秀才寧親萬州序》

萬州，蜀地，而其祖平蜀有功，故從此立局，與《送王含》以《醉鄉記》立局同。江南是賓，餘五國是賓中賓。波瀾層叠，筆墨淋漓。

「以周」句承上申明之，極言其强，則平蜀之功自見。此避實擊虚之法。「故地」伏「荆南」案，妙。

註云：往時忠、萬、夔、施皆屬荆南，五代之際爲蜀所侵。

先叙太祖，次及田氏，又不遺諸將，步步週匝。

「當此時」一段入題。「田氏」三句，聯絡有氣脉。

「反衣」句便伏歸省案。「辭業通敏」承「應舉」。

甚言天下升平，以文繼武，尤見家聲之美，勿作感慨會。

「文初愛之」伏登覽作賦，又見其人胸襟瀟洒，非武弁氣習，可愛也。

「至此」句伏下「險怪」，亦非閒筆。「乃可愛也」截住。兩「愛」字相應。

「一自鳳州」，賓；「一自歸州」，主。「忠、萬」絶不放過，何等手眼。文初所歷對「文初所見」，所歷謂由歸州入蜀，應「泝江湍，入三峽」也，脉絡隱然。「皆」字承「所經」，不承「兩道」，

「覽」緊對「見」字，「山川」亦相應。

到結處自應迴顧前文，又於蜀道分出主賓，此則匪夷所思矣。作賦爲文儒點綴，妙。

《送陳子履赴絳州翼城序》

實叙，章法參差。一見，順寫；再見，逆寫；三見略寫。「來」，來洛陽也。「四見」，躡上。「復來」，解官而來京師也。「其冬」，挽久，起下。「又明年」，年隔而事連。「行」謂之官也，臨行又必相見也。「自鄭」，虚束。風神淡宕。

又束五見爲四節，「其始」，管城時；「再見」，會洛陽；「又見」，貢京師，「中甲科」。「今之行」，「拜親後行」，當盡。煉句奇而縱。「距今」即「距楊、墨」之「距」。「屢見」結前四見，「不已」、「又大」結後一見。「所云」，蜻蜓點水，引古當如是。

「爲政」、「力學」伏下議論，煞有關鍵。

「精思」承「定趨」，「發詞」承「博聞」，「待其足」，又須涵養，亦「審而後果」之意。「予友」二句，倒結上文，隨起下文。「今彦國」粘上應前。

仕、學相資，故鎔化出之，然眼目正自分明。

「見」字水窮雲起，信手拈來，天機爛熳。丁巳六月六日。

《送王聖紀赴扶風主簿序》

「殺麥」反映「雨降」「易見」，「没下田」反映「河溢」「易見」，「菽粟死」反映「赤日」「易見」，叙事爛熳悦目。

「饑之民訴」反映「近而易知」。「言否者十七八」，望風之徒，咎在朝廷。「聞之惻然」反映「仁心易惻」，至此始惻亦晚矣。「竊歎」以下議論，反覆盡情。

吏不以實聞，吏之罪。然以「畏約束」故，則其咎在朝廷。寓諷委曲。三司之罪，又不待問而誅絶者也。

「前二三歲」應首句，不用本色，以客景襯出，重重花影。且濫聽三司，又遣吏往返，民轉溝壑者良多，不得謂之「仁心易惻」，况又三災易見而不見，饑民易知而不知耶。細讀始知其用意謹嚴。此序爲主簿而發，實所以抗言君相之失也，慎勿狥文迷旨。

「吏居其間」，只一句斷定，與「吏畏約束而苟自免」相應，「竊歎」、「可勝歎」亦起訖分明。

「扶風」句入題，京師遠，事有隱微難見，「不壅」叠句，錯落古致。「其縣」承「扶風」，惜墨如金。

風調逼真韓文，與《送崔復州》、《許郢州序》參看。

以「歎」字結，餘韻泠然，又見正意全在中間數行，并可悟文字賓主之法。丁巳六月十三日。

《仲氏文集序》

「知命」起，「所謂」承，「而皆」轉，「知此」合。付之不知，是爲知，妙解。

「小人」、「君子」，賓、主得局。

「凡士」一段，籠題筋節，以後一一迴顧，得神尤在四「不」字。「余讀仲君之文」，落脉娟秀。

「材敏」已上「爲人」，已下「爲文」，串結「爲人」。

不爲侍從之臣，雖用猶不用，亦由無知己者。此一篇之關鍵也。

豪宕中謹嚴，其一泓清氣，非後來可及。

「韜藏」應「困窮」，「莫之知」應。「非徒」二句，絶處逢生，草蛇灰線。「不可掩」，「不」字遥應。

「既歿」應「老死」。

「余謂」一轉，劃然起下。銘、狀、集序，清勁之至。

收束全篇，神脉融結。

「噫」，一氣貫下，掉尾婉而悍，如褚公書法。

公晚年文益歛風華而歸澄淡。前以韻勝，後以骨勝，幾於一字不可增減，真水落石出之候歟。先朝制藝唯泗山、臨川近之。丁巳寒食記。

《鄭荀改名序》

王道衰而異端起，異端熾而聖道息。環應有神。

諸子次第本《史記》老莊、孟荀兩傳。「用其小見」本《原道》，實非至論。「諸子因之」，關尹、莊、列之類。

「著書」句，反上有力。有《勸學》篇，粘上有脉。「退老」句，了荀卿案。

信當時、傳後世，凡分兩節，無段落痕。

「及戰國平」，暗關首段，斟酌得宜，又緊扣「獨用《詩》、《書》」句。「蓋其爲説」，斷案最妥，又不説盡，留下文發揮。「爲説近聖人」，即指其用《詩》、《書》之言也。

「滎陽鄭昊」，以改名故直書其舊名。「不足學也」，「學」字應前。

「志果」應「强力之志」，「徒讀其書」應「獨用《詩》、《書》之言」。「意皆輕之」，是其妄處不肯放過。「游、夏並進」，映思、孟，妙。「親見聖人」，以文學許之，不失尺寸，足知其輕思、孟爲妄矣。論荀氏簡而盡。

「學」字結穴，與「勸學」句緊扣，「又進」謂如思、孟直接聖人之傳也。鄭方慕劬更名，故渾然不露圭角，然用意獨到，在玩索而得之。

「孰能禦哉」，掉句有進步，婉宕絶似昌黎《送王塤秀才序》。以改字作餘情，恰好收局。「勗成」即「勸學」意，最有遠神。「且」、「既」二字亦頓挫相應。醇古逼韓。今人取名字一味求新，視此豈不愧汗。丁巳五月廿九日鑒定。

《張應之字序》

起引《左傳》切題，以《魯論》釋，用古無迹。《史記·伯夷傳》亦爾。

「名而無所言」二句伏。

「義」字承上，「其所謂」句應「名而無所言」。「不足以表」句應「不能稱述」。

布局賓主分明，確然有對照之義，非泛然請賓者比也。

「器之圓方」，賓。「然受」句駁倒，又對「容以言其虚之狀」，心細如髮。「鐘鼓」，賓。「然鳴」句駁倒，又對「至静接物」，心細如髮。「空谷」，主。不爲物先，感而遂通，聖賢之體用如是，非鼓鐘器用所可同日而語。故其名不可易，而字不可不易。蓋容則有量，與器同矣，不若言其德之無窮也。

「容以言」駁倒一句，筋節。

「深中隱厚」貼「谷」字，「其有」句接「應」字。「余知夫」一段，「體乎容之德」結穴在此。進德修業，務期遠大，一腔忠悃。行文曲折淡宕，逼昌黎矣。

以上明字之當易，結明所以代爲易字之意，詞氣藹如陽春。

《章望之字序》

「嘗以其名」，句法。「顧有所教」，賓；「勉焉自勗」，主。

「爲之字」，先點後發。「告之曰」，期以古君子，意良厚矣。「言出」二句，效驗；「其動作」二句，工夫。「故紘綖」以下申「動作容貌」二句。「服其服」云云，又説到效驗。

「儼然」二句，串合「望之」，紅爐點雪。

「非民之知」結「君子異於衆人」，翻覆盡致。「然而」以下又就「動作容貌」斡入一層，以起下「賢」、「名」、「功德」，煞有筆力，先虚籠，次實點，文彩爛然。「萬世之望」又分兩節，「而皆」句趁勢總結，逸甚。「儒其」云云，迴抱法。

韓柳歐蘇諸大家文發明卷四

歐　中

《花品序》

丹、延、越，客；洛陽，主。總挈伏下。

「洛陽所謂」，此見齒者。「丹州花」等句分承，「尤傑」句欲抑先揚，總爲洛花設色。「列第」句，分寸。

「而越之花」分承，又用虛字聯絡，「不見齒」，此洛下所無。「是洛陽者」，總結顧首。「洛陽」一段，又就洛中他花點染映襯。

「牡丹則不名，直曰花」，元人句「開到牡丹方是花」從此偷出。

文到白描處，愈淡愈濃，然非古人不能，如遠山空翠，逼人眉目，撲人肌膚也。

「説者多言」，又申愛重之意，洋溢盡致，然後折之於中，始見寓意於物，而非留意於物也。

「獨與他方異」，迴顧「第一」。

「夫洛陽」一段，發揮「洛陽」二字，真是空中樓閣。

「乃九州」三句，辯駁當如此曉暢。「又況」，拓入一步，尤鴻亮。「夫中」，轉脉。

先駁倒「中」字，次駁「草木得中和之氣」，絲絲入扣。

「甚美」，主，「亦不甚惡」，客；「鍾美」，主，「與夫」云云，客。刻秀俱從《莊子》得來，而斷制如《史》論，小題大做。

精思眇論，以「偏」字剥換「中」字，解虎頷金鈴矣。

「豈偏」云云，結案仍不作煞語，歐文氣度雍容，真令人三復而躁心平也。

「凡物」本《五行志》，「天反」、「地反」，見《左傳》。

在氣爲偏，在鍾其氣者爲妖，脉理次第。

「此亦」二句，以詈爲贊，即杜詩所謂「韋曲花無賴，家家惱殺人」也。讀者切勿效癡人説夢。

「比夫」句，穿插玲瓏。「四見春」，總挈。「見其晚者」，一，少室、緱嶺等皆嵩山名勝。「不及見」，二。「不暇見」，三。「止見其早者」，四。

於不盛時想見絶盛時，無字句處偏有神情。「不勝其麗」，歇筆尤嫋嫋亭亭。

「嘗謁」句遞入《花品》,「思公指之」云云,點題活。每到瑣細處愈詳委,直由胸中無事,筆下有神。士大夫飲酒看花,但爲花看而已,必如此乃爲看花。丁巳三月二十九日。

《花釋名》

元時姚燧有作,見《文類》,從此脱胎而傷於離奇,然亦佳篇,第難爲賞音者耳。

分二十四種,爲五條。以下細列,錯綜歷亂,不復拘拘,亦理勢之自然也。

「姚氏」句烟波。「洛陽」二字頻點,顧母法也。「亦不甚多」,珍惜如畫。「牛黄」句承上,「比姚黄」牽一句,是《史記》法。「真宗」一段,珍惜而兼貴重,又伏張相、魏相,妙。

「單葉」對「千葉」。「洛人」一段,烟波。

二氏以姓,甘草以色,而皆黄,故牽連出之。姚黄尤佳,故另結之。

出魏相家,亦貴重,千葉同而紅黄别。「始樵者」逆叙,牽一句,妙。「傳者云」又别作一小傳,以爲持籌鑽李之戒,命意極高。

「花傳民家甚多」應「人税數錢」。唐詩云「今日公然來浣紗」者也,可爲三歎。

其主自俗,此花自佳,故别結之。「思公」應序文,「姚黄」牽上文,與《酷吏傳》並奇矣。

珍惜貴重，花王、花后映襯君、相，層層雲錦。

「鞓紅者」，紅一而單葉異。「青州紅」，一花二名。「駞駝馱種」亦珍惜，釋「青州」名；「類腰帶」釋「鞓」名。

「大」字爲句。「淺紅花」，其紅又異。「因曰獻來」，珍惜。

紅一而「添色」又異，此尤可珍惜貴重，直歸之造化，莫名其妙矣。

「鴻鵠羽色」，珍惜。「錦屏山」迴映「壽安山」，妙。「尤佳」，珍惜中之珍惜。

「凡花」，又以賓形主，極其珍惜「此花」一段。「倒暈檀心」四字如繡出薛夜來之針線耶。

「深紅一點」，幾許珍惜。「如珠」，珍惜尤至。「洛花」又以賓形主，「最先」，珍惜。

亂紅中點一白花，又與「始白」、「末白」、「淺白」、「白點」相嫵媚，筆端直有散花天，拍案叫絶。

「丹州」、「延州」并敘，亦變化法也。「不知」，澹掃一筆。

「如蓮花蕚」，珍惜。「謂之平頭紫」，珍惜。

「豪家尚未有」，曲折生情，正於「未甚著」見其珍惜，況如下所云云。

「其色如墨」，真可寶惜，想到「造物亦惜之」，痴情如畫。「此花之出」，斷而復連。「歲久失姓氏」，空翠逼人。

二紫在猩紅之前後，所謂合者離之，而彼此顧盼，倍有神情。

白花再見，大約紅多白少，故間見之，與「一百五」遙映。單葉似無奇，而狀與色則可珍惜。

以少爲貴，以不再見致珍惜之意。「嘗從思公」又串插序文。

「緋」者名也，「紫」者字也，「轉枝」者别號也。種種珍惜。

「紫花」，「紫」字粘上。「如鹿胎之紋」，珍惜。蘇相宅有，貴重。二紫殿後，「多葉紫」用短章，峭甚，想亦今之玫瑰紫、天香紫之類也。

「初」，句。「自多葉、千葉花出後」粘二十種。

以單葉無奇者爲餘波，却倒捲姚、牛、魏、左於前以爲入路，多葉、千葉於後以爲出路。仙山倒景，其妙難思。

「初不載」一段，直從上古窮其根源。「以藥載」，從神農始。「不爲高第」，頓挫。「取以爲薪」，頓挫。「未聞有以名著」，頓挫。

造物洵有晦於古而顯於今者，如先朝之吉貝是也。「計有」、「彼必」，體認十分。古人於一草一木詳審如是，足以愧後之鹵莽於古今文者。

「永嘉」句串入越花作掉尾，與序文遙應，又從謝監落脉，細潤入骨，不可學而至。

總結一句，與序文緊應，腕有神力。

范石湖「酒稱撇醼，菊稱多花，岐枝，大如車輪」者，與劉夢得所云「一叢千萬朵」，俱堪資後人捧腹。乃知詩若文，古今人不相及，良可愧恨耳。

《龍茶録後序》

君謨貢茶見非於正人，絶不肯放過，而詞致微婉，抑亦所謂忠告善道矣。

只點「小團」，「龍」字見下句，錯綜法。「上品龍茶」，點題。

「未嘗」句，反挑「珍惜」。「四人共賜」，正叙「珍惜」。共賜二餅，二十餅重一斤。「宫人翦金」，旁襯「珍惜」，又見「龍茶」所由名。

「兩府」承「樞密」三句，以發明臣子珍惜之意，婉潤可挹。客必擇佳者，命意尤精，不如是亦何謂珍惜耶。

「嘉祐」承「仁宗」，「親享」對「南郊」，致齋「人賜一餅」對「共賜一餅」，「亦預」對「二府」，「藏」對「家藏」。

「二十餘年」云云，總見小團之可珍而君恩之優渥。「捧翫」對「傳翫」，別有神情，小中見大。結顧首，且包括通篇，風神遒美，逼似君謨之文。

「治平」承「嘉祐」。

《書荔枝譜後》

起句暗用《莊》、《列》。「天地」總挈一句，「物生」申明三句，「不以智造」結歸自然。「千狀」轉入正意，「可謂」句一縱，「而其」云云，參《花品序》。「壽夭」見《莊子》，「常分」應「常理」，「孰爲」句一奪，「若」字好，「是皆」句仍放活着，故不腐。

精思眇論，何減《莊》、《列》。主花主稼見内典，暗合處可謂慧悟矣。

「牡丹」云云，此即樂天之語，點題靈妙。「是孰尸」句證上「若有爲之者」。「然斯下」又折衷樂天語，仍放活着，所謂步步金蓮。「推之至理」又應「常理」。

以《牡丹譜》映襯，便有主賓。就一花一實發明造物自然之理，言外便有安分無求之意，而婉韻不涉理障，此歐文所以臻絶詣也。

故能識小，小處亦不俳。「念昔人」，收拾完好，不以題小而信筆。想見古人之慎如此，足以媿臨文之草草者。「聊書」，結前議論。

蘇、黄題跋，膾炙古今。然吾識草木之名而不失優柔平中之度，胸次風光隨處發現，以視雋快遒美者，又進一籌也。丁巳三月二十八日。

《月石硯屏歌序》

「在虢」伏「南謫」。「命治」句，閑情。「森森」呼「老勁」，「老勁」應「森然」。「雖世」二句，跋亦老勁，山谷似之。

「紫」映「白」，「白」又映「黑」，着色分明，文中有畫。

「予念」云云，幾許婉折，得史贊之神。「來松」，并傳其人以爲信。「子美」二句，酬酢處筆花燁燁紙上。

「工畫」、「善畫」，脉脉盈盈，即何減臨鏡笑春也。以下又一番絢染，則京兆眉嫵不是過矣。

「如十三四」粘「不滿」，頰上三毫。

「皆其實」迴顧「信」字。以布素爲錦綺，真如空谷佳人，諸小令想從此三昧流出耳。長夏中浣記。

《敦医銘跋》

與「墓誌」參。「原父」，人；「長安」，地。「原父」承「原父」，「咸、鎬」承「長安」。「必購」應「好古多藏」。「余家《集古録》」點題，「自周以來」襯「古」字，又伏「穆」、「宣」。「多得」句倒結。

此一節絶有包括，細考《録目》始知之。

「歸自長安」遥接。公自永興召還，判三班院太常寺，事在嘉祐八年。「所載盈車」，寫出冷官癡況。

「與今不同」，挑「古」字。「極精」二句，先制度，次銘文。

「而云」，波瀾秀活。其一在原父處，故須説明。

「上下皆銘」，上下同銘耳，非謂兩医銘同也。「幸其一在」，或函或蓋。

「其於」，「其」字指伯冏、張仲言。「垂後」，恰好起下《詩》、《書》。

即其制器之必欲垂後，以知其修身立功之必不苟，識論宏遠，與玩物喪志者迥别。唐人《刀鐶歌》云：「一日三摩挲，劇於十五女。」其淺焉者也。六月十九。

「周穆王」，《書》；「宣王」，《詩》。「太史」句突起奇峭。「共和」，厲王後，宣王前。「蓋自」云云，逆溯彌見其古而文增奇。「遠」應「慮遠」。「以其無文」，《金石録》所以作。「非其時」，非太平時。「非其人」，非博古家。「幸不幸」，鉤瑣上下前後，總在蹊徑之外。「不可以不傳」應「尚冀或傳」，「故爲之書」結上生下。

「遭吾二人」承「獲於吾二人」，三「出」字亦相承。

「且以爲」句顧首，婉孌，想見古人不苟作，自惜其文亦不翅商彝周鼎也。

《記舊本韓文後》

一句總挈，四句分承。兩「無」字相應，「有」字轉折相生。以其好學而從遊，童時便出人一頭地。

「在壁間」，着色。「發視」，細心。千載相遭，信有天焉。非公則韓文遂付塵燼矣。寫出夙慧，讀之使人汗出。

「無學者」、「無藏書」、「無次第」，「無」字掩映入微。「乞歸」，細心。「猶少」、「未能」便伏中輟，妙。

一明一昧，畫所不及。庸人便作大言，供識者捧腹。

「號爲時文」，六朝派也。以「楊、劉」對「昌黎」。

「未嘗有道」，看其顧母處煞有關鍵。「予亦方舉」，久不讀韓文可知，只用「復閱」句逗出，此文家出没之法。

一盲引衆盲，光景如畫，妙在曲折古秀，無隻字嘻笑怒駡，歐之所以高于蘇也。

「讀之」、「復閲之」，「徒見其浩然」、「則喟然歎」，一一蟬聯，水源山脉，其秘難傳。

「因怪」一段，左顧右盼，一句一轉，一轉一態，其散花天耶？抑蕊珠仙耶？

「後七年」，通前「童時」、「年十有七」，自爲脉絡。「師魯之徒」對「楊、劉」，筆花可愛。「遂相與」應「盡力」、「以償」，細甚。「出所藏」應「所藏韓文」，細甚。「補綴」應「脱落」，細甚。「校定」應「顛倒」，細甚。應「天下學者」，細甚。「三十餘年」應「後七年」，細甚。「非韓不學」應「未有道韓文者」，細甚。此段結韓文。「補綴之」、「校定之」與「讀之」、「閲之」，以類相從。

「道固有」二句，倒對。「其理」以上虚籠，以下實叙，互爲照應。

「昔孔孟」一段，突入奇峰，高占地步，便見師法昌黎不獨以其文也。

「非特好惡」應「非好惡使然」，「其道當然」應「其理當然」。非惡者所能湮没，亦非好者所能表章，其道自有否泰耳。説理直是冰融雪浄，至文至文。

「就而學之」，此段結自己。

發明所以師韓之意，不在逢時而在傳世，又不止以文而以德行。通篇結穴，如百川之歸海，真大文字。

「集本」遥接「故書」，浮雲斷雁。「脱謬」對「脱落顛倒」，「凡三十年」又遥接「三十餘年」。五句應「脱謬」句，改正其謬而存其脱落也。

不於改正見其珍惜，偏於仍舊見珍惜。既以其道而重之，尤以其舊本而重之。皆做人之所不做，文思低徊，幾於曲罷峰青矣。

層層映襯，中「重增其故」，曲盡婉潤之致。

題是「韓文舊本」，故結處倍致殷勤。能參此訣，必無枯題，正以枯見能事，可謂解人道耳。

《讀李翺賦》

《幽懷賦》志在天下，故以《復性書》、《薦賢書》翻起，章段轉折，絶似昌黎。

「以翺」云云，單承薦賢，有煙波，又帶起下文。

「置書」一段便伏以下許多議論，且不道破，妙，妙。

一往一復，文致幽妍，況乃轉接奇宕。

「愈嘗有賦」，又引韓子相形，地步高絶。

以本色襯精新，有味，又極斷續之妙，文中有畫。

推原入細，風韻翩翩。「若翺」句收轉，「其賦」遥接，如斷嶺連山。若一并説盡，便非古筆。

四句明點，二句隱括，「以爲憂」伏「憂」字。

宋不能燕、薊與唐失河北正同，故云。況又有元昊，豈不可憂？其後竟有北狩、崖山之禍，公言驗矣。

使當時化兩意爲一意，紅爐點雪，小中見大。

「幸不生」顧上起下，灣灣活水。「奈何」句脱卸，爲一篇結穴。「憂」、「不憂」聯絡入妙。

「能如翺憂」，自謂。「其餘光榮」，步步照顧。

點明大意，又極含蓄。

結歸責於大臣，言極剴切，却自雍容。

「可歎」應「置書而歎」，平中之奇。

逼真韓文，此歐陽子最着意處，故不期其然而自入於神。丁巳正月晦日評定。

《畫舫齋記》

壬午前六年歲丙子爲仁宗景祐三年，范文正貶，公因移書詆高若訥，貶夷陵。壬午次年歲癸未爲慶曆三年，公入知諫院。今按此篇首尾，則以壬午初冬自夷陵爲滑州守。滑州屬北京大名府，古衛地。五年歲乙酉，又以疏諫韓魏公之罷，左遷滁州守。「燕私」伏「燕嬉之舟」。「齋廣」云云，語簡，恰有畫意。是舫是齋，「如」字恰好。「其温」承「七室」，章法次第。

「山石」云云，欄檻之外，波瀾融冶，却以少爲貴。一入俗手，刺刺不休。

左山石，右花木，可愛；「酋崒」，佳美。「故因」句應前結住，以下議論翻覆，寓升沉之感。

「反以」、「豈不」，大起伏。「矧余」拓開，直謂貶夷陵也，終「豈樂於舟居」，婉而暢，文勢如雲行水流。

「自汴絶淮」，水道曲折分明。

「往往叫號」，將「順風恬波」一節與此對勘，始知意趣所在。粘「恐」字洗發，數句章法次第。

「商賈」，賓；「仕宦」，主。「冒利」，商；「不得已」，宦。「賴天」，言得無恙，履夷陵任也。「今得除去」，段落無痕。「列官以來」，謂從夷陵令内遷中允等官，復以貧求補外，遂得通判滑州也。

「安署居」應前，「曩時」應「當其恐時」，波瀾迴復。

「驚」承「恐」字，「愕」伏「樂」字。「而乃」大轉折，「險阻」應「履險蹈難」，「豈真」句呼「樂」字，有力。「然余聞」長句，磊落，一篇感慨所寄也。「其必」句應「不肯反」，含蓄，妙甚。「苟非」句申「樂」字，又迴抱「商」、「宦」，喫緊。

「順風恬波」反襯江濤之險爲可戒懼，與王陽迴車九折阪同意。若看作烟波釣徒，非但不知公，亦不知文者矣。

「豈不樂」結「樂」字。「顧余」一段，收局如珠員。

「未暇」者，不以江湖而忘廊廟。「名齋」者，不以廊廟而忘江湖。與《思潁詩》參。

「燕嬉」結「以爲燕安」句，「姑以名」結「反以舟名」句，「奚曰不宜」結「豈不戾哉」句。「大書」，餘波。「具以云」，所謂有爲而作。

公非忘世者，然以忠直身經險阻，急流勇退之志未嘗一日忘于胸中，故特借題以發之，與《思潁詩》等序參看自見。丁巳初夏五日記於静遠齋。

《三琴記》

起句總挈，「其一」分承，「傳爲」便含「不知」，「其製作」跋一句。「不問」對「不知」，「作」字相應。「皆有横文」又勘定五、六句，鑑賞津津。

不直接「斷紋」，忽作一轉，回顧傳聞。「其聲」伏後琴聲，「古今」伏下「古琴」，此斷中之聯，蛛絲鳥迹，静氣得之。

「其一金暉」，句法遥映，從斷紋遞入琴暉，從琴暉迴抱三人，峰移徑轉，水流花開。

「金暉」粘上，「暢而遠」應前「其聲何如」，含吐並妙。

「今人」三句又總結三琴，無限珍詡，隨將「唯」字承「兼」字，一絲嫋嫋，轉折天然。

添「蚌瑟」，妙。瑟瑟，碧珠也。「老人目昏」，婆娑入畫。

不取金玉而取石，真有太羹玄酒之意。樓琴又何幸也。

「黑白分明」，入畫，「燭下」二字尤見好琴，便伏後節。「老者所宜」應前結住。

已上叙琴，已下叙曲，却不脱琴聲，斷而聯，妙。《流水》一曲參《送楊寘叙》。「今老矣」迴盼「老人」，斷而聯，妙。

「不必患多」，珍惜至矣。平泉莊、昭陵帖，同一痴想。

琴、書相映發，尤妙。結映襯張、樓、雷氏，又顧「吾家三琴」，首尾融結。

從琴曲綰合三琴，化工無迹。此等文，恐昌黎亦應退舍。丁巳二月十二日審定。

《遊儵亭記》

發端閎偉，實因其兄爲人有大志而屈於卑位，故以此寫其浩然之氣，又以此舒其不平之心。此歐陽子文字所以爲根極理要，且與太史公、韓昌黎相伯仲也。概用小題大做法，其不流爲誕妄者幾希矣。

起三句爲「家荆州，臨大江」張本，暢極。「其爲」云云，句法瑰奇磊落，神肖昌黎。「勇者」伏，觀水本《孟子》。

「爲人」數句抵一小傳。「喜義」二句，資禀。「大志」映「大水」，妙。「能讀」四句，學問。「困于」二句，行義。「然其」斷一句。

悲壯頓挫，通篇關鍵。

「夫壯者」一縱，格意始暢。「崇高」，賓；「臨流」，主。「荆州」、「大江」聯絡。「壯」、「勇」應「而」字，轉入本題。「何哉」、「浩然哉」，兩「哉」字相應。「卑困」應「浩然」，粘接「勇者」，應前結住大意。

水爲經，鯈爲緯，斷續生情。「適」字相應，點名亭之意，又迴抱前文，錯綜無迹。「樂」字凡三見，脉絡相承，本《莊子》「鯈魚甚樂」及「安知余之樂」、「安知我不知魚之樂」，點眼入微。

雄渾中經緯甚密。縱觀以得其大勢，静參以見其小心，缺一不可。

《相州晝錦堂記》

「仕宦」四句，起局。「蓋士」一段申。「季子」二句删之，與東坡《御飛白記》「千金」二句同一明珠之類也。

「惟大丞相」句，降題喫緊，人皆忽過。

「所謂將相」句，先正顧首，妙。「非如」一段，關映有情，「不然」二字躍躍紙上。「出於不意」，後反。

「然則」云云，先反，緊照「不然」，隱躍最佳。「唯德」云云，後正，伏「刻詩」，有眼。

「乃作」句入題，只一句撇過，急點詩詞，避俗就雅，殊費苦心。「其言」隱括詩旨，簡而醒。「蓋不以」二句顧首，妙。「於此見」應「富貴所素有」、「此公之志」，以兩句括兩節意，筆力深厚，而句法婉宕，亦遥映成章。「至於臨大事」云云，調護英宗及勸宣仁撤簾一事而言，精彩飛動，如道子畫龍點睛矣。「其豐功」句直接有神，「所以」陪一句，入細。「被弦歌」應詩詞，入細。結以作記爲餘波，又重重包裹，真元氣之文。「誦公」、「樂公」亦應「士以此望於公」句。「社稷之臣」句，力可撼山。以下脱卸，仍歸題意，不即不離。以「衣錦之榮」起，以「邦家之光」結「閭里之榮」，結如赤鯉登龍門而上天，文心變换之妙一至此哉。

先以賓意還題之面，曲分二節：儌倖富貴，一也；榮耀閭里，二也。次以一句轉入主意，發題之神，亦分二節，與上反照：富貴所宜素有，一也；衮冕非榮而以功德傳世爲榮，二也。蓋題面原淺，與魏公不稱，故須説到煞有關係處，又不得放却題面，費幾許斡旋。向來評者或未知之。丁巳夏五二十七日。

《仁宗御飛白記》

直起不立議論，便見莊敬，覺東坡《飛白記》猶有爐錘。

寫出踴躍珍重之意，亦覺天清日明，卿雲涌現，神來之候。「蓋仁宗」句，何等出落。

此等文只一筆揮灑而來，如秋水時至，百川灌河。讀者須高着眼，想見古人胸中直是一片化工元氣，又不但照應起伏之間而已也，則讀者胸中亦庶幾有得矣。不然，終落小家。

「寶文閣」句，生機在此。「幸得與賜」，答完。「予窮」句拓開，以下發明君臣遭際，一腔忠悃，是大手筆。若説飛白如何，雖工亦雕蟲之技耳。

「得不老死」，申于久屈方見君恩，文亦曲折有勢。此節「榮遇」，「館」應「群玉」。

「而天下」，此節「盛事」。「豐登」、「安樂」，説得到家，非閑筆也。「天子」云云，抱題，不離不即。

「志之」、「書之」相應。

「榮遇」是正意，却作旁意，而以「朝廷盛事」結之，識高局大，所謂「欲窮千里，更上一層」也。先頌君德，後頌御書，段落分明。

筆墨間至性，坡公所同。抒寫自己知遇之感却渾融不見鋒穎，則歐公所獨得也。

「玉堂」不脱「群玉館」，「相與泫然」一句，當千百言。「山輝」，「韞石」；「水變」，「藏淵」。「室」字相應。

又絢染以結，與起局相照映。「至寶」應「寶文」，尤爲無迹。

「望氣」對「白虹」，「五色榮光」見《文選》。

必如此鄭重踴躍，方與御書相稱，庸筆腐墨，安所用之。

《史光禄修峴山亭記》

「山」伏「登山」，「漢」伏「沉碑」，「特著」便見地以人傳，跌得最醒。「羊叔子」，主；「杜元凱」，賓。

「方晉與吴」，拓開全局。此段是作亭、修亭大關鍵處。「江漢」應，「而於叔子」顧主得法，功固可思，仁故尤可思。二句結上生下，文脉婉潤，頗似昌黎。

「然皆」句承上一轉，翻起議論。「傳言」貫二節，「茲山」應「二子」，偉烈深仁，是何地位。史君欲追配之，以「光禄」名堂，又來求記。其夸大好名可知，故以二子喜名立論，而卒以「自待厚，所思遠」諷之，妙在藴藉風流，不露圭角。東坡《凌虚臺記》傷于激矣，認作憑弔似失元神，目爲頌美尤屬説夢。

杜預好爲後世名，嘗言「高岸爲谷，深谷爲陵」，刻石爲二碑，紀其勳績，一置峴山之上，一沉萬山之下。見《晉書》。

「茲山」應，「漢水」映「漢上」。陵谷山水含名字，以上峴山自喜。此句淺結自傷、勒石，「將自待」此句深結「以功」、「以仁」。「叔子游止」，顧主得法。入亭便伏修亭，針綫細密。

因其自傷，故用正轉；因其勒石，故用反轉。文勢不得不爾，非有心于軒輊。以下亦兩平束住，只前後斡旋。叔子亭爲叔子建，記爲亭作也。

「知名當世」，「名」字貫串。「安其政」，步步得體。「名其後軒」又串，「名並傳」又串。

「不能止」，又求記，意在含茹之間，泠然善人。

斡旋和雅，兩「可知」又有斟酌。「此襄人」句結上起下。「備詩人」句切「光禄」，結「峴山」；「寫《離騷》」句切「二子」，結「漢水」。《招魂》云：「湛湛江水兮上有楓，目極千里兮傷春心，魂兮歸來哀江南。」向來泛然讀過，鹿門嘗譏之，不知味者。

「或不必」，疏而不漏，「皆不復道」，斬截。「熙寧三年」承「元年」、「二年」。

「不必究」、「不復道」，最是。時手必拈墮淚碑，亦禾中之烟雨樓矣，參之。

《豐樂亭記》

「治滁」、「飲水」，公而廉，意在言外，不但入脉之恬秀也。次第得體，烟波秀活，刻畫處使人神遊其地，作記當如此。

「其上」兩句是賓。唯山谷之泉爲可愛，「窈然」、「滃然」，賦手。「俯仰」二句虛束，「顧而」句伏，「樂」字與後文賓主相照。「滁」字發起議論，便照「民生」三句意。

以同樂意結住，以下發起議論，歸美朝廷。識高神遠，方是賢太守文字，豈尋常記室所能代草乎？故知文可以倩人者，必非至文也。

兩節從「平滁」想到「天下之平」，又從「天下平」結歸「平滁」，迴環咏歎，無非發明大宋之功德，以訓斯民於勿忘而作其忠義也。

「嘗以周師」長句，渾厚有力，登高懷古，婉韻風流。

「故老無在」以上咏歎「平滁」，下句説到「天下平」。

「自唐」一段，重提前説，却從五代前説起，有原委。

「並起」對「干戈之際」，「敵國」對「用武之地」，「宋受天命」對「太祖皇帝」，「四海一」對「以周師」、「平滁」。

天下分爲十三四，又不止五國，五國以正統言耳。已上五句含民失其樂意。

「憑恃」承「豪傑並起」，「所在敵國」已上四句含生民得樂意。

「百年」應「天下之平久」，「漠然徒見」應「考其山川」三句，「欲問其事」應「欲求暉、鳳」句，「遺老」應「故老無在」。已上四語暗結「平滁」，含滁民得樂意。以下順接，氣脉一綫。

從天下轉入滁州，局面始大，總見天下之承平者久，則仁恩之覆被者深，爲「休養」句張本。

今昔遥應，滁於昔日五代時如彼，滁於今日一統時如此，是大起伏處。

「不至」，「地僻」；「不見」，「事簡」。「安於」句，「俗之〔安〕閑（安）」。「而孰知」一轉，有千鈞力却不見力，固是養到。「百年之深」應「百年之間」。

咏歎之只是一意，却有餘情深致。「功德」二字是一篇關鎖，明所以得樂之由。

「修之來此」接初句。「樂其」句與「顧而樂之」各意，然理實相因。

「山谷」，「豐山」、「幽谷」。「日與」應「與滁人往游」。「望」、「聽」、「俯」、「仰」，左右春、夏、秋、冬，分合有章法，有句法總從「明年夏」落脉。「四時」虚束二句，有法。「可愛」倒應「又愛」，并起「又幸」，步步有法。「無不可愛」，言非獨夏景爲可愛也。

只説土風之佳，絶不居功，前哲襟懷可想。今時貪酷吏自建生祠，真令人痛駡。

摹寫太平景象，應上起下，俱非泛設。

兩「幸」字相照。「樂其」句點題無迹，「與滁人游」、「與余游」，反覆相應。

「本其」結「五代」二句，又與「考其山川」應。「道其」結「民生」三句，又與「俗之安閑」應。「幸生」結「天下之平久」及「百年之間」四句，又應「民生不見外事」。

「孰知」、「使民知」，非但關鍵，亦見太守所以布宣德美之意。

結明作記名亭之意，爲一篇大結。「共樂」通結主賓二「樂」字，「宣上恩德」應「上之恩德」。

前節言滁之亂、滁之平、滁平之久，次節言天下之亂、天下之平、天下平之久，本自分明。但前節結語以天下平證滁之平，次節結語以滁平證天下之平。脉理互融，遂使人目眩。而次節所説即上節所説，尤難理會也，不知次節乃緊承「天下之平久」句反覆發揮，以明聖宋功德之深廣耳。若單就滁州説，便與偏安氣象無異。此之謂小中現大，不可不知也。

山林間有廊廟氣象，茹蔬食肉皆不能辨，集中第一。先朝制藝唯李西涯可配之。

《襄州穀城縣夫子廟記》

「釋奠」，主；「釋菜」，賓。賓主交互，活如盤中走珠。

二丁之祭，至今不知其略也。「《記》曰」粘「釋奠」，入孔、顔。「魯之孔子」點眼。「莫不宗」，言非但魯國。

「學廢」句隔承「皆廟而祭」，非禮德報應前，「何其謬論」，咏歎結。

侃詞厲色，以警發聾聵盲瞽之俗，總不脱「釋奠」一意。「祭之禮」補意，與起局照應，格意玲瓏，故曰一一蒙繞前文。「然古」句轉入有司怠忽，亦以示警，曲折有力。「州縣」伏「穀城」，「社稷」襯貼，「風雨雷師」襯貼，「可勝」句，咏歎結。

「方修」云云，歸美朝廷。「州縣」伏「穀城」。「莫肯」反挑狄君。不習之罪猶緩，不奉詔之罪大矣，特書之，所以示警。於狄君奉職興學則詳書之，所以示勸。

「爲學舍」應「學廢」而祭於廟；「爲俎豆」應器幣俯仰不能習。「朞月稱治」，週匝。「有司」句，針綫。結句反映「莫肯盡心」。

大要謂「釋奠」爲祭之薄者，又不於學而於廟，此豈足爲夫子榮。況有司復不習其文，則後世之禮崩樂壞，良可慨歎。唯本朝能修舉廢墜，而狄君爲能奉行之，可謂賢矣。脉理一綫，層次逶迤，南豐所云「詞窮卷盡，含意未卒」者歟？丁巳夏五。

《吉州學記》

敘事學《史記·三王世家》體，莊整有法。

「以賞罰勸農桑」，「富」、「教」次第。「惟三代」云云，議論宏深。「國有學」，主；「遂有序」，賓。「其極盛」總上四項。

「凡學」一段，論學精言。「夫以」節，法；「三代」節，戒。拜手颺言，真是朝陽鳴鳳。

「富」、「教」應「井田」、「學校」。「先之農桑」應兩詔。「吏民感悦」，穿遞無痕。「其年十月」應「正月」、「三月」。「先廟」謂舊廟，「學遂以成」對「學成」句。

「不以爲勞」應「敏而有方」。「既成」又遥接，「三百」，亦遥對。

「世家於吉」切「吉州」，「贊明」句顧首，「以治」應「治吉」，「毋廢慢」句鉤鎖綿密。

叙次四民，錯落古秀，「淫巧」見《尚書》，結「風俗成」；「然後」云云，結「頌聲興」；「天子」、「李俟」，君臣雙結。眉目分明。

凡大著作須鋪陳典雅而寓照應於其中，又不以玲瓏穿插爲奇。坡公《御飛白》、《表忠觀》等文皆然，固各有體裁也，「郊寒島瘦」，瞠乎後矣。

此係承平時印本，與石本異，當以此爲正。

《浮槎山水記》

先叙「浮槎山」，設兩層煙景：「浮闍」、「浮屠」；「浮巢」、「老氏」。次點「水」，伏「棄而不録」。

其曰「浮闍」，必謂自西竺飛來，曰二山者，必謂仙人合而爲一，故云「荒幻」。「余嘗讀」云云，粘「論水者」，主陸文學而斥張又新，交錯如繡。劉、李，賓中賓。「得之於羽」，牽連。兩「言」字相應。「頗疑」句應轉「得之於羽」，「及得」句忽合。

「浮槎」、「龍池」，主賓映發，花影重重。「又新所記」應「《水記》」，「羽則不然」轉筆，斷而連。「山水上」對「浮槎」；「江次之」，賓；「井爲下」，賓。「山水乳泉」對「浮槎」，伏下節。

兩節接「陸羽善言水」，張又新言水不合《茶經》，一縮一申，總以槎山爲證。

「浮槎之水」遠接「論水者皆弗道」，煞有遠神，入題，又伏結句。先提後序，結構有法。此節接「羽爲知水」句，并蒙繞「善言水」句，即申前之所縮也。然「浮屠」一證尚屬未了，至下節始了之。

「出守」句應「廬州界中」。「因游」云云，步步虛景，行文最忌單寂。娟秀正不在多，「涓涓」言其乳而漫，「甘」言其味，合者離之。所云「及得浮槎山水，益以羽爲知水也」，貫穿如天孫織錦。

「得其事迹」應二氏之説，兩「其事」亦相應。「其水遺余」，「得」字之結穴，細入藕絲孔矣，奇哉。

「富貴」句正照李侯，「至於」四句設色不浮，「山林」句反照李侯。

「山林之士」又有此兩等，側重第二等人，與富貴人相掩映。有欲不能與「能致物」對看，「其不可兼」與「退而獲樂」對看，文心交互。

「惟富貴者」又總紐三句，重「富貴不得兼」句，起下李侯能兼意。

「其不能」二句咏歎摇曳，與「兼取於物」二句呼吸有情。「人所不及者」應「論水者皆不道」，「能得」應「兩得」，「喜交賢士」、遠寄山泉，亦其一證。「所至」句照顧「出守」，意到。「三年」接「嘉祐二年」。

結兼抑揚二意，以見天下事不可以耳食而目相也，蓄意深遠。「俾世知」，詞旨鄭重，便見斯記之作與《茶經》並傳。結浮槎水，抑揚盡致。晦於古，故「待人以彰」，然泉雖甘，一微物耳，亦必「因人而重」，歸美李侯，不脱上節，又起下文。其意則與《峴山亭記》相似。丁巳六月初四日。

《東齋記》

賓主映發，淡處偏濃，同官情誼，又復藹然。每讀公文，真如和風之拂面而卿雲之綴霄也。「或曰齋」，籠題。「謂夫」云云，釋題，又伏後文。「故曰」句顧上起下，「亦理」句點題。「河南」句布局，「雖赤縣」頓一句，「然」字轉，「户纔七八千」，正句，「率無一鍾」，反句。「人稀」，又正；「土不」句，又反。「少争」承「人稀」，「不大凶」承瘠土。「凡主簿」一段，總承九句，以起齋居，兼應首節。結構婉密，風神淡遠。

「素病羸」含，「雖病」粘上又轉。「常由」議論暢，四句申羸疾。「其病」句露，「然每」三句申「力學」。「愛其」以下將「力學」串入羸疾，紅爐點雪，筆有化工。

齋中積書，閑居養疾，種種鎔冶，如以百藥爲一丸，神哉。「善醫」一段，本色映發，風動雲行。「可謂」句結穴，佳。

語意醇而肆，玩之亦如良藥之可以療疾矣。在他手必作規勸語，便露圭角，思之。江上青楓，步步惜别，以僚誼結作記之意，命詞不苟。

《海陵許氏南園記》

借題發意格，前已爲作《真州東園記》矣，若南園則無所關係，自應别出機杼，亦理之自然也。合讀始得其解。

點題挈起全局，「許君」粘首句，拓開議論。「領六路」，綱；「凡賦斂」，目；「均節」，經濟；「能使」，效驗。

「當國家」申結經濟，「大著」申結效驗。

「主客」一句，補述官爵一句，應上「置制發運」，見其有通方之才，敭歷之績，故以「理繁」四句束之。

「夫以制置」云云，撇却題面，又不冷題面，妙。

「君之事不足書」，結南園。「君之美」句起，又粘「海陵」句，拓開議論。

「世有」句，孝虚；「如父」句，友實。「卒讓」遂顯「友于」之驗。

慈幼一節特詳，細分四節：一不忍分離，二求醫，三躬視，四盡哀也。「弟之子病」從「兄弟」

句抽出。「而藥」粘「醫」字脱卸，叙事清真古雅，非贗秦漢者所知。「嗚呼」總束上文。「過其園」又提醒南園，鏡花水月。「一鄉」應「海陵之人」，却有進步，「使許氏」又轉入一步，結歸南園，使讀者如登春臺而游於熙皞之世，真化工元氣文字。

又以樂善不倦意咏歎結之，雄深渾厚，唯南豐差足比肩耳。

《真州東園記》

起得綱領，句亦聳峙。「兩浙」起下，點三人，婉折得史公筆法，粘「發運使」。子春即《南園記》所云副使也。

「樂其相得之歡」，暗襯治績，爲結處伏脉，却不煩言。「廢營」言不作無益害有益也。「以其職事」，細密，以議論代叙事，空中樓閣，文尤娟秀，所謂「玉人臨鏡暈螺青」者也。「荆棘」映「芙蕖」三句，「煙」、「露」又是虚景，逆結，爲「力」字張本，章法玲瓏。原屬廢營，故宜如此迴斡。

「頹垣斷塹」映「甍桷」「深靚」。此節總束前段，「高甍」三句即「流水」、「清池」、「亭」、「閣」，亦舍「畫舫」；「寬閑」三句即「清讌之堂」，亦兼「射圃」。

「晦冥」對「嘉時」，「鼪鼯」對「人士」，「嘷音」對「歌管」。此節添出虚景，伏後不私，但彼言「賓客」，此言「州人」，亦互文耳。善會之。

「升於高」，「亭臺」；「嬉於水」，「畫舫」、「水閣」；「物象」，「江山」、「魚鳥」；「登臨」，「升望」、「嬉逐」。「凡工」二句補畫外意，神情淡遠，真有「目送歸鴻」之妙。「大概」應「略」字。「天下之衝」應首句，是提醒處。「吾之共樂」粘「登臨之樂」；「私我三人」又應「三人相得」。

「池臺」四句總括有力，轉結求記之意，風流婉約，與羊叔子峴山灑泣同一不可解之癡想。朋友離合是主意，傳名於後是賓意。

「使上下給足」，知所先；「然後休」，知所後。「餘閑」應「暇日」，只就發運使正旨作結，遊樂意輕帶，而以「皆」字總承，不粘不脱，鎔鑄入微。讀者以爲時花美女之文，亦買櫝還珠者爾。丁巳夏五。

《泗州先春亭記》

隄爲主，亭爲賓，文格也。亭爲主，隄爲賓，題面也。還題還文，得未曾有。

「素病」包括，「治其尤暴」，切題，「淮」、「泗」相接，提挈醒健。「因其舊」伏「張侯夏」，「八萬五千」倒對。

「明年春」承「二年秋」，便含恤民病意，又含先後意。

工、食分兩層寫，格法變化。

「人力」牽上一句，「而石」攙一句，「一千三百」，數目遥對。「隄成」遥接，前謂其長，此謂其高也。「土」字添出「石」字，應前，「可久」結「治暴」，分明。「既曰」承「泗之民曰」，章法如貫珠，此則清和之言也。「因前蔣侯」映襯「清河」，「勞餞」承「禮」字，「思邵」映襯「先春」。

「天下水會」，兩提泗州。「某亭」，二襯；「通漕」，三襯。「然後曰」反映「先」字，伏下「後」字。

「先春」，主；臨水望山，應前。山水娟娟在望，何必「畫棟」、「珠簾」之句。「是歲秋」承「明年春」。

「於是知」斷一句，局面分曉。

「聘楚過陳」貼過客，不泛陂梁貼築隄，「授館」貼「思邵亭」，「羈旅」貼「某亭」、「通漕亭」。

「必亡」句反掉，「蓋」字正接，典嚴有局度。

「今張侯」一段，包括處彌見羽扇綸巾，每歎六一文爲銅將軍鐵綽板之换骨丹也。丁巳六月十八日。

「知爲政」結一句，局面分曉。

大水幾溺，淮爲之耳。「司封員外郎」對「殿中丞」，又一映襯，且前人之功不可没，記殆爲兩張侯作也。此法得之《史記》列傳。

「是役也」粘上，又顧首，壓倒題面，宏偉異常。蓋題是先春亭，文則爲淮隄而作，讀竟乃知「臨淮水而望西山」一句略點之妙，且於賓中戀主，直臻三昧矣。

《夷陵縣至喜堂記》

邑在州治，故朱公爲之作堂而落成之。提句便醒。「濱大江」伏「水道」五千餘里。「雖有」一句虚挑，「而民俗」入正意。「販夫所售」串「儉陋」、「自足」，「富商大賈」串「無所仰於四方」，又應「椒」、「漆」句。

着色畫出，不減班椽《地理志》，非但脱胎《區册序》而已。「夷陵者」一段收束典雅。「陋俗」應「民俗儉陋」。

以上言夷陵之陋，所以刺權臣。以下言夷陵之樂，所以美朱公也。

「尚書」伏「有舊」，「以作斯堂」點題。

「罪戾」云云，一美一刺，藴秀曲折，與《答丁運判書》參看。「歲滿」「自罷」，以昔之夷陵言；

「既至後喜」，以後之夷陵言。「橘柚茶笋」，秋冬春夏。「是非惟」句斡轉，結申作記之意，風度莊雅。

《峽州至喜亭記》

「五代」伏「宋」，「僭國」伏「平蜀」，「險」伏「岷江」，「富」伏「絲枲織文」，「舟車」伏「陸輦」、「水道」。「受天命，一海内」，又次第説入。

未與中國通，則無由見三峽之險，而所謂喜者無有也。此是反起格，文勢自然高遠，非有意張之也。

「陸輦」，賓意；「水道」，主意。「出三峽」，中伏「夷陵」，精絶。

「岷江」粘上「水道」，以陸道交互發揮，飛騰出没，筆氣如虹。其粉本則從《送鄭尚書序》來也。

此等處，老泉、東坡必多着幾句，無此謹嚴。於馳驟中有節制，始不失昌黎家法耳。

「可以充内府」，包括。「皆陸出」應「秦鳳」，「乃下於江」應「水道」。「其爲險且不測」截句，醒而有力。

險阻之可畏若此，則平夷之可喜至矣。避實擊虛，古文三昧。

「當峽口」遥接「出三峽」句，亦端勁有法。「灑酒」，酹江神。「以爲更生」，喜之至，細甚。再治僻壤，尤難安矣。「舟者」近承「舟人」。「且誌」句遠抱前文，所謂後勁。「喜幸」釋名。

「不以陋而安」應「俸薄地僻」，又應「再治」。「去憂患」應「善政」，「喜」字又有新意，佳甚。「樂」字應「行人之喜」，「易」應「平夷」，俱精細。贊美止一句，惜墨如金，風雅無極。

「歲數大豐」，週匝。「因民之餘」，「不違時」；「惠於往來」，「人有賴」，「是皆宜書」。命意謹嚴如此，所以可傳。

凡三用「故」字，皆確不可易，詳審又從容，冠裳佩玉之度。

《偃虹隄記》

入手閑暇，得《史記》神情。「岳陽門西」如畫，「曰偃虹隄」點題虚活。以問答代叙事，化實爲虚。「岳陽」應前。「昔舟」一層，「至無所寓」，害；「其有事」二層「覆溺」，害。「今舟」一層，「皆泊堤下」，利；「有事」二層，「近且無患」，利。利害皆分兩層。「長」、「高」、「厚」，「大小之制」；「萬有」工，「用人之力」。「不逾時成」，總承，寓歸美滕侯意。

「行」去聲，見《左傳》，今方言亦爾。

「皆不能易」，歸美滕侯，與上節相對，一隱一顯，恰好結住，又與首答相應。

「君子之作」應「滕侯所爲」節；「慮民深」應「利害」節；「謀始精」應「始謀」節；「力少功多」應「大小」、「用人」節。望之渾淪，即之細密，而筆底更餘從容閑雅氣象，此可捉筆而擬之乎？亦存乎所養而已。

「夫以百步」云云，只就「爲功多」發明之，一節言功之廣，一節言功之久，總與「利害」節翻覆照應。

「土石幸久」便引動立石意。「夫事不患」承上轉軸，二句；「蓋作者」申「易壞」之由，二句。「自古」云云，只淡淡寫來，自有無限懇惻意味，皆由養到，不可力爲。「此滕侯」句，説得好，迴顧好。

又發明滕侯之大概，非一隄可以盡其長，氣度瑰偉，此降題法也。

「慮熟」句，結第四問答。「功倍」，作第三問答。「事可法」，歸重此句，切作結意。

「不苟」，第一問答；「思爲利」，第二問答；「告來者」句，重。

求記者侯也，又添出一重烟景，所謂想當然者，妙甚。屢點「宜書」，姿態橫軼，見記非徒作者，章法從昌黎《答殷侍御書》得來。

《菱溪石記》

起句總挈分明。「其四」，賓，「爲人取去」，不知誰何。「尤奇」，主中賓。「藏民家」伏「白塔朱氏」，對上「取去」。「偃然僵卧」是大石，又伏「神」字，妙。「獨存」對上「藏」、「取」。「每歲」云云，次第細甚。

極形容其奇，此着色法，唯知言者識之。

叙石已竟，從「菱溪」尋出話頭遞入。「故將」以發其感慨而垂世戒，方是大手筆。不然，與兒女子之好又何異哉？

「淮人」句剥换，好。「溪旁若有」，過峽微茫。「石即劉氏之物」，迴顧大石，有脉。

士大夫酣豢於富貴，無所用其心，則鑿深累危，結構綺麗，貯聲色其中，此宇宙一大蠹也。正詞侃論，確有關係。肉眼視之，不以爲殺風景者幾希。

「尚有居溪傍者」，迴顧「菱溪」，有情。

「感夫」一意，「惜其」又一意。「立於亭南北」，想是大者南，小者北也。「負城」句，承上起下，細甚。

「可惜」粘前，良爲玩物喪志者下一頂門針，意不在石也，與《四菩薩記》參看。「嗟夫，劉金」

一段蒙繞曲折。「用此可爲」，作記本旨，一句括盡。

點醒醉夢，泠泠欲飛，正以柔淡爲佳耳。如繪事無作家氣，有書堂氣，伐毛洗髓，不易到矣。

《醉翁亭記》

起句秀拔爲骨，淡遠爲神。從衆山入郎耶，從山入水，從水入亭及亭名，步步引人入勝地，俱帶烟霞之氣，長句不見其冗。

「自謂」句含「年又最高」，時方四十，戲耳。

從「醉」字轉入山水，層層轉换，筆筆空靈。

「在乎山水」籠「朝暮」、「四時」一節。「山水之樂」籠下，「滁人遊」一節捲上，有花影參差之妙。

「日出」，「朝」；「雲歸」，「暮」；「野芳發」，春時；「佳木秀」，夏時；「風霜高潔」，秋冬時。「朝而往」總承，又收「歸」、「樂」字。

「若夫」、「至於」用六朝賦體，此記亦全似賦變體也。

與民「同其樂」一段；「太守之樂」三段。「雜然前陳」又言其率。「非絲非竹」，雅事。「太守醉」照「醉翁」二字。「已而」節，結「太守」三段；「樹林」節，結「滁人」一段；「知山林之樂」結「山水之間」二句；「樂其樂」結「得之心而寓之酒」二句，又結「樂」字。空濛淡宕，極捲舒之致。

結點清姓氏，「廬陵」句吐。

通篇以「樂」字爲骨，而玲瓏掩映，花影淩亂，非細心人不解其趣。余向讀秦漢，疑其格卑，直管窺耳。

《王彥章畫像記》

起局簡而盡，姓名字、官爵、卒葬、追贈、年歲俱見。

「以身死國」伏「忠義」，一篇關鍵，「始贈」應。

「公在梁」，提。「智勇」是賓，「忠義」是主。「晉人獨畏」，逆句；「屢困莊公」，順句。提綱得力，「獨畏」之者，以智勇兼也。「中都」、「南城」二案俱從此落脉。

「及梁末年」串重下節，「有怠心」一層，「懷顧望」兩層。「獨公」句逼入，「卒死」句應「以身死國」，點出「忠」字。

「公既死」句，見其社稷臣也，虛掉有千鈞力，從《史記》得來。以下又以賓形主，言其百年風教所係，非獨一國之名臣，嘉予良深矣。而主持風教，自待亦復甚偉。

「不知書」伏「天性」，正是贊詞。「豹死」四句結「死忠」，有斬釘截鐵意思。《五代書》以下論史事，承上轉折，文有脉絡。

「其記德勝」句虚歇，妙。「此皆舊史無之」，補三條，結一句。「公在滑」應「滑人」，「亦皆非也」，駁二條，結一句。

「公之攻德勝」遥接，妙。烟中樹，雲中雁，微茫。

以議論爲叙事，筆底風生。

「已不及矣」忽斷。「莊宗」三句，賓形主，贊莊宗則王公占地愈高矣。俗手定要一貶一褒。又細玩，是咏歎結上，又是頓挫起下，神來神來。

「今國家」一段，因讀史激動忠義之氣，文情自然，非有意學《史記》，辨之。

「或笑」應「竊笑」，「不聞」應「聞者」。「及讀公家傳」忽續，「然非」云云，又暗關時事，然後束住，一出一入，字挾風雷。

「每讀」應「讀傳」，歎息首尾如常山蛇。

「想見其人」引動畫意，用《屈原傳贊》，神而明之。

「後二年」接「元年」，「復來」句接「節度判官」。「鐵槍寺」伏「又得公畫像」，至此纔點，總是借題發意。「懼失其真」，何等向往。

「當時」一段闡發寺之所以名，閒中景色，皆本史公。

「一槍之勇」又蒙繞「智勇」，「死忠」獨提，重「忠義」，有識力處。不徑結，又遥接「命工」、拜像，作三四轉，烟雲飄眇，慨想情深，得《史》之神矣。丁巳二月初十日評定。

「完之」，「完」字遥接；「既完」，「完」字結。「歸其人」，畫有着落，「歸」字應「得」字。「讀其書」又顧「讀其傳」及「得公家傳」，嫵媚之甚，該括之甚。

《樊侯廟災記》

三層敘入，簡凈。俗工以金作臟腑，故剔取之。余向讀而不解，甲寅客東林菴，亦目擊此事，乃悟。

「人咸駭曰」跌起，在此一句伏通篇議論。「余謂」承上「駭」句。

「邑食舞陽」，封舞陽侯。「則祀之」句，呼；「宜矣」，應。先述「廟食」，凡兩節，局面正，議論筆力似《史記》。

兩節言樊侯宜祀而鄭祀樊侯尤宜，以見樊侯廟與淫祀不同。

「方侯之參乘」，又抽出功績之最大者，切中要領。

「振」，揚也。「揚其目」見《禮記》，或「瞋」字之誤。

「宜其」二句頓起下文，格法醒健。「然當」句轉。「聰明正直」，先褒；「騁其恣睢」，後貶。「剸刃」云云伏案，正中有奇。「何哉」二字唤起疑詞。「豈生」以下一步緊一步。「不能庇一躬」承「剸刃」二句，入細。玩「豈」字、「耶」字仍是疑詞，絶不説煞，最妥。「一躬」承「心腹」句，「神於平民」承「貽怒」句，「濫用」應「騁其恣睢」。「風霆雨雹」，此意尤正大。「蓋聞陰陽之氣」，還他出路，好，歸於正論。

此下責神不當降災於民，義正詞嚴。觀《祭漢高帝》、《景帝》及《桓侯》文，歐公事神如在，未嘗以爲眇茫而忽之也。

兩「怒」字相應，陰陽氣怒則非侯怒矣。旱虐所致是通篇結穴，掃盡庸愚之見。「豈其適會」句，破前二三節。反掉嚴毅，足以竦惕幽靈，總見威靈者必不暴民。三「靈」字亦相貫穿。此一轉事理極當。倘非神爲之，則所言爲慢神矣。與《祭鱷魚文》參。仍結歸本意，與「怒」字相終始。「喑嗚叱咤」，怒也；「使風使霆」，怒之所爲也。「威靈」應「遺靈」，「暴」對「聰明正直」看。

前半詳述侯之所以爲人，非叢祠變怪邀求享祠者；後半翻覆辯論，明風雹決非侯所致，蓋特本於陰陽，無非解愚民之惑而歸於正，亦關係世道文字。「暴」字應「靈」字，言侯必不暴怒爾爾。

「方侯之驂乘」句用《項羽本紀》，「沛公事危」句用本傳。「鴻門振目一顧」句亦用《本紀》，「振目」即《檀弓》「揚目」之意，此用古變化處，其實當作「瞋目」。

「有功德於民則祀之」，「廟而祀之宜矣」，從樊侯廟「廟」字落脉，上句見侯宜廟食，下句見侯之廟食尤宜在鄭地也。「有功」、「立功」相貫串，便見雨雹爲災，決非侯之所爲。以下又發明侯生存時忠勇如彼，則死後亦必威靈，何至怒于室而色于市，受侮于盜而遷怒于民？必不然矣。

丁巳二月二十一日。

《遊大字院記》

宋初風尚如此，故歐公偶一爲之，然艷而不淫，麗而有則，居然唐人之上。四六句使人一覽而盡，《左傳》、《史記》之遺風蕩滌無餘矣。去之。

《非非堂記》

主静，已開道學之先。「權衡」，賓。四分零曰銖，六銖曰錙。「水」，賓。「在乎人」，主中賓；「身」，主。「是是非非」，入題，又有主賓。「夫是是」二句，申明簡當。

「不幸而過」轉入正意，亭亭玉立，古人品骨可想而見。

「既新廳事」，次第北户、南牖，曲折如畫。

「静」、「閉目澄心」，一一顧首。

静則知非，顔子四勿工夫有不本於静者歟？

韓柳歐蘇諸大家文發明卷五

歐　下

《答吴充秀才書》

先美其文詞，然後接其來意，是第一節。

「文」字凡十見，一一貫串。「浩乎」句逐篇言之。此作亦渾浩曲折如千萬言之多。文貴相頭買帽如是。

氣雄者易自足，暗伏下文。「學」字凡五見，一一貫串。一主一賓，反覆盡致。先剗去勢利交情，然後進以謀道，是第二節。

「夫學者」粘「好學」。「道」字凡八見，一一貫串。

粘上拓開，布局精審。「至」字凡七見，一一貫串。

「難工」二句曲盡。「則曰」，「可喜」；「足矣」，「自足」；「職於文」，不知謀道。

「老而歸魯」，緩於立言，伏後結案。「如無」云云，論聖人之文正不必爾，亦以箴其雷同之習耳。大約氣雄者少精思，「皇皇不暇」，急於謀道，伏結案。此亦箴其速成之意也。

孔子、孟、荀作一節，中間關鎖，子雲、仲淹作一節，又一關鎖，格法整而變。

「愈不至」應「至之者鮮」，「道未足」點睛，又倒捲一層，烟波浩眇。「浩乎」顧前，「志道」應「謀道」，「未廣」應「不出軒序」，「可至」點睛，「溺於所止」應前，結亦一主一賓，反覆盡致。

《答孫正之第一書》

「道」字點眼，以下照應，烟波絶似昌黎。且初相聞問，故紆折云爾。

縱不分遠近親疏，然怪其從何而得之。「足下所取信」掩映「元珍言足下」。

「學者不謀」一段接「以道見謀」。始於讀書，終於力行，婉勁透露，若江湖之行地，日月之麗天。

「不爲刑禍」，想在貶夷陵後，故有是言。

「不必」云云，反挑「所示書文」，元氣渾然，無段落之迹。「苟不惑」應「禄利刑禍」。

《答孫正之第二書》

「甚勤」伏「愛我意」，「(于)〔丁〕元珍」是第二書入路，「喜吾子」即前書所云「好古自守」，「乃知」粘「未深知」。「徒以」句亦指前者來書答書言。「欲戒其過」伏「自爲過失」，入木七分。內訟深，故服膺切，聞過而喜，去子路何遠哉。

就「愛」字翻覆發揮，以道爲準，由知而行，可謂勃窣理窟中矣，豈必待程、朱而後興耶？

「自爲過失」，虛籠下文，微雲漏月，光景可掇。「愛」、「愍」緊應，「知道晚」粘上，「三十年前」從「晚」字逆入。

「不知其非」，刻畫；「少識」、「知道晚」、「布出不可追」，刻畫；「言之可慎」申「謂」字；「爲善自贖」，刻畫。

學聖人之改過，意甚謹，氣甚雄。「自贖不晚」，刻畫。

「吾子以謂」，纏綿至此，不但首至地而已。公之勇於下人如此，真可爲後世法。

「未得相見」應「未識面」。「以規吾子」，投桃報李，片片赤心。「報」字正反有筆勢。

年二十六時與聖俞輩爲八老之會，不欲自居於「逸」而居於「達」，又囑其焚去手札，「若諸君自以『達』稱我」者。此種態狀，事後豈不嗒然內愧歟？不知非，口款痛甚。吾儕改過，當奉爲著蔡爾。丁巳六月五日薄暮書示坦士。

《答徐無黨第一書》

「某」指明師而言。盲被盲引，説盡弊源。

「經外又自爲説」，伏案。公嘗補毛、鄭《詩圖》，非撥去傳註者，此亦對機之談耳。朱子亦自悔其集註爲屋下架屋，與「投土」喻正同。故虛心參究本文爲第一義。

駁「魯隱」論皆以經爲定案，分三節。一言魯無是事，二言孔子無此説，三言「三傳」之訛。「何從」承上而言也，趁勢斷結論文，妙在「亦何從」句。「吾子起於平王」之説亦隱公論之餘波。

學而不思者，把手拽不入也，自思而得最有味，亦與自信甚信相應。六月十四。

《答徐無黨第二書》

「燈下」襯「夜」，「亟讀」、「未暇」、「尤愛」，寫得親疏意思曲折分明。

文戒浮靡不着痛癢，「質徑」唯先輩文有之。「徑」一作「勁」。古人相許直是赤心片片，讀之汗出。

父母猶或怒之，親戚則議之，鄉里則俳笑之，不到古人地位如何免得。六月十四日書以志媿。

盡忠亦讀書之法，盡孝亦讀書之法。「不得從」總結上二節。

「便聞」句接「未暇求陳君所爲」，又寫出一番好賢如飢渴之意。

「幸母病愈」，迴顧細密，若王事自有暇時，不必言。何詳略之得宜也。束句婉而勁。

《與張秀才棐第一書》

「不能輒休」，徑住。「足下」一段先了「鄉進士」一案。「然士之居」轉入正意。「趨走拜伏」，亦法語，亦巽言。「心負所有」應「積學」，「不足自廣」應「其鄉」二句。「今市」云云，布景似昌黎。「商」、「賈」總二句，就商賈中揭其尤者，「欲價」、「賫金」皆商賈也，故下文不另承「商」、「賈」二句。「洛陽」句，東都，士大夫之冀北。「來而欲價」應「欲價」句，「坐而爲之」應「賫金」句，「其亦無資」應「無資」句。此上實叙。「試其價」句，此節虛籠。「雖知」、「而不知」，曲折。「辱賜」句，顧首。「不能塞所求」，寫意泠然。

三四讀而已，不措一辭。以下謂其喜干謁，無師友，且學業不充，幾同於「無貲而攘臂」者，曲折藴藉。使其静氣讀之,庶幾奮發有成。忠告善道,此文之謂歟,抑吾欲讀此文者共勉焉。丁巳仲春二十四日曉窗。

《與張秀才第二書》

「反復讀之」,虚心如此。「尋足下之意」承「反復讀之」。辯論如聽訟,必得其情乃可以法繩之。後生拈題,奈何而忽。

「究古明道」,全篇綱領。道止於五倫,古止於二帝。周、程未出,而能發皇聖學,折衷群言,歐陽之所以繼孟、韓,豈特盡心於文字間哉?讀者思之。丁巳六月二日曉窗。

以元次山之作尚涉於好名,如張秀才者安得不規正之。余每讀公文,如飲醇醪也。然後益知此亦鐵中錚錚者,何可厚非,故不憚更僕陳之以進於道。此即歐公效法孔、孟處,勿但作譏貶會。「務高」句反挑下文。

「述三皇」四句,擒定大意,以下反覆發明之。

「必求」云云應「究古明道」,醇而肆,所謂仁義之言,開後來元脉,參之。

「其道」承「明道而履以身,施於事」,「其文章」承「文章」、「信後世」。「其道」兩句雙關過峽,「言」即「文章」,「誕者」應「高言鮮事實」,「爲道」、「爲古」應「三皇太古」,「其道」二句,「難」「易」

相對，亦雙關結住。

「知古明道」，分兩節印正而疏通其義，救正其迷，若慈父之訓窮子。

《春秋》，孔子所修。堯、禹之《書》，孔子所删。

「履之」、「施之」應前，只用本色。「豈如誕者」應「誕者言之」。

「其事乃君臣」云云，此即「施之於事」註脚，又伏後「親九族」等項，文情交絡。古始不離事實，勘破疑團。

倒鎖「君子之於學」作一截，又引孔子以正其「捨近取遠」之失，遥接前文，近接「誕者之言」兩句。以上是法，以下是戒。

「弗道其前」，重此句，「《堯典》祖述」只陪説，「如孔子」云云，洗發清醒。「信後世」應「信後」，「堯舜已前」應「三皇太古」，倒結「務高鮮實」作一截。「道」字提起，引《魯論》活變，應前「言高志大」，極頓挫，如日如天，總映「高」字，「炳然」、「若天然」，主賓相應。「豈不高耶」，頓挫，又應「務高」。「其事」應「事實」，「不過」云云即前所謂「禮樂刑法之事」。句句樸切，布帛菽粟以療牛鬼蛇神。

「唐虞」節隔接「祖述堯舜」，水窮雲起，遞入願學孔子，灰綫草蛇，總從「周公」句發源，又與「務高言而鮮事實者也」句正反相照。

「其言」應「高言」，「不過」應「少過」。

不以孔、孟雙結，而云二《典》，緊對《賦》、《曲》下針石也。

「世人」云云，一一迴斡，可細尋之。「今學者」反掉，泠然有餘韻，更不下斷語，沁入心脾。

自「堯舜之道」至此作一截。

「道者」，「道」字提起，「無過不及」應「此少過也」句，極有遠神。「今以謂」下，「病俗」、「有志」、「務高」、「取遠」，滴滴歸源矣。

道歸本於中，故入手便提《中庸》，照應分曉。

「庶乎至矣」應「無形爲至」，全篇結穴，又作一截，而脉理則節節相承。

「陳言淺語」，即以書詞對其文爲大結，天然餘步。然理平而文甚奇，不如是無以折好高者之意。僞儒説陳腐葛藤，何能動人耶。

「務高」、「取遠」，到底擒住，「安敢」，毒刺，「自高」，毒刺。「思」字是暗室一燈，寶之。

《答李詡第一書》

「質其果是」，非此書中語，以《性詮》相質也。

「自信」四句倒對圓活，起一篇議論。「質」字粘上，「自謂」云云，又點書中語以難之，斷續有法，埋伏有情。

「自信不疑」，倒影可愛。「以質於修」，虛歇，妙。「使修」句迴映，如返照入林。「況未及」句，又虛歇。

「好學」對「性詮」，「未至」粘「未及」，藕斷絲聯。「尚賴」句現身指點，直而婉，「師友」二字相聯絡。

「而有成」，「而」字衍文。「樂與」承「好學」句意，「論議」承「切磋」句意，「非敢以」句法遥對。「文章」，書、《詮》。「豈易」句一揚，「樂」字粘上，「辯」字應前。「苟尚有」句一抑，「所學」應「好學」，「人還」應「人來」。「未知所答」爲第二書張本。

迴環無迹，曲折增妍，昌黎集中亦稱意者。

《答李翊第二書》

體大而思精，此文足以當之。

前書深折之，爲受言地也，自應不没其所長，然不爽分寸。

「不言性」正爲言性者多，一張一弛，深得聖人立言之旨，故爲通儒。

「常爲説」，「説」字粘上。「夫性」二句總起，「其言者」串入正意，筋節雖不完，變文入細。

「六經之所載」倒結上文。「言之甚詳」，結所言。「因言而及」，伏脉最佳，向後自見。「雖言不究」，結。「不言」以下又作一波，烟雲出没於十指間矣。埋伏照應四字，妄庸人慎勿矢口。「不主於性」，伏脉最奇，向後自見。

「《論語》」一節另出，所謂合者離之，望前六經真有落霞孤鶩之趣。

「問於孔子」互「告其弟子」，互「問孝問忠」，長句如貫珠。「予故曰」作一總結。人道是水盡山窮矣，以下又錯舉《書》、《論語》、《樂記》，插入《中庸》，隨串合上文作一小結。歸太僕論《史記》脉絡如縴夫争路，似雜亂而實分明。歐深於《史》者，故其神妙處正同也。丁巳季春十有九日。

「性相近」與「一言」對照，虚虚實實，靈巧天然。

「終不言」遥應「不言」，「果善果惡」便照「偏説」，妙。「但戒人」遥應所言，「故曰」又一結，如祖龍之外自有枝龍。

單句包括大力，直逼昌黎。

「凡所謂」云云，隱括前文。

「不能達」，致知；「不能至」，力行。不能，故不言。

此又現身指點，使李詡遵所聞，行所知，而不爲空談無實之士，是通篇大關鍵。今有潦倒腐生自附儒宗，市井駔獪動言佛性，真不滿古人之一笑也。

「七十二子」應「問於孔子」，「聖人」應「孔子之告其弟子」。真知灼見，是真悟門。

「今之學者」遥映「今之言性者」，并以鞭策《性詮》之作，一摑一掌血矣。

「以窮」、「罕言」，一步九迴。「執偏説」伏「善」、「惡」、「混」三説，妙。用《論語》占地，好。

「人所皆有」，古宿云「甕裏何曾走却鱉」。「爲君子者」云云，《大學》宗旨，説來曉了，印泥畫沙。

「使性果善」，逐步體認，文心細入，逐層翻剥，文態翩仙，伏後孟、荀、揚，尤有遠神。

四「不暇」亦相應。

「不修」云云，轉見微密，此豈可以僥倖剿襲而爲之者哉？參之參之。

證「身不可不修，人不可不治」，皆引《書》，應前「堯舜三代之治亂」，整齊中活變。

「修身治人」結「爲君子」二句，「不窮性」結「性之善惡」二句，蓋有意也，意在躬行。

「不問」、「不主」、「不究」，對上「不足學」，空清嘹喨，字字印心，烟雲旋繞，又其餘妍耳。

「然則三子」又粘「不言」，轉難，「是過也」隔承「不過」，又用反挑，筆筆靈秀。

「身奔走」，孟、荀；「或著書」，孟、荀、揚。「意以謂」，以「意」字遥應，婉潤。「不教」應「怠而不教」，用順；「勤教」應「棄而不教」，用逆。「驅率」應「肆而不教」，亦用逆，以「率」字代「去惡就善」，發「混」字分明。「不過」句隔結「始異終同」。

不遽結三子之同，却攙説三子與《書》、《論語》、《中庸》、《學記》同意，與「《書》曰」及「《樂記》曰」遥應，文心婉折玲瓏，何翅武夷九曲、衡山九面耶？

論性不出三説，故只折衷三子便了從來公案，又可知李翺三篇各申三子之説云爾。如此看，豈非懸悟耶？一笑。

大結顧首。

《與曾鞏論氏族書》

先叙賓主殷勤，後入正意，從容不迫。

從「士大夫」入「足下」，使有可受之地，無隻字不中情理。

「然近世」虚挈一節，以下分應「如足下所示云」案，「考於《史記》皆不合」，總斷一句。

「自元至樂」，世次不真。以己意斷之，兼遷徙在内。「然亦」句，貫穿法。「以《諸侯年表》」句遥接「《史記》」。「亦未有」句，言國絶於前漢，則去國不待莽世。「亦無」句，言平帝時即莽世也，據「纔四傳」，則去國亦不在莽世。「分宗室」句，言都鄉侯與據無關。

「則據之去國」應「前漢」、「平帝」二節。「别封宗室」應「宣帝」節。「又樂據姓名」，自爲一節，應《年表》句，相爲起迄。既不見《年表》，明知非侯。以上言「始封不真」。兼遷徙不真，「蓋

世次久遠」句，

世遠則封爵不詳，總結上文兩大科。

「若曾氏」云云，「得姓不真」，餘波妍媚。「非鄫子」句，反挑細潤，蓋今所謂重重花影，妙哉。

「楊允恭」云云，即來狀中所援引耳。「乃至道間」，年代官銜皆未的。點法參差。「雖且」二句結上，亦通結全篇，化工無迹。

「無文字尋究」，又接「考正」句作一斡旋，心閑於雲而細於繭絲矣。丁巳夏五晦日評定于芳訊閣下。

《與范希文書》

以争廢后事迮吕夷簡，「出睦州」。「來京師」對「洛陽」，成章法。「常州」對「睦州」，「蘇州」又對「常州」，成章法。「遷延」二句感慨含蓄。「美江山」粘「南方」作一轉，「舉善地稱東南」，倒琢句，「然竊惟」又轉，「若夫」又轉。

「爲别久矣」應「遷延歲終」，「所懷如何」應「憂樂」意，「自古」句承「宣輔神明」，發明大意，脉絡隱然。

「亦以爲天下」應「憂天下」句，自抒所懷。蓋賢人相對如磁與鐵，後文正再迮夷簡而公争之，遂遭貶，忠悃綢繆，以此書爲息壤矣。彼口惠而實不至，小人哉。「南歸」應「南方」，「須托營辦」，急人之急，與良友共之，想見古君子氣誼，與麥舟事參看。「因通區區之誠」，仍結歸正意。

淡宕婉折，逼真韓文。讀此勝讀《晝錦》、《醉翁》等作，直時賦耳，非古文也。或疑余偏執者，答曰：歐公尚不首肯《繫詞》，孰爲偏執哉？疑者笑而解。時丁巳夏五十八日，槎上賽社辰也。

《與謝景山書》

一往俊逸，此歐公之奇兵。而反覆出没，無不中繩墨，亦所謂「駔駿之馬」、「節以鑾和」者也，當得其氣脉於句字之外。突接真是靈變不測，細按仍自矩度分明，蓋一則爲景山進步而喜，一則爲自己得人喜也。

「留滯州縣」粘「法曹」，「就法度」伏「恬然習於聖人之道」，「根蒂前古」伏「愈困愈刻意」。「駔駿」貼「少時俊逸」，「節之鑾和」貼「就於法度」，「行於大道」貼「學古爲文」，「非常馬」貼「遂高於人」。

「久困」節從「根蒂前古」句抽出，言古人亦有不如景山者，鼓舞頓挫。「又能」以下則深造之以聖學，不獨文詞而已。成人之美之意，千載可挹也。

「天下賢才」粘「賢於古人」，才以文章言，斷中之連。

「嘗自負」、「益自負」，呼吸如一綫。「幸甚幸甚」，寫欣喜意痛快。以上贊其所長，以下砭其所短，然又有抑揚曲折，所謂忠告善道。

「意不在於謀道」串合「聖人之道」，金針玉綫。「荀卿」云云，引古刺入要害。

「然君謨」一段，調停中仍有主賓，與世情迥别。「欲自蔽」應「懼人之見」。「願試思之」，餘音。「作書」應「所示書」。

《歸田録》云：「閩人謝伯初，天聖、景祐間以詩知名。余謫夷陵時，方爲許州法曹，以長韻見寄，然終以困窮而卒，其家亦流落不知所在。其佳句如『自種黄花添野景，旋移高竹聽秋聲』、『園林換葉梅初熟，池館無人燕學飛』之類，皆不愧唐賢也。」丁巳六月三日附録。

《與尹師魯書》

元昊反，陝西用兵，葛懷敏奏爲經略判官。以後屢遷，知渭州，坐與邊將異議，徙晉州。「始聞」句提起。

章法如貫珠，情悃如晤語，程途如繪畫。

「猶得」，「得」字粘前，「相遇」换「見」字，「相失」承「相遇」，謂同途而相失，以前後故也。

「大暑」一意，「不欲久」一意，又有此婉曲，情事縷縷。

「不得留」，「得」字粘前，「留」字相應，「不足屑屑」遥接，又鉤鎖「失一小兒」，本色映發，十分真切。「而子長」句，簡煉沉着，筆有淚痕。

刻畫處刳出骨髓，讀者尚爲心惻，況局中耶？

「雖修」句，此轉更深，悼往一也，分痛二也。大家嗚咽一番，乃解愁之妙法。

「自西事」節，又以保身翻其愁結，轉换無迹，正如弔哭畢，繼以慰藉，亦逼真情事也。

「自有否泰」，以後知潞州，政有惠愛。

「不足計」遥接「不足屑屑于胸中」，此仙人織藕絲裳手。「咫尺」應「同在絳」，「奉慰」應「失子」，「自寬愛」應「自苦」。

「惟不」二句，結脉何等精神，何等期許。否既不足憂，泰尤不足喜，唯知竭忠而已。

此又以道義相勉，任其在天而信其在己，其於《易》理消息盈虛之際審矣。六月望日曉凉評定。

《答陝西安撫使范龍圖辭辟命書》

「戎狄」四句，切「陝西安撫」。此下入正意，凡作兩節翻入，一是平時慕義，一是因事立功。次第貫串，歸重次節。就此節中又分「識面」、「托名」兩種，結構細潤。

「矧」字當是「即」字之誤。下節有「況」字，不應信筆如此。「則士」一段便見應辟是其本懷，但志在立功成名，非區區四六之謂也。

「況聞」又拓入一步，筆力雄暢奇偉，與昌黎《與柳中丞書》相伯仲，諒亦淵源有自，非信手爲之者耳。

「在於修輩」，點眼無迹，「尤爲憤耻」，妙於吐露，便見辭辟非本懷。「不幸」節轉入辭辟，斬截中又有含蓄。若用爲參謀，共圖邊事以報君父，又未必不應命。末段全發揮此意，不知者看作兩件事，文體決裂矣。思之。

「由此始敢」，妙於吐露，益見辭辟非本懷。

「況今世人」亦拓入一步，文字已是末節，況又文字之卑靡者。待士不當如是。更妙在逗漏本懷。「三相幕府」，不作四六，必有以取之矣。昔嘗應辟，今之辭辟，爲不得已矣。寓意如鏡中花，東坡決不能到。引證尤見耿直，又切「陝西安撫」。

連用「作」字成句，磊落直逼昌黎。「所與成事」應「必成功」句。「士雖貧賤」云云，一腔赤心，和盤托出。晨入夜歸，書不得專美於前。「欲其盡死，必深相知」，即「士爲知己死」語耳，筆端别有鑪冶，此則歐、蘇所同。否則食生不化，非古文也。以目今之辟我，知當時辟士之禮未盡；以我之辭辟，知山林自愛之士不少矣。玲瓏隱躍，可謂忠告善道，文勢亦正反出没如游龍。既擇取之，又當知所以用之。此論入微。項羽有范增而不能用，正此謂也。「然尚慮」通篇結穴，以賓位出之，真是古雅。「未得出門下」，結辭辟，入神。「宜少思焉」，餘情款款。「若修」一段斡轉無能，從容不迫，聯貫有神。「用」字粘上，「苟且樂安佚」迴顧「中夜三起」，仙風道骨矣。丁巳暮春十三日雨窗評定。

《與高司諫書》

見牓識姓名，便見少時留心人物。而若訥巍然老成，不應嘿嘿取容，又詆欺正人而揚權奸之波也。

「獨無可道説」，驀面一掌，風霜逼人。

「更十一年」伏「十四年」，「師魯説」云云，便不應斥希文而負師魯，伏脉冷。「猶疑」承「固疑」。

「爲諫官來」伏「十四年」。「論前事」，明於古人，必明於今人矣，似縛虎索，寬而實緊。

「是余」一段總束，「然後決知」應「不知何如人」，又應「君子人」、「果賢者」、「真君子」三句，「非君子」，即小人矣，妙。

「前日」句入題，「相見安道家」伏「貶官」，「詆誚」立案，「疑」字餘波，尤妙。「及見」句伏「待罪」，「亦説」句證佐「其疑遂決」，應「疑戲」，應上「決知」，又應「三疑」，妙絶。

「希文」一段，見希文不可非。

「又畏」、「遂隨」，搜出所以非希文之意，如描捕鼠，已扼其喉。

「亦不以」句承「不能辯其是非」，「反昂然」承「隨而詆之」，「庶乎飾己」承「畏有識者之責己」。「夫力」云云，兩意串結。「以智」二句，反照「君子人」，順承「非君子」，快絶。

「且希文」節又粘上意挨入一步，以佯非、真非夾擊，有雙鵰並搏之勢。謂若真可非也，則何不非之於前？若佯非以免責，其説如上。

「是天子」云云，題目正大。「則今日」一段，并責君相，忠耿揭日月而行。

「亦不免責」應「識者責己」，緊峭。非希文亦「默默」之轉計，故只以「默默」結定罪案，極爲平允。

引古以結賢不賢之案。蕭、王貼范，顥、鳳貼呂夷簡，「當時諫臣」貼司諫，筆勢轉折如迴風舞雪，與魯公《争坐帖》同一機竅，皆以怒得之。隔膜拈題者，於此猛省哉。丁巳夏五雨窗。

「必不肯自言」，註脚深透，吾所謂「默默」之轉計也。「況今之人」，自謂及師魯、安道輩。以下又終欲其一言，以開其自新之路，可謂仁至義盡。

遭時，一當言。問其默默之故，冷而快，沁入心脾矣。司諫，又當言。「足下」三句，窮搜扼定司諫，與《諍臣論》參。「昨日」一段，此又責其不能救安道、師魯。

仲淹上《百官圖》，又獻「四論」，夷簡訴其越職言事，遂以開封尹落職知饒州事，在景祐三年。後康定元年，除越職言事之禁，允富弼之請也。

兩「羞」字相應，羞在一身猶可恕，羞及朝廷，是可忍耶？「他人」即指安道、師魯。時余靖以集賢校理，尹洙以館閣較勘，各上書直范公也。

「不忍便絶」句，婉孌盡致。「若猶以謂」，掉尾應前。

「所言如此」，與師魯意同。若訥果如所云，遂有夷陵之貶。嗟乎，若訥，今三尺童子猶以爲口實也，豈特《四賢一不肖》之詩而已哉？

「皆釋然」，不脱本旨。「一效」扼定司諫，鋒峭當千百言。「前日」一段，餘波映發。

《上范司諫書》

《與高若訥書》責其不言，此書勸之使言。人有賢否，故詞有婉直，分别觀之。

直起却自烟波，已伏「洛士大夫」一節議論。

「司諫」句，婉折；「誠以」三句，提綱；「今世之官」，反挑「七品官」；「然縣」一段，反挑「天下得失，一時公議」。道之所及者小。「賢守長」承「郡縣吏」，「有守」，封疆。「吏部」承「九卿執事」，「有司」，職司。「若天下」一段正合「得失」、「公議」。道之所及者大。二句得失，二句公議。「不繫職司」反映「有守」、「有司」。「獨宰相」二句，賓主映發，鬥笋無痕。「故士」云云，脱卸。「諫官」二句，即結即起。

寫「等」字，須眉逼肖，昔人所謂《史記》之文，宛如扮出者也。

「宰相尊行」三句，應「宰相可行，諫官可言」，更有闡發。「言行，道亦行」，「等」字之精髓也。爲制藝者有此筆力否？

遞入失職貽譏，仍粘前「九卿」、「群吏」、「有司」、「有守」，脉絡條然，并揀去宰相，以明諫官之責有獨重，是等中之不等，真覺石破天驚矣。

宰相、諫官、九卿，忽合忽離，如公孫大孃舞劍器。然自是權詞，若論別宰臣，又自有説，慎毋刻舟求劍。

「有司」云云，咏歎以足之，則機神自暢。文貴虚實相生如此。

「洛士大夫」粘上「君子」，贊其材賢，反挑「取譏」。層層花影。「他日立天子陛下」句，應前。倒接范君，回顧起案，又分承「材」、「賢」，一句點染二比，脉理則龍跳天門，景色則春山出雲，非神明於《史記》而能之歟？丁巳長夏朔旦評示坦士寶藏之。

「拜命」應「召拜司諫」，句句伏「譏」字意，嫋娜横逸，驚鴻飛燕。

「豈洛」兩句申「惑」字神情，結上；「將執事」一句，起下。

自此以下只將「有待」翻覆發揮，孟子責蚔鼃之意，妙在以古證今，空中樓閣。

「作《争臣論》」映襯上書，占地亦高。「人皆謂」，有賓主方成議論。「已五年」，「有待」；「又二年」，「有待」。

忽將陳腐公案拈出，如許新鮮，是謂知人論世，又緊照「君子之譏」、「垂諸百世」，色色入神。

「可謂多事」粘「兩事」轉軸，以下喻仁宗時朝局邊事，深心苦口，勿作故典會。

「急」字反挑「待」字，中竅。「謂宜」正承「急」字，反挑「五年」、「又二年」，妙絶。

「幸而」一段粘定「五年」、「又二年」，一縱一擒，直與《孟子》「牛羊何擇焉」、「是乃仁術也」同行把臂。

「適遇」，活着使人喜笑；「向使」，死着使人悶倒。「今之」句忽接。「今天子」一段反映德宗時多事，斡旋得體。「然自」以下又應「自陳州召拜」，以見明君不可負，真令司諫嘔出心肝矣。妙，妙。

「然今未聞」，虚虚歇住，唯恐傷之。待才賢之人當如此。迴抱「諫官可言」，如隔花啼鳥，神於咏歎之法。吾想司諫讀此書，非但牽腸割肚，亦乃倒枕椎床也。少陵云：「明朝有封事，數問夜如何。」其斯之謂歟？

總結簡浄。

《上杜中丞論舉官書》

「前伏見」叙事，爲通篇張本，分三層看，以下分應，有略有詳，有串插。

「主簿於臺」，從賓位跌入。「未足害政」，承「卑」、「賤」二意，「可惜」二句擒王。

介當用一節，「始執事」句應「舉介爲主簿」句，宜略而略。「皆謂」對「咸曰」，烟波叠叠。「罪介」以下應「以上書被罷」句，宜詳而詳。

「然不知」句，曲折增妍，便見介無顯然可罷之罪。

梁惡滔天，劉氏或當未滅，然豈有遺澤在人？「不當求其後」，此正論也。介不當罷一節。

「然又不知」，兩「不知」相映增妍，便見杜公無確然不變之守。「隨以爲非」，「隨」字點睛。

「未履臺門」，本身劫最妙，挽弓挽强。就罷介插入舉介，有花影凌亂之趣。

從介之不當罷轉入杜公不當詭隨，又就介之能直言，以見其非惟不當罷，而且可大用，則杜公當堅執不阿矣，遂引趙中令事以規之云。

「知人」二句應前。「修嘗聞」節，入事澹暈且緊切。

鐵板公案，繁而不殺，總爲巽懦者腦後出楔，妙手。

「則補綴之」，隔接有法，「果」字緊應「隨」字，妙。

結上起下，關鍵得法。又攙入「舉介」一案，層層花影，細玩始知其格意。

「審知可舉」粘上，又應「知人之明」。偶舉猶當辯之，況真知耶？以鬆爲緊，文中三昧。

「猶宜曰」，此轉人所不到，只是研理入微。

「請以此辭」，虛結，風度雍和。大抵辯須切，又不可有怫然氣息。

「爲天子司直」，此節專責杜公。以「中丞」起、「中丞」結，眼目分寸以見其不及趙中令遠也。

「非謂隨時」反挑「隨以爲非」。「而執事」雙結「舉介」、「罷介」兩句，滴水不漏。「猶不果」反挑「果而不可易」，「自信」、「取信」相應，「他事」推開一步，極是，使其無躲處。「可惜」二句，首尾緊密。以下餘波。

「況今」節，就「舉他吏代介」句搜出議論，直是匪夷所思。如此則必得説事痛快，豈獨東坡。「若將」二句，頓挫悠游，考亭所謂「和悦而静」者耶。「他舉」、「他取」，起結分明。「例不與臺事」，因此不拜疏而上書，語有餘勁。

究詰利害，無絲毫剩義，宰相大臣當如此。昌黎《代韋相公辭謝表》云：「毫釐之差或致弊於寰海，晷刻之誤遂貽患于歷年。」與此並讀。丁巳六月五日。

《代楊推官洎上吕相公求見書》

俯仰古今，低徊欲絶，得乎《史記》之神。洎父即公之繼婦翁楊大雅者也，墓誌見別集中。相與情義不淺，故只如説自己話。文可以借面弔喪爲哉。

句法章法，申縮變化，錯綜便如天孫雲錦。

「某聞」伏《詩》、《書》。「亦有」句變，「之徒」句又變。「稱善相」起下四人，「是皆」句結上四人，與「善相」句倒對。

「夫《詩》、《書》」應「某聞」起讀書論世，總束一節，氣度春容。「君」、「臣」應起句，發揮極暢。「每一讀」以尚友跌起親炙，精神焕發。「非如」句反挑，法密，藕斷絲聯。

「況得」三句伏案，玩其下文照應錯綜之妙。

「妾園」、「鞭扑」本《史記》，伏「幸」、「不幸」。「某嘗」此句領起議論，渾然天造。氣脉游衍，真若白雲捲舒於空際。然此特歐陽之一體耳。先朝唯震川得其解。老泉《上歐陽書》亦極肖之。於此可悟脱胎之法，要未可爲剿説者語。

「禮樂文章」映帝王漢唐之「功業名譽」，「卓然」、「傑然」相應。「凡士」句應「身出其時」。「宜爲幸」，無可恨。「又何必」倒映前文，鏡中花影，妙麗無雙。今人甲自甲，乙自乙，筆底安得有情。

「若不幸」，有可恨。「一往識之」應「一識其人」。

「古之君子」，層層花影，即畫家之有烘染也。「幸而親見」應「親見其所爲」。「莫可望」應「今之望昔」，妙。「閔」結私恨，「歎」結「噫」字，妙。

「然嘗獨念」轉入正意，先虛挈，次實叙，決不匆匆。

「先君」一段，獨學晚遇，占地既高，而吕公之恩亦見。「莫能」句又一折，步步金蓮花矣。

「苟欲藉之」應「有藉而爲説」，「償其素願」應「奔走執鞭爲幸」。「望古而自爲」句，千里一穴。

《投時相書》

公於天聖中及第，出晏元憲門下。今所謂時相，未知何人。

起從《孟子》「勞心」、「勞力」脱胎，隱占地位。又言勞心於經世之學，以其餘爲文字，與小儒尋行數墨者異，占地更高。「國家」貼「車旗」句，「賢愚」貼「君子」句。「至其」四句轉入獻文本意。筆花如笑。「然其爲道」又轉。「其勞」云云，反覆感慨，不失雍容之度。「爲道」二字眼目分明。「欲悔」句轉，「則復慚」轉，「退失」、「進不及」，一步九迴。「若棄」五句，影喻處文致淋漓。「然復思之」，得此轉，局面始大。

「禹之偏枯」原本《史記》。「孟子」、「揚雄」倒句，好，緊貼「時」字。「六尺可用」，「身」；「太平有道」，「時」；「毀罪無懼」，「偶」。

言所得不如勞力者，畢竟吾學未至。不然，身、時、偶皆幸，何爲見棄？迴環深隱，唯静玩始知。「履道懷正」，必非虚誕，其人可知。「下至」句顧首。

本昌黎《上宰執書》。不責人，不責己，和平温厚，殆爲勝之要，未可爲耳食者語。丁巳長夏七日。

總結前文，亦只淡然，無叫號氣息。其得於天者粹也。

《與石推官第一書》

滔滔莽莽，此鹿門所謂得史公之逸氣者。然沖婉之意自在。鹿門持論自附于廬陵之大宗，而識者恨其無學，殆猶丘陵之學山云爾。細參之。

「然其勤心」伏「相期以道」。

聲譽一節，聞譽而慰一節，就中各自爲頓挫，又分二節。

「不以」云云，粘「憂」字，轉入正意，又迴顧久不報書。

「近於京師」入意，又有緩急次第。

「駭然」句摹寫，「何怪」句頓挫。「既而」一段，波瀾醒眼。

「特欲與世異」，頓挫。「好學」句倒點以成章法。

「好異」提出本意，以下反覆辯正之。

似異而實非，苦心浚發，所謂忠告者也。

「過」、「不過」相應，説理綿密。「是果」句應「欲與世異」。

因書法并疑其得譽之由，蓋字爲心畫，不爲刻論也，況所作文又有以窺見底裏耶？

「古之教童子」拍合學官，天然證據。「率然」、「端然」相應。「異」字得此轉，風神橫逸。「今不急止」應「不得不先陳」。「所以爲憂」結「可憂」，「幸察」結「察不察」。六月六日。

《第二書》

論「書之怪」，提清前書。

「僕見」一段，此意又在第一書之前。制藝得此法，所謂黄河從天上來矣，又如媧皇煉五色石補天也。

「不欲同俗」承「欲與世異」句。

自謂言但不能書耳，非好與世異也。「然後知」結上。言聽之不審，故論之略。然於略論亦未審也。「於僕之言」起下。「不審」、「未審」，主賓聯絡。

「此皆非也」，總破筋節。以下分承，有詳有略。

「非獨」句，先縱；「然至于書」句，後擒。「亦皆有法」，證上「不可無法」，鎔鑄古今。

「變古爲隸」始于李斯之徒，「不足師法」粘「法」字一轉，妙。「譬如」節，奇峰，亦正理。

彳音赤，左步爲彳，右步爲亍，合爲行。亻讀人。

「可乎？不可」，應「甚不可」，蜿蜒盡態。「則書」，綰合無迹。

雖不能書，亦須遵常法。已上破其「學堯、舜、周、孔，不必善書」之説。已下破其「欲勉學」之説。

「了不省」應「於僕言未審」，此句通下，意亦通上。思之。「非論」反挑一句。「但患」提清宗旨。二句亦應前書。

「若果」句穿插「自謂不能」，最爲細巧。

自居於異，足徵「昂然自異」云云，爲擒王手。

「此又」句承前「甚不可」，故着「又」字，換「大」字，一一分明。「明誠」對「惑者」，「質厚」對「薄者」，「同」、「異」對勘，精切。

「此僕所謂」句，結。剴切處全是書卷氣味。

「譬如爲吏」，空中一掌，提醒其居官自高之意，真是冷着。下二句微波。丁巳長夏六日。

《答祖擇之書》

只據几直書，意致蕭疏，亦復春花爛熳，所謂「中充實故發於文者輝光」也。小暑日。

「某既陋」一段，委曲。以下泛論古今學者之得失由於師道之興廢。

「不尊嚴」對「嚴師」，「自輕其道」對「道尊」。「則不能至」，添一句，「不能篤信」對「篤敬」，「不知所守」對「自守」，「有所畏」句對「不畏不遷」，錯綜不拘。「是故學者」，中間作一關鎖。「俯仰徇時」即兼畏刑意，「果於自用」對「果於用」，錯綜不拘。「此足下所謂」結來書。以下言祖生亦未有師承，而告以師古六經之意。

「所爲文」承「詩」、「文」。「是則」一段，即就美中看出不美，鎔合甚佳。

「此其病也」，無師。就「交游」又作一轉，「稱才譽美」，要之不足以爲師，而時師以爲衣鉢，可歎可歎。

「遠而見及」，蒙繞「不遠數百里」云云，絶不重複。

「夫世」句粘「言之」，下二句，暗室一燈。

「三代、兩漢」抱前。「合」字餘波婉媚。

《代人上王樞密求先集序書》

「君子」句，虛籠起局。「有至」，孟；「有不至」，荀。大約以昌黎《送東野序》爲粉本，但改「鳴」字爲「傳」字。以此求之。

「世益薄」，東漢、魏、晉而下。

「其間」一段，非無文以飾言，但其事無可載，則必出於虛譽，言雖文而事不信，故亦不傳。

「若前數家」，迴抱一句，有關鍵。

又從「文」字剔出「大」字，領起下半篇議論，語意本「賢者識其大者」。

「九聖」：庖犧、神農、黄帝、堯、舜、禹、湯、文、武。

就晉及南北朝史作一漩洑，如黄河千里而一曲，亦從昌黎得來。

「不純信」應「紛裂不純信」。

「章」、「不章」四句，通結「《詩》、《書》」以下。「太宗時爲名進士」，大文；「對策」，大文；「逢時」、「揚名」，大文。「守道純正」應「道有至不至」。「甚」字好，又從「大」字轉出。「待」字爲求序張本，即用本色，絕無支蔓。「其爲之」句，枝葉横生。「如夢得」兩句，一篇結穴。「惟先君爲舊」應「親戚」。

掉尾婉韻，何必皇恐頓首以請。且以一書易一序，樞密亦小出大遇矣。丁巳夏五二十三日雨窗。

《與刁景純學士書》

寶元二年六月復舊官，權武成軍節度判官廳公事，公奉母待次於南陽。明年，赴滑州。「丈丈位望」節，悼胥公賦予之嗇。

大中祥符五年登第，屢歷外官。景祐初，知制誥，久之，爲翰林學士，權知開封，卒，年五十七。子元衡。見《隆平集》。

受知曲折見《年譜》及《胥夫人墓誌》。然公受恩胥公最深，不爲作墓誌，何也？皇祐五年，將葬母於吉州，以胥、楊二夫人祔焉。《與梅聖俞書》云：「胥太祝且爲申意，某卜葬地尚未買得，相次決定，當有書報它也。」則親誼往來非泛泛者。細考全集，亦不見與胥氏子一札。以此知其遺稿失亡多矣。

「雖有知者」應「無人知」。「然亦自念」發明所以報恩之本意。跌宕頓挫，有賓有主，有餘波。

「公」、「私」相應，搜入一步。「少勵名節」伏貶官事。「嗟夫」下叙自己縶維之苦。「與道路之人同歎」結清「迹疏」，悲悼何已。

時公年三十三，爲乾德令。刁或公之内親，故既稱丈，又稱公，無不可也。若與胥氏子，何無慰藉語。

《與郭秀才書》

以寒暄起，自見雅馴。章法學韓。

「讀其詞」，隔接處當知其離合之法。「視秀才待僕」，此句入細，所謂無字句處。

引古立局，一賓一主。以下分貼，步步烟雲。

「必有」句，曲折而入。

「羔雁」、「虎豹」分兩層，曲折婉潤。「先既致」，虚轉。「意達情接」，結住。「客既贄」，過峽。

「主人」句，虚籠。「爲陳」、「又爲」，亦用兩層寫，却變化，徑住不用結語，而「將意」、「陳情」與上暗應，妙。

「今秀才」節，玲瓏茹吐，倍極風神。凡五六轉，逸韻横生。「取其知客之來」，謂删詩。

「雖無」云云，不過贈人以言意耳，却説得如許婉孌。

「使其」一段，照映生情。一作板語，便非古文詞矣。

「若僕空言」，顧母；「加籩豆」，顧母。

在蘇、黄尺牘中，一二行可了。看其波紋滿紙，所謂情文相生者也。熟此以療枯拙。文惡直喜曲，於此參之。

《與蔡君謨求書集古録序書》

古人不輕爲人書，故公書詞曲折懇款如此。君謨嘗奉詔書仁宗《元舅碑文》，至《温成皇后碑》則不奉詔，曰：「此待詔職也。」見本集《墓誌》。書《金石録目序》，字尤精勁，爲時所珍。以鼠須栗尾筆、銅緑筆格、大小龍茶、惠山泉等物爲潤筆。君謨大笑，以爲太清而不俗。見本集《歸田録》。古人品地風流，至今可想見也。

磊落與《送高閑序》同格。

入作序意，凡三轉折：自惜其勤，自誇其富，又自笑其迂。波瀾漩洄，得《史記》之神。「不足以示人」，忽斷。不遽入求書意，即用本色跌起兩層議論，筆力甚怪偉，直與君謨書法相伯仲。「雖爲學」句，忙中着閑，不爽分寸。「僕之文」句，忽續。「傳」、「不傳」相應，「托」字粘上。「在君謨」句點題，如推門落臼。「竊惟」一段，悃款。「有助於金石」，推開一步説，謂如《張仲敦銘》之類。以下又結歸二氏，而以「豈特有助」句反覆照應。元是一意，翻作兩層，中間關鎖三句，隊中藏隊，與五花陣法争奇矣。六月十六日。

《與富文忠公》

瑣瑣碎碎，如喜如嗔，非篤於道誼而又得《左》、《史》、《漢》之腴，不能爲此，真千古至文。叔夜《絶交書》，淺之爲丈夫也。

先叙所以不致書之故，由染恙，非忘舊約也。次入不得書，作兩層曲折，言非輕怪也。「無由一致書」，賓。「自西來」，「西」字貫上。「了無一書」，主。「又疑其人」承「有客」。黄姓此書，是賓中賓。攙入聖俞爲證，便無躲閃。

將「書」字曲折發揮，一縱一擒，字字沁入心脾。

「苟不能具」一段，烟波疊疊，一摑一掌血矣。

「當時」二句，結上起下，章法精妍。

「謂今」遥接「西歸」，以「東」字映襯，鏡花水月。

「不意足下」，埋怨語，如《子夜歌》，是之謂可以怨。

兩語遥映，峰巒簇空。此又以大義責之。富公雖古執，能無動心俯首。惜不見其答書爲何如也。

「洛陽去京」，點明「西」字。地愈遠情愈疏，皆懸擬而憾之之詞，餘勇可賈。

「無一可語」，迴顧玲瓏。「一書」，首尾緊應。思之深，故責之備。自開去路，又使人心折，妙甚。六月二十四日。

《與陳員外書》

婉折可愛，東坡所云雲行水流，唯此作可以當之。

富鄭公久無書，則貽書咎之。陳員外執禮卑，又貽書曉之。亦可以想見古人之交誼也。

「且狀且牒」，伏。「達名姓」應「前名」，「寓書」應「後書」。「舒心意，爲問好」，綴句如綴珠，昌黎佳處。

「下而上者曰狀，同輩往來曰牒」，便見狀、牒不可相參。此二句是主，前後皆賓。「故未有」三句結上生下，應「且狀且牒」。「非公之事」、「其原」句，入脉無痕。究前世之失，挽末流之弊，即一事不敢忽。與問劉原父入閣議參看。

「參候起居」，詳見《文苑英華》。

今世皆爾，雖官小如蝨，亦必幕賓代作，「伏以原夫」之類，可爲捧腹。

不遽接「師友交游」，先關鎖一節，然後轉下，局法舂容。

「根古」、「近古」相呼應。「居今之世」隔接「如今所行」。

「況又」句，峰迴徑轉。

「道義交游」應「道義相期」。「手書勤勤」、「牽俗積習」應「常俗所爲積習已牢」。「浮道」應「浮道之交」。「屬以」一段，餘波。「府中事」應「縣幹上府」。

《答李大臨學士書》

蕭疏淡遠，時有烟巒出沒其間，不數摩詰詩中有畫。六月十七日。

人、境分兩層意，雙關無迹。

「又嘗得」句承「慰」字意，澹宕多姿。「得博士」句粘「得」字。「唯恐其去」一節，實事；「其後」一節，虛景。「陳君」映「杜君」，一轉，窅然神遠，與丘壑自矜者迥別。參《豐樂亭》、《醉翁亭記》，始知古人造詣。

「在滁」，同；「得陳君」與「得杜君」同。所不同者，一衰遲宜退，一高才宜進。謙己尊人，風神莞爾，言外更有箴規微意。

「唯恐其去」應「唯恐杜君之去」。兩「異」字對勘入妙。「得陳君所寄」，餘情。「復思」句，顧首婉孌。

《與田元均論財計書》

起三句正意，「近審」三句旁意。「弊之」句承正意，「諒煩」句承旁意。

「收細碎」，只一句括盡青苗利害。「凡相知」二句，虛結活步。「不審」句，週匝。「公私」結「朝野引首」。

圓轉秀潤如讀隆、萬名流制藝，存之以見古人富有如此。今人窮年攻苦而筆重如山者，視此豈不興起哉？丁巳小暑日。

《與黄校書論文章書》

「十篇」乃向所轉寄者，故曰「竊嘗覽之驚歎」，揚；「篤論」又揚；「然觀」句，抑；「此古人」二句，斡旋；「其救弊」二句，抑揚互用，即申上文。「革弊未至」，所謂「小闕」。「見其弊」，虚籠。「博辯」貼「見其弊」，「深切」貼「識其弊」。「中於」句單承深切，「而不爲」反挑。「蓋見」一段，實點。

舉一隅以俟其擴而充之。

「近世」對「古人」。「求若此者」，斡旋。「焕乎」句，以欣牖結之。兩「然後」相應，餘意極見謹飭。

波瀾轉折，與昌黎短章相上下。

《與陳之方書》

「廢學」三句宕折，想公於當日真如波斯胡入龍宫，無寳不見。王天下之樂不過此。要非福慧交修，未易僥幸。學者倘有意乎？

「至於」一段，非抑彼而伸此，乃言生亦其中之一人，是籠罩法。

「若吾子」七句一氣，却自雍雍。「多矣」、「難得也」相呼應。其亦學歐之學，若藉、湜之於韓者歟？存此以爲行文楷法。

烟波舒卷，有神物行乎其中。

「某老矣」應「早衰」、「廢學」，婉而掉結餘勁，龍跳虎踞，所謂老當益壯。丁巳六月十一日。

《與王源叔問古碑字書》

「今春」承「秋」字，「得徒」當是移乾德時。「罕有」、「幸有」，「有」字轉折，伏後「莫有識者」。

「或事」句伏問奇意，「思見君子」應「先生長者」，公時年三十二。「矴」，音廳。

「先生」云云，碑文大略，即下所謂「隱隱可讀」，簡質之文也。

文中既不著其姓，則題額「篆」字爲先生之姓無疑，不得不考訂矣。

「疑非」、「莫有」，一句一意，作三轉折。

機緒錯綜，乃公刻意爲古文時，昌黎所云「我之退未始不爲進」也。

「乃云」句，年代别出於此，斷續生情。

「去今」句粘上，「蓋寡」、「惜其」應「隱隱猶可讀」，入細，「而圖記」句迴抱。

一種尚友古人之思，猶令我想見於烟墟叢冢低徊憑吊之間。作《史記》讀可也。

「必識」句，此意是賓，應「莫有識者」。「或能究見」，此意是主，應「湮没不見」。「事多」，餘力，又應僻居少事。「漸寒」應「秋凉」。

《與焦殿丞》

寫得書珍惜之意，拙中古。

商較出處，有美有箴，婉潤之趣溢于毫楮。

「某嘗再爲縣令」，又現身指示，謂夷陵、滑臺也。

「民事」、「宦情」，分經權看，知宦情則有以濟乎民事也。結一一應前。

急流勇退，自勵亦以勉人。起止詳整。六月廿八日。

《答杜植》

起主賓委曲。「其間」一段自責懇摯，鋒出紙背。此節直下有氣。

「若寵利」節自明委折，少無宦味，老而彌淡，分兩層意。此節頓挫有情。

「晚年」，「老」；「交攻」，「病」。「老」、「病」二字，合者離之，牽上一句，離中之合。

「不相見久」，虚結，亦應「久闕馳誠」。「賴故人」先公；「漳州」句，後私。「教育」，教以學問；「他事」，保其功名。「不惜惠問」應「久不承問」。二十八日。

《與十二姪》

「並列」，皆公恩廕也。「偶此多事」應首句，前是私情，此是公義。

「至於臨難」云云，法；「吾在官」云云，戒。

必不營免，信心信天，以是授受，歐陽氏世世鼎盛有以夫。

「昨書」一段，細事煞不放過，楊東里有跋，可參看。下引證親切，正躬率物，豈假道學所知。

六月廿八日。

《與十三姪》

每常展玩，有益於性情筆墨，勿以家常語忽之。

「見其」句，藹惻。

養之教之，父兄職盡於此。

人家兄弟有水火不通者，讀此可以汗下。

綿襖子裹纏錢，典故可存。

《答宋咸書》

精思眇論，便見此事千古不了。古人所以望道未見而尤貴於闕疑，殆也。

「勞而少功」，一縱。「非一人之能」照「無所不欲正」。

「使學者」一段，精義可作五經注疏總序。

「可以俟」句，迴盻，氣如熊虎。「聖人復生」，一收。

「然則」二句，總束，有千鈞力。

「凡其所失」，微諷，入耳會心。「所失」、「所得」，互映得情。

「恐終不能」應「一人之能」，詞極謙謹，所以規宋生者多矣。「失」、「得」亦互映。

理醇而氣雄，南豐領此一派。讀者參之。

又

偉論細心。若考亭晚年過於自信而議韓、歐，未知其於聖道果透徹否也。丁巳長夏十二日。

「當積千萬人之見」，前人何得抹倒？最爲公論。

《回丁判官書》

「自謂曰幸」承上，是賓意；「不幸」起下，是主意。要認「而」字一轉。烟波浩眇，正不在多，起爐作竈者以此爲金針。

「是以自幸」承上，略。「昔春秋」起下，詳。「傳者」，《公羊傳》。「此不欲」又申二句，悠婉。「故曰」句，跌起下文。

「不勝甚喜」應「後喜」，結上生下，行雲流水。

「徒重愧爾」，結「不自遂之心」。「且爲政者」，虚説，指定執政。「故修之得罪」，實叙，指定呂夷簡。

此下虚籠一節，實叙一節，反覆發明宰執所以困辱而使之改悔之意，應前「無重前悔」，起下「加以厚禮」，淋漓排宕，絶似太史公。

「故修之來」二句接入自己。「如前訓」應前訓詞，串兩意爲一意。「可謂幸矣」應「自幸」，串兩意爲一意。「懼且慚」，綰合「竊懼」、「重愧」。

《與樂秀才第一書》

「後進見先達」，伏。「達」，尊意；「三十」，「齒」；「縣令」，「爵」；「有罪」，「德」。「足下所待」，「如見先達」；「陰雪」，天時；「水土」，地理。

「聞古人」一段，疏枝大葉，自見古趣。震川每近之。

「剛健篤實，輝光日新」，引古不拘，漢人多爾。

「古人之學」云云，此答來書之意。文、行皆須自得，末學之通弊，一喝腹，二效顰。然此書戒其隨時，而後書又欲其順時，蓋藥病相治，初無定法如此。

「今之學者」應「古之學者」，「不務」應前。「張其言」，非「畜於内」。「有限」，非「日新不竭」。

「高健」二字下有闕文，并删之。

「譬夫」兩喻相映。六月十七日。

《與梅聖俞》

「八老之名」，點。「然某」，轉。「業已」句，既納交，不當輕我。

「欲求」三句，虚籠「逸老」，先反後正。「是知」四句，斷案，極婉極秀。

「自可削也」，此節不欲居八老之列，所以劫之。「今縱求而得」，意中有一「達」字，却不説破。求則非自然，正反相照。既淺待我，便應默默，而又不遽然者，欲其削去姓名，毋致貽譏後世也。「使後世知」，結前節；「復自苦求」，結上節。意中便有焚棄手札之意，亦未説破。「削」字相應，劫着最好。稱「七老」，以示自外。

又

只釋其義而不更其稱，亦是老吏。「前承」句，賓；「今若」句，主。申不敢當之意，有賓主開合。傲卧笑談，此皆後日之所悔，見書牘中。又詳述「七老」而歸美于聖俞，鉤鎚互用，聰明絶人。「晦」、「默」二句變化，必欲不遺來札所云，又應「削」字。「達」字輕逗，妙。「然宜盡焚」，何不焚此簡？呵呵。迴映前篇，筆機飛舞，然畢竟入聖俞彀中矣。存此以見公少時爲人跌宕，而其文特饒機趣如此。「枯拙」二字，此事安所用之。

又

「飲水」，主；「高峰」，賓。「一面」、「三面」，山水脉絡，所謂窅然深藏，滃然仰出，聳然特立，皆於此見之。

絶好紀遊。時人作遊記，强作間架，而情不偕來，此與「松間喝道」何異？《五代史》手法以是，參之，良無取「札闥弘休」爲耳。

「三面」，賓，「回抱」句。「泉上」，主。「天生一好景」，不作措大語，故自佳。

「爲石池」，仍結「泉」字。亭亦爲泉而作，「又於州東」，層層映襯。「五里許」對「百步許」。「延魯家」句，閑整。「其側」對「亭前」，「花竹」對「芍藥」。「未曾刻石」，從記入詩。「不知達否」，以詩引詩。

「山下一徑」，此段當在「乃出山谷中」句之上，倒插奇絶，如布陣者以前隊爲後隊也。

又

「捧書」，書；「又見詩」，詩。「備詳」，總承。

「愈久愈樂」，兩「樂」字貫穿。因書與詩知其樂，亦附書使知吾之樂，然箴規亦不淺矣。

「爲政」句，「飲酒」粘上「琴酒」，在有意無意間，樂自有在，不在劇飲，故曰「醉翁之意不在酒」。

「他事」云云，盡心爲政，百怪潛消，是真實語。

「樂」字拈出旨趣。它日見東坡《與聖俞書》，以爲不意後生見及此。公之所抱負遠矣。讀《醉翁》、《豐樂》二記者參之。六月廿四。

所志大，故不欲以山林自適，「終南捷徑」可勝媿哉。

《六一居士傳》

以世外滑稽之意寫局中憂勞之心，令讀者得其甘而忘其苦。非識高養粹，何能臻此之妙。人但以磨礲圭角爲歐文的傳，失之遠矣。

以謫宦起，便見大意。

「自號」，賓。「既老」，謫滁時年四十，未老也。「更號」，主。

「老於此」，頹然自放，以寓急流勇退之意。

以「五一」挑「六一」，斷續，有態有韻，直説便徑盡。

「子欲」二句，點清易號本旨。「此莊生所謂」，轉出議論，往復爲波瀾。「不得逃」，應轉。

層層剥换，「樂」字自附孔、顏，占地頗高。

「樂可勝道」，虚喝一語，神動得意，「樂」字之變文。「太山不見」，喻閲書帖，妙；「疾雷不驚」，喻醉鄉，妙；「九奏」喻琴心，妙；「大戰」喻圍碁，妙。「未足喻」，又剔入一語，寫樂意酣暢，又應「可勝道哉」，筆筆有神。

「然常患」轉入，大意以「衆」字對「五物」，又挑起下句。

勞形、心，二意一串。知二者之累心，乃見五者之可樂。「雖然」一段，照前「一翁」，連上五項。此離合之妙，瀟洒之趣也。

「五物偕返」，宛然六一，畫手不及。「此吾」句，結合易號本旨一段，虚神，鏡中花影。

「復笑」應前。「五物累心」，此轉深得《莊》、《列》宗趣。「吾其何擇」句，淡宕。

「大笑」又應，「曰置之」，是澹宕口氣，以歎息接，生機不窮，言較量於勞佚憂樂間，亦清虚之累，不若付之一笑爲廓然也。

已上烟波絢染，是奇；已下直述本懷，是正。須認定，始不目炫。丁巳夏五分龍後一日。

「壯猶如此」，顧首。以下只發明乞休意，爲通篇大結。從「乞身」句落脉，并掃去五物而獨得其所爲我者，意境深遠，掉尾之金針也。

《六一傳》非傳也，而强名之曰「傳」，此歐公之人之文所以爲神龍也。使長樂老讀之，正不解爲何説。南詢跋。

《桑懌傳》

只叙其捕盜一事，而大意則取其不行賄，能讓功爲近於道，周急亦道所當然，故又連類及之。此史家識力高人處，先民所推勝于《史》、《漢》者也。

「歲凶」句，提。「願爲」，義。「聞而悲之」，義。精彩。

「又自馳取」，勇；「賊在此」，勇；「獨提一劍」，勇。「汝旁」句，結。

「天聖中」，又提。「諜知」，謀略。「挺身入賊中」，勇。「即以」，義。

「其間」句又提，「盜畏」云云，謀略。此節特詳，尤見筆力。

「彼聞」云云，應前，畫沙印泥。「厚遺」，謀略。「以實告」一段，精彩。

「某所」、「某處」，如指掌。「自馳」，勇。「一日皆獲」，結。

「用賂」云云，曲折似平原君對秦政語。

「未行」，凑泊得情。「因命懌往」，勇。

「是行也」一段，獨出波瀾，格意婉潤，且爲作傳意已見於此。

「雖舉進士」一段，肯綮。「始居」句，遥接。「見民走」、「棄粟載」，義。荒飼里人，義。一事分兩層寫。

「善劍」一段，撮略大概處，極似《李將軍》。「可謂義勇之士」，定評。

《五代史》固多名論，欲其烟雲變化，神龍出没，如此作者罕矣，與史贊並讀可也。丁巳六月十四日。

《縱囚論》

「信義行於君子」，便見不可行於小人。「刑戮加於小人」，便見大憝必不可縱。雙關法，本韓文。

首句擒「囚」字，次句擒「縱」字。「刑入於死」承上拶入一步，煞是筋節。此文家加擔法也。得此法則筆力沉勇，韓、柳、歐、蘇皆然。

「君子尤難」，冒定前篇。「方唐」一段，入題案；「是以」二句斷，應前，一絲不走。「其囚及期」三句，案；「是君子」三句，斷。「或曰」一段，絕處逢生，以縱爲擒，是遮救法。「有如是者矣」，仍有風度。

「太宗」一段，剔入心髓，真老吏手，單束遒勁。「不然」以下又以久暫相勘，無躲閃處。

「然則何爲」句，鎔化問端。

險絶爲功，所謂游戲神通，看它救轉，不同癡人説夢。「可偶一爲」，放鬆一着，妙絶。

承聖人以結，峨嵋天半，究竟是經術，非獄吏也。參之。

點出作論主意，所以垂戒後王，非刻責前人也。此又是自開活路。

「本於人情」，應前雙結，嚴謹。

此事幾許艷稱，却盡情判倒，只是翻案法耳。

《徂徠石先生墓誌銘》

叙稱號之由，烟波出没，神於史公，與《荆卿傳》參。以下「躬耕徂徠」、「閑居徂徠」、「待次徂徠」，一一相照。

「先生貌厚」二句，申上「有德」，爲一篇綱領。

「畎畝不忘憂」，「志大」；「時無不可爲」，「學篤」。「極陳」云云，「學篤志大」。

「而小人」一段，一篇大意所在，故言深切著明如此。「安然」對「喧然」，「貌厚氣完」亦於是焉見之。「道」、「德」二字相應。

「而奸人」句，逆挈，筆勢飛動。「賴天子仁聖」，得體。

慶曆六年，滁人孔直温謀反，伏誅。搜其家，得石介書。時介已死，宣徽南院使夏竦深怨介，因言富弼遣介結契丹起兵，請發棺以驗。詔下兖州訪介存亡。杜衍知兖州，因掌書記龔鼎臣、提刑吕居簡力諫獲免，竟罷弼安撫使。次年春，遂以竦同平章事，尋改樞密使。

「論赦」，公有書論之。「官于蜀」，虚；「爲嘉州」句，實。

「是時」一段，插入時事，以證「發憤爲文」、「無所忌諱」之意。此是奇峰。

慶曆三年，召夏竦爲樞密使。諫官歐陽公等交論其奸邪，遂罷竦，以杜衍爲之，而以韓、范爲副。時介作詩，有「衆賢之進，如茅斯拔」、「大奸之去，如距斯脱」等語。

「雅頌吾職」應「國學直講」。「明復先生」句，閑整。「其後所謂」，迴抱。眼目分明。

「自閑居」句，遥接。「官於」二句，補叙，又起下文，錯綜有法。「及在太學」遥接，以終國學之職，此是正意。「自先生始」，截住。

詩文錯綜照映，總從「發憤爲文章」落脉。「其斥佛、老、時文」，此其生平所着意處，故抽出言之。

「喜怒哀樂」，通指若干卷言之，又應「古今治亂」、「當世」「是非」。「雄偉」句，「憂思」應「不忘天下之憂」。

以上叙其詩文大概，此下叙其言行大概，總從「學篤志大」語脉來。

「以是行於己」聯絡二句。「亦以是」應「經術教授」、「師道自居」。

「誦於口」，「教於人」；「未少忘」，「行於己」。「至其」一段，兼「行己」、「教人」。「是以君子」雙結住，并結「學篤志大」。

「直講歲餘」，又遥接，氣脉綿亘，《左》、《史》家法也。「以某日卒」應「不幸遇疾」句，無一意挂漏。

「哭之以詩」粘上，與《聖德詩》相酬答，妙甚，又伏「請銘」話端，尤妙。「然後道明」點活詩句，風行水上。

《重讀徂徠集》一首見《居士詩集》第三卷。

「凍餒」，居官之廉可知。「今韓、富分俸」，杜、韓、富皆詩中所稱「如茅斯拔」者也。提掇處涇渭了了。

「其子」即詩所謂「恨予兒女頑，經歲不見報」者也。「門人」應「門人弟子」。

「可以」句應「道明」，又對詩中「放此光芒懸」句而言也，真是織錦迴文。

兩「道」字相應，一詩一文，巧妙。

青翠逼人，如讀《湘靈鼓瑟》詩。「魯人之欲」與「魯人之志」，首尾相應。

曲曲折折，盡態極妍。「何必吾銘」，即點化詩之落句「吾言豈須鐫」而言也。蓋詩所謂「吾欲犯衆怒，爲子紀此冤」云云，正爲誌銘張本，故一一相提而論也。丁巳六月十七日。

以汶水配東山，主賓斐然。「道」、「德」二字照應分曉，以下單承「道」字，脉絡尤清。蓋德蘊于身而道達于世也。「桓魋」，孔；「臧倉」，孟；「聖賢」，孔、孟。

《石曼卿墓表》

敘世系凡三層，玲瓏可愛。

「幽州」句，申上起下。「禄之，不可」，奇士。「宋州」對「幽州」。「官至」句對不受禄。

「幽燕」接脉，奇宕。「少亦以」一句，虚挈。「獨慕」一節，「視世俗」一節，「混于酒」一節，「益不合」一節。

慕古則玩世而不合，既不合於世則頽然自放而與世愈不合，轉折如龍。與世既不合，從遊者又不過如是，感歎無限。「而不知」句，綰結有味。「才」、「氣」、「功」、「用」，前後相應。

「卒于京師」，又不壽，爲可惜也。

「曼卿初不肯就」，曲折中情，無一剩字。

「歎曰」，謂小邑，語極藴藉。「皆有能名」，句法遥對。

「上書」，大節。「天子方思」，攙入感歎，又懸接「鄉兵」，蛛絲鳥跡，得《史》之神。

「笑曰」，豪氣。「不若募敢行者」，真名論。「其視世事」粘上，斷結。「狀貌」云云，迴抱，總斷。下二節乃其小者，亦掇拾無遺。「趨舍」，如就奉職、辭顯官之類。

「其友」，鄭重之詞，總期明徵於後世。

「寧自混」，只三句斷其一生。下發揮「自重」之意，有體有用，非苟然也，正與「不知其才」應。又引古以歎其不遇，由於不壽。致慨特深。「寧或毀身」，此意粘上。「或老」三句，若范、蔡白首始遇。此意起下。「亦其不幸」應「方思盡其才而且病矣」，斡旋入細。

《永州軍事判官鄭君墓誌銘》

「少倜儻」句，伏「不用于時」。「曾祖」一段，「世仕不顯」。「少孤」云云，倒插，古意。并傳其母及兄弟，亦君子彰善之公心也。

「君初」二段，遥接前文，洗發其人之賢而命之蹇，語有餘悲。就焚稿遞入誌銘，文情尤飄忽奇宕，不可捉摸。

陽山民愛，略道州、永州。「少力學」應「少時倜儻，有大志」。下文「志」字從此落脉。身廢而并棄其文，此其志可哀。立功以傳世，其素願也，此其志又甚遠。互爲起伏，各是一意，勿草草看過。

「言」字凡六見，一氣曲折。「何可勝數」對「多矣」作章法，「有矣」對「何可勝數」作章法。「其志豈不遠」應「其志可哀」，史贊筆意。「君之志」拈「志」字轉脉。傳否不恃空言而恃實行，故曰「善慮於無窮」。又曰「其志遠」，鄭君之意蓋曰：使我有可傳，自當有傳我者；使我無可傳，何事空言哉？翻覆推明其意，感慨悲歌，可以招魂復起。掉句有力。「彰善」應「善政」及受誣不辯。兩「無窮」亦相應。銘詞簡峭，專論不辯茶惡一事概其爲人。「故能」二句，一「解官而去」，一「無慍色」。

《零陵縣令贈尚書都官員外郎吴君墓誌銘》

「五代」節，一篇主意。「明經」伏《春秋》三傳。「君曰：『固當如是。』」經學發露處。「義」字相應。「獨棄去不顧」，出處自重。以爲下簡叙。

「君學」四句，總斷。「不得守」，粘上，轉折。

遞起遞伏，有幾多意思，而氣脉只一綫。

卓有關係，與《五代史》議論相出入，豈與諛墓同日語哉。

「其義」、「然而」二句，失節無足怪，則守節無肯道。

世雖莫之知而遺澤不可掩，且又贈官，於法當碣其墓也。

《孫氏碑陰記》

此布素之文，亦錦繡之文。當於結構處得其精妍，古淡處得其神韻。先輩制藝，唯泗山、歐菴仿佛一二。六月十八日記。

「吾家世德」墓銘一節，顯；「惟吾二家」家世一節，由顯而晦。「然其」四句，攙入姻好，是游兵點綴，妙處在此。「自吴越」云云，從家世遞入墓銘，妙。

「求杜氏之銘」，隔接墓銘爲一節，由晦而顯。「自榮公」節，從墓銘遞入家世，妙。「今得」云云，孫氏復顯，隔接家世爲二節。以一節結之，共三節。

「杜公」節，杜氏復顯。「惟吾二家」結孫、杜顯晦。「世德遺文」又隔接墓銘，而章法則與上節相對，結墓銘顯晦。

「其孫氏、杜氏」句，結家世。「遺家」句照前「姻好」。「勸爲善」結墓銘，又牽家世。

《南陽縣君謝氏墓誌銘》

詩、書凡兩層，題前烟景逼真。《史記》以議論代叙事，又不必言。

「吾妻」句，語極淡，意極悲。「且曰」，兩「曰」字相對。

敘世系即伏安貧意。聞望顯榮，分別觀之。

二十歸，十七年卒，卒年三十七。

「歛以嫁時之衣」，意極悲，語極簡，且見妝資不薄耳。

「甚矣」句，結上生下，片雲娲娲。

節節相生，唯安貧乃能治家，然安貧者又未必能治家也，妙於題品。

德言功容，約略盡之，無過不及，傳神阿堵。

「怡怡」迴顧「怡然」，所重在安貧也。

相夫是一篇大關鍵，與賢友相提而論，敬愛兼至矣。此人倫樂事，足以補孟子之言之未逮。

「吾嘗與」句聯絡「賢士大夫」。知人詳，論事略，即從「語」字引申。

「吾官」句應前，「必」字遥映。「聞其」一段，穿插，「與賢士大夫游」，玲瓏可玩。「今與」云云，婉而摯，真使人意消。

「是歲」應「四年」，所見甚遠，仍結歸婦道，迴顧銘葬，的的神來。

「所以」二字串入，前後紅爐點雪，言所以能安貧，由其明於道也。贊不容口矣。

「能安于貧」，結前半；「其性識明」，結後半。

「嗚呼」一段，從上文接入丐銘，極見從容。「且其平生」補一句，不減五色石補天，妙哉。

「悲」字顧首，「勤」字應「七八至」。「予忍不銘」，只四字掉結，惜墨如金。

淋漓婉折，無數淚痕，以「忍」字反接，亦自黯然。

「夫人享年」一段，叙次亦潔甚。「其年七月」應「四年秋」，「貧」字遥應，水月鏡花而意尤悲。

客葬尤可悲，故爲此詞以慰其魂。結四句覺路了然，何須封龕偈、下火文。

風姿秀潔，一字一珠，即史公見之亦應咤歎曰：吾《外戚傳》不得專美矣。人知讀書記序，不知讀此，并不知讀《五代史》，何也？丁巳三月二十五日。

《胥氏夫人墓誌銘》

寫擇壻，意雅淡。公爲《晏元獻墓碑》亦以其得富弼、楊察爲女壻而歎其賢，則知此文雖不忘恩故，所以見胥公知人之明，其意有獨至也。

姓名、世系、官爵具見，「文章」二句簡盡，以上當胥公一小傳。「爲人沉厚」，此節爲夫人庭訓伏脉。

「端坐四顧」云云，嚴如是，安敢有捨所事而嬉者？伏忘勞意無迹。「其飲食」三句，伏安貧無迹。

「胥氏」一段，相夫承姑，舉其大者。亦以殤，故無溢詞也。

忘貧忘勞，非賢不克，況重以家教乎？簡練秀潤在范曄《列女傳》之上。六月二十日。

其所生子亦卒，皆可深悲，故以哀詞系之耳。

「修既感」二句，總括。下三句，夫婦同辛苦者，故告之，死猶生也。

「哀不能文」，守制居潁。「因命無黨」，顧首句。「先生」二句倒點，時公年二十七。歸葬吉州在皇祐五年，前所云「後二十年」者，躡初卒之年而言也。失子以寶元元年。

哀詞起結悲涼，音節極似《九歌》。

「謂不見」承「猶可記」，「忽二紀」承「不可求」。「久先」句，一悲；「今從」句，一喜。叙三世極切當，心事盡此矣。公以黨論被誣，而孤甥事尤爲污辱，詞旨激切謂此。

「同時」二句，以去年丁母憂，而胥公亦逝，故云。

《楊氏夫人墓誌銘》

變文處當按前篇細求之。

「先生嘗謂」對首句，倒點。「始娶」一段，遥接，以見恩禮與胥公有别，而爲人之可傳則一。

「及楊氏之歸」，入題有法。

「楊氏」一段，倒句三層，極似柳州。此節虚，「方其歸」一段實。唯貧而賢始見，故特提出。

言必稱「先君」，以見其孝，思之不忘。移孝而事姑友夫，舉積此矣。腴而古直，可方駕《左》、《國》。

「友夫」二節，「事姑」一節，皆摘録其尤可稱述者。「接内外」則略之。六月廿日。

「間因其夫」，聯絡細潤。「食其月」句法，只三言便足千古，史公作傳手。「惟此」句陡住，古峭。

景祐，明道二年後改元。「後十有九年」對前篇「二十年」。「乃命千之序」，詳見前篇。其銘語淡而悲。

《瀧岡阡表》

「非敢」二句，伏封贈案。「守節」一段，簡而盡。

「爲吏廉」，一宜窮；「好施與」，二宜窮；「喜賓客」，三宜窮。「其俸禄」，總承。

「無一瓦」應「居窮」。「吾何恃」應「守節」。「知其一二」起下「仁」、「孝」。「有待」應「以長以教」。鎔結無痕，化工在手。

「能養」、「有後」又虚接二比，神脉悠長。

「吾之始歸」一段，實叙。「吾始一二」，曲折洗發。

沉鬱頓挫，既求生於死，又恨求死於生者，其慈心大心如此，與《魯論》「哀矜」四句詳略並妙。「迴顧」云云，遞入「有後」，天衣無縫。「劍汝」，典甚，只一字見太夫人之文，神手也。《新唐書》列傳又傷於太文矣。思之。

「後當」句并以一點慈心傳諸後人，良不窮矣。詞致極其深永。「其施」二句，包括，又見言皆核實。「而所爲如此」，轉歸正意。

「養不必豐」，虚結四句。「教」字應前寫出無成代終心事。「泣而志之」，受教，簡而盡。

此下寫太夫人性行，賢哉！賢哉！

「吾兒」句，賓中見主，且見再世清廉。「儉薄」句牽下，「汝家」句牽上。

「七十有二」對「四十有九」。「又七年」，終六十年履歷。

叙封贈，先挈四語，順逆錯綜，必不信手。

「自登二府」承「樞密」、「參政」，略其小者。「逢國大慶」伏下郊祀推恩。「皇曾祖」，三世；「皇祖」，二世；「皇考」，一世。

「泣而言」對上「泣而志」，「於是」二字應前「有待」，氣脉遥深。「爲善」一段，虚括通篇。

善則歸親，倒結婉勁。

詳書勳階爵位，鄭重有體。

韓柳歐蘇諸大家文發明卷六

蘇

《留侯論》

起只一句立案。「人情」粘「過人」二字虛轉，申三句，「此不足」反結。「天下」句正轉，申二句，伏「秦皇」二句，絶奇。「此其」二句正結。

「其事」一段，扼題之項，深微曲折，神來之技。

「鬼物」應「甚怪」，「不在書」應「受書」。

「以刀鋸」三句，一步緊一步，善于形容。「賁、育」含椎秦，入細。「持法太急」，又着三句斷案，文有結構。

「不忍忿忿」，以三世相韓故。「匹夫力士，逞於一擊」，鐵椎中副車。「不能容髮」，大索，潛匿下邳。

看其以議論代叙事處，與太史公争雄並峙於天壤之間，亦可謂獅子獨行者矣。

「千金」云云，烟波委曲，若直接，便傷於急迫。

「以蓋世之才」，又説一遍，妙。「此圯上」句忽接。「倨傲」，取履。「能有所忍」，跪而履之。「可教」，相期授書。

行文須知此翻覆洗發，則精神焕然。

「以爲子房」一段，復理前説，結出「聖賢警戒」之義，痛快明白。

「此固」云云，應「大勇」三句，神手，又緊照「可以就大事」。「觀夫」三句，飛渡。

「子房教之」忽接，此之謂「就大事」，是一篇結穴。

拈活史贊，如與古人晤語。此事洵非夙慧不足與議也。更有七十一傳贊，阿誰拈得？史公曰：如彼英雄，乃若婦人好女。坡公曰：唯其若婦人好女，乃所以爲英雄。空谷應聲，絲毫不隔，吾所爲深歎其智慧者耳。

《方山子傳》

起句伏，「隱人」點明。「少時」，逆叙。「折節」已上是其本色。「晚乃遁」，不遇而隱，非其志也。

「方屋而高」，寫出玩世不恭之態，伏「佯狂」一案，是通篇關鍵。「因謂之」句，忽合。

點姓名，本《漁父》篇，亦自烟波頓挫。若直寫出姓名，次叙别號，便是尋常蹊徑。

兩人問端，一顯一藏，答處亦然。「俯而不答」隔接「何爲」之問；「仰而笑」隔接「余告之故」也。

「聳然」、「瞿然」相照。「少時」應「少年慕俠時」；「前十有九年」應壯時有志用世。「怒馬」見《左傳》。「馬上論用兵」，細。

「今幾時」，晚年遁迹時也。「短小精悍」見《郭解傳》，照應微妙。

「使從事」云云，叙事中用虚語斡旋，便有神脉。

「山中之人」、「獨來山中」俱與「往來山中」照應，「有得」與「異之」照應，又與「山中之人」句正反照應，色色神來。「余聞」一段收拾通篇，但於賓中見主，故不可捉摸耳，勿認爲餘波也。

《醉白堂記》

起句伏結尾數語。此段直叙，又起下文議論。「天下之士」一段，波瀾醒躍。「聞而笑」，得情得景。

「方且」句，陡折，匪夷所思。

「天之」一段，申釋，看其闊大稱題。

「寒」、「飢」句，二實；「不獲」句，一虚。「苟有」句，進步。「是以」三句，結住，入魏公。虚括簡省，文致頓挫。「而天下」，婉折。「當是時」，虚縮有韻。「怪」應「疑」字。

極奇議論仍歸於極平，大家文品。

「然以」一段轉入正論，隱寓抑揚而歸美魏公，是一篇之中堅。

「孰有孰無」，「有」、「無」管下三段。「後世之論」，「世誦其美」、「世莫之許」兩句從此發源。

「文」、「武」云云，暢發「白」字。「而不自」句，重看。「而士不知」句，重看。「而天下以其身」句，重看。説到盡頭處如引弓入彀，此等格意分明學韓。

三段鋪陳明切，已下折衷得妥，既歸美韓忠獻，而又不失香山面目。虚心論古，唯熟于史乃能之。

「同」字續「有」、「無」二字，生機亹亹。「同」謂同有也。

「方其寓形」落到「醉」字，酣適傳神，正意已畢。

「同乎萬物」，根「同」字推開一步，妙。「非獨」句，根「自比」推開一步，妙，妙轉。不熟此，不知解粘釋縛之妙。此下又即其自托於樂天而申贊之，以見撝謙之意。與古聖爲徒，理致精深，氣脉深遠，真宇宙大文。

「是以」二句，結歸正意，爲萬古法戒。識益高，局益大矣。古今二比，離合變化，又自精密。格言可書座右。「後之君子」對「古之君子」三句。「臧武仲」五句對「孔子」四句。「世終莫許」對「誦美」句。

「由此觀之」，收句含蓄，有不盡之味。

「告其子」補案，應起句結，一一謹嚴，所感深矣。

《思堂記》

起叙事簡醒。「嗟夫」下入脉靈動，發揮透徹，分明從内典得來。行事發言，劃然二義，章法變化。「終身」一句，結上起下，尤爲神來。

「君子於善」推開一步，明事理之無待于思索，詞益暢達。

「臨義」云云，推陳出新，妙甚。嗜利貪生最切於人，故挈言之。「若夫」三句，該括。此下申明「無思」之學有所受之。

以好善惡惡證，而以安命結。心學如此，孰謂眉山不及程、朱。

「思與欲均」，妙悟。「甚於欲」，妙諦。「是有蟻漏」，一盎；「是日取一升」句，一盎。設言以探之。「必蟻漏」，答得清楚。

「思慮之賊人」二句，申明領悟之意，脉理微至，所謂「甚於欲」者此也。

「余行之」，結句應起句，當細思之。

「且夫」一段，莊、列之精言。

頓挫轉折，水到渠成。暢言「不思之樂」，又進一步。

「其所謂思」，顧首，斡旋有法。《易》、《詩》點出根原。

雙結仍自串合六經，豈有岐路耶？參之。

通篇以「無思」釋「思」字。蓋人心本有不慮而知者，此正思之本，然一涉商量擬議，便落山鬼技倆。質夫以「思」名堂，近之矣，恐其見處不的，則有毫釐千里之辨，故特爲指示。詞似反而意實正，非深於禪悦，不能到此羚羊挂角地步。坡翁一生忠義，百折不回，得力於無思不少，非爲大言以欺人者也。

《超然臺記》

「樂」字一篇主宰，唯樂乃能超於境遇之外。此點睛法也。

「非必」反插一句，上下文勢俱活。

飲食最切於人，故拈此以例其餘。「安往不樂」，真樂。「夫所爲」云云，格意靈宕飄忽，若斷若續，不可方物。以「悲」字伴「樂」字，「是爲求禍」句轉换，如盤中之珠。

「夫求禍」三句，頓入超然，神來之技。

「彼」字涊然而下，千古秘奥。二句一篇關鍵。

從「樂」字忽入超然，又從超然反繳「樂」字，神龍卷舒。

「自其内」一段，暢發超然之旨，以申「内」、「外」之説。

「隙觀」取喻，忙中着閑，即《易》所云「闚觀女貞」者也，却變得好，與「安往不樂」正反相照，樂在外也。

「釋舟楫」句，錢塘；下句膠西。凡三層，一開一闔，逼出「樂」字。

「始至」句更進一步。「不登」，荒；「滿野」，「亂」；「充斥」，敝俗；「索然」，宦況。「人固疑」，呼一句撥轉，如于烟水間聞欸乃之聲。「期年」對「始至」，「加豐」、「反黑」，樂意可掬，非聞道安能有此。「予既樂」句，應。

以樂自鳴，極難着筆，看其婉轉澹暈，真自勒一去思碑矣。

「於是」二字，次第，從前有所不暇也。「爲苟安計」，步步得體。「而園」云云，入題，委曲到家，含兩層意。

「南望」一段，先於左右前後言之，格意雄放。

「秦人盧敖」，看其句法變化。

登高望遠，易動遷謫之思，唯以俯仰憑弔發舒其豪情逸致，所謂「超然」者也。

「高而安」一段，又爲此臺着色，題不冷落。

「擷園蔬」等句，應「可飽」、「可醉」，無色相可尋。「樂」字、「遊」字迴合前文。

「予弟」云云，掉尾點出名臺之故。任而謙，亦賓中見主法也。結語拍合緊湊。

起手從《衡門》詩脱出。「非必怪奇瑋麗」，即「豈其娶妻必齊之姜」句法。「可醉」、「可飽」，即「可以樂飢」句法。透此法門，則經子史中皆换骨金丹矣，否即食生不化，或脱空杜撰，有所不免。

《放鶴亭記》

「熙寧」，神宗。「水及半扉」，爲遷居張本。「水落」，細。「故居」云云，叠句得法，叙遷居之由，人淡我濃。

「升高」三句，提作亭之由，句法軒然，想見偉人風度。

「彭城之山」四句，申「異境」句。山色如畫，與「環滁皆山」繁簡各妙。

曠然心目之間，所謂筆端有口。

「而山人之亭」，點綴一段，則亭中人方不寂寥。

地理爲經，天時爲緯。春草夏木，秋月冬雪，朝夕風雨，一一淋漓生動而錯綜無迹。

「旦則望」句，粘上有脉。「縱其所如」，「善飛」。五句盡鶴之情景，不必濃脂厚粉。「傃而歸」，甚馴。

先亭次鶴，一句總點。因「飲酒于斯亭」，便借景襯貼，筆姿靈活。

「飲酒」伏得妙。「挹」字細。

「南面」二句，雖原於《莊子》外篇，却是豁人意氣。《易》、《詩》，引古，必不可少。「清遠閑放」，品題絶佳。「荒惑敗亂」對「清遠閑放」。

「故《易》、《詩》人」，聯絡有情。「宜若」句，斡旋圓轉，否則爲折腰體矣。

欲抑先揚，欲揚先抑，此文字開合之秘。

「懿公」、「周公」、「武公」，案；「嗟夫」一段，斷。

「以爲」兩句對前六句，一伸一縮，銖兩悉敵。

「劉伶」二句，煉意煉詞。若亡國，只粗服亂頭便足。

「雖清遠」云云，仰上文提醒一番，文致婀娜，筆情閑逸。「而況」一句撥轉，結穴分明。「未可」句，收完語氣。

上游得勢則實地只須一點，所謂蜻蜓點水。「欣然而笑」映「揖而告之」，兩兩傳神。「有是哉」三字，安頓最妥。或推或任，皆非矣。若嘿而不答，又寧有是理哉？·讀者當設身處地，然後知作者苦心得意耳。

《淮陰侯廟記》

借喻起便生動。「善變化」、「能屈伸」，句中自對法。「當嬴氏」云云，看題高卓，一屈一伸，映發絢爛。化實事爲議論，一片精神。句句琢煉，步步設色，記中之賦體也。「惡足累」，掉句鏗然，總括有力。「然使」，此折有膽。「雲飛龍驤」應起句，妙。黄鐘大吕之音，挽强用長之技。「自古」一段。餘步。銘詩亦古健。

《前赤壁賦》

兩賦皆月夜勝遊，故以「既望」二字作骨，而清秋風月皆佳，故首尾以「清風」映襯「明月」。

水月淪漣，又以清風白露映帶其間，便覺光景陸離。須認個中主客。

通篇以水月爲眼目，水逢秋而旺，月至秋而佳。提挈便是振衣千仞。

「清風」、「白露」承「七月」，「水波」承「泛舟」。

待月是題前一步，「窈糾之章」寓思君之意，又引起下文。

「月出」句順點，氣象堂皇。後賦則逆點。七月之月尚在赤道，其去人近，故出於斗、牛間。若冬月則行黃道而去人遠，故着「小」字以別之。古人精思如此，讀者可以愧汗。

七月，月行斗、牛之分，去人頗近。「徘徊」二字最妙，放翁所云「天闊月徐行」者，此也。

「橫江」、「接天」，烘染月色。「一葦」應「泛舟」。「浩浩」二段寫舟行之趣，又伏「飛仙」語脉。

「飲酒樂甚」應「舉酒屬客」。

歌詩兩層掩映，前是古詩，此是新詩，所以寓思君之意，音詞嘹喨中有無限悲秋情事。

「望美人」亦寓思君之意，與「窈糾之詩」相應。

「洞簫」、「倚歌」，天然機緒。從此遞入曹瞞、周郎事實，真覺靈心縹渺。若對赤壁呆說火攻事，市兒亦能之矣。凡胎、聖胎，只於此處分别，故曰不能使人巧。

「嫋嫋」對「嗚嗚」，「如縷」對「四如」。「舞」、「泣」二句絶而復生，才情踴躍。句法、字法，以倒插而奇。

「愀然」承「樂」字轉脉。東〔坡〕甚愀然，已而喜笑，轉折變化，與昌黎《李浙東書》參。

「客曰」下發端警亮，紙上有金石聲。文調最忌艱澀。游赤壁拈曹公故事，雖商賈亦知之。看其從簫聲引入，飛空絶迹，别有化機。

「方其」云云，奇縱處艷如花，熱如火。

「固一世之雄」，振一句，力足。「而今安在」，只一句兜轉，讀之冷水澆背，極操縱之妙。頓挫憑陵與柳州争雄，忽熱如火，忽冷如冰，真宇宙第一才情。

「魚鰕」襯「漁」，細甚。「麋鹿」襯「樵」，細甚。「駕一葉」、「舉匏樽」，應「泛舟」、「舉酒」，又對「舳艫」、「釃酒」，妙絶。

「寄」、「眇」二句對「一世之雄」；「哀」、「羨」二句對「而今安在」。「挾飛仙」遥映御風羽化，「託遺響」扣住簫聲，應「何爲其然」，答還語氣。

借古人以發抒悲秋之意、遷客之感，又爲達生之語以破之，無非坡翁欲泣欲歌。情事看作兩截，即同説夢。參之。

「客亦知」句，醒，只就「水」、「月」點現成公案，絶不起爐作竈，與《放鶴亭記》參。

「蓋將」云云，發人悟門。「變者」承「逝者」、「盈虚」，大開；「不變」承「未嘗往」、「莫消長」，大合。「何羨」應「長江」句。

「泛舟」、「舉酒」、「長江」、「飛仙」、「明月」、「悲風」，句句抱前，勿草草看過。

「物各有主」四句稍腐，卓吾痛抹之，則過矣。

「天地」四句是宋賦本色。楊誠齋云：「賦題至於『爲政以德』而賦亡矣。」卓吾痛抹之，尚昧出處。然抹之良是也。

「江上」切「水波」句，「山間」切「東山」句，又將「清風」陪説，與前照應。「耳得」句，風；「目遇」句，月。「無盡藏」見内典，應「皆無盡也」。眼以睡爲食，亦見内典。石刻俱作「食」。受用曰食，《宋文鑑》亦作「食」字，見内典。考亭改之，非也。先輩論駁不具載。

「喜笑」應轉「怨」、「慕」、「泣」、「訴」，「更酌」以飲酒結。「更酌」之「更」音平聲，見墨刻自注。

「杯盤狼藉」見《滑稽傳》。「枕藉」句結「與客泛舟」，「東方既白」爲望月寫照，結有餘情。

結止乎其不得不止，想鋒已到十分。

寫簫聲分初、中、後三層，入細，又倒插「舞幽壑」、「泣孤舟」二語，真有龍跳虎踞之勢。絶而復生，此最文家三昧。又須煉句，若云「潛蛟舞」、「嫠婦泣」，即成庸句矣。參之。

《後赤壁賦》

「客」字爲一篇綫索。

「是歲」句便躡前「壬戌之秋」，明其爲後遊矣，妙。

「將歸」，本無遊興。此波瀾處。

秋月乃豫辦遊具，冬月寒峭，非有賞月涉江之意，而率爾乘興，遂成勝覽焉。寫前後兩遊各一種神面，拈題而不知神面者參此。

「霜露」四句，是十月之月，賦家三昧，與謝莊《月賦》並妙。「歌」、「歎」，悲笑，仍是前篇轉折。

前是待月，故順點；此是晚步無意中見月，故逆點。正如仁宗飛白書，變化之極。

「巨口細鱗」，畫出，真是賦手。「安所得酒」，過遞有綫索。「歸」應「將歸」。

魚欲鮮，曰「薄暮」；酒欲陳，曰「久藏」，色色到家。

「復遊」句，應前「遊於赤壁之下」。

「江流有聲」應前「水波不興」，伏「風起水湧」，妙。

十月水落，又月行漸北，非若斗、牛間。初上其大如盤，況謀酒烹魚而後來，則月益高矣。

處處另開生面,可療剿説雷同之痼疾。寶之。

「曾日月」二句,趺醒初遊,所謂「自其變者而觀之」也。讀之汗下。

「巉巖」、「虎豹」,狀山石;「蒙茸」、「虬龍」,狀樹木。隔句照映。

「劃然」云云,又一番生面。前則客自悲,我自樂;此云「余亦悄然而悲」,峰迴徑轉,真不勝虎口羊腸之懼矣。

登舟順流,「聽其所止」,以寓居易無求之意。東坡至此真付得喪死生於度外矣,此豈宋玉、景差輩所夢見。東坡亦自云「直須談笑死生之際」,又云:「佛祖知其難化,故以萬里之行相調伏也。」

魚鶴皆細細着色,是賦體。「驚寤」應「睡」。

以現前爲疇昔,以孤鶴爲道士,總喻世間如夢如幻。驚寤無端,殆自寫所得超於語言文字之外。至於用化鶴事、《神女賦》特粗迹耳。吾願讀是篇者抖擻五臟,溉濯神明,如夢忽覺,乃知古人落處。不然,終屬俗情,安能入林把臂。

二賦用韻無迹,或離或合,或叶或不叶,六朝人未睹此秘。又前作「自其變者」、「不變者」四句,實從《楞嚴》「觀河」章脱胎,非學究所知。甲寅初冬二十五日東林閣。

《上神宗皇帝書》

讀長公集至此篇觀止矣，所謂觀水必觀其瀾也。前此唯漢之賈太傅及唐之劉諫議兩策，堪鼎立宇宙耳。又須知其浩渾曲折中，無非忠孝剴惻之意，誠於中自形於外。書生矢口便是致君澤民，讀此方知下落耳。公生平喜讀賈生、陸宣公奏疏，故出之裕如乃爾。規模八家，豈朝夕之故哉？

言買燈事，引君當道，絶有次第，即行文之次第。然在他人必秘而不宣，獨坡公吐心在掌，何等忠直。如此方謂之不欺。

「乃知陛下」五句，隔承入細，頓挫動人。

「何者」，挑剔有力。「此堯舜」云云，告君故點活孟子，腐儒不知。

「顧此」一段，翻覆靈變，字字入耳動心，神於鼓舞之法，從鄒、孟得來。

「則所謂」云云，籠定自己，步步説到肯綮處，以爲進言之地。此文章綫索也。

「堯舜」、「湯武」應，「不知」、「乃者」，結住又起，如獅反擲，筆勢驚人。

和盤托出，一片忠誠。

「欲言者三」，提綱。「人莫不有恃」，每段又有起結，詳玩之。

賓主次第只在君臣，探討最爲親切。

「人心而已」，點得清。「人心之於人主」，波瀾自然，倒拈圓活。

「根」、「膏」，「槁」、「滅」，看其煉字的當。「失人心則亡」，拍得緊。「此必然」足二句，傳「則」字之神，有正有反。「其爲可畏」，迴顧書詞，氣脉悠然。「苟非」、「詎敢」，對照王介甫，隱然藥石之言也。

一正一反，極言君民相關切。若實言，不過曰：三代之得天下、失天下，在民心之得失而已。推陳出新，光景無限。

引古分法、戒二意。子産、商君對看，餘皆波折。思之。

「商鞅變法」，影喻最切，又引宋襄、田常兩人，得失互見。文法更佳，用意喫緊。

「是以君子」，精言可勒座右。斷制兩句，似止似行。先輩文每有此機趣。

謝安、庾亮，拈古圓熟。叙事也，即議論也。化題爲文之法本此。

「自古及今」三句，切中王介甫病痛，亦切中神宗疵德。若仁宗時，又別有一番議論也。

「今陛下亦知」，入正意，悠婉，省多少皮膚語。「皆言」，以人言代出本意，自妙。「經今百年」，到家語。

「造端」四句起下訛言，以見民心不悦，深爲可憂，則新法不庸於不罷矣。此其用意曲折處，參之。

「日夜講求」，「分行營幹」，小人蠅營之狀如畫，此豈周、孔生財大道乎？筆端有口。

「賢者」、「小人」，本《左傳》，恰合，又顧「賢不肖」句。

「謂陛下」，總以人言代出，妙。

「近自」、「遠及」，宋之疆索止此耳，可悲可悲。

「不可勝言」應「或言」，虛括有法。「欲復肉刑」，離合，好。「亦聞其語」應轉「亦知」句，關鎖緊密。

「然而莫之顧」，婉孌入情。「我無」句，指喧傳。以下「人言雖未必」，聯絡員轉，一字一珠。

「人必」云云，閑適以暢其趣。辯難最忌矻矻如含瓦石。

主意只在三司，妙於用賓。

「自解」映「信」，「購人」映「謗」，懇惻自不至逆耳，雖屬天姿，亦由學力。

「夫制置」云云，申明，又分主、客兩層。「求利」句貼切。

「自馴」應「謗」，「自信」應「信」。「捐」、「放」喚起「罷」字，神脉緊切。「三司」近於「漁」、「獵」，故設此喻，殊非泛爾。

「莫若」緊對「不如」，説出主意，絶不模糊。至此方見前文烟波妙處。

「夫陛下之所以」句，粘上翻覆發明，使利害劃然，則易于聽受，與《孟子》「不遺親，不後君」一節參看。

「莫若罷此司」又得波瀾以佐之，使人心開。

「欲去積弊」一段，此言國之大事當與大臣公議，應上「六七少年講求于内」。

「此司之設」，虛結有態。「冗長」應前「無故又創一司」。「長」，去聲。此段言此司「無名」，故不能下令如流水。

「智者」二句，過峽精煉。「文、景紀」句、「迹不見」應上「無迹」。「故曰善用」，引證，波瀾曲折，文致澹宕。

指事明切，「迹布天下」應前「意度朝廷」云云。

「泥中鬪獸」，閑冷。「拙」字斷倒。

無欲速。欲速是神宗大病，故婉諷之。

引古或反結，或正結，隨筆自成矩度。

「君臣宵旰」一段，旁觀冷眼。「且遣使」節，又抽出「四十餘輩」痛言之。「繡衣」，前漢；「八使」，後漢。「出於無術」，此猶不得已而行之。略晉，以晉無是弊。「元嘉」，劉宋；「此弊不革」，齊；「勸農判官」，唐。

「朝辭」云云，切中奸狀，托之於古，可云善諫。

「觀其所行」二句活，陳説已明，則斷處不必更緊。此神明於緩急之法。又將近事映襯一層，倍覺儆切。「是非較然」應「爲是爲非」句，有情，又唱歎以結之，泠然善入。

「且其所遣」入本位。「尤不適宜」，提；「事少」二句，申先案，每句轉折。「夫人輕」二段，後斷對仗，從宣公奏議得之。「雖嚴賜約束」，斡旋得體，尤妙在以鬆爲緊。

「今朝廷之意」轉入肯綮，忠赤動人。「至于所行之事」對上「所遣之人」，條分縷析。

「自生民以來」此段，辯水利之害。「真謂」、「有意」，俱用活着。「天下久平」四句，虚結。「鑿空」，見《張騫傳》。「凡所擘畫」，此又抽出過聽輕信之弊而言之。

「賞」、「酬」、「録」、「罰」、「替换」、「不言」，貫下三句，言朝廷立法太寬。「官司」句，此非有司不忠，法之不善有以致之。

「相視可否」應前「相視地形」。「若非」句，剔得透。「格阻」二句，「黜降」，「重」、「輕」與前應。

爲政務攬大綱，故曰水清無魚。深明治體之言。「臣不知朝廷」句，結前「所行之事」，痛切。「雇役」實是便民，司馬文正秉政，亦復廢格，遂爲民病。東坡條陳亦覺客多於主，不能洞中肯綮。要之文筆自佳。

「所得既微」，以坊場之價償長役之費，不復有所增益，則役人病矣。

「宣力」、「取樂」，中理中情，無一字欺君，赤心片片。

雇役逃亡，治之亦必有法。「近者雖使」一段，委曲搜剔雇役之弊，反覆盡致。

坊場庸錢，從雇役中抽出事件言之。

租粗庸役軍調。「後世」云云，借後世以諷今時，善於納諫。

均役不聞貴賤，尤不近情。至於商賈似無關朝廷緩急。然關市有征，盈縮有時，爲農民通有無，亦不可耗之。若城邑蕭條，農亦困矣。

重農抑末，後世不可遵行，亦酌乎人情而已。

「縱有經典明文」，深中介甫《周禮》誤國之弊。

「女户單丁」一段，與孤煢請命，語意肫切。

作俑幾於汲黯之戆。已上結住，此下又提青苗出息之事。

四丘爲甸，出兵車，今一丘出之。「用田賦」，履畝什一。不言目前而言後世，斡旋得體。

「異日」，咏歎以結。

「且東南」節，又引時事以正「抑配」之害。「朝廷既有」，振得醒。「然而買絹」句，轉。「如治平之初」，又引富公之失，對「買絹」二項看，波瀾層複，極離合之致。「著在簡書」對上「著令」二句看，寓變化之法。「或以」、「或欲」對上「折鹽」二句看。

「縱使此令」，又轉，粘住題旨，最緊最鬆。

搜剔到家，語復工緻，與宣公奏議並讀。「必至」、「固然」，虚語結。此下又舉常平同論，存此則廢彼，與其行青苗，不若行常平之爲善也。「千斛在市」，此言常平之盡善。「今若變爲」，此言青苗之有害。「千户之外」對「千斛在市」看。「且常平」句，又進一步。

「乃知常平、青苗」，總結上文。「臣竊計」以下，又暗攻介甫之徒蒙蔽君聽，顛倒利害，所以爲遮難地也。

「頃在陝西」，又引證，即就上文拈出，愈説愈明切，不厭其煩。

古事駢儷，如組如舞，豈六朝人所及。

「不覺」、「不知」，切直言之，斡旋正不可少。「審聽」二字迴顧上文，精切。

引均輸以喻青苗，貼切。厥後哲宗用司馬温公，果如所云。先生之燭幾如此。

「不意今者」，忽接，靈動。「立法」云云，詳委如親歷閭閻。其念此至熟耳。「以爲雖不明言」，描情如畫。

商賈之所以得，朝廷之所以失，較若列眉。《貨殖傳》無此精新婉潤。

「弊復如前」，探喉而出，文中九轉丹也。

「一出」、「不復」，危言。「縱使」云云，搜得到。「今有人」，設喻了然，從《孟子》得來。

「一牛易五羊」，比常平商税；「五羊之獲」，青苗利息。「陛下以爲」，有喻有合，文理焕然。「何以異此」，虚結。

又曲折發明，護前之意，深中人主膏肓。至引漢高事以誘之，真令踴躍歡喜，無如在旁有掣其肘，復迴身辯難，妙於題之前後左右。

「古之英主」，提得妙。「稱善未幾」，襯貼。《史記》以議論代叙事，活潑精新。「何嘗累」、「適足明」，鼓之舞之。一事分兩層，入細。「陛下以爲可」，遞入無痕。

「必謂」兩相照應，意到妙處，矢口皆至文，文豈在六朝金粉哉？

「戰國貪功」，以商鞅比介甫，猶恐未足相當耳。「高論」、「空名」，酷中介甫病根。「此之謂」，結住。

「士之進言」句，突起。「夫國家」，雙關，流利。

神宗喜開邊，故以强弱論，參《代諫用兵書》。神宗喜聚財，故以貧富言，前文是也。「道德」兩段，千古名言。周家卜年八百，其驗也。若秦、隋，則二世而亡。

青苗本是肯綮，已委曲詳盡，不遺餘力。至於「風俗之厚薄」，亦即從新法看出。行新法，則必獎用輕鋭少年，而風俗薄矣；不行新法，則必獎用老成，而風俗厚矣。本是一事，故次第及之。文局坦夷，文情懇惻，引事當而煉調工。責難陳善，以此爲宗，得陸宣公之三昧。

「故臣願」，入題婉戀愷切，想見當年一寸丹誠。

西元昊，北契丹，正意已盡，以影喻佐之，使讀者咀其言而啓其蔽，不可少也。

「養生」喻德政，「用藥」喻兵刑。「根本空」，客意好。

「天下之勢」一段，古厚似董太傅《天人策》。

「然終不肯」句，揠入一層，方是到家。

「曹參」、「黄霸」，歷引老成之臣以刺荆公生事。

「仁祖之馭天下」，賓中主。「且天時不齊」，點綴，從西漢文脱胎。「漢文欲用」句，穿插。

「今若以」云云，痛快。

「自古用人」以下，言用人太易。「雖有卓異」，本《尚書》意，却自推陳出新。

韓魏公抑坡公於外任亦此意，卒感之，真君子先行其言者矣。

「黄忠」四句，引古必須斷制，方見能事，且能醒眼。

世嘗謂引事變化，妙在虚實相生。

「固天下奇才」，此句不可少，「亦」字公道。

「屬國」，主外夷之官。斷制煞是膽大，亦爲敷奏而然，否即失體矣。

賈生，王者之佐，坡公嘗心折焉，於此猶有所折衷。則介甫及門下諸人盛氣竊威，務以求勝於民者，又居何等耶？避實擊虚，言之無罪，而聞者足以戒。餘可例推。

「昔高祖」一段，事中引事，熟于掌故。「人知其疏」，本經史贊悦，正破中國餌之之物，安得有濟。「尤不可信」，凡筆止此。「兵凶」一段，游泳自如。「趙括」、「李信」，稍失之激，當亦爲開邊者發。

「若文帝」云云，入理入情，機神圓妙，走盤之珠。「其術必精」，力量過人，故臨文自爾意味深長。「不然」一轉，并看出文帝深心，正合歷試之説，水到渠成，不受《史》、《漢》所瞞。

「至於鼂錯」，過遞，如天衣無縫。「止於」、「以爲」，點官爵，亦有機調，文入妙來無過熟。「優劣」「可見」，結法美秀。就文、景結，爲對君故也。只一「劣」字補足，與「棄才」句相照，絶無滲漏。

「公卿」「可圖」，深刺。「欲望風俗」，忽合。

折衷兩邊，妙於立言，讀之慨當以慷。

「巧」、「拙」，應前「捷給」、「遲鈍」，峰迴徑轉。

「三司文字」，文移之類。擔閣懸擬官爵，俟缺員而補之。吏部掌詮選，審實而受之。「常調待次」，應轉。「勾當」，即幹辦。「均輸」句，「勾當」、「按行」，乃添設之員，其體與監司相敵。「望以稱旨」，是即發運等官。

「古者建國」，從大處說入臺諫。「如周」，諸侯；「如唐」，籓鎮。「內重」，主；「外重」，賓。「指鹿」，舉秦以例魏。「問鼎」，舉周以例唐。「聖人方盛」二句，聯絡悠婉。

此節只提諫官一事。養臺臣之體，則其氣自奮，而彈劾不避權要，如張綱之埋輪，陽城之裂麻，朝廷紀綱由此振肅矣。若盡爲立仗之馬，雖有奸宄，壅於上聞，宗社傾危，其何日之有秦檜亡？高宗曰：「吾今始免靴中置刀。」觀此則東坡所奏，豈非廟堂之忠言至計哉。

「恭惟」一段，鑒五代之失，不得不爾。而重諫官之體，則所謂「先法救弊」。「歷觀」，又引前代以相形。

「風聞」，申「薄責」句；「無官長」申下二句。結構法。

「言及」四句，煅煉精彩，想見螭坳珥筆氣象。「奉行風旨」，善於摹寫。

「未必皆賢」云云，說理精到，文亦提挈得法，有振衣千仞之法。

「折奸臣之萌」，自介甫以至章、蔡，皆攝此中，豈非秦鏡。「及其既成」，危詞激切，是霹靂手。「今法令」云云，愈委曲愈痛切。「朝廷」二句，虛歇，又醒「綱紀」二字。

「稱親」，濮議。「本非大過」，玩此語，坡公與歐公意見不妨各出。「當時」、「今者」，以輕例重，掩映得法。

「習慣」云云，賈誼、劉蕡，同此孤憤。

「孔子」一段，申「何事不生」句，以「無所不至」句合。「疑其太過」，稍失斟酌，且泛論亦不必作此周旋。

「良不爲過」，稍失斟酌，程朱無是也。「是以知爲國者」一段，咏歎盡致。

「君子和而」云云，深刺半山執拗喜譽之病，可謂瞑眩。半山清苦有節，萬不慮此，特爲後來隱憂耳。

「神算」、「乾剛」，以善政迴護一番，黑白轉益了然。

「物議既允」，頓挫。「戒成王」，詳所當詳。「周昌」、「劉毅」，略。「未嘗有此」，應「豈有是哉」。「積其狂愚」應諫買浙燈，含學校貢舉。「天賦」八字，可作自贊。

前文委曲而入，此復委曲以結，無非恐罹不測之禍，故費許周匝，而文致遂爾争奇，乃知汲黯、寬饒良爲無術。

「不患」、「但患」，一番提起，一番聳聽。

「豈有」云云，應轉「必不爲此」，矯健異常。

前言歷歷在耳，雖屬剛(複)〔愎〕之至，亦爲所轉。此皆從熟讀《孟子》、《國策》得來。

「臣之所懼」，明明從《范雎傳》出。奸黨下石，此尤千古成案，不得不控告君父。「死亡不辭」，又轉，一字一血淚矣。「思之經月」，索性寫出肝腸如雪。「卒赦之」，應「不輕赦之」，恰好。

《答李端叔書》

總妙在轉折，如走盤之珠，行空之龍。

「不即答」，結處點明其故。「頑鈍」應「總慢」，「終不棄絶」應「猶可闊略」。

「足下才高」句，入手起局，蘇文每妙於離即之間。

「少年時」一段，自叙頗詳盡。「應舉」一層，「貪得」二層，「以爲實能」三層。「其實何所有」，真語實語，此即行顧言也，説得好。「人苦不自知」，鞭策甚至。

「然世人」一段，刻畫盡致，凡分二節：一不宜過譽；二不宜過譽以貽患也。

「得罪以來」承「得罪幾死」，有脉絡。「親友無一字」，杜詩，説出所以不答書之故，天衣無縫。

「回視三十年」應「讀書」、應制科，斡旋曲折，得韓之神。

「不敢作文字」，玩此句，則知臨書鄭重。

逼真《史記》文字，唯慧眼知之。鹿門以爲隨手寫出者，誤甚。「信筆書意」，謂其實語也。

「此書雖非文」，謙而任矣。

《錢塘勤上人詩集序》

引事以發端，亦一體也。「賓客」句，伏案。「世以爲口實」，束一句。「然余嘗」云云，蘇文善於翻案，故能驚人。「一言中於道」，虚摹最工。「盡致豪俊」，自寓。「庸衆人」，指「負公者」。「人之難知」，波瀾，泛論交情，得辟實擊虚之法。總斷，極其頓挫明爽。「不喜」反「必引」，正近于儒故「進之」。「嘗稱」應「引進」句，「尤長」點一句。「哭於室」，便見同志涕泣。「語及」伏「爲人」，此段切題。「無求」云云，闡發不遺餘力，點化入妙。坡公頗賞其詩，見全集中。鹿門之評非也。

《賈誼論》

不責賓客而責翟公，不責漢君臣而責賈生，皆識力高處，亦是高待古人處。「非才之難」，突起。「惜乎」二句，抑揚入妙。「有待」、「有忍」，承「自用其才」，伏「識」、「量」二句。「古之賢人」，轉合「賈生」，且作虚句。「有可致」根「才」字，「不能行」根「不能自用」。「自取」，不能忍，不能待。

「愚覩」句，入題。「三代」貼「王者之佐」。「不用」應「用」字。「然則」二句伏「自傷」、「夭絶」，只點一「死」字，真有筆力。

善於解頤，蘇之爲文，如匡之説《詩》。

「苟非」云云，虚摹最工，當一一理會。「將之荆」，引事以證。「欲得君」，伏「立談痛哭」。

孟子不另挈，此文家詳略貫穿處。「不忍棄其君」，伏「趯然遠舉」。「愛其身」，伏「夭絶」。「夭如此」，總結三段。

「若賈生」，對孔、孟，撥轉圓捷有勢。「生之不能用漢文」，驚人語。

前云「不能自用」，此云「不能用漢文」，照應入微，又爲下文張本。

「夫絳侯」，申明「不能用漢文」。「少年」對「舊將」看。「優游浸漬」，含「忍」字意。「安有」句，忽着代爲籌策，是作論正傳。「遠舉之志」，指賦中所云。

「不善處窮」，總斷上二節。「安知終不復用」，步步顧母，點「待」字。「變」謂君心悔悟也。「默待」對「作賦」、「遠舉」，「自殘」對「自傷」。「嗚呼」，總結三節。「量小」應「不能忍」，「識不足」應「不能待」。

責其君以結一篇餘意，引事反證，漢文亦無詞以對。

仍結歸正意，此龍脉歸宿處。丁巳初春廿三日評。

《范文正公集序》

作《文正公集序》只如此起，以見尊崇先輩之意，不敢苟爲誇詡議論，乃所以爲敬之至，如見嚴師畏友。然不知文者則以爲太樸矣。

「問先生以所頌」，句法。「且曰」伏案。「吾得其爲人」，平常語，何等濃至。

「豈非命也」，「命」字奇而確。

「始（君）〔見〕知」，曲折聯絡。「因公以識」，迴映有情。「恨子不識」，從三君子又插入范公，奇筆。

「始識公之仲子」，有其句法變化。

尋常語，何等淋漓，文正公之爲人躍然紙上。

《代張方平諫用兵書》

色能喪身，兵能喪國。相提而論，當下悚然。

隱然爲宴安酖毒下一針砭。語無虛發，即如漢武，二者皆好之入骨，可爲殷監。

一正一反，籠起全篇之局，可作十七史總論。「兵者凶器，聖人不得已而用之」，本主父偃

《諫伐匈奴書》發揮痛快，所謂青出於藍而青於藍。讀者當知此意，正猶龍能化水也。

「是以聖人」，束一句，精峭。「而深戒」，起一句，綿密。「何者」承「禍」字說。「七十萬家」、「十萬之師」，擾及數倍之人也。凡三對作六件看，極其詳核。

「變故百出」，虛束二句，又起下文，蟬聯之格。

如鼂錯輩，只説朝臣首禍，益爲尊者諱耳，然語意正自凜凜。觀宣和之事，言如蓍蔡矣，所謂「好兵者必亡」。若只就將帥結案，便失作者言中之旨。

「畏之重之」，縮結，是一篇提綱。

諫用兵者，只就勝負立論，便落第二義。獨此能批吭擣虛，與相如《諫射獵》、昌黎《諫擊毬》同一入穴搏虎之法，古今有數文字。

「富溢」伏「寬仁」，入細。「侵尋」，猶浸淫。

秦、漢兩大敵，一筆抹倒，令孫吴家喪氣多少。

「平六國」，可也；有事四夷，不可也。匈奴來犯則拒之，「首挑」不可也。叙事中煞有分寸，非腐儒伎倆。

「長與天等」，本《漢書》；「巫蠱」，戾太子事；「父子」，史皇孫。「班固以爲」點出來歷，古人不剿襲如此。

「與之終始」，本《左傳》。「歿身」句，輪臺之詔。「既下」、「繼事」，與上同例。「尤」、「既」，虛字最有微情。征夷不息，比上文更進一步。「皆」字承上數事。

「仁聖」句，伏「寬仁」，入細。太宗開代英主，故應別作判斷，文亦波瀾變化。

「由此觀之」，斷制謹嚴，屹然山立。兩「勝」字叫得醒。

低徊唱歎，何翅雍門之琴。從「勝」字蒙繞「敗」字，又從「敗」字蒙繞「勝」字，而以「不幸」二字斷倒，諷刺當宁，真令乙夜九迴腸也。

「昔仁宗」，次第說入本朝。「將士」云云，儘力抑之。「晏然」，言無群盜。「兵休」云云，儘力揚之。「知其」句應「無意于兵」。「實效」應「兵休事已」。坡公嘗逮事先朝，故言之懇摯切骨，如子孫述祖父事。

「意在富强」，便點病根，明與「無意用兵」反。「伺候」、「窺見」，煉字深切著明，不須煩詞。

「弼臣」，相；「樞臣」，將；「臺諫」，言官。「較之」以下，特特迴盼，作二比文字，妍蚩了然，可謂文中有畫。「尚賴」句急轉斡旋，「勝」、「敗」兩字喚醒前文，直是迴頭百媚。

「於是」一段，叙事議論，錯綜成文，有落花水面之趣。

「使陛下」四句，筆力深透，似挽百鈞弩。

「以爲用兵」，只是勝、敗二義盤旋出没，雙鵰並搏，不足喻之。「且夫」一段，此則不論勝敗，皆可爲洞心駭目者也。「譬猶」一段，層層虚景，此則秦、漢文所未及。「而況」一句，撥轉。

一見一聞，實從《孟子》「遠庖」節脱出，妙在變化無迹可尋。描寫戰陣死亡之事，如着色畫，又從黄歇、淮南王、賈捐之《諫用兵書》發源，若李遐叔《弔古戰場文》亦可互勘。

「且使」，蒙繞前文，脉理緊切。「而況」，竿頭進步。「而數年」句，層次剥入。「百官」、「南郊」，引二項以證，善於形擊。此萬萬不可已之經費尚爾倚閣，則軍需又何急焉？「無以善後」，直是殷憂。「且」字又進一步，説將然如已然，唯東坡能之，此爲經國手。

情事到痛切處，只粗服亂頭，皆堪刺心刺耳。

「且臣聞之」一段，此又皇皇大儒宰輔之言，與《伊訓》、《説命》相表裏者也。

「蓋天心」句，接脉精巧。「民死將半」，危言。「可見」、「方且」，轉折深婉，所謂一摑一掌血也。

善言天人之際，董江都發其端而遜其精切。

「安静」貼「恭順静思」。「白登被圍」，引事以貼上「保疆睦鄰」，非獨開陳善道，亦予君以可居之名，最妙。

根鋭氣方盛，收局意精詞貼。「血氣」、「好勝」本《史記·樂書》。「自非」云云，極力鼓舞。「經變既多」，斷古深中肯綮。「且意陛下」一段，收局婉摯。

《樂毅論》

「可以王」句，客；「不可以王」句，主。「或者」發難，便有波瀾。先分後合，格法玲瓏。「嗚呼」云云，破「或人」，醒眼。文筆貴於穎發，古人且然，今之論時藝者一歸於混沌，何也？

「王道」一段，議論自是偏鋒，却亦不經人道，證佐更足眩眼。

「其所施」句，説得透。「故夫」收歸正意，又極純正，從《孟》得來。

叙吴王請成及項羽東歸兩事，明爽。

句意俱以偏鋒取快，先民所謂强詞奪理，少年當透此訣，庶不落老爛儒生窠窟中也。老泉讀《孟子》，秘不與東坡，豈無謂哉。

「嗟夫，樂毅」，落題婉暢，玩其層次。

「亡其身」謂逃亡。「此其所以」三句，有結束。兩「敗」字呼吸如一綫，妙在賓主相參，鏡花水月。「何者」下説事理切中，蓋相傾相奪，戰國本色也。

「當此時」，結案圓醒，與「雖無袁盎」同局。「然樂毅」句，擫入主意，字字着骨。「故不忍」句，應「卒走樂生」，力透。「夫以齊人」，轉折渾融，以王道進之，識見議論益復英偉，纔是坡老胸襟力量。

蘇家只有翻案一法，愈出愈奇，與《留侯》、《范增》、《晁錯》等作參看。「獨誰與戰」，層翻可愛。「奈何」云云，覆轉敗案，低徊唱歎，淋漓滿志。又以伯道足之，局意週匝，無絲毫遺憾，且使起處偏鋒議論不至冷落。此首尾相應法也。但坡老神而明之耳。「嗚呼，欲王」，游泳，有餘情餘韻。

《荀卿論》

起句發源高遠。「不敢」句，照題。「然後知」，深入一步。「其所言者」，此轉不可少，否則入于庸碌，此又胡廣之中庸也。析理精，行文活。

「使後世」句，斷而不斷。「不失」句，意味深長。先民俱從此等處得力，故其文一唱三歎而有遺音。

「艱能」照李斯，又於其中拈出主賓，理致瑩細。

忽離忽合。「且夫學聖人者」，澹宕幾於化工。

前半氣脉雍和，步驟容與，尤有益於制藝。後半則奇峭刻入，東坡之本色也。在讀者以意消息之。

「夫子以爲」，申結「憂天下」，迴環曲折，理致透露。「是故其言」句，照題。

「昔者常怪」，波。「及今」句，轉。「不足怪」應轉。欲入荀卿之罪，先入李斯之罪，妙於操縱，其餘抑揚頓挫，可以類推。

「喜爲」、「敢爲」，排句嚴整。「其言」二句，脱下一層，爲貽誤後學張本。

峰巒峻拔，照應前文，精神焕發。

「荀卿獨曰」，摘其瑕疵，切中要害，可以爲法。

荀卿法門，不過欲人改過遷善，孰知其流弊，人皆自棄自暴哉？故不見道者，不可妄自立説也。

「又特甚者」，還他分寸，細甚。

因言以知人，奏刀砉然。

「獨能」承「敢爲高論而不顧」。李斯相秦，廢周公、孔子之禮法幾盡，此真桀、紂所未有之惡。人皆知之而不知原本於荀卿，等閑拈出，却是至理。文亦以逆而奇。「獨」字先後照應如一綫。

「後見其」云云，迴合設喻，還他優劣。「其高談異論」應「喜爲異説」、「敢爲高論」，又合上譬喻，錯綜有法。

忙中殺活互用，神龍不測。「荀卿亦不自知禍之至此」，遥應「聖人憂天下之深」及「竊其説而爲不義」，神理隱躍，又照上「愚」字，可謂絲絲入扣、拍拍合令者矣。結益醇正風雅，歐、曾無以過此，首尾相照。

以李斯入卿罪，又是一作法，所以垂戒後之倡明道學者。王介甫卒爲章、蔡亡天下之嚆矢，此論亦有所指歟？

《韓非論》

起句正鋒。「非異端」句，籠老、莊立説，不得不爾，語意自有擒縱。「亂所由出」，籠韓非。道家以「虚無」爲宗。「當」，底也。

「此不得志」一段，縹眇曲折，傳老、莊之神，又與起手照應，則其法度之謹嚴也。

「後世」三句，擒題頓挫，下仍從聖道開局，以「不忍」貼「仁」，以「不敢」貼「義」，得七篇之髓。老子，小仁義者也。提出仁義，便是頂門一針。

「泛泛」句，妙喻。「夫是以」云云，曲説攙入。「夫無有」句，過遞無痕。「求爲其説」，斡旋入細。「今夫」以下，申明。「則是」二句，應「得其輕天下而齊萬物」句，何等精新活潑。「如此則舉」，結「敢爲殘忍」，脉理清徹。

「無有」與前相應，前是自了，此是誤世，文有次第淺深。舞文手如環無端，東坡每長於此。

「小物」句，謹小慎微，咏歎以結。「太史遷曰」，索性點明。「皆原於道德」，作論本此。「不相謀而相感」，所謂「亂所由出也」，應「盡力而排之」，以見論非無爲而作。

東坡深於二氏之學，翻案乃爾，正爲弘護言外之意，乃在介甫以《周禮》亂天下。讀《上皇帝書》，然後讀此，勢如破竹矣。

《范增論》

只看他句句響亮，步步轉折，波瀾奇宕，總得翻案力。

「獨恨」句，主意未説破。「去」字凡六見，轉折入神。

判斷公案，何等識度。「《易》曰」、「《詩》曰」，《國策》體。「當於」句，主意説破。

「陳涉」云云，申明上句。從卿子冠軍遞到義帝，從義帝遞到范增，亦是用逆法也，與「早」字有關注，思之。

從客入主，方見斐亹。「羽之」一段，轉入員緊，又推開一句，靈機不測。

「豈必」句，翻案，使陳平削色，有膽。「物必先腐」，客；「人必先疑」，主。「安能間」，找一句，儆策。

「吾嘗論」一段，此又申明殺卿子冠軍必弑義帝之故。「增始勸」一段，此又申明弑義帝必殺范增之故。想當然是論古之法，《孟子》每如此。

「方羽」一段，又代爲擘畫一番，與《賈生》、《晁錯論》參看。「力能」，客句；「不能」，主句。「去」字迴顧，神龍不測。責備賢者，亦復英偉正大，令古人有知，必當俯首。

「此時」緊應殺宋義時，妙。「陋」字百煉之金。

「不去」，首尾照應，死中得活，最是蘇家三昧。

高帝稱三傑，而謂項羽有一范增不能用。只用「亦」字點合，靈機仙手。如此讀書，胸中必無陳言；如此作文，筆下豈有滯義。

《晁錯論》

緩入，又是變局。「名爲」二句，切七國蓄謀，以見錯謀之不審。「坐觀」云云，申上文，詳切。「仁人君子」照，陗直刻深。「犯大難」，若周公之東征是也。「非勉强」應「强爲之所」。「天下治平」到此，扼要，句句照着本事。「能收」伏「淬勵東向」、「天子恃以無恐」，「循循」伏「親征」、「居守」，「禍集」伏「東市」。

求名不足以服古人，讀之亦覺少味。

「昔者」一段，敘事簡浄，點題頓挫。

「天下悲」句，承「盡忠」跌入。「古之」三句，關鍵深老，洗盡浮靡。「昔禹」云云，引古曠闊。

「夫以七國」，折落儆峭。「錯不」句反説居守，忽斷。「且夫」句，空中一拳。「至危」五句，互换，如走盤珠，熟誦可療謇吃之病。

妙辯如環，從《莊子》内篇得來。

「雖無」句，翻案，是東坡勝場。「何者」下闡發痛快。「重違其議」，側重此句。「使吴、楚」一段，正説，遥接前「治水」。

一無一有，神彩陸離，「百」字尤妙。

散結爲後世法戒，與起處照應。「未必無功」，仍留活步。咏歎以結，開制藝法門。

《賈誼論》

「自用」起，「用漢文」結。唯能「用漢文」乃謂之能「自用」，脉理瑩徹，識見超群。

「惜乎」句，急入，醒眼。此宋人所謂駡題法也。參之。

「夫君子」，拓開議論，伏後「識」、「量」二義，無迹可尋。

「古之賢人」，覆轉破題，婉曲入情。「皆負」三句，虚籠。「或者」句，「不能自用」。「愚觀」，指《治安策》，實叙。「三代」，應「王者之佐」。「猶且」括盡本傳，筋節句也。「然則」二句，曉人當如是。

以孔、孟律賈生，其推隆賈生至矣。篇中責之，正所以深惜之，勿作貶駁會。

「孔子」一節，引證。「孟子」化作兩節，皆生機觸手處。

「君子」與前呼應。三層伏案，已後一一迴映，但伸縮變化，令人目眩，幾入昌黎之室矣。

「公孫丑」，傳誤耳。蘇家最熟《孟子》，何至失記姓字。

「夫如此」，總承，又應轉「自用其才」，悠婉盡致。

「若賈生」三句，以變爲應，花影凌亂。「不能用漢文」，總管下三段。而三段又迴映「得君」三大公案。

「謀其新」，不能用。「爲賈生者」一段，設身處地，是作論關鍵，應「得君之勤」，應「待君之厚」，應「愛身之至」。「可以得志」，又繳轉，氣脉緊湊，方是《賈生論》。

「夫謀之」一段，虛結上三節，次第分明，語意頓挫。千載下尚有餘情，想見下筆時清淚漬紙。

「嗚呼，賈生」下兩句爲一篇鐵案，却以咏歎出之。

「識不足」，故不能待；「量小」，故不能忍。一一與前照應。

末節責備漢文，掉尾諷諭當局，含蓄深厚，三復而得之。

「不能全用」，仍責漢文不能用，活解。「稱苻堅」，賓意恰好。「盡斥去」，映絳、灌之讒，意到。「彼其匹夫」，就客位虛結，泠泠欲飛。

「愚深悲」，大結。「慎其所發」，只對「立談」、「慟哭」最是。

仍結歸主位，一絲不走，却於主中見賓，鏡花水月。東坡海外實能動心忍性，故其文如此，與《留侯論》參看。

《留侯論》

正破，「過人」含「忍」字。「人情」句，反接。「匹夫」三句，着色。「此不足」句，反結。「天下」句，正接。「卒然」二句，伏案。「甚大」、「甚遠」，應「豪傑」、「過人」，氣脉緊煞。

「夫子房」句，落題，帶起議論。「其事甚怪」，先挑一句，然後轉出大意，此文章步驟。

虛籠進履、後期兩事，精新透露。

「而世不察」，又履轉「其事甚怪」，波瀾迴匝。「且其意」句承「受書」句。以下申明「聖賢儆戒」之義，翻空出奇，又是實理。

「其平居」云云，看其逐層逼入。「雖有賁、育」，挑起下文，有力。「夫持法」，提挈三句，局度從容。

「子房不忍」一段，以議論代叙事，與《史記》争雄。「逞於一擊」，博浪沙中，誤中副車。「不能容髮」，大索。「千金」二句，插入虛景，閑情冷韻。「不爲伊尹」，陪一句，雄闊。「特出」、「僥倖」，百煉之句。「此圯上」，忽接無痕。又覆説一遍，愈見精彩。隱括進履一案，玲瓏活潑，與《史記》對看，方知脱胎之法。「且夫」一段，看其峰巒秀傑，可療寒鴉枯樹之病。「老人者」，又説一遍，愈出愈奇，「卒然」、「油然」，皆百煉之句。「此固」，迴應前文，神龍不測，百煉之句。

結住又起，説到附漢成興王之業，方是能忍。結穴如衆流赴海，止乎其不得不止。「觀夫高帝」句，忽離。「此子房」句，忽合。以逆而奇，又還他確證。「猶有」句，映項羽不忍，態有餘妍。「其誰全之」，應「子房教之」，一正一反。

「太史公」一段，點活史贊，絶代文心，可爲沉言滯句者换骨金丹也，寶之。

《凌虛臺記》

臺爲看山而築，入手便擒。第二句奇峰陡拔。「四方之山」，申明上句。凡兩層，「都邑」伏「太守」。「以至」句，總紐，應「宜若」句，顧盼有神。「而太守」句，轉脉。「雖非」，又虛斡二句，局勢婉折，又伏後不足傳一案。「此凌虛」句，落題天然。「方其未築」，順結反接，東坡善用此法。

「見山」，步步顧母。「纍纍」句，描遠山如畫。「是必有異」，本柳州記。「以其土」，精細。「危」，屋脊也。

不言臺之凌虛，「而以爲山之踴躍」，以賓形主，個中三昧。「踴躍奮迅」，映襯「旅行」，神理妍秀。「是宜名」句，仍結歸臺之凌虛，發明透快，故一句點。此先發後點法也。又與前「凌虛」句照應。

「不可知也」，起發議，爽然。「昔者」句，順。「霜露」二句，本柳州記。「臺」字屢喚，所謂「頻呼小玉」者也。行文最忌忘失題面。「皆不可知」，逆結。

「嘗試」句，起，無中生有，最爲靈活。以長安宫闕證廢興存亡，使人意豁神醒。其接法信爲超曠。「豈特百倍」，一喚一醒然也。

「髣髴」，虚一句；「破頽」，實一句。「存」伏「存亡」。「而況」句，兜轉緊凑，結「夫臺」，又逼入一步。「欲以」句，微諷。「既以言」，結「復於公」。「爲之記」，結「求文爲記」。

「世有足恃」結歸正意，蓋勉以召伯甘棠之思也，却妙在含蓄，俗手便剌剌不休。

《寶繪堂記》

寶繪意元不超，全以針砭爲忠告，想見古人交誼不苟，識力踞題之上，與先民制藝同一機軸也。參之，參之。

起句反貼「寶」字，反貼「繪」字，是客。次句貼「寶」字，貼「繪」字，是主。又續出「微物」、「尤物」兩項，主賓互換，遂成結構。引證老子，重「尤物」一邊。「此四者」，就「寓意」結住。「劉備」句，又放開。毦，計音，軍裝也。「無聲色臭味而樂之終身」，所謂「寓意」，承接上文，飄眇靈動。「凡物」正説入，從「聲色」句遞下。「莫若」句，籠題。「然至其」句，轉。「則其」句，呼。痛切言之，説法當如是耳。須知放過則貨色可以致王，擒定則書畫足以亡身。與《孟子》同一操縱，唯有妙悟者能之，與《放鶴亭記》參。「此留意」句，應。

「始吾少時」，又現身説法。「雖是」一段，忠悃，亦所以救上文之峻激。描寫少時一癖，真令人失笑，所謂説詩解頤者也。想見古人肝腸如雪，今人決是不肯。「自嘆」云云，何等品地，何等識力。痛自鞭策，所以詔同儕者亦云切切偲偲矣，迴映寓意足樂而不足病，思致縈紆。下又以烟波佐之，便是一幅着色畫也。「接之」應「蓄之」，「不復念」應「不復惜」，「過眼」、「感耳」又與「目盲」、「耳聾」關映，冷翠逼人。

「於是乎二物」結轉「好此二者」五句，并結起局一段。「雖在」句，冷，又贊其大者有識。「平居」句，映襯而入，應前「五音」、「五聲」、「五味」等，緊淨。它人必要着實布置，俗氣熏人。而止點題，奇句。

「恐其不幸」，有關鎖，有斡放。「告之」，忠告，收局完滿，首尾一串。

《成都大悲閣記》

起句開門見山，與「環滁皆山也」同一聳秀。

「觀世音」節，申明起句，「可」云了義。千手眼，謂「大悲」也。

「雖然」以下，折衷透露。《楞嚴》第六卷，當細檢始知來歷。「昔我嘗觀」，章段轉換，神肖《孟》、《莊》，飄忽靈動。

「動」、「變」謂驚覺也，說出聖凡遥隔處，即指示聖凡貫徹處，從體驗得之。

一開一合，皆以凡測聖，內典所謂比知，非妄想也。「彼佛」句忽合，說到結角羅紋如說家珍，最恨野狐游詞惑衆。

「成都」一段，曲折次第。「具慈愍性」應「大悲」，「手臂」應「母陁羅臂」，「手各有目」應「清淨寶目」。「復作」句點題，「雄偉」，融合二句，好。「像」教，只一句道破，豈梁武輩所知。「爲道其所以」，結句輕圓。

捉破敗缺，非東坡不能。彼其恣意於憂患之域而不改其忠義之節，有以也夫。反正對勘，一一精切。「引弓」云云，波瀾淡宕。

旋結如風，何滅大慧説禪。結四句是造像造閣及作記之本旨，又有歸宿。

《方山子傳》

「少時」、「稍壯」、「晚」，分三層，中間三轉折，與此相照。

陳季常本豪俠而有志當世者，無所遇，乃遁迹山中耳。描寫處淡宕多姿，伏「佯狂垢污」。

「此豈」句，爲世所玩如此，則方山子之玩世可知。

本《漁父》篇點出姓名，儆亮，可爲落題之法。故人相見，俱有不可言傳之心事躍躍紙上。

「俯而不答」，隔接「何爲在此」句。「仰而笑」，隔接「告之故」句。彼胸中自有咄咄不平之氣，故付之無言，而又繼以笑也。淋漓盡致，得《史記》之神。

「自得之意」，近道。「聳然」應「矍然」。「少時」應「少時」。「前十有九年」應壯時。「今幾日耳」，晚年。「獨念」一轉，波濤洶涌。以議論代叙事，亦史公筆意也。

「鵲起」句，以賓形主。「馬上論用兵」，方與壯士行徑迥別，文極悲歌慷慨。

「幾日」，猶韓文云「赫赫如昨日事」。「而豈」句，應「山中，人莫識」。「短小精悍」見《郭解傳》。迴映前文，無迹有神。

「然方山子」一段，結歸隱遁，局陣反覆變化。

「當得官」，貴；「歲得帛」，富。俱是化實爲虚法也。「豈無得」句，與「山中之人」正反呼應。結以餘情收拾，筆意如遠山，便是史贊。

「佯狂垢污」，一篇斷案，但以賓位見主意，遂不可捉摸耳。「異人」即懷才而遁世者。

偶閲毛子晉刻《東坡瑣事》，其中多贋，令人欲嘔。而漫載選中，在古人固無足重輕，其誤俗人不少，宜亟正之。

韓柳歐蘇諸大家文發明卷七

吕東萊

《潁考叔争車》

凡看題透便有把握，而起局自然閑暇，於此參之。「親」，主；「君」，客，「兄弟」，客，「朋友」，客。「宗廟」，主，「軍旅」，主，虛籠「争車大宫」。

「守一理而不能推」，入考叔罪案，極正。

「罪」字深切有味，非實從事於心學，不能道此語。

落題飛動，悟後之言，一以當百。

「當賜食」云云，妙品，字字有淚。起古人于九原，亦當拊膺悔恨。

應前「宗廟則敬，軍旅則肅」。此種理學議論，非東坡所及。

「終不免」句，收束緊。「或曰」，此折更親切。

「愛身」、「忘身」，迴合「遇親」、「遇君」，神行無迹。「戰陳無勇」，證據切實。

「然不死」云云，神品。此轉更透，真理學中火熱錦艷之文。

自今觀之，點活成案，真能於死灰中拈出活火，愈出愈奇，有從容爾雅氣象，尤爲佳也。

結餘情渾厚。

《魯莊公圍郕》

「相反」句，客；「相近」句，主。「奮然」、「退然」，雙關。「寇敵之來」一段，整。後以散行之。

「自古賁育」一段，發揮大勇若怯。文有起伏，有風韻，當於閒處得其神情。

轉折波峭。「冠古今之勇」，振一句，得力。「今勝」云云，煉句。「然」、「非有」一段，接到「怯」字，從容自如，又與「劍」、「戟」、「車」、「騎」迴映，三句中尤有次第。

「犯而不校」，正接三句。「世又將」句，閑致泠然。「此勇怯」，收一句。

「人情之所必校」，挑一句，少不得。「斂兵」，影「犯而不校」句。「罪己」，約略《左傳》。「抑不知」，問端無迹。

擒「不校」二字精神。「不欲」、「不能」，搜剔精新，刺題當如是。「使遇」云云，餘勁最奇。

「乃君父」一段，説事完整。「罪己修德」，《左傳》。「莊公之不校」三句，答完語氣。

「或曰」以下，此又就時勢原莊公不得已之心。「亦庶幾」句，本《左氏》「善魯莊公」句，有原委。

「自獻先王」句，意遒勁。「以仇牧之怯」，飛遞最奇。「手」字精切。

正氣磅礴，更能鎔化故實，真覺兩腋風生。

「若是」句，覆轉。「曰莊公」下，竿頭進步，究理十分。「故曰君子」句，經學。

《宋華元羊斟》

羊羹不及斟，正是元厚待斟也。通篇主意在此。起便玲瓏，活潑不腐。

「天下之情」四句，破。「固有」，雙伏。「厚之而薄」，賓；「薄之而厚」，主。「子弟」句承，影襯有情景。「豈人情」，頓一句。章法醒。「所謂厚之」句應，「所謂薄之」句應。

「凡人情相與」又聯絡一段，然後落題，局勢從容。

「薄物細故」，羊羹不與。「遽爲向背」，與入鄭師。「華元」一段點題，何等斷制。

「元之意豈不」云云，體貼口氣，先輩制義皆祖此。

「左」、「右」一段，爲御車着色，精切。

「相悉」一段，發不與羊羹之意，全是一片忠厚，入情入理。

叙《左傳》本事，化實爲虚，得東坡法門。

「羊雖不及」，收足上文，華彩鏗鏘，投時利器。「逾百牢」、「豐五鼎」，振「厚」字，酣暢。「斟不享其意」，過接，句法佳。

「元待」、「斟報」，耦句，精神焕發，又提前文，罪案分明。「非特」二句，力足。

「議者或謂」，塞斷後路。「寡恩」，翻「厚」字。「吾觀元之爲人」，善於讀書。「再與斟遇」，即用本事證，精切。

「此吾所以」，結「厚」字穩當，乘勢結完，最妙。

「然元」一轉，竿頭進步，即就羊斟身上拈出華元罪案，靈妙。

餘步即《春秋》責備賢者之意，勿認煞。

罪案圓活，真是解人。以「學」字結，識力高勝。

《祭仲殺雍糾楚殺子南》

「爲其女爲其子」句，難得緊峭。「未有能輕重」句，起下，得力，拓一層，更勁滿。

「是不必講」，一筆抹過，高妙異常。

「必不遇」應上「無」字。「世之所無」應上「無」字。「雖欲微詆」，挑剔頓挫。「矧曰」，儆句。
「聞君子」，足二句，局滿。

發揮懇摯，讀之有益於性情。

「閭里」一段，落題委曲。「占二人爲人」，顧「君子」二字，有味。

雙紐，緊峭靈動，且應「無是事」句。

「吾之所憂」，進步，益春容有度。

判倒「先講」二字，兼有引君父當道意，方是究竟。

於「無」字句處着解，看題絶高。

真西山

《奏乞將新知寧國府陳廣壽寢罷新命》

「宋」，劉宋也。「號爲重鎮」，挈。

宣州本隸金陵，故並挈之。金陵之亞，首推宣，故爲重鎮。自晉迄本朝，説得簡當。

「而自十數年間」，轉。「臣嘗」句，訪凋殘之故。「皆言此邦」承「廣袤」三句。「頃緣郡守」，此凋敝之由，亦説得簡當，便照着廣壽。「今誠得」，見擇人當慎，不可濫予，亦照着廣壽。「今者」云云，入題委曲。

緊接聳聽，可悟文字緩急之法。前段已自婉折，此處更着閑語不得。

「清修」四句，琢煉，斷不可少。

「近因」一段，「貪殘」八句得此而明。

看其擒題處煞不肯鬆，又不用十成死句，真是生龍活虎。又緊接「臨川」，發揮痛快。總要看其扼題處極其喫緊，浮泛爲文者瞑眩之藥石也。「善最」、「敗績」，形擊更妙，所謂灣灣活水，夫豈求之題外哉？只在本位盤旋，自有無限活機。

「公論」迴映「衆口」。「況是邦」又拓一步，以見此邦凋敝，斷難堪此墨吏也。

張忠恕事見彈章。「側聞」句忽接，靈動異常，入罪了無煆煉之迹。

「而其凶暴」，少此進步不得。「忠恕甫去」二句，神脉精融。「所謂」云云，咏歎淋漓。

「臣非不知」，斡旋，亦不可少。「含垢」，妙。「能改」，妙。「然大體」，剖析入微，見廣壽所犯非小過可赦也。「其不可望」，收句緊。

心開目明，朝廷得此，又何至吝於改過。

「別選賢牧」應「潔己奉公」。「凋瘵」應前凋郡。收局亦浄。小貼子，此又意外之防，如制藝之有大結，其愛民也至矣。

《奏乞倚閣第四第五等人户夏税》

「竊惟今歲」，入手儆切。「臣等以爲災變如此」，所見者大，非計臣所知。「夏田」云云，一字一淚，仁至義盡之文，可以徹九幽，可以達上帝矣。「雖蠶麥」一段，微婉。「遂以」等句，摘奸手，酷似坡公。「仁儉」云云，愷悌之言，如和風甘雨。孝宗聞之，當如何喜悦。

《論語發微序》

尊其所聞，慎於立言如此。「仁者」句，波折。「獨於是求」，難。「姑以首章言之」，妙於指點。收放處不可謂無宗眼，以泥註爲宋儒者，誣也。「熟乎仁」、「輔乎仁」、「安乎仁」，一字一針。今人終身研制科業，有此透悟否？「其他所論」，拓開，以虚語括之。「不特見於言者」，此轉最喫緊。「學者有志於仁」一句，結。「舍是」，破。

「或謂」云云，當時已有此沉言滯句者，何怪今時之夢夢於大全性理者也，可發深慨。

兩「不然」相應。「欲自得」，便當求放心。「然其措意」一段，善於折衷。

此事頗難，非得主敬之真傳，則理道何時而開發耶？

「亦有所自得」，是解人。「此其爲可貴」，指點喫緊，又欲人之讀是編者不落窠臼，婆心婆舌。

「没身而已」，兼知行。結句竿頭一步。

《周南仲文集後序》〔點校者按：此爲葉適文。〕

「詰難往反」，承「上下追逐」。「然南仲」，轉。「遂」字妙。「危甚且死」，「死」字映下，尤妙。

洵宇宙苦心得意事，然而又有進此者，方是擇友究竟處。酒肉儕類，傭保談話，不必言矣。

有大膽，無小心，終是半青半黃。讀此汗下。

「君欲聞」一段，銷魂語也，亦招魂語也。古人交友，死而拳拳若此夫。

「君未殁」，入題。「深源亦謂」，長句穩勁。「是必將」云云，不爽尺寸。

「文者言之衍也」，此爲俗學發藥。歸根落葉，乃知其妙，豈所爲文不可一世。

許之惜之，謂其所抱不同流俗。

《贈蕭長夫序》

借古發起議論，自是一法，與韓文《送王含序》參。

「謂其」二字接。舜不得親，文拘羑里，孔子厄陳，故皆憂思。

「而淳古淡泊」，聯絡轉折，側重此段。「一至此乎」，結住，見得琴非小技，以起蕭君不肯還就一案。

「静而聽之」，從客入主。「求其所謂」，挽合。「屈子有言」，點綴精切，又有閒情。音節頓挫，亦朱弦疏越之音也。

「四十年」，工深。「困悴」，安貧。「嘉定」，理宗。「鍾山」，山在金陵。「定林」，寺名。「酌泉拊竹」，引動琴意。「鼓一再行」，琴曲。

「熏風」，舜琴歌也。「采蘭」，孔子琴歌也。迴映前文，天然風韻。

「蓋其嘗游」，申明所以然之故，通篇結穴。

「雖然」一段，餘波，却是大意。扶人心，挽世道，非苟作者。「爲之歌」，本《盤谷叙》，該一篇議論，寫出貞臣烈士之操，小中現大。「霜風」，別情，應「秋」字。「裂袂」，貧況。「仙游」，地名。「武夷」，山名，朱文公讀書處。

婉韻得歐之神。

葉水心

《覆瓿集序》

波瀾起伏，在即離茹吐之間，可稱隱秀。

「有疑未忍言」句，合。「疑愈甚」，離。「猶未忍言」，離。「負絶世筆墨」，一篇關鍵。此段發明「未忍言」之意。

「子長自護」一段，抑揚互見，筆力矯健。

「雖然」云云，正爾淋漓，忽作一轉，迴合無迹，人巧極天工錯，斯之謂歟？

《歸愚翁文集序》

起甚壯偉，出落妥貼。「而景元」一段，痛快。「欲盡洗」句，照應起處。「非隨時」句，鉤鎖下文，入細。

「二鄭」相形立説，波瀾雄闊。「何者」，轉得肯綮。「方以其」云云，關映上文，入細。長句從

《史記》得來。

「然皆兄事」，提清。「故其講習」，轉入文集，員活爽勁。「夫孔翠」一段，結一篇大意，曲折感慨。結語明序非苟作，筆端真是挽得百鈞起也。

蒼古無嫵媚，姿致正爾横逸，真得《史記》妙處，不但發源柳州也。參之。

《送盧日新序》

「少有當世之志」，呼；「可謂有志」，應。「西袤」、「北達」，倒插，奇絶。「仁者」云云，藥石之論。「往」，言往時也。

言不免爲椎埋發冢之事，却説得隱躍，得《史》之神。

淋漓處潔而雅，是爲難矣。

《送林子柄序》

酷似柳州先生，固學柳者也。此作方嚴尤如其面，可望而知之。

「足矣」，結。「足不啻矣」，結。「抑余聞之」，進步。「以人治身」，妙理，即舍己從人意。

「余猶懼」云云，針砭切骨。

《送戴許蔡仍王汶序》

考證經傳必本于心，非告以鹵莽滅裂也。孟子曰：「歸而求之有餘師。」「師不吾告」兩段，明目張膽，過來人語。結句潔掉。

楊誠齋

《易論》

圓醒從《莊子》得來，夭矯曲折，有重巒疊嶂之奇。

「因者可忘」，忙中着閑。「莫指其塗」，束四句，緊峭。

「堯之朱」一段，文情宕漾，如撒水銀，個個皆圓。非爛熟於此道，不易作也。

「言可恃耶」以下，側卸，波紋容與，極近東坡《策別》諸作。

此段文境汪洋，如澄湖千頃，見之心曠神怡。

「嗟乎言者」四句，咏歎，似歇不歇，章段入妙。

旋轉如風輪水碓，唯誠齋有此。「《易》曰」，此處點題從前，真是千迴百轉。

「聖人之言」一段，斷制刻畫。「江海之所以」一段，頓挫入神。「其最後有辭」應「言不盡意」，最善形容。

錦繡心腸，粲花筆舌，東坡能説釋理而不能談儒理，奈何哉。

「人致於《易》則近於《易》」，要論。「研則詣」，串合「詣」字。「故聖人作《易》」，結歸起局。

「夢飲酒」云云，又爲錯解《繫辭》者下一針砭。

《國勢》

「既君臣欣然」一段，描寫盡情，欲哭欲笑。

《治原》

忠悃婉摯，沁入心脾。

《人才》

「此豈有關聖賢之實學」云云，掃得快。今之迂物更以講章爲秘本，并無暇及於傳註矣，悲夫。

「孟子安能中制科」，解頤之論。

結亦非究竟之説。高祖之三傑、先主之卧龍，豈於此處出哉？

「天子之命，天下必不肯信」，懇切。

「歡欣以致其來」一段，中有無數涕淚，盡情盡理，無過此文。

風水相遭而文生焉，「風在國隨」，微言。

「今天下」一段，曲折刺入，是謂危言。危言非戇諫之比也。

《論將》

破盡蒙霧，又無一字不入情入理。東坡《策別》尚未免文士套數，以其敷衍曲折，有意於行文，而詞勝則意減也。況有屢用之格調，如舉子臨場揣摩熟用之伎倆哉？《上神宗書》則盡美矣。此亦誠齋所不能到也。

「臣願天子增重」一段，緊竅。

「及鋒而用」，亦爲中人言之。若韓、岳輩，誠齋又不敢以此相例也。

「棟梁」，相；「天雄、烏喙」，將。新舊之辨，雖有激之言，老將聞之得無下淚。

《論兵》

上篇未見精煉，大段曉暢，如課晴問雨，有用之文。

下篇「鄉兵者」一段，好章法，好句法。談兵誰能入微乃爾。亦將亦儒，議論風生，而旨趣微妙，勝於前作再倍矣。

《馭吏》

「豈非」句，擒賊擒王。「名爲」一段，罵得快，真是赤心片片，莫作罵會。

「且夫所謂」，冷眼覷之，一場笑話。榜於朝堂，不汗下者有幾。

三篇議論相終始，缺一不可。

《刑法》

如獨繭抽絲，無斷續痕，無縱横氣。至文至文，不厭千迴讀也。

「愛天下則無止」，説理圓亮。「古者司寇」，引古有根據。

「且夫」一段，翻覆詳盡，深於避實擊虚之法。「仁而無止」三句，頓挫。

血。

「然自朝廷」句，急擒。「捕同捕」一段，怨慕泣訴，無所不有。吾欲譜之宫商，達之宸聽。「罪人之不伏」，提。「此其費」句，結。「猶曰推仁」云云，過峽。此段婉至淋漓，不知是淚是血。其子規啼耶？其玄猿哭耶？彼率于建言者能不自恨死。

《大人格君心之非》

「名爲天下之正人」一段，妙於形容，分明畫出，真理窟中白描手。

《陸贄不負所學》

「解天下之疑」云云，轉换，有剥笋旋螺之致。末以儷語結，泠然可愛。

《宋璟剛直過姚崇》

「觀姚」、「觀宋」兩段，醒眼。「吾意其」云云，探討有情景。「明皇于是乎」，奇妙。「大抵」二句，過接，奇而無迹。結圓轉，若僚之於丸。

《儒者已試之效如何》

一波未平，一波復起，此作爲最。

《答周子充内翰書》

「蓋霜之蛩」一段，清機妙理，莊、列再來。

《答施少才》

全從昌黎《與崔群玉》等書脱出。「不寧惟天地無春秋」，瑰瑋之句。「若夫傳于後」云云，真聖賢，真豪傑。讀之拍案起舞，又拊心自問也。

「下愚不移上智耳」，妙，妙，離奇似韓子之文。

《竹所記》

此種文幾於仙矣。然有意學之，便落眉公一派，俗不可醫。須具仙骨，讀千卷書始得耳。

《水月亭記》

純以悟機出之，未許東家效顰。

《春雨亭記》

透的之理，解頤之論。結處倍見凄婉，讀之惻然動心。

《玉立齋記》

道學文無腐氣，不愧此君。

《宜雪軒記》

圓轉若荷珠之滴水面。

《石泉寺經藏記》

警峭。

《長慶寺十八羅漢記》

叙次簡而悉，折衷直而婉，脱盡烟火氣。

「莫吾長吉之似」，好筆意。

《無盡藏堂記》

穎脱與《赤壁賦》相上下。

「有風東來」，伏「江上清風」。「白光燭天」，伏「山間明月」。

《宜州新豫章先生祠堂記》

「執書歎」已上是記體，大意畢矣。已下議論風生，以示勸戒，更有關係。

「惜也」一段，餘情婉至。

《興崇院經藏記》

只借釋以激勸，爲儒者議論正當。今人便强作解事，可鄙矣。

《愛教堂記》

道學風流，起局圓秀轉折。

堂名只一句逗過，已下發明教子在內之德業，而不在外之富貴，却無一字實説，全用虚機頓挫，使人自省。

「曰子乎仕」，波瀾。「人固有」云云，破上文。「黄者」，金；「良者」，玉。「室輝」、「庭燁」，點染。「今使」，氣脉。「然則」，氣脉。仕、學雙收，矯健有力，掉尾洒然。

《王氏慶衍堂記》

典贍。

《吉水縣近民堂記》

尚是奇作。

《沙溪六一先生祠堂記》

「變容悦之俗」，是創論。結處有感慨。

《浩齋記》

叙舊無隻字文飾，可謂莊矣。結尤奇崛。

《高安縣縣學記》

鞭策近裏，是真説話。

《建昌軍麻姑山藏書山房記》

筆如游龍。

《新喻縣新作秀江橋記》

疏達。

《真州重建壯觀記》

大局面。

《建康府新建貢院記》

敷腴之文。

《泉石膏肓記》

摹寫似柳州，游魚托意微婉。

《山月亭記》

老筆紛披。

《李氏重修遺經閣記》

寫肯構之意，可激發人志氣。收局澹然，絶不張大。老筆。

《遠明樓記》

游戲，絶奇麗，似天女散花。悟力未深，不能作，亦不能讀。結，千古奇絶處。

《吉水縣除屯田租記》

峻潔似王臨川，調法從昌黎出。

《郤州希濂堂記》

説理往往如李將軍射石，一矢而足，是之謂識力，可倖致哉。

《譚氏學林堂記》

規模韓文，而以詞達之。

《友善齋記》

唯善士乃能友善士，故自善爲先。發明《孟子》語意最確，其切磋亦最精。

《福榮堂記》

題意淺淺，典嚴博大，可勒金石。手筆高人數等。

條暢。

《五美堂記》

錯綜古健。結處愈淡愈有力、味，圓轉則誠齋所長，毋庸贅也。

《羅氏萬卷樓記》

方如《國語》，圓如《左傳》，渾厚如《禮經》，純粹如《論》、《孟》，而可讀可咏則又兼《風》、《雅》之趣云。

《隆興府重新府學記》

空中色相，縹渺飛動，仙人之文。篇内慣用現成語，有别致。「周禮盡在魯」，此句畢竟不可去。

《唤春園記》

《委懷堂記》

曲折奔赴，若水之出峽。而蕭疏自得，則又松風琴韻也。寶之，寶之。

《趙氏三桂堂記》

豐艷嫋娜，玉環、飛燕合爲一人。

《贛縣學記》

丹成九轉，故縱筆所如，有如舞之樂，有怒生之氣。

《廣漢李氏義概堂記》

其事可入國史。條暢而有矩矱，亦國史之文也。

《玉笥山重修飈馭廟記》

沉鬱如柳，靈動過之。

《懷種堂後記》

説利害，明白。寓諷刺，深婉。

《静菴記》

中間有生色。説《易》簡當。

《張希房山光樓記》

天骨秀發，燁如芙蕖。叙事忽斷忽續，得《史記》筆意。

《章貢道院記》

淡而腴。

《醉樂堂記》

「風翮」、「豹隱」，倒對，奇。結學韓。

《重建寶峰寺記》

點染夢境，何翅靈山一會。結處亦理事之必然。孰謂先生謗佛者？「予喟曰」一段，水到渠成。非此，本命元神落於何地？

《長汀縣重修縣治記》

公文每以煉調取之。不知調者，不知文者也。「汀爲」二句，簡省，好。

《施少才蓬户甲稿後序》

波紋滿紙，得韓之腴。樂哉仙，仙乎游矣。

《送郭慶道序》

微婉。

《送王才臣赴秋試序》

分明從韓文脱出。轉折波瀾從韓文得來，未可以目皮相也。壬子閏七月十一日南詢評定。

《歐陽伯威脞辭集序》

淋漓委曲又似歐陽子，大有春蠶作繭之意云。

《陳晞顔詩集序》

飄飄乎蟬蜕於埃壒之表。此亦露下之蕖而雪前之梅也歟，要難爲不知者道。

《胡德輝蒼梧集序》

深情一往，幾於《史記》、《離騷》矣。

《洮湖和梅詩序》

亦槎枒，亦芬潔，石湖所云「梅以格韻勝」者耶？

《達齋先生文集序》

性情如古人，文章如古人，可興可觀，可群可怨。「廷秀乎」一段，腴極，似《左傳》、《禮記》。

《江西宗派詩序》

飛洒噴薄，無非瓊英珠貝，其亦在有待無待之間歟？

《彭文蔚補註韓文序》

「句讀不分」云云，余嘗持此論，亦喜櫛比韓文於句字篇章之間，何千載有同情也。

《定齋居士孫正之文集序》

學昌黎《送張童子》。

《曾無愧南北邊籌後序》

氣雄。

《易外傳後序》

踴躍鼓舞，讀《易》而醉矣。

武帝窮兵之禍，皆嚴助首謀倡之。

「如山林」句，設喻好。「是惟」一段，扼吭處最頓挫，可學，參之。

先設正論，大方局面。繩墨羈絡，掩映上文，更佳。「甚矣哉」，落題飄逸。

「蚡知，故對」，論得好。「助獨何爲」，虚轉一句，好。「雖淮南」，插一句，好。

「自此」四句，痛快入妙。「卒之」一段，才氣踴躍，詞彩爗如。結處忽峭勁，忽逶迤，真覺姿態橫生。

「内朝宴安」　「退朝」六句，深切著明。

「君心易移」　甫聆已蠱，方陳已誦，用板爲活。

「攻之者衆」　「耳目」二句，籠起。「侈心」二句，聯絡。「則曰」，活潑，約略盡之。「游宴」四句，危言，亦遜言也，妙甚。宴安乃衆惡之門。

「以賢」云云，擒賊擒王。「出」、「入」字甚好。

「君心不純乎理」　心非其有，追悔其推誠，真隔垣之視矣。

「武帝天資之病」　「好神仙」三句，駘宕。「不有」句，挽結，千鈞力。

「君道謹微」　「效忠宣」句，直是有力量，如香象截河。

「正人乃君德之助」　決於黯，係於無逸。此等意思便覺精神，發人所未發。

「君貴常親正人」「醇確仲尼」二句，省字法。
「習與居移」韻甚。
「君心即天」心學。
「天下每覘人主之意」即從好不從令之旨。
「君心始鋭，終則必怠」「君有爲矣」，接得緊。「天下之喜」二句，文勢如平地特出一峰。「雖然」以下，聳議論，好。「天下」一段，有反覆，詞理旁皇盡致，百思而出之。「非詳其發」，鏗然有聲。「文公之志」，用事工而造語峭。二事恰好，考究甚精熟。「蓋越王」一段，悠婉如輕風細浪。「二臣者」，欲揚先抑，得柳文體。「唐之」一段，造語迥别，條暢極矣。「豈真成」句，又一翻身，有龍跳虎踞之勢。「文宗」一段，痛快，竟是先民制藝，益信此事之有源流，非杜撰阿師所了。結精到，可謂灸病得穴，益見筆力不衰。
「强明不足以爲德」起一語道破，已下皆穩切。
「無德難以君天下」中窾不在多言，語有規戒。
「德有厚薄」卞急者當三復斯言。
「小人掩君之明」此猶閹人也。有堂堂大臣而亦以士良之口訣爲護身符者，何也？「所以傳」句，真灼見小人肝膽。

「君道貴在勤勞」　下字稍異。

「徒勤亦非爲君之道」　平正。

「始於相求，終於相信」　高偉之論，入微之想。結二句品骨。文到盡處每有轉換，佳哉。若文未盡而意已竭，不作可也。

「遇合之難」　新穎。

「疑信之異」　活法。

「君臣相得在去讒」　咏歎有力、味。

「君臣難得皆賢」　快論。

「君臣之明」　渾而勁。

「君臣之戒」　精到。真足爲君臣覆轍之戒。若使奸臣觀此，可消其僭叛之謀而不敢發。

「不諫之諫深於諫」　從容得神。行文最忌忙。

「爲臣當任國事」　真如時花美女。

「不以用舍二其心」　嚴毅。

「忠臣常懷愛君之念」　清婉流利。從不知己渡到知己，幾許曲折。「怨而不怨」，好，《禮記》句法。「怨之者」二句，議論好。「不怨不足以爲愛」，冷逗，好。「已矣」一段，「才是」應前，咏歎淋漓。「然則」一段，流連激越。情生文，文生情。作者不知其所以然。「屈原」云云，纏綿懇惻，言《騷》而騷，至文也。介推、商鞅，用事切當。

「孟子事君有得於《易》之義」　潛移病根，到家語。

「事明主易，事暴主暗主難」　然則暗主又出暴主之下，讀之醒然。

「節不可屈」　語多飄逸爽發，結沉着，餘勇可賈。

「名節而激厲後人」　琅琅作金石聲。

「文章不如名節」　條暢。

「孔明、公瑾忠節」　偉論。

「忠臣不遇」　鏗鏘。

「本朝蘇、馬忠節」　「曰誠曰一」，見《司馬温公神道碑》。

「本朝忠臣死節」　峭句，可勒石。

「胡忠簡公死節」　鄭重。

「忠義足以服夷狄」　發揮痛快。讀此可想其英風凜凜。

「名節能重人國」　絶大關係。

「以異爲同」　弄筆鬆活反覆自佳。

「事貴同力而濟」　「一蕭何」云云，有感慨。「舉朝」一段，議論高妙。「故陳平」二句，確當。

「論比與同人之異」　議論高人一頭地。剖析無剩義，老吏之斷獄。愚謂天一生水而比於地，地二生火而同於天，亦可見天地之氣嘗相通，而天下無獨陽獨陰之物也。

「臣道貴順，臣節不貴順」　即動剛德方之旨。

「事君不可諂」　「大臣者」一段，如平波淺灘忽跳出一浪。孟子文法用得不露。結有關鎖。

「以剛者用柔道則吉」　正論堂皇，用事切當。

「過於順者終不利」　相提而論，是送難解難俱便捷。

「才貴能取而用」　末句尤要緊。

「人君當愛惜人才」　「生物猶古」，此理之確然可信者。「君成君壞」，一言可百思。「幸而成才」，鄭重有味。

「國勢以多才而扶」　深識利病，暢所欲言。

「任賢使能」　「任」、「使」二字剖得好。

「人才進退必有其節」　譬喻好，形容得出。

「小人托朋論以空君子」　非是無形僭是禍。「莫如」申明曉暢。「欲陷」二句，頓挫。

「小人設險中之險以陷君子，然終亦自陷於險」　「險中之險」，透，哀梨并剪。

「君子易進，小人易退」　兩爻詞全得此剖析，痛快。「一陽一陰」云云，精到。

「大賢乃人才之主」　精理粲然，筆頭有千鈞力。「去小人全在用君子」，探本之論。

「小人之誤國誠可懼」　五侯同日封而黄霧四塞，非天地不交之驗乎？「不祀」、「中微」，沉着語，至今有餘恫焉。

「小人之情難察而易惑」　刺人心脾。「害真卿」云云，見小人之流毒如此。家掩門空，凄涼憑弔，不啻漆園之悼髑髏也。「否之初六」一段，即四陰爲觀五陰，以宫人寵之。微意勿認煞。

「君子小人相爲消長」　「君心」云云，小人情狀的是如此。「六三之來兑」，化板爲活，文與詞俱勝。「膏肓」、「針灸」，雙收得法。「喜」字穿插玲瓏，推開一步更正大。「得志」、「不得志」，搜得到。文勢一起一伏，如長江大河，波濤洶涌，源源不絶，可見筆端有餘鋭。

「君子不爲黨」　佶然以生。

「君子不終困於小人」　語意超卓，得個中滋味。關、張當别論，紫陽持衡便不爾，當曰樊藉能問王猛之密。「秦」字代「蜀」字。

「小人不可親暱」　近之難遠，是是，議論衮衮，朗如月入懷。

「聖人作《易》，深防小人」　可證朱註之誤。「然則」一段，文意委曲，議論有根據，極好。

「狐者」一段，銀鉤鐵畫。

「小人不能動君子則國安」　此「鼎」二爻解，精煉。

「小人之似君子者」　發明心迹，真如洪鐘夜叩。

「絶小人之根」　碩畫。

「去小人當用果決」　一拈英氣勃發。然堯不誅四凶，周公居東三年，孔子卒出走於群婢。敵有堅瑕，時有順逆，未可以形迹論也。

「公卿當以求士爲心」　闡發精新，探本之論。

「薦舉狥情之弊」　深中情弊膏肓，真市朝中一幅着色畫也。

「大臣不能薦賢」　「若不蹈」，反語有力。「奴婢室」，罵得好，弘何以自解免耶？

「薦用當從公法」　真難。

「聖人深誅僭叛之罪」　鐵案，息幾許僥倖念頭，真可爲反世君臣之鑒。「馬」字挈得清，别得好。「然不曰」一段，此轉「人不能到聖人」云云，正大之語。

「己攘人則人必攘之」　切中，剔得清，詞達而意直。

「無其資者不可過其望」　「翰音」二字明析，氣象開闢。「上九」四句着落。

「知去位則可保其身」　用《史記》，恰好。

「奸邪亦知畏正人」　壯，是何等筆力。力在意勝，不在煅煉字句。

「不知退則禍必及其身」 末句以含蓄佳，有無限愛君意。

「近習窺測君意必至竊權」 私竊公竊，窮源竟委，危哉。

「近習不可與臣下同」 謹嚴。用本朝事，精切。

「近習易近而難遠」 左右皆曰賢，勿聽，何從售其奸阿？「即墨」，引事切用，軟語收，有不盡之味。

「信之愈深則爲害愈烈」 一反之，適所爲修德之資。彼何爲者？「南衙」四句，儆切。

「君臣不可暱於宦官」 冷語刺骨。

「漢宦官預政，唐宦官掌兵」 足見史學精通。

「唐之禍實原於太宗」 「不常有太宗」，立法者當思此言。羅列井然，何須更着斷語而後膚栗髮指哉？「作法於涼者鑑諸」，總束有識力。

「君子出處求志在民」 斡得有力，即「隱居求志」之旨。

「功成知退」 「況不去」，慣用此一轉語。「慨然太息」，氣壯何減史公。「昔朱買臣」，用古奇宕，志士之言，所當佩服。

「出處當求其志」 「商山白馬」，妙語，使清流聞之而爽然，遁尾聞之而色沮矣。岸然自命。

「迹同而道異」　涇渭了然。夫子每以君子、小人對看，毋駭其詞之不倫也。

「出處亦有淺深」　即以《論語》證《論語》，好手。補天手，開幾許想路。

「可以仕而不仕」　「顧乃」云云，即「鳥獸爲群」意，烹煉極新。已下亦精巧。

「以恬退爲樂」　「着破褐」云云，用事脱化，英雄氣象。「吾與子」，一氣讀下，歸思浩然，何必小山叢桂。

「以窮爲通，達爲病」　議論高，有味。

「禮義足以輕富貴」　意勝，議論高人一頭地，嘻笑怒駡而渾雅之致故在。

「勢利不可溺」　似爲浚恒者設。

「天不能富貴人」　看破説破，出脱妙。

「貧窮災疾，四者唯天所降」　要人安命。

「窮則自飾其身」　游泳得機，合者離之，用事極新。

「秦皇不殺茅焦」　叙事壯偉，議論奇闢。大儒之文，豈但與揚、班争長而已。

「比干茅焦」　「故其」云云，軟語亦長語。「回其天於人」，煉句有味。「或者」之論，見《文苑英華》，洞的如千鈞弩。「茅焦非賢」二句説盡，真如老吏斷案，使人不可得而欺。

「用間之言」　閑中冷眼。

「計不可使人知」　聯絡體。

「德望可服人心」　正餘波，妙。

「相權不可輕授」　儆策。

「相貴先試而豫儲」　議論緊簇，絢然奪目，校之以游衍取致者又有古今之别。頓挫佳，挽合嚴確。

「革貪必先舉廉」　其言藹如。平收省事。

「監司乃天子之所寄」　拙句好，意刻調和。

「循之名以罕見而書」　轉得深。

「漢史所書循吏」　暢，結句有識力。

「東漢循吏不如西漢」　隔句應，亦一格。

「去貪之法當嚴」　先朝杖忠臣於廟堂。嗚呼，欲士氣之振也得乎？

「盛治不可模寫」　三墳二雅可參。

「天愛君則譴以災異」　不愛君，何以使之南面？而畏天者，唯聖君耳。簡言恰自轉折。

「災異當以誠應」　委曲意到。

「災祥在賢佞」　警句。

「誠托物而見」　以古文釋古文，體認書理當如是。

「古人制器皆寓警戒之意」　點染錯落，結亦從容不迫。「觚觶」二句，發明戒酒之意，極有理致。

「樂聲之感人甚易」　亦鬆。兩「鳴」字相應，好。以難形易，頗得機局，過下尤流利可喜。兩「聲」字相應，好。

「《韶》樂至久而不忘」　斡得好。

「聞聖人之樂則知其德」　翻案好。遞法好。有綱骨，有眼目。「熏然」、「熙然」，伏得無痕。「所存」、「所有」，應得自在，尖新奪目。

「言出於氣」　抑而愈暴，謂獨申其氣於楊、墨縱橫時也。

「氣之相感」　「東西」二句，不用一泛字，可見老筆。即淺以驗深，最省力，最醒目。

「書與言交相存」　轉身好。「雖然」又轉。

「《易》、《春秋》相表裏」　筆力。

「真亡而僞出」　今之詩文亦然，反以其臭腐者炫其神奇者，可笑，亦可悲也。

「《語》、《孟》」　特見。扶仁義而闢功利，便是「乾」、「坤」關紐。「絀伯尊王」，「閑先聖」，「距楊、墨」，皆此旨也。

「《論語》，吾道之稻粱」　讀出味來，説出趣來。文勢如春江之濤，洶涌而不可遏。妙轉，言良心盡死，深可悼也。

「僞書病經」　考究精微，用事飽滿，決非膚學所能道及。「傳註之病」，剪一句，有法。「至於物變，文是亦」云云，詞色忽厲。

「象爻」　理、事二義不可破。賾事釋得醒，言乾坤之理散於萬事萬物，唯聖人能見之及取而形容之。「雨於何地」，《天問》句法，亦奇崛。

《易傳序》

文勢波瀾。筆陣縱横可喜。「萬事之變」二句，骨力筋兩。大儒之言，非大而無當者比也。波瀾反覆，如珠走盤。悟門中文字，洵是不可彷彿。至文，至文。

「蓍數之用」　不得而知，便是法界。清雋之品，結語平正。

「《易》可前知」，　史贊句法。

「『乾』、『坤』，《易》之門」　精言。

「『大有』爲諸卦中之盛」　考究甚熟，足見所學不淺。

「八卦生生之用」　人當知止。

「學《書》者各執異見」　狂慧且有燎原之害。

「史官權重」　氣魄不尋常。

「史筆誣僞之失」　此當與俗傳秉燭達旦同科，是之謂真翻案。

「詩賦」　命題者當知。

「見生於不相背」　見道之言，勿作尖巧會。

「無者不可强有」　可慨。

「物有所感而自動」　正以複句取韻。

「真實難掩」　誦之作琳琅之聲，吾矜其品骨。

「周漢之興得民心」　大手筆正不在多。

「總論古今險難之世」　精確，可以得立身之地。

「王霸之治不同」　先破「少」字，後破「緩」字。

「辯堯無九男」　末一句深得體，出脱《孟子》。

「民知湯武，乃湯武之不幸」　一腔和氣，絶頂理學文字，又無腐氣。

「文王作《易》，德及天下後世」　好議論，非讀《易》知味不能道。

「文王作《易》之憂」　精神焕發，親切有味。

「文帝有聖賢之風」　正與黄叔度同一風味。
「論文帝除肉刑」　看題清，故下筆省。
「文帝思頗牧，反不用魏尚」　婉入有味，結有起講意。
「文帝不能用李廣，徒思頗牧」　圓美可用。
「文帝之恭儉長厚，皆群臣能輔翼之」　危言激論，字字刺入，未免太刻，其示戒於後世則多矣。掉句有力。
「武帝悔過」　的當。
「漢遭變亂而根本不摇」　三叠文，有節拍。
「光武以符讖固人心之歸，非果信符讖也」　「豈狂醒」句，粗。即用本色凑泊，甚覺酣飽。
「范增之佐項羽，無謀者三」　好見地，占上流法。熟此然後能御題。「不知」三句，究竟。
「范增與漢以亡楚之資」　叙事烹煉，皆成彩色滋味，非爛熟古文安能。「方且曰」一段，白描取致。
「楚用增亦亡，不用增亦亡」　文脉淹貫，體認《史記》如舉子臨文體認經書，可爲讀古之法。
「辯周公誅管、蔡」　合論極確，文貴識力以此。「何則」下接句勁，拍拍好。

「學晞顔、魯」　可粘座右。

「孔、孟得『遯』之義」　誠齋之文妙在轉。「豈悻悻」，此轉更有力。較本義明切，見得聖人出處之意，妙論。但「徼倖」二字畢竟欠妥。不煩言，真釋經高手。冷語妙，看得聖賢胸次風清月皎，此讀書涵養得之。一轉泊然而合，理致爛熟。結束到家，如推門落臼。

「晁錯爲高帝蕭、張之計誤」　此從東坡論尋出源頭，非好學深思不能也。起句奇，聯合自然，反有遲速變化，好。洗發公道，用心細，出手匀。「非出計之誤錯」二句，不甚爽。

「辯公孫弘答禹、湯水旱」　「湯之旱，桀之餘烈」，此句亦説得奇起，一縱一擒。「聖人」云云，游戲，妙，目中豈有公孫丞相耶？揭出青天白日心事，汲黯再來，有其氣而無其精義。人其可不學乎哉？非惟無辭，愈轉愈妙，餘波極妍，語意軟冷，最佳。

「劉向社稷臣，鑄金何足議」　看他輕輕放過，真有飛燕受風之致。以下着力發揮，又如兔起鶻落也。縮結彌見儒者氣象。

「孔明持兵鎮重」　得神。

「西晉士夫溺於酒亂」　與昌黎用《醉鄉記》參看。

「劉牢之喪其節操」　透徹。

「孔明、淵明之文類古作」　《出師表》唯一篇載正史，其第二首在註内，有闕文處。《歸去來辭》比之先秦古書，特見。

「魏徵論諫不能排小人」　擒賊手，兩轉有力、味。離合有法。長句有餘味。

「狄仁傑對武后以不知婁師德，正(逆)〔匿〕其深交之迹」　較東坡《大臣論》更爲精密圓轉，蓋由經學史學有探原竟委之功耳。「昔者」一段，真千秋名論。今人看平、勃真僥倖成功於一時耳。高帝所謂「安劉氏者必勃，陳平智有餘，然難獨任」，固已視諸掌矣。呂后在術中而不悟耳。讀史者亦復夢夢，何歟？「豈不知」，駁得是。「且武氏」，轉得機儆，發揮婉而暢。不然，愈轉愈透。「東漢之季」，旁證恰好。「惡石」「美疢」，雙結妙，另起。「昔武氏」節奏緊。「激孝逸」一段，擘畫，是大蘇文字。「顧乃」下，句句悲壯，結鏗然。

「宋璟以其治與天下，姚崇以其治與其君」　聖賢學問，一口道破。以下承接，層層妙論。「其剛」一段，詞醒而味長，骨清而神厚。

「趙贊聚斂之奸深惑其君」　借唐以喻王、吕、章、蔡之禍，叫得醒，收得掉。

「跋陸宣公集古方」　詞巧而意正，才子之文，亦儒者之文，轉換彌見淡宕。

「成功易，保功難」　結構。

「防患當謹於微」　「福生」二句，起法。「萬者」二句，承法。「善可積」二句，收法。「積斯漸」一段，申明。「探其初」，單句有力。

「戒心不可忘」　語儆。

「大難非君子濟」　立論高。

「順時而動則得」　筆端有舌。

「不盡絶人」　胸襟如許大。

「變在内者深可憂」　筆底絢爛。

「辭難在忍窮」　深於經學。

「無妄之災」　曲折清醒，釋經妙手。

「法貴知變」　「不足與論」，快句。

「不觀古，無以知後世」　古之狂也肆，斯言有之。

「節貴得中」　玲瓏曲折。説經以無腐氣爲佳。

「用有可節不可節」　轉處入細，有力量。

「財出於民，不可妄用」　發得透，只用常語收，自然得力。

「民心可畏」　英偉奇特。「正不在多」，醒語，可書黼座。

「備守當有進無退」　快哉，《左氏》句法，濃至可愛。　結處精神踴躍。

「固江以先守淮」　以閑語爲筋節。

「用暇規模」　如珠走盤。

「不可恃天幸以爲安」　玲瓏活潑，當學此入法，如滚刀手，可破鐵浮屠陣。「天人」二節，力鎔排比之習。「故夫」云云，名節。「臣蓋喜」三句，綰得好。「則天」一段，愈婉愈切。「獨怪」寫出狃常襲故之習，綺互入妙。「既君臣」云云，又避實擊虚，愈覺切入。何等儆策，他人至此氣索矣。

「立國當自强」　字字婉切，入人心脾，文之可歌可泣者也。使爲人主者於乙夜炳燭讀之，能不彈指太息，歎爲奇才？須眉拂拂紙上，文之有生氣者也。讀此可以廉頑立懦。

「中國之夷狄深可畏」　議論嚴於斧鉞。

「師以衆正而興」　好議論。

「儒將」　得機。

「聽訟以中正則吉」　一事而以委曲出之，務令醒眼，可救拙，可療蠢。

「止訟必在初」　可勒座右。

「法戒自壞」　婉切，是今時對症之藥。

「爲治不可多變」　「能者敗」二句，深乎，深乎。

「文難成而易壞」　合論，識力高。

「出令必信」　起轉收皆可爲小講法，慶曆間名手每似之。「剪桐」、「舉烽」，詞意俱精。「天下之信與不信」一句，收，峭勁。「不以」云云，正大。

「解大難必有大號」　高論掉峭。

「令出不宜反」　圓活妍美，竟似時花笑春也。結忽作訓詁語體，説經當行，於制藝亦甚近也。

「冗官當去」　「昔者堯舜」，接得亮，且有唱歎餘音。「數事如一事」云云，看得好。「人則疾食」，此段文勢多有委曲，如珠走盤中，活潑潑地。

「官冗之弊」　活，冷語刺人。

「漢高祖本無廢太子之意」　「掣肘」句韻甚，不知其筆鋒透紙背矣。「是何」二句，頓挫好，出人意外，下只用本事已透，真是高手。「使帝」一轉，文勢勁。「赤劍好」句又發明一番，蒙繞一番，盡文之態。以正兵收局，儒者識度。

「大臣羽翼太子」　驚心動魄語，千古不多見，非精義者不辨。

「顔子節性」　聖學指南。

「地産英才」　吾於公文尤取其有英偉之氣者。高論融成一片，妙。此皆爛熟掌故乃能之耳。

「虜不可信」　小人亦然。

「貪利剥民之害」　切直。

韓柳歐蘇諸大家文發明卷八

王文恪

《東原詩集序》

此作逶迤淡宕，定其爲歐體。

「爲鄉表率」，主。「於時同志」，賓。「喜晝」云云，串入繪事，仍歸本意，雜著兼文。「隱」字一篇之骨。魯望等皆隱而工詩，故引之。「蓋世」一段，逼真六一居士，風恬浪静，烟艇夷猶。「予猶及見」遥接。結主賓，曲折澹遠有神。

《贈毛給事集》

爽氣如見柱後惠文也。「其有以語」句本《莊子》。

「夫豈獨」一段，扼要。「諫有體」云云，學《左氏》典實處，句法仍本《原道》。「夫事有」二句，虚接，以下實點。「然則」虚縮有力，最爲不易。收法佳，即以實事爲虚機，省多少力。「或曰」節，迴瀾可愛。

結言「君子道其常」而已，語淡而致。

《送廣東參政徐君序》

此篇純用實而機局自活，如空中雲霞，隨風濃澹，亦創得之作也。

「有文字會」，古人仕不廢學。「及鏊爲三人」，伏。

凡十二人皆吴産，又皆能詩，相聚一堂，洵盛事也。

「他邦」應「吾蘇」。「予數人者」，結上起下，秀筆沖襟。

一人遷居，三人調南，又物故者二人，「工科」見前篇。告病一人，又二人移居，又一人遠任。

「三人者」應前。又去二人，即前移居者。徐君又去，凡十人。晤對者唯公與匏菴在翰林耳。

「獨三人如故」，以翰林故也。不意李復之南，文情曲折。「自壬寅歲」一段，夷由自得，得古之腴。「能舉其職」，順句。「學亦不廢」，逆句。

「吾黨」云云，凡作三轉折，蓋勉以德業，而於聚散之際終不能恝然云。情文倍至。

「見吾黨」，概指同榜。時朱天昭亦在廣東，語之尤有精味也。

《送毛檢討歸省序》

言庶司勤勞，獨翰苑清華，當思所以報稱。寓意深厚。「若緩」伏。「凡仕於朝」，此句斷中之續。

設官歸省，劃然布格。以下亦劃然照應，奇甚。

「繁」、「重」是開，「緩」、「適」是合。重下句。

「蓋所以」一段，温粹，是有道氣像。

「別六年餘」，片語情深。「蓋所謂」云云，應。

每以虚勝實，以簡勝多。王得之韓，韓得之孟。

《送劉學諭之魯山序》

句法變换，便自磊落有勢。

「輕」、「重」二字，主賓轉折，遂成結構。「重」字凡十二見，「輕」字凡四見，亦奇。

「必不肯受」，伏。「汲汲求脱」，衆流瀺灂，匯爲層淵。

「今夫」云云，賓意鬆活。「一縣而良」，分；「召入」句，申；「一縣一州」，合；「則吾」句，縮。兩「聞」字相應。「果必不如」，但不蒙召耳。

主位妙於含蓄，言既不蒙召，良何由聞？

「前數十年」，引昔之重以救今之輕，曲折如意。

「自是」，順；「多出其間」，逆。「而謂」句，「有」、「無」相應。「故曰」句，結清。「是豈爲」句，一步九迴。「今朝廷」句，斡旋。「而魯山」一段，意到。「顯蹟」應「顯陟」，「甲科」應「乙榜」，「兼得」又應「偶得」，收「顯（績）〔蹟〕」、「顯陟」及「再試之科」，澹暈如遠山眉，佳哉。

《送陳宗理知永定序》

有偏重則有偏輕，故只提進士而非進士自見，圓轉如明珠走盤。

「而上之人」，順起，「彼非」句，倒結，似比偶而無迹。

「有人焉」，隔接。「吾能言之」，虛。「有師法」，實。「臨事，」實。「潔然不苟」，實。「顧今」句，綰合「以爲固然」。

「其才」、「其行」、「其名」，串合兩節，婉孌多姿，從《送文暢序》得來，而機杼則全學《許郢州》、《崔州》、《何堅》、《陳密》、《牛堪》等序。

「或曰」，另發議論，貼切定州。「而不值」句，顧首。

一路如幽蹊曲徑，落英繽紛，忽值巨浸，氣局蒼茫。然縱而能斂，乃爲典雅之作。

「當復不止」，蒙繞起局，氣脉深穩。

《送姜太守改任寧波序》

叙事起，古色蔚然，似班書。「侯喜」一段，烟景明麗，別有天工。

「守令之難」，呼開局，「何其」句，應。吏治如指掌，蓋所以諷當宁者切矣。

「其誠心」，又逼入一步。以古循吏爲觀摩，友誼切偲當如是也。

「闔郡」一段，串入「難」字。「又況」云云，力大故能穿七札也。非養到不至此。「純孝」，顧首，收束遒婉。

《鄉試同年會序》

起局澹宕。「良會」承上二句。「予不能」，顧首句，起下文。「自兹」句，結。「時爲」句，貫下。

列九人，仍分兩節，應前，有法度。

《王氏家譜序》

不賸一意，不溢一詞，先輩典刑如見。

「宗法廢」一段，見譜系之重尤重於宗法既廢之時。「爲人子孫」，伏逆、順二比，讀之愧汗。「夫譜」句，轉接。「自吾而遡」，逆；「自吾而推」，順。

「尊祖睦族」，一篇大旨。「譜其」句，結。

忠厚乃周公所以肇魯。家國一理，古今一揆，其孰能逾之？

《送都水員外郎傅君序》

「於儒」、「於吏」，分。「孔子」句，順點。「而」字聯此段，合。「義非」句，逆結。「曷爲重」，曲折相生。「國」、「民」，關鍵，「其孰」句，綰定。

「儒」字凡三轉折，波瀾中自饒關鍵。

「傅君」句，入題。「詩詞」、「字畫」，儒。「人皆曰」一句，該上三句，有茹吐之法。「使之」，含蓄。「商資算緡」，吏。儒而吏，貫穿無痕。「所謂」句，關映前文無迹。

「予聞」云云，正大。陶士行切「竹木政」，掉尾遒潔。

參西涯作。

《會試録後序》

學《送張童子序》，簡煉可式。起便見關係甚重。「以獻」對「以上禮部」。「進士之選」，語有斤兩，樸而文，淡而旨。「不由是」，反挑有法，便伏下文。「百餘年來」一段，謹嚴，想見世道之盛，穆然慨然。「重」字結前，又起下，轉折如龍，凡六見。「然君子」一段，妙得聖賢旨趣。兩「曰」字相應。「而亦安在」，應「所重不在是」，有力。「必曰虞周」，忽起；「自有科第」，忽落。此段首尾頓挫，尤奇。「而又進焉」，忽合。「進焉」，謂如虞周帝臣王佐也。

結亦醇確無賸意。

《送長蘆運使宗君序》

雙起單接，老筆縱横。「秩高曷爲」，呼。「動則關格」，一層；「且飛言」，二層；「積蠹」，三層；「官雖尊」，四層；「且一居」，五層。「衆之不欲爲」，應；「以是哉」，頓住。「君子之所患」，轉接，應轉五層變化。

「不觀之耿清惠」，本色證佐，妙在藏顯而筆尤掉。

「雖然」，轉結警健，出人意外，首尾照應，尤妙。

《丙辰進士同年會序》

較如列眉，稍難爲童品，然亦樂矣。

「坐以東」一段，有典有則，大似《彈琴詩序》。

「僉謂」與「劉君諗衆」對，「予謂」又粘「僉謂」來。

「同年之交」，「同」字承，凡十八見，與《送東野序》參看。

「終身焉同」，「晉鄭焉依」，句法也，誤作「爲」。「同朝」、「同事」，伏「古人之同」；「相援」、「相拯」，伏「非所謂同」。「前世」句，結，合「唐以來」。「然予聞之」，轉脉引經，恰好本色。

「得人」一段，肯綮。「則古人」句，正起。「諸君」一段，總不脱「同朝事」二句意，妙在含。

「他日」，咏歎法。「是科」承前文來。此段本《晨入夜歸書》，自然合節。

「不然」以下，應。「亦非」句，反結。烟波淡遠，妙在露。

《送王都憲序》

「方今」三句，提起。以下「有」、「無」二字反覆成章，詞意卓煉。「三者皆有」，過峽靈動。「權分」二句，承接緊嚴。

「兵固在」應「未嘗無」。「誰肯」應「三無」。

「行邊大臣」貼切「巡撫延綏」，深中肯綮，可書而誦也。文必有爲而作謂此。

「蓋其弊」本昌黎《送齊皞序》。「有由」、「所由」，自相起結。「非得」云云，屬望殷，故其語詳。「他日」云云，責效難，故其詞簡。「隱然爲西北」，照應。

《贈王升之序》

直起。「朗潤」，一層；「扣其學」，兩層；「爲文」，三層。「然不出」句，轉得便。「予乃開節」，煉句學韓，妙於形容。

「而人情」句，串。「世比之」句，合。「然升之」，又轉。

「歌咏」二字，反覆成章，文亦婉約。婉則不腐，約則不流。「所夸」應「夸道」，「榮」應「進士」，「樂」應「新婚」，「予於升之」應前，「一日之長」對「士大夫」，從《送張童子序》脱出。

王升之，何處得來小題，正以不煩爲佳，而意亦無不盡。

《贈少傅徐公序》

此等題，唯先民典刑爲可貴耳。若諛詞充棟如今日，真堪祖龍一炬。

「其免朝」，着色學韓。「於是」云云，謹嚴，得大體。

「初公」一段，叙相業，簡當，不亢不卑。

「休休」句，起。「邁」對「先後」看。聽言，略；用人，詳。「古大臣」句，結。相以度量爲先，對上文「識」、「操」，軒輊隱然。

用韓文，别有妙處。「未知」、「不知」相應，言其量優於三楊，當求諸古人耳，故曰「獨邁前人」也，心細如髮。

「立朝」一段，又總吏部以前而言之，意思週匝。

不脱「量」字，脉清。「所謂」一段，咏歎以結之。「養天下」兩句，不排，以拙而古。

「七月庚申」一段，人詳處能略，人俗處能雅。

「所謂其人」掩映「古大臣」，有花開水流之趣。「乎」、「也」相呼應，勿誤認爲急言竭句。

《送洸馬梁君使交南序》

突起，次節申明優待安南之意。「自女直」句拓開，「朝鮮、安南」，賓主，妙甚。「獨優」，所謂「繼世則請」。怪怪奇奇，酷似韓文。

「洸馬」句入題。「弘治初」粘接天然。「嘗爲予言」，澹宕學《送殷員外序》，照應却妙在賓中見主。

「景元之言亦然」，簡妙。「其諸」總結一句，應「文而有禮」。「若二國」承「有禮」句，又應「頁請」二句。引古鑒今，寓彈壓外夷意，極森嚴。

君命，故語不及私。

《贈陳希承序》

借醫以諷，必有所感，非故張而大之也。

正起反接，本柳文，善於用賓。

叙事直逼《左氏》，《史》、《漢》而下勿論也。

「今世」粘上，「衆人」用韓句，摹柳格。靜參自知。

「醫之王道，」欲抑先揚。「參朮」映「附子」。「變而失之」句，意到。此段議論，翻覆明快，妙在於轉，「可與立」應。「況用之小兒」，切題頓挫。

「今夫用人」突起，傲甚，全是寫意，非爲痘科設也。參之。

「信其得於家學」，綰合周密，隱破朝廷庸腐之見。

結完賓意，始終似柳，以其骨勁而語特遒也。

活如走盤珠，畢竟是韓。

《贈徐子容序》

奇峰起。「諺」字好。「蓋自」一段申。「西之人」二句，斡旋上下，局勢圓活。又伏從師一案。

命意高遠，總非深於孟、韓者不知。

「人皆曰」應「諺」字，好。三「是」字相承，「不復學」結。「有徐氏」入題。「依予學」應「未嘗不學」，「秀而文」應「才且秀」。「讀書」、「修詞」，具見次第。

「豁然」，心悟。「沛然」，實得。「繙非昔日之繙」，龍穴在此句，勿徒以句法賞之。

「人皆曰」照應，有眼目，有風味。「事難在先」，過接。「各以文顯」應「陋」字。結歸師資相得，妙在渾融含蓄。文翁、常衮最妙，此皆韓文三昧，非熟乎韓者不知。

「兩洞庭」云云，章段入神，儘力掀揭以破「諺云其地爲之」之謬，大有力量，不但取古文之色澤而已。

「天下有大荒焉」，奇眇絶俗之論。

「仲舒」、「退之」與「相如」、「歐陽詹」掩映，妙極絢爛。

結言益當從師以講明乎其大者。千里一穴，妙在渾融。

《送劉祭酒之南京序》

同官同姓同地，天然賓主。「取友」爲一篇綱領。

「予取友」句，起局。「故諭德」，賓。「不善能斥」，是「峻整」。「潔然」句，可取。「今祭酒」，主。「有善能取」，是「博大」。「潔然」句，可取。「二人」、「二人」相照。「爲人」二句，總提。與人、守己分應「剛義」二字作骨。

「二人者」四句，過峽，緊淨却舒徐。

「寧不免」，尤可取，慎於一言，乃見精義，亦見無欲之剛，妙在渾融。

「二人者」，屢括首句，所謂顧母法。

「其地」伏「江右」，好。「其官」應「翰林」，好。「其性行」括前。「故時稱」句承「人知之」，又掩映「二人」有味。「予於是」句承「予知之特深」，又應「取友」。「有畏」、「有得」，總應「善」、「不善」，妙在渾融。

「其爲益蓋多矣」，結「友」字。

「節操」貼切「剛」義，「肅」也、「介」也、「毅」也，俱照「節操」，一字不苟，妙在渾融。

將入題，忽推高一層，以見其淵源有自，波瀾奇，識見卓。又江右不止三先生特以節操著，故舉之。且謚皆曰「文」，則皆翰林矣。

「雖當道」二句，頓挫渾融。

「南雍之行」，入得委曲無迹。「雖然」，急轉，方是大局面。「天生斯民」，偉論。「其亦」句，勉之；「足樂」，慰之。「南北奚擇」應「南雍」。「先生」之行，顧「送」字。

餘波婉麗，兼人品友誼，省多少話。種種得昌黎佳處。

《送修撰劉君歸省序》

「翰林」、「百職」，凡兩番錯綜，而渾然無痕。

「朝之百職」，斷；「而翰林」，連。「百職者」，斷；「而翰林」，連。

「固將有」句，變化。「將任」，「朝廷」；「閒」，「無事」；「須久」，「不任」；「故士」，翰林。「其殆」句，生機。「非曰」、「又非曰」，轉折挑剔，制藝之選，亦古文之矩也。脉舒氣展，仁壽之徵。

從「任」字側卸，又蒙繞無事，又蒙繞不任。思理迴合，直是天工。

「器」、「操」、「識」，綱領，三者結「翰林」，應「其殆有所養」句。「無不任」縮歸「任」字。「國家」結「朝廷」，應首句。

「蜀之同官」，剔清。「文學之邃」，兼「詞藻」，自是翰林本分事，故不可略。「德器之醇」，應「充然有容」。「退然若不足」，可取在此，自足則不能養矣，又應「其殆有所養」句。「授之」應「一旦授之」句。「其有日矣」逗「無不勝」，應「無不任也」句。「行以告」，當亦同官。「庶偕進」，意到。

器度已宏，操須磨勵，識須閱歷，故未之輕許。含蓄有味。

《送福建按察副使劉君序》

風雅似《送崔復州序》。起四句危言。「甚哉」句，綱領。

「按察」伏，「董學政」伏，「進士」伏，「爲御史」伏。

「有憲體」應「按察使」，「猶御史」應「爲御史」，「有學政」應「學政」，「猶翰林」應「入翰林」，映襯好。

「然則」一段，曲折歸重「學政」，首尾照應。

和風甘雨，全以德勝，此非學柳者所能。

《贈御史王君序》

純得韓之氣韻，與《送牛堪》、《陳密》等序參看。

公之學韓，如書家之學王，直從一句一字一篇一章揣摩過來，夫然後注于手，而汩汩然且沛然也。近代名公文集，不知何所據依，何所悟入，其於唐宋直如大霧中觀山林人物耳，安得不速朽？

「難稱」伏「今尤難」。看「今」字，第一「其爲難也久」，不隨不隳之難；第二「其爲難也久」，不激之難。

波瀾變化，此必有爲而發，如李夢陽拳毆壽寧侯之類。

「館陶金壇」當略，「御史出巡」當詳。「其斯以爲稱」，應。

「隨」、「隳」、「激」，凡説三遍，初、中、後各有條理，尤有風味。序文之妙在不做之做，做而不做，不可涉論體，況策略乎？

結微寓規諷。

《送翁希曾知浮梁序》

典故歷然，可當選舉志。總於經緯，尤綿密。

起第一層，「縣大夫」三句，揚；「凡進士」，第二層，「殊禮示優」，揚。「若是焉」，轉筆孤峭。「難爲」承第一層，「非直」三句抑；「獨今」承第二層，「進士」起，「皆據」句抑。「而給事」承「御史達官」，「獨察之」句抑。「先後」承「名氏後先」句。「今日」四句抑。後先無據中有奔競，却說得渾融。

「其州縣」承「牧」、「令」，「州若縣」遥接，「皆進士也」，結。

外任七八年後方及京職之初授，如前所云「主事」、「行人」之類。

「介然」應前，感慨中來。

綰合「張弛」二句，渾融。結煞「内」、「外」二字，緊密。

絶不提起翁君，只「予請爲君說之」貫徹通篇，疏中之密也。參之。

《孫可之集序》

愚嘗於韓、柳句櫛字比，粗知其段落曲折，故讀此作而泠然。

起本柳州。「同時」二句，當「有若未暇」，當「隨其成心」云云，切中。

只是筋眼處不迨韓。

尚未細參，不敢附會。

《古單方序》

學王。

「藥忌群隊」，伏，二句扼題；「群隊之忌」，應，是翰林憂國語。

《壯節録後序》

春容大篇，或叙或論，皆不在西漢而下。

「予嘗讀」云云，戰功歷然，從《平陽侯傳》得來，爲「配享」一節張本。

「亦壯矣」，結。「佐命」句，賓。「榮國」，賓。「及公」，主。「所以追悼」，結。「公亦何恨」，掉。

配享公案，言之抗壯，而引證尤切。

「然去之」一段，斡轉。「後人」，應少傅刻詩傳後。

《贈知六安州馬大夫序》

風行水上之文。「皆曰」一段，主；「人或曰」一段，賓。

「其子乞致仕」，古人欲治國先齊家如此。

風味絶似昌黎雜著。

「大夫之治行」句，斡旋有力量，頓挫無迹。「公無私」照應。「言」字代兩「曰」字，轉軸天然。

「未盡淳」，危言。此段賓。「當自身始」，意到。此段主，應「不私其子」。「大夫善承」應「不以私望其親」。該括有筆法。

「告夫有位」，謹嚴週匝。「公之志，我能言之」，平中之奇。

《送南京吏部尚書林先生序》

短篇有層次轉折，亦覺烟波滿紙。

「是故才者宜近」，峰巒突起。「況三者」云云，俱以澮宕爲筋節，神明于韓。

「平居」四句，不放，不泥，不觀望。「其豈」二句，應。

「今諸賢」一段，韻而潔，且以諷當軸，有旨哉。

《式齋稿序》

得意之友，得意之文。

起二句占地高。「其在崑山」，只據一邑言之，最簡最含蓄。

「能文」、「工詩」伏，「而」字串。

「頗以才自喜」，命意。「其詩」貫下二人。「濁世佳公子」，喻；「奇氣溢出」，所作；「時所膾炙」，行世。「不肯苟出」，命意。「奇奥簡古」，所作；「商盤周鼎」，喻；「好之差少」，行世。「不爲險峻」，命意，關上二人。「行雲流水」，喻；「自中法律」，所作；「皆官」、「獨官」，牽連法，學《史記》，「世知之益少」，行世。

意整而章法變化，一一細按又有照應，故爲妙也。

「而三人」云云，總結，又以會合喚起離別死生之感，水到渠成。

「乃及見」句，妙在不了。「顧其著述」一段，賓主分明。

「倡和」，詩；「其文」，文，應「如其詩」，牽連妙。就文中又挈出奏議，爲其以此得罪耳。

點破遭讒一案，神來之語。

「未爲知君」承前「知之益少」，窅然以深，「亦」字對「世」字看。「猶未盡知」，層層迴抱，氣脉深厚。

「予方悲」三句，翻覆頓挫，結迴映「意不能無少望」，有力。

《送太子太保兵部尚書劉公致仕序》

「於禮」，結上；「於義」，起下。「意在天」三句，何其懇切。「況今」云云，虚；「天之」云云，實。「此皆」三句，承前意，密。「以年至」，「公之所以自處」；「重出賢」，「上之所以待公」，遥接起局，頗有構法。「觀公所以」，總束，又蒙繞「於義未可以去」一段，筆意反覆盡致。「侈其逢」，「處公」；「惜其去」，「自處」。餘情婉甚，言朝廷不當令老臣有拂衣之舉耳。

《春秋詞命引》

讀書當如此，鉤玄提要。文亦潔峭似臨川。讀古以變化氣質，今人直由焉而不知。結亦似《左》。

《重刊王逸註楚詞序》

起浄。「見而異之」，伏「博雅」。

「自考亭」，起局有感慨。「何幸」句，虚結，便見註不可廢，却自斬然。「人或曰」，又起。「復何以」句，呼，爲遵朱註而略古註者下一針砭。「即二書參閲」，讀書法。「非逸所及」，抑此申彼。「若《天問》」云云，抑彼申此。倍有含蓄。「豈可謂」句，揚。「章決句斷」，應「章句」；「事事可曉」，應「訓詁」。「亦逸」句，總結。段落無痕。又言紫陽特原本先儒而折衷之耳，則不可廢註疏明矣。探索精到。「豈盡」、「無亦」，雙關一氣。非逸之私説，愈不可廢。詞勁而味辛，神似半山，一結尤似。「自淮南」粘「諸家」。「何可盡廢」應。「隨世所尚」，謂朱註。「猥以」句應「得而讀之」，迴環盡致。「若乃」四句應「不復知有是書」，是結局。「以其古也」，倒句頓挫。「因亦不廢」，「廢」字相應。結謂六經止遵朱註，亦陋習也。餘情深婉。

《申鑒註序》

逼真韓文。「悦仕」二句，一篇柱子。「蓋有志」句，總斷其人，作一揚。「然當時」句，肯綮，此段抑。「其亦善處濁世」似諷切。西厓輩總斷其文，則抑揚半。

「雄不免」，聯絡好。「視雄爲優」，揚。兩「似」字相應。「而三品」，波折。又斷其人、文，波瀾層疊，全得力於引古。

又以勉之配種種變化。「豈亦有所感」，寓諷時事，當是正德時。

結占地高，命意嚴，斡旋不可少，文自有餘勁。

《送袁山人序》

語勢若探囊倒囷而出之，可稱方技。

「是」字承「圖」字，歷歷指掌。「昔者」一段，氣益舒，詞益暢。

《雲水詩集序》

遊戲之文，不離矩度。

「空生明」，「明生空」，摘要語。「水耶？」「雲耶？」文耶？詩耶？先生林下留心靜功如此，視夜行不止者，豈非仙凡之別。

《愧知說》

亦從《送齊皞序》化出。「一日之拙」，分寸。

《澹菴説》

近道之言，自饒機趣。

《送工部正郎蔣君掄材還朝序》

寓諷典切。

《五湖記》

一起大手筆。中間五湖凡三引證，而以新説衷之。太湖，本名也，合前四名故曰「一水五名」。以下作一轉，是五湖的解。

《七十二峰記》

總挈山之來脉。「諸山」虛籠七十二峰。

「爲山」，「山」字粘上。

分挈七十二，凡作三枝，以馬迹、兩洞庭爲領袖，又作一束，肯綮全在於此。

又總提三山一段以起下三大枝文字，烟雲變幻，脉理隱然。

西北十五山，馬迹所繞者十四山，自夫椒至杜圻止，其間三峰分爲三山。

馬迹峰一，津里峰二，夫椒峰三。「夫差」句，古迹。渡渚峰四，黿山峰五，横山峰六，陰山峰七，葉余峰八，長沙山峰九。「長沙之西」，牽聯法。衝山峰十，漫山峰十一，武山峰十二，餘山峰十三，三山峰十四，厥山峰十五，澤山峰十六。

其東四十一山，西洞庭所統者四十山，自黿山至鷩藍止，其間五石合爲一山。

馬迹一枝，錢堆峰十七，大嘰峰十八，小嘰峰十九，錫山峰二十，即無錫不算。「舟行其中」，謂錫山、獨山之中。獨山峰二十一，東鴨峰二十二，西鴨峰二十三，三峰峰二十四，大隋峰二十五，小隋峰二十六，「與夫椒」句，逗前。小椒峰二十七，杜圻峰二十八。「范蠡」句，古迹，又乘勢結住。

又東十七山，東洞庭所統者十六山，自武山至石牌止，其間三山分爲三，然尚缺一，連本位共得十六山，更考郡志較正之可也。

貢湖中西洞庭一枝，大貢峰二十九，小貢峰三十，五石峰三十一，浮對聚峰三十二，思夫山峰三十三，南烏峰三十四，北烏峰三十五。「其西」，牽聯法。大雷峰三十六，小雷峰三十七。「横山之東」，逗前。干山峰三十八，紹山峰三十九，疃浮峰四十，東獄峰四十一，西獄峰四十二。

「世傳」句，古迹。「其前」，牽聯法。粥山峰四十三。「吴王」句，古迹。

今按西北當作十五，則東洞庭祇統十五，始合七十二數。

琴山峰四十四，杵山峰四十五，大竹峰四十六，小竹峰四十七。「與衡山近」，逗前。長浮峰四十八，癩頭浮峰四十九，殿前浮峰五十。「與黿」句，逗前。龜山峰五十一，謝姑峰五十二，玉柱峰五十三，金庭峰五十四，晐山峰五十五，歷耳峰五十六，筆格峰五十七，石蛇峰五十八，石公峰五十九。「石最奇」，束一句。「南北」句，逗前。鼉山峰六十，小鼉峰六十一，鷲籃峰六十二，箭浮峰六十三，王舍浮峰六十四，苧浮峰六十五，白浮峰六十六。「澤厥」，逗前。蒻帽峰六十七，猫峰六十八，鼠峰六十九，石牌峰七十。七十二峰畢，總束一句，又掉一句，氣力萬鈞。去馬跡，又一奇也。「兩洞庭」，峰七十一、峰七十二。

細玩此作，可當在地成形註脚，惜不以此法次序列星如指掌也。

如國手鬭棋，布置聯絡，起伏照應，一一天巧。熟讀《畫記》而神明之者。

《登莫釐峰記》

「縹緲」，賓；「東曰」句，主。「斗起」，深。「矗逼」，高。「可望」句，靈異。

「暝色」四句，語不刻而奇。澒，音洪，去聲，水大貌。黯，音菴，坦深黑貌。

結雄力。「況所謂」，掉。

《静觀樓記》

必從綱領起局，制藝亦爾，又盡得歐句。

「山」，東山。「轉南」、「轉北」，龍脉如畫，又有飛舞之狀，真奇作。

以西山掩映，而以諸山點綴，樓之景色於是始暢。

「自昔」一段，引古以結。「《語》有之」，補出静觀之旨，亦有章法。

《黄陵岡水神祠記》

説黄河便是黄河，只貴神活，不嫌詞樸，若六朝文，愈工愈靡耳。

「昔禹」云云，唤起夢兆。「蓋聖人」一段，扶疏鄭重。「公方有事」一段，叙事簡潔。「予以」等句，結簡老。

《吏部驗封司題名記》

「郎中」三句伏，秦、宋、漢三節應。「以其」句，註；「謂曹郎」，註；「諸臺並置」，不註。「然吏部」一段，結歸本部。

《貴州鎮守公署記》

亦自典則。

《安隱記》

議論穩暢，獨於幾微曲折入細，其下充隱。

《吴縣學射圃記》

典雅風藻，中矩中規。

「乃始作亭」點「射」。「莫不有所」，有無相應。

「學之」云云，轉折入妙處，真可百迴讀。「今陳公」一結，句句圓活，理實而氣空，允爲造極。

《昭恩堂記》

「予唯憲臣」一段，伏。上疏一案又顧「昭恩」二字，然後逆入，筆如游龍。

「而無敢」句，轉折勁潔。「獨君」云云，應「唯其咈」、「於其大」。「君子謂是舉」，結束鏗然，轉入「制詞」，尤有水到渠成之妙。

引古結，合「盛」字，局勢暢滿。結綰合堂名，掉轉「大」字，步步得法。

《寶坻縣新城記》

入手便擒，格方局圓，極有筆力。

「城高」云云，應前。「於是」一段，起立碑意。「前宰是邑」三句，斡旋。

「先王之世」節，簡夷自在，絶無起爐作竈之勞，其得於古者深也。結特申言其大者，與前文相貫。

《興福寺山居記》

韓柳歐蘇諸大家文發明卷九

拾遺

〈柳宗元《種樹郭橐駝傳》〉「皆争迎取養視」句，向來誤，蓋言迎取橐駝習使之養視樹木也。「皆知所以養之者」，見《孟子》。

〈韓愈《進學解》〉「妻啼飢」、「兒號寒」，非太學生語氣，《賓戲》、《解嘲》等無是也。昌黎文雖奇崛，醇深典雅未及西京，當平心會之。

〈蘇軾《仁宗皇帝御飛白記》〉當熙寧時，驟用安石之徒，而老成斥逐，力行新法，而祖制大壞。故以忠厚浮薄立案，諷朝廷不當用喜事少年。「抱烏號之弓」四句，亦暗譏安石以《周禮》誤世。與其迂談經術，不若近法仁祖之爲得也。讀書論世，正非尋章摘句所了。

「升遐以來十有二年」，此句伏脉最微妙。古人文章筋眼正在閑淡處，隻字不可放過。

「幽遠之小民」，從「一境之人」落脉。人兼士大夫，此就「人」字中抽出農民言之。「小民有所不宣」，作一束。已上總明「不得其所」，兼財賦詞訟等項。已下又就「不得其所」抽出財賦一節言之，以兩「民」字起結，眼目分明。結尾兼及士大夫、小民，理始週匝，故又用「人」字與前兩「人」字應，脉理入細如此。古稱孟、韓之文，不虛矣。

雷雨過，閑坐僧寮，生意滿眼，悟得大家文章機局，斷非節節而爲之。然未若經之天造地設，而又烟雲百變也。昌黎養氣之説近之。

吾上下三百年間，制藝之文必推董文敏爲盡神，古文必推荆川爲韓、蘇之嫡子，觀止矣。震川尚未窺其閫域，況餘子乎？覆閱西厓，尚覺迂緩，雖學歐而又理不深。總之，荆川文識高氣清，機活理到，胸中流出，走盤之珠，行空之雲也。王遵巖亦故紆其途，複其詞，以作蒼茫之觀，而不知聖賢之文期于明理。本可以一言盡者，必以數十言了之，如是以爲博大，則亦章皇以欺人者耳。自詑得我荆川緒餘，此不足以欺三尺童子，有知者其肯信之乎？荆川文所可微商者，透露刻畫而乏渾厚氣象、蘊藉風味耳，變動至荆川文至矣。

荆川《敘廣右戰功》，凡二十餘紙，逼真太史公手筆。神氣夭矯如游龍，鬚眉點染，一一活脱。此豈震川《烈女傳》所及？及弇州、牧齋又無論矣。王賡古固不得同年語，牧齋亦是一橛頭禪，豈能深根固蒂、百發不休至此絶詣哉？尤其靡者，則聊用排語鋪塞了之耳。

《范增論》結句云：「增亦人傑也哉。」本於漢高三傑之語。漢高云：「羽有一范增而不能用，所以爲我擒。」東坡反用其意云：「增不去，項羽不亡。」變化無痕，非深心熟古不知。且漢高舉范增與三傑互映，是明以人傑許增矣。此又見東坡讀書作文根據處，後學直以「想當然」盡東坡之文，不知「想當然」三字最難，非體貼古人心事朗朗如在目前，何能臻此境界。蘇潁濱作《東坡墓誌》有云：「先君晚歲讀《易》，玩其爻象，得其剛柔遠近、喜怒逆順之情，以觀其詞，皆迎刃而解，作《易傳》，未完疾革，命公述其志。公泣受命，卒以成書。」觀此則老泉生死之際，確然不苟。而父子授受，語不及私，亦可以警發後人也。「剛柔」一語，亦可謂得爻之情者。

東坡臨没囑云：「我生平無惡，死必不墜。」文人須知此實地工夫。

〈韓愈《藍田縣丞廳壁記》〉「余方有公事，子姑去」，從「我醉欲眠，君可且去」脱出。「物有以蓋之矣」，「蓋」字觸礚「超」字，鏗然有聲。「彼遊于内」，即從「蓋」字卸下一層，思理次第。

昌黎《知名箴》用「子路有聞」，作「譽聞」之「聞」，自是一解。

柳州作僧碑極有根源。如云：「浮圖之道衰，其徒必小律而去經。」此豈今時士夫能有此絶識快論？痛詆狂禪而撥三如來藏，此亦未離邪執，佛法所以難聞。

東坡云：「慧之生定，速於定之生慧。」此亦文人聰明語。何從而辨其遲速耶？以内典律之，亦不免邪見。唯大善知識，方可縱横流。

《送楊少尹序》「中世士大夫」已下，茅評：「餘波誚世。」滄遠駁之，以爲此是一篇正意，非餘波。此説極是。

「余忝在公卿後，遇病不能出」，不過應前「公卿設供帳」之意耳，非是全局關鍵。茅評：「一篇情景在托病。」大誤，此亦滄遠訂正者。

〈韓愈《贈崔復州序》〉「有地數百里」一段，隱含食禄分憂之意，醇深不覺。評者以爲「淡宕」，失之遠矣。自史公而下，當以昌黎爲斯文之祖，謂其詞理深厚也。

滄遠過齋頭，説韓昌黎《上于襄陽書》，駁鹿門誤評，極當。蓋「未嘗干之」四句，乃是昌黎折衷前文斷詞也，非過文也。兩「無」字與「上之人無可援，下之人無可推」相應，言汝但「未嘗干之」耳，「不可謂上無其人也」；但「未嘗求之」耳，「不可謂下無其人也」。此是獨斷處，故緊接「愈嘗誦此言」。「豈愈所謂其人哉？」「其人」二字應前「不可謂上無其人」。「其自處不肯後於恒人」，應前「不可謂下無其人」。要知「是二人者之所爲皆過也」一句，當連下四句一氣讀。

《前赤壁賦》「肴核既盡」四字，寫得太盡，傷雅，亦文章之一病。

「人影在地，仰見明月」，從「床前明月光」脱出。縱偶爾相同，不得不推青蓮爲鼻祖。至於文章之古峭，青蓮何敢望耶？

《方山子傳》「獨念方山子」以下是一開，「然方山子」下是一合。「豈山中之人哉」、「豈無得而然哉」，反正相應。「吾聞」以下又從「無得而然」句生出，作掉尾。

〔柳宗元《零陵郡復乳穴記》〕「安得不以盡告」應「告盡焉者五載」。

〔《戰國策》〕「持其踵爲之泣」，即「親結其褵」之意，而語致更淋漓樸切。凡閱《史記》、《國策》文，當玩其透處，不似後代模糊叙次，自附大家。大家未有不精不透者。

昌黎《孔子廟碑》謂郡邑「雖設博士弟子，或役於有司，名存實亡，失其所業」。治國者當以此言爲鑑。

〔《左傳》〕「名終將諱之」，「名」字一讀。

〔《左傳》〕「與我同物」，「物」疑即十二肖之類。「有神降于莘」篇云「其至之日亦其物也」，可以互證。

〔韓愈《鱷魚文》〕「況禹迹所掩」三十三字，只做得一個「潮」字，何等鄭重。筆有千鈞力，掀翻得勢，便令鱷魚無躲閃處，争上流法也。

《鶴林玉露》論歐公《五代史》多用諺語，最得古意；温公《通鑑》改竄作文語，便減風致。其持論可謂精透。吾嘗讀《牧齋集》，見其多用通俗語，疑其出《五代史》而未敢必，讀此一則，爲之洒然。此非學于鱗之學者所知。

《赤壁》兩賦，前直叙，起云「遊于赤壁之下」；後點出，云「復遊于赤壁之下」。出題一一分明，「復」字精細。以下便從此發脉，不可復識，與上相照。

行文到正意盡處，須以奇情佐之。又須呼之即來，遣之即去。呼之即來，故無葛藤安頭之病；遣之即去，故無纏繞添足之病。且如「月明星稀」，呼之來也；「掠余舟而西」，遣之去也。去來如意，然後可以出入縱横，得心應手。至於忽隱忽現，水月宕漾，不可名言之妙，則無過「疇昔之夜」三句，死中復活，躍躍現前。而「夢一道士」及「余亦驚悟」，皆神于呼遣之法。「開户」二句，陡然而住。古人小賦體往往如是，固不足奇也。

《震川集》卷廿三《懷慶推官墓表》有「男未成，女未嫁」二語，此亦暗用《祭十二郎文》句，尤可證向來句讀之誤。

〔蘇軾《石鐘山記》〕「而況石乎？」疑其無。「而此獨以鐘名，何哉？」疑其有。故後以「臆斷其有無」結。酈簡李陋，中間插入「士大夫」、「漁工水師」，便覺林巒滅没，靈氣生動。

東坡《南行集序》，爲師長者不可不知。

〔蘇軾《後赤壁賦》〕「有酒無肴」，順説。「舉網得魚」，「安所得酒」，逆説。「歸而謀諸婦」，與「將歸臨皋」句應。冬月峭，故曰「小」。初秋月極南，其光景闊大，故曰「徘徊」。然望月出稍遲，故一曰「少焉」，一則「仰見」。「夢一道士」，此明是撰出，《莊子》每如此。若認是真，可謂癡人説夢矣。要知此兩篇賦，終身玩味不盡，講解不盡，非仙人之文而何？

〔韓愈《鱷魚文》〕悟得「承天子命以來爲吏，固其勢不得不與鱷魚辯」，亦是老極而穉，奇極而平。《左》、《國》、漢詔何須如此，孔、孟聞之正堪一笑也。

《祭十二郎文》「不省所怙」，「怙」字定當作「恃」字。若作「怙」，非獨複上文「少孤」，抑全不提起。「母」字亦恠甚矣。下文「嫂」字亦失脉絡矣。今按「少孤」，句；「及長」，讀；「不省所恃」，句。「惟兄嫂」句承上兩句，蓋以兄嫂爲父母也。「長」字對「少」字，「不省所恃」四字對「孤」字，「中年」二字隱承「少」、「長」二字，「兄没南方」又承「兄嫂」句轉脉。

〔韓愈《送窮文》〕「牛繫軛下，引帆上檣」，倒對法之奇者。

《送元暠師序》提孝親一段，可爲佛法金湯拄昌黎之頬矣。

《送從弟謀序》，曲折濃至，心事具見于此，與《送澥序》詳簡各妙。

《送巽上人序》，深明此事，不爲野狐所眩，可傳矣。

《送文郁師序》，可與前篇並傳。

《同吳武陵送桂州守序》、《送元舉歸幽泉序》亦奇。

《送方及師序》有致，可以砭放蕩之禪和。

《送琛上人序》，獨崇經、論，渾融體用，探源之見。

《論語》「夷、齊」同稱，《孟子》祇稱伯夷，言「夷」則叔齊該之矣。昌黎《伯夷頌》初言「伯夷」，結處言「二子」，正與《孟子》意同耳。

題坡集，每揣摩其入妙處，直是天險不可升也。

〔韓愈《送區册序》〕「誓言相好」與「無所爲」句相應，蓋爲利者不至，至者好我故也，意脉微婉。

〔韓愈《送王秀才序》〕送下第秀才，因引隱于醉鄉者比之，而悲其徒不遇聖人切磋，微婉。所謂「無迷乎仁義之途，無絶乎《詩》、《書》之源」，于此見之。不然，與太史公《游俠》、《貨殖傳》何異？結句妙在「姑」字，言即今且飲酒消憂，而顔、曾之樂尚有待也。意任語謙。舊評尚未豁然。

昌黎終於長慶四年，其後十四五年爲宣宗大中三年，而許渾爲監察御史，以疾乞歸，終郢、睦二州刺史。所謂《送許郢州序》，非許渾也。

《楊少尹序》，只重知止之意與古同，而供帳圖畫，賦詩給禄，古今互有異同，皆不可知，亦不足分優劣也。後又以楊侯首丘之思諷當世之浮沉宦海者，此正是主意。鹿門以爲餘波，失之遠矣。昌黎文字，豈苟然而作者。

前節以老而去位作主，重「去」字。中節寫其行色。後節重「歸」字，以愧夫薄桑梓之情者。老而不去位，鄙夫也。仕宦不歸，雖歐陽公等猶不免焉，昔賢所以譏之。

「鄉先生」見《冠義》，鄭註：「鄉老而致仕者。」《送楊少尹序》本此。社爲五土之神，凡有功於人者，附祭於社。少尹爲鄉後輩之法，使各知首丘之義，是亦有功者矣，故「没而可祭於社」。

張協《咏史》，借二疏以激當時之貪禄者，結云：「清風激萬代，名與天壤俱。咄此彈冠客，君紳宜見書。」昌黎《送楊少尹》「中世士大夫」三句，説盡鄙夫行徑。沈約《蹋銅蹄詞》云：「男兒得富貴，何必去歸鄉。」知其人之薄矣。「可祭於社」正承少尹「不去其鄉」，可以轉移薄俗，而結言之也。若「辭位而去」，則「鄉先生」三字已盡之矣。

人知昌黎《送東野序》叠用「鳴」字爲奇，不知淵明《止酒》詩二十句，凡二十「止」字，更奇矣。高季迪《牧童詞》連用「牛」字，亦奇而穩。

《范增論》幾個「去」字，筆法靈變，却從《送少尹序》來，當細玩。「以能詩訓後進」，語有分寸，又能反映二疏以《孝經》、《論語》訓太子事及長於詩者一事。「歸其鄉」伏中世一段，又補足二疏「辭位而去」句，皆妙。

〔蘇軾《留侯論》〕「匹夫見辱」數句，宛然《孟子》「交鄰」章脱出，尤妙在孟子説「一怒」，此説「不怒」，以「不驚」陪出「不怒」。而秦皇、項籍不能驚之怒之，乃爲不驚不怒。直是雲龍出没。「白日入都市，顔色如平常」，傅玄《烈婦篇》、《張中丞傳後》用之。

司空曙《送王使君小子孝廉登科歸省》云：「年少通經學，登科尚佩觽。張馮本名士，蔡廓是佳兒。」可與昌黎《張童子》作對。

《送廖道士序》多用「而」字，大是軟弱。此必宋人得不全本添註成篇，不可不辨。

張湯文深，汲長孺面斥之曰：「而以此無種矣。」東坡論張湯「宜無後者也」本此，却尋得出路，謂「薦賢宜有後」，是讀史到家處。作文皆當如是。先輩制藝不落虛套油腔，正爲讀得書徹耳。

「不急匡救，欲報私仇，反以亡軀。」東坡《鼂錯論》本此。古人讀史只是發揮痛快。

葉正則文筆刻畫清秀，不落晚宋策論體。直起直收，勁處如昆刀切玉，力士伸肘，柳州之嫡派也。同甫大段雄豪，實多潦倒粗糲語。吾以爲不如。楊廷秀亦遜其矯健。要知歐、曾、王、蘇外，别有天地。學者當博聞，萬勿以管見自誤一生。

葉正則《平陽縣代納坊場錢記》逼真西漢文字。

「使大夫」、「使先生」，言願得爾如此，祝願之詞。《韻會小補》云：「祝，願也。」

〔蘇軾《方山子傳》〕「少時」、「稍壯」、「晚年」，分三層，中間三轉折，一一照應。「獨念方山子少時」、「前十有九年」、「今幾日耳」，骨節分明。「佯狂垢污」是一篇斷案，但賓中見主，故不可捉摸耳。「棄車馬」四句，正伏「佯狂」一案。「俯而不答」隔接「何爲在此」句。「仰而笑」隔接「余告之故」句。「短小精悍」見《郭解傳》。「精悍之色猶見眉間」與起處遥接，脉理天然。此皆近日熟讀而知之者。

「方屋而高」，「屋」謂如屋之字蓋覆上而四出者。今之晉巾則其製匾，但前後施黑紗各一片耳。彼則方而屋又高，誠駭俗觀矣，亦豪氣未除所致。東坡於貶所，亦嘗着屐戴笠披蓑過其友云。

《放鶴亭記》結句最是點睛入妙。東坡極言隱居樂于南面，其可默而無答乎？其可詳于答而或推或任乎？一笑曰：「有是哉。」風神莞爾，非設身處地，不知作者苦心得意處也。又須知放鶴飲酒，現成風月，不費一錢。

《超然臺記》，分明從《衡門》之詩發揮出來，人都不覺。然則文理貫通，勿謂序記中無制藝也。後學知此法門，有許多受用，有許多便宜，奈何拘拘對題抄録乎？

「南望」以及東山，又「西望」、「北俯」，次第抑揚，此坡翁曠達處。作臺閣體者，尊事功而輕隱遁，胸次殊俗，安知古今旦暮哉？「超然」見老子《道德經》。

俗本《醉翁亭記》「釀泉也」，「釀」當作「瀼」，見杜詩。東坡大字碑作「讓」。

「醉翁之意不在酒，在乎山水之間」，籠下「朝暮」、「四時」一段。「山水之樂，得之心而寓之酒」，籠下「滁人遊」至「遊人去而禽鳥樂」六段。然而禽鳥「不知人之樂」，人又「不知太守之樂」，雙結上文，與虛籠二句照應。此記人皆賞其創格尖新，不知其結構之密。時公方四秩，自稱「醉翁」，戲言以寫遷謫之感耳。見全集中。

《大悲閣記》「吾頭髮不可勝數，而身毛孔亦不可勝數」，當於「頭」字、「身」字下加一讀，如此讀方與副應誦經有別耳。聽它讀書便知底裏，甚勿胡亂舉淺以該深，思之。

《赤壁賦》脱盡六朝蹊徑矣。「開户視之，不見其處」，仍本《神女賦》，换骨之巧，有如此者。夢神女，夢道士，機軸正同，故亦偶然想到耳，要非有意，故曰：「吾未嘗執筆學爲如此之文也。」

侯應《諫罷邊備書》劃然十段，却變化生動，不可捉摸，望之如十二巫峰也，可與識者道。贋古文即極意爲起伏轉折之勢，望之若死蛇病蚓耳。夫起伏轉折可有意爲之哉？又寧可以率意爲之哉？庖丁解牛，見其難爲而實滿志，是個中消息。

《出師》止一表，其二乃載在註中，非的筆，又多缺誤。且告君籌國之語盡在一表中，何必贅詞。偶閲放翁詩云：「《出師》一表通今古，夜半挑燈更細看。」可證。

昌黎《送温生序》「前所聞」、「後所聞」，格法從《諭巴蜀檄》脱出。患使者有司之若彼，悼不肖愚民之如此，亦非有意摹擬。

〔韓愈《送王秀才序》〕只「有托而逃」，含蓄深厚，發明晉宋易代事，中有數行議論。韓之高妙以此。

〔韓愈《送董邵南序》〕「必有合」以下申明「必」字意，勁滿。然後轉折。「聊卜」之「卜」字與

「必」字緊應。韓文每篇定有最高一峰，如此篇「風俗與化移易」及「醉鄉之徒不如顔、曾」是也。其餘例之。

「既悲」句收上，「而又」句連下。「良臣」定是指貞觀時王珪而言，開元時再查。「文與行」，「文」承「《醉鄉》之文」，「行」承「良臣之烈」。又「醉鄉之後世」與「良臣之子孫」對照，順逆有別。

「若顔氏子」一段反證；「吾又以悲」句，正收。與《孟子》「如使人之所欲莫甚于生」二節參看，翻覆相應，有金針暗度之意。

「夫以子之不遇時」，「子之」二字要提起，正應上「懷抱利器」，不同于庸人之不遇也。故高卑共惜，與「若愈者，君子所宜動心」同局。

向讀《送董邵南序》，疑「與化移易」似不成句。及檢《西京賦》得之，賦云：「化俗之本，有與推移。」李善註云：「《淮南子》：『法其所以爲法，與化推移也。』」蓋兼綜其語而用之。并「聊以卜之」句亦根下「何以覈諸」句來。

尋常尺寸，遞減之，曠途絶險；遞增之，開義精密。如此開合方得力。

〔韓愈《伯夷頌》〕「萬世標準」與「萬世不顧」照應。萬世之法則在聖王，而我獨非之，豈非不顧萬世？又須知通篇是聖之清，伯夷隘，揚中有抑。末後雖然一轉，益了然矣。若一味贊歎，與「集大成」、「時中」之聖無别矣。

〈歐陽修《樊侯廟災記》〉「有功德于民則祀之廟」、「而祀之宜矣」，從「樊侯廟」「廟」字落脉，上句見侯宜廟食，下句見侯之廟食尤宜在鄭地也。「有功」、「立功」相貫串，便見雨雹爲災決非侯之所爲。以下又發明侯生存時忠勇如彼，則死後亦必威靈，何至怒于室而色于市，受侮于盜而遷怒于民？必不然。旱虐所致是通篇結穴，掃盡庸愚之見。反掉總見威靈者必不暴民，三「靈」字亦相貫串。「方侯之驂乘」句用《項羽本紀》。「沛公事危」句用本傳。「鴻門振目一顧」句亦用《本紀》。「振目」即《檀弓》「揚目」之意，此用古變化處，其實當作「瞋目」。

讀真夫子諸奏議，皆實心實政，無一刻不以君民爲念。而其處置熨貼，洞悉人情，如有仁有智之人。處置家人婦子之事，每至懇懇惻惻處，使人啼笑，悲喜交集，是千古奉行《感應篇》第一樣子，豈與醵錢飲食無趣談話者同日語哉？

〈韓愈《送温處士赴河陽軍序》〉「非無馬，無良馬。」既無良馬，即是無馬。靈變不測。

曹子建《七哀詩》：「明月照高樓，流光正徘徊。」「徘徊」，月徐行貌。東坡「月出東山之上，徘徊斗牛之間」，豈謂餘光未没，似若徘徊耶？李善註誠陋矣，又不如合「正」字意。

〈韓愈《送王秀才序》〉「阮、陶詩」對「《醉鄉記》」。「彼雖」二句承「隱居者」。「未能平其心」二句點破「無所累於世」，「有託而逃」點破「旨於味」。「託」謂託於酒，「逃」謂逃於醉鄉。「簞瓢」映「醉鄉」，「歌聲」映「記」與「詩」。「汲汲」二句又點破「未能平心」二句。文心細入秋毫，反覆盡致。從記入詩，月移花影；從醉鄉之徒入顔、曾，從顔、曾入聖人，峰巒插天。「吾又以悲」一句兜轉，有萬鈞力。「怪」字、「知」字、「悲」字，婉折次第，俱臻妙境。

〔韓愈《送區册序》〕「無所爲而至」，含蓄有味。「樂仁義《詩》、《書》」、「不厭乎貧賤」，正與此應。

〔韓愈《送楊少尹序》〕「無所于歸」與《論語》、《孟子》參看，便見其下語之工。一曰「無所歸，于我殯」，一曰「窮人無所歸」，今罷官而亦若是。

真夫子翰林詞草，雄深渾厚，以西漢之質爲唐、宋之體，是一大作手。其意度波瀾最爲整暇，每篇必有結構折旋，如組如舞。今人作制科文，如戛破甕，撞木罌，何也？

〔韓愈《送楊少尹序》〕「世嘗説古今人不相及」，此句承上起下，直管到「中世士大夫以官爲家」。楊少尹，今人；二疏，古人。「其意豈異」應「不相及」。「余」字及「送者」、「觀者」、「太史氏」、「工畫者」、「愛而惜之者」、「長於詩者」，皆指今人。「當時二疏」云云，指古人。「同不同未可知」應「不相及」。「若中世士大夫」「無所于歸」者，此誠不及古人遠甚。賴有一賢楊侯無愧於古之鄉先生，可以風世而復歸于古也。此通篇結構筋眼所在。讀之三十年，今始清徹。韓文豈易讀耶？

「古今人不相及」，「古之鄉先生可祭於社」，首尾關鍵如一綫。

誠齋文在諸集中可自作一子，脱盡蹊徑，建立宗風，知之者或鮮。宋人摘之爲《文膾》以便初學，亦有見在。

閲《戲鴻堂帖·前赤壁賦》，東坡手書，「洗盞更酌」，「更」字下音平聲。「而吾與子之所共食」，非「共適」也。考亭集註：即此一字例之，如差誤不少矣。不知爲不知，難言哉。昔先大師極言改竄「適」字之非，良有以也。「眼以睡爲食」，「鬼以法爲食」，見内典。

昌黎《與孟尚書書》，實予而陽排之。予者，如大顛之人品造詣實是君子，安得誣之？排者，爲愚夫婦求利益諸事，至於壞身破家，傾國如狂，實足以敗俗，安得不排之？參《憲宗》、《武宗本紀》自知。昌黎何等天姿，肯拘執而不化者哉？宋朝真西山亦爾。

枕上悟得昌黎書有三種體式。上書極文，皆可書而誦者也。與友人書，文而兼質，叙今昔情事，於理應爾。又一種純用質，如晤語，只是土音，不作中州語，《與馮宿論文書》之類。此即後來尺牘體耳，但當時未立此名。東坡《與秦太虚書》皆是尺牘矣。後人以短者爲尺牘，長者爲書，非是。

《赤壁賦》用韻最活，時或不用韻，時或叶韻，皆有自然之趣。

《晨入夜歸書》，人知其波瀾圓活，不知其詞旨峻厲。《毛穎傳》贊以獲麟絶筆事巧映。然孔子時實無兔毫筆，明與蒙恬一段自相矛盾。平心而察之，皆醇而肆焉，難言哉。此從無拈出者。

唐取士有三科：由館學者曰生徒，如今監生；由州縣者曰鄉貢，如今秀才；制科則天子面試，以待非常之士焉，如今庶吉士。鄉貢科有進士、明經、俊士以及童子等科。童子自十歲以下，明一經及《孝經》、《論語》，誦文十俱通者予官，通七者出身，與明經之難相去遠甚。《送張童子序》「一舉而進立于二百之列」，即所謂出身也。「益通二經，拜兵曹參軍」，即所謂予官也。其明經科有兼通三經、五經者，二經其常額耳。向來尚未的確，今考《唐書》，訂定詳見，亦常抄本。

閲《篁墩集》，傳註之文耳。理似醇而有僻處，局似正而有支離處，每類時文，則尤靡矣。

東坡「大江」詞「亂石」二語本諸葛武侯《黄陵廟記》。又《放鶴亭》以鶴與酒並提，本孫氏瓊《與從弟孝徵書》。方知古人無有無來歷文字。

《王文恪集》渾雄典雅，浸漬于《左》、《史》、西漢而結穴于昌黎。其尤長者，碑銘之作，如《文信公》、《岳武穆祠》等記，博厚之至，與韓文不知孰爲先後也。嘗稱《渭南集》，又嘗推范成大爲賢相云。

《七十二峰記》以馬迹、東西洞庭爲提綱，其餘以次附見。又分兩層，先及有居人者，次詳列焉。其間凡作兩層關鎖，有牽連，有穿插，有合并。驟閲之，幾目迷五色。細按乃見七十二峰不多不少。「貢湖」句則又牽前《五湖記》也，真神明於韓之《畫記》。發源則從《西南夷傳》來。

〔柳宗元《送薛存義序》〕僅不敢肆其怒者，勢也；未嘗無怒之罰之之意，理也。汝勢雖尊而理實同于盜傭，其奈此民怨怒何哉。「達理則恐而畏」，即所謂「自反不縮，褐夫惴焉」者也。《書》云：「可愛非君，可畏非民。」又「莫敢肆其紬罰」，隱然見朝廷不能操賞罰之公。含蓄尤妙。「考績幽明」句正與此應。「故」字應作「姑」。

文恪發源《左氏》，結穴昌黎，次第起伏，通身手眼，而含蓄典醇，真盛世廟堂臺閣之文，無以議爲矣。

荆川發源《史》、《漢》，結穴大蘇。心學則尊陽明，議論必本經術，卓然有用，豪傑之文也。其一種蒼莽矯健、翻覆變化之意，風雲龍虎出没於筆底，震川且當之而靡矣，況迂迴冗腐之《白華集》，可與同年語哉？

震川文妙在文弱中有儒雅氣象。若以矯健求之，便是肉眼。《烈婦傳》自謂傳世，然無甚出人頭地處，以其過質，未脱口供氣息耳。

〔韓愈《送浮屠文暢師序》〕「則揮之」、「則進之」，發源：「孰傳之」，結穴。「而問之」、「而請之」、「而語之」、「而瀆告之」，洶涌奔突之中有連山斷嶺之奇。「瀆則不告」，《卦詞》；「瀆，蒙也」，《彖傳》詞。烹煉尤妙。

〔韓愈《祭十二郎文》〕「長我育我」，見《詩經》。「長我女與汝女」本此。「教」、「成」二字相應，「長」、「嫁」二字亦相應。以「成長」斷句，與「教」字不通貫矣。

選荆川文頗有見。文格得韓之謹嚴，荆川得韓之雄渾。王文已有評本在，亦常處。荆川《元化正典序》學歐，而正反照映之法細而無痕，深得昌黎家法，似又非歐所能。歐之學韓在波瀾意度之間耳。

〔韓愈《鱷魚文》〕「昔先王」、「及後王」、「今天子」，峰巒相映，脉絡潛通。以德之厚薄分幅員之廣狹，而鱷魚宜處、不宜處亦於此分焉。君子三自反，意思精微，凶類能無心折？「且承」二句結上，「有知」二句起下。一則樂地，二則便道，三則寬限。大度深恩，甚令鬼神雨泣。聖賢之理，聖賢之文。

同此疆宇，忽遠忽近，筆意開合。「江漢之間」、「六合之内」，陪得醒。「驅而出之四海之外」，「不可與刺史雜處此土」，通篇主意，有賓有主。「溪潭據處」云云，「以肥其身」承「淹涵」，「以種其子孫」承「卵育」，「以生」又承「種其子孫」，「以食」又承「食民畜」。

「江漢之間」，「嶺海之間」，兩句相對。「且承」四句承上起下，畢竟屬下半篇。「傲天子之命吏」直頂此來，界限分明。

「況禹迹所掩」三十四字，只演得「潮州」二字耳。其法從《左傳》來，縮之則「況潮」二字，申之則「況禹」云云，奇絶横絶。

若思若迷，不知誹笑，畫出發憤光景。學人不從此間過，皆成點額魚耳。《王臨川集》，誌銘多精潔古雅。王文恪從此入手，而變化或未逮。彼其得力于《史記》者深，而涵養更勝，故端倪不可測也。

王介甫文如絶磵寒梅，疏花的皪，妙在骨幹，不在花也。

讀《東坡集》而覺文章之易，讀《臨川集》而知文章之難。善哉昌黎之言：「文不論難易，唯其是耳。」

文境幽深，文致清新，無如介甫，胸中不染一塵乃能之。

介甫多從韓出，其法不密于韓。然讀韓而使人油然以喜，讀王而使人惕然以懼，則其涵蓄之深淺見焉，并爲人之寬和狷介分焉。誰謂文章無關性天哉？

「西北有高樓，岧岧峻而安」，陸平原《擬古詩》。《超然臺記》用之。

《韓愈《讀荀子》》「醇乎醇」，九轉丹也；「多醇少疵」，尚未成丹也。抑揚妙甚。

「喜爲異説，敢爲高論」，東坡斷荀子極透。乃行文間有似之者，如「武王非聖人」之類，則又荀子所不道也。少年輕于論議，晚年亦悔之。

《醉翁亭》章法短，俱用「也」字爲界，必無先寫滁山數十百言之理。俗人好爲誕語，眩後人不少，罪與「落霞孤鶩」一聯削去「與」、「共」並按。

〈歐陽修《送楊寘序》〉「小矣」跌起，「至也」轉關，并下四「也」字，一氣遞過，直至「動人」句一截。「深」字與「小」字緊扣。然泛説動人，豈不更增哀怒，故須「醇古淡泊」一轉，方是正龍入穴也。格法婉密，局勢飛動，與昌黎比肩。「取其和者」應「受宫聲數引」。「道其」、「寫其」應「治」字；「抑鬱」、「幽思」應「幽憂之疾」；「感人之際」應「久而樂之」；「亦有至者」應「不知疾之在其體」。而「動人必深」，「感人亦至」兩句，前後相照。前爲道滋傳神，後爲自己傳神，非歐公善琴不能道此。又「至者」亦倒應「至也」。又琴和則心樂，樂則忘憂而病去體，此天然脉絡處。

〈歐陽修《王彦章畫像記》〉「想見其人」，引動畫意，用《屈原傳贊》，神而明之。

《琴記》第三行不徑接「斷紋」，作一虚歇，伏「其聲」一句，爲後張本。又伏「古今」一句，隨以「斷紋」證之。言雖不定何人，而古無疑也。叙琴暉處又迴顧三人，隨接入琴聲，與「其聲」句應。章法天然，烟雲滿紙。不取金玉而取石暉一段，尤有太羹玄酒之味。向下遥接琴聲，點出所長，趁勢結歸三琴，致珍惜之意，迴顧「足寶」、「兼有」。步步入勝之妙，詞不絢而趣有餘。此古文最上乘，非鹿門所知也。

「其一」、「其一」、「其一」，前後相對。「傳爲」二字便含「不知」，而「不問」又對「不知」看。

三琴中尤愛一琴。雖愛一琴，而二琴終可寶。用意週匝。

《御飛白記》，無穿插，只是直寫去。看他是何等識見，何等氣象，昌明博厚，真典刑也。西涯較碎而薄矣。

歐公《答樂秀才書》既謂「今時士大夫之文，彬彬兩漢之風矣」，又謂「如我今所爲，萬不可學」，而囑以「順時」，其意安在？得毋以超然自得爲貴，與太史、昌黎相比肩，又有非當時士大夫所知者耶？

《與徐無黨第二書》取其叙陳烈事，「詞意甚質」。知此方可與讀《史》、《漢》、《五代史》。

《送廖倚歸衡山序》，將韓《送廖道士序》約束爲十數句，最爲峻潔。以下自出機杼。結尤雄渾。變化古人，當知此意。

較正《送田秀才》三四處，向所疑滯豁然，善本之妙。

批「御飛白記」，照全集改「輝而」爲「輝如」，「燭天」爲「屬天」，皆快甚。「山水」二字一讀。「輝如白虹，變而五色」，此天然對法。上句亦用「而」字便不通。坊刻之誤如此。「屬」亦勝「燭」遠甚。

王文恪刻孫可之集，以爲讀韓文者之方便，猶乘桴而後可以入海。余謂不如讀歐陽集可以直闖龍宫，探其寶藏，豈獨乘桴而泛巨浸哉？

《與樂秀才書》：「時文雖曰浮巧，然其爲功，亦不易也。」此三句後生當着眼。倘畏難而喜易，必至庸冗無成。若求奇而爲怪，陋不可耳。

呂强奏議絶工，當出一名手。「而陛下不悟」，「而」字當迴文於上句之上。「荒蔬」，「蔬」當作「疏」。

銀杏空疏，不中梁柱。王維詩「文杏裁爲梁」，自謂杏耳。歐公《伐樹記》：「杏之體最堅密，美澤可用，反見存。」此亦足爲證也。今人以文杏稱銀，誤也。

〔歐陽修《樊侯廟災記》〕「風馳雹擊」應「大風雨雹」。「雹」誤作「霆」，便爲不了語。上文可按。「足有過人者」，「足」亦「實」字誤。

《皮日休集》一本，佶然以生者也。此人豈降黄巢者？放翁力辯之，功偉矣。

楊東里文，渾乎歐、曾之文也，當爲本朝第一。宋文憲渣滓未化，西涯則幾更力弱矣。余向有其集，不識其爲真古文也，遂以易書。今復見之，余題誌墨迹宛然。一讀一心開，惜無資以還舊觀，不覺太息。

評《思潁詩後序》，删後四句，不通之甚，必俗子妄增耳。删《李氏東園記》，以其貶之甚似有宿嫌者然。

《廖氏集序》，雄渾矯健之氣，如蛟龍粱雲物，的是偉作，昌黎之難弟。

選楊序完，如飲醇酒，盛世之文。

《和秦太虚梅花》結句「畀」字當作「有」字，與《喜雨亭記》「歸之太空」正同。「畀昊」難通。

韓、柳直接史公，非唐文本色。《文粹》混録之，要爲無所知耳。〔歐陽修《樊侯廟災記》〕「薄而爲」、「凝結而爲」應「侯怒而爲之」。〔歐陽修《梅聖俞詩集序》〕「山顛水涯」矣，又着「之外」二字，豈非贅疣？善本無「之」字，則「外」「内」相對，章法井然。故知俗本爲可恨也。「蟲魚草木」二句是在外之景，「憂思」一句是在内之情，「興于怨刺」句是合内外而言。「羈臣」句承「内」，故着「道」字；「難言」句承「外」，故着「寫」字。須一一理會分明，勿被古人瞞却。

詩景奇怪，乃人情之所難言。而能探之，則能寫之矣。承接最精，非心細于髮不知也。當與李二説之。聖俞亡後乃掇其詩而序之，則「年今五十」，「今」字大謬不然矣，當作「垂」，或作「及」。「魯頌」，「頌」字衍。

《送高閑序》明説其草書但得旭之迹而未入神，解説來陸離變幻，使人目眩耳。閲古文全要覷破大意。

評《張秀才序》是歐公第二等文，説理最醇正。

昌黎《送鄭尚書序》「蠻夷悍輕，易怨以變」，錯簡也。今移置「踪迹」句下、「控御」句前，上下兩節，文勢沛然矣。想此等從無校正者。韓負後學耶？後學負韓耶？

補評《盛山詩序》〔點校者按：此爲韓愈文。〕、《子漸字序》，歐公第三等文字。評《李翺第二書》，入妙，此書當爲集中第一篇。

《書聖俞詩後》，畢竟不及《送東野序》遠甚，以其衍而嫩，昌黎高古奇宕之氣頓盡矣，要非公得意筆。東坡作文初未嘗執筆學爲如此之文，正謂此耳。又集中時賦時論諸作，卑靡滑澤，殆亦昌黎所謂「近于俳優」者耶？不知朝廷要此何用。

《易童子問》頗有見識筆力。

《論尹洙葬銘》可得作文之法，自恨其粗疏。

「同聲相應」，唱和詩文亦爾。如昌黎作《樊宗師墓誌》即學樊，歐陽作《尹師魯墓誌》即學尹。余《和去華詩》亦與古人暗合也。

〔歐陽修《樊侯廟災記》〕「鄭之盜刳像」、「而近鄭之麥皆被災」、「怒亦甚矣」，此皆照應剥换入微處。

選楊東里文集粗畢，俟暇時覆閲之。要之，渾然光岳之氣，盛世之人之文也。所述名言善行多可佩服。

〔韓愈《答劉正夫書》〕「師其意」，則有淵源；「不師其詞」，則有自由。分具此二句，頓漸相資，論文莫精於此。若「師其詞」之意，一毫未忘，總爲寄人籬下。其所以寄人籬下者，總由未得其意。若得其意，便如數家珍，有何難事。東坡云「了然於心」，「師意」之謂也；「了然於手」，

「不師其詞」之謂也。

〔歐陽修《瀧岡阡表》〕「劍汝」典甚，只一字見太夫人之文，神手也。若《新唐書》列傳又失之太文，甚無謂也。

〔韓愈《贈崔復州序》〕「其禄足以仁其三族及其朋友故舊」，此句人説不來。

《梅公墓誌》云：「前卒一歲，余始拜公于許。」則梅詢乃歐公前輩，聖俞，其姪也。

《聖俞詩序》所云「輒序而藏之」者，即《書稿後》一首也。「論之詳」即指此及《葬誌》中所言也。《誌》末亦云「世謂詩人少達而多窮，蓋非云云工也」，是平日相謂之談，《序文》起手亦然。謂《序文》本於《葬誌》則可，謂《葬誌》本於《序文》則不可。聖俞没於嘉祐五年，葬以明年也。蓋嘉祐元年，趙概薦其經明行修，乃得國子監直講。三年，韓絳又薦，不報。初以從父蔭補太廟齋郎，歷相城、河南、河陽主簿，後三爲縣令，監酒税，簽署節度判官，拔國子監直講，累官尚書都官員外郎。

團茶八餅，重一斤。君謨爲福建轉運使，始造小團以獻，凡二十餅，重一斤，價值二金。然金可有而茶不可得。每南郊致齋，中書、樞密各賜一餅，四人分之。見《歸田録》。

《晝錦堂記》，如「庸人孺子易而侮之」，「不禮於其嫂」，「見棄於其妻」，畢竟俗調，亦不稱題，東坡斷不爲此。此特文忠公應試時論、時賦之餘技耳。

歐公云：「不寓心于物，真至人也。」此語大有省。

李、杜優劣非定論，杜得李之一節，尤爲不知杜者，恐非歐語。

歐公小詞爲盛德之累，不及介甫古峭。

歐公謂學書當博觀而自成家。吾謂學文亦爾。不然，終是優孟爲叔孫衣冠耳。

《六一傳》非傳也，而强名之曰「傳」。此歐公之人之文所以爲神龍也。使長樂老讀之，正不解爲何説。

評《真州東園記》，入妙。又補評《許氏南園記》，兩記須合看。東園在治所，尚有關係，故爲之詳書。然皆子春之口述，占地自高。結處亦但説居官政事，爲園只輕綰，且特挈其與客同其樂。命意最嚴。若南園又何煩喋喋哉？詳書其孝弟傳家，其所以屬望子春者深，而文亦不苟作矣。此皆先民立脚，不可忽過。

《濮議》不絶所生父母，仁至義盡之論。至今右王珪、吕誨而左歐陽、韓公，皆耳食之見耳。觀舜逃海濱以救父，則堯之天下與生我之親，果孰輕而孰重乎？但其序文引武王伐紂尚未確，紂虐被生民，可伐也，親不可絶。

評《補詩譜序》，大費苦心，尚有疑者。十四國及古太師所列，無鄶風也。

評《晝錦堂記》，頗悉其妙，童而誦之，今乃知之。僭節「季子」二句，未知可否。

按胥公卒于寶元二年，公時爲乾德令，年三十三。聞訃，當致書于胥氏，不當與刁景純明甚。又按皇祐五年，公年四十七，歸葬其母于瀧岡，胥、楊二夫人祔焉。《與梅聖俞書》有云：「胥太祝且爲申意。某卜葬地，尚未買得。相次既定，當有書報他也。」意謂祔葬胥夫人，故報它消息，使來會葬耳。則前書定與胥氏子無疑。然遍考書簡，亦無與胥太祝一札，所失亡必多。

胥偃見《隆平集》，大中祥符五年登第，屢歷外官。景祐初，知制誥。久之，爲翰林學士，權知開封。卒年五十七。子元衡。歐公受恩最厚，而不爲作墓誌，何也？

早起，閲《先春亭記》，覺得浄煉勝于別集。既而閲《與徐無黨書》，有合愚意，因記于左：「所寄近作尤佳，論議正宜如此。然撰述苟多，它日更自精擇，稍去其繁，則峻潔矣。然而必勉强簡節之，則不流暢，須待自然之至。常宜在心也。」又云：「作文之體，初欲奔馳，久當收節，使簡重嚴正。或時肆放以自舒，勿爲一體則善矣。」

評定《準詔上書》十一葉，入細，見得歐之渾厚勝於東坡之痛快，亦世道使然歟。歸、嬀同音，見歐公《州名急就章》，龔、恭亦然。

《曾子答友人不肯事有若書》，泛濫不根，決非歐公的筆。

評《春秋論》三首，吾驚其河漢而無極也，其實只辯得「公」字、「弑」字書法耳。知此無枯題。

《濮議》真羽翼六經之至文也。當抄出，以正吕誨、王珪等之大謬不然。

歐集之義藴富於昌黎，不可不逐項細考。

王半山進神宗以「三不足畏」之説，即武王數紂惡所云「謂敬不足行」者也。通經之學安在？故知鑽故紙全不濟事，心術不明，六經皆襲義耳。朱子晚年議論可以出汗。

何謂天意？凡人以不謀而同者即是天意。古今興亡無不于此決之。故觀天下者，觀人心之向背而已。其或以榮禄係心而與大衆乖者，是謂同惡。非人心，即非天意。

《禘祫議》「不敢自專」，「敢」當作「欲」。「未合適從」，「合」當作「有」。此從來誤刻，不必致疑。

《震川集·王孺人畫像贊》「景帝珠」三字出内典，本無可疑。元恭疑其誤。余向嘗抹去，細註而還之，今仍舊。足見校讎之難、虚心之難。

《野鶴軒記》，劉公洞在西山，余曾屢遊，今作「東山」，俟考。六人姓名豈可抹去，亦敢矣。

「慈溪」句上缺「邑令」二字。

「峻如馬遷」，見《昌黎集》。子厚謂「參之太史以致其潔」耳，小簡中當改正。

震川文每有一種清韻，如絶磵梅花，自是宿生帶來，其學力則不待言。

韓、歐穴絡入微處，震川未數數然也，古在波瀾意度之間。

偶閲震川《贈坤上人壽序》：「我慢如天大。」其於佛理一字不曉，而强作解事，真堪捧腹。

黄陶菴不至此。牧齋則居然作家，品却不佳耳。

范石湖、衛清叔皆崑山人，見震川序文。

選歸集誌銘一卷完，此震川所長，當國史讀。

「禮生於心，孔子不言而言儉，從其始而求之，未有不得其心也。」見震川《本菴記》。

蘇州田不及淮安半，而吴賦十倍淮陰、松江二縣，糧與畿内八府百十七縣埒，其不均如此。右見歸集。翠雲、朵峰，石名，見歸集。

閣下謂老鈴耳，不斥言，故云。歸元恭尚失考據。

〔《史記·劉敬叔孫通列傳》〕「作原廟，以複道故」，其説未明，又無註，想是請高寢衣冠，從複道至原廟，所以掩廟上行之失耳。

《月令》「王瓜」，震川斷爲今之黄瓜。

震川《與顧懋儉尺牘》：「日來讀書稍接續，甚好。但須沉着，莫輕放過。望并以此規切二子也。」

岳珂《金陀粹編》辯五大件，筆力勁快可讀。最可恨者，薛弼爲參謀而黨于檜建儲一事，力詆武備，載在《名臣言行録續集》。余向在戴氏樓見之，亦爲其所惑。及讀此編而豁然。嗚呼，讒人罔極，信哉。

《復讐狀》「不可勝數」句總承上文。舊誤。

讀《震川全集》，合作，如飲醇醪。必如此乃爲唐宋真子。牧齋諸誌銘多粗率，遠不及也。

茶曰「芳茶」，見昌黎詩。早取曰茶，晚曰茗。

韓湘子，登長慶三年進士第，後證仙，果即昌黎之姪，小字爽。

「傅説爲胥靡，築于傅險。」註云：「虞虢之界有澗水壞道，常使胥靡刑人築之。説賢而隱，代胥靡築之以供食也。」

曾子固《上歐蔡書》謂《貞觀政要》，「雖皋陶、禹、稷與虞帝上下謀謨，未及其委曲備具」。此其識見僻陋處，雖王荆公亦不至此。須知《尚書》是何等言句，《貞觀政要》是何等言句，其修身正心學問又不必論。

王臨川文佳處真有扛鼎之力，捕龍蛇、攫虎豹之勢。其以學術自負，而卒以壞宋之天下，亦横現仄出于筆端，要非苟然者。然較之歐公，則誾誾行行，氣像固不侔矣。又有一種近於時文語句，雖在彼爲降格，學者亦可得制藝門路。

董若雨《雜著》駁《詩歸》，辯《樂序》，有獨得處，説經便成魔語。使夫子再生，必蒙少正卯之誅。詩句頗有島瘦郊寒之意，可取也。

匡衡《奏罷泰元》章中「鸞路龍鱗」四字爲「涓選休成」，又《奏罷天地》章中「黼黻周張」四字爲「肅若舊典」。後人湊以兩句分冠於後篇，不成章矣。右見《董若雨集》，發千古未發，所謂好學深思者也。

老泉《洪範論》，見道之言，一洗劉、孔二儒之陋，接孟子心傳。歐陽公不能爲也。

歐陽公稱半山之文，然謂其當恢廓，又「孟、韓文雖佳，不必有意效之」。此從上宗眼。王文恪公極稱「王介甫得昌黎的傳，歐、蘇皆不逮」，正落介甫窠臼中。古今人不相及如此，論文洵不易易也。

「洗盞更酌」，玩「洗盞」二字，東坡雖不能飲，而深知酒意。啜茗亦爾，杯須不時洗，壺亦然。李剩齋云：「須冷水若熱者，便有湯氣。」

子由《上兩制書》，識議超然。東坡難爲兄矣。右《題（灤）〔欒〕城集》。

《代張安道論時事書》、《再論分別邪正劄子》，皆宇宙至文，與《治安策》比肩可也。

子由《古今家誡序》「臣之於君」六句可删。鹿門謂多「儉故能廣」一句，此帖括之見爾。

東坡文如百花正開，極爲璀璨，覺六一文有深永意味耳。以此言之，子由文未必遜東坡也。一種忠義發越之氣，日星麗天，固當獨步耳。曾子固未免小沉晦，而排宕處煞有元神大力，如師子捉象矣。老泉渾厚簡健絶近西漢，有二子所不到者。介甫矜貴似其爲人，終欠自然風度，不但以峭狹也。韓、柳别論。

〔蘇軾《赤壁賦》〕「挾飛仙以遨遊」與前「羽化登仙」相照。「飛行仙」見《楞嚴》。又《醉翁操》：「翁今爲飛仙。」坡公極贊本經，故每用此。

赤壁山在武昌府嘉魚縣大江之濱，周瑜破曹公處。東坡以黄州赤鼻爲赤壁，非也。大江自嘉魚達江夏、武昌。

閲《簡平集》完，文筆高于詩筆，視檀園諸作不啻勝之，惜無人知者。四先生果足以概嘐中人士哉？牧齋《列朝詩選》曾不及一二采拾，彼有作嫋哇之詞者，率皆受厚饋而爲之題詞，公道安在。或曰：簡平視牧齋敗名喪節，方奴畜之，以不登梨棗爲幸。子何惜爲？是亦一快論。

閲簡平《聖姑仲劉謝德玉傳》，不禁鼻酸淚落，是真作手，真人品。惜吾十六七時不及拜見之。時先生年七十餘，尚就童子試，故余及同事也。其人何可復得。

欲知古文妙處，只是熟。熟無他法，只是讀。此吾近日悟透處。一笑。

選八家文，當取其絶唱，若互能者不取。此一法也。韓別論。

評《七賢圖序》，好甚。此等非肉眼所知，如趙五娘剪髮，鄉里人厭聞。始知六朝愈濃愈淺，漸至失真。

南豐《隆平集》二十卷，乃爲史官時所撰，紹興十二年趙伯衛序。價二錢，色九成，選八家者不知有此書也。

狄梁公以醫科出身，見《王簡平集》。又責李忠定不應殺三歲之王子旉，又以乳母殉之。此正論也。但謂張浚不當殺張邦昌，可謂大謬。邦昌儼然衮冕而處宫闈，其罪可勝誅哉？

評定《豐樂亭記》，此文中二節最難理會，今已瞭然。其間細目亦密甚，一一點清，正恐讀者頭悶耳。笑笑。

高叔嗣，字子業，年十六作《申情賦》萬言。十八舉于鄉，嘉靖二年進士，卒年三十七。生與陳友諒同干支，其卒亦友諒禁江之年也。

「牛後」對「雞口」，非謂居牛之後，語意極頓挫，即指茹退也。言雞口所啄甚微却可貴，不似茹退臭穢而徒大也。

嘉祐間，文體大壞，僻澀如「狼子豹孫」、「林林逐逐」之語，怪誕如「周公伻圖，禹操畚鍤。傅説負版築，來築太平之基」之説。歐公深革其弊，知名者黜落幾盡，拔二蘇高等。牓出，士人紛然怨謗。五六年間，文體遂變。右見歐陽棐手録《事蹟》。

評《與張秀才第二書》，段落無痕，覺費力甚，何時涉古人之藩耶？書之以志吾愧與憾。

〔歐陽修《梅聖俞詩集序》〕「序而藏之」以上是原序，以下是跋尾。「故不復云」者，言既有原序，又於誌中詳論其詩，故不復再序也。按誌之結句即此序之起句，可以互證。若身後作序，不當遺却後十五年事，而斷自五十歲時也。跋尾應是夾註於原序之下，録者誤合爲一耳。今正之。此説發端於張漢瞻，而余爲竟其義如此。「年今五十」，「窮而將老」，「今」字、「將」字正相應，從舊爲是。

評定《與石推官書》兩首，滔滔雄文，壯年别一格，發源於太史、昌黎。

草木萌芽曰「榮華」。「桐始華」，亦謂初萌葉耳，若開花正在六月。

評《金石録目序》，改起句「之」字爲「者」字，其「强」字屬下句。古人冥加之力也，快甚，快甚。亦何異得秦分漢篆耶？評在亦常刻本。

朱子定論，只原編好，錢德弘編入二卷便有病痛。

陳眉公《古文品外録》，誤註「王子淵」爲臨沂王褒。

〔韓愈《進士策問》〕「機事」句總申上文，「害」即失也。此特機事耳。若大猷大政，謀及庶人矣。昌黎發問以此。偶與晉臣言，記之。

閲《荀子》，豈特小疵，譏子思、孟子而尊孔子，蓋欲僭入聖門第一座耳。其狠謬何如。既不知子思、孟子，其尊孔子也特誑而已矣。文亦駁雜，反不如《晏子》因事納忠，無夸談也。大抵有意立言，是一大病。

《頌天臚筆》可觀，金昇述，朱白民序。

蔡端明文章清遒粹美，見歐陽文集。又云：「閩俗重凶事，以豐侈爲孝。姦民、游手、無賴子幸而貪飲食，利錢財，來者無限極，往往至數百千人。至有親亡，秘不舉哭，必破産辦具而後敢發喪者。公曰：『弊有大於此耶？』下令禁止。」今嘉邑風氣亦爾，無人以救正之，可歎也。

楚襄遊雲夢，遥望高唐，雲氣特異，而問宋玉。玉因述先王遊高唐而夢見巫山之女。女自稱「爲高唐之客」，蓋謂宫觀自屬楚王，神女特棲托于兹，故言客以自謙，不敢爲高唐之主，非謂巫山至雲夢爲客也。楚襄因令宋玉賦之，亦以身未至高唐，欲想像之故也。賦中起四句，高唐、巫山，總挈分明，則高唐定在巫山。王問：「方今可以游乎？」玉對：「必先齋戒，差時擇日。風起雨止，千里而逝。」此又高唐不在雲夢之確證也。牧齋註失于考訂耳。

閲《荀子》，亦大有豪傑之氣，宜韓子亟稱之。

《荀子》詞苦繁蕪鉤棘，如後世做程策者。《孟子》如鐘聲，叩之而鳴，隨其叩之大小，鳴而即止，無隻字駁雜落戰國風氣，昌黎所謂「醇而後肆」。直是孟子真骨血，豈容易道此一句。

有學詩文多冗長率筆，唯誌銘有可觀，非庸手所能辦。

連日看《綏寇紀略》，有所感觸。梅村只此可傳，文集可燒也。《雙影》亦佳。

「負劍辟咡詔之，掩口對」，言負小兒於背，回頭語之，須掩口以對，恐口氣觸長者也。若云「挾于脅下」，不合語義。「負」如「周公負成王」之類，至後世魚袋猶其遺製也。《魯論》言「懷」，《詩》言「腹」，亦舉一隅耳。又云「襁負」。又《弔古戰場文》亦云「提携捧負」。

王欽若、杜鎬以「神道設教」一語遂成天書之誤。宋人經學不明如此。夫「神道設教」豈是之謂乎？故曰「讀經不明，不如歸耕」，言恐貽禍於世也。

「神道」猶云「天道」。風行于地，其感無形，故曰「神」。夫子曰：「君子之德風，小人之德草。」上文明有「觀天之神道」句，豈鬼物之謂哉？

評《濮議》二篇，共十六葉，宇宙至文。《晉問》、《五代問》，《濮議》之餘波也。

漢瞻論《十九日上宰相書》有着處，因爲發揮，使暢達無剩義，甚快。

以《紫陽集》付坦士抄。渠檢出《梅溪集序》爲董文敏《足恭篇》所出，真見先輩讀書用心處。

《送石處士序》「又酌而祝」，即借上文贈别之詞以當介壽之詞。望之似有，即之還無，若雲山相映帶也。

《諱辯》總發揮「不諱嫌名」一句。蓋「晉」、「進」近於嫌名也，「不諱嫌名」以《律》爲準，以周、孔之經爲證，而以史佐之。昭王承周公來，曾子承孔子來，「作法制以教天下」，固周、孔所不諱者。

「事父母」云云，暗承「法守」句來，神脉深微。

「爲是」、「爲非」，「爲可」、「爲不可」，首尾照應。吴坦士說。

「言語行事」伏「事親」、「作人」及「諱親之名」。亦坦士說。

「作人」即「遐不作人」之「作」。

夜來檢《初學集》，忽見牧翁逗漏處，如《劉招題跋》是也，《節婦傳》亦有不堪者。

朱子《言行録》去取謹嚴，續集便濫，且有不必載之瑣事，可删也。其間有褒忠之文，可抄録。

燈下評《諫臣論》，有會心處。此道全貴温故，能温故，自知新矣。

王介甫文從昌黎發源，只是剗去波瀾，獨留筋骨處，然畢竟是二乘禪。且如夫子言語，何曾不簡要，亦何曾不波瀾耶？如「割雞焉用牛刀」、「魯無君子者」、「天何言哉」之類。若盡學「道千乘」、「弟子入孝出弟」等體製，非接物利生化工手矣。孟子更不待言，而知忠義之言，石湖非不會説，但務實事，不必只管空説。放翁氣魄大，不知范自是籠罩得放翁下。

權德輿序雪霜月三白，頗奇崛，然畢竟非文體，何不爲歌行代之。

閲梅村文，大約堆積敷衍以爲闊大，而脉理不清，神骨庸鈍，於八家全無得也。扶弁州，闢虞山，見《太倉十子詩序》中，持論未當。《續稿》實勝《四部》，乃以爲「晚年頽然自放」，無乃扶之而反以抑之，亦見其愚矣。肥皮厚肉，真是可厭。如此學八家，瘴霧彌天，安敢望六朝門徑哉？起衰八代，固無論也。間有平通者，而索其古意，竟安在哉？

西涯文已臻平淡。平淡二字固未易到。

閲西山文，知西涯文根源殊淺，故意寡而言長。《韓魏公祠記》全不透的，若入西山手，決有中肯綮處，爲桀然巨篇也。

評《答李翊書》已臻神境，作者千古不再矣。

《續綱目》載趙葵、范誠、李全事，精彩焕發，可見宋史大有名筆。即如韓蘄王、岳武穆皆詳整可觀。讀史者慎勿耳食。柯維騏妄加删削，如禿鶖啼耳。人苦不自知，往往如此。

書客來，持《辟疆園宋文選》求售，約三千紙，價一兩。偶閲其中范石湖《菊記》云：「每芽徑尺時，掇去其嫩頭則岐，愈掇愈岐，一本可數十百朵，狀如車蓋熏籠。」宋人不知菊趣如此，與飲酒而取撇積，俱堪捧腹也。又周益公《農器序》辯牛耕始於春秋時，援《詩經》、《禮記》、《周禮》爲證，而駁《山海經註》及王輔嗣註《易》之誤。「犁牛之子」正謂耕牛，古註作雜色解，亦非。文字雄深典健，當購其全集讀之，似在誠齋以上。石湖文秀善，絶無安排如其詩。又讀胡澹菴《記玉音問答》一篇，遐想孝宗之盛德不在仁宗而下，至令潘妃酌玉荷葉杯勸酒，而自歌以侑酒，何其敬愛老臣一至於此。又云：「《上高宗封事》，朕極喜之，而爲秦檜所批抹。因令割截裱好以藏笥中，爲子孫寶物。」此又成康、文景之所無也。

不讀《象山集》，幾蹉過此生，仁人之言其利溥。

評定《上巳彈琴詩序》，入細。又評王文恪序二首，頗得其含蓄處。此千古不傳之秘，西涯輩不知也，宜其制藝稱鼻祖歟。制藝如是，古作如是，人品如是，議論如是，方是有道之人。

文必有法而後巧寓焉，無法則無巧矣。王文恪古文皆取法于韓，巧變則自出機杼，當爲三百年第一，不獨制科業也。奈學秦漢者不知，即學蘇者亦不知，故絶無稱道之者。牧齋《詩選序》謂其文學韓、王，亦本於集中《孫可之集序》，竊其影響近似，亦未嘗深知其所以爲韓也。若王半山體，不過記序中十之一耳。

讀韓，先得其醇，次探其奇。

與《鳳翔邢尚書書》，詞氣剛明而矩度自在，非李青蓮、(袁)〔員〕半千可比也。然傷於淺，非集中上乘。

未脱唐文蹊逕，偶一爲之，以追時好，所謂俗下文字是也。乙卯仲冬九日鑒定。

「爪牙」、「藩垣」、「如秋」、「如春」，現成語耳。

「弋」，《文粹》作「戈」，是。「固已得其十七八」當云「十得其七八」。「若果能」云云，膚詞。

《爲人求薦書》，「不顧」二字相照，結處亦爾。「睆」字但陪説，隱然有主有賓矣。

「前古」一段，竟與李青蓮無異。此後有英雄氣色。

「千萬人」，前後相應，翻覆成文，極爲圓變。

「今幸賴」一段，原委處，不肯草草。「亦不自量」，婉宕。「知」字又有此轉，妙。「知」字掉轉，閑情可愛。它人到此便忙。

雙起單結，以此例彼，元非挂漏。如《荆軻傳》，何必補秦舞陽下落。向頗疑之，今始豁然，翻覺雙結多事。虞集評陋甚。本意謂數言之耳，故以「不顧」二字起局。

《與華州李尚書書》「不宜以疏外自待」，忠。「務爲崇深」，智。言簡味長。親方藥則外誘屏矣。

《京尹不臺參答友人書》，「官帶大夫」，謂「帶大夫」者，豈不如「帶中丞」。「豈得」句一氣下。

「亦是何典故」，唤起「即是故事」句，言雖非典故，聖君所許即是故事。暗用《酷吏傳》「當時爲是」意，文理甚明，有何疑焉？「亦」者，助詞。

《省試學生代齋郎議》，冲夷典雅，源委詳盡，開歐公法門。

起兩句破盡議論，文當爾，不容迂緩。

「小」字、「賤」字貫串。「豆籩」承「小事」。「不以」二句，隱然交互，此疏中之密，承「賤士」。

「蓋取」總結「賤」、「小」二字分明。「事」字結上。「以」、「不以」，正反呼吸。「不可以」又反挑。

「豆籩」、「奔走」承上分明。「不可不敬」，亦須習熟禮儀，便見不可代，伏後案。

「事」字粘上。「雖小」，明非幸進，伏後案。兩「不可」相應作章法。

格必正，意必顯，句必平，調必諧，應制不得不爾。然起伏照應，辯難敷陳之法，爲先民衣鉢，有餘裕焉。

叙齋郎三節，學生一節，力脱排偶氣習。

要看「既久」、「於是」四字蓋難詞也。兩「以」字結，「其亦」句斡轉「賤士」。「不以」、「或以」相應。「通經」，德；「能文」，藝。「微」字掩映，妙於以抑爲揚。

「知字書」，藝之微者。三「以」字又粘接。「贊化」貼「經」、「文」；「可使」貼「律」、「書」。束二句，得力，對前「奉宗廟社稷之小事」。二句爲通篇關鍵。「齋郎」，主中賓；「學生」，賓中主也。

「自非」一轉，文勢流美，極力掀揭，格意勁滿。

今人以制藝爲敲門瓦稱道於朋友，絶無此念。甚者，以敲門瓦稱道敲門瓦而已，悲哉。又其甚者，文不可學韓，詩不可學杜，魑魅狂走，妖言朋興。吾不知世道何所底止也，悲哉。

「然則」一段，雙關落題，不走一絲。

大者對小而言，大中又別，故曰「其微者」。

明説有大人之事，有小人之事，又明説不可小知而可大受，却不露，只暗用。

「任力」、「德藝」分。「不可移易」，「不可」伏案，「今議者」點題。

出議者本意，是案。「不本其意」，不推本立法分途之意。「蓋亦不得」，此下是斷。

通經習法，何謂「無事」？積勤授官，何謂「幸進」？是謂「不本其意」，「不得其理」。

以下申言「不得其理」，凡二節，此言其不可代。「力也」串下。「所事」對「無所事」，「力役」應「役於官長」，「事」應「小事」。「今夫」四句，合單行五句，以明輕儒之失，最肯綮。

「此一説」，此是當時體制，所謂令人慚者。然尋丈之木，非寸朽所能累，亦小慚而已矣。

有段落却無段落。「小」字及「敬」字，一一應前。此言吾代之不可，排四句以明不敬之義，最確切。

「此無他」三句，挑剔照應法。「非近」句應「不可不敬」。「又有」句，冬烘試官，非此不知起訖，故一一清出。所以逢時，故曰博。「若知其不可」粘上轉身，水窮雲起。

「事」字結前，「本業」應「進業」句，串結巧妙。

搜意精到。上言不習則嫚神，此又言恒習則廢業。雖除齋郎，實驅學士爲齋郎，是謂有實無名，又可以見學士之有名無實矣。思深力透，足以摧議者之喙。

學者，豈今之所謂者乎？宏詞者，豈今之所謂者乎？「大凡」，緩收有度。「不什」用《國策》。「已」字與「又」字相呼應，如彼便已不可，又況如此而可爲哉？

「古」、「今」、「名」、「實」，眼目分明。「考之於古」，結「不可移易」以上；「稽之於今」結二不可；「尋其名」結「知其不可」以下。

總結是當時文體，亦本漢來。

《祭穆員外文》，婉縟恰似，别出機杼。辨之。

「草生」四句，佳致何減陶、謝詩。「曲生」六句，言人所難言，可謂相知心者。

《送浮屠令縱西遊序》，「乘閑」四句，六朝人精語。「於是乎吾忘」應「情同」。

「其來」、「其去」，不類昌黎家數，商之識者。「不可」句應「與其進可也」。

《科斗書後記》，「兩部合一卷」，真寶物，千載之下，令人長想。唐子畏詩有「青草池塘亂活東」句。

《答劉秀才論史書》，此作醇駁相半，勿概抹之。

「凡史氏」，此論極正。以下多牽合附會矣。

「孔子聖人」，此説非是，亦一時英雄欺人耳，不謂柳州眼明手健，遂成話柄。立言不可不慎也。

諸史中豈無冤案，昌黎必有見而云耳。

「其餘文武」，虚心語。「知其無他」一段，了無理致。

「且傳聞」云云，此亦至言，可爲妄作者之炯鑒。

《答楊子書》，其間蜿蟺不定，意公之爲文亦若張旭之爲書，窮究物態而一寓於筆端者爾。

貞元十七年，是時公年三十四，何得自稱老者？

此作沓拖艱澀，不類昌黎所爲。闕疑可也。

《題李生壁》，真樸如漢詔。「是生之爲交」，疑有缺文。

點次俱高古，無隻字涉記遊家數。「求鄒陽」、「悲《那頌》」，胸次何其古雅。

「《祭張給事文》」「乃生給事」，風神在此數語。

「《答魏博田僕射書》」「荷德尤切」對「受賜」句，工甚。

東坡《睡鄉記》以寄其黄農虞夏之思耳。武周時邊徼屢儆，況熙寧、元豐之際。言外有無限感慨，校《醉鄉記》可謂青出於藍。世人誤評，謂是滑稽常態耳。可笑。與《蓋公堂記》參看得之。

《墨竹記》中問詰難通妨，從「牽牛」章得來。

昌黎「《送李愿歸盤谷序》」，「與其譽于前」、「與其樂于身」，無二「有」字。《文粹》如此，良是。

課士論文

林世榕 撰

《課士論文》一卷

林世榕 撰

林世榕，字可亭，廣東海陽人。康熙八年（一六六九）舉人，後授陝西藍田縣令，於任上建義學，延名士爲師，與諸生論文，著《課士論文》。任職十二年，以病歸里，閉門著書，有《瓦注草》、《歸厚録》、《世範纂》、《家禮》等書。年七十四卒。事見藍鼎元《鹿洲初集》卷八《林藍田小傳》、清雍正《陝西通志》卷五三及清道光《廣東通志》卷二九五等。

《課士論文》旨在爲學子攻研制藝提供指導。林世榕爲文「沐浴于韓歐，究心于墳典」（陸肇昌序），在藍田縣令任上，不滿於諸生作文「讀多作少」、「機法未盡」，遂將心得熔鑄於此書。他秉持傳統原道宗經的文章立場，以古文爲根本，認爲「制藝雖古文流別，用殊而體不分，能有得于古文，乃能有資于今文」（自序），吸取歷代古文理論，尤其是韓歐一脉主張，注入八股作法之中，倡導科舉文章應與「聖賢學問」相通，反對片面追求功名利禄。本書結構燦然，以「窮經」開篇，「文辭」束尾，列四十四篇（實四十三篇，「文辭」一篇有目無文），每篇都可謂首尾完具、一氣貫之的論學散文。所論既有爲文準備，如「窮經」、「立志」、「養氣」等篇，也有具體作法，如「字法」、「句法」、「股法」、「篇法」等篇，都頗具識見；乃至文章修辭技巧、風格趨向、藝術取資等，也博涉廣收，「尋源問委，條分類舉」，可謂豐贍。更難能可貴的是，林世榕總能「於前輩諸大家精義名言，淺深變化」（張如錦序言）的基礎上，融液貫通，自鑄新意。如「體制」篇，既肯定「文固以有體爲貴耳」，並引述朱夏之説爲證，同時又特別强调「體愈變者文益工」、「有定體者，固文之體；無定體而有一定之體，又繫于作者之能自得其體」，觀點中肯通達，洞破尊體破體之奥。其他諸篇，亦多類此。是書每篇之末均有點評，評點者有宋思堂、陳雙山、陸蒼巖等同輩時人，也有馬騊、郭毓華等弟子門人，所論也多可觀者，可與林氏之論相呼應。

有清康熙刻本，據以録入。

（劉雨晴　侯體健）

序

夫制科之文，明理而闡道，以學人之思致，發聖賢之微言，其所係誠重矣。小儒不察，視爲弋取功名之具。於是鹵莽滅裂，勦襲涉獵，以思僥倖而詭遇，究之文品日下，而所謂科名者，亦卒不可必。無他，指歸之授受不明而習於苟得也。余視學三秦，思變化而更張之，爰取湯霍林先生《讀書譜》，删定頒行，使士子知科舉之文，原本聖賢，折衷先輩，根據理要，漸摩歲月，非可僥倖而詭遇。乃試士商於，取道藍田，邑長林子可亭出其《課士論文》質於余，余讀之反覆，知其究心於舉業者深也。尋源問委，條分類舉。其言法也，如工倕、輪扁之誨人，瞭若指掌而可見；其中弊也，如倉公、扁鵲之治病，洞視膏肓而立決。卓然自出其獨見，而於先輩論文秘鑰，若合符節焉。至其「窮經」、「舉業」、「立志」、「儒效」諸篇，尤有關人心世道，非僅紙上之空言。士子誠潛心玩索，言下承當，如出暗室而就皎日，如離荆蓁而驟康莊，其有功於制科之文豈淺哉？憶昔余宰河陽，簿書之暇，每召諸生能文者，相與講習討論，月有書，季有考，因是而成名者，至今可屈數指，今可亭幸有同志焉。藍田雖僻居山谷，吾知被文翁之化，將必有瑰奇卓犖之士，一變其夙習，以鳴國家文運之盛。則《課士論文》一書所裨於成人小子者，豈僅曰掇巍科、取高第而已耶？康熙四十二年歲在癸未，陝西督學使者年家眷弟劉凡頓首題於商山書院。

余於丙子秋入秦闈校士，始得交可亭先生，其容穆如，其言藹如，至其一種詩書之氣，蘊藉風流，談吐多有名理，所拔試卷又皆關中績學士，士論重之。别後仕分疆域，或一年，或三數年乃一見。今春余量移户曹，遇可亭於長安旅次，把握劇談間，因出《論文》一帙示余，曰此公餘課士，汲古未工，子爲我點定。余讀而躍然起曰：「旨哉，可亭之大有功于名教也。」夫文章雖小道，所見甚大，精粗鉅細，一以昔聖昔賢爲的，故其所作，無法不備，無弊不除，古以證今，今以合古，抑何善也。嘉惠後學，可以淑身，可以勵行，可以操觚而爲文，可以應舉而適世用，可以爲異日事業之本領，使徒羨才之淹長備諸其美，僅資以弋取科名，亦淺窺乎論文之旨矣。余故表而出之，不敢阿其所好，誌之簡末，以公天下後世之能讀是文者。户部山東司員外年家眷弟宋志梁拜撰于龍山之餐雲書屋。

士生其時，恭逢聖天子以文治治天下，莫不争自濯磨，尋討先聖先賢奥旨，思得其當發爲深醇之文，選于鄉而登之朝，以行其所學。此惟養之厚者能之，使養之有未至，非失之詭誕，則失之卑靡，齟齬鑿枘，剽掠餖飣，又雜出而不可止，無居高者順風而倡，爲之補偏救弊耳。今而知可亭先生之能作人也。可亭幼擅文章，沐浴于韓歐，究心于墳典，乃能落筆瀟灑，囊括萬有，而問字雲亭者，咸目爲伊洛宗風。比年分符藍邑，地迫省會，政不劇而劇，事不煩而煩，乃處之晏然，巨細無不具舉，而孜孜汲汲，以興起文教爲務，延集諸生，月有課，季有考，里巷間惟聞弦誦之聲。又手輯《論文》四十則，資其作法，識高思密，縷晰條分，直可羽翼經傳，扶文運于昌明，收士心于中正，恍見六合之内，復有正始元音，菁菁者莪，爲賦樂育之多士矣。可亭産于潮，潮故韓昌黎所治，文風一變，斯篇立論，不減《師説》，昌黎子學有傳人，其在斯乎？余不敏，承乏商於之上洛，嘗與士子分題論列文章，究未能盡變其頽習，讀是編者，知岐路之有津梁，自不至迷其所往。況上洛密邇鄰封，獲聞見道之言，有不昂首盡向龍門鼓鬣邪？余竊幸敝邑，亦在春風化雨中矣。因序其文，並勸亟付之梓。年家眷同學寅弟陸肇昌頓首拜題。

制舉業之屢變也，變而益上，大約以窮經學古爲第一。蓋經傳者，舉業家之資糧也，徒習時文，而不知經傳爲何物，則枵腹而已矣，飢腸而已矣，即拾人糟粕，亦殘膏剩瀋而已矣。余每與諸士子論文，舉此爲告戒。山城僻陋，家鮮藏書，師無指授，日汨没於時文沿襲中，往往爲之歎息。讀可亭《課士論文》一編，首「窮經」，終「古學」，其於前輩諸大家精義名言，淺深變化，殆有味乎？其言之真得舉業之金針，而爲習舉業者之津梁矣。獨所列「字法」、「句法」、「股法」、「篇法」，尚未備録。余自少秉庭訓，指授最切，可亭豈猶秘而不盡洩耶？抑繕寫有待耶？因憶黄貞父先生論文一則，云眼前通用古人文法，及今名家短峭峻拔之調、頓挫鏗鏘之韻，此即可亭所指「字法」、「句法」、「股法」、「篇法」，彰彰不誣者也。敢贅述爲補亡之末，可乎？藍田美玉，名振寰區，誠沐浴賢有司之教，風氣日上，將見濟濟多士，觸目皆琳琅瓊玖，其所以造之者深也。余濫竽山城，方敬拜下風，未敢效三都皇甫，聊綴卮言，以附其末簡云。甘泉令寅弟張如錦頓首拜撰。

藍田，古京兆之一，山盤澗曲，代有其人，而音歇已久，嗣徽待之後賢。予治事之暇，進諸生端習講藝，月有課，類皆能文，而讀多作少，機法之未盡應手，因告之曰：「制藝雖古文流別，用殊而體不分，能有得于古文，乃能有資于今文，其間讀書明理、論法選言，必有合也。」爰作文論，備諸其體，雖予之言，亦昔人之言。誠引伸類長而有得焉，則襟懷既廓，思理自融，文之進也，孰爲禦之？得魚而忘筌，可矣。嶺南林世榕可亭氏自序。

課士論文目次

課士論文

窮經

林世榕 撰

自有科目，以文章奔走天下士，士之挾策而前，非有得于通經明理、炳炳烺烺之文，必不能有當于有司。蓋自宋經衍爲義，試其三篇，明增而七藝。我國家監二代科舉法，以經義取士，崇實學，黜浮誇。上之所教，下之所習，道一風同。文章可以經國，莫重于窮經之爲要矣。夫經以載道，而道不外實理之歸。《書》者事之實，《詩》者情之實，《易》闡陰陽之秘，《春秋》嚴予奪之權，《禮》、《樂》二記，有威儀音律，自然之節宣。以實理而垂爲典訓，明天道，正人倫，大經大法，經世之本務也。而微言大義，推明其意，備于四子一書。學者當于《庸》、《學》、《語》、《孟》切實處，熟復精思，能窮其理，而後及于群經，工夫次第，不容或紊。且讀一經，必窮一經之旨，取漢之訓詁、唐之疏釋、宋儒之傳注講章，參稽互證，求不謬于聖賢，則經術文章，始爲有據。雖然，經學之失久矣。昔之學者，十五而入大學，三年而通一經，三十而畢，其時未有成説，熟讀本文，皆能有得于道，而力行仁義，以爲身心德業之本。後世科舉之學興，尊經而經益晦。豈今古有異學哉？抑講章盛，有害于道耶？不知經學之難，必有由入。諸儒立說，羽翼經傳，可以啓迪後人。然議論叢雜，不無有牴牾而不盡合道者。貴能考辨其得失是非，乃爲讀書有識。即漢唐之指事詳明，又不如宋儒之說理精要也。況考亭《本義》、《集注》諸書，崇正學而闡繹道真，爲制科令式，同文而無異學。道之隆，治其昌乎。自士急于功利，因陋就簡，循習口耳，未曉經書大義，沾沾以文辭自喜，可取世資。然學之不明，離經叛注，欲以浮華之文勝于人而待取于人，詎可得乎。此非講章之咎，學焉不得其意解之咎。朱子曰：「學者于《庸》、《學》、《論》、《孟》四書，果然下工夫，句句字字，涵泳切己，看得透徹，一生受用不盡。書只明得道理，却要人做出書中所說聖賢工夫來。」許魯齋曰：「講究經旨，須是且將正本，反復誦讀二三十遍以至五六十遍，求其意義不得，然後以古注證之。古注未可通曉，方考諸家解義，擇其當者，取一家之說以爲定論。」由此觀之，道備于六經四書，折衷于諸儒之理，精粗隱顯，無不該貫。經學明則制事有本，于以黼黻一世之猷，爲大儒，爲純臣。是文以貫道，豈僅取世資、博榮名已哉？

宋思堂先生曰：「八比文皆所以闡道，而道不離經，經學晦，則道不明，而文章亦因之浮誕虧實，其貽害于世道人心非淺。故開章以窮經爲首務，俱從大處立論。」

陳雙山先生曰：「鄭夾漈謂秦人焚經而經存，漢儒窮經而經絕。自孔氏刪述以後，說經家未免互有得失，要取明理，斯不畔道。不然，諸儒糟粕，反多誤人矣。此云窮經貴得其精要，且爲揭出六經本原，可稱眼高於頂。」

六經之文，如日月麗天，江河行地。聖人之道，盡見於此。若作文不原本六經，則言無根柢，其文必不能行遠。今士習時文，人鮮實學，幾本線裝書，概置不問，即自己各占之一經，尚有不能成誦者，何論其餘？夫子首揭此旨，其致慨非淺。門人馬駒謹識。

《周禮》、《儀禮》，不列學宫。《周易》廢程傳，皆非也。緣明初胡廣輩，不知經學，苟且欺君，爲之嘆息。駒再識。

舉業

今必謂士子不攻舉業者，非也。士子而不攻舉業，即具經世之才，緣何階而得行其志？則舉業之文，烏可不讀？然一王取士之法，在於經術。通經而爲文，非徒以文爲學。使僅以文爲學，不能體驗聖賢身心事業之理，縱思巧而詞工，猶爲無當之巵耳。則舉業之文，亦烏可漫讀？是故，潛修之士，學於聖賢，惟當正誼明道，不計功以謀利，學成而發越見於文章，有條有理，可言可行，乃爲舉業真種子。自夫學之不明，同學而異志，同趨而異途。學術既分，真僞以別。大約應舉之文有三等：上焉者，志於道德，其文正大而温純；次焉者，志於功名，其文激昂而辨博；下焉者，志於富貴，其文猥瑣而浮誇。然温純辨博曰文，猥瑣浮誇亦曰文。温純與辨博之文，有時而不售；猥瑣浮誇之文，有時而僥倖於一中。則良者浮者，何道而取舍之得其宜哉？

文既無一定之評，人皆趨利就便，不復究心理路。經術晦，文章至卑卑不足道，而人才從可知矣。然其間不軼於流俗者，豈遂無之？不有純修之儒乎？內以爲己，無外物之可炫，則胞與之懷，己大而物小，不必馳其志於天下國家，而化民成俗，已具於修己中而裕其理。故其爲文，温温乎其厚也，肫肫乎其摯也，此道德之士也。功名志士，學雖未純而志有所感，平居好談當世之務，如何設施，如何注措，若置身其地，志氣激昂，文自壯往而不累俗。一旦苟人天下國家之重，設施注措，亦能建樹，以立功名，而道德則已薄矣。若志於富貴之夫，學務于速成，文多浮誇，譁其言而取貴謂之竊，非所得而禄謂之倖，竊貴倖禄，慢于事職，民生國計，必不關念，私害之也。至私之爲害，則失其道，貪欲敗度，背公喪己，豈猶知官方之有廉隅乎？其爲科目累也大矣。北溪陳氏曰：「聖賢學問，未嘗有妨於科目之文。理義明，則文字議論，益有精神光彩。躬行心得者有素，則形之商訂時事，敷陳治體，莫非溢中肆外之餘，自有以當人情、中物理，藹然仁義道德之言，一一皆可用之實也。」嗟乎，升揚之典無聞，不得不赴乎科目之一途，則舉業在所學矣。乃學之有似是而非，謀道之心不勝其計功謀利，而舉業亦壞。誠能志於仁義，窮經此學，舉業亦此學，存之心則爲德，見之世則爲言、爲功。功者，異時得勢之施爲，言則仁義之言，事功所由出，非邁志正學者不能，此道德功名之士，所以有爲于天下。而取士於知言之中，其難其慎，衡量精則真才出，冒榮倖進者，自不至有所託以求售。則上之待士，士之自待，嚴且重如此，而後兩相須而有合也。彼世以科舉爲靡文，亦未覩士之實學，敷政以寧兆民，風猷自足振世耳。

宋思堂先生曰：「儒有君子小人之分，學有爲己爲人之別。聖賢已先諄諄垂戒矣。大抵志道德、功名者鮮，苟富貴者多。篇中描寫刻酷，當令讀者通身汗下。」

張晉白曰：「舉業德業，非有二橛。史稱卓卓名臣，何嘗不從舉業中來，正恐人負舉業耳。文分三種人，大抵中智之士，志功名者恒有，當法其上，聖賢之理得，即道德矣。下焉者，汲汲富貴，無向上工夫，勿似之也。士風一振，人皆正學。漢廷射策，如董相者，必多其人。」

立志

士貴有立志耳。志立則知嚮學，無論質鈍于天，才遜于人，株守累積，終能有成。況可爲之才質，不盡出于困勉者乎？蓋志者心之發，心猶木之有實，志則其實之始萌。從其始萌而培之，澤以雨露，歲月既深，鬱爲美櫝，取材者資焉。然則士焉學而可不立志耶？乃有備嘗不學之苦，文字困于場屋，見儕輩中某也售，某也以文章見用，風采可觀，自傷碌碌不若人，志氣之發憤最深，使從而學焉，烏能量其學之所至？從而志氣自餒焉，終于不若人矣。昔之人有一意嚮往，不待感激而後奮者；有一經挫折，思慮倍勇而亦得者。南陽成誼叔欲應舉，而郡先輩無爲進士業。誼叔乃曰：「四書五經，吾師也。文無過于《史》、《漢》、韓、柳，科舉之文何難哉？」誼叔竟以取進士，爲當世名卿。此一意響往、不待感激而後奮者。魏收好習武藝，鄭伯調之曰：「魏郎弄戟多少？」收慚，折節讀書。夏月坐版牀，隨樹陰諷誦。積年，牀版爲之鋭減，而精力不輟。年二十七，上《南狩賦》，甚見褒美。伯謂曰：「卿不遇老夫，猶應走兔。」此一經挫折，思慮倍勇而亦得也。夫事有萬爲，只是一志。譬操舟者，東西南北所之，不離一舵。然則士焉志，不獨以文章博其科名已也。學以爲儒，有君子小人之分。君子小人，義利兩途而已，出乎此則入于彼。志不可不早定也。或曰：「古之學者，不教舉業，人恒趨于義途，而德業純。今之教以舉業，半多涉于利途，而心術壞。古今人材，所以不相及也。」嗟乎，學舉業而不得其意，徒攻文辭，取富貴利達，直謂之無志。故士必志道，非其道不敢志也。學不能經世成務，亦非道也。道在于己，推而致其功用，則志以成心，一星之火，可以燎原。心以成學，學以成身，身以成世，合内外，通物我。志立，其大小者，自不能奪。不然，一卑下其志氣，無論學之無成，即成矣，汲汲于利禄以肥身家，縱一生富貴受用，不免爲利途中人，心術無問矣。此學不明而志不立之過也。

宋思堂曰：「志于文章德業爲志，志于富貴利達亦爲志，一生人品，胥係乎此。故當以立志端其趨響，至激勵之勇，雖疏鬛爛蹄，皆可鞭策而起。當各書斯篇于座右，俾時觸目自警耳。」

許魯齋先生七歲問其師曰：「讀書何爲？」曰：「取科第耳。」曰：「如斯而已乎？」可見學者讀書，原志不在温飽。騶于丙子冬，得侍藍田署中，見夫子言動不苟，静氣迎人，於世之所謂肉食大人迥異。退而嘆曰：「不圖今日，復見先輩典型。」讀是篇，益知自命不凡，允稱一代醇儒。門人馬騊謹識。

命意

文以意爲主，意立而辭以輔意。有意顯而辭達者，有意隱而辭微者。用意有無之間，而筆隨之。直達與藏用，皆文章之能事，自非通才，未易幾此。嘗讀遷史《伯夷傳》，叙事錯綜，語斷而意自連，論夷齊，若不論夷齊，言善言惡，言天道爽於報施，以明夷齊積仁累行之非怨。流風所及，曠百世而相感。乃言同明相照，同類相求。聖作而物睹，隱然有結伴千古之思，音節激楚，哀而不傷，妙處在意圓而辭不露耳。又讀吏部《原道》之作，老子之所謂道德，寂守其性，而棄於事物倫理，急提仁義道德之説以闢之，數段援古非今，一意曲折，能透發，又能變换，説得聖人君師于民生、日用、仁義關切處，便令老子結舌。蓋辭辨而義正，善言道也。二文離奇變化，學者多取法焉。東坡深契斯旨，善于命意，一文之工，迥出物想。又能以此導人，方在海外，誨葛延之作文之法曰：「儋州雖百家之聚，州人所須，取之市而足。然不可徒得也，必有一物以攝之，然後爲己用。所謂一物者，錢是也。作文亦然。天下之事，散在經子史中，不可徒使，必有一物以攝之，即一間錢一條索子之意。然後爲己用。所謂一物者，意是也。不得錢不可以取物，不得意不可以用事。此是作文之要也。」故凡爲文，不先立意，則無以遣辭。乃意立矣，辭順矣，而又有辭後之意，妙理如環，探之不竭。猶之登高覽勝，山空木落，泉鳴谷響，呟噌蕭瑟，滌盡煩囂，情移于山水間，春水渡邊渡，夕陽山外山。此辭後意也。存乎作者之能賈其餘勇，以盡文之致耳。

宋思堂曰：「意猶帥也。三軍失帥，必至譁伍。文不先定意，一篇之中，必至散漫凌雜，令讀者杳不知其指歸。古之善爲文者，雖極前後左右，翻掀盡致，而要不離一眼覷定一處，知此始可與言文。」

陸蒼巖曰：「作文欲有氣骨，又欲有間架。此篇借《伯夷傳》、《原道》二文之意，寫出文中隱顯二意之義，不立傍解，不生枝辭。又借坡公談文大意一喻，曉暢斯旨。至末云『登高覽勝，山水移情』，辭後點染，越趣越有風光，章法亦自生新。」

神思

屬文以思，貴遠而近。當其遠也，冥括遐搜，靡念不舉。及其近也，清機縷析，歸之要妙。使思有不得，徒掇其詞之工，詞勝則理絀矣。惟意授之思，運思以神，思其所不思，無不思而至于無所思，當機不惑，事無滯義。過此以往，思逸而不踰其矩，乃可言文。《書》曰：「思曰睿。」管子曰：「思之思之，鬼神通之。」蘇東坡作《韓文公廟碑》，一日思得頗久，不得起頭句。起行百十遭，忽得兩句云：「匹夫而爲百世師，一言而爲天下法。」遂掃將去，思通而持論自合也。又如探幽者，行至山窮水盡，忽開一徑，如漁人之入桃花源，廬舍依然，雞犬鳴吠，有田有池，有桑有竹，衣食種作，悉如外人。然其俗醇龐類太古，其踪隱遁高寄，落花流水，別有天地。又想此中人胸中「不知有漢，無論魏晉」氣象，則思致便爾開拓。

宋思堂曰：「孟子云：『思則得之。』程子云：『思入風雲變態中。』無遠不到，思亦若有脚然。寫至末幅，不覺彌勒樓閣，彈指門開，到此是何境界。」

陸蒼巖曰：「《桃源》一記，人多惑於『後無問津者』語，便信爲仙人絶境。此云其俗醇龐，其踪隱遁高寄，依然是先秦人避世遺俗，説得平常，筆墨自奇，乃知文章思路，何處非其活潑潑地。」

宋時有村，如晉桃源，其民食粟水飲，不鹽不酪，既和而朴，年皆累百。後通外人，致美異，遂狡而夭矣。大抵居山林，守朴自足延年，若役役勞形，及肥腸縱恣，反促其生。此伊川先生有盆火置風中密室之喻。桃源不是神仙宅，還他本來面目。我師立論正大，而思路甚曲。門人郭毓華謹識。

養氣

文之有氣，猶血脉之行，身之有榮衛。人非氣則生意削，文非氣則詞采枯。氣之通塞，而物理之成虧因之。故善作文者，發言而達於理，輔之以氣，則盛大流行，自有不可遏之勢。推之天地，皆一氣之所磅礴。麗而日星，昭而雲漢，鼓蕩而雷霆雨露，天之文也。峙而山岳，流而江河，蕃變而鳥獸草木，地之文也。人之生也不偶，兩間之精華，造物不盡藏，氣機相盪，而萃於人，出而爲言，經緯天地，則人之文也。故凡古今稱能言之士，肆力文辭，而意所欲言，不盡純至，蓋由其氣能養與不能養之分耳。惟能養氣，涵濡於詩書之澤，折衷於道理之歸。道精則氣純，理真則氣壯，氣純則文温而潤，氣壯則文閎以肆。如日星麗而雲漢昭，又如雷霆雨露鼓蕩之不測；如山岳峙而江河流，又如鳥獸草木蕃變之無窮。其斯爲天地之至文乎？韓昌黎云：「氣，水也；言，浮物也。水大而物之浮者，大小畢浮。氣之與言猶是也。氣盛而言之短長與聲之高下者皆宜。」李文饒云：「鼓氣以勢壯爲美，勢不可以不息，不息則流宕而忘返。亦猶絲竹繁奏，必有希聲窈眇，聽之者悦聞；如川流迅激，必有迴洑逶迤，觀之者不厭。」蓋人禀乎生而有氣，是即天地之氣。天地無孤行之氣，生人之氣，可配義道，況其外之文乎？使一往而奔，無以持之，則失之躁動鹵莽，便非天地中和之用。惟善養者，本盛大之氣，發爲文章，神完而機行，乃能通物理以貫一。

宋思堂曰：「立言必先養氣，養氣必先集義。月林云：『自集義而浩然，正由格物以至於知至也。知至則詞無不達矣。』篇中『涵濡於詩書之澤』二語，更説出養氣工夫，可想見其學識兼到。」

陸蒼巖曰：「文之起處善于取勢，中幅善于説理，下截得其游泳之神，一氣卷舒，行文樂事。」

字法

文章之有字法，猶人之有眉目。眉目既清，而後軀幹之修短，乃可得而言也。夫文從字順，一文有當用之字，一字有取用之義。因事造端，或約而一字，或煩而四三其字，或虚字欲圓，或實字貴穩而帖。言舉其概，理該其全。故能疏而不遺，儉而無漏。若字法不修，中多剌謬，字失則文浮，非雅馴矣。古之作者，字不苟下，如《春秋》書「隕石于宋五」，夫聞之隕，視之石，數之五，叙事要約，增以一字太詳。《商頌·那》之篇云：「自古在昔，先民有作。」稱曰自古，古曰在昔，昔曰先民，鄭重不厭其繁，減以一字太略。此用字繁約之得中也。又如古今文辭，每多虚字以助語，用之貴諧而不背。柳子厚與杜温夫云：「但見生用助字，不當律令。所謂『乎』、『歟』、『邪』、『哉』、『夫』者，疑辭也；『矣』、『爾』、『焉』、『也』者，决辭也。今生則一之，宜考前人所使用，與吾言類且異，慎思之，則一益也。」且能爲文者，非必聞見之有異，只一二實字用之穩耳。范希文作《嚴子陵祠堂記》云：「雲山蒼蒼，江水泱泱，先生之德，山高水長。」李太伯易「德」爲「風」，從《孟子》「伯夷、柳下惠之風」來，下字較穩，此又虚實之字，用之得其宜也。夫字之爲用，其足供人之探取，貴能略小存大，舉重明輕，雖事理煩賾，似難以一二字該其義。而用之攸宜，矢口成規，一二字而具有全篇之勢，則字法實關文法焉。取魚之人，筌不盡魚，而魚已入筌；逐兔之人，罝以待兔，而兔已離罝。學文之士，文有其字，而基始于字以成文。斐然秩然，則字法得、功過半矣。此字義也。

陳雙山曰：「一畫開文字之始，乃知扼要争奇，原不在多，篇中所云一二字，而具有全篇之勢，是讀書人善於着眼處。」

張晉白曰：「用字之法，文中虚實繁約而已該，如《論語》『觚不觚？觚哉，觚哉』，只一『觚』字是實字，餘皆虚字以成文。

《檀弓》『南宫縚之妻之姑之喪』，三『之』不厭其多；『進使者而問故』，一『進』字不覺其少。時文亦然，一字之當，千觔無以喻其重。一字有疵，全篇已見其瑕隙。忽之者，未聞斯義也。」

句法

文非辭無以明理，而莫重于句法。使句法不修，辭無規檢，則理鬱而不明。夫纍字爲句，積句爲文，有博奥之文，有清逸之文，有峻峭之文，有疏越之文。博奥之文，省句以達旨；清逸之文，繁句以寫情；峻峭之文，句短中甚曲折；疏越之文，句長筆多縱橫。體雖不同，用句得其自然耳。若不出之自然，有意于省，則失之疏；有意於繁，則失之冗；有意於短長，短或失之僻澀，長或失之浮夸，非文也。我思古人，博奥莫如《書》，《舜典》言「二月東巡守，至于岱宗，柴、望，肆覲」，言之已詳。「五月南巡守，至于南岳，如岱禮。」「八月西巡守，至于西岳，如初。」省句以達旨也。清逸莫如《詩》，《關雎》所以興淑女也，既曰「參差荇菜，左右采之。窈窕淑女，琴瑟友之」，又曰「參差荇菜，左右芼之。窈窕淑女，鐘鼓樂之」。繁句以寫情也。峻峭如《秦大國》，只韓甚疏秦，描寫小國受制于强鄰，動轉不得，乃曰「非金，無以也」，故賣美人，秦買之，又得其金與韓之美人。韓之美人因言之秦曰：「韓實疏秦。」疏秦出自美人口中，更苦，句短中甚曲折也。疏越如退之《上宰相書》「周公之爲輔相，當是時，天下之賢才，皆已舉用」云云。每十數句如一句，又作三數折，有伏案，有幹補，有轉落，有收束，句長筆多縱横也。夫句法之有繁省短長。文之繁省短長，由以名勢，得其自然。其省句也，于省有宜；其繁句也，于繁有宜。其句短也宜于短，其句長也宜于長。不惟宜之而已，下一語，語意直貫，前後增之損之，而有不得也。苟句拙而辭不達，又或尚辭而不修句，落句遺意，氣脉不相連接，如文何？故善作者，不惟其文，惟其句。又非剽竊古人，爲句會心而變化出之。句得則文得，非有二候，則句法宜講也。

陳雙山曰：「句無定法，惟人所造。如明代王、李，影寫古人一二成語，以爲古文，宜其貽譏後世也。會心變化，歸於自然，非心靈手熟，人不能道。」

張晉白曰：「《左氏傳》工于句法，史公妙能變用，昌黎、柳州學《左》、《史》，而法尤嚴，乃知古今文字，隨其筆力所至，豐約修短，皆能于下字句處着精神。」

股法

原夫八股之文，始萌于宋，盛發于明，秀實于我國家。風規日上，精義存焉。而兩兩相對，長短取均。猶詩之有律，樂之有吕，相生相配，其用不窮。顧其血脉貫穿，倫次井畫，股法即其文法也。武叔卿曰：「文字股法，不出起承轉合，然起與承不容疏，轉與合不容斷。嘗觀弄丸者，見其起伏應接、轉移收合之妙，因悟文之股法猶是也。」又曰：「兩比相對，語意須有虚實淺深，相貫如一股爲佳。」然此作者亦能自知。人惟昧于實理之所以起，所以訖，故其流至于浮淫蕩佚，而莫之還。爲辨折其失，一歸于理，不必規規于法，而股法自工。試執作者問之曰：「如何而謂之股法？」必將曰：「一虛必有一實，一合常分兩意。」然文無實理，不知虛者謂何，實者又謂何，雖有兩意，所指何義。徒見首尾背馳，語言重複，如屋上架屋，以水濟水，將安用之？又執而問之曰：「何以八股不離於兩？」必將曰：「單舉病于不周，對待乃成開合。」不知既有上股，下須有一股真精神、真力量，克相配敵。若精力不給，繁辭應付，是兩服爾，驂左驥右，駑不能齊足也。又執而問曰：「文至末段，每多交互推開者何？」必應曰：「交互者，總會之詞。推開者，見才力之滿稱。」然文雖互，亦欲説理精透，推開者，別有意義。無意無義，不能發人心思，如附贅懸疣，非加形于七尺也。且文之作法有虛機，有實理。機虛則神留，神留則理足。若辭意多率，無層剥曲折之勢，平直相似，狀如筭子，則非法矣。抑文又有平易、刻深二途，平易者取其淺顯，刻深者欲其諦思精微。若以平易爲庸常，則刻深而入于怪僻。如木夫九首，土伯三目，詭譎之辭，亂其股法也。數者既失，未識文章之所生。夫文之所生，有八股，有單行。八股之文，前言已備其概。單行之文，如水之流行，而有紆迴曲折之勢。謝疊山云：「凡議論好事，須要一段反説；凡議論不好事，須要一段好説。文勢亦圓活，義理亦精微，意味亦深長。」此見行文之有反正。李塗云：「文章須要數行整齊處，數行不整齊處。意對處文不對，文不對處意着對。」又見行文欲有段落錯綜，能得其說，可以概乎爲文矣。夫文之有虚有實，有淺有深，起伏應接，轉移收合，其法可得而言也。至於實理之融結，發乎情，止乎義，變股法而成文，備乎四時之氣，春容而如春，明潔而如秋，高華而如夏，沉鬱而如冬。令讀者可以喜，可以悲，莫知其所以然。精微之用，不可得而言也，在作者心得而意會之耳。故曰：辨折其失，一歸於理，不必規規於法，而股法自工。雖然，既以八股而成文，文猶體焉，有心目手足之分。使眉居鼻下，指大於腹，則非體矣。故論文作法，小講宜虚，大講宜實。有提以提清題意，有末比以揮發餘義，有段落以過接，有結束以完篇局。股有定法，不可得而變易之也。或總挈而用奇，或雙遞而用偶；或兩扇而層折縱横，或四比而規模弘敞；或機圓股如連珠，或中散首尾遥對；或截講而上下分明，或分講而兩兩立柱；或格法嚴整，如師行之有紀律；或格法散落，如偏裨之能搗堅。股無常法，變换之不可以常也。故前輩臨文，不輕下筆，分意立股，于作法尤嚴。折而言之，文生於股，不相爲同。合而觀之，一篇之文，又如一股。此之謂文成規矩，經畫措置之各適其宜焉。不然，應舉之文，以八股稱，意亦周矣，義理亦至矣，豈備法而未之有講耶？

陸蒼巖曰：「八股之文，股股不離於法，股股能錯綜變换其法，由理勝也。理不足則辭遁而窮，股法亦非是矣。提清此意，層層引入理路，自可抹倒時下之矜持一切法者。然文既歸理，而又不離於法，法其可法，非盡將先輩作文股法一概抹撥也。翻掀盡致，能使題無剩義。」

陳雙山曰：「八股雖文章之一體，而才情識力，理與法具，乃可出應制科。世人只圖苟且迎合，誰復究心至此，似此辨駁盡致，推勘入微，令彼鑽破故紙之徒，讀之心目一開，不至憒憒耳。」

篇法

文無不統，思無不周，才無不給，貴能歛之以法，布置合宜，篇法得成，一家言乃可行遠。所謂篇法者，大抵不外開闔擒縱，照應頓挫而已。無論古文，即如時文，先輩如王、唐，如歸、茅，所稱大家者，結構雖嚴，亦只於篇法上争勝勢耳。使有開而無闔，有擒而無縱，照應不及，頓挫罔工，縱有才思，散而無紀。不觀之匠氏乎，手持一繩一斧，爲人造作，度地之方廣，經材之小大，華者爲第，傑者爲閣；前則爲堂，後則爲室；有向背，有淺深，經營合度，一成而有輪奐之美。山谷曰：「老杜《贈韋左丞》詩，前輩録爲壓卷，蓋其布置最爲得體，如官府甲第，廳堂房舍，各有定處，不相混亂。」又曰：「文章必謹布置。每見學者，多告以《原道》命意曲折。」嗟乎，人患不能爲文耳。布置有體，又能曲折，則篇法得也。略舉其概，有詞氣和平，内涵神理；有談言發越，外露鋒芒。各擅專家，而作法則一。若師心自是，文不的古，既乖其宜，則非法矣。均執筆而爲文，匪夷者，其思同也；含蓄者，其意同也；包括者，其理同也；運用者，機與調同也；流暢者，才達氣行，無不同也。然古人部分伍聯，而我旗靡轍亂，乖其宜一也。古人意在筆先，發必中矩；而我不謀而動，言不由規，乖其宜二也。古人自行自止，名理紛披；而我從首至尾，語言蹇澀，乖其宜三也。古人不激不厲，風規自遠；而我爰癡爰枯，步驟多愆，乖其宜四也。乖則文離，宜則文合。惟當去其乖而適其宜，理欲精而思欲慎。故開闔有其卷舒，擒縱得其詳略，照應互則迴環謹嚴，頓挫生則姿態縱橫。不必拘拘爲王、爲唐、爲歸、爲茅，我之文居然一大家之文矣。人見其文之成章，不悟致此之由，抑知取則前規，又能變化推移。此篇法之所以成其獨運耳。

陸蒼巖曰：「『匠氏造作』一段，曲盡文章布置之勢，而章法變換，名理層出，謀篇勝致，是造五鳳樓手。」

陳雙山曰：「高常侍五言古，篇什甚盛，然有句無篇。非無篇也，篇法失也。金唱經亦云：『臨文無法，便成狗嗥。』此文如談陣勢，雖鳶翼雁行，逶迤參差，而其法仍井然不亂。」

張晉白曰：「篇法之得，非可驟辨。須是平日揣摩功深，故能胸有成竹。善謀篇者，規模既定，其餘止是點綴增華，事逸而功倍，若名將善將兵，談笑樽俎，折衝千里，亦由勝算定耳。」

關要

作文不可潦草，須知其某處關鍵，某處要害，得其一節，便具全篇之勢，下手自然，直捷了當。猶善射者，以拂脊爲奇中，攻取之能奪險以破敵也。斛律金每令其子出田，還效所得。光獲少，必麗龜達腋；羨獲多，非其要害之處，光恒蒙賞，羨或被捶。人問之，曰：「明月必背上着箭，豐樂隨處即下，數雖多，去兄遠甚。」又如沛公，既從武關而入，繞嶢關，逾蕢山，大戰藍田，擊秦軍至險處。軍至灞上，秦王子嬰奉璽符節，降于軹道矣。此關要之説也。

宋思堂曰：「能于要處着眼，便令用力少，而成功多，皆是學人討便宜法。借古指點，不立議論，有狄武襄征儂智高，元夜宴隨從官，若不欲戰，席未散，已報奪崑崙關矣，亦自扼要争奇。」

體製

文章之體有二，曰叙事，曰議論。區文之致有四，曰奇，曰正，曰濃，曰淡。作文之法有五，曰布置，曰段落，曰關鎖，曰穿插，曰章法。叙事之文，如化工肖形，物各付物。議論之文，如老吏斷獄，窮追而無遁情。體之不容或淆也。文奇多削而忌艱深，文正主嚴而忌拘滯，文濃近艷而忌靡蔓，文淡貴真而忌枯窘。體立于此，弊絶于彼，文不妨其分鑣矣。布置欲其壯濶，段落欲其清脱，關鎖欲其縝密，穿插欲其該貫，章法欲其高老，變化離合，歸于矩尺，文固以有體爲貴耳。朱夏曰：「古之論文，必先體製，而後工拙。譬諸梓人之作室，其棟梁榱桷之任，雖不能以相遠，而王公大人之居，與浮屠老子之廬、官司之署、庶民之室，其制度固懸絶而不相侔。使記也，而與序無異焉，則庶民之室，將同于浮屠老子之祠，亦可乎？」夫有一文，則有一文之體，淆之則亂，蕩之則離，此古人所以重律法也。時藝亦然，品有清濁，氣有高卑，理有純疵，詞有工拙，未有無體而文不亂且離者。而張融云：「文章豈有常體？但以有體爲常。」又似於文字外，別有作文之體。蘇子瞻海外文章，有此妙品，當其落筆，翻江倒峽，怒濤萬叠，及其止也，水波不興，長江如練，淵然蒼然，其光澤澤，文奇而法，體變而工，豈可以尋常求之？由前之説，文各有體，體不相用，猶之規之圓，矩之方。執規之圓，不可以爲方；執矩之方，不可以爲圓。器圉之也。爲文而蕩棄規矩，即變調易辭，極其精工，亦猶眉目倒置，形神不類，又何取焉？由後之説，製不一體，而以有體爲文，猶之紈綺之色色不同，而經緯之衡尺則一。使法惡其常，思以變置之，是欲不拋梭以行緯，棄纂組而成紝，必有不能。乃知體愈變者文益工，非以屢變之文，遂可滅裂其體也。夫有定體者，固文之體；無定體而有一定之體，又繫于作者之能自得其體。否則，泥于迹與乖於其宜，而失鈞也。

宋思堂曰：「文各有體，猶《莊》、《騷》自《莊》、《騷》，秦漢自秦漢，六朝自六朝，八家自八家。雖氣味有厚薄，風格有高下之不同，要其體不相易也。讀斯文，曲盡體製律法。」

邊鼓

作文有擊邊鼓之法。大凡文字，有來路，有去路；有正意，有旁意；有順有逆，有賓有主；有主中之賓，又有賓中之主。看得書理透徹，下筆自然生發。若僅從正面上挨講，無論意窘而窮於言，神情反索然矣。當如擊鼓，洪纖疾徐，從邊擊向裏去。中心不過一二點，音節便悠揚，可云中邊俱到。讀韓退之《送孟東野序》，因悟作文之法。東野能詩，退之引爲忘年友，就其能以詩鳴，又不得志而在下，通篇借一「鳴」字，生出無數波瀾，照映陪説，層層解剥。昌黎此序，荆川稱其錯綜立論之奇，不如善擊邊鼓，尤屬定評也。東野之負才坎壈，牢騷不平之慨，舉若相慰，一二言而已盡。此善擊邊鼓法者。《涑水記聞》云：「夏竦，字子喬，幼學于姚鉉，使作《水賦》，限以萬字，僅得三千字。鉉曰：『何不于水之前後左右廣言之？』竦乃益之，得六千字。」乃知邊鼓爲文章生活之機括也。

宋思堂曰：「黄文憲公論文章有云：『本根不蓄，則無以造道之源；波瀾不廣，則無以盡事之變。』似此擊邊鼓一言，足啓學人無數生發法門。」

鉤距

精神血脉，題之理也。得其精神血脉，文章之能事也。然顯者易入，隱伏者難通，當曲爲取之，若鉤距然。夫垂綸以得魚，既鉤而距，則魚大綸小。急取之，必至于奔決絶綸，惟善縱之，旋反其綸焉。如是者數，乃能有得于魚也。至文章語言，必有先後次序。如《觸讋説趙太后》「太后盛氣而揖之」，左師公口不言長安君質齊，巧以賤息舒祺託，巧就媪之愛燕后，陪出長安君，巧將趙之先世，及諸侯子孫，來作拴縛，曰：「今媪尊長安君之位，不令有功于國。一旦山陵崩，長安君何以自託于趙？」太后曰：「諾，恣君之所使之。」此縱而能擒，過氏云：「操此術，韓非何說之難？」善鉤距也。又如衛鞅本以强國之術干孝公，欲堅其信從，先說帝道，故激其怒；次說王道，其怒益甚；後說霸道，强國之言一入，孝公不自知厀之前于席。此逆而能取，亦善鉤距也。舉子文亦然。有章旨，有節旨，有本題之旨，所當尋繹之也。尋繹之，精神血脉有在于字句，有不在于字句，又當鉤距而取之也。何謂鉤距？有操縱，有順逆，有虛實，有輕重，有前後，有緩急，一起一伏，一縱一横，操縱之理也。知動知静，知難知易，順逆之形也。虛者機圓，實者神雋，則虛實相生；輕者欲略，重者欲詳，則輕重相維。前忌語突，後貴意餘，則前後無疐跋之患；緩若止水，急若湍流，緩急有江河奔海之勢。此鉤距法，亦作文之實理也。不然，貿貿焉，精神血脉，不能洞見其底裏，縱操筆爲文，即多雄辨之詞，去聖賢立言之旨愈遠，顧何益哉？

宋思堂曰：「唐人詩云：『行到水窮處，坐看雲起時。』文章家往往喜作險絶斗絶語，將以別開奇境也，如斯妙法，已爲作者覰破。」

千古文人不傳之秘，一眼看破，舉此以贈後學，真功德不可議矣。門人馬駒謹識。

筆路

古今文字，從乎其學。學之所至，從其性之近，天實濬之，以啓其筆路。有清者、腴者、正者、奇者、古峭者、宏達者，循其性之自有而加以筆力，爲之而易成，學之而能以至。朱子曰：「嘗見傅安道，説爲文之法，有所謂筆力，有所謂筆路。筆力到二十歲許便定了，使後來長進，也只是就上面添些子；筆路則常拈弄時轉開拓，不拈弄便荒廢。」乃知筆路之關於文字大矣。性有所近，思有所通，自不至北轅而南其轍。且適千里者，備舟車糗糧之用。筆路欲有開拓，舍學其安由乎？不得其爲學，雖有美質，筆力不完，佻矣而非清，輳矣而非腴，俚矣而非正，詭矣而非奇，僻澀非古峭，靡蕪非宏達。筆路荒，文之徑路亦荒。至若筆之真者自清，雅者自腴，崇實者自正，多姿者自奇，落華者自古峭，該博者自宏達。雖筆之能，而筆不自能，由學之爲，而學不自爲，善作者筆至而學至也。是故讀一書，非必規規刻畫其似，善讀之，自有與性相習而成者。退之學孟子，子厚亦學孟子，永叔學孟子，明允亦學孟子。然退之得之爲純肆之文，子厚得之爲巉刻之文，永叔得之爲温潤之文，明允得之爲蒼勁之文。就其筆之近，文各有至者焉。推而制義，學不爲異，筆路亦自不能强同。其至焉者？貴能取之以盡其材。倘有司以文之異己，多見擯落，此文章之士，知遇之所以難也。士既艱於一遇，鮮有不以文字爲取舍所惑，往往舍所學，而揣迎主司之好尚。然文變則不工，既失其性，爲之而無成，學之不能以至。昔僧皎然謁韋蘇州，恐詩體不合，乃於舟中作古體十數篇爲贄，韋公全不稱許。明日寫舊製獻之，公吟諷大加歎賞，語僧云：「師幾失聲名，何不但以所工見投，而猥希老夫之意？人各有所得。非卒能致也。」況有司再歲而易其人，今日之有司非前日之有司，曷能以前日文之所不遇，而謂今日之文能必其有合乎？變文逢時，莫若反其舊步。筆有所近，久而成家。豈終遇合之不得其時者哉？

陳雙山曰：「風情筆力，相御而行，文亦就其筆之所近，故能自成一家，不傍他人門户。」

年力

夫人之生也，有爲莫重於學，莫重於學之貴及其時。時不易得而易失。少壯之時，其日舒；壯歲以後，老冉冉而將至，苦日短。少壯則年力富盛，無他事之紛念，爲學也專心，理自易通融。若以舒日有待，一日不學則失日，再日不學則失時，三時不學則失歲，待其感發而後讀書，時之去也已久。壯歲以後，志漸衰，氣漸餒，叢累又集，而能憤發有爲，孳孳念學，學亦終于有成，苦來日之無多。又苦事累，累至則學荒，累未至，先存未事之慮，則學亦荒。累既不可去，累隙之暇，而志氣又惰焉，則學益荒。必待事無累心，而後讀書，時之去也已無餘。是故知學者惜時，爲學者乘時，學成者逢時，存乎力之自致而已。顔黄門曰：「人生幼小，精神專利。長成已後，思慮散逸。固須早學，勿失機候。吾七歲時，誦《靈光殿賦》，至於今日，十年一理，猶不遺忘。二十之外，所誦經書，一月荒置，便至廢蕪。然人有以坎壈，失之盛年，猶當晚學，不可自棄。故荀卿五十遊學，猶爲碩儒。公孫弘四十餘方讀《春秋》，遂登丞相。朱雲亦四十始學

《易》、《論語》。皇甫謐二十始授《孝經》、《論語》，皆終成大儒。此並早迷而晚悟也。世人婚冠未學，便稱遲暮，因循面墻，亦爲愚耳。」則知爲學貴及時也。故少而能學，不失其爲少；老而能學，不失其爲老。然老與少殊候，妍與質異姿，得科名亦有難易遲速之攸分，則何也？少壯之文妍，得春夏之氣。寒槎既發，易於敷榮。嫋嫋春樹，陰陰夏木，婆娑其下，令人不慾去，此少壯之文也。老年之文質，得秋冬之氣。繁霜夜零，木葉盡脱，材弱而堅，質脆而老，匠氏取材，操斤而入林矣，此老年之文也。至于浮華之文亦多倖獲，如樗櫟庸姿，一同發生，一同隕落，鏤之不可以爲器，伐之不可以爲梁，主者誤取，終爲棄木，此無論矣，亦論其材之可用者耳。筆多雋致，老不如少；言成矩模，少不如老。力學者，隨其年而皆有得也。不然，志氣不能自振，歲月蹉跎，始悔學業之無成，亦已晚矣。是故，君子貴乎及時而務學也。

張晉白曰：「前半截如老農之説農桑，及時種作，句句皆是實理，下半截如家長之課農工勤惰，上農下農，計功而程其最，遂令惰農知勸時不可失學，學隨年而有得。自是二截，説得淋漓痛切，質實中又極豐華掩映。」

陳雙山曰：「程子晚而自言：『吾年二十時，解釋經義，與今無異，然其意味，則今之視昔爲不同矣。』故知學以年進，而人自少迄老，皆不可廢學也。雖然，少時不學老時悔，及時爲學，道得愷切真摯。」

揣摩

凡文能揣摩與不能揣摩，詣力固有異矣。然正學而揣摩，與揣摩而非正學，詣力雖同，學術亦差别于毫芒。蘇季子屈首受書，揣摩捭闔，言善其説，而多詐諼，此不善揣摩者之揣摩，心術已壞。昌黎韓子，非聖人之志不敢存，學之二十餘年，取心而注手，惟陳言之務去，如是者亦有年，又懼其雜也，迎而距之，平心而察之，醇而後肆焉。此善揣摩者之揣摩。文皆見道之言，歷千載而常新。嗟乎，不學操縵，不能安弦；不學博依，不能安詩；不學雜服，不能安禮。士既學于聖賢，無他岐之可惑。精神所注，不深其詣力，而能有得于揣摩，未之前聞。然士學于聖賢，精神所注，文即聖賢之言，能傳其意，意所不盡，言莫或傳焉，亦非詣力之深，而揣摩得也。夫揣摩之詣力有偏全，文之醇駁以分。《莊子》云：「風之積也不厚，則其負大翼也無力。」故爲文亦有厚力焉。善學者，研講六籍，次及三傳兩漢之文，又次唐宋大家、濂洛諸書，正其趨，漸而磨之，熟而復之，優而柔之，引伸而得之，觸類而長之。積其功，閲日而月，閲月而時，閲時而歲，無近效，無速成，或十年而得，或二十年而得。歷其候，經之以理，緯之以思，擴之以識，抒之以材，運之以氣，文成其章，揣摩之所得，亦已至矣。不然，析詞而離其理，飾言而掩其行，自以揣摩可爲時用，而學術關于心術，蚤夜不堪，自問爲世所羞稱者，寧獨文焉乎哉？

宋思堂曰：「墨翟悲練絲，爲其可黄可黑；楊朱泣歧路，爲其可南可北。夫揣摩不熟，術業不就，而苟誤入于他途，遂壞心術人品。立論皆足羽翼正道，興起醇儒。」

張晉白曰：「蘇季子揣摩《陰符》，爲遊説張本，其師鬼谷子有《揣摩篇》，王邵云：『揣情摩意，是鬼谷之二章名，見學術授受之已非。讀韓子《原道》、《諫佛骨》等篇，闢異端，崇正學，一生學問，《答李翊書》已和盤托出，均一學有毫釐千里之差。先生立論，蓋欲人慎所習，亦心術人品之一大坊。」

耽作

嘗讀退之《進學解》：「業精于勤荒于嬉，行成于思毁于隨。」可云理言居要。夫讀書爲文，必本之嗜好之勤，方能有得。或挾册，讀未數行，便欠伸思睡，旬月不一御筆墨，時一拈翰，瑕纇相半，無他，業荒而思窘，不能文之，曷怪其辭之多謬哉？不知文之爲物，名理日新，心思用而愈出。猶之掘泉，浚之則深，疏之則流，澄之則清，淆之則濁，塞之則止，在乎爲之而已。苟能日見其不足，激而思奮，自不能已于學。然又慮鋭始而怠終，故工夫貴在于循循而漸進。柳子厚自言「每爲文章，未嘗敢以輕心掉之」、「怠心易之」、「昏氣出之」、「矜氣作之」，非體驗之深者，不能言也。東坡云：「頃歲孫莘老識歐陽文忠公，嘗乘間以文字問之。云：『無他術，惟勤讀書而多爲之自工。世人患作文字少，又懶讀書。每一篇出，即求過人，如此少有至者。疵病不必待人指摘，多作自能見之。』此公以其嘗試者告人，故尤有味。」則知文章之道。而其不好之者，文不能工也。惟讀書而多作文，義理既明，得心應手，隨其題之高下曲折，若承蜩然，自無不臻其妙。試思未嘗讀書以前，與既嘗讀書以後，文字當必有異。讀書而懶于作文，與作文而益多讀書，文字又當有異。只此便是法，豈更別有作文之法哉？

宋思堂曰：「思、學不可偏廢，惟精進者自知其故，斯文貌學人倦態處，直如燃犀炤磯，群醜畢現。」

張晉白曰：「簡文帝見右軍墨迹，曰：『使我耽之，何減古人？』陳仲醇曰：『正復耽處讓古人耳。』一『耽』字，有多少學力在裏面，作文不可草草略過。」

本色

有雕琢之文，而後本色之文乃足貴。夫雕琢之文，不從性情而出。本色之文，出自性情，理勝而辭不泛溢。世徒見其文，如布帛之無華，施以物采，則麗文日攻，而思理日絀。李文饒云：「文之爲物，自然靈氣，味淡而真，琢刻非貴。譬諸日月，雖終古常見，而光景常新。」由此言之，本色自有文章，不假外求。微獨文也，六經鄒魯之書，各有本色。尼父憲章祖述，繼往開來，《魯論》一書，言近指遠，徹上徹下，直與天地同流。孟子距楊墨，正人心，七篇大義，氣壯不可屈撓，有泰山巖巖氣象，此孔、孟之本色也。至如《書》以陳政事，堯之放勳，舜之重華，禹平水土之功，湯武革命反正，治道固彰彰矣。然二典三謨之渾樸，夏商周之訓誥誓命，時有難易，道有顯晦，世代升降之由可考也。《詩》以道性情，備於六義，語其大，南、雅、頌爲正樂，變風亦爲中聲；論其致，變風變雅多憂時疾俗之作，詞旨微婉，比之正風正雅，而情倍深，則詩人美刺之什可咏也。

《易》之理微，陰陽變化，生生不窮。而制器尚象，不離於易知簡能。《春秋》之義，明王法，遏亂逆，微辭特書，一字之褒譏，而寓勸沮焉。此《詩》、《書》、《易》、《春秋》之本色也。然則爲文，豈有釋六經、《語》、《孟》之旨而他求哉？讀古人書，不得古人之精意微言，縱能操觚，理不足而務其辭則辭繁，非出自性情之文矣。惟讀古人書，得古人之精意微言，發爲文章，洞達而無滯義，至明至白，至簡至易，久而彌新，研而彌旨，猶布帛菽粟之可以經常，此文之本色也，亦可見六經、《語》、《孟》之旨，學之爲已至矣。

宋思堂曰：「如蛾眉淡掃，無假鉛粉，如出水芙蕖，而自然明鮮，是六經鼓吹，無非太始元音。此論亦本色之談，於外不加毫末。」

陸蒼(崖)〔巖〕曰：「説理精當，不溢一辭。」

高華

凡場屋文字，理欲明，氣欲高，詞欲其豐華。若理雜而氣卑，又多靡句，譬之兒童鬬草，彼有是，此亦有是，强半皆蕭艾凡姿耳，非有奇卉異葩，含章吐馥，必不能以争勝。韓退之《答劉正夫》云：「百物朝夕所見者，人不注視也。及睹其異者，則其觀而言之。夫文豈異於是乎？」東坡《與姪帖》云：「文字亦若無難處，止有一事與你説，凡文字，少小時須令氣象峥嶸，采色絢爛。

漸老漸熟，乃造平淡。其實不是平淡，乃絢爛之極也。汝只見爹伯而今平淡，一向只學此樣，何不取舊日應舉時文字看，高下抑揚，如虎虵捉不住，當且學此。善思吾言。」夫物相雜之爲文。文也者，出言有章，賁之義也。苟無姸澤之色，必不能絢爛，去高華遠矣。而所謂高華者，亦非摛裂章句，抽黄對白，塗飾爲工。本之于理，行之以氣，敷之以詞，春華秋實，兼收以盡其致。則其理深純，其氣滂達，其徵事也考實，而摛詞自藻，洋洋大觀，乃爲華國文章耳。苟詞不己出，徒取古今文字，恣其漁獵，崇飾虛美，則理不切近，氣卑而弱，詞浮而靡，又如黄茅白葦，一望平蕪，豈足與高華典則之文較高下得失哉？

宋思堂曰：「李慶《富貴曲》：『軸傳曲譜金書字，樹記花名玉篆牌。』晏元獻謂此乞兒相，未嘗識富貴者。如『樓臺側畔楊花過，簾幕中間燕子飛』、『梨花院落溶溶月，柳絮池塘淡淡風』，方爲善言富貴。以是觀之，則俗艷與高華，故自有別。文能隨題發揮，高華自見高華，與本色題，自見本色。如王右軍寫《樂毅論》，則情多怫鬱，書《東方朔畫讚》，則意涉瓌奇，筆陣與人文，自相照映。」

陳雙山曰：「揚之高華，按之沉實，蓋文至理腴，而色自澤也。彼山澤之癯瘦，固無當於巨觀，而烟花之靡麗，亦有傷於大雅，斯篇練密清艷，恰與題稱。」

實地

學者須從實地上做工夫，根本經術，坦坦然藝文於大中之域，過此則爲蹊徑，蹈空好奇，去實地益遠矣。夫文以理爲歸，文有實理，猶之行有實地。試觀羽類，斥鴳之飛，不過數仞，躍而騰上，一墜而不能復振。故夫學步者，造語未工，凌躐而病於聲華，有若此矣。豈惟斥鴳，鷹隼氣猛，凌厲横空，必有其止。故夫跅弛之才，去逞博，絶矜奇，斂華而歸於理，亦若此矣。黄山谷曰：「南陽劉勰嘗論文章之難云：『意翻空而易奇，文徵實而難工。』此語亦是沈謝輩爲儒林宗主時，好作奇語，故後生立論如是。好作奇語，自是文章一病。但當以理爲主，理得而辭順，文章自然出群拔萃。」朱考亭云：「作文須是靠實，説得有條理，不可架空纖巧，要七分實，須二三分文。」今之文章，作者雖衆，求其實理之爲難也。六籍者，又理之歸者也。以學人之心思，而研索於群聖之奧旨，有至有不至焉。至者理得諸内，光自韜於外。故其爲文，渾渾而噩噩。其不至者，學不足而務其小智，鑿險鉤奇，自以靈變異常，平視古人，不知浩衍而無檢，闊誕遠於事情，求一言幾於道，其可得乎？惟能務實，而文隨之。設有人焉，嚴敬内生，而後拜跪有其節；和順積中，而後律吕有其音；經術常湛，而後實理有其文。辨而不華，淡而無悶，坦坦然遊於聖賢大中之域，文之至也。

宋思堂曰：「河圖洛書出，先天之理已露，聖人因而衍疇畫卦，無極生太極，莫非實理之所存。周子因闡《太極圖》之藴，故《通書》首言『誠者，聖人之本』，乃知文無根柢，縱極雕章縟采，究亦如岣嶁碑，没一字耳。以理爲歸，誠崇實探本之論。」

陳雙山曰：「文不從實地發揮，如箭射虚空，久則自墜。至鯨笑鰲擲，尤屬不經。第能於事理道得諦當，何必故於無字句處落想。」

變化

文必明理而後工，文工則變化自奇。不明於理，不得乎文。刻奇求工，艱深不可句讀，詡然自謂變化，變化固如是乎？夫人無學爲變化之文，只有變化理到之文。學變化，非文也，猶之雞未雛，欲其曉晦，力未勝，責以重負，是必不能。若變化理到之文，根深者葉茂，膏之沃者光自焰。一日之文，累年而窮其理也，以此思難，則文之變化，知有由致矣。不觀山之有太華乎，三峰削，群山屼，連岡斷，懸崖絶，通木跨其危，攀鎖陟其巘，險而奇，陡而益奇，華之高也有此。又不觀於海，有容納焉，波濤之汹涌，魚龍之噴薄，蜃氣樓臺出没於滄烟淼渺中，平漲有常，變幻不測，海之深也有此。人之能爲其文，積而彌高，滀而彌深，發越生動，如山之盤紆茀鬱，如水之浩衍淜湃，能爲開闔頓挫之致者有此。然豈一蹴所能襲取哉？孫元忠朴嘗問歐陽公爲文之法，公云：「只是要熟耳，變化姿態，皆從熟處生也。」夫人有終身爲學，不得「熟」之一字受用者，耳非不聽，目非不明，心思非不能運，而見理不真，誤用其聰明，思以變易之，務險僻而喜新奇，無當於文章之能争，由不熟故也。惟其熟也，明理以正，辭文不詭，法則有體有要，即能擴而充之。

至於左宜右有，惟其有之，神明變化，有不知其所以然者，雖欲不工不奇，不可得也。匪是而求奇求工，文不根理，出夷入險，艱深者辭豈擬議以成其變化之謂哉？

陸蒼巖曰：「學而後爲能變化，是其本旨。行文清折，一意到底，正爲躐等者發藥。」歐陽公曰「變化姿態，文生於熟」，正夫子「温故知新」之意。乃知「熟」之一字，衆妙之門。揚子雲之能讀千賦則善賦，王君大之能觀千劍則善劍。至于作文，更爲領要。門人郭毓華謹識。

理趣

嗟乎，文之規于理難也。不粘不滯，不偏不枯，得其趣之尤難。理者，是非公私所由辨。理主嚴，而趣則近於寬矣；理主方，而趣則近於圓矣。理與趣，兼得之難也。然山以凝重爲體，煙嵐秀色而山益潤；水以流行爲用，波瀾洄洑而水益奇。學以明體達用之理爲文，思旨既溢，文有餘趣，趣不在理之外也。聖門如簞瓢陋巷之回，春風沂水之點，一則樂有其真，一則與時偕適，是二子學夫子之道而趣得也。夫形上爲道，形下爲器。道者，理也；器者，君臣父子，日用事物，各有其位。文能談忠講孝，區事類物，説得至性至情，油然勃然。何知有理之可言？而此油然勃然，至性至情，不知有理之可言。而天下之言理者，莫或過之，則理得辭達而趣生矣。或者以事物易明，性命難通，未究其精微之奥，支言似離，玄言似窅，粃言似迹，長言似浮，尚足與言性命乎？然君子之于道，其静也湛，其動也照，湛則理融，照則言確。性命精微，不爲虚渺之説。倫常以往，至于日用事物，亦即性之所以存，存而命之所由立，事理精粗無二致也。故其文莊嚴如冠裳委佩，疏落如粗服亂頭，古雅如瑶瑟朱琴，清新如交梨火棗，矯健如疾風勁草，秋隼横空，沉鬱如枝策似竭，據梧若枯，莫不各有自然之趣，得之理者深也。猶之學顔而至于顔，學曾而至于曾。未至于顔，不知回之樂；未至于曾，不知點之撰所以異。學文而不規于理，不得文之真趣。試于山青水碧間，悠然而觀之。

宋思堂曰：「宋儒于吟風弄月見情瀾，于窗草盆池寓生意，蓋有所以爲樂，故觸眼皆得餘趣，趣自不在理外也。斯文之趣，亦復點染花茜。」

陸蒼巖曰：「晉人麾麈而談名理，清言耳。宋儒講學，理有餘而詞弗修，兼才難也。文生於教化，從倫常日用中説理，不涉玄奥，隨筆所至，而義能鬯達，自見真趣。初看似易，細按之，以濂洛之理，行韓蘇之快筆，非潛心力學者不能。」

韻致

作文最忌板摺，貴逸而韻。韻者，如金石之有聲，擊然一鳴，清音逸響，發而不散。韻耶，文之致也。使中無所有，强文求合，猶離之矣。惟能有有於中，率情直書，文從字順，無聱牙格格之患，而自然之韻出焉，斯乃爲致也歟？因思晉人雅尚清談，臨川王撰爲《世説》，能於單言隻字，語淡神雋，異時讀之，奕奕生動。《唐新語》，事集數朝，規摹《世説》，語多癡肥，猶之分鯖侯門，衹堪大嚼耳。夫文之爲物，有情有辭。而其作法，有虛有實。情以辭通，辭以抒情，論事載言，欲其實義，提掇轉換，貴有虛機。實者化板，虛不泛浮，參差錯落，文章自然流動脱洒。如政和間，徽宗召工畫博士院，每摘唐人詩句試之。嘗以「竹鎖橋邊賣酒家」爲題，人皆向酒家上着工夫，惟一善畫，但於橋頭竹外挂一酒帘。又試「踏花歸去馬蹄香」，有某甲者，但掃數蝴蝶飛逐馬後。又一日試「萬緑叢中紅一點，動人春色不須多」，某甲但畫楊柳樓臺一美人憑闌。此畫意也。靈心濬發之文，亦若是矣。彼夫拘牽繩尺，有才不能揮摧，矜持過嚴，墮於板庸而不自知。見夫不板不庸之文，下筆如行雲流水，雲行簇簇，水流滔滔，别具一番景色。而曰：「此遊戲筆墨恣肆之文，非吾作法。」不知古今文字，其爲變豈一乎哉？正正奇奇，不能强同，使必以一拘之，是隘己也。習聞習見，豈復知聞見之外，義理日變而日新乎？則是文之瀟灑而多拔俗之致，不惟作者難，知者亦難。而革履板摺者，無以入也。

宋思堂曰：「材不韻，則爲臃腫；人不韻，則爲戚施；書不韻，則爲墨猪；文不韻，則爲塵缶。吾聆其語，吾知其人，我於斯文之謂也。」

陸蒼巖曰：「杜子美云：『花遠重重樹，雲輕處處山。』詩中有畫，作文亦有畫理，蕭疏澹遠，方不犯版結圭角之病，文正其解衣磅礴時也。」

難易

文章要其一是，何者爲是？理明而已。難易遲速之間，存乎其才也。方其理之未得，作之也難。及乎既通，爲之也易。難則研慮而始定，其思自遲；易則應機而立斷，不疾而速。才之敏鈍，難易因之，至論其是，皆能發揮義理，道其然，又道其所以然。遲者既有得於博雅之觀，速者自不至于萎靡而不振也。今之學者我惑焉，徒恃其才堪倚馬，浩浩如長江大河，然文無檢束，率至顛前跋後，首尾不能相顧，斯亦務其速易之患。何若淹而遲之，練才達氣，反覆詳贍之爲有得。是以能文之士，思由難入，理以遲通。賈浪仙得詩一聯，自注於其下云：「二句三年得，一吟雙淚流。」古人構思之難如此。譬登隴坂，入險出險，而後康莊，乃可馳驟。又如用兵，慎敵則勝，恃勇而驕，取敗之道也。皇甫汸曰：「語稱『潘緯十年吟古鏡，蘇涓一夕賦瀟湘』，才有遲速，而文之優劣固不係焉。拙若枚皋，何取於速；工如長卿，奚病於遲。」謝茂秦曰：「凡構思當於難處用工，艱澀一通，新奇迭出。若求之容易，雖十脱稿而無一警策，亦何益哉？」雖然，遲速由於天分，難易本於學力，有由然矣。合而言之，聰穎異常，遲者不如速者之逸；體氣高妙，速者又遜於遲者之工。論其難，慮周而能通，難自得易；語其易，才發而能制，易轉爲難。故爲文在於質學兩兼之，何論於遲速，何論於難易。通而爲一，一者何？惟其是而已。

宋思堂曰：「王荆公每與人對局，未嘗致思，隨手疾應；山谷則『心似蛛絲遊碧落，身如蜩甲化枯枝』，苦思忘形，較勝負于一着。然而二人棋品，介甫殊下。文分兩途，終復撮合，大意以由難入易爲主，方有指歸。」陳雙山曰：「子美深奥者，流爲昌黎；摩詰淺直者，流爲白傅。工拙固不關難易，斯文得之。」

異同

或問作文之法，同乎異乎？曰：貴乎不同而同。六經之文，不相祖述。諸子百家之文，有擬之而後言。然同者，其理同也；不同者，氣與骨異也。蓋自庖羲氏一畫爲文字之始，嗣是而有《書》，有《易》，有《詩》，有《春秋》，有《禮》，天人之理備矣。大而彌綸六合，小而曲成萬物，爲經常之不可易，故曰經也。後人得其一説，亦能名家。若儒家、墨家、老莊家、名法家、捭闔縱横家，雖不能純至，不失其爲偏見，同之將無同也，異之將無異也，此一致而百慮也。今之爲文異是。博涉前聞，師其迹，不師其意，同則太熟，異則太生。太熟則流，太生則蕩，文之敝也。苟能岸然自命，不蹈襲，不鑿空。理取其醇，氣骨取其至勝，自無生熟流蕩之病。然自古及今，文凡幾變矣，始於同而終於異，其勢也。異之未始不爲同，又其理也，此同歸而殊途也。李習之云：「六經之詞，如山有恒、華焉，如瀆有濟、淮、河、江焉。其同者，出源到海也，其曲直淺深，其色黄白，不必均也，如百品之雜焉；其同者，飽於腸也，其味鹹酸苦辛，不必均也。此創意之大歸也。」又云：「陸機曰：『怵他人之我先。』韓退之曰：『唯陳言之務去。』假令述笑哂之狀，曰『莞爾』則《論語》言之矣，曰『啞啞』則《易》言之矣，曰『粲然』則穀梁子言之矣，曰『攸爾』則班固言之矣，曰『輾然』則左思言之矣。我復言之，與前文何以異也？此造言之大歸也。」則知文字之道，辭變而理不失其常，意新而文自不累俗，大約體同而用異。六經各有指歸，一經有一經之旨。諸子百家之言，竊經之緒餘，言人人殊，亦志之所之，適成其爲諸子而已。漢自東京而下，文氣漸薄。沿流而至六朝，麗詞駢句，千指一意，無有濯濯新警之作，蘇子譏其兒童强語，其信然矣。唐昌黎韓子，文能起衰，而成其獨是。裴晉公愛其材，尚以恃其絶足，往往奔放，不以文立制，而以文爲戲，又不足以知之也。李習之學於韓子，通經術而爲文，清剛之氣，亦能戛戛去其陳言。後之學者，誠浸淫六籍，淹通於諸子百家，知乎作文之法所以異，所以同，去其駁而取其純，自我作古，此昌黎所云「能自樹立，不因循」者是也。獨往獨來，風尚者不趨時以從同，己所持論，亦非固絶俗以立異。樹義既精，風致自遠，不必舉古今作者於我何如，文成一家，固如是其卓卓也。

宋思堂曰：「古今作者，彼此不相師，前後不相襲，往往各持其勝，互相譏彈，是皆未能泯異同之見，似此擺落衆囂，併歸一路，允稱論古有識。」

司馬遷寫鴻門宴，真是千古奇筆。范蔚宗叙昆陽之戰，却又令讀者拍案叫絶，止是一副寫生手，各不相襲耳。篇中旁引曲喻，盡斯文之能事。門人馬騶謹識。

除習

學人胸中不可有積習。一有積習，陳陳相因，如讌會之有腥羶，噦飯豈堪復咽耶？則人噦而投匕矣。故須淘洗得浄，方能易腐而新，去俗而雅。唐貞元中，康崑崙以琵琶擅場，段師聽之而不謂是也，曰：「本領何雜耶？兼帶邪聲。」崑崙拜曰：「段師神人也。」德宗詔授康崑崙，段師奏曰：「請崑崙不近樂器十數年，忘其本領，然後可授。」劉雨化曰：「習聞習見，固應盡去，然豈必十數年而後舍哉？如其斷也，一日而十數年矣，一刻松聲可消十年塵慮。所謂『放下屠刀，立地成佛』者，寧復論時日近久耶？」故凡取法于上者，無論道藝，皆當得段師之意而決用之。予謂積習之溺人也甚，言豈易易哉？曾南豐令後山一年看《伯夷傳》，便有得力處。明道從濂溪學道十數年，然又見獵心動，況其下者乎？乃知文理易工，積習難除。譬如人有痼疾，用藥不精潔，調養失時，疾復存焉。學者毋令積習沉滯，至于俗不可醫，又增女郎一番噱把矣。

宋思堂曰：「仙家尚脱胎换骨，伐毛洗髓，何況文義。短幅推陳出新，不啻冰甌滌筆。」

去皮

作文又有去皮之法。如落筆工敏，隨意曲折，此啖丹柰紫梨，入口便爽，不假去皮也。或有作而理未達，詞多膚淺，如食胡桃，必三剥其皮，外剛樸，內甘而質，耐人咀嚼。又如荔支正熟，殼如紅繒，膜如紫綃，有色有香，兩剥之，肌瑩如肪，漿液甘如醴酪。大凡文章改竄，須得去皮一二層乃佳。杜少陵「新詩改罷自長吟」，歐陽公之作《醉翁亭記》，正用此法。

陳硯村曰：「純用比喻，簡勁高老，絶似蘇長公小品。」

陸蒼巖曰：「水之有泥砂，不淘則水不清；酒之有糟糲，不汰則酒不冽。作文亦然，文之有皮膚，不去則湛深之理不出，故爲文當刮刷其郛廓浮詞也。朱紫陽言：『去盡皮，方見肉，去盡肉，方見骨，去盡骨，方見髓。』文之淺淺引譬，正合此意。」

氣質

生人之氣質，有清濁厚薄之不一。清者厚者，志氣純明，智慧日生，根心之仁義，何學非其所性哉？苟濁而薄，累於氣禀，諉之天者棄天，荒於己者失己。見異而學遷者，背先聖之道，溺於氣質之蔽固，變化宜早也。猶之攻木，削而爲盤爲杅，爲弧矢，爲桮棬，爲楝梁榱題，爲輪輿軫輻，一木而能變化，其材也。猶之煅土，上世用污尊土簋，三代迄秦漢有甓器，唐有越窑，宋有哥窑，南渡有鄧局，入明有時氏之窑，一土而能變化，其器也。生物亦然，蜣螂變而蜩鳴，豹澤霧毛變而文，隹逾嶺而變黑，鸜鵒逾嶺而變白。春分至，則倉庚變舌，鷹化爲鳩，生物之得其變化也。人之性亦然。雖甚頑暴，終能去惡而從善，況一時偶失其恒性，未有不可變者。顏涿聚梁甫之巨盜，段干木晉國之大駔，卒爲齊之忠臣，魏之名賢。他若皇甫謐之遊蕩無度，母督以嚴訓，乃能折節讀書。張充好逸游，父緒假歸，遇諸途而下拜，即能改過自訟。焦通性酣酒，事親禮闕，刺史梁彦光令觀孔子廟，有韓伯瑜母杖不痛，哀母力弱，對母悲泣之像，遂感悟媿恨，若無所容。此並氣質之能變化者也。蓋惟皇降衷，厥有恒性，而氣質賦焉，有智有愚，事無不通，理無不達，不假修爲之力，生知者無論矣。其或氣禀所拘，有柔緩者，有剛急者，惟能學以勝氣而反其質，剛克柔克，歸於中和純粹之域，非學知者不能至淪於習，則非性矣。一念一事之過誤，克之不早，則念念遂非，事事愆尤。然一念之過，一事之誤，尚咎習之易染。至於念念遂非，事事愆尤，習久成性，則變化之爲難，必待有人誨導而潛移之，此困勉者之事也。夫所謂誨導而潛移者，能匡於物染之始，繩違於陷溺固蔽之後，有規有省，氣質雖偏，亦甚易變矣。心本靈明不昧，一旦悔其前非，如物之釋懷，豁然貫通，自見「不遠之復」，且同然此理，從放失之後而幾之，又若冰之已泮，日新月異，澤於詩書者亦純以固，從古大聖大賢、忠臣孝子學問事功，半自其性偏克之。是氣質雖有清濁厚薄，能變化則無清濁厚薄之可言。故曰：「繼之者善。」智愚賢不肖一也，豈頑然不可變之氣質而有二性耶？

陳雙山曰：「雖甚頑暴，終能去惡而從善，數語實有不忍薄待天下之意，存心忠厚，文情亦春容博雅可愛。」

張晉白曰：「顔子不貳，蘧瑗知非，一知便能了割。故曰：有不善，未嘗不知，知之未嘗復行，中人以下，直至事之顛倒錯亂，而後能改，此所以有賢愚之分。文將物理變化推到氣質之能變化，生知學困三等人，皆可入於善，而無不善，所争在賢愚見地之敏鈍耳，正與孟子性善之旨不悖。昌黎《原性》，品有上中下三，上者善也，中者可導而上下，下者惡而已，亦是落在禀受一邊去，説性之本來便不是。」

器識

歐陽文忠公有云：「文之爲言，難工而可喜，易悦而自足。」此語深中學者病痛。世之學者，苟無沉潛遠大之識，甫能受書，便誇義理先得我心。稍知爲文，便目前賢莫加己作，志氣驕盈，學必不能幾於有成。又或負其才名，文不爲時所知，坎壈困躓，不得於天則怨天，不得於人則尤人。此心憧憧擾擾，亦非入道之器。即或讀書能明理，作文有雋思，一發而得科名，亦猶人耳。而以所長輕其所短，以所能就而驕其所未至，沾沾自足，而忘遠大之前圖。嗚乎，習氣未除，賢者不免，此文章事功所以難也。杜舍人弱冠登第，名振京邑，嘗與同輩城南遊覽，至一寺，僧擁褐而坐，與之語，玄言妙旨，咸出意表。問杜姓字，又問修何業。傍人以累捷誇之。顧而笑曰：「皆不知也。」杜歎訝，因題詩云：「家在城南杜曲傍，兩枝仙桂一時芳。禪師都未知名姓，始覺空門意味長。」詩爲僧作，意實揚己。夫榮名在一時，老僧之不聞不見，早已窺破矣。推而服官，貴能平心抑氣，處己不争。若恃才而驕，矜能而肆，氣色凌凌，人寧堪之乎？鄭清臣初入内庭，矜誇不已，同席之人甚減歡笑。有妓下籌，指清臣曰：「學士言語，毋乃德色。然學士一時清貴，亦在人耳。至如李隙、劉承雍亦嘗爲之，又豈能增其聲價耶？」諸人躍起焉。嗚乎，滿假之足以敗德，有才而能斂其才德，乃耀也。況身心事理，無有止極，得之前聞，未必盡合於時宜。此心可一日自放耶？彼詡然而誇其能，吾學成可資世用，是其學不能有成。若果成矣，堪資世用，何至驕慢而有遺行？德愈高者，心愈下。才名滿天下，已益存謙抑。王沂公曾及第，劉子義爲翰林學士，戲之曰：「狀元試三場，一生喫不盡。」公正色答曰：「曾志不在温飽。」充此一念，乃能實心，以行實政，爲宋室元輔。有志於學者，不可不存此意。故曰：士先器識而後文藝。

陳雙山曰：「杜必簡久壓公等，不見替人，雖頗矜傲，固是人中爽爽者。然薛道衡、王胄，俱以詩有好句，死於隋，彼衒技恃能，非惟敗德，且以殞軀，此特爲世之輕薄子，垂下針砭，故詞氣皆尖冷痛切。」

使事

昔之能爲文章，造意措辭，無一字無來歷，由食古能化，莫窺其使事之迹。此大冶之良鑄也。乃有全用古人句，山谷《黔南十絶》全用樂天《花下對酒》等詩，餘三篇用其詩略點化而已。中更一二語，精神眉目，頓易舊觀，不嫌其爲己文者，此巧匠之運斤也。若夫中無所有，徒割他人之文以爲文，何異貧兒竊他室之藏，暴得大富，而服食器用全不相類，爲主者得之，盜乃發露也。此論其作文之大概耳。至於使事之文，借古人以發胸中之奇，有一段議論，即有一段使事，有一段使事，即有一段精意周貫其間，博于取材，精于斷理，或顯徵其事，或隱括其意，或用而正言，或取以反説，或旁通曲引以明立言之本旨，出之中窾，發必當機。陳同甫在太學，嘗論作文之法：「經句不全兩，史句不全三。不用古人句，只用古人意。若用古人語，不用古人句，能造古人所不到處。至于使事而不爲事使，或似使事而不使事，或似不使事而使事，皆是使他事來影帶出題之意，非直使本事也。若夫布置開闔，首尾該貫，曲折關鍵，意思常新，若方若員，若長若短，斷自有成模，不可隨他規矩寸尺走也。」樓迂齋亦以前代故事，實説不如虛説，善於使事哉？嗟乎，爲文不能不使事，而鄙僿者不能言，泛涉者言之而無當，則使事難也。然以我之情而爲我之文，又以古人之事能通於我之情，非使事也，我自得其事耳，故引之莫見其端。推而致之，事理之適相爲一，洋洋乎，滉滉乎。其使事之文也，非邃于學者，其孰能之？

宋思堂曰：「文能驅使故實，如以尺棰呵群羊，不然，生吞活剥，則李濟南之樂府矣。後之作家，當取法於是云。葉少藴云：『才人點化前作，正如李光弼將子儀之軍，重經號令，精采百倍，豈必如點鬼簿、算博士，而後乃云使事。』」

陳硯村曰：「不使事難於立意，使事多又難於措詞，其言誠然。必如退之之文、子美之詩，句句有根柢，而後稱使事而無其迹象。」

翻案

文章翻案，識與才具，乃能不爲記載所惑。讀古人書，見古人可驚可愕之事，隻眼覷破，大節之誅，意不能無虧，一經辨駁，赫赫之聲名遂滅。讀古人書，見古人可悲可憫之行，事隱弗彰，推原時地，揭千載不白之心事，而潛德有光，非故賣弄筆舌，顛倒其是非好惡，才識高見，理自別耳。時文亦然。人所常言者，彼厭言之，胸中别有成見。人所不能言、不敢言者，彼能言之，且長言之，議論則異於常。此文字翻案法也。世稱老吏抱刑書，能翻成案，可生可殺，一出一入，是筆能生死人也。得此而爲文，翻則意新，文奇而確。張以寧《題爛柯山圖》詩云：「人説仙家日月遲，仙家日月轉堪悲。誰將百歲人間事，只换山中一局棋。」説得仙人一時敗興。孫楚《反金人銘》曰：「我古之多言人也，無少言，少言少事，則後生何述焉？夫惟立言，名乃長久，胡爲塊然坐緘其口？」從寡言翻出多言，乃能立言。麥丘邑人祝齊桓公曰：「無使群臣百姓得罪于吾君，無使吾君得罪于群臣百姓。」公怫然作色，麥丘邑人曰：「子得罪于父，可用姑姊妹謝也，父乃赦之；臣得罪於君，可使左右謝也，君乃赦之。昔桀得罪于湯，紂得罪于武，此則君得罪于臣者也，莫爲謝，至今不赦。」夫翻而不翻，援古有據；不翻而翻，説理奇確。知此可以作翻案之文矣。雖然，言未易也，必理明而後識定，識定而後才可用。馳騁古今，衡論人物，棄前人之成說，出一己之別裁，斯能曲盡其義。不然，道理當前，尚看不破，說不盡，何論其他哉？以子瞻之才識，至論武王，而曰「非聖人也」，後人猶責其粗妄，將無作有，況才識不及子瞻，而欲憑臆見，鑿私智，借古人行事，恣其翻駁，而義理蔑如，猶之刻鵠不成反類鶩，奚當乎？學者誠有意于爲文，亦問其才識何如？果有才有識矣，方可許以論古人，許以作翻案文字。

宋思堂曰：「古今事物之理，前人言之已盡，後人更何所容其置喙，若復人云亦云，不幾老生常談，徒聒人聽乎？故知文非翻案不奇，然又不難于翻案，難于才識議論，聳神動魄，可想見其眼大如箕。」篇中引喻最的當，作翻案文字，要寫出一番至理來，否則妄矣。張子房博浪一鎚，千古第一奇事，而《通鑑》書之曰「盜」，所以尊王室，正史體也。門人馬騊謹識。

博喻

文之有博喻，猶詩之有比興。詩以言志，遇物興懷，觸緒比類，不特勞人思婦，情發而爲辭，而君臣燕享，廟堂登歌，亦往往見於篇什。故《詩》三百篇，比興居其半。微獨《詩》也，一語一言，亦有諷喻之意焉，談諧可以解頤，譎諫之悟主，其言易入，又何疑於取喻之文乎？夫文以明理。理不明，則旁通曲譬，以導其意。然言非其言，類事弗倫。如其言也，感物而通，有一喻者焉，有再喻三喻者焉，反覆辨博，歸於理明而已。高宗之命傅說曰：「若金，用汝作礪；若濟巨川，用汝作舟楫；若歲大旱，用汝作霖雨。」又曰：「若作酒醴，汝惟麴櫱；若作和羹，汝惟鹽梅。」取喻再三，言乃克達。則喻言實以濟文字之窮，非言而無稽也。且文其猶主人，喻言則其賓位，賓與主情合，則契分有水乳之投，辭氣若乖，情離而不屬矣。故有同一喻，前人言之，筆能生動；我言之，氣鬱而不宣，謂之食痞。有前人言之，語多旨趣；我言之，詞淺而寡味，謂之嚼蠟。抑前人言之，叠意連詞，錯綜變化；我言之，意重詞複，非贅則浮，謂之沓舌。夫爲文而理有未明，則喻言之，喻言又非其所言，曷怪事理之多離哉？必如《詩》、《書》所載，梧鳳以明君臣，堂構以比父子，琴瑟以咏夫婦，脊令以興兄弟，嚶鳴以篤友生，言乃得也。推此而論，則喻言之言，關於文字之顯晦得失大矣。或言不盡意，一經取譬而理益明；或意不盡言，因物取象而辭旨宛躍。或先比擬而後莊言，或闡發大義而又譬説，類事切近，屬辭多姿，文其在風雅比興之間乎？

宋思堂曰：「李仲蒙曰：『叙物以言情，謂之賦，情物盡也；索物以托情，謂之比，情附物也；觸物以起情，謂之興，物動情也。』夫言出於喻，則其旨易明，情易入，有風人之遺意焉。想得力於《喻林》一書者久，故此卷屢借言，而皆親切有味。」

陳硯村曰：「一博喻題，引喻至十餘事，位置錯綜，絶無堆垛之病，食古而變化出之者，乃古文也。」

今人文字，引喻絶少，嫌事鄙俗耳。宋之制義，如半山、誠齋諸公作，偏能以極鄙瑣事發明義理，明白痛快，試取以參看，自得意解。門人郭毓華謹識。

均是文也，遺言造句，有用虚字助語者，有不依傍虚字，文自峻削者。夫峻削之文，如松老枝勁，無柔條之紛披，便覺虚字爲煩。其他助語，長文勢，句法重重又重重，如水之疊流汪洋，有千頃之波；短文勢，虚活在一二閑字，如山本静，泉竇喧之，動中而韻趣自幽。此文字助語之妙用也。姑未暇遠引，讀《文則》及《鶴林玉露》，皆謂作文不可去助語字，俱引《檀弓》「石祁子沐浴佩玉」爲證。今載《文則》之言云：「文之有助語，猶禮之有儐，樂之有相也。禮無儐則不行，樂無相則不諧，文無助則不順。《檀弓》曰：『勿之有悔焉耳矣。』又曰：『我吊也與哉。』《左傳》曰：『獨我君也乎哉？』凡此一句而三字連助。《左傳》曰：『其有以知之矣。』又曰：『其無乃是也乎？』此二句六字成句，而四字爲助。《檀弓》曰：『南宫縚之妻之姑之喪。』《樂記》曰：『不知手之舞之足之蹈之。』此不嫌用『之』字爲多。《禮記》曰：『言則大矣，美矣，盛矣。』此不嫌用『矣』字爲多。《檀弓》曰：『美哉輪焉。』《論語》曰：『富哉言乎。』凡此四字成句，而助辭半之，不如是，文不健也。《左傳》曰：『美哉，泱泱乎大風也哉，表東海者，其太公乎，國未可量也。』此又每句終用助，讀之殊無齟齬艱辛之態。」乃知助語爲作文之機括，運筆虚活，文直而能紆，文弱而能勁，文抑塞而能見其氣之逸，故紆如九曲之水，勁如千鈞之弩，氣逸而韻，如金石之有聲。凡以成其文之致也，助語曷可少哉？

宋思堂曰：「山有烟雲，花有鶯蝶，皆以助其幽光新韻也，若徒削骨稜稜，何異裸壤乎？斯篇行筆煞有餘致，便覺文心蕩漾，不似四角車輪，旋轉不得。」

張晉白曰：「文章助語，字不厭複，《易·離》九四，連用五『如』字，《尚書·堯典》連用六『哉』字，成湯禱旱，連用七『與』字，《詩·叔于田》連用八『忌』字，《著》之篇，連用九『乎而』字，《南山》連用十『止』字，《墻有茨》連用十二『也』字，《桑中》及《中谷有蓷》，連用十二『矣』字，《猗嗟》連用十七『兮』字，皆歇語助辭，字愈複而文愈疏越，乃知歐公《醉翁亭記》、東坡《酒經》，非創體也。附記以廣語助。」

古學

古學之不講也久矣。士自童年讀書，爲制舉義所束縛，困思慮，窮歲月，貫穿窟穴於時文中，不敢他有所務，問以古學，茫無置對。稍能一二博涉古文辭，又以節目疏闊，理不精微，益以嗜古爲無用，不知制舉之文，從古文而變化也。時文之有對比，即古文之詮辭疊句，欲其雙行，指事立言，亦有偶說。李斯《諫逐客書》「不問可否，不論曲直，非秦者去，爲客者逐」，夫非詮辭疊句，欲其雙行乎？莊子《逍遥遊》「日月出矣，爝火不息，其於光也，不亦難乎？時雨降矣，而猶浸灌，其於澤也，不亦勞乎？」夫非指事立言，亦有偶説乎？後之作者，可以知所從矣。蓋自古文變而爲時文，猶詩古體之變爲今體。漢魏古體，辭高而韻叶；唐五七言今體，音切而律自嚴。

唐人以詩取士，用五七言今體以及排律，謂之「禮部韻」，制限士子成文，不許出韻，故一字未諧，卒難中格。宋去唐未遠，熙寧中用王安石議，罷聲病偶切之文，易以經義，然去單辭而仍排比，創爲八股，亦作詩之遺意也。士子頫首沉埋，揣摹其義，代聖賢之言，豈空疏不學，可以應制乎？則古學尚矣。六經之辭，不可企而及也。欲能爲文，精其一經，旁通于諸經之大義，以養其道本，而後讀先秦、《史》、《漢》，《左》之嚴，《公》、《穀》之峭，《莊》之逸，騷之幽，太史之潔，班掾之密，文之至者也。唐宋大家，如韓、柳、歐、王、曾、蘇，左右六經，漱芳潤于秦漢，法嚴而體備，增作者之氣焉。雖然，六經浩且眇矣。自經而下，若傳，若子史，若大家，益繁難未易卒讀。然一物不知，學者引爲己耻。讀書之法，當如楚漢紛争，先入關者王，以據有勝勢，理據其勝，其他博涉而通，考變以定其衡可也。夫總古今書辭曰文章，雖繁略殊形，而神理則一。欲其簡要，取之三傳、太史之論贊、班氏之史評，音節自見勁峭；欲其閎達，取之莊之肆、韓之潮、蘇之海，機神自能磅礴。文有問答，讀班固《賓戲》、退之《進學解》、子厚《晉問》及《愚溪對》，則能設辭以著意；文有叙事，讀《史記》世家、列傳，參考于班史異同，暨歐陽公之《五代史》，則能叙述而不淩雜；文有議論，讀柳子之論封建、老蘇之論權衡、長公之答仁宗制策，則能博辨而有條理。呂居仁言：「讀《莊子》，令人意寬思大敢作；讀《左傳》，使人(人)〔入〕法度，不敢容易。」略見其概矣。然此又淺乎其言之。經以載道，文爲貫道之器，後人因經以考道，由文以徵事，學不博無以知古人之體備；博而不約，亦無由達古人之旨要。惟博而能通，通而能要，會神切理，此道亦甚精微，不僅摹畫古人，得其形似已也。至於二三場，論貴辨博而裁義，策以通時而濟務，一洗向來空疏剿襲之病，自非學之素優，文章經濟，孰能兼工若是哉？

宋思堂曰：「昔人以六經爲堂奥，子史爲園亭，是遐稽博覽，皆吾儒分内事，非僅治經生家言，以博富貴已也。似此縱橫今古，洞悉源流，方是讀書種子。」

陳雙山曰：「能博極群書，上下今古，方不愧稱儒者。今人畢生止治經生家言，幸而獲售，徒矜制義，反目古學爲緒餘，無關於術業之大，是何異榆枋小鳥笑圖南之翼也。」

説古今文字，如數家常鹽醬，剖析精微，出人意表，益見吾師學問淵深，非近今名士文人所能望其項背。門人馬騊謹識。

先輩

舉業之文，不可不趨時，而攻舉業之文，不當于時文求之，謂非其學之本源也。猶之夏之葛、冬之裘，時之爲也。使夏而披裘，冬而衣葛，人必謂體之不祥矣。然葛與裘，用之在一時，所以取用非一時。刈之濩之，絺之綌之，以備夏之用；取狐取狸，取羔取羊，以備冬之用。今人侈言時文，果能得其淵源所自，則文章自然洞達不悖。若僅以時文求時文，不得其源之流，如持錢買水，所得有限。況乎習聞習見，剽竊成風，千篇一律，祇令閱者生厭。識時之士，知其文弊，始以清真變其綺靡。清真矣而近于佻，繼以壯闊，變其清真。壯闊矣而近于莽，莽固不可爲也，乃變而爲平實。平實之文，漸入于庸，庸亦不可爲也，乃變而爲奇險。奇險之文，易生于誕，又將思以易之。種種色色，百變而未有已也。高才生因乎時之變，窮新極工，乃能博取科第。其他，人學亦學，赴乎時趨，然爲文不本于性靈，徒拾人唾餘，則已陋。因時變作，又趦趄而不前，則陋益甚，無已當反而學古，其次莫若先輩，學先輩猶爲近古也。溯有明一代之文，至嘉、隆而盛。萬之初，文壯而姿多，其時士子惟顓精讀書，上至六經、《史》、《漢》，下至唐宋大家性理諸書，靡不研通，以窮其變，則作爲文章，自能中程。所謂閉户造車，出門合轍也。守溪、荆川、昆湖、方山之文，莊嚴典則，遂開風氣之始。鶴灘、鹿門、震川、思泉、萊峰，氣達之文，綽有大家風矩。至串合之體，始於霍林；倒插之門，創自升伯。變法争奇，去先正漸遠，談文者猶奉爲金科玉律也。王緱山云：「余勸後生讀先輩文。其人讀竟，笑爲樸澹不足學。余曰：『不然，是子心粗耳。試就先輩作過題，極力作一篇得意文字，細細比量，彼數句便躍然，而我百十句尚恨未盡；彼滔滔説去，一句打轉，而我一步一顧，猶恐失之；彼撇撇脱脱，若泳若游，而我粘皮帶骨，句雕字鏤；彼隨手駕搭，自然有勢，而我非牽一架子，則不能得勢；彼隨題敷衍，自有話頭，而我非發一議論，則别無話頭；彼有首便有尾，而我逐股逐句爲首尾；彼短文勢反汪洋，而我長文勢反急捉；如此較量，當令垂首至地。彼詞了意不了，而我意了詞不了。不及古人遠矣。』雖然，讀書貴活不貴死。法先輩文字，亦有淺率處，惟當學其神理與氣骨耳。得其神理氣骨，世之能文，一變而清真，再變而壯濶，而平實，而奇險。我文根柢先正，錚錚而不類於凡響，知音者自賞，則先輩可學，特患學之未能也。誠學先輩而有得焉，源源本本，渾渾灝灝，文自超越，若無意于時趨。然學先輩而得其源源本本，絳雲在霄，舒卷自如。渾渾灝灝，文既超越，雖若無意於時趨，而得雋於萬選中，謂之逢時之技也可。

宋思堂曰：「崆峒先生謂漢無騷、唐無賦、宋無詩。或曰：『明無古文。』非無古文也，其一代所殫智畢慮者，在八股業，則其餘不能不寄秦漢、唐宋人籬下也。余謂治制藝而不學古，並學先輩，則亦未能免寄時賢籬下耳。今人志在售世，徒奉此爲敲門磚，卒之學無本源，即售世亦不可倖，有志自拔者，請誦斯篇。」

陳硯村曰：「先輩文字，一味醇厚，今人色態有餘，醇厚不足，何不學先輩之醇厚氣骨，澤以今人之色態詞令，便稱佳構。」

入門

讀書爲文，必有從入之門。可不知所以求之乎？求之貴在擇師，師之明與否，關乎學問理路之通塞，人品賢愚亦從而分焉。猶之良璞，付之工人，善琢之則成圭璋之器，不善琢之，粗刓不能成理，與瓦礫無以異。退之云：「古之學者必有師。師者，傳道、授業、解惑也。人非生而知之，孰能無惑？惑而不求師，其爲惑也，終不解矣。」揚子云：「務學不如務求師。師者，人之模範也。模不模，範不範，爲不少矣。」是師之爲道，能導我以學，誦説不淩，則師之；翼我以文，知微而論，則師之。不能，亟當舍而更從他師。蓋學以求進也，師以取益也。有始學之師，有成人之師，學固有漸，師亦有等。有終身可因可宗之師。古者八歲而入小學，教之以灑掃，教之以應對進退，教之以衣服飲食，消磨其敖慢之氣，默折其華腴之習，而後可漸以先王之教，教之以三德，教之以六行，教之以禮樂射御書數之文，其進也必以序。異年也，必更事正業也。必以時教，無詖言，無詭行，無異聞異見之足炫，可以入德矣。後世略於養蒙，幼鮮循禮，幸長而智識漸開，知所向學。不幸而師非其人，徒以訓詁靡文相攻切，一爲所中，淪入心竅，此種冬烘先生，示以新詞妙義，必驚愕却走，舌撟不能下。舊聞習見，擾其筆端，精義微言，茫無所得。雖復窮年矻矻，終于無成。宋人之言曰：「勿以學術殺天下士夫。」予亦曰：「勿以庸師誤天下子弟。」且人生聰明才力，略相等夷，顧在導之何如耳。明師能正子弟之趨向，才高抑之使下，力弱策以自强，泛涉於雜駁無用之書，誤用其聰明，教之歛精聚神，以經籍治性命，以義理達文章，由淺入深，從微出顯，則學不期精而自精，文不期工而自工。《詩》稱「成人有德，小子有造」，而歸本於作人，非師教之義乎？然師之爲師，不僅親承語言文字。有道之士，明理窒慾，正己型方，家修立節之大，孝友仁讓之風，自足興起人心。遊其門者，佩其言而服其行，優焉遊焉，樂焉從焉，忠孝之念發越，仁義之言藹如，而德成矣。《禮》曰：「善學者，師逸而功倍，又從而庸之。」相觀而善，有默化焉。是師之得也如此，其不得也又如彼，可不知所以從之乎？然從之或詣得其深，或不免淺嘗而寡要，則勤惰異之也。惟當勉其勤，戒其荒，本乎師之説，而能研窮其理，乃能神明其意，李謐初師事孔璠，後璠還就謐請業，第合自奮，何論教學？則德日修，而學日進。文根于道，道有傳人，授受淵源，其所從來遠矣。不然，童而習之，遷於異物，至掩塞其聰明，人才敗壞，庸師之誤人子弟若此，不深可痛惜哉？

宋思堂曰：「百工技藝，猶各有師，何況學業？一字之師，猶不可少，何況終身？陶鑄世之子弟，庸師無論矣，謬自許爲天授，往往視其師如東家丘，卒爲天壤間棄物。盍令讀此，以折驕惰之氣。」

以擇師爲主，下將師之明與否，淋漓使墨，兩兩相形，曲盡其致，至盲師之昧于所學，失其師範，有無限感憤諷導意。門人郭毓華謹識。

他山

以文會友，昔有明訓。蓋會友所以講學，所以弼違，日相砥淬，庶有長進。然講學曰文，得之心而宣之口，亦曰文。我性我學，我文我情，斯必與友會者，何也？學問淺深之際，獨學自爲有餘，行文清則流轉。與人共學，日見其不足，質疑問難之下，我得一而多遺，友於學無不該，於理無不達，不如友也遠甚。去其不如友，求其如友，企及之懷與激昂之志並奮，類聚適足以相親，道同則氣質亦易於變化，涵濡滋長，日進日益。有不自知者，又如文字爲有識者所指摘，貴能降心相質，不必定爲我友，勝乎我者亦即友也。前有古人，後有來者，皆吾友也。借他人之繩尺，攻吾文之曲直，已囁嚅不能言，識者能導我言之所未及，更能開發我意之所不到，則心悦神解，觸處能通，不已之文，底於古人不難矣。不然，無虚心委己以從善，我懼其晝之也。張紘與陳琳書，美其爲文。琳亦愛紘之作，答曰：「自僕在河北，與天下隔，此間率少爲文章，易於雄伯，故使僕受此過差之談。今景興在此，足下與子布在彼，所謂小巫見大巫，神氣盡矣。」此在遠而聲氣相感，有規摩之意，況其近者乎？陳後山以所作謁曾南豐，南豐因托後山作一文字，且授以意。後山窮日之力，僅成數百字。南豐云：「大略亦好，只是冗字多。」後山因請改竄，南豐取筆抹數處，便以授後山，凡削去一二百字。後山讀之，其氣又完，因歎服，遂以爲法。嗟乎，學貴自取益耳。樂與友群，抑抑自下，猶慮友不我告。使懦氣一萌，善言不入，氣失則浮，學失則乖，非友之過也。苟能求友，而無自是之心，相勵相規，理昧而能明，學困而能通，氣浮而能導以養沉，一日之中有新知焉，一會之中有默變焉。學術文章，半自良朋磋磨中得之。《詩》曰：「他山之石，可以攻玉。」乃知獨學無成，不如出門之有功也。

宋思堂曰：「與善人居，如入芝蘭之室，久而不聞其香，即與之化，友能相與以有成，説到友情關切處，如讀嚶鳴之詩，不覺令人深風雨晦明之感。」

張晉白曰：「良友切磋，昔人譬之舟車相濟達，今人非無朋也，酒食徵逐，至於身心學問，未之講習，泛泛交道，虛此一倫，讀此可知所取益矣。」

儒效

人材取之科目。儒之有爲于世，文章政事，世恒倚之爲重。及其敝也，世重而亦世輕，不惟輕之，甚者以儒相詬病。其由何哉？昔之爲儒，學于先王之道，勤身苦心，垂一二十年，天人之際，古今之變，修己迪德之大，輔世及物之方，窮通極博，蘄以修明吾道。吾道既明，何難本諸其有，敷詞立義，作爲文章，取公卿大夫之位，志達而用行。此純儒之學一出，豈不爲天下賴？曲學者流，其言本儒術，于道無所窺，于理無所入，浮虛吊詭，學背而馳，非盡士之過也。學校爲育才之地，有能式稽古訓，風厲學徒，講明修身行己，切劘其治體乎？不過于舉子之文，月會季試而已。習與道違，惟導以梯榮利禄，爲奔競階。此曲學敗壞人材，世道有無窮之慮焉。嘗讀史，至一代治亂得喪之由，不禁廢書而歎。世當其盛，賢才彙征，及其衰也，小人秉用。至于小人秉用，竊國柄，墜王綱，變亂其是非，奸禍一焰，黨同伐異，羅織在廷正直之士，塗毒無辜細民。人心既離，邦國殄瘁，然後知大儒之爲用，疾風知勁草，板蕩識忠臣。輔君德，定國是，經理天下，爲宗社寄，無疑也。世多不察，而訾議之，見儒之仕也，行其義而無近功，則目之爲迂闊。見儒規言而矩行，砥厲廉隅，是特婦女之柙躬，村甿之寡尤，治道于奚裨乎？此儒之所以不振，爲效難也。有愛之者曰：「儒于天下事，灼然若燭照，非不能仕，而弗援弗推，亦甚易知也。何不毁方而爲圓，與時高下，則能修譽于公卿大夫。能修譽于公卿大夫，則能以姓名達之朝廷，名與位而俱顯，則收爾儒之效必矣。」嗟乎，君子所絀者道，非必其身之安適。弗逢世，寧方爲阜，不圓爲卿，其託術似迂而立德則弘，守己若隘而用世則大。何以知其然也？彼夫世尚通才，行責實之政，如諸生必守家法，文吏必課牋奏是也。方今吏能日薄，一切行政，以及征役期會。而豪傑者，其才百十于儒，趨事赴功，可以有爲，言吏能者必歸之，此種人悉從許子將眼中看出。而彼亦自以足周當世之務而裕如，然爲治亦分本末矣。責實之政，何如端化理之爲本治也。儒者猶是民，猶是治，猶是機務之叢委，經權注措，動關軍國民生，急之不可，緩之不能，惟酌盈虚、節勞逸，用一緩二，則事濟，而民亦賴以安。夫當事而民不擾，則先事之治，必行寛大之政，必去無藝之征，必除不便民之弊法。且能以其所養育者，遂民生于樂利，興民行于孝讓。久之俗茂風淳，飲和食德，不知其自。儒之有用于世則在此，而不在彼，顧不重哉？蓋自選舉廢，科目興，人材多出其中。唐承隋，始有進士科，得人尤盛。章俊卿云：「方其序取以文章，類若浮文而少實。及其臨事設施，隱然爲國名臣者，不可胜數。」予謂不特唐也，歷宋而明，迄于我朝，科目得人，莫之或替，無論節義事功，彪炳史册。即至非常之投，正難卒應，舉朝遑遽，心膽已寒，而能決大疑，定大難，措國家磐石之安，所稱公卿大臣，當用有經術，明于大誼者非耶？則儒之爲儒，從可知矣。雖然，亦在用之何如耳，誠能委以事權，寄之腹心，推誠而予，不爲浮議所摇，氣象既寬，規爲自大。唐房玄齡，十年佐太宗征伐，爲相二十一年，輔成貞觀之治，比之伊、吕、周、召。裴度才兼文武，撫安魏博，平蔡滅鄆，兩河三十餘州，六十年不奉正朔，悉歸版圖，佐憲宗中興，事功莫大焉。之二公者，夫非科第中人乎？世徒見其建大勳於旂常，抑知其主德之知人能善任也。魚水聯歡，風雲齊美，誠不世之知遇。不然，儒難得，亦難畜。宋錢若水，爲翰林學士，太宗以儒而知兵，擢同知樞密院事，及感昌言之見薄，請解樞務，避位恬退。夫有君之篤寄，無猜忌之嫌，得以行道濟時，固儒之效。有臣之止足可儆貪位，士氣亦爲增重，香山洛下，何嘗不見重于天下？未嘗非儒效也。得人若此，則朝有忠讜之臣，野多節概之士，天下何患不治耶？

劉卓崖先生曰：「説得淋漓滿志，儒者氣概千尋。」

宋思堂曰：「韓魏公初登第唱名，日下五色雲見，後爲社稷之臣，朝廷倚以爲重，大儒出處，實關世運，非盡迂疏寡效也。作者自負文章經濟，猶未大竟其用，終篇亦自道云耳。」

立命

我之所謂儒者，學成而德立，樂則行之，憂則違之，不盡關於科目也。使科目中有儒，則彼不得科目，讀書明道，自甘淪落者，終不得謂之儒乎？以孔子栖惶道路，困窮者屢矣，陳蔡之阨，謂門弟子曰：「匪兕匪虎，率彼曠野，吾道非邪？」又曰：「良農能稼，而不能爲穡；良工能巧，而不能爲順。君子能修道，綱而紀之，統而理之，而不能爲容。」孔子亦既言之矣。能必其道之可行，不能必其時之不可行。夫不能必其時之不可行，則命也夫，命也夫。然《詩》、《書》有删矣，《禮》、《樂》有定矣，《易》有贊，《春秋》有修矣，爲百王之治法，實萬事之綱維。何必居三五之位，乃云行道哉？後之人讀孔子之書，思行孔子之道。孔子之道，堯、舜、禹、湯、文、武、周公之道也，學堯、舜、禹、湯、文、武、周公、孔子之道，仁義是已。「博愛之謂仁，行而宜之之謂義」，能有得於仁義，發而爲言，舉於有司，無不可也。然昔之取士以德，今之取士以言。唯其言也，不必盡皆有德之言，真僞之學，罔或辨焉。且有司之好惡無常，雖有仁義之言，不能必其有合也。至於文不合於有司，不得不變其術，以揣迎有司之好惡。求之愈巧，得之益難。則實學少，靡文日多，遂成一奔競之習，亦志士之所悲矣。明道知扶溝縣事，伊川侍行，謝顯道將歸應舉，伊川曰：「何不試於太學？」顯道曰：「蔡人尠習《禮記》，決科之利也。」先生因曰：「汝之是心已不可入於堯舜之道矣。夫子貢之高識，曷嘗規規於貨利？特以豐約之間，多見其不能信道，故聖人謂之不受命。有志於道者，當去此心，而後可語也。」志道之君子，知窮達時也。操履者在我，既不能與時争權，惟修身以俟之而已。使必以奔競爲足，赴功名之會，則奔競已非其正。況功名有非奔競所能捷得者，則奔競果可恃乎？又或以仁義遠闊於功名，則仁義之路塞，而功名終必屬於仁義，則仁義之爲用亦大矣。誠修其道，達而在上，忠藎立於朝，惠施被於野；窮而在下，守先以待後，砥節而全行。窮也達也，身名俱泰焉。若背道而馳，達而在上，忠藎寂其無聞，惠施罔有實政；窮而在下，竊守先以干譽，假砥節而行私。窮也達也，身名盡醜焉。此君子小人所由分也。抑亦思窮通得喪，有命制焉，命在於天，則知崇虚狥名之爲非，必極於履仁惇義之爲是。文中子收人心於陷溺之後，立教河汾，門人編其譔述，比擬《論語》，不無太過，而成就人材，他日盡皆將相之選。許平仲以綱常名教爲己任，而祭酒一官，未竟其用，然能於在廷貴近子弟，行篤實之教，一時名卿賢大夫，多其門人。劉静修、吴幼清，亦大儒也，或辭集賢之召，或再出而終以病去，率能著書立言，以垂不朽。此皆儒之所以能立命也。予因學文之士，喜其勤渠，爲論列作文大意。總一學也，期其達，期其所以達。然歷觀古今記載，達者一二，不達者十百，抱道而不爲世所知，貴能不失己，守獨立之操焉。能有獨立之操，睥睨夫科名榮顯者，不必盡皆奇男子。才與德違，鮮能樹立，及乎時移，姓名湮没而不彰者，不知其幾，於名實得失何如哉？乃廣爲《立命》一則，俾學者豁然於遇不遇之故，安貧樂道，篤以信其在我焉耳。

陸蒼巖曰：「説得儒者有身分，出則爲祥麟威鳳，朝野仰其風采，處亦不失爲轅固、伏生一流人物，所關甚大，士能卓然自命，庶幾讀書種子不墜。」

陳雙山曰：「立德、立言、立功，有其一皆可不朽，而顯晦無論矣。故曰：庸愚安命，聖賢造命，讀此可廢一切磨蝎守宮之説。」

熟讀

學者讀書，莫患於因循。因循之失，非不知書之爲讀，而悠忽怠惰，時作時輟，不能實用其力耳。有知用力矣，所讀惟務泛涉，博覽群書，曾無一卷之精其義，則心勞神散，歸於無用。兩者讀書之通患也。夫書貴能善讀耳。不凌不雜，專而精之，熟而復之，用心亦甚勞苦矣。董遇之「挾經書」，「先讀百遍，而義自見」，東坡之「如欲求古今興亡治亂，聖賢作用，且只作此意求之，勿生他念」，楊循吉之「課讀經史，以松枝爲籌，不精熟不止，即以松籌名其堂」。此讀書法，其甘苦之所自喻乎？且人之精力有限，編簡豈能盡讀？即事理有切於身心者，亦未易卒讀也。非聖之書弗讀，力所未至，書雖要，不以紛念馳逐。熟一書，乃讀一書。一書之理得，未讀之書，機法神情早伏於已讀之一書，繼此則一節易似一節，讀之心開理融，如麥畹稻畦，不同時而種，糞其田皆能先後成熟。又如訓練之士，摧鋒撼陣，無不一以當百，謝車騎，以勁卒破敵，苻堅敗於師衆而失律也。學必如是，能積一理而推之萬理，能由一事而通之事事。身心事理此學，文章亦此學，能爲一日舉業之文，即爲他時伊吕之功勳。無異理，無異事，亦無異學，熟而精之，則所學在我，而其應不窮。其在斯乎？其在斯乎？

陳雙山曰：「精處故不在多，所謂以少少許勝多多許也。今之儒者，往往自言書窮二酉，未免英雄欺人，讀此文，當令妄語兒掩口而退。」

假設

日月川嶽，天地自然之文也。人法天地而爲文，因事造端，發情止義。假設之體，亦猶六書之有假借乎？然書假於音，音少於義；文假於事，事形於言。有化裁焉，有至理焉，從古如斯，又何疑於今之文乎？今之文，其有自始乎，無始乎？其言「若曰」、「意謂」、「今夫」、「或曰」者，非人之言，假設其人之言也。「若曰」云者，即《書》之言「粤若稽古」、「王若曰」之類是也。「意謂」云者，即《詩》之言「帝謂文王」、「謂天蓋高」之類是也。言「今夫」者，直陳其事，猶《詩》之言「葛覃」、「卷耳」，摹情寫景，而亦借也。以「或曰」言者有二義，一是我言之，又假人之言，如《無逸》「嗚乎，吾聞曰」之類；一是假或人以相問答，如《論語》「或曰雍也」，屈原《卜居》、《漁父》之類是也。此發端而設爲之辭。至其中之曲折變換，有旁語，有襯語，有隱約語，有反跌語，有叙事而連及，有叠辭以咏歌。何以明之？如《史記·衛青傳》後，言蘇建嘗責大將軍不招選擇士，大將軍謝以「招賢絀不肖，人主之柄」，不載本傳，史贊及之，此旁語也。《項羽本紀》叙沛公持白璧一雙，欲獻項王，先頓一筆，假張良問曰「大王來何操」，接語自不滑突，此襯語也。《左傳》晉敗於邲，先濟者賞，乃云「上軍下軍争舟，舟中之指可掬」，讀者自知其攀舟亂，以刃斷指，此隱約語也。《孟子》「今王鼓樂」，從反言跌入「今王鼓樂」、「今王田獵」，亦又如是，所争在與民同樂耳，此反跌語也。昌黎《讀張中丞傳後》叙許遠本末，與巡俱守死成功名，因述南霽雲乞救不得，抗節死於賊，此叙事而連及也。《國風》「桃之夭夭，灼灼其華」，已言矣，由華而實而葉，三言之，興「之子」之有其宜也，此叠詞以咏歌也。凡此皆文之所有，而非文之所自有。有釋説焉，假設以成其文理。推斯義也，天地間何一非假設以成文哉？近而一身，假耳以爲聰，假目以爲明，假心思以爲用。遠而天地，假日月以晰其理，假山川以助其氣，假風雲雷雨、陰陽寒暑，以變化其才。中而事爲，假禮樂以觀其賾，假鬼神以探其幽，假倫常日用以造文於正域。假字以用，字有變易之理焉，《易》畫奇以象陽，畫偶以象陰，又如「龍馬狐豕」、「杞瓜葛藟」是也。假物以言，物有比興之義焉，《詩》之言「螽斯」、「麟趾」，《騷》之言「虬龍」、「雲蜺」、「沅芷」、「澧蘭」是也。夫是之假形設色，入乎微，出乎顯，不特天地有其文，高深亦我體也。兩間之精華，我文之用也，事理日以生，心思日以擴，假設之義大矣哉。雖然，古今文字，叙事議論，事有所指，理有所明，豈盡出於飾説耶？試思一事而兩人互發，辭高者勝；一理而彼此争鳴，氣長者優。得非飾説功多乎？人之言曰：「漁父鼓枻而去，屈原似爲所訶矣。」且問一人耶，二人耶？東方有一士，又曰：「我欲觀其人。」我是誰，東方之士是誰？觀此則假設之義益明。至文之爲體，亦甚不類矣。才有大小，氣有高卑，其言是，小者亦大，卑者亦高；其言非，大小高卑，皆爲文之浮逐。由是言之，六經之文，經緯天地之文也。孔孟之書，本六經以風世教之文也。《莊》、《騷》之文，無用以爲用，孤憤以爲忠，所趨不同，過不及之失中則一。故高曠者辭蕩，褊急者心繁，汪洋恣肆，假設不倫，亦文章之變體也。然讀《莊》、《騷》，正意寓于旁意，旁意寓于人物，鋪叙錯綜繁亂而旨不露，筆墨在蹊徑之外，學者往往取法焉。第其言多放誕，當有所擇，惟取其刺譏不謬於聖人，以發越其文章。苟識見偏于一隅，失之過則非文矣，失之不及亦非文矣。以中而化其過不及，以過不及而化于中，庶不悖六經、《語》、《孟》之旨，則學問以正，篇章以純，事理以彰，文明以止，是亦天地之至文，與日月争光，川嶽同其流峙矣。

陳雙玉曰：「從來文字，正語少而飾説多，且至互相假借，如郭子玄所云：『鑒以鑒影，而鑒亦有影，兩鑒相鑒，則重影無窮。』蓋用筆之妙，非虚則不能實也。斯篇即假設二字，援引六經子史，闡發如許妙義，極海嶽之奇觀，盡風雲之變態，文心至此，安能測識？」

文章

夫寫心則有言，出言則有辭，辭以爲文，文以足言。鉅細精粗，體無不該，一以思致行之，總稱文章。然必學術正，事理辨，隨其所著，辭得而義顯，如日月之經天，山河之麗地，人得而見之，乃謂之文，謂之文之章。故曰：章者，明也，文明之象也。若學術不正，事理不辨，執管紛如，言多背於聖賢之旨，名之曰文，其實浮華不根，無補於世，心術以壞，文風以頹。韋籌之言曰：「垂日月所以爲天也，光盛而形物於施；備禮樂所以爲人也，言盛而著訓於簡。非是而光者，燭龍爝火亦光矣；非是而言者，狂童詖子亦言矣。」由是以思，標名文苑者，古今不一家。而出自情性，灼然堪爲教化，未易多覯也。摧而論之，老、莊之文，以無爲爲宗，以無用爲用，棄仁義，絶滅禮法，有方内外之别，與吾儒自不相入。建安諸子之文，學無所遺，辭無所假，然字雕句琢，不過月露風雲，實理則無有也。荀、揚之文，擇焉而不精，語焉而不詳，至言性惡，與率性之旨悖，作《太玄》而《易》理愈晦，皆矯揉以賊道者也。凡此者，文辭之工，學術無取，不得與於文章之林矣。夫文者何？道附文也，如其道也。董江都之文，章於三策。韓吏部之文，章於《原道》、《師説》。歐陽少師之文，章於學知尊韓、孟以達於孔氏，章於權知貢舉，變文章以復古。是故道寓於文，而文醇自見其章，文不盡道，疵隙正自不少，謂之繁文可也。至若舂陵、河南、横渠、考亭五子之文，當時或以爲奸，或以爲僞，然終不能掩其文之至，抑而不章。蓋發明孔孟不傳之秘，精粗諦當，文無過於此者。非五子之文，六經之文也。讀五子之文而後讀六經，奥衍歸於純常，廣大得其易簡。譬飲食之有醯醬，不可一日無。文至矣，盡矣。雖然，制舉之文，亦文章也，曷可忽諸？漢之取士重策問，而賢良方正之士至。唐以進士重詩賦，而淹通閎博之才衆。宋之制義重經學，而通經之儒，提身繕性，大而開物成務。明興重科目，經義之外，別無兼科。際中葉爲尤盛，士敦尚實學，風氣醇厖，皆能有爲有守。夫風教在上而下應之，況制科之文，正士子發身之始。上重士，士益知自重，刻勵其行，積而後舉。文章可以經國，其較著也。遠不及論，試以有明一代之文觀之，莫盛於成化、嘉靖，莫衰於啓、禎。文運之謬，論者謂成化丙戌，其間如羅倫上疏論李文達奪情起復之非，卒著爲令，章懋、黄仲昭、莊昶諫鰲山燈火之戲，陸淵之論陳文謚莊靖之不當，賀欽、胡智、鄭己、張進禄輩之劾商文毅、姚文敏，强真之劾汪直、陳越，皆氣節凛然，表表出色。又如成化乙未會元爲王文恪鏊、狀元謝文正遷，其後嘉靖壬戌爲會元王文肅錫爵、狀元申文定時行，相繼爲首揆，爵位之崇，名實之相稱，可謂盛矣。啓、禎之文，計功言利者多，文無根本，淫辭僞種，轉相仿效，與氣運相終始，至今讀其文有餘愾焉。嗟乎，文章之得也有由得，其失也有由失。學術之關於氣運，豈細故哉？且士不爲舉業則已，如欲以制義博科名，實學不修，徒取資於達者之文，言忠則有忠之言，言孝則有孝之言，丐其餘膏，亦足以應有司。然非性靈之所自運矣。及乎身既通顯，慨然以斯文爲己任，不特文章誑惑後生，而談道論德，知之不必其能行。況知之有未至耶？俗學之虛憍，身心至無依據，而潛修之士重矣。學於聖賢，《詩》、《書》所垂訓，心所同然之理，貴能反躬而踐其實。心所同然，具有四德。當其未發，其端已萌。惻隱羞惡之心，擴充而至於仁義，此求仁之事也。由是而有言，言根於心，藹如秩如，皆仁義之所發越，則言行相顧，是謂君子之文。得時而行其所學，不惟光顯其身，禮樂刑政所由施，有鴻謨焉，有大烈焉。天下國家，咸利賴之。夫非文章之際盛，而事功能奕奕，若是者哉？然後知制科之文，其言似近，而推之彌遠；其辭若淺，而味之彌深。性命之本，治忽之源，率由於此。則大道之行，與天地而常新。故觀乎天文，日月有明；俯察於地，山河有象。君子以教化爲文，人文之所以化成天下。自夫俗學尚浮，有失仁義中正，遂謂制科之文，無關世用，是見識之陋，猶之懲噎而廢食，惡乎可？

宋思堂曰：「正大之文，不事工巧，歷舉古今文章，兩兩較量其醇疵得喪，歸於有用，翻掀幾無剩義，不減昌黎《原道》之作。」

陳雙山曰：「篇中極意發明文爲闡道之文，爲經世之文，大爲俗儒下針砭，如此立論，方見真文章。」

此木軒論文雜説

附讀韓述、論韓文説略

焦袁熹　撰

《此木軒論文雜説》一卷 附《讀韓述》二卷、《論韓文説略》一卷 焦袁熹 撰

焦袁熹(一六六一—一七三六),字廣期,金山(今上海市金山區)人,世居黄浦南,人稱南浦先生。清康熙三十五年(一六九六)舉人,兩赴禮部試,皆不售。四十一年(一七〇二),以母親年高,公車抵揚州而返,遂絶意仕進。工詩文,通經義,有《春秋闕如編》八卷、《此木軒四書説》九卷、《此木軒文集》十卷、《詩集》十六卷、《雜著》八卷等十餘種,合編爲《此木軒全書》。事迹見焦以敬、焦以恕編《焦南浦先生年譜》。

是書乃「追憶所見,拉雜書之」,或論文章作法,或品評古文。其論文之旨尚六經、崇天然,而忌步趨相襲,務求得其本色。又論作文之法要「因其勢而爲之」,妙在「不測」。尤推重韓愈之文,謂其純是「穀味」,讀之養人元氣,且「不自爲法,而無非法」,可爲後學效法。焦氏所論多自得之見,形似語録,雖略欠雅馴,然能切中文章時弊,亦足警醒時人。

是書爲鈔本,藏上海金山圖書館,有王友光一九二〇年手批。王友光(一八七〇—?),字恭甫,號海客,華亭人,著有《味義根齋詩録》、《王海客日記》等。書中批點與焦氏持論多有不

同，可資參考。今據以録入。據《焦南浦先生年譜》所附《此木軒全集》總目，焦氏有《論文彙編》五卷。今檢上海圖書館所藏《此木軒全書》抄本，並未得見，或已佚。上海圖書館又藏有一部題作「論文雜説」之鈔本，因書前鈐有「世璆」、「存未」印，故著爲倪思寬之作。今檢内容，實即焦氏本書。姚椿《論文別録》有采自《此木軒論文彙編》者，溢出本書二十條，今附録於後。上圖藏本後附《讀韓述》二卷及韓文選注三篇，咸豐九年，韓應陛將此三篇韓文與《石鼎聯句註》自《論文雜説》中抄出，改題爲《此木軒論韓文説略》一册，今藏於上海圖書館。本次整理即以韓應陛抄本爲底本，仍沿其題，參校倪思寬抄本，并附録於後。

（陶熠　侯體健　程軍）

此木軒論文雜説

焦袁熹　撰

某家中無書可讀，性又不肯竟讀，每從憂患無憀中，隨手亂翻，輒有所見，初無所悟，亦並不用思索，其爲差誤，不言可知。今復追憶所見，拉雜書之，以示一二學人，庶幾因是而自有所悟，則亦不爲無助云爾。

從來他人説話，無論是否，一字都用不着，即自己舊話，亦用不着，知用不着之爲真用者，則得之矣。入理頗深，但淺學觀之，反增自是之見，古人立論，斷不肯甚高，故可貴也。海客。

作古文無他法，只要知人所不能知，言人所不能言，却于六經、《語》、《孟》之旨有所發明。其最貴者，如百物中之五穀，養人元氣。其次則有如所謂江瑶柱者、巴豆大黄者，種種不同，歸于有用而已。然有一樣用，便有一樣毒，勢所必然。古文所以貴韓昌黎者，純是穀味也，無毒也。近世之文，豈無議論醇正，似乎五穀之無毒者？然並非人所不能知、不能言，正所謂「村婆子話」，前人説了幾百遍者也。塵飯塗羹，反不如砒之有用，何穀味之存乎？意亦是，而語氣不全不備。海客。

文之低昂上下、進退疾徐，千態萬貌，若四體之不言而喻也。豈斤斤然履繩蹈矩，惟恐蹉跌者乎？

文章不是六經注，便是諸史料，而史料亦經注也。故六經者，文章之母也，六經皆心學，則心者又六經之母也。

吾之於人，誰毁誰譽？如有所譽，其有所試矣，此古文家大根本也。夫毁固萬萬不可，譽則沿門喝采，人猶怒其不善爲辭，欲稍存有試之意，則益怒矣，此所以古之道無所施于今也。然但學爲沿門喝采之文，則又何苦而爲之哉？

文章只是扶持一件東西，東倒則扶之于東，西傾則扶之于西。

掀翻前世界，另闢一乾坤。世界、乾坤非有二，掀翻、另闢顯精神。

後人所以萬不逮古人者，胸中要自搬出一件物事也無。除了東偷西劫，更無一些伎倆。

一切法皆是臨時，並無規轍，其不得不然處，即名法也。

「氣盛，則言之短長與聲之高下者皆宜」，宜也者，荆川所謂「天然之度」也。今人于此處尚不會，如何識得上一橛？

人之面，無一同者，畫人之面，則不期而同矣。善畫者，面生于筆，如天之生是面焉，雖欲同，安得而同諸？末二語以明善畫者筆中有天，蓋以見面之無一同也，不善畫則不期而同，至本文之意，殆譏詩若文之蹈襲摹擬者耳。海客。

古人之學古人，如見那人服妙藥而顔色悦懌，精神充滿，功效不可具述，則亦覓其方而服之耳，其功效不計也。今人所謂學古人者，如其人戴折角巾，我亦戴折角巾，某人執玉柄麈尾，我亦執玉柄麈尾，似之甚易，然安得似也？「其人」亦當作「某人」。海客。

柳子論琴、書一段，學文者甚似之。爲文不經師匠而能有成者，百無一二。敝一生之精力，竟不得個門庭，何論窔奥哉？

文之妙曰「不測」。不測者，皆其必當然、不能不然者也，淺人自不測爾。其不能爲不測者，正非必當然、不能不然者也。以淺人測淺人，乃見以爲當然爾。

又有以無用爲用者，如六月中用扇子，堂中挂一幅畫，動扇子也涼，看畫也涼。有時看畫，忘了扇子，則有用之用，反不如無用之用矣，豈必室中都放扇子而後謂之有用哉？只是畫得不好，看之愈熱，則真無用耳，且如扇子破壞，勞而無風，亦是無用也。

自古文人，雖曰遞相祖述，然未有一人相似者，不特面貌口氣各别，神情意態無不各别。今人讀某文便學某文，讀某詩便學某詩，正使神態都似，試問自己身命何在？究竟優伶下場，依舊是一具賤骨頭，做不得古人奴僕。

看古人文字有數説當知，曰蹈水之道無私，曰俯拾即是，曰欲語差雷同，曰借他人之酒杯澆自己之塊壘，曰人棄我取、人取我棄，曰不觸當今諱，曰清畏人知，曰神農嘗百草，曰因行得掉臂，曰不作罵會，曰賺殺天下人，曰前箭猶輕後箭深，曰子産立公孫洩，曰插科打諢，曰好佛在後殿，曰竿頭更進。「欲語羞雷同，偷句爲鈍賊」，此黄山谷詩也，誤「羞」爲「差」。海客。

李花不學梅花，梅花不學菊花，其所以爲花者，一也，此樹上真花之説。若未能開花，要學他開花，只須尋得個種子，如法種蒔，時至氣應，不怕無花開矣。

胡人作胡言，漢人作漢語。若胡人而學漢語，便非本色，無論王、李。明人自歸震川外，若荆川、鹿門尚有學他人舌頭處，荆川後來悟得所以，文字都用官話，此是其識見高于鹿門百倍處，知其故者鮮矣。

鹿門于古文全未夢見，若荆川則可謂具隻眼矣。渠後來自不肯爲耳，不肯爲，賢于肯爲者遠矣。鹿門亦未可厚非。海客。

胡言漢語之説，豈謂秦漢人必秦漢、唐必唐、宋必宋、明必明耶？果能爲秦漢，秦漢可也，只要是其本色耳。

作一文人，亦須有個大根柢。根柢深者，發之于文，只是萬分之一二，當于一二處密識之。大德敦化，山河大地之外，有無限好山水、好花草，在人都不見耳。

根柢豈只在古人書本上，正使讀盡古人書，胸中骨董甚多，算不得是根柢。古人所以爲根柢者，渾淪中一無所有，臨期提起便是，不臨期依舊是無也。以一端言之，昌黎鎮州詩不似潮州詩，潮州詩不似鎮州詩，此是甚麽緣故，豈是安排教如此底？昌黎所以爲唐之孟子者如此。豈只在會做《原道》等篇，又豈《上宰相》諸書所得而掩其本色者哉？身坐井底而欲妄論三十三天之事，難矣。昌黎潮州只住一年，若鎮州則但宣諭一次，安得以少陵秦州、夔府爲比，而曰鎮州詩乎？一手難遮天下目，竊爲先生危之。海客偶筆。

人心一有病痛則文字中處處都見，若真有得力之處，則文字中亦處處皆見。古人文字從來不曾説完，此事原無説完之理。

傳誌之類，大賢大奸、一節一行之士皆可作，惟庸人不可作，婦人可作者尤少。

贈朝官，必祝他做到宰相，永不退任；外官必祝他連陞速陞。雖爲之辭有善不善，而意則同，此等文章不做可乎？

傳誌碑序之類，當做者原不多，勢不能不做，遂立許多法外之法，如律之有例，自昌黎已不免矣，況後世哉？此鄉裏話也。海客。

爲人作碑傳，須全用自家眼光覷他，自家氣力運旋他。不爾，如一座山塞在面前，只見得許多草樹石頭而已，不知山之面目如何，而況其精神命脉之所在哉？

要説前人所不曾説，則未免有許多小悟頭，説來亦似雋快，却傷氣格。此在唐宋人所無，而有明諸家往往見之，如少年向中書堂上説村塾裏話，畢竟不倫，又如村婆子向大叢林講堂邊説家裏瑣碎事，那可令堂頭和尚聽見。

八股盛于明，而明之爲古文者，往往陰爲八股機心所使，雖卓然成家者，殆不免焉。然此非八股之咎也，鄙倍之難遠也甚矣。近世有不習爲八股而開口弄筆竟帶八股鄙氣者，病根同也。非八股之咎而何？海客。

爲人作傳之類，寫一小事，寫得有精彩，却見得他大處。若只把大話頭來説，却成寬套空殼子，於是人何益。

以文言代俗句，最難，求其言之文而全失其意，或精神不出，則不如直寫俗句之爲愈也。

古文每用屈捧成招之法，其中用意善惡，儘是不同，其不能不用屈捧，則一也。此所謂隨口亂説也。海客。

文字要看他歸宿處，若把他中間説話捉住，要他如此認，多見寃了，史公《伯夷傳》、昌黎《二鳥賦》之類是也。

譬如一株樹，人人道他開得花好，我却看得他根幹好，而花之好不須多贊矣。《魯公祠堂記》、《段太尉狀》。此九字應作雙行小字。海客。

韓所以爲文之聖者，不自爲法，而無非法也，六律規繩，其用不窮。且如曾、王學記豈不好，只是如此做法，只顧自己，不顧後人，如窮珍極錯，請個客人，珍錯有盡，而客人無窮，後來固有必窮之勢矣，試看明日作，漸覺無聊。若以此物請此客，安得有此弊？故曰：韓文，文之聖也，其用不窮也。

近世能文者，爲典史作墓誌，便如宰相一般。到宰相又如何，此並不顧自己，無論他人矣。凡引證，須是事不同而理同，不待説完而情事了然，如《辨奸》「善用兵者，無赫赫之功」是也。若事同而理不同，類書耳。

凡叙事，分叙、合叙、順叙、倒叙、補叙，方代人口氣，又自説一兩句，隨又代，又自説，不用虚字過卸。種種諸法，皆是因其勢而爲之，非以古有是法而效爲之也。

有一文，必有一文之話頭，後之能文者，法皆是也。只是尋覓得來底，尋得好，便成一篇好文字，然亦辛苦，怎如韓退之拈出便是？今人不知韓，只道他也是如此尋覓得底。

逸品在神品之上，逸品如菖蒲花，不可必見，非人力可致，爲天地間至貴之物，所以居神品之上。今人不知其説，以一筆兩筆飄飄灑灑者當之，誤矣。如鹿門云「惟子長、永叔得文章之逸氣」，皆皮相之論也，所見如此，宜其不足入古人之室。

文字到煞場，恰好與起處相應者，癢處相關也。不知文者，法非不合，只是不曾到癢處。

文章惟實事不可妝點，其百方妝點似有實事者，畢竟算不得實事也。實事如怨女三千放出宫，死囚四百來歸獄，這豈可撰得底。

所謂實事者，如告人命狀子云「某日某刻殞命」，此實事也，如云「毒毆垂斃」，便不算説話，只當不曾動手看。

説極冷事，末梢却説到熱處；説極熱事，末梢却説到冷處。若冷到底，熱到底，則亦衆人之見而已矣。冷到底者，枯木成灰；熱到底者，千年富貴也。「江東子弟多豪俊，捲土重來未可知」，「楚人一炬，可憐焦土」。「江東」四句亦當作雙行小字。海客。

小過不隱，所以著其無大過也。「開封喜酒色狗馬」，開封，韓從父兄。

有小善而稱歎不置者，其大者固無取也。《子厚墓誌》以柳易播一段。論古人事或過有褒貶，不必至當，要自别有寄意耳，如歐陽《讀李翺文》，忽將韓退之捺倒是也。

與可畫竹，數尺而有萬尺之勢，然則不善畫竹者，雖累百尺而無一寸之勢者矣。

昔之碑序，必詳譜系，重本也，近乃略之，懼誣也。

如修造、興復等事，既美其已然，則必望其將然，此是一定而不可易者。

一部《史記》，只是要天做個好天，皇帝做個好皇帝，做得好時，不勝歡喜，做得不好時，不勝憤歎，只是撞着好底少，所以如此。其他立言之家，無非此意。此條不成説話。海客。

修夫子廟則以未逾時爲賢，其觀遊玩賞，無關民事者，則以職事既修而因其餘暇爲説。

人求作文，有云辭之不得者，非其事重大，則不甚緊要，可不須作者也。《平淮》「經涉旬月，不敢措手」，《有美堂》「請至六七而不倦」。

讀古人書，不能自得于心，則雖極精微奧美之論，適以證成其鄙淺之見而已耳。

文字到說不了處，須看古人筆力高處。「丞之設，豈端使然哉？」末句亦雙行小字。海客。《藍田丞》，如此才做如此官，自應作如此鬱崛文字，退之真好畫師。

文之施于尊官貴人者，雖寓箴規于願望，而若爲已然之詞，此立言之體也。《貓相乳》「其善持之也可知已」，《石洪序》「咸知大夫與先生果能相與以有成也」。「貓相乳」下亦應作雙行。海客。

木華《海賦》，未讀其文，謂當如此如此，讀之果然，乃知古人一篇文字，便見全身。及觀《江賦》便不然，若以賦江者賦海，豈有是處？若使近人爲之，正如將釋迦佛坐在十字街頭草屋裏，不須入門，便將三十二相一一讚歎，豈有是處？又如畫遠人，將眉毛一根根畫出，豈有是處？解此，讀《堯典》首數十字亦可得其意矣。

譬如說石崇家富，決不說到有豬幾千頭，雞幾千隻。

古文引孔門弟子語，皆以爲孔子之言，非誤也。諸弟子語，載之《論語》者，皆是本聖人之意，即謂之聖人語，可也。

作文如嫁女，初間跟隨陪伴人甚多，以後漸漸閃開，一個個都去了，只剩得一個新婦，亦有一兩個陪伴到底者。《孟郊序》、《聽琴序》。六字雙行。海客。

古人之文，意在言表，不必自爲分疏，觀者自當得之，後人惟恐人不知其意，而汲汲自爲分疏者，多矣。看《史記》與《五代史》自見。

《史記》索性是私書，《五代史》又似官書，又似私書。

不施脂粉，淡掃蛾眉，以文筆言之，華辭麗字，豈可一概斥之爲脂粉哉？工文者，華辭麗字皆肌肉也，肌肉亦可去乎？不善爲文者，詞不能華，字不能麗，而脂粉已費矣。

文字要一色，屈、賈同傳，自不載《治安策》，《羅池碑》自不寫教人文章等事。不知此法，則將有不勝其寫者，而所當寫者，或反遺矣。

古人下字，有與近世不同者，須識其本意。如《荀子》：禮，僞也。人爲之謂僞，非詐僞也，但即人爲之説，亦不得言無過，以此責荀，可耳。

從某處來者，須是自首。《捕蛇者説》「苛政猛于虎也」。無謂。海客。

評韓者，謂某篇另是一格，豈知篇篇另是一格耶？

諺語、童謡之屬，六經撰述者，潤色居多，「尺布斗粟」可見。凡史傳中所載文字異同，不當以爲據，其或年月有不符者，亦不足怪。

文字須參看，單看此一篇，則如褒美那人處，似亦至矣。及看别篇，而彼處所有，此處却無，乃知褒中有貶，相形自見也。若只向有字句處看，多被古人瞞耳，此正所謂「清畏人知」者，不是不要人知，知不得也。

鄭伯克段，左氏形容至此，後面却把幾句厚皮語封之。鍾伯敬乃謂左氏腐儒，不識莊公心事，若非左氏如此形容，你又那裏討消息來？春風爲開了，翻擬笑春風。

答楚子問鼎，剛厲簡直，與請隧不同，其勢急，故施之不得不異，甚者爲梁武之待侯景，極矣。

情事到填咽説不出處，語愈多，則愈不能了，只須用一二語消之，要令知者知耳。

莊子、惠施云云，皆言道也，即後世禪家所謂「此物」，前人都不曉，故注解皆謬。但只是逐色尋聲，所謂形與影競走者，更無了期耳，聊爲拈出一二。「日方中方睨」，人知日有正中之時，然方其中也而睨之，不是未及中，便是過中，那有真個正中者，正如一眨眼，不是過去，便是未來，求所謂現在者，了不可得也。「天下之中央，燕北越南是也」，即邊是中，本無有中、無有邊故。

莊、列所説，甚似禪門，這個物事，大家窺見些兒，不覺説出來都似耳。謂禪門從莊子偷去，甚不然也。

文之至妙者曰不測，其至不妙者亦曰不測。所謂「至不妙之不測」者，忽而《左》，忽而《史》，忽而《文選》，甚者忽而六經，忽而小説，一行之中，無之而非忽然而至者也，明代文集什九皆此類。總之讀上句，掩却下句，竟不知説那一句，亦可謂不測之至矣，而不通之人嗜好多同，偏極贊他好，以爲文固當如是，亦可怪也與？

《史記》，始皇崩，高、亥、斯相往復語，從何處得聞之如此其詳，所以必如此細寫者，所以爲後世之戒，至深切也。必據此而謂亥初意如何，斯初意如何，亦可謂愚矣。古書若此類，不可勝數，後人作史論，忙得無了期，恐不免爲古人所弄也。

陶者間有變，則爲奇品。天地間以此爲寶貴耳，然必其陶之久而多者也，文章何必有意爲奇，有意亦何能爲奇，亦多且久于陶而已矣，奇者將自出。

《南華》言鵬之飛也必以怒。何必鵬？予觀蠅蚊之集于身，其忽然而去也，亦有怒焉，非怒則頹然而墮而已矣。故怒者，一切飛者之所以飛而飛，非飛也。夫文之成也，自千萬言以至三言四言，果何爲而有是乎？夫亦曰怒而已矣，第一莫錯會了怒字。習氣。海客。

王用男出了馬一匹，玉帶一條，只博得「不專爲恩」四字。有奇偉卓絶之事，然後有奇偉卓絶之文，不然，則亦無如之何。如退之《王用》等碑只得如此，此所以爲退之也。

震川論文之旨，莫深于《五岳山人集序》，所謂「左氏、荀卿、莊周、屈平之文，未有不《史記》

若者」，此豈陳玉叔輩所能知哉？震川云云，主《史記》而言耳，若主屈原而言，則左氏、荀卿、莊周及漢、唐、宋諸大家文，即未有不屈原若也。有不若者，必其不足與于文章之妙者也，遞相爲君，無不然者。

凡四字成句，雖遇上下文義不可截斷，亦當四字爲句讀者，此體多出佛經也。「於虖四海，所以不理。」末二語雙行。海客。

「怵他人之我先」，文人不得不如此，只此便是病，柳文所以不堪看者，彼固汲汲于此也，韓退之却無此心，須密識之。柳文何以不堪看，大言欺人是明以來惡習，吾最所不喜。海客。

武后驚心于賓王之檄，其所以然處，人亦知其故乎？動得人心處，即驚心也，武后可謂識文章之用矣。動得人心，便有響應之機，便壞得他事，若「潛(陰)〔隱〕先帝之私」云云，只是一身之事，自可嬉嬉而聽之也。

古人倒裝法最多，《治安策》「夫射獵之娱，與安危之機孰急」，此二句尤奇。

鹿門謂詩文不能兼美，使子厚獨以其文與退之争雄，當未知孰劉孰項，此可謂不知言者。柳之不敢望韓，自在學術本原上，豈以作詩故而肆力于文有所不至，以此遂不及韓哉？蓋鹿門之所爲肆力于文者，意其亦猶夫今之人而已耳。

「流落人間者，泰山一毫芒」，此有實理，非世人所知。既是孔子，則《論語》之外如《論語》

者，奚啻千百部，顧不在紙上，遂不可得見耳。在紙上與不在紙上，豈有二也。只是此理，昌黎能識之，後人誰復能識昌黎之意者？

非無極大文集，而此外更無物事，此外更無物事者，此内早已並無物事也。若此内實有物事，則此外物事必有倍蓰什伯而千萬者矣。弇州、震川二家略可睹矣。弇州僞，震川真。海客。

舊話不須更鋪列者，用一筆提過，如李覯學記「四代之學考諸經可覩已」是也。亦有心甚厭之而必不可省者，裁剪之。

四六文亦自有家法，今人尤不講究，不知何者爲佳，往往做一種自古所無之陋體，既自以爲精麗，而人亦無覺其非者。

爲大臣作傳誌，須得「君子不器」之意，不然，則以爲天子用人之過，而言者亦有罪焉爾。「夫聖人乃萬世之標準也」，此句下更不須添足，竟接「余故曰」云云。此等筆法，古文中亦不多見，非其不能，不逢着這個好勢故也。

諺語，至鄙俗也，然一言垂後，其益無窮，可當三不朽之一，勝世間許多文集遠矣。

古人使生字如熟字，今人使熟字如生字，要使三兩個生字，如漢兒學胡語，好不辛苦，那得安穩。

漢人識字，如馬、揚之賦，當時人主讀之，便賞歎，後世宿儒老生所不能。

東坡所云「心存形聲與點畫，何暇復求字外意」者，以喻禪，不若以喻文尤切。

《霍光傳》上半篇霍所以成大功，下半篇霍所以取極禍，上半篇如復至乾，下半篇如姤至坤，中間儘自有倚伏轉移之理，而竟至于此，故曰不學無術。史家所謂才學識者如此，豈小可之謂哉？

山、禹、雲謀反，至云「欲廢天子而立禹」，然竟無事迹，只有憂愁昏惑而已，其爲寃誣，不言可知。其所以卒召此禍者，則固霍氏之自取，而漢宣之少恩，亦已甚矣，此史家微意，其他類此者甚多，莫道作史者不知也。霍氏既以謀反誅，豈可説他不反，若遂因而實之，天地鬼神其可欺乎？贊中亦並無一字説他反，其意深矣。嗚呼，誰謂班氏非良史哉？

事緒繁多，且情形或隱而未見，安得一一叙出，只於一兩筆中影現而出，「當斷不斷，反受其亂」，便見昌邑群臣謀誅霍光，而昌邑王不知。昌邑「天子有諍臣」云云，其語之有無不可知，據此語，光只當曰「皇太后詔廢，安得天子」，不然，此時而與之講書理，甚非體也。

創業垂統之主，行師用刑，有暴虐于生民者，史氏不得不稍爲之諱，豈固以其成功而私之哉？蓋恐後世見其如是暴虐，而不害其爲創業垂統也，則貽生民之禍，將益不可止矣，故諱之，非得已也。如朱粲以人爲糧，賴有須臾成塚，書之者以爲快耳。

駁復讎，「最宜詳于律，律無其條」云云，孔孟不論，伍員事正此意。孟子不得已發寇讐之論而錢唐已受矢矣。錢唐受矢乃田野之言耳，安得援據以自穢乎？先生亦不滿於孟子耶？海客。

觀《莊子·盜跖》等篇，知古人文筆，也有極惡底。如此文筆，固決不能自傳耳，從而責備之，過矣。李、杜、李賀等集中贋詩亦然。若相如《美人賦》之類，恐是近代無名子所爲，更不足論耳。

君相第一件事，在求天下賢人君子而用之。史官之心，亦猶君相之心也，求天下賢人君子而表之，不然，則以爲己之罪而不可逭也。《伯夷傳》、《一行傳》。六字雙行。海客。《一行傳》「亂世崩離，文字殘缺」云云，若謂當時只有此四五人，便是大罪過，其求之不盡其心力而遂已者，亦罪過也。

史公《貨殖傳》，古詩「何不策高足，先據要路津」，古人立言，不求自潔如此。古詩二語乃憤世嫉俗之談，非正言也，豈不求自潔之謂耶。海客。

作賦託辭古人，亦須略似其體製音節。至如《雪賦》「衛詩」、「周雅」、「雪宮」、「雪山」等語，何其鄙也，相如家婢亦不若是，蓋其弊已若今之八股矣，《舞賦》自勝。

《諭蜀檄》，實只是懼其騷動成亂，然使不善爲辭者喣之嘔之，連招個不是，則豈可哉？主帥遇此等事且不可，況天子乎？故反從而責之，責之之辭雖多，用意在彼不在此，略放一綫，如附耳而語者，所以全天子也。

古人文字，直説出心事者少矣，如淵明「富貴非吾願」、「不慕榮利」等語，豈是説心事底話？嗟乎，可悲也夫。

古人心事愈苦則愈藏，愈藏則愈露，千載下讀之，自然心心相照耳。

古人文字，皆以憂悲而成，其喜樂而爲者，百無一二也。《五柳傳》句句是至悲之文，畢竟不曾道出一個字，《歸去》略略説出，《蘭亭》全説出，反爲次之。

《蘭亭》、《歸去來》，匪死之悲，不即死之悲，若《歎逝》之類，淺矣。

近時有魯烈婦者，洙涇人，其胸頭有數十篇無字句底《離騷》，而泥牛入海，永無消息矣。人知屈原之志不可移耳，不知其妄想之極，二十五篇，一字一夢也。

屈原《漁父》假設爲辭，謂如此如此者，余亦念之熟矣，知之素矣，顧終不可變吾之志耳。昧者贊漁父大有作用，豈非夢囈耶？孔子曰「賢者辟世」，亦猶是也。

《勸進表》，獨劉越石作，古今無匹，精誠哀迫之至，令人不忍讀，何必減孔明《出師表》。

誨諭蠻酋而與之語堯、舜、孔子之道可乎？勸諭胥吏市井之徒，而以「有所爲而爲之爲利、無所爲而爲之爲義」爲説，彼豈知爲何語乎？文章家盍于此致思焉。

世間有無數好題目，不遇好手，蹉過了多少，偏遇着俗工，做壞了多少。

論古之文，決非漫然而作，如退之《田横文》、《子産頌》等篇，此其有迹而易見者，其他不可知其何如，其胸中必有一段説不得底緣故，啞子喫苦瓜，誰人知之。

昭明愛淵明文，爲之作序，便是昭明胸頭有個與淵明同痛癢處，全不干淵明身上事。懵懵者乃謂昭明何必如是，且昭明何知淵明，不以吾言爲無謂者，罕矣，豈知無謂之大有謂乎？

皇帝輓詩，每每説到因山起灞陵，若直言之，只求後人不發掘耳。文章凡用意處多類此，如何直説得。

凡説話，有機用伏在那一邊，淺者只見這一邊耳。有説話處。《柳中丞書》醜詆武人無所顧惜，而中朝士大夫主罷兵不樂成功者，皆被一竹竿打着，却不曾把言語傷觸他。又如公綽杖殺神策軍將，憲宗語左右曰：「此人朕亦畏之。」豈真畏此人耶？正以重京尹之威，懾左右之魄，使不敢犯，銷却許多事端，所謂走透一步也。文章用處，往往如此，須默會之。

退之《上宰相》第一句是説甚麽，「天下之賢士皆已舉用」以下節節看去。白《七德舞》，第一聯、「亡卒遺骸散帛收，飢人賣子分金贖」，此等處，最宜思之，孟子曰「急先務也」。

子雲《劇秦美新》，罪安可辭，然亦當原其情。子雲在莽世，既不能死，欲退隱又不能，欲不進一篇文字，則必不免于死，既爲此頌，終不忍醜漢而諛新，只得將秦駡一場。然莽亦非呆人，全靠那天剖地合等語糊他眼睛。至于後人之訾議，則固有不暇計者矣。然則此文固當與「凝碧池頭」例看，而「獨夫授首，萬姓歸心」，若明之某人者，其爲子雲之罪人，又何如也。

性受命于天，不可移也，明知而故犯，吁可悲乎？屈原、賈誼、禰衡、蘇軾，其最著者。《霍光傳》「大行在前殿」、「祖宗廟祠未舉」，《秘辛》「久之，不得音響」，此等筆力，是後人攀躋不上者，其實只是寫帳簿也。寫帳簿有何文法，而文法之至妙者在其中，人自習而不察耳。

嵇康《琴賦》，前半篇説胎教之理。

一處得力入妙入神，其餘自然迎刃而解，所謂「宛轉關生，無所不入」也。

李斯阿二世書，正如仇士良教其徒之語，正可爲萬世之鑒。

《列子》所謂黑卵者，水也；丘邴章來丹者，火也；孔周者，孔子也；三劍曰含光者，一陰一陽之道也；承影者，陽也；宵練者，陰也。

《恨賦》一起便使人氣盡，後之擬作者，層色減多了。《恨》、《别》二賦，起俱妙絶入神，《别賦》結自俗筆總之，此二賦去俗已不遠也。

魏武云「寧我負人，毋人負我」，《蘭亭》「昔人興感之由」云云，古語「人不婚宦」云云，退之「有託而逃」云云，都是偶然爲前後人點破。

《藝文志》、《四庫書目》得登其間者，蓋千億之一二耳，而不久散滅，百不一二存，如歐陽尤爲之驚心，碌碌者反不驚心也。然亦可以掃興矣。

六朝人四六，學其清脆，失其老成，宜其卑也。

老蘇似孟德，大蘇似子建，小蘇似子桓，當冷眼觀之。孟雄譎，桓柔澹，建豪曠。老蘇似孟德，良然。至大蘇似子建，小蘇似子桓，則未必然，况桓亦非柔澹而建亦非豪曠也。海客。

附録

凡詩文有其一、其二、其三等目，此出於《五子之歌》也。時文中有曰、説、在云云者，此出於《韓非子》也。

《史記》數人合傳者，即是一篇文字而分作章段耳。故過渡之處曰「其後若干年有某甲之事」，即謂之下段起句，可也。

周昂字德卿，教其甥爲文章，云：「工於外而拙於内者，可以驚四筵，而不可娱獨坐。可以取口稱，而不可以得首肯。」

景純注《山海經》，遊仙之意也。淵明《讀山海經》，記桃源之意也。

元微之作制詞，篇篇露出做宰相手段，不止體格高古而已。才甚高，而行甚卑。《新唐書·武儒衡傳》：「遷中書舍人。時元稹倚宦官，知制誥，儒衡鄙厭之。會食瓜，蠅集其上，儒衡揮以扇，曰：『適從何處來，遽集於此？』一坐皆失色。」儒衡字廷碩，元衡弟。元衡字伯蒼，後人以食瓜事，誤以爲元衡。

《平原君傳》，以待士一節爲主，故壁者等事，寫得極細碎。寫平原是一個懵懂人，極懵懂，又極愛士，却感動得人。其懵懂處，全是被人提弄，而提弄之人，却又一無可取，借毛遂一人調笑之。意若曰十九人如此，其它可知。

辭有不厭複者，如既云餘無可取者。又云無以滿二十人，全是形容調笑，故不厭其複也。不殺美人，何至引去過半。二十人何至獨少一個，更無可取。此等處不須信，亦不須疑。信即癡矣，疑亦即癡矣。不如此不奇，便須如此說。古人文字，往往如此。

《信陵傳》極力捺倒平原，形起信陵，惟待魏齊事，則平原優於信陵，故於它處見之。信陵奪晉鄙軍，是一好著，却先設一最低之著，豈有真個去赴秦軍死者，即金聖歎評《西廂記》「不得不出於下下策」之説也。蓋奪軍亦不是上上策，不得已而爲之耳。看後面自知。

《荆軻傳》，燕滅矣，復有高漸離擊筑仆秦皇事，有死灰復燃之意。文字之妙，往往如此。《鄒陽書》乃是連珠之祖，而源出於《騷》。史公取之，有談虎色變之意。若曰古今若此類者，豈可勝道哉？即此可見此書必不可廢，大意如此。不特此書爲然。大抵古人著書之意，全爲後人起見，不爲已死之人。

文字暗地轉者難看，如《伯夷傳》子曰「道不同不相爲謀」是也。於此忽之，則作者之意，不可認矣。

論許由一段，見古人用心至慎至厚處。天下重器云云，是其識高。然不欲輕斷其無，是至慎至厚處也。

《楊烈婦傳》，用意只在寵旌守禦之臣一段上，與昌黎《柳中丞書》同意。此傳是史筆，故寫李保全不似男子，若爲其家作傳，則此等須有個照顧。

雖蔬食菜羹，必敬以祭，此義最不可忽。如云某所某事自某人始，此等語不可輕下，蓋言自某人始，苟考之不詳，則前此者盡没矣。子瞻《與吴子野書》論潮州碑謂瓦屋不始於文公，故碑中不欲書此。蘇此札更有一意，瓦屋即始於文公，亦不當入碑，蓋權詞以答吴耳。

何韓同姓爲近，少陵稱唐十八爲族弟，唐人崇譜學，氏族猶明，此其證也。

唐所謂舉進士者，猶今言會試也。其稱進士者，亦未登進士第也。《薦侯喜狀》首行「進士侯喜」，狀中云侯在舉場十餘年，竟無知遇。然則稱進士劉師服，而登科記無之，不足怪也。

銘乳母，韓之厚也；銘馬娼，柳之悲也。

讀韓述卷一

裴晉公《寄李翺書》云："昌黎韓愈，僕識之舊矣，中心愛之，不覺驚賞。然其人信美材也。近或聞諸儕類，云恃其絶足，往往奔放，不以文立制，而以文爲戲，可矣乎？可矣乎？今之不及之者，當大爲防焉爾。"退之自比孟子，以文爲戲，七篇頗有之，然不若退之之甚也。晉公此言，亦退之之藥石歟？

獨孤至之，《唐實録》稱韓愈師其爲文，《新唐書》稱其爲文彰明善惡，長於論議，今觀其所上《吕諲謚議》二篇，大有元和風格，誠所謂有開必先者歟。《獨孤郁墓誌》有"勸飭指誨，以進後生之語"。

《佳話録》云："韓十八愈直是太輕薄，謂李二十六程曰：'某與丞相崔大群同年往還，直是聰明過人。'李曰：'何處是過人者？'韓曰：'共愈往還二十餘年，不曾共説著文章，此豈不是敏慧過人也？'"按公與崔相知最深，容有此語，謂爲輕薄，信矣。又作《石鼎聯句》，譏笑劉、侯，無所不至，蓋不惟以文爲戲，直以人爲戲，以友朋爲戲矣。此所當戒也。

韓公自潮州量移宜春郡，有黄頗者，學公爲文，亦振大名。《摭言》云："黄頗以洪奥文章蹉跎者一十三載，劉簒以平漫子弟而折丹桂。由斯言之，可謂命能通性，豈曰性能通命者歟？」按頗至會昌三年始登第，頗素薄盧肇，而是科肇爲榜首，豈非所謂古之道無所用於今者乎？蓋公之告人未嘗不盡心焉耳矣。

晁無咎取公《祭田横墓文》於《續楚詞》而爲之説曰：董晉爲汴州，纔奏愈從事，愈始終感遇，語稱隴西公而不姓；後從裴度，亦自謂度知己，然度終不引之共天下事，故愈躊躇發憤，太息於區區之横云云。按公此文作於貞元十一年去京師游鳳翔之後，蓋爲當時宰相及邢君牙之徒而發耳，非爲裴度也。事董晉在是年之後，及度奏愈行軍司馬，則相去二十餘年矣。且其文曰：「自古死者非一，夫子至今有耿光。」正謂當時在盛位者，無赫赫之光，身未死而名湮没也，於裴度何與乎？又《祭十二郎文》云：「佐董丞相於汴州。」《科斗書後記》云：「事董丞相幕府於汴州。」則亦嘗姓之矣。

李長吉《贈陳商》云：「淒淒陳述聖，披褐鉏俎豆。學爲堯舜文，時人責衰偶。」此退之所謂爲文使一世人不好，比於操瑟立齊門者也。

《答元侍御書》，元和九年作，時公爲考功郎中史館修撰，而元書云「侍郎退之足下」，侍郎二字恐是後人添改。題曰《與史館韓侍郎書》，亦不可曉。

「荔子丹兮蕉黄」，蕉黄可食，或作蕉葉黄者，誤。

《贈族姪》云：「自云有奇術，探妙知天工。」或以爲湘也。按湘，老成子，公姪孫也，豈有稱爲族姪之理。此詩亦不類公作，恐因傅會而失之。

《袁州申使狀》不敢當「謹牒」二字，弘中之待公，與公之所以自處，可謂兩得之矣。

《送毛仙翁十八兄序》云：「仙翁姓毛氏，名于姬，與韓爲族，愈末年爲弟也。相識於湖陽逆旅，叙宗焉。察其言不由乎孔聖道，不由乎老莊教，而以惠性知人爵禄厚薄、壽命長短，發言如駛驅，囁嚅持疑於脣吻間，即信乎異人也。若古之許負輩，不足言哉。然兄言果有證，期愈自與袁州，從袁州除國子祭酒，後主兵部事，續拜京兆尹，又改吏部郎中，若如言，即掃廳屋候兄一日歡笑，質亦不朽之名也。酒酣留詞，走筆而成，不能采其文章之要也。時元和十四年己亥四月十六日族弟門人韓愈序。」按是年公謫官潮州，既奉書大顛，有「久聞道德」之語，又於所謂毛仙翁者而兄事、師事之，徒以其預知休咎，許己官爵之所至，爲可憑以自慰。平日所云「世無孔子，不當在弟子之列」者，遂成虚言邪？此決非公作，删之最是。然牛奇章則云：「昌黎韓公侍郎、掌國裴李二相府，皆命世之大賢，與兄文字，不曰師則曰丈。」劉夢得亦云：「坐久，語及裴相國晉公、韓祭酒文公，皆爲方外之交，嘗有述序。」豈皆附會之詞耶？又夢得是文作於長慶元年，韓公以長慶四年卒，而稱祭酒、文公，亦不可曉。又李翺有贈仙翁七言律一首，其詞凡鄙，恐亦是僞作。

《答劉秀才論史書》：或云秀才名軻，字希仁。按《紀事》云：軻以史才直史館，退之欲爲文贊之，會貶不就。《摭言》云：軻文章與韓柳齊名。以書所云「館中非無人」及「後生可畏，安知不在足下」者觀之，當是其人。

「血人於牙，不肯吐口。」鬭之凶狠若此。按鬭字太初，擢進士宏詞科，有《登樓望月詩》二首，其末二句云：「不堪三五夕，夫壻在邊州。」又何其婉孌也。

公詩「春氣漫誕最可悲」，按陸士衡已有「節運同可悲，莫若春氣甚」之語。

太白詩「仙之人兮列如麻」，退之「詞學之英，所在麻列」恐不必改作「森」字。此與《答孟簡書》「昭布森列」語意又微别也。

李賀《聽穎師琴歌》云：「竺僧前立當吾門，梵宫真相眉稜尊。」則此穎師是僧非道士可知。

《答劉秀才論史》云：「褒貶大法《春秋》已備之，後之作者，據事實録則善惡自見。」斯言盡之矣。又云：「若無鬼神，豈可不自心慚愧。」此作史之本也，孔子亦曰「史闕文」。嗚呼，不仁之人，其可以史事畀之哉。退之人禍天刑之説，蓋亦因以爲戒，不可以辭害意，謂退之有所畏避不敢爲也。

《感二鳥賦》：「念西路之羌永。」「羌」字是插字法。《論語》：「固天縱之將圣。」「將」字是插字，意在「固」字上，而不便安放，故插在句中也。「僅志其一二大者。」「僅」字自唐以前，不似今作不足意，《張中丞傳叙》「士卒僅萬人」，亦是言其多也。

晁無咎又取《閔己賦》於《續楚詞》，而曰「公才高數黜官」云云。按此賦作於貞元十六年，篇中「就水草以休息」、「恒未安而既危」，指汴、徐之亂，其旨甚明。公僅一再辟府推官，未嘗有黜官之事也。晁亦未之考。何哉？此條在《祭田橫文》後。

明楊循吉擬《唐宰相答退之書》有云：「四舉於禮部矣，以其無成，忽將棄去。」又云：「場屋聲律之文，薄而不欲卒業耳。如歸就邸舍，益自砥礪，俟試而進焉，人弗及矣。無爲自苦，僕僕丞相之門。丞相之門，固非舉子之所迹也。」按公貞元八年登第，年二十五。《三上宰相書》在貞元十一年，年二十八。楊乃誤以退之爲下第舉子，而上書宰相乞官者。其率爾弄筆，可嗤甚矣。若其議論之是非，又何足辯哉？

凡欲言人之所難言者，則假之他人之辭，如《送石生序》「使大夫恒無變其初」云云；柳子厚《鐵爐步志》之類是也。

《祭湘妃文》：「暗昧不圭。」「圭」同「蠲」。韓詩「吉蠲爲饎」作「吉圭」。愚意《孟子》「圭田」之「圭」亦當讀如「蠲」。

《羅池碑》所臚子厚治柳事，都是描寫柳民粥裏飯裏有一個柳侯，乃所以能「驚動福禍之」，以廟食其地之根也因也。如指授士子爲文章一節，自無寫入之理，讀者宜知之。「蕉黄可食」

者，至今粤人以蕉黄爲名。若作「蕉葉黄」，則安得雜肴蔬以進乎？蕉黄之名，余聞之周子載熙，因悟退之此語斷斷不當有「葉」字耳。「於其鄉閭，及於其家」，其家則動入又深矣，故曰及。先輕而後重也。「飲酒驛亭」相謂者，魏忠、謝寧、歐陽翼也；「降於後堂，見而拜之」者，歐陽翼等也；夢而告者，歐陽翼也；「來京師請書其事於石」者，魏忠、歐陽翼使謝寧也。苟誣，則皆三人者爲之，於公無與也。况乎賢如子厚，有才如子厚，擯棄於朝而官於此，生能澤其民，民皆悦喜，死而爲神，以食其土，是固理之所宜有也。何足爲公病焉。「桂樹團團」，山中樹也；「白石齒齒」，水中石也。春岫猿聲，秋空鶴影，疑柳侯之不亡也。有風鶴皆兵之意。厲鬼、旱潦、蛇蛟，皆人力所不能及者，故以爲祈。

《守戒》「莫大於不足爲」，謂易而忽之。「足」字非衍，「而不爲」三字不必添。

退之，闢佛老者也，其爲《伯夷頌》，曰「天下萬世非之而不顧」云者，爲闢佛老寫照也。子厚，附伾、文者也，其爲《伊尹贊》，而曰「大人欲速其功」云者，爲附伾、文解嘲也。然退之頌夷，而夷之德益章；子厚贊尹，而尹之道不光。非子厚之學之識果劣於退之也，心有邪正，而言之光明暗昧隨之以異也。故夫正心修身者，立言之本也。

《調張籍》：「不知群兒愚，那用故謗傷。」所謂「群兒」者，當時自有一種無名子，正如老杜所云「汝曹身與名俱滅，不廢江河萬古流」者耳，其姓氏復烏有哉？而魏道輔乃云公此詩爲微之發，殆非也。微之於詩家亦是齊魯大邦，其論李杜優劣，亦自非苟然者。韓公於人，有一長皆獎歎如不及，而況於微之之才，乃譏詆之若是，豈其然哉？元詩爲後人所輕特甚，往往有妄爲之説者，如李賀於韓、元爲晚出，而云：「元以詩謁賀，賀曰：『明經擢第，何事來看？』元怒，以父諱事沮其進。」夫所謂與賀争名者，乃當日與賀同舉進士者耳，於元何涉哉？爲此説者，亦猶夫道輔之意歟？

《送惠師》：「日携青雲客，探勝窮崖濱。」《史記》：「附青雲之士。」王勃《序》：「不墜青雲之志。」皆非指富貴通顯之士而言，今人所謂青雲者，正韓公所謂「邀不去」、「請徒頻」者耳。

《陸渾山火》：「月及申酉利復怨。」「復」，反也；「怨」，冤也。言及秋令則火衰退而利於復怨矣。注：「水至申而利，火至酉而怨。」恐非是。

《貞曜墓誌》：「年幾五十，始從進士試，既得即去。」郊貞元十二年登第，集中有「一日看盡長安花」之詩，郊之登第甚明，而後韋莊請追贈不及第人，郊乃與焉。《舊唐書》云：「愈少與張籍、孟郊友善，稱薦公卿間，籍終成科第。」單舉籍，則亦以郊爲不及第也。今人以郊詩寒苦，氣色不利科第，豈知其生而中第，死而爲鬼，又蒙追贈耶？「維卒不施，以昌其詩」，謂宜施於孫子，使之昌大，而郊竟無子，則是無所施而不得昌其後也。天非薄於郊也，以昌其詩也，猶云無後而有後也。東坡乃有昌身、昌氣、昌志之説，别自爲論，非本意也。

讀韓述卷二

周室衰微，威德不振，諸侯有輕王室之心。故《大雅・江漢》諸詩極力鋪張，所以警告當世，使知王室之尊，此詩人之意也。退之《元和聖德詩序》云「所以警動百姓耳目」，正得此意，而其立言則殆有甚焉者。所謂「牽頭曳足，先斷腰膂」云云，如畫地獄變相，此最退之用意處，以文字爲職業，固當如此，南軒之説甚好。《送董邵南》云「明天子在上，可以出而仕矣」，微言之也；《元和聖德詩》，顯言之也。末章以吉甫自比，正是以周宣比憲宗。「出師征之，其衆十旅」，見以順討逆，師不在衆之意。蓋誅叛討逆，當出師之初，其功之未成，則極言其盛，所爲先聲奪人也；功既成，則不必言其盛矣，所以厚其威也。「事始上聞，在列咸怒」，此見朝廷清明也。「怛威赧德」云云，正是懲一警百之意。所謂「豈在多殺傷」也。詩賦之類，有序者每於序末總括三四語，明所以作之本指，班固《兩都賦》是其例也。

讀東野詩集，絜絜叨叨，無非憂愁窮老之言。退之作序，自合如此對付。移之他人，則不稱矣。古人文字，所以不可及者，只是篇篇切題，移换不得耳。其言有莊有謔，正欲其開廣心意，破涕爲笑也。

《與鳳翔邢尚書》云「殺身不足以滅耻」，語近戰國習氣。

《與李渤書》云：「辭少就多，傷廉害義，拾遺公必不爲也。」公有詩云「少室山人索賈高」，蓋公所不喜，故爲是言以破之，所以明君臣之義，杜捷徑之跡，用意深矣。

「光膺徽稱」，「稱」去聲，近人則有誤作平聲用者。

長史嘗言：「知其在命而且鳴號之者，亦命也。」此語孔孟所不道，蓋不當鳴號而鳴號之，便是不受命也。

觀退之《送齊皞序》及子厚《賀王參元書》，可以見唐之風俗。韓柳之云，自是第一等議論，所謂立賢無方者是也。齊以貴，王以富，富貴且不足以抑士，況其他乎？

公知制誥文字，僅見《除崔群》一篇，亦用當時體。

論孔戣致仕，引《詩》「雖無老成人，尚有典刑」云，此言老成人重於典刑，不可不惜而留也。不惟善於説經，其言亦大有關係矣。

公與大顛往來，《答孟簡書》可得其指矣。《與大顛書》三首恐不可謂實出於公也。如云「聖人之意終不可見」，擬之聖人，公決不肯爲此語。

《猫相乳》謂「王德所應」，篇末以善持爲誡，孰云其諂？

《送陳彤序》「如是而又問焉以質其學，策焉以考其文，則何信之有」，言不必復觀其文也，語意甚明，何難曉之有。

殷侑使回鶻，果不辱命，此退之之文所以可貴重也，所謂不妄譽人者。

唐人喜爲小説。《石鼎聯句》直退之自作一則小説耳。洪興祖云：「聯句若以爲公作，則若出一口矣。今讀其劉、侯句，不及彌明遠甚。」何説之陋也。退之代張籍書，文便似張，又云「作俗下文字，下筆令人慚」。「一日之内，一宫之間，而氣候不齊」，退之固優爲之，何足疑也。

「全勝瑚璉貴」四（連）〔聯〕，皆玩世不恭之語。

吾所學於師而能者，子皆不足以聞。即平日所云「道德之歸有日矣，況其外之文乎」之意。

《送區册序》極道陽山之窮，而無悲愁窮蹙之語，鹿門評誤矣。

《答殷侍御書》，退之之重經學如此。

《送鄭十序》「席定鼎門外」，李賀詩亦有「入洛聞香鼎門口」句。

「感横義高能得士」，只一句而胸中之物已吐露矣。「自古死者非一，夫子至今有耿光」，正謂今之在位者無赫赫之光，身未死而名已滅爲可歎也。

《施先生墓誌》「在太學者十九年」，又云「凡十九年不離太學」，文字固有不厭其複者，蓋以文勢觀之，此兩句皆不可去也。

《李虚中墓銘》「不贏其躬，以尚其後人」，猶云「嗇其身以豐其子孫」也。

東坡云「唐無文章，惟韓退之《送李愿》」云云，此一時興到語耳，不足深論也。與其有譽於前，孰若無毁於其後，然則道古今譽盛德入耳而不煩者，毁隨之矣。

《祭侯主簿》云：「我狎我愛，人莫與夷。」又云：「我或爲文，筆俾子持。」然則《石鼎聯句》之狎侮酷虐，固亦有是事也。而彌明之爲退之自寓，蓋無疑矣。「朋友兄弟，情敬異施」，猶《論語》「朋友切切」云云也。「惟我與子，無適不宜」，若兄弟也。

《鄭儋碑》：「天子爲之，不能臨朝者三日。」曰「不臨朝」者，禮也；曰「不能」，情也，情隆於禮。「吾其如何」，只四字而人情之倚重愛慕可見。

《盧殷墓誌》「在紙凡千餘篇」，言其他流傳人口者不論。詩人往往有此也。

《祭鄭氏嫂》云「苟容躁進，不顧其躬」云云，退之之自言其情如此，可悲也。

退之云：「嗣爲銘文，薦道功德。思凡爲文辭，宜略識字。」大抵古奇字用之碑誌諸作爲宜，其他往來酬應論議之文，務取達意，無所用之。

退之《諍臣論》，詞嚴義正矣，而一種寬厚之氣，忠愛之心，自然流露，非諸家所及。

《答張籍》引夫子言「終日不違如愚」，則其與衆人辨也有矣。如此引證，所謂因此而識彼也。

《代張籍書》從目盲一節上婉轉生發，出奇無窮。文章見景生情之妙，即此一篇可悟。

《明水賦》「離婁之目」、「合浦之珠」，對屬甚巧，當時文字，想亦以此等爲工。

《鄭群墓誌》：「豈列禦寇、莊周等所謂近於道者耶？」此是微寓不足之意，下文乃是美其不流蕩處，故曰「又可尚也」。

《祭董晉文》不諂不笑，不威不赫，言剛柔皆不過。

《祭田横》純是寫自家一段心事，夫田横則於我何與而祭之、而吊之也哉。

《扶風郡夫人墓誌》「杖婢使數，未嘗過二三」。嗚呼，婦人能此，可以不朽矣。

《祭張給事文》「無所於葬，輿魂東歸」，屍未獲也。

讀《荀》、《墨》、《鶡冠》諸篇，多是取其所長。

公爲行軍司馬，吴武陵上書，願公無事迫速，先遣人説元濟令降，不從而後以兵進。公蓋不以爲然，故白相，請以兵三千，間道以入，必擒元濟，而李愬果先得之。當日時勢，蓋在速不在緩也。

李賀《高軒過》云：「韓員外愈、皇甫侍御湜見過，因而命作。」時賀方七歲。

《施先生墓誌》「時先生之説二經」，即「孔子時其亡也」時字法。

此木軒論韓文説略

韓退之代張籍與李浙東書

張時爲太祝，病眼京師，公代爲之書。張之病眼，未成盲也。公之此書，代盲人作語言，字字摹寫盲人性情聲口，無不似者，蓋亦因以爲戲，人都不覺。夫張病眼，於公無與，而公作此書時，竟是身作盲人，自「月日」起，至「噺覗再拜」書畢，而公之兩眼依然不盲矣。此真咄咄怪事也。看《左傳》、《史記》，如婦人、如戎、如瞽、如醫等，凡有聲欬，即是此人活活在紙上，文人之筆，直是化工肖物，從來如此。然則公之能爲盲人，亦不足怪也。

「謹東向再拜。」○看盲人東向拜，問盲人何知方向，答盲人心最分明。○「籍聞議論者。」

○只是聞。○盲人耳根最利。○「聞其至……籍益聞所不聞。」○只是聞。○「固以藏之胸中。」

○盲人記最牢。○「議論者皆云。」○曰「皆」，則多可知也。盲人最好問事，來一個問一個。

○「惟閣下心事犖犖。」○曰「惟」，則滿天下官員，如何若何無不問，無不談，無不記，可知也。

○「籍私獨喜」、「退自悲」、「復自奮」。○此等皆盲人腹中自言自語、自哭自笑，最是盲人腹中千般屈曲、千般打算，忽而喜，如獲拱璧；忽而悲，如失舊物；忽而興發，如兩腋生風，萬里可致，三霄可上也。真是可笑，真是可憐。○「去李中丞五千里，何由致其身於其人之側。」○李中丞何人也？於汝未有瓜葛也。汝到彼青眼白眼，未可知也。萬一擯不見收，重困而反，此亦世塗之常也。今乃尊之信之，私之暱之，恰似一到彼處，便如外祖家一般，他底衣我便穿得，他底飯我便喫得，他底紀綱之僕我便喚得罵得打得，所苦者，身無兩翼，急切不得去耳。所爲飲泣不能語者，此也。此爲曲盡盲人性情者矣。○「家無錢財。」○原只爲此。○「寸步不能自致。」○床頭金盡，壯士無色，非錢不行，出門即礙，何況盲人。諺所謂「無足蟹」乎？○「使其心不以憂衣食亂。」○原只爲此。○「不以蓄妻子、憂飢寒亂心，有錢財以濟醫藥。」○原只爲此。○「既數日，復自奮曰。」○何以必數日而乃復自奮也？蓋如上云云，則已計無復之矣。李中丞誠愛我，誠日夜引領望我，而我終坐廢於此，不可如何矣。雖然，而竟終於此而已乎？晝思之，繼以夜，夜思之，復繼以晝，如所謂「無所能人」，以下凡若干言，則皆其數日内之窮極思慮，腸中車輪，不知幾千萬轉而後得之者也，非一日二日便可得此死中求活之一着也。○「浙水東七州，户不下數十萬。」○文字不得此則不奇。數十萬户，户以數口爲率，則數百萬人也，數百萬人，人各兩目，有目者真不足貴也，求如我之胸中有奇者，殆無一二。然則盲者乃真足貴也。胡爲而不自奮乎。史公遭腐之後，亦應作是想，惜不得起而問之。○「其口固能言也。」○夫使既盲矣，不惟盲也，而且聾，則議論者云云，固不得聞矣。抑使既盲矣，免於聾而不免於瘖，則飲泣無語，喫盡黄連，誰知之者。幸而五官僅廢其一，懸河之口，足令四座皆驚，俗輩安足與語。我欲向中丞一吐胸中之奇，慶快平生耳。○「當今盲於心者皆是。」○所謂俗輩也。盲人性好罵人，諺云「瞎毒」，豈不信哉？○凡身有殘疾者，未有不心毒口毒者也。范武子請老，以逞郤子之志。嗚呼，可謂深且遠矣。○盲於目者，不知黑白；盲於心者，不知是非。人罵盲人不知黑白，盲人罵人不知是非。果孰重孰輕乎？吾見殘疾者出口傷人，往往如此。○嘗讀王子淵《洞簫賦》，如「憤伊鬱而酷䎿，愍眸子之喪精」，又「形旖旎以順吹，瞋啯嘲以紆鬱」，嘆其形容之妙，入神入髓至此。合此書觀之，可知文章之事，不得他心通法不可爲也。○「憑几而聽之，未必不如聽吹竹彈絲敲金擊石也。」○不惟其詩之工，而又欲自歌其詩，極抗墜抑揚之妙，以動中丞之聽也。則己居然似一樂工矣，遂以樂工言之，自譬自嘲，狎恩恃愛，情景可想。○「賜之坐而問之」、「使跪進其所有」。○此等須想像他光景，若不是盲人，亦不消如此布置描寫也。○「賜之以既盲之視。」○真所謂得未曾有之句也。此書便是向李中丞索取兩隻眼睛，後來張果不以盲廢，吾故曰張病眼耳，未成盲也。而公之善戲謔兮也。

與邢尚書書

夫邢君牙，吾未識其何如人也。乃今而識之。所以識之者，以先生此書之故也。今夫與農人言，則必言墻陰雞栅、田頭牛屋之事，必不曰鳳池如何其瀲灧，雞樹如何其朣朧也。與三家村師言，則必爲之述陳眉公之事，咏邵堯夫之章，而金匱石室之藏，海上名山之旨，非所及也。諺曰「對牛彈琴」，夫琴則誠妙矣，而其如牛何哉？蓋吾讀《孟子》，至曹交問云云，孟子答之云云，曹交又問云云，孟子又告之云云，而交之爲交，吾固已熟識其面目矣，假令曹交無一言得傳於後，而第以孟子之言求之，交之爲交，吾亦可以熟識之而不足怪也。何也？孟子善琴而不向之彈，則彼之爲牛，必也。故夫邢尚書也者，吾識其人矣，武人也，莽人也，胸中所識之字可數而盡也，大語然後聞，大書然後見者也。其與彼中書堂上趙憬、賈耽、盧邁三相國從翰林出身者，豈可同日語哉？然則揣其所好而中其所欲，亦必有道矣。以光範三書之語語之，勢固有所不得矣，如是則説術之工可謂至矣，而卒不見省，何也？曰：公固言之矣，其哀之，命也，其不哀之，命也。顧吾所爲，嗚號於其人之前者，如是止爾，唇焦吻燥，褎如充耳。噫，何其窮也，安得不浩然東歸，痛哭流涕於田横之墓，酹之酒而與之語也哉？

「布衣之士」四句。〇先以己情告之，更不瞞他，如飛鳥投懷，豈有一毫他意。〇「王公大人」四句。○盡心爲彼謀，若曰：「所少者此耳。」○「是故」至「相資也」。○説來便是鶼鶼駏驉，兩個少一個不得，真是相依爲命。今我之來，既以自爲，亦所以爲公也，而曰「不諂不驕」云者，其意若曰：「我之所賴于公者，其事猶且可緩，乃若公之所賴於我者，正復大有事在，如之何不汲汲降心下意，來即我謀也。」一字字真實不虚，並無欺誑劫束之意，與蘇老泉大不同也。○喫緊是「廣其名」一句，蓋武人身至大官，所最喜者名也，假如略涉書史，小有吟咏，即欲人以才子奉我，觀羅昭諫上羅令公詩可知之矣。此則君牙腹中之欲，公蓋已自謂我能得之也。○「爲王爪牙」至「而流」。○稱頌處亦更不用深細語，彼是粗料，安得以繭絲牛毛之説而贊之。○「威行」至「洸洸乎」，可謂不遺餘力而諛之矣。細玩之，却是活畫出一個粗官，無一些酸氣，却也無一些秀氣，形體壯健，意氣高涼，建牙吹角，養重樹威。邢之得志可知矣。「是豈負」云云者，所以搔其養處，而説樂之也。○「宜乎歡呼」至「聽之」。○夫尚書之今日，則誠大丈夫得志之秋，而慶快平生者已，然人心必有所欲，顯榮侈大之事，必願其增增不已，而後乃爲尤快也。度尚書之心，則豈不欲使將士效其策力，勳名勒於鼎鐘，出則方叔名虎，入則周公召公，種種快意，不可具説乎。今且曰「此固有道以致之，公特不爲，非不能也」，則必躍然而請曰「僕願聞之」。於是「待士未甚厚」云云乃更不爲觸鱗之語，而爲入耳之談也。○「請粗言其略」者，言不敢絮聒，只數言可了，不勞尚書費神費思也。「試詳而聽之」者，雖是簡徑數言，誠恐貴人性多忽易，置若罔聞也。俱是提其耳而大聲呼唤之之辭。○「夫士之」至「形容矣」。○然則待士之道，洵不可以不厚；遇士之禮，誠不可以不優也。必如何而優之而厚之耶？若使其爲道也，其爲禮也，迂回繁重，動輒得罪，則又將摇手而去之矣，曰吾弗能也。今告之曰貧賤之士有求於閤下，閤下傾貲以贈之且弗給，勞四體以禮之且弗堪，閤下何苦而若是哉？如吾之説，行之甚易而不難也，閤下固能之也。夫干謁之徒，源源而來，無有窮極，富貴人必心厭之，又以其摇脣鼓舌，萬一能爲禍福於人也，不得不有以待之，已而如漢武遣方士求仙，其效未有睹也則益薄之，而又不得不且羈縻之。凡此皆邢心肺間物，公因以探而得之，謂邢之必喜其説也，喜其説者，以其事半而功倍，價廉而味絶美也。唯是賢愚二者如何而辨之，則亦不過「精鑒於己」而「博採於人」而已。精鑒博採，雖舜之用人，不出乎此，豈易言乎？此正如孟子之語曹交：「子服堯服，誦堯言，行堯事，是即堯而已矣。」誘之使喜於爲也。彼將曰：「如是則吾亦能之也。」於是遂盛稱是道之美，以爲求功名得功名，求長壽得長壽，種種快意之事，更不須别尋方法，真實不虚也。「得其十七八」、「百無一二遺」、「不足書」、「不足頌」云云，都是滿口許之之詞。○「以千金與之」等語，似教斛律金署名指屋示之然。○「愈也布衣」至末，若是乎，賢者未可忽也，賢者甚不多有，有之亦不至，奈何？則曰：賢者今至矣，只要公另眼相看爾。於是自背脚色，欲令邢大開眼孔而看之也。○「以文名於四方」，此人大有文名，韓之有文名，度未必曾入邢耳。「前古」云云，此人飽才學如此，此人留心天下事如此。○自叙處句句伉壯，宛是與邢尚書一般臭味人，如云彼好酒，我最好酒，彼好劍，我尤好劍。○「殺身」云云，緣彼是粗人，故用此等粗重語大摇撼之。蓋人之至粗者，拳踢稍輕即不覺，故狠用力，拳之踢之，欲令邢吐舌云「此人輕慢他不得」。○如此則公之此書不爲徒矣。不知何故，竟如石沉海底，更無聲響也。語云：「窗下莫言命，場中不論文。」豈不信哉？

三上宰相書

一再上書，待命四十餘日，如石沉海，更無消息，光範之門，乃多虎豹，相君之貴，方之帝天，是奚爲者耶？豈謂調元贊化，坐致雍熙，更無一蟻之智可以少裨萬一也耶？吾請得而詰之，正使天下太平如成周時，亦尚不宜如此，況乎其未能然也。三公論道，非外人所與知，乃其明效大驗，歷歷可數者，吾誰欺？欺天乎？若曰：此聖人道久化成之事，以此相責，一何不恕，則試問公所居者何官，天子之所以相付託者何事也，何不速歸相印，挂冠出國門，而乃默默居此，妨賢者之路哉？立人本朝而道不行，相君而獨不聞諸乎？乃爲陳捉髮吐哺之事以謂今之相君沉沉者，閉門而飲酒，真不知天地日月爲何物也。蓋三上書而其詞乃若是焉，所謂先禮而後兵者也。諺云：「頭醋不酸，貳醋不辣。」公作此書時，已心斷意絶，決計東歸矣。後人猶以堂堂孟軻摇尾乞憐爲公詬病，則豈有摇尾乞憐而作此等言語，觸諱刺心，至不可忍，而不悟己事之已拙者哉？摻杖呼狗，愚者不爲矣。

孟子曰：「我非堯舜之道不敢以陳于王前，故齊人莫如我敬王也。」先生亦曰：我非周公之道不敢以陳於相君，故今人莫如我敬相君也。謂先生不肯降，于相君則可，謂先生輕薄故欲羞死相君則不可。於何辨之？亦於辭氣間辨之而已矣。

纔説周公，便知單爲吐哺捉髪一事而發，何也？再上書四十餘日不報者，固今之相君也。纔説天下賢才皆已舉用云云，便知是句句道著下官。若必待讀至後面而始知之，則是木石而已，且如但有前半之「皆已」，無後半之「豈盡」，亦當知是陳古以刺今，不得只道是讚歎古人，緣先生上交不諂，且是第三次上書，故不爲婉而爲直，如兩造在前，不容令其躲閃一毫有如此也。

「當是時」以下，要看他第一句是説甚麽，第二句是説甚麽，節節次次都非漫然，如白居易《七德舞》陳太宗爲君感人心處，第一聯「亡卒遺骸散帛收，饑人賣子分金贖」，定然是此爲最先也。治天下莫先用賢，況是此書之主，自應先説，次去不肖，用賢、去不肖而後四海寧謐，而後遠人賓服，至於妖沴不興，則太平之基立矣。此上作一段看，是蕩滌銷磨之事。「天下所謂禮樂」云云，對前用賢、去奸兩條，是下一段之頭目，「風俗」句對「四海」句，「動植」一條對「九夷」一條，「休徵嘉瑞」對「天災時變」，所謂騶虞爲麟趾之應，而太平之象成矣。此又作一段看，是熏蒸涵育之事。上下兩段，文法亦略相準，讀者自不察耳。其中文理細密，不可具説也。

前半説周公處凡三百餘言，其實只是六七句，行文如累棊；後半説宰相處，亦近二百言，其實只三四句也。

説周公處，反覆言之，到説宰相處，便不須盡言，只反炤便見，如「惟其如是」故稱頌至今不衰，然則不如是者，所謂死而遂亡也。立言之體自有該説的，有不該説的，老蘇《上田樞密書》同此，但蘇譎而韓正，氣象分明不同。

九個「豈盡」，每一句欲令汗流至踵，正如漢廷數昌邑王罪，太后曰「爲人臣子當如是邪」，今亦當曰：「爲宰相當如是耶？」

然而此九條者，要爲不盡其辭也。且如「荒服」句，貞元間，何待荒服之外始不賓貢耶？寬言之也，婉言之也。其他蓋亦皆然。此無他，輔理承化，宰相之功也，而理化之本原，則吾君之事也。宰相則誠無狀矣，得毋傷吾君之聖乎？故爲是不盡之辭也。

九個「豈盡」，一句句一字字叫得響，如何而蠱壞，如何而回斡，所以求進見而願進説者，正爲此數大事也。所謂憂天下之心，草茆新進，日夜念此不能忘也。彼巍巍然坐中書堂者，宜何如哉？

不宜默默而已，乃三上書，後竟默默而已，豈此三書不曾經相君之目耶？非也，無言可對，無理可伸，不得不默默而已，於是遂決計默默而已也。乃有楊君謙者，擬唐宰相答韓退之書，他無足論，即其以前鄉貢進士爲若今之未第舉子鑽營一第者然。嘻，何其謬之極也。使君謙作宰相，必不肯默默而已，不默默而已，不且與弄麞伏獵同遺千古之笑端也哉。

然而公則且更計之矣，計相君之見吾書也，必慚且怒，慚且怒，必思所以復之，復之則曰：「老夫之不能爲周公，則既聞命矣，抑吾子之言若是，是其以孔子自命者，孔子進以禮，退以義，待價而沽，未嘗有求於人者也。而子之僕僕於吾門，何爲者也？」則告之曰：「古之士，所以重於自進者，有故焉耳。今之所以不能不有求於相君者，不得已焉耳。」斯則自炫自媒之耻，公誠自知其無可解免，而汲汲爲道之心，亦可以見諒於論世知人之君子也已。

舍此則夷狄矣，非謂夷狄也。唐世士人不得志於京師，則往往從藩鎮遊，讀《送董生序》可知其故矣。公意若曰：吾誠不得爲朝廷用，則惟有伏死牖下耳，而獨善又非所安也，故惴惴焉，以不得出大賢之門爲懼。若夫他人，則焉保其不爲隨會、伍員乎。此抑非相君之利也。嗟乎，公之所以教當時宰相者，何如哉。奈宰相之好臣其所教，不好臣其所受教何。於是終默默而已也。

逸樓論文

李中黄 撰

《逸樓論文》一卷

李中黄　撰

李中黄，字子石，湖北麻城人。清初增貢生。弟李中素，兄弟二人俱有文才。活躍於順治、康熙年間，與梅鋐有唱酬。《麻城志》稱其學「博極群書」，《湖北先賢學行略》稱其詩「如水精淨域，盡掃游塵」。著有《逸樓四論》、《逸樓焚餘詩詞》等。

《逸樓四論》含論史、論詩、論文、論禪各一卷，有康熙二十一年（一六八二）冒襄序。序謂李中黄「貫串廿一史，具讀破萬卷之膽識，尚論詩文，真獨得古人之性情」。《逸樓論文》是一部評論歷代文章的文話。所論之文，上起《尚書》，下訖明天啓、崇禎間，縱貫千年。議論多用比較法，時常一則之内，列舉數家，或相互較量，論其優劣；或相互映照，明其源流。據卷首《小引》，其核心文學觀是「文有二諦」，一是以《尚書》爲代表的「高文典册，黼黻太平」，一是以《周易》、《春秋》爲代表的「道源理窟，言其所不得不言」。書中還提出「無疾而呻，則詞章而已矣」，認爲文章貴在有爲而作、有感而發。

書中多别出心裁之論。譬如作者雖然承認《左》、《國》、《史》、《漢》爲文章極致，却極爲稱道

《公羊傳》，議論篇幅幾在《左》、《國》、《史》、《漢》之上。又于蘇軾文章討論尤多，却以蘇軾《策論》爲文中第一義諦，「至若書、疏、序、志及諸雜著，不過大海餘波」，尤其鄙夷時人挾兩《赤壁賦》以論蘇文的風習。又認爲文無定法，但「用意者求諸理，修詞者求諸學」，對當時流行的茅坤《唐宋八大家文鈔》不以爲然，目爲「印板死水」，謂其拘泥于古人成法。

此書成於康熙五年（一六六六）以後，有中國國家圖書館藏清刻本、中國科學院圖書館藏抄本。抄本書末有李中黄子李廷喜康熙五十九年（一七二〇）跋，言及此書先由李中素刊于廣陵，後二十餘年，由李廷喜重梓。今據國家圖書館藏本録入。

（吴心怡）

論文小引

李子曰：文有二諦。高文典册，黼黻太平，《尚書》是也。道源理窟，言其所不得不言，《周易》、《春秋》是也。後世詔誥諸文，既付中書之手，而著書立説者，往往無疾而呻，則詞章而已矣。夫詞章者，文而非所以爲文也。作《論文》。

逸樓論文

李中黄　撰

文有全是紀載，不入一句議論者，《禹貢》、《職方氏》、《夏小正》、《月令》、《王會解》、《穆天子傳》也。《禹貢》最古，《職方氏》、《夏小正》次之，《月令》次之，《王會解》、《穆天子傳》又次之。《禹貢》、《職方氏》是地輿誌之始，《夏小正》、《月令》是歲時記之始，《王會解》是會典之始，《穆天子傳》是遊記之始。

《檀弓》爲文章清妙之宗，而轉變極多，正如山水迴環，數里百折，知非人間境也。鍾竟陵謂文到絶無煙火處，便是機鋒，請以《檀弓》當之。

世皆謂古人樸質，後人文巧，只如《考工記》其器其文，精奇纖悉，豈今世所能及耶？最妙是其器如此，則其文亦如此，其句之長短曲折，亦無不肖其器而成之，不但意義然也。張賓王自謂好《公羊》賢于好《左傳》，若予則好《考工》賢于好《周禮》。憶初讀時，見「天下之大獸五」一段，喜躍數日，雖有大方謂予玩物喪志，所不辭矣。

《大戴禮》所載《夏小正》隨手自注，義解妙絶，外惟《公》、《穀》「隕石」、「鷁退」傳，並有其妙。

不知後人注經，何不以此爲法。《爾雅》「宫謂之室，室謂之宫」，「窗謂之牖，牖謂之窗」。此等註法，自是妙絶，漢人《釋名》，不及遠矣。

文之作詩體者，《汲冢》之《周祝解》，《荀子》之《陳相》也。《周祝解》七言，却是訓誥，《陳相》長短句，却是詩。

古叙事之文，斷自《左傳》，始以《尚書》，詳于記言，凡叙事不過數語也。《左傳》叙事有明易者，有艱奥者，有熱鬧者，有冷淡者。其辭命有婉切者，有壯麗者。至君子曰自出臆斷，則三代間通套之文，却遜《史》、《漢》論贊。蓋不離三代，即非其至矣。

且如叙戰，明易者，《戰韓》、《戰城濮》是矣。艱奥者，《戰邲》、《滅偪陽》是也。熱鬧者，《戰鞍》、《戰鄢陵》同《圍齊》是也。冷淡者，《會救鄭》、《公侵齊》是也。其辭命婉切者，《鄭子家使執訊與趙宣子書》是也。壯麗者，《臧哀伯諫郜鼎》是也。蓋壯麗即非其至矣。

「王以諸侯伐鄭，戰于繻葛，王卒大敗。」天下事，尚忍言哉。至祝聃射王中肩，此古今罕有之變，乃曰「王亦能軍」，不知是稱贊耶？是嘲譏耶？説得慚惶殺人。「祝聃請從之，公曰：『君子不欲多上人，况敢陵天子乎？』」志得氣滿，故作此持盈之語，驕矜極矣。「夜，鄭伯使祭足勞王，且問左右。」滑稽甚，游戲甚。

楚武王侵隨，「毀軍而納少師。少師歸，請追楚師。隨侯將許之。」此正斷鞅扣轡之時，而季梁方高文纚纚，全無一語切於利害。然則隨侯亦勉從其諫而止耳，宜後圖之，不可改也。

讀「長勺」傳，曹劌見莊公，見古人之談兵。觀晉文公圖霸，趙衰薦郤縠，見古人之論將。《孫武》諸書，少此原委。《左傳》於晉文公之圖霸也，治兵謀帥，叙得有次第，有着數，分明以力服人作用。其叙悼公入國用人行政，有次第，有着數，却是以德服人規模。

晉文公之對楚子，知罃之藍本也。陰飴甥之對秦伯，楊善之藍本也。一在百年之内，一在二千餘年之外，不知是相師，不知是偶合，妙哉。

戰于大棘，「狂狡輅鄭人，鄭人入于井，倒戟而出之，獲狂狡，君子曰：失禮違命，宜其爲禽也」云云，百忙中着此一段閑論，古人文心之暇如此。

「楚子觀兵于周疆，定王使王孫滿勞楚子。楚子問鼎之大小輕重焉，對曰：『在德不在鼎』。」末云「周德雖衰，天命未改，鼎之輕重，未可問也」，詞嚴義正不待言，乃其情狀，如處女對暴客，一語稍狎，即正色而拒之，王室威靈掃地矣。

「屨及于窒皇，劍及于寢門之外，車及于蒲胥之市。」妙在節奏間亦有緊迫之態。此段極似《穀梁》。

鄢陵之戰，「楚子登巢車以望晉軍，子重使太宰伯州犁侍于王後」，此一段極文章之態。試取此段與馬、班較之，則馬、班覺澹漠矣。取馬、班與范氏較之，則范氏更澹漠矣。取范氏與後人較之，則後人愈澹漠矣。大抵古人文章，只是熱鬧，後人文章，只是澹漠。

「旦而戰，見星未已」，後人但云「至夜未已」耳。「見星」二字，不惟當時景象婉然，且明是晦夜。

「欒盈帥曲沃之甲，因魏獻子以晝入絳。」「欒王鮒侍坐於范宣子。或告曰：『欒氏至矣。』宣子懼。桓子曰：『夫克敵在權，子無懈矣。』」無懈二字，是遇難要訣。蓋此時正須全副精神，凡倉皇失措，望風自靡者，皆懈也。「范鞅逆魏舒，則成列既乘，將逆欒氏矣，趨進曰：『欒氏帥賊以入，鞅之父與二三子在君所矣，使鞅逆吾子。鞅請驂乘。』持帶，遂超乘。右撫劍，左援帶，命驅之出。僕請，鞅曰：『之公。』宣子逆諸階，執其手，賂之以曲沃。」此一段極力寫「無懈」二字。

楚靈王「皮冠，秦復陶，翠被，豹舄」，希求周鼎鄭田，寫得十分高興。已而師潰無歸，縊于申亥，寫得十分淒慘。王聞群公子之死也，自投于車下，曰：「人之愛其子也，亦如余乎？」侍者曰：「甚焉。小人老而無子，知擠於溝壑矣。」王曰：「余殺人子多矣，能無及此乎？」天人冥報之言，即借他自家口中說出，豈不可畏。

「穿封戌囚皇頡，公子圍與之争之，正于伯州犁。伯州犁曰：『請問于囚。』乃立囚。伯州犁曰：『所争，君子也，其何不知？』上其手曰：『夫子爲王子（國）〔圍〕，寡君之貴介弟也。』下其手曰：『此子爲穿封戌，方城外之縣尹也。誰獲子？』囚曰：『頡遇王子弱焉。』此段絶倒。只「上其手」、「下其手」，不必更言伯州犁阿王子，而囚亦解意矣。又白公勝之亂，葉公及北門，或遇之，曰「君胡不冑」云云，乃冑而進，又遇一人，曰「君胡冑」云云，乃免冑而進，亦不必更言葉公何人也，形容妙絶。

皋鼬之盟，將長蔡于衛，祝佗私于萇弘云云，胸中有段大掌故，方成得一「佞」字。佞豈易言哉？今所謂佞，只齒牙間調弄耳。

古人詩中有句，予謂文亦有之。《左傳》「猷如忘」、「皆如挾纊」、「舟中之指可掬也」、「三周華不注」之類，皆句也。此等句，不惟造語特峭，亦且神理躍然，後人只求叙事分明，苟成章足矣，何暇及句乎？

六經以下之文，自當首推《左傳》，但說鬼說夢處太多。又班史說妖異處亦太多，不如子長之奇，惟在人情事變間耳。

「左丘失明，厥有《國語》」，《國語》與《左傳》，幾似兩人所作。蓋《左傳》出自手札，《國語》出自口授，神理之間，亦或不同也。只想當時許多光明俊偉、日星河嶽之文，在一無目人胸中，豈不照天照地？及至忍不住一涌出來，豈不驚天動地？

「晉侯朝王，王饗醴，命之宥。請隧，弗許，曰：『王章也。未有代德而有二王，亦叔父之所惡也。』」此《左傳》之文也。《國語》則反覆數百言，尤爲凛切，可見古詞命經左氏手，實乃潤色而出之，或略或詳，故如是不同耳。

「海鳥曰『爰居』」，起得竦峙。「火朝覿矣，道茀不可行也」，叙得縹緲。不但後面許多大文章後人莫及，即如此發端，亦非後人所及。

敬姜胸中乃有許大道理，雖古帝王無逸之旨何異焉。仲尼曰：「季氏之婦不淫矣。」看來古帝王亦只説得「不淫」二字。

《國語》述列國之言，非記事也。然齊桓公事，寫得分外精神；吴越事，寫得分外悲壯。桓公事，《左》、《史》俱不甚悉，不如《國語》首尾圓滿。吴黄池之會，恰似一篇小賦。越夫人送王、大夫送王一段，極莊極整中，正復慘澹風雲，天地動色，馬、班俱莫及也。

文之遊戲三昧，莫《公羊》若也，而《穀梁》次之。論者推坡公小品，竊謂打油腔、投俗好耳，何足稱遊戲乎？《公羊》傳神寫照，皆以遊戲出之。時謔時莊，若憨若黠，使讀之，憂者笑，喜者涕，悶者啓，病者汗，案頭有此，殊不寂寞，真滑稽之雄也。

荀息可謂不食其言矣。「使死者反生，生者不愧乎其言」，《公羊》此語，較《左氏》尤俊。蘇氏乃曰：「荀息而爲忠，凡忠於盗賊者，皆忠也，而可乎？」予謂世間有等棄故從新，託言改邪歸正，一段反覆無狀，其可恨尤甚于盗賊，則荀息固未易議也。

「子以其指，則捷菑也四，玃且也六。子以大國壓之，則未知齊晉孰有之也。貴則皆貴矣，雖然，玃且也長。」不知捷菑之指果駢，玃且之指果枝耶？抑但喻其俱非嫡耶？先師鄭伯儀先生善説《公羊》，每及此傳，輒笑容可掬。

「而者何？難也。乃者何？難也。曷爲或言而，或言乃？乃難乎而也。」全以註助語成文，真可謂描畫虛空矣，奇絶。一事也，《左傳》叙之，《公羊》叙之，文各不同，各成絶調者，《左傳》曰：「晉靈公不君，厚斂以雕墻，從臺上彈人，而觀其辟丸也。」亦妙矣。《公羊》則曰：「靈公爲無道，使諸大夫皆内朝，然後處乎臺上，引彈而彈之，已趨而辟丸，是樂而已矣。」多數語，更覺繚繞。「宰夫胹熊蹯不熟，殺之，寘諸畚，使婦人載以過朝。趙盾、士季見其手，患之，將諫，三進，及溜，而後視之，曰：『吾知所過矣。』」《公羊》則曰：「趙盾已朝而出，與諸大夫立于朝，有人荷畚，自閨而出者。趙盾曰：『彼何也，夫畚曷爲出乎閨？』呼之不至，曰：『子大夫也，欲視之則就而視之。』趙盾就而視之，則赫然死人也。趙盾曰：『是何也？』曰：『膳宰也，熊蹯不熟。公怒以斗摮而弑之，支解，將使我棄之。』趙盾曰：『嘻。』趨而入。靈公望見趙盾，愬而再拜。」《左傳》略，《公羊》詳。「晉侯飲趙盾酒，伏甲將攻之。其右提彌明知之，趨登曰：『臣侍君宴過三爵，非禮也。』遂扶以下。公嗾夫獒焉，明搏而殺之。盾曰：『棄人用犬，雖猛何爲？』」《公羊》則曰：「靈公有周狗，謂之獒，呼獒而屬之，獒亦躇階而從之。祁彌明逆而踆之，絶其頷。趙盾顧曰：『君之嫳不若臣之嫳也。』」《左傳》簡奥，《公羊》滑稽。又盜竊寶玉大弓，二傳略同，《公羊》末綴四語，曰：「寶者何？璋判白，弓繡質，龜青純。」尤有餘韻。嘗怪《左傳》所已見之事，《史記》輒草草成文；《史記》所已見之事，《漢書》亦草草成文，即何不觀此二傳乎？《穀梁》：「齊侯之母，猶晉君之母也。晉君之母，猶齊侯之母也。」較《左傳》多找一語，妙絶。

《戰國策》二派，鴻文浩蕩，暢所欲言，蘇秦、張儀、信陵、春申是也。奇變百出，風雨鬼神，陳軫、犀首、蘇代、蘇厲是也。若《樂毅報燕王書》，忠信之意，溢于言表，却是《左》、《國》以上文字。

養由基百發百中，或曰「可教射也矣」，此黄老之術也。夫黄老本以全身遠害，乃蘇厲以此教白起稱病不出，反拂秦王之意而殺身。黄老固如是哉？故曰「人能弘道，非道弘人」。

「東周欲爲稻，西周不下水」，情事可笑。杜詩云：「小市常争米，孤城早閉門。」周之謂哉。然蘇子謂西周下水，而復教以奪稻於東周，何利焉？末云「蘇子亦得兩國之金也」，收效在此。

蘇秦説秦，實不如説六國之暢，果其揣摩未至耶？抑時未遇即文亦淹蹇耶？漆桶不快，望而知爲不利之文。

蔡澤一言而奪相印，蓋應侯是時方當危懼，而澤有以動其心也。不然，功成者退，不過老氏之恒譚，何足入相君之耳乎？乃知文無工拙，貴在逢時；語無淺深，要在投機。世但於言詞間求之，是之謂不知務。

黄歇説秦，文雖工，至以昭王比夫差、智伯，而以韓魏比越與趙，則未免言之太過矣。然遠交近攻，自是當時至計。

張儀連衡，君子之所惡也。初讀時盛氣拒之，已而漸入其中，亦覺説得有理。惡佞亂義，此真佞人之雄矣。

魯連高士，不應教燕將降齊，細讀其書，却是教燕將死，而死不可以教人，只説得全無生路，便不得不死耳。《史記》言燕將得書即死是也。而《國策》乃云得書即去，豈其然乎？

《戰國》之文，極意鼓舞者，靖郭君善齊貌辨，孟嘗君聽公孫戍及馮煖，皆喜動眉宇者也。若蘇子謂薛公留楚太子，本無甚深義，作者故故分註九段，段各八解，尤驚奇不能已已。

蘇子説齊閔王，江河浩蕩，可謂暢所欲言。《戰國》不患無鴻篇，然正正堂堂如此者亦少。

韓王不聽公仲朋，而受欺于楚，則曰「韓氏之兵非削弱也，民非蒙愚也，兵爲秦禽，智爲楚笑，過聽于陳軫，失計于韓朋也」。楚王不聽陳軫，而受欺于秦，則曰「楚之土壤士民非削弱，僅以救亡者，計失于陳軫，過聽于張儀」。二篇並見《國策》，若相應，若不相應，若有意，若無意，是絶妙文情。

《戰國》詐僞成風，無有以情實告人者。以情實告人，獨蘇代而已。蘇代爲齊獻書穰侯曰：

「臣聞往來者之言曰：『秦且益趙甲四萬人以伐齊。』臣竊必之敝邑之王曰：『秦王明而熟于計，穰侯智而習于事，必不益趙甲四萬人以伐齊。』」云云。爲昭魚北見梁王曰：「代也從楚來，昭魚甚憂。代曰：『君何憂？』曰：『田需死，吾恐張儀、薛公、犀首有一人相魏者。』代曰：『勿憂也。梁王，長主也，必不相張儀、薛公、犀首。』」云云。代非能以情實告人也，彼久於世變，誠見詐僞難欺，不如情實易入，蓋以情實者行其詐僞耳。此正詐僞之極態也。若秦王問陳軫欲何之，對曰「臣願之楚」，則猶有忠信之意在。

陳軫移事于犀首，蘇子重甘茂于齊，皆善張其聲價者也。今市中賣藥者每用其術。

古人文字常密。《左傳》、《漢書》愈密愈佳。文字之疏，自《史記》始也。《史記》意氣跌宕，多自《戰國策》來，蓋《戰國策》文亦疏矣。

《史記》爲千秋絶調。若以正法眼看來，只當一部好小説，且如《五帝》、三代《本紀》則悶，《游俠》、《滑稽列傳》則快。《禮》、《樂書》則悶，《封禪》、《平準書》則快。豈非訥于莊言，長于諷激乎？又鼂、賈書疏，棄而不録，而相如詞賦，累牘不休，真一家之言，而非史之正體也。識者辨之。

太史公耐不得許多奇，只到《秦本紀》後便盡情搬出。蓋子長胸中一半是憤，一半是奇，如《貨殖傳》，一半是吐憤，一半是搬奇。世但謂其羞貧賤而作，不盡知子長者也。

叙戰勝易生色，叙戰敗索然矣。《史記・項羽本紀》、《漢書・李陵傳》，叙戰敗愈生色者也。項羽戰鉅鹿，天地震動，及垓下之敗，喑啞叱咤，亦復天地震動，非滿懷慷慨，有此筆墨乎？羽之言曰：「此天亡我，非戰之罪也。」語雖謬，然史公定爲斷絶矣。

讀《高祖本紀》便見其大度，讀《孝文本紀》便見其恭儉。讀蕭、曹《世家》便知是大臣，讀良、平《世家》便知是智士。此作者肖題處。

《高祖本紀贊》極古雅，而《漢書》入劉累一段，贅矣。「朝以十月，車服黄屋左纛，葬長陵。」末數語尤妙。今選古文者或删去，便覺索然。

《秦楚之際月表》云：「自生民以來，未始有受命若斯之亟也。」末云：「豈非天哉？豈非天哉？非大聖孰能當此受命而帝者乎？」將虞夏積善累功，湯武修仁行義一筆抹殺。譬今人見初學登第，極口誇其遭際，何必讀書，蓋不滿之意見于言外矣。作本朝文字如此，亦自有腐刑之理。

衆建諸侯而少其力，賈生言之者再，文帝不用也。至武帝時，始從主父偃議，自是無尾大之患矣。《史記・建元以來王子侯者年表》云：「制詔御史：諸侯王或欲推私恩分子弟邑者，令各條上，朕且臨定其號名。太史公曰：盛哉，天子之德，一人有慶，天下賴之。」只作頌聖之言，何等藴藉，何等得體。

《平準書》先叙衛、霍之功，後言弘羊之術，以事朔方爲耗費之本也。然事朔方，却恠武帝不得。

《封禪書》荒唐極矣。觀鍾竟陵評，真所謂好學深思，心知其意者也。褚少孫遂取作《武帝本紀》，班史取作《郊祀志》，俱不妥。

《趙世家》許多可驚可喜之事，好一篇熱鬧文字。《越世家》非無可驚可喜之事，而獨載莊生一案，又何其幽僻也。大抵太史公以事就文，要詳便詳，要略便略；班掾以文就事，事少則略，事多則詳。然史者紀事，非爲文也，故文莫妙于《史記》，史莫裁于《漢書》。《孔子世家》亦虧他下筆，蓋千古大聖，説淺不得，説深不得，其體裁正合如此也。王介甫謂不當列世家。夫魯世世相傳，以歲時奉祀孔子，高祖過魯以太牢祠，而伯魚、子思以及安國、邛、驩，就中襄爲孝惠博士，安國爲今皇帝博士，世家不亦宜乎？又紀事以年，亦後人年譜之始。

《伯彛傳》自以一「怨」字爲主，畢竟後幅更勝，蓋窮途著書，晚年學道，皆「怨」字下場頭結局也。鍾竟陵獨取前幅，雖冷眼，未免立異。

管仲以其君霸，晏子以其君顯，是《春秋》兩篇大文章。太史但就知己感遇上成傳，抑末矣。其述管仲之言曰：「吾嘗爲鮑叔謀事而更窮困，鮑叔不以我爲愚，知時有利不利也。」此段最痛。又曰：「假令晏子而在，余雖爲之執鞭，所欣慕焉。」傷心泣下之言。

屈、賈合傳，騷人聲氣相從也。盎、錯合傳，兩人冤憎相值也。然遂删却晁、賈書疏，則所失者大矣。若魯仲連、鄒陽合傳，義類尤舛。

《屈賈傳贊》從極悲慨中悟出一段了達之旨，此太史聞道之言也，近金聖歎評甚好。

李將軍數奇，却極意描寫。《衛霍傳》紀録戰功而已。太史一肚皮不合時宜如此。然衛、霍戰功亦曷可誣耶？少時初見《滑稽列傳》，方讀云「淳于髡者，齊之贅壻也，長不滿七尺」即不覺絶倒。

《貨殖傳》千奇萬態，極文章之能事，觀止矣。大抵史家到末後每雜些小説。《史記》之《滑稽》、《貨殖》，范史之《方技傳》，皆小説之屬也。獨班史始終謹嚴，只看《游俠傳》，開口便作莊語，不見可喜，是他最優處。

褚先生者無足觀，但演莊子、宋元君事，作一千言，亦自可喜。

《漢書》自得史家之正，其體莊，其叙事却奥。蓋《史記》疏宕，可粗心讀之。《漢書》委曲，非粗心者所能讀也。讀《漢書》須是静坐細覽，乃得其妙。蘇子美以《高祖紀》作下酒物，以予論之，還當屬《史記》耳。

班氏極有書法，如《昭宣紀》，肅肅穆穆耳。其英明散見于霍光、魏相、趙充國、張敞諸傳。《元成紀》肅肅穆穆耳，其昏庸散見于劉向、王章、梅福、元后諸傳。既得紀本朝體裁，復不失當時實録。

《諸侯王表》、《西域傳贊》，皆班史極意之筆。生平殆讀過百遍，然至今未能成誦。予天性之鈍如此。

太史公遇可歌可哭之事，每自出一段論斷。《伯彝》、《屈原傳》是也。班史只就事寫述，如《李陵》、《蘇武傳》不多添一筆。然讀至李陵戰敗，令人忽奮；讀至置酒見任立政，令人忽悲；讀至李陵爲蘇武道鄉信，令人哽咽不堪；讀至河梁送别，令人凄凉欲絶矣。

《霍光傳》：「太后曰：『王爲人臣子，悖亂當如是耶？』王離席伏。」不待其辭之畢便入，此急得妙。《雋不疑傳》：「廷尉驗治何人，竟得奸詐。」待叙許多事後乃及，此緩得妙。

《霍光傳》叙山、禹怨望，如雜劇中之丑。《元后傳》叙五侯驕奢，如雜劇中之浄。若《王莽傳》則花面大浄，惡態横陳，想班氏落筆時，亦自絶倒也。

《元后傳》叙太后出遊，徑作春夏秋冬四段，筆力横絶。《史記》于《左傳》所已見，則草草成篇；《漢書》于《史記》所已見，則草草成篇，亦是一病。只看《家語》、《説苑》、《韓詩外傳》、《吕氏春秋》所載，事蹟多同，各極其妙，何嘗有數見不鮮之患乎？厭舊喜新，固文家之習氣也。《史記》于《左傳》外得一事，寫得分外精神，程嬰、公孫杵臼是也。《漢書》于《史記》外得一事，亦極力描寫，朱買臣是也。然買臣却是俗諦，意子長不足録耳。

《史記》主父偃、徐樂、嚴安共一傳，《漢書》分而爲三，遂覺神理不全。又衛子夫「生微矣」，一「矣」字，尖冷得妙。《漢書》作「生微也」，可謂點金成鐵。諸如此類，不可勝數，姑舉其一二耳。

班孟堅《白虎通》却是自成一家之言，不似十《志》多雜。予讀《管子》書所言，皆王道也，不知何以謂之霸。蓋霸之稱，自《孟子》始也。然《孟子》説教，《管子》亦説教，《孟子》説養，《管子》亦説養，或者以躬行不逮乎？《管子》文甚鴻博，疑有後人雜入者。即雜入，亦不出戰國間，不可考矣。

《孫武子》猶儒家《論語》。《論語》切實，《孫子》神奇。吾人日用之間，正好將《論語》來受用，不知兩軍相對時，亦消得許多神奇否。然其文特妙矣。

李卓吾曰：「荀與孟同時，不知何以抑荀而揚孟。」予觀《荀子》，惟《性惡篇》能自立異，然已墮邪見。其餘不過通套詞章，不若孟子能暢所欲言也。又謂：「《墨子》宗禹，《孟子》闢墨，是闢禹也。」予謂墨雖宗禹，而實不得禹之道。然則卓吾駡道學，遂爲駡孔子乎？《墨子》書中言戰守多，不可句讀，然却是古文。

《性惡篇》有一段，單駁孟子好是懿德之義，奇確可參。

莊子雖宗老子，然其書與老子却是兩派。老子言退而不言進，言亡而不言存，言喪而不言得。莊子廣大圓通，無可無不可。又生死大事，佛氏之言也。莊子生周末，佛法未入中國，如《大宗師》諸篇，不但深符教乘，亦且透達禪宗，至行文，怪怪奇奇，千態萬變，所謂有聖人之道，又有聖人之才者也。吾不測此老所至，對之浩歎而已。

《莊子》之文，有權有實，有賓有主。其譏孔子也，而實則尊之。尊老子也，而時亦譏之。黄帝、堯、舜不免嘲詆，而支離兀者反見推稱。此豈常情所測哉？總之，讀《莊子》，認不得真，下不得註脚。而世或謂莊子爲無爲，爲自然，爲齊物，又其甚者向踵息、緣督，覓南華老仙丹頭，皆癡人説夢也，良可憫笑。

《逍遥游》鯤鵬變化，發端亦好，後幅漸覺索然，非《莊子》至處也。末段大瓠、大樗，其義亦淺。

《齊物論》、《大宗師》，是内篇最上乘。《齊物論》破是非，《大宗師》破生死，罔兩、蝴蝶、臂鷄、尻輪，皆蓋天蓋地之文也。

《德充符》特傳一般殘形廢疾之人，豈不奇絶。

《養生主》説到老聃死，妙矣。今道家皆言老子不死，請以《莊子》證之。

過而弗悔，當而不自得也，不知果有其人否。若「以瓦注者巧，以鉤注者殫，以黄金注者昏」，世或未必盡然也。此兩人相去甚遠。莊子俱委悉如此，至人哉。

夜半走而不知，仙之久視，禪天之定，皆是也。大哉，莊之言乎。「特犯人之形而猶喜之，若人之形者，萬化而未始有極也，其爲樂可勝計耶？」此真懸崖撒手矣。

齧缺問於王倪，四問而四不知，齧缺因躍而大喜，即今禪家心印何别？妙在倪、缺不更多言。惟蒲衣子淡淡數語，不甚相干，非解者不知。

書足記名姓而已，博塞象也，名立象而性失，故亡羊。黄帝見廣成子一段，却是膚語，然人偏喜之。

大索三日，儀、秦之所不爲，惠子雅人，豈有此事。必莊設辭以嘲惠也。意施五車書中，亦必有酬嘲者，惜不傳耳。

向方嚇鼠，今並觀魚，政如兩赤子忽鬭忽嬉，時啼時笑，不想見羲皇上人耶？二事連牘並存，亦妙。

《人間世》言不材之祥，亦有所感而言之也，然庸人自以爲是矣。讀《山木》篇，殺不能鳴者，庸人未許得意在。《知北遊》遭無爲謂、狂屈、黄帝三段，是《莊子》一則大公案，學者所當留心。

「冉求問于仲尼曰：『未有天地可知耶？』仲尼曰：『可。古猶今也。』冉求失問而退。」蓋此道當下即是，「纔入思惟，便隔千山」矣。冉子昔昭而今昧，不其然乎？

「桔梗也，雞癰也，豕零也，是時爲帝者也。」忽然數藥物，妙甚。帝即君臣佐使之義。

蘇氏謂「（楊）〔陽〕子居南之沛」與「列禦寇之齊」本一篇，而僞者入《讓王》、《盜跖》、《説劍》、《漁父》四篇。按《列子》亦原是一篇，蘇言不爲誣也。

近世善《莊》者二家：袁公安《廣莊》太説道理，譚竟陵《遇莊》太掃道理。袁失之淺，譚失之疏也。郭子玄以自然邪見，矯意誣莊，世或有「以莊注郭」之譽，非正法眼，何能辨其得失乎？予固有《莊子》癖，嘗欲評《孟子》、《莊子》、李太白詩、蘇子瞻文爲「四大人書」，倘得暇，豈不快哉。

李元卓《莊周夢蝶》、《藏舟于壑》、《象罔得珠》諸論，可謂入理深譚。近覺浪禪師《莊子提正》，尤有特識。諸家倘乎其後矣。

《列子》可謂精妙入微，但較《莊子》則差遜。《莊子》文之狂，《列子》文之狷也，其所言者，蓋佛氏觀門，至所引事蹟，亦與《莊子》多同。然在《莊子》則爲第一義，在《列子》則爲二乘禪，入道有淺深，證道有大小耳。知其解者，旦暮遇之。

兩小兒論日，各有一段至理，孔子不能決也。惟其各有一段至理，所以爲小兒。惟其不能決，所以爲孔子。近世孫月峰則謂日中時近，以仰視，故小。或又謂日出時近，以初照，故凉。小黠大癡，皆小兒之强解事也。

《越絶書》論劍，妙已極矣。《列子》更説得無聲無臭，古今有此奇文乎？若偃師工人亦自入解，但末云「終身不敢語藝，而時執規矩」，可惜説出學究話來。

將一百歲髑髏拈弄不休，如入博古之肆，頓覺珍奇滿眼，何文心之妙也。是篇《莊》亦有之，然《莊》似在後。

今世所傳《關尹子》斷是贋作，譚鉛鼎則參同悟真，論性道則大寂斷際，必唐宋以後之書也。然圓妙名通，遠出《譚子化書》之上。

《鬼谷》猶云《陰符》也，亦幽深神變之意，其書蓋好事者爲之，在《黄石公素書》之下。

世皆言韓非子刻薄，讀其書，但切實耳。然切實之可憾尤甚于刻薄。且其賢者在位，而必察其何以賢，能者在職，而必考其何以能，則人臣無處生活矣，有不怨入骨髓者乎？守文之世，賢不必在位，在位者不必賢，能不必在職，在職者不必能，其君臣上下、親疏内外之間，許多情弊，被他和盤托出，不留餘地，此所以爲千古罪人也。

仇士良不欲人主讀書，讀書何妨？但勿讀申、韓之書耳。諸葛武侯教後主讀申、韓。夫世皆讀孔、孟，而武侯獨重申、韓。然武侯之申、韓，視世之讀孔、孟者何如哉？

《孤憤》、《五蠹》、《顯學》、《備内》，盡理盡情，而《備内》尤爲痛切，雖菩薩説法，不是過也。世人宴安昏昧，反謂韓子爲刻薄，殆所云自暴自棄者，不可與言乎？至若《説難》一篇，却是蟣虱心腸，寒乞醜態，而或者謂其文爲奇，何奇乎？亦李斯「督責」之類而已矣。

佛法有退殘義，且如眼初見色，光明圓滿。即見色之時，別其方圓黑白，已屬第六意識，而眼識退殘矣。公孫龍《堅白論》曰：「視不得其所堅，而得其所白，無堅也。拊不得其所白，而得其所堅，無白也。」方視則眼識進，手識退。方拊則手識進，眼識退。轉變之際，捷而不覺。又曰：「白馬非馬也。白馬者，馬與白也。」亦即破相之意。是時佛法未入中國，而龍見及此，直是聰明過人。

惠子亦公孫之徒。晉人謂其無一語入玄，彼特以心性語爲玄耳。豈知禪家「麻三斤」、「竹篦子」乃玄之又玄哉。「火不熱」，「指不至」，「輪不蹍地」，與《肇論》「日月經天而不周」四語何異？

《亢倉子·農道》云：「苗，其弱也欲孤，其長也欲相與居。」又云：「長其兄而去其弟。」説禾稼，乃作長弱兄弟語，豈不大奇。

富貴人招集文士著書，極是佳事，吕不韋、劉安皆非俗人也。《吕覽》捷而妍，《淮南》博而麗，然悦可耳目，吾尤推《吕氏春秋》。

今觀陸子《新語》亦只平平，不知漢高何以每篇稱善。先伯父公楫翁云：「陸生長于口辨，想當時帶些解説，亦未可知。」衆皆笑。

揚子《法言》世皆謂其擬《論語》，其罪僭。又所言者，孔孟之所已言也，復何須贅。總之中無所本耳。中無所本，非依傍昔典，則妄意鑿空，不知古人著書皆是忍不住然後執筆，非執筆時方始入苦思、出奇語也。莊子有言：「彼其充實，不可以已。」此豈一切好名者之所及哉？

王仲任《論衡》却是確有所見，此予所謂「忍不住然後執筆，非執筆時方入苦思、出奇語」也。但説理處不甚圓，説事處亦稍執，又輕詆孔孟，得罪名教，不然其才氣膽識，幾于莊子後一人。

《論衡》真千古異書，《申鑑》、《昌言》、《潛夫》、《中論》遠不能及。古之人有因著書而見其高者，有不必著書而愈見其高者。黄叔度生漢季，一時人士贊歎不容口，然妙在無一言可述，一行可傳。若使著書，則反淺近矣。況《天禄閣外史》，又淺近中之淺近者乎。其所載數詩，竟是唐人風味。至謂徵君歷聘列國，則尤爲不經。

三家村學究抱膝高吟，「天子不得而臣，諸侯不得而友，諺相訾，則曰：「學究夫學究，而何可賤乎？」然亦有足賤者，文中子是也。文中子擬《論語》已自可笑，又謂一時賢豪皆出其門，且如楊素、李靖，可與言訓詁之業哉？不俟開卷，酸餡之氣逼人。

屈子《離騷》失志之作也，却作藻詞。宋玉《招魂》哀痛之篇也，却作艷語。詞愈藻其憂愈亂，語愈艷其神愈傷。《離騷》許多奇想，如醉人譚天，《招魂》末後一亂，似喪家奏樂，益復不堪矣。

《招魂》也，忽及與王後先，引車彈兕，哀樂無端，恍似夢中情事。末云「目極千里兮傷春心，魂兮歸來哀江南」，王逸注云：「言湖澤博平，春時草短，望見千里，令人愁思也。」心神俱蕩。

《天問》妙在有其問，無其對。若有其對，非騷人之旨矣。柳子厚何異説夢。《九歌》無限春思，然是鬼語。《九辯》滿紙秋氣，然是人語。但《九辯》意致差減。屈宋而後，淮南《招隱》其詞奥，揚子《反騷》其旨激，皆得騷人之意者也。其餘諸公，無疾而呻，以之覆瓿其可夫。憂深者，語以不必憂，甚其憂也；憤結者，謂其不當憤，助其憤也。故《反離騷》反説也，非正説也。若作正説，不過老莊家愛身自好之譚，有何意味乎？朱子黜此篇，蓋認真爲正説，不若李卓吾識其妙耳。然觀揚子雲生平學問，即出正説亦未可知。

蘇代《約燕昭王書》光怪陸離，李斯《諫逐客書》雄奇峭麗。文到極處，後人斷不能加也。

漢承秦後，文家摭秦弊政，遂成通套。而賈山《至言》陳于文帝之前，尤爲無謂。蓋文帝恭儉，而山乃借秦爲諭；武帝好大，而董生告以强勉有功。皆非對症之方矣。儒生不識時務，信夫。

賈生《治安策》，是漢人第一篇文字，亦是古今第一篇文字。其指陳時務，既切實可據，而行文如電掣風馳，龍翻海嘯，真天地間大觀也。每讀一過，輒使我心悸如許時。

賈生《過秦論》「仁義不施，而攻守之勢異也」，即陸賈「馬上得之，寧可以馬上治之」意。《史記》綴《始皇本紀》後三篇，頗覺相應。《漢書》取作《陳勝傳贊》一篇，亦不妥矣。

晁錯《貴粟書》何等切實，《守邊書》何等委悉。王道本乎人情。予謂王佐才政，以晁、賈當之耳，蓋禮樂教化不過老生之常譚，而錢穀兵刑固經國之本計也。其《言兵事書》，尤奇璚可觀。肇法師當刑求緩，七日著《肇論》。鄒陽下吏將殺之，從獄中上書。《肇論》意義艱深，《鄒書》詞鋒奇肆，皆窮谷静者之文，而二公于刀刃下得之。吾既服其文之工，而尤服其文心之暇也。近世楊椒山自作年譜，亦是極筆。

枚乘《諫吴王》，必説不出，必要説出；必要説出，又到底説不出。引物連類，曲喻旁通，一片苦心，蓋屈子之《離騷》，荀卿之《陳相》也。讀是書，只作一首古詩讀之，尤妙。

司馬相如《告巴蜀檄》，最得撫諭之體。《難蜀父老》，則詩人之旨也。蓋父老之語甚切，使者乃以大言答之，心口不情，妙矣。又妙在使者只如此答，諸大夫便茫然辭避。文中許多正論，却借父老表出，許多强辭，却出使者口中，賓主顛倒，换人眼睛，諷而不迫，婉而可思，真絶奇之作也。或者謂其爲君文過，不已淺乎？

賦莫工于相如。《子虚》、《上林》，自是絶調。揚子效顰，去之遠矣。若《封禪書》貢諛之作，望之雖覺光華，而即之索然無色，理不勝詞，不足道。

董江都三策，一派頭巾之談，酸腐殊極。此宋儒談經濟之宗也。使晁、賈遇武帝，必見大用。使江都當元帝時，三公何足道哉？嘗戲以六等衡古人之文，置仲舒三等，自謂甚快，然知我者鮮，不勝罪我者多矣。

「古所謂功者，以任官稱職爲差，非所謂積日累久也」，却是至言，可破古今之惑。徐樂、嚴安、主父偃上書武帝，而徐樂土崩瓦解，尤爲知本之譚。其行文快宕分明，已具眉山風味。

世所傳《李陵答蘇武書》不論真贋，亦有一段慷慨不平之氣，讀之動人。夫蘇、李録别諸詩爲漢人作，則此書安見非漢人之作乎？

趙充國《屯田奏》及班勇《西域議》，切實分明，使讀者亦得其要領所在。予謂談兵之文，當以此等爲最。若只懸空設奇，則臨時未必恰當，正恐孫吴諸書却隔一層也。

漢宣帝忌昌邑王，命張敞察之。敞復奏，備述王賀狀貌語言，可鄙可笑之態，如在目中。然後宣帝之意消。此能以文字作佛事者也，故功、德與言，不分三事。

楊惲《報孫會宗書》，亦太史《答任少卿》之意，但子長憤而悲，惲憤而激，其一段傲戾之氣，不至殺身不已。文字有妙到極處，雖殺身所不顧者，此與嵇叔夜《答山巨源》是也。使當時無此二書，兩公到今不死乎？而何可少此佳文乎？

路温舒《尚德緩刑書》言刑之害，十分痛切，賈捐之《棄珠崖議》言兵之害，十分痛切，可謂盛世德音。

文有在後世則浮譚，而當時實切者，淮南王《諫伐閩越書》、賈捐之《珠崖對》是也。淮南述文，捐之如水投水矣。

梅福《訟王章書》云：「欲以承平之法，治暴秦之緒，猶以鄉飲酒之禮理軍市也。」便是崔寔《政論》之本。初讀時甚緩，末後忽迫，蓋忍不住盡情一吐矣。哀哉，上遂不納。

劉子政《論恭顯》猶在隱露之間，《論王氏》則激切分明，不留餘地矣。千載下讀者猶不能不動，而元、成二主只作文字看過，可慨哉。蓋西漢雄、向并稱，向實出雄之上，其所著書皆然，獨《擬騷》不逮耳。

劉歆持論殆過其父，不以人廢言也。《移書讓太常博士》云「深閉固距，而不肯試，猥以不誦絶之」，説盡曲學情事。釋氏之分河飲水，程伊川于老莊書生平不寓目，彼自有一確然之見，雖至言極論，終不可化。

賈讓《奏治河》上中下三策，形勢委悉，而議論亦偉。但今日上策已不可行，且河大水高，亦非開渠之所能殺也，不得已而以下策爲上策。蓋後世事類如此矣。

一趙氏姊妹也，解光之奏，刻畫盡情，伶玄之傳，光艷奪目。漢人文字，總非後世所及。

揚雄《諫哀帝不受朝書》，極切事理，使子雲他作盡如此，何有「艱深之詞，文淺近之理」之譏乎？蓋此書是確見來朝不可却，故暢所欲言，他作中無所見，而故出奇思以傳後世，故勞而愈窘。文之佳惡，誠僞之分而已。

子雲《解嘲》，雖本東方，而調各别，彼以清妙勝，此以雄麗勝也。然西京之格降矣。

崔寔《政論》不但切中一時，自三代以下，雖百世可知也。但末後説肉刑一段，未免支離，且刑罰貴于當罪，不然，雖炮烙焚坑何益乎？若眉山《厲法禁》則盡善。

魏武帝《鄴中下令》，世謂奸雄欺人耳，不知惟大奸雄方説真話。看他披肝瀝膽，亦一段至情至性之言，若司馬懿定説不出來。

魏文帝《與吴季重二書》，極合離存殁之感，未知文生于情，情生于文？使人讀之不能已已。豈有得如此人爲兄，任陳思屢上書，全不轉念者？噫，可歎也。

文有出自三代以下，其品格乃在三代以上者，樂毅《報昭王書》，諸葛武侯兩《出師表》也。蘇子謂與《伊訓》、《説命》相表裏，然《伊》、《説》盛世之音，諸葛弱小之慮，情固不同已夫。劉禪庸主，救亡不暇，而大計又不得不出師，一片苦衷，于用人行政之間，有許多説不盡、説不出處，故曰「讀之有不墮淚者，非人也」。

學道，迂譚也，然造次顛沛，亦有得力處。曹孟德死時，囑宫人向帳作伎，爲千古笑柄，此無他，惟不學道耳。不學道，故盛則弑后凌君，無所不爲，衰則分香賣履，備諸醜態。司馬温公視操太高，謂有微意，彼大人顧安知此輩無此定力耶？陸士衡《弔魏武帝》一序，若悲若諷，是極有情致之文。

一死生，齊彭殤，在莊子實見得如此，後人本無所見，而學爲放達之言，厭孰甚焉。善乎王右軍《蘭亭敘》曰「固知一死生爲虚誕，齊彭殤爲妄作」，不但破盡當時熟套，且淋漓慷慨，一往情深。可見假人作雅譚，雅譚亦是俗話；真人説俗話，俗話亦是雅譚。

觀陶淵明《桃花源記》亦是實有此事，看他説得確然有據，與《莊子》寓言不同，但云先世避秦，則漁人所遇者其子孫耳。退之詩乃言「神仙有無何杳茫，桃源之説誠荒唐」，恐未細加玩味。

昭明太子殊非具眼。《文選》一書，專取詞藻，失大雅之宗矣。但詞藻亦文之一體，譬京都壯麗，吴越繁華，自可留連歲月，何必岱衡江海哉？然蕩而忘返則大不可。

《文選》中佳文自多，但其意專取詞藻。即佳者，仍以詞藻見取，非以其佳也。亦是當時習尚使然，不足深怪。夫前之晁、賈既以弗收，則後之韓、蘇亦當被斥，使昭明作主司，得無有遺才之歎乎？

京都諸賦，《魏都》最麗；《七發》等作，《七啓》尤工。總是胸中許多富貴，借題鋪陳，亦不必病其相襲也。

六朝之文，風格固所不論，若孔稚圭《北山移文》，劉孝標《廣絶交論》，雕鏤盡致。江文通《别賦》，丘遲《招陳伯之書》，靡麗移情，政如羅綺叢中，不復作高山秋水之想矣。

《文心雕龍》一書，不敵陸士衡一賦。子曰：「我欲載之空言，不如見諸行事之深切著明也。」故余評詩文只就古今論斷。

李蕭遠《運命論》可謂達人大觀，劉孝標莫及也，然亦自《伯彝傳》來。

謝惠連《雪賦》「既因方而爲圭，亦遇圓而成璧」，與漢公孫詭《月賦》「隱懸巖而以鉤，遇修川而分鏡」是絶妙對語。

范縝《神滅論》云：「神之于質，猶利之于刀，未聞刀没而利存，豈容形亡而神在？」予謂人之死也，有昏沉，無斷滅。見其昏沉，而謂之斷滅，此正昏沉之極也。然就彼論中，以刀利爲喻，不若以薪火爲喻。

庾子山《哀江南賦》，初聞之，以爲江文通《恨》、《別》等耳。及見其文，髮上衝冠，目眥盡裂，鄭所南久久書《心銘》之旨也，不覺心膽辟易。

梁武帝受侯景，魏使杜弼作文檄之，其後江南禍亂，具如所言。此等文豈以六朝靡調而滅哉。

文至六朝而愈靡。出類拔萃者，范《史》而外，《世説新語》、《水經注》二書而已。《世説》不但談言微中，即字句之間，亦自楚楚。《水經注》敘事雖多冗漫，然刻畫山水，輒有數語入妙，皆矜秀之筆也。其《洛陽伽藍記》故是六朝靡調，昔曾向友人借，數年不可得，後乃于他處借之，一過目即送還。

《光武封禪儀》是遊山記妙手，至酈道元遂極山水大觀，妙在該博之中，時見幽異，外此惟柳子厚諸記而已。近世游山記，則令人茫然不辨途徑，想作者胸中亦自了了，奈讀者難解耳。獨吾邑劉格菴先生《帝京篇》愈古奥，愈分明，欲駕酈、柳之上。

唐人之文，如四傑、燕許，雖駢麗，尚自成家。最可鄙者，欲振而實卑，似奇而實碎，婢學夫人，開卷皆是也。昌黎文章起衰功甚不小。

李太白賦大鵬，意氣所寄，與楊用修《鳳賦》，並是景星卿雲太平文字。

《陸宣公奏議》事理分明，議論暢達，蓋昌黎以前便有此等大文矣。豈惟唐人中不易得，即古今來亦不易得。

韓昌黎起八代之衰，其識力高出千古，最妙是好作奇語。蓋唐人駢麗已極，雖有廣大清明之氣，非怪怪奇奇，亦不足以奪其心也。昌黎氣色光茫，夭矯盡變，後人學其廣大清明，而不及其奇。又其下者，學其清明，而不及其廣大。何哉？

退之却是不輕易下筆，必矜持而出之，非若蘇子瞻風水相遭而已。柳州謂捕龍蛇、搏虎豹，極與之角，而力不敢暇。此不獨《毛穎傳》也，蓋昌黎他文皆然。

孟子雖闢楊墨，亦辨性善，陳王道。昌黎但斥佛老而已。《原道》一篇，是生平結構，不如

《佛骨表》，尚有西京風氣。然使移此傲岸入干謁諸書，當更有佳文耳。

《與孟尚書書》云：「且彼佛者，果何人哉？其行事類君子耶？小人耶？若君子也，必不妄加禍于守道之人。如小人也，其身已死，其鬼不靈。」君子小人如何將來説佛，立意甚奇。

韓《原毁》作八股，《送李愿叙》及蘇《形勢不如德論》作兩扇，已開今日制藝體。然《商子外内篇》、《漢書·禮樂志》、《刑法志》，固已兩扇矣。若《原毁》，却是創調。

干謁諸書可不必讀。其自占地步者，《上張僕射》云：「凡執事之擇于愈者，非謂其能晨入夜歸也，必將有以取之。苟有以取之，雖不晨入而夜歸，其所取者猶在也。」《代張籍與李浙東》云：「浙水東七州，户不下數十萬，不盲者何限。」狂態婉然，眼空一世。

文章之道，如人飲水，冷暖自知。讀昌黎《答李翊書》若老農話桑麻，説得有原有委。不但門外漢不能道，即升堂而未入室者，亦不能臆量家珍也。氣隆法古，是西京以上文字。

《送韓侍御序》平實極矣，却含屬望之神。《送鄭尚書序》雄麗極矣，却寓箴規之意。《浮屠文暢序》伸如龍，《廖道士序》曲如蠖，真文章之能事也。

《送高閑上人序》是韓集最奇之作，其後半尤奇而又奇，但將世外人看作焦芽敗種矣。觀莊子及南泉、趙州、德山、臨濟諸公，乃知仙人禪客更有如許不平也。

《管子》嘗有許多「問」字，昌黎《送孟東野序》許多「鳴」字。文雖奇，然鳥鳴春、夔作樂，和之至也，謂之不平可乎？

《南海神廟碑》，雄奇偉麗，是韓碑文之最。其《孔廟碑》殊不稱題，而眉山乃以井田、封建、肉刑相提而論，其體裁尤漫也。蓋學記當首推歐公釋奠之作，而曾、王次之。

《淮西碑》推功相度可也，乃置愬平等，而先及光顔者再，不已失輕重之衡乎？紀碑如此，作史可知矣。爲文如此，秉政可知矣。而唐之詩人，多爲韓碑護法者。一文字耳，争訟尚然，使其得宰天下，寧不遂成黨禍哉？

《柳子厚墓誌》淋漓嗚咽，却切柳子。《馬君墓誌》自道其悲而已。誌墓而自道其悲，于墓中人何有？蓋歐公墓誌亦多如此。

《送石處士序》矜莊，《送温處士序》圓活，可悟文機之變。其《燕喜亭記》、《進學解》、《圬者王承福傳》、《送窮文》則予不甚好之。

讀《答李翊書》見爲文之功候，讀《答崔立之書》見爲文之骨力。予年十七學古文詞，蓋寢食韓文者數載，嘗夜夢昌黎，面語歷歷也。初得選本，後乃得全集。或言公更有別集，文益奇，世所未見。予固未信耳。

自昌黎起衰八代，歐、蘇、曾、王雖各擅勝，皆韓以後之文也。獨柳州貶斥後諸書，多魏晉音調，山水記過酈道元，餘作各出手眼。蓋已力變卑靡之習矣。《封建論》尤爲横絶，前無古，後無今。

李習之《復性書》，内典中近似語耳。歐公入理不深，便謂是《中庸》之義疏，淺矣。至若劉蜕《山書》較《復性書》尤淺，故作奇語，而苦不得，奇中無所有也。其《瘞筆文》却有騷人風味。

李習之《論文》云：「述笑哂之狀，曰『莞爾』則《論語》言之矣，曰『啞啞』則《易》言之矣。」不意此公親見昌黎，乃向字句間較量如此。東野詩不云乎：「文章得其微，物象由我裁。」苟能從自胸中，蓋天蓋地而出，「莞爾」、「啞啞」，有何妨哉？

韓昌黎作《樊宗師墓誌》稱其著作極多，今惟《絳記》最傳。徐文長爲判語詆之，蓋謂多茁札語也。予謂文患不奇，但欲中有所本耳。《絳記》氣味殊薄，何足奇？

孫樵有意起衰者也，然規模却狹。杜牧之不離舊習者也，然氣宇却豪。詩文果佳，亦不拘何體也。蓋牧之詩不及太白，而文欲進之。

陸羽《茶經》與王周《船具詩序》，筆墨矜異，亦瑣屑文字之佳者也。漢王褒《僮約》則太粗。

李義山作《李長吉傳》，有「長吉叩頭言阿彌，長吉學語時呼太夫人云，老且病，賀不願去」。本云「阿彌老且病，賀不願去」耳。「長吉學語時呼太夫人云」，註「阿彌」二字也。其法本《檀弓》「晏子一狐裘三十年，遣車一乘，及墓而反。國君七個，遣車七乘，大夫五個，遣車五乘。晏子焉知禮」。本云「遣車一乘，及墓而反，晏子焉知禮」耳。「國君」四語，註「遣車一乘」也。勿草草讀過。

古人爲文，必從喜怒哀樂出。如歐陽之文喜，昌黎之文怒，太史之文哀，子瞻之文樂是也。歐公如梅聖俞、江鄰幾、蘇子美諸作，蓋亦淋漓悲慨而出之，然不見有慘悽之氣，其神喜也。志和音雅，真太平廊廟之文。歐陽碑誌極佳，或謂公史才也，長于敍事。今觀《五代史》除論贊外，亦只平平。又退之《順宗實録》皆無甚過人者，乃知唐宋以下，求一范蔚宗亦不易得耳。

歐公談經濟，實乃當時第一。然劄子、疏、狀，其文特平，非若蘇氏制策之離奇善變也。故世所競誦者，序、記、論、誌及二史諸贊而已。

王荆公《上皇帝書》是賈生《治安策》後僅見之文。賈生數段言數事，荆公一事分四段。賈生言封建，一代利弊；荆公言人材，則百世利弊也。雖其文不若賈生奇肆，然紆迴百折，不極意不已。三蘇、歐、曾俱似差遜。

誌銘推韓、歐，固也。予謂王介甫尤拗得妙。昔人謂其止宜館職，若使窮谷著書，則尤佳耳。

老蘇如幽燕老將，氣韻沉雄，其振拔處頗似昌黎。然昌黎有意爲文，老蘇則直寫胸臆，蓋《衡論》、《權書》、《審勢》、《審敵》及《六經論》，淵源氣脉，却從漢以上來。

大蘇剛健中正，有大人君子之風。史遷奇而昌黎崛，皆欲遜之。朱子既偏護洛黨，且以六經訓詁律天下，故于晁、賈、三蘇之文，盡目爲縱橫氣習。夫《孟子》七篇，亦縱橫氣習也，何妨于仁義性善乎？近世論文者亦置韓、蘇，尚歐、曾，皆才短者之自文其陋耳。此文章經濟之所以日弊也。

子瞻《策論》，如江湖秋漲，負地涵天，文中第一義諦也。至若書、疏、序、誌及諸雜著，不過大海餘波，而温陵、公安特喜遊戲禪悦之作，遂使三家村學究挾兩《赤壁賦》高談蘇文，此與以「牀前明月光」推太白無異。然太白、子瞻豈淺者所能解乎？

《策略》五首，圓通盡意。《策斷》三首，亦老泉《審敵論》之旨也。使宋能用其言，即安有南渡之患乎？

《厲法禁》，法家之恒譚也，妙在透人情。《敦教化》，儒者之恒譚也，妙在切事實。《無沮善》能革猾吏之心，《倡勇敢》可作敗軍之氣。經國文章，孰大乎是？

「武王非聖人也」，却是正論。奈篇中荀文若一段障礙文氣。他如「平王一敗而鬻田宅」、「始皇縱百萬虎狼于山林而飢渴之」、「魏武長于料事而不長于料人」並是絶頂之譚。

「始皇致亂，在用趙高」云云，「秦之失道，有自來矣」云云，讀此文正如秋水灌河，更逢大海，真令人有望洋之歎。

每讀《屈到嗜芰論》，只覺説理雖暢，而中心微有不安。近見王弇州《讀書後》，爲之快然。

《管仲論》暢矣，然禄山失律，罪固當誅，豈嗜殺者可比耶？若劉元海，治世能臣，自别論。《思治論》蓋亦有興作之意。新法既出，故上結人心、厚風俗、存紀綱之書，及《擬進士御試策》，此如人有痼疾，其始則教以求醫，及遇僻醫，投毒藥，則又謂勿藥爲勝。固事理之常也。而後人乃深文致譏，何哉？

孟子曰性善，荀子曰性惡，揚子曰善惡混，韓子離爲三品，而蘇子謂揚雄固已近之，皆不盡然也。夫未發之中，性也。喜怒哀樂，情也。事父而孝，事兄而弟，事君而忠，待友而信，才也。或孝或不孝，或弟或不弟，或忠或不忠，或信或不信，氣也，亦習也。論性則皆正，論情則易邪，論才則皆純，論氣習則皆雜。故性與才勝，爲聖賢；而情與氣習偏，爲愚不肖。然後善惡之説備。諸子乃獨舉一性而争之，豈通論乎？

《凌虚臺》、《放鶴亭》二記，文字至此，方是真放達。局促者矯强不來。

《前赤壁賦》亦自平平，《後赤壁賦》前幅頗佳，至末後，不知是小説，是傳奇，恐莊子寓言不如是淺近也。吾所不解。

賦自《京都》以降，至唐而偶麗極矣，兩《赤壁》自是變調。然《灩澦堆》、《天慶觀》、《乳泉賦》，則尤奇。

《表忠觀碑》在蘇文中别一調。王荆公謂似《史》、《漢》年表，亦以宋人無此筆墨也。莊嚴古雅，却是分外精神。

《司馬温公神道碑》，受詔而作，看他説得又體面，又性情，文有讀之生歡喜心者，此篇是也。蘇欒城諸策，幽委百折，然空冒太多。或讀至數百言，尚不了其意之所在，亦未盡善也。其歷代論十餘首，却可觀。

三蘇之文，入理稍淺，不如王介甫説理較深。其駁《老子》「三十幅共一轂」，反覆透快，亦非欒城《老子論》、《道德經解》所及。

曾子固特爲典則之文，觀其意蓋欲力追兩漢，然不能出宋人範圍，氣運限之也。乃知爲文貴在務本窮理之謂也，不窮理而惟用心于體格之間，抑末矣。亦知古人爲文，但欲言其所欲言而已乎。

蘇子瞻詩文俱法韓，然俱出韓範圍之外，可見此道不在立異。

《戰國策序》、《墨池記》、《趙公救菑記》，皆南豐極意之筆。梅惠連先生，予外家叔祖也，尤好《救菑記》，嘗爲予親切言之。

宋人之文，每失之弱。朱子《大學》、《中庸》兩序，氣脉淵長，在劉子政、曾南豐之間，與胡澹菴《乞斬秦檜疏》皆南渡後有數文章。

陳同甫人奇文奇，能抉宋儒之藩籬者也。想朱子當時既被陸子静譚禪，又過陳同甫説霸，煩惱多少。

元人之文不少概見，近始得喻無功先輩手抄幾二百篇，大抵與宋人不甚相遠，而滿暢過之。然卑者則似今之制藝矣。

歷代之文，各成氣運。無論先秦兩漢，即靡如六朝，碎如唐，未有作措大語者。宋元之際，制藝漸出，而古文詞遂作措大語，至明益甚，可鄙也。今人書札往還，亦間作措大語，得非制藝之習，中人卒不能釋乎？

張留侯不立文字，其過人遠矣。郁離子著述甚富，未免多事，工拙不必論也。金華本之吳淵潁，未有出藍之觀，若王待詔褘則氣量較別。

明文當以陽明夫子爲第一，以其無意爲文，只言所欲言，而滔滔不竭，亦不知其爲秦、爲漢、爲唐、爲宋也。韓、歐論文必推本于道，夫韓、歐真知道，若陽明又所謂有本者如是耳。學之爲言，效也。好其詩則效其詩，好其文則效其文，亦性情之事，而論者必欲以九方皋律獻吉、于鱗，無乃太苛乎？夫《左》、《國》、《史》、《漢》，文章之極致也。吾時一周旋之，一折旋之，聊以自娱而已。效西施者，鄰之醜婦耳，故爲世笑端。若使鄭旦亦捧心而顰，或更覺可觀，未可知也，而何必譏二李也？

王弇州馳騁《史》、《漢》，唐荆川矩步歐、曾，自是文章正派。弇州一代史才，形神俱俊。荆川千里一折，不無良工心苦矣。王遵巖亞于荆川，然落題處每無法。

弇州叙事得書家運腕法，一筆可數行，他人逐句挨寫，乃疲蹇行程耳。

祝枝山《罪知録》大開眼界，王仲任《論衡》之亞也。高士胸中不可測如此。

李卓吾以著書殺身，《藏書》其最著也。然《藏書》有偏處，亦有當處，但其出詞吐氣，一味怒罵，固應取禍。推倒一世之智勇，開拓萬古之心胸，李氏《藏書》是也。好學深思，心知其意，鍾竟陵《史懷》是也。予膽不如温陵之大，心不如竟陵之細，而敢于異同，顧自信者確耳。

陶石簣得文家之正，虞德園得文家之奇。虞文常有不能句讀者，亦可喜，皆可觀。

北海馮宗伯琢庵，其全集甚不易購。先伯父公柳翁泊舟三日，而後得之。予家亦分有一本，今失去，惟制策存耳。蓋經筵講史及諸誥命尤佳。

今世所傳茅鹿門評點唐宋八家，真所謂印板死水也。夫文章有何定法，只言其所欲言，不使有雜亂重複之失，斯已矣。故用意者求諸理，修詞者求諸學，舍理與學，而但執古人成法以爲文，是猶驅老弱衰疾之人，而使之坐作進退于八陣之圖，曰：「吾以教戰也。」此天下之笑端也。

袁公安頗能暢所欲言，但與李卓吾俱墮坡仙滑調，是其一病。

讀陳眉公、王季重文，如人家英慧子弟，不事詩書生理，而博弈狹邪，初見之未免憎薄，然其天姿秀發，則甚可愛惜也。孔子曰：「十室之邑，必有忠信如丘者焉，不如丘之好學也。」文章之道，何獨不然。

鍾竟陵神似《檀弓》，然得不償勞。譚鵠灣信筆爲文，只如家常書札，却是慧絶。故論詩則鍾過于譚，論文則譚妙于鍾。鍾文本之學問，譚則一味根器之言也，其淺率處則略之。

曹石霞先生嘗曰：「鴻寶鍊潔，石齋奥清。」夫倪、黄二公文極富麗，而石霞之評如此，殊有遠識。

吾邑必傳之文二：梅司馬衡湘公《西征奏議》，以布帛菽粟之文説兵事；劉格庵先生《帝京景物略》，以彝鼎篆籀之文説瑣事，皆千秋絶調也。又近日曹石霞先輩亦稱雲漢天章。

近日《明史紀事》，啓、禎以後，濫抄朝報耳，且多失實。其論贊則極意風華，六朝之最勝者也，而持議亦當。

予於《詩經》、《莊子》、《世説》、《近思録》、《王龍谿録》各有評本，鍾、譚《詩歸》有删本，《金剛註》凡八易草，自辛丑迄丙午乃定。《楞嚴》不置語，而綱領條目，淺深輕重，圈點分明，是亦無字之註也。後世不無揚子雲，予書未必傳爾。

復旦大學中國古代文學研究中心
The Research Center for Chinese Ancient Literature of Fudan University

稀見清人文话二十種

（中）

王水照　侯體健　編

復旦大學出版社

第二册目録

四六枝談

沈維材　撰

《四六枝談》一卷

沈維材　撰

沈維材（一六九八—？），字楚望，號樗莊，海昌（今屬浙江海寧）人。七世祖沈志言，明嘉靖三十二年（一五五三）進士。至五世祖不事生産，祖父早棄舉子業，遂家道中落。少從遊於姻親查慎行、查嗣瑮。屢試不第，應幕爲生。雍正三年（一七二五）初遊大梁，楊守知爲之接引。後歷入嵇曾筠、高綱、雅爾圖等人幕府，乾隆二十三年（一七五八）前後在濟源預修縣志。卒年不詳。著有《樗莊文稿》十卷、《詩稿》二卷、《尺牘》一卷。

此書成於乾隆四年（一七三九），高綱刻於韶州，並作序云：「而《枝談》又仿詩話、詞話爲之。溯家令之清芬，迄國朝之鉅麗。巖廊之上，閨閣之間，嘉言懿行，瑣事奇聞，一經描寫，無不可傳。且有關於世道人心，非僅資談柄。」紀事上起南朝之沈約，下迄清代沈維材本人。南朝至元代紀事，多摘録蔣一葵《八朝偶雋》，而加以發揮，因事論文。明代紀事來源複雜，而以錢謙益《列朝詩集》作者小傳及朱彝尊《明詩綜》爲大宗。全書有近半篇幅出自沈氏家傳文獻及沈維材親歷之事，以文章爲談柄，因文紀事，因事存人。高序又稱：「其《嫁衣集》，妃青配白，别具神工，可謂鴛鴦繡出。而《枝談》則度人之金針也。」此書在清代駢文復興的背景下，爲駢文正名；强調高超而不露痕迹的技巧與情文相生、陶冶性靈，力圖使駢文的表達明白條暢且具有豐神氣骨；客觀梳理駢文發展史，不持門户之見；從幕客身份實際需要出發，尋求切實可遵的典範和切實可行的技法。

有清乾隆四年刻本，今據以録入。

（李法然）

序

余既爲樗莊梓《嫁衣集》，復增刊《四六枝談》百餘則。且贈以詩，有云「駢枝疊疊情尤重，鏤板遲遲性至謙」，紀其實也。樗莊稟氣寡諧，然與物無忤。其謙謹律己，潔白養親，固屬家風，亦由天性。查田先生嘗亟稱之。水源木本之思，琴瑟金蘭之好。纏綿懇摯，見於所爲詩與詞。而《枝談》又仿詩話、詞話爲之。溯家令之清芬，迄國朝之鉅麗。巖廊之上，闤闠之間，嘉言懿行，瑣事奇聞，一經描寫，無不可傳。且有關於世道人心，非僅資談柄。蓋惟其情重，故敘次之間，一往而深。黄梨洲所謂「情之至者，其文未有不至者也」，或謂文章小技，駢體尤屬卑靡。然韓昌黎文起八代之衰，於駢偶聲律之文，宜不屑爲。而其《滕王閣記》，推許王勃所爲《序》，且曰：「竊喜載名其上，詞列三王之次，有榮耀焉。」古人之虚懷如此。樗莊散行之文，緊嚴雅潔，極有法度，當與駢體並傳。惜多遺失，尚圖裒輯。其《嫁衣集》，妃青配白，别具神工，可謂鴛鴦繡出。而《枝談》則度人之金針也。三餘光景，有觸即書，未及添塗，輒登剞劂。樗莊自謙，以爲客吟病譫，殆同夢囈。駢四儷六，本無可矜；掛一漏萬，又奚足貴。然而「謝朝華於已披，啓夕秀於未振」、「根之茂者其實遂」，樗莊秋實之敦，非尋常改柯易葉者所可比擬矣。乾隆四年歲在己未中秋前五日同學世弟高密高綱拜題於韶陽郡署之養恬精舍。

四六枝談

沈維材　撰

章奏之文，貴乎莊重。一落纖巧，便失體裁。然使徒襲陳言，虚行故事。未免草率，非所以敬君也。六朝以來，謝賚慶賀諸表箋，佳處固多，未必言言精警。吾家隱侯《謝賜絹葛啓》云：「素采冰華，絺文霜潔。變溽暑於閨閣，起涼風於襟袖。」任昉見之，歎曰：「此休文字字錦也。」文章貴自出機杼，人巧極而天工錯矣。

梁昭明有《錦帶書十二月啓》，因時結撰，見於本集。如「梅花舒兩歲之粧，柏葉泛三光之酒」，「魚游碧沼，疑呈遠道之書；燕語雕梁，恍對幽閨之語」。又「桂吐花於小山之上，梨翻葉於大谷之中」，「黄花笑冷，白羽悲秋」，皆佳句也。唐太宗尺牘有「梅炎藻夏，麥氣迎秋。香飄蘭坂之風，鏡轉桂巖之月」，古人寒暄語亦不草草。睿藻聯翩，則所謂天授也。

徐庾並稱，兩家父子皆有文藻。簡文在東宫時，徐摛爲家令，文體輕麗。春坊學之，時謂宫體。庾肩吾亦時蒙賜賚，有《謝檳榔啓》云：「無勞朱實，兼荔支之五滋；能發紅顔，類芙容之十酒。」其《謝湘東王賚米啓》云：「連舟入浦，似彦伯之南歸；積地爲山，疑馬援之西至。」《謝武陵賚絹啓》云：「遂使鶴露宵凝，輕絺立變；雁風朝急，冷服成温。」古之賢王雅好文士如此。

周明帝、武帝並好文學。庾子山信特蒙恩禮。趙王、滕王周旋款至，有若布衣之交。信有《謝趙王賚米啓》云：「漬而爲種，不無霜雪之精；取以論兵，即有山川之勢。」用聚米事，較乃父更精警。《謝滕王賚猪》云：「白腹見珍，度遼東之水；赤欄爲重，對襄陽之城。」亦極雅稱。

《丹陽上庸路碑》，徐陵所撰，詞極雋蔚。有云：「專州典郡，青凫赤雁之船；皇子天孫，鳴鳳飛龍之乘。莫不欣斯利涉，玩此修渠。乍擁楫而長歌，乃樅金而鳴籟。」又《安都侯碑文》：「望杏敦耕，瞻蒲勸穡。室歌千耦，家喜萬鍾。」及「春鶊」「秋蟀」一聯，後蜀《勸農文》全用之。

徐《玉臺新咏》序：「驚鸞冶袖，時飄韓掾之香；飛燕長裾，宜結陳王之珮。」行間字裏，有麗人焉。又云：「清文滿篋，非惟芍藥之花；新製連篇，寧止葡萄之樹。」麗人才情，又如此乎。彤管之編，代加甄綜。顏竣、殷淳，其創始也。

凡啓並自稱名。隋齊王暕遺崔(頤)〔賾〕書，(頤)〔賾〕答書云：「祖濬燕南贅客，河朔惰游。」又王貞謝啓云：「孝逸學無半古，才不逮人。」並自稱字。晉王右軍與人書，稱其子獻之曰「子敬」，字而不名，皆不可爲訓也。

文有不嫌蹈襲，正以雕琢愈工。王勃《滕王閣序》「層臺聳翠，上出重霄；飛閣流丹，下臨無地」，乃用《頭陀寺碑文》「層軒延袤，上出雲霓；飛閣逶迤，下臨無地」也。勃屬文初不構思，先磨墨數升，則酣飲，引被覆面卧。及寤，援筆成篇，不易一字，時謂腹稿。

文章貴乎變化。用古作對，别具爐錘。於重見疊出之中，有翻新出奇之妙。唐駱賓王諸啓，纚纚千言。宫商相間，繪素相雜。然前後多雷同，不耐檢。如《上李少常啓》「片善必甄，挹虞翻於東箭；一言可紀，許顧榮以南金」諸聯，《上張司馬》復用之。宋秦少游賀吕申公與司馬温公二啓，前後凡同十四語。豈從古大家亦自有帖括耶。

蘇頲襲封許國公，自景龍後，與張説以文章顯，稱望略等，時號「燕許大手筆」。明皇愛其文，諭之曰：「卿所爲詔令，當别録副本，署臣某撰，朕當留中。」後遂爲故事。其草《幸新豐及同州敕》曰：「朕受命膺期，勵精設教。幸乾坤幽贊，風雨咸若。百物既阜，三農已登。同穎薦於宗廟，雙穗生於郡國。我無大桀，實欣於歲取；人有小康，未果於時邁。但左翊之地，近附黄圖；新豐之邑，甫鄰青綺。山川宫館，咫尺相望。欲過灞亭而涉滻，經沙阜而臨渭。見彼耆耋，問其疾苦。察長吏之政，恤黎甿之冤。蓋所以展義陳詩，觀風問俗。始自畿甸，化於天下。並令所司，不得干擾。州遴飛騎，不須别遣兵馬。各勉所職，副朕意焉。」詔令如此，何減西京；信能行之，可歌夏諺。李德裕嘗言：「近世詔告，惟頲叙事外自爲文章。」諒哉。

開元相曲江張九齡《謝賜香藥表》云：「藥自天來，不假淮王之術；香宜風度，如傳荀令之衣。」張體弱，有醖藉。故事，公卿皆搢笏於帶，而後乘馬。張獨使人持之，因設笏囊。性最孝，母喪，毁不勝哀。紫芝産坐側，白雀巢家樹。又其里第之側有古柘，嘗因狂風發其一根，解爲器具，花紋甚奇。人以公之手筆冠世，目之曰文章樹。

王維《謝集賢學士表》云：「聞相如在蜀，恨不同時；徵枚乘於齊，惜其已老。急賢之旨，欲賜追封。如臣不才，豈宜濫吹。」語極輕雋，意涉滑稽。

德宗朝知制誥缺，時有兩韓翃，宰相請孰與。御批曰：「『春城無處不飛花，寒食東風御柳斜。日暮漢宫傳蠟燭，青烟散入五侯家』，與此韓翃。」蓋翃在幕府久，諸藩牋表多翃之筆，帝素知其名也。嘗爲田神功作《謝茶表》云：「榮分紫笋，寵降朱宫。味足蠲邪，助其正直；香堪愈病，沃以勤勞。飲德相歡，撫心是荷。」高仲武謂翃「一篇一咏，朝野珍之，爲多士之選」云。

元和九年，裴晉公爲御史中丞。十年，遷中書侍郎同中書門下平章事。韓昌黎時知制誥，代爲讓表，有云：「受恩益大，顧己益輕。於裨補無涓埃之微，而譏謗有丘山之積。」又云：「忘其陋汙，使佐聖明。此雖成湯舉伊尹於庖廚，高宗登傳説於版築，周文用吕望於屠釣，齊桓起甯戚於飯牛。雪耻蒙光，去辱居貴。以今準古，擬議非倫。」晉公覽表大喜，不更一字。

唐時朝會慶賀，及春秋謝賜衣、請上聽政之類，宰相率百官奉表，皆禮部郎官之職，唐謂之南宫舍人。柳宗元在儀曹，表文多出其手。賀册尊號有云：「潢汙比陋，河清幸遂於千年；塵壤均微，山呼願同於萬歲。」自叙處插入祝意。凡謝賀表牋，頌德感恩，皆須就題抒寫，映帶有情，乃稱精妙。

張鷟有《龍筋鳳髓判》，詞章藻麗，頗多可採。白香山《甲乙判》凡數十條，按經引史，比喻甚明，洪景盧以爲非青錢學士所及。丙妻有喪，丙於妻側奏樂。妻責之，不伏。判云：「室方在疚，庭不徹懸。鏗鏘無倦於鼓鐘，好合有傷於琴瑟。既愆夫義，是棄人喪。儼麻縗之在躬，是吾憂也；調絲竹以盈耳，於汝安乎。」又甲夜行被執，辭云有公事。判云：「非巫馬爲政，焉用出以戴星；同宣子候朝，何不退而假寐。」若此之類，皆不背人情，合於法意，真老吏判案也，比劉穆之何多讓焉。

令狐相楚，其子綯宣宗朝亦大拜。《謝賜口脂紫雪表》云：「職當喉舌，匪效魯廟之三緘；任在燮調，請獻謝連之六出。」人以爲得宰相體。

李義山《爲(榮)〔滎〕陽公桂州謝上表》云：「三梁路阻，九嶠山遥。浮江遇楚澤之萍，望國隔番禺之桂。」《爲濮陽公陳許謝上表》云：「奉違軒鏡，幾落堯蓂。比園葵以自傾，晝惟向日；羨海槎之不繫，秋則經天。」其集中牋奏甚多，皆代作也。

義山《祭外舅文》有云：「以公之平生恩知，曩昔顧盼。屬纊之夕，不得聞啓手之言；祖庭之時，不得在執紼之列。耿賓從之云歸，儼盤筵而不御。小君多患，諸孤善喪。登堂輒啼，下馬先哭。含懷舊極，撫事新傷。植玉求歸，已輕於往日；泣珠報惠，寧盡於兹辰。」其自叙云：「愚方遁跡丘園，游心墳素。前耕後餉，並食易衣。不忮不求，道誠有在；自媒自衒，病或未能。雖呂範之久貧，幸冶長之無罪。」文最沉痛，不堪卒讀。余元配尤氏，爲左巖先生愛女。先生客亡京師。是年余甫十七，未成婚，未及爲文祭奠也。外姑朱孺人之喪，予方遠館，内子且先逝矣。哀感之餘，曾撰行狀一編，寄婦兄松田。然母之閫德，稱頌九閨；子壻之情，哀同失恃。吊往驚離，非筆墨所能抒寫也。

宋初四六，率仿楊、劉。謹四字六字格令，其體類俳。然楊、劉自不可廢。楊常戒門人文宜避俗。一日，公自作表云：「伏惟陛下，德邁九皇。」鄭戩遽請於公曰：「未知何時得買生菜。」公笑而改之。余少時曾爲人作祭文，開手數語不甚揀擇。日山查公閲之，不懌。又數行，便極歎賞。至終篇，益復擊節，以爲後來領袖也。自此爲文，加意陶洗。公爲家祖母同父弟，又嘗受業於先王父。喜作古文，亦不廢時藝，科名之念，垂老不衰。余嘗與公同應省試。公名昆，官吏按簿點名，皆不識，遂不能唱。公輒自呼其名。公素信乩仙，名亦仙命也。古文有爲韜荒先生評定，公族叔也。先生性豪邁，才大而志鋭，工詩與詞，世皆知之。吾獨愛其古文，遠追曾、王，近亦不讓汪、魏。惜多散佚，無從裒輯矣。

劉有《賀五王出閣啓》云：「芝函曉列，星飛降天上之書；棣萼晨趨，獄立受日中之字。」隱用「五」字，亦佳。

歐陽公深嫉楊、劉之體，一變而之率真。其《亳州謝上表云》：「昨怨出仇家，構爲死禍。造謗於下者，初若含沙之射影，但期陰以中人；宣言於庭者，遂肆鳴梟之惡音，孰不聞而掩耳。」公文名滿天下，即以駢體而論，亦起衰鉅手也。顧人如歐陽而謗毁不免，堂上簸錢之詞，憎者巧爲污衊。安得「取彼譖人，投畀豺虎」。

畫家有白描法，詩文亦然。以駢體叙事，意極條暢，語極工整，此化工之筆也。歐陽公《乞致仕表》云：「俾其解組官庭，還車故里。披裘散髮，逍遥垂盡之年；鑿井耕田，歌咏太平之樂。」客有歎其雅淡者，公曰：「尚不如老蘇秀才『有田一廛，足以爲養；行年五十，將復何求』。」蓋老泉牘中語也。魏季子以爲：「葉少藴曰：『子瞻謫黄州，因其所居之地，號東坡居士。晚又號老泉山人，以眉山先塋有老人泉也。』子瞻嘗有『東坡居士老泉山人』八字共一印，見於卷册。其所畫竹，或用『老泉居士』印章。歐公作明允墓志，但言『人稱老蘇』，而不言其自號老泉。葉、蘇同時，當不謬也。」此論無關緊要，亦以見世俗流傳之誤，古人證據之詳。朱文公以鄰人某既葬其考，作亭於山半，以望其塋，向公索名，公以「考亭」顔之。今乃曰「朱考亭」，不知紫陽無此字號也。

范文正公少作《虀賦》，其警句云：「陶家甕内，淹成碧緑青黄；措大口中，嚼出宫商角徵。」惟深嘗，故言之親切有味。又作《金在鎔賦》云：「如令區別妍媸，用爲藻鏡；倘使削平禍亂，請就干將。」人謂其有將相器。

王荆公在金陵，有中使傳宣撫問，并賜銀合茶藥。因令中外各作一表。既具稿，無可意者。公遂自作其詞云：「信使恩言，有華原隰；寶奩珍劑，增賁丘園。」五事見四句中，言約意盡。文章有鋪排處，枯窘題彌覺豐華；有簡括處，繁冗題偏能潔淨。工妙至此，能事畢矣。

富鄭公居洛，文潞公等用白香山故事，就鄭公第，置酒相樂，尚齒不尚官。鄭公在筵，潞公請范純夫作致語曰：「袞袞繡裳，迎周公之歸老；安車駟馬，奉漢相之罷朝。」鄭公大喜。

少陵論詩「陶冶性靈」，無性靈不可以言文也。孫公素責除河東轉運使，汝陰爲作謝表，末云：「過太行回顧雲下，義感親闈；望長安遠在日邊，心馳帝闕。」孫讀之，笑曰：「公乃寓忠孝之意也。」必如此乃入情，且耐人尋味。代人作文，亦須設身處地。

贈答迎賀之有啓，祭壽之有文，以及書、序、疏、記，要與其人、其時、其地親切爲佳。汝陰嘗謂四六須只當人可用，他處不可使。邵鱅自陝西運使移知鄧州，汝陰以啓賀之，云：「教實自西，寢被南明之國；民將愛父，竚興前古之歌。」乃邵氏自陝移鄧之啓也。昌黎論文「陳言務去」、「推陳出新」，「清真」二字盡之。

文章要有關係。司馬温公《永興謝上表》云：「維此咸秦，昔爲畿甸。山川秀美，土地膏腴。論其平時，誠爲樂土；在於今日，適值凶年。經夏亢陽，苗青乾而不秀；涉秋淫雨，穗黑腐而無收。廩食一空，家乏蓋藏之粟；襁負相屬，道有流離之人。老弱懷溝壑之憂，姦猾蓄萑苻之志。正宜安静，不可動摇。譬諸烹魚，勿煩擾則免於糜爛；如彼種木，任生植則自然蕃滋。」讀此篇如鄭俠繪圖，憂國憂民，可以泣鬼，真有用文章也。公自謂不能四六，乃愷切如此。仁人之言，有民社者，其三復之。

洪覺範妄誕，著其兄彭淵才之説，以爲曾子固不能詩。子固何嘗不能詩也。一掃崑體，所謂餖飣刻畫咸無之。方虚谷謂：「後山未見涪翁，不惟文學南豐，詩亦學南豐也。」其文章淵源聖賢，表裏經術。朱子極愛其詞嚴而理正，以爲非苟作者。表、箋、啓、狀，雖體屬駢麗，獨能自出機杼，纏綿婉摯。《洪州謝到任表》首聯云：「撫臨便郡，獲奉于親闈；總制屬城，實兼于故里。」《謝兩府啓》有：「望故鄉而接壤，與仲弟以連城。」古人每以便於養親上章乞郡，此風邈矣，令人想見其盛。曾《賀韓相公赴許州啓》云：「夆革金卮，已嚴入覲之裝；衮衣繡裳，行允公歸之望。」貼切典雅，其後與韓啓復用之。

嘉祐二年丁酉，歐陽公知貢舉，得二蘇。而子固與其弟牟、布、阜及妹夫王補之無咎、王彦深幾俱中鄉薦，其謝啓所謂「以至天倫之薄陋，子壻之空疏，皆自單平，得蒙收齒。追惟會合，亦有端原」也。科名之盛，千古佳話。

四六不得用經全句，嫌其近賦也。然東坡作《吕申公制》云：「既得天下之大老，彼將安歸;乃至國人皆曰賢,夫然後用。」氣格雄健,固不可及。

東坡一生遭逢極盛。其謝表有「七典名郡,再入翰林;兩除尚書,三忝侍讀」之語。遷謫亦極苦,故有「疾病連年,人皆相傳爲已死;飢寒併日,臣亦自厭其餘生」,又「子孫慟哭於江邊,以爲死別;魑魅逢迎於海外,寧許生還」之語。

東坡知定州。有武臣狀極朴陋,以啓事來獻。東坡讀之,喜曰:「奇文也。」以示幕客李端叔,問何者最爲佳句。端叔曰:「『獨開一府,收徐庾於幕中;並用五材,走孫吴於堂下。』此佳句也。視此郎眉宇,決無是語,得無假諸人乎。」坡曰:「使其果然,亦具眼矣。」即爲具召之,與語甚歡,一府皆驚。人之不可輕量如此,辭之不可已如此,古人之留心翰墨與人材如此。

黄岡道士李思立重建東坡雪堂。何(思)〔斯〕舉作上梁文,有云:「前身化鶴,嘗從赤壁之遊;故事换鵝,無復黄庭之字。」用古作對,切合道士。但换鵝帖自是《道德經》,前人事多誤用,不獨(思)〔斯〕舉也。臨文要須檢點。

紹聖乙亥詞科《代嗣高麗王修貢表》,第一人黄符首聯云:「仰被王靈,獲承基緒;敬修臣職,敢後要荒。」第二人羅畸云:「中國明昌,適際聖神之運;遠邦奔走,宜修臣子之恭。」中聯:「地瀕日出,每輸葵藿之心;天闊露零,亦被蓼蕭之澤。」極熟語鍊成佳句,所謂鉛中鍊得銀也。

作文須知鍊字訣。

張天覺既相，謝表有云：「十年去國，門前之雀可羅；一日歸朝，屋上之烏亦好。」丁晉公詩「屋可占烏曾貴仕，門堪羅雀稱衰翁」，世態之炎涼往往如此。

宋惠直爲江州德化主簿。王彦昭出帥長沙，郡守令作樂語宴之。時有王積中者，知名士也。爲簽幕，亦俾與席。其中三聯云：「少年射策，有賈太傅之文章；落筆驚人，繼沈中丞之翰墨。從來汝潁之間，固多名士；此去瀟湘之地，遂逢故人。況有錦帳之郎官，來爲東道；且邀紅蓮之幕客，共醉西園。」郡守讀之大喜，謂句句着題，薦於時相何清源。即除書局，繼中詞科。古人憐才之切，千載而下，猶令人感激也。

宋新仲在王彦昭幕下。王好令人歌柳詞，嘗作樂語云：「正好歡娱，歌（渌）〔緑〕樹數聲啼鳥；不妨沉醉，拚畫堂一枕春酲。」皆柳詞中語也。相傳宣和間，劉季高侍郎嘗飯於相國寺之智海院。因談歌詞，力詆柳七。有宦者聞之，默然而起，徐取紙筆，跪於季高之前，請曰：「公以柳詞爲不佳，盍自爲一篇示我乎。」劉無以應。乃知廣衆中，慎不可有所臧否也。當時人言有井水吃處皆知歌柳七詞。即妄詆之，能禁其流傳否。

翟公巽以顯謨閣學士知越州。去任時，越人相率借留。公知之，命取牘來，書其上曰：「固知京兆，姑爲五日之留；無使稽山，復用一錢之送。」用事精當，可以爲法。

何文縝以四六知名。其《謝召還表》云：「兩曾參之是非，浮言猶在；一王尊之賢佞，更世乃明。」孫仲益《謝復官啓》「兩曾參而或是或非，一王尊而乍賢乍佞。」語簡益工，所謂青出於藍也。

文縝位中書日，雙親具慶生日。《賜生餼謝表》云：「臣千載逢時，雙親就養。用羞甘旨，無煩潁谷之陳；誓竭疲駑，何止翳桑之報。」汪浮溪筆也。

趙忠簡安置潮州凡五年，杜門謝客，時事不掛口。及移吉陽軍，有謝上表曰：「白首何歸，悵餘生之無幾；丹心未泯，誓九死以不移。」秦檜見曰：「此老倔强猶昔。」

自歐陽公、東坡先生而後，汪浮溪及洪氏父子所爲四六，皆以清真流麗見長。鎔鑄經史，尤極工妙。适、遵、邁並中詞科，紹興、乾道間，繼入西掖。邁謝表云：「父子相承，四上鑾坡之直；弟兄相望，三陪鳳闕之遊。」時有賀三洪啓云：「有是父有是子，相傳忠義之風；難爲弟難爲兄，俱擅詞章之譽。」東坡作翰林時，林子中賀啓云：「父子以文章名世，盡淵雲司馬之才；兄弟以方正決科，邁晁董公孫之學。」一門之盛，古今不多見也。忠宣有祠堂近西湖，其後裔亦式微矣。

周益公進左丞相，謝上表云：「惟尹暨湯，雖乏格天之效；安劉必勃，尚存念祖之心。」《謝宫祠表》云：「晨趨鳳闕，綰五組之光華；夕侶漁舟，披一蓑之繿縷。」又云「負茲有疾」，人多疑「茲」字誤，公後自箋曰：「出《公羊》威公十六年，諸侯有疾曰負茲。茲，新生草也。」以余考之，公所引乃傳注也。《爾雅・釋器》「蓐謂之兹」，兹當作蓐解。然以爲草，亦必有據。如「采薪」二字見《孟子》，或當時方言也。威公即桓公。

朱文公除浙東提刑，到任謝表有云：「雖駑馬之十駕，後者鞭之；然鼯鼠之五窮，技止此耳。」用古工妙。世之不能四六者，類言「雕蟲小技，壯夫不爲」，孰知前代大儒乃爾。

吕東萊《通張魏公啓》有云：「先知覺後知，傳斯文之正統；小德役大德，爲善類之宗盟。」又云：「國家再造，高鴻烈於汾陽；天地重開，翊丕圖於建武。」東萊與南軒友善，故極其推頌。然張於李、趙諸公則劾之，汪、秦輩則薦之。好惡已拂人之性。至曲端之誅，與風波之獄何異，喪師誤國，罪何可逃。明江進之曾有詩云：「子聖焉能蓋父凶，曲端冤與岳飛同。何人爲立將軍廟，也把烏金鑄魏公。」可謂快論。

賀聖節表起於唐，盛於宋。尤文簡公有云：「推黄帝迎日之策，以莫不增；過周家卜年之期，自今伊始。」公以政事文學著，南渡初詩家所稱「尤蕭范陸」是已。子孫世登膴仕，載《萬柳溪邊舊話》。先外舅左巖先生，其裔孫也。先生馳譽文場，制義詩餘，都經剞劂。余成婚之後，讀先生遺稿，始學爲填詞。古人稱「山抹微雲君女壻」，余方自愧，何敢自誇。

《渭南文集》謝雨青詞有云：「井汲如初，家享一瓢之樂；粟儲可繼，士寬半菽之憂。商旅通行，道途鼓舞。彼有遺秉，此有滯穗，方將均惠於惸嫠；冬無愆陽，夏無伏陰，更冀默消於疾癘。」視義山禱雨文爲更佳。義山《賽北源神文》：「果能橐籥風頭，索綯雨脚。不資畎澮，將致倉箱。」造語奇麗，亦非放翁所能及耳。余先後在梁溪幕中，每當堤防危險之時，爲文禱祝，旋即安瀾。固由聖主之懷柔、使臣之誠敬，然臨文時亦儼若鑒觀在上也。梁溪宦蹟，先河後海，清晏蒙庥，則承平之福，可爲慶幸耳。

楊誠齋《謝提舉廣東》警聯云：「九天曉日，念孤臣將遠於長安；四乘秋風，忽寵命載驅於原隰。至于南海，保彼東方。」又云：「海若祝融，彈壓波瀾之險；朔雲邊雪，驅除江嶺之氛。」大抵宋人四六，介甫嚴整警拔，子瞻豪邁雄深，由是分爲兩派。後來汪彦章、周益公諸人類介甫，孫仲益、楊誠齋諸人類子瞻。他如王子俊爲周、楊二公賞識，嘗引以代草牋奏，有《格齋四六》。梅亭、橘山亦以四六名家，才調有餘，不無紕繆。

紹興間有士子年十九，以詩賦擢第，或爲作啓云：「年踰賈誼，亦濫置於秀才；齒少陸機，顧何能於文賦。」此少年登第也。世傳梁灝雍熙二年狀元及第，已八十二歲。謝啓云：「白首窮經，少伏生之八歲；青雲得路，多太公之二年。」語最工切。後終秘書監，年九十餘。以史考之，灝雍熙二年廷試甲科，景德元年以翰林學士知開封府，暴疾卒，年四十二。子固亦進士甲科，至直史館。(程)〔陳〕正敏曾據史以辨流傳之誤。魏季子則云：「吾閱灝本傳，明書卒年九十二。自雍熙二年乙酉至景德元年甲辰爲二十年，則灝之登第當在七十二歲。豈所閱之本訛四爲九耶？然史謂方當委遇，中道而謝，傳稱灝美風姿，强力少疾，又似方壯之年。」此不必論，要其八十二之狀元，傳之者誤也。

縣令之任最難。上官之責成，下民之待理，刑名錢穀，簿牒紛紜，利何以興，弊何以剔，能否黜陟，皆繫於此。林崇甫嘗爲劇縣有聲，其《與監司啓》云：「鳴琴堂上，將貽不治事之譏；投巫水中，必得妄殺人之罪。」時以爲名言。劉潛夫宰建陽，亦有一聯云：「每嗟民力，至叔世而張弓；欲竭吏能，恐聖門之鳴鼓。」語意尤勝。詩云「天下官惟牧守難」，令亦大不易也。

李劉《謝作墓誌啓》云：「韓銘貞曜，定非諛墓以攫金；柳表文通，亦豈前人之矸石。」人如昌黎，何至諛墓，或不辭潤筆耳。《唐書》載李邕早擅才名，尤長碑頌，前後所製，凡數百首，受納饋遺，多至鉅萬。杜詩「豐屋珊瑚鉤，騏驎織成罽。紫騮隨劍几，義取無虚歲」，正謂此也。香山爲微之志墓，謝文六七萬。元白交情，亦豈利其貲耶？先中憲公墓誌，忠惠鍾公撰；中翰公墓志，忠節吴公撰，行狀則參政印山范公所撰也。曾王父堅齋府君墓志，石門副相吴公撰；曾王母祝孺人墓志，朱康流先生所撰也。朱公爲祝孺人舅氏，學蔚醇儒。余所見有《罍庵雜述》，湛深經術，載《儒林傳》。明季進士，筮仕旌德，後隱居不出。預爲一齋府君銘墓者，許孝子季覺。先生與府君爲中表昆弟，少又嘗受業者也。銘曰：「子之温兮如玉，子之介兮如石。」府君人品亦可概見矣。

文丞相以忠義著，然其詩文固一代名家也。四六亦極工，有《清明啓》云：「一百五日榆烟，又逢寒食；二十四番花信，敢問餘香。他山杜宇，聊助君柳巷之詩；明日提壺，更嘗我杏邨之酒。」公以第一人及第。余曾于馬丈寒中家見登科録，其二甲第一則謝疊山先生也。

「上天眷命，皇帝聖旨。闕里有家，系出神明之胄；尼山請禱，天啓聖人之生。朕聿觀人文，敷求往哲。惟孔氏之有作，集群聖之大成。原道統則堯授舜傳之周文王，論世家則契至湯下逮正考父。其明德也遠矣，故生知者出焉。有開必先，克昌厥後。如太極之生天地，如巨海之有本源。雲礽既襲乎上公之封，考妣宜視夫素王之爵。於戲，君子之道，考而不謬，建而不悖，于以敦典而叙倫；宗廟之禮，愛其所親，敬其所尊，于以報功而崇德。尚篤其慶，以相斯文。齊國公叔梁紇，可加封啓聖王。魯國太夫人顔氏，可加封啓聖王夫人。主者施行。」此元至順二年禮部官與翰林集賢太常禮儀院官定擬加封，而翰林國史院官奉敕所撰詞頭也。同時顔子加封兖國復聖公，曾子郕國宗聖公，子思沂國述聖公，孟子鄒國亞聖公。河南伯程明道追封豫國公，伊陽伯程伊川追封洛國公。崇聖尊賢，典至渥也。至其稱顔子以「不遷怒，不貳過，以成復禮之功；無伐善，無施勞，益著爲仁之效」，稱曾子以「始於三省之功，卒聞一貫之妙」，于子思則云：「有仲尼作于前，孰儷世家之盛；得孟子振其後，益昌斯道之傳。」於孟子則云：「誦詩書而尚友，緬懷鄒魯之風；非仁義則不陳，期底唐虞之治。」而於明道先生，稱其「體備至和，躬承絶學」，又云：「緬想德容，儼揚休而山立；聿新禮命，敷渙號以風行。」文章爾雅，亦可謂詞尚體要者矣。余家藏有石刻一卷，閒中檢閱，因紀其略。二程稱字，而聖父稱名，似未盡合。愚謂制詞當稱聖父齊國公、聖母魯國太夫人爲是。

元人賀登極表，推虞伯生。表云：「鴻業啓圖，世守肇基之跡；龍庭受賀，躬膺大曆之歸。」中聯云：「車服旌旗，皆我祖宗之舊；星辰河嶽，赫乎宇宙之新。」氣象亦好。

表涉一代興廢，不可無斷制。歐陽原功《進宋史表》云：「聲容盛而武備衰，議論多而成功少。」可謂盡之。明初宋景濂《進元史表》云：「於五六月之間，成十三朝之史。」史之不足觀，正以此也。

楊士奇有賀白鵲一聯云：「與鳳同類，蹌蹌于帝舜之庭；如玉其輝，翯翯在文王之囿。」仁宗喜曰：「此方是帝王家白鵲。」適御厨進膳，遂命内臣徹以賜之。

李西涯相公東陽《進歷代通鑑纂要表》，其勉聖一聯云：「伏願聖不自聖，益弘作聖之功；新又日新，茂著知新之效。」蓋用真西山先生《進大學衍義表》也。真云：「止其所止，願益加止善之功；新以又新，更推作新民之化。」又：「方將切磋琢磨而篤於自修，定静安慮而進於能得。」皆集用本書，故佳。丘瓊山先生進《大學衍義補》亦有表，書亦純粹以精。本朝韓慕廬先生《孝經衍義》庶幾媲美。三書具在，自天子以至於庶人，皆不可不熟讀也。

西涯又有代衍聖公聞韶作《賀登極表》與《闕里廟成謝表》，蓋弘治間孔廟災，敕重建也。其《進大明會典表》云：「漢模略定於三章，唐式僅頒於六典。會要作于宋，而光嶽弗完；經世紀於元，而彝倫斯斁。」考《唐會要》一百卷，宋建隆二年宰相王溥撰進。《五代會要》亦溥所進。典章制度，庶幾足徵。正史之外，不可無是書也。

朱存理字性甫，長洲人，有《野航漁歌》、《鶴岑集》。晚年募刻己詩，疏曰：「嘔心少日，已無錦囊之才；流淚終年，空有碧雲之歎。髪白因其搜索，雌黄費我推敲。抹去若干，存來十一。欲望收拾，在後子孫；莫若流傳，先自朋友。」其情甚爲可憫。石田先生題其稿云：「雖止百篇諸體備，不拘一律大方諧。」祝枝山贈詩云：「書抄滿篋皆親手，詩草隨身半在舟。」錢牧齋《列朝詩序》云：「性甫自少至老，未嘗忘學。聞人有異書，必從訪求，手自繕録。前輩詩文積百餘家。他所纂集，若《鐵網珊瑚》、《野航漫録》、《經子鉤玄》、《吴郡獻徵録》、《名物寓言》、《鶴岑隨筆》，又數百卷。」其所著述，惜不盡傳。而窮年矻矻，可想見也。先王父一齋府君，手抄書不啻等身，回禄之後，存者無多矣。查浦表叔祖題府君《梅花書屋圖》，其一云：「傳經例欲被秦燔，家世抄書輒兩番。剩取焚餘幾千卷，好將篤習付文孫。」實紀其事。府君《治徽軒詩文集》外，有手輯《歷代閨閣傳》、《貧士傳》、《得閒雜録》、《快書録》、《花林散珠韻》、《雋口譜補》。

石田先生有《化鬚疏》，鑄詞典雅。疏序云：「玆因趙鳴玉髡然無鬚，姚存道爲之告助於周宗道。於其于思之間，分取十鬣，補諸不足。啓田作疏以勸之。」疏云：「伏以念天閹之有刺，憫地角之不毛。雖傅相莫逃於禿名，賴易賁尚存乎飾義。爲人者康樂，捨施有跡；爲己者鶴謀，插種有方。故小子十莖之敢分，豈先生一毛之不拔。推其餘以補也，宗道廣及物之心；乞諸鄰而與之，存道獲成人之美。使離離緣坡而詫我，當揩揩擊地以拜君。把鏡生歡，頓覺風標之異；臨流照影，便堪相貌之全。未容輕拂於流羹，豈敢易撚於覓句。感矣荷矣，珍之重之。」一時傳以爲笑。斯亦風人善謔之遺也。先生以畫擅名一代，而當時鉅公勝流，皆推挹其詩文。蓋先生祖孟淵、世父貞吉、父恒吉皆隱居，工書畫，風流文翰，家學淵源。十五遊金陵，作百韻上崔侍郎。面試《鳳凰臺賦》，援筆立就，人以爲不減王子安。景泰間，郡守以賢良應詔，筮之，得遯之九五。乃決計隱遯，耕讀於相城里，所居曰有竹莊。修閒居奉母之樂，母九十九齡乃終，先生年八十矣。歲在甲寅，家君六十。高薑田太守寄詩爲祝，有「竹莊奉母閒居早，綵袖稱觴樂事偏」之句，是年家祖母年九十。

陽明先生勳業、氣節、文章皆可甲世。少時拜先生遺像，有威可畏。閱手書家信，字字端楷。即此是學，可想見先生之嚴氣正性也。弘治五年壬子舉於鄉。是科闈中，見二巨人，各衣緋綠，東西立，大言曰：「三人好作事。」其後宸濠之變，胡尚書世寧發其奸，孫忠烈燧死其難，而先生平之。三人皆同榜，洵異事也。己未舉南宮第二人，除刑部主事，改兵部。武宗初政，奄瑾竊柄。南京科道戴銑、薄彦徽等，以諫忤旨。先生疏救，亦下詔獄。尋謫龍場驛丞。有宣慰司最桀驁。先生折安氏之奸謀，平宋氏之叛亂，發微摘伏，罔不讋服。累遷南太僕鴻臚卿，以左僉都御史撫南贛。用擒宸濠功拜南京兵部尚書，封新建伯。先生後先平寇，成之者本兵晉溪公王瓊，而忌之者不少。卒後爵廕贈謚諸典皆不行。隆慶改元，始詔贈新建侯，謚文成。制詞云：「維岳降靈，自天佑命。爰從弱冠，屹爲宇宙人豪；甫拜省郎，獨奮乾坤正氣。身瀕危而志愈壯，道處困而造彌深。紹堯孔之心傳，微言式闡；倡周程之道術，來學攸宗。蘊蓄既崇，猷爲丕著。閩粤之箐巢盡掃，擒縱如神；東南之黎庶舉安，文武足憲。爰及逆藩稱亂，尤資仗鉞淵謀。旋凱奏功，速於吴楚之三月；出奇決勝，邁彼淮蔡之中宵。是嘉社稷之偉勳，申盟帶礪之異數。既復撫夷兩廣，旋至格苗七旬。謗起功高，賞移罰重。爰遵遺詔，兼採公評。續相國之生封，時庸旌伐；追曲江之遺邺，庶以酬勞。」蓋至是而先生之生平論定矣。有明一代，吾浙得三異人，謂劉文成、于忠肅及先生也。猗歟盛哉。

翟一東先生宗魯，初爲諸生。以博羅延慶寺逼近泮宫，上書督學魏公校曰：「鳳鴟不並樹而棲，蘭棘不同林而植。今泮宫湫隘，壓以招提；梵唄喧囂，雜於經誦。非所以息邪崇正，貞教右文也。徙寺他所，以其地廣學宫便。」魏公從之，謂此議可行於天下。公以德行簡士，嘗教諸生静坐，務見仁體。禁止火葬，令僧尼還俗，巫覡勿祠鬼，男子皆編爲渡夫。粤之風俗，一時丕變。吾浙持衡藻鏡，稱王顓庵、顔學山兩公。而山言夫子有公明之譽，人以其姓稱曰宋公明，非謔也。在前朝則有内江劉公瑞，正德間以按察副使提督學政。廣購經史子集，發十一府儒學備覽。每册隸書於序尾，鈐以關防。今雖散佚，然可仿而行之也。華亭徐公階、毗陵薛公應旂，亦極留心風教。修《浙省通志》，甄綜有法。其後黎博庵先生元寬以風采著，按臨時，有諸生請曰：「規例求寬。」先生笑曰：「本道元寬。」前輩之通懷樂易如此。

安南，古交趾也。歷秦漢爲郡縣，唐始以隸嶺南。五代時，劉隱并其地，爲節度使。後丁、黎、李、陳四姓，遞相竊據。入宋元來，雖一逐其主，再入其都，終不能得也。明太祖開國，陳日煃首納款。至日焜爲黎季犛所篡，盡滅其裔。成祖討之，復置省治延。及黎利倡亂阻兵，宣廟興師問罪，不忍黷武殘民，乃假與其國。傳至黎𢋈，逆臣莫登庸遂篡代之。紀元稱王，不修庭貢。嘉靖己亥秋，特俞庭議，簡任兵部尚書毛伯温專統六師。乃選材運策，聚閩、楚、滇、廣五省精兵二十餘萬，水陸分攻。天聲所加，夷嶠震動。庚子冬，登庸出降，願稱藩奉朔，歸舊侵欽州、四峝之地，遣姪文明躬上降表，從以小目耆士凡二十八人，赴闕待罪。乃宣諭朝廷威德，賜以不死歸國。議照漢唐故事，授其孫福海都護總管等官，仍領其衆。具疏驛聞，乃班師奏凱。是時，兩廣制府蔡經請太平宴，書有「虎帳風嚴，羨折衝於樽俎；龍章日耀，擬繪像於麒麟」之句。又同總兵安遠侯柳珣有《請祖餞書》云：「元老狀猷，創睹降王之日；巖廊重望，適符卜相之時。

名昌威遥震于八荒，休德普霑于百粤。化行罔外，藐銅柱之徒勞；功擅無前，奠金甌之永固。千垂竹帛，像繪麒麟。言旋感戀于春郊，凱奏獨承乎晉接。虔修祖席，初四爲期；顒仰華軒，萬是祝。」布、按、都三司亦具揭請餞。登庸謝啓云：「安南國夷目莫某端肅百拜謹言：今年十一月初三日，奉見天朝欽差許某出關降服，某不勝銘感之至，謹啓稱謝者。伏以天地以仁生物，必資元氣之運行；帝王以德服人，必賴元臣之參贊。天人一理，今古同符。竊念某世忝華宗，生逢末運。鞠躬盡力，期扞于艱；處變行權，未達于義。積譴殆齊于丘岳，動威遽觸于雷霆。大將傳命，戎車出郊。滄波灌螢，赫然可畏；崇岱壓卵，莫之敢當。罙深履虎之危，惟望放麑之恕。恭遇天朝欽差參贊軍務、柱國、太子太保、兵部尚書兼都察院右都御史鈞座下，氣涵剛大，學究淵源。宋魁以忠孝稱，夙乎時譽；唐將兼文武略，茂展全才。烏臺暫釋於憲綱，象郡遥分于帥閫。凡敝邑安危所係，在鈞慈移轉之機。謂夷目不學武人，禮義何足深責；憐交南無辜赤子，鋒鏑忍使横罹。荐存不忍之心，仍示可生之路。屢垂鈞諭，許以投降。懷來適慰於夷情，厚往更推於上德。所及者遠，孰如其仁。謹當心膂感銘，髮膚佩戴。虞朝敷文德，實惟伯益之謨；周國有聖人，願效越裳之貢。謹啓。」安南曾爲郡縣，漸文治者深。登庸雖叛逆外臣，然貳而執之，服而舍之，亦王者大無外之模也。詞旨馴雅，備録於此。毛公號東塘，謚襄懋。其先浙之三衢人，後遷江西吉水。徐相國華亭爲誌墓，而羅念庵先生作傳。今其後人裒輯重梓，亦庶幾郯子之能言其祖者矣。

寒家先世扈宋南轅，元季譜系散亡，世數莫考。明初上高公仕宦有聲，總憲公繼之。始居許郵，載徙輯里。至介軒公爲善於鄉，義方教子。嘉靖四十四年，遇覃恩，贈奉直大夫。制詞云：「孝謹禔躬，典墳究志。韜光鏟采，有美弗矜；素履蹈常，爲仁在熟。是生哲嗣，馳譽秋曹。爰稽邦典之懿，肆廣恩書之霈。」時慎齋公官刑部郎中，介軒公之仲子也。伯爲指揮，元配周宜人出。季爲令尹，字鳳池，有文譽，慎齋公同母弟也。戴宜人板輿隨子，滁州、和州官舍，皆爲子舍。慎齋公内遷曹司，奉母歸里。上書陳情，雖不得終養，猶得親視飯含，竭几筵之慕。其後鸞迴紫誥，亦足以顯揚母德矣。自介軒公而下，遺像猶存。每於正初夙興瞻拜，紆朱拖紫，數世一堂。光前裕後，要當推本於介軒公。因誌狀無從搜訪，敬爲節録制詞。龍章寵錫，非溢美也。

《四六鳳采》以明人選明文，而蕪俗淺陋，了無足觀。有嚴分宜《聘陳氏婚啓》一篇，啓云：「締姻盟于二姓，永係天緣；際道泰于三陽，肇稱吉禮。既荷南金之諾，用陳采幣之儀。恭惟臺下，五等崇階，世纘勳庸之盛；千年喬木，家承忠孝之傳。」陳世襲平江伯，故云「五等崇階」也。分宜《鈐山堂集》，清麗婉弱，不乏風人之致。而直廬應制之詩與駢體之文，類多庸猥。至其怙寵攬權，貪黷侈横，驕子用事，殘害忠良。當是之時，藉非華亭徐文貞公，能以精敏自持，片言悟主，吾不知京攸父子虐焰，何所止極也。先七世祖慎齋府君，登嘉靖癸丑進士。公爲座主，門墻衣鉢，期許最深。分宜獄起，巧宦者率咋舌莫敢任。即法臺大吏，持首尾兩端。府君以小司寇，獨毅然爲對，簿數其辜，無少阿縱，獄遂定。事詳忠惠鍾公所撰墓誌，《浙省郡邑志》亦具書之。同鄉查近川先生，以户科給事中疏劾嚴氏。詔廷杖六十，謫定邊典史。先生少時曾夢受杖暗室中，仰見廟額，懸「天上春回」四字。追憶前夢，因賦詩云：「九重天上春回日，二十年前夢裏身。」見《覺庵存稿》。先生官終京兆，子孫世登膴仕。先高祖母，其曾孫女也。村聯紅杏，至今世爲婚姻。

嘉靖時，績溪少保胡公督師浙江，招徐文長筦書記。海上獲白鹿，文長爲草表進賀。永陵覽之大悦，益寵異少保。少保亦因是益重文長。其初進表云：「奇毛灑雪，島中銀浪增輝；妙體摶冰，天上瑶星應瑞。是蓋神靈之所召，夫豈虞羅之可羈。且地當寧波定海之間，況時值陽長陰消之候。允著晏清之效，兼昭晉盛之占。」再進表云：「雌知守而雄自來，海既輸而山亦應。皤然攸伏，銀聯白馬之輝；及此有捄，玉映珊瑚之茁。天所申眷，斯意甚明；臣亦再逢，其榮匪細。豈敢顧恤他論，隱匿不聞。」徐固有明一代奇才也。高拱亦有賀表云：「惟仙所馭，紫芝特覔於商山；爲王者祥，白鳥偕遊于周囿。」亦佳。《述異記》：「鹿千歲爲蒼，又五百歲而白，又五百歲而玄。」《埤雅》云：「鹿乃仙獸，自能樂性。六十年必懷瓊於角下，斑痕紫色。故曰：鹿戴玉而角斑，魚懷珠而鱗紫。」

「天上貤封原一品，膝前稱壽是三公」，江陵太夫人壽詩也。王應選有《賀壽啓》云：「元扉弼化，明良際一德之光；慈幄凝釐，忠孝洽兩全之美。瞻翟輪以就日，喜溢含生；仰鳳誥之自天，道弘錫類。寵膺紫極，養就黄扉。宗社奠安，正捧魏公之日；庭闈悦豫，旋瞻狄相之雲。躬上宰以承迎，萬里識荆襄之重；介中樞而祇迓，九天宣日月之華。玉佩仙裾，共看婺光聯壽域；青童白髮，争傳金母下瑶京。」通體陳腐，不足觀也。雍正己酉，余客任城河使院中，迫於試事，將南歸矣。梁溪以太夫人八秩，屬余爲作壽序。忠節之家風，恩榮之朝典，叙次頗不草草。相與商榷者，好友俞西泠，梁溪愛壻也。其人與文，俱極深醇雋雅，瀟灑出塵。今官兵部主政，不知曹司風月，亦時縈雲樹之思否。

江陵卒，有詔籍其家。于閣學慎行貽書丘司寇橓，極言江陵母老，諸子覆巢遺卵，宜推明主帷蓋之恩，全大臣簪履之誼。舉朝義之。先是，江陵起復。于曾具疏請止，桂林阻之，不得上。而是時吴編修中行、趙檢討用賢、艾員外穆、鄒進士元標與吾家主事純父先生思孝，相繼上疏。江陵怒不可止，而諸君均受杖矣。先生封章，尤觸江陵之怒，謫戍嶺南。巡撫欲殺之，以媚政府。行至恩平，先生袖匕首示縣令，曰：「巡撫必欲殺我，當與俱斃。不然，伏尸軍府中，令天下士大夫皆知巡撫所殺也。」縣令密以告，得不死。其歸也，胡元瑞贈詩云：「荳蔻花前千里夢，桄榔樹下十年人。」先生好鑒賞書畫，言者遂劾其以千金市右軍真蹟一卷。南箕貝錦，可以意成也。先生隆慶初元登鄉薦，先古田公亦以是年舉於京兆，稱同年。先生官至副相，贈宫保，有《吾美堂》等集。而公止於茂宰，所著述亦不傳。然所撰《慎齋府君行狀》，文極簡古，得《史》、《漢》之神。而友于之至性，更極纏綿懇至。知公之施于政者，悃愊無華。循良之吏，與蹇諤之臣，固可並傳千古也。

于文定公慎行，東阿人。著有《穀城集》及《筆麈》，網羅搜抉，足資考辨。其駢體之文，有《壽魯王元旦千秋啓》，云：「伏以内三成泰，弘開萬象之春；得一爲元，茂祝千齡之算。東風入律，南極呈輝。」中一聯云：「日躔初度，十二月成物以周天；帝與仙齡，八千歲爲春而始旦。」差稱切題，未見作意。孫文介與公同名，爲公後進。紅丸一案，群小切齒。文介觀《元祐黨人碑》，有詩云：「如何黨人籍，翻作褒忠碑。」感慨係之矣。本朝查初白先生亦名慎行。嘗夢公投刺相訪，作詩紀之，見《敬業堂集》中。先生原名嗣璉，故字夏重。後以飲酒得過，改名自警。唐東江贈詩云：「飲酒人非攻子美，改名君且學劉幾。」東江壽至九十，與清溪徐宗伯同稱人瑞，文苑中之耆碩也。

明初詩人善書法者，正書稱楊孟載、張翔南，行楷稱唐處敬、張藻仲，草書則宋仲温、周履道，章草則盧公武，隸推吴主一、邵復孺，大小篆推張士行、宋仲珩，而華亭朱孟辨芾名在諸子之上。嘗以所書瘞之細林山中，題曰篆塚。董徵士良用、錢提舉思復俱有詩贈之。越二百年，而董宗伯其昌，書名滿天下。范參議允臨稍後出，書酷似董。吾家廳事匾額，參議筆也。夫人徐媛字小淑，亦工書，稱墨池獨步。郭青螺嘗謂工書之法，其説有二：意在筆前，其神貴凝；字居筆後，其功貴勤。古人有言「心正筆正」，又曰「即此是學」，凝神之説也。居晝地，卧晝被，筆成塚，墨成池者，功勤之説也。至於稽許慎之《説文》，探鄭樵之《略證》，考史籀之大篆，誦鄄酆之六書。求古人制字之原，正末世俗書之陋。講業之暇，時一商之，亦游藝之一端也。孫過庭《書譜》云：「枝幹扶疏，凌霜雪而彌勁；花葉鮮茂，與雲日而相暉。」神而明之，進乎技矣。本朝書家媲美前代，繹堂先生繼思白而起。查二瞻、楊大瓢、姜西銘、何義門、汪退谷諸君，各自成家，都堪壽世。吾鄉陳香泉先生，暨宫詹查公，同以書法受聖祖知遇。陳先生爲曾王考門下士，而查公，吾祖母之從弟，且與先王父結契最深。故兩公筆蹟，家藏最多。辛巳一火，半爲六丁取去矣。曾王考墓誌，陳先生分行、楷法，書二本。而曾王妣墓志，查、陳二公並書之，皆小楷也。先祖所著《尚志堂十六箴》，實乞陳先生書之。灰劫之餘，所僅存者，此數種耳。先伯父仲和府君書似香泉，而家大人得舅氏法。宫詹公供奉内廷時，應酬旁午，嘗引家大人爲代筆，人不能辨其真贋也。今江東争推王虚舟、蔣湘帆兩先生，雖出處不同，而稱望略等。翰墨風流，碑版照耀。余友錫山邵南池、金沙王旨言，實得其傳。少司寇鐵嶺高公，指畫出自神受，名動寰區。世宗朝待詔福園。今上在潛邸，極愛重之。題畫諸詩，見御製《樂善堂集》中。其書法縱横古勁，當與畫並稱二絶。薑田太守克承家學，亦不獨以詩名也。吾鄉則自楊晚研致軒、查晚晴兩顧諸公殁後，筆塚將平，墨池欲涸矣。兩顧表叔祖，香泉先生之外甥也。

海内圖經，罕載杜康祠廟，獨三吴有之。相傳康有遺塚，在江陰縣城南。土人因於橋下建祠，以劉伶配之。季給事科草募疏云：「《詩》傳雅咏，先歌既醉之章；《書》有誥辭，特謹德將之訓。溯麴蘖流傳既遠，而古今風味攸同。酒星在天，醴泉出地。舟中之斛三百，市上之價十千。爰有飲中八仙，竹林七子。或沉或湎，孰聖孰賢。緬懷作醴之功，豈止忘憂之具。今杜氏之遺橋尚在，而劉家之故巷猶存。閱歲久而年深，爲風侵而雨剥。兹欲樹豐碑之七尺，剪棘誅茅；建祠屋之三楹，崇基疊石。俾千載相傳爲勝事，賴一時共濟以落成。」文頗流利，然不若周淑禧一絶之新警也，詩云：「酺有新糟醱有醨，杜康橋上客題詩。最憐苦相身爲女，千載曾無儀狄祠。」淑禧與其姊淑祜皆工繪事。淑禧寫大士像一十六幅，陳眉公謂其十指放光，直造盧楞伽、吴道子筆墨之外。吾鄉葛光禄徵奇之妾李因善畫花鳥，而一品夫人徐氏所畫大士，信心者裝池供養，今已不可多見矣。不知淑禧妙繪，其鄉里尚有流傳者否。他日晤翁徵君霽堂，當屬其代購一幅。蓋余疾病連年，洗心學佛，妙蓮花裏，稽首慈雲。若論飲量無多，不耽米汁。杜康祠宇之廢興，可不問也。

青峨居士姚氏，有《玉鴛閣遺稿》。屠緯真賞其清華流麗，而陳仲醇序之云：「肝腸如雪，能吟柳絮之詞；志節凌霜，直擬木蘭之操。筆床茶灶，不巾櫛閉户潛夫；寶軸牙籤，少鬚髯下帷董子。」先曾祖妣雅工吟咏，兼善操琴。先王父幼時所學，實禀慈訓。亡室尤氏，織紝組紃之餘，亦習經史。《女誡》、《新婦譜》諸篇，奉爲閫範。然端莊淑慎，自是性成，不獨勤儉操家，稱内助之賢而已。相兒甫三四歲，日課以唐詩一首、嘉言懿行數則，爲之講貫。先慈之喪，余和淚寫經，婦亦朝夕唪誦，以資冥福。性非佞佛，峻拒濟尼，迫於孝思，哀可知矣。女有四德，尤實兼之，不幸早世。吾祖母哭之慟，謂家運當衰，使兩世孝婦相繼摧折。戚黨中至今稱道之，以爲閨閣所僅見也。曾叔祖母陶，吴江人。既耄之年，手不釋卷。余童時猶及見之。昔徐小淑有《絡緯吟》，桐城方夫人譏以吴人好名，不獨男子。然吴中雅多閨秀，如宛君姑姪、瓊章姊妹，詩皆流傳人口。近有蘭英女史、素蓮居士。而蓉湖孝女，養親不嫁，有詩云：「曹娥已死木蘭嫁，到底輸余耐苦辛。」雲川先生爲題其稿。吾鄉初白公以詩名天下，而鍾太夫人忠惠公孫女。能詩，胎習之謂性，不信然歟。楊致翁絶重其妹。歸於海鹽彭載弈，爲少宰公孫婦。而叔母陳夫人集已刊行。山川靈秀之氣，鍾於閨房者，要非易得也。

西陵董少玉，麻城周元孚弘禴之繼室也。年二十九而夭。元孚屬馮開之爲立傳，而輯其遺稿，求序於弇州。伉儷深情，閨房佳話，在青蛾居士之前。千古神傷，不獨一奉倩也。卓方水悼亡時，有書報其友，略云：「弟自病妻溘逝，氣塞心枯，無復人世之想。展轉思之，食貧五載，善病三秋。從無反目之嫌，未有展眉之樂。」語極愴惻。余少時《雜感五律廿首》有云：「小病思親在，長貧覺婦賢。」初白先生以爲樸實真摯似少陵。其後《哀逝十六章》，西泠評之云：「較孫楚、潘岳、元稹輩，過之幾許。須知佳人難得，令妻更難得耳。」

湯臨川有《候同年啓》云：「萬里風雲之天闊，一生草木之味同。伯吹壎，仲吹篪，聲相應哉；步亦步，趨亦趨，瞠乎後矣。」臨川間世奇才，同輩無出其右。乃浮沉宦海，志不得伸。「四夢」之書，聊以寫胸中之塊壘。牧齋宗伯以爲「雖復留連風懷，感激物態，要於洗蕩情塵，銷歸空有」，其言是也。桐鄉俞太史寧世，惜其取悦市人，貽譏識者，所言過矣。西泠改「市人」爲「詞人」，予深是之。西泠，太史兄子也。當日婁江女子俞二孃酷嗜湯詞，斷腸而死。故臨川詩云：「畫燭摇金閣，真珠泣繡窗。如何傷此曲，偏只在婁江。」又云：「玉茗堂前春翠屏，新詞傳唱《牡丹亭》。傷心拍遍無人會，自掐檀痕教小伶。」竹垞先生云：「臨川填詞妙絶一時。語雖斬新，源實出於關、馬、鄭、白。其《牡丹亭》曲本，尤極情摯。人或勸之講學，笑答曰：『諸公所講者性，僕所言者情也。』或又曰：『太上立德，其次立功，其次立言。』則又答之曰：『豈不聞其次致曲。』語涉滑稽，亦可見其出諸口者，不作無味之語也。」臨川制義極名貴，更極雋永。尺牘有專刻行世，嫌其太淡，不耐咀嚼。

馬朴有《賀王辰玉翰編啓》云：「佇卜金甌，繼傳家之相業；先登玉署，賁華國之人文。」翰編即緱山先生，爲荆石少傅令子。萬曆戊子，舉順天鄉試第一。是時少傅方執政，言者攻之急，少傅陳辨亦甚厲。相傳《鬱輪袍》一曲，先生所填，有慨乎其言之也。越十年辛丑，及第第二人。神宗以父子科名相似，爲之歎息。館閣佳題，儘好描寫，而賀啓乃極庸腐。唐相令狐綯子滈登進士，羅隱賀以詩。綯謂滈曰：「吾不喜汝登第，喜汝得羅公詩耳。」詩文之佳者，洵足爲科第增重耶。

緱山先生集中有《謝閣下啓》：「情深哺烏，伏子舍以彷徨；恩許放麑，賴聖朝之寬大。倘耕田綿上，匹夫得遂其私；則擊壤海隅，孺子敢忘其報。」蓋請養得歸，啓以志謝也。初，江陵奪情，文肅争喪次，救吴、趙兩太史，而先生和《歸去來詞》以招之。是時年甫十四，非少年盛氣，自炫其才。要其至性過人，不欲人之安於不孝。而其能自盡於孝，可知也。讀請恤典與遷葬二疏，纏綿懇至，可稱孝子，而豈得僅以才子目之。錢丈綺園以中表姻親，與家君結契最深，顧余亦厚。嘗謂婁江門第，並稱錢王。而兩朝三百年來，卿相門風，專推王氏。其子姓生而有黄髮覆其頂，自文肅而後，弈世皆然。馬氏以白眉爲最良，當不如王氏之長發其祥也。錢爲大京兆載亭公季子，今官廣平别駕。

順德梁氏，嶺南鉅族也。有年字書之，萬曆癸卯以給事中試士浙闈，更十一載，復以右方伯莅浙。且嘗出使朝鮮，備兵霸州。所謂「一揮使節，藻章遍麗於東方；重握兵符，鎖鑰倍嚴於北地」，見《崇祀録》中。且當時稱天下清官第二，可謂不愧祀典矣。使輶之東，多有題咏。屬國陪臣，必録以報其主君。而其國之議政府左贊成柳根、成均館司藝李志完、禮曹佐郎趙希逸、禮賓寺副正許筠、知中樞府事鄭昌衍、承政院都承旨尹昉、兵曹判書許筬、漢城府判尹申欽、館伴領中樞府事李好閔諸君，各有唱酬，都爲一集。聲教之訖，亦可觀也。其地有德巖、酒巖、錦繡山、綾羅島、牡丹峰、麒麟窟、浮碧樓、練光亭、朝天石、挹灝樓、乙密臺、大同江、井田遺制諸勝蹟。箕子之遺封，令人想見其盛。先是，吾鄉張静之先生亦以給事中，兩使朝鮮。陪臣朴元亨爲館伴，從遊太平館。静之賦百韻，朴隨手和之，殊不相下。讀至「溪流殘白春前雪，柳折新黄夜半風」，朴乃閣筆，曰：「不能屬和矣。」先光禄公在前朝，奉使册封順義王並忠順夫人。忠順，世所稱三娘子也，貌極妖冶。故西堂《竹枝詞》有「不羡昭君上馬圖」之句，而初白翁題句云：「香燈小炷懺前因，一念三生誤隔塵。莫聽琵琶思入塞，明妃曾是漢宫人。」叙按諸葛元聲《兩朝平攘録》，以三娘子爲俺答長女。考光禄公所記，乃俺答之外孫女。雞皮三少，殆同夏姬，不當以王嬙相比擬。然十七年間，三封貴爵，貢市之不渝，多有力焉。美人才子，洵足供使臣之紀載者矣。

吾鄉前輩風流，在前朝稱淮陽太守許公。公諱令典，字同生，號贏史，亦稱第八洞天外臣。公熟精《文選》，喜用偶語。當湖趙無聲先生維寰，振鐸吾寧，成《邑志考》，公爲之序。其曰：

「覽古傷今，砥新還舊。」極言《志》之所係非尠也。曰：「拙不逢年，戅不諧世。」自言其不得志。而曰：「朱葉盈眸，淥蔬適口。」則又自寫其快意也。海寧古號海昌，又名鹽官。爲州爲縣，沿革不同。宋嘉定間，古括潘景夔爲令尹，纂《海昌圖經》，而四明樓淳叙之。明永樂間，掌教邵武曾昶重修縣志，則邑人沈升爲之序。至嘉靖間，邑侯蔡完得潘、曾兩君舊稿，採而緝之，自爲之序。談遷《海昌外志緣起》云：「邑乘惟蔡明府所葺板藏庫中，曾《志》已失傳。」又朱迪《續志》四卷，未詳其人，無論書矣。聞成化間鄞縣進士洪遵修吾縣志，或即朱迪《續志》耶。硤石周青羊山人珽嘗見志一帙，忘其名，當是朱迪耳。《圖經》向藏硤山聞氏。本朝康熙間，安陽許君三禮宰吾邑，延邑人范文白諸君修邑志。其所採葺，頗稱雅贍。談君《外志》有抄本，馬丈寒中道古樓所藏書也。談字仲木，著有《國榷》及《棗林雜（組）〔俎〕》等書。棗林在邑之西南，近象光鎮，今已變爲滄海矣。蓋吾邑濱海而居，朝潮夕汐，常虞衝齧。自明之季年，守土者日夜憔悴，畚鍤紛紜，不自今日始也。昔晦庵朱子欲卜居海昌，筮之不吉，謂數百年後有其魚之患。然聖明在上，海不揚波。況築塘捍海，左藏頻開。誠使揵石得宜，則保障之功，亦自可「砥新還舊」也。

有明以制義設科，特重會元。兩浙名元，商素庵而外，由中峰至於峨雪，萬曆一朝爲最勝。孫月峰、馮具區、陶石簣又其最著者也。素庵云：「文章從自在處做，不犯手脚，不費齒牙。疏疏淡淡，却有餘思。」中峰文境，正復如是。相傳中峰少年及第，尚未婚娶，遇覃恩，夫人得贗封典，此亦登科佳話也。月峰會試後，録其文呈母楊太夫人，笑曰：「淡墨雖書第一，未免鬵筆似魚，非文之絶品。」月峰《舉業要言》謂：「門路宜正不宜雜，思致宜沉不宜浮，記誦宜精不宜多，結構宜雅不宜俗。」蓋簡練以爲揣摩者。具區嘗言：「文章不論平奇，當論真僞。要須根極理要，有深邃之見而出之以沖夷，有真切之思而運之以和易。」人謂具區儒雅風流，名高三席。早歲歸田，家藏《快雪時晴帖》，名其堂曰「快雪」。箏歌酒讌，望者目爲神仙。文如其人，可想見也。石簣鄉薦出錫山孫公繼臯門下。丙戌下第，太倉批其落卷曰：「七作平平。」自此爲文，刻意争奇。戊子計偕過錫山，語孫公：「生此行當不作第二人。」己丑，果冠南宫。其《題門士録》有曰：「予生平喜人讀古，而憎襲其語。每誚之曰：汝食生物不化耶。夫化豈易言哉，《易》曰：『擬議以成其變化。』釀花爲蜜，蜜成而不見花也；釀稻爲酒，酒成而不見稻也。文入化處，自非精深内融，神光外滿者不能。」峨雪制義，能兼衆妙，古文頗近《選》體。余曩客大梁河干，風雨蕭瑟中，借書閲之。得梁匠先《豹陵集》，序之者峨雪，其同年友也。有云：「空山望遠，草怨王孫；彼岸凝思，烟迷帝子。」吟諷之餘，神怡志往。三百年中，科目一途，不少名家。而文章一道不獨工於舉業也。本朝康熙甲辰會元，族祖昭子公，以古文名家。雍正庚戌會元爲家泰叔，秀水人，具區鄉里也。世宗癸卯初元，特恩開科。明年春，補正科鄉試。泰叔既歌《鹿鳴》，旋行奠雁。春進士爲秋進士，大登科又小登科。後雖不得龍頭，而臚雲名第，與厚餘伯後先輝映。

宗鄗之光，因附及之。

明季湖南郡縣皆爲賊破，惟道州以守備沈至緒力戰得全。身殞陣中，其女雲英奮呼持矛，趨賊壘，奪父屍還。賊環搠之，雲英左右支格，莫能傷。而道州終不破。湖撫王聚奎疏聞，贈沈昭武將軍，賜祠麻灘驛，授雲英遊擊將軍，代父守備。誥詞有云：「求屍殺賊，不用城頹；哭父捐軀，如浮江出。」讀者偉之。會其夫賈萬策鎮荆州，分守南門，亦以城陷被害。雲英辭職，扶二柩歸。教授里中，兼以書法訓後學。年三十八而卒。沈，浙江蕭山人，今長巷有女將軍廟。賈，蜀人。有明館閣文章尚多名筆，誥詞亦不落通套。女將軍事尤奇，故記之。

先曾王父爲舜才查公外孫。公有遺稿一册，先曾王父録之。有《醵金增建小閣疏》，其略云：「欲窮目境，莫惜腰纏。緣席地之稍偏，擬爲小閣；度平原之無礙，應是大觀。癡乃可思，每蹈通人之癖；貧何足憫，未除豪士之魔。偶值病中，浪圖望外。敢聯同調之侣十人，共捐二銖；共締醵金之期半歲，遞舉一會。息從什五，義斥二三。緩急相通，既可博虚名于實惠；登臨與共，何妨視異事爲同功。」公爲京兆近川公之孫，郡丞岐峰公之子。建一小閣，至於醵金。清宦家風，即此可見。余家藏光侯祝公與先曾王父尺牘，有云：「異日金紫被躬，依然儒素。昔人所云『清官請喫麥粥』者，況味當如此矣。」先曾祖母，光侯公女也。光侯公承大參比部之後，以儉素自持。至先曾王父，志不在温飽。而公爲冰叟，所以教子壻者如是。寒家清白相傳，外族亦多禮義之門。嘉言懿行，未易縷述也。

崇禎戊寅，南國諸生百四十人具防亂。公揭請逐閹黨阮大鋮。無錫顧子方實居其首，有云：「杲等讀聖人之書，明討賊之義。事出公論，言與憤俱。但知爲國除姦，不惜以身賈禍。」大鋮飲恨次骨，而東林、復社之讎在必報矣。大鋮名在《東林點將録》，號「没遮攔」。而閩人周之夔亦注名復社第一集。阮露刃以殺東林，周反戈以攻復社。君子擇交，不可不慎於始也。《點將録》及《復社姓氏》一册抄本，曩曾於馬丈寒中家見之。吾鄉親鄗名在復社者，一爲眉老祝公，垂老篤學，於同里結千齡社，著有《影山樓集》。年七十時，姻族子姓争賦詩爲壽。先王父詩云：「我曾祖母公之姑，公之從女爲吾母。」公蓋比部心齋公之孫也。好行其善於鄉，鄉人謚曰文惠。一爲霍邱令二南查公，富有著述，已刻者有《深寧齋詩稿》，公季子芝田先生曾以一册贈余。余家所藏有公與先曾祖尺牘，詞翰雙絶，非凡筆也。公娶於沈，我之曾老姑。先王父少時，最蒙兩公賞愛，吾祖母嘗稱道之。

武陵柴虎臣嘗輯《古韻通》，兼纂《切韻復古編》。有書與陸繁弨，屬作後序。書云：「足下負軼群之才，著起予之契。藍欲謝青，無妨變本；玄之尚白，要俟解紛。今以録稿馳往，可乘間覽觀，爲作後序一篇。」繁弨字拒石，麗京先生從子也。先生一號講山，西陵十子，先生居其首。著有《從同集》，又《口譜》二十卷。先祖爲補其闕略凡十卷。先祖少受業於先生，嘗以詩乞序。

序云：「東海沈玄度先生，所居七里邨。家本世胄，而以貲雄於邑。乃先生少喜讀書，不務生產，其家亦稍稍落。比年八十餘，志益高超，而家則盡廢焉。然先生有孫，子康、辰令輩，率懷才負奇，足以坐致雲霄。而先生之家，故不廢也。子康之子紹衣，年甫弱冠。其爲文洋洋灑灑，卓犖不群；其爲詩紛綸雅囿，含英茹華。乃知子康輩固捉鼻不免，而紹衣亦豈長困阨者。矧叔向之後，得子駿而卯金益顯；嗣宗之家，有仲容而北阮不貧。則是紹衣之振之也，豈其微哉。今紹衣乃梓其詩以問世者，蓋欲光復堂構，而懼夫人之不我識也。陳子昂碎琴於通都，而韓君平受知於寒食。古人之欲躡尺寸以冀風雲之遇者，蓋惟恐其遲暮也。而紹衣獨能自儕於流俗耶。然則以紹衣之才，將旦夕從父叔後，致身通顯。克勳乃祖，永建厥家。是髦士大田，其皆出於曾孫之詩矣。甲辰孟夏，友人陸圻景宣氏稿。」蓋是時玄度公耄而康强。前一年爲康熙癸卯，辰令公已舉於鄉矣。先曾祖與辰令公，文壇馳譽，稱重浙西。乃辰令公宦不達，而先曾祖且以青衫就黄壤。命實爲之，謂之何哉。先祖以病，早棄舉子業，嘗賦詩云：「教子但期寡過失，讀書原不爲科名。」其志皎然，洵無負於師傳與家學也。

麗京先生《爲梁天署訟冤書》，詞多激戇，然函甫入獄即解矣。當時法網之寬，先輩交情之重，皆可紀也。書有云：「以公冶之囚，致羈孔子；負芻之禍，傷及曾參。則凡設函丈，受生徒者，不免人人自危矣。」梁君是時實館於吾家，書中所云太學生沈國彦，先中翰公之仲子，五世祖副貢玄度公之弟也，字觀省。寒家累世華膴，富甲邑西。觀省公與異母弟海日公，鬩墻之變，至於叩閽。副貢公曲爲卵翼，不致傷殘而家已破矣。副貢公孝友睦婣，里稱盛德。壽踰九十，及見玄孫。先世父孝初府君，小名曰傳，公所命也。公及平叔公兩世行略，吾祖所述，有稿藏於家。

本朝李文襄公總督浙閩時，耿精忠反。公聞報，隨檄各路官兵，分守要害，擁重兵於衢州。浙東西得免殘破，公之功也。時三藩同叛，而耿逆底定獨先，亦公掎角之功爲多。吾浙崇祀賢良祠，其鄉之人請祀於學宫。方伯張公敏判牘有一聯云：「生於武定，公真無愧斯邦；謚曰文襄，名果不誣其實。」人傳誦之。

竹垞先生重修嘉興府儒學。募疏云：「蓋聞文翁之化益部，禮殿斯開；何武之按揚州，學宫先卽。良以郡校三雍之外，釋奠攸均；宫墻數仞之防，鳩工必固。欲賢關之克振，宜横舍之聿新。」余嘗謂振興文教，造就人才，學使而外，莫如郡守。高蘁田太守菴韶之明年，興修書院，延請山長。月課試牘，親自批閲。復行屬縣，添設義學。且以曲江、英德、樂昌、乳源四縣，皆有猺人，舊例猺生可以入學，特令設立猺學。韓昌黎之在潮陽，延趙德以爲師，而後潮人知學。固不徒文翁化蜀，傳之千古耳。

吾禾之梅里，三李齊名，皆不克致身通顯。寧都三魏，則其志不在此，人與文並堪千古也。

伯子工於偶對，叔子集中亦有四六一卷。其《勺庭閒居叙》有云：「或懸釜而憂乾餱，時下帷以資束脯。王帛心織，賈粟舌耕。家無造業之錢，口絶嗟來之食。」又云：「歡笑無紀，悲感頓生。把酒問天，拔劍斫地。」文情激昂慷慨。余有《廿歲自壽文》，仿佛相似。然余是時堂上有俱存之慶，閨中無交謫之聲。才藻有餘，天倫多樂。乃少年習氣，爲此激楚之詞。二十年來，死喪疾病，回頭隔世，傷如之何。

陳檢討序《浙西六家詞》云：「倘僅專言浙右，諸公固是無雙；如其旁及江東，作者何妨有七。」六家辭，吾沈氏居其二，然以《黑蝶齋詞》爲尤工。若竹垞先生辭，超前軼後，不但浙西第一也。江東獨步，不得不推梁汾。魏叔子《漱芳詞序》以爲：「文之與詩，可恃學而成。天資樸魯者，積其攻苦之力，恒足入古人之室。惟詩餘則視夫人之才與情。才與情弗善者，雖學之而不工。」杜雲川跋余詞，亦云。然要而論之，學辛、蘇者恐失之粗，學周、柳者恐失之靡。山谷尤多俚鄙，不可學也；白石最爲清矯，有生硬處。孫季蕃《花翁詞》，惜所傳甚少。《山中白雲詞》，佳者什居其六。竹垞自云：「倚新聲，玉田差近。」其好尚可知。至云：「小令當學北宋，慢詞當學南宋。」此不易之論也。

汪紫滄先生《續表忠紀序》云：「惟地下之精英不死，貫星斗以争光；斯篋中之姓氏常新，走風雷而未散。」明季忠臣義士，紀不勝書。吾鄉則太常吴忠節公、孝廉祝開美先生。寒家與祝氏爲世姻。五世祖母，比部心齋公女，曾王母又公曾孫女也。先從祖緘貽府君曾至龍山展公墓，四拜訖。墓下孫欲拜謝府君，曰：「公乃吾祖父之外祖，又外祖之祖父也，何敢當。」開美先生亦有女，許字族叔祖某，未嫁而卒。

吾鄉陳太傅，風流相國也。聲華冠兩浙，不獨官爵也。陸太夫人，我之自出，予祖母又陳氏之外甥女也。祖母九秩壽辰，太傅有祝嘏之詞，其意殊可感也。雍正未、申間，兩浙災荒。李中丞入告，且有條奏。上允之。太傅《謝恩疏》有云：「發倉平糶，濟青黃不接之艱；因雨折漕，聽紅白兼收之便。」用俗語，彌覺工雅。予作《時務表》曾用之。然每舉以示人，不敢掠人之美也。太傅曾祖虛舟公，與先七世祖慎齋公爲兒女姻家。虛舟公之兄漁陽公，與慎齋公之弟古田公，又同年友也。兩家先世，雅有親誼交情。太傅令姪光庭孝廉，受業於予婦翁林玉田先生。壬子，同舉於鄉。孝廉有才子，字丹中。曾贈余《愛日堂集》，予報以嵇留山先生《抱犢山房集》及梁溪公《師善堂集》。丹中喜劇，曾許以《雪聲軒詩集》。風流太守，視相國爲何如也。

查編修慎行，邀聖祖仁皇帝知遇之恩。召入内廷，十年侍從，所著多呈乙覽。其未刻集中，有《代院長作萬壽頌并序》，洋洋數千言。聖德神功，頗能揚扢。序云：「蓋天意欲斯民之久治，而人心樂我后之長生。要皆發乎至誠，本於至性。既無遠而弗届，亦不召而自來。極之趾羽含仁，麟游而鳳舞；山川效順，玉耀而珠輝。正使洛出瑞圖，河浮丹篆。八風並扇，六樂偕宣。未足臚列嘉祥，形容美備。」昇平景象，三代而下，未之有也。世宗御宇，繼繼承承。皇上登極以來，繩武惟勤，薄海謳歌。漸仁摩義，以爲復見唐虞之盛。維材近從韶陽郡署恭讀《御製樂善堂全集》、《日知薈説》，益歎聰明天縱，學問淵深，内聖外王，登三咸五，非草莽微臣所能管窺蠡測也。

楊致軒先生天縱之才，無書不讀。發爲文章政事者不可一世，熟於河渠，著有勞績。梁溪爲河使時，嘗屬先生代爲章奏。支分縷晰，極條暢，亦極婉曲。間作駢語，尤爲清麗。《奏謝河工安瀾議叙》一疏有云：「桃花春暖，風恬拍岸之波；柿葉秋明，霜壓稽天之浸。」通篇稱是，惜不能悉記也。先生在豫，攝篆監司。既而浮沉宦海，艱苦備嘗。梁溪獨愛重之，嘗語余云：「世人皆欲殺，吾意獨憐才。」戊申正月，先生南還，梁溪置酒餞別。在座者，余與常司馬近辰。酒酣劇談，形骸脱略，幾忘賓主，何分舊新。近辰以祭告河神，路過葵城。向曾受業於先生，其才藻品誼，亦略相似。庚戌之歲，相繼謝世。風流歇絶，可勝愴然。

學博又微查公七十徵詩啓，父執趙漁玉先生筆也。一聯云：「曾參之事曾皙，養志爲難；元方之較仲方，稱名不愧。」當時傳誦。公有《種菜圖》，先祖題詩云：「因收湖海英雄淚，聊示生平澹泊規。」初白翁詩云：「黄虀百甕亦前因，腰腹如渠那稱貧。」以公腰腹甚大也。趙先生諱壎，吾杭名士，著書滿家。易簀之時，留詩四首。詩云：「文章不乏出群雄，稍涉藩籬愧未工。

安得侯芭爲收拾，略存姓氏斷編中。」「舌耕以外計無餘，枉被人稱老蠹魚。破屋一間書幾束，未知身後定何如。」書生結習名心，猶未忘也。又云：「存吾順事没吾寧，何用旁參二氏經。若使性光終不滅，依然水碧與山青。」見道之言，涉於禪矣。慧業文人，其已成佛耶。

薑田太守叙柯南陔詩云：「識丹邱其已晚，深愧青邱；披白雪於當炎，如餐絳雪。」篇末有云：「雪聲軒詩集，舊邀月旦於宗工；晴川閣主人，新領江山於名郡。輸他仙骨，從公且舐餘丹；憐我孤衷，知己常懷初白。向來交友，半屬浙西；今送歸人，恰從漢上。結深情於我輩，他年待寄錦鱗；逞豪興於詩翁，此日立鎚黄鶴。」序《雪聲軒集》者，吾鄉初白、學庵兩公，皆極推重。先伯東隅先生亦有詩云：「巋然一老靈光在，垂白重來見替人。」一老謂初白公也。南陔在湖北志館時，與張鴻漸諸君有《鄂州唱和詩》一册，曾屬余題跋。稿既不存，詩册又未曾携來，竟忘之矣，不及附刻集後。張，平湖人，甲辰進士。出宰孝感，再補襄陽。敦交情，工制義。殁四年矣，念之慨然。

家祖母九秩壽辰，余自漢陽歸祝。薑田太守既贈以詩與叙，復爲作徵詩啓。末一聯云：「預期十載，來看百歲之坊；各乞一言，去按四聲之譜。」遠近賦詩者甚多。吾杭金長孺名虞，七言絶句八首最工，五言古體則家易門俛亭。情詞斐亹，各極雅稱。女史二，桐城張相君之姊，與錢塘徐相君之姊也。張歸於姚，名令儀，著有《蠹窗集》。徐嬪於許。名德音。皆已高年，板輿隨子，禄養爲榮。詩俱華贍，閨房之秀，有臺閣之體焉。諸詩余都抄集，將謀付梓。最後得錫山吴蒙泉名培源七言律詩，清麗可誦。而杜雲川先生七言古詩一章，自是老手。先生嘗出近稿示余，云：「賀壽詩向多削去，獨存此詩。」意可知也。先生有女弟子李蘭英，能詩工書。蔣湘帆先生有蓉湖女史，姓徐氏，名蘭，字澧芳。徵詩引。因請轉索對聯詩幅，瑶池之咏，尤爲難得也。

余有《哀慈》、《悼往》諸篇，薑田太守題其後云：「春暉未報，摧殘弱草之心；夜雨多愁，滴盡鰥魚之眼。所以製爲母誄，志切表揚；因之請乞妻銘，詞真愴悼。」昔人嘗謂婦人之德，非言莫顯。此哀悼之情，不能不乞言於立言之君子也。《詩》曰：「靡依匪母。」又曰：「無母何恃。」惟外母如母，差可相依。余元配尤氏母孺人朱、繼室林氏母孺人王，兩孺人性行不同，所處之境亦異，其愛余如子則一也。朱孺人卒以戊申，余客中聞訃，未及盡哀盡禮，征衫淚濕。當婦服之初除，觸緒掌懷，已極人世之慘。王孺人病危時，余適歸自武林，偕婦及婦弟妹日夜侍奉湯藥。既而視含視殮，附身之具，相爲料理。此丙辰七月事也。至九月，而内子亡於産，余亦以悲傷成疾。明年正月，余始强起，瞻拜几筵。方深悽惻，外舅鳳林先生以所撰行略見示。叙述外姑之勞苦，上事尊章，下撫子女，纖悉處情狀如畫。蓋孺人生於素封之家，少時綺紈金翠，頗稱華膴。既嬪於林，薄田僅資饘粥。養生送死諸事，皆典釵鬻珥爲之。自是而後，生齒漸繁，食指不給。家僮媵婢，次第散遣。且以教子讀書，課女針黹。年踰五十，猶親摻井臼。霜晨雨夕，提甕出汲，厨烟如霧，兩眼欲迷。余往往見之知之，深痛之切，不覺失聲慟哭。是春，外舅隨計入都，余於冬間踰嶺。北燕南粤，相距七千，死别生離，不徒去國懷鄉之感矣。外舅寄示近詩，有「牛衣對泣人何在」之句。而婦弟綺堂書來，復勤勤以表章母德爲念，屬余作文。余誼深子壻，何敢以固陋爲辭。然母之德已見於行略，其必傳於後無疑。綺堂天性至孝，他日又必能顯揚其母。余固與尤氏婦兄松田俱有厚望也。獨余罪愆日積，潦落無成，慈景先違，哀絃再斷。嗚呼痛哉。

蘁田先生性癖耽吟，其詩中好用「夢」字。人或問之，笑而不答。少喜填詞，尤工四六。長篇短札，往往配白妃青。近以駢儷之語，刻爲圖書。有「幾卷新詩，梅花嶺外；五匹老馬，芙容驛邊」之句，風流跌宕，尤世所未見也。别鎸一印，亦四句，其文云：「生於靈山，長於聖湖。爲郎與忠愍公同曹，出守徙春申君故廬。」又姓名字號合篆成章，定字夢懷，以志休徵，而明發之思實寓其中。蓋先生誕生之時，司寇公方以滇牧内擢入都。道經信陽旅次，夢見風雲震蕩中，靈官下降，歲在己卯三月十六日也。先是，朱太夫人夢一老者，以手指畫作「十三」字，占者謂是生辰。既而不驗，其後出嗣十三房，乃信神之先告，良不爽耳。襁褓中，長途觸熱，病已垂危。而輿馬傔從，先後參差，相隔或數十舍，不能照顧。公攬轡徐行，忽聞禽聲，似言「且住」。公心動，勒馬以俟太夫人。見而垂涕，公曰：「無憂，適前路有民舍。」停車僦居，布席寢地，少頃而呷啞笑語矣。星占嶽降，天實祐之。司寇公初雖不言，固深知其生有自來，非尋常因緣寄托也。梁溪之名曾筠，以贈公留山翁夢見新篁干霄直上，而楊太夫人免身時，亦恍見老僧突來卧室。梁溪復自言嘗夢騎驢渡河，適波濤衝激，斷橋無板，僅有木椿。四蹄得得，蹈之而過。明日登文昌閣，見泥塑之特，宛如夢中白驢，私心竊喜。又夢與人決賭象棋，黑面長身，狀貌奇詭。局勢不勝，舉枰擲之，其人應聲仆地。心竊怪之。自歷官河使，屢奏安瀾，始悟棋局之以河爲界，黑者水神。而利涉大川，夢占已驗。既登宰輔，疑復有督師之命，旋兼節制。則軍民之統，殆同命將矣。一局棋枰，歷歷應驗如此。余早歲攀嵇，近依高家門館，知之甚詳。且以薑田之與梁溪，同爲忠義之門，牽連書之，須知吉夢，雅有明徵。如我薑田，當不徒以詩名震天下也。若司寇公，爲延慶長老後身，舊有印記。房相、涪翁，人固已稔聞之矣。

薑田太守詩名滿天下，其書法亦最工。公事之餘，濡染子墨。性無他嗜，故樂此忘疲也。近爲余寫成素册，皆嶺表行役之詩，凡七十五首。册尾跋語云：「樗莊善病，薑田固窮。昔綢繆於楊柳堤邊，今盤桓於芙容驛畔。漂萍泛梗，頻教改近别之容；摇膝撚鬚，只藉述塵勞之夢。自顧頑同詔石，敢乞點金；君真嗜似鰒魚，未妨投蚓。掇紀行之稿，弄月嘲風；偷判牘之閑，揮毫落紙。憫其忙冗，詩書俱跛踦而成；恕其倉荒，歲月實懵騰以過。添歸裝而委篋，或可覆瓿；勸努力以加餐，豈宜噴飯。」寥寥數語中，宧況交情，可以想見。涉筆成趣，尤非鈍拙所能比似矣。

蘭田有七子，長者翩翩文藻，幼者亦英英玉立。謝階寶樹，其蘢葱爲可羡也。伯字子華，仲字子澤，多才多藝。近各以駢體之句鐫成印章，一云：「忠烈恪勤，溯家聲於祖德；養恬澄會，寓庭誥於堂顔。」一云：「尚書義烈，自顧忠臣之孫；太守風流，敢誇名父之子。」承家念祖之思，寓情真實。蓋不徒嗜好清修，稱吉人之自牧矣。忠烈公殉耿逆之難。康熙間，宸翰旌褒，有「藎忱義烈」匾額。雍正間，特贈禮部尚書。事詳《國史》，並略見於《雪聲軒永思集》中。恪勤公爲州牧時，已有神明之譽。而在姚安，與土司争户口版籍，所全活者數千家。歷官司臬，至於司寇。惟明克允，其立朝丰采，有古大臣之風。指畫特其餘技，然本於神授，嘗自爲之記。題畫之作，超詣凌空，擺落塵俗，非淺夫庸子所能擬議窺測也。世家文采，照耀寰區。繩武貽謀，則亮節清名，又豈獨以詞華爲重也耶。

吾鄉故孝廉祝孟綸有雋才。嘗偕友人公車北上，友善睡，祝戲作一判，有云：「海棠初睡，楊妃呈醉後之容；楊柳三眠，張緒逞風前之色。」其丰韻可想見也。祝之先世，科第蟬聯，迄於本朝，門風不墜。其廳事西偏爲葆光居，庭前牡丹開時最盛。初白先生賞之，有詩示良仲、賓季、爾田諸君云：「兩朝二百年門第，得似君家有幾家。」余童稚時亦嘗追陪讌集，二十年來，人同花謝矣。事如春夢，可發一喟也。

《浙江通志》告成，粱溪屬爲表序。脱稿後，余以試事辭歸。既而抱病，全書未經寓目也。

舊志，前朝徐華亭少師修之，薛方山先生繼之。二公皆以文衡從事於此，又籍並江南。與今相國嵇公，暨程、李兩中丞，可謂後先輝映者矣。誌館立傳，例須呈請。吾鄉俞少宰之尊君，曾爲大竹令，著有宦績。循例具呈，有云：「詳其品行，宜登循吏之書；總厥生平，不愧仁人之目。」言簡而該。其文孝廉位南所撰，即少宰仲子也。魏叔子嘗言：「善善雖長，不敢爲不試之譽。豈獨於子弟交遊，即尊親如祖父，亦不可奉以虚美，使吾親爲聲聞過情之人。」此可爲立言者法。

族兄東甫炳震，聞其名矣，未相見也。乾隆初元，余在制府嵇公幕中，偕杜庶常、金太守分閲鴻博試卷，嘗力薦之。其不得雋，有尼之者，然亦命也。東甫輯《唐詩金粉》，專掇妍辭麗字。其自序云：「吾人陶冶性靈，恒寄情於吟咏；發揮花月，端托體於風騷。吹影鏤塵，實由心匠；模山範水，豈尚詞華。昔賢每戒夫文煩，往哲深規乎義儉。然而方壺員嶠，以瓊窗瑶柱而增輝；西子南威，得鳳髻鸞釵而更麗。苟非穠采，張、左才窮；不有妍詞，淵、雲氣短。」東甫之意，固欲爲吟咏家調鉛殺粉，以塗妝飾貌耶。然東甫研經繹史，雅有根株。所著有《九經辨字瀆蒙》、《廿一史四譜》及《唐書合鈔》。且云：「《新書·宰相世系表》舛訛特甚。即如寒家，《左氏》明言沈、姒、蓐、黄，姒姓。而《表》以爲本周文王第十子聃季之後，定爲姬姓。此言不知何本，經史別無再見。又以楚公子貞食采之沈，合於平輿。其誤概可見也。」余竊有疑者，傳注沈、姒、蓐、黄四國，臺駘之後。臺駘爲少昊金天氏之裔。少昊姓巳，黄帝之子也。然顓頊姓姬，祖曰黄帝。而高辛亦姓姬，少昊之孫也。唐虞三代之先同祖，而姬、姚、子、姒，姓已不一。安必臺駘之後，同爲一姓耶？後世得姓之由，或以封國，或以采邑。族望不同，要難混合。竹溪一支譜系，舊云沈本姬姓，武王封聃季子於汝南之沈亭，後遂以國爲姓。秦末有郢，負才名，始皇召相，不拜。傳十三世，有戎，爲漢濟陽太守。光武時，以功封海昏侯，弗就，乃避地烏程之餘不鄉。吴興有沈，自戎始。又十一傳，而爲建昌侯約。又四十一傳，至餘慶府君子敬，徙居歸安之崇禮鄉，遂爲竹溪沈氏。吾宗爲江南著姓，實大且蕃。仕於朝者，英才輩出。而勉之、泰叔、椒園諸君，同官太史。家之有乘，猶國之有史。簪筆之餘，宜爲傳芳之續。海寧一邑分張，公漾輯里店舊倉學前。茶湖莊諸派，曾叔祖學博公，暨先王父增修譜系，未竣厥事。宗袞西園、鶴書兩公，以文章宗匠，林下優游。族譜亭前，應多搜葺。至於編纂之役，材不敢辭。若夫郯子禮宗，能言吾祖。他日得見東甫，當備質之。

今相國嵇曾筠爲河堤使者時，維材在院中最久。嘗代草章奏，上動世宗宸覽。而《謝賜法製藥錠》有一聯云：「悟奇方於治水，溢者塞而滯者疏；參至理於用人，正則扶而邪則剔。」極邀天獎，以其觸悟引伸，實有至理。可以長人識見，爲有關係文章也。前明徐渭《白鹿表文》，備載集中。其本傳亦詳叙之。同時幕客，尚有作者，其文之工，必不及徐渭。然而鋪張盛美，無當高深，獨以知遇之隆，令人艷羡耳。我朝聖主賢臣，明良際會。綸音奏牘，惓惓於河渠之疏鑿，人才之用舍。憂勤惕厲，度越千古矣。

國家崇尚經學。聖祖御纂《周易折衷》，康熙間既已頒行。而雍正初年，《詩經傳説彙纂》告成。世宗序而行之，分賜臣工，各以疏謝。嘗爲創稿，有云：「南豳雅頌，揭大義以日新；毛鄭中韓，匯細流於海若。」周南、召南，南也，非風也。豳謂之豳詩，亦謂之雅，亦謂之頌，而非風也。南豳雅頌爲四詩，而列國之風附焉，此《詩》之本序也。顧炎武《日知録》之論如此。又謂：「周公追王業之始作，爲《七月》之詩，兼雅頌之聲，而用之祈報之事，《周禮·籥章》，逆暑迎寒，則吹豳詩；祈年於田祖，則吹豳雅；祭蜡則吹豳頌。雪山王氏曰：『此一詩而三用也。』」或疑《楚茨》四篇爲豳雅，而《思文》、《臣工》、《噫嘻》、《豐年》、《載芟》、《良耜》等篇爲豳頌，未知是否。吾謂既有雅頌之分，則一詩三用，其言未可盡信。而或之所疑，乃無可疑也。駁《集傳》者，其説紛紛，不可悉數。然如「西南其户」、「南東其畝」，廟制田功，所關甚鉅，而注無明文，亦太略而不詳矣。何玄子旁引博據，頗有發明，成書具在。研經者似宜參觀而審擇之也。

先七世祖慎齋公有《尚書筆解》。而曾祖堅齋公經藝數百篇，俱燬於兵燹之中。惟手註《書經》尚存，亦購自門房者也。余嘗作《時務表》，有一聯云：「三更燈火，鍊成白蠟之心；五色雲烟，迷到朱衣之眼。」董萬舉九上不第，號白蠟明經。堅齋公亦久困場屋。薑田太守爲家祖母九秩徵詩啓，而推原家世，有「兩朝貽笏，盡化飛灰；十葉傳經，不留餘燼」之句。自非深交，不能及此。夫以百篇之《書》，遭秦一炬，所僅存者五十八篇，而又有古文今文之異。先儒之辨難者，既紛如聚訟矣。蔡《傳》本於朱子，其自序以爲「受讀以來，沉潛其義，參考衆説，融會貫通」，堅齋公之註，折衷於先儒，亦足以羽翼蔡《傳》也。獨《禹貢》一篇，註經删改，另有定本。小時誦習，後爲借抄者藏匿。既不能悉記，悔無及矣。胡東樵德清人。《禹貢錐指》爲必傳之書。「東迤北會于匯」，俗本訛「于」作「爲」，引用者沿而未改也。胡氏辨之甚詳。前輩之研精經學，不遺一字如此。顧寧人之論三江，以爲：「北江，今之揚子江也；中江，今之吴淞江也。不言南江，而以三江見之，南江，今之錢唐江也。《禹貢》該括衆流，無獨遺浙江之理。而會稽，又他日會諸侯計功之地也，特以施功少，故不言導水爾。『三江既入』，一事也，『震澤底定』，又一事也。解者必以二句相蒙爲文，而其説泥矣。」震川《水利論》云：「大抵説三江者不一，惟郭璞以爲岷江、浙江、松江爲近。蓋經特紀揚州之水，今之揚子江、錢唐江、松江，並在揚州之境。書以告成功，而松江由震澤入海，經蓋未之及也。」歸、顧之論，本於景純，初非臆説，此不易之論也。三江，吾遊蹟所經。而門聽浙江潮，敢不尋其淵源，晰其支派。至於微詞奥旨，正未易窮，吾亦守吾先世之傳經，以傳之後人而已矣。

「人生十年曰幼學，二十曰弱冠」，「學」字、「冠」字作一句讀，呫嗶者以訛傳訛，不可悉數矣。然「幼學」、「弱冠」，用以行文，於理無礙，亦自可存而不論也。山陰劉氏，於《戴經》篇次別有更定，然不能行之於世。儒者窮經，第各存其説而已矣。《明堂位》「有虞氏之兩敦、夏后之四璉、殷之六瑚、周之八簋」，而朱子之註「瑚璉」，以爲「夏曰瑚，商曰璉」，豈别有出處耶？《中庸》、《大學》，俱見於《戴經》。《大學》經朱子改定，而古本不可復矣。近讀曲江廖柴舟《二十七松堂集》，有《四書私談》十八則，且别有論辨，其説豈無可採。然功令所在，不敢悖也。楊升庵以匏瓜爲星名，繫者，「星辰繫焉」之「繫」，言其繫於天而不可食。魏伯子譏其迂拙，而曰：「匏之老者，人不可食。而涉水者，每繫之於腰以防沉溺。《詩》所謂『匏有苦葉，濟有深涉』是也。」或謂《魯論》「十室之邑」一節，書末句當連「焉」字讀，爲得聖人口氣。而《孟子》「是爲馮婦」一節，「士」、「則」之作一句讀。吾邑前輩宗姚江者，輒議婺源。余爲梁溪作《觀風告示》有云：「理則周程張朱之理，闡發微言；文皆布帛菽粟之文，凛遵聖訓。」一道同風，經明行修之世，當必無處士之横議，亦不敢襲老生之常談也。

薑田太守四十壽辰，余爲副相楊公撰文稱祝，有云：「畫鹿輻以作餅，貧官之頭壓有薪；借魚釜以調羹，巧婦之手炊無米。」「苦煩病婦巧爲炊」見集中《移居》詩。又云：「祝齊眉以眉壽，眉間早見白毫；服巨眼之眼高，眼底誰當青睞。」嘗讀《魯頌・閟宫》之篇，頌魯侯之燕喜，而次及於令妻。所謂「天錫公純嘏」，而眉壽無害，極熾昌之盛也。太守娶於劉，爲世族。來嬪時，年甫十四。而孝事尊章，和處娣姒，相夫子以宜家人。三眷九閨，已嘖嘖稱禮法焉。君舅恪勤公，治家嚴肅，庭除之内，儼若朝廷。獨愛之如女，以爲婦人而有丈夫氣。命名曰冠，字知正，號香城。且以徐玉峰之夫人諱雄爲比。閨閤有賢能，洵可追踪英傑，誰云巾幗遜於衣冠哉。余久依門館，知太守之内行甚詳。雖内言不出，而太守每爲余言之。蓋當其匱乏，脱簪珥以禦窮。入饌有魚，待需有酒。至於處貴盛而不矜，克儉克勤，依然儒素，見者不知爲誥命恭人也。太守孝友睦婣，敦倫修紀。歷官中外，所至著有勞績。雖由其至性孤行，長才肆應，不爲世故所漂摇。而魚軒内助，有警誡相成之道焉。義方教子，膝下成名。而長女名潤，尤極賢慧，稚齒鳴環，藉甚燕譽。幼者亦性成淑慎。豈惟胎習，良以女誡之嚴，不務姑息。而芳徽克紹，則君姑朱太夫人之遺範，更可想見矣。他日彤史之光，以聖朝命婦爲六宫柔順之師，當不徒以椒花之頌，傳劉家之故事也。

蕫田太守嘗爲余言外祖母潘、外母姚，皆以側室有賢名。恪勤公司臬蜀中，朱太夫人請於公，迎養潘太君於官舍。太夫人固至孝，公亦執子壻之禮。内外上下，奉事惟謹。然太君秉性儉勤，春秋雖高，而掃除浣濯之事，必以躬親。嘗曰：「吾雖以女貴，然吾固朱門一賤妾耳。老婦今日得無服事人足矣，尚須人之服事哉。」每遇壽辰，製新衣爲獻，必不肯受，受亦不輕服。太夫人率子若婦，稱觴上壽，輒掖之起，曰：「毋折吾福也。」恪勤公内擢光禄寺卿，携太夫人先行。太夫人心念太君，以長途酷暑，蹔留於蜀，安車就道，擬俟秋涼。未幾，而訃音至矣。是年太君已九十三歲，然神明不衰，固不意其無病而終也。太夫人哭望天涯，淚繼以血，秦雲慘淡，蜀道艱難，星夜遣人扶喪歸葬。先是，卜地於潤州之竹林寺前。至是，封築新阡。太夫人之兄子方官京口副將軍，白馬素車，吊者咸嘖嘖稱道焉。京口爲江南重地，駐防者皆勳庸之胄。侯門棨戟，並稱朱劉，後先出鎮，申之以婚姻，朱太夫人稔知劉有淑女。劉亦以高家爲忠義之門，又薑田早擅才名，願得爲快壻也。姚太君生三女，其季歸於薑田，即劉恭人也。太君性最柔順。嫡有才而無子，垂暮之年，益多暴怒。太君數被凌虐，絕無怨言。子女婢僕，有幾微不平之色，必嚴斥之。間至壻家，念及於嫡，涕洟不止。謂高年多病，非吾，誰與侍朝夕者。促駕言歸，留之不可。其後迎之亦不至矣。薑田出守漢陽，左江右湖，順流千里。劉恭人有淇泉衛女之思，而歸寧不得。乃購良材，寄爲壽器。踰年聞訃，恭人號呼搶地，如朱太夫人。薑田有詩紀之。余時適留賓館，知之甚悉也。以兩太君之賢，性行淑均，固宜篤生賢女，而皆嬪於高爲婦姑。徽音之嗣，非徒尋常慶譽。而兩太君之食報於其女，可謂嗇於彼而豐於此矣。夫小星三五，嗟實命之不同。而江沱之嫡，惠不及而不怨。陳氏讀《詩》至此，以爲父雖不慈，子不可以不孝，各盡其道而已。余爲人作祭文，有云：「東方星燦，衾裯餘逮下之恩；南國風高，蘋藻展奉先之孝。」又云：「星占三五，衾裯有不妬之恩；歲取十千，困廩無自封之怨。」又云：「采蘋蘩于南澗，奠先爲筐筥之盛；占星昴于東方，逮下有衾裯之抱。」誠以二南爲齊家之本。而后妃德化，被於南國。夫人惠行於妾，而妾美之，吕氏所謂「上好仁而下必好義」者也。然不妬難，不怨尤難。至於寵妾抗嫡，而驕矜侈肆，及於危亡，此又可爲歎息痛恨者矣。《燕燕》之詩，爲送歸妾。而以莊姜之賢，其稱戴嬀曰：「終温且惠，淑慎其身。」如薑田所言兩太君之賢，視戴嬀復何多讓。而或以綠秀比之，失其倫矣。吾故表之，以備女史之採。

世宗御宇，恩詔頻頒。旌表忠孝節義，建坊崇祠，典至渥也。各直省修葺志乘，例得備書。先從祖母薛太君，爲石門文學選古公女。冰霜苦節，未獲請褒，余懷每深負疚。外高祖妣許太夫人，卒於順治初年。其後舅祖宫詹公具疏奏聞，蒙賜御書「節孝流徽」匾額。雍正間，呈請入誌。予爲屬稿，有云：「顯揚有日，文孫已繼志而陳情；恩命自天，聖祖特褒忠以廣孝。」紀其事也。太夫人有孫女，一歸於陳，一歸於湯，皆以苦節著。陳已邀棹楔之光、俎豆之馨矣。吾祖母於諸姊中，尤重湯節母。母有令子，字公望，事吾祖母如母。而孝婦陳氏，視余猶子。兩家三世，恩義最深。三十年來，死喪疊覯。一番悵觸，雙淚闌干。濡筆及之，亦以歎名之傳與不傳，洵有幸有不幸也。

余有旌忠、旌節判語，皆不敢草草。旌節尤多，客漢陽時所作也。節女勞氏，漢川人，判語云：「夫主之自鐫小像，虔奉閨中；姑章之難解悲思，歡承堂上。」鐫像事，與吾鄉董節婦虞氏同。虞氏傳載《鹽官志》。余童子時，受業於姑夫董伯英先生，聞其事甚悉。先慈之高祖妣董碩人亦以節著，有子諱存，號曰存存，孝事節母。郡守石公萬程爲表其閭曰「節孝雙高」，而縣學官浦羲升無錫人。爲文紀之。考其年月，前明季年事也。今廳事將圮，而堂中猶懸舊額焉。余生甫數月，而外王父自牧公棄世，外祖妣俞孺人且先卒。先慈嘗爲不孝言之。節孝門風，代傳醇謹。先王父集中有《過周自牧山居詩》，林泉高致，蓋深得隱者之趣也。伯舅陛飛公愛余尤摯，歿亦十餘載矣。渭陽之情，思之愴痛。昔東坡讀淵明所作外祖孟嘉傳，悽然悲之，乃紀外曾祖程公逸事。余之連綴書此，亦庶幾陶、蘇二公之心云爾。

粵東司臬王公，貤封三代。太守屬爲啓賀之，有云：「慈母之恩尤難報，幸荷朝恩；曾孫之慶自無窮，式承家慶。成顯揚之至性，豈惟無忝所生；溯積累之深仁，僉謂其來有自。」聖朝孝理，倍覺輝光。而紫誥鸞迴，榮封後母，母德可知矣。後母之慈者百一，而不慈者十九。余所見，惟吴母蔣太君。民表公原配沈，爲余從祖姑，繼室以蔣。而余繼室林氏，撫相兒如己出。童稚癡頑，未知他日能自成立，報母慈於萬一否也。

「辱長者之車，慚無供給；遭先生於道，惜未追陪」，余少時致祝皋吏表叔尺牘也。偶用成句作駢語。叔謂余工於四六，曾以先公平陽太守《崇祀録》屬爲改定，今忘之矣。平陽公才略過人，歷官郡縣，謳謡四起，比於卓、魯、龔、黄。與仲弟藩參公怡怡友愛，戚鄙間至今稱之。公原配許恭人無所出。繼娶李，再繼嚴，各有子女。公善處家，庭門以内，孝慈交盡。季子在鄰表叔，尤克盡悌道。今爲寧國司馬。其長君中完表弟，與余相好。嘗屬其覓《寧國府志》，以先高高祖曾守是邦，崇祀名宦，《志》中當備載也。

雍正間，敕建賢良祠，各直省有之。吾浙制撫如武定、武進，皆已崇祀。繼之者，高安相公也。宫保又玠李公，功在兩浙。其才識膽略，俱有過人處，而性成忠孝，尤不可及。太夫人喪，歸徐州，儀文甚盛。有拜於路者，必答拜。哀榮思慕，感動旁觀。聞世宗聖躬不豫，訪得名醫，將進之。客有沮之者，公曰：「人臣之事君，猶事父母也。父母有疾，人子可不爲之延醫請藥乎。」族舅祖星南查公嘗爲余言之。或譏公未學，吾以爲公真學者。公政事之餘，不廢觀遊，六橋花柳，欣欣生色。余爲人作《賀公午節啓》，有云：「仙李盤根，甘棠留蔭。」公之餘蔭，又豈獨在吴山越水間耶。

梁溪爲河使時，今大司馬尹公開府江南，旋兼節制。有啓賀之，余爲創稿。尹公矜賞數聯，嘗爲梁溪誦之。嵇公子黼庭諭德以告余。蓋是時相國公以黄髪元老，論道經邦。故啓中有云：「天上之玉音先聽，喜溢槐堂；閣中之金奏頻陳，歡騰蔀屋。奉官箴而家傳有訓，如周公之謂魯公；布王命而世執其功，若召伯之於申伯。」又云：「借餘波之德照，共沐恩波；展大府之聲華，肇承相府。一門之盛，四海之光矣。」相國司榷湖關，舅祖澹遠公在其幕中。其後以司成閒居里第，延師教子。先外父尤左巖先生，實依賓館。公之禮賢下士，有古人風，余自童稚備聞之也。

宗伯張公視學江南。公明之譽，萬口成碑。雍正壬子，典試浙江。余時滯留漢上，題名録至，知婦翁林玉田先生，已登賢書先生名場。老宿一第，不足爲華，喜出大賢之門下耳。余嘗爲梁溪復公啓事，有「八座文昌，九齡風度」之句。又云：「桃李之成陰何限，盛開芹沼於三吴；芝蘭之得氣尤先，早樹薇垣於兩浙。惟明良際會，清名邀聖主之知；而卿相門風，公望爲大臣之法。」錫山華衡南孝廉見予脱稿，録之而去。

桐城勳閥，照耀古今，而家風醇謹，海内所共仰也。楊致軒先生以同年，嘗屬余作啓賀之，有云：「九齡風度，再見端凝；萬石家聲，十分醇謹。」又云：「蓋薦賢所以爲國，内舉外舉，休休洵是有容；而閉吝更先封驕，上交下交，斷斷豈真無技。」薑田太守以爲非桐城不足以當此。梁溪嘗爲余言，桐城才大而心小，遇軍國大事，尤極慎重。焦勞之至，至於歎息。世宗聞而詢之，公正對曰：「爲君難，爲臣不易。」蓋真得古大臣之體者矣。

余爲致軒賀嵇公中秋啓，其自叙處有云：「壓薪頭重，仰天覺攀桂之難；泛梗踪浮，行地等轉蓬之遠。」致軒浮沉宦海，亦借題爲一抒寫也。「高懸一月，能令列星之稀；環視兩河，已作萬川之映」，公總理河南、山東二省，故云。

自河渠成書，而後歷代有治河之書。如《鑿渠》、《問水》，不可悉記。而前明潘宫保印川《河防一覽》，治河者奉之如金科玉律。遂寧相公所志，致軒先生註之，多所闡發。蓋先生之署理河南，管河道，公實具疏保薦。常近辰賦先生輓章，有「賢才不辱明公薦，疏鑿能寬聖主憂」之句，實紀其事。又云：「品望不因官爵定，文章散入道途多。」先生一生之勞瘁，略可見矣。余爲梁溪復白河使論毛城鋪書，有云：「以江南財賦之區，兼關漕運；料天下安危之計，最重淮陽。豫省同屬版圖，豈其視爲鄰壑；河工當論全局，要須酌算通盤。一邑之歉與豐，所争甚小；兩河之利與害，相較懸殊。或勘驗奏聞，量加豁免；與會同酌議，諭令疏通。出自尊裁，難於遥度。以弟爲識途之馬，敢籌國計於再三；慮民如浮水之魚，願拯生靈以百萬。」談河工者，當窮源而竟委，不可畫此疆與彼界也。

乾隆初元，梁溪以宰輔制撫浙江，兼理鹺政。三春霪雨，鹽價驟昂。公焦思籌畫，拜疏上聞。而是時郝制府運閩鹽以濟浙，尹鹺使亦請以淮鹽相濟。尹公經世之才，頻垂睿想。族弟仲升極稱頌之。仲升端醇君子，其言可信。淮運之議便於閩運，未始不可行也。以梁溪之意，作書答之云：「古人變法，利不十以弗爲；聖主施仁，至於三而未已。閩運亦蒙俞允，因不便而即停；海懷尚請熟思，總相期於共濟。」閩運既停，淮運亦不果行。然蘇、松、常、鎮四郡，密邇淮陽，且同隸江南。必欲令其貴買浙鹽，宜販私者之愈多矣。李舒章嘗論：「鹽之産於場，猶五穀之生於地。宜就場定額，一税之後，不問其所之，則國與民兩利。」又曰：「天下皆私鹽，則天下皆官鹽也。」司鹽策者試思之。

爲梁溪復趙制府書云：「浙東西郡之平價，既已遵行；春二三月之過昂，亦曾酌減。并禁竈丁之透漏，以期官引之疏通。惟老弱肩挑，在四十觔以下者，例原不罪；而奸徒膽肆，聚千百輩之多者，律自難逃。聖諭既詳，部咨甚悉。至京口爲浙鹽鏁鑰，而蘇、松各郡俱屬照臨；知和衷爲國計綢繆，亦夙夜不遑以期寧謐。」蓋是時私販方横行也。查浦先生集中有《私鹽》一首，康熙辛丑年作。極寫鹽梟之横，至云：「人多勢横火易熾，此輩初非有他志，君不見張九四。」思患預防之言，可稱詩史。先生全集，余曾校閱一過。而如岡、先生從孫。以良先生諸孫壻。之功爲多。梨棗新鐫，則令子履旋、七倫、仙門之孝思。善承先志，不墜家聲。蓋非獨能讀父書而已。

吾邑濱海，城之東門、南門外，築塘捍之。然銀濤雪浪，常虞衝齧。二十年來，費左藏之金錢無算。而田畝之加派，胥吏之催呼，民甚苦之。且寧邑丁糧，已隨産辦，加以力役之征，是重科也。梁溪總理海塘時，余爲具陳其弊。諮謀所及，知無不言。蓋不獨爲桑梓之邦，計久安長治之策而已。公致祭海神，屬余創稿。有云：「天惟人佑，所佑良多；地是海寧，其寧維永。」謁雙忠廟亦有文，用昌黎成語，錫山陳苣溪以爲筆有化工。憶在袁江，曾題楹帖。邵南池評之曰：「集韓成對，字字光芒。」又瓜洲危險祭告江神一篇，高蘆田太守尤極歎賞。今清晏呈祥，當由聖君賢相之誠敬感神，而余亦自幸文章之有知己耳。邑之官屬，向惟令、丞與尉。自塘工之修舉，觀察而下，有東西兩防司馬。而宣力人員，分汛兵弁，脚靴手版，趨走紛紜。僻邑窮鄉，居然一都會矣。東防司馬林公，而後繼以何公，皆以才能爲梁溪薦擢。何公籍本越州，然其大父已爲嘉禾太守。會稽故事，朱翁子不得專美於前也。

江南賦役之不均，蘇、松爲甚。浙西則嘉興一郡，明代相沿，未能畫一。前人論之詳矣。我世宗皇帝，特恩減賦，民困少甦。而逋課之多，追呼未免。今天子承乾御宇，概與蠲除。梁溪爲浙之紳士耆民拜疏題謝，屬余創稿。有云：「聖主施仁之政，無以加兹；小民望澤之心，何嘗及此。」而《蠲租頌序》云：「惟東南財賦之區，逋欠動盈千萬；乃宵旰憂勤之切，申諭何啻再三。既於民欠之中，分出官侵吏蝕；且以常供之外，更多雜税零租。凡屬積逋，概從蠲免。湛恩汪濊，從古所未有也。」近從邸報，知被災之地，時厪宸衷。賑恤周詳，無俟繪圖鄭俠矣。嘗論救荒無奇策，惟有轉輸平糴，與興舉大工。俾民得自食其力，取其值，贍其老稚。至爲粥以食餓者，則驅嗷嗷待哺之民，奔走伺候於吏胥之前。未得充腸，先憂捐瘠，而婦女尤覺可憐。且使廢時失事，僅得一飽，何以爲生。至於天熱易餿，天寒易冷，甚而和以水而雜以糠，纔果腹而腹已病。此查浦先生《嗟來》一篇，所爲痛切言之也。若夫上好仁而下好義，則當豐稔之秋，輸將恐後，奉公守法，分所宜然。先大父《郙居十二章》，有「貧少官租輸亦早，衡門不辱吏胥撾」之句。吾子孫亦謹守家風，以無干國憲而已。

康熙癸巳，聖祖萬壽恩科。二月鄉試，八月會試。雍正癸卯，世宗登極恩科。鄉試在四月，會試在九月。歲在丙辰，皇上龍飛元年，開科廣額。八月鄉試，以明年二月會試。梁溪代浙之紳士題謝天恩，屬爲創稿，有云：「播仁風於芹沼，桂杏聯芳；溥化雨於楓宸，菁莪啓秀。當聖主龍飛之歲，正人才鵲起之時。」又云：「香飄雲外，鷲嶺風高；光照海隅，龍門日麗。」梁溪極嘉賞之。是科省試，梁溪以宰輔兼制撫爲監臨，亦浙省所未有也。浙之貢院，自栅闌至頭門，臨時設有篷廠。頭門以内，例所未及。每遇翻盆之雨，萬人魚貫，淋漓衫袖，都似龍門跳出也。先是，請於公。公允所請，規模新創，多士歡騰。董其事者，添設茶爐，均沾茗飲。中秋之日，人給月餅三枚，題以「三元」二字。銜君相之恩者，更萬口如一也。余芒鞋布襪，逐隊隨行。回憶癸巳觀場，歲歷二紀矣。或以私心相測，謂余必當獲雋。豈知得失有命，梁溪雖憐才，不可干以私。余之不肯以私干進哉。

余前寄梁溪書云：「曩叨國士之知，近厠州民之列。」蓋自依公幕下，器於衆中，以爲才與品皆不可及。嘗書「文章唐鉅手，理學宋醇儒」之句爲贈。公熟於子平之學，爲余推算五行，題其後曰：「官清必貴，財多不富。」所以期許者甚切。愛余者每以知而不薦，深相惋惜。然命實爲之。且余之自誤，非公之過也。公子黼庭諭德，結契最殷，倫修治中，亦久而彌篤。餘皆翩翩才藻，顧謬爲推許。愛壻俞相行，與余敦昆弟之好。李義山於令狐父子，兩世交歡。東閣重窺，余并致望於東床坦腹者矣。

薑田玉潤杭泰，字濟思。家風醇謹，其天性沉潛好學。余用趙南塘句贈之，云：「公子所難，閉除驕吝；吉人自牧，嗜好清修。」以余所見，俞、嵇諸君而外，仁和徐仲簡謙恭温厚，亦不愧爲方伯公之令子也。

余《歲寒雅集小引》云：「聞流言而不信，須知頭白如新；識古處之可敦，莫謂心丹非故。」曩嘗與吴鑒堂論交，謂：「吾輩出門求友，不可不嚴，然不可過峻。大約有性命之交、道義之交、文字之交、聲氣之交，最下則酒肉而已。至於謬爲恭敬，或偶與周旋，未可言交。有聞聲相思、接膝不知者，此又不可强也。」錫山華燕鹿、陽羨吴丹崖、潤州法西坪、溧陽程昉仁、郃陽康景濂、吴門陳履和、朱弈韓、越州顧東山、王可久、虎林裘岱青、苕溪唐毓山，聞而是之。澹歸師云：「自有天地，即有朋友。五倫之序，朋友爲先。」友道豈易言哉。

丁未遊梁。梁溪一見，即欲羅致。投詩辭之，有序云：「酒罏無恙，憶高李於當年；詞客有靈，問鄒枚於此地。何來泛梗，也復遊梁；不謂求珠，偶然説項。」相行讀之擊節，謂如此起方有古意，不似他人，一味稱功頌德也。曩登吹臺，賦成長律。致翁爲附刻於石。「心折三人高李杜，目窮千里濟淮河」之句，初白公以爲函蓋萬千。賣酒罏邊，惜未得如相行者，與之論交也。相行既登第，余有書賀之，從俗稱呼。貽書相責，罰以詩百篇、詞百闋、酒五斗。余復之曰：「車笠之盟，言猶在耳。未能免俗，受罰何辭。詩詞如數，展限三年。五斗之酒，則余飲量不及二合。請借爲賀盞之遥飛，君自酌之可耳。」相行尊甫馭世先生，嘗語人曰：「吾生平有三知己，謂聖祖皇帝、母夫人及麹生也。」飲中有仙，可以世其家矣。

余跋《雪聲軒詩集》云：「西窗剪燭，話夜雨之春懷；南浦解維，録晴川之秋別。」《晴川秋別》詩，薑田太守叙而行之，已流傳人口矣。曩時唱和，作者七人。十年來，柯南陔、張鴻漸，及兩顧表叔祖，俱溘焉逝矣。金知白先生窮老居鄉。余頻年疾病。太守官忙，十畝之間，彌致羨於閑閑居士也。

「話交情之繾綣，每有良朋；叙族譜之淵源，不如同姓」，此余寄快雪學使啓中語也。古敦之誼，在嘉禾則有經遠叔、仲升弟。叔之才不可一世，而英氣太露，無足當其意者，獨親愛余。余性不食魚。嘗手自操刀，擘鱗作膾，指傷出血。余蹙然不安。叔笑謂余曰：「吾只願爾之加餐，雖割肉，弗惜也。」叔今逝矣，竹林别室，誰爲饌具銅盤。仲升方客大梁，嘗宋嫂之羹，應念有人輟箸。滑縣明府，謂同叔叔。承家節操，當有懸魚却饋之風。仲升聞之，貽我素書，且信吾言之不河漢也。

「才人善病，固家令門風。然讀書功力，須酌減一二分，弗致委頓」，此查浦先生問疾之尺牘也。余疾病連年，曾寓書於親友，云：「天時有寒暑，世態有炎涼。吾身有冷熱，乃至冷如卧冰，熱如厝火。下一轉語，則冷思厝火，熱思卧冰。豈生平熱腸冷面，宜有此病耶。」至好友勸嘗，真成苦口藥物，所須不俟予之關心也。蓋太守精於醫，日爲診脉開方。嘗書楹帖，以當桃符，有「笑老守儼若醫王，祝瘦生常如健將」之語。天縱之才，以龔黄政績，兼岐黄術業。然官忙無暇遍及。遇有擔囊而來者，輒留之，且贈以詩，云：「大抵良醫除疾苦，亦如循吏戒偏頗。」同條共貫，理固如此。近題拙稿，云：「多愁多病爲多情，繪出東陽太瘦生。」可謂相知之深者矣。余寄孟公家兄書云：「病體之寒來生粟，翻似雞皮；輕軀之瘦到如柴，豈惟鵠面。」兄復以書，謂安心是藥。慰誨勤勤，情逾同氣，爲之銜感。兄有重聽之患，余勸其速覓社酒與海上仙方。以兄客學使幕中，將有雷、瓊之役也。兄至性過人，二十年來，朔南隨侍，往逆道途，不啻數萬里。初白公所謂「隨翁有好男」也。備嘗險阻，徵見早衰。然松柏精神，當遠勝蒲柳之資。雖家令門風，不妨兄肥弟瘦。安心是藥，此又第一靈丹，亦願兄服之勿間耳。

外舅林玉田先生，以《寄弟》詩示余，有「牛衣對泣人何在，馬鬣封塋爾獨當」之句。蓋太夫人陳氏之歿已十餘年，今始克葬，又不得躬親負土，其哀可知矣。曩客漢陽時，讀薑田太守爲太夫人葬事遣僕入都寄伯兄崑源詩，情詞悽愴，爲之感涕。余和詩云：「生無以爲養，死無以爲送。傷哉貧使然，千載付一慟。那復念室家，奚遑恤餒凍。嗟予失恃人，與君有同痛。十年成浪遊，征衣裂幾縫。推解荷深情，昨承分清俸。撫心轉自慚，餬口只自供。飄摇風雨中，世故相侮弄。至性孰如君，甘苦一家共。大事尤力肩，曾不諉伯仲。繫官弗躬親，臨風增愴恫。兩年隔晨昏，千里通魂夢。作詩寄令昆，旁觀爲感動。母塚我未營，罪積邱山重。夜咽更朝吟，廢寢更忘饔。」先妣周孺人，孝慈兼盡，勞苦半生。既不克享有遐齡，又不獲早歸淺土。不孝之罪，尚可逭哉。前年病中，擬作葬親會，曾與外舅言之。今讀外舅詩，益怦怦心動。力疾作《葬親會約》，有云：「蓋以病如章子，尚餘未葬之親；貧似曼卿，專賴相資之友。考先王之禮，未嘗擇地擇期；慰孝子之心，只在避風避水。必求年月日時之利，每至蹉跎。勿爲吉凶禍福之謀，徒滋疑惑。信天理那有地理，原非駭俗之談；爲人謀乃如己謀，即是省身之學。夫有無緩急，義取通財；而意氣死生，情如赴難。酌爲經年一會，或經年再會，傷哉貧也，分年則其力稍寬；統計每友五金，或每友十金，入者主之，得友則其群不涣。先期畢集，毋許參差；久要不忘，足徵古誼。量加子母，取贏視質庫之規；分屬朋儔，勉力爲賻喪之助。」全篇附刻《嫁衣集》中，將以質之仁人孝子。先寄外舅，以外舅能積脩脯之資，爲安厝之費。雖弗躬弗親，可以無憾。與薑田繫官，情事有相合也。抑余更有慨者。曾南豐撰《壽安縣太君張氏墓誌》，有云：「余之亡妻，於夫人之孫女爲第三，而光禄之長女也。知夫人之行爲尤詳，故爲之銘。」余固陋無文，不能銘陳太夫人之墓。然余妻在時，嘗爲余言祖母之教甚嚴，而祖父極愛憐之。妻之亡閲兩歲矣，繹其言太夫人之閫範，尚可想見也。

「險阻艱難，備嘗之矣；勢位富厚，可忽乎哉」，以《國策》對《左傳》，可爲楹帖。吾鄉葛王宇先生嘗云：「貧窮則父母不子，富貴則親戚畏懼。蘇秦之歎，歎世態之炎涼，而勢利起於家庭也。由今觀之，更可下一轉語，作『貧窮則親戚畏懼，富貴則父母不子。』」滑稽之談，其感憤深矣。

余《感懷詩序》有曰：「千金一飯，難抒報德之忱；碧海青天，欲墮憐才之淚。」惟憐才之難，彌覺報德之不易也。曩賦《哀淮陰》一篇，云：「年年踰淮宿淮渚，淮渚釣臺更誰伍。夢裏熊羆起渭濱，桐江一絲繫萬古。王孫原非隱逸倫，鷹揚差足方前人。仰天却看高鳥盡，吕雉故作牝雞晨。深仇不須怨彼婦，亭長妻猶慚漂母。一飯恩深報亦深，投金有瀨女何有。英雄失路大可哀，出人跨下皆奇才。淮陰少年何足道，圯上老人亦頗傲。古來能忍數留侯，淮陰更足高千秋。」嗟乎，閭閻憐才，英雄失路，解衣推食，豈望報哉。《陳書》載賀德基少游學於京師，積年不歸，衣資罄乏，盛冬止衣裌襦袴。嘗於白馬寺前逢一婦人，容服甚盛，呼德基入寺門，脱白綸巾以贈之。且曰：「君方爲重器，不久貧寒，故以此相遺耳。」問姓名，不答而去。此又古人之奇遇也。

家編修泰叔，以文章宗匠，視學肇高。試牘風行，遠周海表矣。余《嫁衣集》刻成，乞序於泰叔。知其校士之忙，未及也。啓云：「枝分南北，寒暖不齊；路隔雲泥，升沉已定。豈無著述，半零落於奚囊；那有遭逢，但流連於子墨。爰妃青而配白，似暈碧而裁紅。竊以八代之衰，自爲風雲月露；祇看兩儀之判，已分奇耦陰陽。」又云：「沿於今日，未見專門；殫此數年，別開窔奧。」余非敢自誇也。駢體之文既不能廢，則學爲駢體者不可不一究其窔奥也。請進而畢其説。文之有駢體，猶詩之有近體也。陰陽之理，物各有耦，維文亦然。見於經史，已多駢儷之句。魏晉而後，增美飾華，盛於齊梁，可謂盡態極妍矣。徐庾父子，獨擅斯名；唐初四傑，仍沿斯體。雖燕許大手筆，亦不廢也。唐至河東，始麗以則；宋至廬陵，尤清而真。變風氣所以開風氣，變則化，化則工矣。文章運會，殆有時數存焉。八代之衰，衰以卑靡，不以駢偶也。隋初治書侍御史李諤上書，以爲「連篇累牘，不出月露之形；積案盈箱，盡是風雲之狀」，意爲詞掩，何以爲文。文章有丰神氣骨，駢體何獨不然。清新俊逸，跋扈飛揚，豪蕩淋漓，纏綿委曲，正恐李杜之詩、韓柳歐蘇之文，不是過也。

昔人有言：「唐律，女工也；六朝文，亦女工也。」宋詞、元曲、明之制藝，皆女工也。細意熨貼，滅盡針綫之痕。此中具有苦心，然亦可與知者道耳。

王文恪陶嘗言：「四六如『蕭條』二字，須對『綽約』，與『據鞍矍鑠』須對『攬轡澄清』，若不協韻，則不爲聲律矣。」此論亦似太拘，然既名駢體，對仗自須精工。

古人爲文，有不加揀擇，不顧忌諱者，終是古人誤處疏處，不可學也。應制進御之篇，尤須斟酌。波翻波澄，往事可鑒。而友朋贈答，亦宜檢點。東坡以吕(惟)〔微〕仲身幹長大而方，戲之曰：「公真有大臣體，此坤六二所謂直方大也。」及拜相，草麻即用此語。吕以相謔爲憾，則又憾者之過矣。

書與啓不同。書以序事言情，貴於條暢。屬對之工，則在運筆之妙也。余爲梁溪復高制府書，分叙運河江工，以百四十字作對。董田太守以爲創調。

古有介壽之禮，而無獻壽之文。然《豳風·七月》之章、《天保》九如之頌，「臺萊」、《蓼蕭》諸篇，言壽不一。《魯頌·閟宫》則又反覆言之。有明以來，名家文集，多有壽文，而歸震川、魏叔子爲最工。駢體之佳者絶少，塵羹土飯，恐不足以侑綺筵雕俎也。余所撰《嵇太夫人八秩壽文》，叙述忠節處，皆用留山先生集中語。梁溪喜而且感，銜署桐城，以達尊之貴也。太守董田爲家祖母九秩徵詩啓，早已傳布遠邇。而副相楊石湖先生壽太守文，實余擬作，亦刻入《嫁衣集》中矣。文以人傳，人以文重。太守於先生爲舊僚屬，而先生，寒門下士也。數十年來，萬間之庇，賴此一莊，其風義可知。近聞予告歸田，林泉養壽，壽應無量。余性好填詞，他日當賦《石湖仙》一闋以獻壽。並獻舊所爲文，乞言於先生，以當華衮也。

哀死之文，以樸爲文。然情文相生，無情不可以言文，無文亦不可以言情。但論情之深淺、文之工拙可耳。魏叔子謂昌黎《祭十二郎文》，「工於文以道其情，然而情以微矣」，是言也，吾不敢以爲然也。薑田太守《祭十六叔父司農公文》，極沉痛，更極清麗。沉痛處一字一淚，清麗處一淚一珠。千古至情，千古至文。雖使徐、庾、顏、謝、韓、柳、歐、曾復生，不是過也。《竹林情話》一編，已登梨棗。海内能文之士，尚其深思而熟讀之。

集腋以爲裘，必狐之皮也；集翠以爲裘，必鳥之羽也。薑田太守每嫉世俗之文，以其爲五雜組、十樣錦也。

《播芳文粹大全》凡二百卷，富哉言矣。然所録不盡醇，著述家要須謝華啓秀，毋取誇多鬪靡，安得删其繁而舉其要也。

國朝前輩，如尤展成、陳其年、錢葆酚、葉元禮、陸拒石、李分虎、汪紫滄、章豈績諸君，皆工於四六。此外名家文集，亦間有駢體。顧寧人先生所著《日知録》，爲不朽之書。其集中有駢體數篇，雅潔工秀，真不可及也。今上右文選才，鴻博、玉堂、金馬、著作如林，酬跋燭之咨，而不誤掣鈴之召。聲華赫弈，又豈四十無聞者所堪比似耶。

余詩文詞稿，先後蒙賜題弁者，同里查田、查浦兩公而外，錫山杜雲川庶常、上海樓敬思司臬、扶風馬文湘學使、桐鄉俞相行主政、禹航嚴初陵茂才及家房仲。長篇短咏，皆珍藏行篋。獨駢體之文，應酬居多，向未編葺。故亦未嘗乞序於名公鉅卿與二三親舊。今荷詔陽高太守序而行之，婦翁林玉田先生，復從京華寄示序文，因併付梓。梓成，復綴以《枝談》一卷。畫蛇之足，非續貂之尾也。

《四六枝談》，仿古人詩話、詞話爲之。有觸即書，了無檢擇。牽連附會，亦自寫其意而已。太守官忙，未及一一商質。客中病中，無暇考證，譌謬既多，掛漏不少。然憂患餘生，百念灰冷。工拙所不知，毁譽亦不計耳。

《枝談》借四六爲談柄，非採摘四六佳句也。六朝以來，膾炙人口者，豈能備載。間有一二陳言，録之，正務所以去之也。

西堂先生有《五九枝談》，取數九之説以紀時。余之爲此，則以《嫁衣集》刻成，偶述所聞。删削之餘，存十之五。《易》曰：「中心疑者其辭枝。」《語》曰「駢枝」，言其贅也。樊南生云：「四六之名，六博格五，四數六甲之取也，未足矜。」作者尚不敢矜，況述者乎。緣起於乾隆戊午嘉平月，以時計之，亦五九之中也。己未季秋，剞劂方竣。重九日沈維材識。

胡含川先生文訣

胡珊　撰

《胡含川先生文訣》一卷

胡珊 撰 莊毓鋐 輯

胡珊(?—一七七一),字佩聲,號含川,安徽歙縣人。清乾隆三十一年(一七六六)會元。爲文思深力厚,從學於尹繼善。李調元《淡墨録》言其「以古文散行得會元」,曾典乾隆三十五年(一七七〇)恩科順天鄉試,以疾卒於乾隆三十六年(一七七一)。著有《學庸講義》、《離騷箋注》等。道光《歙縣志》卷八有傳。

莊毓鋐(一八二二—一八九〇),字俊甫,號偉堂,常州陽湖人。清同治三年(一八六四)歲貢生,署丹陽縣教諭。頗熱心於鄉邦文獻的整理,曾輯纂《武陽團練紀實》、《武陽志餘》,重刊褚邦慶《常州賦》,重校《常郡八邑藝文志》等。

是書旨在指導學子八股文的寫作,圍繞審題、立意、行文,提煉出「層次醒豁」、「坐實讓虚」、「逼出題句」、「同中剖異」、「重讀輕讀」、「緩讀急讀」、「翻襯虚字」等「文訣」,並結合八股範文舉例説明。所用例如明末章世純、陳際泰,二人與艾南英、羅萬藻並稱「臨川四家」,「悉以制義名一時」(《四庫全書總目》卷三六);又如康熙時的王汝驤,也是「制藝爲世所推重」(《清文獻通考》卷二三三),方楘如「制義最有時名」(《四庫全書總目》卷一八四),可見所選範文確有一定的代表性。值得注意的是,書中也選了胡珊本人的文章。書中提出的一些「文訣」,如「凡學爲文,以層次爲第一義」等,也具有普遍的文章學意義。

是書刊刻於光緒十二年(一八八六),署名作「陽湖莊毓鋐俊甫氏節録」,則似由莊氏從胡撰《文訣》中節録所得,今據以録入。

(李由)

胡含川先生文訣

胡珊 撰 莊毓鋐 輯

層次醒剔

層次之法在乎拆字。拆字者，文章萬法之源也。拆則局不促而能化，拆則意不複而能精，拆則氣不斷而能貫。如單句題，若囫圇言之，中幅以後，每苦才竭。惟分作數層，此一字自有此一字之義，彼一字自有彼一字之義，而局法展矣。蓋合數字爲一題，囫圇做去，則數字只如一字，宜其窘也。分一題爲數字，拆作幾層，則一題如有數題，所以展也。且俗下文字凡單句題，起比在題前，後比在題後，中幅爲正面，其局法可一覽而盡耳。今爲分之，某層在前，某層在後，如繭抽絲，自有一定之理。而神而明之，則順逆開合、斷續縱横之法出焉。乾端坤倪，矯變莫測，自有化板爲活之妙，故曰局不促而能化也。意之所以複者何也？合一句以求意，意能幾何？於是起比既如是言之，中比、後比又如是言之，疊床架屋，閲者生厭，則不拆字之故也。拆字則此字之意不侵彼界，彼字之意不入此疆，各居其所，何有於複？況合作一句，顧東失西，無暇深入，今爲分之，則其詮此一字也，不以彼一字之意膠擾筆端，而深入其阻矣。故曰意不複而能精也。先輩云一篇如一股，今人前半已將題説完，是舉前輩之所謂一篇者，而一股盡之矣，此後安得不另起爐竈乎？此氣脉之所以不貫也。知拆字法，則分觀之，固彼此各有本位，而合讀之，則由此到彼，前引後續，如珠之聯，累累不絶，故曰氣不斷而能貫也。

凡拆字須知先後之法，如累土然，先立其根，而因而重之，其先後有一定也。又須知大層藏小層之法。凡題有一字爲一層，有數字爲一層，有數句爲一層，而又可分爲數小層，此如兵家大陣中藏小陣也。又須知離合之法，凡此層到彼層，不可徑渡，則將上一層鎖住，下一層另起，然後迴合上層也。又須知夾縫中層次之法，如此一字爲前一層，彼一字爲後一層，而自此到彼，中間空處有一層也，非謂凡兩字中間必有一層，而此法要不可不知。又須知醒剔字句之法，如以一字爲一層，則題中此字乃此層之眼目也。或標在前，或鎖在後，或點中間，須相其要害，操其筋節，令閲者醒目，斯爲得之。

凡學爲文，以層次爲第一義。題中字義須與細細尋根，則知先後之理。蓋虚字憑實字而生，而實字又自有生根處，今列數則於後。

「學而時習之」一句題，以「學」字爲根，「習」字從「學」字生出，蓋有學，然後有習也。「時」字從「習」字生出，蓋有「習」然後有「時」，「時習」也。「而」字是「學」字後，從「時習」反面生出，蓋有不習、不時習兩層，然後轉入時習，方有「而」字也。先後之法，如云學者所以明善復初也。雖然，學之不習，猶弗學也；雖然，習之不時，猶弗習也。有如既學矣，而又時時習之，數語衍之，即一篇。

「巫匠亦然」一句題，「然」字從上文「惟恐傷人」、「不傷人」生出，蓋「然」字即「惟恐傷人」、「不傷人」替身字也。「巫匠」從上文「矢人」、「函人」生出，蓋「巫匠」是因「矢」、「函」推出一層也。「亦」字是從本題「然」字、「巫匠」字生出，蓋不先有「然」字，則所謂「亦」者，何所指？不先有「巫匠」，則誰爲「亦然」者？此所謂虚字憑實字而生也。先後之法，如云惟恐傷人、不傷人，矢、函既有然也，豈惟矢、函哉？吾嘗觀夫巫匠矣，今夫巫匠之所爲，夫豈同於矢、函者？然而其心之惟恐傷人、不傷人，則不殊于矢、函也。「巫匠亦然也」，從「惟恐傷人」、「不傷人」落「然」字，從「矢」、「函」落「巫匠」，然後翻「亦」字，一層末乃收合點出「亦」字，衍之即一篇也。

大凡「亦」字，必從上文生出，即如此題有「矢、函然」，方有「巫匠亦然」也。今云從本題實字生出，何也？蓋「巫匠」字、「然」字，先跟上文來，已爲「亦」字立根故耳。

「管仲且猶不可召」一句題，「且猶」二字從「管仲不可召」生出。蓋必先言「管仲不可召」，然後可云「彼何人斯，而且猶如此」，所謂虚字憑實字而生也。至於「管仲不可召」五字，「管仲」字、「召」字上文已見，稍異上文者，「不敢」與「不可」耳。「不可」字即彼「不敢」生出，蓋彼之不敢召，實因此之不可召也。先後之法，如云：「湯于尹，桓于仲，皆不敢召。於君爲不敢者，於臣爲不可也。且夫伊尹之不可召，無待言耳，若管仲何不可之有？然而管仲則竟不可召矣。夫管仲也，而且猶如此哉。」數語衍之，即一篇。

又「稱貸而益之」一句題，「益」字從上文「取盈」生出，上欲取盈，故民不得不益也。「稱貸」從「益」字生出，亦從上文「糞田不足」生出，蓋不益則無事稱貸，若非糞田不足，則家或有餘財，雖益而不必稱貸也。「又」字從上文「不得養父母」生出，蓋言父母不得養，已不堪矣，而況又如此乎？

「且古之君子，過則改之」二句題，「改」字從「過」字生出，蓋有過然後可改也。「過」字與上文「過」字不同，上文「周公之過」本非過，此「過」字乃爲真過。然却從上文「過」字生出，蓋因論周公之過而及之也。「君子」與上文「聖人」不同，然却從「聖人」生出，蓋因論聖人而及之也。是皆然矣，但上文「周公之過，不亦宜乎」已經結「過且」字，特起一波，若斷若續，有神無跡，最難理會。《集虛齋稿》中開講下一段云：「周公之過，過而宜者也。過而宜，則過非過也。居乎勢之所必至，雖欲改轍遠之而無由，依乎理之所固然，苟欲改弦張之而不可，假令執是以繩人，則幾無行矣。然特於是而遠遜，則猶有説矣，何也？周公，古聖人也。夫聖人之於世，固未數數然也。」則吾且言其真有過者，而置「聖人」，而言「君子」，以上文「過」字反射本題「過」字，爲本題「過」字作勢，即是爲「且」字作勢也。以上文「過之不可改」，反射本題「改」字，爲本題「改」字作勢，即是爲「且」字作勢也。以上文「聖人」反射本題「君子」，爲本題「君子」作勢，即是爲「且」字作勢也。層層佈置，「且」字乃如穎脱而出。

「子貢欲去告朔之餼羊」題，章世純文「告朔」一層，「餼羊」一層，此二層俱就禮本來説，爲一大層。「魯始行告朔而後廢其禮」一層，「禮雖廢而餼羊猶存」一層，此二層俱就魯國説，爲一大層。「禮既不行，則餼羊爲無益之費」一層，「於是子貢欲去之」一層，此二層俱從「子貢欲去」下意，爲一大層。題後推論感慨，又爲一層。

欲言「子貢欲去」，須先言「魯不行告朔而徒留餼羊」。欲言「魯不行告朔而徒留餼羊」，須先言「告朔之禮，當用餼羊，故夫禮有告朔，當用餼羊」。此一層爲下數層之根也。有此一層，然後説「魯不行告朔而徒留餼羊，故子貢欲去之」，所謂先立其根，而因而重之也。層次先後之法，不過如此。學者當從此隅反。

即如第一層之兩小層，亦須先言「古有告朔之禮」，然後説到「告朔之禮儀用餼羊也」。即如第二層之兩小層，亦須先説「魯先行告朔，後廢告朔」，然後説到「禮雖廢，而餼羊猶存也」。即如第三層之兩小層，亦須先説「無實之供，徒爲妄費」，然後説到「子貢因此欲去之也」。此又層次一定之先後也。

「爲之猶賢乎已」題，王汝驤文「爲之」一層，「已」一層，然後説到「猶賢乎」，此先後一定之理也。若於「爲之」一層後，即説「猶賢乎已」，不但水平箭直，而「猶賢乎」三字亦無着落。

「此謂身不修，不可以齊其家」題，王汝驤文題前空説「齊家」模樣一層，「身不修」一層，「身不修」之後，補出「家不齊」一層，轉入「齊其家」一層，轉出「不可以」一層。此文將許多層次先用總撮，後再發明，故文之層次，又當另看。此所説層次，於文中第三層尋之。「不可以齊其家」，言齊之而不可也。若僅云「家不齊」，即失之遠矣。文分四層，開講爲一層，發明此章，獨用反結之故；「不可哉」以上爲二層，總撮下一層大意；「昭昭然也」以上爲三層，詳説上一層之旨也；結尾爲四層，與開講遥應成章法也。

「不爲者與不能者之形何以異」題。方綮如文，「不爲與不能無異」一層，跟上文轉出「異」字一層，空提「形」字一層，全題正面一層。「不爲」、「不能」，不可呆疏，以上文已見，故若以此拆作兩層，即復衍上文矣。

「王之不王是折枝之類也」題。方綮如文，從上文「非」字虚落「是」字一層，脱開空講「是折枝之類」一層，轉入「王之不王」一層，「王之不王」後，「是折枝之類」前，夾縫中空處一層，「不王非折枝之類」一層，「王之不王是折枝之類」一層。

坐實讓虚

坐實讓虚，即從層次洗剔中來，而獨抽出言之者，舉其重也。凡題之精神結聚於一二虚字者，先將題中實字層次布訖，然後專發此一二虛字，此名家秘密藏也。所以然者，虛字憑實字而生，若不先安頓實字，而遽發虛字，不免落空也。其法有二善焉，易於展步，不致局促，一也。實義虛神，皆當透露。若於發實義處而并傳虛神，則實字牽於虛字，而不得逞；若於傳虛神處而兼發實義，則虛字擾於實字，而不能精。今先實後虛，兩皆鋭入，二也。此法左右遇之，而於虛縮尤宜。

「雖執鞭之士」一句題。坐實「執鞭」字、「士」字，然後轉出上文，專發「雖」字。方棨如文中二比，出比緩讀「雖」字，言求富之路已窮，他事既已遍歷矣，雖至於此事，而猶商之也。對比疾讀「雖」字，言求富之心甚急，何又復言他事，雖即此事，而可商之也。後二比，出比活看「執鞭」做「雖」字，言欲求富，不得不左思右想，雖執鞭之士，而亦想到也。對比粘着「執鞭」做「雖」字，言欲求富，須擇一至卑之術而托業焉，雖執鞭之士，而有所不嫌也。

「蓋均無貧」三句題。陳際泰文，「均」「安」互配，「和」「傾」增設，先爲一一安頓，清出三平，然後以全神迸入「蓋」字。

「人少則慕父母」句題。王汝驤文，先坐實字「慕父母」，再專發「少則」二字。從「少則」着眼，遂使下文數「則」字都一閃一閃，所謂牽一髪而全身皆動也。

「而曾子不忍食羊棗」一句題。方棨如文，從上文「曾晳」落出本題「曾子」字，從上文「嗜羊

轉處。

「而」字。句中之眼，人知在「不忍」二字，不知轉在「而」字，「不忍」從上來，「而」字是筋摇脉棗」落出本題「羊棗」字，然後坐實「曾子不食羊棗」一層，又坐實「不忍食羊棗」一層，末乃重發

逼出題句

題句者，聖賢之精神也。點題處一毫不肖，即全局索然矣。善用逼法，自能脱口如生。其法只在本句之上，宛轉摩挲，得其神理，細審此句之上，口氣必如何，方接得出此句。沉吟久之，既有此一層矣。又想此一層之上，應如何布置，方能安頓此層。如此逆推而上，必尋得立根處爲第一層，然後逐層以次順布，令題句脱穎而出，則精神飛動，前面千巖萬壑，蜿蜒猶龍矣。

「朋友之饋」一節題。王汝驤文「則豈特乘壺束脩之遺？但有出視之文。抑豈特韔弓橈劍之將，並無三辭之節哉」數句爲「車馬」作襯，「雖」字已在口頭，下面點出，有如飛劍出匣。此上先説「祭肉之外皆不拜」一層，又上先説「惟祭肉則拜」一層，又上先立「夫子不拜饋之案」一層，又上先落「朋友之饋」一層，此層是下數層立根處也。既落「朋友之饋」，即可接「惟祭肉則拜矣」。中間却先説「不拜饋」一層，何也？蓋此題只重夫子「不拜饋」，舉車馬以包其餘，不重「祭肉則拜」也，先立「不拜饋」之案，題旨瞭然。

「雖閉户可也」一句題，王汝驤文「則豈特髮可不被而徐安其櫛沐之常，冠可不纓而自率其章縫之度哉」數句爲「閉户」作襯，「雖」字言下活現，故下一點，意愜關飛動也。然欲爲「閉户」作襯，須先渾説「極不救之致」一層，欲説「極不救之致」，須先説「可不救」一層，欲説「可不救」，須跟「惑也」來。故前面跟上文虚落「可」字，是下數層立根處也。此與「朋友之饋」篇同一筆法，須參觀之。

「金重於羽者」一節題，陳際泰文中幅「則天下之群然稱輕者反在金，而不知金仍然不輕也，則天下之群然稱重者反在羽，而不知羽仍然不重也」，全題便覺神來情來，故下面脱穎而出。然必先安頓「鉤金輿羽」，極力反跌，方得鉤轉此二句。又必先説「金重於羽」，方得轉出「鉤金輿羽」。又必先提清「金羽」，方得説「金重於羽」。故提出「金羽」，是下數層立根處也。

「若夫豪傑之士」題，方棨如文後二比收句，前比云「則必其處士之盜虚聲者而後可也」，對比云「則必非俊傑之識時務者而後可也」。「若夫」二字，隱然言下，蓋於「若夫」之上想其神理。所謂用逼法，以涵泳本題虚字者也。

「我欲仁」題。胡珊文後二比，出比末句云「夫惟其不欲焉，則誠無可如何耳」，對比末句云「夫使終不欲焉，則亦終不悟焉耳」，口頭便可接「我欲仁，斯仁至矣」。此於題之上想其神理，以關動下文也，亦所謂逼法也。

「爲巨室」題。胡珊文後二比，出比末句云「而特恐王之不爲則已耳」。對比末句云「而特慮爲之不果則已耳」，下便可接「爲巨室則必使工師求大木」。此亦於本題之上，想其神理，以關動下文也，所謂逼法也。凡關動下文處，須是恰收緊本位。《集虛齋稿》中《子如不言篇》後比云「於以簡應對之煩，自爲計則得矣」，亦是此法。逼起「則小子何述焉」，然亦恰收題中「子」字一面也。

「雖有惡人」一節題。胡珊文中比翻筆四個「而不必也」，便令「雖」字、「則」字接在口頭下面，自然跳出。然須先言「惡人未必有」，然後可云「不必不言有」。先言「祀上帝未易可」，然後可云「不必言不可」。先言「惡人所祀須稍降於上帝者」，然後可云「不必其稍降」。先言「祀上帝須稍異於惡人者」，然後可云「不必其稍異」。又須先清出「惡人」字、「上帝」字、「齋戒沐浴」字、「祀上帝」字，然後可翻「有」字，翻「可」字，互翻「惡人」、「上帝」字。又須跟定上文，方好清出此數字。故前面從上落下，是後數層立根處也。

同中剖異

學者心思當如水銀瀉地，無孔不入。是故一言之殊，一字之異，亦必求其歸也。題句有上文文語勢相同而小異者，有一題之中，首尾語勢相同而小異者，從此批剥，便生多少波瀾，多少意義。

「沽之哉」三句題。方楘如文，上文「子貢云求善賈而沽諸」，本題夫子口中有「賈」字，無「善」字，此所謂同中有異也。就此批剥，恰好爲「待」字生波。言賈何論善，可沽則沽，否則賈雖善也，而獸畜豕交，不出於中心之誠，則君子終不誘於利，所以爲待也。

「王之不王是折枝之類也」題。上文云「爲長者折枝」，本題只有「折枝」字，無「爲長者」字，此所謂同中有異也。方楘如文前路：「夫折枝也而必云所爲哉？其有所爲，止折枝，其無所爲，亦止折枝也。復何必云長者哉？其長者命，此折枝，其非長者命，亦此折枝也，何者？其類止此也。」而以「想王之不王」云云，借上文剔出本題，恰引起「類」字，便覺推波助瀾，心花怒發，真能開無限聰明。

「然則夫子既聖矣乎至夫子聖矣乎」題。上云「然則夫子既聖矣乎」，下云「夫子聖矣乎」。公孫丑口中多「然則」字、「既」字，所謂首尾語勢相同而小異也。方楘如文前路云：「更容貌以來前，既且驚而且喜；爲躊躇以滿志，復將信而將疑。故不第曰夫子聖矣乎，而曰夫子既聖矣乎，壹似絶類離倫之稱，在夫子已成陳跡，而猶執尺短寸長以相絜量也，吾弟子何見之晚也。顧不徑曰夫子聖矣乎，而曰然則夫子既聖矣乎，蓋謂書策琴瑟之側，視夫子了不異人，而不圖美具善並之，至斯極也。微今日，誰發吾覆也？」云云。便見丑是疑詞，與子貢心知聖人者不同，何等靈妙。「然而是言也，非丑之言也。昔者子貢嘗以問於孔子矣」，一轉最宜學。即以作者之意從丑駕到子貢，化去問答之痕，輕靈超忽，非常敏妙。若於孟子口中說出，便費筆墨，文境亦平。「曰：其所取之者義乎？不義乎？不義乎？至曰：其取諸民之不義也」題。上云：「其所取之者義乎？不義乎？」下云：「其取諸民之不義也。」孟子但云「取之」，萬章則曰「取諸民」，孟子以義不義並說，萬章則單說不義一邊，孟子口中是「乎」字，萬章口中是「也」字，此所謂首尾語勢相同而小異者。方椠如文後路云：「孟子亦代爲却之者計及取，而未確指其所之，章則曰其取諸民者也。孟子亦第爲受之者疑所取，而非竟絶之於義，章則曰此取諸民之不義也。」云云。便見萬章之言，更甚於孟子所云不恭也。

重讀輕讀

前輩云「今人但知看題，不知聽題」，此至言也。夫聖賢在千載以上，學者在千載以下，精神渺隔矣，而奉其緒言，吟咏再四，則神來情來，不啻面相告語，故題中字面有重讀之而得一意，輕讀之而又得一意者。輕重之間，神情頓異也。此所貴乎耳治也。或題有兩層，重讀上層，輕讀下層，得一意。輕讀上層，重讀下層，又一意。或題之精神聚于一二虚字，重讀此一二字得一意，輕讀此一二字又一意。或有將題直點出，而神氣頓異者。或有不必直點者。

「至於犬馬」題。江有龍文後二比，一輕讀「至於」字，有夷然不屑之意，言此亦何足道，推之而可至于犬馬也。一重讀「至於」字，有惕然不安之意，言以養爲孝，彼誠何心？使吾直以犬馬之至不倫者爲比例，而心惕惕也。

「雖執鞭之士」一句題。題之精神在「雖」字。方槃如文中二比，前比輕讀「雖」字，對比重讀「雖」字，而皆以涵咏上文得之。輕讀「雖」字，則言求富易，言富既可求，是易矣。苟如此其易也，何妨於諸所托業之途，任舉一術而商之。其所舉者雖如執鞭，而亦其一端也。重讀「雖」字，則言求富難，言求期於可，是難矣，惟如此其難也，則必於諸所托業之途，精擇一術而商之，其所擇者，雖至執鞭而不嫌其賤也。

「王如知此」題。方槃如文，後二比重發「如」字，出比將「如」字輕讀、緩讀，是疑之之辭。在「知此」後落想，言雖如此，吾猶未敢輕信也。對比將「如」字重讀、疾讀，是喜之之辭。在「知此」前落想，言初不意其如此，而忽得其如此也。

「而以他辭無受」題。方槃如文後比云：「吾欲無受，而大之比不飲於盜泉，小之比不食於嘑蹴，其辭是也，然亦不過無受也。而以他辭無受，立不易方，而人亦不至側身之無所。」對比云：「吾以他辭而上之取其金玉錦繡，下之飾其簞笥苞苴，其受非也，則甚惡乎他辭也。而以他辭無受異不傷物，而我適完其昭質之不虧。」云云。出比重讀「他辭」，輕讀「無受」，對比輕讀「他辭」，重讀「無受」。重讀「他辭」，則歸重「他辭」。上言要於「無受」，何妨「他辭」也。重讀「無受」，則歸重「無受」。上言「雖以他辭，必歸無受也」。重讀「他辭」，則從「無受」說起，重讀「無受」，則從「他辭」說起。

「庸德之行，庸言之謹」題。胡珊文中二比，前比重讀「庸德庸言」，輕讀「行謹」。對比輕讀「庸德庸言」，重讀「行謹」。重讀「庸德庸言」，則歸重「庸德庸言」。上言所行所謹，不繫乎他，惟庸德之行，庸言之謹也。重讀「行謹」，則歸重「行謹」，上言庸德庸言，非懸於虚，必庸德之行，庸言之謹也。兩路夾攻，「之」字自出。重讀「庸德庸言」，則從「行謹」說起。重讀「行謹」，則從「庸德庸言」說起。

「一朝而獲十」題。胡珊文中二比，出比輕讀「一朝」，重讀「獲十」，對比重讀「一朝」，輕讀「獲十」。重讀「獲十」，則歸重「獲十」，上言一朝之間，而竟至於獲十也。重讀「一朝」，則歸重「一朝」，上言獲十之多，而乃僅一朝也。重讀「獲十」，從「一朝」說起。重讀「一朝」，從「獲十」說起。

「非其道，則一簞食不可受於人」題。王汝驤文中比云：「世有能却簞食，而失足於萬鍾者。即其却簞食之時，識者豈遂許其廉潔，何也？彼特從簞食起見也，君子則見道惟一，故知有道，不知有簞食，而何往不守其當然？」對比云：「世又有能讓千乘而見色於簞食者，即其未見色之際，識者固早窺其必敗，何也？彼未從簞食致辨也，君子則見道至精，既知有道，即不敢以簞食而聽其非道，而何往不持以斷然。」前比輕讀「一簞食」字，對比重讀「一簞食」字。輕讀，言非道不受，何論簞食也。重讀，言非道不受，即簞食之微，必致嚴而不苟也。

緩讀急讀

學者讀書之法，即行文之法。是故輕重之間，而神氣異焉，疾徐之間而神氣又異焉。先士茂制，往往審端於是，而妙義層生，不可不知也。

「至於犬馬」題。江有龍文中二比，出比緩讀「至於」字，對比急讀「至於」字。緩讀，是舉犬馬以包其餘，言犬馬之上，尚有許多層級，以次而下，而遞及於犬馬焉。急讀，是舉犬馬以撇其餘，言犬馬之上，雖有許多層級，俱不必言，而即至於犬馬焉。

「不曰如之何」一章題。陳際泰文中二比，前比緩讀「如之何」六字，對比急讀「如之何」六字。緩讀者，徐而察之也。急讀者，迫而求之也。籌畫窘迫二意，一將「如之何」引聲長言之，一將「如之何」短聲促言之，如此求取情狀，遂覺六字疊下，簡之不得，離之不得，而末句蒙上「如之何」爲言，亦有不容易以他辭者，乃妙之尤妙也。

「非其道則一簞食不可受於人」題。王汝驤文後比云：「故方其在簞食而亦不受也，人或以議君子之介，而豈以爲介也？我之援天下，止恃有道，初不因物而漫生其區別，一非其道則不受也，而敢以簞食爲可忽。」對比云：「極其所不受而至於一簞也，人或以推君子之高，而亦豈以爲高也，我之行吾道亦藉乎人，原非任意而概爲之峻絶，必非其道則不受也，而豈以不受爲定衡。」前比是急讀「非其道」字、「則」字，對比是緩讀「非其道」字、「則」字。急讀，言一非其道即不受，無有苟於受者也。緩讀，言必非其道始不受，非概爲不受也。

「若夫豪傑之士」題。方棨如文中四比一氣相承。前二比出比緩讀「若夫」，對比急讀「若夫」。緩讀，言其意量之深不可測，而味之無窮。急讀，言其梗概之迥異於人，而當前立決。後二比即承前意，先後倒轉，出比急讀，對比緩讀。急讀，言見之而忽然改觀；緩讀，言想之而穆然意遠。

翻襯虚字

題中虚字正言之則意不明、辭不揚，善用襯法，自躍如而出矣。若東西然，於東專指之，其旨不暢，明彼之爲西，則此之爲東自見。文有既襯而收歸本位者，有不收歸本位，語止意餘，如鏡花水月，而虚字自躍然言下者。

「且古之君子過則改之」題。題中「則」字，急辭也。正言之，則不暢。方棨如文後比云「方幸迷途之未遠而少緩之，即已逝而不可追；尚可轉敗以爲功而少吝之，即已成而不可變」，以緩襯急，不待轉合，「則」字已躍而出。

「是不可磯也」題。「是」字正面着筆，苦不醒豁。方桑如文前後俱以「非」襯「是」，起比起筆云「則已非怨也」，對比云「則又非疏也」。有此兩層，恰得緊勢。後比即跟此意，出比收筆云「將擬之以寒泉在浚而全非」，對比云「即例之於有濯者淵而不似」，而「不可磯之」是已躍然言下矣。此以襯爲逼也。見坊本中「巍巍乎其有成功也」二句文逼取「其」字，亦用襯法。蓋「其」字指堯言也。文出比以舜襯，對比以稷契諸臣襯，後再轉到堯身上，言堯之時，舜及稷契諸臣皆有成功文章，何獨屬之堯？然而臣統於君，舜及諸臣之成功文章即堯之成功文章也。下乃點出「巍巍乎其有成功也，煥乎其有文章」，而「其」字醒露極矣。

又見「某也聞有國有家者」一節，文逼取「蓋」字，亦用襯法。「蓋」字是就上面釋其故之辭，文先以疑詞作襯法，「是說也吾嘗疑之」，後乃轉正，「蓋」字暗香浮動。

「若夫豪傑之士」題。方桑如文後二比收筆云「而論人者，猶不免一概而相量也，則必其處士之盜虛聲者而後可也」。對比云「而論世者，猶不勝其心之過慮也，則必非俊傑之識時務者而後可也」。「若夫」二字隱然言下，只是得翻襯之訣耳。

漁村講授論文

附讀書要略、舉業格言

洪天錫 撰

《漁村講授論文》三卷附《讀書要略》、《舉業格言》

洪天錫　撰

洪天錫，一名體仁，字吉人，號尚友山人。祖籍浙江，遷居天津，一説爲鑲白旗人。生卒年不詳，約活動於清康、乾時期。歲貢生。與王又樸、周焯等人遊，周人麒爲其門下士。工古文，兼善醫術。著有《五經解》、《晚翠堂集》、《論文入門》、《文訣》、《論文》三編、《四書論文》十二卷，及《素問解》、《靈樞解》、《補註瘟疫論》四卷等。今傳世者有《補註瘟疫論》、《洪吉人先生遺文》及本書。

是書爲指導八股文寫作用書，正文分前、中、後三編。前編論述「作文大要」，如「爲文之要有三，一曰相題，一曰佈局，一曰用意」，「作文有三要：曰法，曰理，曰筆」，「文有三大病：曰俗，曰腐，曰笨。而粗與稚不與焉」；並歸納出大量文法名目，如「挑法」、「頓法」、「敷衍法」、「咏歎法」、「寬一步法」、「進一步法」等。所言諸法，多就題目而發，以「某題當如何做」或「某法宜用於何種題」的形式論述，便於場屋之中，臨機選擇，對習舉業者頗有實用價值。中編則强調「講法全要心知變通」，指明由有法而入無法的路徑，謂之「活法」。後編首論讀書取法，以爲義理當取自經典，而文法當取自古文。並强調文章應「温醇」，如「温醇樸茂，典貴高華，此乃大家風度，最上之品也」。

是書附録《讀書要略》與《舉業格言》。正文三編，遍論文法。但作者同時有感於讀書仕進，爲官施政，當經世致用，而徒習八股，正有礙於此，遂作《讀書要略》，提出讀書之要：熟經史；讀傳注；看《性理》、《或問》、《語類》、《大全》；讀古文；時文貴讀先正；做題不可落纖；知兵法；不可躐等以求；不可半途而廢；要博；要約；要熟；要細；要心知變通。《舉業格言》先舉他人言論數條，而主體部分仍是以「吉人氏曰」出現的作者本人的言論。兩種附録，多可與正文相參照。

是書天津圖書館藏有兩部，今據以録入。是書書名，前、中編卷端均題「論文」，版心題「漁村講授」，後編卷端題「漁村講授論文」。天津圖書館著録，一部題「洪吉人論文」，一部題「漁村講授論文」。今爲避免與他人同題著作相混，姑依後編，定爲「漁村講授論文」。原書有錯簡，今據上下文義糾正。

（李法然）

漁村講授論文上編

洪天錫　撰

初學行文，先須解「拆字訣」。夫一題有天然之層次，非可以人意故爲倒置。好高者往往以總發爲奇，於拆字之訣，置而不論，遂致通篇氣脉不貫。吕某云：「相題之訣，只是善拆。」汪武曹亦云：「作文須將題目拆得開。」真名言也。

亦間有拆開反失語氣者。如「女弗能救與」題，「與」字是切責之辭，非婉商之辭。若將能弗能拆開弄調，便是婉商語氣，非切責語氣矣。是又當臨時細審也。

「拆字訣」於半截題尤宜。如「雖欲勿用」題，先説「用」，次説「勿用」，又次説「欲勿用」，後説「雖欲勿用」。「而能喻諸人者」題，先説「喻諸人」，次説「能喻諸人」，後抱上文説「而能喻諸人者」是也。

爲文之要有三。一曰「相題」。有當在題前展勢者；有當在題後發論者；有當在題中實做，與題縫想意者。不但此也，有意不在於言中，神須遊於句外，或本位枯寂，無可洗刷，當從四面八方翻襯者。種種不一，總要臨時心細眼巧而已。一曰「布局」。蓋相題既得，而昧於布局，則淺深失次而股法不相生，血脉相隔而篇法不一貫。故必鋪排安置，孰在前，孰在後。如行兵者之部位，秩然不亂，則胸有成竹，一揮而就矣。陶子師云：「作文先要曉通篇位置，而後可徐求用筆之變化，以造古人。今之爲文者，但知一股之起承轉合，而不知一篇之起承轉合。入手驟將題目正面説盡，以下意思複沓，頭緒雜冗，而先民之遺法蕩然矣。」真名言也。一曰「用意」。夫爲文而不知用意，則直率而無曲折之情，平庸而少波瀾之富。故欲合先離，欲吞先吐，與欲抑先揚，或欲揚先抑，然後文勢瀠洄，令人尋味不盡。如錢牧齋先生「民到於今稱之」篇，中間説夷齊耻居周土，却先以民之履周土襯起。説夷齊耻食周粟，却先以民之食周粟襯起。後幅一股説稱之者之哀，却先從夷齊之喜説來；一股説稱之者之喜，却先從夷齊之哀説來是也。學者知此三要，而更佐之以精確不磨之理，行之以浩蕩莫遏之氣，其爲文也，豈有不工乎哉。又作文有三要：曰「法」，曰「理」，曰「筆」。不講法則文無紀律。講法而理或不精，則無切實處，豈能歷久不磨乎。法備理晰，而筆或委靡，則不能暢其所欲言。以斯知三者缺一不可也。

作文筆情要犀利，語意最要靈活。

吕某之論文，喜相似題移借不去。陸稼書論文，喜透發所以然之故。汪武曹論文，喜如何方是此題文字。三人所見皆高，學者並採之可也。

作文發意爲上，敷題爲下。發意即因之先生所謂抉其所以然也，敷題即因之先生所謂贅其所當然也。夫敷題且爲下矣，況俗子所謂敷題，又毫無實義，只是依樣胡盧，多用幾替身字耳，豈非下中之下乎？

作文最要恰扣本位。如二句題确是二句題文字，不可通融於一句；全章題确是全章題文字，不可通融於一二節。試舉論之。如「見義不爲無勇也」題，起手不從「勇」字倒入，前半便止是上一句題文。「湯之盤銘」全章題，三股中不即插「極」字作眼，前半便止是上三節題文是也。每恨俗子蒙蒙於此，遂致題之本位不清。

作文不可無法，然不可拘於死法。蓋題有萬變，增一字即移其形，減一字即易其位。須因時處中，總以恰扣題界，認真題竅而止。

因題作文，是最妙訣。如《上論》中，「一簞食，一瓢飲，在陋巷，人不堪其憂，回也不改其樂」，是贊顔子安貧。若《下孟》中「居於陋巷」至「顔子不改其樂」，是説顔子退處，作文須寫出他獨善光景。若如《上論》，贊他安貧，便失竅要也。又如「柳下惠不羞汙君，不卑小官，進不隱賢，必以其道，遺佚而不怨，阨窮而不憫」，在《上孟》中，是描寫他不恭，在《下孟》中，是描寫他和。若彼此互易，作文不得其旨矣。舉此三端，他可類推。

凡看文須看其何處是發所以然，何處是敷當然。何一層是題前，何一層是題後，何一層是題中與題外。做文時，亦一一如此想，則次第井然，篇法不亂矣。

讀文是取其法脉，看其格局。至機調話頭，待讀得爛熟後，不假思索，自來湊我筆端方妙。若有意謂某句好，吾爲文必效之，勢必屈我之筆性，以屑屑求合於彼。其不牽强者，幾希矣。近世庸師教人學徒課文時，往往曰所讀某篇可以規倣。噫嘻，何其所見之鄙也。夫爲文乃自出主見，自立規格。即有時與所讀某篇相符，亦是渾忘浹洽後無心暗合，並非有意套他。今顧命徒如此，則安得有好文字做出乎？

俗子今日讀文，明日便要有用，吾未見收效如此之速者。求效速則得其糟粕而已，而文之精微處，固未會得也。

讀文貴玩味其精微。今日不得其解，明日又讀之。明日不得其解，後日又讀之。或累積數日，仍不得其解，則姑停三月五月之後，俟識見增進，心思開悟，再取讀之。如此耐心做去，不求速效。久之發溢出來，有忘乎文之爲我而我之爲文者，雖己亦不自知其何以得力也。

初學作文，寧有稚句，切不可俗。如「從事修途」、「以身入世」、「其果可信焉否也」及「安在」、「謂何」，一切惡派。以至「過則勿憚改」題，起講不直露「過」字，必用「愆尤」作替身，皆所謂俗也。作文須先除却此樣。

作文有三大病：曰俗，曰腐，曰笨，而粗與稚不與焉。初學最忌蹈此，若一爲所染，即牢不可破矣。何謂俗？油腔滑調，自問自答，一切惡派是也。何謂腐？滿紙陳言，味之有頭巾氣，毫無新秀之色是也。何謂笨？文氣板重，語句直排，不知筆筆轉，筆筆活是也。

作文板對法，須确是兩意。若字句雖换，而意只一様，便爲合掌。

余最不喜文中自詰問，自解説，弄出許多油滑聲口，而妄托於婉轉也。國朝己丑，尹明廷「魯無君子者」文，坊刻改本起二比云：「如吾所稱若人誠爲君子矣，顧稱人之美者，不當忘其所由來，則同心之助難没也，然不爲寥落之觀以危之，而其人之本末何以見；抑嘉人之善者，必當原其所得力，則始進之功足念也，然不設孤立之勢以形之，而其人之學問奚以出。」戊戌，凌鶚遠「詩云他人有心」文，起講煞處云：「試低回自問，不禁覩往什而流連矣。」乙未，錢黯「他日君出」文，内中二比云：「使出而僅此日也，則操轡以從，臣將趨蹌恐後焉，而兹蓋不勝追憶之私也；使出而獨此舉也，則公徒在望，臣有號召争先耳，而兹竟不禁推度之心也。」皆是油滑聲口處。而三家村學究，方俎豆以爲婉轉，豈不令人噴飯乎？

俗子作文，開口定要説許多套話。如小講一起，非「從事修途」，即「以身入世」，並「曠觀宇宙，俯仰古今」矣。前輩何曾有此種。試看許鍾斗先生「見義不爲無勇也」文，小講云：「且天下惟義能養勇，亦惟勇能載義。勇不自生，義激之而生，故語勇者義爲上；而義不自行，勇翼之而行，故赴義者勇爲先。奈何有見義而不爲者乎。」單刀直入，便可知已。聖賢口中，從無自註之理。國朝申樾「臧氏之子」文，内中有云：「夫君子賤其人則氏之，稱其字則子之。」自註可笑。

近人有作「當灑掃應對進退則可矣」題，中股云：「可者未盡滿之詞也。」試思子游語氣，有説此一句，恐人不知，而細細自解乎？真不通之甚也。

做截下題，須縮住本位，而下文自可直接方妙。庸手每於股尾吆喝，醜態真不可言。今將前輩時人截下題作，美者惡者聊舉數端，以備初學知所去取焉。前輩金聲「天下之無道也久矣」文，中比煞句云：「豈爲不極歟。」後比煞句云：「已是南巢牧野之師。」國朝壬辰，金鋐「後世有述焉」文，後比煞處云：「遂有人焉，以隱怪爲祖，而自遵其俎豆之傳。」皆是縮住本位，下自直接，所謂美者是也。前輩袁茂英「言不順」文，中比煞句云：「吾不知當何如矣。」國朝癸丑，李葉「而其所薄者厚」文，中比煞句云：「是果可信焉，否也。」後股煞句云：「天下果有是無端之化理歟。」戊戌，謝元瀛「見君子」文，後比煞句云：「此時之瞻對，將何以自安耶。」皆是吆喝醜態，所謂惡者是也。

文章排偶句法，不可多用及連用，蓋恐文勢板重，而氣不流走也。作文機靈致活方好。若發一議，惟恐人之不曉，於是推其説，疊其詞，而板重之病，在所不免矣。昔人評湯臨川之文，於「思善入」上而先加以「筆善轉」，可知文之機致貴靈活矣。

今人作文，一味含糊，不肯斬截吐露，此最是病深難療處。如「再斯可矣」，夫子説再思之可，正見三思之不可，玩註「三則私意起而反惑」句可曉。作文明議文子，有何妨礙。又如「師也過商也不及」，及「過猶不及」題，做文提出「中」字，本題「過」、「不及」方有著落。今人多以爲添出失神，是將聖人看作偷聲微氣一輩矣。吕嘗論「則吾從先進」句云：「從先進則不從後進可知，俗謂不補不從後進爲渾融，是欲周旋時人，反與孔子作賴抵，含糊没理會。」觀此論，可悟時下講説之非。

作文能斬截便老氣，便有筆力。余有「巧言令色鮮矣仁」作，起講下云：「今夫人之仁不仁，雖不關於言色之間；而人之仁不仁，實可驗之言色之際。」輕叙巧令後，渡下四語云：「斯人也，不惟聰明才力俱消磨於口舌面貌之間，而心術性情亦淪亡於諂媚逢迎之下。」又有「如惡惡臭如好好色」作，小講起四語云：「天下之事，有善有惡；吾人之心，有好有惡。」又有「惟大人爲能格君心之非」作，領脉云：「吾謂人不足與適，政不足間者，蓋以人君用人行政之非，其原皆由於君心之非耳。」皆有斬截之意。

今人作枯仄題，每苦其窘，不知皆未得竅耳。蓋題有題中實發，亦有題外借襯；有題後拓開，亦有題前展布。促於後者必寬於前，則著筆於其前；枯於中者必腴於外，則著筆於其外。又何窘之有哉。做文須先將題看得透，孰爲題前意思，孰爲題中、題後意思，且孰爲題夾縫、題旁外意思。逐一細想，便有得做，而通篇位置，亦不顛倒錯亂矣。

題之有前面、後面、反面，人皆知之，不知又有對面、旁面。如「與衣狐貉者立」題，衣狐貉者是對面，看此衣狐貉與與立者是旁面。王季重、金正希二先生文，後二比皆從此著筆。

題有直連下文，或語氣已盡，題後著不得一筆者。須處處在題前布勢，至末方放出全面。如「果能此道矣」題，「矣」字語氣緊吸下「愚必明」、「柔必强」，所謂直連下文之題。「果能」下無可著筆，只宜盤旋在「果」字之前，處處用反跌以取勢。言優游歲月，自謂能也，而實非其能；作輟無常，忘乎能也，而愈失其能。最後方説「果」字。「女弗能救與」題，「與」字直而不曲，乃怪問之詞，非婉商之語。「弗能」下寬鬆一筆不得，所謂語氣已盡之題。須處處説宜救與救之之道，在題前逐步作勢緊逼，「弗能」一層，至後方説是也。「帝之妻舜而不告」，是亦直連下文題也。只説帝之必告、當告、不可不告、告有數善，一跌「而」字，便醒極透極，口氣仍有咽縮。「何也」二字，方割得清。若先將「而」字輕出，「何也」二字，如何截得住。「便嬖不足使令於前與」，是亦語氣已盡題也。「與」字詰問聲口，若點出，以下再難有轉筆。須只説便嬖以備使令，不可不足，至末方轉到「不足」，點出「與」字，以還詰問聲口。

作文不知跌法則無勢。故反面跌得醒而陡落正面，有從天而下之勢。如「百里奚不諫」題，題前説奚不可不諫、不當不諫、不得不諫，使奚而果諫，則奚不失爲忠臣，不失爲國士，不負乎舊國、舊君。反跌數層，然後轉正，云：「而孰意奚也竟不諫乎。」何等醒快。

截下半句題，莫妙於題前騰挪與題中騰挪，萬不可題後更著一筆，著一筆即侵下矣。夫所謂題前騰挪者，即是反跌作勢。如「然且至」題，句句説既識不可，則不必至、不當至、不欲至，最後方轉出「然且」正面是也。所謂題中騰挪者，即是拆寫倒裝。如「雖欲勿用」題，先説用，次説勿用，又次説欲勿用，後方轉出「雖」字是也。

虚縮題最忌徑盡，全面一露，勢必一氣趨下，無可展挪矣。須處處在題前蓄勢，常留有餘不盡方妙。近科劉大山「夫子曰吾生」題文，最可爲式，而又兼襯托之巧。今録之，文云：「今夫子事迫矣，可奈何。吾儕視夫子有死之心，已絶無生之氣。即夫子自爲料，亦但能料其死，而必不能料其生。是以夫子猝然嘆曰『吾死矣』，而忽然曰『吾生』。夫子而無疾，則可以生；疾而弓猶可執，則可以生；不執弓而敵莫之追，則可以生；追而非庾公之爲將，則可以生；庾公來而射之不善，則可以生。乃今何時乎，其命之厄乎，而猶曰生，可乎？乃今何將乎，其數之窮乎，而猶曰生，可乎？死綏在俄頃矣，筮不必陳矣，龜不暇卜矣，雖有犧牲之禱，祖宗社稷，無神靈矣，一矢而伏弢，軍師皆宵遁，曰夫子難再生矣；敗績在須臾矣，卒徒歌虞殯矣，子弟具含玉矣，雖有鸛鵝之陣，鼓衰金絶，無鬬心矣，三檖而推車，君臣將縞素，曰夫子難更生矣。當是時，軍中有備夫子腹心者，倉皇謀曰：夫子何以生；士卒有受夫子撫循者，欷歔泣曰：夫子必不生。其或偏裨之將，有謬爲鎮定，以安軍校之心者，皆揚言曰：夫子將必生；然而廝養之徒，有潛爲偵伺，以聞敵人之風者，咸竊言曰：夫子殆不生。而夫子乃曰：吾生矣。豈平日獨不知衛有庾公之斯者，以善射名天下乎？既不幸而遇夫飲羽貫札之雄，而又加以霜露之疾，而又窮於技力之用，而乃倏然曰：吾生矣。然則庾公何利於夫子，而曰生也乎；然則庾公何愛於夫子，而曰生也乎？危乎危乎，豈天下事真有此易亡而爲存，轉禍而爲福者乎？余小人不勝惴惴於下風，竊不識夫子何恃以無恐。」

枯窘題須在題外生發，而生發須妙解旁襯法。吕云：「用意之巧，只是善借。」正指襯法也。前輩侯峒曾「童子見」篇，中幅引用孺悲、師冕、儀封人、陽貨作襯，後幅引用總角之童子、芄蘭之童子、將命及浴沂之童子作襯。陳大士「以王季爲父以武王爲子」篇，起講以君臣襯父子，後幅以后稷、公劉、古公襯王季，以帝乙襯文王，微子、紂及管、蔡、周公襯武王，末以舜有頑父不肖子襯文王。皆可爲枯窘題法式也。

枯題曉得借來翻襯，文勢便自展拓。

旁襯一法，多宜於虛冒題，以其空空引起，實義在下，無可做也。如「大哉堯之爲君」、「無憂者其惟文王」之類。

李岱雲云：「作文無他，亦只是要識輕重耳。必要輕一層在前，重一層在後，愈重愈留在後，非可以人意故爲倒置也。」余按，李論最爲行文三昧。如「既禀稱事」題，愈重在「稱」字，須從「事」折出「既廩」，又從「既廩」折出「稱」字，以下透發「稱」字意。又如「虞不用百里奚而亡，秦穆公用之而霸」題，愈重在「不用」、「用之」，須先提「虞」、「秦」一筆，次以「虞亡」、「秦霸」作一層，又次以虞、秦之亡霸由于奚作一層，後方以亡霸由于奚，實由于「用」、「不用」作一層。若開口便將愈重者說出，不但通篇無步驟，而輕重亦不瞭然矣。俗子作文，有了破承，纔想起講；有了起講，纔想前幅，中幅、後幅亦然，無惑乎其血脉相隔也。前輩爲文，先將通篇之局布置停當，則胸有成竹，下筆書其所見，一揮而就矣。故其自首至尾，不可作兩氣讀。吾願爲文者，必先定一篇之局，然後落筆可也。

作文之要，先在篇法。有篇法則淺深、虛實、前後布置井然，而無重複倒亂之病矣。有篇法則自起至止，一氣相生，而無七斷八截，血脉不通之病矣。有層次題，如「學而時習之」、「人不知而不愠」等題，則以循其次序，輕者先說，重者後說，愈重者愈留在後說爲篇法。無層次題，如「毋進」等題，則以用意前虛後實，由淺入深，先敷當然，後發所以然，或先發所以然，後敷當然爲篇法。總之，開口不可便將題目說盡也。

作文知得相生，則一篇如一股矣。凡前輩文字，無不皆然。今試舉一二言之。王緱山先生「季文(字)〔子〕三思而後行」墨，出「再思可」下，講六比云：「方事之卒而當吾前，一人之意見，即未可以億度，而苟以其所思者，再加詳焉，孰爲是，孰爲非，是不可以坐而照乎；方吾之卒而應乎事，萬物之隱情，即未可以立斷，而苟以其所思者，再加審焉，孰當行，孰當止，是不可以懸而解乎。故如是以爲思，則神游於事先，而理亦可以無惑矣，如必以猶豫爲沉幾，是重其惑也；如是以爲行，則慮周於事後，而動亦可以無妄矣，如必以二三爲審識，是益其妄也。蓋天下之事，一思則得其似，再思則得其真，而三思則利害形焉，或反以非而亂真；吾人之心，一思則見其幾，再思則見其理，而三思則趨避生焉，或反以情而蔽理。」宋羽皇評，謂「股盡復有生股」。又許鍾斗先生「畏聖人之言」墨，中後四比云：「暗室屋漏之事，有人所未及知，而聖人言善言惡，已若揭肺肝而示之早，則對聖言猶對神明也，蓋情僞微曖，莫能遁矣，而吾惡得不畏；惠迪從逆之跡，有吾所未及爲，而聖人言吉言凶，已若嚴斧鉞而待之先，則對聖言猶對蓍龜也，蓋成敗禍福，莫能逃矣，而吾惡得不畏。動而觀，静而玩，何時不披歷，然苟非澄神凝慮，極其齋以莊焉，不敢妄披歷也，吾生平所學何事，而可使幾微之或虧乎；擬而言，議而動，何時不質證，然苟非周規折矩，極其符以協焉，不敢妄質證也，吾日用所事何事，而可使毫髮之或爽乎。」袁了凡評「意脉相生」。學者看此二篇，便可曉「相生」二字，爲謀篇之善術矣。

單題不可囫圇説過，須將字字咬破，使一字中發出數層精義，則文有汁漿矣。如「進」字題，囫圇還他，俗子豈不皆然。慕廬先生此題文，正還「進」字後，忽疊發出四層意思云：「則見其不域於一簣而遂止也，而未進者忽進；則見其屢加於一簣而猶未止也，而已進者益進。則見其汲汲焉，必欲爲山而後快也，而以亟進者爲進；則又見其循循然，忽欲爲山而不能也，而以不亟進者爲進。」可見一字中，原有數層精義，特患文人不肯細加玩索，咬破使出耳。許子遜「齊之以禮」篇，齊智愚賢不肖、齊其倫、齊其度、齊其俗、齊其心；「察其所安」篇，察冥冥之衷、察鄙瑣之務、察張皇急遽之際，皆是咬破處。稼書先生曰：「作文須知分合之法。如題言『惡聲至』，此是合言之耳。分言之，則有以不卑而爲惡者，有以不巽而爲惡者。又分言之，有以褐寬博而惡者，有以萬乘而惡者。如此逐層分出最佳。學者熟此，文氣便開拓。」夫稼書先生之所謂分，即余之所謂咬破也。

前輩於單題，正面處發揮八比，由虛漸實，有次第而無架疊。正題先反，反題先正處，與提掇收束，俱不在八股數内。其或發六股及四股者，一因題意已透，一因股法已長，不必多贅，雖不八股，而亦無非八股也。今人起二股必纏上，後二股必喝下，止中二股是正面，則題之精義安在乎？吾願世之爲文者，宜於題之正面處著意，不要只管纏上喝下也。

作單題只是要於本題發得精彩，就其中細加搜剔。如剥蕉者，層層深入；如抽繭者，絲絲引出乃妙。如「民到於今稱之」題，若俗子作，於「稱」字或依樣還他，及多用替身耳。受之錢宗伯文，分出各樣稱法，便覺文有汁漿。學者當於此處着意。

作單題能知綱目之説，文便不可勝用。前總撮數語，或二股領起，此綱也。以下細細洗發，皆是詳領起處，此目也。

作單題若不知淺深次第及細加搜剔，非篇法倒置，即意思不能引伸矣。如「臣事君以忠」題，「臣事君」不必作，「以」字虛，其可實發者，止一「忠」字耳。一字而作八比，俗子莫不袖手。看前輩胡友信思泉公文，先虛提二比，説所以事君以忠之故。下八比實發「忠」字，而實發之中，首二比仍虛，次二比漸實，又次二比方更實，後二比乃更深。就一「忠」字內，分出虛實層疊，豈尚有倒置及不能引伸之病乎？學者不可不熟讀而細味也。

黄際飛云：「解於題一字中，分出虛實、淺深、反正、開合，識議便能滚滚不窮。」真名言也。

前輩股法，起頭煞尾，最忌重複，故處處變换。即如文恪公「有朋自遠方來」篇，中四股俱是實講。然上二股起頭云：「意氣之所招徠，風聲之所鼓舞。」先言己之有以得朋，是題前一層。次二股起頭云：「雖封疆之界，若有以域之；雖山谿之□，若有以限之。」又就題面翻剔。上二股煞尾云：「自相感而來，自相□而來。」是題之正面。次二比煞尾云：「涉履之勞，固其所輕；往來之頻，固其所願。」正面又帶反説。至結二股「吾誠自淑自誠」下，應接正面，却用「百世之下」、「百世之上」襯起，故與前四股無一相犯。董思翁「德之不修」一節文，中股煞句既云：「非吾之憂而誰憂。」後股股尾仍押「憂孰甚焉」。張爾公謂「股法重疊少變化矣，此老偶失檢點處。」又國朝庚戌錢紹文先生「願無伐善無施勞」作，中股末句云：「願無之也。」後股末句云：「回願與之忘而已。」徐山琢謂：「其中股既煞出『願』字，後股復然，便是相犯。」因删去「願」字，添一

「焉」字，改爲「回與之忘焉而已」。股法最忌重複，不有明徵乎？

文章反正法易見，然有不同。有前半反後半正者，有一層反一層正者，又有起講反以下正、一股反一股正者。前半反後半正，(反)〔及〕起講反以下正，是大篇法；一層反一層正，及一股反一股正，是小篇法。

作文知開合法，則文機便活。昔荆川先生最善用之，試舉其一二端，以證吾言。如「惟君所行也」篇有云：「或進而與先王同其善也，雖曰諫行而言聽，臣與有榮焉，然而善則歸於君也。」「禹稷躬稼而有天下」篇，後幅云：「禹雖無心於天下也，然陽城一避，而來朝覲者四方；塗山一會，而執玉帛者萬國。繼虞而爲夏，四百年之業，禹其開之矣。」所謂一開一合也。類此者甚多，學者觀其全稿自見。

作文須知賓主法。夫賓即所謂陪襯，主即所謂本題也。知得此法，則有展布，有騰挪，不至語竭勢盡時窘手矣。然有不同，有二股一賓一主者，有二句一賓一主者，有通篇前賓後主者，有一二股中，一層賓一層主，及疊用賓主者。種種不一，博覽自知。

學者於叙述題，須知襯貼法、描寫法。如湯若士先生「王之臣」篇，言王臣之遊楚，先云「無出境之交」、「有有故之去」。言友之終其托。接云：「古之人嘗有寄孥而行者，良有以也。」言友之不終其托。接云：「古之人嘗有分宅而居者，獨何心也。」皆是襯貼處。言臣之托友，先言寡妻弱子，不勝仳别之悲；言友之受托，先云密友良朋，正在羇旅之際。皆是描寫處。若無此數語，文便索然無味矣。

又作文最要輕圓之筆。如「王之臣」篇「人臣無出境之交，或以使而遊也；人臣有有故之去，或以宦而遊也」，數語是也。

作文細摹正面處，須知反襯法方更醒目。如周延儒「微服而過宋」篇，中間一段最妙。在末數語云：「彼桓子者，磨厲以須，正盱衡一峨冠博帶之孔某而剸之刃，而孔某則已過宋矣。」反襯一筆，頓出「過宋」二字，甚覺有力。若不知此法，恐不免失之呆疏也。

文家有挑法。如章楓山先生「從我於陳蔡」二句文有云：「使其人而皆及門歟，吾固怡然適矣；使其人一不及門歟，吾猶慨然思矣。」是也。

文章有頓法。如錢岳陽「不能死又相之」篇，説「又相」處云：「稱之仲父，尊則尊矣，抑不思今之舉國而授我者，乃昔之檻車而徵我者乎？」有「尊則尊矣」一頓，故「抑不思」一轉，甚覺有力。他文從此類推。

作文須知兩路夾翻之法。如徐敬弦「匿怨而友其人」篇，首二比云：「人而無怨於人，雖友其人而非所以爲比也，既已爲之怨焉，則彼此之情已睽，而勢不可以復合，從而絶其人亦可也；人而有怨於人，雖怨其人而非所以爲刻也，既已爲之友焉，則彼此之勢已洽，而情不可以復離，雖從而忌其怨亦可也。」茲乃「匿怨而友其人焉」兩路夾翻，「而」字甚醒。

文章有流水法，體雖並列而氣實相通，若急口讀之，幾忘其爲排偶之迹。如文潔公「夫子欲寡其過而未能也」篇，起股云「但以過者心之違也，本非其心而不可使有；惟是過者幾之微也，雖非其心而不能遂無」是也。似此者甚多，不能一一舉之，推類以看他文可也。

作文如得一意分作兩層，筆下自能滚滚不窮。如張賓王「微管仲」篇，第二層云：「如子之説，罪其忘君，罪其相桓，而深以爲仲尤。夫仲不忘君則仲必死，仲死而齊無仲也，豈惟齊無仲，將令天下遂無仲也；仲不相桓，則仲不如死，仲死則當時無仲也，豈惟當時無仲，將千百世竟無仲也。」只無仲一意耳，分做齊無仲、天下無仲、當時無仲、千百世無仲，何等展拓。

作文刻畫處須入骨，方見真摯。國朝丙戌戴「父母之年不可不知也」文，講「知」字云：「人方輕視此一日，我已深結於寸心。」講「不知」云：「浸尋荏苒，而尚有今朝，乃悠游淡漠，而付之一擲。」所謂入骨刻畫也。

文章解得寬一步法，便增出幾行文字。如先輩尤瑛「舊令尹之政必以告新令尹」篇，中股起頭云：「如其政而果是歟，則君之仕我於始者，必有取也。吾思之，吾必舉而告之。」正面已完，却寬一步云：「雖因所當因，以俟夫人之自擇。」然後以「而吾亦畢吾忱云爾」句收轉。有此一寬，文勢便覺開展，文機便覺鬆活。若使不知此法，則至「吾必舉而告之」下，氣竭力盡了，豈能再加一句乎？他如今人張爲焕「子亦有異聞乎」篇，中股起頭云：「共此訓迪之恒，而函丈之日少，不若庭闈之日多，吾知夫子之與子，其爲訓迪也屢矣。」正面已完，却寬一筆云：「雖在子也，生平創獲之事，未必舉以示人。」然後以「然以夙契如亢，夫寧不可爲良友告也」收轉。下更加「子試憶承懽之下，得毋有矜爲創獲者乎」煞出語氣。李宏敏「伊尹以割烹要湯」篇，中股起頭云：「思尹之才能，豈終淪落者，即歲月何難於少待，而乃以調飪之節，作邂逅之知，此其情亦何急也。」正面已完，却寬一步云：「在爾時，壯志欲伸，尹誠有所不惜。」然後以「而試以保衡翼主之年，還念夫負鼎和羹，徘徊於闕下，有不默然自失矣乎」收轉，皆類此。此外尚多，不能枚舉也。

文家有進一步法，解此則意愈深，筆愈轉。如文潔公「夫子欲寡其過而未能也」篇，中股云：「蓋余聞之夫子，非必沉溺之爲害也，即精神意氣之間，一有所向，皆清明之累也。」正是其法。

作文有本題難於實拈，而又不可不拈者，須知借映之法。如庚戌錢世熹「不可以風朝將視朝」文，小講起處云：「寡人於先生，所謂願拜下風者也，所謂願奉朝夕者也，所謂喜侍同朝者也。」乙未陳聖泰「旅酬下爲上」文，小講起處云：「且王者萃萬國之懽，以將一人之孝，則我祖考臨之於上，而群百工咸趨蹌於其下焉。」辛未姜承嵲「葛伯率其民」文，小講起處云：「且王者欲行其政，至使吾民相率而爲役，此其意宜無惡於鄰國。」皆是借映法。又李九我先生「遇諸塗」文，小講起處云：「昔夫子老於道塗，蓋庶幾一遇而不可得。」亦是借映法。

作文有題意已説盡，復欲開拓不窮，須知敷衍法。如章日炌「父母惟其疾之憂」作，中有二比云：「是以父母之憂賢子，更迫於憂愚子，愚則疾之外可無憂，而賢則憂之中正多疾也；父母之憂獨子，更迫於憂衆子，衆則其憂尚可分，而獨則其憂絶無可解也。」又如吴默「愛之能勿勞乎」作，中有二比云：「嘗觀庶人之子，習爲勞苦，曰此其分也，乃有以帝王之儲貳，而不得廢前後左右之防；諳練之日，試之勤勞，曰此其時耳，乃有以蒙養之方始，而不得忘少成習慣之戒。」皆是敷衍處。類此者甚多，不能枚舉。學者執此以會他文可也。

作文解得咏嘆法，便有悲壯蒼凉，深長縹緲。龍門、廬陵所以擅千秋逸調者，亦以其多咏嘆耳。國朝庚辰科文明「餓於首陽之下」篇，做完後結二比云：「嗚呼，萬國河山，非復先王所有，而首陽撮土，得夷齊餓於其下，猶與孤竹之封，千年不改；六百商祀，幾於一日而亡，而首陽卷石，得夷齊餓於其下，猶與墨胎之胤，萬世常留。」所謂悲壯蒼凉是也。前輩鄭崟陽先生「太師摯適齊」全章文，末一結云：「嗟乎，天下之仁人志士，落落於荒遐山水之間者，豈少也哉。」所謂深長縹緲是也。皆由得咏嘆之力。

作文有互見法，不可不知。如尤迴溪「舊令尹之政必以告新令尹」篇，起比云：「以昔之政，非吾舊令尹之政也，是君所與圖治也，以君視政，彼我皆君之臣子，而敢自私乎；今之政，非彼新令尹之政也，是民所與望治也，以民視政，彼我皆民之父母，而忍自外乎。」以舊令尹之政，屬君與圖治；新令尹之政，屬民與望治。又湛甘泉「爲湯武驅民者桀與紂也」篇，末二比云：「民向不知有商也，桀自驅之以與湯，始就乎商而已矣，是桀猶獺而湯猶淵也，民其不爲魚乎；民向不知有周也，紂自驅之以與武，始附於周而已矣，是紂猶鸇而武猶叢也，民其不爲爵乎。」以獺淵屬桀湯，以鸇叢屬紂武。皆互見法。

文章有回互法。如唐中丞「昔者太王」三節文，講末節處内中二比云：「以勢論之，若去之爲便矣，其或反是，而以義爲不可行焉，亦惟君之自審耳，可不爲之長慮也哉；以理論之，若守之爲是矣，其或反是，而以權爲必可行焉，亦惟君之自諒耳，可不爲之深謀也哉。」所謂回互法也。

文家有互映法。如唐荆川先生「所謂故國」三句題文，講「非謂有喬木之謂」處云：「人民之所安養者，不在是也；土地之所鞏固者，不在是也。」講「有世臣之謂」處云：「庶民小子，皆有所恃而不恐，所謂价人維藩者此也；宗廟社稷，皆有所賴而不危，所謂大宗維翰者此也。」上邊對照「世臣」，下邊對照「喬木」，是互映之法。

作文有不呆講題面，而處處排先着者。如「修我墻屋」題，鋪排「修」字話頭，有何意味。善作文者，只説蹂躪之後，未必此地尚有完廬，又説豈可令棟折榱崩，致減琴書之色。只使不可不修意躍然言外，則「修」字自透矣。所謂排先着也。

文家有化俚爲雅之法。如「自行束脩以上」題，照註中「苟以禮來」句，渾發大意，不將「束脩」二字過爲刻畫。又如「他人之賢者丘陵也」題，「丘陵」只輕輕一點，不落呆滯色相是也。前輩萬國欽「如見其肺肝然」文，「肺肝」字只於起處點明，結處一應，中間不拘拘詮肺肝，亦化俚爲雅法。蓋本題只極言不能掩耳，「肺肝」字特比喻，不得認煞。

文家有鬆法，有緊法。不知鬆則文促，不知緊則文懈。總之布局貴鬆，而結構貴緊也。鬆緊二字不相離，愈鬆則愈緊，愈緊則愈鬆。人能知鬆之未始不緊，緊之未始不鬆，則收放在我矣。

文章識得擒縱二字，則伸縮在我。要放開即放開，要收攏即收攏，筆勢自捉拿不住矣。

文家有以寬爲緊法。如「臧武仲以防求爲後於魯」題，首先筆筆説他可求後，然後跌出以防，寬他正是緊他。夫寬即所謂縱也，緊即所謂擒也。

作文須知詳略法，前詳者後必略，後詳者前必略，若逐處鋪排，則數一二而已，豈不板極重極乎。試看《史記》中，即如韓信一傳，前半于追亡、登壇，詳序之後，大如擊楚、擊魏、擊趙代，奇如本罌渡軍，只用略寫。至李佐車井陘一説，方始詳，可見作文必知詳略法，方有虛實相參，疏密互見之妙。陳大士「欲速則不達」篇，中股可以爲式，文云：「事原有如此之迂迴繁重，君子徐徐者，將以盡之也。欲速則上之所致，必有遺棄而不詳者矣。即不然，又必有顛倒而失序者矣。即不然，下之所奉，亦將壅滯於不可給之文。夫爲政者，施之有次第，而爲之有本末，故能循其大小緩急之勢，以自暢其所行。而一蹴幾之，此其蔽也。」第一層、三層反説，而後詳前略；第二層、四層正説，而前詳後略。若使俱詳不略，非但易於重複，且運掉不靈矣。

文家有倒縮法，不可不知。如「鄉也吾見於夫子而問知，子曰：舉直錯諸枉，能使枉者直」題，「何謂也」三字在下，一着疑論便礙。紹文錢先生作，偏用疑論，而不疑虛位，正是善用倒縮法。煞出股尾，則疑論皆空而下文緊接。文云：「邪正之相反也，君子往往容小人，小人往往害君子，則世道之憂，由於枉直者，匪細故也，有如正士登而僉壬斥，豈非內君子外小人之會乎，況乎小人胥化而君子也，吾恐致此誠難也，子則曰知者致之而無難；是非之互淆也，所謂賢者多不肖，所謂不肖者多賢，則人事之失，由於舉錯者，匪輕務也，有如剛方進而群邪退，豈非以賢治不肖不以不肖治賢之日乎，況乎不肖俱易而賢也，吾恐任此有愧也，子則曰知者任之而無愧。世固有操用舍之權，而人才即因之變化，如此者乎，乃子既以此明知矣，擅知覺之宗者，孰如夫子，子以爲能使，諒必有其能使者也，特其所以能使者，當其時，子尚未言；世固有殫明哲之量，而風俗即因之轉移，如此者乎，乃子既以此答問知矣，觀昭曠之原者，孰如夫子，子以爲是知，諒必有其是知者也，特其所以是知者，當其時，吾亦未問。」

截下題股尾最要縮住，蓋縮住則本文清，而下文又可直接。如壬戌史夔「雖袒裼裸裎於我側」文，内中二比下半云：「爾苟自愛，不必袒裼裸裎，爾不自愛，是以袒裼裸裎也，我則曰爾即不自愛，亦惟爾之不自愛耳；爾不自重，遂爲袒裼裸裎，爾果自重，何必袒裼裸裎也，我則曰爾不自重，亦惟爾之不自重耳。」縮得最妙。使「爾焉能浼我哉」到了口頭，却不出口頭。余有「如伋去」文，末比云：「如伋也，恐此都謀動干戈，而潔身以高蹈，則之治國，以寄孤踪，豈不甚安，然在伋則甚安矣。」又有「雖欲勿用」文，最後二比煞句云：「人雖欲勿用之，亦止人自欲之焉耳。」俱縮得好。

此編備論作文大要，擺布取用諸法，所以導其趨也。

漁村講授論文中編

講法全要心知變通。如曉此題作法，則凡類此者皆可從此推出。即不類此者，亦可從此照出。若曉一題而不能變通于他題，乃晦翁所謂只記得硬本子也。

人能神明于法，則一題到手，覺如是作則佳，不如是作則不佳，有不知其所以然者。至得此境，信手拈來，頭頭是道，真如天地之隨物賦形矣。

做發揮道理大題，不可另創一解。至割截破碎題，又當就題結構。惟使本位扣清，不牽前連後鎔成一片，不作竈起爐而已。至書之本義，或不必拘拘。此作小題之活法也。

做小題不知有活法，勢必束手。如「人十能之」、「湯有天下」等題，本與上文各自。然不借上陪説，則換却本題字面，即宛然「人一能之」、「舜有天下」題文矣。吾願學者于此細思之。

作文以移借不去爲妙。如「三飯繚適蔡」題，「適」字四句所同，「蔡」字本題所獨，從「蔡」字着想，以發出「適」字，方處處貼切本句，移掇上下文不得。大凡題有與上下文相同，而其中少異者，當從異處着筆，不從同處着筆。若同處是主要，則就此相同者，貼切本句尋意思，使其正與上下文不同，乃不移掇得去也。一友人以「湯有天下」一段題文見示，余曰：「筆機氣勢皆好，但换却『湯』字、『伊尹』字，便可改爲上段題文，此大病也。」渠問：「欲移掇不得，當用何法？」余曰：「子不見先輩周義菴『謂武盡美矣』及王宇泰『人十能之己千之』、趙倚鶴『從流上而忘反謂之連』題文乎？皆是借上陪説，便移掇不去。此題亦當如此也。」欲不混到上文，反借上文陪説，此是作小題活法。

文家有無中生有、憑空結撰之法。行文解此，則光景日新。最惡三家村學究，不曾曉得，而執印板死法以嘵嘵也。余冬月披覽，觀略小題選本中，錢之燾「三飯繚適蔡」文。或問于余曰：「繚之適蔡，其意當不知何屬？此文謂其不忍忘周，毋乃穿鑿乎？」余曰：「固哉，吾子之論文也。繚之適蔡，雖未必即是不忍忘周，但要不使上下得以移掇，自得發出這一段意思來，以敲實『蔡』字。此所謂無中生有、憑空結撰法也。崇禎丁丑，蔣鳴玉『四飯缺適秦』文，以懷周之舊立論，亦是如此。或他有意思，以敲實『蔡』字，使不可移掇上下，則雖不以不忍忘周立論亦可。以繚適蔡之意無實考，不妨隨人各自結撰也。若以爲穿鑿，則莊子《逍遥遊》篇，所謂『我決起而飛搶榆枋』等語，豈鶯鳩果有是言乎？」

余最疾夫世之執死法者。如王宇泰「人十能之己千之」篇，俗子讀得，便以爲知借賓定主之法，于題無不施之。不知此法，必换却本句字面即可移作上句文字者，方不得已而用之。如「謂武盡美矣」、「從流上而忘反謂之連」，及「湯有天下」一段等題是也。若本句有大異于上句處，如「爲叢驅爵者鸇也」、「三飯繚適蔡」等題，仍須就本句異處刻畫，使自不可移掇。若借上相形，非扯淡即打乖矣。余見一時賢論「便嬖不足使令於前與」題，謂「借上四句相形，方移掇不去」，余按，此真執先輩死法也。蓋文與上文同者，「不足」及「與」字耳。「便嬖」、「使令」，則大異者也。作文句句切「便嬖」，句句切「使令」，自不可以移掇，何必借上作此多事乎？又須知借上非不可，或只爲作「便嬖」點襯則是。如云「必如此方不移掇得去」則非矣。

看題當活變。如辛卯江南「君子學道則愛人」題，「學道」二字，與下句公共。連下句出，自當先用總提。今只一句，則先提「學道」二字，豈非類二句題作法乎？不知「小人」句，則甚不可。在首句猶不妨。故徐化民墨，起講下云：「偃今述夫子之訓，蓋以學道教天下也，而必自君子始。」萬曆庚戌會試，韓求仲「有大人之事」墨，起處云：「夫事固不同，有所謂大人之事焉。」辛卯順天宋德宏「君子不可小知而可大受也」墨，起處云：「吾爲用人者立可不可之衡，請得先觀君子。」皆同一筆法。然此法亦只宜用一二語點過，若多着筆，便是連下文總冒，即與下文并出爲題，亦移易得去矣。

論文須萬變，區區執一偏之見，其足以服人者幾希矣。如唐荆川「孝者所以事君也」題文，起講云：「齊家有本，身之謂也；治國有則，家之謂也。君子不出家而教成於國者何哉，亦曰不取必於勢而取必於理耳。」以下方入君親。「知遠之近」題文，起講云：「君子必有爲己之心，而後誠可蓄；尤必有知幾之明，而後德可進。」以下方入遠近。如此承上起下總冒，改題爲三句，亦移掇得去。刻繩之，不幾通套乎？然在次句，便用不得。而此乃首句，故猶不妨，何必刻繩之也。

本朝姚士藟「左右皆曰賢未可也」題文，起講云：「從來君與賢之相遇，豈盡天作之合哉，蓋亦有人焉，進説于君，以爲賢者先容矣。吾謂國君進賢之慎，尤當自左右之先容始。」上皆通冒説，下二句方擒「左右」，在「諸大夫」句則不可，在此句猶不妨。出「左右」後，接「左右」頓二比，在下兩段「左右」句則不可，在此句猶不妨。蓋皆以其爲首句也。

題有貌相似而作法不同者，如「爲肥甘不足於口與」與「便嬖不足使令于前與」，皆詰問聲口，所謂貌相似也。至作法則不同。「肥甘」題起講下先拈「不足」字，若曰王之所大欲，必王之所不足者，然後落「肥甘」。「便嬖」題起講下當云：「今夫人之所欲，豈獨采色娱目、聲音悦耳而已哉，又在便嬖使令於前矣。」若通篇只説肥甘不可不足於口，至末方轉正，點出「與」字，以還詰問聲口，則固與「便嬖」題無異也。

人疑「不足」二字，五句公共者，「肥甘」題先拈此二字，便類五句題作法。不知在下四句則不可，此首句猶不妨，且開端亦無硬出「肥甘」之理。看韓求仲「有大人之事」墨，起處云：「夫事固不同，有所謂大人之事焉。」便可證此。但此法亦只宜用一二語，多則不急見本題界限，豈復可以爲文乎？

大凡題之出落，貴緊而且醒，實是筋節方妙。如丙戌吕無党「未有學養子」文，起講下云：「心誠求之，不中不遠，豈非善養子人哉。」又如庚辰汪東山「人亦孰不欲富貴」文，起講下云：「異哉，子叔疑之不用，而又使其子弟爲卿也。投簪歸老，亦足以鳴高，而顧以當塗之尊顯，據爲故物也，此何爲者；解組歸田，亦足以云潔，而顧以朝廷之爵禄，傳爲家法也，此何爲者。或以爲此富貴之念迫之也。嗚呼，若以富貴言，則亦何人不之欲哉？」又如「直不百步耳」題，癸未劉大山文起講下云：「五十步而笑百步也乎哉，夫笑之之意，若曰余幸而不百步也。」辛未汪安公文起講下云：「夫五十步者而笑人，固恃其不百步而笑人也。」皆是筋節處。余有「事其大夫之賢者」二句文，前半逐層出落，亦頗緊醒。今録於此，起講下云：「如居是邦，其上有大夫焉，其下有士焉。有大夫而吾當前而失之，則情愫不洽，豈與共周旋；有士而吾交臂而忽之，則投合無從，豈與通聲氣。是居是邦，不患無大夫，而患不事其大夫；不患無士，而患不友其士。雖然，事大夫矣，而或所事者，碌碌未有奇節也；友士矣，而或所友者，庸庸無所建明也。則雖日事之，而吾之道不加進；雖日友之，而吾之德不加修。所謂嚴憚切磋之益，將何自而得哉。是居是邦，亦不患不事大夫，而患不有大夫之賢者；不患不友士，而患不友士之仁者。」余又有「禹思天下」一節文，前四比緊呼疊拍處，深中題之要害。起講下云：「禹稷之三過不入，何如是其急乎？洪水未除，天下之望治誠殷，禹欲民之免於溺也，不妨徐以圖之，而胡以遂如是其急也；民食維艱，天下之望濟誠切，稷欲民之免於饑也，不妨緩以治之，而奚爲遂如是其急也。吁，是未就其所處之時觀之耳。使當日者，禹無司空之命，則天下之溺者，君溺之也，吾聽之已耳，即有拯救之心，不過爲旁觀之太息，未必如是其急也；稷無司空之職，則天下之饑者，君饑之也，吾視之已耳，即有痌瘝之念，不過爲局外之憂，心未必如是其急也。」以下正落實講。

前輩趙君鄰「禹思天下」一節文起講下云：「過門不入，禹稷之於天下，何如是其急也。人曰禹之天下溺矣，是以急也，夫天下之溺，非己之溺，而何以急，且即欲以己授天下之溺，而亦何以如是其急；人曰稷之天下饑矣，是以急也，夫天下之饑，非己之饑，而可以急，且即欲以己救天下之饑，而亦何以如是其急。」末句呼得緊，得一節題作法。

慕廬韓宗伯「是以若彼濯濯也人見其濯濯也」搭題文，起講下云：「惟彼山木，未幾而美者亡矣，生者息矣，萌蘖已無餘矣。人將曰：若彼濯濯也。而抑思何以若彼濯濯也耶？將謂山實固然，其無足怪，然未見其濯濯也；將謂山有木，工則度之，其日尋斧斤焉，故至此，然猶未見其濯濯也；即謂日夜雨露之所未及，而伐者不復生，故至此，然亦未見其濯濯也。果何以若彼濯濯也耶？嗟呼，惟是斧斤之餘，萌蘖幾何，其堪此牧者實偪處此也，是以若彼濯濯也。」出落最醒。至其帶下字面點逗，俱是爲是以布勢，尤得搭題巧妙。

凡作數句題，必使血脉貫通，不可上下不相連屬。作起處，眼顧止處；作止處，眼顧起處；做中間，眼顧兩頭。須入手即將全題打通爲妙。若説完一句，又説一句，平鋪另講，無提綰、剪裁、詳略諸法，便是艮題之血脉矣。作數句題，固當血脉貫通，然部位仍自分明方妙。若任意凌亂，不顧理當與否，便是混題之位。其失與艮題之脉者惟均也。

又作文於上下聯合中，而界限仍自清楚方妙。若一涉模糊，雖穿得極巧，終覺無眉目也。是亦大雅所笑。

凡題上下截做，中間用過文者，最要看題。若題下截直接，難于紆徐曲折，過文須用鬆字訣，所謂急脉緩受是也；下截甚慢，易于扯長冷淡，過文須用緊字訣，所謂緩脉急受是也。國朝癸丑成德「周人以栗曰使民戰栗」文，過文云：「迄於今凡觀於社者，輒指其所樹，以爲是周先王之遺澤所留也。相與憩息其下，低回而不能去。蓋自亳社既遷，周室定鼎，國家太平，于今數百年矣。問其種植之意，則父老皆無能道者，而余竊有聞焉。」是用鬆字訣。前輩湯顯祖「民之歸仁」二節文，過文云：「此何待于驅乎？而況又有以驅乎？」國朝壬午沈儼「魯人爲長府」二節文，過文云：「爲之者欲改之也，不欲仍其舊也。」是用緊字訣。

文家有蟬聯法，有脱卸法。如張二泉「一不朝」三段文，下二段股頭云：「然爵雖貶矣，而封疆猶舊也；然地雖削矣，而其安處猶故也。」所謂蟬聯之法。湯臨川「民之歸仁」二節文，説下節處股頭云：「故水就下而魚就淵，類也；獸走壙而爵走叢，類也。」所謂脱卸之法。

作文要知趁勢滚下之法，則長題不致另起頭掇，單題不致文機寬懈。如董思翁「子路問成人」全章題文，上節煞尾云：「是中行之選也，是三代之英也。吾所以望子，豈不出此哉。」下即趁勢云：「有如曰吾未之能也，則有今之成人而已；有如曰吾願爲今之成人也，則但全其忠信而已。」何等捷便爽快。否則必費多少搭橋布欖之勞矣。

搭題重兩頭，中間任他多節，皆須剪裁省浄，與首尾打合一片方妙。

搭截題起講最要扣住首尾，使上下文插不入一語，本文删不去一語方好。國朝己丑施愚山先生「與之釜」至「與之粟九百」文，起講云：「今夫立身觀其所取，待物觀其所與。多寡裒益之間，聖賢所不相同，而其義要各有當。故有時師弟情深，而餽之若不妨薄；有時官常典重，而禄之若不嫌多。其事可並觀也。」又癸丑韓元少先生「天下之賤工也」至「天下之良工也」文，起講云：「且是非榮辱之故，以出於君子之論者爲正，而流俗不與焉。故爲世所詬病，不必耻也；爲世所稱道，亦無足重也。蓋人情無定，則其論亦無定也。」皆是扣住首尾兩頭，可以爲式。

搭題弔挽皆須天然入妙，渡下尤貴一片真如，無縫天衣，最忌有斧鑿之痕。

數章或數節長搭題，中間堆疊，最忌逐漸鋪去。須以兩頭關合意作主，將他趁勢疾捲，隨便帶過。打疊極省極浄，有隨手驅駕之巧，而無艱難勞苦之態方妙。

作搭題只就題起見，使首尾團結之緊，中間打合之工而已。至書理本義，或不必拘定。如「壹戎衣而有天下」至「武王末受命」題，末句本以引起周公耳。王鳳洲先生作，用之收繳上文，以明武王之不得已。蓋因題如此出，欲其聯成一片，不得不然也。舉此一篇，以備觸類。

就題起見四字，最爲作搭題妙訣。如「尊爲天子」至「上祀先公以天子之禮」題，「尊爲天子」本與「富有」、「保饗」三句一例。李九我先生作，將他串下三句，蓋以便爲下截伏案故也。觀此足徵吾説之不誣矣。作長搭題，趁勢疾捲，即所謂反點法也；隨便帶過，即所謂借點法也。反點如國朝庚戌陸隴其「過宋而見孟子」至「復見孟子」文，中間就議論翻過云：「性善之論，質之告子之流而背違者，安在膏粱之子而可告也；堯舜之道，陳之齊梁之廷而不遇者，豈區區滕國之公子而相契也。」便是。借點如壬戌張如錦「然後知松柏之後凋也」至「唐棣之華偏其反而」文，中間云：「將以抑鬱之已甚，爲松柏憐，而松柏不受人憐也；將以特達之未晚，爲松柏幸，而松柏不因人幸也。然後知松柏真知者。殆矯然自好，而非世俗得以惑之也。未也，風雨方來，不渝其色；霜雪雖急，不易其操。憂之不存，懼將安至。然後知松柏似仁者，然後知松柏又似勇者。嗚呼，凡今之爲學，得如松柏亦可矣，吾望其孤幹卓然。殆有道者，而又何獨立之未可信耶？乃世之不知松柏者，猶竊竊然笑之，笑其罔識權變曰：人生世上，使舉動合宜，翩翩見稱濁世足矣，知希者貴，徒自苦耳。若然，是將令天下之不堪爲松柏者，皆爲唐棣之華也。」將二節知仁勇及學道立權俱就松柏穿去，不另起引掇便是。

文家提法最爲醒眼。提得有勢，則以下隨筆揮去，毫不費力矣。所謂振衣挈領是也。但提法亦只是虚提、渾提、反提，或提半面。從無實提、正提、全提之理。

二扇、三扇及段落題中，有緊關字眼相同，宜先用提法。如「中人以上」一節，提「上」字，提「中人」，提「語」字。「鼓方叔」三段，先提「入」字。「太師摯適齊」全章，提「適」字、「入」字是也。又滚作題多宜先用提法。如「禮與其奢也寧儉」，起手提「奢」、「儉」。「事君敬其事而後其食」，起并提出「其事」、「其食」是也。

虚提，如孫百川「晉國天下莫强」七句文，起講以强弱立案，即緊接二句云：「寡人嘗思昔日之强，而不能不耻夫今日之弱矣。」所謂虚提是也。渾提，如石季常「周公謂魯公」一節文，起講下一段云：「蓋君子念開國承家，重在人心；植本樹基，端在初服。是故立國有體，宜遵忠厚之遺；而長世有道，其無忘親賢之訓乎？」所謂渾提是也。

反提，如錢岳陽「不能死又相之」文，起講下云：「彼子糾雖死，仲之君也；桓公雖立，仲之仇也。既爲糾也臣，則宜爲糾也死；不爲糾也死，亦宜不爲桓也相矣。」所謂反提是也。

提半面，如陶石簣「子謂子産」一節文，點過首句下云：「蓋君子之立身行己，自有法度，而以敦職守，又有事上之小心；君子之愛人利物，常有餘恩，而以肅紀綱，又有防民之大義。」所謂提半面是也。

作文反提可見全身，而正提只宜半面。反提可不必虚，而正提則甚忌實。

滚作題亦間有可以截説者。如王守溪「先難後獲」篇，中間四比，前二比説「先難」，後二比説「後獲」。瞿昆湖「敬事後食」篇後四比，前二比説「敬事」，後二比説「後食」是也。然必先用總提或總籠，則以下截説，方不失滚題作法。故「先難後獲」篇，于中四比前，以「先難」、「後獲」分對二比，「敬事後食」篇，于後四比前，先以「其事」、「其食」并提二比，次將兩句合發二比也。

記事題有有議論在下者，有無議論在下者。無議論在下，便可敘事夾議論；有議論在下，只可案而不斷。如「季氏使閔子騫爲費宰」題，無議論在下者，不妨將所以使之之意，實發出來。「童子見」題，有議論在下者，只可疑案到底，無一語説煞方妙。若實説所以許見之意，便犯「人潔己以進」數句意矣。

文家有翻案之法，知此則一空陳解矣。如顧端屏「季氏旅於泰山」篇，人皆以季氏爲僭，彼獨言其自危是也。然須知有大識見，説來确确近情切理方好。若好爲求奇，另起一番穿鑿之解，未免貽笑大方，又不若不翻之爲妙也。此法宜於記事題，語氣題不可用。看先輩文，最要眼力高，認出做者用意所在方好。如黄承昊「桓公殺公子糾」篇，人莫不知其攻擊管仲爲得竅矣，但子路罪管仲殺後不死，不罪其未殺失算，今顧攻擊管仲，見其無算，所以致桓殺糾，不幾增出一層議論，與子路意中不合乎。不知其正爲下文作勢，言既無算以致殺糾，則此時惟有一死，足以謝糾耳。觀末一結云：「吁，上不能輔君以立，大不能免君于死。爲仲計，惟有一死足以謝糾耳，而竟不能死也哉。」可見作者用意。此即堪輿家所謂穴也。俞寧世評此文，謂「欲爲下文作勢，先用進一步法，不爲苛論。」巨眼也。

文家認題竅未可執一而論。如「加之以師旅」題，只做「加」字，「師旅」字當个「兵」字説了，未爲不佳。少吕此題文，偏從「師旅」字得手，坐實「師旅」非大國全軍，不過四分軍之一、五分師之一耳。生出用多不如用少，合用不如分用來。見「師旅」力量之有餘，益見「加」字之危迫矣。可見題竅原無一定也。

題有竅不在本句而在上文者。作文須説本句，處處歸到上文，方見眼目。如「飯疏食，没齒無怨言」題，是見仲功之服人，不是贊伯氏之忘怨。「管叔以殷畔」題，正以明周公不智，非以見管叔不忠。作文必要歸到管仲、周公，若稱揚伯氏、唾罵管叔，便失題竅矣。他皆類此。

題有正叙，有原叙。正叙如「季氏八佾舞於庭」題，直坐罪于季氏是也。原叙如「季氏富於周公」題，坐罪冉求，而先以季氏引起是也。做正叙題，可將本句坐罪之人唾罵。至原叙題，須將本句放寬，以激注下文坐罪之人。若唾罵引起者，如正叙題作法，便失真子矣。

凡題有本句輕，下句重者。作文須將本題處處放寬，以使下文神氣緊接。先輩錢岳陽「不能死又相之」篇，講「不能死」二比云：「子糾以爭國死，而仲不能與之俱死，吾猶曰殺身成仁者，仁人之大節，而不可以是求多於仲也；召忽以殉君亡，而仲不能與之俱亡，吾猶曰明哲保身者，智士之大略，而或可以是寬仲之責也。」惟「吾猶曰」三字，將不死放寬，故下遂云：「孰意又從而相之乎？」用「孰意」二字，使「又相」出得甚緊。若先將不死唾罵翻駁一番，則落「又相」，豈能醒快乎？他題皆可類推。

題有本文是賓意，下文是主意者。作文須句句放活，與下文暗相擊射方妙。如「今也純儉吾從衆」題，以可從引起不可從，所謂本文是賓意者也。須做得含蓄委曲，見得吾豈樂違衆者，方是放活之妙。金嘉魚此題作，起講云：「今夫今古之際，君子有甚不得已焉者，非遂篤於禮而戾於時也。日用之儀，衆所共趨，苟非大無禮之事，而猶有説焉以處之則，夫挾先王之禮度，鰓鰓尺寸以相繩者，其亦可以不必矣。」湯宣城此題作，中股煞句云：「而苟可宜民，不必古之爲是矣。」後股云：「蓋萬世無弊，本先王所以立極，而但不以一時之變，拂乎萬世之經。即質之前人，耳目聽睹，各仍其便，亦時升時降之適然耳。」覷下節講，最有眼光。

湯霍林論關動題式，謂「兩語原相關，兩意原相印。命題者先出首句，若呆定發揮，便失下句之脉。作文必須句句是本題面目，句句是下題張本。擊東可應西，呼上可照下。活活生動，不得下了十成死語，以致轉語之難。」愚按，湯論最好。前輩韓求仲「有大人之事」墨、董思白「如其善而莫之違也不亦善乎」篇，可謂得其法矣。「由也問聞斯行諸子曰有父兄在」，是亦關動題也。錢紹文作，處處倒撲下意，使言外見得以此告由即可以此告他人，極合法式。

作文當參活句，不可死煞。如「君子無終食之間違仁」題，是借罅隙處，反面托出，以見其密之無間，非謂于此着工夫。作文當注筆寫活句。若云此關過得，方算得手，便將終食之間看死煞矣。又如「爲長者折枝」題，不過見其事之至易，以爲下「不能是不爲」張本。若説如何折枝，如何爲長者，便都是呆話。學者所當留意也。

凡題有不當着相者，亦即有當着相者。作文不知隨時變通，與癡犬守椿何異。如「出門如見大賓，使民如承大祭」，偶抽出一二件輕忽事境，形容無不敬、全身正。如「終食」、「造次」、「顛沛」，非謂君子到此處纔見不違仁也。作二句題，當注筆寫活句，使言下見得此意，不可看煞實相。若做一句題，又當於實相中有會，若仍注筆寫活句，則換字移聲矣。蓋言下見得無不敬意，乃二句通共者也。

前輩金正希先生「天下之無道也久矣」文，中二比「豈爲不極歟，豈猶未艾歟」，後二比「已是南巢牧野之時，更非葵邱河陽之日」，俱于言外見得亂極當治意，最妙。蓋此題神在「久矣」二字，正見得亂極當治，以決天之將以夫子爲木鐸也。非憂時傷亂語。

平列數句，各有精義者，須各開就本句，實實發揮，最忌合併總做，以逐句難於詳盡也。然又有可以總做者。或各句無甚精義，及有公共字面。如「鼓方叔」三段、「太師摯適齊」全章之類，不當執一而論。

總作中亦有層次。如「繼絶世」五句題，先説「絶世」、「廢國」、「亂危」、「朝聘」、「往來」一層，次説「不繼」、「不舉」、「不治持」、「不以時」、「不厚薄」反面一層，次方説正面一層是也。總作中之層次，亦即拆字訣。

凡題有宜渾做者，不可不知。前人曾論「可以仕則仕」四句題，云：「四『可以』，即天道之本然，見權度之精，智之事也；四『則』字，乃時中之大用，見神明變化之妙，聖之事也。此四句須一氣併讀乃得，若止就『仕』、『止』、『久』、『速』，呆板分疏，即不見聖人全身矣。題有實處在句裏，有實在句上者，此實在句上也。實做都在空際，纔道得聖人分量出。」觀此可知題有宜渾做者矣。歸震川渾處云：「大行固所甚欲，而窮約亦將終身；忠愛固爲有餘，而明決亦無不足。神明變化，一制于義，而不膠于應用之宜。屈伸消長，無與於我，而各得其當然之則。」甚妙。

兩對題有宜合發者。如「舜有天下」一節題，若分作，則有了前股，便自有後股，太覺省力矣。萬曆丙子河南陳陛文，最爲得法。今録於此，文云：「且天下何多衆人也。吾欲仁衆人似難，而就衆人中樹之的而轉其趨則易。何也？天下人之耳目，畢注于有天下者之意旨，而明示天下以好尚，即已陰鼓天下之精神，此其機正自舉措寓焉。試與子徵已事。如舜如湯，皆古有天下者也，皆能化天下不仁使仁者也。而要未嘗討不仁而諄復命之，則有選於衆，舉皋陶而已；則有選於衆，舉伊尹而已。方皋、伊之混迹於衆也，天下不必知也，從衆舉先從衆選，詢咨之廣，合以獨照之哲，而後此一選也，公道旁昭，天下向往之途，若與之俱昭，忽不覺洒然易慮焉，風厲甚微，轉機甚捷也：及皋、伊之甄別於衆也，天下所共知也，從衆選即從衆舉，獨知之契，懸爲共赴之標，而後此一舉也，登籲既開，天下趨避之路，若與之俱開，忽不覺喁然向化焉，提樞甚簡，收功甚宏也。想二聖人之愛不仁也，未嘗薄于皋、伊，而當其選舉時，若與皋、伊偏注焉，非私之也，好直之心，正以厭天下之公心，而時已陰寓大鈞陶；即二聖人之化不仁也，亦未必假之於舉皋舉伊，而及其選舉後，若鼓天下速肖焉，非督之也，好直之心，亦自出天下人之真心，而時特明示以意向。故人知弼諧之謨，以明允襄帝治，而不知邁種在位，其風動尤神；人知阿衡之佐，以先覺開群蒙，而不知帝臣簡在，其鼓鑄倍遠。此固舉錯之效，而知以成仁之明徵也。」

文家有化三爲兩法。如董思翁「子張學干祿」全章文，入夫子口氣云：「吾子亦知所爲學乎？夫學最難言也。淺陋者無論矣，而輕信之弊，輒生於博綜遠覽之中；疏落者無論矣，而考究之精，或濟其矜奇炫能之習。」一比輕撇多聞多見，以反闕疑闕殆；一比輕撇闕疑闕殆，以反愼言愼行是也。此法破板爲活，神機一片，先輩多用之，不能一一舉出。

做全章長題，最要血脉相貫，起處即便打通下面爲妙。余有「鄒與魯鬨」全章文，講上節云：「鄒之穆公素不仁民，乃驅饑饉疲敝者而與魯戰。及其不勝，欲盡誅之以謝有司，其意非尤民之不親上死長乎。」將下二節即便一句打通，最妙。至提「仁」字爲主腦，亦有見。

「先進於禮樂」全章題，鄧、黄墨中間過處二股，皆一賓一主。然人謂鄧勝於黄者，鄧作前股説不從後進，後股説從先進，恰好落出下節從先來，由賓而主，次第更不倒亂；黄作前股説從先進，後股説不從後進，天下無主反居先，賓反居後之理。此人所以謂鄧勝于黄也。可知賓主法不得顛紊矣。「先進於禮樂」全章題，鄧以讚作，兩形處，先説不從後進，次説從先，由賓而主，恰好落出「用之」。方揚作，却將不從後進獨作二股，純用賓字法門，然後落出主來。凡題目上有兩件，下只歸重一件，須曉此兩法也。做長題最忌正點直點，須知以翻爲叙法。如李仲達先生「魯平公將出」全章文，前段云：「夫倉，嬖人也。公之於倉，何言不信，何出入不相關。公之將出而猶未也，尚欲決之倉也。倉言而公信，倉止而公止。即無踰喪之事，公不止乎；即倉不以踰喪爲言，公不止乎；即克言之而公果以爲非踰，公不信倉而止乎？」又如李九我先生「吾聞用夏」四節文，駕過次節一段云：「夫使師没而可倍，則昔聖門群弟子，所爲三年之外，而猶相與哀慕者何心？所爲築室於場，而獨居者何心？所爲比之江漢，比之秋陽，而不忍以同列之疆，苟焉而爲有若之事者，又何心也？」皆是以翻爲叙法。類此甚多，不能悉舉。

做長題最忌另外起頭，任他多節，就勢滚去，皆可一氣相生方妙。此其竅在解牽上搭下法也。何謂牽上，如講此節，股頭仍跟上節來。何謂搭下，講此節股末便已透起下節也。牽上搭下法，莫備於許子遜先生「敢問交際」全章文。但全篇難載，今擇李九我先生「吾聞用夏變夷」四節文内中一段，以爲學者反隅之資。文於「又何心也」下，緊接云：「由是以言，則夫倍其師而從南蠻鴃舌之人，非先王之道者，豈徒良之罪人哉，亦曾子之罪人矣；豈徒異于曾子哉，亦異于吾所聞矣。」

作長題要剪裁，却不可有滲漏。要凌駕，却不可至倒亂。

作長章題，當借題之字句，爲文之波瀾。則伸縮在手，運長題如一句矣。

作長題，須要以我馭題，切莫爲題所使。其要只是擒出主腦作索子，以此穿去，則千頭萬緒，總歸一線。而紛紛題句，無不任腕下驅策矣。

作長題，人方心忙手亂，唯恐剪裁不净。我則不但剪裁而已，更有題外閒情。至得此境，方是運長題如一句。馬文敏評鄭峚陽「齊桓晉文之事」全章文云：「于簡掉處看其裁剪，不如於跌宕處看其波瀾。」正謂此也。

作長題，反點之外，又有借點一法。如陳大士先生「前日於齊」全章文有云：「當孟子所處無遠行，齊詭爲宋之辭曰，聞將有遠行，孟子將受之乎；當孟子所處無戒心，齊詭爲薛之詞曰，聞戒，孟子將受之乎？」是也。

長題有包舉法。如我自行議論，未嘗指着題句，而題自在其中是也。

長題有補點法。如前用包舉，題意已括於其中，後復現出字句是也。

又有以撇爲點之法。如題有兩層，當側注下一層，則上一層既不可重講，又不可抛荒，當用此法。

作文用筆須飄忽，有乘迴風兮載雲旗之勢乃佳。如錢塘周本孝「鼓方叔」三段題文，起講下翻一段，言太師侑食雖去，猶有鼓方叔諸人，安得謂魯廷之無人。下即加「然而魯廷則竟無人矣」一轉，末點出方叔入河，武入漢，陽、襄入海。又加「而爲原夫其始，則固鼓焉，播鼗焉，少師焉，擊磬焉者也」一掉，最爲飄忽。

作文理與法常相因。如「不有祝鮀之佞」一節題，本註云：「衰世好諛悦色，非此難免，蓋傷之也。」既云傷世之衰，則作文自應以末句作主，就世道發論，方爲得旨。凡將「鮀」、「朝」鋪叙者，皆非也。然「非此難免」，「此」字又實指「佞」、「美」，則末句自應實就上二句發論。凡脱却上意，泛論世道者，亦失之矣。此以書理言，當輕點上二句，留在歸併末句説也。上二句是目，下一句是綱。倒綱題式，小講下用小股，輕遞過目去，急驅綱處重做，但不可離却上面之目，須將上面之目，包舉暗藏于其中。此以作法言，當輕點上二句，留在歸併末句説也。可知理之所在，有時即爲法之所在矣。

吴因之先生云：「平淡題雖無别的講貫，然亦須反覆論得痛快，然後讀者悚然。今人一味含糊單弱，文安得不卑乎？國朝庚戌紹文錢先生文，最是論得痛快。試舉其一，以證吾言之不謬。『信近於義言可復也』作，中間曲折寫出不可復之故云：『凡信之不可復者有故，在乎意之不經，而其後忍而背之也。意之不經，而出於輕率之舉，以爲可任無虞耳。乃理當阻格之時，往往保其初心而不獲。將悔而更之也，而約已在前；將曲而全之也，而失已莫挽。事難兩顧，則必取今日之義，而棄其前日之言。此亦事之無可如何也。』」

題有實義當發者，作文最忌游光掠影。須層層剥入，細細搜出，無一毫餘剩方妙。若只挑剔了事，便是無真正本領也。題有正面已完，題後尚有餘意，須推論一番。則本意愈覺滿足，而文勢亦瀾翻不竭。

作兩扇大股文字忌氣促，須有題前推原，有題後拓開，有題中洗刷，有題外旁襯，層層引出不窮。忌筆直，須有反正開合，有賓主操縱，有頓跌抑揚，曲曲折折，如峰迴路轉方妙。

作文貴扼題之要。不扼其要，而鋪叙其非要，絲毫不着痛癢。如「衆惡之必察焉衆好之必察焉」題，題要在二「察」字，此處透發，方句句警策。「衆惡」、「衆好」，則非其要處耳。雖透發所以必察之故，亦離不得「衆惡」、「衆好」，然單單鋪叙則非也。

作文最要知取勢，取勢則吃緊矣。福建魏銈「上好禮則民易使也」文，起講下云：「民之所以可使者，安于其分而已；民之所以群安於分者，維之以禮而已。禮之爲道也，大要在尊卑貴賤之間。吾於天下之民，不能爲之禮，以秩其尊卑之等，貴賤之倫，則民將越分難制，而非上所得而使然。即繩之以禮，日責其効力于上，而民仍復嗤笑而不爲我使，且曰上其欺我，抑甚强我，此又曷故也。一者以上之於禮詭也，齋莊中正，禮之大本，而陰違之而陽故示之，夫豈不欲巧借其迹以使民，顧民亦有心，其不可以迹借而詭使也明矣，蓋其精意之不屬民，固已共見之矣；一者以上之於禮苟也，吉凶軍賓，禮之故事，而浮慕之而旋且厭之，夫豈不欲因襲其文以使民，顧民非甚愚，其不可以文襲而苟使也明矣。蓋其性情之不存，民固已户曉之矣。」文從「禮」字折出「好」字，輕重瞭然，取勢最好。

凡題有抉透反面則正面自透者。如「無友不如己者」題，欲「無」字警切，惟在將「友不如己者」弊病，層層發盡，則「無」字之意自透。又如「父母在不遠遊」題，欲「不」字警切，惟在將遠遊如何貽親憂、虧子職處，層層發盡，則「不」字之意自透。非不抉正面也，其發反面處，正是正面所以然之故也。

題有似兩截而實不必兩截者，最忌各自鋪叙，須從題縫想意。夫題縫者，謂題上下文接處也。凡題有兩種，非上層由於下層，即下層由於上層。做文須抉其上層所以由於下層、下層所以由於上層之故。如「禮樂不興則刑罰不中」，所謂下層由於上層題也，須抉出所以不興便不中之故。「思事親不可以不知人」，所謂上層由於下層題也，須抉出所以思事不可不知之故。欲抉出所以思事不可不知之故，只將人之關切於親意打得通透，則所以思事不可不知之故，不煩言自解。「禮樂不興」二句題亦然。

此編備論參互、變通、□□、□事諸訣，所以達其材也。

漁村講授論文後編

看四書五經及宋儒諸書，但取其辨别道理，精密入神，足以開我之愚蒙。若於此中求文法，過矣。不但議其文法之不佳，古人所不受貶；即美其文法之佳，古人亦不受褒。以其本意只在説明義理，不在作文也。看《綱目通鑑》等書，但取其斷制謹嚴，古今時勢，如在目前，足以長我之識見。若於此中求文法，過矣。不但議其文法之不佳，古人所不受貶；即美其文法之佳，古人亦不受褒。以其本意只在論列事與人之是非成敗，不在作文也。看《莊子》、《左傳》、《史記》等書，但取其文法，提掇過接，起伏迴環之勢，停頓跌宕，開合操縱之姿。若議其理之不精，論之不當，亦過矣。蓋其本意原在作文以傳後，不在説義理、談事勢也。諸書各有適用處，而不必其相兼。學者當隨書取益，毋庸求全責備也。

文章奇詭不難，正難在平正耳。談理則精确不磨，論事則源流洞見。而且筆情敷暢，無艱難勞苦之態；風度端凝，有玉佩衣冠之概。此非熟於五經、廿一史不能，蓋學無根柢，難於彰明聖道，鍊達世故也。

搭截、鬼怪題，似難實易； 發揮正面題，似易實難。 此非多讀書，詳認理，而又需之歲月以大作醖釀，不敢揠苗而助長，必不能精實樸茂，神彩焕發也。

作理題，入理貴沉著，而出筆貴新秀。 若有一毫訓詁氣，便爲腐矣。 作理題，最忌影響，須字字切實。 最忌含糊，須句句痛快。

理題作文有三忌： 忌腐，忌晦，忌不暢。 去此三者，便爲好文字矣。

文章最忌有講書話頭、講書氣味。 雖甚道學語，却出之以清新雋妙，方可謂文。 若一涉陳腐，即老頭巾村學究矣。

須知所謂談理透宗者，蓋融會宋儒先生之書，而出之以清新靈逸，説來親切有味也。 若看作寫語録大全説話，入于文中，不但談理未見體認，而筆下亦有講書氣味矣。

作文要有實際，于人情物理，體貼出來。 今人只駕空了事，可見本領不濟。

文之可傳，在廣淵雄健，蒼莽醇厚。 若艷麗浮詞，最是下乘。 試看六朝之文，與秦漢唐宋之文便見。

謀舉業不可落挑剔小家，須體裁正大； 不可有詭變惡習，須品境温醇； 不可只通套了事，須切實發揮。

温醇樸茂，典貴高華，此乃大家風度，最上之品也。 若不能，只求敷暢條達，毫無艱難勞苦之態，便是舉業當行。

今人作文，動言冠冕，予以爲不若言精實爲妙。文能精實，則氣象自大，不期冠冕而能冠冕矣。若不與題絲絲入扣，而泛以膚詞廓語爲冠冕，乃先輩所謂不切之陳言也。

文章氣須條達，而筆須曲折。如大河長江，有一洩千里之勢，而層波叠浪，時見乎其中方妙。

拘攣澀滯，文家大病。故一題到手，只隨筆揮灑，毫無苦態。此正唐中丞所謂「文入妙來，無過熟也」。

文家上乘，雖是實理，而欲筆致靈活，却不可不有虚機。猶美人送媚流情處，全在一對秋波也。秋波不靈，雖有國色，其如不風韻何哉。

文章忌排偶句法太多，多則文氣板重。須錯綜變化，方是大家疏落之致。

文章忌雕鑿。蓋浩浩落落，一氣流轉，大葉疏枝，方是大家手筆。

文章貴於自然。語之多寡，皆隨筆機所到。若本多而故欲少，則必有生硬之病；本少而故欲多，則必有堆叠之病。

作文出得自然，則一筆揮灑，氣方流走不滯。若稍牽强費力，非生硬即板重矣。然欲自然，只是熟讀多作而已。

文章出詞最要流利。令人讀去，不覺一毫聱牙費齒。所謂文入妙來，無過熟也。

文要蘊藉，固也。但所謂蘊藉者，神遠味長，咀之不盡，而言外意思，何嘗不透露。若說得不明不白，是含糊而已，豈蘊藉乎？

沈虹臺謂「文要華贍」，俗子誤會其說，于是務作艶語。不知其所謂華贍，乃是氣象雄偉。如李杜文章，光芒萬丈耳。非作艶語也。

余一生論文，最不喜以填詞見工。蓋文章妙處，在意思多，不在話頭多也。即所謂豐滿，亦只是骨肉停匀，並非詞盛于意。詞勝于意，已是下乘。況今人之所謂詞，又非秀美腴鍊，而出於惡爛套數，豈非下中之下乎？

時下談舉業，謂文不敷暢，不能獲雋。於是着意填詞，一句可了者，疊爲兩三句。不知文之敷暢，只是氣足耳，並非填詞。若填詞以爲敷暢，徒見其板重不靈而已矣。

文字填詞，固是下乘。然所惡於詞者，爲其腐爛庸俗耳。若風雅腴鍊，精切不浮，則惟恐其無詞矣。

文章豪橫，非不可觀。然以較温醇者，其品爲不如矣。此正似喑啞叱咤，千人自廢，終不如綸巾羽扇，爲有儒將風流也。

文章品境不同，只要造成一家，便皆可以名世。有流轉無迹，渾然元氣者；有春容大雅，玉佩鏘然者；有縱横奇恣，一往莫遏者；有精金美玉，古鍊簡勁，一語可當千百者；有風流秀韻，逸致翩翩，雖驚鴻舞燕，不足以仿其態者；又有咏歎蒼凉，酷似子長、永叔，及空靈超脱，不讓莊生者；尤有孤潔清真，極平極淡，并典麗風華，絢爛彩色，與暢茂條達，絶無艱難勞苦之意者。種種不一，要皆從五經性理、古文先輩陶鎔出來也。

文家惟老境難到。不雕琢字句，而大葉疏枝。有曉暢蒼莽之致，無差澀軟媚之態。

曹瑋按邊，出就騎，甲士三千環列，初不聞人馬聲。劉錡屯順昌拒金，城中肅然，不聞鷄犬。此兵家之鎮静也，文家亦然。一題到前，不思其何以安排，鎮静處之。而手忙脚亂，毫不知所措焉。烏怪其失題之真子哉。故鎮静二字，乃文家戰勝之法。

岳武穆論兵，謂「運用之妙，存乎一心」。此以見兵法之無常也。若止講陣圖，辨甲仗，而遂號知兵，所以馬服君之子，有長平之敗也。余謂作文亦然。文無定法，惟當相題而施。故同是一法，有宜于此題而不宜于他題。苟不隨時變化，而一概以死法行之，其不蹶覆者幾希矣。此假先輩之最可惡也。

名人議論，有似相反而實相同者。如「非由外鑠我也」題，何屺瞻論之云：「『非』字但正説一句，即是我固有。」汪武曹論之云：「題要在『非』字上，若只鋪排『由外鑠我』，不從『非』字着筆，於題豈着緊要。」按，何、汪二論，在俗眼觀之，豈不相反乎？不知何所謂「非」字不可正説，非是教人只鋪排「由外鑠我」也；汪所謂當從「非」字着筆，非是教人正説「非」字也。二公之意，總是教人清出「由外鑠我」四字後，即極言鑠之爲害，以令「非」字意自透。是説「非」字，却不是正説「非」字；是作「由外鑠我」，却不是鋪排「由外鑠我」。所謂實相同也。

名人議論，有未可盡信者。如吕論「入太廟每事問」題云：「斷在前，案在後，故述事後再推論不知禮，便失之倒亂。」余謂此二句正是不知禮實證，若曰：觀此豈是知禮的，推論有何倒亂。吕之説未免似是而非，余不敢從而爲之辭也。

看大家文，知其好處，又不可不知其疏處。如己酉舉人、庚戌進士錢紹文先生「秋省斂而助不給」文云：「述晏子意，謂王者居萬民之上，而欲周知其隱，誠非可一勞而已也。必將有勤恤之事焉，故一歲之中，不妨再與農民相見。即當收穫之時，猶殷然代謀其困乏者，蓋其愛民之心，無有已也。彼先王之觀，自巡狩述職而外，豈但省耕於春哉。古王者警蹕所臨，非若後世之繁其儀衛，故可以一出而不難，亦可以再出而不擾；古王者節儉所裕，非若後世之寡於蓄儲，故可以一施而不窮，亦可以再施而不匱。此其事又在秋矣，爰有斂焉則省之，有不給焉則助之。務農重穀之朝，二氣爲之降祥，三時爲之率育，驅車而過郊原，致足樂也，而一人獨於此有憂，憂夫西成伊始，保無氣數之偶乖，傷我稼穡者乎，因而省之，即因而助之，量閭閻終歲之需，而予以周恤之典，蓋自靈雨命駕，而後又有此渥澤之敷矣；畝棲野被之日，萬寶於焉告成，百室於焉盈止，騁目而瞻風物，致足樂也，而我後仍於此有憂，憂夫禾稼既登，保無人事之偶失，損我倉箱者乎，特爲省之，即特爲助之，借井田相扶之誼，而行其君父之慈，蓋自陽和布德以來，又有此宏膏之沛已。」結比云：「天子行此於畿内，則秉穗皆荷皇仁；諸侯行此於國中，則場圃咸蒙君澤。」俱語語貼切本題，無一字可移置上文，所謂好處也。後比云：「雖古之百姓，有計口之田，有量畝之税，其所省者，特不給耳，非有大困窮也，而已惻乎其軫念之，蓋事由于目睹，則無壅塞之虞，惠出于躬親，則無轉致之弊，故其時郡國不煩災傷之奏，而家慶豐亨；雖古之人君，無概斂之賦，無濫予之恩，其所助者，特不給耳，未嘗及殷富也，而正貴乎其區别之，蓋澤不泛加，所以守萬世之正，予無常數，所以行一時之權，故其時朝廷不煩粟帛之頒，而人游浩蕩。」「蓋事由目睹」數語，議論透徹，可謂洞悉之言。但覺移置上文，亦可通用，不能貼切本題，所謂疏處也。又如牧齋錢宗伯「民到於今稱之」篇，八比字字有聲，句句有淚，令讀者欲歌欲泣，真終古常新之作。而其起講云：「且天下貧富之案，自天定之；榮辱之案，自民定之。」不但連上句，竟連上段，移置「齊景公有馬千駟」一節題用，方爲極合。可見大家文，知其好處，又不可不知其疏處也。

看先輩文，雖取其氣格、識議、篇法一直到底處，然小疵亦不可不知也。即如思泉公「禮與其奢也寧儉」篇，起講下云：「今夫人之行禮，有過而流於奢者焉，以奢而視儉，則以儉爲不足與也；有不足而拘于儉者焉，以儉而視奢，則以奢爲不足與也。」此世俗之見則然，入手并提「奢」、「儉」，得滾題作法。但提「奢」字一比，猶未出「儉」，如何下二句便硬插入「儉」説也。此不免是小疵處。愚意將「有不足而拘于儉者焉」句，緊接「有過而流于奢者焉」下，然後入下四句，則説「奢」處帶「儉」，便非硬插矣。較原本實爲無弊，且不過略一轉換，未敢增損一字。世之君子，豈得以妄作罪我乎。

先輩文有不可學者。如何東序「乘桴浮於海」二句作，末二比云：「其行也，道濟夫天下之溺，凡及門者，皆可以逢其盛；其不行也，身超乎塵世之表，非升堂者，不得以與其選。」「升堂」對「及門」，先輩刻意求工處。然不善學之，非拙則鑿矣。他皆類此。

名人評文有甚可取者。如前輩鄧以讃「禮樂不興則刑罰不中」篇三四比云：「夫禮，序也，序之反爲紊，即無所不紊，而五刑之用，亦顛倒而失其平；樂，和也，和之反爲乖，即無所不乖，而五罰之施，亦暴戾而失其理。」汪武曹旁批云：「五刑、五罰，分承禮、樂，雖是互文，畢竟未妥。」又國朝戊辰劉以貴「浸潤之譖」篇，中二比云：「彼譖人者，必譖人之所常愛者也，奪其所常愛，而予之以不愛，則其情也逆，逆則不可以淺而試之，淺而試之，入者半，不入者半，半入之讒，而施之常愛之人，幾何其不有餘愛乎，夫物之得其全者莫若浸，望之而形與俱冥，即之而性與俱融，何其深也，而譖之者猶是也；彼譖人者，必譖人之所素敬者也，去其所素敬，而與之以不敬，則其勢也阻，阻則不可以急而投之，急而投之，中其外，不中其內，面從之謗，而加之素敬之人，幾何其不有餘敬乎，夫物之漬其内者莫如潤，不見其盈日有所滋，不覺其變時有所化，何其漸也，而譖之漸者猶是矣。」李岱雲旁批云：「『愛』、『敬』二義，似不可分貼『浸』、『潤』，即『浸』、『潤』二字，亦不必大有分别。但取其用意深雋可也。」評語極是，皆有可取。

俗子於前輩鮮得其解，往往謬爲論贊，看來不值識者一笑。即如荆川先生「三仕爲令尹」二段題文，余見一讀者批于後云：「上段四句，下段兩句，竟分兩大股對做，立格甚奇。」愚按，註云：「喜怒不形，物我無間」，本是兩平，則此題對做，乃至當不易之局。蓋行文立格，在相其理之宜與不宜，不在字句多寡較論也。今目此爲奇局，則如先生「昔者太王居邠」至「君請擇于斯二者」文，上兩節以十六字對一百十三字，而上兩大節只作二比，下一節七個字，却重發六比，豈非更爲驚耳眩目之文哉？而何以誦法者之多也，蓋以理當如是耳。若人云云，不免屬牧豎之評。又有一議此文者云：「鋪墊語皆地位甚高，子文如何到此，先生識見，不免少疏。」不知子張意中，早已懷着一個「仁」字，方序其事。此處鋪墊得甚高，正爲「仁」字伏線，乃識見甚精細處。與文恪公「五就湯」篇「覷定何必同」句，同爲思翁「擒」字法門也。今顧以爲疏，此豈異羅刹國人，驟聞華音，竟不解所謂乎？

時下之文，有最不妥處，而閲者或不之覺。如「聖人既竭目力焉」兩段題，有因下段「六律正五音」是一件，上段「規矩準繩，以爲方圓平直」是兩件，遂將上段「規矩」以爲「方圓」、「準繩」以爲「平直」，分開二段，以對下段，共作三扇者。不知如此，止上二段爲題則可，今既兩段，則不可矣。

吾最忌夫世之不顧題目，而好爲奇局者。彼其所以藉口，在萬曆丙子應天舉「舜而敷治焉」至「農夫也」題程文耳。不知有張爾公評云：「此文鎔下二節對上一句，非憑意穿鑿。只看破『堯以不得舜』、『舜以不得禹、皋陶』二句，便見得本義原分兩扇，天造地設，不煩另起鑪竈。與永樂甲戌會試『禹吾無間然』節，及嘉靖甲午江西『君子有終身之憂』節程文，割裂牽强者，相去天淵。」觀此評，可知不得藉口矣。昔考亭嘗言：「文字奇而穩方好，不奇而穩，只是闒靸。」真篤論也。文字一道，似屬小技，然國家以此取士者，爲其代聖賢口吻，談理論事，於此可流露其經術也。故舉業家理宗孔、孟、朱、程，不可流於老莊之放曠，不可入于佛氏之虛無。而用典用字，一本於經書爲主，不可用《楞嚴》、《道德》中語，以爲新奇。至於體裁，須是官樣，有堂堂正正之規，不可一味弄巧。此正當道路也。今之無知妄作者，往往菲薄傳註，以爲太拘，以用經書字句，爲陳陳相因之物。於是另有一番道理，另有一種説話，自托於靈空超渺，至於體裁，穿鑿牽强，以爲出奇。一不見售，往往謂是惡能知我者。不知舉業之文，在温醇正大，莊重安閒。即真靈空超渺，果然出奇，猶恐非當行正派。而況其所謂靈空超渺，乃是一味虛翻，一味空轉，所謂出奇，乃是戕賊題脉。此真文中之妖也。

讀書要略附

善讀書者，無不在大處着力，安常之正道，應變之微權是也。而今之人，只從事于八股，斯已末矣。況其所謂八股，又皆艷麗浮詞，而無一切實古樸，可與傳註同功者。士習卑污如是，一旦授之以政，安望其有設施哉。每念及此，深覺汗顔。用是輯《讀書要略》，以備朝夕觀覽，庶知于大處着力也。

一、熟經史。五經皆載道之書，其於所以修身治人，無不的的是詳，乃學之根底也。不熟於此，則根底已失，雖廣覽他書，何從得益。然經止論其常，若夫古今成敗得失之故，瞭如目睹者，則在於史。熟於此，然後識見高超，運用在我。而所謂熟於經者，方非膠柱鼓瑟矣。人熟于經史，不但是一有用之才。即發爲文章，亦氣象廣淵，議論精卓，可與日月終古常新，而非若草木一時之青葱而已。

讀經長經濟之學，讀史長論斷之才。

一、讀傳註。看書乃爲文之根底，書理不明，即使文致如韓潮蘇海，其如與本旨相背何？

而書所以不明，由不讀傳註之故也。夫註乃朱子一生精力積成，説有稍偏者，猶不敢列於正講，而置之圈外。於此可見傳註最爲謹嚴，最爲平實，而學者不可不遵依矣。明季文人，競尚新奇，往往另創一解，以叛註爲不襲窠臼，豈非朱子之罪人乎？迄於今，多知讀註矣，而鮮得其解。蓋註有不同，有順文釋者，有自爲斷者，有正意，有餘意。一味混過，不分析讀之，安見朱子揣摩之細哉。

一、看《性理》、《或問》、《語類》、《大全》。聖賢千言萬語，不過説透人情物理，最爲平實。故看書亦以平實爲主，即家人父子之間，日用躬行之事，可以驗而得之。而傳註則固平實之極也，故須熟讀。《性理》乃輔翼經書者，《或問》、《語類》乃輔翼傳註者，《大全》衆説并列，雖不無偏雜，然可從者甚多，且知其偏雜，益可以證明乎正解，皆不可不看。人能熟讀傳註，而又參之《或問》、《語類》、《大全》，則書理必真，是見得到矣。見得到而爲文，又何患説不出乎？

一、讀古文。文之談理在看書，文之取材在熟經史。而欲造成品境，則非讀古文不可。《左》、《檀》、《莊》、《史》，以及秦、漢、唐、宋諸大家文，雖不一致，然皆各有其妙。學者自度筆性之所近，效法那家，則文有品境，而可以傳久。所尤要者，讀古在氣味丰骨俱肖，不可徒襲面貌。至俗子直寫其字句以爲讀古，更鄙不足言矣。

一、時文貴讀先正文字。理精筆妙，固可垂傳不朽。然不合題作法，則未免少疏也。而講法之細，則莫過于先正。單題有單題作法，滚題有滚題作法，全章題有全章題作法，且割截散碎題有割截散碎題作法。增一句即移其形，減一字即易其位，變化多端，難以悉舉，總以恰肖其題而止。故時文讀先正，而作法備知也。

一、做題不可落纖。八股文字，當年王介甫創出。所以傳流不廢者，爲其代聖賢口吻，發揮道理，繩文人才氣於矩（護）〔矱〕之中，與傳註體異功同也。故前輩名公巨卿，如方正學、薛敬軒、王守溪諸人，亦往往於此中選舉。自明季以來，作題者率尚纖巧，而莫知所返正。不知國家以制義取士，原謂其立政安民之略、忠君愛國之心於此見焉。必語完勢足之題，方不瞻前顧後，可率胸臆言之。若落纖巧，則限于題位，雖有名論，其何從施乎？故作題宜深以爲戒也。題不可落纖，而爲文尤當爲戒。須平實正大，愷切昌明，方是舉業正式。挑剔串插，乃小家伎倆也。

一、知兵法。近世視文武爲兩途，遂謂兵法乃武夫之事，而非文士之事。不知孔明、羊祜，豈非文士耶？而何以綸巾羽扇，緩帶輕裘，皆足以破敵有如此也。則文士之不可不知兵法也，明矣。雖然，知兵法不難，知兵法而能變通爲難。善乎，武穆之言曰：「陣而後戰，兵法之常。運用之妙，存乎一心。」此淮陰背水之陣，衆將疑其不合法，而不知正在兵法之中也。若徒知之而不能變通，其不致趙括長平之敗，馬謖街亭之失者幾人哉。以上數條，皆學者正功。若夫琴棋書畫、歌賦詩詞，以及舞劍投壺、百家衆技，乃名士風流，有餘力不妨從事，切莫專務于此也。

一、不可躐等以求。讀書最忌欲速，夫躐等以求，所謂欲速也。孔子云：「欲速則不達。」蓋惟循序漸進，悠優涵養，俟其積久功深，而後學中之趣味，始得以備嘗之耳。若一躐等，勢必貪多，而趣味必不能備嘗。俗語所謂「貪多嚼不爛」是已。故孟子論養氣，深以揠苗助長爲戒。而孔子於由之兼人亦退之也。

一、不可半塗而廢。孔子曰：「南人有言曰，人而無恒，不可以作巫醫。善夫。」孟子曰：「掘井九仞而不及泉，猶爲棄井也。」可見學者讀書，最要恒心。開其端必竟其委方好。若半塗而廢，或作或輟，將來都無一件成的。當深以爲戒也。

一、要博。學者讀書，最忌拘守一説，尟見寡聞，故須博學。凡有用之書，無所不讀，無所不看。使耳目開廣，則智日生而識日闊矣。

一、要約。學貴博而守貴約，守不約則所學者汗漫無歸矣。蓋天下之理，其緒萬殊，而本則一。誠得乎約而守之，則所學在我。雖不必事事耳聞目見，而其應自可以不窮。然欲守之約，全在擇之精，得其要領所在也。

一、要熟。讀書最要熟，熟則義理融洽，臭味渾忘，有不知書之爲我，而我之爲書者。久之，洋溢出來，自爾神彩焕發。

一、要細。粗心最是學人大病。故讀一書，作一文，必細細玩味，細細思想，而後其中精義乃出。

一、要心知變通。學者能觸類旁通，方可讀書。若見以爲什一者，仍什一而止；見以爲千百者，仍千百而止。此考亭所謂「只記得硬本子」是也。豈能泛應不窮乎？以上數條，乃學者讀書之法。

舉業格言 附

李懷岵云：「親老家貧，禄養須急。惟其禄養須急，則應世之文章爲重，傳世之文章爲輕。『圓秀輕鬆，平滿亮熟』八字，舉業家急爲二老留懷。不然，年長一年，筆高一筆，悔無及矣。」

又云：「時文必須努力以讀，不必多篇，但求爛熟。使其臭味渾忘，精神浹洽，無爾無我，不經思索，而自來湊我筆端。所用者，得二三十篇，儘足以當千當萬。至於書亦須熟看，文亦須多做。文不多做，則機不圓；書不熟看，則理不明。」

陸蓋思云：「在意氣，德性便不能沉着；務泛覽，舉業便不能專工。惟虚心以擇友，深心以讀書，矻矻窮年，守兹二戒。出而科名，則爲純臣；處而衡泌，則爲名儒。」

李東垣云：「先哲有言，凡讀書不可先看註解。且將經文反覆而詳味之，待自家有新意，却以註解參校。庶乎經意昭然，而不爲他説所蔽。若先看註解，則被其説横吾胸中，自家更無新意矣。」

陶子師云：「荆公評文章，先體製而後文之工拙。近時名士，群尚破裂詭怪，不肯爲堂堂正正之文，風斯下矣。」

又云：「八股文體，聖賢心胸。代聖賢説話，無舍却正當道路，弄巧取媚之理。」

吉人氏曰：「温醇樸茂，典貴高華，此乃大家風度最上之品也。若不能，只求敷暢條達，毫無艱難勞苦之態，所謂風發胸臆，泉流唇齒，便是舉業當行。」

又云：「場屋文字，體忌破碎，須要整齊。氣忌單弱，須要暢達。詞忌鄙俚，須要莊雅。筆忌板重，須要輕鬆。味忌陳腐，須要新秀。」

又云：「謀舉業最要耐心，求速甚是害事。須優游安舒，假之歲月，以大作醞釀，聽其積久自化，有深入其中而不知方妙。昌黎子所謂無望速成是也。耐心二字最妙。不但讀書宜然，凡持身涉世，謹疾衞生，皆宜如此。蓋耐心則神寬緩，臨事有定見，氣血得和平。躁之一字，學者最須遣去。」

又云：「度極雍容和藹，氣極淵穆渾淪，局極緊嚴正大，此元家派也；氣象光忙，英華發越，不肯循趨學步，而必制勝争奇，此魁家派也。若識力不能學此二種，而要獲雋，則有獲雋要法。只是整齊正大，無破碎纖巧之習；敷暢條達，無艱難勞苦之態。雖品境不高，無害爲舉業當行也。」

又云：「文字惟理題難做。欲沉着，恐有訓詁氣；欲輕快，恐有油滑氣。須朱程之理、歐蘇之筆兼具方好。」

又云：「舉業家最要者三：曰理，曰氣，曰法。理不真則無切實精彩處，而所談者皆游光掠影耳。而研理之功，在于看書。細心體玩，以《集註》爲宗，以《或問》、《語類》爲輔，以《大全》及名公諸説參伍證之。氣不充則文單弱而不雄勁，短促而不滿暢。而養氣之功，在熟讀有機勢古文及先輩文，久久發溢出來，有不知其所以然者。理真氣足，是一篇好文字矣。而法或少疏，未免任意馳騁，蕩越于檢閑之外。不知舉業家，最忌體格散漫，須合主司繩尺，不得一味逞才。而欲法之細密，莫如浸淫于先正。如守溪、荆川、敬菴文稿，淺深賓主，操縱開合，毫髪不亂，所謂金針暗度者耶。宜熟讀而細味之。」

又云：「讀書須立課程。每日讀文多少，看書多少，有所持循，則心專一。每月終，總前每日工夫而大計之，有進無進，便可自知。然又要養得舒。今日書文，或不甚解，不妨留之明日。如明日復然，不妨俟之數日。總之舒徐審與，聽其積久自化。如補養家，必優游寬緩，假之歲月，使氣血歸于和平，乃能形神俱茂，而疢病不生也。」

又云：「余於成、弘、正、嘉先輩，最愛王守溪、唐應德二公。蓋其法度既甚精密，而文境又令人易學。震川説理斷推第一，然氣質醇厚沉雄，不易學得，故不甚合余心也。萬曆間惟愛許同安，蓋其機法既變化，而談理論事，又復切實，所以爲妙。若湯宣城，止有機法，便恐開油滑一派矣。」

又云：「余謀舉業，于萬曆間最愛四人：一、李九我，蓋其神閒氣静，體正詞醇，初無矜張恣肆之習，所謂有養者也；一、顧叔時，蓋其敷暢條達，博厚雍容，無艱難勞苦之態，所謂大家者也；謹嚴精粹，陶石菴文品；穩當緊圓，董思白機法。二公亦八股當行也。」

此編備論本實充積，去偏駁而底精純，所以正其歸束於是也。學者熟復於此三編，制義一道，其庶幾乎。

說文

韓泰青 撰

《説文》一卷

韓泰青 撰

韓泰青，字南有，别號漁津老人，浙江蕭山人。當活躍於清初康、乾之時。父仲適，字紹聞，藏書千卷，論著頗富。泰青承其學，篤志經術，研覃日粹，著有《説經》二十卷本、二十六卷本，《説四書》十八卷，《説庄》三卷，《説騷》一卷等。《蕭山縣志稿》卷一八有傳。

韓泰青論文主張不分時文、古文，强調文章當主「理」，而「理必心得，語必己出」，認爲文無定法，平顯、深崛均能出佳作。全篇論説，頗講究文法。舉例往往上溯周秦，下至當世，可視爲一篇完整文章。原書篇中行間及卷末附有他人點評，亦能點出韓氏行文、論文旨要，今以小字注文附於書中，以供參酌。

本書附於乾隆四十四年（一七七九）省能齋藏板《説經》二十卷本後，據以録入。

（侯體健 朱沁芸）

説　文

韓泰青　撰

文何分於時、古。制藝與詩、賦、記、傳類而文耳，其在當時，皆時文耳。以其詞之不類而言，不特詩與文異，即一篇之中，比興與賦，序事與議論亦異。以其作文之意而言，不特詩與賦合派而同源，即經史子集所謂百慮一致者，曷嘗有分乎哉。善相馬者，得其神駿，忘其牝牡驪黄；善讀書者，惟其意，不惟其詞。昔人以「詩史」評杜甫，謂鮑照詩似賈誼論，孫興公云「《三都》、《二京》，五經鼓吹」，《漢書》稱「諸子九家，合其要歸，亦六經之支與流裔」，此惟善讀書者能知其意。苟不嚌其胾，不咀嚼其義味，徒眩乎炳炳琅琅之跡，如貧子入寶山，但覺滿目陸離而已，豈敢以知文許之。或膠柱鼓瑟，守一先生之言，尺寸不踰，如蝨之處褌，如蠹之鑽紙，交臂歷指於其中，且暗且聾，又烏足與論文。

昌黎子論文曰「文無難易，惟其是」，亦可曰「文無時古，惟其是」。是存於意而本乎理，理不必刻蘄乎聖人，非宣尼不許執筆，則藝苑無文矣。如《荀子》所稱「持之有故，言之成理」者，皆可以觀，惟人域是域，合喙以鳴者不與焉。

《史記》之作，揚子雲謂「是非頗謬於聖人」；昌黎讀《荀子》，謂「荀與揚大醇而小疵」；杜牧序《昌谷集》，惜其年未至而理不足；制藝如金正希，艾千子譏其言雜佛老。然此數子，皆名當時而傳後世。是無故，理有獨著，斯文不同俗，蔚乎若虎豹之異犬羊，則人爭覩之。何論詩賦古文，何論制藝。今人徒規規焉，爲之辨體裁、講法度、議盛衰、揣風氣，夫已失其本矣。總提以後，逐節論之。

日星河嶽之華，聚於人久，鬱而成文。唐虞以還，文明大啓，至周而稱極盛。盛極斯變，凡陰陽、名、法、儒、墨之分，悉起於戰國，各有師承。李斯、韓非，同學於荀卿者也，而爲文各異。荀樸實，李壯麗，韓刻削，文固不以同爲同也。「學者俗，似者死」，昔人嘗以爲戒。《離騷》之興，遠異風詩，説者謂變風之息，《離騷》實繼之。故曰《騷》者，《詩》之苗裔也。而後有爲《騷》之苗裔者，如王褒、劉向、李賀之徒，分形易貌而本同。《管子》云「一物能化之爲神，一事能變之爲智」，文固不以異爲異也。

子夏氏善爲詩，子夏之後有田子方，田子方之後流而爲莊周。然則莊文之變化，其亦從《詩》出乎。凡文不離於比興賦，能者用之，變化無窮，雖奇如《莊》、《騷》，豈能外是。即以《莊》、《騷》同作《詩》觀，可如周與蝶也，奇接。栩栩然之蝶，從《莊》、《騷》説下，奇而法。俄而爲蘧蘧然之周。以爲是一，則周與蝶固有分矣；以爲是二，則周化爲蝶，蝶即是周，蝶化爲周，周即是蝶，而又何分焉。今詩與文相變化，亦若是而已矣。

說者謂變化有法，自法之一言起而文死。彼先秦之文，氣韻兼力，渢渢容容，以法求之，是買櫝而還其珠也。漢文收勒串帶，隨境塹錯，用法而不拘於法，其法度精嚴無過。唐人刻畫崖窾，覺微少生氣。至宋而一起一結，一呼一應，莫不有見成模胚，在其意中，相沿成套。夫文無定法，以爲文成而法立可也。拘於法爲套，套即俗，惟俗不可醫。故曰，自法之一言起而文死。

說者又謂，凡文以平顯者爲盛音，深倔者爲衰響。昔周武成時甚太平，而姬公之文，如「六官」、《爾雅》之瑣雜，《儀禮》之棘澀，《鴟鴞》、《東山》諸詩之健鬱，《易象》之險怪，《尚書》「五誥」之奥突排奡，其於後人庸奇相去何如？而孔子美其才，删定其文，至韋編三絶而不釋。周公爲文之衰耶？抑孔子不知文耶？西漢大拯秦亂，其文多艱悍難讀。三國、六朝，海内分離，文特浮易。昌黎起八代之衰，在憲、順時，猶爲唐之中葉，而爲文灝灝噩噩，直追《盤》、《誥》。乃曰「深倔者爲衰響，平顯者爲盛音」，此何說也。

古今文分盛衰者，亦自有說。古人作文，先有結而後起，創論却是確論。首尾渾成，千百言可作一句讀；中間沉鬱處，栗密窈眇，如石如鐵，或一字二字爲句，或數行數十百字爲句，酸眼螫吻，不便於一句句讀。後人好言整齊、對仗分明，便於一句句讀，而少雄直之氣，有斧鑿之痕，不可作一句讀。此古今文之異，必以文分盛衰，則其說似也。然猶以詞論，非其至也。一遍。

唐以詩索士，説者多推李杜，明以制藝取士，評者多推荆川、震川。杜甫云「讀書破萬卷，落筆如有神」，此豈獨詩然乎哉。又云「晚節漸於詩律細」，一「細」字磨盡千古文豪。歸震川嘗譏王世貞爲妄庸巨子，世貞曰：「妄則有之，庸則未也。」震川曰：「未有妄而不庸者也。」歸所爲「妄」，亦指其文多鹵莽習氣而言。何屺瞻嘗駡人文如牛肉，亦嫌絡粗多浮膩，祇堪飽俗人之腹耳。熊鍾陵以制藝爲古文出細，猶分制藝與古文爲二。制藝以代聖賢之言，蠻拿武斷，與畫王嬙之面，縫直頭布袋，皆失也。略貌而取神，精微浄潔如方孟旋、徐思曠諸公，乃稱無上。孟旋爲西安四家之一，江右五家咸宗仰焉，《天傭子集》可考。實文家之正派，不得與雲間派陳臥子輩。同類並譏也。金正希與陳大士齊名。金文非經非史非子，而自成集。陳則有經有史有子，而不名一家。

本朝名家推韓宗伯爲前茅，能拔戟自成一隊者，如方朴山、方百川、儲中子、陳星齋諸先生，尤標標者。指不勝屈，要當以王雲衢、方望溪二公爲中軍主帥。若吾越徐笠山、周研山二先生，則筆生兩翅，象外逐好，爲八股中飛仙化人。其他或以才氣勝，或以刻琢勝，或以博洽勝，或以丰調勝，總在繩之外也。何也？以其徒事乎外之文也。再逼。

文非詞不著，詞非理不立。以下大放厥詞，要只以窮理爲主，此聖賢學問，豈一文人所及。工於文者，譬之射，詞如矢，理如的也；譬之以手指月，理如月，詞如指也。經傳與子、史、諸集，詞不同而理同。

得其理，忘其詞，未爲不知文也。徒記其詞者，爲鈔胥，爲兩脚書橱。理有醇疵，文分正僞。剃面薰衣，爲假風雅；張筋怒目，爲假雄健；蠅鳴鼃奏，爲假和平；蚓竅蟻封，爲假堅深。凡若此等悉泥滓，唾之可也。至寶不雕，至文不飾，丹成無凡藥，理透無腐詞。搜剔疑互，以辨其似；穿穴險固，以探其真；囚鎖怪異，以窮其變。渤窣於理窟中，久之，如濕之蒸於錡，而燎之抑於陶。騰騰突突，不可卒遏，則不傍門墻，不主家數，不襲詞格，亦不襲氣魄。張口舒胸，直書其所見，見盡而止。獨有往來，勝事自知，劉項之戰争，孔孟之問答，與夫弔死賀生，對酒看花，横槊擊劍，酣醉無聊不平，有動於中，無不投之所向，左右逢源。詞爲詩之餘，詩爲文之餘，「餘事作詩人」亦昌黎語。賦爲古詩之流，儷言在文、賦之間。制藝與古文，叙論兼資，雙單並用，興會所至，詩情與賦心交集，故曰「辨其由來，知波瀾莫二」，又何分於時、古之有？一句收轉，首尾渾成。理必心得，語必己出，放恣横縱，不煩繩削自合者，惟其是而已。

至此倣彼傚，描畫頭角，與擲埴索塗一輩，逐隊趁問風氣，以揣風氣拖尾。此昌黎子所云「俳優者之文」，無所論焉。仍以昌黎語作結。

所言多本於庭訓，與傳之柯山師、笠山師，恐久而遺忘，書此以貽後人。自記。

衝口而出，都爲此道重闢蠶叢，目如電，齒如虎，舌如霹靂，信韓子之怪於文也。齊次風。

只張口一順説去，百千年著作，皆在眼下筆下火出風生中，無不繩裁刃解而得，此真奇文。徐瑤六。

魏叔子論文：「當爲古(大)〔人〕兒孫，不當爲古人奴婢。爲兒孫則得其氣骨，爲奴婢但假其衣食而已。」然氣骨猶屬第二義，理不真，恐氣骨還是假耳。理在天地間，取之不禁，用之不盡，積理自成氣骨，何須作古人兒孫。此爲無上至論。周青厓。

「文何分於時、古」一喝，破盡分門別類人癥結。「是存於意而本乎理」，可謂金針雙度。「理不必刻蘄乎聖人」，尤爲評文家撥轉瞳神。論到「理必心得，語必己出」，方見宇宙真文章，不可以襲取得。彼摹倣八家、步趨先秦者，復欲於何處生活？杭大宗。

大意亦爲俗下人鍼砭。辨體裁，講法度，分盛衰，揣風氣，文之所以亡也。説窮理一段，尤爲至言。且不獨作文當然也，不傍門墻，不立家數，張口舒胸，直書其所見，見盡而止，可謂善自道矣。周緣穆。

昌黎論文以氣爲主，故曰「氣，水也；言，浮物也」，又曰「不可以不養也」。行之乎仁義之途，游之乎詩書之源，是惟理足以養氣也。此即孟子集義以生浩然之説，豈一切學文家所及。南有此論，真不愧爲昌黎後人。中間多自得語，合之柳、蘇諸公，其淺深可覩也。胡稺威。

漢以前無論文者，而爲文之法無一不備。漢以後論文日廣，而爲文之法日疏。方望溪先生云「艾千子謂文法至宋而始備」，直强不知以爲知，諒哉。南有論文，以理爲主，理之一字，千古文章高下攸分。彼論氣、論法者，抑末矣。陳星齋。

上下千百年著作，源源本本，説來如數家珍，知其寢食於此中者久也。吴青于。

南有深於經術，論文特其緒餘，即作文章讀，已是氣蒸雲夢，力撼泰山。徐昂若。

吾兄於古今文，各有耑論，此不過言其厓略。然自唐虞以來，簡編所存，無不歷歷可數。至讀書作文，一以理爲主，而必蕲其貫，平日與朋友間議論，總不出此。震青識。

述庵論文別録

附婁東書院淺説

王昶　撰

《述庵論文别録》一卷附《婁東書院淺説》

王昶　撰

王昶（一七二五——一八〇六），字德甫，號述庵，又號蘭泉，江蘇青浦（今上海市青浦區）人。乾隆十九年（一七五四）進士，二十二年（一七五七）乾隆帝南巡，召試一等第一，授内閣中書，協辦侍讀，入軍機處，時有國士之稱，累官至刑部右侍郎。好金石，富藏書，工詩文，與錢大昕、王鳴盛、紀昀、姚鼐等交誼頗深。爲文有唐宋高韻，博而不蕪，兼擅辭章、義理、考據。著有《使楚叢譚》、《征緬紀聞》、《春融堂集》，輯有《金石萃編》、《明詞綜》、《湖海詩傳》、《湖海文傳》等。事見《清史稿》卷三〇五、阮元《誥授光禄大夫刑部右侍郎王公昶神道碑》、秦瀛《刑部侍郎蘭泉王公墓志銘》等。

《述庵論文别録》一卷，乃王昶門人金學蓮取其集中論文諸作，匯集成編。學蓮（一七七二——？），字子青，一字青儕，號手山，江蘇吴縣（今蘇州）人。是書收録王昶文章十六篇，以論文書信爲主，兼采書院規條、詩選凡例等。所涉較廣，既有談讀書作文的修養準備，如《爲學説示戴生敦元》、《通説示長沙弟子唐業敬》、《友教書院規條》諸篇，即重於此；也有論具體的文體規矩，如《與沈果堂論文書》論碑誌文體，《與吴二匏書》談行文稱呼，《與門人張遠覽書》析學古文之弊等，頗具識見而有實用性。此書篇幅雖小，實已大體反映出王昶的論文旨趣。將之與《春融堂集》所收各篇對校，文字偶有出入，或可一窺其中變化消息。

有道光年間刊本，今據以録入。上海圖書館藏本後附手書《吴山長穀人先生論律賦示書院諸生》一文，乃吴錫麒之作；南京圖書館藏本後則有《婁東書院淺説》，當爲王昶晚年主講婁東書院時所作。今并附於後。

（侯體健　龔應俊）

吾師述庵先生，以經術、詩、古文名海内，幾五十年。自場屋所取士，與受業門下及小門生，著録至千人。每見輒以學問之源流，詩文之得失，前席請示，口講指畫，苦不能盡也。學蓮等因取先生集中論文諸作，彙爲一編，以示門下士，俾其得門以入，而天下俊英日生，其有志於經術、詩、古文者，亦皆可問津於此，庶不至有斷港絶潢，誤于歧趨也夫。乙卯春仲吴閶金學蓮書。

束書不觀，固大負先生之教。一二有志之士，文獻無徵，筆札屬乏，飢來迫我，拙甚依人，欲奉先生之教而茹古涵今焉，其可得耶。雖然，事無不可對人言，文入妙來無過熟，語有云若必暇日讀書，何日是真暇日，吾知勉焉矣。敢曰有志未能耶？未逮之爲愧耳。著雍困敦仲冬下浣後學汪克和識。

述庵論文別録

王昶　撰　金學蓮　輯

與沈果堂論文書

使來，得所示論文書，明白深切，皆可法，而於墓志尤詳。邇者楊文叔、蔣迪夫相繼逝，於時能以古文鳴，蓋非先生莫屬也。某爲此亦有年，竊謂墓志不宜妄作。志之作，與實録、國史相表裏。惟其事業焯焯可稱述，及匹夫匹婦爲善於鄉，而當事不及聞，無由上史館者，乃志以詔來兹，以示其子孫，舍是則皆諛辭耳。蘇文忠公不喜爲墓志、碑銘，惟《富鄭公》、《范蜀公》、《司馬温國公》、《張文定公》數篇。其文感激豪宕，深厚閎博無涯涘，使頑者廉，懦者立，幾爲韓柳所不逮。無他，擇人而爲之，不妄作故也。得其人矣，而行文之法又不可以不審。竊謂韓、柳、歐、蘇集，爲俗本所亂，如韓之《曹成王》、《劉統軍》、《權文公碑》，皆神道也，而題不具書。柳惟《志宗直殯》，則直志爾。其《秘書郎姜君》、《壤陽城趙君》、《主簿韓君》皆有銘，而不書銘。及韓之《考功盧君》、《司法李君》，皆無銘，乃書墓志銘，其舛誤如是。至碣與碑同，宜有銘詞，而韓之《法曹張君》、柳之《獨孤君》，兩文皆不著銘。《獨孤君》碣末列友人名姓，與其先侍御神道表同例，蓋皆表也。表例無銘。而韓之《房使君》、《鄭夫人殯表》，則用韻如銘。其他若《鄆州谿堂》以序綴詩，《汴州東西水門》以記綴詞，體製如此錯出者甚衆。今之學者，弗參互考訂。而潘氏〔《金石例》、王氏〕《墓銘舉例》等書，世亦不復傳習，是以雖號爲能文詞者，每有作輒盭戾不合於古。足下本經術爲文，以迪後進，又所居松陵，黄晦木、潘稼堂兩公遺澤未艾，必有好古能言之士出焉。誠其毋妄作，必程諸先民，則文字復古不難也。方冬風寒，相見何時，惟千萬自愛。某再拜。

與褚舍人搢升書

奴子從都下歸，知動履萬福，并惠手書。具道小學放絶，欲勤字學一書，具訓于蒙士，其意甚厚。按漢法，太史試學童，能諷書九千字以上，乃得爲吏。又以六書試之，課最者以爲尚書、御史、史書令史。又吏民上書，字或不正，輒舉劾。蓋用之審而核之之精，至於如此。今則齒於學，舉于鄉者，俾之誦百字，中必有譌音焉，俾之書百字，中必有譌體焉，而刊雕在簡牘者，紕繆疊出。姑以《論語》、《孟子》言之，「皇皇后帝」之「皇」，本从自从壬，監本乃从白从王；「饔飧而治」之「飧」，本从夕从食，監本乃从歺从食；「皥皥如也」之「皥」，本从日从皋，監本乃从白从皋。於諧聲、會意之義皆失。至若「欲」之加心，「埶」之加艸，其失更僕數焉不能終也。外此經史子集之舛誤，概可見矣。某常欲綴緝一書，專以《説文》爲本，《説文》所未載，則散附于各部之下，先列音之互異者，次列義之互異者，次列形之互異者，據《説文》以正《玉篇》、《集韻》之失，據經傳以正《説文》之缺。垂六七年，會以官事未果成，而足下奮然爲之，僕可輟不復作矣。且古無字名，有目爲書者，《周禮・保氏》「養國子，教以六書」是已；有目爲文者，《禮記》「書同文」是已；有目爲名者，《儀禮》「百名以上書于策，不及百名書于方」是已。故《漢藝文志》或云《凡將》，或云《訓纂》，率不言字。至漢魏間而《字詁》、《字指》、《字林》之書，乃漸行焉。然則足下之成書也，其名亦庸可忽歟？近長洲布衣江鱷濤名聲，工《説文》之學，見其所書，當與張力臣、陳長發上下。知足下樂得聞之，并以白于左右焉。不宣。

與顧上舍禄百書

昨日，辱示新刻《花稿詩鈔》，和而不靡，雅而不哆。甚矣，有合於温柔敦厚之旨也。吴下多才人，論詩必以君爲首。雖然，詩與史相表裏者也。史之體，善者傳之，惡者用以爲戒，故窮奇、檮杌，不惜具載於書，以蕲有裨於人心世道，三百篇亦然。惟今之所謂詩異是，善者引與爲友，因而有贈答酬和之章。其人不足與，而其名不足傳，則弗見於詩可也。亭林、梨洲兩先生之集，所著見姓名者，非學問淹通之儒，即山澤高蹈之士。阮亭、竹垞繼之，皆意存矜慎，故足法也。

若不論其正譎賢否，雜然見于吾詩，而贈答唱和之章不能遽有所指斥譏貶，則於美刺奚當焉。吾詩不傳則已，詩苟傳，後賢必因詩以考人，考人而人不足稱，則鄙其人，因以鄙我之詩，且因鄙吾詩之諛，而吾之爲人亦將爲所薄。今足下集中，凡與唱酬贈答，僕所未知者甚多，豈吴下多有其人，而僕弗及聞見耶？抑非其人，而足下故游揚之，使附俊民秀士之列耶？昔蘇文忠和王詵詩，謂使詵姓名附見於集中。詵以勳舊子弟，又文采卓越照世，而文忠乃矜慎如此。則不若詵者，其不肯泯泯以濫登也審矣。蘇渙，反賊也，張垍兄弟，降賊者也，工部皆以詩贈。蓋《草堂集》，後人所薈萃，使工部手定其詩，必芟削之不暇，又肯留此以貽訾議歟？足下之詩既極工，精而益求精，必於是審焉。僕魯鈍愨直，輒敢盡言於左右。惟恕之，且因以思之。

與門人張遠覽書

僕在京師日久，交天下賢士大夫頗衆。前足下下第來見，辭氣清峭樸直，較然有異於衆人，心固已識之。及觀所示古文辭，其意醇，其旨潔，而法度悉與古人合。甚矣，文之似熙甫也。足下以不第歸來取別，而僕適以應官去，悵惘累日，不能自釋。乾隆初言古文者，推臨川李巨來、桐城方靈皋兩公。僕生晚，不得見其人，稍長，始識蔣編修恭棐、楊編修繩武及李布衣果、沈秀才彤，乃知古文淵源曲折所在。四君又先後卒，今之有志乎是者，惟桐城周教諭大魁、錢塘杭編修世駿、大興朱中允筠、桐城姚儀部鼐、嘉定錢中允大昕、族兄鳴盛數人。而數人者，業之成與不成，猶未可卜。又得足下奮臂其間，甚慰所望。夫學古文而失者，其弊約有三：挾謏聞淺見爲自足，不知原本於六經，稍有識者，以大全爲義宗，而李氏之《易》，毛、鄭之《詩》，賈、孔之《禮》，何休、服虔之《春秋》，未嘗一涉諸目。於史也，亦以考亭《綱目》爲上下千古，不知溯表、志、傳、紀於正史，又或奉張鳳翼、王世貞之《史記》、《漢書》，而裴駰、張守節、司馬貞、顔師古、李賢之注，最爲近古者，缺焉弗省。其失也在於俗而陋。有其學矣，騁才氣之所至，横騖旁鶩，標奇摘異，不知取裁於唐宋大家，以爲榘矱，而好爲名高者，又謂文必兩漢，必韓柳，不知窮源泝流。宋元明作者，皆古人之苗裔。其失也在於誕而誇。其或知所以爲文，與爲文之體裁派别，見於言矣，未克有諸躬。甚者爲富貴利達所奪，文所工，必不傳，傳亦益爲世詬厲。其失也在於畔而誣。夫以爲文之難，而其所失，又復多如此，則有志於古人，不可以不知所務明矣。邇者能言之士，數出於東南，中州及西北絶少，然幸而有一出焉，必殊絶於人。況足下有田有廬，足以備饘粥，竹樹、花果之盛，足以供偃息，又有善本書數千卷，爲中州士大夫所罕見。熟讀而深思，博觀而約取，充其學足以接熙甫無難，則不第也不足悲，而歸於其家也益可喜。故趣舉近日之能言，及言之而失者，以勉足下，未審足下謂有合否也。西華令劉君，僕同年生，從其寄書良便，幸時惠音問，且以近作見示焉。

答趙升之書

不見足下者幾二載，使來辱賜書，且示以作詞之道。謂當爲古人子孫，不當爲古人奴隸，此非獨詞之謂，凡爲學者，莫不宜然。古之人之於詩古文辭，必有所規橅，緣以從入，至於究也，上下千古，含咀藴釀，沖瀜演迤，汩汩然，灑灑然，隨所之以出之，意與辭化，不自知其所自，而人亦卒莫得測其涯略。譬於水合衆山之泉以爲源，源既盛矣，放乎長流，又有諸水以匯之，故能如此也。不然，割裂襞績，句比而字倣焉，是真夷于奴隸已矣。某愚且陋，分不足以與此，然寘力于詩古文也久，將求所爲含咀醖釀者幾焉。未知果能與否，亦冀與足下共進而勉之，詞特其一端而已。承命作序，非敢緩，以足下詞必傳于後無疑，不敢率然以應。幸姑竢焉。不宣。

與吴二匏書

昨承過訪，不值爲恨。足下留詩而去，屬以參考，其意若有嗛然者。既而繙閱再四，風格老蒼，聲情抗墜，洵乎神似古人也。第其間有稍戾乎古者，敢舉以獻其疑。孔子言，名之必可言，言之必可行。故《爾雅》有《釋親》之篇，《爾雅》所無，必稽之諸史及唐大家之集而程式之。其餘書官、書名、書字，或書行輩，尤當各有所本，不宜沿俗所云，以資應酬之具。某考晉、宋、五代人，以詩投贈倡和，率稱官、稱名、稱地，初唐人及少陵亦然。少陵於本支，不稱姓，如弟觀、舍弟濟是已。而杜位冠之以姓，非盡引以爲本支也。韓文公於友朋，位卑而齒少者，及門人弟子，皆姓名並稱，如李觀、張徹、唐衢、侯喜、李翺、皇甫湜諸人是也；有稱名，又稱字者，孟郊也；有稱名又稱其行輩者，張籍張十八是也；稱官不稱名，杜侍御、鄭兵曹、李司勳；稱行輩不稱官，李二十八；稱行輩兼稱官，崔十六少府、裴十六功曹、元十八協律、張十一功曹是也。惟位尊者不名，如李尚書、武相公、裴相公、馬侍郎、鄭尚書、李相公，蓋以尊臺輔者尊朝廷，似不得謂之諂耳。及白文公詩，微之、夢得、敦實、晦叔，稱字者多，蓋時世之降使然。而近之作者，信筆爲詩，亦信筆稱之，外姻之尊屬，同年之祖父，長官之親戚，牽率附會，羌無故實，蓋不待讀其詩，而已可嘔噦者也。又古今官制不同，宜皆以今名爲凖，乃有稱巡撫爲撫軍，布政使爲方伯，按察使爲廉訪，道爲觀察，文移公牘，在所不免，至於詩文，古人亦必不出此。夫字者，所以尊名，有字不應號以代之。今置字不書而惟號之行，雖三尺童子，莫不皆然。昔歸熙甫先生，初不以震川爲號，及何震川稱此，乃踵其稱，蓋古人矜慎如是。今豈可推而廣之，紛然嚻然，以長浮薄之風耶。百餘年來，惟亭林、漁洋、竹垞三先生詩文，稱謂皆有依據，爲承學者所當傚。今大作中，間有沿俗例者，於詩固爲不害。第柳子厚云，萬一離婁，眇然睨之，不若無者之爲快。願足下留意焉。

與陳絅齋書

使來見示詩集，古詩勝於近體，五古又勝於七言。其色蒼，其力勁，其氣抑塞磊落，殆斆杜陵也歟。磨而礱之，又加密焉，比於杜陵不難。昌黎《贈崔斯立》云「往往蛟龍雜螘蚓」，蓋譏其雜也。勿雜在純，純在熟，熟非久且漸不能。擇杜陵詩，得其尤粹美者，彊記而循誦之，務底於熟，使章句音節一一懸著心目，又尋繹其命意之所在，且加涵養焉，如是而駁雜之病乃除。詩雖小道，不可以一蹴幾也，矧杜陵又最博大精深者。世人務小慧，輒欲弋獲得之，無怪僅得其粗厲鈍澀，哆然自號爲杜，而去之乃益以遠。僕不憙人易言詩，尤不憙世人易言杜，正坐此爾。孟子曰：「君子深造之以道，欲其自得之也，則居之安；居之安，則資之深；資之深，則取之左右逢其源。」此非爲學詩言，然學詩而蘄底於精深博大，無以易此，惟足下勉之。

與蔣應嘉檢討書

承作《南汼集序》，詞意沛然若有餘，且推挹過甚，讀終篇，覺赧然汗下也。作文詞不患不富，要歸於峻潔。曩時以柳州文瑰麗，疑從魏晉人出，今暇時讀之，乃知本於公羊、穀梁子及太史公。瀏然以清，孑然而峭，癯然而堅以貞，傅詞設采，咸有西漢風力。鹿門以配昌黎，良不虛僕雖爲足下直之，何以加此？北還尚無日，幸數惠書，且數以文詞見示。不宣。

也。足下習而斆之，當日工。子厚《與袁君陳書》「慎勿怪，勿雜，勿務速顯」，數語洞中肯綮。

與吴竹堂_霽書

自癸未夏間别，不相見者，垂十五年，而僕亦以逾瘴江雪嶺，未獲通問於左右。在滇，偶從故武昌守彭君略悉蹤迹，及還京師，乃知足下曾獻賦行在，又不遇。聞比主翠螺書院，近狀佳否，念之念之。古人不得志于時，必蘄有傳於後。傳後者，非應科目詞賦之謂。足下已登甲科，且工詞賦已久，今既無由一奏其技，抱此區區，終不足自見於天下後世。若復頹墮潦倒以自廢，其才華鋒穎，又甚可惜也。爲學之途，猶建章宫闕，千門萬户，求所以入之而已矣。入之必專於一家，頗怪今世文士，輒曰「我能經，我能史，我能詩與古文」，叩其所業，率皆浮光掠影，未有深造而自得者。夫學者，必不能盡通諸經也。盡通諸經，乃適以明一經之旨，而一經之中，分茅設蕝，若漢人之《易》，既異乎宋元矣，漢人中若京、孟，若荀、虞，又各不同。不守一師之説，深探力窮之，於彼於此，掠取一二説焉，必至泛濫而無實，窮大而失居。推之他經皆然，推之史與詩與古文，亦無不然。故願足下專於一家，求所以入之也。古人數日不見，輒欲刮目以待，況于十五年之别。足下所業，取法者何在，自命者何如？幸有以示焉。僕尚有進於此者，當爲足下覼縷而續陳之。

答李憲吉書

足下承家訓，最嗜詩，工於諸體，今猶以七言律下詢，蓋深知此體之難者。大抵八句中，宜一氣旋轉；而七字中，又須一氣渾成。中兩對工力悉敵，儷青妃白，無一假借語，又以沉鬱頓挫出之，其間自有淺深次第，斯爲合作。此體創於初唐，至老杜而獨絶。其中間有一句拗一二字者，乃是偶然。後人因胸無經史，窘于屬對，遂借以掩其弇陋耳。杜陵七律，以《蜀相》、《野老》、《野望》、《朱櫻》、《閣夜》、《宿府》、《聞官軍》爲最，字字響，句句諧，曲折變化，高華工整。而如「陳留阮瑀誰争長，京兆田郎早見招」，「今日朝廷須汲黯，中原將帥憶廉頗」，「湘西不得歸關羽，河内猶宜借寇恂」，「但見文翁能化俗，焉知李廣未封侯」，「籬邊老却陶潛菊，江上徒逢袁紹盃」例，此數十聯，隸事之準則也。後此義山似之，以《籌筆驛》爲最。又如「賡歌太液翻黄鵠，從獵陳倉獲碧雞」，「雪嶺未歸天外使，松州猶駐殿前軍」，「玉璽不緣歸日角，錦帆應是到天涯」，「竇融表已來江右，陶侃軍宜次石頭」，「軍令未聞誅馬謖，捷書惟是報孫歆」，「死憶華亭聞唳鶴，老憂王室泣銅駝」，「暫逐虎牙臨故絳，遠含雞舌過新豐」，「夜捲牙旗千帳雪，朝飛羽騎一河冰」，「此日六軍同駐馬，他年七夕笑牽牛」諸句，爲中晚唐之冠，宋元亦莫有繼者。明初高季迪工此體，以《送沈分司》、《葉判官》爲最。後則推何大復，空同特以雄渾稱，歷下特以神秀名，隸事俱莫逮也。明季推陳卧子，接以夏存古、顧寧人。本朝推吴駿公，接以王貽上、吴漢槎、朱竹垞。貽上《永宫殿》一首，與季迪抗行無疑也。宋黄魯直、陳後山諸君，瘦硬通神，不免失之粗率，楊誠齋加俚俗焉。查初白學誠齋，圓熟清切，於應世諧俗爲宜，苦無端人正士高冠正笏氣象，特便於世之不學者，以是爲人所愛。若舉似卧子、寧人，瞠乎後矣。然爲此者，在多讀書，經史諸子，撑腸拄腹，又熟讀杜、李二家詩，深造自得，取之而逢源，沉鬱頓挫，其爲古合作也必矣。非足下無以發狂言，然竊自以爲至論。幸從此問途可也。不宣。

答門人陳太暉書

得手書，詢究作詩之旨，何欿然不自足也。足下近體詩，多夷猶沖淡，絜之唐宋間人無愧。乃欲更進於是，似不安於流俗所爲，可謂篤志之士矣。竊以足下所業計之，當先學七言古詩，要如洪河大江，九曲千里，奔騰汗漫中，煙雲滅没，魚龍吟嘯，雖粗沙巨石，隨波來往，無所不有。經史，雲煙也，龍魚也；稗編叢説，沙石也。以氣運之，以才使之，如是乃爲七言古詩之至。自宋人論詩，字錘而句斲之。近體稍有可味，視其古詩，寒儉蹇澀，如後山、簡齋，均不免此，何以成名家。試觀三百篇中，風則《柏舟》、《碩人》、《氓》、《小戎》及《七月》諸什，小雅則《天保》、《采芑》、《車攻》、《吉日》及《正月》、《雨無正》、《楚茨》、《甫田》諸什，大雅則《文王》、《皇矣》、《生民》、《崧高》、《韓奕》、《江漢》、《常武》及《板》、《蕩》諸什，皆古詩之權輿，而頌之《載芟》、《良耜》及《泮水》、《閟宫》、《長發》無論已。《離騷》、《九章》、《天問》、《招魂》則雅頌之後裔，啓杜、韓之先聲。試皆詳説而熟復之，其不磅礴盤鬱、氣象萬千者，寡矣。當今之士，捷取速化爲能，規之以杜、韓，已適適然驚矣，又何能上溯風騷，本原經史？稗野之學，固知非篤志者，不足語於此，惟足下勉進之而已。案牘之餘，幸自努力。明日當從獵木蘭，草草不具。

爲學説示戴生敦元

一、經學。《論語》、《孟子》令甲以之取士，《孝經》亦卷帙無多。此外，《公羊》、《穀梁》與《左傳》，同爲《春秋》之學，《周禮》、《儀禮》與《禮記》，同爲三禮之學。合之《易》、《詩》、《書》爲五種。先習一種，然必通諸經，乃於一經之旨無不明晰。凡習經，先通漢唐註疏，再閲宋元以後經説，始不墮於俗説。

一、史學。史有四：有紀傳志表之學，自《史記》、《漢書》至《明史》，所謂二十二史是也；有編年之學，《通鑑》、《綱目》是也；有紀事之學，袁樞《紀事本末》各書是也；有典章之學，《通典》、《通志》、《通考》、《續通考》是也。得其一而熟究之，於古今治亂之故，無不了然胸臆間。上之開物成務，足以定大事，決大疑，下之擷華采英，足以宏著作。

一、古文之學。世所傳韓、柳、歐、蘇、曾、王八家之外，《兩晉文紀》、《唐文粹》、《宋文鑑》、《南宋文選》、《元文類》、《中州文表》、《明文授讀》，皆宜瀏覽，博觀約取，以一家爲宗。

一、詩學。如《古詩紀》、《樂府解題》、《全唐詩》、《宋詩鈔》、《宋詩存》、《元詩選》三集、《明詩綜》諸書，皆宜瀏覽。其取法也，杜、韓、蘇、陸稱最，亦以一家爲宗。

一、小學。以《爾雅》、《説文》、《玉篇》、《廣韻》爲本，旁通金石碑版。金石之學，上必本於經，下必考於史，故亦爲學問中之最大者。至於等韻字母，乃出自婆羅門書，漢魏以前無之，然包一切字，具一切音，學者不可不知。

一、九章之學。通九章以至推步，則各史中天文、律曆諸志，始可得而讀。即《易》學之六日七分，《書》之定時成歲，《春秋》之三十六事，月令之中星，皆能迎刃而解。大儒如鄭康成、孔仲達，無不明此者。

能通以上各種學問，則所謂茹古涵今，卓然爲一代大儒。浙江前輩中，如黄梨洲、朱竹垞、毛西河、萬充宗兄弟，乃能及此。近日，杭大宗、厲大鴻雖經術不逮前人，而博聞强識，詩文各自成家，亦當效法。

一、駢儷之文。本原《文選》，嗣後婉麗莫如徐、庾，閎博莫如王、楊、盧、駱，清切莫如温、李，工整莫如楊、劉。雖非大儒所重，而菁華可以應世，行有餘力，不妨肄業及之。

一、科舉之學。須取《欽定四書文》，理法俱備，又不涉於寒儉僻澀者，擇三四百篇，則題之大小、長短、虚實、偏全、理致、典故、格式，無所不有，作法無所不備。熟讀深思，與之俱化，而又附以經典古文，則議論光焰，必不猶人，自可脱穎而見矣。

通説示長沙弟子唐業敬

必知學業徑塗，乃可以從事，否即浮慕古人，非流俗學，亦墮偏端。聰穎之士，略觀大意，務廣而荒，最爲害事。經云：「夫仁，亦在熟之而已。」人一能之，己百之；人十能之，己千之。沉潛反復，始有融會貫通、深造自得之致。庖丁解牛，紀昌貫蝨，不期然而然，皆熟之謂也。

經學端以註疏爲宗，《易》由輔嗣逮于程朱，而義理始暢。然秦漢大師之傳，皆原孔氏，其略載唐李鼎祚《易解》，近日惠徵君棟撰《易漢學》、《易述》，以發明之。從此尋流討源，問津更易。

《書》用蔡氏，而仲達《正義》援引奥博，且鄭註多在其中，不得以宗孔氏訾之。自朱子致疑古文之僞，其後草盧、楚望及閻百詩諸君，爲之條分節解，互相矛盾，亦不可不疏通其故。

《詩》以毛、鄭爲宗，孔疏其冢適也。嗣後如吕成公、嚴華谷、何元子、陳長發，其所發明，博洽宏通，尤當盡覽。

《禮》必兼《周禮》、《儀禮》。蓋《周禮》統王朝之典則，《儀禮》具士庶之節文，條目粲然，較

《禮記》更爲詳整。其孔、賈之傳鄭學，則獨有千古學者探索終身，尚虞難竟。後儒一知半解，故爲指駁，豈非蚍蜉撼樹。

孔子作《春秋》，大指盡於三傳，而《左氏》最長，杜氏又最宗《左氏》，學者以此服膺，可也。《公羊》、《穀梁》，間有別解，何休承之，亦皆出自孔門弟子，義深文奥，墻仞難窺，不可以偶涉讖緯，輒倣陋儒指斥。

古人云，讀書先識字，《爾雅》其權輿也。考之以《説文》，通之以金石文字，衷之以陸氏《釋文》，庶免阿買之誚。

漢唐經師，靡不精通推步，兼工樂律。漢之京君明、鄭康成，宋之范氏鎮、司馬氏光，明之韓氏邦奇，可概見也。陳暘、鄭世子之樂書，梅宣城之算術諸書，有志者宜肆業及之。

史學，當取二十一史及《明史》、劉昫《舊唐書》、薛居正《五代史》以次瀏覽，然後徐及于杜佑《通典》、鄭樵《通志》、馬端臨《通考》、王圻《續通考》。此彙史志而成者，千古天文地里，以及民生國計，因革利弊，皆在於是，不讀此不足成經世大儒。

道學，世指爲迂，然迂遠而闊于事情，太史公以言《孟子》，何病于迂。誦法朱子《小學》、《近思録》、《名臣言行録》，而《劉元城語録》、薛文清《讀書録》、吕新吾《呻吟語》、李中孚《四書反身録》、顧亭林《日知録》諸書，皆當潛索翫味，心識而身體之。又如黄梨洲《明儒學案》所收未免過雜，然先儒微言大義，多在於是，讀之足以廉頑立懦。

《詩》亡而《離騷》作。蕭統《文選》，屈、宋之繼別也。或謂所選雜出不倫，然純博絶麗，聲情辭藻，實爲宇宙不可少之文，故杜少陵、韓文公皆有取焉，契其神理，擬其閎富，約爲駢體，自能獨出冠時。

古文自茅氏八家而外，如唐之獨孤文公、李文公、皮子，宋之李泰伯、蘇門四君子、朱子、周益公、陸務觀、葉石林，皆自成一家言。至如元之吴、吴、黄、柳、戴，明之宋、王守仁、王慎中、歸、唐，均可師法。若既本經緯史，又於諸家中擇一性所嗜者，研諸慮而説諸心，久之深造自得，旁推交通，自爾升堂入室。

詩道之多，正如漢家宮闕，千門萬户，然其擇之也，與古文同，果能熟讀深思，傅以學問，輔以才氣，壯以聲調，何患不成。大家至七言古詩，斷以杜、韓、蘇、陸爲宗，餘或偶及之，不可爲準則也。

填詞，世稱小道，此捫籥扣槃之語，非爲深知詞者。詞至碧山、玉田，傷時感事，微婉頓挫，上與風騷同指，可斥爲小道乎？故竹垞翁於此深致意焉。行有餘力，間閲南宋人詞及本朝浙西六家，能於此拔幟其間，亦不朽盛事也。

時文至王、唐、歸、茅、胡、諸、瞿、薛，理純法粹，湯、許、陶、董，亦自名家，若金、陳、陳、黄，極天涵地負之能，而徐思曠、羅文止、楊維節、包長明諸君，文如白雲在天，滄波無極，神妙而不可知。學者欲登峰造極，舍思曠其焉歸？·若欲稍近科舉，肆力陳、黄，目爲較易。

其餘周秦諸子、漢魏叢書、六朝及唐宋文人各集，下至稗官小說，凡《經籍》、《藝文》所志者，暇即取而閱之。聖人謂多聞多見，博學於文，皆此意也。

詩說示朱生桂

漢魏六朝五言古詩，妙處全在神理，千百年來，轉輾相仿，蹊逕已窮，妙諦幾盡。惟陶謝、王孟、韋柳諸家，清腴高秀中兼以神悟，雖經嚴羽儀〔卿〕、王漁洋諸公拈出，而興趣在不思議間。世有妙解人，正堪尋究，先宜以蕭閑真澹、養其性情標格，然後反覆涵泳，以幾自得。未可沾沾摹仿字句，襲貌而遺神也。

五言長古詩，至杜、韓兩家鋪陳排比，自鑄偉詞，一變漢魏六朝、唐初之格。其起伏接應，幾與《史記》、《漢書》、古文同體。惟縱横一萬里，上下五千年，才氣無雙者，差堪津逮。

七言古詩，變化多端，要以風檣陣馬，行於盤旋屈曲中，而開闔頓挫，言之高下，聲之長短，無不皆宜。此必將杜、韓、蘇、陸、元遺山、高青丘、李空同、陳卧子及本朝王漁洋、朱竹垞諸家，擇而熟讀，當自得之。其本領全在書卷。《十三經註疏》、二十二史及諸子文集、説部、釋道兩藏,皆填溢胸中,資深逢源,乃如淮陰用兵,多多益善。蓋學與才,氣與法,四者缺一不可。

七言律詩,難于高華沉實,通體完善,前不突,後不竭,八句中淺深次第,一氣旋轉。每句七字中,又須一氣貫注,對工而切,調響而諧。其間使事精確,立言有體,兼以慷慨磊落出之,方爲合作。若遊覽、寄憶諸詩,即景會心,天然神妙,不可湊泊者,别爲一格,與五言古,同其旨趣。

七言絶句,全主風神,或灑脱,或疏放,或清麗芊眠,皆須事外遠致。我友吴竹嶼云「讀絶句竟,令人悠然神往,或生微嘆」,真知言也。

工七律、七絶,則五言律、五言絶,不煩言而自解。

五七言古詩,俱有自然音節,而杜、韓、蘇、陸諸大家,又各自爲音節。熟讀深思,使其詩起承開闔,轉接斷續之妙,懸于心目,信手拈來,如瓶瀉水,則應用之平上去入,皆不煩繩削而自合。昔人作《聲調譜》,尚是刻舟求劍耳。

僕近來不憙言詩,以作詩者多,學詩者少也。學詩先博學,博而約取,舉古人詩,反覆循玩,融洽於心胸間,下筆自然脗合。又宜先學一家,不宜雜然並學。河西女子聽康崑崙彈琵琶,謂本領何雜者,正坐此病。仿一家到極至處,自能通諸家。《楞嚴》云「解結中心,六用不行」,皆是詩家妙諦。僕於此事,三折肱矣,頗得正法眼藏,故不惜爲吾賢饒舌也。

友教書院規條

一、士人當志在聖賢，力求仁義，上通性命，内治身心，疏水可甘，緼袍何耻，定不忮不求之念，堅不處不去之守，窮則獨善其身，達則兼善天下。朱子《白鹿洞條規》已舉其要，諸生俱宜悉心遵奉，毋庸另立規條。

一、孔子謂「多見多聞」，又謂「君子博學於文」。故四教先之以文，而四科列以文學。其後顔子言「博我以文」，子思言「博學審問」。蓋博學者，聖學之所從入也。今士子於群經且不能讀，何況其餘。弇陋空疏，徒爲識者所鄙。諸生中不乏聰穎通材，有志自立者，應將經史子集，以次瀏覽，務期博雅閎通，不愧儒林文苑。即質有不逮，或專習一經，以一説而通衆説；或專習一史，以一史而通諸史；或通天文算術，或爲古文駢體，或習詩詞，或研《説文》、小學、金石文字，各成專門名家之業。

一、現今功令，輪年遍習五經。當此經學昌明之會，士子更宜踴躍奮興，精心循誦。今除五十三年已習《詩經》外，嗣後應當接習四經，昔歐陽文忠公、虞文靖公，皆言前賢授受，每日讀經三百字，遺訓可遵，豈容暴棄。在院生童等，每日必讀熟經文三百字。案《詩經》四萬八百四十八字，應以一百三十六日讀完；《書經》二萬七千一百三十四字，以九十日讀完；《易經》二萬四千四百三十七字，以八十日讀完；《禮記》九萬八千四百九十四字，以三百三十日讀完；《春秋》一萬五千九百八十四字，以五十四日讀完。共須六百九十日，不及兩年，即能徧誦。監院按書按日，十日一令背誦。如有不熟，訶斥隨之，責其再讀。倘某經應讀若干日者，倍其日而猶不能背誦，則是志氣昏惰，屏之出院。其有五經之外，或兼讀《周禮》，或兼讀《儀禮》，或兼讀《左傳》。課之背誦，如瓶瀉水，則是有志研經之士。課文如在一等，作爲特等，如在特等，作爲超等，本在超等，即與第一同領獎賞。

一、孟子曰：「夫仁，在乎熟之而已矣。」所謂深造而自得，資深而逢源，皆熟之謂也，讀文何獨不然。本年開館之日，監院先問諸生，生平讀熟古文、時文，共有若干，寫成目録，亦于背經之日，一體背課。而本司亦于課期至院時，酌量抽背經文，以驗勤惰。

一、《易》之兑象，朋友講習。故孔子以「學之不講」爲憂。《中庸》謂審問、明辨，皆講學也。陸子至白鹿洞，講「君子喻義」章，學人至有愧悔流涕者。朱子以爲切中深痼之疾，今白鹿、鵝湖，俱係昔賢講學之地。而友教堂本與四大書院並列，前徽未沬，嗣其席者，未聞講明而切究之，未免有虧師道。今書院中定于一六日清晨監院先至講堂，仿大昕鼓徵之法，擊鼓三通，諸生齊集堂上，院長出而升座，監院率諸生三揖，以次列坐。院長或講經一章，或講史一則，或家禮，或小學《近思録》，或《大學衍義》，摘條演解，總于存心養性，立身行己，居官經世之故。曲鬯旁推，極深致遠，務期諸生豁然貫通，憬然領悟。講畢，監院令能文者二人，將所講之語，録爲講章，收存院内。每月終，彙録申送，俾本司閲之，亦得資麗澤他山之益。

履二齋詩約凡例

一、漢魏五言古詩，詞意雙絶，元氣渾然，此《國風》、《小雅》之遺，斷非後人所到。今略抄數十首，以供吟諷，不宜更爲摹仿。

一、陶謝各開門逕，爲千古五言之祖。而忬寫性情，蕭條高寄，則陶公尤勝，即王、孟、韋、柳輩出，加以妙悟，不涉理路，不落言詮，亦無能軼其範圍。嗣後，宋人稍加刻畫，標新領異，蓋窮則通，通則變，不得不爾。非然嚼飯與人，徒令失味，故宋後諸家清雋者，一併録入。

一、四傑七言古詩體，所爲劣于漢魏近風騷，不廢長江萬古者也。但陳陳相因，千篇一律，故太白變之，少陵又變之，離奇恣肆，出没排奡，其間又行以古文序事之法，而皆歸於正軌，實足以開拓心胸，故録唐以後七古，要以少陵爲準，昌黎次之，而東坡、放翁、遺山、道園，及青丘、西涯、空同、大復、卧子，本朝則漁洋、竹垞，皆爲巨擘。惟傷時感事，指陳痛斥之詞，已采入《碧海集》中，不皆登録於此，蓋有微意焉。

一、五言近體，亦以盛、中爲準，而晚唐温岐、許渾諸家，神理清雋，並取之，以供學人研味。

一、七言律詩，肇於初唐，其時體制未備，而如「招賢已從商山老，託乘還徵鄴下材」，「雲裏帝城雙鳳闕，雨中春樹萬人家」，「纔是寢園春薦後，非關上苑鳥銜殘」，「秦地立春傳太史，漢宫題柱憶仙郎」，「金闕曉鐘開萬户，玉階仙仗擁千官」，已爲高唱。至杜陵高華工整中沉雄頓挫，又體格變化不同，有八句皆對者，有前六句對者，有後六句對者。惟義山能效之。宋元以來，具此體者，一併録入，若少陵《諸將》，義山《曲江》、《東師》等什，金石爲聲，軒翥宇宙，然不盡録，與録七言古詩意同。

一、聯句，别爲一體，韓、孟、皮、陸，其正格也，似此者録爲一卷。

一、古樂府，斷不宜傚，舉其斷爛齾缺處，句櫛而字比之，空同、歷下，所以爲後人絶倒，故太白用其題而别出機杼。少陵之《石壕吏》，白樂天之《七德舞》諸篇，則仍是五七言古詩爾。楊鐵厓、李西涯及尤展成亦然，今故不復録。此余弱冠時所鈔，迄今三十餘載，屢有增删。後自蜀歸，發篋得之，及門謂可爲初學津梁。如此，不墮于外道。因并取近日諸賢，都爲一集，而以歸愚、文子兩先生終之。受業吴門袁廷檮編次。

附：吴山長穀人先生論律賦示書院諸生

賦昉於周而盛於漢，所謂觸興致情，因變取會，不必拘之以律而律自應焉。故班固曰：「賦者，古詩之流也。」自唐天寶後，用賦取士，始以聲律繩人，率限八韻，間有三韻至七韻者，於是乎有律賦之名。夫既曰律，則必響叶乎笙簧，度中乎齊夏，準其分寸，範我馳驅，乃能戛玉敲金，和聲鳴盛。今試以唐人律賦論之。唐人起手最重制題，亦謂之破題。如李程《日五色賦》「德動天鑒，祥開日華」八字，最著人口，接云「首三光而效祉，彰五色而可嘉」，即將五色二字破出，此是定法。他如喻餗《仙掌賦》云「行盡烟蘿，仙峰隱嶙兮高掌巍峩」、王棨《涼風至賦》云「龍火西流，涼風報秋」，音節特異，亦破題也。宋人猶守之勿失，故陳元裕主文衡，出《大椿八千歲爲春秋賦》，滿場破題皆閣筆，遂自作云：「物數有極，椿齡獨長。以歲歷八千之久，成春秋二序之常。」一時稱誦。此如畫家點睛，意關飛動，若曹茲緣起，無復眉目，則秦客之廋詞，齊贅之隱語矣。至於轉韻處用虚字，須就文勢酌之，或竟用單句，或四字、六字，兩句直接，若黄滔《漢宫人誦洞簫賦》，賦其第二段轉韻云：「斯賦也，述江南之霜竹，生彼雲谷。」以參差見致，又是一法。惟平聲轉韻，唐人多用疊韻，周鉞《海門山賦》云「岌岌崇崇，横西截東」，林滋《小雪賦》云「眇若毫端，輕霏可觀」，第一句第一字不拘平仄，二字仄，三字平，四字韻。第二句一二字平，三字仄，四字叶，此是一定之調。鄭瀆《吹笛樓賦》云「既運指而有規，乃濡唇之是吹」，調最清鏗可愛。今雖不能盡遵，然斷不可用四六偶對，蓋移宫换羽，全在抑揚其聲。倘關捩不靈，唇吻有滯，是方輪之不轉也，是沓舌之不調也。況唐人律賦，每韻中四六，亦不過一聯，其句法或上四下六，或上六下四，亦有五字、七八字者，而上下必以四字貫之，此一定之體也。雖近時作賦，邊幅不可太狹，自須多用四六一兩聯，然中間尚得間以單排，始覺疏宕。夫水性虚而淪漪結，徑路絶而風雲通，惟風格高騫，故膏腴無害。非然者，豐肌有堆垜之誚，大木致擁腫之嗟，陸士衡不以多才爲患哉。若夫結調則奇美發，遣調則異采騰，變化靈通，惟唐人盡之，其中有拗句法，有疊字法，有倒裝法，有側卸法，有虚字實鍊法，有實字虚鍊法。如丁春澤《日觀賦》「火動山頂，輪移水面。穿暗隙以飛鏡，歷幽窗而走電」，陳章《風不鳴條賦》「輕摇而曉露初滴，暗裊而春鳩轉鳴」，此拗句法也。如王棨《曲江池賦》「有日影雲影，有鳧聲雁聲」，賈餗《太阿如秋水賦》「千里萬里之斜漢，耿耿方侔；八月九月之洞庭，沉沉相似」，此疊字法也。如黄滔《漢宫人誦洞簫賦賦》「如燕人人，却以詞鋒而厲吻；雕龍字字，爰於禁署而飛聲」，此倒裝法也。如鄭瀆《吹笛賦》「竟無六律，繼〔當時〕紫府之清音；空有一條，是往日翠微之來路」，此側卸法也。若虚字實鍊法，如黄滔《秋色賦》「空三楚之暮天，樓中歷歷；滿六朝之故地，草際悠悠」，空字、滿字是也。實字虛鍊法，如周鋮《吴嶽賦》「西窺劍閣，霜地表之千鐔；東瞰蓬萊，黛波間之數點」，霜字、黛字是也。大抵有唐一代，李程、王起，風氣斯開，蔣防、謝觀，如驂之靳。若王棨之《麟角集》，黄滔之《黄御史集》，引商刻羽，含英咀華，實爲賦苑之寶書，學者所當奉爲圭臬者也。至於樂天之風舉雲摇，清雄遒勁，微之之高冠長劍，璀璨陸離，洗昔賢之忸怩，破前軌之束縛。然必有氣以舉之，否則不能學也。又若皇甫之逸情勝致，惝恍迷離，《閒居》則蘭成之外篇，《采藥》亦《離騷》之女子，然非律賦正宗，以之奏鑾坡、鳴芸閣，非所宜也。即漢魏之沉博絶麗，六朝之旖旎風流，獵其英華，則可矣，若論體裁，正須分别。如律賦末段，只宜或散或整，收束餘波。近人多用歌詞作，前軒後輊，不古不今，安得謂之曲終而奏雅哉。又五七言詩句入賦，惟齊梁及初唐體則然，律賦中如「問於垂白荷鉏叟，云是明皇吹笛樓」，「何事春秋各千年，何花開落惟一旦」，唐人雖間有之，正惟位置得宜，故音奏斯協。若雜之偶對內，則肖當筵之致語，同建醮之青詞。昌黎所謂類於俳優者，正此種耳。夫琴瑟專一，不可以聽也。左驥驂而右駑服，不可以御也。金玉其中，而敗絮其外，不足以爲寶也。故調忌複襲，複襲則不靈；對忌參差，參差則不整；詞忌浮靡，浮靡則不真。優而游之，欲其氣之疏以達也；比而齊之，欲其詞之麗以則也。眂其表，欲其澤也；眂其裏，欲其本之固也。如是而言律，律乃細矣；如是而言賦，賦乃精矣。我朝昌明古學，作者嗣興，復敕纂《賦彙》一書，嘉惠士子，誠能求珠赤水，探木鄧林，尋正變之源，通麗則之旨，則余言特舉隅耳。引而伸之，觸類而長之，以今日肄業所及，爲他日朝宁獻，余將拭目以俟焉。

婁東書院淺説

一、士人讀書，本以通古今，明義理，體備於身，出爲世用，列史所謂「儒林」、「道學」是也。其次則爲詩古文辭名世之學，如韓、歐、蘇、曾是也。至工於時文，已是第三等學問。若有志大成，鑽仰高深者，自不屑覃心於此，致流俗學。

一、時文内又分三等，如王、唐、歸、胡、錢、茅、瞿、薛，理法兼勝，元氣渾淪，上也。其次隆慶、萬曆文，以機法勝，天啓、崇禎文，以心思魄力才情勝，而國朝以來，大家名家，層見疊出，平奇濃淡，無所不有，皆宜各視質之所近，與心之所好，分類習之。若應舉文字，逢時之技，又其次也。於此而猶不簡鍊揣摹，至於成熟，俾即脱穎而出，何以稱地方大吏屬望裁成之至意。

一、讀時文，宜先讀珠圓玉潤之文，以機神清輕流利爲主。再讀筋摇脉注，捫紙起稜之文，以顯豁呈露鋒鋭爲主。又讀高華豐滿，氣充詞沛，鎔經鑄史之文。三種各約以百餘篇爲率，則規矩格式皆足以資取裁。

一、每朝各有佳文，不勝攬擷，大概言之，長題必取諸隆、萬。大題則熊鍾陵、劉克猷、李石臺、儲中子諸君爲最。然必精於選擇，取其近時者選之。至虚題，無逾金正希及方文輈者，看其一縷心思，上蟠下際，巧妙之秘，已無不具。但須學其雋鋭，弗致晦澀爲佳。若馮夔颺、許勛宗兩稿，用五經、《左傳》最工，亦足爲學人取則。

一、讀文必熟。應將嚮時習誦之文，擇其如前所云三種者，重加熟讀，熟至提起破題，信口而出，直背誦至結句，中間更無絲毫窒礙，亦不容再加記憶，真是如瓶瀉水，務使口與心融會貫通，即心與文融會貫通。孔子謂人一己百，人十己千，必明必强；孟子謂深造自得，左右逢源；杜氏謂優而柔之，饜而飫之。皆言熟也。是在諸生焚膏繼晷，口角流沫右手胝，不厭百回讀耳。

一、入手用功處，端在墮聰詘明，屏棄外緣，將所讀之文，刻刻參前倚衡，髣髴如見，自然信手拈來，隨地湧出。若一心以爲鴻鵠將至，讀猶不讀也。思之思之，鬼神通之，到一旦豁然貫通，奔赴筆下，自然不思而得，不勉而中。

一、時文當以類讀，如大小、偏全、虚實、長短、典故、理致等題不過十餘種，一類作一起讀，使學者知一種題目有如許思路，如許用筆，如許機局、作法，一兩句中，專玩一種，則心思倍易於開發矣。若今日讀虚題，明日讀實題，今日讀小題，明日讀長題，雜然投之，豈能因端起悟。

一、一面讀文，一面執筆，遇文中節目處點出，精警處著圈，段落處勾斷。如此口到、心到，處處著意，絲毫不放過，久之自有悟入處。若只隨口讀去，終不得益。讀一遍，動筆一遍，雖多不厭，古人所以用五色筆也。不動筆者，吾知其不用心耳。

一、讀時要將全副心思，苦苦送入文字内，字字體認，不得疏忽絲毫，故如怨如慕，如泣如訴，聞其聲，可識其刻苦。

一、讀時須振起精神，要如武安君鼓譟勒兵，屋瓦盡震；又如項王擊秦，呼聲動天，諸侯軍從壁上觀，人人惴恐；又如光武昆陽之戰，雷雨大作，衝其中堅，虎豹皆股戰。如此勇鋭，何患不能得力，何患不能悟入。故莊坐緩誦者，於心領神會處，尚隔一層也。

不獨讀時用心用力，乃至寢於斯，食於斯，念兹在兹，釋兹在兹，各言兹在兹，雖夢寐中亦有記誦觸發處，乃爲純熟。

一、以身而論，舍經書文字無安頓處。以心而論，舍經書文字無怡悦處，是二是一，不惟浹洽，抑且渾成。

一、士子於經書時文，不能透熟者，皆因幼學以來，既無嚴師課督，又無朋友講習，非飽食終日，無所用心，即是群居終日，言不及義，所以於學問，全無裨益。《易》云：「君子以朋友講習。」所謂切問而近思，博學而詳説，疑思問而問思難，皆講習之説也。故朋友中，惟見而論文講藝，有奇共賞，有疑共晰者，常與往來，其餘不但宴樂佚遊之友，必宜屏絶。即論寒暄，道款洽者，不宜接見。子夏所謂不可者拒之也。如是，則學問始專，功夫始熟。

一、讀文熟極，乃將各種題相似者，徐而思之，如此可以用其意，如此可以用其機，如此可以用其調，如此可以用其辭。七穿八透，左宜右有，下筆時自有水到渠成之妙。

一、熟極自能生巧，如庖丁一朝解九牛，而芒刃不挫者，蓋能批郤導窾，謋然已解也。紀昌貫蝨之心，懸而不絶，以望之三年也。宜僚弄丸，輪扁斵堊，傴僂丈人承蜩，其技如此，非熟誰能之。若果到極熟地位，從此目無難題，投之所向，音調亦無不合節，詞采無不自然，有上句自有下句，有出股自有對股，取之心而注之手，汩汩乎其來，文從字順，言之長短，聲之高下，皆宜筆歌墨舞，霞蔚雲蒸，才識行文之樂，以之小試必售，以之鄉會試必中。正如養由基，貫札穿楊，所到輒驗，諸生何憚而久不爲此。若臨文而艱難苦澀，鉤唇棘舌，及文成，晦蒙否塞，皆由於略觀大意，功夫粗率，不能純熟之所致也。

一、題目到手，務將全章背誦尋繹一過，看是章大旨重在何處，是節大旨重在何句，本題句内要緊何處。或在實處，或在虚處，或係閑文，或是足上語，或是起下語。又將朱子《集註》之意，反覆玩味，重在何處，既使理解雪亮冰瑩，則遣詞命意，必與題之真解絲絲入扣，蒙混之語自無從犯其筆端。

一、題内字必逐一拆開，逐字體認。每一字必有前後左右背面，細細看出意義來，然後合二字看，合三字，合四、五、六、七、八字看。而虚字尤宜體會窮到極細，一毫粗率不得，能常如此用心，則枯窘者不枯，虛縮者不虛。即遇難題，亦當游刃有餘。

一、文切忌膚庸。平日作文，凡下筆時，其意一想即來，其詞一想即得，必係人人所共有。若即以敷衍成篇，閲文者於此，初見或以爲可，數見必以爲平常。若至數十卷後，則陳陳相因，幾於眯目，何況試卷連牀疊架，千手雷同，俱是塵容俗狀，能無吐棄？故場屋之文，有意相似辭相似，而得失迥殊者，蓋其卷先到則取之，後到則棄之，此去取一定之恒情也。然人人共有之意，豈能盡數掃除，置之不用？功夫到純熟後，或即是意翻進一層，或即是意推開一層，或作淺看，如陳大士「上失其道」四句起講，是其法也。或作陪襯，且又出之以英爽，或即共有之詞，而出以步伐整齊，淺深次第，布置得宜，風神諧暢，使情致斐然，音調鏘然，不求異而自異，閲者亦必賞心悦目。

一、先輩名家大家之文，前半往往由淺入深，由淡入濃，此文之正體也。然如昔人咏諫果，所謂「待得微甘回齒頰，已輸崖蜜十分甜」。故於科舉文，則有不然者，要緊處在前半篇，其訣在清醒，在鋒利，雷霆走精鋭，冰雪淨聰明，一切膚庸疲緩散漫習氣，務在埽除淨盡。至文之中後，止須安章宅句，辭條豐蔚，已無不入彀者。平日作文時，總宜如此慘淡經營。

一、陶石簣先生丙戌下第，得落卷，王文肅公評云，七作平常。先生歸，以四字揭窗壁間，三年未嘗釋。戊子計偕，自云此去當作第一人，果如其言。宋羽皇評其文云：「爭關奪隘，奇秀處盡在前段，後只自在中流。」蓋前輩精能刻畫，以求技之必工如此。

一、起講開宗明義，最宜透快。或渾取題意，或先擒題中要字，皆須筋搖脉注，一噴一醒，五六句中，使閲者心目爽然，拍案叫絶。透快中仍須有聲有調。

一、起講下，或承上文落題，或先出題中一兩字，或係一章一節。首句須振起，題中要字要義，皆當如登高而呼，衆山皆應，切弗平塌，亦勿太盡。

一、起比，高唱而入，以簡浄檃括爲主，切弗拖沓。

一、出題處，先用提頓之筆，峥嶸突兀，迥不猶人。

一、中股起調要高，實發處固須沉著痛快，力破中堅，然其間又有淺深次第，作二三層，爲步步引人入勝之局。

一、後股或用推衍法，或用陪襯法，要如霞散成綺，澄江如練，又如不愁月盡，自有珠來，使人躊躇滿志。

一、作文平平六比，亦難出色，或整者散之，或整散兼行，或忽提忽落，皆足以劌心怵目。自宋以後古文多用長句，歸、唐時文亦然，而應試文，必不宜於此。作句寧短峭，毋拖沓，總使一股内，句法長短相間，音調鏗鏘。而每段每股起處收處，尤當使人一目了然，以便點畫。此理亦在臨讀時悉心體認，其有段落模糊繚繞，句讀不清，起訖不分，皆自遭唾棄者也。

一、題目甚虚甚偏，而文章圓足，不見有捉衿見肘，納履踵決之苦。題目甚碎，而一氣呵成，前不突，後不竭，不見有左支右詘之態，似此心閑手敏，神完氣足，自爾出人頭地。

一、擇言尤雅，選言居要，而昔人謂「參之太史，以著其潔」，浮詞讕語，信手撦撏，雖多亦奚以爲？即經史亦當陶鑄鎔鍊，而出之使字字與題比切，杜子美云「清高氣深穩」，不深穩不可以言清高。韓昌黎云「妥帖力排奡」，不妥帖不足以言排奡也。

一、凡疵蒙謬累，科場則例，皆罰停科。己卯順天鄉試第四名，《詩經》文内，有「飲君心於江海」句，本暗用孟東野詩，而磨勘官以疵蒙劾之。及進呈，復奉旨指駁。禮部議罰停五科，主考同考官皆降級。可知闈墨要在字字雅馴，不可隨手牽用，若非詳加選擇，一用疵蒙謬累之句，同考必不敢薦，主考亦不肯中。雖有佳文，一眚所累，終歸黜落，慎之慎之。

一、「龐雜」二字，更宜深誡。如説富教，每比以富教語分貼。如言知行，每比以知行語分貼。一比中，又須層次井然，淺一層是淺一層語，深一層是深一層語。否則，雜亂無章，必遭按劍。

一、少年文字，貴乎絢爛，況墨卷試藝，尤不宜於平淡枯寂。但所用詞華，必句句細膩熨貼，按之不差累黍。若漫填膚泛粗豪之語，非惟無益，必又害之。

一、凡作文，草稿完後，自己朗誦一過，鋒鋩鋭，機調緊，音節調，屬對工整，平仄和諧，題意處處醒出，題字處處點明，然後謄正，稍有蒙翳臃腫生澀處，立改之。

一、人而無恒，不可以作巫醫，聖人謂得見有恒者斯可。何爲恒，今日如此工課，明日亦如此工課，推之三年五年皆如此，工夫何患不熟，學問何患不成。而取金紫，必如拾芥，蓋恒必專，專必一，聖賢言敬，亦只是主一無適，不主一，心就散亂，故孟子謂「不專心致志則不得」。學問之道，收其放心是喫緊要著。

一、先師陳穎傳先生麟詩，歲科試必列一等。有熟文千篇，每百篇爲一卷，匯爲一箱，每於箱中取出一卷，端坐温之，盡一卷，再取一卷，周而復始，至歲貢後猶然。蓋前輩用功精密，始終無間如此。故余十七八歲，從其受業，必以熟讀爲言，凡背書，稍有頓住，訶斥及之。課期，每日兩篇，日入交卷，雖冬月不繼燭，以爲讀之能熟，斷無爲之不速也。

一、先伯長源先生珠淵，康熙甲午舉人。少時，先伯祖爾恭公珙，督課極嚴。爾恭公每取文一篇，裱於几上，令其熟讀，毋論一二百遍，背之至於不差一字，乃將此題登於小簿，此文隨即抹去，别裱一篇於几。嗣後止取小簿，指某題令背之，不再立文字。蓋期於純熟如此。先伯昔年嘗以耳提面命，遵而行之，至今不敢忘也。

一、五經，連《春秋左傳》共字三十九萬有零。舉歐陽文忠公、虞文靖公，每日讀經三百字之例，讀之不過四年可畢。童丱時所讀《史》、《漢》、六朝、八家古文，亦當增而習之，皆熟與時文等。則取材既富，爲文益有光焰。至書法秀潤鮮妍，亦能使閲卷者刮目。宜取晉唐及趙吴興、文衡山小楷，專習一家，「字如老瘠竹，墨淡行疏疏」，非所論於少年英俊，而柳子厚謂書字最下，未盡然也。

一、第三場對策，果能條對詳明，則於平等文字中商量去取之，時策優者必得其益，然亦須於尋常策料外，別有發明，始能同中見異。是在平日課期内兼作一策，有所不知，考之經史等書，久之自能貫串，自有條理，與鈔撮策料者，迥不相同，何難出色。

一、選擇漢魏六朝唐人賦六十篇，近時人賦六十篇，合之一百二十篇。唐人試帖詩四十首，近時人試帖詩六十首，合之一百首，亦熟讀而常作之。加以看《賦彙題註》及《淵鑒齋古文》，并記時下類書，以應學政詩賦之試，必無不取。亦一年可以畢功。

一、歲科考期於前列，童生期於入學，只消費二三年工夫便俱得手，且年力方壯，正可爲一勞永逸之計。此事真易猶反掌，如前所云云。既有精鋭顯豁時文三四百篇在胸，則下筆已能拔俗。兼之書法秀潤，閱文者展卷爽然，自必留心細看，加之青眼，況又兼考詩賦，學政豈有不思得人材者。錐處囊中，其穎立見。何至悠悠忽忽，流連光景，懶惰不自收拾，自甘蹭蹬。

一、太倉、嘉定，自明中葉以後，人文蔚起，如王鳳洲、歸震川、吴駿公諸先生，咸以學問詩文爲四方名流領袖。諸生中有志大成者，景仰鄉賢，讀其詩文各集，心追手摹，得其少分，便可名家。若欲爲儒林道學，則陸翼王、陸桴亭兩先生遺言猶在，端緒可尋，更不必遠引旁騖。

一、僕以時文，連登鄉會試而考差三次，每次翰詹科道閣部進士出身者，不下二三百人，仰蒙欽定一等第一名者一次，一等第三名者二次，屢以時文深受主知，而二十餘年來，蒙恩充鄉會試主考同考官，共有六次，所以諸生甘苦得失，及闈中去取之故，習見而深知之，非以扣槃捫籥，捕風捉影之談，故爲饒舌也。

一、以上所言各條，皆速化之術，捷得之計，非士君子第一等學問，特因初學，及潦倒科場者，士人寒畯居多，而鄉試所費亦倍於昔，辦裝甚爲不易。每見拮据出門，及至秋風毷氉，啼飢號寒，幾無生理，而家貧，親老尤覺不堪，諸生何惜三年功力，而甘於屢嘗此苦乎。曲爲説法，卑無高論，不得不爾。然弇鄙可笑，大雅所譏，當代有通經好古，習註疏，通《説文》者，見之必捧腹絶倒，謂不意見識庸惡陋劣，頓至於此也。

五橋論文

何一碧　撰

《五橋論文》一卷

何一碧 撰

何一碧，字涵青（一作清），號五橋，松江奉賢（今屬上海）人。乾隆乙未（一七七五）歲貢生。少工詞章，詩學陶淵明、韋應物，文宗歸有光、胡友信，後覃研經術，潛心漢宋諸儒學説。與華亭倪思寬、陸明睿齊名。著有《四書説》、《經説》、《四友堂文稿》、《五橋説詩》等。傳見嘉慶《松江府志》卷六〇、光緒《奉賢縣志》卷一一。

《五橋論文》所論以制藝爲旨歸，兼及古文。於諸家文章風格評騭最夥，常能總結優劣，指出源流。最爲推崇歸有光、唐順之，認爲兩家「以古文爲時文，理皆醇，氣皆浩然」，「不動聲色，旋轉乾坤」，是學子們模仿的榜樣。對金聲、熊伯龍的制藝之作，亦多有褒揚。作者還提出「文以健字爲主」、「文貴暢達，詩宜含蓄」等主張，頗具識見。書中提到「兹選」如何如何，後又有「五橋序」云云，或爲其所編文章選集而作。

有清抄本藏上海圖書館，今據以録入。

（侯體健 沈潔心）

五橋論文

何一碧　撰

文章代聖賢立言，存幾希之理，以扶世而翼教，非小技也。不外理明詞達，以意思爲主，而氣骨筆力輔焉。高下不同，各隨其人力量之大小，力量大者，期于至明至健而已矣。

作法不一，前人之述備矣。因題制勝，約有四種：曰直疏、曰横制、曰加味、曰追神。蓋題有實義，直疏之而已矣；其有以筆法駕馭者，則謂之横制；題本淺近，固宜以題還題，而亦有輔以己意者，則謂之加味；若但當摹取神氣，不可實疏者，則謂之追神。

文有五體：曰以古爲今體，曰古體，曰不古不今體，曰今體，曰選體。以古爲今體之正而高者也；有意倣古謂之古體；調平仄、工對仗謂之今體；亦有本領略高，于今體中帶古意者，謂之不古不今；若自成爲《文選》之古者，制義中間或有之。

精渾雄健，力量過人，句句用心，漸近自然，此上品也。若力量稍歉，即次矣。清和者，亦上也，文質相稱者也。真樸者，亦上也，質勝文者也。若太真太樸，有類注疏，論理則上，論文則次矣。

名手不一，十家爲最：歸震川、唐荊川、金正希、陳大士、章大力、黄陶菴、熊次侯、劉稚川、韓元少、方靈皋。歸、唐以古文爲時文，理皆醇，氣皆浩然。歸閎肆而唐開朗，微有不同。二公時近化、治，其太空滑者、太簡樸者，則不可爲訓。金正希，雄直飛動，間有太凌空者、太血性者。陳大士，文體不一，總有古健之氣，有鎔鍊者，而亦有草率者；有縱横者，而亦有艱澀者。章大力，筆峭而理足，間有骨立者，其小題有學化、治者。黄陶菴，明目張膽，然有粗豪者，有淺俗者，有好爲翻案者，其長題力能摹古。熊次侯，雄渾老健，間有枯槁者。劉克猷，英毅沉鷙，間有逞才者，有好異者。韓元少，清超靈異，時或近于蘇髯，然有輕佻者，小題尤甚。方靈皋，氣厚理足，然有清快説盡者，其感慨處，往往涉于傷時。此十家之大略，當以金、熊爲宗。

胡思泉，談理正大，其力量不及歸、唐。羅文止，清辣古雅，其力量不及章大力。徐思曠，神情淡遠，亦是逸品。艾千子，清樸亦有説到至處。趙儕鶴，意摯而筆超。李安溪，精醇古雅，然體宗化、治，略近註疏。陆當湖，醇謹明快，亦近註疏。方百川，文體清寒，亦多感慨，間有醇粹之篇。儲在陸，略覺近時，間有精純之篇。張百川、王罕皆雲衢若林，理法清真，而力量不足，氣象狹小。陳卧子，浸淫《文選》，開幾社之派，然説理尚多切當。儲同人，縱横説盡。儲六雅，清折生新。皆非正軌。

茲選也，時代不分，考卷、墨卷并入，得毋混乎？曰：非也。文達者，人人共由之路，則時代文體不必拘矣。化、治以前，風氣始開，守溪、鶴灘爲文章初祖，以其太簡樸也，姑置之。本朝李安溪、陸當湖等稿，宜作義疏看，不應僅以文字目之。其不入選者，尊之也，當湖採其二藝焉。名家之文，間亦有疵。疵之小者，不足累也；疵之大者，則姑置之。其雖無疵，而未爲絶妙者，亦姑置之。有名不甚重，而一二藝可傳者，則登之。有膾炙人口，而兹選不及者，或目所未經，容俟續補；或不無遺議，尚當商榷。

「横空盤硬語，妥貼力排奡」，昌黎妙秘也。

文須辨男女。震川、荆川、正希、大士、大力、千子、藴生、鍾陵、靈皋、克猷之類，皆男文也；董思白、韓元少、張日容之類，皆女文也。又須辨君子、小人。項水心、黎子方輩，小人也。詩亦然。陶、杜、韓，男詩也；曹子桓、陸士衡、張茂先、白香山，女詩也。

其静也，鑑定衡平；其渾也，大含細入；其莽也，龍跳虎卧；其硬也，銅墻鐵壁。静以行其無事，渾以舉其要領，莽以破其拘攣，硬以當夫顛撲。

「渾健」二字，詩文皆然。詩以「渾」字爲主，文以「健」字爲主。文貴暢達，詩宜含蓄也。

傳世之文，以歸、唐爲宗。應試之文，以金、熊爲宗。應試次三藝，亦可以歸、唐爲宗。歸、唐者，不動聲色，旋轉乾坤者也。金、熊者，略動聲色，旋轉乾坤者也。明健中和，一氣渾成，識力迥異，顛撲不破。

讀文之法，須學和尚看經，以一藏計，則可以脱胎换骨，而且集大成矣。但須選得精，不在多篇。

識力迥異，適遇題有特識，未經人道者，不能篇篇必定如是也。當以骨力過人爲常，則首推熊公矣。金、熊皆磊落光明，而金之筆性輕，輕則無窒礙，而一氣渾成。重則有觔兩，兼之爲盡善，尤當以金爲主。識力迥異，則黄陶菴擅長，亦可兼之。筆之至輕者，不着紙；至重者，透紙背。以輕運重，以金兼熊。

大人者，不失其赤子之心者也，文章亦然。初學良知良能，不雕不琢。大家無所不知、無所不能，而樸實醇厚，亦歸于不雕琢。

至理則非近理也，元氣則非客氣也。

人之集大成則難，文之集大成，雖難猶易也。

類有三：曰理淳氣灝，曰理明筆快，曰理清詞雅。名曰文達，人人共由之正路也。化、治以前，爲文之初體，及後之學化、治，而有類註疏者，姑置焉。一切空疏、險怪、鄙俗、浮濫之文概置焉。自正、嘉至近日，大家、名家擇其最佳者以爲楷則，而墨卷、考卷以及選體，以及偏鋒，以及小題，其有合于理者，並附焉。品格不同，旨歸則一。篇數雖少，衆美且陳，尚有未盡，容俟採補。乾隆四十年乙未歲六月五橋序。

論文枕秘

史祐 撰

《論文枕秘》二卷

史祐 撰

史祐（一七五六—一八三一），字禮堂，江蘇溧陽人。嘉慶元年（一七九六）進士，歷官户部主事、監察御史、兵科給事中、瓊州知府兼權雷瓊兵備道等，於道光二年（一八二二）致仕。有《史禮堂奏議》等。傳見强汝詢《求益齋文集》卷七《史禮堂先生家傳》。

禮堂論文前、後兩卷，凡三十則。前卷側重論讀書，以爲寫作準備，認爲讀書「涉歷要多，揣摩要簡」，當博覽衆家而融會貫通，特别應多讀大家之文，以得其神理。後卷指導寫作，主張初學文章要「能嫩能鬆」，以得鮮色可愛、靈氣嘘空之趣，同時要講究「緊」，認爲「以文不鬆，則藻采不飛，文不緊，則精神不聚」。又着重拈出一「機」字，强調文章要有「機」，有機便能生趣淋漓，豪情勃發。特别是「端莊雜流利，剛健含婀娜」、「文中實字宜煉得老，虚字亦宜運得熟」等主張，頗得爲文奥秘。史祐的這些主張雖爲初學制藝而發，然議論通達，切中肯綮，於一般文章寫作亦多啓示。

道光十九年（一八三九），楊以增合刻史祐論文與費庚吉《墨訣》爲《論文枕秘》。《墨訣》已单行，故刊落，僅録禮堂論文，仍襲舊名。有清道光二十八年（一八四四）關中書院重刊本，據以録入。

（侯體健　程軍）

論文枕秘

史祐　撰

論文十九則 前卷

讀文當用緩、急二法。先用緩讀，玩其作意，看其手法，摹其字句，領其神味。再用急讀，以取其氣與機。讀時親切，做時自能脱化。

開卷則有，掩卷則無，此學者大患。俗云「拳不離手，曲不離口」，工夫不到忘食忘寢，何能有進境？故揣摩之法，不但熟讀，尤須熟背，於清晨及臨睡時潛心默誦，或一篇背數十遍，或連背數十篇，則心靈自濬，機神自來。

初學作文，當先會分股法，或兩意雙行，或一意轉換，切不可合掌。即有小題，無甚柱義可分，亦當用淺深、流水等法。所惡於考墨卷者，謂其合掌也。

讀經傳不但要解説，須有會悟，時時將四子書與之印證。讀時有觸發，做時纔供我驅遣，否則書是書，我是我，下筆時從何處覓去？

善用書者，不但用正面，兼用對面、反面、旁面。且有許多題目，本面無處著筆，須於對面、反面、旁面入想。況從本面鋪寫，難於出色，從四面烘托，易於有情，此用書之秘也。

熟讀古文，眼孔纔放得遠，筆仗纔拓得開。讀法當隨其言之短長，聲之高下，或朗誦，或低吟，循聲按節而出之。浸淫既久，氣味自化。初讀時，當細看其主腦綫索，一毫粗心浮氣不得，謝疊山所謂「小心」、「放膽」者，可作枕秘。

不讀隆、萬，則文骨不清；不讀天、崇，則文筆不健；不讀國初，則文采不備。擇其脉理清真，詞義正大，氣象光昌者，定爲摹本，總以不高不低、有骨有肉，期於雅俗共賞。

涉歷要多，揣摩要簡。平奇濃淡，衆家不妨兼收并蓄，然須胸有鑪冶，則銅鐵金銀，入焉皆化。若貪多愛博，而一無主見，則訖無成就。

前人謂文有二種，一則抒寫性靈，一則發揮經史。竊謂無經史則性靈必涉虚機，無性靈則經史終歸滯相，二者須相附而行。但此中自有本末先後，當以心思作主，而以書卷佐之，若不講作意而徒事修飾，皮之不存，毛將焉附乎？

張巽度曰：「科舉之文，脉欲細，膽欲大，熱如火，艷如花。」此真命中之訣。三百年來，風氣雖殊，終莫能易。

墨卷中空腔俗調最易上手，沾染久之，遂成錮疾。蓋有一架子腔板，則書卷用不入，筆力無所施，剩句支詞自不能免矣。吴鴻、吴珏乃當時傑出者，今閲其文，則千瘡百孔，無有完膚，况其下焉者乎？學者當戒，勿寓目。

漢、唐、宋大家文，或層濤疊浪，一筆勒住，如駿馬歸韁；或千回百折，一句結出，如懸崖墜石。讀文當從此等處留意。若長沙之《過秦論》、《治安策一》，昌黎之《原道》，老泉之《審勢》、《春秋論》，皆用此法，正希、陶庵亦盡其妙。

熟讀天、崇文，心思自然刻入，筆力自然健舉，風骨自然挺拔，起廢疾，鍼膏肓，非此不可，其藥物中之薑桂乎？

大家文善用翻筆，尤善用轉筆。尋常之意，一折便深，沉刻之思，一撥便醒。或捷如蒼鷹，或輕如飛燕，或畫如分水犀，或圓如走盤珠。得此三昧，自無滯機、無匿響矣。

行文當如程不識之刁斗，李臨淮之壁壘，斷不可野戰，不特散行。文須步步爲營，即整做八股，而提挈、出落、回繳處，亦宜管攝謹嚴。寓翕張離合之節，於整齊完密之中，斯爲奇而法、醇而肆者，正不得漫云「鴻文無範」也。

揣摩大家，固貴得其神理，不在襲其形似。然其高朗之調，矜貴之句，略能脱化，便出色非常。讀時心摹手追，下筆時自然上手，固非有意蹈襲也。

起調要堅卓，要超舉，收調要勁健，要湛足。大家中如此者甚多，尚易摹倣。惟股腹中，空際豎起，屹立中流，大家亦少，尤不易學。

用書之法，引得來，推得去，方是以我用書，不爲書用。其引來如移山入座，其推去如分風劈流，旋紐合，旋畫清，有穿穴之工，無堆垛之迹，不特鈔胥家未曾夢見，即徒事雕琢者，亦未窺此秘也。

三句擒題，八行入彀，此場屋中要訣，而小講尤須制勝，要空靈，又要突兀，要曲折，又要迅利。予少時苦其難工，嘗取三蘇策論之冒，以爲程式，或用迅筆軒舉，或用勁氣盤旋，頗得不虛不實之妙。

論文十一則後卷

初學文，最忌是枯，最喜是嫩，嫩非孩稚之謂，如新荷出水，鮮色可愛；又最忌是滯，最喜是鬆，鬆非散漫之謂，如輕雲出岫，靈氣嘘空。能嫩能鬆，未有不早掇巍科者；或枯或滯，雖有學問，終困名場矣。

「文之易者易中，文之難者難中」，此王己山之言。老而始悟者，「易」非躁心，嘗輕心掉也。一題到手，構意選材，諧聲侔色，非不慘淡經營，而脱稿後實無不達之意，無不暢之辭，舌底瀾翻，筆歌墨舞，極行文之樂事，是之謂易。其文之難者，如高明之資，好爲澀體，自誤科名，咎由自取。若鈍根人，賦性艱窘，惟有多讀多做，俟文機一熟，庶免此病。名家中如韓慕廬之淡逸，儲在陸之汪洋，錢紹文之快利，曹聲喈之紆餘，皆文之易者。

場屋文字第一要「機」，「機」不動，則作者搔首，閲者愁眉，斷無倖中之理。但「機」非可强致也，必須平日功候十分，其理足，其辭備，其法熟，其氣充，下筆時自然生趣淋漓，豪情勃發，行乎其所不得不行，止乎其所不得不止。昌黎所謂「汩汩乎其來之，浩乎其沛然」，筆端若有神助矣。

行文先要審題。一題有一題之竅要，或在一句，或在一字，或在虚字，或在實字，或在上下文，或在注中。須將題目逐字推敲，并領會上下文，體貼注義，神光四射，得其竅要，然後落筆。

認得真，説得透，俾閲者一一點頭，雖其胸中無此見解，閲吾文，乃恍然於題分應爾，未有不擊節相賞者。若未得題之竅要，便率爾操觚，徒獵皮毛，無關痛癢，安得有勝人處。

既已審題，又須布勢，荆川、鹿門以此擅長。相題立局，由淺入深，先虚後實，順逆相生，疏密相間，擒縱有法，緩急有宜。起伏、回繳、提頓、出落，一一以古文節奏行之，整而不板，散而能遒，制局之秘，盡於此矣。若題或數句，或數節，或全章，尤須挈其要領，提其綫索，扣其起訖，因題之層折，爲文之結構，呼應得靈，打疊得緊，務使不懈散、不凌亂、不脱漏，乃盡其妙。

「按之沉實，揚之高華」，此二語乃揣摩要訣。意不真不切，則不能沉實，詞不備不精，則不能高華。初學文，至平通以後，即當從事於鍊意鍊辭，方足制勝。

「端莊雜流利，剛健含婀娜」，此二語亦揣摩妙諦。筆輕者失之慓，筆重者失之板，惟詞意堅卓，又骨肉飛騰，斯真火色純青之候。

大家名家文有對紐法，或一句對紐，或兩句對紐，如許獬「信近於義」二句文云：「非以氣勝也，而以義勝；非以情勝也，而以義勝。非取必於事後，而逆料於言前也；非必取於不食言之人，而取必於不可易之言也。」又如夏儀「相維辟公」二句文云：「不於文而於武，不繫魯而繫周。」此類不勝枚舉。蓋一用對紐，則意必不平，筆必不弱，其調自整，其機自圓，反正主客，鉤心鬭角，兩兩相形，一句兩句中，具有翕張操縱之勢。荆川云「吾文不過開合盡之」，學者從此等處著眼，亦可窺行文之秘妙矣。

陳勾山云：「凡轉筆，一句折轉纔得辣，若兩句轉便拖踏不辣矣。」此甘苦有得之言，真爲平鈍者暗度金鍼。

竊謂典制經制題，貪發議論易泛，臚陳典實易平，全在手腕勁捷，操縱有方。或從題外層層烘托，一句拍合，使寬者皆緊，或就題中層層鋪叙，一句颺開，使實者皆空，其醒眼處、著力處，原衹在一二筆，熟讀天、崇、國初大家文，自悟此秘。

文中實字宜煉得老，虚字亦宜運得熟，如正希善用「而」字，文特夭矯，次侯善用「焉」字，文特凝重，細玩其集中文自見。吾邑黄東序云：「股腹中『蓋』字、『故』字，此平接字，不善用之，文機必滯。股腹中『夫』字、『且夫』字，此開託字，善用之，文情必宕。儲在陸文，長股中每用『夫』字、『且夫』字，其文最爲疏暢。」初學讀文時，宜細心體味虚字，不可滑口讀過。作文時宜細心斟酌虚字，不可隨手用來。

汪鈍翁論文三字訣曰「緊、警、醒」，而緱山文章一字訣則曰「緊」。蓋不警則庸，不醒則晦，好手或不犯此病。若題之要害，擒拏不辣，文之節奏，管束不嚴，好手亦或犯之，而場屋中尤忌。此與予前所云「初學文要鬆」，正不相悖，以文不鬆，則藻采不飛，文不緊，則精神不聚也。

辛酉秋，有論文數則，曾付梓分送同學。兹因課兒，復指示數條，附於前刻之後。癸亥冬日禮堂史祐記。

右史禮堂先生前、後論文三十則，高不礙格，低不入時，誠學海之津梁，藝林之模範也。余向於友人吴素園處借録一通，奉爲枕秘。兹以備官黔省，與諸同學衡論及之。竊謂簡鍊揣摩，未有精於是者，爰付之剞劂，以代傳抄云。道光歲次癸未仲秋朔聊攝楊以增識。

論文别録

姚椿　撰

《論文別録》一卷

姚椿 撰

姚椿(一七七七—一八五三),字春木,一字子壽,號樗寮生、樗寮子、蹇道人、東畬老民等,齋名樗寮、養氣居、柧庵、通義閣、晚學齋、吉祥雲室等,江蘇婁縣(今上海松江)人。父姚令儀,官至四川布政使。姚椿天資聰穎,十餘歲「讀等身書」,有「兩脚書橱」之譽。隨父遊宦,多與名儒大家相識。清嘉慶十年(一八〇五),遵父命拜於姚鼐門下,遂屏棄夙習,一志求道,後日論文,皆必稱桐城。以國子生應試,才名噪京師,據稱因不屑向彭元瑞、紀昀送禮,故連試不售。嘉慶二十年(一八一五),姚鼐去世,姚椿遂絶意科舉,回鄉杜門力學。中年曾講學多地,受聘於河南夷山書院、湖北荆南書院等。晚歲歸鄉,教授松江景賢書院。姚椿一生創作頗豐,擅文章,工詩詞,亦善畫,以墨竹聞名。有《通藝閣詩録》八卷、《和陶詩》三卷、《晚學齋文集》十二卷、《樗寮文續稿》一卷、《灑雪詞》三卷等。晚年依《湖海文傳》體例,選録清代文章精華,編成《國朝文録》八十二卷,以文體爲次,明道爲先,考古有得爲附,强調紀事,亦講求言辭之美,於保存清文文獻與傳播桐城文法,爲功頗多。

《論文别録》成書時間不詳，大致是里居松江時作。全書分上下兩編，上編抄録摘引二十餘家論文文字，包括目録、凡例、專著及單篇文章等形式，上起六朝，下至乾嘉，内容繁雜，網羅諸家。有經典篇目者，如《文心雕龍》、《典論·論文》、《文賦》等；有南宋道學諸儒論文者，如《古文關鍵》、《文章正宗綱目》等；有元明人論文者，如潘昂霄《金石例》、王行《墓銘舉例》、黄宗羲《論文管見》、歸有光《評史記例意》、顧炎武《日知録·論文》等；亦有清儒文字者，如袁枚《自撰古文凡例》、姚鼐《古文辭類纂序目》、惲敬《大雲山房文稿通例》等。尤其是輯録了胡承諾《繹志·文章篇》、沈大成《墓誌答問》、焦袁熹《論文彙編》等罕覯之書，爲我們提供了不少有益資料和綫索。所録文字，以桐城文法爲本基，以宗經明道爲旨歸，以重體明例爲宗尚，以繁簡辨證爲法度。下編爲文選，依上編所録評論文字之旨趣，雜選《史記》、《漢書》、兩《唐書》及韓柳歐蘇集中代表文章，以成合璧。此書或是姚椿雜抄平日讀書有得之處，以教授諸生而成。

是書爲稿本，卷首有鈐印「子晉」者咸豐十年（一八六〇）題記。今據録上編，下編文選略而不録。

（趙惠俊）

四月十三之變，家藏圖籍，盡歸浩劫。六月十六，至申江依劉爲活，偶爲人治病，到手即癒。兒女星散，膝下祇元正在左右。以藥資稍購書籍等物，先得元俞子中稧序，又得《宋長編紀事本末》。昨友人以姚槫翁《論文别録》手抄本見餉，得未曾有，快幸無似。

庚申十二月封篆日記，時陰雨又六七日矣。

論文别録篇目

《文心雕龍》上下篇目
《典論·論文》
《文賦》
權載之論文
李文饒《文章論》
《新唐書·文藝傳序》
《古文淵鑒》正集總目及部隲
　《左》《國》《國策》　西漢　《史記》
　東漢　魏晉六朝　徐庾　韓
　唐文　温公　理學諸子　三蘇
　曾　朱子

吕成公《古文關鍵》卷首
張文潛、陳後山、陳同父三家論文
《文章正宗》綱目
　辭命　議論　敘事　詩賦
　評論　《左傳》、《國語》、《公》、
　《穀》、《國策》
潘昂霄論文雜録
王行《墓銘舉例》敘首
黄宗羲《論文管見》
沈大成《墓誌答問》
歸熙甫《評史記例意》

皇甫持正集目
顧亭林《日知録・論文》共二十條
胡石莊《繹志・文章篇》
魏善伯際瑞論文
魏叔子論文
焦南浦論文

袁簡齋《自撰古文凡例》
惜抱翁《古文辭類纂》序目
惲子居《大雲山房文稿通例》
又《二集序録》
吴耶溪《文翼》三卷別載

宋周益公序《宋文鑑》謂建隆、雍熙之間，其文偉；咸平、景德之際，其文博。天聖、明道之辭古，熙寧、元祐之辭達。雖體制互異，源流間出，而氣全理正，其歸則同，所言甚當。

元歐陽原功論元文云：中統、至元之文，龐而蔚；元貞、大德之文，暢而腴；至大、延祐之文，麗而貞；泰定、天曆之文，贍而雄。其言頗平允。至近人震澤楊復吉謂元文分南北二宗，北宗以元裕之爲圭臬而諸家輔之，南宗又分江右、浙東爲兩派，則其言有合有離，尚當分別言之。

楊語見於自序《元文選》。

論文別録

姚椿　撰

文心雕龍目録 十卷五十篇

上篇二十五，論體裁之別。

原道　徵聖　宗經　正緯　辯騷　明詩　樂府　詮賦　頌贊

祝盟　銘箴　誄碑　哀吊　雜文　諧隱　史傳　諸子　論説

詔策　檄移　封禪　章表　奏啓　議對　書記

下篇二十四，論工拙之由，末篇則自序也

神思　體性　風骨　通變　定勢　情采　鎔裁　聲律　章句

麗辭　比興　夸飾　事類　煉字　隱秀　指瑕　養氣　附會

總術　時序　物色　才略　知音　程器　序志

魏文帝《典論・論文》

文人相輕，自古而然。傅毅之于班固，伯仲之間耳，而固小之，與弟超書曰：「武仲以能屬文爲蘭臺令史，下筆不能自休。」夫人善於自見，而文非一體，鮮能備善，是以各以所長，相輕所短。里語曰：「家有弊帚，享之千金。」斯不自見之患也。今之文人：魯國孔融文舉、廣陵陳琳孔璋、山陽王粲仲宣、北海徐幹偉長、陳留阮瑀元瑜、汝南應瑒德璉、東平劉楨公幹，斯七子者，於學無所遺，於辭無所假，咸以自騁驥騄於千里，仰齊足而並馳。以此相服，亦良難矣。蓋君子審己以度人，故能免於斯累，而作論文。王粲長於辭賦，徐幹時有齊氣，然粲之匹也。如粲之《初征》、《登樓》、《槐賦》、《征思》，幹之《玄猿》、《漏卮》、《圓扇》、《橘賦》，雖張、蔡不過也，然于它文，未能稱是。琳、瑀之章表書記，今之雋也。應瑒和而不壯，劉楨壯而不密。孔融體氣高妙，有過人者，然不能持論，理不勝詞，至於雜以嘲戲。及其所善，揚、班儔也。常人貴遠賤近，向聲背實，又患闇於自見，謂己爲賢。夫文本同而末異，蓋奏議宜雅，書論宜理，銘誄尚實，詩賦欲麗。此四科不同，故能之者偏也；唯通才能備其體。文以氣爲主，氣之清濁有體，不可力强而致。譬諸音樂，曲度雖均，節奏同檢，至於引氣不齊，巧拙有素，雖在父兄，不能以移子弟。蓋文章，經國之大業，不朽之盛事。年壽有時而盡，榮樂止乎其身，二者必至之常期，未若文章之無窮。是以古之作者，寄身於翰墨，見意於篇籍，不假良史之辭，不托飛馳之勢，而聲名自傳於後。故西伯幽而演《易》，周旦顯而制《禮》，不以隱約而弗務，不以康樂而加思。夫然，則古人賤尺璧而重寸陰，懼乎時之過已，而人多不强力。貧賤則懾于飢寒，富貴則流于逸樂，遂營目前之務，而遺千載之功。日月逝於上，體貌衰於下，忽然與萬物遷化，斯志士之大痛也。融等已逝，唯幹著論，成一家言。

陸士衡《文賦》并序

余每觀才士之所作，竊有以得其用心。夫放言遣辭，良多變矣，妍蚩好惡，可得而言。每自屬文，尤見其情，恒患意不稱物，文不逮意，蓋非知之難，能之難也。故作《文賦》，以述先士之盛藻，因論作文之利害所由，他日殆可謂曲盡其妙。至於操斧伐柯，雖取則不遠，若夫隨手之變，良難以辭逮，蓋所能言者，具於此云。

佇中區以玄覽，頤情志於典墳。遵四時以歎逝，瞻萬物而思紛。悲落葉於勁秋，喜柔條於芳春，心懔懔以懷霜，志眇眇而臨雲。咏世德之駿烈，誦先人之清芬。游文章之林府，嘉麗藻之彬彬。慨投篇而援筆，聊宣之乎斯文。其始也，皆收視反聽，耽思傍訊，精鶩八極，心游萬仞。其致也，情曈曨而彌鮮，物昭晣而互進。傾群言之瀝液，漱六藝之芳潤。浮天淵以安流，濯下泉而潛浸。於是沉辭怫悦，若遊魚銜鉤，而出重淵之深；浮藻聯翩，若翰鳥纓繳，而墜曾雲之峻。收百世之闕文，采千載之遺韻。謝朝華於已披，啓夕秀於未振。觀古今之須臾，撫四海於一瞬。然後選義按部，考辭就班。抱景者咸叩，懷響者畢彈。或因枝以振葉，或沿波而討源。或本隱以之顯，或求易而得難。或虎變而獸擾，或龍見而鳥瀾。或妥帖而易施，或岨峿而不安。罄澄心以凝思，眇衆慮而爲言。籠天地於形内，挫萬物於筆端。始躑躅於燥吻，終流離於濡翰。理扶質以立幹，文垂條而結繁。信情貌之不差，故每變而在顔。思涉樂其必笑，方言哀而已歎。或操觚以率爾，或含毫而邈然。伊兹事之可樂，固聖賢之所欽。課虚無以責有，叩寂寞而求音。函綿邈於尺素，吐滂沛乎寸心。言恢之而彌廣，思按之而愈深。播芳蕤之馥馥，發青條之森森。粲風飛而猋豎，鬱雲起乎翰林。體有萬殊，物無一量。紛紜揮霍，形難爲狀。辭程才以效伎，意司契而爲匠。在有無而黽勉，當淺深而不讓。雖離方而遯員，期窮形而盡相。故夫誇目者尚奢，愜心者貴當。言窮者無隘，論達者唯曠。詩緣情而綺靡，賦體物而瀏亮。碑披文以相質，誄纏綿而悽愴。銘博約而温潤，箴頓挫而清壯。頌優遊以彬蔚，論精微而朗暢。奏平徹以閑雅，説煒曄而譎誑。雖區分之在兹，亦禁邪而制放。要辭達而理舉，故無取乎冗長。其爲物也多姿，其爲體也屢遷。其會意也尚巧，其遣言也貴妍。暨音聲之迭代，若五色之相宣。雖逝止之無常，固崎錡而難便。苟達變而識次，猶開流而納泉。如失機而後會，恒操末以續顛。謬玄黄之秩序，故淟涊而不鮮。或仰逼於先條，或俯侵於後章。或辭害而理比，或言順而意妨。離之則雙美，合之則兩傷。考殿最於錙銖，定去留於毫芒。苟銓衡之所裁，固應繩其必當。或文繁理富，而意不指適。極無兩致，盡不可益。立片言而居要，乃一篇之警策。雖衆辭之有條，必待兹而效績。亮功多而累寡，故取足而不易。或藻思綺合，清麗千眠。炳若縟繡，凄若繁弦。必所擬之不殊，乃暗合乎曩篇。雖杼軸於予懷，怵他人之我先。苟傷廉而愆義，亦雖愛而必捐。或苕發穎竪，離衆絶致。形不可逐，響難爲係。塊孤立而特峙，非常音之所緯。心牢落而無偶，意徘徊而不能揥。石韞玉而山輝，水懷珠而川媚。彼榛楛之勿翦，亦蒙榮於集翠。綴下里於白雪，吾亦濟夫所偉。或託言於短韻，對窮跡而孤興。俯寂寞而無友，仰寥廓而莫承。譬偏弦之獨張，含清唱而靡應。或寄辭於瘁音，言徒靡而弗華。混妍蚩而成體，累良質而爲瑕。象下管之偏疾，故雖應而不和。或遺理以存異，徒尋虚而逐微。言寡情而鮮愛，辭浮漂而不歸。猶弦幺而徽急，故雖和而不悲。或奔放以諧合，務嘈囋而妖冶。徒悦目而偶俗，固高聲而曲下。寤防露與桑間，又雖悲而不雅。或清虚以婉約，每除煩而去濫。闕大羹之遺味，同朱弦之清氾。雖一唱而三歎，固既雅而不艷。若夫豐約之裁，俯仰之形。因宜適變，曲有微情。或言拙而喻巧，或理樸而辭輕。或襲故而彌新，或沿濁而更清。或覽之而必察，或研之而後精。譬猶舞者赴節以投袂，歌者應弦而遣聲。蓋輪扁所不得〔言〕，故亦非華説之所能精。普辭條與文律，良余膺之所服。練世情之常尤，識前修之所淑。雖濬發於巧心，或受歎於拙目。彼瓊敷與玉藻，若中原之有菽。同橐籥之罔窮，與天地乎並育。雖紛藹於此世，嗟不盈於予掬。患挈瓶之屢空，病昌言之難屬。故踸踔於短韻，放庸音以足曲。恒遺恨以終篇，豈懷盈而自足。懼蒙塵於叩缶，顧取笑乎鳴玉。若夫應感之會，通塞之紀。來不可遏，去不可止。藏若景滅，行猶響起。方天機之駿利，夫何紛而不理。思風發於胸臆，言泉流於唇齒。紛葳蕤以馺遝，唯毫素之所擬。文徽徽以溢目，音泠泠以盈耳。及其六情底滯，志往神留。兀若枯木，豁若涸流。攬營魂以探賾，頓精爽於自求。理翳翳而愈伏，思乙乙其若抽。是以或竭情而多悔，或率意而寡尤。雖茲物之在我，非余力之所勠。故時撫空懷而自惋，吾未識夫開塞之所由。伊茲文之爲用，固衆理之所因。恢萬里而無閡，通億載而爲津。俯貽則於來葉，仰觀象乎古人。濟文武於將墜，宣風聲於不泯。塗無遠而不彌，理無微而弗綸。配霑潤於雲雨，象變化乎鬼神。被金石而德廣，流管弦而日新。

權文公德輿論文

嘗聞于師曰：「尚氣尚理，有簡有通。」能者得之以（四）〔是〕，不能者失之亦以是。四者皆得之于全然，則得之矣。失于全，則鼓氣者類於怒矣，言理者傷於懦矣。或狺狺而呀口，跕跕以墮水；好簡者則瑣碎以譎怪，或如讖緯；好通者則寬疏以浩蕩，龐亂憔悴。豈無一曲之效，固致遠之必泥。苟未能朱絃大羹之遺音遺味，則當鐘磬在懸，牢醴列位，何遽骫丸索而耽粔餌，況顛命而傷氣？六經之後，班、馬得其門。其或慤如中郎，放如漆園，或遒拔而峻深，或坦夷而直温。固當漠然而神，全然而天，混成四時，寒暑位焉。穆如三朝，而文武森然。酌古始而陋凡今，備文質之彬彬。善用常而爲雅，善用故而爲新。雖數字之不爲約，雖彌卷之不爲繁。貫通之以經術，彌縫之以淵元。其天機與懸解，若圬鼻而斲輪，豈止文也以弘諸？立身不如是，則非吾黨也，又何足以辨云。

李文饒《文章論》

魏文《典論》稱「文以氣爲主，氣之清濁有體」。斯言盡之矣。然氣不可以不貫，不貫則雖有英辭麗藻，如編珠綴玉，不得爲金璞之寶矣。鼓氣以勢壯爲美，勢不可以不息，不息則流宕而忘返。亦猶絲竹繁奏，必有希聲窈眇，聽之者悅聞；如川流迅激，必有洄洑逶迤，觀之者不厭。從兄翰嘗言：「文章如千兵萬馬，風恬雨霽，寂無人聲。」蓋謂是也。近世誥命，唯蘇廷碩序事之外，自爲文章，才實有餘，用之不竭。沈休文獨以音韻爲切，重輕爲難。語雖甚工，旨則未遠。夫荆璧不能無瑕，隋珠不能無纇，文旨高妙，豈以音韻爲病哉？此可以言規矩之内，未可以言文外意也。較其師友，則魏文與王、陳、應、劉討論之矣。江南唯于五言爲妙，故休文長于音韻，而謂靈均以來，此秘未覩，不亦誣人甚矣。古人辭高者，蓋以言妙而工，適情不取于音韻，曹植《七哀詩》有徊、泥、諧、依四韻，王粲詩有攀、原、安三韻，班固《漢書》贊及當時詞賦多用協韻，「猗與元勳，佐漢舉信」是也。意盡而止，成篇不拘于隻耦。《文選》詩有五韻、七韻、十一韻、十三韻、二十一韻者，今之文自四韻、六韻以至百韻，無有隻者。故篇無足曲，辭寡累句，譬諸音樂，古辭如金石琴瑟，尚于至音。今文如絲竹鞞鼓，迫于促節，即知聲律之爲弊也甚矣。世有非文章者，曰詞不出于風雅，思不越於《離〔騷〕》，模寫古人，何足貴也。余曰：「譬諸日月，雖終古常見，而光景常新，此所以爲靈物也。」余嘗爲文箴，而載于此。曰：「文之爲物，自然靈氣。惚怳而來，不思而至。杼軸得之，澹而無味。琢刻藻繪，彌不足貴。如彼璞玉，磨礲成器。奢者爲之，錯以金翠。美質既雕，良寶（斯）〔所〕棄。」此爲文之大旨也。

宋子京《唐書·文藝傳序》凡三十九人，附見者亦三十九人

唐有天下三百年，文章無慮三變。高祖、太宗，大難始夷，沿江左餘風，絺句繪章，揣合低卬，故王、楊爲之伯。玄宗好經術，群臣稍厭雕瑑，索理致，崇雅黜浮，氣益雄渾，則燕、許擅其宗。是時，唐興已百年，諸儒爭自名家。大曆、貞元間，美才輩出，擩嚌道真，涵泳聖涯，於是韓愈倡之，柳宗元、李翱、皇甫湜輩和之，排逐百家，法度森嚴，抵轢晉、魏，上軋漢、周，唐之文完然爲一王法，此其極也。若侍（奉）〔從〕酬奉則李嶠、宋之問、沈佺期、王維，制册則常衮、楊炎、陸贄、權德輿、王仲舒、李德裕，言詩則杜甫、李白、元稹、白居易、劉禹錫，譎怪則李賀、杜牧、李商隱，皆卓然以所長爲一世冠，其可尚已。然嘗言之，夫子之門以文學爲下科，何哉？蓋天之付與，於君子小人無常分，惟能者得之，故號一藝。自中智以還，恃以取敗者有之，朋姦飾僞者有之，怨望訕國者有之。若君子則不然，自能以功業行實光明于時，亦不一于立言而垂不腐，有如不得試，固且闡繹優游，異不及排，怨不及誹，而不忘納君於善，故可貴也。今但取以文自名者爲《文藝篇》，若韋應物、沈亞之、閻防、祖咏、薛能、鄭谷等，其類尚多，皆班班有文在人間，史家逸其行事，故弗得述云。

古文淵鑑·正集總目全書六十四卷　康熙二十四年輯

左傳卷一之四
國語卷五、六
公穀卷七
國策卷八
秦文卷九又三篇附
漢文卷十之二十
三國文卷二十一、二十二
晉文卷二十三、二十四
南北朝文卷二十五之二十八　宋十七，齊十三，梁二十，陳四，北魏廿六，北齊二，北周七，隋六
唐文卷廿九之四十
五代卷四十一　文廿篇
宋文卷四十二之六十四

淵鑒齋古文正集・總評例

左傳

按文武之教之入人甚深，自《詩》、《書》所載而外，惟《左氏》爲備。當是時，强陵衆暴，天下靡然騖於戰争。然而列國諸侯，朝會聘問，則有玉帛以將之；好會讌飲，則有歌詩以侑之。强大之侵伐於小國，則稱王制以折之，其不幸而至於兩軍相遇，則猶有辭命以先之，執榼承飲以勞之，使人至今得想見先王之遺風者，《左氏》之書也。至其親受於夫子，釋經之例尤詳。杜預謂將令學者，原始要終，尋其枝葉，究其所窮，是矣。自漢以來，學者但知尊《公》、《穀》兩家，以空文説經，而《左氏》之學中晦，賴劉歆固請，得立學官。然其所記，間有浮夸好奇之病，如長狄榮如兄弟之類；或昧於大體，如周鄭交質之類；或是非晳亂，如吕相絶秦之類。今皆不取，擇其尤粹者爲四卷，冠之於編首。

國語

按《國語》二十二卷，與《傳》相表裏發明，而非以釋經也。故謂之「外傳」。其文深閎傑異，傳吴越事尤奇峻，而宋、衛、秦之紀闕如。故識者疑焉。觀其詞，間多繁蕪曼衍，亦略類諸子之書。今擇其精者若干篇，以輔内傳而行之。然而春秋之文止此矣，一變而爲戰國，縱横險譎，而三代之制作，遂不可復見矣。此文章正變之會，所宜深思也。

戰國策

按劉氏之序《戰國策》也，推本其弊，謂孟子、孫卿儒術之士，棄捐於世，然後游説權謀之徒，見貴于俗，而縱横短長之説用矣。南豐曾氏謂其論詐之便而諱其敗，言戰之善而蔽其患，卒至蘇秦、商鞅、李斯之徒以亡其身，而六國與秦，用之亦滅其國。則夫邪説之害正如此，宜放而絶之，明矣。然觀其所載，如樂毅之答燕惠王，忠義怫鬱；信陵之諫安釐，謀慮深遠；魯仲連之不帝秦、辭趙賞，辭旨慷慨。及其他名言格論，亦間見于書，其有益于治國理人者，固不得泯也。故裒而録之，共如干篇。

秦文

按舊選本多以《戰國策》爲秦文，其時周曆未改，當仍繫之周。今録《國策》所不載，如《孝公令》，見秦之始霸；趙良《説商君》，見鞅能彊秦而不終；李斯《諫逐客》，知秦能用人以并天下。及子嬰《諫二世》，著秦之所以亡，定爲秦文。而騶忌子諸篇，無所附麗，并録於此卷。

西漢文

按漢承秦焚書之後，《詩》、《書》放失。至文帝時，《尚書》始出。武帝訪求遺經，然後六經之文備。然當文帝時，洛陽賈誼已能誦《詩》、《書》屬文，稱於郡中矣。意其所誦者，别自有本，或秦所未焚之書爲博士所藏者，猶有留于人間者耶？觀生《治安》諸疏，及（朝）〔鼂〕錯、賈山所上封事，其氣格之瑰瑋雄絶，不異于先秦以上也。及廣川董氏出，變爲紆徐漫衍，湛深于經術。兩司馬氏、揚雄、劉氏父子繼作，而漢一代之文章與雅頌比隆矣。論者謂其原自上，讀高、惠、文、景諸詔書，何其盛也。則夫興教化以漸摩其民，以至于移風易俗者，豈不信哉。

史記

按裴駰言：「司馬遷善序事理，辯而不華，質而不俚。」自劉向、揚雄，博極群書，皆稱遷有良史之才。而蘇轍謂其文疏宕有奇氣，氣充乎中而溢乎其貌。鄭樵則云：「仲尼既没，六經以後惟有此作，固極文章之偉觀矣。」而獨是西山真氏，選其叙事之文，首尾未免疏脱，且紀傳甚夥，難以摭采。今第録其序贊及列傳之有議論者，以著大略，其餘則觀全史得之。班固以下倣此。

東漢文

按西京承戰國先秦之後，故其文雄陗多奇，（朝）〔晁〕、賈諸疏是也。承平既久，士氣蘼弱，見之于文章者，爲嘽緩曼衍而不振。東漢因之，文體日趨駢儷，已濫觴魏晉六朝，豈風氣使然，有不能遏者乎？昔司馬遷文尚奇氣，故公孫弘、董仲舒傳不録其對策，而班固收之。東漢之書，成于范蔚宗，其所援述時人書疏，多更删潤。三書者，遂各成一代之文，則自班、蔡諸家而外，名爲東漢，已是晉宋人手筆矣。然以光武愛好經術，數引公卿郎將，講論經理。明帝臨雍拜老，親御講堂，章帝大會諸儒，稱制論決，由在上之振勵。其時耆名高義，編牒不下萬人，不綦盛哉。嘗謂東漢人矜名節，談仁義，師弟傳經，期足明理而已，與夫西漢大師相授受，爲發策決科取青紫者不侔也。至魁壘耆碩，正色立朝，封事屢上，讀之有使人欷歔纍涕不已者。其爲益于名教甚矣，豈異時杜欽、谷永輩淺儒所可望哉？而郭泰、黄憲、徐穉之倫，文辭不概見，其所存更有出于辭章訓詁之外者，此又論世而知之者也。

魏晉六朝文

按漢末魏初之文，孔融多奇氣，陳思有逸才，駸駸乎東京以上。典午之世，清談始熾，陵夷以及六朝，南北篇什，風雲月露之狀，波流而不可挽。人謂六朝無文章，信矣。然其時郡縣終始以中正品第人物，士習不壞於科舉，衣冠世族，家學熏染，諳熟典故，討論經籍，非如後世之虛辭競舉也。故其著述之存於今者，猶有彬彬可觀者焉。其間如范蔚宗、沈約，亦復不以人廢。聊存一代文體，以志其升降云爾。

韓　文

按史臣宋祁曰：「唐有天下，文章無慮三變。高祖太宗時，仍江左餘風，則王楊爲之伯，明皇好經術，崇雅黜浮，則燕許擅其宗。大曆、貞元間，韓愈倡之，柳宗元、李翺、皇甫湜等和之，排逐百家，法度森嚴，抵轢晉魏，上軋周漢，完然爲一王法。此其極也。」今於燕許諸家，各存一二，以備當時之體。其他雕琢藻繪,窮妍極致之作,則載入別集。而韓愈之文,采録爲獨多。昔愈之門人李漢,編録愈集,言「文者貫道之器」,而宋儒亦稱愈爲因文見道者,蓋自愈以後,士始知以道德仁義,爲文章之旨歸;《易》、《詩》、《書》、《禮》、《春秋》,爲文章之根柢,無論翺與湜,皆受其陶冶而成,即宗元止力與角,而卒莫出其範圍也。要之,宗元視愈伯仲之間,而翺與湜之徒若附庸焉。有唐一代之文,源流正變,不外是矣。

唐文

按唐文三變,至韓柳而極盛,固矣。然其間亦不乏能自奮拔者,如唐初陳子昂,高識遠覽,破襞績爲疏宕,可云傑出。其後德宗時陸贄論成敗、決事機,綿婉入情,爲千古奏議所未有。雖復多用駢偶,與夫浮夸無實者相去遠矣。李翺、皇甫湜、李漢、歐陽詹,得力於韓,各有成就。李德裕氣象雄毅,見事明審,《會昌一品集》、《鐘鍠球鼎》,震曜耳目,非于喁細響所可及也。杜原本先秦《國策》、《太史公書》,發揮才情,豪宕感激,故於贊皇樊川,采取稍多。李商隱工於書札,一時絶調,今録其非儷體者一篇,唐之文章,如數家者,可以觀矣。姚鉉取唐文,編爲百卷,名曰《文粹》。其言曰:「擷英掇華,正以古雅。侈言蔓詞,率皆不取。」黄吉父以爲纂次未工,品題未當,以粹自命,實多可疵之體。今考諸家之文,選者尚非其至,特爲論定如此。

歐陽文

按自韓愈以古文倡於唐，三百餘年，修出而宗之，起五季論卑氣弱之敝，黜天聖、景祐間太學體詭異之習，士始知通經學古，功倍於穆修、柳開矣。其學長於考究古今治亂興衰，别白是非利害，故其文章皆與經術相發明。攘斥佛老，尤爲知本，雖性道之精微，固有間焉，然文家法度可謂盡矣。故《言行録》稱之曰：「超然獨騖，衆莫能及。」譬夫天地之妙，造化萬物，不見痕迹，自極其工。

司馬文

按三代以後，相臣德業，首諸葛，惟司馬光足以匹之。陳壽之評亮文曰：「咎繇之謨略而雅，周公之誥煩而悉。」今觀光之文，亦可謂煩悉矣。其心力萃於《通鑑》一書，而其奏疏皆切直精當，以經術經世務者。朱子曰：「温公可謂知仁勇也，治國救世，何等次第。」其規模稍大，又有學問。集文多不勝載，登其尤者，蓋其自謂如人參甘草，可以愈病者，審矣。

理學諸子文

按六經、四子之書，非有意於爲文，而爲天地之至文者也。自孟夫子没，聖學失傳，於是道德文章，分而爲二。唐韓愈氏雖稱因文見道，未能合而爲一也。自濂溪周子起而上承其統，《太極》一圖，乃其所學之精蘊。横渠張子，與其同時並興，自言發明道理，惟命字難，《西銘》一書，尤其文之粹者。故朱子云：「自《孟子》後，方見有此兩篇。」蓋雖未至於無意爲文，而醇乎其醇，幾于有德之言也。二程之文，簡質渾厚，大儒修辭立誠，自非文士之所跂及。劉清之謂本朝惟有四篇文字好，《太極圖》、《西銘》、《易傳序》、《春秋傳序》，蓋宋儒之推尊周、張、程之文如此。所謂道德文章，合而爲一者也。自是而後，其徒相與闡揚師説，要爲造道之言，而四子深遠矣。

三蘇文

按洵文長於縱横捭闔，似子家，故勿多録。軾也大放厥辭。轍少涵歛，要其痛剴時事，陳安危利害之故，未嘗不惓惓，賈誼以後所罕及也。但其言近于功利，又俱好佛，則其見道不精，故朱熹深斥之。然嘗曰：「蘇氏文辭偉麗，近世無匹。若欲作文，自不妨模範。」蓋在諸賢之科，固政事文學之亞歟。

曾文

按鞏文章本原六經，斟酌於史遷、韓愈。其論學則自持心養性，至於服器動作之間，無弗悉。論治則自道德風俗之大,極於錢穀兵刑無弗備。允矣理當,故無二也。孟學不傳之後,程學未顯之前,厥功偉矣。故朱熹稱其詞嚴義正,又謂其擬制内有數篇,雜之三代誥命無媿。而作《大學》、《中庸》,或問諸文字,亦皆用南豐體。

朱子文

按熹之學,窮理以致其知,反躬以踐其實,而居敬以成始而成終,故獨紹千餘年道統不傳之緒,先賢論之詳矣。而其爲文,根極天人性命之原,發揮聖賢道德之藴,自格致誠正而修齊治平,本末精粗,條理一貫。斥異端之虚無,正俗學之紕繆,抉摘幽渺,辨析毫芒,以歸諸大醇。蓋曲折而道其所難言,深切而開人所未發,無意於爲文,而天下之文章莫大乎是矣。孔子曰:「有德者必有言。」又曰:「辭達而已矣。」其斯之謂也。

吕成公《古文關鍵》卷首

總論看文字法

學文須熟看韓、柳、歐、蘇，先見文字體式，然後遍考古人用意下句處。蘇文當用其意，若用其文恐易厭人，蓋近世多讀故也。

第一看大概主張

第二看文勢規模

第三看綱目關鍵

如何是主意首尾相應？如何是一篇鋪叙次第？如何是抑揚開闔處？

第四看警策句法

如何是一篇警？如何是下句下字有力處？如何是起頭换頭佳處？如何是繳結有力處？如何是融化屈折、剪截有力處？如何是實體貼題目處？

看韓文法

簡古　一本於經，亦學《孟子》。

學韓簡古，不可不學他法度。徒簡古而乏法度，則樸而不文。

看柳文法

關鍵　出於《國語》。

當學他好處，當戒他雄辯，議論文字亦反覆。

看歐文法

平淡　祖述韓子，議論文字最反覆。

學歐平淡，不可不學他淵源，徒平淡而無淵源，則委靡不振。

看蘇文法

波瀾　出於《戰國策》、《史記》，亦得關鍵法。

當學他好處，當戒他不純處。

看諸家文法

曾文　專學歐，比歐文露筋骨。

子由文　太拘執。

王文　純潔。學王不成，遂無氣焰。

李文　太煩，亦粗。

秦文　知常而不知變。

張文　知變而不知常。

晁文　粗率。自秦而下，三人皆學蘇者。

以上評韓柳歐蘇等文字，説齋先生唐仲友亦常以此説誨人。

論作文法

文字。一篇之中，須有數行齊整處，須有數行不齊整處，或緩或急，或顯或晦，緩急顯晦相間，使人不知其爲緩急顯晦，常使經緯相通，有一脉過接乎其間，然後可。蓋有形者綱目，無形者血脈也。

有用文字，議論文字是也。爲文之妙，在敘事狀情。筆健而不粗，意深而不晦，句新而不怪，語新而不狂。常〔中〕有〔中〕變，正中有奇。題常則意新，意常則語新。辭源浩渺而不失之冗，意思新轉處多則不緩。結前生後，曲折斡旋，轉換有力，反覆操縱。

上下　離合　聚散　前後　遲速　左右　遠近　彼我　一二　次第　本末　明白　整齊　緊切　的當　流轉　豐潤　精妙　端潔　清新　簡肅　清快　雅健　立意　簡短　闊大　雄壯　清勁　華麗　縝密　典嚴

以上格製詳具於下卷篇中。

論文字病

深　晦　怪　冗　弱　澀　虚　直　疏　碎　緩　暗　塵俗　熟爛　輕易　排事　説不透　意未盡　泛而不切

真西山《文章正宗》「春秋列國往來應對之辭」類下引東萊吕舍人曰：「文章不分明指切而從容委曲，辭不迫切而意已獨至，惟《左傳》爲然。如當時諸國往來之辭，與當時君臣相告相讓之語，蓋可見矣。亦是當時聖人餘澤未遠，涵養自别，故辭氣不迫如此，非後世人專學言語者比也。」按此論最善。

周益公序《宋文鑑》云：「文之盛衰主乎氣，辭之工拙存乎理。蓋建隆、雍熙之間，其文偉；咸平、景德之際，其文博。天聖、明道之辭古，熙寧、元祐之辭達。雖體制互興，源流間出，而氣全理正，其歸則同。」又云：「古賦詩騷，則欲主文而譎諫；典册詔誥，則欲温厚而有體；奏疏表章，取其諒直而忠愛者；箴銘贊頌，取其精慤而詳明者。以至碑記論序，書啓雜著，大率事辭稱者爲先，事勝辭則次之；文質備者爲先，質勝文則次之。」又曰：「蓋魚躍於淵，氣使之也。追琢其章，理貫之也。」

張文潛、陳後山、陳同父三家論文

張文潛誨人作文以理爲主，嘗著論云：「自六經以下，至於諸子百氏、騷人辯士，論述大抵皆將以爲寓理之具也。故學文之端，急於明理，如知文而不務理，求文之工，世未嘗有也。夫決水於江河淮海也，順道而行，滔滔汩汩，日夜不止，衝砥柱、絶呂梁，放於江湖，而納之海。其舒爲淪漣，鼓爲波濤，激之爲風飈，怒之爲雷霆，蛟龍魚黿，噴薄出没，是水之奇變也。水之初豈若是哉？順道而決之，因其所遇而變生焉。溝瀆東決而西竭，下滿而上虛，日夜激之，欲見其奇，彼其所至者，蛙蛭之玩耳。江河淮海之水，理達之文也，不求奇而奇至矣。激溝瀆而求水之奇，此無見於理而欲以言語句讀爲奇，反覆咀嚼，卒亦無有，文之陋也。」學者以爲至言。《宋史·文苑傳》。

《陳後山詩話》云：「余以古文爲三等。周爲上，七國次之，漢爲下。周之文雅；七國之文壯偉，其失騁；漢之文華贍，其失緩。東漢而下無取焉。」按此論大意是，細處尚須商酌。

陳同父論作文之法曰：「經句不全兩，史句不全三，不用古人句，只用古人意，若用古人語，不用古人句，能造古人所不到處。至於使事而不爲事使，或似使事而不使事，或似不使事而使事，皆是使他事來影，帶出題意，非直使本事也。若夫布置開闔，首尾該貫，曲折關鍵，自有成模，不可隨他規矩尺寸走也。」語見元盛如梓《老學叢談》卷中。

真西山《文章正宗綱目》

「正宗」云者，以後世文辭之多變，欲學者識其源流之正也。自昔集録文章者衆矣，若杜預、摯虞諸家，往往湮没弗傳，今行於世者惟梁《昭明文選》、姚鉉《文粹》而已。由今眡之，二書所録果皆得源流之正乎？夫士之於學，所以窮理而致用也，文雖學之一事，要亦不外乎此。故今所輯以明義理、切世用爲主，其體本乎古、其指近乎經者，然後取焉，否則辭雖工亦弗録。其目凡四：曰辭命，曰議論，曰叙事，曰詩賦。今凡二十餘卷云。紹定執除之歲正月甲申，學易齋書。

辭命

按《周官》：太祝作六辭以通上下親疏遠近，曰辭、鄭氏曰辭謂辭令。曰命、謂褘諶草創之命。曰誥、謂《康誥》、《盤庚》之屬。曰會、謂胥命于蒲之命。曰禱、謂如衛太子請禱。曰誄。謂如哀公誄孔子之誄。內史凡命諸侯及孤卿大夫則策命之，策謂以簡策書王命。御史掌贊書，若今尚書作詔文。質諸先儒注釋之説，則辭命以下，皆王言也。太祝以下，掌爲之辭，則所謂代言者也。以《書》考之，其可見者有三：一曰誥,以之播告四方,《湯誥》、《盤庚》、《大誥》、《多士》、《多方》、《康王之誥》是也;二曰誓,以之行師誓衆,《甘誓》、《泰誓》、《牧誓》、《費誓》、《秦誓》是也;三曰命,以之封國命官,《微子蔡仲君陳畢命》、《君牙冏命》、《吕刑文侯之命》是也。他皆無傳焉。意者王言之重,惟命三者,故聖人録之以示訓乎?漢世有制、有詔、有册、有璽書,其名雖殊,要皆王言也。文章之施於朝廷,布之天下者,莫此爲重,故今以爲編之首。書之諸篇,聖人筆之爲經,不當與後世文辭同録。獨取《春秋》内、外傳所載周天子諭告諸侯之辭,列國往來應對之辭,下至兩漢詔册而止。蓋魏晉以降,文辭猥下,無復深純温厚之指,至偶儷之作興,而去古益遠矣。學者欲知王言之體,當以書之誥誓命爲祖,而參之以此編,則所謂正宗者,庶乎其可識矣。

議論

按議論之文,初無定體,都俞籲咈,發於君臣會聚之間;語言問答,見於師友切磋之際,與凡秉筆而書,締思而作者,皆是也。大抵以六經、《語》、《孟》爲祖,而《書》之《大禹》、《皋陶謨》、《益稷》、《仲虺之誥》、《伊訓》、《太甲》、《咸有一德》、《説命》、《高宗肜日》、《旅獒》、《召誥》、《無逸》、《立政》,則正告君之體,學者所當取法。然聖賢大訓,不當與後之作者同録。今獨取《春秋》内、外傳所載諫争論説之辭,先漢以後諸臣所上書疏封事之屬,以爲議論之首。他所纂述,或發明義理，或剸析治道，或褒貶人物，以次而列焉。書記往來，雖不關大體，而其文卓然爲世膾炙者，亦綴其末。學者之議論，一以聖賢爲準的，則反正之評、詭道之辯，不得而惑，其文詞之法度，又必本之此編，則華實相副，彬彬乎可觀矣。

叙事

按叙事起于古史官，其體有二：有紀一代之始終者，《書》之《堯典》、《舜典》與《春秋》之經是也。後世本紀似之。有紀一事之始終者，《禹貢》、《武成》、《金縢》、《顧命》是也。後世志記之屬似之。又有紀一人之始終者，則先秦蓋未之有，而昉于漢司馬氏。後之碑誌事狀之屬似之。今于《書》之諸篇與史之紀傳，皆不復録，獨取《左氏》、《史》、《漢》叙事之尤可喜者，與後世記序傳志之典則簡嚴者，以爲作文之式。若夫有志于史筆者，自當深求《春秋》大義而參之以遷、固諸書，非此所能該也。

詩賦

按古者有詩，自虞《賡歌》、夏《五子之歌》始，而備於孔子所定三百五篇。若楚辭，則又詩之變而賦之祖也。朱文公嘗言：「古今之詩，凡有三變。蓋自書傳所記虞夏以來，下及漢魏，自爲一等；自晉宋間顔謝以後，下及唐初，自爲一等；自沈宋以後，定著律詩，下及今日，又爲一等。然自唐初以前，其爲詩者固有高下，而法猶未變。至律詩出，而後詩之古法始皆大變矣。故嘗欲抄取經史諸書所載韻語，下及《文選》古詩，以盡乎郭景純、陶淵明之作，自爲一編，而附於三百篇、楚辭之後，以爲詩之根本準則。又於其下二等之中，擇其近于古者，各爲一編，以爲之羽翼輿衛。其不合者則悉去之，不使其接於胸次，要使方寸之中，無一字世俗語言意思，則其爲詩，不期於高遠而自高遠矣。」今惟《虞》、《夏》二歌與三百五篇不録外，自餘皆以文公之言爲準。而拔其尤者，列之此編。律詩雖工，亦不得與。若箴、銘、頌、贊、郊廟樂歌、琴操，皆詩之屬，間亦採摘一二，以附其間。至於辭賦，則有文公《集注》、《楚詞後語》，今亦不録。或曰此編以明義理爲主，後世之詩其有之乎？曰：三百五篇之詩，其正言義理者，蓋無幾而諷咏之間，悠然得其性情之正，即所謂義理也。後世之作，雖未可同日而語，然其間興寄高遠，讀之使人忘寵辱、去系吝，翛然有自得之趣，而于君親臣子大義，亦時有發焉。其爲性情心術之助，反有過於他文者，蓋不必顓言性命而後爲關於義理也。讀者以是求之，斯得之矣。

明安陽崔銑序云：「真氏此編芟蕪屏異，將以翼經而正術，其亦聖人之志與。夫物生而有情，情而思宣之，斯生言矣。訥者弗達，陋者亡采，則亡以敷事而喻物，斯生文矣。文，言之善者也，而貴於正其情。夫幽賾之理彰於顯詞，邃逖之懷發於堂序，雍遜之談驗於遐歲，非邃於道者，其孰能之？而徒以模襲之勤，記問之富，億中暗投，吾未見其可也。夫獻忠之謂疏，恤隱之謂詔，申彼此之意、質問遺之蘊之謂對、之謂序、之謂書，紀故永賢之謂記、之謂銘，引思暢和之謂詩。言斷而意續，發凡以該目，或婉或著，或喻或質，或因乎人，或就其時，出之至真，而發之當物，及乎教息而學淆，質衰而詞是工。是故久漸美化，動憑典刑，以摧强枉，而稽成敗，此左氏之文也；捭闔飛箝，亡問邪正，而主於售其術，此戰國之文也；援經議制，夷厥藻繢，此漢之文也；綜倚群言，辯而委辭，此韓愈氏、柳宗元氏之文也。君子於是焉，考變而徵實，左取其禮，漢取其樸，韓取其昌，而因以見先王之教之遠且該也。今夫登者必陟其巔，行者必自其家，非可以息趾於巖麓而發軔於旅次，苟未崇志於先王之術以參伍。夫歷代之變，予恐其不特謬於其言而已。」

劉後村記云：「昔嘗欲取《秋風辭》，西山終去之。」故後村贈鄭寧文詩云：「昔侍西山講習時，頗于函丈得精微。書如逐客猶遭黜，辭取橫汾亦恐非。箏笛豈能諧雅樂，綺紈元未識深衣。嗟予老矣君方少，勤向師門扣指歸。」

國朝吳郡李翰熙云：「以後村詩意求之，先儒謹嚴之旨，一時推崇之情，俱可想見。竊意學者經書既畢，便當直接此書，沉潛反復，庶幾學有根柢，而文章體源亦復了然心手矣。」

《四庫提要》云：「《文章正宗》二十卷、《續集》二十卷，宋真德秀編。德秀有《四書集編》，已著録。是集分辭令、議論、叙事、詩歌四類，録《左傳》、《國語》以下，至于唐末之作。按總集之選録《左傳》、《國語》自是編始，遂爲後來坊刻古文之例。其持論甚嚴，大意主于論理而不論文。劉克莊有《贈鄭（文寧）〔寧文〕》詩云云，其宗旨具於是矣。然克莊《後村詩話》又曰：『《文章正宗》初萌芽，以詩歌一門屬予編類，且約以世教民彝爲主。如仙釋、閨情、宮怨之類，皆弗取。余取漢武帝《秋風辭》，西山曰文中子亦以此辭爲悔心之萌，豈其然乎？意不欲收，其嚴如此。然所謂「懷佳人兮不能忘」，蓋指公卿扈從者，似非爲後宮而設。凡余所取而西山去之者大半，又增入陶詩甚多，如三謝之類多不收。』詳其詞意，又若有所不滿於德秀者。蓋道學之儒與文章之士，各明一義，固不可得而强同也。顧炎武《日知録》亦曰：『真希元《文章正宗》所選詩，一掃千古之陋，歸之正旨，然病其以理爲宗，不得詩人之趣。且如《古詩十九首》，雖非一人之作，而漢代之風略具乎此。今以希元之所删者讀之，「不如飲美酒，被服紈與素」，何異《唐風·山有樞》之篇；「良人惟古歡，枉駕惠前綏」，蓋亦《邶風·雄雉于飛》之義；牽牛織女，意仿《大東》；兔絲女蘿，情同《車舝》。十九作中無甚優劣，必以坊淫正俗之旨，嚴爲繩削，雖矯昭明之枉，恐失國風之義。六代浮華，固當刊落，必使徐庾不得爲人，陳隋不得爲代，毋乃太甚，豈非執理之過乎？』所論至爲平允，深中其失，故德秀雖號名儒，其說亦卓然成理，而四五百年以來，自講學家以外，未有尊而用之者，豈非不近人情之事，終不能强行于天下歟？然專執其法以論文，固矯枉以過直，兼存其理以救浮華冶蕩之弊，則亦未嘗無裨。藏弆之家至今著録，厥亦有由矣。《續集》二十卷，皆北宋之文，闕詩歌、辭命二門，僅有叙事、議論。而末一卷議論之文，又有録無書，蓋未成之本。舊附《前集》以行，今亦仍並録焉。」

古文正宗評論此不全，蓋偶録以見例

吕成公曰：「左氏叙鄭莊公事，極有筆力，寫其怨端之所以萌、良心所以回，皆可見。」又曰：「公之於段，始如處女，敵人開户，後如脱兔，敵不及拒。然此等計術，施於敵國則爲巧，施於骨肉則爲忍。此左氏鋪叙好處，以十分筆力寫十分人情。」

真西山曰：「僖伯所陳，皆先王之典法，人君一游一豫，其可輕也哉？後世本紀書曰某日畋於某所，某日獵於某地者，其得罪於先王甚矣。」又曰：「桓公本以弑立，故不復知宋君弑立之惡。臧哀伯之言始若平緩，至滅德立違以後，乃始句句激切，論事體當。」如是又曰：「屈完之對，纔數語耳。皆足以折服齊侯之心，蓋善於辭令者也。」

吕成公曰：「觀《管仲論受鄭子華》，猶有三代氣象，其曰『君若綏之以德』云云，此等言語，蓋嘗聞先生長者之餘論，其急於功利，俯首以就，桓公自小之爾。」

真曰：「《叙秦晉相失本末》，此十數句如大具獄然，真名筆也。」又曰：「《郤缺請歸衛地》篇，其收功全在『睦者歌吾子』一語，蓋人之常情，强軋之未必從，而順道之每見聽耳。」

又曰：「鄭子家告趙宣子云云，小國辭直而晉遽畏之，以其壻爲質。若事大國焉，辭之不可已也如是夫。」

又曰：「季孫行父使史克對問出莒僕，蓋激稱以辨宣公之惑，釋行父之惑，故其言美惡有過辭，蓋事宜也。」

又云：「四兇在堯時罪惡未著，前輩論之詳矣。今云堯不能去非也。又行父逐莒僕而庇仲遂，近在目前，既不能正反與之，先後如齊，以求昏與會，是陷身於盜賊之黨而不自知。且其言曰『見無禮於君者，猶鷹鸇之逐鳥雀』也。如仲遂者，其有禮乎？其無禮乎？梟獍在前而不知逐，顧區區以去鳥雀爲能，而曰此舜功二十之一也。豈不可哂也哉。愚既録其文，不得不論其實。」

劉康公論成子受脤不敬，篇末附載春秋諸臣論敬語，綜述之曰：「敬之一言，乃堯、舜、禹、湯、文、武以來傳心之要法。春秋之世，去聖人未遠，名卿賢大夫猶有聞焉。故凡言不敬者皆附此。」吕成公曰：「劉子之言，乃三代老師宿儒傳道之訓，信矣夫。」

《叙晉人弑厲公》篇末附載周子對大夫言，以二書參，然後知傳文之峻潔。

《臧孫論詰盜》篇云：「季孫賞盜而已，非爲盜也。而臧武仲乃曰：『上之所爲，民亦爲之。』何哉？蓋季氏是時顓有魯國，凡土地、貢賦、名器、威福，君所有者，季氏皆竊以爲己物，非盜而何？故臧武仲因事而規之，其言深有味云。」

文章正宗・左傳選目録

魏绛辭賜金石之樂

戎子駒支對范宣子

臧孫論詰盜

鄭公孫僑對晉徵朝

子産與范宣子論重幣

太叔論甯喜置君

叙向戌合晉楚之成

叙吴公子請觀周樂

穆叔論立子裯

叙子産從政

北宫文子論威儀

祁午戒趙文子

叔向論楚令尹不終

子産論晉侯疾

叙晏子辭宅

范宣子讓

師曠論衛人出君

祁奚請免叔向

叔孫豹論不朽

子産對晉人論獻捷

聲子請復椒舉

子罕論向戌去兵

申無宇論公子圍

子産對晉讓壞垣

子産論尹何爲邑

子羽辭公子圍

子羽論諸大夫譏公子圍

叙中行穆子敗狄

晏齊叔向論齊晉

晉司馬侯論三不殆

國語選目録

公羊傳選目録

穀梁傳選目録

戰國策選目録

論文雜録

潘昂霄《金石例》卷九

論古人文字有純疵

前輩作文，各有入門處。退之本《孟子》，永叔亦祖《孟子》，故其講論，純正少疵。子厚、明允集中，皆自言其所得處。明允多自《戰國策》中來，視子厚爲不純。子瞻亦宗其家學，氣焰赫奕，人多慕之，然少純正。要之，自六經中出，則源深而流長，人但見正大温粹，不知其所養者有本也。此最當謹所習之，始者不謹，則末流可知。《金石例》卷九。

論作文法度

立本論，前説備矣。本者既立，必學問充就，而後識見造詣凡見之議論言語者，皆正大純粹，如冠冕佩玉入宗廟之中，人自起敬。學力既到，體製亦不可不知。如記、贊、銘、頌、序、跋，各有其體，不知其體，則喻人無容，雖有實行，識者幾何人哉。體製既熟，一篇之中起頭結尾、繳換曲折、轉折反覆、照應關鎖、綱目血脉，其妙不可以言盡，要須助自得於古人。

韓文公《上李侍郎書》云：「大之爲河海，高之爲山嶽，明之爲日月，幽之爲鬼神，纖之爲珠璣華實，變之爲雷霆風雨。」《答尉遲生書》云：「本深而末茂，形大而聲宏，行峻而言厲，心醇而氣和。昭晰者無疑，優游者有餘。」《上于頔相公書》云：「變化若雷霆，浩汗若河漢，正聲諧韶濩，勁氣沮金石。」凡皆形容文章之妙，公實胸中之自得者。

宋文公云：「子厚爲文，或取前人陳語用之，不及韓吏部卓然不朽，不丐於古，而語一出諸己。」

秦少游云：「探道德之理，述性命之情，發天人之奥，明死生之變，此論理之文，如莊、列之作是也；别黑白陰陽，要其歸宿，決其嫌疑，此論事之文，如蘇、張之作是也；考同異，次舊聞，不虚美，不隱惡，人以爲實録，此叙事之文，如班、馬之作是也；原本山川，極命草木，比物屬詞，駭耳目，變志意，此託詞之文，如屈、宋之作是也；鉤莊、列之微，挾蘇、張之辯，摭遷、固之實，獵屈、宋之英，本之以《詩》、《書》，折之以孔氏，此成體之文，韓愈之所作是也。」秦氏此言善矣。然退之碑誌不無虚美，於子長實録有愧焉耳。

《黄氏日抄》：「韓文公與馮宿論文謂：『稱意者，人以爲怪，下筆令人慚，則人以爲好，古文直何用於今，以俟知者知耳。』公殆矯其説，以振起一世之庸庸者乎。然歷數百年，至本朝歐陽公方能得公之文於殘棄而發撝之，否者終于湮没。自歐陽公以來，雖曰家藏而人誦，殆不過野人議璧，隨和稱好，及自執筆爲文，鮮有不與之背，真知公之爲文者，又幾何人哉？愚嘗嘆息而爲之自警，曰人誰不講孔孟之學，至遇事則往往而違其訓；人誰不讀韓歐之文，至執筆則往往而非其體。人莫不飲食，鮮能知其味，不心誠求之，是真無益哉。」

歐陽公《記舊本後》云：「其言深厚而雄博。」

陳後山云：「杜之詩法，韓之文法，詩文各有體。韓以文爲詩，杜以詩爲文，故不工耳。」

姚鉉《唐文粹序》曰：「韓吏部超卓群流，獨高邃古，以二帝三王爲根本，以六經四教爲宗師，憑陵轥轢，首倡古文，遏横流於昏塾，闢正道於夷坦。故論者以退之之文，可繼揚、孟，斯得之矣。」

朱子曰：「韓子爲文，雖以力去陳言爲務，而又必以文從字順、各識其職爲貴。」又曰：「韓文力量不如漢文。」又曰：「韓亦只做得未屬對合偶以前體格。」

《潘子真詩話》云：「退之《祭竹林神文》，其體疑出于《書》。《祈太湖神文》，其體疑出于《國語》。《弔武侍御文》，其體疑出于《離騷》。哀歐陽詹與獨孤申叔之文，疑出于《莊子》内篇、賈誼賦鵩之體。」

《答劉正夫書》論爲文，譬之百物，朝夕所見者，人皆不注視，及覩其異者，則衆觀之。又謂用功深者，其收名也遠。《答陳商書》喻以齊王好竽而鼓以瑟，所謂工于瑟而不工于求齊。合是兩書而觀之，庸庸者不足以自見，怪怪者非所以諧俗，公所告語，雖各隨其病而藥之，功深一語則均所當務而根本之論乎。專用工于文，又不如深用工于學。學至則文不期而自至矣。

《答李翊書》：「生之書，辭甚高，而其問何下而恭也？能如是，誰不欲告生以其道？道德之歸也有日矣，況其外之文乎？抑愈所謂望孔子之門牆而不入于其宫者，焉足以知是且非也邪？雖然，不可不爲生言之。生所謂立言者是也，生所爲者與所期者，甚似而幾矣。抑不知生之志，蘄勝於人而取於人邪？將蘄至於古之立言者邪？蘄勝於人而取於人，則固勝於人而可取於人矣，將蘄至於古之立言者，則無望其速成，無誘於勢利。養其根而竢其實，加其膏而希其光。根之茂者其實遂，膏之沃者其光曄。仁義之人，其言藹如也。抑又有難者，愈之所爲，不自知其至猶未也。雖然，學之二十餘年矣。始者非三代兩漢之書不敢觀，非聖人之志不敢存。處若亡，行若遺，儼乎其若思，茫乎其若迷。當其取於心而注於手也，惟陳言之務去，戛戛乎其難哉。其觀於人，不知其非笑之爲非笑也。如是者亦有年，猶不改，然後識古書之正僞，與雖正而不至焉者，昭昭然白黑分矣。而務去之，乃徐有得也。當其取於心而注於手也，汩汩然來矣。其觀於人也，笑之則以爲喜，譽之則以爲憂，以其猶有人之説者存也。如是者亦有年，然後浩乎其沛然矣。吾又懼其雜也，迎而距之，平心而察之，其皆醇也，然後肆焉。雖然，不可以不養也。行之乎仁義之途，游之乎《詩》、《書》之源，無迷其途，無絶其源，終吾身而已矣。氣，水也；言，浮物也。水大而物之浮者大小畢浮，氣之與言猶是也。氣盛，則言之短長與聲之高下者皆宜。雖如是，其敢自謂幾於成乎？雖幾於成，其用於人也奚取焉？雖然，待用於人者，其肖於器邪？用與舍屬諸人。君子則不然，處心有道，行己有方，用則施諸人，舍則傳諸其徒，垂諸文而爲後世法。如是者，其亦足樂乎？其無足樂也。有志乎古者希矣，志乎古必遺乎今，吾誠樂而悲之。亟稱其人，所以勸之，非敢褒其可褒而貶其可貶也。問於愈者多矣，念生之言不志乎利，聊相爲言之。」

柳柳州《答韋中立書》：「始吾幼且少，爲文章，以辭爲工。及長，乃知文者以明道，是固不苟爲炳炳烺烺，務采色、夸聲音而以爲能也。凡我所陳，皆自謂近道，而不知道之果近乎，遠乎？吾子好道而可吾文，或者其於道不遠矣。故吾每爲文章，未嘗敢以輕心掉之，懼其剽而不留也；未嘗敢以怠心易之，懼其弛而不嚴也；未嘗敢以昏氣出之，懼其昧没而雜也；未嘗敢以矜氣作之，懼其偃蹇而驕也。抑之欲其奥，揚之欲其明，疏之欲其通，廉之欲其節，激而發之欲其清，固而存之欲其重，此吾所以羽翼夫道也。本之書以求其質，本之詩以求其恒，本之禮以求其宜，本之《春秋》以求其斷，本之《易》以求其動，此吾所以取道之原也。參之《穀梁氏》以厲其氣，參之《孟》、《荀》以暢其支，參之《莊》、《老》以肆其端，參之《國語》以博其趣，參之《離騷》以致其幽，參之太史以著其潔，此吾所以旁推交通而以爲之文也。凡若此者，果是耶，非耶？有取乎，抑其無取乎？吾子幸觀焉擇焉，有餘以告焉。苟亟來以廣是道，子不有得焉，則我得矣。」朱文公曰：「韓柳答李翊、韋中立書，可見其用力處。」

《與友人論文書》：「古今號文章爲難，足下知其所以難乎？非謂比興之不足，恢拓之不遠，鑽礪之不工，頗僻之不除也。得之爲難，知之愈難耳。苟或得其高朗，探其深賾，雖有蕪敗，則爲日月之蝕也，大圭之瑕也，曷足傷其明、黜其寶哉？且自孔氏以來，兹道大闡。家修人勵，刓精竭慮者，幾千年矣。其間耗費簡札，役用心神者，其可數乎？登文章之籙，波及後代，越不過數十人耳。其餘誰不欲争裂綺繡，互攀日月，高視於萬物之中，雄峙於百代之下乎？率皆縱臾而不克，躑躅而不進，力蹶勢窮，吞志而没。故曰得之爲難。嗟乎，道之顯晦，幸不幸繫焉；談之辯訥，升降繫焉；鑒之頗正，好惡繫焉；交之廣狹，屈伸繫焉。則彼卓然自得以奮其間者，合乎否乎？是未可知也。而又榮古虐今者，比肩疊跡。大抵生則不遇，死而垂聲者衆焉。揚雄没而《法言》大興，馬遷生而《史記》未振。彼之二才，且猶若是，況乎未甚聞著者哉。固有文不傳於後祀，聲遂絶於天下者矣。故曰知之愈難。而爲文之士，亦多漁獵前作，戕賊文史，抉其意，抽其華，置齒牙間，遇事蠭起，金聲玉耀，誑聾瞽之人，徼一時之聲。雖終淪棄，而其奪朱亂雅，爲害已甚。是其所以難也。」

蘇明允《上歐陽公書》：「孟子之文，語約而意盡，不爲巉刻斬絶之言，而其鋒不可犯。韓子之文，如長江大河，渾浩流轉，蚖黿蛟龍，萬怪惶惑，而抑遏蔽掩，不使自露，而人望見其淵然之光、蒼然之色，亦自畏避，不敢迫視。」

明允云：「執事之文，紆徐委備，往復百折，而條達疏暢，無所間斷。氣盡語極，急言竭論，而容與閒易，無艱難勞苦之態。此三者，皆斷然自爲一家之文也。惟李翺之文，其味黯然而長，其光油然而幽，俯仰揖讓，有執事之態。陸贄之文，遣言措意，切近的當，有執事之實。而執事之才，又自有過人者。蓋執事之文，非孟子、韓子之文，而歐陽子之文也。」

蘇子由曰：「太史公行天下，周覽名山大川，與燕趙間豪俊交游，故其文疏宕，頗有奇氣。」韓愈以六經之文爲諸儒倡，障隄末流，反刓以樸，剗僞以真，粹然一出於正。刊落陳言，横騖别驅，汪洋大肆，無牴牾聖人者。其《原道》、《原性》、《師説》數十篇，皆奥衍宏深，與孟軻、揚雄相表裏，而佐佑六經云。本贊。李習之曰：「其詞與意適，則孟軻既没，亦不見其有過於斯者。」

柳子厚之文，雄深雅健似司馬子長，崔、蔡不足多也。本傳。

蘇子瞻曰：「歐陽公云晉無文章，惟陶淵明《歸去來辭》。余亦謂唐無文章，惟韓愈《送李愿歸盤谷序》。」興到語。

《歐陽公文集序》云：「歐陽子之學推韓愈、孟子，以達於孔氏，著禮樂仁義之實以合於大道。其言簡而明，信而通，引物連類，折之於至理，以服人心，故天下翕然師尊之。自歐陽子出，天下争自濯磨，以通經學古爲高，以救時行道爲賢，以犯顔納諫爲忠。至嘉祐末，號稱多士，歐陽子之功爲多。」

《邵氏後録》云：「東坡中制科，王荆公曰全類戰國文章，故荆公修《英宗實録》，謂明允有戰國縱横之學。」

蘇明允《上田樞密書》云：「言其大肆力於文章。詩人之優柔，騷人之精深，孟、韓之温淳，遷、固之雄剛，孫、吴之簡切，投之所嚮，無不如意。」

李季惟《謁顧子敦書》云：「唐興，文風復起。韓愈得其温潤深醇，以爲貫道之器。」

東坡之文，如長江大河，一瀉千里。至渾浩流轉，曲折變化之妙，則無復可以名狀。蓋能文之士，莫之能尚也。而尤長于指陳世事，述叙民生疾苦。方其年少氣鋭，尚欲汛掃宿弊，更張百度，有賈太傅流涕漢庭之風。及既懲創王氏，一意忠厚，思與天下休息。其言切中民隱，發越懇到。使巖廊崇高之地，如親見閭閻疾苦之情，有不能不惻然感動者，真可垂訓萬世矣。嗚呼休哉。《黄氏日鈔》。

李方叔曰：「東坡教人讀《戰國策》，學説利害；讀賈誼、晁錯、趙充國章疏，學説事；讀《莊子》，學論理性。又須熟讀《論語》、《孟子》、《檀弓》，要志趣正當；讀韓、柳，令記得數百篇，要知作文體面。」

蘇子瞻曰：「凡人作文，須是筆頭上挽得數百鈞起。」「凡作文如行雲流水，初無定質，但常行于所當行，常止于不可不止，文理自然姿態横生。」

李漢老曰：「爲文之法有筆力，有筆路。筆力到二十歲便定，後來長進，只就上面添得些子。筆路則常拈弄，時轉開拓，不拈弄便荒廢。」

杜牧之曰：「文以意爲主、氣爲輔，以辭采爲兵衛。」見本集《答莊充書》，語甚長，當全録。

李文饒曰：「譬諸日月，雖終古常見，而光景常新。」

朱文公曰：「古人作文，多摹倣前人，學之既久，自然純熟。今人于韓文知其力去陳言之爲工，而不知其文從字順之爲貴。」

歐陽公曰：「爲文有三多，看多、做多、商量多。」鶴山曰：「辭根於氣，氣命於志，志立於學。」

西山先生問傅公景仁以作文之法，傅公曰：「長袖善舞，多財善賈，子歸取古人書，熟讀而精甄之，則蔚乎其春榮、熏乎其蘭馥有日矣。」

平齋洪公曰：「古今萃于胸中，造化運于筆下，多讀多做，兩盡爲勝。」

夏文莊曰：「美辭施于頌贊，明文布于牋奏，詔誥語重而體宏，歌咏言近而音遠。」

陸士衡曰：「謝朝華於已披，啓夕秀于未振。」「銘博約而温潤，箴頓挫而清壯，頌優遊以彬蔚。」「要辭達而理舉，故無取乎冗長。」「立片言以居要，乃一篇之警策；雖衆辭之有條，必待茲而效績。」

野處洪公曰：「文章有淵源，有機杼，有關鍵，有本根。」「用其文如老農之用禾，旦而溉，中而芸，深耕而熟耰之。吾文唐矣，不兩漢若乎？漢矣，不三代若乎？欿然自視，未能參於柳州、吏部之奧，則日引月長，不至不止也。」

朱文公曰：「作文自有穩字。古之能文者，纔用便用著。」宋景文云：「人之屬文，有穩當字第，初思之未至也。」

李德裕《文箴》曰：「文之爲物，自然靈氣。忽恍而來，不思而至。杼軸得之，澹而無味。琢刻藻繪，彌不足貴。如彼璞玉，磨礱成器。奢者爲之，錯以金翠。美質既凋，良寶斯棄。」

朱文公曰：「前輩文有氣骨，故其文壯。今人只是于枝葉上粉澤爾。」「後山携所作謁南豐，因留款語，適作一文字，事多，因託後山爲之成數百言。南豐曰，大略也好，只是冗字多。後山請改竄，南豐取筆抹數處，每抹處連一兩行，凡削去一二百字。後山讀之，則其意尤全，因歎服，遂以爲法。」

《文心雕龍》曰：「風骨乏采，則鷙集翰林。采乏風骨，則雉竄文囿。」「若藻耀而高翔，固文筆鳴鳳也。」「鎔冶經典之範，翔集子史之術，洞曉情變，曲昭文體，然後能莩甲新意，雕畫奇辭。」

「才有天資，學謹始習，斲梓染絲，功在初化。器成綵定，難可翻移。」「情者，文之經；辭者，理之緯。」「才爲盟主，學爲輔佐。」「善爲文者，富于萬篇，貧于一字。一字非少，相避爲難也。」曾文昭曰：「文才出于天分，可省學問之半。」

汪彦章謂傅自得曰：「今世綴文之士雖多，往往昧于體製。獨吾子爲得之，不懈則古人可及也。」自得不知即景仁？

論作文當取法經史造語

王景文曰：「文章根本，皆在六經，非惟義理也，而機杼物采，規模制度，無不俱備者。張安國出《考古圖》，其品百二十有八，曰：『是當爲記，于經乎何取？』景文曰：『宜用《顧命》。』游廬山訖事，將裒所歷序之，曰：『何以？』景文曰：『當用《禹貢》。』」

敘事法《禹貢》、《顧命》、《考工記》，其次《左傳》、《史記》、《西漢書》。各物當類編，字面考究。

論事似賈誼、董仲舒、劉向。

句法求之《檀弓》，則音節響亮，言語絢麗。按章法次第當考《左傳》，字句音節宜熟《檀弓》。

銘辭贊頌，不似風雅，則俚而無足。

詩當得《風》、《雅》、《頌》之旨趣，因事感發，性情之正，《騷》、《選》以下，宜取其體製，唐律當學他格式嚴整，至於淫艷，乃所當戒。余教人作文，先要令解其經，蓋以所説之書，使之演文，既是熟于義理，就其中抑揚以得作文之法，此是求速化之術。全章既能解釋，則作疑義，設疑以問之，以觀其見識。若能因所問得其旨意，則心地已開，見識已到，然後斷史以觀其處事，如此則作詩作文無所不通矣。良工之子，必學爲箕；良冶之子，必學爲裘。無與於弓冶教人者，使之以歸其理，此當與智者道。學者能如是用工，他日悟其言之有味，不然，視之爲迂闊而近效，亦終不可得矣。

學文凡例

凡金石文例，詳見上卷，曰制、曰誥、曰詔、曰表、曰露布、曰檄、曰箴、曰銘、曰記、曰贊、曰頌、曰序、曰跋，皆文章之流也，匪著其目，則學者無所于考用，列于後云。諸文多係駢儷，故不備列其例，先曰制式，次擬制之始，次擬制之式。他皆類此。

椿按：子固《寄歐陽舍人書》，其文妙絶不必論，而其中幅自「世之學者」而下云云，文情文勢，頓挫極矣，但於上下文義，似不能十分明顯。蓋子固之祖，雖以文章直諫知名，而輕躁干進，與梅詢俱爲李文靖所薄。子固於此，有不能明言者，故反轉入它意，以致其低回。此千載之下，可以心知者也。

王止仲_行《墓銘舉例》叙首

凡墓誌銘，書法有例，其大要十有三事焉。曰諱、曰字、曰姓氏、曰鄉邑、曰族出、曰行治、曰履歷、曰卒日、曰壽年、曰妻、曰子、曰葬日、曰葬地，其序如此，如韓文《集賢校理石君墓誌銘》是也。其曰姓氏、曰鄉邑、曰族出、曰諱、曰字、曰行治、曰履歷、曰卒日、曰壽年、曰葬日、曰葬地、曰妻、曰子，其序如此，如韓文《故中散大夫河南尹杜君墓誌銘》是也。其他雖序次或有先後，要不越此十餘事而已。此正例也。其有例所有而不書，例所無而書之者，又其變例，各以其故也。今取韓文所載墓誌銘，録其目，而舉其例於各題之下，神道碑銘亦舉之。又于李文公、柳河東二家之文，拔其尤以附於後，用廣韓文之例焉。

郝伯常編類金石八例：世系、名字、始起、建功立事、年壽、薨卒、殯葬、銘辭。

蒼崖十五例：入作造端、名字族姓、鄉貫、世次先德、文學藝能、仕進歷官、政跡功德、享年卒葬、生娶嫁女、總述行跡、作碑誌、銘辭、孤弱、祠廟原始、立廟祠祭。

文自東漢之衰，更八代而愈下，至唐韓文公始振而起之，以復于古焉。韓文公既爲之倡，同時和之者惟李文公、柳河東而已。後二百年至宋之盛，始復得穆參軍、蘇滄浪、歐陽公、尹河南，相與溯而繼之，而歐公其傑然者。當時文風，實爲之變，從而和之者，日以浸盛，而南豐曾氏、臨川王氏、眉山蘇氏出矣。南渡而還，斯文之任則在考亭焉。今墓銘既舉韓文爲之例，而間取李、柳之文廣之矣。故復取歐公而下數公之文之尤粹者，附於後，蓋以廣三家之例也。歐陽公三十一首、尹河南七首、曾南豐十八首、王荆公三十三首、蘇文忠九首、朱文公二十首。

墓銘書法既舉韓文爲之例，而取李、柳、歐、尹、曾、王、蘇、朱八家之文廣之矣。復因閲諸文集，值有可爲例者，或一或二，隨而舉之，而輒實之，又所以廣九家之例也。以所録先後爲次，不以其人之先後爲次者，不可預期而録之，蓋未有已也。陳後山三首、黄山谷二首、陳了齋七首、晁濟北四首、張宛丘三首、呂成公三首。

黄黎洲《論文管見》附《金石要例》後

昌黎「陳言之務去」。所謂陳言者，每一題必有庸人思路共集之處，纏繞筆端，剥去一層，方有至理可言。猶如玉在璞中，鑿開頑璞，方始見玉，不可認璞爲玉也。不知者，求之字句之間，則必如《曹成王碑》，乃謂之去陳言，豈文從字順者，爲昌黎之所不能去乎？

言之不文，不能行遠。今人所習，大概世俗之調，無異吏胥之案牘，旗亭之日曆。即有議論叙事，敝車羸馬，終非鹵簿中物。學文者，須熟讀三史八家，將平日一副家當盡行籍没，重新積聚。竹頭木屑、常談委事，無不有來歷而後方可下筆。顧傖父以世俗常見者爲清真，反視此爲脂粉，亦可笑也。

作文雖不貴模倣，然要使古今體式無不備於胸中，始不爲大題目所壓倒。有如女紅之花樣，成都之錦，自與三村之越，異其機軸。今人見歐、曾一二轉折，自詫能文。余嘗見小兒摶泥爲炕，擊之石上，鏗然有聲。泥多者聲宏，若以一丸爲之，總使能響，其聲幾何？此古人所以讀萬卷也。

敍事須有風韻，不可擔板。今人見此，遂以爲小説家伎倆，不觀《晉書》、《南》、《北史》列傳，每寫一二無關係之事，使其人之精神生動，此頰上三毫也。史遷《伯夷》、《孟子》、《屈賈》等傳，俱以風韻勝，其填《尚書》、《國策》者，稍覺擔板矣。

文必本之六經，始有根本。唯劉向、曾鞏多引經語，至於韓、歐，融聖人之意而出之，不必用經，自然經術之文也。近見巨子動將經文填塞，以希經術，去之遠矣。

文以理爲主，然而情不至則亦理之郛廓耳。廬陵之誌交友，無不嗚咽；子厚之言身世，莫不悽愴；郝陵川之處真州，戴剡源之入故都，其言皆能惻惻動人。古今自有一種文章，不可磨滅，真是「天若有情天亦老」者。而世不乏堂堂之陣、正正之旗，皆以大文目之，顧其中無可以移人之情者，所謂刳然無物者也。

作文不可倒却架子，爲二氏之文，須如堂上之人，分别堂下臧否，韓、歐、曾、王，莫不皆然。東坡稍稍放寬。至於宋景濂，其爲《大浮屠塔銘》，和身倒入，便非儒者氣象。王元美爲《章篔志》，以刻工例之徵明、伯虎；太函傳查八十，許以節俠，抑又下矣。

廬陵志楊次公云：「其子不以銘屬他人，而以屬修者，以修言爲可信也。」然則銘之其可不信？表薛宗道云：「後世立言者，自疑於不信。又惟恐不爲世之信也。」今之爲碑版者，其有能信者乎？而不信先自其子孫始。子孫之不信，先自其官爵、贈謚始。聊舉一事，以例其餘，如某主江西試，以試策犯時忌，削籍。有無賴子高守謙，結黨十餘人，恐喝索賂，某不應，遂掠其資以去。某尋死。崇禎初昭雪死事者，竄名其中得贈侍讀學士。今其子孫乃言：「逆奄竊柄，某抗疏糾參，幾至不測，閣臣爲之救解，已而理刑指揮高守謙等緹騎逮訊。某辯論侃侃，被拷掠而斃。崇禎初，贈侍讀學士，謚文忠。」脱空無一事實，不知文忠之謚，誰則爲之，且並無賴之高守謙，授以僞官，真可笑也。潘汝禎建逆奄祠於西湖。某已卧病不能起。奄敗，遂有言某入祠不拜，爲守祠奄人所挺，因而致死，以之入奏者。今無不信之矣。近見修志，有無名子之子孫，以其父祖入于《文苑》，勃然不悦，必欲入之《儒林》而止。嗚呼，人心如是，文章一道，所宜亟廢矣。

所謂文者，未有不寫其心之所明者也。心苟未明，劬勞憔悴於章句之間，不過枝葉耳，無所附之而生。故古今來，不必文人，始有至文。凡九流百家，以其所明者，沛然隨地湧出，便是至文。故使子美而談劍器，必不能如公孫之波瀾；柳州而叙宫室，必不能如梓人之曲盡。此豈可强者哉？

墓誌答問一 為吴生昕作。沈大成。

三月初一日問：古碑行款書法。

答曰：「古與今異，宜禮求其當耳。今所作行款書法，悉遵本朝定制及金石舊例，可無遺議。」

四月初二日問：古人碑誌有書撰人而不著書人，或止著書人而不著撰人，又合葬應夫人並書題否？篆額書丹應銜稱並列否？

答曰：「徐氏《通考》載：『古之碑志止書撰人而不著書人者，蓋以當時之人皆能書，或多撰者之所書也。有止著書人而不著撰人者，蓋文或者之所爲也。更有止書某官某人於旁而不著書撰者，蓋書撰或即其人也。』其説既明矣。然此説雖自歐陽，即廬陵集中，無有不自書姓氏者，則永叔亦不能自堅其説矣。況文内有叙交情世誼者，而末不著姓氏，子虛烏有，成何體裁，可無疑也。至合葬夫婦並題，按唐武后垂拱時，有澤王府主簿梁府君并夫人唐氏墓誌銘，朱賓撰。

宣宗大中時，有滎陽鄭府君夫人博陵崔氏合祔墓誌銘，秦貫撰。則古人亦有書婦者矣。又銜稱之並書與否，即如王史亭庶常，於尊人嫡表姪也，若在其列，有不書稱謂者乎？書則俱書之矣。」

七月十一日問：第三弟有文而九齡殤，今將從葬，别爲一穴。又庶妹之母，先君捐館時，年未三旬，已苦節三十年，今將預封生壙，應附書否？

答曰：「揚子之童烏，載在《太玄》，非以其文乎。殤而有文，葬而書於誌，何不可之有？庶母有女而嫁，非無出之妾，比況髽而守者積歲之久乎？附書於末，所謂禮以義起也。」

八月十二日問：庶母之生壙即以次列而少退，抑别爲一穴？

答曰：「於禮，適庶之辨最嚴，豈可以生侍左右者没而遽躐女君之次乎？即在庶母之心，亦有不安者，别爲一穴是也。」

墓誌答問二

十月十三日問：生祖母與考妣應答一謝簡否？

答曰：「按禮，承重者承重服也。《傳》曰父卒，然後爲祖後者服斬。父既爲生母服三年斬矣，父卒，子雖屬孫，而代父服重，豈以服畢而葬，遂有異乎？謝簡書曰治葬承重，孫禮也。」

問：嫡出之孫簡應列名否？

答曰：「於禮，嫡出之孫於庶祖母無服，服既無，無庸乃列之矣。」

問：三弟之亡九歲，宜有主否？

答曰：「按禮，十六至十九爲長殤，十二至十五爲中殤，八歲至十一歲爲下殤，七歲以下爲無服之殤。生未三月，不爲殤。凡所謂殤者，未成人、未昏、未有子，所以傷之也。禮，初死，立重；既虞，立桑主；既葬，立栗主。所以使神有所依，而饗其祭也。古者祭殤無尸，無尸則烏得有主乎？」

問：今之葬法擬有二圖，下圖以生祖母爲主穴而考妣分祔左右，恐蹈陰夾陽之失。若準上圖，以生祖母葬穆位爲主穴，而考妣在昭位爲祔，四棺同一海幔，庶母别造生壙，從祔於後。向來昭穆之位疑此爲正，而堪輿家以穆位祇一、昭位至四，於形未免欹側，則如之何？

答曰：「按上圖葬祖母於穆，葬考妣於昭，既以昭穆爲次，而祖母偏於右，考妣偏於左，則主祔肴矣。況考居次中，仍屬陰夾陽乎，此求之於理而不可者也。若準下圖葬祖母於中爲主穴，而考妣分祔左右，既蹈陰夾陽之失，而考妣居（中）〔昭〕，庶母繼母居穆，位序亦紊，此求之於理於形家而皆不可者也。二説俱不可，而桂林四禮考問之，揚人又不能得，則葬法終何據乎？夫變通當合乎人情，經權必準於義理。愚意以生祖母爲主穴，葬之中位。以考妣葬之穆位，以繼母葬之昭位，而以庶母生壙次其左。主穴之祖母（祖）〔視〕四者少前，穆位之考妣、昭位之繼妣視主穴者少後，生壙之庶母更少後，如此則昭穆既清，主祔攸定，可免陰夾陽之失，又無欹側之患，合於理，宜於俗，逝者安於地下，生者慰於人間，或亦事之可行者。老而昏忘，多所遺失，幸與知禮君子再議之。」

歸熙甫《評史記・例意》

《史記》起頭處來得勇猛者圈，緩些者點。然須見得分明，不得不圈、不得不點，乃得。

黄圈點者，人難曉；朱圈點者，人易曉。

朱圈點者，總是意句與叙事好處。黄圈點者，總是氣脉亦有轉折處。用黄圈而事乃連下去者。

黑擲是背理處，青擲是不好要緊處，朱擲是好要緊處，黄擲是一篇要緊處。内青擲不合。

事迹錯綜處，太史公叙得，如大塘上打縴，千船萬船不相妨礙。

曉得文章掇頭，千緒萬端，文字便可做了。

作文如畫，全要界畫。

起頭處接處，謂之起伏。

掇頭，本紀多，叙事少。

起頭處斷而不斷，以意言。

《史記》只實實説去。

要緊處多跌蕩，跌蕩處多要緊。

亦有跌蕩處不在氣脉上者，不用黄圈點。

雖蕩跌，又不是放肆。

《封禪書》云：「然則怪迂阿諛苟合之徒自此興，不可勝數也。」是總，又是跌蕩也。

跌蕩處如在峽中行，而忽然躍起，此與激處不同。

跌蕩如《封禪書》「三神山」一段中云「世主莫不甘心焉」、「曰未能至，望見之焉」，都是跌蕩處。

跌蕩處都是「焉」、「矣」字。

《史記》叙事，時有捱幾句閑話，最妙。

叙事或追前説，或帶後説，是周到。

紅圈點處，叙事叙得真。

《史記》重疊處，不見重疊。

旁支處，只點景説，不是這等死殺説。

《高帝紀》「項羽兵四十萬」云云，淡而景好。

旁支如江水，一直去，又有旁支，不是正論。

《史記》如人説話，又帶别樣説。

《項羽本紀》「當是時，趙歇爲王至軍也」，氣開一開，如本説此處飲酒，又説何處閑游景致，雖煩而不煩，大率是精神妙處。

漢王敗彭城，氣索了；至漢王間往從之諸敗軍，氣復振，事與氣稱。項羽殺王離與敗垓下一段，氣亦然。

「漢王間往從之」至「敗軍」一段，此叙事中氣也，散了又興，事與氣稱。

項羽與漢王相臨廣武時，如做戲，一出上，一出下，最妙。

春秋戰國時事，不過一二國争鬥，其事小；項羽、沛公，動輒以半個天下相争，故太史公有大文字。

《史記·封禪書》：「周人言方怪者，自萇弘。」此謂旁支，他人文字無此。

《項羽本紀》「當此時，楚兵冠諸侯」，「當此時，趙歇爲王」，二處是旁支，又是總幾段，是水之盤旋而去。

「趙歇爲王」一段，乃是「渡河擊趙，大破之」内開出來的頓掇，如水之瀠而遽縱。

《項羽本紀》「外黄未下」句是頓掇，如人透氣一般。

「當是時，楚兵冠諸侯」句，此處氣頓一頓，又説下去。

「項羽因留，連戰未能下」一句，是頓挫，又承上起下，盤旋如水之瀠洄旁注。

旁支處處皆然，叙事亦多如此。

《封禪書》「有太山」一段，是序事，總五嶽，氣開一開。

《項羽本紀》「吕臣軍彭城東」三句，是鋪張一鋪張程節。

《封禪書》云：「狸首者，諸侯之不來者。」此是訓解。「自未作鄜畤」與「已作鄜畤後」，與下數個「其後」字一般，但又説得好，故圈。

秦時有好文字，故本紀到秦處，便好起了。

古人所謂學問者，只是幾部要緊書讀得了便是。

又評

太史公但若熱鬧處，就露出精神來了。

如今人説評話者然，一拍手又説起，只管任意説去。

如説平話者，到有興頭處，就歌唱起來。

如水平平流去，忽然遇石，激起來。

如兩人説話，堂上忽撞出一人來，即挽入其内。

《史記》如平地忽見高山。

如畫然，聯山斷嶺，峰頭參差。　如地高高下下相因，乃去得長。

《史記》如作游山記然，本是説本處景致，乃云前有某山，後有某水等，乃爲大家文字。他人之文，如臨小畫，非不工緻；子長之文，如畫長江萬里圖。他人文字，一條鞭的。他人文字亦好，但如一個人面目俱完，只無生氣，如我所云云。

又評

孟堅《郊祀志》與《封禪書》兩邊相稱，故人稱「班馬」。

《莊》、《左》如金碧山水，《史記》如清金淡墨。

《史記》好奇，《漢書》冠冕雄渾。自《晉書》以下，其氣輕，不足觀矣。

《史記》五帝、三王本紀零碎，《秦紀》就好起了；蓋秦原有史，故其文字好；《趙世家》文字周詳，亦是趙有史。其他想無全書故也。

《西域傳》就載張騫事，張騫本傳只載詔書。

《屈原傳》因賈誼弔屈原，故誼在後。

凡《史記》好處，諸大家無不知之，歐文尤多得。

吾喜怒哀樂一樣不好，不敢讀《史記》，必讀得來我與《史》一般，乃敢下筆。

讀書如讀項羽垓下之敗，必潸然出涕，乃爲得之。

爲文須要養氣。

《皇甫持正集》目録

第一卷　賦文

《東還賦》《傷獨孤賦》《醉賦》《明分》《公是》《諭業》《出世》《春心》《壽顔子辯》《悲汝南子桑》

第二卷　論序

《夷惠清和論》《編年紀傳論》《東晉元魏正閏論》《孟子荀子言性論》《送丘儒序》《送簡師序》《送孫生序》《送王膠序》《唐故著作佐郎顧況集序》

第三卷　制策

制策一道

第四卷　書

《上江西李大夫書》《論進奉書》《答李生第一書》《第二書》《第三書》《答劉敦質書》

第五卷　記

《朝陽樓記》《枝江縣南亭記》《吉州廬陵縣令廳壁記》《吉州刺史廳壁記》《睦州録事參軍廳壁記》《荆南節度判官廳壁記》

第六卷　雜著

《韓文公神道碑》《韓文公墓誌銘》《廬陵香城寺碣》《護國寺威師碣》《祭柳子厚文》《佷石銘》《讓風》

《簡明目録》云："湜文與李翺同出韓愈，愈文謹嚴而奇崛，翺得其謹嚴，湜得其奇崛，故名亞于愈。元鄭玉顧極詆之，玉在講學之家，尚爲純正，至於文章，未必能見韓門弟子涯涘也。"

《總目提要》云："《皇甫持正集》六卷。唐皇甫湜撰。湜，睦州人，持正其字也。元和元年進士。釋褐爲陸渾尉，仕至工部郎中。卞急使氣，數忤同省，求分司。裴度特愛之，辟爲東都判官。其集《唐志》作三卷。晁公武《讀書志》作六卷，雜文三十八篇，與今本合。《唐書》本傳載湜爲度作光福寺碑文，酣飲援筆立就，度贈車馬繒采甚厚。湜曰：『吾自爲《顧況集序》，未嘗許人。今碑字三千，一字三縑，何遇我薄耶。』高彦休《唐闕史》亦載是碑，並記其字數甚詳。蓋實有是作，非史之謬。然此本僅載況集序，而碑文已佚。即《集古》、《金石》二録已均不載此碑，殆唐末尚存，故彦休得見。五代兵燹，遂已亡失歟。足證此本爲宋人重編，非唐時之舊矣。其文與李翱同出韓愈。翱得愈之醇，而湜得愈之奇崛。其《答李生》三書，盛氣攻辨，又甚於愈。然如《編年》、《紀傳》、《論孟子荀子言性論》，亦未嘗不持論平允。鄭玉《師山遺文》有《與洪君實書》，曰：『所假皇甫集，連日細看，大抵不愜人意。其言語叙次，却是著力鋪排，往往反傷工巧，終無自然氣象。其記文中又多叶韻語，殊非大家數。』云云。蓋講學之家，不甚解文章體例，持論往往如斯，亦不足辨也。集中無詩，洪邁《容齋隨筆》嘗記其《浯溪》一篇，以爲風格無可采。陸游跋湜集，則以爲自是傑作，邁語爲傳寫之誤。今考此詩爲論文而作。李白之「大雅久不作」一篇，蘇軾集之「我雖不工書」一篇，即是此格，安可全詆。游之所辨是也。游集又有一跋，謂司空圖論詩，有『皇甫祠部文集外所作，亦爲遒逸』之語。疑湜亦有詩集。又謂張文昌集無一篇文，李習之集無一篇〔詩〕，皆詩文各爲集之故。其説則不盡然。三人非漠漠無聞之流，果别有詩集，豈有自唐以來都不著録者乎。」

持正《浯溪詩》云：「次山有文章，可惋只在碎。然長於指叙，約潔多餘態。心語適相應，出句多分外。於諸作者間，拔戟成一隊。中行雖富劇，粹美君可蓋。子昂感遇佳，未若君雅裁。退之全而神，上與千載對。李杜才海翻，高下非可概。文於一氣間，爲物莫與大。先王路不荒，豈不仰吾輩。石屏立衙衙，溪口揚素瀨。我思何人知，徙倚如有待。」放翁跋云：「詩在浯溪《中興頌》傍石間。」又跋云：「表聖論詩有曰：『愚嘗覽韓吏部詩，驅駕氣勢，掀雷決電，撐抉于天地之垠，物狀其變，不得鼓舞而徇其呼吸也。其次，皇甫祠部文集外所作，亦爲遒逸，非無意于深密，蓋或未逞爾。』據此，則持正自有詩集孤行。」云云。椿按：放翁宋人，其言或有未盡然者，若表聖唐人，時亦與皇甫相接，稱其詩與韓並，豈可謂全無據依？韓集中尚有《和皇甫補闕陸渾山火》一篇，原詩今不傳，退之肯與酬答，決非浪然者。放翁謂：「表聖直以持正詩配退之，可謂知之。然猶曰未逞深密，非篤論也。予讀之，蓋累嘆云。」

顧寧人《日知録·論文》

文須有益於天下

文之不可絶於天地間者，曰明道也，紀政事也，察民隱也，樂道人之善也，若此者，有益於天下，有益於將來，多一篇多一篇之益矣。若夫怪力亂神之事、無稽之言、勦襲之説、諛佞之文，若此者，有損於己，無益於人，多一篇多一篇之損矣。

文不貴多

二漢文人所著絶少，史於其傳末每云：所著凡若干篇。惟董仲舒至百二十篇，而其餘不過五六十篇，或十數篇，或三四篇。史之録其數，蓋稱之，非少之也。乃今人著作則以多爲富。夫多則必不能工，即工亦必不皆有用於世，其不傳宜矣。

西京尚辭賦，故《漢書·藝文志》所載止詩賦二家，其諸有名文人，陸賈賦止三篇，賈誼賦止七篇，枚乘賦止九篇，司馬相如賦止二十九篇，兒寬賦止二篇，司馬遷賦止八篇，王褒賦止十六篇，揚雄賦止十二篇，而最多者則淮南王賦八十二篇，枚皋賦百二十篇，而於《枚皋傳》云：「皋爲文疾，受詔輒成，故所賦者多。司馬相如善爲文而遲，故所作少而善於皋。皋賦辭中自言爲賦不如相如，其文骫骳，曲隨其事，皆得其意。頗詼笑，不甚閑靡，凡可讀者不二十篇，其尤嫚戲不可讀者，尚數十篇。」是辭賦多而不必善也。東漢多碑誄、書序、論難之文，又其時崇重經術，復多訓詁，凡傳中録其篇數者，四十九人。其中多者如曹褒、應劭、劉陶、蔡邕、荀爽、王逸，各百餘篇。少者盧植六篇，黄香五篇，劉騊駼、崔烈、曹衆、曹朔各四篇，桓彬三篇，而于《鄭玄傳》云：『玄依《論語》，作《鄭志》八篇，所注諸經百餘萬言，通人頗譏其繁。』是解經多而不必善也。

文以少而盛，以多而衰。以二漢言之，東都之文多於西京而文衰矣；以三代言之，春秋以降之文多於六經而文衰矣。如惠施五車，其書竟無一篇傳者。《記》曰：「天下無道，則言有枝葉。」

《隋志》載古人文集，西京惟劉向六卷，揚雄、劉歆各五卷，爲至多矣。他不過一卷二卷，而江左梁簡文帝至八十五卷，元帝至五十二卷，沈約至一百一卷，所謂「雖多，亦奚以爲」？

著書之難

子書自《孟》、《荀》之外，如《老》、《莊》、《管》、《商》、《申》、《韓》，皆自成一家言。至《呂氏春秋》、《淮南子》，則不能自成，故取諸子之言彙而爲書，此子書之一變也。今人書集一一盡出其手，必不能多，大抵如《吕覽》、《淮南》之類耳。其必古人之所未及就，後世之所不可無，而後爲之，庶乎其傳也與？

宋人書如司馬温公《資治通鑑》、馬貴與《文獻通考》，皆以一生精力成之，遂爲後世不可無之書。而其中小有舛漏，尚亦不免。若後人之書愈多而愈舛漏，愈速而愈不傳。所以然者，其視成書太易，而急於求名故也。

伊川先生晚年作《易傳》成，門人請授，先生曰：「更俟學有所進。子不云乎：『忘身之老也，不知年數之不足也。俛焉日有孶孶，斃而後已。』」

直言

張子有云：「民吾同胞。今日之民，吾與達而在上位者之所共也。救民以事，此達而在上位者之責也；救民以言，此亦窮而在下位者之責也。」「天下有道，則庶人不議。」然則政教風俗苟非盡善，即許庶人之議矣。故《盤庚之誥》曰：「無或敢伏小人之攸箴。」而國有大疑，卜諸庶民之從逆。子産不毁鄉校，漢文止輦受言，皆以此也。唐之中世，此意猶存。魯山令元德秀遣樂工數人連袂歌《于蔿》，玄宗爲之感動；白居易爲盩厔尉，作樂府及詩百餘篇，規諷時事，流聞禁中，憲宗召入翰林。亦近于陳列國之風，聽輿人之誦者矣。

詩之爲教，雖主于温柔敦厚，然亦有直斥其人而不諱者。如曰「赫赫師尹，不平謂何」；如曰「赫赫宗周，褒姒滅之」；如曰「皇父卿士，番維司徒，家伯冢宰，仲允膳夫，聚子内史，蹶惟趣馬，楀維師氏，艷妻煽方處」；如曰「伊誰云從，維暴之云」，則皆直斥其官族名字，古人不以爲嫌也。《楚辭・離騷》：「余以蘭爲可恃兮，羌無實而容長。」王逸章句謂：「懷王少弟司馬子蘭。」「椒專佞以慢慆兮」，章句謂：「楚大夫子椒。」洪興祖補注：「《古今人表》有令尹子椒。」如杜甫《麗人行》：「賜名大國虢與秦，慎莫近前丞相嗔。」近於《十月之交》，詩人之義矣。

孔稚珪《北山移文》明斥周顒，劉孝標《廣絶交論》，陰譏到溉，袁楚客規魏元忠有十失之書，韓退之諷陽城作争臣之論，此皆古人風俗之厚。

立言不爲一時

天下之事，有言在一時，而其效見於數十百年之後者。《魏志》：「司馬朗有復井田之議，謂往者以民各有累世之業，難中奪之。今承大亂之後，民人分散，土業無主，皆爲公田，宜及此時復之。」當世未之行也，及拓跋氏之有中原，令户絶者墟宅桑榆盡爲公田，以給授而口分，世業之制自此而起，迄于隋唐守之。《魏書》：「武定之初，私鑄濫惡。齊文襄王議，稱錢一文，重五銖者，聽入市用，天下州鎮郡縣之市各置二稱，懸於市門，若重不五銖，或雖重五銖而雜鉛鑞，並不聽用。」當世未之行也。及隋文帝之有天下，更鑄新錢，文曰「五銖」，重如其文。置樣于關，不如樣者没官銷毁之。而開通元寶之式，自此而凖，至宋時猶仿之。

《唐書》：「李叔明爲劍南節度使，上疏言道佛之弊，請本道定寺爲三等，觀爲二等：上寺留僧二十一，上觀道士十四，每等降殺以七，皆擇有行者，餘還爲民。德宗善之，以爲可行之天下。詔下尚書省議，已而罷之。」至武宗會昌五年，併省天下寺觀，敕上都、東都兩街各留二寺，每寺留僧三十人。天下節度觀察使治所及同、華、商、汝州各留一寺，分爲三等：上等留僧二十人，中等留十人，下等五人，凡毁寺四千六百餘區，歸俗僧尼二十六萬五百人，大秦穆護袄僧二千餘人。而有明洪武中亦稍行其法。《元史》：「京師恃東南運糧，竭民力以航不測。泰定中，虞集建言：『京東數千里，北極遼海，南濱青、齊，萑葦之場，海潮日至，淤爲沃壤，用浙人之法，築堤捍水爲田。聽富民欲得官者，合其衆而授以地：能以萬夫耕者，授以萬夫之田，爲萬夫長；千夫、百夫亦如之。三年視其成，以地之高下定爲徵額；五年有積畜，命以官，就所儲給以禄；十年佩之符印，得以傳子孫，如軍官之法。如此，可以寬東南之運，以紓民力，而遊手之徒皆有所歸。』事不果行。」及順帝至正中，海運不至，從丞相脱脱言，乃立分司農司，於江南召募能種水田及修築圍堰之人各一千名爲農師，歲乃大稔，至今水田遺利猶有存者，而戚將軍繼光復修之薊鎮，是皆立議之人所不及見。而窮則變，變則通，通則久，天下之理固不出乎此也。孔子言「行夏之時」，固不以望之，魯之定、哀，周之景、敬也，而獨以告顏淵。及漢武帝太初之元，幾三百年矣，而遂行之。孔子之告顏淵，告漢武也。孟子之欲用齊也，曰：「以齊王猶反手也，若滕則不可用也。」而告文公之言亦未嘗貶于齊、梁，曰：「有王者起，必來取法。是爲王者師也。」嗚呼，天下之事，有其識者，不必遭其時；而當其時者，或無其識，然則開物之功，立言之用，其可少哉。朱子作《詩傳》，至於秦《黄鳥》之篇，謂其初特出于戎翟之俗，而無明王賢伯以討其罪，於是習以爲常，則雖以穆公之賢而不免，論其事者，亦徒閔三良之不幸，而歎秦之衰。至於王政不綱，諸侯擅命，殺人不忌，至於如此，則莫知其爲非也。歷代相沿，至先朝英廟始革千古之弊。伏讀正統四年六月乙酉書與祥符王有爝曰：「周王薨逝，深切痛悼，其存日嘗奏，葬擇近地，從儉約，以省民力。自妃夫人以下，不必從死。年少有父母者，各遣歸其家。」周憲王諱有燉，所著有《誠齋集》。憲王雖有此命，及薨，妃鞏氏竟自經以殉，謚貞烈，以一品禮葬之。蓋上御極之初，即有感于憲王之奏，而亦朱子《詩傳》，有以發其天聽也。嗚呼，仁哉。

文人之多

唐宋以下，何文人之多也。固有不識經術，不通古今，而自命爲文人者矣。韓文公《符讀書城南詩》曰：「文章豈不貴，經訓乃菑畬。潢潦無根源，朝滿夕已除。人不通古今，馬牛而襟裾。行身陷不義，況望多名譽。」而宋劉摯之訓子孫，每曰：「士當以器識爲先，一號爲文人，無足觀矣。」然則以文人名于世，焉足重哉。此揚子雲所謂「摭我華，而不食我實」者也。

黄魯直言：「數十年來，先生君子但用文章提奬後生，故華而不實。」本朝嘉靖以來亦有此風，而陸文裕深所記劉文靖健告吉士之言，空同大以爲不平矣。見《停驂録》。

《宋史》言：歐陽永叔與學者言，未嘗及文章，惟談吏事。謂文章止於潤身，政事可以及物。

巧言

《詩》云：「巧言如簧，顔之厚矣。」而孔子亦曰：「巧言令色，鮮矣仁。」又曰：「巧言亂德。」夫巧言不但言語，凡今人所作詩賦、碑狀，足以悦人之文，皆巧言之類也。不能不足以爲通人，夫惟能之而不爲，乃天下之大勇也，故夫子以剛毅木訥爲近仁。學者所用力之途，在此不在彼矣。

天下不仁之人有二：一爲好犯上、好作亂之人，一爲巧言令色之人。自幼而不孫弟，以至於弑父與君，皆好犯上、好作亂之推也。自脅肩諂笑，未同而言，以至於苟患失之，無所不至，皆巧言令色之推也。然而二者之人，常相因以立於世。有王莽之簒弑，則必有揚雄之《美新》；有曹操之禪代，則必有潘勗之《九錫》。《世説》言潘元茂作魏公册命，人謂與訓誥同風。是故亂之所由生也，犯上者爲之魁，巧言者爲之輔。故大禹謂之巧言令色孔壬，而與驩兜、有苗同爲一類。甚哉其可畏也。穆王作《冏命》曰：「無以巧言令色，便辟側媚。」然則學者宜如之何？必先之以孝弟，以消其悖逆陵暴之心；繼之以忠信，以去其便辟側媚之習。使一言一動，皆出於其本心，而不使不仁者加乎其身，夫然後可以修身而治國矣。記者於《論語》之首，而列有子、曾子之言。所以補夫子平日所未及。其間次序，亦不爲無意。

世言魏忠賢初不知書，而口含天憲，則有一二文人代爲之。《後漢書》言梁冀裁能書計，其誣奏太尉李固時，扶風馬融爲冀章草。《唐書》言李林甫自無學術，僅能秉筆，而郭慎微、苑咸，文士之闒茸者代爲題尺。又言高駢上書，肆爲醜悖，脅邀天子，而吴人顧雲以文辭緣澤其姦。《宋史》言章惇用事，嘗曰：「元祐初，司馬光作相，用蘇軾掌制，所以能鼓動四方。」乃使林希典書命，逞毒于元祐諸臣。嗚呼，何代無文人，有國者不可不深惟華實之辨也。

文辭欺人

古來以文辭欺人者，莫若謝靈運，次則王維。靈運後先矛盾，史臣書之以逆，不爲苛論。維言清行濁，文墨交遊之士多護之，如杜甫謂之「高人王右丞」，天下有高人而仕賊者乎？今有顛沛之餘，投身異姓，至擯斥不容，而後發爲忠憤之論，與夫名汙僞籍而自托乃心，比於康樂、右丞之輩，吾見其愈下矣。末世人情彌巧，文而不慚，固有朝賦《采薇》之篇，而夕赴僞廷之舉者。苟以其言取之，則車載魯連，斗量王蠋矣。曰：是不然，世有知言者出焉，則其人之真僞，即以其言辨之，而卒莫能逃也。《黍離》之大夫，始而摇摇，中而如噎，既而如醉，無可奈何，而付之蒼天者，真也；汨羅之宗臣，言之重，辭之複，心煩意亂，而其詞不能以次者，真也；栗里之徵士，淡然若忘於世，而感憤之懷有時不能自止，而微見其情者，真也。其汲汲於自表暴而爲言者，僞也。《易》曰：「將叛者其辭慚，中心疑者其辭枝，失其守者其辭屈。」《詩》曰：「盜言孔甘，亂是用啖。」夫鏡情僞，屏盜言，君子之道，興王之事，莫先乎此。

修辭

典謨、爻象，此二帝三王之言也。《論語》、《孝經》，此夫子之言也。文章在是，性與天道亦不外乎是。故曰：有德者必有言。善乎，游定夫之言曰：「不能文章而欲聞性與天道，譬猶築數仞之牆，而浮埃聚沫以爲基，無是理矣。」後之君子，于下學之初即談性道，乃以文章爲小技，而不必用力。然則夫子不曰「其旨遠，其辭文」乎？不曰「言之無文，行而不遠」乎？曾子曰：「出辭氣，斯遠鄙倍矣。」嘗見今講學先生從語録入門者，多不善於修辭，或乃反子貢之言以譏之曰：「夫子之言性與天道可得而聞，夫子之文章不可得而聞也。」

楊用修曰：「文，道也；詩，言也。語録出而文與道判矣，詩話出而詩與言離矣。」

自嘉靖以後，人知語録之不文，於是王元美之《札記》、范介儒之《膚語》，上規子雲，下法文中，雖所得有淺深之不同，然可謂知言者矣。

文人摹仿之病

近代文章之病，全在摹仿，即使逼肖古人，已非極詣，況遺其神理而得其皮毛者乎。且古人作文，時有利鈍，梁簡文《與湘東王書》云：「今人有效謝康樂、裴鴻臚文者，學謝則不屆其精華，但得其冗長；師裴則蔑棄其所長，惟得其所短。」宋蘇子瞻云：「今人學杜甫詩，得其粗俗而已。」葉水心言：「慶曆、嘉祐以來，天下以杜甫爲師，始黜唐人之學，謂之江西宗派。」金元裕之詩云：「少陵自有連城璧，争奈微之識碔砆。」夫文章一道，猶儒者之末事，乃欲如陸士衡所謂「謝朝華於已披，啓夕秀於未振」者，今且未見其人，進此而窺著述之林，益難之矣。

洪氏《容齋隨筆》曰：「枚乘作《七發》，創意造端，麗辭腴旨，上薄騷些，故爲可喜。其後繼之者如傅毅《七激》、張衡《七辯》、崔駰《七依》、馬融《七廣》、曹植《七啓》、王粲《七釋》、張協《七命》之類，規仿太切，了無新意。傅玄又集之，以爲《七林》，使人讀未終篇，往往棄之几格。柳子厚《晉問》乃用其體，而超然别立機杼，激越清壯，漢晉諸文士之弊於是一洗矣。東方朔《答客難》，自是文中傑出，揚雄擬之，爲《解嘲》，尚有馳騁自得之妙，至於崔駰《達旨》，班固《賓戲》，張衡《應間》，皆章摹句寫，其病與《七林》同。及韓退之《進學解》出，於是一洗矣。」其言甚當，然此以辭之工拙論爾，若其意則總不能出於古人範圍之外也。如揚雄擬《易》而作《太玄》，王莽依《周書》而作《大誥》，皆心勞而日拙者矣。《世説》王隱論揚雄《太玄》雖妙非益也，古人謂之屋下架屋。

《曲禮》之訓「毋剿説，毋雷同」，此古人立言之本。

文章繁簡

韓文公作《樊宗師墓銘》曰：「維古於辭必己出，降而不能乃剽賊，後皆指前公相襲，從漢迄今用一律。」此極中今人之病。若宗師之文，則懲時人之失而又失之者也。如《絳守居園池記》以東西二字平常，而改爲甲辛，殆類吴人之呼庚癸者矣。作書須注，此自秦漢以前可耳；若今日作書而非注不可解，則是求簡而得繁，兩失之矣。子曰：「辭達而已矣。」胡纘宗修《安慶府志》，書正德中劉七事，大書曰：「七年閏五月，賊七來寇江境。」而分注於賊七之下曰：「姓劉氏。」舉以示人，無不笑之。不知近日之學爲秦漢文者，皆賊七之類也。

辭主乎達，不論其繁與簡也，繁簡之論興，而文亡矣。《史記》之繁處必勝於《漢書》之簡處。

《容齋隨筆》論《衛青傳》封三校尉語，《史記》勝《漢書》處語，正不獨此也。《新唐書》之簡也，不簡于事而簡于文，其所以病也。椿按，此論尚未盡然。「時子因陳子而以告孟子，陳子以時子之言告孟子」，此不須重見而意已明。「齊人有一妻一妾而處室者，其良人出，則必饜酒肉而後反。其妻問所與飲食者，則盡富貴也，其妻告其妾曰：『良人出，則必饜酒肉而後反。問其與飲食者，盡富貴也，而未嘗有顯者來。吾將瞷良人之所之也。』」「有饋生魚于鄭子產，子產使校人畜之池。校人烹之，反命曰：『始舍之，圉圉焉，少則洋洋焉，悠然而逝。』子產曰：『得其所哉？得其所哉。』校人出，曰：『孰謂子產智？予既烹而食之，曰：得其所哉，得其所哉。』」此必須重疊而情事乃盡，此孟子文章之妙。使入《新唐書》，于齊人則必曰「其妻疑而瞷之」，於子產則必曰「校人出而笑之」，兩言而已矣，是故辭主乎達，不主乎簡。

劉器之曰：「《新唐書》叙事好簡略其辭，故其事多鬱而不明，此作史之病也。且文章豈有繁簡邪？昔人之論謂如風行水上，自然成文；若不出於自然，而有意于繁簡，則失之矣。當日《進新唐書表》云：『其事則增於前，其文則省於舊。』《新唐書》所以不及古人者，其病正在此兩句也。」椿案，此論固然，但子京改駢偶爲單行，其功實不細，否則如《史通》所訶八書二史之弊，正爲《舊書》而設，苟非新史，更何以革其弊邪？若夫事增文省，昔人謂惟《資治通鑑》足以當之，然後人推求，亦有未盡滿意者。信乎，著述之難也。

《黄氏日鈔》言：「蘇子由《古史》，改《史記》多有不當。如《樗里子傳》，《史記》曰：『母，韓女也。樗里子滑稽多智。』《古史》曰：『母，韓女也，滑稽多智。』似以母爲滑稽矣，然則『樗里子』三字其可省乎？《甘茂傳》，《史記》曰：『甘茂者，下蔡人也。事下蔡史舉，學百家之説。』《古史》曰：『下蔡史舉學百家之説。』似史舉自學百家矣，然則『事』之一字其可省乎？以是知文不可以省字爲工，字而可省，太史公省之久矣。」

文人求古之病

《後周書·柳虯傳》：「時人論文體有今古之異，虯以爲時有今古，非文有今古。」此至當之論。夫今之不能爲二《漢》，猶二《漢》之不能爲《尚書》、《左氏》。乃剿取《史》、《漢》中文法以爲古，甚者獵其一二字句，用之于文，殊爲不稱。元阿魯圖《進宋史表》曰：「且辭之繁簡以事，而文之今古以時。」蓋用柳虯之語。

以今日之地爲不古，而借古地名；以今日之官爲不古，而借古官名；舍今日恒用之字，而借古字之通用者，皆文人所以自蓋其俚淺也。

《唐書》：鄭餘慶奏議類用古語，如「仰給縣官」、「馬萬蹄」，有司不曉何等語，人訾其不適時。

宋陸務觀《跋前漢通用古字韻》曰：「古人讀書多，故作文時偶用一二古字，初不以爲工，亦自不知孰爲古、孰爲今也。近時乃或鈔掇《史》、《漢》中字入文辭中，自謂工妙，不知有笑之者。偶見此書，爲之太息，書以爲後生戒。」

元陶宗儀《輟耕録》曰：「凡書官銜，俱當從實，如廉訪使、總管之類，若改之曰『監司』、『太守』，是亂其官制，久遠莫可考矣。」

于慎行《筆麈》曰：「《史》、《漢》文字之佳，本自有在，非謂其官名、地名之古也。今人慕其文之雅，往往取其官名、地名以施於今，此應爲古人笑也。《史》、《漢》之文，如欲復古，何不以三代官名，施於當日，而但記其實邪？文之雅俗固不在此，徒混淆失實，無以示遠，大家不爲也。予素不工文辭，無所模擬，至於名義之微，則不敢苟。尋常小作，或有遷就，金石之文，斷不敢於官名、地名以古易今。前輩名家亦多如此。」椿案：明季之文，患于僞古。近日之文，患于過俚。其爲不能雅馴，則一也。

古人集中無冗複

古人之文，不特一篇之中無冗複也，一集之中亦無冗複。且如稱人之善，見於祭文，則不復見於誌；見於誌，則不復見於他文。後之人讀其全集，可以互見也。又有互見於他人之文者，如歐陽公作《尹師魯誌》，不言近日古文自師魯始，以爲范公祭文已言之，可以互見，不必重出。

蓋歐陽公自信己與范公之文並可傳於後世也，亦可以見古人之重愛其言也。

劉夢得作《柳子厚文集序》云：「凡子厚名氏與仕與年暨行己之大方，有退之之誌若祭文在。」又可見古人不必其文之出於己也。

書不當兩序

《會試録》、《鄉試録》主考試官序其首，副主考序其後，職也。凡書亦猶是矣。且如國初時，府州縣志書成，必推其鄉先生之齒尊而有文者序之，不則官於其府州縣者也。請者必當其人，其人亦必自審其無可讓而後爲之。官於是者，其文優，其於是書也有功，則不讓於鄉矣。鄉之先生，其文優，其於是書也有功，則官不敢作矣。義取於獨斷，則有自爲之而不讓於鄉與官矣。凡此者，所謂職也。故其序止一篇，或别有發明，則爲後序。亦有但紀歲月而無序者。今則有兩序矣，有累三四序而不止者矣。兩序非體也，不當其人非職也，世之君子不學而好多言也。

凡書有所發明，序可也；無所發明，但紀成書之歲月可也。人之患在好爲人序。

唐杜牧《答莊充書》曰：「自古序其文者，皆後世宗師其人而爲之。今吾與足下並生今世，欲序足下未已之文，固不可也。」讀此言，今之好爲人序者可以止矣。

婁堅《重刻元氏長慶集序》曰：「序者，叙所以作之旨也。蓋始于子夏之序《詩》，其後劉向以校書爲職，每一編成，即有序，最爲雅馴矣。左思賦三都成，自以名不甚著，求序於皇甫謐。自是綴文之士，多有托於人以傳者，皆汲汲於名，而惟恐人之不吾知也。至於其傳既久，刻本之存者，或漫漶不可讀，有繕寫而重刻之，則人復序之，是宜敘所以刻之意可也。而今之述者非追論昔賢，妄爲優劣之辨，即過稱好事，多設遊揚之詞，皆我所不取也。」讀此言，今之好爲古人文集序者，可以止矣。

古人不爲人立傳

列傳之名始于太史公，蓋史體也。不當作史之職，無爲人立傳者。故有碑、有誌、有狀而無傳。梁任昉《文章緣起》言傳始於東方朔作《非有先生傳》，是以寓言而謂之傳。《韓文公集》中傳三篇：《太學生何蕃》、椿案，此微誤。韓集作《書何蕃》，編集者歸之傳類耳。《圬者王承福》、《毛穎》。又有《下邳侯革華傳》，是僞作。《柳子厚集》中傳六篇：《宋清》、《郭橐駝》、《童區寄》、《梓人》、《李赤》、《蝜蝂》。《何蕃》僅采其一事而謂之傳；王承福之輩皆微者，而謂之傳；《毛穎》、《李赤》、《蝜蝂》，則戲耳，而謂之傳。蓋比於稗官之屬耳。若段太尉，則不曰傳，曰逸事狀，子厚之不敢傳段太尉，以不當史任也。自宋以後，乃有爲人立傳者，侵史官之職矣。

《太平御覽》書目，列古人別傳數十條，謂之別傳，所以別于史家。

誌狀不可妄作

誌狀在文章家爲史之流，上之史官，傳之後人，爲史之本。史以記事，亦以載言。故不讀其人一生所著之文，不可以作；其人生而在公卿大臣之位者，不悉一朝之大事，不可以作；其人生而在曹署之位者，不悉一朝之掌故，不可以作。今之人未通乎此，而妄爲人作誌；史家又不考而承用之，是以牴牾不合。子曰：「蓋有不知而作之者。」其謂是與？

名臣碩德之子孫，不必皆讀父書；讀父書者，不必能通有司掌故。若夫爲人作誌者，必一時文苑名士，乃不能詳究，而曰：「子孫之狀云爾，吾則因之。」夫大臣家可有不識字之子孫，而文章家不可有不通今之宗匠，乃欲使籍談、伯魯之流爲文人任其過。嗟乎，若是則盡天下而文人矣。

作文潤筆

蔡伯喈集中爲時貴碑誄之作甚多，如胡廣、陳寔各三碑，橋玄、楊賜、胡碩各二碑，至於袁滿來年十五、胡根年七歲，皆爲之作碑。自非利其潤筆，不至爲此，史傳以其名重，隱而不言耳。文人受賕，豈獨韓退之諛墓金哉。韓事載《新唐書》，采李商隱《記齊魯二生》。

《司空圖傳》言：「隱居中條山，王重榮父子雅重之，數饋遺，弗受。嘗爲作碑，贈絹數千，圖置虞鄉，市人得取之，一日盡。」既不有其贈，而受之，何居？不得已也，是又其次也。

文非其人

《元史》：「姚燧以文就正于許衡，衡戒之曰：『弓矢爲物，以待盜也，使盜得之，亦將待人。文章固發聞士子之利器，然先有能一世之名，將何以應人之見役者哉？非其人而與之，與非其人而拒之，均罪也，非周身斯世之道也。』」吾觀前代馬融，懲于鄧氏，不敢復違忤勢家，遂爲梁冀草奏李固，又作《大將軍西第頌》，以此頗爲正直所羞。徐廣爲祠部郎時，會稽王世子元顯録尚書，欲使百僚致敬臺内，使廣立議，由是内外並執下官禮，廣常爲愧恨。陸游晚年再出，爲韓侂胄撰《南園》、《閲古泉記》，見譏清議。朱文公嘗言其「能太高，跡太近，恐爲有力者所牽挽，不得全其晚節」。是皆非其人而與之者也。夫禍患之來，輕於耻辱，必不得已，與其與也寧拒。至乃儉德含章，其用有先乎此者，則又貴知微之君子矣。

少年未達，投知求見之文亦不可輕作。《韓昌黎集》有《上京兆尹李實書》，曰：「愈來京師，於今十五年。所見公卿大臣不可勝數，皆能守官奉職，無過失而已。未見有赤心事上，憂國如家如閣下者。今年以來，不雨者百有餘日，種不入土，野無青草，而盜賊不敢起，穀價不敢貴，百坊、百二十司、六軍、二十四縣之人，皆若閤下親臨其家，老姦宿贓，銷縮摧沮，魂亡魄喪，影滅跡絶，非閤下條理鎮服，布宣天子威德，其何能及此。」至其爲《順宗實録》，書貶京兆尹李實爲通州長史，則曰：「實諂事李齊運，驟遷至京兆尹，恃寵强愎，不顧文法。是時春夏旱，京畿乏食，實一不以介意，方務聚斂徵求，以給進奉。每奏對輒曰：『今年雖旱，而穀甚好。』由是租税皆不免，人窮至壞屋賣瓦木、貸麥苗以應官。陵轢公卿已下，隨喜怒，誣奏遷黜，朝廷畏忌之。嘗有詔免畿内逋租，實不行，用詔書徵之如初，勇於殺害，人吏不聊生。至譴，市里歡呼，皆袖瓦礫遮道伺之，實由間道獲免。」與前所上之書，迥若天淵矣。《鶴林玉露》摘此爲疑。豈非少年未達，投知求見之文，而不自覺其失言者邪？後之君子，可以爲戒。

假設之辭

古人爲賦，多假設之辭。序述往事，以爲點綴，不必一一符同也。子虚、亡是公、烏有先生之文，已肇始於相如矣。後之作者實祖此意，謝莊《月賦》「陳王初喪應、劉，端憂多暇」，又曰「抽毫進牘，以命仲宣」。按王粲以建安二十一年從征吴，二十二年春道病卒。徐、陳、應、劉一時俱逝，亦是歲也。至明帝太和六年，植封陳王，豈可掎摭史傳，以議此賦之不合哉？庾信《枯樹賦》既言殷仲文出爲東陽太守，乃復有桓大司馬，亦同此例。仲文爲桓玄侍中，桓大司馬則玄之父温也。此乃因殷仲文有「此樹婆娑」之言，桓玄子有「木猶如此」之歎，遂以二事湊合成文。而《長門賦》所云，陳皇后復得幸者，亦本無其事。俳諧之文，不當與之莊論矣。《長門賦》乃後人託名之作，相如以元狩五年卒，安得言孝武皇帝哉？

陳后復幸之云，正如馬融《長笛賦》所謂「屈平適樂國，介推還受禄」也。

古文未正之隱

陸機《辨亡論》，其稱晉軍，上篇謂之「王師」，下篇謂之「彊寇」。

文信國《指南録序》中「北」字皆「鹵」字也。後人不知其意，不能改之，謝皋羽《西臺慟哭記》，本當云「文信公」，而謬云「顔魯公」，本當云「季宋」，而云「季漢」。凡此皆有待于後人之改正者也。胡身之注《通鑑》，至二百八十卷，石敬瑭以山後十六州賂契丹之事，而云「自是之後，遼滅晉，金破宋」，其下闕文一行，謂蒙古滅金取宋，一統天下，而諱之不書，此有待于後人之補完者也。漢人言《春秋》所貶損大人、當世君臣有威權勢力者，其事皆見於書，《漢書·藝文志》。故定、哀之間多微詞矣，況于易姓改物，制有華夏者乎？孟子曰：「不知其人可乎？是以論其世也。」習其讀而不知，無爲貴君子矣。

鄭所南《心史》書文丞相事，言公自序本末，未有稱彼曰「大國」、曰「丞相」，又自稱「天祥」，皆非公本語，舊本皆直斥彼酋名。然則今之集本或皆傳書者所改。

《金史·紇石烈牙吾塔傳》「北中亦遣唐慶等往來議和」,《完顔合達傳》「北中大臣以輿地圖指示之」,《完顔賽不傳》「按春自北中逃回」。「北中」二字不成文,蓋「鹵中」也,修史者仍金人之辭未改。《晉書》劉元海、石季龍,作史者自避唐諱,後之引書者,多不知而襲之,惟《通鑑》並改從本名。

胡石莊《繹志·文章篇》

古者登高能賦，山川能告，師旅能誓，喪紀能誄，作器能銘，皆可以爲大夫。鄙陋無文者，君子所羞也。然文章之士易爲虛華，以天下國家爲説者，不過託諸空言，以窮神知化爲説者，往往涉於玄虛，其餘雕蟲篆刻，益無足取。故聖人以艮之篤實，加乎離之明照，而著文明以止之義，所以節其繁縟，不以奇淫蕩士，君子之心也。賁之六爻，文所取則，位之高下，年之蚤暮，其象皆具焉。初九者，位之卑，而年之稚也。自賁于下，不求衆見，弢光匿采，使人不得窺其際，有舍車而徒之象，文之始也。由是而往，則自内達外，從己及人之業。六二，下位之主也。主持文柄于下者，當率其疇類，相與洗滌昏翳，使文明之美，宣映天下。若但私己自旌，則胸次湫隘，亦不得謂文矣。九三之位漸尊，是大臣表儀朝端，對揚休命，操持衡鑒，風化天下者也。萬象鼓舞，入有名之地；五音繁會，出無聲之境。所謂以潤澤光天下也。又恐狃于淺近，則爲日昃之離，故以久道進之。六四，近君者也。近君之人，不第以文采爲工，人望之賁如矣，自處覺皤如也，亟求下位之賢，相助爲理，則文章之事，不必自我優爲，而應務有餘矣。六五者，人君之文也。人君之文與臣下不同，不患不極文章之觀，又以敦本尚實爲得其體，恤人出于至誠，行道本于人情，自作元命，延利萬世，帝王之文也。上九者，位之極，年之耆也，不與後進之士矜其鞶帨，反本還樸，歸于無色。猶夫山之高大，不過土石爲質，然而煙雲萬狀，潤澤千里，蓋以義理宏深，識力堅定，是非明確，成敗周知。所以爲文不在光耀，而在篤實。故曰上九，白賁無咎也。君子有賢人之德，而位在人下，無所施其才智，于以修潔其身，洗濯其心；有賢人之德，而位在人上，内順外温，通萬物之理，于以徵諸威儀，發諸事業，誠在中者氣自和，德之盛者器必重，内之文也。敬之所在，必將以禮，禮之所行，必有其物外之文也。至精則光采四照，至粹則温潤可親，文之至者也。君子爲文，仁人之心也，智士之用也，言之所是，後人因之，可以治安天下；言之所非，後人引之，可以判斷大獄。其盛大也，若天地之發生茂育，無不遂也。其藴蓄也，若萬物之收斂歸藏，無不密也。文以相錯而成，其失也多智而雜，惟君子能不雜。文以悦人，則近于佞；以勝人，則近于藝。惟君子能不佞與不藝也。君子者，四德具焉者也，憂世以爲心，善世以爲法，扶世以爲儀，導世以爲則，懇懇乎懼人之不聞道也，惻惻乎其與人以生也，皇皇焉其拯人于危險也，望望焉其思古而復也，是憂世之心也。彌綸天地之道，考鏡得失之林，志在《春秋》，行在《尚書》，節族明而統紀詳，是善世之法也。以正人心爲本，以廣教化爲務，諄切豈弟，如檃栝礲錯之裁成乎物，是扶世之儀也。緼乎其益人也，憬乎其益己也，井井乎其有終始本（志）〔末〕也，昭乎其繼天立極也，是道世之則也。小人反是，縱橫滑澤而不由中，態色淫志而不入道，希通慕曠而不蹠實，旁引稗乘而不徵義，爲害而已矣。尊四德，屏四害，爲文之善者也。文章之美可稱于天下，不可進于人主之前，不足言文也。興王之治有可訓法者，亡國之政有可救敗者，君子爲之，盡己而極慮焉。水行者表深，陳其失道，所以表深也。助獵者表禽，示以良法，所以表禽也。辯論義理，析而精之，以進善于所尊，禁于未然，助之補過，可以取泰于否，易昏以明，亦足當忠臣之諫矣。即器物而銘之，切而不指，勤而不怒，有恐懼之心焉，亦足當夜諷之職矣。章奏對答，所以垂法制也。反復開導之端，見諸説中；温柔敦厚之氣，溢諸言外。所言萬世之害也。得其説而反之，即萬世之利也。是以文之善者，五禮資之成象，六典因之致用，君臣所以炳焕，軍國所以昭明，讀之端莊，味之和平，道義之心，油然生矣。其不善者，視之則芬葩，按之則羡漫，讀之而躁競，味之而傾側，非辟之心，勃然起矣。好異者識不周也，好博者理未富也，好新者間未融也，好難者趨未定也，好侈者守未卓也。若夫詖詞忒志，慆心蕩耳，仁義微焉，法度淈焉，連篇累牘，無尺寸之用，譬指虚囷以求粟，張敝羅而弋鳥，有損無益者，聖王所禁也。文可懸國門，不可進黼扆，君子不爲也。昔之爲文者衆矣，吾安所取正乎？屈原有取焉，繾綣惻怛，不能自已之意，有以增三綱五常之重也；陸大夫有取焉，奉詔著書，明乎秦所以失，漢所以得，文武並用，長治久安之術，班固贊高祖，與蕭何律令、張蒼章程並稱也；賈誼有取焉，深謀遠慮，異世舉而行之，可以弭天下大患；陸贄有取焉，武夫悍卒，得其一言，作忠勇之氣，而濟人主于艱難；董仲舒有取焉，明王道，述禮樂，使後學有所統壹；徐幹有取焉，治心養性，能不悖于理，其得于内者，又能信而充之，以想見其爲人，其所是非，則託古人以見意，當時無所褒貶；劉向有取焉，《説苑》可以輔教也；韓愈有取焉，以六經之文爲諸儒倡，隄障末流，反刓以璞，剖僞以真也；陶徵士有取焉，馳競之情遣，鄙吝之意消，亦有助于風世也。至誼與贄，論天下未然之事，有如數往，斯其尤善者與。以下論詩不録。

伯子論文

寧都魏際瑞善伯

詩文不外情、事、景，而三者情爲本，然置頓不得法，則情爲章句所匿，尤貴善養其氣。故無窘窒懈累之病。古人爲文，雖有偉詞俊語，亦删而舍之者，正恐累氣而節其不勝也。收結恒須緊束，或故爲散弛懈緩者，亦如勞役之際，閉目偃倚，乃不至於困竭也。

孟浩然「氣蒸雲夢澤，波撼岳陽城」，杜工部「吴楚東南坼，乾坤日夜浮」，力量氣魄，已無可加。而孟則繼之曰「欲濟無舟楫，端居耻聖明」，杜則繼之曰「親朋無一字，老病有孤舟」，皆以索莫幽眇之情，攝歸至小。兩公所作，不謀而合，可見文章有法。若更求博大高深者以稱之，必無可稱而力竭反蹶，無完詩矣。咏物專事刻畫，即事極力鋪叙，是皆不可以語詩也。

人之爲人，有一端獨至者，即生平得力所在。雖曰一端，而其人之全體著矣。小疵小癖，反見大意，所謂頰上三毫，眉間一點是也。今必合衆美以譽人，而獨至者反爲浮美所掩。人精神聚於一端，乃能獨至，吾之精神，亦必聚於此人之一端，乃能寫其獨至。太史公善識此意，故文極古今之妙。

文章首貴識，次貴議論，然有識則議論自生，有議論則文章不能自已。何者？人得一見，必伸其説，發之未罄，説必不得止也。夫忿怒冤抑之意積于中，則慷慨激烈之言，沛然而莫禦。作文而憂詞之不足，皆無識之病耳。

古人文字，有累句、澀句、不成句處而不改者，非不能改也。改之或傷氣格，故寧存其自然。名帖之存敗筆，古琴之仍焦尾是也。昔人論《史記・張蒼傳》，有「年老口中無齒」句，宜删曰「老無齒」；《公羊傳》「齊使跛者逆跛者，秃者逆秃者，眇者逆眇者」，宜删云「各以類逆」。簡則簡矣，而非公羊、史遷之文，又于神情特不生動。知此説者，可悟存瑕之故矣。

文章有宜簡者，《孟子》「河東凶亦然」是也。有不宜簡者，「今王鼓樂于此」、「先生以利説秦楚之王」是也。鼓樂者憂喜不同情，説秦楚者義利不同效，情相比而苦樂著，效相較而利害明。兩軍相遇，將卒各鬥也。移民移粟，述事而已。事止語畢，複則無味也。又有宜簡而不得不詳者，如《舜典》「二月東巡狩，五月南，八月西，十一月朔」，典例所存，四時四方，不可偏廢也。禮制皆同，不煩重叙，而約之曰「如岱禮」，變之曰「如初」，又變之曰「如西禮」，委宛屈軼，斐然成章也。文有自然之情，有當然之理，情著爲狀，理著爲法，是斷然而不容穿鑿者也。

「不患寡而患不均，不患貧而患不安」，兩句起也；「均無貧，和無寡，安無傾」，却三句結。《都人士》詩五章，卒章曰「匪伊垂之，帶則有餘。匪伊卷之，髮則有旟」，單承第四章「垂帶而厲」、「卷髮如蠆」作結。《采緑》卒章「其釣維何」亦單承三章「之子于釣」半段作結。今之人，則缺一不可也。

文章必有所以然處，所以然處在文章之意。然非謂文章以忠孝爲意，便處處應接忠孝。蓋幾微之先，精神眼光興會有獨得一處者，故言忠孝，反不必斤斤忠孝之言。人之感之，無往而非忠孝也。文章有耿疢在心，不可舉以示人，並不即能自喻者，正其所以然處。得此而情境所發，蓋亦不可窮矣。

作文貴有本心、有良心。本心者，不自爲支離，不因境苟且是也。良心者，不任意狂恣，不矯誣奪理是也。不深原道情，則不可以爲體；不更歷世情，則不可以爲用。不入於法，則散亂無紀；不出於法，則拘迂而無以盡文章之變。

文章有衆人下手而我偏下手者，有衆人下手而我不下手者，然二者之中，則難易存焉矣。

詩文句句要工，便不在行。

小題大做，是俗人得意及枯窘人躲閃捷徑。

善改者不如善删，善取者不如善舍。

南曲如抽絲，北曲如輪鎗。南曲如南風，北曲如北風。南曲如酒，北曲如水。南曲如六朝，北曲如漢魏。南曲自然者，如美人淡妝素服，文士羽扇綸巾；北曲自然者，如老僧世情物價，老農晴雨桑麻。南曲情聯，北曲勢斷。南曲圓滑，北曲勁澀。南曲柳顫花摇，北曲水落石出。南曲如珠落玉盤，北曲如金戈鐵馬。若貴堅重，賤輕浮，尚精緊，卑流蕩，喜乾净，厭煩碎，愛老成，黜柔弱，取大方，棄鄙巧，求藴藉，忌粗率，則南北所同也。北曲步步撟高，南曲層層轉落。北曲枯折見媚，南曲宛轉歸正。北曲似粗而深厚，南曲似柔而筋節。北白似生似呆，南白貴温貴雅。北白或過文、或眼目、或案斷，南白有穿插、有挑撥、有埋伏。北白冗則極冗，簡則極簡；南白停匀而已。作詩題難于詩，作曲白難于曲。

文章大意大勢，正如霧中之山，雖未分明，而偏全正側，胚胎已具。作者保此意勢，經營出之，便與初情相肖。若另結構，未免刓員方竹也。

有出口條理，而出手無緒者，便可以出口爲畫家朽筆，此法至捷而妙。

粗做到細，細做到粗，文章定妙。

畫家醜須極醜，容不得一筆俊，俊亦不容一醜，文章亦然。

用故事須如訟人告干證，又如一花一石，偶然安放，否則窮人補衣，但貼上一塊而已。

絶句本截律詩，然讀首一句即知是絶是律。律詩首句，每有端凝浩瀚巍峨之意。絶詩首句，多帶輕利。文章各有胚胎，非加減舒緘可得而成也。

識得呆意、撤奸意，可作樂府。

古人詩文，我有力量，不忌數行直寫，若規倣其詞格，苟非市井即小兒耳。

近聽而震耳者，鐘不如鑼，馮夷大砲，不如行營小銃。然鐘砲聞數十里，鑼與小銃不及半而寂然矣。浮急之聲，躁急而無力。凡叩而即鳴，鳴而即轉者，皆力量氣魄，不足以自持也。文章大家小家之辨如此。

古人嘗有不通處，正古人大通處。如孟子謂「孟施舍似曾子」，朱子注《白駒》詩「嘉客，猶逍遥也」之類。不必斤斤，得其意、識其事而已矣。今人嘗有大通處，正今人不通處。如謂五經相通，及稱詩史之類。牽强附會，苟爲同，矯爲異而已矣。

仙人之術，何難治疾，而鐵拐之像，至今跛足，蓋不必諱其本質也。鳥獸草木之怪，變化無端，要不離其本形，以爲變化。如馬精面長，蜂精腰瘦之類。蓋離本質，即非此怪矣。古文大家，各不諱其偏弊，故足自成一家。

字有不老不馴不雅必不可用者，亦有改句中他字，而此字即老即雅馴者。

作文如作癭瓢藤杖，本色不離一毫，水磨又極精細。止任元樸者，粗惡不堪；專事工夫者，矯揉無味也。

讀書有死工夫，無活工夫。通而至於不通，將大通矣；熟而至於不熟，將極熟矣。通者之熟易于忘，而不通者不忘，明者錯于歧路而瞽者勿錯也。作文流便而至於矜慎，不改而至于能改，甚或闔窒而終不能作，蓋非苟然而至于斯境也。斯文未善，作之至再或至十焉，他所作者，無弗善也。故曰：識得一，萬事畢，專而攻一，其一必破，不破而置之。謂置此而别攻。百攻焉而不破也。謂攻百物，不能破一。攻其難，易者無足攻矣。

文有大佳而可謂大不通者，不知體者也。刑官榜示獄卒者，有「郭井之魂、鵠亭之骨、齊車之矢、姚宫之針」，爲語非不典麗，而要非獄卒所能解矣。

本欲提起至天，力量不足，便須塌地放倒。若只提至半天，神力氣格俱敗矣。善唱者知此理。轉折句太多，文反不得員動。

凡〔人〕〔文〕須有主意而作，無謂之文，如庸人傳誌祭文之類。尤不可不另立主意議論，似借此人事實，點綴吾文，雖不臻妙，亦能鋪叙終篇，成一體段，否則支吾補綴，立自躓矣。

文主於意，而意多亂文。議論主於事，而事雜亂議。然亦有意多事雜之文，必有法以束之，不然則如蒙師離塾，叫喊跳蕩，闃然一屋矣。

文有四說，一曰說，一曰不說，一曰說而不說，一曰說而又說。

王文恪公鏊《五湖記》規矩整齊，步武不失。《七十二峰記》，局勢鬥亂，渺忽難追，俱極鎚鍊之法。然作者當日，自是立意要作兩篇文字，故特如此命局取格。故知一連欲作數篇文字，非但識議有主，其局法之離脱關生，亦必不肯苟同。

《七十二峰記》凡六百一十三字，均分，至少每峰亦應八字有零，乃提要語占去若干，叙次語占去若干，他地名占去若干，地名重者占去若干，方隅向背占去若干，形勢脉絡占去若干，古事形容語、起結語占去若干，幾于七十二峰本位，無有一字，乃其叙次本位，寬然有餘，懸厓撒手，尺水揚波，是何法何力哉？作文不知法，遇如此題，任是萬斛長才，應一籌莫展矣。

定大家文，當在其平平無奇處，小家必藉新異，乃能措手。大家雖無一語可以刮目，而平易博厚，氣體居然，小家所望而却走也。人之才能，亦須于事之至平至雜處觀之，蓋奇事本少，而奇才暫應，不足憑矣。

文能切題，乃不應付。然欲應付，無如切題。

由規矩者，熟於規矩，能生變化。不由規矩者，巧力精到，亦生變化。既有變化，自合規矩。

大家文如故家子弟，雖破巾敝服，體氣安貴。小家文如暴富傖，渾身盛服，反增醜態。非盛服不佳，服者賣弄矜持，反失其故吾也。

凝叔作《左傳兵謀》、《兵法》二篇。《兵謀》三十二段，使事七百三十五條，章法幻忽，反若尺寸關鎖。《兵法》二十二段，直獵前篇，不別立格。別立格便膽怯，便手筆向低也。大家手筆，如平原大海，不設奇異，而有至怪出没其間。王文恪《五湖》、《七十二峰記》兩篇兩格，此兩篇一格，俱非高手大膽不能。按此須善會。

眼前景、口頭語、當時情、意中事，神妙莫過於此，應付莫便於此。

文章煩簡，非因字句多寡，篇幅短長。若庸絮懈蔓，一句亦謂之煩；切到精詳，連篇亦謂之簡。

有主有客，有主中客、客中主，有主中主、客中客，有客即是主、主即是客。其中又有變化。能文能處事者，總此道也。

興致極濃而反澹率，詞語極精而反膚庸，皆不識體要之故。煉句須簡而明，如《邶風》「涇以渭濁」四字，精簡極矣，却不費解。《左傳》多簡勁語，而費解已甚者，不學可也。

古人作字，于楷細秀婉中忽作一重大奇險者，蓋其精神機勢所發，無能自遏，不覺縱筆，覽者亦遂怵然改觀。後人見此學爲怪異，而所書不足動人，本無情興，徒欲作怪故也。人有呵欠噴嚏，必舒肆震動而洩之。苟無是而學爲張口伸腰，豈得快哉。文之段落章句長短，亦復如是。

凝叔論《禹貢》，謂通篇皆記治水，而治水本爲敷土，故首句曰「禹敷土」，言治水之本意；次句「隨山刊木」，言治水之功用；三句「奠高山大川」，言治水之成效。一節只三句，包絡通篇，而語意簡明，又並不出一「水」字。中段忽著「祗台德先」二句，是禹克勤克儉、不矜不伐之德，爲能治水而有成之本，所以與鯀異者。此後成服制貢、錫土建官、安内攘外，禹所爲者，皆天子之事，至於聲教訖四海，此時竟不覺上有舜在，疑于功高震主，尾大不掉矣。乃終之曰「告厥成功」，可見以前大事，一一皆禀命于舜，而舜知人之明，任人之專，禹無成代，終不敢專制之義，盡見於此矣。尤妙「祇台德先」二語，著于中段，以見前之所以成功者本乎此。後之所以保功者，亦由乎此。只此一篇書法，聖人德行經濟，道統治統，君義臣忠，無不盡之，而前後中只是六句，是何等章法，何等句法，何等字法。

引證古事，以對舉二事爲妙。如《孟子》「王不待大，則湯以七十里，文王以百里」、「以大事小，則湯事葛，文王事昆夷」、「以小事大，則大王事獯鬻，句踐事吴」、「王請大之，則文王之勇，武王之勇」。「不召之臣」，則「湯之於伊尹」，「桓公之于管仲」。「百世之師」，則伯夷、柳下惠。「不爲臣不見」，則段干木、洩柳。「宋行王政」，則湯征葛、武王東征。「養勇」，則北宫黝、孟施舍。蓋單舉則似一事偶合，對舉二事，則其理若事無弗確者，而證辨之力亦厚。

古文之所必删，即時人之所甚好。惟時人甚好，是古文所必删也。

著佳語佳事太多，如京肆列雜物，非不炫目，正爲有市井氣。

古大家文雖極奇崛，必有氣静意平處，故忙處能閒，亂處能整，細碎處有片段，險兀處有安頓，順處不流，逆處不費筋力，穿插處不小家，方正處不板硬。如置重器于平闊之案，觀者神氣亦自閒定，總由養氣鍊格已到，故不爲波瀾所撓也。

語言無味，面目可憎，此庸俗人病也。而專好新奇譎怪者，病甚于此。好奇好怪，即是俗見，大雅之士不然耳。

魏叔子論文日録碎語

文之工者，美必兼兩，每下一筆，其可見之妙在此，却又有不可見之妙在彼。辟如作屋，左砂高聳，右砂低卸，必須培高右砂方稱。拙者蠷土填石，人一見知爲補右砂之闕；巧者只栽竹樹，令高與左齊，人一見只賞嘆林木幽茂之妙，而不知其意實補右砂低卸也。又，文字首尾照應之法，有明明繳應起處者，有竟不顧者，有若無意牽動者，有反罵破通篇大意實是照應收拾者。不明變化，則千篇一律，而文亦易入板俗矣。又，古文接處用提法，人所易知；轉處用駐法，人所難曉。凡文之轉，易流便無力，故每於字句未轉時，情勢先轉，少駐而後下，則頓挫沉鬱之意生。辟如駿馬下阪，雖疾驅如飛，而四蹄著石處，步步有力。若駑馬下峻阪，只是滑溜將去，四蹄全作主不得。更有當轉而不用轉語，以開爲轉，以起爲轉者。以起爲轉，轉之能事盡矣。或問：「學古人而不襲其迹，當由何道？」曰：「平日不論何人何文，只將他好處沉酣，徧歷諸家，博采諸篇，刻意體認。及臨文時不可著一古人一名文在胸，則觸手與古法會，而自無某篇某人之迹。蓋模擬者，如人好香，徧身便佩香囊；沉酣而不模擬者，如人日夕住香肆中，衣帶間無一毫香物，却通身香氣迎人也。」

文之感慨痛快馳驟者，必須往而復還。往而不還，則勢直氣泄，語盡味止；往而復還，則生顧盼。此嗚咽頓挫所從出也。

歐文之妙，只是説而不説，説而又説。是以極吞吐往復、參差離合之致，史遷加以超忽不羈，故其文特雄。

評彭躬庵《叙和公南海西秦詩》曰：「字字句句拔起聳立，險秀異常，分明是一幅華山圖也。文無波瀾，無轉折，却以峰巒爲波瀾，起頓爲轉折。嘗論文有得水分者，有得山分者。子瞻水分多，故波瀾動宕；退之山分多，故峰巒峭起。」此序亦是山分文字。

又嘗論古樂府，以跳脱斷缺爲古，是已。細求之，語雖不倫，意却相屬，但章法妙，人不覺耳。然竟有各成一段，上下意絶不相屬者，却增減他不得，倒置他不得，此是何故？蓋意雖不屬，而其節之長短起伏，合之自成片段，不可得而亂也。語不倫而意屬者，辟如複岡斷嶺，望之各成一山，察之皆有脊脉相連。意不屬而節屬者，辟如一林亂石，原無脉絡，而高下疏密，天然位置，可入畫圖。知此者可與讀此文矣。

善作文者，有置古人作事主意，生出見識，却不去論古人，自己馮空發出議論，可驚可喜，只借古事作證。蓋發己論則識愈奇，證古事則議愈確，此翻舊爲新之法，蘇氏多用之。

或問：「何以爲古文？」曰：「欲知君子，遠於小人而已矣；欲知古文，遠於時文而已矣。」嘗言古文轉接之法，一定不可易。或問：「古文轉接有極奇變出人意外處，何謂一定？」曰：「試將原文轉接處，以己意改换，至再至十，終不能及，便知此奇變乃是一定也。若非一定，便任人改换得。」

作論有三不必、二不可：前人所已言，衆人所易知，摘拾小事無關係處，此三不必作也。巧文刻深，以攻前賢之短而不中要害；取新出奇，以翻昔人之案而不切情實，此二不可作也。作論須先去此五病，然後乃議文章耳。按叔子所作諸論亦多不免此病。

爲文當先留心《史》、《鑑》，熟識古今治亂之故，則文雖不合古法，而昌言偉論，亦足信今傳後，此經世爲文合一之功也。論古文須如快刀切物，迎刃而解。又如利錐攻堅木，左右鑽研，如不得入，而引證古事，如與人構訟，有得力干證。嘗謂善聽訟者，但審鞫兩家干證，十已得九，故引古得力，則議論不煩而事理已暢，此要法也。

作文須先爲其有益者，關係天下後世之文，雖名立言，而德與功俱見，亦我輩貧賤中得志事也。

吾輩生古人之後，當爲古人子孫，不可爲古人奴婢。蓋爲子孫則有得於古人真血脉，爲奴婢則依傍古人作活耳。

韓文入手多特起，故雄奇有力。歐文入手多配説，故委迤不窮。相配之妙，至于旁正錯出，幾不可分，非尋常賓主之法可言矣。

唐宋八大家文，退之如崇山大海，孕育靈怪。子厚如幽巖怪壑，鳥叫猿啼。永叔如秋山平遠，春谷倩麗，園亭林沼，悉可圖畫；其奏劄樸健刻切，終帶本色之妙。明允如尊官酷吏，南面發令，雖無理事，誰敢不承。東坡如長江大河，時或疏爲清渠，瀦爲池沼。子由如晴絲裊空，其雄偉者，如天半風雨，嫋娜而下。介甫如斷岸千尺，又如高士谿刻，不近人情。子固如陂澤春漲，雖漶漫而深厚有氣力，《説苑》等敘乃特謹嚴。然諸家亦各有病，學古人者知得古人病處，極力洗刷，方能步趨；否則我自有病，又益以古人之病，便成一幅百醜圖矣。

或問：「學八大家而不善，其病何如？」曰：「學子厚易失之小，學永叔易失之平，學東坡易失之衍，學介甫易失之枯，學子固易失之滯，學子由易失之蔓。惟學昌黎、老泉少病，然學昌黎易失之生撰，老泉易失之粗豪，病終愈于他家也。」

蘇明允《上田樞密書》，豪邁足賞，然自占地步，峻嶒逼人，使人忌而生厭，蓋既爲進干求知之事，而又爲傲岸不屑之言也。八家中自昌黎作俑，而近世學步者愈可厭憎。如此篇首句：「天之所以與我者，豈偶然哉？」便已無體。書以道情，開口一句，挺然便出議論，直作論耳。書雖文，要與面談相似。吾嘗論曲，以只如説話者爲妙。蓋曲雖按譜，原以代話。時曲全是搊文，失之遠矣。

善改文者，有移花接木之妙，如上下段本不相干，稍爲貫串，便成一氣是也；有改頭易面之妙，如倒置前後，改易字句，便另成一種格調是也；有脱胎换骨之妙，如原本説寒，將要緊處改换，翻成説熱是也。深味此法，于自己作文亦增多少境界矣。

凡作文須從不朽處求，不可從速朽處求。如言依忠孝，語關治亂，以真心樸氣爲文者，此不朽之故也。浮華鮮實，妄言悖理，以致周旋世情，自失廉隅者，此速朽之故也。今人作文，專一向速朽處着想着力，而日冀其文之不朽，不亦惑乎？

東房言：「作文者善改不如善删。」此可得學簡之法。然句中删字，篇中删句，集中删篇，所易知也。善作文者，能于將作時删意，未作時删題，便省却多少筆墨。能删題乃真簡矣。

古人文法之簡，須在極明白處，方見其妙。簡莫尚于《左傳》，然如「宋公靳之」等句須解註者，不足爲簡也。門人問：「如何方是簡之妙？」曰：「如『秦伯猶用孟明』，突然六字起句，格法既高，只一猶字讀過，便見五種義味：孟明之再敗，孟明之終可用，秦伯之知人，不以再敗而見棄，時俗人之驚疑，君子之歎服，皆一一如見，不待註釋解説而後明。如此乃謂真簡，真化工之筆矣。」

或問：「六朝以來名士，有文章甚不足觀，而當時驚服，傳於後世者，何也？」曰：「未有不由敏且博者。集坐高會，或舉一物，言一事，他人瞪目噤口，而此應聲輒答，原委歷歷；或即席應詔，軍旅旁午，他人垂頭苦思，而此揮筆立成，琳琅可聽，當時安得不驚？傳至後世，則敏博二者皆不可見，惟據成文評論工拙。《論衡》、《三都》，動經十年，後人但許其工，不譏其鈍，而援筆立就者，或反出其下。故以中材而欲與抗衡，當深思肆力，善用其所短也。

予少禀戇直，多效忠告於人，而頗自好其文，凡書牘必録於稿。吾友彭躬庵曰：「人有聽言而過已改者，子文幸傳於世，則其過與之俱傳。子不忍没一篇好文字，而忍令朋友已改之過千載常新乎？」予媿服汗下。此語與古人焚諫草，更自不同。

簡勁明切，作家之文也；波瀾激蕩，才士之文也；迂徐敦厚，儒者之文也。爲儒者之文，當先去其七弊：可深厚，不可晦重；可詳復，不可煩碎；可寬博，不可泛衍；可正大，不可方板；可和柔，不可靡弱；可無驚人之論，不可重襲古聖賢唾餘；其旨可原本先聖先儒，不可每一開口輒以聖人大儒爲開場話頭。七弊去而七美全，斯可以語儒者之文也。

梁履繩曰：「三魏之文，明快精透，尤推叔子，如《駁明允權書》、《論漢高帝》、《咎歐陽公論包拯狄青二劄子》，有關世道，他人無此識也。其餘格言讜議，可置座右者甚多。『小三魏』則以興士爲勝，名世傑，善伯子也。」

《此木軒論文彙編》摘録

胡人作胡言，漢人作漢語，若胡人而學漢語，便非本色。無論王、李，明人自歸震川外，若荆川、鹿門，尚有學他人舌頭處。荆川後來悟得，所以文字都用官話，此是其識見高於鹿門百倍處，知其故者鮮矣。

鹿門於古人，全未夢見，若荆川則可謂具隻眼矣。渠後來自不肯爲耳，不肯爲，賢於肯爲者遠矣。

胡言漢語之説，豈謂秦漢人必秦漢、唐必唐、宋必宋、明必明耶？果然，爲秦漢，秦漢可也，只要是其本色耳。

傳誌之類，大賢大奸、一節一行之士皆可作，惟庸人不可作，婦人可作者尤少。

傳誌碑序之類，當做者原不多，勢不能不做，遂立許多法外之法，如律之有例，自昌黎已不免矣，況後世哉？

凡引證，須是事不同而理同，不待説完，而情事了然，如《辨奸》「善用〔兵〕者，無赫赫之功」

是也。若事同而理不同，類書耳。

逸品在神品之上。逸品如菖蒲花，不可必見，非人力可致，爲天地間至貴之物，所以居神品之上。今人不知其說，以一筆兩筆飄飄灑灑者當之，誤矣。

小過不隱，所以著其無大過也。「開封喜酒色狗馬」，開封，韓從父兄。有小善而稱歎不置者，其大者固無取也。《子厚墓誌》以柳易播一段，論古人事，或過有褒貶，不必至當，要自別有寄意耳。如歐陽《讀李翺文》，忽將韓退之捺倒是也。

昔之碑序，必詳譜系，重本也。近乃略之，懼誣也。

如修造、興復等事，既美其已然，則尤望其將然，此是一定而不可易者。

修夫子廟，則以未逾時爲賢。其觀游玩賞無關民事者，則以職事既修而因其餘暇爲說。

人作求文，有云辭之不得者，非其事重大，則不甚緊要，可不須作者也。《平淮》「經〔涉〕旬月，不敢措手」，《有美堂》「請至六七而不倦」。

文之施於尊官貴人者，雖寓箴規於願望，而若爲已然之詞，此立言之體也。《貓相乳》「其善持之也可知已」，《石洪序》「咸知大夫與先生果能相與以有成也」。

譬如説石崇家富，決不說到有豬幾千頭、雞幾千隻。

古文引孔門弟子語，皆以爲孔子之言，非誤也。諸弟子語載之《論語》者，皆是本聖人之意，即謂之聖人語，可也。

作文如嫁女，初間跟隨陪伴人甚多，以後漸漸閃開，一個個都去了，只剩得一個新婦。亦有一兩個陪伴到底者，《孟郊序》、《聽琴序》。《孟郊序》，李翺、張籍；《聽琴序》，有儒生。

《史記》索性是私書，《五代史》又似官書，又似私書。

文字要一色。屈、賈同傳，自不載《治安策》。《羅池碑》自不寫教人文章等事。不知此法，則將有不勝其寫者，而所當寫者，或反遺矣。

從某處來者，須是自首。《捕蛇者説》「苛政猛於虎」也。

鄭伯克段，左氏形容至此，後面却把幾句厚皮話封之。鍾伯敬乃謂左氏腐儒，不識莊公心事。若非左氏如此形容，你又那裏討消息來？春風爲開了，翻擬笑春風。

《史記》始皇崩，高、亥、斯相與往復語，從何處得聞之如此其詳？所以必如此細寫者，所以爲後世之戒，至深切也。必據此而謂亥初意如何，斯初意如何，亦可謂愚矣。古書若此類，不可勝數。後人作史論，忙得無了期，恐不免爲古人所弄也。

震川論文之旨，莫深於《五岳山人集序》。所謂「左氏、荀卿、莊周、屈原之文，未有不《史記》若者」，此豈陳玉叔輩所能知哉？震川云云，主《史記》而言耳。若主屈原而言，則左氏、荀卿、莊周及漢唐宋諸大家文，即未有不屈原若也。有不若者，必其不足與於文章之妙者也。遞相爲君，無不然者。

山、禹、雲謀反，至云「欲廢天子而立禹」，然竟無事跡，只有憂愁昏惑而已。其爲冤誣，不言可知。其所以卒召此禍者，則固霍氏之自取，而漢宣之少恩，亦已甚矣。此史家微意，其它類此者甚多，莫道作史者不知也。霍氏既以謀反誅，豈可説它不反？若遂因而實之，天地鬼神其可欺乎？贊中無一字説它反，其意深矣。嗚呼，誰謂班氏非良史哉？

事緒繁多，且情形或隱而未見，安得一一叙出？只於一兩筆中影現而出，「當斷不斷，反受其亂」，便見昌邑群臣欲誅霍光，而昌邑王不知，昌邑天子有諍臣云云，其語之有無不可知。據此語，光只當曰「皇太后詔廢，安得天子」，不然，此時而與之講書理，甚非體也。

創業垂統之主，行師用刑，有暴虐於生民者，史氏不得不稍爲之諱，豈固以其成功而私之哉？蓋恐後世見其如是暴虐，而不害其爲創業垂統也，則貽生民之禍，將益不可止矣，故諱之，非得已也。

君相第一件事，在求天下賢人君子而用之，史官之心，亦猶是也。求天下賢人君子而表之，不然，則以爲己之罪而不可逭也。《伯夷傳》、《一行傳》。

《一行傳》「亂世崩離，文字殘缺」云云，若謂當時只有此四五人，便是大罪過。其求之不盡其心力而遂已者，亦罪過也。

史公《貨殖傳》，古詩「何不策高足，先據要路津」，古人立言，不求自潔如此。

古人文字，直説出心事者少矣。如淵明「富貴非吾願」、「不慕榮利」等語，豈是説心事底話。嗟乎，可悲也夫。

《五柳傳》句句是至悲之文，畢竟不曾道出一字。《歸去來》略略説出，《蘭亭》全説出，反爲次之。

《蘭亭》、《歸去來》非死之悲，不即死之悲，若《歎逝》之類，淺矣。

屈原《漁父》，假設爲辭，謂如此如此者，余亦念之熟矣，顧終不可變吾之志耳。昧者贊《漁父》大有作用，豈非夢（夢）〔囈〕。孔子曰「賢者避世」，亦猶是也。

論古之文，決非漫然而作。如退之《田横文》、《子産頌》等篇，此其有跡而易見者，其它不可知其如何，其胸中必有一段説不得底緣故，啞子吃苦瓜，誰人知之。

昭明愛淵明文，爲之作序，便是昭明胸頭有個與淵明同痛癢處，全不干淵明身上事。懵懵乃謂昭明何必如是，且昭明何知淵明，不以吾言爲無謂者，罕矣。豈知無謂之大有謂乎？

皇帝輓詩，每每説到因山起灞陵，若直言之，只求後人不發掘耳。文章凡用意，多類此。

凡説話，有機用伏在那一邊，淺者只見這一邊耳。《柳中丞書》，醜詆武人，無所顧惜，而中朝士大夫罷兵不樂成功者，皆被一竹竿打着，却不曾把言語傷觸它。又如公綽杖殺神策軍將，憲宗語左右曰：「此人朕亦畏之。」豈真畏此人耶？正以重京尹之威，懾左右之魄，使不敢犯，銷却許多事端，所謂走透一步也。文章用意處，往往如此，須默然會之。

退之《上宰相》，第一句是説甚麽，「天下之賢才皆已舉用」以下節節看去。白《七德舞》，第一聯、「亡卒遺骸散帛收，飢人賣子分金贖」，此等處，最宜思之，所謂急先務也。

嵇康《琴賦》，前半篇説胎教之理。按先詳説其地形勢情性以及其旁物産，而綜之云。夫「所以經營其左右者，固以自然神麗而足，思願愛樂矣」，此所謂胎教也。

老蘇似孟德，大蘇似子建，小蘇似子桓，當冷眼觀之。孟雄譎，桓柔澹，建豪横。

凡詩文有其一、其二、其三等目，此出於《五子之歌》也。時文中有曰、説、在云云者，此出於《韓非子》也。

《史記》數人合傳者，即是一篇文字而分作章段耳。故過渡之處曰「其後若干年有某甲之事」，即謂之下段起句，可也。

周昂字德卿，教其甥爲文章，云：「工於外而拙於内者，可以驚四筵，而不可娱獨坐。可以取口稱，而不可以得首肯。」

景純注《山海經》，遊仙之意也。淵明《讀山海經》，記桃源之意也。

元微之作制詞，篇篇露出做宰相手段，不止體格高古而已。才甚高，而行甚卑。《新唐書·武儒衡傳》：「遷中書舍人。時元稹倚宦官，知制誥，儒衡鄙厭之。會食瓜，蠅集其上，儒衡揮以扇，曰：『適從何處來，遽集於此？』坐皆失色。」儒衡字廷碩，元衡弟。元衡字伯蒼，後人以食瓜事，誤以爲元衡。

《平原君傳》，以待士一節爲主，故璧者等事，寫得極細碎。寫平原是一個懵懂人，極懵懂，又極愛士，却感動得人。其懵懂處，全是被人提弄，而提弄之人，却又一無可取，借毛遂一人調笑之。意若曰十九人如此，其它可知。

辭有不厭複者，如既云「餘無可取者」，又云「無以滿二十人」，全是形容調笑，故不厭其複也。

不殺美人，何至引去過半。二十人何至獨少一個，更無可取。此等處不須信，亦不須疑。信即癡矣，疑亦即癡矣。不如此不奇，便須如此說。古人文字，往往如此。

《信陵傳》極力捺倒平原，形起信陵，惟待魏齊事，則平原優於信陵，故於它處見之。信陵奪晉鄙軍，是一好著，却先設一最低之著，豈有真個去赴秦軍死者，即金聖歎評《西廂記》「不得不出於下下策」之説也。蓋奪軍亦不是上上策，不得已而爲之耳。看後面自知。

《荆軻傳》，燕滅矣，復有高漸離擊筑仆秦皇事，有死灰復燃之意。文字之妙，往往如此。

《鄒陽書》乃是連珠之祖，而源出於《騷》。史公取之，有談虎色變之意。若曰古今若此類者，豈可勝道哉？即此可見此書必不可廢，大意如此。不特此書爲然。大抵古人著書之意，全爲後人起見，不爲已死之人。

文字暗地轉者難看，如《伯夷傳》子曰「道不同不相爲謀」是也。於此忽之，則作者之意，不可認矣。

論許由一段，見古人用心至慎至厚處。「天下重器」云云，是其識高。然不欲輕斷其無，是至慎至厚處也。

《楊烈婦傳》，用意只在寵旌守禦之臣一段上，與昌黎《柳中丞書》同意。此傳是史筆，故寫李保全不似男子，若爲其家作傳，則此等須有個照顧。

雖蔬食菜羹，必敬以祭，此義最不可忽。如云某所某事自某人始，此等語不可輕下，蓋言自某人始，苟考之不詳，則前此者盡没矣。子瞻《與吴子野書》論潮州碑謂瓦屋不始於文公，故碑中不欲書此。蘇此札更有一意，瓦屋即始於文公，亦不當入碑，蓋權詞以答吴耳。

何韓同姓爲近，少陵稱唐十八爲族弟，唐人崇譜學，氏族猶明，此其證也。

唐所謂舉進士者，猶今言會試也。其稱進士者，亦未登進士第也。《薦侯喜狀》首行「進士侯喜」，狀中云侯在舉場十餘年，竟無知遇。然則稱進士劉師服，而登科記無之，不足怪也。

銘乳母，韓之厚也；銘馬娼，柳之悲也。

自撰古文凡例

袁枚

一、古文本無例也。自杜征南有發凡起例之説，後人因之，例愈繁，文愈敝。德州盧氏刊《金石三例》，蒼厓、止仲諸君所考甚詳，亦不過引韓比歐，依樣標的而已，並無獨見。然既已有之，不可廢也。否則，口實者多，故作凡例。

一、古人編集，都無一定，韓先雜著、柳先論、歐分四集是也。《倉山文藁》編者誤以碑板居先，後見《顔魯公集》亦然，遂仍而不改。

一、碑傳標題，應書本朝官爵，昔人論之詳矣。至行文處不可泥論，或依古稱太守、觀察、牧令、刺史等名，或依俗稱制府、藩司、臬司等名，考古大家皆有此例。其從古稱者，如渾瑊以金吾衛大將軍扈駕，而權文公碑稱公以大司馬翼從。奚陟薨，贈禮部尚書，而劉禹錫碑稱追贈大宗伯。宋子京《馮侍講行狀》稱大理寺爲廷尉平，歐陽《許平墓志》稱經略爲大帥，皆從古稱也。以故歸震川《張元忠傳》稱某知縣爲錢塘令，《洧南居士傳》稱某知府爲某太守。其從俗稱者如李珏《牛僧孺碑》稱宋申錫貶郡佐，郡佐者，唐時之司馬也。韓文公《鹽法條議》稱院監、巡院，院監、巡院者，唐時之度支使、鹽池監也。歐公《桑懌傳》稱閣職，閣職者，宋時之六部架閣也。伊川《伯淳行狀》稱漕司，漕司者，宋時之發運使、轉運司也。皆從俗稱也。以故朱竹垞《楊雍建傳》稱總督爲制府，施愚山《袁業泗傳》稱按察使、布政使爲藩、臬兩司。凡此在行文中不一而足。至于權文公，唐相也，唐人宰相官名應書平章事同中書門下，而韓公神道碑竟以「故相」二字標題。沈璧，建安知縣也，而震川墓志竟以「建安尹」三字標題。宋知某縣事與知縣有京朝官之分，非今之知縣也。而竹垞《蔣君墓志》竟以「知伏羌事」標題。是則古人率意處，猶之《史記》標題，忽稱魏公子，忽稱平原君也，未敢援以爲例。

一、碑傳標題，必書本朝地名，亦昔人所論也。然行文中亦難泥論。歐公《李公濟碑》稱南昌曰豫章，若以宋論，當稱隆興。震川《王震傳》稱震爲京兆尹，若以明論，當稱應天府尹。湯文正《施愚山墓志》典試中州，若以本朝論，當稱河南。

一、官名、地名，行文處隨俗，用省字法。考古大家俱有此例。其序官用省字法者，如昌黎《劉昌裔碑》應書檢校尚書左僕射云云，而標題單摘統軍二字。《韓紳卿墓志》應書録事參軍，而序事只稱司録君三字。《孔戣墓銘》稱容桂二管，一容州總管，一桂州總管，省去兩州字、二總管字。又稱桂將裴行立、容將楊旻，亦省去州字、總管字、都督字樣。宋人文集中所稱三司、三班、一府、二府者，俱包括無數官名。歐公《劉先之墓志》稱與州將争公事，及後將范公至云云，亦猶今之稱前督、稱後撫也。以故施愚山《李東園墓志》稱督撫，汪鈍翁《郝公墓志》稱司道、稱參遊、稱撫提、稱副左。歸震川《章永州墓志》稱院司，皆不稱全官。

其序地名用省字法者，如歐公《伊仲宣銘》稱歷知汝州之葉，不稱葉縣；鄭州之滎陽，不稱滎陽縣。東坡《趙康靖公碑》稱吕溱守徐，蔡襄守泉，趙小二寇廬、壽。王荆公《王比部墓志》，稱願得蘇、常閒一官。曾南豐《錢純（孝）〔老〕墓志》稱爲尉于秀、婺、鄧云云，皆省却一州字。以故歸震川《李按察碑》稱滇民乞留，《葉文莊公碑》稱公在廣。湯文正《張尚書墓志》稱楚撫，《先府君碑》稱斌在虔聞之。官名、地名，皆省却數字。

一、本朝官行文書，有不得不從俗者。汪鈍翁《乙邦才傳》取太守結狀以報，人嫌結狀二字不典。按昌黎《鹽法議》有脚價、脚錢之稱，歐公《曾致堯墓銘》有支差、添解之號，陳琳《檄吴將部曲文》稱如詔律令，任昉《彈劉整文》稱充衆準雇，皆結狀之類也，正宜從俗，以存一朝文案。

一、非史臣不應爲人立傳。昔人曾有此論，然柳子厚引箋奏隸尚書以自解，歸震川則直言古作《楚國先賢傳》、《襄陽耆舊傳》者，皆非蘭臺館閣之臣。《公羊》、《穀梁》，亦未聞與左丘明同爲某國之史臣也，此論出而紀事之例始寬。

一、滿洲姓氏與唐虞三代相同，其冠首一字，非其姓也。元許有壬作《鎮海碑》，題曰右丞相怯烈公。姚燧作《博羅懽碑》，題曰平章忙兀公。集中亦倣此例，閣峰尚書、師健中丞本富察氏，故均書富察公。雪村中丞本姓白，故書白公。至若鄂、尹兩文端公，其冠首一字，父子相承，有類于姓，宜因其俗稱。若溯所由來，尹祖居關外章佳地方，因以爲氏，當稱章佳公。然以標題猶可也，若行文處稱尹爲章佳公，將舉世不知爲何人矣。要知周公、孔子，亦非本姓。秦始皇本姓嬴，生于趙，遂姓趙。以故方望溪《佟法海墓志》稱法公，未爲過也。

沈畹叔廷芳述方望溪語曰：「南宋以來，古文義法，不講久矣。古文中不可入語録中語、魏晉六朝人藻麗俳語、漢賦中板重字法、詩歌中雋語、南北史佻巧語。」又云：「吴越間遺老尤放恣，或雜小説，或沿翰林舊體，無一雅潔者。」

《古文辭類纂》序目

鼐少聞古文法於伯父薑隖先生及同鄉劉耕南先生，少究其義，未之深學也。其後遊宦數十年，益不得暇，獨以幼所聞者寘之胸臆而已。乾隆四十年，以疾請歸，伯父前卒，不得見矣。劉先生年八十，猶喜談説，見則必論古文。後又二年，予來揚州，少年或從問古文法。夫文無所謂古今也，惟其當而已。得其當則六經至於今日，其爲道也一。知其所以當，則於古雖遠，而於今取法，如衣食之不可釋。不知其所以當，而敝棄於時，則存一家之言以資來者，容有俟焉。於是以所聞習者，編次論説爲《古文辭類纂》。其類十三：曰論辨類、序跋類、奏議類、書説類、贈序類、詔令類、傳狀類、碑誌類、雜記類、箴銘類、頌贊類、辭賦類、哀祭類。一類内而爲用不同者，別之爲上下編云。

論辨類者，蓋原出於古之諸子，各以所學著書詔後世。孔孟之道與文至矣，自老莊以降，道有是非，文有工拙。今悉以子家不録，録自賈生始。蓋退之著論，取於六經、孟子，子厚取於韓非、賈生，明允雜以蘇、張之流，子瞻兼及於莊子。學之至善者，神合焉。善而不至者，貌存焉。

惜乎，子厚之才可以爲其至而不及至者，年爲之也。

序跋類者，昔前聖作《易》，孔子爲作《繫辭》、《説卦》、《文言》、《序卦》、《雜卦》之傳，以推論本原，廣大其義。《詩》、《書》皆有序，而《儀禮》篇後有記，皆儒者所爲。其餘諸子或自序其意，或弟子作之，《莊子・天下》篇、《荀子》末篇皆是也。余撰次古文辭，不載史傳，以不可勝録也。惟載太史公、歐陽永叔表志序論數首，序之最工者也。向、歆奏校書，各有序，世不盡傳，傳者或僞。今存子政《戰國策序》一篇，著其概。其後目録之序，子固獨優已。

奏議類者，蓋唐虞三代聖賢陳説其君之辭，《尚書》具之矣。周衰，列國臣子爲國謀者，誼忠而辭美，皆本謨、誥之遺，學者多誦之。其載《春秋》内外傳者不録，録自戰國以下。漢以來有表、奏、疏、議、上書、封事之異名，其實一類。惟對策雖亦臣下告君之辭，而其體少别，故寘之下編。兩蘇應制舉時所進時務策，又以附對策之後。

書説類者，昔周公之告召公，有《君奭》之篇，春秋之世，列國士大夫或面相告語，或爲書相遺，其義一也。戰國説士説其時主，當委質爲臣，則入之奏議，其已去國或説異國之君，則入此編。

贈序類者，老子曰「君子贈人以言」，顔淵、子路之相違，則以言相贈處，梁王觴諸侯於范臺，魯君擇言而進，所以致敬愛、陳忠告之誼也。唐初贈人始以序名，作者亦衆。至於昌黎乃得古人之意，其文冠絶前後作者。蘇明允之考名序，故蘇氏諱序，或曰引，或曰説，今悉依其體，編之於此。

詔令類者，原於《尚書》之誓、誥。周之衰也，文誥猶存，昭王制，肅强侯，所以悦人心而勝於三軍之衆，猶有賴焉。秦最無道，而辭則偉。漢至文、景，辭與意俱美矣，後世無以逮之。光武以降，人主雖有善意，而辭氣何其衰薄也。檄令皆諭下之辭，韓退之《鱷魚文》，檄令類也，故悉傳之。

傳狀類者，雖原於史氏而義不同。劉先生云：「古之爲達官名人傳者，史官職之。文士作傳，凡爲圬者，種樹之流而已。其人既稍顯，即不當爲之傳，爲之行狀上史氏而已。」余謂先生之言是也。雖然，古之國史立傳，不甚拘品位，所紀事猶詳。又實録書人臣卒，必撮序其平生賢否。今實録不紀臣下之事，史館凡仕非賜謚及死事者，不得爲傳。乾隆四十年定一品官乃賜謚，然則史之傳者亦無幾矣。余録古傳狀之文，並紀兹義，使後之文士得擇之。昌黎《毛穎傳》，嬉戲之文，其體傳也，故亦附焉。

碑誌類者，其體本於《詩》，歌頌功德，其用施於金石。周之時，有石鼓刻文，秦刻石於巡狩所經過，漢人作碑文，又加以序。序之體，蓋秦刻琅邪具之矣。茅順甫譏韓文公碑序異史遷，此非知言。金石之文，自與史家異體。如文公作文，豈必以效司馬氏爲工耶？誌者，識也，或立石墓上，或埋之壙中，古人皆曰誌。爲之銘者，所以識之之辭也。然恐人觀之不詳，故又爲序。世或以石立墓上曰碑、曰表，埋乃曰誌。及分誌、銘二之，獨呼前序曰誌者，皆失其義。蓋自歐陽公不能辨矣。墓誌文録者尤多，今別爲下編。

雜記類者，亦碑文之屬。碑主於稱頌功德，記則所紀大小事殊，取義各異，故有作序與銘詩全用碑文體者，又有爲紀事而不以刻石者。柳子厚紀事小文，或謂之序，然實記之類也。

箴銘類者，三代以來有其體矣。聖賢所以自戒警之義，其辭尤質而意尤深。若張子作《西銘》，豈獨以其理之美耶？其文固未易幾也。

頌贊類者，亦詩頌之流，而不必施之金石者也。

辭賦類者，風雅之變體也。楚人最工爲之，蓋非獨屈子而已。余嘗謂《漁父》及楚人以弋説襄王、宋玉對王問遺行，皆設辭，無事實，皆辭賦類耳。太史公、劉子政不辨而以事載之，蓋非是。辭賦固當有韻，然古人亦有無韻者，以義在託諷，亦謂之賦耳。漢世校書有《辭賦略》，其所列者甚當。昭明太子《文選》分體碎雜，其立名多可笑者。後之編集者或不知其陋而仍之，余今編辭賦，一以漢《略》爲法。古文不取六朝人，惡其靡也，獨辭賦，晉宋人猶有古人韻格存焉。惟齊梁以下則辭益俳而氣益卑，故不録耳。

哀祭類者，《詩》有《頌》，《風》有《黄鳥》、《二子乘舟》，皆其原也。楚人之辭至工，後世惟退之、介甫而已。

凡文之體類十三，而所以爲文者八，曰：神、理、氣、味、格、律、聲、色。神、理、氣、味者，文之精也。格、律、聲、色者，文之粗也。然苟舍其粗，則精者胡以寓焉？學者之於古人，必始而遇其粗，中而遇其精，終則御其精者而遺其粗者。文士之效法古人，莫善於退之。盡變古人之形貌，雖有摹擬，不可得而尋其跡也。其他，雖工於學古，而跡不能忘，揚子雲、柳子厚於斯蓋尤甚焉，以其形貌之過於似古人也。而遽擯之，謂不足與於文章之事，則過矣。然遂謂非學者之一病，則不可也。

大雲山房文稿通例

惲敬

一、雜著文，諸子家之流也，故漢魏以來多自書子，集中皆書字，用王子淵法也。序記文多自書余，宋人稱人曰賢，自稱曰愚，亦入之序記，集中皆書名。〔碑誌文，漢魏本文不入撰人名，集中入撰人皆書名〕，用韓退之法也。傳文後書「論曰」，用班孟堅法也。

一、大傳本史書體，故韓退之傳陸贄、陽城，不入本集。後人有入本集者，或自存史稿，或爲史官擬稿而已。集中無大傳，其小傳、外傳，傳中必書名。祖、父及傳中所及之人，雖貴且賢，必書名。祖、父，賢始見，子孫亦然。妻妾有故始見。傳非碑誌體也。官與地必書本朝之名，紀實也。爲異姓作家傳非正例，集中同姓家傳，名書諱某，不書姓，不書所籍，子孫之言也。傳中所及之人，書某公、某君、某名，儒者書某先生、某名。與祖父交，尊之也。存其名，記事之體也。遠祖家傳所交之人，止書姓名，世不及也。

一、大傳書名書字不書號，史法也。儒者於傳中事，别書稱某號先生，亦史法也。外傳、小傳，或書號，或書别號、道號，著性情也。古者幼名冠字，故於名下書字，世人加字於名上者，非也。集中名字并書者，字皆在下，號或取地，或取所居。始六朝之稱清溪、大山、小山，禪者亦稱南嶽、青原，至宋人人稱之。世人止稱號而加於名之下，是稱其人而後綴其地及所居，亦非也。集中名號并書者，名皆在下。别號如漫郎、醉吟先生，道號如華陽真逸、無垢居士，集中有故則書。

一、傳目自《漢書》以下，皆書名。《史記》或書名，或書字，或書官，或書爵。集中家傳，皆書號、書先生，外傳、小傳，皆書字或書人所稱，如曹孝子是也。

一、碑誌文較史傳例稍寬，集中凡文中所及之人書某官、某姓公，或某姓君，再書名。其滿州、蒙古不紀其氏者，書某官、某名公，或某名君，用元色目人例也。紀其氏者書如漢人。

一、碑志文目書階官、書職官、書爵、書謚，此通古今例也。古人集多不畫一者，集中止書職官，其階、爵、謚於文中見之，書石則目具階、職、爵、謚，用當時法也。

一、集中碑誌文目，監司以上書公，以下書君，成一家學者書先生，所尊書府君，友書字，婦人書所生之姓。姓，所以别女子也，其夫之姓文中見之。

一、集中碑誌文目止書某公、某君、某府君，其妻之合葬者，文中見之，以合葬志非古法也。祔葬志書祔葬，從夫之義也。

一、集中遺事述書法如碑誌。行狀、行略，書法亦如碑誌。書事之書法如傳。

一、墓表有列銘及詩者，變例也，集中皆不列銘及詩。碑記列銘及詩者，正例也，集中皆列銘及詩。壁記則無之，其壁銘有序者，書并序，以別於壁記也。

一、碑誌文有序、有志、有銘。記作文緣起，序也；記事及葬年月，志也；咏歎之，銘也。集中志文有作文緣起者目書并序，餘不書。其有志無銘者目止書志，志略者目止書銘。碑文皆書碑銘，不書并序，碑以無序爲正例也。

一、《爾雅》「歲名」、「歲陰」二章曰「歲在甲」、「歲在寅」，而以閼逢攝提格名之。太史公《律曆志》書閼逢攝提格，而《年表》書甲子。後儒謂年不書甲子者，謬説也。然《尚書》、《春秋》，皆書年數，各史書因之，故記事之文，以書年數爲是。集中從之。

一、碑誌文書甲子則不書日數，書日數則不書甲子，正例也。集中有書日數並書甲子者，以之別疑表信，變例也。書越三日戊申，越五日甲寅，其法也。

一、集中碑誌文書始遷祖及曾祖以下，其高祖有功德則書。書母、書前母、繼母、生母，不書曾祖母、祖母。其書者變例也。書妻、書子、書女，不書孫，以孫應書其父之碑誌也，有故則書。集中有應書之人而不書者，必有當絶之道焉，此《春秋》之義也，傳文中亦用之。

一、集中碑誌文必書葬日月及地，不書者，乞文時未卜日月及地也。必書曾祖以下及官名，其書某官某名，止從某某者，狀失體，不官不名，或失體，不及其上世也。

一、集中碑誌文，曾祖以下有官者書職官，卒後贈職官亦書，至子孫貴封贈官止書階官，以不治事也。

一、集中傳文，止書某年進士、舉人，不書某科，史法也。碑志文書鄉試中式，會試中式，殿試賜進士及第、出身、同出身，詳之也。

一、集中序文，地名據今時書之，官名亦然。其或書古官者，自唐以後人多稱古官，至今沿之，存當時語也。碑志文述人言，書古官者，亦存當時語也。書、上書、言事，皆與序文同。記文不書古官，紀實也。

一、集中書、上書，目皆書姓、書官。座主、舉主及所受業稱先生。其目書官，文中書先生者，非所受業也。友書字，其書號者，或其字不著，或其字不應古法，如號之取地、取所居也。漢人友稱字，唐人稱行，宋人稱官，於所學稱號。自明以來，及門俱稱號矣，時爲之也。

一、集中書、上書，首必書某人閣下、足下、執事，末必書某月日某謹上，以别於尺牘也。

一、禪悦文古人入外集，以爲佛家言也。集中辨正經論者，仍不入外集。辨正道家言亦然。

一、《史記》、《漢書》載四言詩、歌行，《晉》、《唐書》以後載五七言古近體詩，此史法也。文家載詩則格下，集中載詩者，皆入外集，詞曲不載。

一、集中文格近者，亦入外集。

一、詩目唐人或書行，或書名，或書字，或書今官，或書古官，或書所官之地。宋元明人或書號，或書世所妄稱之官，如總制、宫諭是也。集中書號、書古官，不書所官之地，號亦地名，不可與所官之地相沓也。不書妄稱之官，懼雜也。一人再見，不書姓。遷官者，改書官。其年數，六朝以後皆書甲子。集中從之。

一、詞目以曲名爲目次，行低一格注題，不注題者，皆無題也。

大雲山房文稿二集序録

惲敬子居

「昔者，班孟堅因劉子政父子《七略》爲《藝文志》，序六藝爲九種，聖人之經，永世尊尚焉。其諸子則別爲十家，論可觀者九家，以爲雖有蔽短，合其要歸，亦六經之支與流裔。」至哉此言，論古之圭臬也。敬嘗通會其説：儒家體備於《禮》及《論語》、《孝經》，墨家變而離其宗；道家、陰陽家支駢于《易》；法家、名家疏源於《春秋》；縱横家、雜家、小説家適用于《詩》、《書》，孟堅所謂《詩》以正言，《書》以廣聽也。惟《詩》之流，復別爲詩賦家而《樂》寓焉。農家、兵家、術數家、方技家，聖人未嘗專語之，然其體亦六藝之所孕也。是故六藝要其中，百家明其際會；六藝舉其大，百家盡其條流。其失者，孟堅已次第言之，而其得者，窮高極深，析事剖理，各有所屬。故曰修六藝之文，觀九家之言，足以通萬方之略。後世百家微而文集行，文集敝而經義起，經義散而文集益漓。學者少壯至老，貧賤至貴，漸漬于聖賢之精微，闡明於儒先之疏證，而文集反日替者，何哉？蓋附會六藝，屏絶百家，耳目之用不發，事物之賾不統，故性情之德不能用也。敬觀之前世，賈生自名家、縱横家入，故其言浩汗而斷制；鼂錯自法家、兵家入，故其言峭實；董仲舒、劉子政自儒家、道家、陰陽家入，故其言和而多端； 韓退之自儒家、法家、名家入，故其言峻而能達； 曾子固、蘇子由自儒家、雜家入，故其言温而定； 柳子厚、歐陽永叔自儒家、雜家、詞賦家入，故其言詳雅有度； 杜牧之、蘇明允自兵家、縱横家入，故其言縱厲； 蘇子瞻自縱横家、道家、小説家入，故其言逍遥而震動。 至若黄初、甘露之間，子桓、子建氣體高朗，叔夜、嗣宗情識精微，始以輕雋爲適意，時俗爲自然，風俗相仍，漸成軌範，於是文集與百家判爲二途。 熙寧、寶慶之會，時師破壞經説，其失也鑿； 陋儒襞績經文，其失也膚。 後進之士，竊聖人遺説，規而畫之，睇而斷之，於是經義與文集並爲一物。 太白、樂天、夢得諸人，自曹魏發情； 静修、幼清、正學諸人，自趙宋得理。 遞趨遞下，卑冗日積。 是故百家之敝，當折之以六藝； 文集之衰，當起之以百家。 其高下、遠近、華質，是又在乎人之所性焉，不可强也已。 敬一人之見，恐違大雅，惟天下好學深思之君子教正之。

《初集序録》云：「少時讀書，一二日中得一解，油油然； 數十日中得一解，油油然。 至索之心、誦之口、書之手，仍芒芒乎、摇摇乎而已。 先府君曰：『此心與氣之故也，不可以急治，當謹而俟之。 減嗜欲、暢情志。 嗜欲減則不淆雜，情志暢然後能立，能立然後能久大。』蓋讀書之序，窮理之要，慴心專氣之驗，非是不足以爲文也。」又曰：「天地萬物皆日變者也，而不變者在焉，不變者所以成其日變也。 文者生乎人之心。 天地萬物之日變，氣爲之；心之曰變，神爲之。神之變速于氣之變，而迂迴之弊，循循然而緩；謹細之弊，切切然而急。于神皆有所闔焉，敢不力充之，以求所以日變者哉？然而有不可變者，《典論》曰『學無所遺、辭無所假』，《史記》曰『擇其言尤雅者著于篇，可以觀矣』。」又曰：「凡文之事曰典，典者所以尊〔古〕也，若單文無故實，則比於小學諸書，當時語據制誥及功令是也。曰自己出，毋剿意、毋剿辭是也。曰審勢，能審勢，故文無定形，古之作者言無同聲，章無同格是也。曰不過乎物，不過乎物者，必稱其物也。言事、言理、言情，皆以之。」

文㲉

丁晏 撰

《文轂》二卷

丁晏 撰

丁晏（一七九四—一八七五），字儉卿，號柘堂，又號石亭居士，江蘇山陽（今淮安）人。道光元年（一八二一）中舉，即以講學著述爲業，曾主講淮安文津、麗正書院多年。阮元攝漕督時，以漢《易》十五家發策，丁晏條對萬餘言，爲阮元賞識。咸豐十年（一八六〇），捻軍攻淮安、北關等地。次年，丁晏以守城之功，由侍讀銜内閣中書，加三品銜花翎。其學博覽典籍，長於經史，兼容漢宋，爲一時大家。著述豐碩，有《頤志齋叢書》二十餘種。《清史稿》卷四八二有傳。

《文轂》乃輯録前人論文文章而成，全書大體以時爲序，由漢代揚雄始，而止於元代吴澂、馬祖常，唯後又有續補九篇，稍亂體例。内容兼採子史、别集與類書，多爲整篇輯入，亦有截取段落者。書前有序，將《文轂》視爲《學轂》的補充，傳達了丁晏文道合一的觀念，認爲「文之大者，道以經世，其次，闡明聖言，維持名教，皆文也，即皆道也」。丁晏指出「先正之論文也，其言明且清，所以示之轂也。識其轂而不能文者有之矣，未有偭乎轂而能爲文者也」，以前人論文之語作爲學文之指導。所選文論，尤重唐宋諸家，亦顯作者的古文立場；但又能上勾下聯，呈現出一定的傳承脉絡。

是書今存抄本兩種，分藏於上海圖書館、臺灣圖書館，以臺圖本優勝，今即據以録入。

（吴心怡）

文轂序

余既輯《學轂》，復采獲古人之論文者，爲《文轂》（一）〔二〕卷。夫文以載道也，明乎道而後可與於斯文。藻繢襞積非文也，淺露枯澀，虚幻輕率，尤非文也。中無所得，而托之空文以自見，何足以爲文乎？故曰「修辭立誠」，又曰「不誠無物」。凡爲文者，志乎道而立言以誠，斯可矣。先正之論文也，其言明且清，所以示之轂也，識其轂而不能文者有之矣，未有偭乎轂而能爲文者也。文之大者，道以經世，其次闡明聖言，維持名教，皆文也，即皆道也。志乎轂以詒來學，後之人審所從焉，舍道無以爲文，舍學無以求道。本之《學轂》以正其趨，參之《文轂》以精其業，庶乎其得之矣。丁巳秋八月丁晏自序。

文穀卷一

丁晏　撰

揚子《法言·吾子篇》云：「或問：『吾子少而好賦。』曰：『童子雕蟲篆刻。』俄而曰：『壯夫不爲也。』或曰：『賦可以諷乎？』曰：『諷則已，不已，吾恐不免於勸也。』或曰：『霧縠之組麗。』曰：『女工之蠹也。』或問：『景差、唐勒、宋玉、枚乘之賦也益乎？』曰：『必也淫，淫則奈何。』曰：『詩人之賦麗以則，辭人之賦麗以淫，如孔門之用詞賦也，則賈誼升堂，相如入室矣，如其不用何？』」

《西京雜記》：「司馬相如爲《上林》、《子虛》賦，意思蕭散，不復與外事相關。控引天地，錯綜古今。忽然如睡，躍然而興，幾百日而後成。其友人盛覽，字長通，牂牁名士，嘗問以作賦。相如曰：『合纂組以成文，列錦繡而爲質。一經一緯，一宮一商，此賦之迹也。賦家之心，苞括宇宙，總覽人物，斯乃得之於内，不可得而傳。』」「揚子雲曰：軍旅之際，戎馬之間，飛書馳檄，用枚皋。廊廟之下，朝廷之中，高文典册，用相如。」

魏文帝《典論·論文》：「文人相輕，自古而然。傅毅之於班固，伯仲之間耳，而固小之。與弟超書曰：『武仲以能屬文，爲蘭臺令史，下筆不能自休。』夫人善於自見，而文非一體，鮮能備善。是以各以所長，相輕所短。里語曰：『家有敝帚，享之千金。』斯不自見之患也。今之文人，魯國孔融文舉，廣陵陳琳孔璋，山陽王粲仲宣，北海徐幹偉長，陳留阮瑀元瑜，汝南應瑒德璉，東平劉楨公幹，斯七子者，於學無所遺，於辭無所假，咸以自騁驥騄於千里，仰齊足而並馳。以此相服，亦良難矣。蓋君子審己以度人，故能免於斯累，而作論文。王粲長於辭賦，徐幹時有齊氣，然粲之匹也。如粲之《初征》、《登樓》、《槐賦》、《征思》，幹之《玄猿》、《漏卮》、《圓扇》、《橘賦》，雖張、蔡不過也。然於他文，未能稱是。琳、瑀之章表書記，今之雋也。應瑒和而不壯，劉楨壯而不密，孔融體氣高妙，有過人者，然不能持論，理不勝詞，至於雜以嘲戲，及其所善，揚、班儔也。常人貴遠賤近，向聲背實，又患闇於自見，謂己爲賢。夫文本同而末異，蓋奏議宜雅，書論宜理，銘誄尚實，詩賦欲麗，此四科不同，故能之者偏也，唯通才能備其體。文以氣爲主，氣之清濁有體，不可力强而致。譬諸音樂，曲度雖均，節奏同檢，至於引氣不齊，巧拙有素，雖在父兄，不能以移子弟。蓋文章經國之大業，不朽之盛事，年壽有時而盡，榮樂止乎其身，二者必至之常期，未若文章之無窮。是以古之作者，寄身於翰墨，見意於篇籍，不假良史之辭，不託飛馳之勢，而聲名自傳於後。故西伯幽而演《易》，周旦顯而制《禮》，不以隱約而弗務，不以康樂而加思。夫然，則古人賤尺璧而重寸陰，懼乎時之過已。而人多不强力，貧賤則懾於飢寒，富貴則流於逸樂，遂營目前之務，而遺千載之功。日月逝於上，體貌衰於下。忽然與萬物遷化，斯志士之大痛也。融等已逝，唯幹著論，成一家言。」

魏文帝《與吴質書》：「二月三日，丕白。歲月易得，别來行復四年。三年不見，《東山》猶嘆其遠，況及過之，思何可支。雖書疏往返，未足解其勞結。昔年疾疫，親故多離其災，徐、陳、應、劉，一時俱逝，痛可言邪。昔日遊處，行則連輿，止則接席，何曾須臾相失。每至觴酌流行，絲竹並奏，酒酣耳熱，仰而賦詩，當此之時，忽然不自知樂也。謂百年己分，可長共相保，何圖數年之間，零落略盡，言之傷心。頃撰其遺文，都爲一集，觀其姓名，已爲鬼録。追思昔遊，猶在心目，而此諸子，化爲糞壤，可復道哉。觀古今文人，類不護細行，鮮能以名節自立。而偉長獨懷文抱質，恬淡寡欲，有箕山之志，可謂彬彬君子者矣。著《中論》二十餘篇，成一家之言，辭義典雅，足傳於後，此子爲不朽矣。德璉常斐然有述作之意，其才學足以著書，美志不遂，良可痛惜。間者歷覽諸子之文，對之抆淚，既痛逝者，行自念也。孔璋章表殊健，微爲繁富。公幹有逸氣，但未遒耳，其五言詩之善者，妙絶時人。元瑜書記翩翩，致足樂也。仲宣續自善於辭賦，惜其體弱不足起其文，至於所善，古今無以遠過。昔伯牙絶絃於鍾期，仲尼覆醢於子路，痛知音之難遇，傷門人之莫逮。諸子但爲未及古人，自一時之雋也，今之存者，已不逮矣。後生可畏，來者難誣，恐吾與足下不及見也。年行已長大，所懷萬端，時有所慮，至通夜不瞑，志意何時復類昔日。已成老翁，但未白頭耳。光武言：『年三十餘，在兵中十歲，所更非一。』吾德不及之，年與之齊矣。以犬羊之質，服虎豹之文，無衆星之明，假日月之光，動見瞻觀，何時易乎。恐永不復得爲昔日遊也。少壯真當努力，年一過往，何可攀援，古人思炳燭夜遊，良有以也。頃何以自娱？頗復有所述造不？東望於邑，裁書叙心。丕白。」

曹子建《與楊德祖書》：「植白：數日不見，思子爲勞，想同之也。僕少小好爲文章，迄至於今，二十有五年矣，然今世作者，可略而言也。昔仲宣獨步於漢南，孔璋鷹揚於河朔，偉長擅名於青土，公幹振藻於海隅，德璉發跡於北魏，足下高視於上京。當此之時，人人自謂握靈蛇之珠，家家自謂抱荆山之玉，吾王於是設天網以該之，頓八紘以掩之，今悉集兹國矣。然此數子猶復不能飛軒絶跡，一舉千里。以孔璋之才，不閑於辭賦，而多自謂能與司馬長卿同風，譬畫虎未成反爲狗也，前有書嘲之，反作論盛道僕讚其文。夫鍾期不失聽，於今稱之，吾亦不能妄歎者，畏後世之嗤余也。世人之著述不能無病，僕嘗好人譏彈其文，有不善者，應時改定。昔丁敬禮常作小文，使僕潤飾之，僕自有才不過若人，辭不爲也。敬禮謂僕：『卿何所疑難，文之佳惡，吾自得之，後世誰相知定吾文者邪？』吾常歎此達言，以爲美談。昔尼父之文辭，與人通流，至於制《春秋》，游、夏之徒乃不能措一辭。過此而言不病者，吾未之見也。蓋有南威之容，乃可以論於淑媛；有龍泉之利，乃可以議于斷割。劉季緒才不能逮於作者，而好詆訶文章，掎摭利病。

昔田巴毁五帝，罪三王，呰五霸於稷下，一旦而服千人，魯連一説，使終身杜口。劉生之辯，未若田氏，今之仲連，求之不難，可無歎息乎。人各有好尚，蘭茝蓀蕙之芳，衆人所好，而海畔有逐臭之夫；咸池六莖之發，衆人所共樂，而墨翟有非之之論，豈可同哉。今往僕少小所著辭賦一通相與，夫街談巷説，必有可采，擊轅之歌，有應風雅，匹夫之思，未易輕棄也。辭賦小道，固未足以揄揚大義，彰示來世也。昔揚子雲先朝執戟之臣，猶稱壯夫不爲也。吾雖德薄，位爲藩侯，猶庶幾戮力上國，流惠下民，建永世之業，留金石之功，豈徒以翰墨爲勳績，辭賦爲君子哉。若吾志未果，吾道不行，則將采庶官之實録，辯時俗之得失，定仁義之衷，成一家之言，雖未能藏之於名山，將以傳之於同好，非要之皓首，豈今日之論乎？其言之不慚，恃惠子之知我也。明早相迎，書不盡懷。植白。」

楊德祖《答臨淄侯牋》：「修死罪死罪。不待數日，若彌年載。豈由愛顧之隆，使係仰之情深耶。損辱嘉命，蔚矣其文，誦讀反覆，雖諷雅頌，不復過此。若仲宣之擅漢表，陳氏之跨冀域，徐劉之顯青豫，應生之發魏國，斯皆然矣。至於修者，聽采風聲，仰德不暇，自周章於省覽，何遑高視哉。伏惟君侯，少長貴盛，體發旦之資，有聖善之教。遠近觀者，徒謂能宣昭懿德，光贊大業而已，不復謂能兼覽傳記，留思文章。今乃舍王超陳，度越數子矣。觀者駭視而拭目，聽者傾首而竦耳。非夫體通性達，受之自然，其孰能至於此乎？又嘗親見執事，握牘持筆，有所造作，若成誦在心，借書於手，曾不斯須少留思慮。仲尼日月，無得踰焉；修之仰望，殆如此矣。是以對鶡而辭，作《暑賦》彌日而不獻，見西施之容，歸憎其貌者也。伏想執事，不知其然，猥受顧錫，教使刊定。《春秋》之成，莫能損益；《吕氏》、《淮南》，字值千金。然而弟子箝口，市人拱手者，聖賢卓犖，固所以殊（覺）〔絶〕凡庸也。今之賦頌，古詩之流，不更孔公，風雅無别耳。修家子雲，老不曉事，强著一書，悔其少作。若此仲山周旦之疇，爲皆有諐耶。君侯忘聖賢之顯迹，述鄙宗之過言，竊以爲未之思也。若乃不忘經國之大美，流千載之英聲，銘功景鐘，書名竹帛，斯自雅量，素所蓄也，豈與文章相妨害哉。輒受所惠，竊備矇瞍誦咏而已，敢望惠施以忝莊氏。季緒瑣瑣，何足以云。反答造次，不能宣備。修死罪死罪。」

陳孔璋《答東阿王牋》：「琳死罪死罪。昨加恩辱命，并示《龜賦》，披覽粲然。君侯體高世之才，秉青萍干將之器，拂鐘無聲，應機立斷，此乃天然異稟，非鑽仰者所庶幾也。音義既遠，清辭妙（局）〔句〕，焱絶焕炳，譬猶飛兔流星，超山越海，龍驥所不敢追；况於駑馬，可得齊足？夫聽《白雪》之音，觀《緑水》之節，然後《東野》、《巴人》，蚩鄙益著。載懽載笑，欲罷不能，謹韞櫝玩耽，以爲吟頌。琳死罪死罪。」

晉陸機《文賦序》：「余每觀才士之所作，竊有以得其用心。夫放言遺辭，良多變矣，妍蚩好惡，可得而言。每自屬文，尤見其情。恒患意不稱物，文不逮意。蓋非知之難，能之難也。故作

《文賦》，以述先士之盛藻，因論作文之利害所由，他日殆可謂曲盡其妙。至於操斧伐柯，雖取則不遠，若夫隨手之變，良難以辭逮。蓋所能言者，具於此云。」賦曰：「佇中區以玄覽，頤情志於典墳。遵四時以歎逝，瞻萬物而思紛。悲落葉於勁秋，喜柔條於芳春。心懍懍以懷霜，志眇眇而臨雲。咏世德之駿烈，誦先人之清芬。游文章之林府，嘉麗藻之彬彬。慨投篇而援筆，聊宣之乎斯文。其始也，皆收視反聽，耽思傍訊。精騖八極，心遊萬仞。其致也，情曈曨而彌鮮，物昭晰而互進。傾群言之瀝液，漱六藝之芳潤。浮天淵以安流，濯下泉而潛浸。於是沉辭怫悦，若遊魚銜鉤，而出重淵之深；浮藻聯翩，若翰鳥纓繳，而墜曾雲之峻。收百世之闕文，採千載之遺韻。謝朝華於已披，啓夕秀於未振。觀古今之須臾，撫四海於一瞬。然後選義按部，考辭就班。抱景者咸叩，懷響者畢彈。或因枝以振葉，或沿波而討源。或本隱以之顯，或求易而得難。或虎變而獸擾，或龍見而鳥瀾。或妥帖而易施，或岨峿而不安。罄澄心以凝思，眇衆慮而爲言。籠天地於形内，挫萬物於筆端。始躑躅於燥吻，終流離於濡翰。理扶質以立榦，文垂條以結繁。信情貌之不差，故每變而在顔。思涉樂其必笑，方言哀而已歎。或操觚以率爾，或含毫而邈然。伊兹事之可樂，固聖賢之所欽。課虚無以責有，叩寂寞而求音。函緜邈於尺素，吐滂沛乎寸心。言恢之而彌廣，思按之而逾深。播芳蕤之馥馥，發青條之森森。粲風飛而猋竪，鬱雲起乎翰林。體有萬殊，物無一量。紛紜揮霍，形難爲狀。辭程才以效技，意司契而爲匠。在有無而僶俛，當淺深而不讓。雖離方而遯員，期窮形而盡相。故夫夸目者尚奢，愜心者貴當。言窮者無隘，論達者唯曠。詩緣情而綺靡，賦體物而瀏亮。碑披文以相質，誄纏緜而悽愴。銘博約而温潤，箴頓挫而清壯。頌優遊以彬蔚，論精微而朗暢。奏平徹以閑雅，説煒曄而譎誑。雖區分之在茲，亦禁邪而制放。要辭達而理舉，故無取乎冗長。其爲物也多姿，其爲體也屢遷；其會意也尚巧，其遣言也貴妍。暨音聲之迭代，若五色之相宣。雖逝止之無常，固崎錡而難便。苟達變而識次，猶開流以納泉；如失機而後會，恒操末以續顛。謬玄黄之秩叙，故淟涊而不鮮。或仰逼於先條，或俯侵於後章；或辭害而理比，或言順而意妨。離之則雙美，合之則兩傷。考殿最於錙銖，定去留於毫芒；苟銓衡之所裁，固應繩其必當。或文繁理富，而意不指適。極無兩致，盡不可益。立片言而居要，乃一篇之警策；雖衆辭之有條，必待茲而效績。亮功多而累寡，故取足而不易。或藻思綺合，清麗千眠。炳若縟繡，悽若繁絃。必所擬之不殊，乃闇合乎曩篇。雖杼軸於予懷，怵他人之我先。苟傷廉而愆義，亦雖愛而必捐。或苕發穎豎，離衆絶致；形不可逐，響難爲係。塊孤立而特峙，非常音之所緯。心牢落而無偶，意徘徊而不能揥。石韞玉而山輝，水懷珠而川媚。彼榛楛之勿翦，亦蒙榮於集翠。綴《下里》於《白雪》，吾亦濟夫所偉。或託言於短韻，對窮迹而孤興，俯寂寞而無友，仰寥廓而莫承；譬偏絃之獨張，含清唱而靡應。或寄辭於瘁音，言徒靡而弗華，混妍蚩而成體，累良質而爲瑕；象下管之偏疾，故雖應而不和。或遺理以存異，徒尋虛而逐微，言寡情而鮮愛，辭浮漂而不歸；猶絃么而徽急，故雖和而不悲。或奔放以諧合，務嘈囋而妖冶，徒悦目而偶俗，固高聲而曲下。寤《防露》與桑間，又雖悲而不雅。或清虛以婉約，每除煩而去濫。闕大羹之遺味，同朱絃之清氾。雖一唱而三歎，固既雅而不艷。若夫豐約之裁，俯仰之形，因宜適變，曲有微情。或言拙而喻巧，或理樸而辭輕；或襲故而彌新，或沿濁而更清；或覽之而必察，或研之而後精。譬猶舞者赴節以投袂，歌者應絃而遣聲。是蓋輪扁所不得言，故亦非華説之所能精。普辭條與文律，良余膺之所服。練世情之常尤，識前修之所淑。雖濬發於巧心，或受嗤於拙目。彼瓊敷與玉藻，若中原之有菽。同橐籥之罔窮，與天地乎並育。雖紛藹於此世，嗟不盈於予掬。患挈缾之屢空，病昌言之難屬。故踸踔於短韻，放庸音以足曲。恒遺恨以終篇，豈懷盈而自足。懼蒙塵於叩缶，顧取笑乎鳴玉。若夫應感之會，通塞之紀，來不可遏，去不可止，藏若景滅，行猶響起。方天機之駿利，夫何紛而不理。思風發於胸臆，言泉流於脣齒。紛葳蕤以馺遝，唯毫素之所擬。文徽徽以溢目，音泠泠而盈耳。及其六情底滯，志往神留，兀若枯木，豁若涸流；攬營魂以探賾，頓精爽於自求；理翳翳而愈伏，思乙乙其若抽。是以或竭情而多悔，或率意而寡尤。雖茲物之在我，非余力之所勠。故時撫空懷而自惋，吾未識夫開塞之所由。伊茲文之爲用，固衆理之所因。恢萬里而無閡，通億載而爲津。俯貽則於來葉，仰觀象乎古人。濟文武於將墜，宣風聲於不泯。塗無遠而不彌，理無微而弗綸。配霑潤於雲雨，象變化乎鬼神。被金石而德廣，流管絃而日新。」

晉摯虞《文章流別論》曰：「文章者，所以宣上下之象，明人倫之叙，窮理盡性，以究萬物之宜者也。王澤流而詩作，成功臻而頌興，德勳立而銘著，嘉美終而誄集，祝史陳辭，官箴王闕。《周禮》：『太師掌教六詩：曰風，曰賦，曰比，曰興，曰雅，曰頌。』言一國之事，繫一人之本，謂之風。言天下之事，形四方之風，謂之雅。頌者，美盛德之形容。賦者，敷陳之稱也。比者，喻類之言也。興者，有感之辭也。後世之爲詩者多矣，其功德者謂之頌，其餘則總謂之詩。頌，詩之美者也。古者，聖帝明王功成治定，而頌聲興，於是奏於宗廟，告於鬼神，故頌之所美者，聖王之德也。古之作詩者，發乎情，止乎禮義。情之發，因辭以形之。禮義之指，須事以明之，故有賦焉，所以假象盡辭，敷陳其志。古詩之賦，以情義爲主，以事類爲佐。今之賦，以事形爲本，以義正爲助。情義爲主，則言省而文有例矣。事形爲本，則言當而辭無常矣。文之煩省，辭之險易，蓋由於此。夫假象過大，則與類相遠；逸辭過（則）壯，〔則〕與事相違；辯言過理，則與義相失；麗靡過美，則與情相悖。此四過者，所以背大體而害政教。是以司馬遷割相如之浮說，揚雄疾辭人之賦麗以淫。詩之流也，有三言、四言、五言、六言、七言、九言。古詩率以四言爲體，而時有一句二句雜在四言之間，後世演之，遂以爲篇。古詩之三言者，『振振鷺，鷺于飛』之屬是也。五言者，『誰謂雀無角，何以穿我屋』之屬是也。六言者，『我姑酌彼金罍』之屬是也。七言者,『交交黄鳥止于桑』之屬是也。九言者,『泂酌彼行潦挹彼注兹』之屬是也。夫詩雖以情志爲本,而以成聲爲節,然則雅音之韻,四言爲言,其餘雖備曲折之體,而非音之正也。」

又曰:「《七發》造於枚〔乘〕,借吴楚以爲客主。(乘)先言出輿入輦蹷痿之損,深宫洞房寒暑之疾,靡漫(羹)〔美〕色宴安之毒,厚味暖服淫躍之害,宜聽世之君子要言妙道,以疏神導體,蠲淹滯之累。既設此辭,以顯明去就之路,而後説以聲色逸遊之樂。其説不入,乃陳聖人辯士講論之娱,而霍然疾瘳,此固膏粱之常疾,以爲匡勸。雖有甚泰之辭,而不没其諷諭之義也。其流遂廣,其義遂變,率有辭人淫麗之尤矣。」

又曰:「詩頌箴銘之篇,皆在往古成文,可放依而作,惟誄無定制,故作者多異焉。見於典籍者,《左傳》有魯哀公爲孔子誄。」

又曰:「哀辭者,誄之流也。崔瑗、蘇順、馬融等爲之,率以施於童殤夭折不以壽終者。建安中,文帝、臨淄侯各失稚子,命徐幹、劉楨爲之。哀辭之體,以哀痛爲主,緣以嘆惜之辭。」

又曰:「今所傳哀策者,古誄之義。」

又曰:「詩言志,歌咏言。古有采詩之官,王者以知得失。古詩之四言者,『振鷺于飛』是也,漢郊廟歌多用之;五言者,『誰謂雀無角,何以穿我屋』是也,樂府亦用之;六言者,『我姑酌彼金罍』是也,樂府亦用之。七言者,『交交黄鳥止於桑』是也,於俳諧倡樂世用之;古詩之九言者，『洞酌彼行潦挹此注茲』是也，不入歌謡之章，故世希爲之。夫詩雖以情志爲本，而以聲成爲節。」

又曰：「頌，詩之美者也，古者聖帝明王，功成治定，而頌聲興，於是史録其篇，工歌其章，以奏於宗廟，告於神明，故頌之所美，則以爲名。或以頌形，或以頌聲，其細已甚，非古頌之意。昔班固爲《安豐戴侯頌》，史岑爲《出師頌》、《和熹鄧后頌》，與《魯頌》體意相類，而文辭之異，古今之變也。揚雄《趙充國頌》，頌而似雅，傅毅《顯宗頌》，文與《周頌》相似，而雜以風雅之意。若馬融《廣成》、《上林》之屬，純爲今賦之體，而謂之頌，失之遠矣。」以上《藝文類聚·雜文部》。

晉李充《翰林論》曰：「或問曰：何如斯可謂之文？答曰：孔文舉之書，陸士衡之議，斯可謂之文也。潘安仁之爲文也，猶翔禽之羽毛，衣被之綃縠。盟檄發于師旅，相如《喻蜀父老》，可謂德音矣，誠誥施于弼違。表宜以遠大爲本，不以華藻爲先。若曹子建之表，可謂成文矣。諸葛亮之表劉主，裴公之辭侍中，羊公之讓開府，可謂德音矣。駁不以華藻爲先，世以傅長虞每奏駮事爲邦之司直矣。研玉名理，而難生焉。論貴於允理，不求支離，若嵇康之論，成文矣。」《太平御覽·文部》。

北齊《顔氏家訓·文章篇》：「夫文章者，原出五經：詔命策檄，生於《書》者也；序述論議，生於《易》者也；歌咏賦頌，生於《詩》者也；祭祀哀誄，生於《禮》者也；書奏箴銘，生於《春秋》

者也。朝廷憲章，軍旅誓誥，敷顯仁義，發明功德，牧民建國，施用多途。至於陶冶性靈，從容諷諫，入其滋味，亦樂事也。行有餘力，則可習之。然而古文人多陷輕薄：屈原露才揚己，顯暴君過；宋玉體貌容冶，見遇俳優。東方曼倩，滑稽不雅；司馬長卿，竊貲無操。王褒過章《童約》，揚雄德敗《美新》。李陵降辱夷虜，劉歆反覆莽世。傅毅黨附權門，班固盜竊父史。趙元叔抗竦過度，馮敬通浮華擯壓。馬季長佞媚獲誚，蔡伯喈同惡受誅。吴質詆訶鄉里，曹植悖慢犯法。杜篤乞假無厭，路粹隘狹已甚。陳琳實號粗疏，繁欽性無檢格。劉楨屈强輸作，王粲率躁見嫌。孔融、禰衡，誕傲致殞；楊修、丁廙，扇動取斃。阮籍無禮敗俗，嵇康凌物凶終。傅玄忿鬬免官，孫楚矜誇凌上。陸機犯順履險，潘岳乾没取危。顔延年負氣摧黜，謝靈運空疏亂紀。王元長凶賊自(貽)〔詒〕，謝玄暉悔慢見及。凡此諸人，皆其翹秀者，不能悉紀，大較如此。至於帝王，亦或未免。自昔天子而有才華者，唯漢武、魏太祖、文帝、明帝、宋孝武帝，皆負世議，非懿德之君也。自子游、子夏、荀況、孟軻、枚乘、賈誼、蘇武、張衡、左思之儔，有盛名而免過患者，時復聞之，但其損敗居多耳。每嘗思之，原其所積，文章之體，標舉興會，發引性靈，使人矜伐，故忽於持操，果於進取。今世文士，此患彌切，一事愜當，一句清巧，神厲九霄，志淩千載，自吟自賞，不覺更有傍人。加以砂礫所傷，慘於矛戟，諷刺之禍，速乎風塵，深宜防慮，以保元吉。學問有利鈍，文章有巧拙。鈍學累功，不妨精熟；拙文研思，終歸蚩鄙。但成學士，自足爲人。必乏天才，勿强操筆。吾見世人，至於無才思，自謂清華，流布醜拙，亦以衆矣，江南號爲『詅癡符』。近在并州，有一士族，好爲可笑詩賦，誂擎邢、魏諸公，衆共嘲弄，虚相讚説，便擊牛釃酒，招延聲譽。其妻，明鑒婦人也，泣而諫之。此人歎曰：『才華不爲妻子所容，何況行路。』至死不覺。自見之謂明，此誠難也。學爲文章，先謀親友，得其評論者，然後出手；慎勿師心自任，取笑旁人也。自古執筆爲文者，何可勝言。然至於宏麗精華，不過數十篇耳。但使不失體裁，辭意可觀，遂稱才士；要須動俗蓋世，亦俟河之清乎。不屈二姓，夷、齊之節也；何事非君，伊、箕之義也。自春秋已來，家有犇亡，國有呑滅，君臣固無常分矣。然而君子之交絶無惡聲，一旦屈膝而事人，豈以存亡而改慮。陳孔璋居袁裁書，則呼操爲豺狼；在魏製檄，則目紹爲虵虺。在時君所命，不得自專，然亦文人之巨患也，當務從容消息之。或問揚雄曰：『吾子少而好賦？』雄曰：『然。童子雕蟲篆刻，壯夫不爲也。』余竊非之曰：虞舜歌《南風》之詩，周公作《鴟鴞》之咏，吉甫、史克，《雅》、《頌》之美者，未聞皆在幼年累德也。孔子曰：『不學《詩》，無以言。』『自衛返魯，樂正，《雅》、《頌》各得其所。』大明孝道，引《詩》證之。揚雄安敢忽之也。若論『詩人之賦麗以則，辭人之賦麗以淫』，但知變之而已，又未知雄自爲壯夫何如也？著《劇秦美新》，妄投於閣，周章怖慴，不達天命，童子之爲耳。桓譚以勝老子，葛洪以方仲尼，使人歎息。此人直以曉算術，解陰陽，故著《太玄經》，爲數子所惑耳；其遺言徐行，孫卿、屈原之不及，安敢望大聖之清塵。

且《太玄》今竟何用乎，不啻覆醬瓿而已。齊世有辛毗者，清幹之士，官至行臺尚書，嗤鄙文學，嘲劉逖云：『君輩辭藻，譬若榮華，須臾之翫，非宏才也；豈比吾徒十丈松樹，常有風霜，不可凋悴矣。』劉應之曰：『既有寒木，又發春華，何如也？』辛笑曰：『可哉。』凡爲文章，猶人乘騏驥，雖有逸氣，當以銜勒制之，勿使流亂軌躅，放意填坑岸也。文章當以理致爲心腎，氣調爲筋骨，事義爲皮膚，華麗爲冠冕。今世相承，趨末棄本，率多浮艷。辭與理競，辭勝而理伏；事與才爭，事繁而才損。放逸者流宕而忘歸，穿鑿者補綴而不足。時俗如此，安能獨違？但務去泰去甚耳。必有盛才重譽，改革體裁者，實吾所希。古人之文，宏材逸氣，體度風格，去今實遠；但緝綴疏樸，未爲密緻耳。今世音律諧靡，章句偶對，諱避精詳，賢於往昔多矣。宜以古之制裁爲本，今之辭調爲末，並須兩存，不可偏棄也。吾家世文章，甚爲典正，不從流俗，梁孝元在蕃邸時，撰《西府新文》，（史）記無一篇見録者，亦以不偶於世，無鄭、衛之音故也。有詩賦銘誄書表啓疏二十卷，吾兄弟始在草（上）〔土〕，並未得編次，便遭火盪盡，竟不傳於世。銜酷茹恨，徹於心髓。操行見於《梁史·文士傳》及孝元《懷舊志》。沈隱侯曰：『文章當從三易：易見事，一也；易識字，二也；易讀誦，三也。』邢子才常曰：『沈侯文章，用事不使人覺，若胸臆語也。』深以此服之。祖孝徵亦嘗謂吾曰：『沈詩云「崖傾護石髓」，此皆似用事邪？』邢子才、魏收俱有重名，時俗準的，以爲師匠。邢賞服沈約而輕任昉，魏愛慕任昉而毁沈約，每於談讌，辭色以之。

鄴下紛紜，各有朋黨。祖孝徵嘗謂吾曰：『任、沈之是非，乃邢、魏之優劣也。』」

《北魏書·祖瑩傳》：「文章須自出機杼，成一篇風骨，何能與人共生活也？」

《宋書·謝靈運傳論》：「史臣曰：民禀天地之靈，含五常之德，剛柔迭用，喜愠分情。夫志動於中，則歌咏外發。六義所因，四始攸繫，升降謳謠，紛披風什。雖虞夏以〔前〕遺文不覩，禀氣懷靈，理無或異。然則歌咏所興，宜在《生民》始也。周室既衰，風流彌著。屈平、宋玉導清源於前，賈誼、相如振芳塵於後。英辭潤金石，高義薄雲天。自茲以降，情志愈廣。王褒、劉向、揚、班、崔、蔡之徒，異軌同奔，遞相師祖。雖清辭麗曲，時發乎篇，而蕪音累氣，固亦多矣。若夫平子艷發，文以情變，絶唱高蹤，久無嗣響。至於建安，曹氏基命，二祖、陳王，咸蓄盛藻。甫乃以情緯文，以文被質。自漢至魏，四百餘年，辭人才子，文體三變：相如巧爲形似之言，班固長於情理之説，子建、仲宣以氣質爲體，並標能擅美，獨映當時。是以一世之士，各相慕習。原其飈流所始，莫不同祖風騷；徒以賞好異情，故意製相詭。降及元康，潘陸特秀，律異班賈，體變曹王。縟旨星稠，繁文綺合，綴平臺之逸響，採南皮之高韻。遺風餘烈，事極江左。有晉中興，玄風獨振，爲學窮於柱下，博物止乎七篇。馳騁文辭，義單乎此。自建武暨乎義熙，歷載將百。雖綴響聯辭，波屬雲委；莫不寄言上德，託意玄珠，遒麗之辭，無聞焉爾。仲文始革孫、許之風，叔源大變太元之氣。爰逮宋氏，顔謝騰聲，靈運之興會標舉，延年之體裁明密，並方軌前秀，垂範後昆。若夫敷衽論心，商榷前藻，工拙之數，如有可言。夫五色相宣，八音協暢，由乎玄黃律呂，各適物宜。欲使宮羽相變，低昂互節，若前有浮聲，則後須切響。一簡之內，音韻盡殊；兩句之中，輕重悉異。妙達此旨，始可言文。至於先士茂製，諷高歷賞。子建『函京』之作，仲宣『霸岸』之篇，子荆『零雨』之章，正長『朔風』之句，並直舉胸情，非傍詩史。正以音律調韻，取高前式。自騷人以來，此秘未覩。至於高言妙句，音韻天成，皆闇與理合，匪由思至。張、蔡、曹、王，曾無先覺；潘、陸、謝、顏，去之彌遠。世之知音者，有以得之，知此言之非謬。如曰不然，請待來哲。」

《齊書・陸厥傳》：「與沈約書曰：『范詹事《自序》：「性别宮商，識清濁，特能適輕重，濟艱難。古今文人，多不全了斯處，縱有會此者，不必從根本中來。」沈尚書亦云：「自靈均以來，此秘未覩。」或「闇與理合，匪由思至。張、蔡、曹、王，曾無先覺，潘、陸、顏、謝，去之彌遠」。大旨鈞使「宮羽相變，低昂舛節。若前有浮聲，則後須切響，一簡之內，音韻盡殊，兩句之中，輕重悉異」。辭既美矣，理又善焉。但觀歷代衆賢，似不都闇此處，而云「此秘未覩」，近於誣乎？案范云「不從根本中來」，尚書云「匪由思至」，斯可謂揣情謬於玄黃，擿句差其音律也。范又云「時有會此者」，尚書云「或闇與理合」，則美咏清謳，有辭章調韻者，雖有差謬，亦有會合，推此以往，可得而言。夫思有合離，前哲同所不免；文有開塞，即事不得無之。子建所以好人譏彈，士衡所以遺恨終篇，既曰遺恨，非盡美之作，理可詆訶。君子執其詆訶，便謂合理爲闇。豈如指其合理而寄詆訶爲遺恨邪？自魏文屬論，深以清濁爲言，劉楨奏書，大明體勢之致，岨峿妥帖之談，操末續顛之説，興玄黄於律吕，比五色之相宣，苟此秘未覩，兹論爲何所指邪？故愚謂前英已早識宫徵，但未屈曲指的，若今論所申。至於掩瑕藏疾，合少謬多，則臨淄所云「人之著述，不能無病」者也。非知之而不改，謂不改則不知，斯曹、陸又稱「竭情多悔，不可力彊」者也。今許以有病有悔爲言，則必自知無悔無病之地；引其不了不合爲闇，何獨誣其一合一了之明乎？意者亦質文時異，古今好殊，將急在情物，而緩於章句。情物，文之所急，美惡猶且相半；章句，意之所緩，故合少而謬多。義兼於斯，必非不知，明矣。《長門》、《上林》，殆非一家之賦；《洛神》、《池雁》，便成二體之作。孟堅精正，《咏史》無虧於東主；平子恢富，《羽獵》不累於憑虚。王粲《初征》，他文未能稱是；楊修敏捷，《暑賦》彌日不獻。率意寡尤，則事促乎一日；翳翳愈伏，而理賒於七步。一人之思，遲速天懸；一家之文，工拙壤隔。何獨宫商律吕，必責其如一邪？論者乃可言未窮其致，不得言曾無先覺也。』約答曰：『宫商之聲有五，文字之别累萬。以累萬之繁，配五聲之約，高下低昂，非思力所學。又非止若斯而已也。十字之文，顛倒相配，字不過十，巧歷已不能盡，何況復過於此者乎？靈均以來，未經用之於懷抱，固無從得其髣髴矣。若斯之妙，而聖人不尚，何邪？此蓋曲折聲韻之巧，無當於訓義，非聖哲立言之所急也。是以子雲譬之「雕蟲篆刻」，云「壯夫不爲」。自古辭人豈不知宮羽之殊，商徵之別？雖知五音之異，而其中參差變動，所昧實多，故鄙意所謂「此秘未覩」者也。以此而推，則知前世文士，便未悟此處。若以文章之音韻，同弦管之聲曲，則美惡妍蚩，不得頓相乖反。譬猶子野操曲，安得忽有闡緩失調之聲？以《洛神》比陳思他賦，有似異手之作。故知天機啓，則律吕自調；六情滯，則音律頓舛也。士衡雖云「炳若縟錦」，寧有濯色江波，其中復有一片是衛文之服？此則陸生之言，即復不盡者矣。韻與不韻，復有精粗，輪扁不能言，老夫亦不盡辨此。』」

《齊書・張融傳》：「《自序》：『吾文章之體，多爲世人所驚，汝可師耳以心，不可使耳爲心師也。夫文豈有常體，但以有體爲常，政當使常有其體。丈夫當删《詩》、《書》，制禮樂，何至因循寄人籬下。且中代之文，道體闕變，尺寸相資，彌縫舊物。吾之文章，體亦何異，何嘗顛温凉而錯寒暑，綜哀樂而横歌哭哉？政以屬辭多出，比事不羈，不阡不陌，非途非路耳。然其傳音振逸，鳴節竦韻，或當未極，亦已極其所矣。汝若復別得體者，吾不拘也。』」

《齊書・文學傳論》：「史臣曰：文章者，蓋情性之風標，神明之律吕也。蘊思含毫，遊心内運，放言落紙，氣韻天成，莫不禀以生靈，遷乎愛嗜，機見殊門，賞悟紛雜。若子桓之品藻人才，仲治之區判文體，陸機辨於《文賦》，李充論於《翰林》，張眎摘句褒貶，顔延圖寫情興，各任懷抱，共爲權衡。屬文之道，事出神思，感召無象，變化不窮。俱五聲之音響，而出言異句；等萬物之情狀，而下筆殊形。吟咏規範，本之雅什，流分條散，各以言區。若陳思『代馬』群章，王粲『飛鸞』諸製，四言之美，前超後絶。少卿離辭五言，才骨難與爭鶩。『桂林』『湘水』，平子之華篇；『飛館』『玉池』，魏文之麗篆。七言之作，非此誰先？有雲巨麗，升堂冠冕，張、左恢廓，登高不繼，賦貴披陳，未或加矣。顯宗之述傅毅，簡文之摛彦伯，分言制句，多得頌體。裴頠内侍，元規鳳池，子章以來，章表之選。孫綽之碑，嗣伯喈之後；謝莊之誄，起安仁之塵。顔延《楊瓚》，自比《馬督》，以多稱貴，歸莊爲允。王褒《僮約》，束晳《發蒙》，滑稽之流，亦可奇瑋。五言之製，獨秀衆品。習玩爲理，事久則瀆，在乎文章，彌患凡舊。若無新變，不能代雄。建安一體，《典論》短長互出；潘、陸齊名，機、岳之文永異。江左風味，盛道家之言；郭璞舉其靈變；許詢極其名理；仲文玄氣，猶不盡除；謝混情新，得名未盛。顔、謝並起，乃各擅奇；休、鮑後出，咸亦標世。朱藍共妍，不相祖述。今之文章，作者雖衆，總而爲論，略有三體。一則啓心閑繹，托辭華曠，雖存巧綺，終致迂回。宜登公宴，未爲准的。而疏慢闡緩，膏肓之病，典正可採，酷不入情。此體之源，出靈運而成也。次則緝事比類，非對不發，博物可嘉，職成拘制。或全借古語，用申今情，崎嶇牽引，直爲偶説。唯覩事例，頓失精采。此則傅咸五經，應璩指事，雖不全似，可以類從。次則發唱驚挺，操調險急，雕藻淫艷，傾炫心魂。亦猶五色之有紅紫，八音之有鄭衛。斯鮑照之遺烈也。三體之外，請試妄談。若夫委自天機，參之史傳，應思悱來，(吻)〔勿〕先構聚。言尚易了，文憎過意，吐石含金，滋潤婉切。雜以風謠，輕脣利吻，不雅不俗，獨中胸懷。輪扁斲輪，言之未盡；文人談士，罕或兼工。非唯識有不周，道實相妨。談家所習，理勝其辭，就此求文，終然翳奪。故兼之者鮮矣。」

梁元帝《金樓子》：「凡讀書必以五經爲本，所謂非聖人之書勿讀。讀之百徧，其義自見。此外衆書，自可泛觀耳。正史既見得失成敗，此經國之所急。五經之外，宜以正史爲先。」

又曰：「諸子興於戰國，文集盛於二漢，至家家有製，人人有集。其美者，足以敘情志，敦風俗；其弊者，祇以煩簡牘，疲後生。往者既積，來者未已。翹足志學，白首不徧。或昔之所重，今反輕，今之所重，古之所賤。嗟我後生博達之士，有能品藻異同，刪整蕪穢，使卷無瑕玷，覽無遺功，可謂學矣。」

又曰：「古人之學者有二，今人之學者有四。夫子門徒，轉相師受，通聖人之經者謂之儒，屈原、宋玉、枚乘、長卿之徒，止於辭賦，則謂之文。今之儒博窮子史，但能識其事，不能通其理者，謂之學。至如不便爲詩如閻纂，善爲章奏如伯松，若此之流，泛謂之筆。吟咏風謠，流連哀思者，謂之文。而學者率多不便屬辭，守其章句，遲於通變，質於心用。學者不能定禮樂之是非，辯經教之宗旨，徒能揚榷前言，抵掌多識。然而挹源知流，亦足可貴。筆退則非謂成篇，進則不云取義，神其巧惠，筆端而已。至如文者，惟須綺縠紛披，宮徵靡曼，脣吻遒會，情靈搖蕩，而古之文筆，今之文筆，其源又異。至如《彖》、《繫》、《風》、《雅》，名、墨、農、刑，虎炳豹鬱，彬彬君子，卜談四始，李言《七略》，源流已詳。今亦置而弗辨。潘安仁清綺若是，而評者止稱情切，故知爲文之難也。曹子建、陸士衡，皆文士也，觀其辭致側密，事語堅明，意匠有序，遺言無失。雖不以儒者命家，此亦悉通其義也。徧觀文士，略盡知之。至於謝玄暉，始見貧小，然而天才命世，過足以補尤。任彦升甲部闕如，才長筆翰，善緝流略，遂有龍門之名，斯亦一時之盛。」

梁簡文帝《答張纘謝示集書》：「卿少好文章，於今二十五年矣。竊嘗論之，日月三辰，火龍黼黻，尚且著於玄象，彰乎人事，而況文辭可止，詎謂可輟乎。不爲壯夫，揚雄實小言破道，非謂君子，曹植亦小辯破言，論之科刑，罪在不赦。至如春庭落景，轉蕙承風，秋雨朝晴，簷梧初下。浮雲生野，明月入樓，時命親賓，乍動嚴駕。琿渠屢酌，鸚鵡驟傾，伊昔三邊，久留四載，胡霧連天，征旗拂日，時（問）〔聞〕塢笛，遥聽塞笳。或鄉思悽然，或雄心憤薄。是以沉吟短翰，補綴庸音，寓目寫心，因事而作。」《初學記·文章部》。

梁裴子野《雕蟲論》曰：「古者四始六藝，總而爲詩，既形四方之風，且彰君子之志，勸美懲惡，王化本焉。後之作者，思存枝葉，繁華蘊藻，用以自通。若悱惻芬芳，楚騷爲之祖；靡漫容與，相如扣其音。由是隨聲逐影之儔，棄指歸而無執，賦詩歌頌，百帙五車。蔡應等之俳優，揚雄悔爲童子，聖人不作，雅鄭誰分？其五言爲家，則蘇、李自出，曹、劉偉其風力，潘、陸固其枝葉。爰及江左，稱彼顔、謝，箴繡鞶帨，無取廟堂。宋初迄於元(壽)〔嘉〕，多爲經史，大明之代，實好斯文。高才逸韻，頗謝前哲，波流相尚，滋有篤焉。自是閭閻少年，貴游總角，罔不擯落六藝，吟咏情性。學者以博依爲急務，謂章句爲專魯，淫文破典，斐爾爲功。無被於管弦，非止乎禮義。深心主卉木，遠致極風雲。其興浮，其志弱。巧而不要，隱而不深。討其宗途，亦有宋之風也。若季子聆音，則非興國；鯉也趨室，必有不敢。荀卿有言：『亂代之徵，文章匿而采。』斯豈近之乎。」

《經濟類編》：「宋明帝博好文章，才思朗捷，常讀書奏，號稱七行俱下。每有禎祥及幸讌集，輒陳詩展義，且以命朝臣。其戎士武夫，則託請不暇，困於課限，或買以應詔焉。於是天下向風，人自藻飾，雕蟲之藝，盛于時矣。梁鴻臚卿裴子野論云云。」

《梁書·庾肩吾傳》：「《與湘東王書》論之曰：『吾輩亦無所遊賞，止事披閲，性既好文，時復短咏。雖是庸音，不能閣筆，有慚伎癢，更同故態。比見京師文體，儒鈍殊常，競學浮疏，争爲闡緩。玄冬修夜，思所不得，既殊比興，正背風、騷。若夫六典三禮，所施則有地；吉凶嘉賓，用之則有所。未聞吟咏情性，反擬《内則》之篇；操筆寫志，更摹《酒誥》之作。遲遲春日，翻學《歸藏》；湛湛江水，遂同《大傳》。吾既拙於爲文，不敢輕有掎摭。但以當世之作，歷方古之才人，遠則揚、馬、曹、王，近則潘、陸、顔、謝，而觀其遺辭用心，了不相似。若以今文爲是，則古文爲非；若昔賢可稱，則今體宜棄。俱爲盍各，則未之敢許。又時有效謝康樂、裴鴻臚文者，亦頗有惑焉。何者？謝客吐言天拔，出於自然，時有不拘，是其糟粕；裴氏乃是良史之才，了無篇什之美。是爲學謝則不屆其精華，但得其冗長；師裴則蔑絶其所長，惟得其所短。謝故巧不可階，裴亦質不宜慕。故胸馳臆斷之侶，好名忘實之類，方分肉於仁獸，逞卻克於邯鄲，入鮑忘臭，效尤致禍。決羽謝生，豈三千之可及；伏膺裴氏，懼兩唐之不傳。故玉徽金銑，反爲拙目所嗤；《巴人》、《下里》，更合郢中之聽。《陽春》高而不和，妙聲絶而不尋，竟不精討錙銖，覈量文質，有異巧心，終愧妍手。是以握瑜懷玉之士，瞻鄭邦而知退；章甫翠履之人，望閩鄉而歎息。詩既若此，筆又如之。徒以烟墨不言，受其驅染；紙札無情，任其摇襞。甚矣哉，文之横流，一至於此。至如近世謝朓、沈約之詩，任昉、陸倕之筆，斯實文章之冠冕，述作之楷模。張士簡之賦，周升逸之辯，亦成佳手，難可復遇。文章未墜，必有英絶，領袖之者，非弟而誰。每欲論之，無可與語，〔思〕吾子建，一共商搉。辯兹清濁，使如涇、渭；論兹月旦，類彼汝南。朱丹既定，雌黄有别，使夫懷鼠知慚，濫竽自耻。譬斯袁紹，畏見子將；同彼盜牛，遥羞王烈。相思不見，我勞如何。』」

陳姚察論曰：「魏文帝稱古之文人，鮮能以名節自全，何哉？夫文者妙發性靈，獨拔懷抱，易邈等夷，必興矜露。大則淩慢侯王，小則慠蔑朋黨；速忌離訧，啓自此作。若夫屈、賈之流斥，桓、馮之擯放，豈獨一世哉？蓋恃才之禍也。」《梁書・文學傳論》。

梁劉勰《文心雕龍・自序》曰：「夫文心者，言爲文之用心也。昔涓子《琴心》，王孫《巧心》，心哉美矣夫，故用之焉。古來文章，以雕縟成體，豈取騶奭群言雕龍也。夫宇宙緜邈，黎獻紛雜，拔萃出類，智術而已。歲月飄忽，性靈不居，騰聲飛實，制作而已。夫肖貌天地，禀性五才，擬耳目於日月，方聲氣乎風雷，其超出萬物，亦已靈矣。形甚草木之脆，名踰金石之堅，是以君子處世，樹德建言，豈好辯哉？不得已也。予齒在逾立，嘗夜夢執丹漆之禮器，隨仲尼而南行。旦而寤，乃怡然而喜。大哉，聖人之難見也，乃小子之垂夢歟。自生人以來，未有如夫子者也。敷讚聖旨，莫若注經，而馬鄭諸儒，弘之已精，就有深解，未足立家。唯文章之用，實經典枝條，五禮資之以成，六典因之致用，君臣所以炳煥，軍國所以昭明，詳其本源，莫非經典。而去聖久遠，文體解散，辭人愛奇，言貴浮詭，飾羽尚畫，文繡鞶帨，離本彌甚，將遂訛濫。蓋《周書》論辭，貴乎體要，尼父陳訓，惡乎異端，辭訓之異，宜體於要。於是搦筆和墨，乃始論文。詳觀近代之論文者多矣：至如魏文述典，陳思序書，應瑒《文論》，陸機《文賦》，仲洽《流別》，弘範《翰林》，各照隅隙，鮮觀衢路。或臧否當時之才，或銓品前修之文，或泛舉雅俗之旨，或撮題篇章之意。魏典密而不周，陳書辯而無當，應論華而疏略，陸賦巧而碎亂，《流別》精而少功，《翰林》淺而寡要。又君山、公幹之徒，吉甫、士龍之輩，泛議文意，往往間出，並未能振葉以尋根，觀瀾而索源。不述先哲之誥，無益後生之慮。蓋《文心》之作也，本乎道，師乎聖，體乎經，酌乎緯，變乎騷，文之樞紐，亦云極矣。若乃論文叙筆，則囿别區分，原始以表末，釋名以章義，選文以定篇，敷理以舉統，上篇以上，綱領明矣。至於割情析表，籠圈條貫，摛《神》、《性》，圖《風》、《勢》，苞《會》、《通》，閲《聲》、《字》，崇替於《時序》，褒貶於《才略》，怊悵於《知音》，耿介於《程器》，長懷《序志》，以馭群篇，下篇以下，毛目顯矣。位理定名，彰乎大《易》之數，其爲文用，四十九篇而已。夫銓叙一文爲易，彌綸群言爲難，雖復輕采毛髮，深極骨髓，或有曲意密源，似近而遠，辭所不載，亦不勝數矣。及其品評成文，有同乎舊談者，非雷同也，勢自不可異也；有異乎前論者，非苟異也，理自不可同也。同之與異，不屑古今，擘肌分理，唯務折衷。案轡文雅之場，而環絡藻繪之府，亦幾乎備矣。但言不盡意，聖人所難，識在瓶管，何能矩矱。茫茫往代，既洗予聞；眇眇來世，儻塵彼觀。」

《隋書·李諤傳》上高祖書曰：「臣聞古先哲王之化民也，必變其視聽，防其嗜欲，塞其邪放之心，示以淳和之路。五教六行爲訓民之本，《詩》、《書》、《禮》、《易》爲道義之門。故能家復孝慈，人知禮讓，正俗調風，莫大於此。其有上書獻賦，制誄鐫銘，皆以褒德序賢，明勳證理。苟非懲勸，義不徒然。降及後代，風教漸落。魏之三祖，更尚文詞，忽君人之大道，好雕蟲之小藝。下之從上，有同影響，競騁文華，遂成風俗。江左齊、梁，其弊彌甚，貴賤賢愚，唯務吟咏。遂復遺理存異，尋虚逐微，競一韻之奇，争一字之巧。連篇累牘，不出月露之形；積案盈箱，唯是風雲之狀。世俗以此相高，朝廷據兹擢士。禄利之路既開，愛尚之情愈篤。於是閭里童昏，貴遊總丱，未窺六甲，先製五言。至如羲皇、舜、禹之典，伊、傅、周、孔之説，不復關心，何嘗入耳。以傲誕爲清虚，以緣情爲勳績，指儒素爲古拙，用詞賦爲君子。故文筆日繁，其政日亂，良由棄大聖之軌模，構無用以爲用也。損本逐末，流遍華壤，遞相師祖，久而愈扇。及大隋受命，聖道聿興，屏出輕浮，遏止華僞，自非懷經抱質，志道依仁，不得引預搢紳，參厠纓冕。開皇四年，普詔天下，公私文翰，並宜實録。其年九月，泗州刺史司馬幼之文表華艷，付所司治罪。自是公卿大臣咸知正路，莫不鑽仰墳素，棄絶華綺，擇先王之令典，行大道於兹世。如聞外州遠縣，仍踵弊風，選吏舉人，未遵典則。至有宗黨稱孝，鄉曲歸仁，學必典謨，交不苟合，則擯落私門，不加收齒；其學不稽古，逐俗隨時，作輕薄之篇章，結朋黨而求譽，則選充吏職，舉送天朝。蓋由縣令、刺史未行風教，猶挾私情，不存公道。臣既忝憲司，職當糾察。若聞風即劾，恐挂網者多，請勒諸司，普加搜訪，有如此者。」

《舊唐書·元稹傳》：「稹自序曰：『稹初不好文，徒以仕無他岐，强由科試。及有罪譴棄之後，自以爲廢滯潦倒，不復爲文字有聞於人矣。曾不知好事者抉擿芻蕪，塵瀆尊重。竊承相公特於廊廟間道稹詩句，昨又面奉教約，令獻舊文。戰汗悚踴，慚靦無地。稹自御史府謫官，於今十餘年矣。閑誕無事，遂專力於詩章。日益月滋，有詩句千餘首。其間感物寓意，可備矇瞽之風者有之。辭直氣粗，罪尤是懼，固不敢陳露於人。唯杯酒光景間，屢爲小碎篇章，以自吟暢。然以爲律體卑痹，格力不揚，苟無姿態，則陷流俗。常欲得思深語近，韻律調新，屬對無差，而風情宛然，而病未能也。江湖間多新進小生，不知天下文有宗主，妄相放效，而又從而失之，遂至於支離褊淺之辭，皆目爲元和詩體。稹與同門生白居易友善。居易雅能詩，就中愛驅駕文字，窮極聲韻，或爲千言，或五百言律詩，以相投寄。小生自審不能過之，往往戲排舊韻，別創新辭，名爲次韻相酬，蓋欲以難相排。自爾江湖間爲詩者，復相放效，力或不足，則至於顛倒語言，重複首尾，韻同意等，不異前篇，亦目爲元和詩體。而司文者考變雅之由，往往歸咎於稹。嘗以爲雕蟲小事，不足以自明。始聞相公記意，累旬已來，實慮糞土之牆，庇之以大廈，使不復破壞，永爲板築者之誤。輒寫古體歌詩一百首，百韻至兩韻律詩一百首，爲五卷，奉啓跪陳。或希構廈之餘，一賜觀覽，知小生於章句中櫟櫨榱桷之材，盡曾量度，則十餘年之邅迴，不爲無用矣。』」

白居易與元稹書，論作文大旨云：「夫文，尚矣，三才各有文。天之文，三光首之；地之文，五材首之；人之文，六經首之。就六經言，《詩》又首之。何者？聖人感人心而天下和平。感人心者，莫先乎情，莫始乎言，莫切乎聲，莫深乎義。詩者，根情，苗言，華聲，實義。上自賢聖，下至愚騃，微及豚魚，幽及鬼神。群分而氣同，形異而情一。未有聲入而不應、情交而不感者。聖人知其然，因其言，經之以六義；緣其聲，緯之以五音。音有韻，義有類。韻協則言順，言順則聲易入，類舉則情見，情見則感易交。於是乎孕大含深，貫微洞密，上下通而二氣泰，憂樂合而百志熙。二帝三王，所以直道而行，垂拱而理者，揭此以爲大柄，決此以爲大寶也。故聞『元首明，股肱良』之歌，則知虞道昌矣。聞五子洛汭之歌，則知夏政荒矣。言者無罪，聞者作誡，言者聞者莫不兩盡其心焉。洎周衰秦興，採詩官廢，上不以詩補察時政，下不以歌洩道人情。用至於諂成之風動，救失之道缺。於時六義始刓矣。《國風》變爲《騷辭》，五言始於蘇、李。《詩》、《騷》皆不遇者，各繫其志，發而爲文。故河梁之句，止於傷別；澤畔之吟，歸於怨思。彷徨抑鬱，不暇及他耳。然去《詩》未遠，梗概尚存。故興離別，則引雙鳧一雁爲喻；諷君子小人，則引香草惡鳥爲比。雖義類不具，猶得風人之什二三焉。於時六義始缺矣。晉、宋已還，得者蓋寡。以康樂之奥博，多溺於山水；以淵明之高古，偏放於田園。江、鮑之流，又狹於此。如梁鴻《五噫》之例者，百無一二。于時六義寖微矣。陵夷至於梁、陳間，率不過嘲風雪、弄花草而已。噫，風雪花草之物，三百篇中豈捨之乎？顧所用何如耳。設如『北風其涼』，假風以刺威虐；『雨雪霏霏』，因雪以愍征役；『棠棣之華』，感華以諷兄弟；『采采芣苡』，美草以樂有子也。皆興發於此而義歸於彼，反是者可乎哉。然則『餘霞散成綺，澄江淨如練』，『歸花先委露，別葉乍辭風』之什，麗則麗矣，吾不知其所諷焉。故僕所謂嘲風雪、弄花草而已。于時六義盡去矣。唐興二百年，其間詩人不可勝數。所可舉者，陳子昂有《感遇詩》二十首，鮑防《感興詩》十五篇。又詩之豪者，世稱李杜。李之作，才矣，奇矣，人不逮矣。索其風雅比興，十無一焉。杜詩最多，可傳者千餘首。至於貫穿古今，覼縷格律，盡工盡善，又過於李焉。然撮其《新安》、《石壕》、《潼關吏》、《蘆子關》、《花門》之章，『朱門酒肉臭，路有凍死骨』之句，亦不過三四十。杜尚如此，況不逮杜者乎？僕常痛詩道崩壞，忽忽憤發，或廢食輟寢，不量才力，欲扶起之。嗟乎，事有大謬者，又不可一二而言，然亦不能不粗陳於左右。僕始生六七月時，乳母抱弄於書屏下，有指『之』字、『無』字示僕者，僕口未能言，心已默識。後有問此二字者，雖百十其試，而指之不差。則知僕宿習之緣，已在文字中矣。及五六歲，便學爲詩。九歲諳識聲韻。十五六，始知有進士，苦節讀書。二十已來，晝課賦，夜課書，間又課詩，不遑寢息矣。以至於口舌成瘡，手肘成胝。既壯而膚革不豐盈，未老而齒髮早衰白，瞥然如飛蠅垂珠在眸子中者，動以萬數，蓋以苦學力文之所致。又自悲家貧多故，年二十七，方從鄉賦。既第之後，雖專於科試，亦不廢詩。及授校書郎時，已盈三四百首。或出示交友如足下輩，見皆謂之工，其實未窺作者之域耳。自登朝來，年齒漸長，閱事漸多。每與人言，多詢時務；每讀書史，多求理道。始知文章合爲時而著，歌詩合爲事而作。是時皇帝初即位，宰府有正人，屢降璽書，訪人急病。僕昔此日，擢在翰林，身是諫官，月請諫紙。啓奏之間，有可以救濟人病，裨補時闕，而難於指言者，輒咏歌之，欲稍稍進聞於上。上以廣宸聽，副憂勤；次以酬恩奬，塞言責；下以復吾平生之志。豈圖志未就而悔已生，言未聞而謗已成矣。又請爲左右終言之。凡聞僕《賀雨詩》，衆口籍籍，以爲非宜矣；聞僕《哭孔戡詩》，衆面脉脉，盡不悦矣；聞《秦中吟》，則權豪貴近者，相目而變色矣；聞《登樂遊園》寄足下詩，則執政柄者扼腕矣；聞《宿紫閣村》詩，則握軍要者切齒矣。大率如此，不可徧舉。不相與者，號爲沽譽，號爲詆訐，號爲訕謗。苟相與者，則如牛僧孺之誡焉。乃至骨肉妻孥，皆以我爲非也。其不我非者，舉世不過三兩人。有鄧魴者，見僕詩而喜，無何魴死。有唐衢者，見僕詩而泣，未幾而衢死。其餘即足下。足下又十年來困躓若此。嗚呼，豈六義四始之風，天將破壞，不可支持耶？抑又不知天意不欲使下人病苦聞於上耶？不然，何有志於詩者，不利若此之甚也。然僕又自思，關東一男子耳，除讀書屬文外，其他懵然無知，乃至書畫棋博，可以接御居之歡者，一無通曉，即其愚拙可知矣。初應進士時，中朝無緦麻之親，達官無半面之舊。策蹇步於利足之途，張空拳於戰文之場。十年之間，三登科第，名落衆耳，迹昇清貫，出交賢俊，入侍冕旒。始得名於文章，終得罪於文章，亦其宜也。日者聞親友間説，禮、吏部舉選人，多以僕私試賦判爲準的。其餘詩句，亦往往在人口中。僕恧然自愧，不之信也。及再來長安，又聞有軍使高霞寓者，欲聘倡妓，妓大誇曰：『我誦得白學士《長恨歌》，豈同他哉？』由是增價。又足下書云，到通州日，見江館柱間有題僕詩者，何人哉？又昨過漢南日，適遇主人集衆娱樂他賓，諸妓見僕來，指而相顧曰：『此是《秦中吟》、《長恨歌》主耳。』自長安抵江西，三四千里，凡鄉校、佛寺、逆旅、行舟之中，往往有題僕詩者；士庶、僧徒、孀婦、處女之口，每有咏僕詩者。此誠雕篆之戲，不足爲多，然今時俗所重，正在此耳。雖前賢如淵、雲者，前輩如李、杜者，亦未能忘情於其間哉。古人云：『名者公器，不可多取。』僕是何者，竊時之名已多。既竊時名，又欲竊時之富貴，使己爲造物者，肯兼與之乎？今之屯窮，理固然也。況詩人多蹇，如陳子昂、杜甫，各授一拾遺，而屯剥至死。孟浩然輩不及一命，窮悴終身。近日孟郊六十，終試協律；張籍五十，未離一太祝。彼何人哉，況僕之才又不迨彼。今雖謫佐遠郡，而官品至第五，月俸四五萬，寒有衣，飢有食，給身之外，施及家人，亦可謂不負白氏子矣。微之，微之，勿念我哉。僕數月來，檢討囊帙中，得新舊詩，各以類分，分爲卷目。自拾遺來，凡所遇所感，關於美刺興比者；又自武德至元和，因事立題，題爲《新樂府》者，共一百五十首，謂之諷諭詩。又或退公，或卧病閑居，知足保和，吟玩性情者一百首，謂之閑適詩。又有事物牽於外，情理動於内，隨感遇而形於歎咏者一百首，謂之感傷詩。又有五言七言、長句、絶句，自百韻至兩韻者，四百餘首，謂之雜律詩。凡爲十五卷，約八百首。異時相見，當盡致於執事。微之，古人云：『窮則獨善其身，達則兼濟天下。』僕雖不肖，常師此語。大丈夫所守者道，所待者時。時之來也，爲雲龍，爲風鵬，勃然突然，陳力以出；時之不來也，爲霧豹，爲冥鴻，寂兮寥兮，奉身而退。進退出處，何往而不自得哉。故僕志在兼濟，行在獨善，奉而始終之則爲道，言而發明之則爲詩。謂之諷諭詩，兼濟之志也；謂之閑適詩，獨善之義也。故覽僕詩者，知僕之道焉。其餘雜律詩，或誘於一時一物，發於一笑一吟，率然成章，非平生所尚者，但以親朋合散之際，取其釋恨佐歡，今銓次之間，未能删去。他時有爲我編集斯文者，略之可也。微之，夫貴耳賤目，榮古陋今，人之大情也。僕不能遠徵古舊，如近歲韋蘇州歌行，才麗之外，頗近興諷；其五言詩，又高雅閑澹，自成一家之體，今之秉筆者，誰能及之？然當蘇州在時，人亦未甚愛重，必待身後，人始貴之。今僕之詩，人所愛者，悉不過雜律詩與《長恨歌》已下耳。時之所重，僕之所輕。至於諷諭者，意激而言質；閒適者，思澹而辭迂。以質合迂，宜人之不愛也。今所愛者，並世而生，獨足下耳。然百千年後，安知復無如足下者出，而知愛我詩哉？故自八九年來，與足下小通則以詩相戒，小窮則以詩相勉，索居則以詩相慰，同處則以詩相娛。知吾罪吾，率以詩也。如今年春遊城南時，與足下馬上相戲，因各誦新艷小律，不雜他篇，自皇子陂歸昭國里，迭吟遞唱，不絶聲者二十里餘。樊、李在傍，無所措口。知我者以爲詩仙，不知我者以爲詩魔。何則？勞心靈，役聲氣，連朝接夕，不自知其苦，非魔而何？偶同人當美景，或花時宴罷，或月夜酒酣，一咏一吟，不覺老之將至。雖驂鸞鶴、遊蓬瀛者之適，無以加於此焉，又非仙而何？微之，微之，此吾所以與足下外形骸、脱踪跡、傲軒鼎、輕人寰者，又以此也。當此之時，足下興有餘力，且欲與僕悉索還往中詩，取其尤長者，如張十八古樂府，李二十新歌行，盧、楊二秘書律詩，竇七、元八絶句，博搜精掇，編而次之，號爲《元白往還集》。衆君子得擬議於此者，莫不踴躍欣喜，以爲盛事。嗟乎，言未終而足下左轉，不數月而僕又繼行。心期索然，何日成就，又可爲之太息矣。僕常語足下，凡人爲文，私於自是，不忍於割截，或失於繁多。其間妍媸，益又自惑。必待文友有公鑒無姑息者，討論而削奪之，然後繁簡當否，得其中矣。況僕與足下，爲文尤患其多。己尚病，況他人乎？今且各纂詩筆，粗爲卷第，待與足下相見日，各出所有，終前志焉。又不知相遇是何年，相見是何地。溘然而（志）〔至〕，則如之何？微之知我心哉。潯陽臘月，江風苦寒，歲暮鮮歡，夜長少睡。引筆鋪紙，悄然燈前，有念則書，言無銓次。勿以繁雜爲倦，且以代一夕之證言也。」

《新唐書·文藝傳論》：「唐有天下三百年，文章無慮三變。高祖、太宗，大難始夷，沿江左餘風，絺句繪章，揣合低卬，故王、楊爲之伯。玄宗好經術，群臣稍厭雕瑑，索理致，崇雅黜浮，氣益雄渾，則燕、許擅其宗。是時，唐興已百年，諸儒争自名家。大曆、貞元間，美才輩出，擩嚌道真，涵泳聖涯，於是韓愈倡之，柳宗元、李翺、皇甫湜等和之，排逐百家，法度森嚴，抵轢晉、魏，上軋漢、周，唐之文完然爲一王法，此其極也。若侍從酬奉則李嶠、宋之問、沈佺期、王維，制册則常衮、楊炎、陸贄、權德輿、王仲舒、李德裕，言詩則杜甫、李白、元稹、白居易、劉禹錫，譎怪則李賀、杜牧、李商隱，皆卓然以所長爲一世冠，其可尚已。然嘗言之，夫子之門以文學爲下科，何哉？蓋天之付與，於君子小人無常分，惟能者得之，故號一藝。自中智以還，恃以取敗者有之，朋姦飾僞者有之，怨望訕國者有之。若君子則不然，自能以功業行實光明于時，亦不一于立言而垂不腐，有如不得試，固且闡繹優游，異不及排，怨不及誹，而不忘納君於善，故可貴也。今但取以文自名者爲《文藝篇》。」

《新唐書・韓愈傳》：「每言文章自漢司馬相如、太史公、劉向、揚雄後，作者不世出，故愈深探本元，卓然樹立，成一家言。其《原道》、《原性》、《師説》等數十篇，皆奥衍閎深，與孟軻、揚雄相表裏而佐佑六經云。至它文，造端置辭，要爲不襲蹈前人者。然惟愈爲之，沛然若有餘，至其徒李翱、李漢、皇甫湜從而效之，遽不及遠甚。從愈遊者，若孟郊、張籍，亦皆自名於時。」

《新唐書・韓愈傳贊》曰：「唐興，承五代剖分，王政不綱，文弊質窮，𡑋俚混并。天下已定，治荒剔蠹，討究儒術，以興典憲，薰醲涵浸，殆百餘年，其後文章，稍稍可述。至貞元、元和間，愈遂以六經之文爲諸儒倡，障隄末流，反刓以樸，剗僞以真。然愈之才，自視司馬遷、揚雄，自班固以下不論也。當其所得，粹然一出於正，刊落陳言，横騖别驅，汪洋大肆，要之無牴牾聖人者。其道蓋自比孟軻，以荀況、揚雄爲未淳，寧不信然？至進諫陳謀，排難卹孤，矯拂媮末，皇皇於仁義，可謂篤道君子矣。自晉汔隋，老佛顯行，聖道不斷如帶。諸儒倚天下正議，助爲怪神。愈獨喟然引聖，争四海之惑，雖蒙訕笑，跲而復奮，始若未之信，卒大顯於時。昔孟軻拒楊、墨，去孔子纔二百年。愈排二家，乃去千餘歲，撥衰反正，功與齊而力倍之，所以過況、雄爲不少矣。自愈没，其言大行，學者仰之如泰山北斗云。」

唐吕温《人文化成論》云：「《易》曰『觀乎人文，以化成天下』，能諷其言，蓋有之矣，未有明其義者也。嘗試論之。夫一二相生，大鈞造物，百化交錯，六氣節宣，或陰闔而陽開，或天經而地紀，有聖作則，實爲人文。若乃夫以剛克，妻以柔立，父慈而教，子孝而箴，此室家之文也。君以仁使臣，臣以義事君，予違汝弼，獻可替否，此朝廷之文也。三公論道，六卿分職，九流異趣，百揆同歸，此官司之文也。寬則人慢，糾之以猛，猛則人殘，施之以寬，寬以濟猛，猛以濟寬，此刑政之文也。樂勝則流，遏之以禮，禮勝則離，和之以樂，與時消息，因俗變通，此教化之文也。文者，蓋言錯綜庶績，藻繪人情，如成文焉，以致其理。然則人文化成之義，其在兹乎？而近代諂諛之臣，將以時君不能則象乾坤，祖述堯舜，作化成天下之文，乃以旂常冕服，章句翰墨爲人文也。遂使君人者浩然忘本，沛然自得，盛威儀以求至理，坐吟咏而待升平，流蕩因循，闇而未悟，不其痛歟。必以旂常冕服爲人文，則秦漢魏晉，聲名文物，禮縟五帝，儀繁三王，可曰焕乎其有文章矣，何衰亂之多也？必以章句翰墨爲人文，則陳後主、隋煬帝，雍容綺靡，洋溢編簡，可曰文思安安矣，何滅亡之速也？覈之以名義，研之以情實既如彼，較之以今古，質之以成敗又如此。《傳》不云乎，『經緯天地曰文』，《禮》不云乎，『文王以文治』，則文之時義大矣哉，焉可以名數末流、雕蟲小伎，厠雜其間乎。」

唐李華《質文論》云：「天地之道易簡，易則易知，簡則易從。先王質文相變，以濟天下。易知易從，莫尚乎質，質弊則佐之以文，文弊則復之以質，不待其極而變之，故上無從暴，下無從亂。《記》曰：『國奢則示之以儉，國儉則示之以禮。』禮謂易知易從之禮，非酬酢裼襲之煩也；儉謂易知易從之儉，非茅茨土簋之陋也。蓋達其誠信、安其君親而已。質則儉，儉則固，固則愚，其行也豐肥，天下愚極則無恩；文則奢，奢則不遜，不遜則詐，其行也痼瘠，天下詐極則賊亂。故曰不待其極而變之。固而文之，無害於訓人；不遜而質之，艱難於成俗。若不化而過，則愚之病，淺於詐之病也；無恩之病，緩於賊亂之極也。故曰莫尚乎奢也。奢而後化之，求固而不獲也。利害遲速，不其昭昭歟。前王之禮世滋，百家之言世益，欲人專一而不爲詐，難乎哉。吉凶之儀、刑賞之級繁矣，使生人無適從。巧者弄而飾之，拙者眩而失守，誠僞無由明，天下浸爲陂池，蕩爲洪荒，雖神禹復生，誰能救之？夫君人者修德以治天下，不在智，不在功，必也質而有制，制而不煩而已。太康，啓子、禹孫，當斯時，有堯舜遺人，親受禹之賜。國爲羿奪，內則夏之六卿，外則夏之四嶽，而羿浞愚弄鬬争，內外默然，一以聽命，至少康艱難而後復原。由是觀之，則聖有謨訓何補哉？漢高除秦項煩苛，至孝文玄默仁儉，斷獄幾措。及武帝修三代之法，而天下荒耗，則文不如質明矣。漢氏雖歷産禄、吴楚之亂，而宗室異姓，同力合心，一舉而安。且漢德結於人心，不如夏家；諸呂吳楚之强，倍於羿浞。安漢至易，而復夏至難，何也？周德最深，周公大聖，親則管、蔡爲亂，遠則徐、奄並興，四夷多難，復子明辟。兼虞夏商之典禮，後王之法備矣，太平之階厚矣，至成王季年而後理，唯康王垂拱，囹圄虛空。逮昭王南征不返，因是陵夷，則郁郁之盛何爲哉？周法六官備職，六宫備數，四時盛祭，車服盛飾。至於下國，方五十里，大夫士之多，軍帥之衆。大聘小聘，朝覲會同，地狹人寡，不堪覲謁。大何得不亂，小何得不亡？《記》云『周之人强仁窮賞罰』，故曰殷周之道，不勝其弊。考前後而論之，夏衰失於質而無制，周弱失於制而過煩故也。愚以爲將求致理，始於學習經史。《左氏》、《國語》、《爾雅》、《荀》、《孟》等家，輔佐五經者也。及藥石之方，行於天下，考試仕進者宜用之。其餘百家之說、讖緯之書，存而不用。至於喪制之縟、祭禮之繁，不可備舉者以省之，考求簡易、中於人心者以行之，是可以淳風俗，而不泥於坦明之路矣。學者局於恒教，因循而不敢失於毫釐，古人之說，豈或盡善？數骨肉之罪而褒叔向，不忍聞之言而書昭伯，敬龜筮之信而陳僂句，使不仁之人萌芽賊心，而仁義之士閉目掩卷，何如哉？其或曲書常言，無裨世教，不習可也。則煩潰日亡，而易簡日用矣。海内之廣，億兆之多，無聊於煩，彌世曠久。今以簡質易煩文而便之，則晨命而夕周，踰年而化成。蹈五常，享五福，理必然也。孔子言『以約失之者鮮矣』、『與其不遜也寧固』，《傳》曰『以欲從人則可』，《記》曰『大樂必易，大禮必簡』，顏子曰『無施勞』，經義可據也。如是爲政者，得無以爲惑乎？」

唐牛希濟《表章論》云：「人君尊嚴，臣下之言，不可達於九重。表章之用，下情可以上達，得不重乎？歷觀往代策文奏議，及國朝元和以前名臣表疏，詞尚簡要，質勝于文，直指是非，坦然明白，致時君易爲省覽。夫聰明睿哲之主，非能一一奥學深文，研窮古訓。且理國、理家、理身之道，唯忠孝仁義而已。苟不踰是，所措自合於典謨，所行自偕於堯舜，豈在乎屬文比事？況人君以表疏爲急者，竊以爲稀。況覽之茫然，又不親近儒臣，必使旁詢左右。小人之寵，用是爲幸。倘或改易文意，以是爲非，逆鱗發怒，略不爲難。故《禮》曰：『臣事君，不援其所不及。』蓋不可援引深僻，使夫不喻。且一郡一邑之政，訟者之辭，蔓引數幅，尚或棄之，況萬乘之主，萬機之大，焉有三復之理？國史以馬周建議，不可以加一字，不可以減一字，得其簡要。又杜甫嘗雪房琯表，朝廷以爲庾辭。倘端明易曉，必庶幾免於深僻之弊。夫僻事新對，用以相誇，非切於理道者。明儒尚且杼思移時，豈守文之主可以速達？竊願復師于古，但寘于理，何以幽僻文煩爲能也。」以上三篇見《經濟類編》。

唐韓愈《答崔立之書》：「僕見險不能止，動不得時，顛頓狼狽，失其所操持，困不知變，以至辱於再三，君子小人之所憫笑，天下之所背而馳者也。足下猶復以爲可教，貶損道德，乃至手筆以問之，扳援古昔，辭義高遠，且觀足下之於故舊之道得矣。雖僕亦固望於吾子，不敢望於他人者耳。然尚有似不相曉者，非故欲發余乎？不然，何子之不以丈夫期我也？不能默默，聊復自明。僕始年十六七時，未知人事，讀聖人之書，以爲人之仕者，皆爲人耳，非有利乎己也。及至二十時，苦家貧，衣食不足，謀於所親，然後知仕之不惟爲人耳。及來京師，見有舉進士者，人多貴之，僕誠樂之，就求其術，或出禮部所試詩賦策等以相示，僕以爲可無學而能，因詣州縣求舉。有司者好惡出於其心，四舉而後有成，亦未即得仕。聞吏部有以博學宏辭選者，人尤謂之才，且得美仕，就求其術，或出所試文章，亦禮部之類也。私怪其故，猶樂其名，因又詣州府求舉，凡二試於吏部，一既得之，而又黜於中書，雖不得仕，人或謂之能焉。退因自取所試讀之，乃類於俳優者之辭，顏忸怩而心不寧者數月。既已爲之，則欲有所成就，《書》所謂『耻過作非』者也。因復求舉，亦爲幸焉，乃復自疑，以爲所試與得之者不同其程度，及得觀之，余亦無甚愧焉。夫所謂博學者，豈今之所謂者乎？夫所謂宏辭者，豈今之所謂者乎？設使古之豪傑之士，若屈原、孟軻、司馬遷、相如、揚雄之徒，進於是選，必知其懷慚，乃不自進而已耳。設使與夫今之善進取者，競於蒙昧之中，僕固知其辱焉。然彼五子者，且使生於今之世，其道雖不顯於天下，其自負如何哉。肯與夫斗筲者決得失於一夫之目，而爲之憂樂哉。故凡僕之汲汲於進者，其小得蓋欲以具裘葛、養窮孤也，其大得蓋欲以同吾之所樂於人耳，其他可否，自計已熟，誠不待人而後知。今足下乃復比之獻玉者，以爲必俟工人之剖，然後知於天下，雖兩刖足而不爲痛，且無使勍者再尅。誠足下相勉之意厚也，然仕進者，豈固舍此而無門哉？足下謂我必待此而後進者，尤非相悉之辭也。僕之玉固未嘗獻，而足固未嘗刖，足下無爲我戚戚也。方今天下風俗，尚有未及於古者，邊境尚有被甲執兵者，主上不得怡，而宰相以爲憂。僕雖不賢，亦且潛究其得失，致之乎吾相，薦之乎吾君，上希卿大夫之位，下猶取一障而乘之。若都不可得，猶將耕於寬閑之野，釣於寂寞之濱，求家國之遺事，考賢人哲士之終始，作唐之一經，垂之於無窮，誅姦諛於既死，發潛德之幽光。二者將必有一可。足下以爲僕之玉凡幾獻，而足凡幾刖也，又所謂勍者果誰哉？再尅之刑，信如何也？士固伸於知己，微足下無以發吾之狂言。」

唐柳宗元《答韋中立書》：「始吾幼且少，爲文章，以辭爲工。及長，乃知文者以明道，是固不爲炳炳烺烺，務采色、衒聲音而爲能也。凡吾所陳，皆自謂近道，而不知道之果近乎，遠乎？吾子好道而可吾文，或者其於道不遠矣。故吾每爲文章，未嘗敢以輕心掉之，懼其剽而不留也；未嘗敢以怠心易之，懼其弛而不嚴也；未嘗敢以昏氣出之，懼其昧没而雜也；未嘗敢以矜氣作之，懼其偃蹇而驕也。抑之欲其奥，揚之欲其明，疏之欲其通，廉之欲其節，激而發之欲其清，固而存之欲其重，此吾所以羽翼夫道也。本之《書》以求其質，本之《詩》以求其恒，本之《禮》以求其宜，本之《春秋》以求其斷，本之《易》以求其動，此吾所以取道之原也。參之《穀梁氏》以厲其氣，參之《荀》、《孟》以暢其支，參之《莊》、《老》以肆其端，參之《國語》以博其趣，參之《離騷》

以致其幽，參之《太史》以著其絜，此吾所以旁推交通而以爲之文也。」

唐柳宗元《讀毛穎傳後題》：「自吾居夷，不與中州人通書。有來南者，時言韓愈爲《毛穎傳》，不能舉其辭，而獨大笑以爲怪，而吾久不克見。楊子誨之來，始持其書，索而讀之，若捕龍蛇，搏虎豹，急與之角而力不敢暇，信韓子之怪於文也。世之模擬竄竊，取青媲白，肥皮厚肉，柔筋脆骨，而以爲辭者之讀之也，其大笑固宜。且世人笑之也，不以其俳乎？而俳又非聖人之所棄者。《詩》曰：『善戲謔兮，不爲虐兮。』《太史公書》有《滑稽列傳》，皆取乎有益於世者也。故學者終日討說答問，呻吟習復，應對進退，掬溜播灑，則罷憊而廢亂，故有『息焉遊焉』之說。不學操縵，不能安弦。有所拘者，有所縱也。大羹玄酒，體節之薦，味之至者。而又設以奇異小蟲、水草、樝梨、橘柚，苦鹹酸辛，雖蜇吻裂鼻，縮舌澀齒，而咸有篤好之者。文王之昌蒲葅，屈到之芰，曾晳之羊棗，然後盡天下之奇味以足於口。獨文異乎？韓子之爲也，亦將弛焉而不爲虐歟？息焉游焉而有所縱歟？盡六藝之奇味以足其口歟？而不若是，則韓子之辭，若壅大川焉，其必決而放諸陸，不可以不陳也。且凡古今是非，六藝百家，大細穿穴，用而不遺者，毛穎之功也。韓子窮古書，好斯文，嘉穎之能盡其意，故奮而爲之傳，以發其鬱積，而學者得之勵，其有益於世歟？是其言也，固與異世者語，而貪常嗜瑣者，猶呫呫然動其喙，亦勞甚矣乎。」

柳宗元《與友人論文書》：「古今號文章爲難，足下知其所以難乎？非謂比興之不足，恢拓之不遠，鑽礪之不工，頗纇之不除也。得之爲難，知之愈難爾。儻或得其高朗，探其深賾，雖有蕪累，則爲日月之蝕也，夫珪之瑕也，曷足傷其明、黜其寶哉。且自孔子已來，茲道大闡。家修人勵，刓精竭慮者，幾千年矣。其間耗費簡札，役用心神者，其可數乎？登文章之籙，波及後代，越不過數十人耳。其餘誰不欲爭裂綺繡，互攀日月，高居於萬物之中，雄視於百代之下？率皆縱誕而不克，躑躅而不進，力屨勢窮，吞志而没。故曰得之爲難。嗟乎，道之顯晦，幸不幸繫焉；談之辯訥，升降繫焉；鑒之頗平，好惡繫焉；交之廣狹，屈伸繫焉。則彼卓然自得以奮其間者合乎否，是未可知也。而又榮古陋今者，比肩疊跡。大抵生而不遇，死則垂聲者衆焉。揚雄没而《法言》大興，馬遷生而《史記》未振。彼之二子，且猶若是，況乎未甚聞著者哉。固有文不傳於後祀，聲遂絶於天下者矣。故曰知之愈難。而爲文之士，亦多漁獵前作，戕賊文史，抉其意，抽其華，置齒牙間，遇事蠭起，金聲玉耀，誑聾瞽之人，徼一時之聲。雖終淪棄，其奪朱亂雅，爲害已甚。是其所以難也。間聞足下欲觀僕文章，退發囊笥，編其蕪穢，心悸氣動，交於胸中，未知孰勝，故久滯而不敢往也。今僕所著賦、頌、碑、碣、文、記、議、論、書、序之文，凡四十八首，合爲一通，想令治書蒼頭吟諷之也。繫轅拊缶，必有所擇，顧鑒視何如耳，還以一字示褒貶焉。」

唐李漢《昌黎先生集序》：「文者，貫道之器也，不深於斯道，有至焉者不也。《易》繇爻象，《春秋》書事，《詩》詠歌，《書》、《禮》剔其僞，皆深矣乎。秦漢已前，其氣渾然，迨乎司馬遷、相如、董生、揚雄、劉向之徒，尤所謂傑然者也。至後漢、曹魏，氣象萎薾，司馬氏已來，規範蕩悉。謂《易》已下爲古文，剽掠僭竊爲工耳。文與道蓁塞，固然莫知也。先生生於大曆戊申。幼孤，隨兄播遷韶嶺。兄卒，鞠於嫂氏。辛勤來歸。自知讀書爲文，日記數千百言。比壯，經書通念曉析，酷排釋氏。諸史百子，皆搜抉無隱。汗瀾卓踔，奫泫澄深，詭然而蛟龍翔，蔚然而虎鳳躍，鏘然而韶鈞發，日光玉絜，周情孔思，千態萬貌，卒澤於道德仁義，炳如也，洞視萬古，愍惻當世，遂大拯頹風，教人自爲。時人始而驚，中而笑且排，先生志益堅，終而翕然隨以定。嗚呼，先生於文，摧陷廓清之功，比於武事，可謂雄偉不常者矣。長慶四年冬，先生殁。門人隴西李漢，辱知最厚且親，遂收拾遺文，無所失墜。得賦四，古詩二百五，聯句九，律詩一百七十三，雜著六十四，書、啓、序八十六，哀辭、祭文三十八，碑誌七十六，筆硯鱷魚文三，表、狀四十七，總七百。并目録合爲四十一卷，目爲《昌黎先生集》，傳於代。又有《註論語》十卷，傳學者；《順宗實録》五卷，列於史書，不在集中。先生諱愈，字退之，官至吏部侍郎。餘在國史本傳。」

皇甫湜《昌黎韓先生墓誌銘》曰：「先生七歲好學，言出成文。及冠，恣爲書以傳聖人之道。人始未信，既發不掩，聲震業光，衆方驚爆，而萃排之。乘危將顛，不懈益張，卒大信於天下。先生之作，無圓無方，至是歸工。抉經之心，執聖之權，尚友作者，跋邪觝異，以扶孔氏，存皇之極。知人罪，非我計。茹古涵今，無有端涯，渾渾灝灝，不可窺校。及其酣放，豪曲快字，淩紙怪發，鯨鏗春麗，驚耀天下。然而栗密窈眇，章妥句適，精能之至，入神出天。嗚呼極矣，後人無以加之矣，姬氏以來，一人而已矣。銘曰：維天有道，在我先生。萬頸胥延，坐廟以行。令望絶耶，痌此四方。惟聖有文，乖微歲千。先生起之，焯役於前。彍義滂仁，耿照充天。有如先生，而合亘年。按我章書，經紀大環。唫不時施，昌極後昆。噫噫永歸，奈知之悲。」

李翺《史官記事不實奏狀》曰：「臣謬得秉筆史館，以記注爲職。夫勸善懲惡，正言直筆，紀聖朝功德，述忠賢事業，載姦臣醜行，以傳無窮者，史官之任也。凡人事迹，非大善大惡，則衆人無由得知，舊例皆訪於人，又取行狀謚議，以爲一據。今之作行狀者，多是其門生故吏，莫不虚加仁義禮智，妄言忠肅惠和。此不唯處其心不實，苟欲虚美於受恩之地耳。蓋爲文者，又非游、夏、遷、雄之列，務於華而忘其實，溺於文而棄其理。故爲文則失六經之古風，紀事則非史遷之實録。臣今請作行狀者，但指事實，直載事功。假如作《魏徵傳》，但記其諫諍之辭，足以爲正直；段秀實，但記其倒用司農印以追逆兵，以象笏擊朱泚，足以爲忠烈。若考功視行狀，不依此者〔不〕得受。依此，則考功下太常，牒史館，然後定謚。」

李翺《答進士王載言書》：「翺頓首：足下不以翺卑賤無所可，乃陳詞屈慮，先我以書，且曰：『余之藝及心，不能棄於時，將求知者，問誰則可，皆告曰：李君乎。』告足下者，過也。足下因而信之，又過也。果若來陳，雖道備德具，猶不足辱厚命，況如翺者，多病少學，其能以此堪足下所望〔博〕大而深閎者邪？雖然，意盛不可以不答，故敢略陳其所聞。蓋行己莫如恭，自責莫如厚，接衆莫如弘，用心莫如直，進德莫如勇，受益莫如擇友，好學莫如改過，此聞之於師者也。相人之術有三：迫之以利而審其邪正，設之以事而察其厚薄，問之以謀而觀其智與不材，賢不肖分矣，此聞之於友者也。列天地，立君臣，親父子，别夫婦，明長幼，浹朋友，六經之旨也。浩乎若江海，高乎若丘山，赫乎若日火，包乎若天地，掇章稱咏，津潤怪麗，六經之詞也。創意造言，皆不相師。其讀《春秋》也，如未嘗有《詩》。其讀《詩》也，如未嘗有《易》。其讀《易》也，如未嘗有《書》。其讀屈原、莊周也，如未嘗有六經也。故義深則意遠，意遠則理辯，理辯則氣直，氣直則辭盛，辭盛則文工。如山，有恒、華焉，其同者高也，其草木之榮，不必均也。如瀆，有濟、淮、河、江焉，其同者出源到海也，其曲直淺深、色黄白，不必均也。如百品之雜焉，其同者飽於腸也，其味鹹酸苦辛，不必均也。因學而知者也，此創意之大歸也。天下之語文章，有六説焉：其尚異者，則曰文章辭句，奇險而已。其好理者，則曰文章叙意，苟通而已。其溺於時者，則曰文章必當對。其病於是者，則曰文章不當對。其愛難者，則曰文章宜深不當易。其愛易者，則曰文章宜通，不當難。此皆情有所偏，滯而不流，未識文章之所生也。義不主於理，言不在於教勸，而辭句怪麗者有之矣，《劇秦美新》、王褒《僮約》是也。其理往往有是者，而辭章不能工者有之矣，劉氏《人物表》，王氏《中説》，俗傳《太公家教》是也。古之人能極於工而已，不知其辭之對與否，易與難也。《詩》曰『憂心悄悄，慍於群小』，此非對也。又曰『遘憫既多，受侮不少』，此非不對也。《書》曰『朕疾讒説殄行，震驚朕師』，《詩》曰『菀彼桑柔，其下侯旬。捋采其劉，瘼此下人』，此非易也。《書》曰『允恭克讓，光被四表，格于上下』，《詩》曰『十畝之間兮，桑者閑閑兮，行與子旋兮』，此非難也。學者不知其方，而稱説云云，如前所陳者，非吾之敢聞也。六經之後，百家之言興。老聃、列禦寇、莊周、鶡冠、田穰苴、孫武、屈原、宋玉、孟軻、吳起、商鞅、墨翟、鬼谷子、荀況、韓非、李斯、賈誼、枚乘、司馬遷、相如、劉向、揚雄，皆足以自成一家之文，學者之所師歸也。故義雖深，理雖當，辭不工者不成文，宜不能傳也。文理義三者兼并，乃能獨立於一時，而不泯滅於後代，能必傳也。仲尼曰『言之無文，行之不遠』，子貢曰『文猶質也，質猶文也，虎豹之鞟，猶犬羊之鞟』，此之謂也。陸機曰『怵他人之我先』，韓退之曰『惟陳言之務去』，假令述笑哂之狀，曰『莞爾』，則《論語》言之矣；曰『啞啞』，則《易》言之矣；曰『粲然』，則《穀梁子》言之矣；曰『攸爾』，則班固言之矣；曰『囅然』，則左思言之矣。吾復言之，與前文何以異也？此造言之大歸也。吾所以不協於時而學古文者，悦古人之行，愛古人之道也，故學其言不可以不行其行，行其行不可以不重其道，重其道不可以不循其禮，古之人相接有等差，其義列於經傳，皆可詳引。如師之於門人，則名之；於朋友，則字而不名；稱之於師，雖朋友亦名之。子曰『吾與回言』，又曰『參乎，吾道一以貫之』，又曰『若由也，不得其死然』，是師之名門人，驗也。夫子於鄭，兄事子産；於齊，兄事晏平仲，《傳》曰『子謂子産有君子之道四焉』，又曰『晏平仲善與人交』，子夏曰『言游過矣』，子張曰『子夏云何』，曾子曰『堂堂乎張也』，是朋友字而不名，驗也。子貢曰『賜也何敢望回』，又曰『師與商也孰賢』，子游曰『有澹臺滅明者，行不由徑』，是稱於師，雖朋友亦名，驗也。孟子曰『天下之達尊三，曰德、爵、年，惡得有一而慢其二』，足下之書曰『韋君（銅）〔詞〕』、『楊君潛』，足下之德與二君未知先後也，而足下齒幼而位卑，而皆名之。《傳》曰『吾見其與先生並行也』，竊懼足下不思，乃陷於此。韋踐之與翺書，亟叙足下之善，故敢盡詞，以復足下之厚意，計必不以爲犯。李翺頓首。」

唐尚衡《元龜》曰：「文道之興也，其當中古乎？其無所始乎？且天道五行以別緯，地道五色以別方，人道五常以別德。《易》曰：『觀乎天文，以察時變；觀乎人文，以化成天下。』非五緯孰可以知天，非五方孰可以辨地，非五常孰可以化人，文之爲道，斯亦遠矣。天人之際，其可得於是乎？夫卦始乎三畫，文章之闡，大抵不出乎三等，斯乃從人而有焉，工與不工，各區分而有之。君子之文爲上等，其德全；志士之文爲中等，其義全；詞士之文爲下等，其思全。思也可以紀物，義也可以動衆，德也可以經化。化人之作，其惟君子乎？君子之作，先乎行，行爲之質；後乎言，言爲之文。行不出乎言，言不出乎行，質文相半，斯乃化成之道焉。志士之作，介然以立誠，憤然有所述，（言必有所述，言必有所述）言必有所諷，志必有所之，詞寡而意懇，氣高而調苦，斯乃感激之道焉。詞士之作，學古以抒情，屬詞以及物；及物勝則詞麗，抒情逸則氣高。高者求清，麗者求婉，耻乎質，貴乎清，而忘其志，斯乃頹靡之道焉。古人之貴有文者，將以飾行表德，見情著事。杼軸乎天人之際，道達乎性命之元，正復乎君臣之位，昭感乎鬼神之奧。苟失其道，無所措矣。君子也，文成而業著；志士也，文成而德喪。然今之代，其多詞士乎？代由尚乎文而欲軌物範衆，安邦叙政，其難致乎化成，悲夫，敢著《元龜》，庶觀文章之道，得喪之際，悔吝之所由焉。」

唐獨孤郁《辯文》：「或曰：『文所以指陳是非，有以多爲貴也，其要在乎彩飾其字，而慎其所爲體也。』又曰：『文章乃一藝耳。』是皆不知上流之文，而文之所由作也。夫天文位乎上，人文位乎中，不可得而增損者，自然之文也。故伏犧作八卦以象天地，窮極終始萬化，無有差忒，故《易》與天地準，此聖人之文至也。但合其德，而三才之道盡。後聖有作，不能使支爲五或七而九洎曲折者，是其文之至也。文字既生，治亂既形，仲尼作《春秋》以繩萬世，而褒貶在一字，是亦文之至也乎？然則《易》卦之一畫，《春秋》之一字，豈所謂崇飾之道而尚多之意耶？夫文者，考言之具也，可以革，則不足以畢天地矣。故聖人當使將來無得以筆削，果可以包舉其義，雖一畫一字，其可以矣。病不（然）〔能〕然，而曰必以彩飾之能，援引之富，爲作文之秘（急）〔訣〕，是何言之末歟。夫天豈有意於文彩耶，而日月星辰不可踰；地豈有意於文彩耶，而山川丘陵不可（如）〔加〕；八卦、《春秋》豈有意於文彩耶，而極與天地侔。其何故得以不可越，自然也。夫自然者，不得不然之謂耶。不得不然，又何體之慎耶？夫天地、八卦、《春秋》，確止於此者也，吾得定其所云；其不至於此者，惟吾何學焉，吾安能以天下之心也。是則其心卓然絶於俗者，其文不求而至也，無得子爲教。苟於聖達之門無所入，則雖劬勞憔悴於黼黻，其何數哉？是故在心曰志，宣於口曰言，垂於書曰文，其實一也。若聖與賢，則其書文皆教化之至言也，徒見其纖靡而無根者多，紿曰文與藝，嗚呼。」

崔元翰《與常州獨孤使君書》：「閤下紹三代之文章，播六學之典訓；微言高論，正詞雅旨，温純深潤，溥博弘麗，道德仁義，粲然昭昭，可得而本。學者風馳雲委，日就月將，庶幾於正。」

唐韋籌《文之章解》：「垂日月所以爲天也，光盛而形物於地；備禮樂所以成人也，言成而著訓于簡。非是而光者，燭龍爟火亦光矣。非是而言者，狂童詖子亦言矣。故定曰天文，曰人文。自文而之于地、之于簡者章也。然而文在帝則簡在史，是以堯文思章于典，舜文明亦章于典。文王性堯、舜之文也，文治於西伯，章於《詩》、《易》。仲尼性堯、舜、文王之文，而弗帝弗伯也，盛章於《禮》、《樂》經記。回性仲尼之文也，文不及章。偃、商學仲尼文而之于人也，故樂章武城民，而經章魏國君。伋性其祖者也，參以《學而》章于《中庸》。軻性伋者也，勤其道而章于七篇。由偃至軻，無有禮樂者乎？是畢由人文而章者也，未見不由而章者也。人視影於地者，仰而見爝火，而不見日月，必曰非天文之章也。視辭章於簡者，久而見狂濫，而不見禮樂，則不曰非人之文章也。浸有不自文章。《易》曰『觀乎人文，以化成天下』，使章不自人文也，天下孰觀而孰化。」

唐元稹《白氏長慶集序》：「《白氏長慶集》者，太原人白居易之所作。居易字樂天，始言，試指『之』、『無』二字，能不誤。始既言，讀書勤敏，與他兒異。五六歲識聲韻，十五志詩賦，二十七舉進士。貞元末，進士尚馳競，不尚文，就中六籍尤擯落。禮部侍郎高郢始用經藝爲進退，樂天一舉擢上第。明年，拔萃甲科，由是《性習相近遠》、《求玄珠》、《斬白蛇劍》等賦，及百道判，新進士競相傳於京師矣。會憲宗皇帝册召天下士，樂天對詔稱旨，又登甲科。未幾，入翰林掌制誥，比比上書言得失，因爲《賀雨詩》、《秦中吟》等數十章，指言天下事，時人比之《風》、《騷》焉。予始與樂天同校秘書，前後多以詩章相贈答。會予譴掾江陵，樂天猶在翰林，寄予百韻律詩及雜體，前後數十軸。是後，各佐江、通，復相（訓）〔詶〕寄。巴蜀、江楚間洎長安中少年，遞相倣效，競作新詞，自謂爲『元和詩』，而樂天《秦中吟》、《賀雨》、諷諭閑適等篇，時人罕能知者。然而二十年間，禁省、觀寺、郵候牆壁之上無不書，王公妾婦、牛童馬走之口無不道。至於繕寫模勒，衒賣於市井，或持之以交酒茗者，處處皆是。其甚者，有至於盜竊名姓，苟求自售。雜亂間廁，無可奈何。予嘗於平水市中，見村校諸童，競習歌詩，召而問之，皆對曰：『先生教我樂天、微之詩。』固亦不知予之爲微之也。又雞林賈人，求市頗切，自云本國宰相每以百金换一篇，其甚僞者，宰相輒能辨别之。自篇章以來，未有如是流傳之廣者。長慶四年，樂天自杭州刺史以右庶子詔還，予時刺部會稽，因得盡徵其文，手自排纘，成五十卷，凡二千一百九十一首。前輩多以『前集』、『中集』爲名，予以爲國家改元長慶，於是因號曰《白氏長慶集》。大凡人之文各有所長，樂天之長，可以爲多矣。夫以諷諭之詩長於激，閑適之詩長於遣，感傷之詩長於切，五字律詩百言而上長於贍，五字、七字百言而上長於情，賦、贊、箴、戒之類長於當，碑、記、叙事、制詔長於實，啓、奏、表、狀長於直，書、檄、詞、策、剖判長於盡。總而言之，不亦多乎哉。至於樂天之官秩景行，與予之交分淺深，非叙文之要也，故不書。長慶四年冬十二月十日，微之序。」

唐梁肅《李翰前集序》：「文之作，上所以發揚道德，正性命之紀；次所以裁成典禮，厚人倫之義；又其次所以昭顯義類，立天下之中。三代之後，其流派别，炎漢制度以霸，王道雜之，故其文亦二：賈生、馬遷、劉向、班固，其文博厚，出於王風者也；枚叔、相如、揚雄、張衡，其文雄富，出於霸塗者也。其後作者，理勝則文薄，文勝則理消。理消則言愈繁，斯亂矣；文薄則意愈巧，斯弱矣。故文本於道，失道則博之以氣，氣不足則飾之以辭，蓋道能兼氣，氣能兼辭，辭不當則文斯敗矣。唐有天下幾二百載，而文章三振：初則廣漢陳子昂以風雅革浮侈，次則燕國張公説以宏茂廣波瀾，天寶以還，則李員外、蕭功曹、賈常侍、獨孤常州比肩而作，故其道益熾。若乃其氣全，其辭辯博，馳騖古今之際，高步天地之間，則有左補闕李君。君名翰，趙郡贊皇人也。天姿朗秀，率性聰達，博涉經籍，其文尤工。故其作，敘治亂則明白坦蕩，衍餘條暢，端如貫珠之可觀也；陳道義則游泳性情，探微谿冥，涣乎春冰之將泮也；廣勸戒則得失相維，吉凶相追，焯乎元龜之在前也；頌功美則温直顯融，協於大中，穆如清風之中人也。議者又謂君之才，若崇山出雲，神禹導河，觸石而彌六合，隨山而注巨壑。蓋無物足以道其氣而閲其行者也。世所謂文章之雄，捨君其誰歟？」

唐劉禹錫《柳宗元集序》：「八音與政通，而文章與時高下。三代之文至戰國而病，涉秦漢復起。漢之文至列國而病，唐興復起。夫政龐而土裂，三光五岳之氣分，大音不完，故必混一而後大振。初，貞元中，上方嚮文章，昭回之光，下飾萬物。天下文士，争執所長，與時而奮，粲焉如繁星麗天，而芒寒色正，人望而敬者，五行而已。河東柳子厚，斯人望而敬者歟。子厚始以童子，有奇名於貞元初，至九年，爲名進士，十有九年，爲材御史，二十有一年，以文章稱首，入尚書爲禮部員外郎。是歲，以疏隽少檢獲訕，出牧邵州，又謫佐永州。居十年，詔書徵，不用，遂爲柳州刺史。五歲不得召，病且革，留書抵其友中山劉禹錫曰：『我不幸卒以謫死，以遺草累故人。』禹錫執書以泣，因編次爲四十五通行於世。子厚之喪，昌黎韓退之誌其墓，且以書來吊曰：『哀哉，若人之不淑。吾常評其文，雄深雅健似司馬子長，崔、蔡不足多也。』安定皇甫湜於文章少所推讓，亦以退之言爲然。凡子厚名氏與仕與年，暨行己之大方，有退之之誌若祭文在，今附於第一通之末云。」

唐陸希聲《李觀文集序》：「貞元中，天子以文化天下，翕然興於文。文之尤高者李元賓觀、韓退之愈。始元賓舉進士，其文稱居退之之右。及元賓死，退之之文日益高。今之言文章，元賓反出退之之下。論者以元賓早世，其文未極，退之窮老不休，故能卒擅其名。予以爲不然。要之所得不同，不可以相上下者。文以理爲本，而辭質在所尚。元賓尚於辭，故辭勝其理；退之尚於質，故理勝其辭。退之雖窮老不休，終不能爲元賓之辭。假使元賓後退之之死，亦不能及退之之質。此所以不相見也。夫文興於唐虞，而隆於周漢。自明帝後，文體寖弱，以至於魏晉宋齊梁隋，嫣然華媚，無復筋骨。唐興，猶襲隋故態。至天后朝，陳伯玉始復古制，當世高之。雖博雅典實，猶未能全去諧靡。至退之乃大革流弊，落落有老成之風。而元賓則不古不今，(申)〔卓〕然自作一體，激揚發越，若絲竹中有金石聲。每篇得意處，如健馬在御，蹀蹀不能止。其所長如此，得不謂之雄文哉？自廣明喪亂，天下文集略盡。予得元賓文於漢上，惜其恐復磨滅，因條次爲三編，〔論〕其意以冠於首。」

文彀卷二

唐李華《蕭穎士文集序》：「君謂六經之後，有屈原、宋玉，文甚雄壯，而不能經。厥後有賈誼，文詞詳正，近於理體。枚乘、司馬相如，亦瓌麗才士，然而不近風雅。揚雄用意頗深，班彪識理，張衡宏曠，曹植豐贍，王粲超逸，嵇康標舉，此外皆金相玉質，所尚或殊，不能備舉。左思詩賦有《雅》、《頌》遺風，干寶著論近乎王化根源，此外皆復絶无聞。近日陳拾遺文體最正，以此而言，見君述作，君以文章制度爲己任，時人咸以此許之。」

唐柳冕《與滑州盧大夫論文書》：「頓首。别後九年，年已老大，平生好文，老亦興盡。日爲外事所撓，有筆語兩大卷，或不得已而爲之，或有爲而爲之。既爲頗近教化，謹録呈上，望覽訖一笑。夫文生於情，情生於哀樂，哀樂生於治亂。故君子感哀樂而爲文章，以知治亂之本。屈宋以降，則感哀樂而亡雅正；魏晉以還，則感聲色而亡風教；宋齊以下，則感物色而亡興致。教化興亡，則君子之風盡，故淫麗形似之文，皆亡國哀思之音也。自夫子至梁陳，三變以至衰弱。嗟乎，《關雎》興而周道盛，王澤竭而詩不作，作則王道興矣。天其或者肇往時之亂，爲聖唐之治，與三代之文者乎？老夫雖知之，不能文之；縱文之，不能至之。況已衰矣，安能鼓作者之氣，盡先王之教？在吾子復而行者，鼓而生之。冕頓首。」

唐柳冕《與徐給事論文書》：「文章本於教化，形於治亂，繫於國風。故在君子之心爲志，形君子之言爲文，論君子之道爲教。《易》云『觀乎人文，以化成天下』，此君子之文也。自屈宋已降，爲文者本於哀艷，務於恢誕，亡於比興，失古義矣。雖揚、馬形似，曹、劉骨氣，潘、陸藻麗，文多用寡，則是一技，君子不爲也。昔武帝好神仙，而相如爲《大人賦》以諷，帝覽之，飄然有淩雲之氣。故揚雄病之曰：『諷則諷矣，吾恐不免於勸也。』蓋文有餘而質不足則流，才有餘而雅不足則蕩；流蕩不返，使人有淫麗之心，此文之病也。雄雖知之，不能行之。行之者惟荀、孟、賈生、董仲舒而已。僕自下車，爲外事所感，感而應之，爲文不覺成卷。意雖復古而不逮古，則不足以議古人之文。噫，古人之文，不可及之矣；得見古人之心，在於文乎？苟無文，又不得見古人之心，故未能亡言，亦志之所之也。」

唐柳冕《答荆南裴尚書論文書》曰：「昔堯舜殁，《雅》、《頌》作；《雅》、《頌》寢，夫子作。未有不因於教化，爲文章以成《國風》。是以君子之儒，學而爲道，言而爲經，行而爲教，聲而爲律，和而爲音，如日月麗乎天，無不照也；如草木麗乎地，無不章也；如聖人麗乎文，無不明也。故在心爲志，發言爲詩，謂之文，兼三才而名之曰儒。儒之用，文之謂也。言而不能文，君子耻之。

及王澤竭而詩不作，騷人起而淫麗興，文與教分而爲二。以揚、馬之才，則不知教化；以荀、陳之道，則不知文章。以孔門之教評之，非君子之儒也。夫君子之儒，必有其道，有其道必有其文。道不及文則德勝，文不知道則氣衰，文多道寡，斯爲藝矣。《語》曰『文質彬彬，然後君子』，兼之者斯爲美矣。昔游、夏之文章與夫子之道通流，列於四科之末，此藝成而下也，苟言無文，斯不足徵。小子志雖復古，力不足也，言雖近道，辭則不文。雖欲拯其將墜，末由也已。」

唐柳冕《答楊中丞論文書》：「來書論文，盡養才之道，增作者之氣，推而行之，可以復聖人之教，見天地之心，甚善。嗟乎，天地養才而萬物生焉，聖人養才而文章生焉，風俗養才而志氣生焉。故才多而養之，可以鼓天下之氣；天下之氣生，則君子之風盛。古者陳詩以觀人風。君子之風，仁義是也；小人之風，邪佞是也。風生於文，文生於質，天地之性也。止於經，聖人之道也；感於心，哀樂之音也。故觀乎志而知國風。逮德下衰，風雅不作，形似艷麗之文興，而雅頌比興之義廢。艷麗而工，君子恥之，此文之病也。嗟呼，天下之才少久矣，文章之氣衰甚矣，風俗之不養才病矣，才少而氣衰使然也。故當世君子，學其道，習其弊，不知其病也。所以其才日盡，其氣益衰，其教不興，故其人日野。如病者之氣，從壯得衰，從衰得老，從老得死，沉綿而去，終身不悟，非良醫孰能知之？夫君子學文，所以行道。足下兄弟，今之才子，官雖不薄，道則未行，亦有才者之病。君子患不知之，既知之，則病不能無病。故無病則氣生，氣生則才勇，才勇則文壯，文壯然後可以鼓天下之動，此養才之道也，在足下他日行之。如老夫之文，不近於道，老夫之氣，已至於衰，老夫之心，不復能勇。三者無矣，又安得見古人之文，論君子之道，近先王之教？斯不能必矣。冕白。」

唐柳冕《答衢州鄭使君論文書》：「專使至，辱書，並歸拙文，如見君子。所褒過當，無德以當之。幸甚，門人云：『夫子之文章，可得而聞也；夫子之言性與天道，不可得而聞也。』即聖人道可企而及之者文也，不可企而及之者性也。蓋言教化發乎性情，繫乎國風者，謂之道。故君子之文，必有其道，道有深淺；故文有崇替，時有好尚；故俗有雅鄭，雅之與鄭，出乎心而成風。昔游夏之文，日月之麗也。然而列於四科之末，藝成而下也。苟文不足則，人無取焉，故言而不能文，非君子之儒也；文而不知道，亦非君子之儒。〔逮德〕下衰，其文漸替，惜乎王公大人之言，而溺於淫麗怪誕之説。非文之罪也，爲文者之過也。夫善爲文者，發而爲聲，鼓而爲氣，直與氣雄，精則氣生，使五彩並用，而氣行於其中。故虎豹之文，蔚而騰光，氣也；日月之文，麗而成章，精也。精與氣，天地感而變化生焉，聖人感而仁義行焉，不善爲文者反此，故變風變雅作矣。六藝之不興，教化之不明，此文之弊也。噫，文之無窮，而人之才有限，苟力不足者，彊而爲文則蹷，彊而爲氣則竭，彊而爲智則拙。故言之彌多，而去之彌遠，遠之便已，道則中廢，又君子所耻也，則不足見君子之道與君子之心。心有所感，文不可已，理有至精，詞不可逮，則不足當君子之褒。敬叔頓首。」

皇甫湜《答李生書》：「辱書，適曛黑，使者立復，不果一二。承來意之厚，《傳》曰『言及而不言，失人』，粗書其遇，爲足下答，幸察。來書所謂今之工文，或先於奇怪者，顧其文工與否耳。夫意新則異於常，異於常則怪矣。詞高則出於衆，出於衆則奇矣。虎豹之文，不得不炳於犬羊；鸞鳳之音，不得不鏘於烏鵲；金玉之光，不得不炫于瓦石。非有意先之也，乃自然也。必崔嵬，然後爲岳；必滔天，然後爲海。明堂之棟，必撓雲霓；驪龍之珠，必固深泉。足下以少年氣盛，固當以出拔爲意，學文之初，且未自盡其才，何遽稱力不能哉？圖王不成，其弊猶可以霸，其僅自見也，將不勝弊矣。孔子譏其身不能者，幸勉而思進之也。來書所謂浮艷聲病之文，耻不爲者。雖誠可耻，但慮足下方今不爾，且不能自信其言也，何者？足下舉進士，舉進士者，有司高張科格，每歲聚者試之，其所取乃足下所不爲者也。工欲善其事，必先利其器。足下方伐柯，而捨其斧，可乎哉？耻之，不當求也，求而耻之，惑也。今吾子求之矣，是徒涉而耻濡足也。寧能自信其言哉？來書所謂汲汲於立法寧人者，乃在位者之事。聖人得勢所施爲也，非詩賦之任也。功既成，澤既流，咏歌紀述，光揚之作作焉，聖人不得勢，方以文詞行於後。今吾子始學，未仕而急其事，亦太早計矣。凡來書所謂數者，似言之未稱，思之或過。其餘則皆善矣。既承嘉惠，敢自疏怠，聊復所爲，俟見方盡。湜再拜。」

又《第二書》：「湜白。生之書辭甚多，志氣甚横流，論説文章，不可謂無意。若僕愚且困，乃生詞競于此，固非宜。雖然，惡言無從，不可不卒，勿怪。夫謂之奇則非正矣，然亦無傷於正也。謂之奇即非常矣，非常者謂不如常者。謂不如常，乃出常也，無傷於正而出于常，雖尚之亦可也。此統論奇之體耳，未以文言之失也。夫文者非（也）〔他〕言之華者也，其用在通理而已，固不務奇，然亦無傷於奇也。使文奇而理正，是尤難也。生意便其易者乎？夫言亦可以通理矣，而以文爲貴者非他，文則遠，無文即不遠也。以非常之文通至正之理，是所以不朽也。生何嫉之深耶？夫繪事後素，既謂之（人）〔文〕，豈苟簡而已哉。聖人之文，其難及也，作《春秋》，游、夏之徒不能措一辭，吾何敢擬議之哉。秦漢已來至今，文學之盛，莫如屈原、宋玉、李斯、司馬遷、相如、揚雄之徒，其文皆奇，其傳皆遠。生書文亦善矣，比之數子，似猶未勝，何必心之高乎？《傳》曰『言之不出，耻躬之不逮也』，生自視何如哉？《書》之文不奇，《易》之文可爲奇矣，豈礙理傷聖乎？如『龍戰于野，其血玄黄』，『見豕負塗，載鬼一車』，突如其來，如焚，如死，如棄，如此何等語也？生輕宋玉，而稱仲尼、班、馬、相如爲文學，按司馬遷傳屈原曰『雖與日月争光可矣』，生當見之乎？若相如之徒，即祖習不暇者也，豈生稱誤耶？將識分有所至極耶？將彼之所立卓爾，非强爲所庶幾，遂讎嫉之耶？其何傷於日月乎？生笑『紫貝闕兮珠宫』，此與詩之『金玉其相』何異？天下人有金玉爲之質者乎？『披薜荔兮帶女蘿』此與『贈之以芍藥』何異？文章不當如此説也。豈謂怒三四而喜四三，識出之白而性人之黑乎？生云『虎豹之文非奇』，夫長本非長，短形之則長矣，虎豹之形於犬羊，故不得不奇也。他皆倣此。生云『自然者非性』，不知天下何物非自然乎？生又云『物與文學不相侔』，此喻也。凡喻必以非類，豈可以彈喻彈乎？是不根者也。生稱『以知難而退爲謙』，夫無難而退，謙也。知難而退，宜也，非謙也。豈可見黄門而稱貞哉？生以一詩一賦爲非文章。抑不知一之少，便非文章耶？直詩賦不是文章耶？如詩賦非文章，三百篇可燒矣。如少非文章，湯之《盤銘》是何物也？孔子曰『先行其言』，既爲甲賦矣，不得稱不作聲病文也。孔子云『必也正名乎』，生既不以一第爲事，不當以進士冠姓名也。夫『焕乎』、『郁郁乎』之文，謂制度，非止文詞也。前者捧卷軸而來，又以浮艷聲病爲説，似商量文詞，當與制度之文異日言也。近風教偷薄，進士尤甚，乃至有一謙三十年之説，争爲虚張，以相高自（讀）〔謾〕。詩未有劉長卿一句，已呼阮籍爲老兵矣；筆語未有駱賓王一字，已罵宋玉爲罪人矣；書字未識偏傍，高談稷契；讀書未知句度，下視服鄭。此時之大病，所當嫉者。生美才，勿似之也。《傳》曰『惟善人能受善言』，孔子曰『君子無所争，必也射乎』，問於湜者多矣，以生之有心也，聊有復，不能盡，不宣。湜再拜。」

陸龜蒙《復友生論文書》：「辱示近年作者論文書二篇，使僕是非得失於其間。僕雖極頑冥，亦惴息汗下，見詆訶之甚難，招禍患之甚易也。況僕少不攻文章，止讀古聖人書，誦其言，思行其道，而未得也。每涵咀義味，獨坐日昃，案上有一杯藜羹，如五鼎七牢饋於左右。加之以撞金石萬羽有籥也，未嘗干有司對問希品第，未嘗歷王公丐貸飾車馬，故無用文處。江湖間不過美泉石則記之，聳節概則傳之，觸離會則序之，值巾罍則銘之。簡散澹誕，無所諱避。又安知文之是歟非歟？生過聽，德我太甚。苟嘿嘿不應，非朋友切切偲偲之義也。故扶病把筆，一二論之。曰：『我自小讀六經，孟軻、揚雄之書，頗有熟者，求文之指趣規矩，無出於此。』及子史，則曰：『子近經，經語古而微；史近書，書語直而淺。』所言『子近經』，近何經？『史近書』，近何書？《書》則記言之史也。史近《春秋》，《春秋》則記事之史也。六籍中獨《詩》、《書》、《易象》與魯《春秋》經聖人之手耳。《禮》《樂》一記，雖載聖人之法，近出二戴，未能通一純實，故時有齟齬不安者。蓋漢代諸儒爭撰而獻之，求購金耳。記言記事，參錯前後，曰經曰史，未可定其體也。案經解則悉謂之經，區而別之，則《詩》、《易》爲經，《書》與《春秋》實史耳，學者不當混而言之。且經解之篇句名出於戴聖耳，王輔嗣因之以《易》爲經，杜元凱因之以《春秋》爲經。孔子曰：『學《詩》乎？學《禮》乎？《易》之爲書也，原始要終。知我以《春秋》，罪我以《春秋》。』未嘗稱經，稱經非是聖人旨也。蓋出於周公《謚法》『經緯天地曰文』故也。有經書必有緯書。聖人既作經，亦當作緯。譬猶織也，經而不緯，可成幅乎？緯者且非聖人之書，則經亦後人名之耳，非聖人之旨明矣。苟以六籍謂之經，習而稱之可也。指司馬遷、班固之書謂之史，何不思之甚乎？

六籍之内，有經有史，何必下及子長、孟堅，然後謂之史乎？孔子曰：『吾猶及史之闕文也。』曰：『質勝文則野，文勝質則史。』又曰：『董狐，古之良史也。』此則筆之曲直，體之是非，聖人悉謂而辨之矣。豈須班、馬而後言史哉？以《詩》、《易》爲經，以《春秋》爲史，足矣，無待於外也。謂『經語古而能微』，則《易》曰『履霜，堅冰至』、『初筮告，再三瀆。瀆則不告』、『苦節不可貞』之類，果純古而微乎？謂『史語直而淺』，則《春秋》書『考仲子之宫，初獻六羽』，及『齊師戰于乾時，我師敗績』、『辛巳有事於太廟，仲遂卒於垂。壬午猶繹，萬入，去籥』之類，果純直而淺乎？經不純微，史不純淺，又可見也。言文之不可立喻，則曰：『《春秋》不當言「無使滋蔓」。』又云：『《春秋》舉軍旅會盟，豈非叙事耶？』引《左氏傳》語，徵左氏叙事，悉謂之《春秋》可乎？《春秋》，大典也，舉凡例而褒貶之，非周公之法所及者。酌在夫子之心，故游、夏不能措一辭。若區區於叙事，則魯國之史官耳，孰謂之《春秋》哉？前所自謂『讀六經頗有孰者，求文之指趣規矩，不出於此』，妄矣。又一篇曰『某文也，某辭也』，文既與辭異，是文優而辭劣耳。《易》之《繫辭》曰：『齊小大者存乎卦，辯吉凶者文乎辭。』故卦有小大，辭有險易。又曰：『觀其《彖》辭，則思過半矣。』《易》之辭非文耶？《書》載『帝庸作歌』，皋陶賡載歌，又歌《五子之歌》，皆辭也。《書》之辭非文耶？屬辭比事，《春秋》教也。《春秋》之辭非文耶？《禮》有朝聘之辭，娶夫人之辭；《樂》有登歌薦辭；《禮》、《樂》之辭非文耶？《法言》曰：『往者楊、墨塞路，孟子辭而闢之，廓如也。』孟軻之辭非文耶？《太玄》之辭也，沉以窮乎下，浮以際乎上。揚雄之辭非文耶？是知文者辭之總，辭者文之用。『天之將喪斯文也，天之未喪斯文也』，不當稱辭。『吉人之辭寡，躁人之辭多』，不當稱文。是文辭一也，但所適有宜耳，何異塗云之哉？又曰『聲病之辭非文也』，夫聲成文謂之音，五音克諧，然後中律度。故《舜典》曰：『詩言志，歌永言，聲依永，律和聲。』聲之不和病也，去其病則和，和則動天地，感鬼神，反不得謂之文乎？猶繪事組繡中有精犆耳。大凡解人之説，不敢避墉垣、援膚爪而自矜於堂奥心府也，要在引學者當知之事以明之而已矣。師道不行，後生多泥於所習。有陷而溺者，力能援之可也。如其不同，請觀過而後罰。」

唐裴度《寄李翺書》：「前者唐生至自滑，猥辱致書札，兼獲所貺新作十二篇，度俗流也，不盡窺見。若《愍女碑》、《烈婦傳》，可以激揚烈教，義焕於史氏；《鐘銘》謂以功伐名於器，非爲立器爲銘，《與弟正辭書》謂文非一藝，斯皆可謂救文之失、廣文之用也。甚善，甚善。然僕之知弟也，未知其他，直以弟敏於學而至於文，就六經而正焉。故每遇名輩，稱弟不容於口，自謂彌久，益無愧詞。竊料弟亦以直諒見待，不以悦媚相容，故不唯嗟悒，亦欲商度其萬一耳。若弟擯落今古，脱遺經籍，斯則如獻白豕，何足採取？若猶有祖述，則願陳其梗概，以相參會耳。愚謂三五之代，上垂拱而無爲，下不知其帝力，其漸被於天地萬物，不可得而傳也。夏殷之際，聖賢相遇，其文在於盛德大業，又鮮可得而傳也。厥後周公遭變，仲尼不當世，其文遺於册府，故可得而傳也。是作周、孔之文也。荀、孟之文，左右周、孔之文也。理身、理家、理國、理天下，一日失之，敗亂至矣。騷人之文，發憤之文也，雅多自賢，頗有狂態；相如、子雲之文，譎諫之文也，自爲一家，不是正氣；賈誼之文，化成之文也，鋪陳帝王之道，昭昭在目；司馬遷之文，財成之文也，馳騁數千載，若有餘力；董仲舒、劉向之文，通儒之文也，發明經術，究極天人。其餘擅美一時，流譽千載者多矣，不足爲弟道焉。然皆不詭其詞，而詞自麗；不異其理，而理自新。若夫典謨訓誥，《文言》、《繫辭》，《國風》、《雅》、《頌》，經聖人之筆削者，則又至易也，至直也。雖大彌天地，細入無間，而奇言怪語，未之或有。意隨文而可見，事隨意而可行，此所謂文可文，非常文也。其可文而文之，何常之有？俾後之作者有所裁准，而請問於弟，謂之何哉？謂之不可，非僕敢言；謂之可也，則大學之道，在明明德，在止至善矣，能止乎？若遂過之，猶不及也。觀弟近日制作大旨，常以時世之文，多偶對儷句，屬綴風雲，羈束聲韻，爲文之病甚矣。故以雄詞遠致，一以矯之，則是以文字爲意也。且文者，聖人假之以達其心，達則已理，窮則已非，故高之下之，詳之略之也。愚欲去彼取此，則安步而不可及，平居而不可〔諭〕〔逾〕，又何必遠關經術，然後騁其材力哉。昔人有見小人之違道者，耻與之同形貌、共衣服，遂思倒置眉目，反易冠帶以異也，不知其倒之反之非也，雖失於小〔人〕，亦異於君子矣。故文之異，在氣格之高下，思致之深淺，不在磔裂章句，隳廢聲韻也。人之異，在風神之清濁，心志之通塞，不在於倒置眉目，反易冠帶也。庶幾高明，少納庸妄，若以爲未，幸不以苦言見革其惑。惟僕心慮荒散，百事罷息，然意之所在，敢隱於故人耶？昌黎韓愈，僕識之舊矣，中心愛之，不覺驚賞，然其人信美材也。近或聞諸儕類，云恃其絶足，往往奔放，不以文立制，而以文爲戲。可矣乎？可矣乎？今之作者，不及則已，及之者，當大爲防焉爾。弟索居多年，勞想深至，窮陰凝冱，動息何如？入奉晨昏之歡，出參帷幄之畫，固多適耳。昨弟來，欲度及時干進。度昔歲取名，不敢自高，今孤煢若此，遊宦謂何？是不復能從故人之所助耳，但寘力田園，苟過朝夕而已。然待春氣微和，農事未動，或策蹇謁賢大夫，兼與弟道舊，未爾間猶希尺牘。珍重珍重。力書無餘，從表兄裴度奉簡。」

唐杜牧《答莊充書》：「某白莊先輩足下。凡爲文以意爲主，以氣爲輔，以辭彩章句爲之兵衛，未有主彊盛而輔不飄逸者，兵衛不華赫而莊整者。四者高下圓折，步驟隨主所指，如鳥隨鳳，魚隨龍，師衆隨湯、武，騰天潛泉，横裂天下，無不如意。苟意不先立，止以文彩辭句，繞前捧後，是辭愈多而理愈亂，如入闤闠，紛紛然莫知其誰，暮散而已。是以意全勝者，辭愈樸而文愈高；意不勝者，辭愈華而文愈鄙。是意能遣辭，辭不能成意，大抵爲文之旨如此。觀足下所爲文百餘篇，實先意氣而後辭句，慕古而尚仁義者，苟爲文不已，資以學問，則古作者不爲難到。今以某無可取，欲命以爲序，承當厚意，惕息不安。復觀自古序其文者，皆後世宗師其人而爲之，《詩》、《書》、《春秋左氏》已降，百家之説，皆是也。古者其身不遇於世，寄志於言，求言遇於後世也。自兩漢已來，富貴者千百，自今觀之，聲勢光明，孰若馬遷、相如、賈誼、劉向、揚雄之徒。斯人也，豈求知於當世哉？故親見揚子雲著書，欲取覆醬瓿，雄當其時亦未嘗自有誇目。況今與足下並生今世，欲序足下未已之文，此固不可也。苟有志，古人不難到，勉之而已。某再拜。」

唐李德裕《文章論》：「魏文《典論》稱『文以氣爲（生）〔主〕，氣之清濁有體』，斯言盡之矣。然氣不可以不貫，不貫則雖有英詞麗藻，如編珠綴玉，不得爲金璞之寶矣。鼓氣以勢壯爲美，勢不可以不息，不息則流宕而忘返，亦猶絲竹繁奏，必有希聲窈眇，聽之者悅聞，如川流迅激，必有洄洑逶迤，觀之者不厭。從兄翰嘗言『文章如千兵萬馬，風恬雨霽，寂無人聲』，蓋謂是也。近世誥命，唯蘇廷碩叙事之外，自謂文章才實有餘，用之不竭。沈休文獨以音韻爲切，重輕爲難，語雖甚工，旨則未遠。夫荆璧不能無瑕，隋珠不能無纇，文旨高妙，豈以音韻爲病哉？此可以言規矩之内，未可以言文章外意也。較其師友，則魏文與王、陳、應、劉討論之矣。江南惟於五言爲妙，故休文長於音韻，而謂『靈均以來，此秘未覩』，不亦誣人甚矣。古人辭高者，蓋以言妙而工，適情不取於音韻，意盡而止，成篇不拘於隻耦，故篇無足曲，詞寡累句。譬諸音樂，古辭如金石琴瑟，尚於至音，今（又）〔文〕如絲竹鞞鼓，迫於促節。即知聲律之爲弊也甚矣。世有非文章者，曰：『詞不出於《風》、《雅》，思不越於《離騷》，模寫古人，何足貴也？』余曰：『譬諸日月，雖終古常見，而光景常新，此所以爲靈物也。』余嘗爲《文箴》，今載於此，曰：『文之爲物，自然靈氣。惚怳而來，不思而至。杼軸得之，澹而無味。琢刻藻繪，彌不足貴。如彼璞玉，磨礱成器。奢者爲之，錯以金翠。美質既彫，良寶斯棄。』此爲文之大旨也。」

唐孫樵《與高錫望書》：「文章如面，史才最難。到司馬子長之地，千載獨聞得揚子雲。唐朝以文索士，二百年間，作者數十輩，獨高韓吏部。吏部修《順宗實録》，尚不能當班堅，其能與子長、子雲相上下乎？足下乃小史，尚宜世嗣史法，矧足下才力雄獨，意語横闊。嘗序義復岡及樂武事，其説要害，在樵宜一二百言者，足下能數十字輒盡情狀。及意窮事際，反若有千百言在筆下。足下齒髮未及壯，其所得如此，則不知子長、子雲當足下年齒時，文章果何如也。然足下所傳史法，與樵所聞者異耶。古史有直事俚言者，有文飾者，乃特紀前人一時語，以立實録，非爲俚言奇健，能爲史筆精魄。故其立言序事，及出没得失，皆字字典要，何嘗以俚言汨其間哉。今世俚言文章，謂得史法，因牽韓吏部曰如此如此。樵不知韓吏部以此欺後學耶，韓吏部亦未知史法耶？又史家紀職官、山川、地理、禮樂、衣服，亦宜直書一時制度，使後人知某時如此，某時如彼，不當以禿屑淺俗，則取前代名品，以就簡絶。夫史家條序人物，宜存警訓，不當徒以官大寵濃，講文張字。故大惡大善，雖賤必（絶）〔紀〕，尸生浪職，雖貴得黜。至如司馬遷序周繆，班孟堅傳蔡義，尚可用耶。爲史官者，明不顧刑辟，幽不見神怪，若梗避于其間，其書可燒也。

古者國君不得視史，今朝廷以宰相監撰，大丈夫當一時寵遇，皆欲齊政房、杜，躋俗太平，孰能受惡於不隱乎？古者七十子不與筆削，今朝廷以史館叢文士、儒家，擅一時胸臆，皆欲各任憎愛，手出白黑，孰能專門立言乎？樵未知唐史誠何如也，樵雖承史法於師，又嘗熟司馬遷、揚子雲書，然才韻枯梗，文過乎質。嘗序廬江何易于，首末千言。貴文則喪質，近質則太禿，刮垢磨痕，卒不到史。獨謂足下才力天出，最與史近，故以樵所受於師者致足下。」

唐孫樵《與賈秀才書》：「主藪足下：曩者樵耳足下聲，慣足下售於時何晚。及目足下《五通》五(于)〔十〕篇，則足下困(十)〔于〕上亦宜矣。物之精華，天地所秘惜，故蒙金以沙，錮玉以璞。珊瑚之藂，必茂重溟；夜光之珍，必頷驪龍。抉而不知已，積而不知止，不窮則禍，天地讎也。文章亦然，所取者廉，其得必多。所取者深，其身必窮。六經作，孔子削跡不粒矣。孟子述子思，坎軻齊魯矣。馬遷以《史記》禍，班固以《西漢》禍。揚雄以《法言》、《太玄》窮，元結以《浯溪碣》窮，陳拾遺以《感遇詩》窮，王勃以《宣尼廟碑》窮，玉川子以《月蝕詩》窮。杜甫、李白、王江寧，皆相望於窮者也。天地其無意乎？今足下立言必奇，摭意必深，抉精剔華，期到聖人。以此賈於時，釣榮邀富，猶欲疾其驅而方其輪。若曰爵禄不動於心，窮達與時上下，成一家書，自期不朽，則樵之所敢知也。嗚呼，孤進患心不苦，及其苦，知者何人。古人抱玉而泣，捧足下文，能不濡睫？懼足下自得也淺，且疑其道不固。因歸《五通》，不得無言。」

宋歐陽修《舊本韓文後》：「予少家漢東，僻陋無學者，吾家又貧無藏書。州南有大姓李氏者，其子彦輔頗好學。予爲兒童時，多游其家，見其弊筐貯故書在壁間，發而視之，得《韓昌黎先生文集》六卷，脱略顛倒無次弟，因乞李氏以歸。讀之，見其言深厚而雄博，然予尤少，未能究其義，徒見其浩然無涯若可愛。是時天下學者，楊、劉之作，號爲時文，能者取科第，擅名聲，以誇榮當世，未嘗有道韓文者。予亦方舉進士，以禮部詩賦爲事。年十有七試於州，爲有司所黜。因取所藏韓氏之文復閲之，則喟然歎曰：學者當至於是而止爾。因怪時人之不道，而顧己亦未暇學，徒時時獨念于予心，以謂方從進士干禄以養親，苟得禄矣，當盡力于斯文，以償其素志。後七年，舉進士及第，官於洛陽。而尹師魯之徒皆在，遂相與作爲古文。因出所藏《昌黎集》而補綴之，求人家所有舊本而校定之。其後天下學者亦漸趨於古，而韓文遂行于世，至于今，蓋三十餘年矣，學者非韓不學也，可謂盛矣。嗚呼，道固有行於遠而止於近，有忽于往而貴于今者，非惟世俗好惡之使然，亦其理有當然者。故孔、孟皇皇於一時，而師法於千萬世。韓氏之文没而不見者二百年，而後大施于今，此又非特好惡之所上下，蓋其久而愈明，不可磨滅，雖蔽于暫而終耀于無窮者，其道當然也。予之始得於韓也，當其沉没棄廢之時，予固知其不足以追時好而取勢利，於是就而學之，則予之所爲者，豈所以急名譽而干勢利之用哉？亦志乎久而已矣。故予之仕，於進不爲喜、退不爲懼者，蓋其志先定而所學者宜然也。集本出於蜀，文字刻畫頗精於今世俗本，而脱繆尤多。凡三十年間，聞人有善本者，必求而改正之。其最後卷帙不足，今不復補者，重增其故也。予家藏書萬卷，獨《昌黎先生集》爲舊物也。嗚呼，韓氏之文、之道，萬世所共尊，天下所共傳而有也。予於此本，特以其尤舊物而惜之。」

宋孫復《答張洞書》：「兩辱手書，辭意勤至，道離群外，以僕居今之世，樂古聖賢之道與仁義之文也。遠以尊道扶聖立言垂範之事問於我，我幸而志于斯也有年矣。重念世之號進士者，率以砥礪辭賦，睎覬科第爲事。若明遠，穎然獨出，不汲汲於彼而孜孜於此者，幾何人哉？然吾懼明遠年少氣勇，而欲速成，無以致于文也。故道其一二，明遠熟察之而已矣。夫文者道之用也，道者教之本也。故文之作也，必得之於心而成之於言。得之於心者，明諸内者也；成之於言者，見諸外者也。明諸内者，故可以適其用；見諸外者，故可以張其教。是故《詩》、《書》、《禮》、《樂》、《大易》、《春秋》之文也，總而謂之經者，以其終於孔子之手，尊而異之爾。斯聖人之文也，後人力薄，不克以嗣，但當左右名教，夾輔聖人而已。或則發列聖之微旨，或則擿諸子之異端，或則發千古之未寤，或則正一時之所失，或則陳仁政之大經，或則斥功利之末術，或則揚聖人之聲烈，或則寫下民之憤歎，或則陳天人之去就，或則述國家之安危。必皆臨事摭實，有感而作，爲論，爲議，爲書、疏、歌、詩、贊、頌、箴、解、銘、説之類，雖其目甚多，同歸於道，皆謂之文也。若肆意構虚，無狀而作，非文也，乃無用之瞽言爾，徒污簡册，何所貴哉？明遠無志于文則已，若有志也，必在潛其心而索其道。潛其心而索其道，則其所得也必深。其所得也既深，則其所言也必遠。既深且遠，則庶乎可望於斯文也。不然，則淺且近矣，曷可望於斯文哉？噫，斯文之難至也久矣。自西漢至李唐，其間鴻生碩儒，齊肩而起，以文章垂世者衆矣，然多以楊、墨、佛、老虚無報應之事，沈、謝、徐、庾妖艷邪哆之言，雜乎其中，至有盈箱滿集，發而視之，無一言及於教化者。生非無用瞽言，徒污簡册者乎？至於終始仁義，不叛不雜者，惟董仲舒、揚雄、王通、韓愈而已。由是而言之，則可容易至之哉？若欲容易而至之，則非吾之所聞也，明遠熟察之，無以吾言爲忽。」

宋蘇洵《上歐陽内翰書》：「洵布衣窮居，常竊有歎，以爲天下之人不能皆賢，不能皆不賢。故賢人君子之處於世，合必離，離必合。往者天子方有意於治，而范公在相府，富公爲樞密副使，執事與余公、蔡公爲諫官，尹公馳騁上下，用力於兵革之地。方是之時，天下之人，毛髮絲粟之才，紛紛然而起，合而爲一。而洵也，自度其愚魯無用之身，不足以自奮於其間，退而養其心，幸其道之將成，而可以復見於當世之賢人君子。不幸道未成，而范公西，富公北，執事與余公、蔡公分散四出，而尹公亦失勢，奔走於小官。洵時在京師，親見其事，忽忽仰天嘆息，以爲斯人之去，而道雖成，不復足以爲榮也。既而自思，念往者衆君子之仕于朝，其始也，必有善人焉推之；今也，亦必有小人焉推之。今世無復有善人也則已，如其不然也，吾何憂焉？姑養其心，使其道大有所成而待之，何傷？退而處十年，雖未敢自謂其道有成矣，然浩浩乎其胸中若與曩者異，而余公適有成功於南方，執事與蔡公復相繼登於朝，富公復自外入爲宰相，喜且相賀，以爲道既已粗成，而果將有以發之也。既又反而思其嚮之所慕望愛悦之而不得見之者六人，今將往見之矣。而六人者，已有范公、尹公二人亡焉，則又爲之潸然出涕以悲。嗚呼，二人者不可復見矣，而所恃以慰此心者，猶有四人也，則又以自解。思其止於四人也，則又汲汲欲一識其面，以發其心之所欲言。而富公又爲天子之宰相，遠方寒士，未可遽以言通於前。余公、蔡公，遠者又在萬里外。獨執事在朝廷之間，而其位差不甚貴，可以扳援聞之以言，饑寒衰老，又痼而留之，使不克自致於執事之庭。夫以慕望愛悦其人之心，十年而不得見，其人已死，如范公、尹公二人者，則四人者之中，非其勢不可遽以言通者，何可以不能自往而遽已也？執事之文章，天下之人，莫不知之。然竊以爲洵之知之（時）〔特〕深，愈於天下之人，何者？孟子之文，語約而意盡，不爲鑱刻斬絶之言，而其鋒不可犯；韓子之文，如長江大河，渾浩流轉，魚黿蛟龍，萬怪惶惑，而抑遏蔽掩，不使自露，而人望見其淵然之光，蒼然之色，亦自畏避，不敢迫視；執事之文，紆餘委備，往復百折，而條達疏暢，無所間斷，氣盡語極，急言竭論，容與簡易，無艱難勞苦之態。此三者，皆斷然自爲一家之文也。惟李翱之文，其味黯然而長，其光油然而幽，俯仰揖讓，有執事之態。陸贄之文，遣言措意，切近的當，有執事之實。而執事之才，又自有過人者。蓋執事之文，非孟子、韓子之文，而歐陽子之文也。夫樂道人之善而不爲諂者，以其人誠足以當之也。彼不知者，則以爲譽人以求其悦己也。夫譽人以求其悦己，洵亦不爲也。而其所以道執事光明盛大之德，而不自知止者，亦欲執事之知其知我也。雖然，執事之名，滿於天下，雖不見其文，而固已知有歐陽子矣。而洵也不幸墮在草野泥塗之中，而其知道之心，又迂而粗（而）〔成〕，欲徒手奉咫尺之書，自託於執事，將使執事何從而知之，何從而信之哉？洵少年不學，生二十五歲，始知讀書，從士君子遊。年既已晚，而不遂刻意厲行，以古人自期，而視與己同列者皆不勝己，則遂以爲可矣。其多困益甚，然後取古人之文而讀之，始覺其出言用意，與己大異。時復内顧，自思其才，則又似夫不遂止於是而已者。由是盡燒曩時所爲文數百篇，取《論語》、《孟子》、韓子及他聖人賢人之文，而介然端坐，終日以讀之者七八年。方其始也，入其中而惶然，博觀於其外而駭然以驚；及其久也，讀之益精，而其胸中豁然以明，若人之言固當然者，然猶未敢自出其言也。時既久，胸中之言日益多，不能自制，試而書之，已而再三讀之，渾渾乎覺其來之易矣，然猶未敢以爲是也。近所爲《洪範論》、《史論》凡七篇，執事觀其如何？嘻，區區而自言，不知者又將以爲自譽，以求人之知己也。惟執事思其十年之心，如是之不偶然也而察之。」

宋蘇軾《六一居士集序》：「夫言有大而非夸，達者信之，衆人疑焉。孔子曰：『天之將喪斯文也，後死者不得與於斯文也。』孟子曰：『禹抑洪水，孔子作《春秋》，而予距楊、墨。』蓋以是配禹也。文章之得喪，何與於天，而禹之功與天地並，孔子、孟子以空言配之，不已夸乎？自《春秋》作而亂臣賊子懼，孟子之言行而楊、墨之道廢，天下以爲是固然，而不知其功。孟子既沒，有申、商、韓非之學，違道而趨利，殘民以厚主，其説至陋也，而士以是罔其上。上之人僥倖一切之功，靡然從之，而世無大人先生如孔子、孟子者，推其本末，權其禍福之輕重，以救其惑，故其學遂行。秦以是喪，天下陵夷至於勝、廣、劉、項之禍，死者十八九，天下蕭然。洪水之患，蓋不至此也。方秦之未得志也，使復有一孟子，則申、韓爲空言，作於其心，害於其事，作於其事，害於其政者，必不至若是烈也。使楊、墨得志於天下，其禍豈減於申、韓哉。由此言之，雖以孟子配禹可也。太史公曰：『蓋公言黄、老，賈誼、鼂錯明申、韓。』錯不足道也，而誼亦爲之，余以是知邪説之移人。雖豪傑之士有不免者，況衆人乎。自漢以來，道術不出於孔氏，而亂天下者多矣。晉以老莊亡，梁以佛亡，莫或正之，五百餘年而後得韓愈，學者以愈配孟子，蓋庶幾焉。愈之後，三百有餘年而後得歐陽子，其學推韓愈、孟子，以達於孔氏，著禮樂仁義之實，以合於大道。其言簡而明，信而通，引物連類，折之於至理，以服人心，故天下翕然師尊之。自歐陽子之存，世之不説者，譁而攻之，能折困其身，而不能屈其言。士無賢不肖，不謀而同曰：『歐陽子，今之韓愈也。』宋興七十餘年，民不知兵，富而教之，至天聖、景祐極矣，而斯文終有愧於古。士亦因陋守舊，論卑而氣弱。自歐陽子出，天下争自濯磨，以通經學古爲高，以救時行道爲賢，以犯顔納諫爲忠。長育成就，至嘉祐末，號稱多士。歐陽子之功爲多。嗚呼，此豈人力也哉？非天其孰能使之。歐陽子没十有餘年，士始爲新學，以佛老之似，亂周孔之真，識者憂之。賴天子明聖，詔修取士法，風厲學者，專治孔氏，黜異端，然後風俗一變。論考師友淵源所自，復知誦習歐陽子之書。予得其詩文七百六十六篇於其子棐，乃次而論之，曰：『歐陽子論大道似韓愈，論事似陸贄，記事似司馬遷，詩賦似李白。此非余言也，天下之言也。』歐陽子諱修，字永叔。既老，自謂『六一居士』云。」

宋蘇軾《答李廌書》：「軾頓首先輩李君足下。别後遞中得二書，皆未果答。專人來，又辱長箋，且審比日孝履無恙，感慰深矣。惠示古賦近詩，詞氣卓越，意趣不凡，甚可喜也。但微傷冗，後當稍收斂之，今未可也。足下之文，正如川之方增，當極其所至，霜降水落，自見涯涘，然不可不知也。録示孫之翰《唐論》。僕不識之翰，今見此書，凜然得其爲人。至論褚遂良不譖劉洎，太子瑛之廢緣張説，張巡之敗緣房琯，李光弼不當圖史思明，宣宗有小善而無人君大略，皆《舊史》所不及。議論英發，暗與人意合者甚多。又讀歐陽文忠公《志》文、司馬君實跋尾，益復慨然。然足下欲僕别書此文入石，以爲之翰不朽之託，何也？之翰所立於世者，雖無歐陽公之文可也，而況欲託字畫之工，以求信於後世，不以陋乎？足下相待甚厚，而見譽過當，非所以爲厚也。近日士大夫皆有僭侈無涯之心，動輒欲人以周、孔譽己，自孟軻以下者，皆憮然不滿也。

此風殆不可長。又僕細思所以得患禍者，皆由名過其實，造物者所不能堪，與無功而受千鍾者，其罪均也。深不願人造作言語，務相粉飾，以益其疾。足下所與游者元聿，讀其詩，知其爲超然奇逸人也。緣足下以得元君，爲賜大矣。《唐論》文字不少，過煩諸君寫録，又以見足下所與游者，皆好學喜事，甚善甚善。獨所謂未得名世之士爲志文則未葬者，恐於禮未安。司徒文子問於子思：『喪服既除，然後葬，其服何服？』子思曰：『三年之喪，未葬，服不變，除何有焉。』昔晉温嶠以未葬不得調。古之君子，有故不得已而未葬，則服不變，官不調。今足下未葬，豈有不得已之事乎？他日有名世者，既葬而表其墓，何患焉。辱見厚，不敢不盡。冬寒。惟節哀自重。」

宋蘇軾《答張文潛書》：「軾頓首文潛縣丞張君足下。久别思仰。到京公私紛然，未暇奉書。忽辱手教，且審起居佳勝，至慰至慰。惠示文編，三復感歎。甚矣，君之似子由也。子由之文實勝僕，而世俗不知，乃以爲不如。其爲人深不願人知之，其文如其爲人，故汪洋澹泊，有一唱三歎之聲，而其秀傑之氣，終不可没。作《黄樓賦》乃稍自振厲，若欲以警發憒憒者。而或者便謂僕代作，此尤可笑。是殆見吾善者機也。文字之衰，未有如今日者也，其源實出於王氏。王氏之文，未必不善也，而患在於好使人同己。自孔子不能使人同，顔淵之仁，子路之勇，不能以相移，而王氏欲以其學同天下。地之美者，同於生物，不同於所生。惟荒瘠斥鹵之地，彌望皆黄茅白葦，此則王氏之同也。近見章子厚言，先帝晚年甚患文字之陋，欲稍變取士法，特未暇耳。議者欲稍復詩賦，立《春秋》學官，甚美。僕老矣，使後生猶得見古人之大全者，正賴黄魯直、秦少游、晁無咎、陳履常與君等數人耳。如聞君作太學博士，願益勉之。『德輶如毛，民鮮克舉之。我儀圖之，愛莫助之』，此外千萬善愛。偶飲卯酒，醉。來人求書，不能覼縷。」

宋蘇軾《答謝民師推官書》：「軾啓。近奉違，亟辱問訊，具審起居佳勝，感慰深矣。軾受性剛簡，學迂材下，坐廢累年，不敢復齒縉紳。自還海北，見平生親舊，惘然如隔世人，況與左右無一日之雅，而敢求交乎？數賜見臨，傾蓋如故，幸甚過望，不可言也。所示書教及詩賦雜文，觀之熟矣。大略如行雲流水，初無定質，但常行於所當行，常止於不可不止，文理自然，姿態橫生。孔子曰：『言之不文，行之不遠。』又曰：『辭達而已矣。』夫言止于達意，疑若不文，是大不然。求物之妙，如繫風捕影，能使是物了然於心者，蓋千萬人而不一遇也。而況能使了然於口與手者乎？是之謂辭達。辭至於能達，則文不可勝用矣。揚雄好爲艱深之詞，以文淺易之説，若正言之，則人人知之矣。此正所謂雕蟲篆刻者，其《太玄》、《法言》皆是類也。而獨悔于賦，何哉？終身雕蟲，而獨變其音節，便謂之經，可乎？屈原作《離騷經》，蓋風雅之再變者，雖與日月争光可也。可以其似賦而謂之雕蟲乎？使賈誼見孔子，升堂有餘矣，而乃以賦鄙之，至與司馬相如同科。雄之陋如此，比者甚衆。可與知者道，難與俗人言也，因論文偶及之耳。歐陽文忠公言文章如精金美玉，市有定價，非人所能以口舌定貴賤也。紛紛多言，豈能有益於左右。愧悚不已。所須惠力法雨堂字，軾本不善作大字，强作終不佳，又舟中局迫難寫，未能如教。然軾方過臨江，當往游焉。或僧有所欲記録，當作數句留院中，慰左右念親之意。今日已至峽山寺，少留即去。愈遠。惟萬萬以時自愛。不宣。」

宋蘇軾《答劉沔都曹書》：「軾頓首都曹劉君足下。蒙示書教，及編録拙詩文二十卷。軾平生以言語文字見知於世，亦以此取疾於人，得失相補，不如不作之安也。以此常欲焚棄筆硯，爲瘖默人，而習氣宿業，未能盡去，亦謂隨手雲散鳥没矣。不知足下默隨其後，掇拾編綴，略無遺者，覽之慚汗，可爲多言之戒。然世之蓄軾詩文者多矣，率真僞相半，又多爲俗子所改竄，讀之使人不平。然亦不足怪。識真者少，蓋從古所病。梁蕭統集《文選》，世以爲工。以軾觀之，拙於文而陋於識者，莫統若也。宋玉賦《高唐》、《神女》，其初略陳所夢之因，如子虚、亡是公相與問答，皆賦矣。而統謂之叙，此與兒童之見何異。李陵、蘇武贈别長安，而詩有『江漢』之語。及陵與武書，詞句儇淺，正齊梁間小兒所擬作，決非西漢文，而統不悟，劉子玄獨知之。范曄作《蔡琰傳》，載其二詩，亦非是。董卓已死，琰乃流落，方卓之亂，伯喈尚無恙也，而其詩乃云以卓亂故，流入於胡，此豈真琰語哉？其筆勢乃效建安七子者，非東漢詩也。李太白、韓退之、白樂天詩文，皆爲庸俗所亂，可爲太息。今足下所示二十卷，無一篇僞者，又少謬誤。及所示書詞，清婉雅奥，有作者風氣，知足下致力於斯文久矣。軾窮困，本坐文字，蓋願刳形去智，而不可得者。

然幼子過文益奇，在海外孤寂無聊，過時出一篇見娱，則爲數日喜，寢食有味。以此知文章如金玉珠貝，未易鄙棄也。見足下詞學如此，又喜吾同年兄龍圖公之有後也。故勉作報書，匆匆，不宣。」

宋蘇軾《與元老姪孫書》：「姪孫近求爲學何如？恐不免趨時。然亦須多讀書史，務令文字華實相副，期於適用乃佳，勿令得一第後，所學便爲棄物也。海外亦粗有書籍，六郎亦不廢學，雖不解對義，然作文極俊壯，有家法。二郎、五郎見説亦長進，曾見他文字否？姪孫宜熟看前、後漢史及韓、柳文。有便，寄近文一兩首來，慰海外老人意也。」

宋蘇軾論文：「吾文如萬斛泉源，不擇地皆可出，平地滔滔汩汩，雖一日千里無難。及其與石山曲折，隨物賦形，而不可知也。所可知者，常行於所當行，常止於不可不止，如是而已矣。其他雖吾亦不能知也。」

宋蘇轍《上樞密韓太尉書》：「轍生好爲文，思之至深。以爲文者氣之所形，然文不可以學而能，氣可以養而致。孟子曰：『我善養吾浩然之氣。』今觀其文章，寬厚宏博，充乎天地之間，稱其氣之小大。太史公行天下，周覽四海名山大川，與燕、趙間豪俊交遊，故其文疏蕩，頗有奇氣。此二子者，豈嘗執筆學爲如此之文哉？其氣充乎其中而溢乎其貌，動乎其言而見乎其文，而不自知也。轍生十九年矣，其居家所與游者，不過其鄰里鄉黨之人，所見不過數百里之間，無高山大野可登覽以自廣。百氏之書，雖無所不讀，然皆古人之陳迹，不足以激發其志氣。恐遂汩没，故決然捨去，求天下奇聞壯觀，以知天地之廣大。過秦漢之故都，恣觀終南、嵩、華之高，北顧黄河之奔流，慨然想見古之豪傑。至京師，仰觀天子宫闕之壯，與倉廩、府庫、城池、苑囿之富且大也，而後知天下之巨麗。見翰林歐陽公，聽其議論之宏辯，觀其容貌之秀偉，與其門人賢士大夫遊，而後知天下之文章聚乎此也。太尉以才略冠天下，天下之所恃以無憂，四夷之所憚以不敢發。入則周公、召公，出則方叔、召虎。而轍也未之見焉。且夫人之學也，不志其大，雖多而何爲？轍之來也，於山見終南、嵩、華之高，於水見黄河之大且深，於人見歐陽公，而猶以爲未見太尉也。故願得觀賢人之光，雖聞一言以自壯，然後可以盡天下之大觀而無憾者矣。轍年少，未能通習吏事。嚮之來，非有取於斗升之禄，偶然得之，非其所樂。然幸得賜歸待選，使得優遊數年之〔聞〕〔間〕，將歸益治其文，且學爲政。太尉苟以爲可教而辱教之，又幸矣。」

宋張耒《答李推官書》：「南來多事，又廢讀書。昨送簡人還，忽辱惠及所作《病暑賦》及雜詩等，〔謂〕〔誦〕咏愛〔難〕〔嘆〕，既有以起其竭涸之思，而又喜世之學者。比來稍稍追求古人之文章，述作體製，往往已有所到也。耒不才，少時喜爲文詞，與人游，又喜論文字，謂之嗜好則可矣，爲能文，則世自有人，決不在我。足下與耒平居飲酒笑語，忘去屑屑，而忽持大軸，細書題官位姓名，如卑賤之見尊貴，此何爲者，豈妄以耒爲知文，謬爲恭敬若請教者乎？欲持納而貪於愛玩，勢不可得捨，雖怛然不以自寧，而既辱勤厚，而不敢隱其所知於左右也。足下之文可謂奇矣。捐去文字常體，力爲瓌奇險怪，務欲使人讀之如見數千歲前科斗鳥跡所記弦匏之歌、鐘鼎之文也。足下之所嗜者如此，固無不善者，抑耒之所聞，所謂能文者，豈謂其能奇哉？能文者固不能以奇爲主也。夫文何爲而設也？知理者不能言。世之能言者多矣，而文者獨傳，豈獨傳哉？因其能文也而言益工，因其言工而理益明，是以聖人貴之。自六經以下，至于諸子百氏，騷人辨士，論述大抵皆將以爲寓理之具也。是故理勝者文不期工而工，理愧者巧爲粉澤而隙開百出。此猶兩人持牒而訟，直者操筆不待累累，讀之如破竹，横斜反覆，自中節目；曲者雖使假詞於子貢，問字於揚雄，如列五味而不能調和，食之於口，無一可愜，何況使人玩味之乎？故學文之端，急於明理。夫不知爲文者無所復道，如知文而不務理，求文之工，世未嘗有是也。夫決水於江河淮海也，水順道而行，滔滔汩汩，日夜不止，衝砥柱，絶吕梁，放於江湖而納之海，其舒爲淪漣，鼓爲濤波，激之爲風飈，怒之爲雷霆，蛟龍魚黿，噴薄出没，是水之奇變也。而水初豈如此哉？順道而決之，因其所遇而變生焉，溝瀆東決而西竭，下滿而上虚，日夜激之，欲見其奇，彼其所至者，蛙蛭之玩耳。江河淮河之水，理達之文也，不求奇而奇至矣。激溝瀆而求水之奇，此無見於理而欲以言語句讀爲奇之文也。六經之文，莫奇於《易》，莫簡於《春秋》，夫豈以奇與簡爲務哉？勢自然耳。《傳》曰『吉人之辭寡』，彼豈惡繁而好寡哉？雖欲爲繁而不可得也。自唐以來至今，文人好奇者不一，甚者或爲缺句斷章，使脉理不屬，又取古書訓詁希於見聞者，衣被而説合之，或得其字，不得其句，不知其章，反覆咀嚼，卒亦無有，此最文之陋也。足下之文，雖不若此，然其意靡靡，似主於奇矣，故預爲足下陳之，願無以僕之言質俚而不省也。」

宋黄庭堅《與王觀復書》：「蒲元禮來，辱書勤懇千萬。知在官，雖勞勩，無日不勤翰墨，何慰如之。即日初夏，便有暑氣，不審起居何如。所送詩皆興寄高遠，但詩生硬，不諧律吕，或詞氣不逮初造意時，此病亦只是讀書未精博耳。『長袖善舞，多錢善賈』，至語也。南陽劉勰嘗論文章之難云『意翻空而易奇，文徵實而難工』，此語亦是。沈、謝輩爲儒林宗主，時好作奇語，故後生立論如此。好作奇語，自是文章病，但當以理爲主。理得而辭順，文章自然出群拔萃。觀杜子美到夔州後詩，韓退之自潮州還朝後文章，皆不煩繩削而自合矣。往年嘗請問東坡先生作文章之法，東坡云：『但熟讀《禮記·檀弓》，當得之。』既而取《檀弓》二篇，讀數百過，然後知後世作文章不及古人之病，如觀日月也。文章蓋自建安以來好作奇語，故其氣象苶然，其病至今猶在。唯陳伯玉、韓退之、李習之，近世歐陽永叔、王介甫、蘇子瞻、秦少游乃無此病耳。公所論杜子美詩，亦未極其趣。試更深思之，若入蜀下峽年月，則詩中自可見。其曰『九鑽巴巽火，三蟄楚祠雷』，則往來兩川九年，在夔府三年，可知也。恐更煩改定，乃可入石。適多病少安之餘，賓客妄謂不肖有(果)〔東〕歸之期，日月到門，疲於應接。蒲元禮來告行，草草具此。世俗寒温禮數，非公所望於不肖者，故皆略之。」

宋孫何《文箴》：「堯制舜度，緜今亘古。周作孔述，炳星焕日。是曰六經，爲世權衡。萬象森羅，五常混并。游、夏之徒，得粗喪精。空傳其道，無所發明。後賢誰嗣，惟軻洎卿。仁門義奧，我有典刑。聖人觀之，猶足化成。嬴侯劉帝，屈指西京。仲舒賈誼，名實絶異。相如子長，才智非常。較其工拙，互有否臧。揚雄欻焉，刷翼孤翔。可師數子，擅文之場。東漢而下，寂無雄霸。亹亹建安，格力猶完。當途之後，文失其官。家攘往跡，户掠陳言。陵夷怠惰，至於江左。輕淺淫麗，迭相唱和。聖心經體，盡墜於地。千詞一語，萬指一意。縫煙綴雲，圖山畫水。駢枝儷葉，顛首倒尾。治亂莫分，興亡不紀。齊頓梁絶，陳傾隋圮。奕奕李唐，木鐸再揚。文之紀綱，斷而更張。鉅手魁筆，磊落相望。淩轢百代，直趨三王。續典紹謨，韓領其徒。還雅歸頌，杜統其衆。土德既衰，文復喧卑。制誥之俗，儕于四六。風什之訛，鄰于謳歌。懷經囊史，孰遏頹波。出入五代，兵戈不稱。天佑斯文，起我大君。蒲帛詔聘，鴻碩紛綸。邪返而正，漓澄而淳。凡百儒林，宜師帝心。語思其工，意思其深。勿聽淫哇，喪其雅音。勿視彩飾，亡其正色。力樹古風，坐臻皇極。無俾唐文，獨稱往昔。賤臣司箴，敢告執策。」

宋穆修《唐柳先生文集後序》：「唐之文章，初未去周隋五代之氣，中間稱得李杜，其才始用爲勝，而號專雄詞詩，道未極其渾備。至韓柳氏起，然後能大吐古人之文，其言與仁義相華實而不雜，如韓《元和聖德》、柳《平淮西雅章》之類，皆辭嚴義偉，製述如經，能崒然聳唐德於盛漢之表，蔑愧讓者，非二先生之文則誰與？予少嗜觀二家之文，常病柳不全見於世，出人間者，殘落纔百餘篇，韓則雖目其全，至所缺墜，亡字失句，（讀）〔獨〕於集家爲甚。志欲補得其正而傳之，多從公事訪善本，前後累數十，得所長，輒加注竄，遇行四方遠道，（哉）〔或〕他書不暇持，獨齎韓以自隨。幸會人所賓有，就假取正，凡用力於斯，已蹈二紀外，文始幾定。而惟柳之道，疑其未克光明於時，何故伏其文而不大耀也？求索之莫獲，則既已矣於懷。不圖晚節，遂見其書，聯爲八九大編，夔州前序其首，以卷別者，凡四十有五，真配韓之鉅文歟。書字甚樸，不類今蹟，蓋往者之藏書也，從考覽之，或卒卷莫迎其誤脱，有一二廢字，由其陳故劘滅，讀無甚害，更資研證就真爾。因按其舊，録爲別本，與隴西李之才參讀累月，詳而後止。嗚呼，天厚予嗜多矣，始而饜我以韓，既而飫我以柳，謂天不吾厚，豈不誣也哉？世之學者如不志於古則已，苟志於古，求踐立言之域，捨二先生而不由，雖曰能之，非予所敢知也。」

宋穆修《答喬適書》：「近辱書並示文十篇，終始讀之，其命意甚高。自及淮西來，嘗見人言足下少年樂喜文，固耳聞而心存之，但未敢輕取人説，遂果知足下能然。蓋古道息絶，不行于時已久，今世士子，習尚淺近，非章句聲偶之辭，不置耳目，浮軌濫轍，相跡而奔，靡有異塗焉。其間獨取以古文語者，則與語怪者同也。衆又排詬之，罪毀之，不目以爲迂，則指以爲惑。謂之背時遠名，闊于富貴，先進則莫有譽之者，同儕則莫有附之者，其人苟失自知之明，守之不以固，恃之不以堅，則莫不懼而疑，悔而思，忽焉且復去此而即彼矣。噫，仁義中正之士，豈獨多出於古而鮮出於今哉，亦由時風衆勢，驅遷溺染之，使不得從乎道也。觀足下十篇之文，則信有志乎古矣，其書之問則曰：『將學于今，則成淺陋；將學于古，則懼不得取名於世。學宜何旨？』引韓先生《師説》之説，以求解惑爲請。足下當少秀之年，懷進取之機，又學古于仁義不勝之時，與之者寡，非之者衆，不得無惑于中焉，是以枉書見問。某不才而棄于時者也，何足爲人質其是非可否，徒以退拙無所用心，因得從事于不急之學，知舊者不識其愚且戇，或謂之爲好古焉。故足下以是厚相期待者，蓋感其聲而求其類乎？可不少復其意耶。試爲足下言之。夫學乎古者所以爲道，學乎今者所以爲名。道者仁義之謂也，名者爵禄之謂也。然則行道者有以兼乎名，守名者無以兼乎道。何者？行夫道者，雖固有窮達云耳，然而達于上也則爲賢公卿，窮于下也則爲令君子。其在上則禮成乎君而治加乎人，其在下則順悦乎親而勤修乎身。窮也達也，皆本于善稱焉。守夫名者，亦固有窮達云耳，而皆反乎是也。達于上也，何賢公卿乎？窮于下也，何令君子乎？其在上則無所從乎君而加乎人，其在下則無所悦乎親而修乎身。窮也達也，皆離于善稱焉，故曰：行道者有以兼乎名，守名者無以兼乎道。有其道而無其名，則窮不失爲君子；有其名而無其道，則達不失爲小人。與其爲名達之小人，孰若爲道窮之君子。矧窮達又各繫其時遇，豈古人道有負于人耶？足下有志乎道而未忘名，樂聞于古而喜求于今，二者之心苟交存而無擇，將懼純明之性寖微，浮躁之氣驟勝矣。足下心明乎仁義，又學識其歸嚮，在固守而弗離，堅持而弗奪，力行而弗止，則必立乎名之大者矣。學之正僞有分，則文之指用自得，何惑焉？不宣。」

宋柳開《應責》：「或責曰：『子處今之世，好古文與古人之道，其不思乎？苟思之，則子胡能食乎粟，衣乎帛，安于衆哉？衆人所鄙賤之，子猶貴尚之，孰從子之化也？忽焉將見子窮餓而死矣。』柳子應之曰：『於乎，天生德于人，聖賢異代而同出。其出之也，豈以汲汲于富貴，私豐於己之身也？將以區區於仁義，公行于古之道也？己身之不足，道之足，何患乎不足？道之不足，身之足，則孰與足？今之世與古之世同矣，今之人與古之人亦同矣，古之教民以道德仁義，今之教亦以道德仁義，是今與古胡有異哉？古之教民者，得其位則以言化之，是得其言也。衆從之矣。不得其位，則以書于後，傳授其人，俾知聖人之道易行，尊君敬長，孝乎父，慈乎子，大哉斯道也，非吾一人之私者也，天下之至公者也。是吾行之豈有過哉？且吾今棲棲草野，位不及身，將已言化於人，胡後于吾矣？故吾有書自廣，亦將以傳授於人也。子責我以好古文，子之言何謂爲古文？古文者，非在辭澀言苦，使人難讀誦之，在于古其理，高其意，隨言短長，應變作制，同古人之行事，是謂古文也。子不能味吾書，取吾意，今而視之，今而誦之，不以古道觀吾心，不以古道觀吾志，吾文無過矣。吾若從世之文也，安可垂教于民哉，亦自愧於心矣。欲行古人之道，反類今人之文。譬乎游于海者，乘之以驥，可乎哉？苟不可，則吾從於古文。吾以此道化於民，若鳴金石于宮中，衆且曰絲竹之音也，則以金石而聽之矣。食乎粟，衣乎帛，何不能〔安〕於衆哉？苟不從於吾，非吾不幸也，是衆人之不幸也。吾非以衆人之不幸易我之幸乎？縱吾窮餓而死，死即死矣，吾之道豈能窮餓而死之哉？吾之道，孔子、孟軻、揚雄、韓愈之道，吾之文，孔子、孟軻、揚雄、韓愈之文也。子不思其言，而妄責于我，責于我也即可矣，責于吾之文、吾之道也，即子爲我罪人乎？』」

宋柳開《補亡先生傳》：「補亡先生，舊號東郊野夫者也。既著野史，後大探六經之旨，已而有包括揚、孟之心。樂爲文中子王仲淹齊其述作，遂易名曰開，字曰仲塗。其意謂將開古聖賢之道于時也，將開今人之耳目使聰且明也，必欲開之爲其塗矣，使古今由于吾也，故以仲塗字之，表其德焉。咸曰：『子前之名甚休美者也，何復易之？不若無所改矣。』先生曰：『名以識其身，義以誌其事，從于善，而吾惡夫畫者也。吾既肩且紹矣，斯可已矣。所以吾進其力于道，而遷其名于己耳，庶幾吾欲達於孔子者也。』或曰：『古者稱已孤不改，若是無乃不可乎？』先生曰：『執小禮而妨大義，君子不爾爲也。』乃著《名解》，以袪其未悟者，衆悉以爲然。先生始盡心于詩書，以精其奥。每當卷歎曰：『嗚呼，吾以是識先師之大者也，不幸其有亡逸者哉。吾不得見也，未知聖人之言，復加何如耳？』尤于餘經，博極其妙，遂各取其亡篇以補之。凡傳有義者，即據而作之；無之者，復己出辭義焉，故號曰『補亡先生』也。先生凡作之書，每執筆出其文，當稿若書他人之辭，其敏速有如此。無續功而成之者，苟一舉筆，不終其篇，雖十已就其八九，亦棄去，不復作矣。衆問之，先生曰：『吾性不喜二三而爲之者，方出而或止之，辭意遽紛亂，縱後强繼以成之，亦心竟若負病矣。』或問之曰：『子之補亡篇，于古不足當其逸，于今不足益其存，無妄爲乎？』先生對曰：『然。縱不能有益於存亡，庶勝乎無心于此者也。』既而辭義有俱亡，不知其可者，慮人之惑，先生即皆先立論以定其是非，用質其旨要。先生常謂人曰：『夫六經者，夫子所著之文章也，與今之人無異耳。蓋其後之典教，不能及之，故大于世矣。吾獨視之，與汝異耳。』先生乃手書九經，悉以細字寫之，其卷大者，不過滿幅之紙，古謂其巾箱之者，亦不過矣。而誦之，日盡數萬言，未嘗廢忘。有講書以教厚學也，先生或詣其精廬，適當至《虞書・堯典》篇，曰：『日中星鳥，以正仲春。』説云：『春分之昏，南方朱鳥之星畢見，觀之以正仲春之氣也。』先生乃問曰：『然夫云「日中星鸟，以正仲春」者，是仲春觀朱鳥之星，以正其候也。且云「朱鳥者，南方之宿，以主于夏也」。既觀其星以正其候，即龍星乃春之星也。春主于東方，可觀之以正其候也。今何不云是，而反觀朱鳥之星，何謂也？』説者不能對，惟云：『傳疏若是，無他解矣。』先生擇其座者曰：『起前，吾語汝。夫歲周其序，春居其始，四星各復其方。聖人南面而坐，以觀天下。故春之時，朱鳥之星當其前，故云「觀之以正仲春」矣。』四座無不拜而言曰：『先生真達云經者也，所以于補（于）〔亡〕不謬矣。』先生于諸經，若此者不可遍紀。先生又以諸家傳解箋注于經者，多未達，窮其義理，常曰：『吾他日終悉別爲注解矣。』大以鄭氏箋《詩》爲不可，曰：『吾見玄之爲心，務以異其毛公也，徒欲强己一時之名，非能通先師之旨。且《詩》之立言，不執其體，幾與《易》象同奥。若玄之是箋，皆可削去之耳。』又以《論語集解》闕注者過半，曰：『古之人何若是？吾聞韓文公昔重注之，今吾不得見，吾將不筆，又慮與韓既死，使吾有斯艱也。天乎哉。』先生每請《中説》，歎曰：『後之夫子也，續六經矣。世故道否，吾家不克有之。甚乎年之始成也逝矣。天適與其時，行之爲事業，堯舜不能尚也。苟不死，天下何有于唐哉。』先生以房、杜諸子，散居厚位，叶佐其主，遇其君，不能揚其師之道，大其師之名，乃作書以罪之。先生所行事，人咸以爲非可與伍，惟范杲有《復古》之什，以頌其德：以其能復敦于古，故賦《復古》；以其能行仲尼之道，故賦《闕里》；以章別當世之人，能作野史，故賦《踵孟》；以其能解子雲之書，故賦《先雄》；以其或筆削其韓文之繁者，故賦《删韓》；以其將來太常第，故賦《多文》；以其必首冠于四科，故賦《高第》；以其後天王俾不家食，故賦《出禄》；以其將果得其位，則指南于吾道，故賦《指南》；末以《釋經》終其篇，謂其章明經旨，永休于世用，故賦《釋經》。先生見之，曰：『范果知我矣，天之未喪斯文哉。天之若喪斯文也，則世無范矣，范無是言矣。』開寶中，先生來京師，遂刻石爲記于補亡亭内，以誌其己之事，後從仕于世，而行其道焉。論曰：『孔子没，經籍遭秦之焚毁，幾喪以盡。後之收拾煨燼之餘者，得至於今用之也。其能繼孔氏者，軻之下雖揚雄不敢措一辭，以至亡篇闕而其名具載，設虚位也，使歷代諸君子徒忿痛而見之矣。故有或作而補之者，大亦不能過其百一，力蓋不足繼也。隋之時，王仲淹於河汾間務繼孔子，曰《續六經》，大出于世，實爲聖人矣。是以門弟子佐唐，用王霸之道，貞觀稱理首，永十八君之祚，尚非其董常輩之曾及也。於乎，知聖人之道者，成聖人之業矣，吾猶不得見王氏之書乎。觀夫補亡先生，能備其六經之闕也，辭訓典正，與孔氏之言合而爲一，信其難者哉。若王氏之《續六經》，蓋自出一家之體裁，比夫補亡篇，力少殊耳。所謂後生可畏者，雖經籍尚能補之，矧其餘者哉？不可謂代無其人也。』」

元吴澂《别趙子昂序》：「盈天地之間，一氣耳。人得是氣而有形，有形斯有聲，有聲斯有言，言之精者爲文。文也者，本乎氣也。人與天地之氣通爲一，氣有升降，而文隨之。畫易造書以來，斯文代有，然宋不唐、唐不漢、漢不春秋戰國、春秋戰國不唐虞三代，如老者不可復少。天地之氣固然，必有豪傑之士出於其間，養之異、學之到，足以變化其氣，其文乃不與世而俱。今西漢之文最近古，歷八代浸敝，得唐韓柳氏而古；至五代復敝，得宋歐陽氏而古；嗣歐而興，惟〔三〕〔王〕、曾、二蘇爲卓。之七子者，於聖賢之道，未知其何如，然皆不爲氣所變化者也。宋遷而南，氣日以耗，而科舉又重壞之，中人以下，沉溺不返。上下交際之文，往往沽名釣利而作，文之日以卑陋也無怪。其間無有能自拔者矣，則不絲麻，不穀粟，而罽毯是衣，蜆蛤是食，倡優百態，山海百怪，畢陳迭見，其歸欲爲一世所好而已。夫七子之爲文也，爲一世之人所不爲，亦一世之人所不好。志乎古，遺乎今，自韓以下皆如是。噫，爲文而欲一世之人好，吾悲其文；爲文而使一世之人不好，吾悲其人。海内爲一，北觀中州文獻之遺。是行也，識吴興趙君子昂于廣陵。子昂昔以諸王孫，負異材，丰度類李太白，資質類張敬夫，心不挫於物，而所養者完。其學又知通經爲本，與余論及書樂，識見夐出流俗之表，所養所學如此，必不變化於氣。不變化于氣，而文不古者，未之有也。子昂亟稱四明戴君，戴君重廬陵劉君、鄱陽李君，三君之文，余未能悉知。果一洗時俗所好，而上追七子，以合於六經，亦可謂豪傑之士已。余之汩没，豈足進於是哉。每與子昂論經，究極歸一，子昂不予棄也。南歸有日，詩以識别。」

元馬祖常《周剛善文稿序》：「六經之文尚矣。先秦古文雖淳駁龐雜，時戾於聖人，然亦渾噩弗雕，無後世誕詭骫骳不經之辭。司馬遷耕牧河山之陽，得中州布帛菽粟之常，著而爲史，其言雄深，唐韓愈挈其精微而振發于不羈。噫，文亦豈易言哉。柳宗元駕其説，忿懥恚怨，失于和平，《淮西雅諤》、《晉問》諸篇，馳騁出入古今天人之間，蔚乎一代之制，而學士大夫皆宗師之。宋以文名世，歐、王、曾三氏降而下，天下將分裂，道不得全，業文之士，咸澆漓浮薄，不足以經世而載道焉。皇元隆平，宣布文化，姚燧、元明善褒然在廷，以文致位光顯，而于今傳之。周剛善彙其文數十篇，俾予觀之，質實而不窳，藻麗而不華，殫其思以志于文，而未已者也。兹將官南方，故書以爲文，序而略告之。」

宋范蔚宗《後漢書自叙》曰：「吾狂釁覆滅，豈復可言，汝等皆當以罪人棄之。然平生行己在懷，猶應可尋。至於能不，意中所解，汝等或不悉知。吾少嬾學問，晚成人，年三十許，政始有向耳。自爾以來，轉爲心化，推老將至者，亦當未已也。往往有微解，言乃不能自盡。爲性不尋注書，心氣惡，小苦思便憒悶；口機又不調利，以此無談功。至於所通解處，皆自得之於胸懷耳。文章轉進，但才少思難，所以每於操筆，其所成篇，殆無全稱者。常耻作文士。文患其事盡於形，情急於藻，義牽其旨，韻移其意。雖時有能者，大較多不免此累，政可類工巧圖繢，竟無得也。嘗謂情志所託，故當以意爲主，以文傳意。以意爲主，則其旨必見；以文傳意，則其詞不流。然後抽其芬芳，振其金石耳。此中情性旨趣，千條百品，屈曲有成理。自謂頗識其數，嘗爲人言，多不能賞，意或異故也。性別宫商，識清濁，斯自然也。觀古今文人，多不全了此處，縱有會此者，不必從根本中來。言之皆有實證，非爲空談。年少中，謝莊最有其分，手筆差易，文不拘韻故也。吾思乃無定方，特能濟艱難、適輕重，所稟之分，猶當未盡。但多公家之言，少於事外遠致，以此爲恨，亦由無意于文名故也。本未關史書，政恒覺其不可解耳。既造《後漢》，轉得統緒，詳觀古今著述及評論，殆少可意者。班氏最有高名，既任情無例，不可甲乙辨。後贊於理近無所得，唯志可推耳。博贍不可及之，整理未必愧也。吾雜傳論，皆有精意深旨，既有裁味，故約其詞句。至於《循吏》以下及《六夷》諸序論，筆勢縱放，實天下之奇作。其中合者，往往不減《過秦》篇。嘗共比班氏所作，非但不愧之而已。欲遍作諸志，《前漢》所有，悉令備。雖事不必多，且使見文得盡。又欲因事就卷内發論，以正一代得失，意復未果。贊自是吾文之傑思，殆無一字空設，奇變不窮，同含異體，乃自不知所以稱之。此書行，故應有賞音者。紀、傳例爲舉其大略耳，諸細意甚多。自古體大而思精，未有此也。恐世人不能盡之，多貴古賤今，所以稱情狂言耳。吾於音樂，聽功不及自揮，但所精非雅聲爲可恨。然至於一絶處，亦復何異邪。其中體趣，言之不盡，弦外之意，虛響之音，不知所從而來。雖少許處，而旨態無極。亦嘗以授人，士庶中未有一毫似者。此永不傳矣。吾書雖小小有意，筆勢不快，餘竟不成就，每愧此名。」

唐韓愈《答李翊書》云：「六月二十六日，愈白李生足下：生之書辭甚高，而其問何下而恭也。能如是，誰不欲告生以其道？道德之歸也有日矣，況其外之文乎。抑愈所謂望孔子之門牆而不入於其宫者，焉足以知是且非耶？雖然，不可不爲生言之。生所謂立言者，是也。生所爲者與所期者，甚似而幾矣。抑不知生之志，蘄勝於人而取於人邪？將蘄至於古之立言者邪？蘄勝於人而取於人，則固勝於人而可取於人矣；將蘄至於古之立言者，則無望其速成，無誘於勢利，養其根而竢其實，加其膏而希其光，根之茂者其實遂，膏之沃者其光曄，仁義之人，其言藹如也。抑又有難者，愈之所爲，不自知其至猶未也。雖然，學之二十餘年矣，始者非三代、兩漢之書不敢觀，非聖人之志不敢存，處若忘，行若遺，儼乎其若思，茫乎其若迷，當其取於心而注於手也，惟陳言之務去，戛戛乎其難哉。其觀於人，不知其非笑之爲非笑也。如是者亦有年，猶不改，然後識古書之正僞，與雖正而不至焉者，昭昭然白黑分矣，而務去之，乃徐有得也。當其取於心而注於手也，汩汩然來矣。其觀於人也，笑之則以爲喜，譽之則以爲憂，以其猶有人之説者存也。如是者亦有年，然後浩乎其沛然矣。吾又懼其雜也，迎而距之，平心而察之，其皆醇也，然後肆焉。雖然，不可以不養也，行之乎仁義之途，遊之乎《詩》、《書》之源，無迷其途，無絶其源，終吾身而已矣。氣，水也；言，浮物也。水大而物之浮者大小畢浮，氣之與言猶是也。氣盛，則言之短長與聲之高下者皆宜。雖如是，其敢自謂幾於成乎？雖幾於成，其用於人也奚取焉？雖然，待用於人者，其肖於器邪，用與舍屬諸人。君子則不然，處心有道，行己有方，用則施諸人，舍則傳諸其徒，垂諸文而爲後世法。如是者，其亦足樂乎？其無足樂也。有志乎古者希矣。志乎古必遺乎今，吾誠樂而悲之，亟稱其人，所以勸之。非敢褒其可褒，而貶其可貶也。問於愈者多矣，念生之言不志乎利，聊相爲言之。」

唐韓愈《與馮宿論文書》云：「辱示《初筮賦》，實有意思。但力爲之，古人不難到。但不知直似古人，亦何得於今人也？僕爲文久，每自則意中以爲好，則人必以爲惡矣。小稱意，人亦小怪之；大稱意，即人必大怪之也。時時應事作俗下文字，下筆令人慚，及示人，則人以爲好矣。小慚者，亦蒙謂之小好；大慚者，即必以爲大好矣。不知古文直何用於今世也，然以竢知者知耳。昔揚子雲著《太玄》，人皆笑之，子雲之言曰：『世不我知，無害也。後世復有揚子雲，必好之矣。』子雲死近千載，竟未有揚子雲，可歎也。其時桓譚亦以爲雄書勝《老子》。老子未足道也，子雲豈止與老子争彊而已乎？此未爲知雄者。其弟子侯芭頗知之，以爲其師之書勝《周易》，然侯之他文，不見於世，不知其人果如何耳。以此而言，作者不祈人之知也明矣。直百世以俟聖人而不惑，質諸鬼神而無疑耳。足下豈不謂然乎？近李翺從僕學文，頗有所得，然其人家貧多事，未能卒其業。有張籍者，年長於翺，而亦學於僕，其文與翺相上下，一二年業之，庶幾乎至也；然閔其棄俗尚，而從於寂寞之道，以之争名于時也。久不談，聊感足下能自進於此，故復發憤一道。」

唐韓愈《答劉正夫書》云：「愈白進士劉君足下：辱牋，教以所不及，既荷厚賜，且愧其誠然，幸甚幸甚。凡舉進士者，於先進之門，何所不往，先進之於後輩，苟見其至，寧可以不答其意耶？來者則接之，舉城士大夫莫不皆然，而愈不幸獨有接後輩名，名之所存，謗之所歸也。有來問者，不敢不以誠答。或問：『爲文宜何師？』必謹對曰：『宜師古聖賢人。』曰：『古聖賢人所爲書具存，辭皆不同，宜何師？」必謹對曰：『師其意，不師其辭。』又問曰：『文宜易宜難？』必謹對曰：『無難易，惟其是爾。』如是而已。非固開其爲此，而禁其爲彼也。夫百物朝夕所見者，人皆不注視也，及睹其異者，則共觀而言之。夫文豈異於是乎？漢朝人莫不能爲文，獨司馬相如、太史公、劉向、揚雄爲之最。然則用功深者，其收名也遠。若皆與世沉浮，不自樹立，雖不爲當時所怪，亦必無後世之傳也。足下家中百物，皆賴而用也，然其所珍愛者，必非常物。夫君子之於文，豈異於是乎？今後進之爲文，能深探而力取之，以古聖賢人爲法者，雖未必皆是，要若有司馬相如、太史公、劉向、揚雄之徒出，必自於此，不自于循常之徒也。若聖人之道，不用文則已，用則必尚其能者，能者非他，能自樹立不因循者是也。有文字來，誰不爲文？然其存於今者，必其能者也。顧常以此爲説耳。愈於足下，忝同道而先進者，又常從游於賢尊給事，既辱厚賜，又安得不進其所有以爲答也。足下以爲何如？」

宋歐陽修《答吴充秀才書》云：「修頓首白先輩吴君足下：前辱示書及文三篇，發而讀之，浩乎若千萬言之多，及少定而視焉，纔數百言爾。非夫辭豐意雄，霈然有不可禦之勢，何以至此？然猶自患倀倀，莫有開之使前者，此好學之謙言也。修材不足用於時，仕不足榮於世，其毁譽不足輕重，氣力不足動人，世之欲假譽以爲重，借力而後進者，奚取於修焉？先輩學精文雄，其施於時，又非待假譽而爲重，借力而後進者也。然而惠然見臨，若有所責，得非急於謀道，不擇其人而問焉者歟？夫學者未始不爲道，而至者鮮焉。非道之於人遠也，學者有所溺焉爾，蓋文之爲言，難工而可喜，易悦而自足，世之學者往往溺之。一有工焉，則曰『吾學足矣』。甚者至棄百事，不關於心，曰『吾文士也，職于文而已』。此其所以至之鮮也。昔孔子老而歸魯，六經之作，數年之頃爾。然讀《易》者如無《春秋》，讀《書》者如無《詩》，何其用功少而至於至也？聖人之文，雖不可及，然大抵道勝者，文不難而自至也。故孟子皇皇不暇著書，荀卿蓋亦晚而有作，若子雲、仲淹，方勉焉以模言語，此道未足而强言者也。後之惑者，徒見前世之文傳，以爲學者文而已，故愈勤而愈不至。此足下所謂『終日不出於軒序，不能縱横高下皆如意』者，道未足也。若道之充焉，雖行乎天地，入於淵泉，無不知也。足下之文，浩乎霈然，可謂善矣；而又志於爲道，猶自以爲未廣，若不止焉，孟、荀可至而不難也。修學道而不至者，然幸不甘於所悦而溺於所止，因吾子之能不自止，又以勵修之少進焉。幸甚。」

宋歐陽修《代人上王樞密求先集序書》云：「某聞《傳》曰『文之無文，行而不遠』，君子之所學也，言以載事，而文以飾言，事信言文，乃能表見於後世。《詩》、《書》、《易》、《春秋》，皆善載事而尤文者，故其傳尤遠。荀卿、孟軻之徒亦善爲言，然其道有至有不至，故其書或傳或不傳，猶繫於時之好惡而興廢之。其次楚有大夫者善文，其謳歌以傳。漢之盛時，有賈誼、董仲舒、司馬相如、揚雄能文，其文辭以傳。由此以來，去聖益遠，世益薄或衰，下迄周、隋，其間亦時時有善文其言以傳者，然皆紛雜滅裂不納信，故百不傳一。幸而一傳，傳亦不顯，不能若前數家之焯然暴見而大行也。甚矣，言之難行也。事信矣，須文；文至矣，又繫其所恃之大小，以見其行遠不遠也。《書》載堯、舜，《詩》載商、周，《易》載九聖，《春秋》載文、武之法，《荀》、《孟》二家載《詩》、《書》、《易》、《春秋》者，楚之辭載《風》、《雅》，漢之徒各載其時王聲名、文物之盛以爲辭。後之學者，蕩然無所載，則其言之不純信，其傳之不久遠，勢使然也。至唐之興，若太宗之政、開元之治，憲宗之功，其臣下又爭載之以文，其詞或播樂歌，或刻金石。故其間鉅人碩士閎言高論，流鑠前後者，恃其所載之在文也。故其言之所載者大且文，則其傳也章；言之所載者不文而又小，則其傳也不章。某不佞，守先人之緒餘。先人在太宗時，以文辭爲名進士，以對策爲賢良方正，既而守道純正，爲賢待制。逢時太平，奮身揚名，宜其言之所載，文之所行，大而可恃以傳也。然未能甚行於世者，豈其嗣續不肖，不能繼守而泯没之，抑有由也。夫文之行雖繫其所載，猶有待焉。《詩》、《書》、《易》、《春秋》，待仲尼之删正。荀、孟、屈原無所待，猶待其弟子而傳焉。漢之徒，亦得其史臣之書。其始出也，或待其時之有名者而後發；其既殁也，或待其後之紀次者而傳。其爲之紀次也，非其門人故吏，則其親戚朋友，如夢得之序子厚，李漢之序退之也。伏惟閣下學老文鉅，爲時雄人，出入三朝，其能望光輝、接步武者，惟先君爲舊，則亦先君之所待也，豈小子之敢有請焉。謹以家集若干卷數，寫獻門下，惟哀其誠而幸賜之。」

孫樵《與王霖秀才書》：「太原君足下：《雷賦》逾千六言，推之《大易》，參之玄象，其旨甚微，其辭甚奇。如觀駭濤於重溟，徒知褫魄眙目，莫得畔岸，誠謂足下怪於文。方舉降旗，將大誇朋從間，且疑子雲復生。無何，足下繼以《翼旨》及《雜題》十七篇，則與《雷賦》相闊數百里。足下未到其壼，則非樵所敢與知，既入其(城)〔域〕，設不如意，亦宜上下銖兩，不當如此懸隔。不知足下以此見嘗耶，抑以背時戾衆，且欲哺粕啜醨，以其苟合耶？何自待則淺，而徇人反深。鸞鳳之音必傾聽，雷霆之聲必駭心。龍章虎皮，是何等物，日月五星，是何等象，儲思必深，摛辭必高，道人之所不道，到人之所不到，趨怪走奇，中病歸正。以之明道，則顯而微；以之揚名，則久而傳。前輩作者正如是，譬玉川子《月蝕詩》、楊司城《華山賦》、韓吏部《進學解》、馮常侍《清河壁記》，莫不拔地倚天，句句欲活。讀之如赤手捕長蛇，不施控騎生馬，急不得暇，莫(不)〔可〕捉搦。又似遠人入太興城，茫然自失。詎比十家縣，足未及東郭，目已極西郭耶？樵嘗得爲文真訣於來無擇，來無擇得之於皇甫持正，皇甫持正得之於韓吏部退之。然樵未始與人言及文章，且懼得罪於時。今足下有意於此，而自疑尚多，其可無言乎？樵再拜。」

孫樵《與友人論文書》：「嘗與足下評古今文章，似好惡不相闊者。然不有所竟，顧樵何所得哉。古今所謂文者，辭必高然後爲奇，意必深然後爲工，煥然如日月之經天也，炳然如虎豹之異犬羊也。是故以之明道，則顯而微，以之揚名，則久而傳。今天下以文進取者，歲叢試於有司，不下八百輩。人人矜執，自大所得。故其習於易者，則斥澀艱之辭；攻於難者，則鄙平淡之言。至有破句讀以爲工，摘俚語以爲奇。秦漢已降，古人所稱工而奇者，莫如揚、馬。然吾觀其書，乃與今之作者異耳。豈二子所工，不及今之人乎？此樵所以惑也。當元和、長慶之間，達官以文馳名者，接武於朝，皆開設户牖，主張後進，以磨定文章。故天下之文，薰然歸正。洎李御史甘，以樂進後士，飄然南遷。由是達官皆闔關齚舌，不敢上下後進。宜其爲文者，得以盛任其意，無所取質，此誠可悲也。足下才力雄健，意語鏗耀。至於發論，尚往往爲時俗所拘，豈所謂以黄金注者昏耶？顧頑樸無所知曉。然嘗得爲文之道於來公無擇，來公無擇得之皇甫公持正，皇甫持正得之韓先生退之。其所聞者，如前所述，豈樵所能臆説乎？」

李翺《祭吏部韓侍郎文》：「嗚呼，孔氏去遠，楊朱恣行。孟軻拒之，乃壞於成。戎風混華，異學魁横。兄嘗辯之，孔道益明。建武以還，文卑質喪。氣萎體敗，剽剥不讓。儷花鬭葉，顛倒相上。及兄之爲，思動鬼神。撥去其華，得其本根。開合怪駭，驅濤湧雲。包劉越嬴，並武同殷。六經之風，絶而復新。學者有歸，大變於文。」

仰蕭樓文話

張星鑑　撰

《仰蕭樓文話》二卷

張星鑑　撰

張星鑑（一八一一—一八七七），字緯餘，一字問月，號南鴻，江蘇新陽（今屬崑山）人。清道光甲辰、乙巳年間受業於漢學大儒陳奐，謹守師承，「説經一以漢儒爲法」，多試不第，輾轉遊幕，偃蹇困頓，以諸生終故里。有《國朝經學名儒記》、《仰蕭樓文集》等。張星鑑將里中讀書之地命名爲仰蕭樓，「惟昭明是尚」，論文皆步武蕭統《文選》。其書末自識云「余好讀古人文集，見其論文之旨，有與鄙意合者，録其詞句以爲吾論文之證據」，同時「參以己意，以孔子《文言》爲論文章之祖，以《昭明文選序》爲論文之極軌」，遂積帙爲《仰蕭樓文話》。

此書成於咸豐丁巳年（一八五七），分爲上下兩篇。上篇發揮阮元學説，首即標舉阮氏《文言説》所論，以《易·文言》爲文章之祖，其文多用韻比偶之法，擯斥單行散體古文，其下九則分別録自阮元《學海堂文筆策問》、《書梁昭明太子文選序後》、《四六叢話序》等文，甄別文統、分辨文筆、溯源文辭，「俱本阮文達公説」。餘則縱論漢魏唐宋以及明清諸家詩文，於晚近文家所論尤詳。持論一以沉思翰藻者爲文，謂經、史、子皆有別於文，反對明人以註疏爲文、以詩法爲文的習氣。因其素以經學根柢爲重，故又申發文本於經、文源於經，以此提升和推尊駢文地位：「古人説經，每用駢體。」又云：「作文不從駢體文入手，其文終不古。」推許乾嘉學者洪亮吉、凌廷堪等學人之文，並一力爲駢文張目。其謂「文章係一代掌故」，以讀書窮理、固本培元相號召，復以汪琬、施閏章、湯斌爲清初三大家，異於時人所見。惟其揚駢抑散，故於唐宋八家、桐城文章皆有所拒斥，雖肯定方苞、姚鼐文章精粹，但認爲「桐城恃宋學而尊」，與時文家者相去未遠。下篇廣輯前人及近人議論，散論文章各體。其沉潛好古，通經復禮，尤其究心於碑誌墓銘金石文字體例，隱有厚古薄今之意。兼及作文義法，追求「辭達而已矣」的文章境界，以文人相輕、率爾操觚、輕議古人之習爲誡。其謂義理講學多空疏不實，尚論校讎考據方能得其「真性情」、「真識見」、「真學問」，雖有調停之意，率皆尊漢詆宋之語。

《仰蕭樓文話》未見刊本，張星鑑歿後，其親友咸以爲此書散佚。現僅存清稿本（同治壬戌跋），藏上海圖書館，今據以録入。

（常方舟）

昔嘗得見阮文達與先文恭論文書，其言亦以桐城派忽起一波、忽作一折，有類時文家。今讀緯餘丈《文話》，大約以《文言》爲文章之祖，以《昭明文選序》爲論文極軌。其言允當，是不易之論。選樓、仰蕭樓，後先同揆，夫何間然？蔭時方傷足跛，讀竟，蹷然起矣。咸豐辛酉冬至前二日吴縣後學潘祖蔭謹識。

序

夫黄鐘之律，協調於牛鐸；石鼓之扣，借竅於桐魚。二者形模不同，靈鈍各别，而聲音相感若此，何哉？名百而實一，理洽而義均也。竊謂文之一道，質幹相生，奇偶互用，初無古今之别、散駢之異。自李唐以駢四儷六爲法，而古文之真失。自明人有古文、今文之號，而駢體之真亦失。賡飏少時即有志於駢體文，以未嘗問世，輒不自信。韓陵片石，可語殆寡；公羊賣餅，所乞無多。體狹詞卑，殊慚大雅。崑山張君緯餘，好古士也，太僕同里，張華後人。受經禮堂，有小同之目；闡義洨水，綜二徐之長。繁徵約取，本大實茂，悉於古文發之。然其所爲之文，隨變雜施，固未嘗墨守八家、歧視六代也。客歲索觀舊著，爲余論駢體，並通其説於古文，語極抑揚，義歸正則，余心是之，以未暢厥旨爲憾。今觀所著《仰蕭樓文話》，上篇發揮本原，下篇區别體例。上自漢魏，次及國朝諸家，無論散駢，一本《昭明文選》之恉。情涉於泛，雖淡必斥；意寓於隱，雖濃必收。義例釐然，條辨極博，足使侈張韓、蘇者斂其氣魄，刻畫徐、庾者展其胸臆，蓋不獨自道其所得，又明示余所取之不謬也。分流之水，出於一源；麗天之雲，各有萬變。爲張君序不啻余自序，故樂而書之。咸豐丁巳夏五吴縣許賡飏拜撰。

上篇

文章之祖，莫如《易》之《文言》。《文言》數百字，幾於句句用韻。孔子於此發明乾坤之藴，詮釋四德之名，幾費修辭之意，冀達意外之言，要使遠近易誦、古今易言，不但多用韻，且多用偶句。凡偶皆文也，於物兩色相偶而交錯之，乃得名文，文即象其形也。然則千古之文，莫文於孔子之言《易》。孔子以用韻比偶之法，錯綜其言，而自命曰文，何後之人必欲反孔子之道而自命曰文，且尊之曰古也？

昭明太子所選，名之曰文，蓋必有文而後選也。經也，史也，子也，皆不可專名之曰文也。故《昭明文選序》後三段特明不選之故，必沉思翰藻，乃名之曰文，始以入選。今人所作之文，凡説經講學，皆經派也；傳志記事，皆史派也；議論縱横，皆子派也，謂之曰文，去昭明之意遠矣。

齊梁以後，溺於聲律。劉彦和《雕龍》漸開四六之體。至唐而四六之體雖卑，而文統不可謂之不正。自韓、蘇諸家以奇偶相生之文爲八代之衰而矯之，於是昭明所不選者，反爲諸家所取，求其合於《昭明序》所謂文者，鮮矣。

班孟堅《兩都賦序》「白麟」、「神雀」二比，即開明人八比之先聲。明人號唐宋八家爲古文者，爲其別於四書文也，爲其別於駢體也。然四書文之體，皆以比偶成文，明人終日在偶體中而不自覺也。

六朝至唐有長於文、長於筆之稱。蓋無韻者爲筆，有韻者爲文。文取乎沉思翰藻、吟咏哀思，故有情辭聲韻者爲文。筆從聿，亦名不聿。聿，述也，故直言無文采者爲筆。《史記》《春秋》筆則筆」，則筆爲據事而書之證。《唐書・蔣階傳》「三世踵修國史，世稱良筆」，按此亦記事之屬。

唐人於詔制碑板文字，亦稱爲筆。張説善碑誌，稱「燕許大手筆」。

唐人以前每稱善屬文，屬文即屬辭，亦即《繫辭》之義也。楚國之辭稱「楚辭」，皆有韻，三百篇之流也。

《考工記》曰：「青與白謂之文，赤與白謂之章。」《説文》曰：「文，錯畫也，象交文。」《孟子》曰：「説詩者，不以文害辭。」趙岐注曰：「文，詩之文章所引以興事也。辭，詩人所歌咏之辭。」是文者，音韻鏗鏘、藻采振發之稱。辭，特文句之近於文而異於直言者耳。

文辭，辭字本是詞字。《説文》：「詞，意内而言外也，從言從司。」《釋名》曰：「詞，嗣也，令撰善言相續嗣也。」然則詞之從司，即有繫續之意。詞爲本字，辭乃假借也。

以上俱本阮文達公説。

《左氏》文章於三代典章、制度、名物、象數、訓詁、聲音、文字，搜羅極富，而復以丰神跌宕之筆出之，古今之至文也。《公羊》、《穀梁》之於《春秋》，皆口耳之功，故假爲問答之詞説經而已，與文不相涉也。

「太史公引《尚書》、《左氏》、《國語》、《國策》之文，後人譏其割裂而無當。班固於孝武以前全襲遷書，後人譏其盜襲，此不通史學之論也。遷史斷自五帝，沿及三代、周、秦，使捨《尚書》、《左》、《國》，豈將爲憑虚、亡是之作乎？必謂《左》、《國》而下，爲遷自撰，則陸賈之《楚漢春秋》，孝文之《傳》，皆遷所採摭，其書後世不傳，而徒以所見《尚書》、《左傳》，怪其割裂，可謂知一十而不知二五者矣。固書斷自西京一代，使孝武以前不用遷書，豈將爲經生之決科，同題而異文乎？必謂孝武以後，爲固之自撰，則馮商、揚雄之紀，劉歆、賈護之書，皆固之所原本，其書後人不見，而徒以所見之史，怪其盜襲，可謂知白出而不知黑入者矣。」

《丹鉛録》云：「漢興，文章有數等：蒯通、隋何、陸賈、酈生，遊説之文，宗《戰國》；賈山、賈誼，政事之文，宗《管》、《晏》、《申》、《韓》；司馬相如、東方朔，譎諫之文，宗《楚辭》；董仲舒、匡衡、劉向、揚雄，説理之文，宗經傳；李尋、京房，術數之文，宗讖緯；司馬遷，紀事之文，宗《春秋》。嗚呼，盛矣。」

「唐有天下三百年，文章三變。高祖、太宗時，沿江左餘風，絺章繪句，王、楊爲之伯。玄宗尚經術，則燕、許擅其宗。大曆、貞元，人才迭出，昌黎爲之倡，柳子厚、皇甫持正等和之，如是而江左之風遂絶。」

歐陽文忠公文得力於太史公，跌宕頓挫，是其所長，而《醉翁亭記》通篇用「也」字調，雖本《易經·説卦傳》，然終屬變格。

魏冰叔曰：「歐文之妙，只是説而不説，説而又説，是以極吞吐往復、參差離合之致。史遷加以超忽不羈，故其文特雄。」

朱竹垞曰：「北宋之文，惟蘇明允雜出乎縱横之説，故其文在諸家中爲最下；南宋之文惟朱元晦以窮理盡性之學出之，故其文在諸家中爲最醇。學者於此可以得其概矣。」

校書之人，其文未有不善。劉更生、曾子固，皆文章大家也。

古人説經，每用駢體。酈道元《水經注序》、陸元朗《經典釋文序》、唐明王《孝經序》、孔仲遠《五經正義序》，皆駢體也。近人惟洪稚存、淩次仲有此手筆。

唐宋雜文最不宜學，學之必入小説一派。

唐人鍊字、鍊意，造句多奇突，故多短句。宋人講究篇法，故多長句。觀人文章有數十字爲一句者，其人必不學步唐文矣。

朱子《四書集注》最多長句，今人文理大抵從《四書注》得來。

李于麟、王弇洲皆詩人也，以詩法爲文法，其文不可讀矣。有明一代文章，前有宋學士，後有歸太僕，足概諸家矣。

徐丹厓《題梨洲集》曰：「梨洲之文，醇厚不如景濂，亢爽不如希道，潔浄不如熙甫，峭折不如荆川。然當其感慨山河、俯仰易世、桑田滄海、目擊心傷，每遇折戟沉沙、故宫禾黍，不勝淒涼酸楚之意。以至逋逃之逐客、淪落之遺民、野店僧寮失職吞聲之義士，往往低徊宛轉，一唱三歎而傳之。時在目前，境皆身到，如連昌宫女道天寶、開元軼事，聲情嗚咽，泣下沾襟，聽之者毛骨爲竦。」

錢牧翁《贈王阮亭序又五古一首》，筆意蒼老，音節入古，此晚年作也。同時吴梅村詩名與翁相抗，而文則不可讀矣。

世人有譏汪堯峰文爲臺閣氣者。余曰：「文之好處，不在臺閣與山林。況文章係一代掌故，於臺閣尤宜。試觀《昭明文選》，半是臺閣中人，半是臺閣體裁。作是説者，村學究之言也。」堯峰、愚山皆是歐、曾一派。嘗見坊間有《國朝三家文》。三家者，汪堯峰、侯朝宗、魏叔子也。侯、魏兩家文非不明快，然與堯峰並列，終屬不倫。余謂堯峰、愚山、潛菴可謂三大家。

吾鄉徐果亭少宰窮經志古，肆力於漢唐註疏，著《經學識餘》一百卷，其稿本藏於家。又著

《培林堂集》，余讀之，的是國初文字。其《送巡撫湯公序》，純是漢音，尤爲集中之冠，惜未經刊板，讀者苦之。

桐城方望溪，文章正宗也。然金壇王若霖嘗譏之曰：「望溪以古文爲時文，以時文爲古文。」論者以爲深中望溪之病。

長洲楊文叔編修，少遊汪氏堯峰之門，與其仲兄各以文相雄。長〔洲〕李客山述其論文之言曰：「《尚書》，經之祖；《左》、《國》，傳之祖；《史》、《漢》，史之祖。諸子皆外篇，八家皆苗裔。」著《古柏軒集》若干卷，余以未得一見爲恨。

長洲李客山布衣，安貧樂道。乾隆元年薦舉博學鴻詞，未赴。所著《在亭叢稿》，簡而有法，嘗與沈歸愚尚書論文云：「前明之文，如北地、弇洲、濟南，摹秦漢之形貌者，文古矣，病患乎似；義烏、延陵、晉江，專求文從字順者，文真矣，病患乎淺。而欲救似與淺之病，惟在多讀書，能窮理，沃根培本，俟其富有而日新。」

彭二林先生熟悉一代掌故，長於碑版文字，王惕甫學博亦如之。吴下學者，咸以二家爲宗。

太倉彭甘亭上舍敦品勵行，不求聞達，駢體文上追漢魏。道光元年薦舉孝廉方正，先生作書辭之，其文傳誦一時。迨其殁也，沐浴端坐而逝，身後手澤，悉歸其鄉邵氏。聞其嗣孫棄廢舊業，鄉居務農。余每讀《小謨觴館集》，爲之慨然。

曲阜孔衆仲檢討著《儀鄭堂文》，是初唐一派。嘗云：「六朝文無非駢體，但縱横開闔，一與散體文同也。」

元和李尚之先生精算術，與湖北李侍郎潢稱「南北二李」。其文集不傳。阮文達公《疇人傳》序古四六一首，即先生作也。是言也，文達爲先生之子可玖言之，可玖爲余述者。

洪稚存太史駢體文以古氣行之，令讀者忘其爲駢體，其散體文亦不落唐以後。可見作文不從駢體文入手，其文終不古。

淩次仲教授著《校禮堂集》，其文取法六朝，《復禮》三篇，尤爲集中之冠。至論八家爲非文章正宗，其説與阮文達公合。

袁子才太史《小倉山房文》論議縱横，讀之稱快無已。然爲人作墓誌、神道碑，紀事失實，孫淵如已論之。王述菴侍郎云：「豈惟失實，並與諸人家狀不合。即如朱文端公軾、岳大將軍鍾琪、李閣學紱、裘文達公日修，其文皆有聲有色。然余與岳、裘兩公之後俱屬同年，而穆堂先生爲余房師李少司空友棠之祖，且余兩至江西，見文端後人，詢之，云未嘗請乞，亦未嘗讀其所作。蓋君遊屐所至，聞名公卿可喜可愕之事，著爲傳誌，以驚時人之耳目，初不計信今傳後也。」

姚姬傳禮部生望溪之鄉，其文精粹，震川遺風，《惜抱軒集》有焉。新城魯九皋、陳用光，上元梅曾亮諸君，起而和之，而桐城之派盈天下。

近日文家咸以桐城爲宗，其取法真矣。然桐城恃宋學而尊，尊桐城所以尊朱子也。文家既知尊崇朱子，何不以朱子之文爲文？若《大學序》、《山陵議狀》諸篇，尤爲朱子身心得力之言。是説也，余嘗與閩人何秋濤刑部言之。何笑曰：「世人以朱子之文不脱曾氏範圍，況茅氏所選八家中不列朱子，故置之不論。其實朱子之文，的是兩漢元音，劉向、揚雄之亞也。今之號稱文家，不過襲取桐城之皮毛，一聞此種議論，莫不掩耳，余蓄疑而不敢言者多矣。」

下篇

陳騤《文則》曰：「大抵文士題命篇章，悉有所本。自孔子爲《書》作序，文遂有序。自孔子爲《易》説卦，文遂有説。自有《哀公問》、《曾子問》之類，文遂有問。自有《考工記》、《學記》之類，文遂有記。自有《經解》、《王言解》之類，文遂有解。自有《辯政》、《辯物》之類，文遂有辯。自有《樂論》、《禮論》之類，文遂有論。自有《大傳》、《間傳》之類，文遂有傳。」

魏叔子曰：「東房言作文者，善改不如善删，此可得學簡之法。然句中删字、篇中删句、集中删篇，所易知也。善作文者，能於將作時删意，未作時删題，便省却多少筆墨，能删題，斯真删矣。」

王惕甫學博云：「古碑版文雖簡核，必有獨詳之處。凡所謂略者，從其所詳而略之也，從無統攝數言而一概略之之理。」

黄南雷先生曰：「地理家以東南爲神道，蘇瓌碑建於塋北十五里，亦曰神道碑。宋孫何《碑解》云：『班固有《泗亭長碑文》，蔡邕有《郭有道碑文》、《陳太丘碑文》，其文皆有序冠篇，末則亂之以銘，未嘗以碑爲文章之名也。迨李翺爲《高愍女碑》，羅隱爲《三叔碑》、《梅先生碑》，則所謂序與銘皆混而不分，集列其目，亦不復曰文。』戾孰甚焉。今當如班、蔡之作，存序與銘，通謂之文可也。」

又曰：「婦人從夫，故誌合葬者，其題只書某官某公誌銘或墓表，未有書曁配某氏也。」

杭大宗太史曰：「沈端恪公嘗五娶，皆已前歿。神道之碑亦鄙人所作，若皆列則額隘而不可篆，其皆削而不列，亦時勢然也。或夫在而妻先卒，别爲立碑，昌黎爲都統韓弘妻撰銘是也。或子爲母刻石，臨川爲楊學士母撰志銘是也。其首必冠以某官妻、某之妻，誠有如梨洲黄氏所云。至於夫自立碑或書配某，或不書，則因乎其人，因乎其時，於禮無礙，原無一定之制，亦無一定之例也。而爲金石例者，必沾沾執一例以相繩，不亦傎乎？」

沈冠雲先生曰：「古人之銘，廟與墓兼用之，而誌則專用之於幽室。南豐寄歐陽舍人書，乃謝其撰先大夫墓碑銘，而作銘非幽室所用，故其書雖嘗因銘及誌，而所云或納於廟，或存於墓者，固不論誌，而但論銘也。衛孔悝之《鼎銘》、魏顆之《景鐘銘》，銘之於彝器。昌黎之《烏氏廟碑銘》、袁氏之《先廟碑》、顔魯公之《家廟碑》，銘之於碑石，是皆所以納於廟者也，與墓誌無與。其存於墓者、埋於壙中者，則有若葬銘、埋文、墓誌銘、墓甎文、墳記、壙記之屬，立諸神道，則有若墓表碑文、墓碣銘、神道碑之屬。其名兩不相假，未有墓誌而立石壙外者，惟《南史・裴子野傳》載一事，此當時藩王破常例重疊爲之，非其正也。故碑碣與表葬後可刊，而誌銘必先期而作。其有葬期迫而不及攻石者，則書石以誌。既葬，刊文不復追納之於壙者，若昌黎誌李元賓之墓是也。」

古人碑誌之作，未有不俟其子孫之陳乞而漫然爲者。

唐《章仇玄素碑》書詔書既贈其官父，又贈其祖母及母，最後又贈其伯父、伯母，此即貤贈之例。

漢碑多稱君，惟《劉寬碑》稱公。或以寬爲三公也，然《吴仲山碑》以故民而稱吴公，恐是通稱也。

唐《房彦〔昭〕〔謙〕碑》書「卒於官舍」，又云「安厝於本鄉齊州亭山縣趙山之陽」。墓誌書卒於何處者，其例始此。

漢人墓碑多先書年壽，後書卒。後人書年壽在卒後，非古矣。

卒日書時起於六朝，見梁簡文《陶先生墓誌》。

彭二林居士《與王念丰書》云：「墓道之文始於漢代，大都出自門生故吏之手。如今世所傳孔宙、魯峻、衛方、夏承諸碑是也。讀其文，類有浮誇張大之詞。蔡伯喈云：『吾爲文，惟《郭有道碑》差無愧色。』則其他可知。然門生故吏雖不無虚美，要其人必有歿世之思，而後能致人之稱譽，與勢利相要者異矣。自李唐以後，始有諛墓而得金者，有計字而論縑者。於是碑版之文多萃於名位烜赫之人，而不必出自門生故吏。夫彼以名位相招，此以金縑相取，得不謂之市道，何哉？市道之行，其患中於隱微，其文亦日以卑下，欲以信當今傳後世，無是理也。」

嘉定錢辛楣宫詹云：「碑誌之文，近於史者也。而其家持行狀乞文者，未必通知舊章者也。秉筆者承其謁而書之，遂爲文章之玷。」又云：「梁世崇尚浮屠，一時名流詩文，大半佞佛之作。昭明一概不録，惟王簡栖《頭陀寺碑》一篇，以備斯體。簡栖名位素卑，不爲當時所重，而特取之，明非勝流所措意也。此等識見，遠出後世詞人之上。」

唐宋人碑誌稱父曰皇考，《瀧岡阡表》是已。南宋以後其稱遂絶。

武進趙味辛舍人《與張載芬論行狀書》曰：「行狀之作有二：一則上之史館以備議謚；一則告之當世以乞誌銘。其文多出故吏門生之手，不必專屬之子孫也。子孫述之，亦祇作者一人署名，不必臚列衆名也。狀前例皆另行標列三代爵諱，或於文中叙列先世，亦必從本身姓氏直起。今則文之起處必有『棄而長逝』諸語，似乎沉痛之思，反作公家之言。題例書姓所以示世立言，故顔清臣於父曰顔君，白樂天於祖曰白府君。今則不書姓而反書所謂號者，甚至叙其上世亦不書名諱，而僅舉其號曰某公。無識之士撰作碑誌，亦漫然從之，令閲者茫然不辨爲何人，是欲尊顯之而轉嫌褻且晦矣。祖父之稱以亡者爲斷，今則子孫自稱，殊乖昔體。如《白府君事狀》

曰：『高祖諱建，曾祖諱士通，祖諱志善，父諱温，公諱鍠。』又曰：『長子諱季庚，襄州别駕，事具後狀。』其《襄州别駕事狀》則曰：『公諱季庚，鞏縣府君之長子。』即居易之父。其他如穆員狀父、孫遜父銘，陳子昂父志，不可枚舉。古人臨文不諱，自祖以上非逮事者往往不加諱字。今諱字或不可不書，然使他人填諱，又書達官之名以爲華，則誣甚也。金石之例，三品以上稱公，以下稱君，蓋即非三公不稱公之意，而稍變之。然《顏氏家廟碑》魯公述其父之文也，碑題曰『唐故通議大夫〔行〕薛王友柱國贈秘書監國子祭酒太子太保顏君碑銘』，爵非不貴，父非不尊，而祇稱君，可知無所軒輊。今則自敵以上必稱公，稱之君，即謂（稱）〔輕〕己，而泥古者又執非三公不稱公之説，齗齗相辨，愚以爲皆非也。嫁女止書壻名，壻之祖父，元明以來間有及之。若子孫之婦，載其門閥者尤少。今則馬醫、夏畦之鬼，例必詳書且必概加公字諱字，是以述德言哀之文，竟爲取悦庸衆之具矣。出者以母姓言也。《爾雅》曰：『男子謂姊妹之子爲出。』《公羊傳》曰：『蓋舅出。』今乃屬之於父。既書子所自生，又於諸孫下系以某子所出，不特昧於出之爲義，且子孫皆統於父，雖異母而不分書。若各私其子，惡可以爲訓耶？」

友人浙西富生精形法家言，嘗與論文云：「凡爲人作墓誌，墓之形勢、山水之發脉、相度卜兆之人亦須備載，未知古人有此例否？」富未有以對。近讀陳碩士侍郎《太乙舟集》有《約堂府君西谷葬誌》，其法與余言合。

昌黎撰《朝散大夫贈司勳員外郎孔君墓誌》云：「其年八月甲申，從葬河南河陰之廣武原。卜人曰：『今茲歲未可以祔。』從卜人言，不祔。」是山向吉凶，昌黎大儒亦不諱言。數語若出於今人之手，鮮不以爲謬矣。

今之爲人撰墓誌者，輒曰速葬，不擇時日，不惑風水，所以美其子孫也。余觀歐陽公《河南司録張君墓表》，其文曰：「始君之葬，皆以其地不善，葬又速，其禮不備。君夫人崔氏，有賢行，能教其子。而二子孝謹，克自樹立，卒能改葬君，如吉卜，君可謂有後矣。」歐公不信河洛，豈信形家之言？所以然者，葬之爲言藏也，所以藏先人之體魄也。先人之體魄不安，即孝子仁人之心有未安也。觀公之稱揚張司録之子吉甫、山甫，始知今之執筆者，以不擇時日等語美其子孫，悉是世俗浮詞。其實於人子葬親之本心，多未盡也。

《顔氏家訓》曰：「學爲文章，先謀親友，得其評裁，然後出手，慎勿私心自任、取笑旁人也。」余聞姚姬傳禮部聽吴殿麟批抹其文，改至數四。若負氣護前，便是諱疾忌醫，終身無益矣。

又曰：「治點子弟文章，以爲聲價，大弊事也。」

又曰：「自古文人多陷輕薄。」

古云：「畫鬼魅易，畫犬馬難。」犬馬常見，鬼魅不常見也。然而畫其難者，人習玩之，雖甚工焉，未必可貴也。畫其易者，人争奇之，雖甚怪焉，亦自可喜也。甚矣，其惡常而好怪也。此畫鬼魅者所以多也，今之作文者亦如是。

「博大昌明，盛世之文也；煩促破碎，衰世之文也；顛倒悖謬，亂世之文也。」此汪堯峰先生《文戒》也，執筆者宜慎之。

杜子美之詩所以高出千古者，不薄今人愛古人也。王、楊、盧、駱之詩，子美能爲而不屑爲，然猶護惜之，不欲訾議，且曰：「汝曹身與名俱滅，不廢江湖萬古流。」其推許如此。今之自詡文人者，偶一下筆，輕議古人，吾不知其宅心爲何如。

范蔚宗之文不及班、馬，而其視班、馬也若不足數。杜審言之詩不及沈、宋，而其視沈、宋也若不足數。文人相輕，一至於此。

杭大宗太史曰：「文莫古於經，而經之註疏家非古文也，不聞鄭箋、孔疏與崔、蔡並稱。文莫古於史，而史之考據家非古文也，不聞如淳、師古與韓、柳並稱。」

康成、邠卿不長於文章，其説經扞格之處，間有先後矛盾者，皆由文辭不達之故。

無範，非文也；爲範以自盡，非文也；形似而多規仿毗倚，非文也；清而無包孕，非文也。夫文士之心，與天地之心相貫注，其言皆人人所不能言，其言皆賢哲所未盡言，然後其道尊，其藝傳。

文以載道，此言極是。夫道非空談性命，侈口程朱之謂也。大之朝章典故，小之名物象數、詩書六藝、九流百家，皆道也。乃世之爲文者，一則曰明道，再則曰明道，是直以聖賢説話爲門面語矣。

昌黎生李唐之時，浮屠之教盈天下，正學不明久矣。辭而闢之，其言動稱孔子，以六經之言爲言，並以六經之調爲調，至今從祀兩廡，報其功者如此。宋元以降，聖教大昌，四子之書，君若臣日討國人而訓之，千餘年時勢大變。假使昌黎生今之世，必不以《原道》、《諫佛骨表》諸作自詡大儒，明甚。吾願世之學韓者當求其真性情，求其真識見，求其真學問，切勿假託談道闢佛之言以爲起衰，斯可耳。

明人最喜講學，惟震川不講學；明人不喜考訂，惟亭林好考訂。此通儒之識，所以獨起千古也。作文取法，亦當如是而已。

文章有餘意未盡者，書之於後，始於韓文公。宋元人有自記之例，蓋示人以行文繁簡之法也。

《日知録》云：「二漢文人所著絶少，史於其傳末每云『所著凡若干篇』，惟董仲舒至百三十篇，而其餘不過五六十篇，或十數篇，或三四篇。史之録其數，非少之也。乃今人著作以多爲貴。夫多則必不能工，亦必不皆有用於世，其不傳宜矣。」

又云：「以今日之地爲不古而借古地名，以今日之官爲不古而借古官名，捨今日恒用之字而借古字之通用者，皆文人所以自蓋其淺俚也。」

袁子才自撰《古文凡例》云：「碑傳標題應書本朝官爵，昔人論之詳矣。至行文處不可泥，或稱太守、牧令、觀察、刺史等名，或依俗稱制府、藩司、臬司等名，考古大家皆有此例。」

又云：「碑題必書本朝地名，亦昔人所論也。然行文中亦不能泥。歐公《李公濟碑》稱南昌曰豫章，若以宋論，當稱隆興。震川《王震傳》稱爲京兆尹，若以明論，當稱應天府尹。湯文正公《施愚山墓誌》『典試中州』，若以今地論，當稱河南。」

又云：「非史臣不應爲人立傳，昔人曾有此論，然柳子厚引箋奏隸尚書以自解。歸震川則直言，古作《楚國先賢傳》、《襄陽耆舊傳》者，皆非蘭臺館閣之臣。公羊、穀梁亦未聞與左丘明同爲某國之史臣也。此論出而紀事之例始寬。」

余好讀古人文集，見其論文之旨，有與鄙意合者，録其詞句以爲吾論文之證據。積之既久，得百有餘條。同郡許虞臣茂才見而愛之，以爲可作《文話》，爲余序之。戊午入都，得葉元塏《睿吾樓文話》讀之，其中引證極博，與余所摘取者頗有符合，可謂先得吾心矣。惟葉氏全録古人書，前後所引略有異同之説。余則參以己意，以孔子《文言》爲論文章之祖，以《昭明文選序》爲論文之極軌，不使寡學之士高語起衰，此則區區負山之志，所願與世之論文者共證之。咸豐九年，歲在己未九月，張星鑒識於成都使廨泠風廊下。何紹基編修督學四川，於灌縣得古石刻，置之廨舍，其文有「泠風」二字，故以是名廊。

跋

張君緯餘，沉潛好古，所著文規守前則，品竣而旨潔。頃示余《文話》一編，蓋即先輩論文之語，博覽而約收之，參以自得之見，無詭於同，無閟於獨。偉哉，啓經郛之秘扃，導筆苑之正軌矣。其以《乾》、《坤》、《文言》爲文章肇祖，所謂言之文也，天地之心，彦和舍人開宗明義，闡之已詳。其以昭明弁語爲千古論文之極則，是尤發前人所未發。余嘗謂，東西兩京而後，文章之盛無越李唐。其時選學大行，握牘吮毫之士，靡弗熟精選理。觀夫「天雞」有二之問，猶有改蕭傳爲蕭君者乎？所以唐世之文，味醇醲而澤古厚，惟其沉思翰藻，故能炳爍聯華，奇偶同觀，江湖不廢。抑非獨文也，惟詩亦然。李杜大家上薄《風》、《雅》，下該沈宋，試爲導源積石，則蕭樓卅卷，薪火續焉。張君有選哥之慕，用力邃深，宜其枕中鴻寶，秘義精深，作爲文章，不懈而及於古。他日者待詔金馬之門，出入承明之闥，繼聲淵雲，力追劉揚，此其左券也。余考《文選》二十餘年，毫無所獲，喜緯餘之論先得我心也。遂豇其愚，率書數語於後。己未十月朔同里李德儀拜跋。

摯氏《文章流別論》今已失傳，據《太平御覽》所引五言本「誰謂雀無角」，六言本「我姑酌彼金罍」，七言本「交交黄鳥止於桑」，九言本「泂酌彼行潦挹彼注兹」，是論文必本六經，兼陳句法，誠千古不易之至論也。杜征南《善文》一選，不可得見。惟昭明所集，猶足徵古人譚藝宗旨。趙宋時王銍作《四六話》，所標舉者惟在组织繁碎，較勝於一聯一字之間，蓋捨本鶩末，僅得鱗爪而已。緯餘先生此書，溯源宣聖，發揮蕭《選》，實能闡明阮文達公未盡之藴，洵不朽之業也。咸豐辛酉十二月廿三日，光澤何秋濤謹跋。

嗚呼，文章至於今日至敝極陋，不可收拾矣。制藝科舉之學，行之五六百年，翌翌儒髦墨守《四書集注》，濟以迂腐荒陋之八股程式，隨文敷衍，率爾成章，倖得上第，列清要，遂出而司文枋，謬種流傳，甚至割綴講章，撏撦類典。一句之中，文義扞格，數行之内，辭意複煩，春秋闈牘，十篇而九，後生觀效，口呿目淫，蓋有顧氏《日知録》、錢氏《養新録》所言之未盡者。其視《文選》六朝之學，狂妄者以爲雕蟲小技，卑之不足爲，恖儒者視如重譯梵夾，言語不通，無益觀聽，於是爲碑版序頌文字，皆以時文之法施之，或刺取庸惡浮詞以爲對偶。其居館職，知制誥，亦剽竊舊文，規合時製，體裁瞢昧，虚實枝梧，千製一詞，閲之嘔噦。然推原其故，實自宋儒語録濫觴，其弊流毒至斯，泯棼無紀，可太息也。雖然，馬鄭註疏，襞積而繁碎，沿及孔賈，益煩其辭，故經生之文多不工。而鮑、謝、徐、庾之末派，亦至風雲月露，淫韲雕縟，浸失古意。帖括村究，得以藉口，是文在循學之士，講之有素，持之有本矣。崑山張君緯餘，窮經之暇，肆力古文，其撰是編，探原別流，確有不拔。所論文章，必用韻偶，尤與鄙人夙昔相契。異日即此擴充博取，垂示後人，不朽業也。嗚呼，予嘗謂揚子雲，經生之宗也，而詞賦獨絶；班孟堅，史家之聖也，而駢儷彌精。此可以知文章之原矣。顧近有一二言者，懲科舉之陋，思救其蔽，騰章於朝，而有司因循舊章，憚於改變，援據功令，沮斥其議，況如吾儕者，位卑言高，其知罪夫？同治壬戌春會稽李慈銘識。

昔嘗讀裴晉公與昌黎論文書，責退之有意爲文，失古人真至樸茂之意。後觀秦漢諸家之文，率皆道所欲言，無所爲結構間架之法，始知尼山「辭達」一語爲千古論文極則。今讀《仰蕭樓文話》，以《易・文言》爲文章之祖，而又區文於經、史、子外，謂必沉思藻翰乃名曰文，説本蕭統《文選序》，其論可謂別矣。其實經、史、子何嘗非文？經莫古於《尚書》，二典三謨多用偶句，至如《左》、《國》之史，《管》、《晏》之子，皆寓排偶於單行之中。又知所論雖殊，理實一貫。讀者通乎其意，即文章之道得矣。至論近世文章派別與夫作文義法，詳明精審，洵可爲文章家指南。十讀三復，佩服無已，爰書數語於其後。元和弟王炳識於宣南寓館。

四六談麈

范潩 撰

《四六談薈》一卷

范濂　撰

范濂(一八四六—一九〇五),字禹門,號鏡川,晚號聾丞,浙江山陰(今紹興)人。少時曾經歷英法聯軍侵華,此後長期游幕江西,多才藝,工詩詞,詞風與姜夔相近,有《世守拙齋詩存》、《世守拙齋詩餘》、《如何是可齋外集》等傳世。事見章乃羹《觀山文稿》卷九《范鏡川先生墓表》。

據本書作者自序,其「天性與駢偶文字相近」,受到王銍《四六話》、謝伋《四六談麈》等的影響,爲求工於尺牘駢儷之學,抄撮前人論及四六的記載,「於歷代相傳名句及前賢緒論採擇頗精」,遂積帙成書。全書不分卷,摭拾宋元明清詩話、筆記、文話、别集、方志等涉及四六名言警句、寫作理論及軼聞流傳的相關内容,尤多采宋人駢文觀點,反映出宋四六理論對清代駢文發展的影響。末附《四庫全書總目》及蔣士銓《評選四六法海》評論若干,并《爲節婦顧高氏雪冤啓》駢文一篇,以示四六文範。

有清光緒二十五年(一八九九)刻本,今即據以録入。

(常方舟)

序

予天性與駢偶文字相近，九歲效庾子山作《小園賦》，老師見者以爲可教。年十三，因亂廢書，遂爲人傭掌書記。時尺牘尚駢儷無本之學，懼其不工，偶閲前人記載，有論及四六者，輒録識之。十七游南豐，交亡友劉原飴，又得借讀宋王銍《四六話》、謝伋《四六談麈》，愜心之論，鈔撮尤多。讀律以後，此事久廢。日者有客過予談藝，謂歷朝詩話如林，話四六者獨不數見，意若憾焉。因發書笥，尋囊所録，蠹紙僅存，乃復釐剔，薈寫成卷，付之手民。意主選言，非等著書，時代淆亂，不復詮次，一書所載，前後錯出，亦并聽之，其有不注所出者，則皆鈔自王、謝兩書也。四六於文固爲小道，古今工者正亦不多，自非悉其源流、熟其變化，不能抽秘騁妍。兹録雖不足言賅博，然於歷代相傳名句及前賢緒論，採擇頗精，學者於此玩索而津逮焉，庶幾不難入四傑之室，升徐、庾之堂乎？光緒己亥律中南吕之月鏡川書。

四六談薈

范濂　撰

四六應用，所貴翦裁，或屬筆於人，有未然則當通情商榷。建〔康〕王元樞，初以中書舍人權直學士院，除試工部侍郎，仍直(除)〔院〕，落權字，辭免奏劄第及起曹，議者疑焉。託一故人草謝表，内一聯云：「百工之事，蘭省遽冒於真除；一札之書，花塼復遵於故步。」王改作散句：「蘭省遽接於(奐)〔英〕遊，花磚不失於故步。」翦裁固善，然「花磚」宜貼「故步」，上句或謂似稍偏枯。《清波雜志》。

夏英公竦父官於河北，景德中，契丹犯河北，遂没於陣。後公爲舍人，丁母憂，起復，奉使契丹，公辭不行。其表云：「父殁王事，身丁母憂。義不戴天，難下穹廬之拜；禮當枕塊，忍聞音樂之聲。」當時以爲四六對偶最爲精切。《歸田録》。《四六話》「穹廬」作「單于」，「音樂之聲」作「禁侏之音」云。不拜單于，用鄭衆事。《公羊》謂夷樂曰禁侏。

楊冠卿館於九江，戎司趙温叔罷相，帥荊南道，由九江守帥合宴，楊作致語云：「相公倦臺鼎，喜看衮繡之東歸；潯陽無管弦，且聽琵琶之舊曲。」温叔再三稱道。蜀中教官作《上巳日致語》云：「三月三日，多長安之麗人；一咏一觴，修山陰之舊事。」要作駢儷，當如此用事。《貴耳集》。

孫仲益《山居上梁文》：「老蟾駕月，上千巖紫翠之間；一鳥呼風，嘯萬木丹青之表。」又云：「衣百結之衲，捫蝨自如；拄九節之筇，送鴻而去。」奇語也。《鶴林玉露》。

徐淵子《上梁文》云：「林木翳然，便有濠濮間想；清風颯至，自謂羲皇上人。」《初寮啓》云：「得知千載，上賴古書；作吏一行，便廢此事。」皆全句。《困學紀聞》。

盧思道《賀甘露》云：「神漿可挹，流味九户之前；天酒自零，凝照三階之下。」常袞《賀雪》云：「重陰益固，應水澤腹堅之時；積潤潛通，迎土膏脉起之候。」皆儷語之工者。同上。

王禹偁老精四六，有同時與之在翰林而大拜者，王以啓賀之曰：「三神山上，曾陪鶴駕之游；六學士中，獨有漁翁之歎。」白樂天嘗有詩云「元和六學士，五相一漁翁」故也。《青箱雜記》。

盧相光啓族弟汝弼，嘗爲張濬出征判官，傳檄四方，其略云：「致赤子之流離，自朱耶之板蕩。」謂人曰：「天生朱耶、赤子，供我之筆也。」《北夢瑣言》。

杜善甫，山東名士，有薦之於朝，遂召之，表謝不赴，中二聯云：「俾獻言於乞言之際，敢盡其忠；若求仕於致仕之年，恐無此理。不能爲白居易，漫法香山居士之名；惟願學陸龜蒙，拜賜江湖散人之號。」《山房隨筆》。

周煇夢中作《祭龍神祝文》云：「浩若川流，儻不葬於漁腹；赫然廟貌，尚可薦於豚蹄。」是日，舟過小孤山謁廟也。《清波雜志》。

有人作《文潞公麻詞》云：「郭氏有永巷之嚴，裴公有緑野之勝。」乃餞文公歸洛致語耳，非王言也。子由代兄作中書舍人啓稱：「伏念某草茅下士，蓬蓽書生。」子瞻以筆圈「伏念某」，用「但卑末」三字。《野老紀聞》。

孫覿仲益尚書四六清新，用事切當。宣和中，與家兄子章同爲兵部郎。未幾，子章出知無爲軍，仲益繼遷言官，出知和州。時淮南漕以無爲歲額上供米後時，委和州取勘無爲當職官吏，仲益得檄，漫不省也，置而不問，亦不移文。已而米亦辦，子章德仲益，以啓謝之，仲益答之，有云：「苞茅不及，敢加問楚之師；輔車相依，自作全虞之計。」人頗稱賞，以爲精切也。《墨莊漫録》。

汪彦章四六之工，自少年即妙。崇寧三年，霍端友榜瓊林苑宴謝頒冰，彦章作謝表，有云：「使漱潤而吮清，得除煩而滌穢。順時致養，俯同豳雅之春開；受命知榮，固異衛人之夕飲。」又云：「深防履薄之危，不昧至堅之漸。子孫傳誦，記御林金盌之香；生死不忘，動宮井玉壺之潔。」同上。

仲彌性爲所狎妓楊韻作《生日醮疏》云：「身若浮萍，尚乞憐於塵世；命如葉薄，敢祈祐於玄穹。適届生初，用輸誠曲。妾緣業如許，流落至今。桃李半殘，何滋於苑圃；燕鶯已老，空鎖於樊籠。隻影自憐，甘心誰亮。香鑪經卷，早修清浄之緣；歌扇舞衫，尚挂平康之籍。伏願來吉祥於天上，脱禁錮於人間。既往修來，收因結果。辟纑織履，早諧夫夫婦婦之儀；墜珥遺簪，免受暮暮朝朝之苦。」《玉照新志》。

余嘗用古人全句合爲一聯曰：「籠中翦羽，仰看百鳥之翔；側畔沉舟，坐閲千帆之過。」自以爲工。近觀《漫録》，謂任忠厚有投時相啓，正有此一聯，但改「側」字爲「岸」字耳，其暗合有如此者。但《漫録》不言所以，不知上句乃韓退之詩，下句乃劉夢得詩。韓云：「翦翎送籠中，使看百鳥翔。」劉曰：「沉舟側畔千帆過，病樹前頭萬木春。」《野客叢談》。

前輩作四六，不肯多用全經語，恐其近賦也。然意有適會，亦有不得避者，但不得强用之耳。子瞻作《吕申公制》云：「既得天下之大老，彼將安歸；乃至國人皆曰賢，夫然後用。」氣象雄傑，格律超然，固不可及。劉丞相莘老舊以詩賦知名，晚爲表章，尤温潤閑雅，《青州謝上表》云：「雖進退必由其道，每願學於古人；然功烈如此其卑，終難收於士論。」何傷其用經語也。自大觀後，時流争以用經句爲工，於是相與裒次排比，預蓄以待用，不問其如何，粗可牽合則必用之，雖有甚工者，而文氣掃地矣。《避暑録話》。

黄伯庸爲《賀雪表》云：「招徠衆俊，無晝卧洛陽之人；獎厲三軍，有夜入蔡州之志。」語工而健。《困學紀聞》。

端平初，濟王夫人復舊封，其父與蔣右史良貴有連，良貴託先君代爲《謝丞相啓》，其末聯云：「孤忠未泯，敢忘漆室之憂葵；厚德難酬，願效老人之結草。」良貴稱賞。同上。

或試縣學見黜，後預鄉薦，以啓謝縣令，有不平之意。令答云：「大敵勇，小敵怯，昔固有之；今日是，前日非，吾無媿矣。」同上。

楊盈川叙縣令曰：「仁之所懷，幼童不能擊將雛之雉；明之所斷，老父不能争食粟之雞。」對的語工。同上。

黄滔律賦如《明皇回駕經馬嵬》，隔句云：「日慘風悲，到玉顔之死處；花愁露泣，認朱臉之啼痕。」《景陽井》云：「理昧納隍，處窮泉而詎得；誠乖馭朽，攀素綆以胡顔。」又無名氏作《孟嘗君夜度函谷賦》：「嘆秦關之百二，難騁狼心；笑齊客之三千，不如雞口。」亦可喜也。《丹鉛總録》。

褒峰萬疊，斷腸新出於啼猿；秦樹千重，比翼不如於飛鳥。

皁陵在位，上庠月書前列試卷，時經御覽。辛丑大旱，七月私試《閔雨有志乎民賦》，魁劉大譽第六韻云：「雨暘固降自天，感召豈無所主。倘燮調得人，則斯可有節；而聚斂無度，則亦能不雨。此或未明，閔之何補？不見商霖未作，相傳説於高宗；漢旱欲蘇，烹弘羊於孝武。」未幾，趙温叔罷相。

曾子宣《謝宰相表》云：「方傷錦敗材之初，奚堪於補衮；況覆餗折足之際，何取於和羹。」

「傷錦敗材」四字，《後漢傳》全語。

大兵渡江，賈似道即出檄書布告天下曰：「洪維藝祖，肇我邦家。至於高宗，爰宅吴會。以仁守國，以德配天。未嘗行一不義，殺一不辜；可以質諸無疑，證諸不悖。理宗四十一年忠厚之澤，著於生民；先帝十一載恭儉之心，何負天下。不念元温群從，尚受卵翼之恩；李陵一門，初無毫髮之損。罪諸吕。國家厄運，一至於此；人心忠義，夫豈無之。太皇后七袠之聖躬，今天子孤惸之沖質。在人情猶知恤鄉鄰之老幼，豈臣子忍坐視君父之阽危。寧無邦國忠臣，亦有江湖豪傑。其合倡義之旅，載馳勤王之師。如陶士行慷慨之征，申張魏公忠赤之志。救日之弓，救月之矢，便直指於旌旗；如礪之山，如帶之河，尚永堅於盟誓。檄到諸路，咸使聞知。」乃李鈺手筆也。

賈秋壑德祐乙亥八月生日建醮詞，語云：「老臣無罪，何衆議之不容；上帝好生，念死期之已迫。適值懸弧之日，預揚易簀之詞。竊臣際遇三朝，始終一節。爲國任怨，但知存大體以杜私門；遭時多艱，安敢顧微軀而思末路。屬叛臣之犯順，率悍將以徂征。用命不前，致成酷禍；措躬無所，爲有後圖。衆口皆詆其非，百喙莫明此謗。四十年勞瘁，悔不及留侯之保身；三千里流離，猶恐置霍光於赤族。仰慚覆載，俯媿劬勞。伏願皇天后土之鑒臨，理考度宗之昭格。三宫霽怒，收瘴骨於江邊；九廟闡靈，掃妖氛於境外。」一本「屬叛臣」二語作「屬醜虜貪狼之犯順，率驕兵悍將以徂征」。

楊文公爲執政所忌，母病謁告，不俟朝旨，徑歸韓城，與弟倚居，踰年不調。公有啓謝朝中親友曰：「介推母子，願歸綿上之田；伯夷弟兄，甘受首陽之餓。」後除知汝州，而希旨言事者攻擊不已，公又有啓與親友曰：「已擠溝壑，猶下石而弗休；方困蒺藜，尚關弓而相射。」《青箱雜記》。

范文正公幼孤，隨母適朱氏，因冒朱姓名說，後復本姓，以啓謝時宰曰：「志在投秦，入境遂相於張禄；名非霸越，乘舟乃效於陶朱。」以范雎、范蠡亦嘗改姓名故也。又僞蜀翰林學士范禹偁亦嘗冒張姓，謝啓云：「昔年上第，誤標張禄之名；今日故園，復作范雎之裔。」然不若文正公之精切。同上。

胡武平嘗奉敕撰《温成皇后哀册文》，受旨，以温成嘗因禁卒竊發，捍衛有功，而秉筆者不能文其實。公乃用西漢莽何羅觸瑟、馮媛當熊二事，以狀其意曰：「在昔禁闈，誰何弛衛。觸瑟方警，當熊已厲。」覽者無不歎服。同上。

吴王李煜薨，太宗詔侍臣撰神道碑，有與徐鉉争名者曰：「知吴王事莫若徐鉉。」太宗詔鉉撰碑，鉉泣請曰：「臣舊事李煜，陛下容臣存故主之義，乃敢奉詔。」太宗許之，鉉爲碑，但推言曆數有盡，天命有歸而已。其警句云：「東鄰構禍，南箕扇疑。投杼致慈親之惑，乞火無里婦之談。始勞因壘之師，終後塗山之會。」太宗覽讀稱善，東鄰謂錢俶也。《東軒筆記》。

王勃《滕王閣序》「落霞與孤鶩齊飛，秋水共長天一色」，當時無賢愚皆以爲警絶。然余觀庾信《馬射序》已云「落花與芝蓋同飛，楊柳共春旗一色」，則知王勃之語已有來處。及觀歐陽《集古録·隋德州長壽寺舍利碑》亦云「浮雲共嶺松張蓋，明月與巖桂分叢」，則又淺陋，與初造語者遠甚。《捫蝨新話》。

王勃《益州夫子廟碑》云：「帝車南指，遁七曜於中階；華蓋西臨，藏五雲於太甲。」張燕公讀至此不解，訪之一行，一行言：「北斗建午，七曜在南方，有是之祥，無位真人當出華蓋以下，卒不可悉。」蓋其學之奥僻如此，雖古人不盡知，亦不諱其不知也。近有人舉勃文問唐叔達，叔達言：「諸果吾能别之，若搗爲果單，則不能别矣，此文中之果單也。」英雄欺人哉，然諸公文亦實有此病。《四六法海》。燕公事見《酉陽雜俎》。

晚唐五代間士人作賦，亦有甚工者，如江文蔚《天窗賦》：「一竅初啓，如鑿開混沌之時；兩瓦歘飛，類化作鴛鴦之後。」《夢溪筆談》。

夏文莊公竦幼負才藻，超邁不群。時年十二，有試公以《放宫人賦》者，公援筆立成，文不加點，其略曰：「降鳳詔於丹陛，出蛾眉於六宫。夜雨未回，儼鬟雲於簾户；秋風漸曉，失釵燕於房櫳。」又曰：「莫不喜極如夢，心摇若驚。踟躕而玉趾無力，眄睞而横波漸傾。鸞鑑重開，已有歸鴻之勢；鳳笙將罷，皆爲别鶴之聲。於是銀箭初殘，瓊宫乍曉。星眸争别於天仗，蓮臉競辭於庭沼。行分而掖路深沉，步緩而回廊繚繞。嫦娥偷藥，幾年而不出蟾宫；遼鶴思家，一旦而却歸華表。」《青箱雜記》。

國初士大夫例能四六，然用散語與故事爾。楊文公筆力豪贍，體亦多變，而不脱唐末與五代之氣。又喜用古語，以切對爲工，乃進士賦體爾。歐陽少師始以文體爲對屬，又善叙事，不用故事陳言而文益高。《後山詩話》。

喬文惠行簡八秩拜相而子孫淪喪，嘗作《上梁文》云：「有園有沼，聊爲卒歲之謀；無子無孫，盡是他人之物。」又《乞歸田里表》云：「少壯老百年，已踰八秩；祖子孫三世，僅存一身。」

范文正公爲《水車賦》，其末云：「方今聖人在上，五日一風，十日一雨，則斯車也，吾其不取。」意謂水車惟取於旱歲，歲不旱則無所施。公之用舍進退，亦見於此賦矣。蓋公在寶元、康定間邊鄙震動，則驟加進擢，後安静則置而不用，斯與水車何異？

王沂公有《物混成賦》云：「不縮不盈，賦象寧窮於廣狹；匪雕匪斲，流形罔滯於盈虚。」則宰相陶鈞運用之意，已見於此。

李衛公《積薪賦》：「雖後來之高處，必居上而先焚。」人稱其精。

張弼作《止戈爲武賦》云：「亦猶月並日以爲明，紀天之象；王居門而曰閏，重歲之餘。」

陳修紹興間試《四海想中興之美賦》：「葱嶺金堤，不日復廣輪之土；泰山玉牒，何時清封禪之塵。」高宗親書此聯。

林振作《由也升堂賦》云：「攀鱗附翼，仰窺在寢之淵；聞禮學詩，下視過庭之鯉。」范文正公作《金在鎔賦》云：「倘令區别妍媸，願爲軒鑑；若使削平禍亂，請就干將。」公負將相器業，文武全才，蓋已見於此賦。

王元之表：「風摧霜敗，芝蘭之性終香；日遠天高，葵藿之心未死。」劉元城表云：「志存許國，如萬折而必東；忠以事君，雖三已而無愠。」斯言可以立懦志。《困學紀聞》。

祭文，唐人多用四六，韓退之亦然。故李易安《祭趙湖州文》云：「白日正中，嘆龐公之機捷；一作敏。堅城自墮，憐杞婦之悲深。」婦人四六之工者。《四六談塵》。

優詞樂語，前輩以爲文章餘事，然鮮能得體。王安中履道，政和六年天寧節集英殿宴，作教坊致語，其頌聖德云：「蓋五帝其臣莫及，自致太平；凡三代受命之符，畢彰殊應。」又云：「歌太平既醉之詩，賴一人之有慶；得久視長生之道，參萬歲以成純。」可謂妙語也。至《放小兒隊詞》云：「戢戢兩髦，已對襄城之問；翩翩群舞，却從沂水之歸。」《放女童詞》云：「奏閬圃之雲謡，已瞻天而獻祝；曳廣寒之霓袖，將偶月以言歸。」益更工麗而切當矣。履道之掌内制，可謂稱職。《墨莊漫録》。

凡樂語不必典雅，惟語時近俳乃妙。王履道《天寧節宴小兒致語》云：「五百里采，五百里衛，外並有截之區；八千歲春，八千歲秋，共上無疆之壽。」又《正旦宴小兒致語》云：「君子有酒多且旨，得盡群心；化國之日舒以長，對揚萬壽。」孫近叔《詣宣和春宴女童致語》云：「黛耜載耕於帝籍，廣十千維耦之疆；青圭往祓於高禖，兆則百斯男之慶。」皆爲得體。然未若東坡元祐《秋宴教坊致語》云：「南極呈祥，候秋分而老人見；西夷慕義，涉流沙而天馬來。」又《春宴致語》云：「稍寬中昃之憂，一均湛露之澤。方將麴糵群賢而惡旨酒，鼓吹六藝而放鄭聲。雖白雪陽春，莫致天顔之一笑；而獻芹負日，各盡野人之寸心。」則又不可跂及矣。樂語中有俳諧之言一兩聯，則伶人於進趨誦咏之間，尤覺可觀而警絶。如石懋敏若外州天寧節賜宴云：「飛碧篆之罏煙，薰爲和氣；動紅鱗之酒面，起作恩波。」何安州得之外州上元云：「五雲縹緲，出危嶠於靈鼇；九陌熒煌，下繁星於陸海。暗塵隨馬，素月流天。如熙熙登春臺，舉欣欣有喜色。」孫仲益和州送交代云：「渭城朝雨，寄別恨於垂楊；南浦春波，眇愁心於碧草。」皆爲人所膾炙也。

《墨莊漫録》。

翟公巽知密州，侯蒙元功自中書侍郎罷政歸鄉，公有啓云：「得請真祠，歸榮故里。雖老成去國之易，而明哲保身之全。多士嘆嗟，餞韓侯之出祖；邦人慰喜，咏季子之來歸。」又云：「乘安車而過諸子，未慕昔賢；揮賜金以娱故人，用償夙志。」公平時四六多聱牙高古，而此啓特平易，誠大手筆也。後元功於里第築臺曰高藍光，既落成，公就臺張具爲宴，自作致語有云：「公槐避寵，衣錦歸家。從方外之赤松，寄高懷於緑野。珍禽翠羽，借雞樹之遺棲；曲沼回塘，分鳳池之餘潤。」《晉世語》云：「劉放爲中書監，孫資爲中書令，共領樞要，侯獻、曹肇心内不平。殿中有雞棲樹，二人相謂曰：『此亦久矣，其能復幾？』指放、資也。」又《晉書》：「荀勗守中書監，毗贊朝政。及遷尚書令，勗久在中書，專掌機事，失之甚悒，人有賀者，怒曰：『奪我鳳凰池，何賀耶？』」故公用「雞樹」、「鳳池」皆中書事，考之方見其切。同上。

唐人白行簡以《濾水羅賦》得名，其警句云：「焦螟之生必全，有以小爲貴者；江漢之流雖大，蓋可一以貫之。」靈一詩曰：「濾泉侵月起，掃徑避蟲行。」濾水，蓋僧家戒律有此，欲全水蟲之命，故濾而後飲。《丹鉛總録》。

「誰昔」字，文人罕用，惟司馬温公《長公主制詞》云：「帝妹中行，《周易》贊其元吉；王姬下嫁，《召南》美其肅雝。命服亞正后之尊，主禮用上公之貴。寵光之盛，誰昔而然。」此制詞之工緻，前媲二宋，後揜三洪矣，豈不善爲四六者耶？同上。

本朝四六以劉筠、楊大年爲體，必謹四字六字律令，故曰四六，然其敝類俳語可鄙。歐陽公深嫉之曰：「今世人所謂四六者，非修所好，少爲進士時不免作，自及第遂棄不作。在西京佐三相幕府，於職當作，亦不爲作也。」如公之四六云：「造謗於下者，初若含沙之射影，但期陰以中人；宣言於廷者，遂肆鳴梟之惡音，孰不聞而掩耳。」俳語爲之一變。至蘇東坡於四六，如曰：

「禹治兖州之野，十有三載乃同；漢築宣房之宫，三十餘年而定。方其決也，本吏失其防而非天意；及其復也，蓋天助有德而非人功。」其力挽天河以滌之，偶儷甚惡之氣一除，而四六之法則亡矣。《聞見後録》。

廖明略《爲安厚卿舉挂功德疏》云：「梁木其摧，歎哲人之逝；天堂若有，須君子而登。生也有涯，没而不朽。痛兩楹之夢奠，圮萬里之長城。」李廌方叔《祭東坡文》有云：「皇天后土，鑒平生忠義之心；名山大川，還千古英靈之氣。」

東坡《祭徐君猷文》云：「平生髣髴，尚陳中聖之觴；後夜渺茫，徒挂初心之劍。」因其姓而用事，尤爲中的。

柳子厚《祭呂衡州文》云：「嗚呼，化光今復何爲乎？止乎行乎？昧乎明乎？豈蕩爲太空與化無窮乎？將結爲光耀以助照臨乎？豈爲雨、爲露以澤下土乎？將爲雷、爲霆以泄怨怒乎？豈爲鳳、爲麟、爲景星、爲卿雲以寓其神乎？將爲金、爲錫、爲圭、爲璧以栖其魄乎？豈復爲賢人以續其志？將奮爲神明以遂其義乎？」論者謂子厚仿屈原《卜居》篇也。

曾魯公識度精審，達練治體，當其在中書，方天下奏報紛紜，雖日月曠久，未嘗有廢亡之者。其爲文章尤長於四六，雖造次柬牘，亦屬對精切。曾布爲三司使，論市易事被黜，魯公有柬别之，略曰：「塞翁失馬，今未足悲；楚相斷蛇，後必爲福。」曾赴饒州，道過金陵，爲荆公誦之，亦歎愛不已。《東軒筆録》。

歐陽文忠公年十七，隨州取解，以落官韻不收。天聖以後文章多尚四六，是時隨州試《左氏失之誣論》，文忠論之，條列《左氏》之誣甚悉，句有「石言於宋，神降於莘。外蛇鬭而内蛇傷，新鬼大而故鬼小」，雖被黜落而奇警之句大傳於時，今集中無此論，頃見連庠誦之耳。同上。

蔡京既敗，攻擊者不遺餘力，李光獨無劾章，坐貶，謝表云：「當垂涕止彎弓之射，人以爲狂；然臨危多下石之人，臣則不敢。」《揮麈餘話》。

沈丞相説，爲樓貯書時，禮佛其上，人謂之「五體投地之樓」，以對秦檜「一德格天之閣」。

四六駢儷於文章家爲至淺，然上自朝廷命令詔册，下而縉紳之間牋書祝疏，無所不用，則屬辭比事，固宜警策精切，使人讀之激昂，諷咏不厭，乃爲得體，姑摭前輩及近時綴緝工緻者十數聯，以詒同志。王元之擬《李靖平突厥露布》，其叙頡利求降且復謀竄曰：「穽中餓虎，暫爲掉尾之求；鞴上飢鷹，終有背人之意。」《蘄州謝上表》曰：「宣室鬼神之問，敢望生還；茂陵封禪之書，已期身後。」范文正公微時嘗冒姓朱，及後歸本宗，作啓曰：「志在逃秦，入境遂稱於張禄；名非霸越，乘舟偶效於陶朱。」用范睢、范蠡皆當家故事。鄧潤甫行貴妃制曰：「《關雎》之得淑女，無險詖私謁之心；《雞鳴》之思賢妃，有警誡相成之道。」紹聖中，百僚請御正殿，表曰：「皇矣上帝，必臨下而觀四方；大哉乾元，當統天而始萬物。」東坡《坤成節疏》曰：「至哉坤元，德既超於載籍；養以天下，福宜冠於古今。」《慰國哀表》曰：「大哉孔子之仁，泫然流涕；至矣顯宗之孝，夢若平生。」《謝賜帶馬表》曰：「枯羸之質，匪伊垂之而帶有餘；斂退之心，非敢後也而馬不進。」王履道《大燕樂語》曰：「五百里采，五百里衛，外包有截之區；八千歲春，八千歲秋，上祝無疆之壽。」《除少宰余深制》曰：「蓋四方其訓，以無競維人；必三后協心，而同底於道。」時並蔡京爲三相也。執政以邊功轉官詞曰：「惟皇天付予，庶其在此；率寧人有指，敢弗於從。」翟公巽行《外國王加恩制》曰：「宗祀明堂，所以教諸侯之孝；大賚四海，不敢遺小國之臣。」知越州日，以擅發常平倉米救荒降官，謝表曰：「敢效秦人，坐視越人之瘠；既安劉氏，理知晁氏之危。」孫仲益試詞科日，《代高麗國王謝賜燕樂表》曰：「玉帛萬國，千舞已格於七旬；簫韶九成，肉味遽忘於三月。」又曰：「蕩蕩乎無能名，雖莫見宫墻之美；欣欣然有喜色，咸豫聞管籥之音。」自中書舍人知和州，既壓境，見任者拒不納，以啓答郡僚曰：「雖文書銜袖，大人不以爲疑；然君命在門，將軍爲之不受。」鄰郡不發上供錢米，受旨推究，爲平停其事，鄰守馳啓來謝，答之曰：「苞茅不入，敢加問楚之師；輔車相依，自作全虞之計。」汪彦章作《靖康册康王文》曰：「漢家之厄十世，宜光武之中興；獻公之子九人，惟重耳之尚在。」爲中書舍人試潭州，進士何烈卷子内稱臣及聖，問不舉覺，坐罷職，謝表曰：「謂子路使門人爲臣，雖誠誖理；而徐邈云酒中有聖，初亦何心？」又曰：「書馬者與尾而五，常負譴憂；網禽而去面之三，永銜生賜。」宋齊愈坐於金人，立諸臣狀中，輒書張邦昌字，送御史臺，責詞曰：「義重於生，雖匹夫不可奪志；士失其守，或一言幾於喪邦。」又曰：「眭孟五行之説，豈所宜言；袁宏九錫之文，兹焉安忍。」《責張邦昌詞》曰：「雖天奪其衷，坐愚至此；然君異於器，代匱可乎。」知徽州，其鄉郡也，謝啓曰：「城郭重來，疑千載去家之鶴；交遊半在，或一時同隊之魚。」何掄除秘書少監，未幾，以口語出守邛，謝啓曰：「雲外三山風，引舟而莫近；海濱八月槎，犯斗以空還。」楊政除太尉，湯岐公草制曰：「遠覽漢京，傳楊氏者四世；近稽唐室，書系表者七人。」謂楊震子秉、秉子賜、賜子彪，四世爲太尉。李德裕辭太尉云：「國朝重惜此官，二百年間纔七人。」其用事精確如此。蔣子禮拜右相，王詶賀啓曰：「早登黄閣，獨見明公之妙年；今得舊儒，何憂左轄之虛位。」皆用杜詩語「扈聖登黄閣，明公獨妙年」、「左轄頻虛位，今年得舊儒」，亦可稱。《容齋三筆》。

吾家四六。乾道初年，張魏公以右相都督江淮，議者謂兩淮保障不可恃，公親往視之，會詔歸朝，未至而免相。文惠公當制，其詞曰：「棘門如兒戲耳，庸謹秋防；衮衣以公歸兮，庶聞辰告。」所謂兒戲者指邊將也，而讀者乃以爲詆魏公。其尾句曰：「《春秋》責備賢者，慨功業之維艱；天子加禮大臣，固始終之不替。」所以悵惜之意至矣。《王太保致仕詞》曰：「閔勞以事，聖王隆待下之仁；歸潔其身，君子盡遺榮之美。」太保有遺泄之疾，或又謂有所譏而實不然。罷相後，起帥浙東，謝表曰：「上丞相之印，方事退藏；懷會稽之章，遽叨進用。」《謝生日詩詞啓》

曰：「五十當貴，適買臣治越之年；八千爲秋，辱莊子大椿之譽。」時正五十歲也。紹興壬戌詞科《代樞密使謝賜玉帶表》，文安公曰：「有璞於此必使琢，恍驚制作之工；匪伊垂之則有餘，允謂便蕃之賜。」主司喜焉，擢爲第一。乙丑年，《代謝賜御書周易尚書表》，予曰：「八卦之説謂之索，奉以周旋；百篇之義莫得聞，坦然明白。」尾句曰：「但驚奎壁之輝，從天而下；莫測龜龍之秘，行地無疆。」亦忝此選。《代福州謝曆日表》曰：「神祇祖考，既安樂於太平；歲月日時，又明章於庶證。」正用《詩·鳧鷖》序「太平之君子，能持盈守成，神祇祖考安樂之也」。《洪範·庶徵》「歲月日時無易，百穀用成，乂用明，俊民用章」，皆上下聯文，未嘗輒增一字。《淵聖乾龍節疏》曰：「應天而行，早得尊於《大有》；象日之動，偶蒙難於《明夷》。」《易·大有卦》「柔得尊位」、「應乎天而時行」，《左傳》叔孫豹筮遇《明夷》「象日之動，故曰君子於行」，《彖辭》云：「內文明而外柔順，以蒙大難」，亦純用本文。乾道丁亥《南郊赦文》曰：「皇天后土，監於成命之詩；藝祖太宗，昭我思文之配。」讀者以爲壯。後語曰：「天地設位而聖人成能，既撲紛緼之沴；雷雨作解而君子赦過，式流汪濊之恩。」此文先三日鎖院所作，冬至日適有雷雪之異，殆成讖云。葉子昂參知政事，爲諫議大夫林安宅所擊罷去，林遂副樞密。已而置獄，治其言皆無實，林責居筠，葉召拜左揆。予草制曰：「既從有北之投，亟下居東之召。」有欲爲王留者，孰明去就之忠；無以我公歸兮，大慰瞻儀之望。」本意用「公歸」之句，指邦人而言也，故云「瞻儀」。而御史單時疑之，謂人君而稱臣爲「我公」，彼蓋不詳味詞理耳。子昂坐冬雷罷相，予又當制，曰：「調陰陽而遂萬物，所嗟論道之非；因災異而劾三公，實負應天之媿。」蓋因有諷諫也。《嗣濮王加恩制》曰：「天明神而照知四方，即下臨於精意；王孫子而本支百世，兹載錫於蕃釐。」又曰：「春秋享祀，獨冠周家之宗盟；老成典刑，蔚爲劉氏之祭酒。」《士衎制》曰：「克羞饋祀，事其先而萬國歡心；肅倡和聲，行於郊而百神受職。」《賜宰臣辭免提舉聖政書成轉官詔》曰：「爲天子父尊之至，永惟傳序之恩；問聖人德何以加，莫越重華之孝。」《賜葉資政辭召命詔》曰：「見晛曰消，顧何傷於日月；得時則駕，宜亟會於風雲。」《賜史大觀文以新蜀帥改越辭免詔》曰：「王陽爲孝子，敢煩益部之行；莊助留侍中，姑奉會稽之計。」吴璘在興元、修塞兩縣決壞渠爲田，獎諭詔曰：「刻石立作三犀牛，重見離堆之利；復陂誰云兩黄鵠，詎煩鴻却之謡。」用老杜《石犀行》云「秦時蜀太守，刻石立作三犀牛」，及翟方進壞鴻却陂，童謡云「反乎覆，陂當復。誰云者？兩黄鵠」等語也。劉共甫自潭帥除翰林學士，答詔曰：「不見賈生，兹趣長沙之召；既還陸贄，宜膺内相之除。」《批執政辭經修哲宗寶訓轉官》曰：「念疊矩重規，當賢聖之君七作；而立經陳紀，在謨訓之文百篇。」哲廟正爲第七主而寶訓百卷也。《答蔣丞相辭免》曰：「永惟萬事之統，知非艱而行惟艱；有不二心之臣，帥以正則罔不正。」禮部爲宰臣以顯仁皇后小祥請吉服，奏曰：「練而慨然，禮應順變；期可已矣，懼或過中。」又曰：「漢中天二百而興，益隆大業；舜至孝五十而慕，獨耀前徽。」時高宗聖壽五十四也。《辛巳親征詔》曰：「惟天惟祖宗，方共扶於基緒；有民有社稷，敢自佚於晏安。」又曰：「歲星臨於吳分，定成淝水之勳；鬬士倍於晉師，可決韓原之勝。」是時歲星在楚，故云。檄書曰：「爲劉氏左袒，飽聞思漢之忠；徯湯后東征，必慰戴商之望。」又曰：「侯王寧有種乎，人皆可致富貴。是所欲也，時不再來。」《紫宸大宴致語》曰：「廟謨先定，百官修輔而厥后惟明；黼坐端臨，五帝神聖而其臣莫及。」《修聖政轉官詞》曰：「念五馬浮江之後，光啓中興；述六龍御天以來，式時猷訓。」又曰：「薦於天而天，是受永言覆燾之恩；問諸朝而朝，不知詎測形容之妙。」《汪觀文復官詞》曰：「作雷雨之解而宥罪，在法當原；如日月之食而及更，於明何損。」《步帥陳敏制》曰：「亞夫持重，小棘門、霸上之將軍；不識將屯，冠長樂、未央之衛尉。」《吴挺興州制》曰：「能得士心，吴起固西河之守；差彊人意，廣平開東漢之興。」《起復知金州制》曰：「惟天不弔，壞萬里之長城；有子而賢，作三軍之元帥。」《蕭鷓巴詞》曰：「隨會在秦，晉國起六卿之懼；日磾仕漢，秺侯傳七葉之芳。」《姚仲復官制》曰：「李廣數奇，應恨封侯之相；孟明一眚，終酬拜賜之師。」《追封皇第四子邵王詞》曰：「舉漢武三王之策，方茂徽章；念周文十子之宗，獨留遺恨。」時已封建三王也。《趙忠簡謚制》曰：「見夷吾於江左，共知晉室之何憂；還德裕於崖州，豈待令狐之復夢。」《王彦贈官制》曰：「申帶礪以丹書之誓，方休甲第之功臣；掛衣冠於神虎之門，竟失戍營之校尉。」《向起贈官詞》曰：「馳至金城郡，方思充國之忠；生入玉門關，竟負班超之望。」《李師顔贈官制》曰：「青天上蜀道，久嚴分閫之權；黑水惟梁州，愴失安邊之傑。」《襄帥王宣贈官詞》曰：「黄河如帶，莫申劉氏之盟；漢水爲池，空墮羊公之淚。」王瀹以太常少卿朔祭太廟，忘設象尊犧尊，降官詞曰：「犧象不設，已廢司彝之供；餼羊空存，殊乖告朔之禮。」《潼川神加封詞》曰：「駕飛龍兮靈之斿，具嚴涣命；驅厲鬼兮山之左，終相此邦。」《青城山蠶叢氏封侯詞》曰：「想青城侯國之封，自今以始；雖白帝公孫之盛，於我何加。」《陽山龍母詞》曰：「居然生子，乘雲氣以爲龍；惟爾有神，時雨暘而利物。」《魏丞相贈父詞》曰：「大名之後必大，非此其身；和戎如樂之和，幸哉有子。」魏蓋以使虜定和議，旋致大用。《贈母詞》曰：「藏盟府之國功，不殊魏絳；成外家之宅相，重見楊元。」《封妻姜氏詞》曰：「筮仕於晉曰魏，方開門户之祥；取妻必齊之姜，孰盛閨闈之美。」《虞丞相贈父詞》曰：「活千人有封，非其身者在其子；德百世必祀，畸於人者侔於天。」《周仁贈父詞》曰：「有子能賢，高舉而集吴地；受予顯服，會同而朝漢京。」用東方朔《非有先生傳》「高舉遠引，來集吴地」，及《兩京賦》「春王三朝，會同漢京」也。《獎諭吴挺詔》曰：「閫外制將軍，方有成於東鄉；舟中皆敵國，應無虞於西河。」《梁丞相醴泉使兼侍讀制》曰：「珍臺閒館，獨冠皋伊之倫魁；廣廈細旃，尚論唐虞之盛際。」又答詔曰：「一言可以興邦，念爲臣之不易；三宿而後出晝，勉爲王而留行。」《王丞相進玉牒加恩制》曰：「載籍之傳五三，壯太祖、太宗之立極；聖賢之君六七，耀永昭、永厚之詒謀。」《批以旱得雨請御殿》曰：「念七月之間則旱，咎徵已深；雖三日以往爲霖，憂端未艾。」餘不勝書，唯記從兄在泉幕，淮東使者，其友壻也，發京狀薦之。爲作謝啓曰：「襟袂相連，夙媿末親之孤陋；雲泥懸望，分無親貴之哀憐。」皆用杜詩。其下句人人知之，上句乃《贈李十五丈》云：「孤陋忝末親，等級敢比肩。人生意氣合，相與襟袂連。」此事適著題，而與前《送韋書記》詩句，偶可整齊用之，故併紀於此。但以傳示子孫甥姪而已，不足爲外人道也。

同上。

元少保絳屢爲藩郡帥，時有傳儂智高餘黨寇二廣者，遂以絳知廣州，而所傳乃妄，因改之越州，絳謝上表曰：「忽聞羽檄之音，謂有龍編之警。橫水光明之甲，得自虛聲；雲中赤白之囊，偶爲危事。」橫水光明之甲，乃唐時誤傳寇至事，見李德裕《獻替記》，人服其工。絳最長於四六，多取古今傳記佳語爲之。神宗友愛嘉、岐二王，不許出閤，二王固辭，後因改封，先召絳謂之曰：「可於麻詞中令勿更辭。」絳草制，其略云：「列第環宮，彌聳開元之盛；側門通禁，共承長樂之顏。」神宗甚愛之，自是二王不復辭。後以藩邸升爲順昌軍節度，作謝表云：「燾土立社，是開王者之風；乘龍御天，厥應聖人之作。」按圖雖舊，錫命維新。」又曰：「興言駿命之慶基，宜升中軍之望府。謂文武之德順而聖，唐虞之道明而昌。合爲嘉名，以侈舊服。」士大夫皆傳誦之。

《蘇州府志》。

世南家嘗藏高麗國使人狀數幅，乃宣和六年九月，其國遣使金紫光禄大夫、檢校司空、知樞密院事、上柱國李資德，副使大中大夫、尚書、禮部侍郎、柱國、賜紫金魚袋金富轍，至本朝謝恩進奉，各有四六，仿中國體。李之詞云：「跂予望之，適江干之弭節；亦既覯止，幸堂上之披風。況飛五朵之雲，特貺千金之幣。禮當拜受，心則媿惶。」金之詞云：「穆如清風，幸被餘光之照；酌彼行潦，可形將意之勤。幸被二字疑有誤。寬裕而有容，敢以菲微而廢禮。」所塵名品，別具染濡。《遊宦紀聞》。

本朝四六以歐公爲第一，蘇、王次之。然歐公本工時文，早年所爲四六見別集，皆排比而綺靡，自爲古文後，方一洗去，遂與初作迥然不同。他日見二蘇四六，亦謂其不減古文，蓋四六與古文同一關鍵也。然二蘇四六尚議論，有氣焰，而荆公則以辭趣典雅爲主，能兼之者歐公耳。水心於歐公四六暗誦如流，而所作亦甚似之，顧其簡淡樸素，無一毫嫵媚之態，行於自然，無用事用句之癖，尤世俗所難識也。水心與篔窗論四六，篔窗云：「歐做得五六分，蘇四五分，王三分。」水心笑曰：「歐更與饒一兩分可也。」水心見篔窗四六數篇，如《代謝希孟上錢相》之類，深歎賞之，蓋理趣深而光焰長，以文人之華藻，立儒者之典刑，合歐、蘇、王爲一家者也。真西山嘗謂予四六頗淡净而有味，余謝不敢當，因言本得法於篔窗，然才短不能到也。《林下偶談》。

政和中新創禁中儺儀，有旨令翰苑撰文，翟公選當直，其略云：「南政司天，無俾神人之雜；夏后鑄鼎，以絶山林之姦。苟非聖神，孰知情狀。」頃刻進入，人服其敏而工。《四六餘話》。

《東坡手澤》云：「元豐六年十一月二十七日，天欲明，夢數吏持紙一幅，其上題云：『請祭春牛文。』余取筆疾書云：『三陽既至，庶草將興，爰出土牛，以戒農事。衣被丹青之好，本出泥塗；成毁須臾之間，誰爲喜愠。』吏微笑曰：『此兩句復當有怒者。』旁有一吏云：『不妨，此是唤醒他。』」盤洲《祭勾芒神文》曰：「天子命我盡牧南海之民，農人告予將有西疇之事。念銅虎謹班春之職，出土牛示嗣歲之期。」此當是帥廣時所作，意雖與東坡不同，而詞語瓌妙似之。同上。

玉牒所記，非止本支，而凡一朝大政事、大號令、大更革拜罷皆在焉，仙源積慶，特其一條耳。前此進玉牒備書表章，能備言之，惟于湖一表，終始對説，其詞云：「帝系勤鴻，榮科條於屬籍；聖謨啓祐，嚴訓典於寶儲。堯統漢緒，肇派别於天潢；周誥商盤，儼仙躔於東壁。惟昭穆親疏之有序，與文章詞令之當傳。麟趾振振，共仰宗盟之益茂；虞書渾渾，更瞻聖作之相輝。」其形容玉牒，方爲兩盡。同上。

近世四六多失文體且類俳，而時有可觀。劉期立爲其父丞相歸葬謝啓云：「晚歲牢騷，魂竟招於異域；平生精爽，夢猶託於故人。」汪伯彦罷相，吕元直當國，汪自辯殺陳少陽事，吕令汪彦章啓報云：「方一男子之上書，衆知無罪；而諸大夫曰可殺，公獨何心。」方金人踰淮而南，有銜命出境者，執政爲報書云：「念寇至君孰與守，敢幸偷安；而兵交使在其間，幾能釋怨。」如此類可喜者，不可概舉，但全篇體格，或不能稱是耳。《寓簡》。

約房之府君既卒，貧無以歸，好事者爲作一疏求贈，平淡簡易，截斷衆流。其起聯云：「有喪未舉，行道之人忍聞；見義不爲，秉彝之天安在。」《詩詞餘話》。

四六尤難作。宋末如方岳、李劉諸公駢花儷葉，集芳媲麗，至有一句累十餘字者，則失其爲四六之體矣。與其事異而句奇，孰若字平而句雅，去陳腐，取渾成，方可以言制作之妙。同上。

宋人四六，如「才非一鶚，難居累百之先；智異衆狙，遂起朝三之怒」。水利云：「刻石立作三犀牛，重見離堆之利；復陂誰云兩黄鵠，詎煩鴻却之謡」。四六中古文也。《丹鉛總録》。

綦翰林叔厚《謝宫詞表》云：「雜宫錦於漁蓑，敢忘君賜；話玉堂於茅舍，更覺身榮。」時歎其工。又有一表云：「欲挂衣冠，尚低回於末路；未先犬馬，儻邂逅於初心。」尤佳。《老學庵筆記》。

甲寅江東多虎，有人作《禳虎文》云：「雖曰寅年之足，或有數存；去其乙字之威，尚祈神力。」蓋古詩有云「寅年足虎狼」也。

羅疇老《代高麗修貢表》全篇皆穩，其間一聯云：「地瀕日出，每輸傾藿之心；天闊露零，亦被蓼蕭之澤。」二事人用之極熟，此聯稍變言語，遂爲佳句，大抵用事當如此，不然則泛濫雷同矣。《東萊集》。

附録

欽定四庫全書總目二條

國初以四六名者，推綺吴綺，字園次。及宜興陳維崧二人，均原出徐、庾。維崧泛濫於初唐四傑，以雄博見長。綺則出入於樊南諸集，以秀逸擅勝。章藻功與友人論四六書曰：「吴園次班香宋艷，接僅短兵。陳其年陸海潘江，末猶强弩。」其論頗公，然異曲同工，未易定其甲乙。《林蕙堂集》。

國朝以四六名者，初有維崧及吴綺，次則章藻功《思綺堂集》，亦頗見稱於世。然綺才地稍弱於維崧，藻功欲以新巧勝，二家又遁爲别調。譬諸明代之詩，維崧導源於庾信，氣脉雄厚，如李夢陽之學杜，綺追步於李商隱，風格雅秀，如何景明之近中唐。藻功刻意雕鎸，純爲宋格，則三袁、鍾、譚之流亞。平心而論，要當以維崧爲冠，徒以傳者太廣，摹擬者太衆，論者遂以膚廓爲疑。如明代之詬北地，實則才力富健，風骨渾成，在諸家之中，獨不失六朝、四傑之舊格，要不能以撏撦玉谿，歸咎於三十六體也。《陳檢討四六》。

蔣心餘太史士銓論四六八條見《評選四六法海》

氣静機圓，詞匀色稱，是作四六要訣。今之作者，氣不斷則囂，機不方則促，詞非過重則過輕，色非過滯則過艷。

圓活是四六上乘，然患其小而庸。典雅是四六正法，然患其質而重。作四六不過即散行文字稍加整齊，大肆烘托耳，其起伏頓挫，貫串賓主，整與散無以異也。今人言著駢體，便以塗澤撏撦爲工，即有善者亦不過首尾通順，無逗補之迹，求其動宕遒逸、風味盎然於楮墨之間者，吾未之見也。

徐、庾並稱，猶詩中之裴、王也，雖有低昂，究無彼此。孝穆比開府爲近人，至王、楊則鏗鏘悦耳，下逮樊南，則雕鎸可喜，然愈近愈薄，愈巧愈卑，君子於此有戒心焉。

四六至徐、庾可謂當行，王子安奢而淫，李義山纖而薄，然不從王、李兩家討消息，終嫌枯管，不解生花。

唐四六畢竟滯而不逸、麗而不遒，徐孝穆逸而不遒，庾子山遒逸兼之，所以獨有千古。

隸事之法以虚活反側爲上，平正者下矣。謀篇之法以離縱開宕爲上，鋪叙者下矣。試觀庾氏之文，類皆一虚一實、一反一側，而正用者絶少。甫合即開，乍即旋離，而順叙者寡，是以向背往來，瀠洄取勢，夷猶蕩漾，曲折生姿。後人非信手搬演類書，即隨筆自成首尾，又曷怪其拳曲擁腫，直白鄙俚，去古萬里耶？

學任、沈而不到者澀，學江、鮑而不到者生，學庾而不到者粗，學徐而不到者碎，學燕許而不到者硬，學四傑而不到者濫。

咸豐己未，傭書廣晉，見同事魏筱田景禧案頭鈔本，有《爲節婦顧高氏雪冤啓》駢文一篇，不註作者姓名，詢之魏君，亦忘鈔自何處。觀其體格，雖出近時，然屬對工巧，有思綺堂所不及，當時手録一通，置之行篋。四十年來遍示雅流，迄無知爲何人作者。文固非至，事殊可傳，登之末簡，俾不湮没。

節婦顧高氏者，廩生顧五瑞之妻也。生偶沾斯疾，竟無不死之方；氏纔賦於歸，遽抱未亡之痛。自甘食蘖，志矢柏舟。雅善蒸梨，歡承萱室。徒以小郎讒構，輒遭後母猜嫌。寄生而草總多愁，獨活而藥真太苦。所幸叔猶有夏，殊勝騙隨；何期女不懷春，忽驚尨吠。則有如氏夫異母弟增生顧六謙者，比翼慘分鸞鳳，不耐居鰥；設心忍作豺狼，姑爲援溺。嚴防傲象，未許射牛；婉勸慈烏，莫疑叱狗。曲盡個中之調護，還餘格外之殷勤。亟思深動其感恩，便可久要其報德。孤弦有韻，故作斷腸；破鏡無塵，豈迷照膽。蓋氏端嚴處己，忠厚待人。意急難向篤於孔懷，故用情獨深於不侮。祇謂敬踰馬援，見寡嫂而必恭；詎疑盜學陳平，幸無兄其何畏。縫紉則衣裳頻製，婦工代妯娌之勞；組紃則膏火常資，友愛體丈夫之志。心能推赤，幾似聖賢；顔欲污紅，應消奸宄。使其民彝未泯，人性稍存。諒苦節之靡他，鑒至誠之乃爾。將必懍郝鍾之範，無敢肆行；奈何宣鄭衛之聲，竟成貳過。謂文君曾奔貴客，至今猶播佳談；念新婦未配參軍，自古以爲憾事。不圖在泮狂鳴，乃有鴞音；奚啻穿墉連訟，具翻鼠獄。於是覿陳無禮，赴愬有司。庶懲佻達之青衿，爲保幽貞之素履。而乃浮游瓜代，偃仰花封。適類尸居，那知體恤。及至獄辭畢具，已經關節潛通。翻云轢釜生嫌，早動不如無之忿；欲使覆盆負屈，遂爲莫須有之言。若非叔也且仁寢息，頗銷銕案；焉得公然而免坐誣，不按金科。嗟乎，臺是懷清，無地可容污垢；堂惟執法，有天却庇邪淫。未能祈彼於救蒼，反致沉冤於不白。將使婺星遠照，莫明賫恨之心；徒令淚雨長流，不洗承羞之面。宜其恨深刺骨，憤極毁容。抛薄命於鴻毛，委殘軀於魚腹。妾年十八，拚隨逝水俱流；郎路三千，圖得及泉相見。倘非誠通龍母，泣動鮫奴。護貞體於濤頭，送香魂於岸脚。安必投來珊網，恰得霜柯；那能湧出金波，仍完月魄。朱絲譜怨，衹應瑟鼓湘妃；黄絹題詞，誰爲碑鎸曹女。顧天爲風世，特拯餘生；而人不雪冤，終成枉死。造孽挾通神之具，豈能勢奪金夫；報仇待爲鬼之年，不算能成玉女。頃者役車遠出，行館遥臨。偶停飛倦之征鴻，適遇哀鳴之寡鵠。還從合浦，珠賴母擎；哭倒荆山，璞求工剖。歷訴則聲聲啼血，傾聽則字字摧肝。急詣雷封，爲説茹荼之苦；相期霧撥，共參鋤莠之謀。轟動六街，縱觀如堵；呼來兩造，親鞫當階。頓絶狡辯於瀾翻，盡得真情於石出。頭巾有玷，褫何待於終朝；角枕無憂，夢始曰於獨旦。隱口還虞毁室，並懲二叔之不咸；守身好待旌門，猶幸五官之無恙。雖然一旬内冤伸，寡婦不徒作賦河陽；五日中利射，狂童何以解嘲京兆。于定國救三年旱，豈空諉過於孤墳；龐士元非百里才，或可圖功於别駕。

稀見清人文話二十種

（下）

王水照 侯體健 編

復旦大學中國古代文學研究中心
The Research Center for Chinese Ancient Literature of Fudan University

復旦大學出版社

第三册目録

菑畬欒論文

趙曾望 撰

《菑畬櫟論文》二卷

趙曾望　撰

趙曾望（一八四七—一九一三），字紹庭，一作芍亭，自號薑汀、綽道人、邵筳道人、芍艇散仙等。江蘇丹徒（今屬鎮江市）人。同治九年（一八七〇）優貢生，曾官内閣中書，數年後南歸，講學海門文社等處。趙氏於經史小學、諸家雜説及書畫篆刻，靡不研究，著有《詩經獨斷》、《十三經獨斷》、《二十一史類聚》、《右史新編》、《字學舉隅》、《菑畬櫟論文》、《身章稿草》、《心聲稿草》、《窕言》、《麃秋館雜著》、《耐篛簡諒》、《耐篛賸稿》、《節足䛕題畫》、《養拙齋印存》、《楹聯叢語》等十數種。李恩綬《（光緒）丹徒縣誌摭餘》有傳。

《菑畬櫟論文》爲趙氏教授生徒的講義匯輯而成，上下兩卷共二百餘則，内容較雜，兼及詩書畫印，而以論文爲主。主要考訂字詞音韻，論析文章流變、義理義例及讀書之進階、作文之法則等。趙氏崇尚古文，但總體看，《論文》内容以時藝爲多，這也是師塾課本的通常面目。其中不少講論場屋作文的具體法門，如「時文雖不同於古文，然亦在審題得訣。凡題長者宜知其不長，題短者宜知其不短」；「凡作時文者，拈小題貴在一字不放過，拈長題貴在逐節放過」；「作時文者須善改題」，如虚縮題如何乙轉、如何注字；「時文家有稱題法，有弄題法。稱題者，清題清做，濃題濃做，寬題寬做，窄題窄做；弄題者，清題濃做，濃題清做，寬題窄做，窄題寬做」等等，所謂「小乘禪中參大乘宗旨」。其中對古文、駢文的一些論述也時有可觀。

有民國八年（一九一九）石印本，今即據以録入。

（張志傑）

序

《菑畬櫟論文》者，老友趙君紹庭之所作也。紹庭於四部之書無所不讀，而識力之卓，鑽研之勤，尤爲同輩所驚羨。余與紹庭早年同受知於宜春宇師，在京師時，日夕過從，常獲切磨之益。自紹庭乞假南歸，相見遂疏，然猶書札往還，商榷文字。歲癸丑，遽聞殂謝，惓念昔游，有如結轖。今哲嗣蜀琴孝廉又將以此書付諸剞氏，先以稿本寄示，循誦數過，追思昔年剪燭論文、連床共話之時，猶依稀在目也。余老矣，學殖荒落，舊游如李君亞白、張君友柏，皆淹博宏通，爲余畏友。近年兩君遺集先後梓行，而紹庭之書且出至五種，殘膏剩馥，沾溉士林，古人所謂交游光寵者，其在斯乎，其在斯乎。民國八年十月蒙古巴里克延清子澄時年七十有四。

序

丹徒趙芍亭内史萬卷讀書，千言下筆，告歸家弄，著作等身。余固耳其聲而未識其人也。今秋遌李君伯尚交甚歡，李君故趙之自出，因得睹芍翁結字治印諸手蹟，欽佩不已。又進讀《菑畬櫟論文》，上下二册，於經史子集無不旁推交通，闡發郛秘。其時文試帖，爲素所不屑言者，亦娓娓言之，學者由是而隅反焉，可以窺典籍之懸門，而案文章之熱石矣。是書也傳，不將與顔氏《家訓》之録、孫氏《示兒》之編並垂後世也哉？余故樂綴數言，藉以附名於不朽云爾。光緒二十載歲在閼逢敦牂九月吉日錢唐周庚祓身父題於賣魚灣公廨。

菑畬櫟論文上卷

趙曾望　撰

天下之文章不過四門，經史子集而已矣。初學入塾，既授以四書六經，更授以唐宋詩集，更授以《昭明文選》、《戰國策》、唐宋八家各集，更授以《綱鑑正史約》或《綱鑑易知録》，再授以《莊子》、《揚子》即《法言》、《太玄》。及諸叢書。之數者，有必須誦讀者，有止須閲看者，而無一不須講解者，故講解之功最大。講不病其簡，務使明；講不病其繁，務使達。達者，通也。經可通於經，亦可通於史。明達之後，方令執筆爲文，且又示以運用之方、裁制之法。其上者沛然莫禦，其次者亦斐然成章矣。每怪近世教初學者，任其脅腸瞢腹，遽督以著作文詞，此如庖人治庖，不畀以山珍海錯而日令進饌，吾不知何饌之可進也；又如衣工治衣，不畀以越羅楚練而日令獻袍，吾不知何袍之可獻也。壞天下文章者，必此輩也夫。

《爾雅》、《説文》二書，乃治經家所必不可無者。《爾雅》，衆經之總匯也；《説文》，衆經之發源也。善治水者，於發源之處、總匯之區尤極加意，初學治經，其淤塞之苦，視水道之淤塞爲更甚，其散漫之苦，視水道之散漫爲更甚，而可不於發源總匯加之意乎？果能神而明之、變而通之，即造至，於解經不窮不難已。信吾言請赴以大力，疑吾言者請試以餘力。

今之塾師多不能解經，尤不能解《易經》。每有生徒以《周易》請業者，輒曰：「是非爾所知也，姑置之。」嗟乎，聖人贊《易》，特以「易簡」示人，有何難解？余嘗以俚語譬之曰：「《易經》有如求神簽耳。一爻爲一簽，皆言人事也。當徵諸切近，勿索諸荒渺，斯得之矣。」或問：「其餘五經亦皆有質譬乎？」曰：「皆有之。《書經》譬如讀家書，《詩經》譬如唱戲曲，《左傳》譬如看傳奇，《禮記》譬如聽講約，《周禮》譬如觀搢紳。苟通其意，亦皆無難解之處，不通其意，恐集百家之説以解經，而靡所適從，有愈益瞢昧者已。」

顧亭林謂古無「真」字，是以不見於經。其實《周易》「貞」字即「真」字也。篆書家多喜屈曲繚繞，如「凡」「乃」等字皆有加筆，其實止是引筆，非加筆也。《石鼓》「嘉」字作「」，《碧落碑》「貞」旁作「」，亦是引筆。「貞」下从「貝」，「貝」下象尾足形，故可引筆。其首从「卜」。古文「卜」作「」，亦可引筆。引而曲之，則如「」矣。如「卓」上从「」，隸書徑直，反如「卜」矣。想傳寫之始，必有書「貞」作「」者，後又變而加厲耳。

有友人問于余曰：「《説文》言部『謯』註曰：『謯，娽也。』謯、娽何義？二徐不言，蓋不知也。子能言之乎？」余曰：「謯、娽者，詐也。當時蓋有此語。何以證之？『虘』字註云：『虎，不柔、不信也。』兼有二義而必屬之『虎』者，順乎部首，許氏不欲自亂其例也，實則『不柔』與『不信』皆可謂之『虘』也。又范睢更名曰張禄，詐名也。『譃禄』、『張禄』，一聲之轉也。」又有友人問于余曰：「《春秋外傳》謂『申孫之矢』，管仲以射桓公者，韋注但曰：『申孫，矢名。』果何矢也？」余曰：「即楛矢也。本『肅慎之矢』，『肅慎』轉爲『申孫』，平仄之間也。『肅』之平爲『蘇』，爲『松』，『蘇』、『松』皆『申』之雙聲。『慎』之平爲『孫』則爲尤顯。『嵎夷』爲『郁夷』，『蒲姑』爲『亳姑』。諸如此類，不可枚舉也。」

之、其、焉、也等字在《説文》並係實字，後人以爲虛字，乃借用耳。自借法一興，而文多變矣。試即借實爲虛諸字約略言之。風善動也，而能動人者亦謂之風；《詩》、《書》即已有之。雲善布也，而布其義者亦謂之云。云即雲字。此借諸天者也。畛相接也，而凡相接者亦謂之畛；「畛于鬼社」見《曲禮》。岸高出也，而凡高出者亦謂之岸。「岸幘」見《後漢書》，「風岸」見《唐書》。此借諸地者也。手所以持也，而凡持物亦即稱手；「手弓」見《檀弓》。口所以語也，而凡語人亦即稱口。「口隱」見《公羊》。此借諸人者也。劍之器宜捧也，而抱人若捧即稱劍；「劍汝而立」見歐陽文。鹽之味至重也，而誘人重利即稱鹽。「鹽諸利」見《郊特牲》。此借諸物者也。充類言之，未易悉數。若滑稽、逋峭、錞于、丁寧，則又兩字之借者，亦難枚舉也。許氏六書特列假借，「借」之時義大矣哉。

今人作文仿效他人格調，俗名之曰套用。此法古已有之。人謂《禮記·檀弓篇》叙杜蕢諫晉平公事，筆法勝於《左傳》，殊不知實從《左傳》套出者。《左傳》叔孫穆子聘晉拜皇華五善一段，與杜蕢情形極相似也。且《左傳》中亦有自爲套用者。如展喜犒北鄙與飴甥盟王城，同以君子小人立説，亦略相似也。正不獨東方朔《答客難》、班固《答賓戲》、揚雄《解嘲》、崔駰《達旨》之前後一轍矣。

國初閻百詩徵君早歲嘗請於師曰：「湯武之事何如？」其師曰：「順天應人者也。」徵君曰：「一則曰『孥戮汝』，再則曰『爾躬有戮』，何謂應人？」其師不能答。徵君之意，蓋以天道幽遠難知，故即人之不應以折天之不順。至崔東壁《考信録》創爲「商周鄰國之交，本無君臣之分」等語，淺陋支離，未足與議。夫聖人之言，簡而不可易，未嘗不賴善注釋者爲之發明。《孟子》一書於聖言最多闡發，先儒因謂爲《論語》之注，而惟「一夫紂矣」數語實未盡善。善哉，其晉師曠之論乎。師曠曰「天之愛民甚矣，豈其使一人肆於民上以縱其淫」云云，意至婉而味至長，誠爲千古莫刊之偉議，此湯武順天之鐵板注脚也。天既順矣，則應者即順天之人，不應者即不順天之人。順天者賚賞，逆天者有戮。賚賞而應者，樂天者也；戮而應者，畏天者也。順天之真諦既得，其應人之處六通四闢，自不煩言而解。曠一瞽人耳，其對平公之語頗有偏袒，未洽於理，而獨於幽遠難知之天道，詮説得明白切近如許，此足見人不可以廢言，且益見聖人之言之簡而不可易也，余故表而出之。彼夫《莊子》所謂「大力者負之而趨」，乃後世「成則爲王，敗則爲寇」之權輿，止可言勢，不可言理，六朝五代，胥此類也，於湯武之事固無涉焉。

相傳金聖歎幼有雋才，有戲難之者，以「君命召不俟駕行矣」爲題，限作四字破題，金應聲曰：「王請度之。」又以「薙髮匠」爲題限作一字破題，金應聲曰：「鞟。」一時喧傳，以爲神童。按《廣韻》曰：「踱，足蹋地也。」以度爲踱，深得古文从省法。《論語集注》曰：「鞟，皮去毛者也。」以一字隱括五字，深得史家鍊字法。此雖遊戲，中有文章之道存焉。聖歎後來自殺其軀，固所謂小有才者，然此種頗足牖初學靈機，而《制藝叢話》不載，乃載於《逢人一笑》，里巷小説名。特從人不廢言之例，附誌於此。

周人立謚之法，乃死後以易其名者，然史家從後叙前，往往預稱其謚，所以便後之讀者，固自無嫌，但記事則可，若在口氣中，究竟不可。如《左傳》石碏曰：「陳桓公方有寵于王。」《公羊傳》羽父曰：「吾爲子口隱矣。」此皆一時失檢處，後之作史者不得援以爲例。

唐人詩，五律、五古往往有十字成句者，必兩句連讀，其義乃見，斷讀之則反晦矣。如王維《送梓州李使君》曰：「文翁翻教授，不敢倚先賢。」蓋以蜀中之地女功寡效，惟橦布可輸，農務多争，雖芋田猶訟，從來苟簡之吏，必有狃于積習、藉口舊章者。昔曰文翁實能翻用教授，不倚先賢之成法爲治，故於篇終特舉，欲李之知所取法耳。誤解者乃引《周禮》「亂國用重典」之訓，謂其地不可教授而文翁翻爲之，此等先賢殊不可倚云云。夫文翁循吏，自漢以來無異詞，摩詰不宜荒誕至此。又如元結《賊退示官吏》曰：「誰能絶人命，以作時世賢。」蓋以徵斂之急競如大煎，非絶人之命不得稱賢於斯世，果其捫心清夜，亦復誰能爲之？故緊接「欲委符節」云云，即不肯殺人以媚人之謂耳。誤解者乃引《史記索隱》「絶者，度也」之注，謂誰能度人之命。夫度人之命，則不媿古聖賢矣，豈但作時世之賢？「時世賢」正與「古聖賢」作反對，非真賢也。且謂誰能陷絶人命，故寧以不絶爲高。若謂誰能濟度人命，安得以不度爲快？何其歸老江湖，甘心坐視乎？次山不宜忍刻至此。此二條沈文懿《别裁》亦爲所誤，故不得不詳辯之。至章氏《注疏》中，紕繆之解不一而足，甚有妄改正文曲從己意者，不足與辯，亦不勝其辯，讀者慎之。

余幼時不解雙聲叠韻之學，十二三歲，觀李松石所著《鏡花緣》，於雙聲叠韻，引證愈繁愈益瞢昧。繼學作試帖，誦河間紀文達公《我法集》，前有「辨韻」一條，其言曰：「丁的、寧歷爲雙聲，丁寧、的歷爲叠韻。」乃恍然大悟。由此類推，勢如破竹。復爲增二語曰：「雙聲者順舌求之，叠韻者順口流之。」要之，此實天籟，若有天授，其能明乎此者，即此數語已足，其不能明乎此者，雖牖以萬言亦無裨也。至于一方有一方之土音，一人有一人之禀氣，既明之後，亦不能不少有參差。然所謂參差者，不過清濁輕重緩急之殊，苟核以通轉之法，無不可一以貫之也。

吾鄉俗語相沿，多失其正音。正音既失，則正字亦不可復得。兹約舉之：凡欲得人之物而不能直言者，俗謂之「叙」。叙之云者，誘致也。其本字實當作「説」，讀若稅。《戰國策》蘇秦爲趙合從説楚、張儀爲秦連衡説齊者是也。「説」與「叙」一聲之轉，故譌爲「叙」也。凡顛倒是非以語人者，俗謂之「墨」。墨之云者，欺詐也。其本字實當作「蒙」，《左傳》楚伍舉曰「又使圍蒙其先君」者是也。「蒙」與「墨」亦一聲之轉，故謡爲「墨」也。凡不願受之物而强受之者，俗謂之「噥」。噥之云者，容忍也。其本字實當作「能」，讀若耐，平聲與來小異，亦可徑讀作耐。《漢書》鼂錯曰「胡貊之人性能寒，揚粤之人性能暑」者是也。「能」與「噥」亦一聲之轉，故謡爲「噥」也。且「能」字又可作「奈」字用，羅隱《贈雲英》詩「鍾陵一别十餘春，重見雲英掌上身。我未成名卿未嫁，可能俱是不如人」，是音近於「來」而義通於「奈」也。妄男子不知字音通轉之秘，至改「能」字爲「憐」。昭諫有靈，得無齒冷。

《爾雅》之句讀最不易明，最不可不明。如「嶲讀周燕句燕讀鳦句」，「鼮鼠讀豹文鼮鼠句」等文，余既詳辨於《十三經獨斷》中矣。此外如龜屬云「左倪不類，右倪不若」，明明謂之類、謂之若，胡以云不類、不若乎？善乎疏之言曰：「不，發聲也。」當更加以箋曰：「發問之詞也。」蓋曰左倪不讀類句右倪不讀若句。」亦如上文「前弇諸讀果句後弇諸讀獵句」，皆設爲問詞，用以宣其義而定其名也。句讀既明，自無謬解。他如《釋山》所云「小山岌大山讀峘句」，「大山宫小山讀霍句小山别大山讀鮮句」，而鄺元、李巡兩名家並讀作三字一句，揆之《説文》馬部「馺」字注注云：小山馺，大山峘。不合，揆之《詩傳》「度其鮮」原注注云：大山曰鮮。則又合，先儒謂原有兩種讀法，理或然與？

漆園叟之文，汪洋演迤，不可正視，其實「以無爲首」四字可以蔽之，即間有出乎此者，要亦得其過半矣。玉谿生之詩沉博絶麗，不可細核，其實「郎君官貴施行馬，東閤無因得再窺」二句可以蔽之，即間有出乎此者，要亦得其過半矣。總之，讀書之法，古有可學者三人：心知其意者司馬子長也，觀其大略者諸葛孔明也，不求甚解者陶元亮也。非心知其意，不可觀其大略，不能不求甚解。三法既得，則天下無難讀之書矣，莊、李云乎哉？

《尚書》、《左傳》叙事有極妙者。《武成》云「前徒倒戈，攻于後，以北，血流漂杵」，旋即拓開一筆，曰「壹戎衣，天下大定」，何等高渾。蓋古者祭用鬱鬯，臼以椈，杵以梧。國君死社稷，自必祭而死之，至血漂其杵，則君身之死概可知矣。否則必如《逸周書》叙克殷事曰「乃克射之三發，而後下車，擊之以輕吕，斬之以黄鉞，折懸諸太白」云云，不亦失帝王之體乎？《哀十五年》云「石乞、孟黶敵子路，以戈擊之，斷纓」，旋即接入口氣曰「君子死，冠不免。結纓而死」，何等超脱。蓋古者纓緌皆在冠下，有若今之帽襻，至擊斷其纓，則頸項之傷概可知矣。否則必如《公羊傳》叙仇牧事曰「萬臂摋仇牧，碎其首，齒著乎門闔」云云，此叙仇牧則可，若以寫子路，不亦失聖賢之體乎？後之讀書者，不思杵爲何用，不識纓在何處，甚謂商王何以不死，仲氏何必遽死，將古人極妙之筆，全行埋没，真不會讀書者。

玭山陸君醉僊萬言，真一代詩人也。卒年四十二歲，所著古近體已裒然萬首矣，無美不臻，無奇不備。嘗以選政屬余，因得卒讀，余甚偉之。其友人崇川某士亦工詩，好與君角。一日互誦荒寒之句，各出數聯，兩不相下，最後君誦一聯曰：「落木嘯山鬼，荒鐙出廟神。」某復誦一聯曰：「飢雅盤墓木，跛獺走谿冰。」君急止之曰：「即此已足，勿再進矣。」既而告余曰：「某士其死乎？」不數月果歿。余敂其繇，君：「余詩雖有鬼字而有生氣，彼二語則純乎鬼氣矣。」按之誠然。

玭山吴芾堂茂才，績學早世，余未及見也。雅善近體詩，嘗送西賈歸里，贈七律四首，其弟三首之半云：「金尊美酒進蒲萄，羌篴琵琶曲更豪。畫角江城雅出樹，昏鐙山館馬奔槽。」聲調高朗，饒有明七子風味。又有《春日野眺》句云：「柳外半橋通馬路，水邊雙竹罯魚船。」又有《元旦試筆》句云：「應門老僕堅辭客，牽袂嬌兒學拜年。」尤覺楚楚有致也。

今人穀父母之喪，其赴文必稱「不孝某罪孽深重，不自殞滅，禍延顯考妣」云云，後爲有道者所糾，知顯字之誤，因易稱「先考妣」，此則是矣。其罪孽云云十字，則從無易之者，殊不知其謬尤甚也。孔子以一朝之忿忘身及親者爲惑，樂正子春述夫子之訓曰：「壹舉足而不敢忘父母，壹出言而不敢忘父母。」豈可以有罪孽乎？又豈可以深重乎？更何可以延及父母乎？《曲禮》曰：「父母在，不許友以死。」亦豈可以自殞自滅乎？十字中無一字合理。此實駭人聽聞之言，而相沿用之者視若金科玉律，何哉？往歲，先中議公棄養，望擬易其文曰：「不孝某賦命單寒，承怙無福，痛我先考」云云，自覺語句較妥。一時親友病其更張，埶謂不可，余亦識見未定，勉從之。其實余所擬之十字足可爲法，若值母喪，則易「怙」爲「恃」可也。姑記於此，願與有道者共商之。

古無類書，故研京錬都，藩溷皆置紙筆，閱十年一紀乃成。至義山獺祭，已有典籍可任蒐羅，然亦非類書耳。自宋迄今，類書輩出，可稱極盛。現有最便用者二種：一婺源慎修江氏《典林合編》，一吾宗小樓從父《增補類腋》也。初學作文作詩，必置此二書於側，微論用與不用，而不時翻閱，有日積月累於不自覺者。若尋常塾師日講故實一條，以幗帨書粘壁上，此飾人耳目之陋習，其埤益能幾何哉？

凡作經文者，《周易》文宜變互兩儀、貫串三才，即爻辰、卦氣類。《尚書》文宜橅擬訓辭、即訓誥體。發揮選理，《毛詩》文宜胎息雅頌、含咀楚騷，《左傳》文宜掉鞅高赤、繼軌東萊，《禮記》文宜仿佛《檀弓》、媻娑《爾雅》，即注疏體。此經文之大略也。凡作策文者，宜先立主見，然後將所問巨細各節自排次序，援引博洽，斷制嚴明，斯爲傑構。賈、董、三蘇之作雖旨趣不同，而梗概初無或異，此策文之大略也。每怪今人應制，首場既浮詞濫調，甘爲今之時文矣，二場經文亦止以時文爲之，三場策文亦仍以時文爲之，何其誕而自小也。尤可笑者，二場則專事剽竊，所竊多者多至六七百言，所竊少者少至三四百言。三場乃有二派：空衍者首用泛語作一冒，以下依題直書，去「其」、「歟」、「否」虛字而已；條對者謹遵問語爲序，查出脚本，照本鈔謄。是皆無俚取鬧，當屏諸不屑教誨之列。近世有《漢易鍼度》一書，頗得要領。

高明之士，乾象也，然最易感於色，故乾一變而爲姤，戒之曰：「勿用取女。」沉潛之士，坤象也，然最易溺於財，故坤一變而爲復，戒之曰：「商旅不行。」嗟乎，《易》道無方，見知見仁，各從所悟而有得焉。斯即聖人作《易》之旨也夫？

公牘文字，貴乎要言不煩。昌黎《復讎狀》惟以經佐律之論，足傳千古，其餘亦未免模棱。柳州《復讎議》則斬截的當，勝昌黎多矣。其《桐葉封弟辨》、《封建論》等篇，皆爲公牘文字之宗，近世申韓家所揣摩也。吾鎮有旗兵駐防。國初定例，滿人殺漢人者不坐抵，但罰埋葬銀十金、囚城樓币月而已。後有能者争之，卒得議抵。其詞曰：「家有千金之資，可殺百人之命。」警句也。南通州有静海縣，偪在海隅，田畝淪入於海，錢糧遂絶。當事者議裁其學，亦有能者争之，卒得不裁。其詞曰：「無田可耕，有書可讀。」亦警句也。

許氏《説文》，博采通人諸説，然亦有所采之義不及其本義者，此虚心之過也。即如「糞」字注云「从収，推華棄釆也」，是也。又引「官溥説似米而非米者，矢字」，此謬説也。矢从米化，苟非下清利穀，惡得似米乎？按釆音辨，獸迹也。从収，推華以去獸迹者。老子所謂「天下有道，却是馬以糞」，正與此義吻合也。又如「无」字注云「奇字，无通無」，是也。又引「王育説天屈西北爲无」，此謬説也。天體北高南下，所屈之筆在東南，不在西北也，惡得以意倒置乎？按「无」

字之體，从二从人。二與「土」字同意，所謂地之下、地之中也。人入地下，是骨肉歸復於土也，是亡也。亡可通無，亦如无之通無也。汶長所采諸說，特以廣異聞耳，本義自在，學者當自會之。

詁經家望文生義，最是致誤。《禮・檀弓》「季子皋葬其妻，犯人之禾，申詳以告，曰『請庚之』」云云，注者以庚爲償，此望下文買字生義者。然考諸經傳，別無所本，即有見於考證之書者，仍引《檀弓》爲主，其爲向壁虛造可知矣。陳氏不用其訓，固爲有見，但陳氏竟無說以處之，亦疏矣。余按庚字有二義，《說文》賡即古文續字，本無庚音，且字既从貝，當亦可通作贖。是原文作賡，今止作庚者，或渻文，或闕文也。此一義也。《左傳》吳申叔儀乞糧於公孫有山氏，對曰：「若登首山以呼曰『庚癸乎』則諾。」杜注：「庚在西方，主穀。」是請庚者，請酬以穀也。未知子皋許否，故作隱語，不使怨歸師、德歸己也。此又一義也。《書・禹貢》「祇台德先，不距朕行」，注中以台爲我，此望下文朕字生義者。語雖有本，然於本經亦格格不合。舜謂禹曰：「女惟不矜，天下莫與女爭能；女惟不伐，天下莫與女爭功。」茲乃云我德爲先，則矜伐甚矣，爭能爭功者且至，安得不距乎？余按台即胎字。胎者，始也。渻文也，或亦闕文也。祇，敬也。《大禹謨》開宗明義，一則曰「祇承于帝」，再則曰「黎民敏德」，誠哉以祇爲始、以德爲先也。「不距朕行」者，不違我所奉行也。凡讀經者，既須貫穿本經，又須融會諸經，斯以經注經，自然解經不窮耳。至時文引用，則拾取漢宋諸儒之牙慧，亦足以云博矣，不必深求，且尤不可深求。

宜春宇師按臨吾郡，試諸生古學，題爲《殷七七開鶴林寺杜鵑花賦》，以「殷七七能開非時花」爲韻。諸卷押殷字，有反用枯樹悲殷者，有借用怪事書殷者，均稱新穎。余外兄吴少平但押遊客情殷，亦高列弟四，人頗輕之。及讀其起筆云：「煙雨濃熏，千巖碧嶂兮一朵紅雲。」殊楚楚有別致，且少平書法佳妙，深得松雪遺意，殆非止以文藻擅場也。近塾中以此命題，余改示一聯云：「問名葩何處家鄉，《詩》吟入蜀；喜顛木尚餘甹枿，《書》紀遷殷。」亦足啓悟初學。

朱子以賦、比、興爲詩之三緯，其實推廣論之，天下之文不外是矣。《尚書》之詞多近賦，《周易》之詞多近比，《禮記》之詞多近興。而比之一字，其用尤大，漢儒諸作往往用之。如「青雲爲紛，虹蜺爲繯」，比及天也；「泰華爲旒，熊耳爲綴」，比及地也；「陽子驂乘，孅阿爲御。白虎鼓瑟，蒼龍吹篪」，比及鬼神萬物也。典麗裔皇，並得此訣。初學通乎比之爲法，則文心自奇而文膽自壯矣。唐人詩如昌谷古體、玉谿近體亦得比字訣者。

古諺有之曰：「少所見多所怪，見橐駝言馬腫背。」向嘗疑其言之過刻，謂世豈真有是人哉，今而知非刻也。今人作律賦多用四六，見有偶語單行者，輒嫌其省事。嗟乎，是止讀黄、王小品數篇者也。今人作祭文多用直叙，見有逐句攟韻者，輒詫其變法。嗟乎，是止讀昌黎《祭十二郎文》一篇者也。是皆止見馬未見橐駝者也。

南華《逍遥遊》篇載惠子謂莊子曰「魏王貽我大瓠之種」云云，「剖之以爲瓢，則瓠落無所容」

云云，「莊子曰」云云，「則夫子猶有蓬之心也夫」。此段注家皆未洞悉，雖西仲林氏亦然。余按，瓠之小者對剖爲瓢，可容水漿。此病其大，故剖作無數小瓢。乃大瓠剖成小瓢，其瓢反淺，故無所容受，徒致散落而已。此惠子之説也。蓮花之瓣，形如小瓢而實無所容，其瓣落盡之後，則心中蓮蓬現焉。蓮蓬雖多竅，而亦無用。茲以大瓠剖作小瓢，散落有如蓮瓣，主是計者，其心殆亦猶蓮蓬而已。此莊子之説也。梁簡文帝讀「瓠落」爲「廓落」，誤認爲剖作大瓢也，此由誤會「呺然大也」二語。殊不知剖作大瓢，雖云廓落，豈得無容？「呺然」二語，蓋以既剖之瓢無用，遂并未剖之，瓠亦掊去之耳。《南華》一書於物理、人情極有體會，苟非善體人情、物理者，幸勿浪解《南華》。

梁晉竹《兩般秋雨盦隨筆》載有咏物、咏古律句數條，然佳者絶尠，即此可見梁氏詩學之淺矣。如咏鸚鵡云：「一夢唤回唐社稷，千秋留得漢文章。」「千秋」二字乃生湊爲句者，此陋習也。又如咏周公云：「一相禍延明叔姪，六官書誤宋君臣。」「相」字有本，「一相」二字則無本，亦生湊者。其病與「千秋」二字正同。惟孫子瀟《天籟閣集》中有《周公墓》詩云「二叔事開唐社稷，六官書誤宋君臣」，是真論古有識，下語如鑄者矣。

古人作詩，不欲以詞勝意。《三百篇》中大都四字爲句，其用兮字助語者，實止三字耳。後人增至五言、六言、七言、九言，則文之彌文矣。然九言者不多見，蓋詩至七言，琢句已甚不易，況九言乎？且九言止宜古體，不若七言之兼宜律體也。李供奉七律，以一氣呵成，不容增減爲尚，故睹崔司勳《黄鶴樓》之作，遂自閣筆。然此種以古爲律之法不可勉爲，亦不宜習爲，習爲之恐入剽滑。惟杜工部琢句之法最爲可學。杜公近體，每用五字作句，更加二字以足之。如「落木蕭蕭下，長江滾滾來。悲秋常作客，多病獨登臺」，加以無邊、不盡、萬里、百年等字；「角聲悲自語，月色好誰看」，加以永夜、中天等字，則景愈妙而情亦愈深。若「織女機絲疏夜月，石鯨鱗甲動秋風」等句，則專於隸事，不在此例也。劍南學杜，恰從隸事處下手，其律句有「生希李廣名飛將，死慕劉伶作醉侯」，「奴愛才如蕭穎士，婢知書似鄭康成」，皆此類也。其加字鍊句之法，竟成廣陵絶調，何哉？

《困學紀聞》載宋人貶秦檜制云：「一日縱敵，致貽數世之憂；百年爲墟，誰任諸人之責。」「諸人」二字，頗有議其未穩者。本朝義門何氏乃欲易爲「陸沉」，自謂借對工整，實則信手撏撦，轉落小樣，故謝山全氏訾之。然全氏亦無以易之也。余嘗與友人論及，友人請余更定其句，余曰：「以鄙意覈之，『爲墟』一語亦覺措詞失體，不若改作『兆云詢多，誰執盈廷之咎』。」友人喜曰：「此以《左傳》對《左傳》，異乎攢集爲工。子真精於運用書卷者。」余笑曰：「惜不起何氏、謝氏于九京而一商得失耳。」檜主和議，故令臺諫從臣僉議可否。見胡銓《封事》。兆云，衆言也。見劉炫《規過》。且借對「一日」，尤見工整。云、雲，古通也。

文章之道，其通乎天地歟？戰國之文，雖雋快可喜，然氣息則甚薄，至漢之賈、董、揚、班，乃變而爲淵懿純茂。六朝之文雖奇麗可喜，然氣息則更薄，至唐之燕、許、韓、柳，乃變而爲博大昌明。不求其厚而自然轉厚，此非人力之所及也。余嘗讀史忠正公答我睿親王書，其激昂慷慨之血誠溢于言表，使人且感且敬，惟按其氣息亦已薄矣。若睿王致書，則氣息特厚，蔚然開國文字也。其尤奇者，一人之手而厚薄互見，斯真索解不得。方望溪時文氣息殊厚而古文則薄，吴穀人贖帖體詩氣息殊厚而古近體詩則薄，豈不大奇。贖帖即試帖，亦曰試律。

往歲應試金沙，同人興立詩社，至課者，爲韓眉伯兆元先生。先生精聲韻之學，性復好奇。一日命題曰《爲君翻作琵琶行》，余作第五六聯云：「笛短端當度，箛高更共賡。參差攢楚操，疏散賽商聲。」先生評云：「兩聯純用雙聲成句，且亦熨貼。具此本領，真可翻得《琵琶行》矣。」今按此詩並無足倆，而先生獎掖後學之心至殷極渥，雅可爲法，故追誌之。一以著教人之道，一以著知己之感焉。

文人用字不肯深考，承譌襲謬，往往不免，甚至最易明者亦不能明矣。《詩·小雅》、《大雅》恒以十篇相聯綴，故謂之什。亦有九篇或十一篇者，舉成數而言也。今人乃以爲篇章通用之字。錢塘名士如梁晉竹孝廉，所著《隨筆》載有經解，嘗稱「《燕燕于飛》一什」，得不爲經生所笑乎？《正字通》釋「腔」字謂：「俗以歌曲韻爲腔。」夫腔、拍等字由來已久，不得斥爲俗解。前人詩有「紫韻紅腔細細吟」，又「短笛無腔信口吹」之句，蓋如近代曲譜以朱丹點其板眼，固非牧童之所知也。今人乃以爲聲響通用之字。吾鄉宿儒如法石臺孝廉賦「樹凋窗有日」試帖詩，嘗云「落葉冷無腔」，得不爲詩人所笑乎？承謁襲謬，其病不可勝窮，姑舉最甚者以著爲戒。

時文、試帖本詩文之下乘，近之學者更有一種惡習，乃下而愈下矣。試約言之。時文最忌合掌，所以貴立柱義也，乃（一）〔有〕一種假立柱義者，起筆云云，接筆旋用「不必論也」云云，既不必論，何用登諸紙上轉致費事乎？是謂假立柱義，文之惡習也。說帖最忌失解，所以貴點出處也，乃有一種徒點出處者，結處或稱某人題尚在，或稱某人吟思起云云，于題一樣，何不可刻成印板，不更省事乎？是謂徒點出處，詩之惡習也。夫有柱義，宜靠實運詞。如王牆東「萬鍾則不辨禮義而受之」題，以不能辨、未之辨二義分承到底。有出處，宜相題造句。如晉少谷「昨夜雨涼今夜月」題，通首主高尚書夜宴說。小乘禪中未嘗不可參大乘宗旨，是在高著手眼，擗脫惡習，詩文云乎哉。

古不用筆，謂刻以刀者也，著於竹木者也。其漆書著於縑帛者，安得不用筆乎？要非今日簪豪之筆耳。漢書固以筆矣，然觀《楊君石門頌》、《郃陽曹全碑》諸迹，似所用多係硬筆。右軍筆法大備，而生平專使硬筆。其所遺筆在宣州諸葛氏者，柳誠懸至不能用。然觀右軍諸迹，何竟如百鍊鋼化爲繞指柔也，可謂神技矣。今人學右軍者以純羊豪求之，謬已。甚謂古篆非純羊豪不可，盍亦思古人果用何筆乎？不更謬乎？又有故用雞豪藉以示異者，著墨成團，不可驅遣，以致筆畫如鋸齒然，惡狀不復可耐，徒自苦耳。余謂羊豪毗於剛，兔豪毗於柔，擇乎剛柔之中，兼用二豪爲上。間有取剛爲用、取柔爲用之處，則三紫七羊、七紫三羊，固不一其等矣。「用筆在心」四字，千古不易者也。俗目兔豪曰紫豪。

紀文達公謂《聊齋志異》一書是才人之筆，非著書之筆。余作《窕言》時既深韙之，顧此言，足以折《聊齋》而未可以盡《聊齋》也。《聊齋》序事至精心結撰處，真可比踪《左》、《史》，殆有文達所未及見者。其《珊瑚》一篇是已。篇中離合迎拒，文心之妙，不可思議。如「沈曰：『賢哉婦乎，姊何修者。』媪曰：『妹已去，婦何如？』」是特特迎合。沈曰：「噫，誠不若夫已氏之甚也，然烏如甥婦賢。」又輕輕離拒。「媪曰：『婦在，汝不知勞；汝怒，婦不知怨。烏乎弗如？』沈泣下，且告之悔，曰：『珊瑚嫁也未？』」是兩面特迎合矣。此下疑將接入珊瑚，乃用媪曰「不知，俟訪之」，忽又離之甚、拒之甚。後至「求見甥婦，極道甥婦德，媪曰：『小女子百善，何遂無一疵？予固能容之。子即有婦如吾婦，恐亦不能享也。』」又輕輕迎合。「沈曰：『於虖冤哉！將謂我木石鹿豕耶？具有口鼻，豈有觸香臭而不知者？』」又特特離拒。此下直不知若何接法，乃曰：「被出如珊瑚，不知念子作何語？」此一問，以離爲合，以迎爲拒，何等嵌空玲瓏。曰：「罵之耳。」曰：「誠及躬無可罵，亦烏乎而罵之。」曰：「瑕疵人所時有，惟其不能賢，是以知其罵也。」至是，又復離之至、拒之至矣。以下忽一氣折落，曰：「『當怨者不怨，則德焉者可知；當去者不去，則撫焉者可知。向之所饋遺而奉事者，固非予婦也，子婦也。』沈驚曰：『如何？』曰：『珊瑚寄此久矣。向之所供，皆渠夜績之所貽也。』」「石破天驚透秋雨」、「雲奔浪捲入簾鉤」，可以方斯文境。余以爲比踪《左》、《史》者，此也。文達公未及見者。蓋一目十行，或不免交臂失之耳。即《四庫全書提要》之作，亦間有未經道盡者，大抵不害其爲要而已矣。

無情無景不能成文，兩者不相同而實相輔。情傳於景，而虛者可實；景貫於情，而死者可活。初學於此，往往苦無入手處。然高處難入，當於低處入之；深處難入，當於淺處入之。余早歲閱《西廂記》，心賞其中數語，因而有得。其語云：「花落水流紅，閒愁，萬種無語怨東風。」又云：「碧雲天，黄花地，西風緊，北雁南飛。」夫「花落」云云，猶先景後情；「碧雲」云云，乃純乎言景，而情自躍躍，於不離不即間，真筆妙也。

語太有理，則爲贅語。相傳有戲作白癡詞者曰：「日出東方照西牆，哥哥丈姆嫂嫂孃。三個半瓶瓶半酢，即醋字。六隻草鞋是三雙。」聞者無不捧腹。其實文家慣用此法，如「隔千里兮共明月」及「生爲長别離，没爲長不歸」等句，皆故作白癡之贅語，而愈覺纏綿有味者也。語太無理，則爲妄語。相傳有戲作丁倒詞者曰：「姐在房中頭梳手，忽聞門外人咬狗。拈起狗子打磚頭，又被磚頭咬破手。」聞者無不鼓掌。其實文家亦慣用此法，如「遠寺鐘聲帶夕陽」及「破帽多情恰戀頭」等句，皆故作丁倒之妄語，而愈覺逋峭有致者也。總之，前人緒論，悉足爲後學啓牖心思。若徒以遊戲置之，斯悟境終于茅塞耳。

書塾中語言文字，有承用不察者。一曰「倍書」。凡不面書而讀者，謂之背書，如帖之有背臨也。其字實當作倍，《周禮》注曰：「倍文曰諷，以聲節之曰誦。」韓昌黎作《韓滂墓志》嘗用之，亦作倍而不作背也。一曰「白文」。凡四書五經大字，皆曰白文。此由石經而來。石經止有經文，並無注文。碑板拓成，全係白字，故相沿謂之白文也。一曰「藍本」。凡文疑録舊而不能指名者，但云恐有藍本。此用荀子「青出於藍」之語，謂其有所自出，而非戛戛獨造也。一曰「失占」。凡贖帖詩（即試帖之本名。）平仄不諧者曰失占。《韻會》引《漢書》陳遵「口占」，謂占者「隱度其詞」也，則失占當即譏其失於隱度之意，而近或有云「失黏」者，以黏爲調，此臆説也。如此之類，均有根柢，而世俗展轉授受，勿事考核，竟有皓首課徒，一經舉問，瞠乎不能答者，可慨也夫。

昔黄蘊生先生撰《曲肱而枕之》文，以枕字作實字用，人皆訾其韻學之疏。自余論之，陶庵誠通人也。古既有實字虚用之法，即不必固别其音，且亦不能盡别其音也。如「惡惡善善」，（善字在《玉篇》、《廣韻》、《集韻》、《類篇》諸書並無異音，止王氏謂上一善字爲去聲。）皆有異音矣，何以《禮記》「賢其賢，親其親，樂其樂，利其利」、（《大學》本在《禮記》中。）《論語》「君不君，臣不臣，父不父，子不子」、《孟子》「白人之白，長人之長」又無異音乎？又如在先在後、先之後之、在上在下、上之下之且有異音矣，何以《尚書》「疇咨」、「惠疇」兩疇字無異音？《左傳》「門其東門」兩門字無異音，「五甲五兵」、「敗鄭徒兵」、「士兵之」三兵字又俱無異音乎？大抵岐用之始，不別其音不可，稍別其音亦不難，至於愈推愈廣、愈習愈慣，遂有不必別、不能別者，勢也，亦理也。非通人，其烏乎知之？

謂孔子删《詩》、《書》者，非也，特以素所雅言，著録成篰，昭示及門弟子耳。其未經入選之作，全帙具在，何嘗不屆尼存之？故逸書逸詩爲當時士大夫稱引者，不一而足，即孔門亦間一道及。子曰「信而好古」，又曰「敏以求之」，又曰「吾猶及史之闕文也」，抱遺訂墜，矻矻孳孳，如恐不及。豈料數千年後，奉以獨薙斯文之柄。子而不聞則已，子若有聞，得不喟然長太息哉。惜乎，絃歌海中，竟無遻問津也。

今人讀古人之書，其字音有不符者，輒以叶法通之。其實無庸叶也，苟能於各直省中遍按其土音，則於一切古音自無窒礙矣。曏有問《禮記》之文者，曰：「甘受和，白受采，忠信之人可以學禮。」采、禮何以爲韻？予初應之曰：「采字於古本讀若齒，《秦風》『蒹葭采采』即繼之以『白露未已』是也。且如茝字，音近采，而《史記》稱『茝陽』，《漢書》稱『芷陽』，非一證歟？」既而過淮壖，聞其人言禮皆作來，上聲，不禁豁然悟曰：「是正宜與采字爲韻矣。」曏有問《箕子之歌》者，曰：「麥秀漸漸兮，禾黍油油兮。彼狡童兮，不與我好兮。」油、好何以爲韻？予初應之曰：「油字於古本讀若摇，《禹貢》『厥草惟繇』、束晳《補亡詩》稱『厥草油油』是也。且《漢書·古今人表》許由作許繇，咎繇即皋陶，非一證歟？」既而過崇川，南通州也。聞其人言好皆若吼，又不禁豁然悟曰：「是正宜與油字爲韻矣。」此類甚多，難以枚舉，姑誌兩則，以資韻學家之一噱。

今之學者，大都先作詩文，後乃及賦。學賦之始，亦各視其性之所近。性近於詩者，當令從寫景題入，性近於文者，當令從説理題入，不必拘拘於孟堅「詩之流也」一語，轉致拂人之性也。其次序，宜首律賦，次古賦。律賦不外唐賦，特以駢聯之多寡定賦名之大小而已。古賦則分三種：曰齊梁體，曰騷招體，曰京都體，亦宜次第求之。若夫未能安步，先欲大奔，其不致顛躓於地者幾希。

花樣二字綦廣。刺繡者有花樣，鏨銀者有花樣，織絲者有花樣，甚至買官者亦有花樣，如分缺先用、分缺間用、本班儘先、不積先之類。甚至作文者亦有花樣，而唯花局中反無花樣之説。何者？彼乃真花，固不必立樣也。竊謂文心之妙，正宜如花。花不可拘以樣，文更不可拘以樣。文成則法立，有不變，有萬變，復何樣之足云哉？曏見習制藝者手執一編，曰《花樣集錦》，自開講至後比，凡有句法、調法可供襲取者彙録若干，以爲文家之樣。嗟乎，是直於下下乘中覓生活者，花神有知，當斥爲褻樣耳。

初學制文，或遇成作太多之題，輒不能獨出手眼，此不善讀書之過也。或遇曾經作過之題，輒不能别出手眼，此亦不善讀書之過也。《左傳》、《檀弓》有同紀一事而優劣不同者，反復讀之，可悟擺脱他文之法。《左傳》、《國語》有同叙一事而詳略不同者，反覆讀之，可悟推闡己意之法。

古人讀書，儘有誤其句讀者，非特酈、李之誤讀《爾雅》也。《春秋傳》曰：「少康逃奔有虞，虞思於是妻之以二姚。」思乃虞君名也，而司馬子長以爲思夏德，殊不成句矣。《春秋經》曰：「紀侯大去其國。」大亦紀侯名也，《傳》以「違齊難」釋之，字甚明。而林唐翁以爲大去者，不反之辭，殊不成文矣。又，今人稱死者亦曰大去，更奇。凡皇帝晏駕之初，未上謚號，概稱大行皇帝者，此用《禮記》「大行受大名」之文也。行字非平聲。

近來邑郡院考校生童，雖有性理、《孝經》兩論，而應試者或置之不論，或勉爲泛論，久已視若具文，無俚取鬧矣。余塾中課文之餘，兼講及此，大抵論有二道：曰翻論，曰申論。翻論者，如廬陵《縱囚論》；翻去太宗美譽。申論者，如東坡《韓非論》。申明《史記》遺意。性理題出自宋儒，既可申論，亦可翻論；《孝經》出自孔門，止可申論，不得翻論。要非深於古文者，不可率爾操觚也。若平原内史諸作，純用駢偶，終嫌傷氣，吾不願人之效之矣。

通人考覈文字，有深求而反失者。《吴都賦》云：「三接三捷，既晝亦月。」按《易》晉卦「晝日三接」、《詩·采薇》「一月三捷」，賦中合並用之，于二經之指殊無蹠盭，何義門乃曰「月謂夜也」，何氏非不知文者，竟有此失，何歟？《淮源廟碑》云「𥜽絜沈祭」按《説文》「𥜽，从示，齊省聲。」碑中偏旁不省，于六書之例殊無舛駁，畢秋帆乃曰「字書無𥜽字，當是借用齋字」，畢氏非不識字者，竟有此失，何歟？豈非深求之過也歟？

近代書家，首推道州何子貞觀察，然何氏所擅長者唯行草耳。余嘗見其手書屏幛巨幅，誠有折釵古藤之妙、奔雲墜石之奇，雖根本平原《坐位帖》，然神而明之，自成一子矣。其楷書之佳者，亦止爲顔門具體，若《泰興書院》一碑，筆畫皆如鋸齒，似未可以爲法。或謂運用雞豪所致，其然，豈其然乎？昔有比邱名守松者，能爲狂草，嘗有手書《心經》勒石於江陰某寺中，其引筆下行，恒長數尺，或賞其奇，余獨斥爲手忙脚亂、繚繞無法。往者王虚舟先生考正閣帖，凡值狂草，一概僞之。余頗譏其固辟，今亦不許，何哉？蓋伯英、子敬之狂草，具灑然不群之致，而氣韻仍復宜人，斷非風漢攙扶所得藉口也。

咏物詩以有寄託者爲高。顧瀆帖體中，吾見亦罕。吾師宜春宇侍郎嘗賦「荷花荷葉過闌干」題，其警句曰「香界高標穩，時流俯就難。芳姿矜發越，清品厭拘攔」。題甚無味，詩極有意。心香一瓣，允在於斯。

𪉖歲假館宜師之婕園，孟鴻世兄拉入絢秋盦詩社，主社者即師也。一日，師既命題，笑謂望曰：「是題非子不能作。」既眎題，乃「未得報恩不得歸」也。同人狃於館律，多用楓宸、梓里貼合恩字、歸字，真覺俗不可耐。余作起句曰：「未斬樓蘭首，男兒誓不歸。身拚從役老，心肯報恩違。」又二句曰：「死應追豫讓，生恐愧明妃。」師大歎賞，本擬首選，因社例不尚拗句，「從役」二字原稿作「出塞」，格於定例，乃屈作第二人焉。

作四書文，以鎔經鑄史爲大方家數，不必闌入叢書也。外兄張咏哉孝廉喜用雜典入時文，王逸梧星使觀風，題爲「在我者皆古之制也」，咏哉文有「墜履遺簪」四字，同人争相訾敖，或謂輕褻，或謂後世事。吾友戴君笠樵力辯之，固以質余，余曰：「『江漢之君，悲其失履；少原之婦，哭其亡簪。』此陸士衡《演連珠》語，故有後世之疑。且原文是『失履』、『亡簪』，此稱『墜履遺簪』，有似太史公《滑稽傳》『前有墜珥，後有遺簪』語，故有輕褻之疑。要之，此二事皆念舊之意，非則古之謂也，於題本不甚合，姑視其用法何如爾。」

古人之學，經緯並通。今人不能通經，何知有緯。本朝青浦王氏《金石萃編》中坿論緯書一則，窮溯淵源以示其正，博稽支流以示其大，揚擢不遺餘力，與秀水朱氏《説緯》一篇，皆緯書之功臣也。愚謂緯學盛於漢，衰於宋，亦其氣運使然。以是褒宋儒者固非，以是貶宋儒者抑亦未是。要之，斯文一道，自唐至宋龐雜已極，宋之有志者不得不廓清之。自明迄今平庸已極，吾輩有志者不得不振作之。緯書微妙處，實可推測未來，詎爲不經，徒形己陋。若其恢奇穎異之語，亦足以壯文膽而活文心。世有竹垞、蘭泉其人者乎？吾願與把臂入林，側分一席矣。

初學讀古人名作，亦宜分別等級。初授以唐宋記游之作，次授以戰國叙事之作，繼授以歷代血性血淚之作。講解易明，領悟亦易入也。至於若雕若琢，賦家之奧博；如泣如訴，騷家之幽深；累詰累駁，文家之雄恢；夾叙夾議，史家之奇宕，各種大篇，非真知灼見之後，切勿許其唐突一字。

詩家貴用曲筆。如從自己一面寫之則直，從對照一面寫之則曲，再從對照一面生出旁襯一面，則曲而又曲。杜荀鶴曰：「想得故園今夜月，幾人相憶在江樓。」此對照寫法，此「憶」字殊用得妙。杜甫曰：「遥憐小兒女，未解憶長安。」不借閨中之憶以顯己心之憶，偏借兒女之不憶顯出閨中之獨憶，此「憶」字用得尤妙，妙在對照中之旁襯也。又如從現歷一層寫之則直，從折轉一層寫之則曲，再推過一層，復行折轉一層，則曲而又曲。賈島曰：「自客并州已十霜，歸心日夜憶咸陽。而今更渡(乾)桑(乾)水，却望并州是故鄉。」此折轉寫法，此「却」字殊用得妙。李商隱曰：「君問歸期未有期，巴山夜雨漲秋池。何當共剪西窗燭，却話巴山夜雨時。」不説今日却念從前，偏逆億後來却談今日，此「却」字用得尤妙，妙在推過後之折轉也。

昔東坡以「四詩風雅頌」對「三才天地人」，可謂巧妙。此法一開，遂有「四端仁義禮智，五子周張程朱」及「小學六藝，禮樂射御書數；大文八家，韓柳歐曾王蘇」諸對，皆坡公之徒也，今謂總不如李復堂贈鄭板橋一聯曰「三絶詩書畫，一官歸去來」最爲超脱。初學近體詩、駢體文，務須悟得此種對法，方不致死煞句下。若舒鐵雲之「一官百里江淮海，三絶千秋書畫詩」，雖見工穩，終爲下乘耳。

書家執筆無他繆巧，唯在緊耳。何以緊？唯在用力耳。晉王獻之作書，父羲之從後掣其筆不得，便逆知其能書。竊謂塾師教初學亦當如此。其有謂宜用懸腕者，有謂宜用三指者，皆一孔之論也。作大字者且當懸肘，豈但懸腕？若作小楷，斷無懸腕之理，至三指之力校五指之力孰多孰寡，更不待辯。近惟興化徐退之有書訣云：「指尖搦筆筆欲裂，筆尖刺紙墨流血。」雖措詞少覺過當，而其理則不可易矣。徐本作「趯筆」，余爲改作「搦」。

詩中有荒寒險怪一派，爲中條山《廿四品》所不收，然間遇此等題，必須此等寫法。大約合雄渾、勁健、清奇、疏野四種引而申之，斯得之矣。余往歲滯迹江鄉，同人邀作贖帖詩，會一日題爲「冷猿挂夢山月暝」，余詩中四韻頗爲識者所賞，其句：「風黑魂猶嘯，雲黄魄盡吞。寒毛森瑟縮，仙足莽塵昏。索斷縣冰澗，輪低黯石門。幽巖翁仲語，怪木鬼神蹲。」

「華屋」二字出《戰國策》，「白筆」二字出《古今注》。乃今之部胥憲胥，婪索文武印委，各員竿牘公然來往，其稱優缺則曰華屋，稱白銀則曰白筆。恣造謎語，爲掩耳盜鈴之計，狐鼠伎倆，抑何可笑。固思古人文字爲後人引用，多有作者夢想所不到。即如「水落石出」四字，歐文也，亦蘇文也，今以爲公牘中核實之辭，奇矣。又「物華天寶，人傑地靈」二語，王子安文也，今以爲春聯頌禱之辭，且俗人不信青烏家言者，動云人傑地靈，是真奇之又奇。

壬申夏，余挈眷自塞上南歸，道出山左，見阡陌間遍植罌粟花，萬紫千紅，暄妍可愛，幾無復緑浪黄雲之概矣。余雖心訝焉，固未審利害之所在，既宿李家莊，視壁間有兩絶句即咏其事，吾鄉人戴鐵松恒太史手筆也。其一有云：「却疑比户無餘粟，處處膏腴種米囊。」其二有云：「寄語明農賢父母，須從隙地課桑麻。」吟諷久之，歎其卓識。越四三年，天降奇荒，生民塗炭，振濟諸君竭蹶救援，猶恐不及。迴憶太史兩詩，若蓍蔡已。然太史有感而發，情不自禁，儻設心專作此等詩，沾沾然自幸其億中，則又風雅道中之所勿取。

昔虞世南非精筆佳墨，未嘗輒書。筆墨固不可不講也。吾見近之講筆墨者，洗筆用海苔，養筆用銅冒，其筆可謂精矣。濾墨用新絹篩，貯墨用古磁碗，其墨可謂佳矣。

朱子作《論語集注》，於《述而》取「五十」作「卒」，用劉氏說；於《鄉黨》取「瓜」作「必」，用陸氏說。此皆極無字理者也，而學者皆讀之且從之，何也？朱子作《周易本義》，於坤卦取「初六，履霜，陰始凝也」，於賁卦取「剛柔交錯，天文也」，並用郭氏說。此皆極有文理者也，而學者竟不讀之，且不知之，何也？可見一孔之儒，雖雅意尊朱，亦終於是非顛倒而已。

何桂清總制兩江時，赭寇張甚。何，書生，不諳韜略，性葸而婬。駐節蘭陵，酣歌爲樂，寇既偪，則以戰事屬幫辦和公，身衛親兵八百逃奔吴門，王雪軒撫軍拒不內，乃犇滬上，而江南糜爛矣。後被逮入都，伏誅。菆井相傳，其對簿三曹，自手供狀云：「以有備無患之常州委之和春，而和春不能守；以無備有患之蘇州引爲己任，而王有林不能容。」嗟乎，言亦巧矣，然有文無理，終何埤哉。昔宋人爲張邦昌雪罪表曰：「孔子從佛肸之召，本爲尊周；紀信乘漢王之車，蓋將詆楚。」同一截截論言，爲君子所不有。

制藝創於有明，然宋已垂其端矣。試即案頭誦習諸作徵之。蘇子瞻《喜雨亭記》曰：「亭以雨名，志喜也。」此破題之嚆矢也。歐陽永叔《瀧岡阡表》曰：「自吾爲汝家婦，不及事吾姑，然知汝父之能養也；汝孤而幼，吾不能知汝之必有立，然知汝父之必將有後也。」此提筆之濫觴也。子瞻之《鼂錯論》首一段、范希文之《岳陽樓記》中二段，此關講之椎輪、整比之熱石也。

古文運用書卷，如劉子政之《災異封事》、干令升之《晉紀總論》，皆整用之。時文則尚剪裁矣。吾友韓笙厓文筆穎秀，尤善能推陳出新。丁卯鄉試，題爲「子曰修己以敬至修己以安百姓」。第二句其肩比，兩結句完還上截，一云「故秩敘之經曰我」，緊按己字。一云「故文思之德曰欽」，緊按敬字。真所謂「雲山經用始鮮明」也。既擬魁選，旋以三場策文誤犯廟諱，竟致撤銷，惜哉。然欲爲初學洮濬心思，斷推此種。

先伯祖心舟公允恒喜讀香山、劍南兩家詩集，所爲詩亦略近之，嘗作《六十述懷》七律四首，先中議公僅記二句，云：「已嫁女真稀似客，後生兒轉少於孫。」殊覺樸而有文、淡而有味。

三劉《兩漢刊誤》余未之見，余所見《後漢書》本頗採貢父語，蓋一妄人耳。陳龜《臨行疏》中「至臣頑駑」，「至臣」云者，由於上敘先人也，而攽注謂當作「臣至」。陳蕃《申救守令疏》中「而令天下之論，皆謂獄由怨起」，「而令」云者，特以歸重主上也，而攽注謂當作「而今」，幾於不知文矣。《李膺傳》中「漏奪名籍」，以「奪」當「脱」，極得古義，而攷注謂「奪」當作「脱」。「脱」作「奪」音，二字不可通，幾於不識字矣。其餘挾小儒之淺見，議大儒之鴻文者，尤難一二指數也，乃嘖嘖相傳至今，豈不怪哉。

余嘗謂：作文者須識得以意運詞，尤須識得以意生詞。意生詞者奈何？如屈靈均賦《離騷》、馮敬通賦《顯志》，屈子止是不忘君耳，馮子止是自寫照耳，而一則臚列許多草木，觸類興懷，愈覺纏綿悱惻，蓋讀《毛詩》而能化之者；一則臚列許多人物，逐層發論，愈覺慷慨激昂，蓋讀《左春秋》而能化之者。豈非詞由意生乎？得此訣以治時文，安有枯澀之患。

凡作時文者，拈小題貴在一字不放過，拈長題貴在逐節放過。其實止在覷破竅窾，正唯善於放過，乃能不輕放過，理固循環相通也。東坡作《喜雨亭記》，「喜」字有渲染，「雨」字有襯託，「亭」字有翻跌，是真得不放過法。龍門作《信陵君傳》，於救趙一節大事以數語了之，於抑秦一節大事亦以數語了之，是真得放過法。

《漢書・東方朔傳》朔與郭舍人射覆，郭覆樹上寄生，朔以爲寠數，郭謂不中，朔曰：「乾肉爲脯，生肉爲膾。在樹爲寄生，盆下爲寠數。」「寠數」二字，三劉迄無确解，小顏釋爲戴器，其説誠不可通。愚按：寠者，貧寠也，《詩・北門》可證；數者，頻數也，《禮・祭義》可證。「寄生」字義，當從小顏芝菌之説，芝、菌並蔬素類，故爲寠人數用之品。在樹上爲生物，在盆下爲食物，不爲兩岐。數，音色角切。上文「脯」字應協作「膊」。滑稽之談，多取口順，朔蓋故作廋詞以弄舍人耳。其或釋爲四股鉤，或釋爲局促。古來文字一名數義者儘多，正不必以此聚訟也。要之，讀古人書遇難解處，宜就上下文細心玩索，若膠柱鼓瑟、刻舟求劍，惡乎得之？

擬古者固貴能擬其神，然形亦不可全失。近見銅山夏思沺擬廬陵《秋聲賦》，首用直起，結用兩歌，皆爲不合。用歌尤昧體例。廬陵原作篇幅雖小，其派則漢魏也，非齊梁也。大抵善擬古者，摹其神、揣其形，而絶不沿其意、襲其詞，斯爲高手。且使未讀原本者，就余是作，可以想像得之，方足以紹述前賢、迪昭後學。

作經解有兩種：其一臚列諸家之説，歸重一家，更申明其所以然；其一駁去諸家之説，獨出己見，更證明其所以然。兩種相校，似乎獨見者爲優，然説經不唯其奇，唯其是。其前人所解實已确不可易，必横生議論，强與争勝，是爲取鬧，何足説經？且漢學中之康成，猶宋學中之考亭，不宜背叛，間有不得不與分馳者，自謂獻疑則可，若云規過，則爲妄人而已矣。

時文俗手，無意無筆，往往有叠床架屋之病。或仿其格爲文二比，以致譏風，文不足述，唯記其兩起句云：「天地乃宇宙之乾坤，蒼生乃百姓之黎元。」自謂重複之至矣。以余按之，乾爲天，坤爲地，雖見於《易》之《説卦》，究係二而一、一而二者，不得以乾坤、天地爲一物也。「宇宙」二字更與「天地」迥別矣。「蒼生」、「百姓」皆出今文《虞書》，然均非黎民之謂也。噫，或人所故爲重複者，並非重複，吾恐其自謂不重複者，轉不免重複已。爲學者慎勿輕於謿人也。

司馬長卿之文，沉博絶麗，才大極矣。乃其遺詞，最喜以不複爲複。《難蜀父老》兩用「衍溢」字，《大人賦》兩用「偃蹇」字，《子虛》、《上林》三用「射干」字，而皆各爲一義、各爲一物。前之「衍溢」指洪水言，後之「衍溢」指恩澤言；前之「偃蹇」指旌旃言，後之「偃蹇」指虬龍言；前之「射干」指草言，次之「射干」指獸言，後之「射干」指藥言。以長卿之才，何難一字不複，乃故爲其複，偏仍不複。才人好奇，信矣。因憶李少温篆書謙卦，衆「謙」字無一同形，論書者謂其僅知變中之變，未知不變之變，惜乎少温不學長卿耳。

唐人對偶之句，有借音對法、有虛實互對法固已，更有徑以虛字對實字者，如王勃云：「北海雖賒，扶摇可接；東隅已逝，桑榆非晚。」以「扶摇」對「桑榆」是也；杜甫云：「桑麻深雨露，燕雀半生成。」以「生成」對「雨露」是也。雖虛實有别，而氣象正復相稱，所以爲佳。宋人頌涑水詩曰：「輟耕扶日月，起廢極吹噓。」可謂善學唐人者矣。

駢四儷六之文，隸事須一氣相生，不宜雜湊。王子安《滕王閣序》曰：「楊意不逢，撫淩雲而自惜；鍾期既遇，奏流水以何慚。」上二句純用相如事，下二句純用伯牙事，可云自然工切。若所云「無路請纓，等終軍之弱冠；有懷投筆，慕宗慤之長風」，投筆是班超事，與宗慤無涉，此則雜湊成聯矣。初學爲文者，能從其善，改其不善，斯爲得之。

凡爲初學講解文義，止就實字講究，從無講及虛字者。有之，自吾老友汪子瑞始。子瑞名麐，婺源上舍生也。家本素封，業鹾于蟦。子瑞少從名師遊，性嗜詩而天真爛漫，有癡目，生計以是中落。然架多藏書，盆多種卉，猶號小康。與余爲忘年交，當過訪之，值有後生請業者，曰：「敢問『然而』二字何謂也？」子瑞遽使走出，出至階，使再走至門。於是挽其臂復還入室，曰：「是即『然而』之謂也。『然而』云者，文中大轉筆也。」後生又曰：「敢問『今夫』、『且夫』何謂也？」子瑞顧座側適有酒一瓶，使捉其繫而上之，既捉，又令高之，於是指其手勢曰：「是即『今夫』之謂也。」後生笑而釋瓶。甫釋，復使高捉之，曰：「是即『且夫』之謂也。『今夫』云者，文中大提筆也；『且夫』云者，文中續提筆也。」後生又曰：「敢問『而已矣』何謂也？」子瑞乃使面壁，既面，使近之，既近，使更近之，至無可再近。於是鼓掌大笑曰：「是即『而已矣』之謂也。『而已矣』云者，文中窮盡之筆也。」後生欣欣似有領悟，余亦以爲聞所未聞。蓋爲頑石說法，有不得不如此者，故至今猶歷歷記之。

塾師於四書五經諸字，有舍本音而讀借音者，輒加朱圈以爲幟別。即以字之四角分去、入、上、平。四音，法至善也，乃韻學久闇，誤以本音爲借音，遂有以朱圈加於本音者。略舉數字以見大概。如「於」字係「烏」字之古文，讀若「于」者借也，反即讀「烏」者圈之；「其」字係「箕」字之古文，讀若「旗」者借也，反即讀「箕」者圈之；「莫」字係「暮」字之正文，讀若「嘆」者借也，反即讀

「暮」者圈之；「馮」字係「憑」字之正文，讀若「鄸」者借也，反即讀「憑」者圈之。本末倒置，譌以傳譌。余家藏讀本多近百年，揆其由來，幾不可考矣。

《魯論》云：「多聞闕疑，慎言其餘。」此足砭千古學人之通病矣。有見人書「馨香」作「聲香」者，率然以譌字歎之，而不知其本漢《衡方碑》「維明維允，燿此聲香」也；有見人書「痰嗽」作「淡嗽」、「分娩」作「分勉」者，亦率然以譌字歎之，而不知其一本右軍《淡悶干嘔帖》，一本大令《阮新婦勉身帖》也；又有見人書《洛神賦》云「嬉左倚采旄，右蔭桂旗」者，率然以破句歎之，而不知其本《十三行》也。寡聞而不慎言，適以自呈其陋耳。噫！

凡賦得前人詩句者，須識得詩中之時。如「葦岸漁歌月墮江」，此初月早落，方夜之時也；「江城月斜樓影長」，此圓月漸低，中夜之時也；「小橋霜冷挂漁罾」，此積霜未化，乍曉之時也；「坐窮宵柝霜團屋」，此飛霜正濃，未曉之時也。既識詩中之時，則儭託點綴，無不合宜，而詩境詩情皆從此出。一言以蔽之，曰：天下之物莫不有理耳。

凡作經解，能得本經之真旨及群經之确證，最爲上乘。即如「隰有游龍」之義，或曰紅蘢古，或曰馬蓼，愚謂皆非也。游，即泳游、敖游之游；龍，即見龍、飛龍之龍也。義與荷華相配。荷應華於澤，《詩》：「彼澤之陂，有蒲與荷。」不應華於隰；龍應游於淵，《易》「或躍在淵」、《左傳》「龍鬬於時門之外洧淵」。更不應游於隰。此詩本是興體，若曰山有扶蘇、喬松，宜也；隰有荷華、游龍，胡爲乎來哉？如我今日之不見子都、子充，乃見狂且、狡童是也。又如《康誥》「康」字之義，或曰謚法，或曰圻内國名，愚謂皆非也。康即「庶事康哉」、「家用平康」之康也，義與《酒誥》相配。《酒誥》之意專主禁飲，通篇「酒」字凡十二見，故當日因以名篇；《康誥》之意專主安民，通篇「康」字凡七見，故當日因以名篇也。若不取《酒誥》比例，反取《唐誥》比例，是道在邇而求諸遠也。似此就經説經，以經佐經，何等直截明白，儻不經之求而旁求諸子百家，無非杞宋之文獻耳。許氏《説文》雖不在十三經之列，然文字本原所在，故爲解經所不廢。

余早歲不喜考證之學，四十以後知考證有不可少者。《六經輿論》曰：「《春秋·莊二十三年》書『公如齊觀社』，《左氏》但曰『非禮也』，《穀梁》曰『觀，無事之辭也』，《公羊》曰『蓋以觀齊女也』。三家之義，《公羊》爲長。《墨子》有曰：『燕之祖，齊之社稷，宋之桑林，男女之所聚觀也。』」於是説經者咸謂《公羊》有觀社的解矣。乃今考《公羊傳》，亦曰：「諸侯越境觀社，非禮也。」絶無觀齊女之説。惟《穀梁》曰：「觀，無事之辭也。以是爲尸女也。」前説豈不謬哉？是宜考者一也。《遯齋閒覽》曰：「梁顥八十二歲，以雍熙二年狀元及第，其謝啓云：『白首窮經，少伏生之八歲；青雲得路，多太公之二年。』」於是論史者咸謂梁顥有晚年榮遇矣。乃今考《宋史》本傳，絶無八十二登第之説。再考《容齋四筆》有曰「予考國史，此係當日之史，故與脱脱所修不同。梁公字太素，雍熙二年廷試甲科，景德元年以翰林學士知開封府，暴疾，卒年四十二。史臣謂其方當委遇，中途夭謝，明白如此，遯齋之妄，不待攻也」云云，前説不亦謬哉？是宜考者二也。《宋書・陶潛傳》曰：「潛自以曾祖晉世宰輔，不復屈身後代。所著文章，自永初以來惟云甲子而已。」於是評詩者咸謂淵明但書甲子，有寄託深心矣。乃今考《陶淵明集》，宋板亦同。自義熙以前或題甲子，而永初以後絶未嘗書甲子也。其題甲子者，始庚子迄丙辰，十七年間止九首，皆安帝時所作也。前説不又謬哉？是宜考者三也。總之，文人讀書，未經目覩者切勿遽堅其信。此三則，予所經歷，特著之爲考證者勸。所宜考者，獨三者乎哉？

近作書者動云真、草、隸、篆，此丁倒語也。其實篆書最先，隸書次之，草書又次之，真書最後。作四體者，或以草書殿真書，蓋不考古之過耳。分晰言之，篆有二品：曰大篆，曰小篆；隸有二品：曰八分，曰隸體；草有二品：曰章草，曰狂草；真有二品：曰北魏，曰唐碑。加以郭氏《汗簡》疏古文之别派，右軍《蘭亭》闢行書之專門，精選約收，已巋然十種矣，況有矜奇衍博者乎。

昔紀曉嵐先生謂：「書中語句，無不可以成對。」信已，然有易對者，亦有不易對者。一句數字，或駢或不駢，或有色澤或無色澤，此不易對。唯不易對而適成對，是爲强對。如「詩書執禮，孝弟力田」一對也，「書思對命，署行義年」一對也，「筮短龜長，環肥燕瘦」一對也，「使船如馬，携酒與魚」一對也。遯由同。此類推，足以發心光而齊目力。誠令初學作對時，務於經史子集鉤稽成語，未必非騁妍抽秘之元胎。

相漢如魏武帝，權奸之首也，然毁之者半，譽之者亦半；相宋如王荆公，剛愎之尤也，然毁之者半，譽之者亦半。若混混悶悶、不痛不癢，雖朝有傳、野有碑，終歸於無人稱道而已。初學作文，亦最忌混混悶悶、不痛不癢。余嘗謂：學漢文者不能爲江都之《天人策》，則寧爲天禄之《華山請雨文》；學唐文者不能爲昌黎之《原道》，則寧爲魁紀之《絳守園記》，是即文壇中之孟德、介甫歟？

善用兵者須會意到無軍馬處，善讀文者須會意到無字句處，善作書者須會意到〔無〕筆墨處。孔門之所謂心，孟氏之所謂氣，確不是釋家之所謂空。此非深於學者，莫之或信也。

不明物理，不能讀書。試舉一二言之。葵之爲物，專一向陽。隨陽而轉，既可喻臣之嚮慕其君，即可譬君之嚮用其臣，《詩》所謂「天子葵之」是也。上句贊楊舟維繫之固，此句贊天子嚮用之專，語意致爲浹洽。此觀物而得者一也。芋之爲物，葉葉遞生，愈出愈大，正如國家葉葉相承，愈新愈盛，《詩》所謂「君子攸芋」是也。此句頌君子所居一葉大于一葉，下文頌君子所登一級高于一級，語意亦致爲浹洽。此觀物而得者二也。以上即實字虚用法。引而申之，古人用字之法往往旁通，如咏扈曰有鶯，咏馬曰有魚，咏草曰游龍，咏木曰六駮。孔子所稱多識鳥獸草木之名，正當於此等處闡發貫穿，方見文心之妙。若臚列四項，儼然類書，縱無挂漏，亦是笨伯。

今人見篆書奇古者，輒曰此鐘鼎文也，殊不知鐘鼎文中儘有小篆。如《周距末》八字非耶？今人見草書狂縱者，輒曰此《十七帖》也，殊不知《十七帖》中儘有真楷，如《青李來禽》二十字非耶？今人見小賦修潔者，輒曰此小唐賦也，殊不知唐人賦中儘有長篇，如駱臨海《螢火》、王子安《采蓮》之類非耶？今人見律詩淺近者，輒曰此劍南體也，殊不知劍南集中儘有健筆，如「生希李廣名飛將，死慕劉伶作醉侯」、「國家科第與風漢，天下英雄唯使君」之類非耶？初學孤陋寡聞，儳言不已，未有不見笑於大方之家者。勉旃，慎旃。

福少峰世丈振，春宇師同産弟也。嘯咏南園，壎篪無間。師自著集號《得梅意齋》，世丈自著集號《雪蕉館》，京師稱二難焉。丈有咏盤香句曰：「煙籠無鐸塔，雪灑落帆桅。」可謂摹繪盡致。師亦有句云：「芳心從底熱，篆體逐層開。」自另是一種意思。丈又有咏紅頂句曰：「襲封嗟不稱，買職料應難。」可謂笑駡盡致。師亦有句云：「平拖添羽翠，高戴稱心丹。」自别有一副身分。

春宇師别集號《蝶喜齋》，試律者止五十餘首，乃晉少谷先生所選，將列入後七家者也。中尤多超心鍊冶之作，曾記其咏「雪後園林纔半樹」題第四韻云：「鵲聲三徑喜，鶴影一邊陪。」第六韻云：「已問吟絮筆，未滿賞花杯。」刻畫「後」字、「纔半」字，皆非俗工手意。

少峰丈嘗以「昨夜雨涼今夜月」命題，係許丁卯《初秋寄高尚書》詩，下句爲「笙歌應醉最高樓」也。拈是題者，固應顧定本旨，發揮「雨」、「月」，方不寂寞。所難者在起手破題，略一率意即倒置矣。同社作者大抵用「月從今夜滿，雨是昨宵涼」云云，皆不得爲合作。唯少峰丈脱稿最後，其起四句曰：「天引尚書興，笙歌夜夜長。昨連今幾醉，雨爲月先涼。」旋斡入神，一字不苟同，人靡不歎服。

前云文字之間沿譌襲謬，不可勝窮，蓋不始於今人，而今人爲尤甚。兹更舉習見者言之。如：櫬者，無尸之棺也，乃以爲尸匶柩同。之雅名；麐者，大牝鹿也，乃以瑞獸之美號；男子用以命名，尤屬可笑。景者，大也，景仰者，猶大瞻望也，乃以景爲仰慕之義；師資者，善人爲不善人之師、不善爲善人之資也，乃以資爲作師之資；廣文者，國學之一官也，乃以爲鄉學校官之通稱；北堂萱草者，婦憶夫之辭也，乃以爲子奉母之物；支左絀右者，射矢彎弓之象也，左支右絀正合與內正外直爲駢聯。乃以爲窘困之況。所謂不學之過，誠無可辭，然亦有鹵莽從學、翻以不誤爲誤者。如堪輿者，神名也，嘗造輿宅書者也，必堅守堪爲天道、輿爲地道之訓，則固矣；乾没者，掩取人財也，猶言陸沉者也，必妄信得利曰乾、失利曰没之解，則悖矣。

經籍中數目字有以積數言之者，有以歷數言之者，有不繫乎積數、歷數而有爲言之者。《易》稱六龍，《書》紀五玉、三帛，此積數也。若堯之四岳者，一官總領四岳事，猶言太岳也，《左傳》杜注：太岳，堯四岳也。非謂官有四人也；秦封松爲五大夫者，其秩居五等，猶言下大夫也，非謂松有五株也。此歷數也。若《禮器碑》陰書「山陽瑕丘九百元臺三百」者，「九百」爲人姓，瑕丘人，姓九百，字元臺，猶姓苑之岱縣人，姓九百，名里也，非謂瑕丘出泉錢通。九百也。又「文汶渻。陽公百煇世（手）〔平〕百」者，「公百」爲人姓，猶《魯論》之公伯也，煇其名，世（手）〔平〕其字也，非謂文陽公出泉百也。右軍書《十七帖》者，以帖首有「十七日」云云，即以爲名，猶言《伏想清和帖》、《旦夕都邑帖》、《一日一起帖》也，非謂書凡十七篇也，此不系乎積數、歷數也。初學遇此等處，並宜細心檢校。聊舉數則，餘可類推。

王子安《滕王》一序，當時稱之，後世猶誦之。李太白《嚇蠻書》較之風雲月露之文，聲價倍蓰矣，何以集中不載，殊不可解。吾友戴君笠樵曰：「蠻使所齎之書，吾料謫仙亦自不曉，特逆億其必多慢語，故信口編綴成章，斯則敏捷過人處。蠻使弗察其音，徒睹其狀，安得不驚爲奇才者乎？至於答書，詞由己出，更可臆造，彼國之人盡莫識者，大抵如劉更生所用之字，字書不詳，李長吉所協之韻，韻書不備而已，顧非胸有積卷者，亦不能爲也。」此論可謂通人之言。

前論賦有齊梁體、有騷招體、有京都體，學者自非多讀書不能爲功，然亦有資質之鈍、性情之孄迄不肯多讀者，則莫若擇要以圖。蘅塘退士《唐詩》本中有若《廬山謠》、《天姥吟》、《長恨歌》、《琵琶行》，昭明太子《文選》本中有若《離騷》、《招魂》、《長楊》、《兩都》，此八九篇者，萬難再少，果能將此八九篇讀熟講明，亦庶乎其可矣。

讀書固須知文，尤須明理，方不至疑所不當疑。昔金聖歎曰：「許由挂瓢，巢父洗耳，千古美譚。然試思誰知之而誰傳之？若云有人見之，則巢、許不應於人前故意做作；若云無人見之，則將巢、許告人乎？」云云等語，余謂不然。自挂瓢、自洗耳，不以無人而懈，自不以有人而勤，不以無人而勤，亦不以有人而懈，此中本無有人之見存也。聖歎小有才，未聞天道，故疑所不當疑以至於此。

或疑柳下惠坐懷不亂非爲篤論：使其坐於人前本不可亂，使其坐於密室，又惡知其亂者？余謂不然。史家有形容之例，此欲極言其見色不惑，故充類至於坐懷，如養由基矢穿楊葉、李太白倚馬萬言，楊葉之纖斷難受箭，倚馬之暫斷難萬言，亦不過極言其射之精、文之速耳。《孟子》引《詩》「靡有孑遺」亦是此意。且雖在密室，亦有兩人，楊伯起所謂子知我知是也，又豈可以僞言？若以小人之腹度君子之心，更屬無理取鬧矣。

讀古人之文，宜知古人之爲人。呂不韋陽翟大賈，而著書奧博；石崇江洋大盜，而造詩古艷。此人以文重矣。王充下筆奇肆，而自出無父之言；杜荀鶴製句清新，而勉獻無君之作。此文以人輕矣。然究不得因文而貴其人，亦不得因人而棄其文。孔子論不舉不廢，孟子論知人論世，誠乃金科玉條。

《本草》載，五靈脂即北地鳥號寒蟲矢也，注云即鶡鴠鳥。高江村曰：「《月令》：仲冬，鶡鴠不鳴。似與號寒之名未協。」余謂不然。鳴者其聲宛轉，號者其聲徑直，故先儒狀其鳴以爲鳳凰，不如我狀其號以爲得過且過，亦可見其別矣。高江村遭際不由科目，非知文者，宜其疑所不當疑耳。

《左傳》：「鮑莊子之知不如葵，葵猶能衛其足。」蓋葵花生殖甚高，結盤甚重，種葵者必厚壅其根，是衛其足也。葵能使人衛其足，猶之自衛也，猶之人繫匏瓜，即謂匏瓜能繫耳。《甕牖閒評》曰：「葵當作蔡。蔡，大龜也。龜善縮其足，有衛之象。」余謂不然。古書皆大篆，大篆葵本作[illegible]，與蔡迥別，非若隸書易混也，一也；何晏《魯論》「居蔡」注云：「國之守龜，出蔡地，因以爲名。」蔡，非龜之通稱也，二也。《甕牖》解經，多心悟而喜穿鑿，殊不足取。

昔謝康樂夢見惠連，乃得「池塘生春草」之句，蓋自謂佳句僅見矣。鄙者李十二丈嘗斥其大言欺人，至比於才共一石之謬語。余謂不然。詩與文不同，總言之，詩亦是文；析言之，詩自有別。文以多文爲富，詩則長言不足，故詩家宗旨，專以自然爲上乘，刻劃渲染，猶辟支果也。「池塘」一句，何等自然，下句「園柳變鳴禽」則遠遜矣。此外，凡相傳名句如「亭皋木葉下，隴首秋雲飛」、如「空梁落燕泥」及「庭草無人隨意緑」，均有自然之妙者也。推而言之，「思君令人老」所以不及「維憂用老」者，職此故耳。「墟里上孤煙」所以不及「曖曖遠人村，依依墟里煙」者，亦此故耳。《廿四品》中不以「自然」弁簡首，自是表聖之陋。

先中議公素喜讀經，雜擬詩詞，非所好也，偶一爲之，輒棄其草。望幼時曾見者僅記七言近體兩聯，敬録於册。《荆谿學舍》云：「小飲量寬嫌酒薄，孤眠夢少覺衾單。」《瓜洲晚泊》云：「好風送我來江口，涼月窺人出樹頭。」無意規摹，自與香山、劍南二老有把臂入林之趣，他人沾沾學步，皆落後塵。

長白晉少谷先生以翰林學士罷歸家巷，唯以詩歌遣日，余嘗爲先生作小傳甚詳。尤喜爲贖帖詩，所著有《玉虹堂》、《寒松堂》兩集。《玉虹》係春宇師手選將列入後七家者，《寒松》則先生故後崇伯鴻員外所刻也。《玉虹》傑作最夥，余曾鈔存副本。其尤佳者如《孤鐙寒照雨》起四句云：「留照雲陽館，孤鐙向客寒。故人同逆旅，涼雨遍長安。」《吾意獨憐才》第六韻云：「百年知己盡，三夜夢君來。」《雲近蓬萊常五色》第四韻云：「早朝開萬户，多處認三台。」皆從唐賢五律奪胎，卓然大方家數矣。余在都日，嘗偕同人結爲詩會，一日賦得《長笛一聲人倚樓》，先生適至，衆請試作點題，先生立書四句曰：「第一驚人處，飛聲入晚秋。誰家倚長笛，鄉思滿高樓。」衆愕眙停筆，良久而不能下。

初學製對，固須令用成句，方知注意讀書，迨對至五七言時，便須於唐宋雜詩求之。如「路出寒雲外」教之對曰「江流宿霧中」，「圓荷浮小葉」教之對曰「新筍補疏林」，「啅雀争枝墜」教之對曰「寒蟬抱葉吟」，「自種黄花添野景」教之對曰「且將墨竹换新詩」，「經卷藥鑪新活計」教之對曰「釣綸茭櫂寄年華」，「未必上流須魯肅」教之對曰「不知何處吊湘君」。顧此等工整之句，不可多得，亦正不必多得。少進，即當示以剪裁之法。如「高樹曉還密」教之對曰「落花秋更遲」。用錢起句也。再進，即當示以運化之法。如「雞鳴紫陌曙光寒」教之對曰「蟲語緑窗春氣暖」。用劉方平句也。至二法既得，則所讀諸書皆歸擥腕本字。下矣。余近立八藝塾例，不收納幼童，所以及此者，徒爲本家子弟起見耳，外間啓蒙師傅試共參之。或幼年魯鈍，讀詩不多，安能任意驅使。宜就其讀本中杜撰出句，試令覓成句對之。

文字承用日久，有雖知其誤而不必廢者。《邶風》「日居月諸」，居、諸皆語助辭，猶言父兮母兮也。兮、兮二字不可言父母，居、諸二字獨可言日月乎？然承用已久，遇有應用代字處，亦儘可用之。《小雅》「弁彼鸒斯」，斯亦語助辭，猶言「蓼彼蕭斯」、「菀彼柳斯」也。蕭斯不加草，柳斯不加木，鸒斯獨可加爲鸒鶋乎？然亦承用已久，遇有應用駢字處，亦儘可用之。

金太子兀朮一曰「烏珠」者，平仄雙聲也，即所謂一聲之轉也，猶之「格磔」即「鉤輈」、「屈曲」即「崎嶇」也。且冒頓今爲「默特」矣，朝陽五旗有土默特。雞林今爲「吉林」矣，皆此類也。又有兩字合爲一字者，「勃鞮」之爲「披」，「邾婁」之爲「鄒」，「者乎」之爲「諸」，「之焉」之爲「旃」，「而已」之爲「耳」，《三國志》曰：生男喜，生女耳，耳非佳語。亦此類也。其已載入《字學舉隅》第八篇者，茲不復贅。

文士好名，固其所也，第古人與今人有不可同日語者。今雖題壁劣書數行，亦附誌某地某人，而漢碑中若干隸書每不著寫者姓氏，亦間有刻人名者，謂全不著録則非。何歟？今雖坊刻時文數篇，亦特標某齋某軒，而《戰國策》如許大文竟不著撰者姓氏，又何歟？他人謂爲古人之簡，吾獨歎爲古人之大。

今人文字，孰非摹擬古人？摹其神者上也，摹其迹者次也。東方曼倩從《論語》「子奚不爲政」奪胎以作《答客難》，而子雲之《解嘲》、孟堅之《答賓戲》皆瞠乎後矣。韓退之從《孟子》「謂蚳鼃」奪胎以作《争臣論》，而永叔之《上范司諫書》、介甫之《與田正言書》皆瞠乎後矣。若退之仿《皇矣》作《平淮西碑》，介甫仿《園有桃》作《日出堂上飲》，雖意之美刺、篇之大小不同，固同爲能手也。彼夫《反騷》、《廣騷》之學步《離騷》，《七命》、《七啓》之繼聲《七發》，徒爲文人積習而已。

唐詩若杜若韓，宋詩若蘇若陸，皆大集也，學者不能遍觀而盡識。大抵協韻之法宜學韓與蘇，琢句之法宜學杜與陸。至「神而明之，存乎其人」，此不可以言語傳者。

長沙龍學使歲試吾郡古學，題爲《杜工部江南逢李龜年賦》。其稱金焦、北顧以切江南者固非，其稱蜀江南者亦復未是，唯稱湘江者爲得之矣。顧作賦與作考、作辨迴别，徒争彼此是非，不能生發情景，仍無謂耳。余命吾子快官更擬一篇，以傷心之地頃襄王遷屈原即此江南。遇傷心之人製一小序，通體全仿騷詞，是之謂有倫有脊。

龍星使科試吾郡古學，題爲《流丸止於甌臾賦》，系《荀子・大略篇》文，原注謂地形窪坎如甌器者，吾子適得此解，遂蒙其擢，然知其然而不知其所以然也。余爲之疏曰：「甌臾，地中小空穴也。甌本中空之物，故假以爲名，如塞上空曠之地謂之甌脱，海上空僻之處謂之甌居，田間空廢之區謂之甌窶也。」注以高處爲甌窶，此望下文「污邪」生義，殊未安。臾義多爲小。時之小者謂之須臾，國之小者謂之顓臾，並此類也。且此種雖不得題解，亦有拓空做法，不必問流丸爲何物，大約是難止之物耳；不必問甌臾爲何物，大約是止流丸之物耳。前路形容流丸之難止，可用逆流、亂流、鳳凰之丸、蛣蜣之丸等語，中幅形容甌臾之善止，可用範圍不過、執柯此從石經。以歸、桎梏之止馬、槅衡之止牛等語，後幅推而言之，以政教爲甌臾則如何云云，以刑法爲甌臾則如何云云，以禮樂爲甌臾則如何云云，以征（代）〔伐〕爲甌臾則如何云云。一篇拓空文字，何嘗不足以擅場乎？若夫「玉帶生」三字命題者，儻不知爲文文山硯，斯真無下手處也。

《孟子》「拂士」二字，《集注》謂「輔弼之賢士」，所解似嫌顢頇。愚謂拂當讀如字，拂者違也、矯也，《易》「顛頤拂經」、《詩》「四方以無拂」，正同此訓。違君之欲者，《書》所謂「汝無面從」是也；矯君之過者，《禮》所謂「有犯無隱」是也。且也拂於心則爲怫，非所謂「其心愧恥，若撻于市」乎？拂於口則爲咈，非即所謂「有言逆於汝心，必求諸道」乎？縱使其音可讀爲弼矣，而《漢書》韋孟詩曰：「我夢維何？夢争王室。其争如何？夢我王弼。」李賢注亦曰：「弼，違也。」

孔子對哀公以去讒，告顔子以遠佞，並不言去之、遠之之法，而後人言之。有審讒佞之端於己者，王仲淹是也，於是曰讒囮、曰佞媒，特致戒于聞謗而怒、見譽而喜焉。有察讒佞之狀于人者，李義山是也，於是曰讒魏、曰佞魖，特致懲于使親爲疏、以烏爲鶴焉。杜其囮、絶其媒，此師儒克己之潛修；誅其魏、殛其魖，此君相治人之明罰。子、集諸書，間能輔翼聖經，學者何可不讀？

近人過從套語，輒曰問候，意以爲探問伺候之説，而不知非也。問候者，問其體中氣候也。昔百丈大師患瘧，僧衆請問：「伏維和上尊候若何？」丈云：「寒時便寒殺闍黎，熱時便熱殺闍黎。」此問候之故實也。近人竿牘套語，輒曰某事如何爲禱，意以爲祈禱通用之字，而不知亦非也。祈是求福，禱是禳禍；祈者欲有得，禱者欲有免也。故疾病則禱，大旱則禱。昔趙文子解説「哭於斯」一語謂之「善禱」，此禱之本義也。夫口頭稱道，通人自不肯苟，俗人猶漫忽視之。至於下筆成書，則皆不容苟矣。而箋候、道候等句，亦頗有施之尺牘者何哉？竊謂用爲禱不如用爲感，用箋候不如用箋牒，用道候不如用道念。

諸子之書，言駁語雜，講學家可不窺也，而行文家則不可不覽。蓋其議論恢奇，可以開拓心胸；局度排奡，可以整齊手眼。筦管同、韓、莊、列大致相同，其實以《莊子》爲尤勝。《莊子》精蕴多在内篇，其實文筆之妙以外篇爲尤勝，《馬蹄》、《駢拇》、《胠篋》三首，極明，極快，極雄，極暢，初學當百遍讀之。

許叔重曰學僮必先識字，此要言也，會得此言，方能讀《昭明文選》；蘇子由曰作文本於養氣，此亦要言也，會得此言，方能讀唐宋十家。既讀《文選》矣，須學長卿工筆畫圖之法，學子雲、孟堅五音繁會之法，《兩都》、《長楊》聲如洪鐘。學蕭遠平地風波大起大落之法。既讀十家矣，須學退之、子瞻局𠻘俗作陣，非。鋪排之法，學永叔、子固節奏挫蕩之法，學子厚細鍼密縷、前後頂續之法，學習之、可之千錘百煉、字句追琢之法。凡此諸法，講明指實固由師長，至於心領而力之，豈復他人所可代者乎？

簧者，笙中金薄鍱也，今俗以小竹片爲之。古今制度雖不必同，然笙簧云者，斷謂笙之簧也。近人以笙簧爲平列字樣，與琴瑟、管籥作對，殊不工穩，無已，其唯簫管乎？按《樂器圖》，簫管各一圖者，此謂簫與管也，二器也。又云簫二十三管者，此謂簫之管也，二而一也。《易緯・通卦驗》註曰：「簫管以象鳳翼」，此亦謂簫之管耳，故可以儷笙簧。

今之簫似古之籥，今之笛似古之壎，而孔數又復不同。説者謂古樂之不可復矣，殊不知聲音之道自與政通，器數其末焉者也。果使年豐人樂、翔洽太龢，雖王子淵之洞簫、馬季長之長笛，未嘗不能以合大樂，亦未嘗不能以復古音。

漢宋經學所以不同者，大抵漢儒解經考證多确，宋儒解經義理特高。彪就《魯論》言之。康成以陳司敗爲齊大夫，非若陳國，名司敗，官名之，不堪考證也。晦庵以「必也正名」爲不父其父，非若正字，及正百物之名之，全無義理也。既已優劣互見，何必過分軒輊？或謂漢儒悉守師傳，宋儒各憑己悟，此殊不然。極其師傳之首，亦必有己悟之人；從其己悟之後，亦半沿師傳之說。以此區別，仍屬顢頇語耳。

蓞𢿫樸論文下卷

近來地方官去任，民間例製椑扁，頌揚德政，以榮其行，甚至無善足稱，亦類勉彊塞責，以致齰朽泛濫之句，隨在有之。惟吾邑帥景禄大令遠禕蒞官時，駐防旗兵擾害市井，大令悉執全庭，笞以千計，都護左袒弗顧也，卒以是挂議。去之日，兩庠人士題扁表爲壽曰「所惡惡之」，見者靡不稱快，此真清議，可以維持政體者。執筆爲錢韻杉明經，蓋奇士也。王可莊殿撰仁堪來守吾郡，孜孜求治，頗勰輿情，繼膺剡章，量移吴會。東里紳耆於其去也，争致椑扁以獻，謁文於余，余書其扁曰「温飽吾民」，其椑凡八，余分書之曰「文軼駱盧」、「史修高赤」、「書超顛素」、「序啓安黎」、「行篤程朱」、「言排楊墨」、「功昭鄭白」、「名跨龔黄」，而經理匠事者未暇審及色澤，稍稍更易之，未免失其妃儷矣。

北固山顛爲吾師魁果肅公專祠，由吾郡搢紳籲請敕旨建立者也。占地不多，而規模宏敞。祠前障以崇墉，左右高設閈閎，若轅門狀。門之内外並安横額，其額凡四敦，匠者以余爲公門下士，丐題于余，余就唐碑中摘句應之，一曰「邃館來風」，一曰「清檐駐月」，一曰「飛甍架雨」，一曰

「寶刹分虹」。其窦中初擬亦設兩門，亦凡四額，額容二字，余又摘詩句題之内二額曰「著紫」、曰「銜丹」，外二額曰「排青」、曰「護緑」。繼改爲臨江一門，余復易其内外句，一曰「度嶺」，一曰「觀濤」而已。

贖帖詩破題貴有法律，有不必拆而拆者，有不可拆而拆者，有不可拆又不可不拆而拆者。往歲同人社課，題爲《年年客路黄花酒》，余作點題曰：「緑憶鄉園酒，黄憐驛路花。客應同客醉，年復一年賖。」此不必拆而拆之也。又題爲《灌夫駡坐》，余作點題曰：「抵得千秋駡，驚殘四坐謏。耳邊嫌灌灌，眼底薄夫夫。」此不可拆而拆也。昨塾中課題，命以《疏雨滴梧桐限梧字》，初學皆不識作法，余改示點題曰：「領略蕭疏意，秋宵客夢蘇。雨聲餘滴瀝，桐葉故枝梧。」此不可拆又不可不拆而拆之也。亦有以議論點題者，宗人銘辛賦《灌夫駡坐》曰：「善駡高皇法，如何罪灌夫？」是則精悍之色逼人眉宇，又是一副筆墨。

律賦命題，多有以虚字限韻者，難在是，巧亦在是。吾鄉耆宿張孝叔先生嘗應試作《不程勇者賦》，以「鷙蟲攫搏不程勇者」爲韻，先生文曰：「吐茹胥捐，剛亦不而柔亦不。」字字如生鐵鑄成，星使擊節歎賞，遂首拔之。後有張禮門先生應試作《遺蝗入地應千尺賦》，亦有「不」字韻脚，先生效其句云：「稂亦不而莠亦不。」雖亦邀拔，然貌是神非，毫釐千里矣，識者辨之。

題畫之作，禾中李竹嬾日華先生著有《畫媵》，甚佳。朱長水即竹垞老人，秀水人也。凡負盛名者皆以地著，故稱長水。詩筆汪洋演迤，卓然大家，而題畫小詩亦雅具别致，嘗題某氏小影云：「少年結客到幽州，子未于思我黑頭。猶記歲除殘雪夜，醉呼五白脱菟裘。春明舊夢各蕭然，七十吾今少一年。畫裏看君正强健，如何也戀竹梧偏。」又題某氏水村圖二首之次云：「緑萍不礙板橋椿，紅葉長堆老樹腔。他日相過值風雨，抽颿直到讀書窗。」興化李復堂鱓與板橋居士齊名，余嘗見其畫竹一幅，上綴二語云：「我亦有亭深竹裏，也思歸去聽秋聲。」愈平淡而愈有神味。

昔有辛學使，試士命題喜用對偶，如「獸蹄鳥跡之道，雞鳴狗吠相聞」、「樂其有麋鹿魚鼈，繼之以規矩準繩」之類，殊嫌其板而不活。近惟黄潄蘭體芳學使命題亦用對偶，而化裁絶妙，如「枉尺而直尋，宜若可爲也」，「孟子曰：『辭十萬而受萬，是爲欲富乎？』季孫曰：『則不能也。』然則夫子既聖矣乎？』曰：『不知也。』然則聖人且有過與？』」，「叔孫武叔，王季文王」之類皆是也。吾鄉戴笠樵明經，余畏友也，其課徒雅善命題，嘗有二題，諸生不能得其出處，乃逡巡而請益者，一曰「以爲不知言」，一曰「神工」。吾友任月秋傳桂茂才，嘗出一字題課其徒，曰「嚴」，徒亦逡巡而請。噫，吾鄉諺有之曰「四書熟，秀才足」，之數徒者，熟於何有？

近體詩有不矜才、不使氣而中流自在、蘊藉宜人者，奇才博學所不屑爲，而其境亦不易到。吾鄉夢樓王氏、論山鮑氏並優爲之，隨園先生嘗目爲正法眼藏。近則此調不彈，幾如《廣陵散》矣，間有貌似者，乃庸手耳。以余所見，惟仁和高茶庵茂才，其庶幾乎？曩者粤東泊荷亭軍門鎮狼山，高客其幕，泊公之去官也，有七律四章留别崇川諸同人，蓋高捉刀者。鄭鶴汀别駕述於余，余録於此，其詩云：「結髮從戎奈老何，同征將士幾巖阿。功名敢説餘雞肋，門巷由來可雀羅。嶺海好尋鄉夢穩，邱山長戴主恩多。男兒一事難酬答，裹革終慚馬伏波。」「十年留鎮五琅軍，巨任如山笑負蟁。帳下健兒朝講武，尊前名士夜論文。天涯踪跡沾泥雪，宦海心期返岫雲。遥望江南偏戈甲，此邦何幸靖狼氛。」「七十頭顱鬢已霜，枕戈夜夜夢沙場。方期叱馭勤王事，詎敢騎驢老故鄉。親骨何曾窀穸妥，臣心未免轆轤忙。聖恩遠大容歸隱，寸念猶依北闕旁。」「從此琴弦變别離，臨岐怕折柳枝枝。輕裝只載鬱林石，薄德休刊峴山碑。門外驪駒揮去淚，山中猿鶴盼歸期。蒼生滿眼難拋却，願祝安恬勝昔時。」高君有小印曰「杭州老茶」，名士也，惜忘其名。泊軍門亦賢者，亦忘其名矣，故不書。

辛未之歲，余隨軺傳北上，道經山左。時年少氣盛，車塵馬足，弗覺其勞，每逆旅休裝，則縱觀題壁文字以爲樂。有一過不記者，有久記不忘者，並不自解其何故也。今就能記者録之，尚有二則：紅花埠壁間，馬蓮卿劉孝廉贈其同年拔萃羅翼之鵬鹺使七律四首，其第三云：「兩載湖山作寓公，槐花又蹋軟塵紅。名心楊柳眠初起，世態葫蘆畫未工。大有蒼生望霖雨，漫將科第哭西風。名場我亦悲摇落，悔事毛錐逐斷蓬。」其第四云：「曉風殘雪過蘆溝，以下三句遺去。卿疑山賊謝康樂，我本鄉人馬少游。歲晚一鐙商出處，不才只合卧滄洲。」劉智廟壁間，胡成齋大集七絶三首云：「烏帽黄花買笑時，三生杜牧總情癡。年來無限飄零感，贏得滄桑兩鬢絲。」「滄桑陳迹太模糊，何日彭郎聘小姑。賸有木蘭舟一葉，要卿盪到莫愁湖。」「莫愁畢竟有真愁，過眼雲烟未忍休。不待門前數車馬，青衫今已濕江州。」其前有小引云：「余與譜弟某某聯鑣南反，道出此間，招某校書相共杯勺，遥夜絮語，憂從中來，襟袖淋浪，悲歌間作，誰爲知己？僕本恨人，對此茫茫，烏能已已，感賦截句，並代校書致詞。」其大略如此。按馬君南通州人，後更名毓鋆，號勿庵，某科庶常，未及留館而卒。羅君如皋之馬塘人，以鹺尹需次兩浙，即真廣斥，後移疾歸。胡君則不知何處人，似是薇省先進也。詩筆風流跌蕩，兩人如出一手，可以傳矣。

往歲，余與諸僑士會飲雉皋之北里，座中有會稽凌紺霞霄布衣，老名士也。余時如初生之犢頗不惧虎，酒酣，凌要余賦詩，余請其首唱而踵和焉，凌起憑闌，略一惆悵，書一絶句示余，曰：「金尊檀板蘂珠宫，花影深青月影紅。辛苦流雲停半晌，天涯便在酒杯中。」余讀之大驚，然不肯服，亦勉成一絶句曰：「碧箔銀鉤鎖月宫，冰絃彈動百花紅。料應四海無知己，心死蛾眉一笑中。」凌雖讀而許之，余自知不逮遠甚，然同人多擊節。余作無一語及凌者，蓋凌之藴藉風流，其用意固不在墨丈尋常之間也，擿埴者安能睹之。

世丈韓眉伯兆元、又伯掄元兩先生，倢子也，故丰采言論相似然，文章道誼亦相似然。兩丈並與先中議公同日游泮。龔文恭公按臨吾郡，兩丈並列優等，眉丈名次稍絀，又丈則冠軍也。覆試日，案吏唱名，弟先兄後，龔公愕眙，曰：「汝已領卷，何得復來？」眉丈侃侃辯，校官代白曰：「前者其同産弟也。」問何相似之深，以孿生對。公頷之，遂思玉成其美，旋考選拔，乃並擢之，自是聲名噪甚。然才豐運嗇，屢躓棘闈。眉丈猶誤中副車，又丈竟明經不第，並以儒官終。同治乙丑，眉丈子景佺與望同日游泮，又丈子景儒亦以丙寅獲雋焉。時赭寇初靖，仍散處各方，迨丁卯秋賦，老幼昆季始大會於白門，望以通家子弟亦厠隅坐，眉丈從容謂又丈曰：「昨年手書致慶，胡不報爲？」又丈曰：「豈但報書，且綴以詩。」眉丈喜，詢詩語，又丈口授景佺録之，詩云：「憶昔髫年意氣雄，名場角逐弟兄同。頓驚忽忽看兒輩，又幸連連入頖宮。芹藻分香綿祖德，箕裘共學紹家風。相期努力青雲路，切莫蹉跎效乃翁。」佺字笙厓，亦能文，且録且小詠曰：「連連二字已嫌其率，芹藻二句則濫墨卷耳。」余按其詩，一氣呵成，不假雕飾而情深文明，真老成典型也。笙厓性佔侸，且一孔之見，非爲篤論。

昔者林文忠公節度兩廣，以撻彼西夷致遭蝎譖，褫鞶執戟，行邁伊犁。公惟自怨自艾，而乃心帝室，日篤不忘，因繪《邊關望月圖》以寄意，且徵勝流題咏。短札長篇，遍于朝野，大都頌公功烈，語多鞅鞅，雖錦繢凱費，非公志也。相傳其部郎贈一絶句，公亟賞之，其詞曰：「聽斷胡笳出塞音，君門回首淚霑襟。浮雲算掩邊關月，留照孤臣一片心。」尼山之言曰「修辭立其誠」、「辭達而已矣」，作者得之。

武進沈子佩昌宇孝廉，名士也，文思倜儻，詩尤雋逸。同治甲子，以第三人登賢書，未幾殁，知之者多惜之。與陸醉仙韻語相推重，醉仙得其贈答之作，輒藏弆之。嘗以示余，其《留别二首》云：「朋舊都淪落，天涯悵此身。片帆江上路，昨夜酒邊人。夫子能高咏，清詞洗俗塵。轉憐青眼在，爲别淚霑巾。」「此别行相見，泥鴻爪易留。會乘寒夜雪，重泛剡谿舟。魯酒能排悶，吴山且破愁。他年居更卜，從子幾春秋。」又《寄和二首》云：「湖海飄零氣，多君蓋獨傾。與琴成别調，於酒得深情。花粲才人筆，星留處士名。長城詩律勁，蕞爾敢稱兵。」「清淚孤城角，浮生絶塞蓬。壯心摇落後，詩境亂離中。好月經秋淡，愁天到海窮。相逢輕一醉，跌宕感君同。」余于沈君無半面識，見其自署小款曰「橋頭賣漿客沈大」，其跅䟼之概，固可想見焉。

李小湖聯琇學使著有《好雲樓詩文全集》，其詩空諸依傍，自成一子，未嘗不可以傳，惟其中詆諆邱嫂，修小怨而失大體，于温柔敦厚之旨尤踳盭焉。既梓行于世，爲有道者所譏，學使急自燬其版，亦勇於日月之更矣。嘗游狼山，見壁間有陸醉仙上舍新題古歌，頗嘉許之，主僧芥舟因乞留墨，乃續和一篇，醉仙鈔稿眎余曰：「學使江西人，而此詩不染江西之派，真豪傑也。」余謂：「其詩雖非經意之筆，而思致迴殊甜熟一流，故是作手。」詩曰：「焦山游過游狼山，眼飽蒼秀半月間。如防山靈争坐位，爲品甲乙相連看。焦有大觀臺，狼有大觀臺，名同景别誇雄恢。焦有芥航釋，狼有芥舟釋，兩芥詩禪占奇特。幸狼有高塔，可傲吸江亭。惜狼無妙刻，安望瘞鶴銘。其他一樹一石一樓一房，短長互見委瑣不足量。舊稱金與焦，近數焦與狼，難兄難弟真雁行。噫吁嘻，焦峙江心永不改，狼今桑田變滄海。却憐京口人民非，爭及海隅城郭在。青田陸，白門張，立夏佳節從徜徉。杜鵑花發銀槐爛，蛾眉豆老鰣魚賤。肴馨酒釅且盡歡，桑下浮屠久生戀。顧我東西南北人，行拋紫狼赴白門。速退速退首山偈，芥老何轉流連頻。嗟今詩筆苦奇鈍，屬和粗成漏移箭，聊浼花牋博同粲。」詩中所稱陸即醉仙，張名庚發，亦醉仙疇侶也。

揚州謝石谿逢原笑駡成文，尤長題識。其友某以白團扇徵諸名士繪事，有善蘭竹者既撇蘭其上，又有善蟲豸者戲於其隙補癩頭蟆一，於是不可成圖矣。欲去之，重失名筆。無已，乃求題於石谿。石谿哂曰：「一字一金鈑，吾爲若題之。」友曰：「諾。」石谿立書四字曰「黽勉同心」，衆皆歎絶。友喜，奉番銀四鉼爲壽。斯可謂言語妙天下。余未覿石谿，而心寫其雋才，姑誌於此。

王逸梧先謙學使以《説文同意諸字説》傾賞于余，肫然好學，君子也。其官祭酒，時教人作詩，嘗行鍊句之法。一日出二語曰：「孤燈照鄉夢，濁酒送生涯。」令製七律。二句蓋本於「悠揚鄉夢惟燈見，濩落生涯只酒知」舊句也。一國子生云：「夢中鄉思鐙先覺，身外浮名酒不知。」視原本尤爲名貴矣。

近世有詩鬮之會。詩止二句，各拈一題，渺不相謀，有一人拈兩題者，有兩人分拈先後成句者。曩者吾友韓笙厓嘗爲之，上句咏武穆王，下句咏竹。笙厓立成二語曰：「其事莫須有，此君何可無。」又有二友分咏，先拈得橘，即製句曰：「遷地弗良花怪僻。」後拈得賈寶玉，亦製句曰：「恨天不畀木因緣。」旁一友代易之曰：「補天無分石牢騷。」於是同人交贊曰：「寶玉一生事迹幾於無下手處。」前句能舉其要，不若此句能舉其大，且牢騷二字真怡紅知己也。又有拈得山谷詩集者製句曰：「西社淵源黄魯直。」移拈者誤得兩鬮，一茉莉、一玉簪，僉謂擇一可也。其人曰：「我句已成。」曰：南强伴侶緑莊嚴。」是則因難見巧耳。

泰興李碧漁孝廉，嗜金石，詩古。某歲下第南歸，道出紫竹林，休於旅瑣，見壁紙䩞韘間露七字，曰「本無家計歸先怯」，心知爲詩人之言，乃揭去裱褙數重，得七律四首。前二首漫漶不可復讀，可讀者僅二首。云：「麥隴青青日上遲，曉雲如夢逐鞭絲。本無家計歸先怯，薄有才名數便奇。十載浮踪餘劍在，一宵愁緒只燈知。郵亭相對渾相識，記取年年走馬時。」「無才祇合閉門居，底事頻勞謁者車。親老難辭毛義檄，時艱空上賈生書。浮沉有夢鷗同幻，去住無聊燕不如。安得買山錢十萬，白雲深處結吾廬。」碧漁得之，喜録而藏之。其同年生朱曼君銘盤嗤之曰：「好事者爲之也。」碧漁殊不服，持質於余，余曰：「此君詩筆濯濯若春日柳，故是可愛。」曼君於余未及邂逅，然知其詩驚才絶艷，非此類也。因憶吾友王仲皋穆之扇頭，有曼君手書舊製一絶句云：「河漢霜高白雁孤，紅蘭風急不曾枯。酒闌試唱春燈曲，定有空雲下緑蕪。」附誌諸此，以見一斑。

先本生祖魯巖公所著詩文，先祖以虛公稱爲清剛雋上、迥越凡庸，既鋟版傳世，不幸烬於兵燹，良可痛惜。其裝訂成帙者，問漁、薇亦兩伯父處有之，先中議公獨無分。在日，以名孝廉供職中書門下，望儤直時，猶仿佛坐卧之處神溯不已。某年乞假南還，有七律四首。望聞諸先中議公，拳拳服膺，弗敢失墜，兹敬載於簡，用示子孫，毋忘其章。詩云：「丹黄萬樹寫晴嵐，旋理輕裝買去驂。凡馬讓人空冀北，征鴻先我到江南。頻年官味嘗都淡，半世名心退亦甘。賴有太冲無意伴，謂里人左某。長途情話耐深談。」「游宦喬居比櫛看，休言不易住長安。自憐小草無遠志，敢説舍人非美官。傀儡登場殊可笑，猢猻入袋始知難。歸心一點甘如薺，風雪漫天莫道寒。」「異鄉真樂止朋儔，次第離群泠白鷗。杯酒因緣從漸減，爪泥痕迹亦空留。投林敢詡知還鳥，進步翻輸上水舟。此去諸君應憶我，消寒消夏總消愁。」「齋名止止愜題襟，窠臼何堪著迹尋。人住天涯無久計，詩糊壁上見鄉心。可能鄒衍同吹律，多謝袁絲遠寄音。四載光陰如掠柁，昨非一直到而今。」公自牓所居曰「止止齋」，齋壁所粘詩詞，悉同鄉唱和之作。鄒公眉觀察時爲部郎，獨不與焉，頗有疑公爲有意者，故詩中特及之。

舉業中詩文格式，至京都則精審已極；公牘中禀啓格式，至直隸亦精審已極。窮鄉僻壤之人，或不知，或不信，皆一隅之見也。詩文已時時講論矣，禀啓之法姑誌於此。其紅禀每頁五行，其三擡字樣此與詩賦三擡不同，蓋大人已雙擡，凡涉君恩皆三擡。務嵌於五行中之三行。以多爲貴，叠床架屋不以爲嫌。故凡居中三行，皆用三擡，自廿行至卅行皆可類推也。其夾單多係八行，兩紙共十六行，其三擡務嵌於六、七、八、九、十、十一行位。如用七行，兩紙共十四行，其三擡務嵌於六、七、八、九行位。一言以蔽之，曰：「居中而已矣。」至大人字樣，亦必居中，如八行無所謂中，則必在第四行。此等各省均同，無庸贅述。若白禀，則不入此等格式。誠能洞徹治體，通達時變，或分條晰縷，或反覆辨説，雖洋洋纚纚積數千言，亦不爲過，何必以格式爲哉？格式云者，正以浮詞冗句莫可擅長，不得不求一覽整齊，以見庸中之佼佼爾。余輯《耐簃簡諒》中有禀啓數首，特以格式存之。近有《適軒尺牘》者傳爲佳品，然已非入時局樣矣。

余未貢成均時，過郡庠，見牆内桃華嫣紅可愛，因入折之，適學師吴月畊夫子走出，視余，喜曰：「有一事欲相屬。今歲星使按臨，當考校官，煩一捉刀，可乎？」余曰：「敬諾。」蓋教職之試，久成具文，給卷後任其携去，無鎗替之禁故也。師又曰：「所以必浼吾子者，某歲某士代纂，竟作尾生。今願子奪此冠軍，一雪斯耻耳。」余謝曰：「此不敢必，然固當單厥心以事。」事届期，斗級送卷及題目至，乃「公孫丑問加齊卿相」全章也。問繳卷期，曰：「三日。」余静坐凝思，不知文之所出，繼念期限尚寬，姑置之。因翻閲雜書藉以消遣，偶得《聖諭廣訓》，敬讀數行，中一條曰「黜異端以崇正學」，輾然曰：「得之矣。」急援筆作破題曰：「揭不動心之旨，黜異端以崇正學也。」於是且思且撰，移時脱稿，本此意直貫到底，整次六比，絶不用散行以取巧。越日楷謄畢，送之師處。比榜出，往看，則卓爾獨標者壹等壹員，鎮江府學教授吳自徵也，其餘九員悉屏諸貳等矣。既慰復悚，曰：「幾使桃花笑人。」

號舍論文，最爲雅興。余七戰南闈，有可記者二則：一在乙亥二場。余坐某號有金陵陳某者，趾高氣揚，大言不怍，上江諸士皆敬若神明。比鄰於余，余固疏慵不與人接，睹其狂態，益遠之。十二日晡時，余既完卷，陳意以爲必恡惜不堪者，睨余而笑曰：「鎮江先生已蒇事乎？可許一寓目否？」余正色曰：「余文非怯見人者，然卷不離號，可就眎之。」陳入舍揭卷而讀。是科《易經》題爲「乾道變化」一節，余用漢儒變卦諸法。陳讀而訝曰：「何有變卦而獨無互卦也？」余大愕，既而哂曰：「若其粗聞變、互兩字者歟？不然，乾、坤二卦上下俱同，何互之有？」陳面赬徹頰，皇遽而退。一在乙酉二場。余坐露爲對，號與里人宗黼廷茂才鄰。夜鼓三擊，月色如洗。余以矮屋不堪安寢，例不睡。手自瀹茗，聊以破悶。黼廷謂余曰：「子五藝畢乎？」余曰：「然。」「子《春秋》藝若何作法？」是科第四題爲《叔弓如晉》。余應之曰：「余文本無法，惟痛罵叔弓，頗謂暢快。」黼廷笑曰：「子又弄狡獪矣。」余亦笑。忽對號一蘭陵士人大聲詰曰：「請問叔弓如何可罵？」余曰：「罵其不知禮耳。」曰：「何謂不知禮？」余曰：「謂其不應辭耳。」曰：「聘禮有三辭，何謂不應？」余曰：「文事不在口談，宜觀手意。」乃往搴其慊矢卷案上曰：「勿多言，但觀此足矣。」其人覽數行，頻頻搖首曰：「偏矣哉。」繼閱至「是儀也，不可謂禮夫？禮所以經國家、定社稷、序人民、利後嗣者也」云云，不禁拍案叫絶，曰：「此才子之文，非經生之筆也。請勿復敢辯矣。」詢其姓，曰姓顧，蓋其鄉望族也。余進曰：「僕之文既見笑大方矣。願得一讀《叔弓頌》，可乎？」其人再三遜謝而罷。

某學使按臨吾郡，評某生卷曰：「稍能點綴，究勝於白描。」一時傳述者頗疑其語。吾友戴君笠樵決之曰：「此其謬，何待辨。今有人曰『稍解風流，究勝於周孔』，此何語乎？」余曰：「君所謬誠是也，君所譬則非也。文貴相題而行，宜白描者白描，宜藻繪者藻繪。白描難，藻繪不易，二者並無軒輊。學使視白描太卑，過矣；君視白描太高，亦過矣。」笠樵曰：「不然。白描自爲上乘。譬如品茶，真龍井必無窨香者；譬如品玉，真羊脂必無雕花者。」余亦曰：「不然。藻繪亦非下乘。譬如絲綢繡成蟒水之袍，則爲公服，否則以製襦褌，不免婦女之披曳而已矣；譬如金銅鑄成雲雷之鼎，則爲寶器，否則以治鐘磬，有不免僧道之敲戛而已矣。」相與大笑。

銘詞之作，與詩不同。詩之佳者，援以入銘，殊未必佳。銘貴寓箴規、隱標寄，自成一體，顔、謝、庾、鮑諸作不足學也。錢塘梁氏著《兩般秋雨盦隨筆》中載《方鏡詩》曰：「秋水一泓明見底，照來誰有面如田。」雖非警句，亦尚貼切。梁氏乃用其意作《方鏡銘》，曰「照來誰是如田面」云云，徒落纖巧，非銘體矣。余有自製《方鏡銘》曰：「稜角太厲，鑒别太真。而不賈禍者，以無彼此於人。」又載有《錐刀硯銘》。錐刀硯者，磨錐刀之石，後以治硯者也。其銘曰：「磨錐則磨，磨刀則磨，磨墨則磨，磨人則磨。」語意衰淺，亦無出色。余爲減易其文曰：「錐可磨，刀可磨，墨可磨，文不磨。」

仁和陸氏著《冷廬雜識》，其論印章雋語，以己所獨得、人不能攘爲尚，余甚韙之。如尹似村公子印曰「殿試秀才」，隨園先生印曰「三十五歲致仕」，林文忠公印曰「歷官十四省統兵四十萬」，汪龍莊大令印曰「雙節母兒」，此皆卓然不可苟同者。陸氏自製小印曰「七上黄鶴樓散人」，亦瀟洒有致。余自能治印，故大小印章凡百方，然悉尋常通套之句，無可記者。近有人得七品職銜，將效板橋居士刻印曰「七品官耳」，訪諸友人，友曰：「不可。」其人曰：「將謂假板，虚銜也。當不得官字耶？」曰：「非也。官字君可當得，耳字君當不得。」其人錯愕而已。又有附輪艘航海者，將效夢樓太守刻印曰「曾經滄海」，訪諸友人，友曰：「從前海禁未開，經海者少，且太守經海爲册封琉球，誌榮遇也。今商艙上下繞登、萊、青三郡而馳，拔來報往，歲以萬計。若人佩一印，不亦太煩矣乎？」其人慚沮而止。又有太子太保、兵部尚書之公子刻印曰「宫太保大司馬之子」，衆皆謬之。或問所以謬，不能答也。余答之曰：「是『屋上有猫爲吾寓所』之類也。昔有考生出闈而迷途者，問諸市人，人返詰其住址，對曰：『屋上有一猫者，吾寓所也。』一市轟笑。蓋何屋不可登猫？何猫不可登屋？以此爲記，鬼不識也。故太子太保之爲宫太保，不謬也；兵部尚書之爲大司馬，不謬也。六字不謬，續增兩字則謬矣。」又有福建候補布政司理問刻印曰「閩江方伯參軍」，衆皆謬之。或問所以謬，亦不能答也。余答之曰：「是『禿稀飯腦戴』之類也。昔有學官話者，以癩子爲禿子，以粥爲稀飯，以頭爲腦戴。一日夜行，籠燭垂罄，欲得蠟燭頭，俗呼燭跋爲蠟燭頭。向某肆請曰：『願乞一禿稀飯腦戴。』肆主莫知所云。蓋分之各成一語，合之不成一語也。故福建之爲閩江，不謬也；布政司之爲方伯，不謬也；理問之爲參軍，亦不謬也。一字不謬，連綴六字則謬矣。」嗟乎，使漢元帝聞之，當獎我曰：「曉人知是也否。」

王醉墨師研究尺牘。嘗有友人贈以刻絲補服，作啓報謝，倩女夫胡君韻梅擬稿，不稱意，復以屬余。余謂：「胡稿固佳，特微欠明切耳。題本羌無故實，雖獺祭無益也。」乃爲增入一聯曰：「新絲纔手，妙刻劃於雕幾；方帛填胸，奪彣彰於假兩。」醉師大喜，以爲博雅。韻梅由此與余訂蘭譜焉。

韻梅以翩翩書記傳游諸侯間。嘗言其將去無錫也，同人於城外設祖帳，作長夜之飲。是時嚴冬風雪，梅香沁腦。坐中客有精繪事者，興致勃勃，對景呵凍，寫圖扇頭贈韻梅爲別，苦無題句，諸名士紛拏撰擬，或失之率，或失之莊，皆非合作。最後一雙鬟校書捉筆成二十八字，乃恰到好處也。其詩：「柔雲如絮覆迴津，點點輕紅帶遠人。彈盡龍山夜來雪，琵琶弦上幾分春。」

塾中小兒初學結字，南人謂之寫影本，北人謂之描紅格。影本者，蒙紙字上，取影寫之。紅格者，印就紅字，加墨描之。其意同也，其文亦無不同也。文同奈何？曰「上大人孔乙己化三千七十士爾小生八九子佳作仁可知禮也」，共廿五字。此北雲山海會寺僧偈也。《龍文鞭影》曰：「宋舒州白雲端禪師白雲山在今太湖縣。因郭功甫名祥正，當塗人。提刑到山，示衆云：『夜來枕上作得個山偈，此偈非惟郭功甫大儒，直要與天下有鼻孔衲僧脱却著肉汗衫。』乃説偈云云。」按其大旨，不過如程子説《中庸》，始言一理，中散爲萬事，末復合爲一理；放之則彌六合，卷之則退藏於密之意。而支離晦澀，毫無足取。取之者，殆以筆畫皆簡，雖「爾」、「禮」二字稍繁，從古文，亦簡便於描寫。且數言中，而横、竪、撇、捺、鉤、點、轉、剔諸法略備，故以爲學字之權輿耳。妄男子乃指爲《孔聖家書》，强爲註解，實屬荒誕已極。而福州梁氏著《歸田瑣記》，初沿《家書》之誤，繼悟筆畫之理，迄不知海會偈語之本。夫《龍文鞭影》一書，一非難購之秘藏，二非難讀之大集，而博雅如茝鄰先生猶有此失，何歟？

柳州《封建論》曰：「古有初乎？不可知也。古無初乎？不可知也。然則以何爲近？曰有初爲近。」柳子之言，有道之言也。凡事皆有其初，豈特封建哉？人之既生，斯有聲音而後有語言，而後有文字。許氏《説文解字》一書，亦誠大有道也。粗知小學者，動謂古皆實字，其虚字皆引伸而得者，惡足論《説文》哉？《説文》所繹諸虚字，如「不」字曰：「不下來也。」「有」字曰：「不宜有也。」莫非直溯其源，而遠窮其故，微妙獨絶。古者食鳥獸之肉，當其伺鳥而鳥高飛，則自呼曰「不下來耶」，因而成此字，象鳥飛不睹其頭傅于天也。一者，天也。專主鳥訓者，獸不出可攻，鳥不可以攻也；獸既去可追，鳥不可以追也。蓋不謂獸而專謂鳥也。古者見日月之食，群以爲異而莫能名，但相駭曰：「此不宜有。」因而成此字，象月在下而手掩其上也。專从月字者，日難注視，月易注視也；晝無暇視，夜有暇視也。蓋少謂日而多謂月也。其餘乃、兮、于、乎諸字，悉根語言以造文字者也。想當年，衆口流傳「仰而稱天，俯而稱地」，雖洪荒遺老，亦莫測其由來，至各以其字副之，是則朱襄、蒼頡之爲耳。大抵有形可象則象形，無形可象則指事，無事可指則會意。有會意之法，斯無事可使之有事，無形可使之有形。若不字、有字，固無事之事、無形之形，運實於虛，即課虛於實，但謂古皆實字，惡識最初微妙之所在？

或問：「盤古氏何如人也？」曰：「是子虛、烏有、亡是公之流也。何以言之？古無文字，誰謚之而誰記之者？如謚自千百年之前，安得預稱其古？如記自千百年之後，安得詳著其氏？蓋自文字肇興，追維舊典，博訪遺聞，臆度而定之，口傳而信之，苟非南華之寓言，抑必東齊之野語耳。且天皇始制甲子，凡天皇以上之年歲，亦孔融之想當然、秦檜之莫須有也，豈獨盤古氏爲不足據也歟？」

或問：「秦燔六經、百家之言，則所傳嬴氏以上之事，胥當屏諸不可信之列歟？」曰：「惡是何言也。秦炬雖烈，然有不肯盡滅者，亦有不能盡絶者。不肯盡滅者藏之府中，酇侯所收是也；不能盡絶者秘之腹中，伏生所授是也。文章天地之寶，若忌害之，又若呵護之。忌害之者，適然之數也，非造物之心也；呵護之者，必然之理也，此造物之心也。聖人繫《易》，於『復』曰『天地之心』，不於『剥』曰『天地之心』，可以悟矣。謂盡可信者固非，謂盡不可信者亦非。君子之讀書也，以道斷之，可信之中有不必信者在，如衛宣公烝夷姜、構急子之類。不可信之中有必當信者在。如程嬰、杵臼存趙孤之類。」

文章有真有假，各成妙語。泛視者不知，泥視者不識也。沈凡民鳳先生題某氏《乳姑圖古歌》一篇云：「兒莫啼，兒莫啼。婆婆將與兒棗梨，兒且去騎竹馬嬉。兒前牽娘雙淚流，東邊一隻兒要留。口講手畫向婆語：婆婆不小喫乳羞，婆婆不小喫乳羞。」余按其文，娘遣兒真事也，兒告娘真景也，兒説婆真情也。字字皆真，真到極處亦妙到極處也。袁子才枚先生重過孤山范公祠少時讀書處，作截句四首云：「舊游重歷似前生，水榭風廊到眼驚。滿樹黄鸝應識我，當年聽過讀書聲。」「曾尋蟋蟀傍宫牆，曾捉楊花過野塘。今日教儂理前事，不知何故没心腸。」「物换星移四十秋，輕塵短夢水西流。道人不是無尋處，山上萋萋土一邱。」「斜陽不改舊山門，堤柳依然對酒尊。只有西湖比前冷，照人頭髮作霜痕。」余按其文，黄鸝安識書聲？且昔日之黄鸝安得至今還在？一假也；童時嬉戲之事，成人自必不爲，其故有何難知？二假也；道人既入土中，更有何處可尋？三假也；頭髮自作霜痕，何關西湖水冷？四假也。句句皆假，假到極處亦妙到極處也。至於學其真者易失之俚，學其假者易失之佻，此亦自然之勢，惟真而不俚、假而不佻，使顧長康見之，必曰正在阿堵。

《論語》一書墻宇閎深，《孟子》一書徑途朗晰，實千古儒教之大宗。若《學》、《庸》兩篇，旨趣頗多淺陋，在《禮記》與《燕》、《閒》、《坊》、《表》並列，用資觀覽，原不必廢，朱子必表而出之，以爲至德要道，是則可已而不已。且既使一彼一此，裂其章，又使自首至尾貫串其句，何其不憚煩與？馴致假道學闌入二氏，開性理之旁門；老學究援治八股，造文章之虐政。是又晦翁所不及料也，可憤可歎。

制藝八股之業，起手曰破題、承題。破題煞尾不用「乎」、「哉」諸反調，猶可説也，承題發端必用「夫」字、「蓋」字、「甚矣」字，不得用第四樣字，此何説哉？按《成法》云：「承題者，承明破題之意也。」既重在承明破題之意，則别作一層可耳，何必限定字樣乎？余以爲除「然」字、「且」字真不合用外，有三樣字儘可增列，一曰「維」字，二曰「凡」字，三曰「大抵」字，亦尋常發語字法也，何不可用之有？

望資質本鈍，髫歲先中議公授望經書，於紫陽《集注》時有删節，有塾師見而詫之曰：「子何敢削先賢之特筆耶？」先中議公哂曰：「非敢爲削也，便讀也。」然吾鄉塾師陋習有極不可解者，如《論語》「瓜祭」徑改「必祭」，「寢衣」移置「明衣」之次，諸重出之語皆毅然删去，以朱子所不敢改、不敢移、不敢去之文，而從朱子者乃改之、移之、去之。又如《春秋》經文多不讀，《尚書》古本

《武（城）〔成〕》亦不讀，《禮記》凡《喪服》之篇亦多不讀。嗟乎，聖經大字多所毁棄如此，而轉於《四書集注》之小字不敢有片字之删截，何其顛倒荒謬至於如是之極也。

經史所用諸字，有用其轉義者，有用其反義者。蓋古者之字孳乳未多，故不得不變通出之也。後之讀者能體此二義以解古人之文，則自無隔閡矣。轉義奈何？《詩》曰「勿剪勿拜」，勿拜，勿屈也，恐屈折樹枝也，以拜者屈其體故也。又曰「何以舟之」，舟之，横之也，謂腰横劍佩也，以舟者横于水故也。《左傳》曰：「屈蕩户之」，户之，闌之也，闌楚子也，即《漢書》所謂「户殿門失闌」也。户者，所以闌也。又曰「輅秦伯」，即乘秦伯也，即《邲之戰》所謂「乘晉軍」也。略者，所以乘也。凡此並用其轉義者也。反義奈何？讓者，有所遜也，而有所争亦謂之讓。《左傳》「趙宣子使因賈季問酆舒，且讓之」是也。除者，有所去也，而有所取亦謂之除。《史記·平準書》「（誠）〔試〕補吏先除」、《漢書》武帝謂田蚡曰「君除吏盡未？吾亦欲除吏」是也。原者，本於初也，而至於再亦謂之原。《易》曰「原筮」、《周禮》曰「原蠶」是也。徂者，往於彼也，而在於此亦謂之徂。《爾雅》「徂，存也」是也。凡此並用其反義者也。所可恨者，注解諸家或知其一不知其二，或知其然而不知其所以然，以致後生小子莫識指歸，徒生疑竇，此「温故知新」，宣聖之所以嘉歎也夫？上卷載有借實爲虚諸字，與轉義可相證乎？前著《十三經獨斷》及《字學舉隅》各載對待、交互諸字，與反義可相足。

余嘗責人不肯讀書，或對曰：「子讀書善能記，是以嗜讀。我輩雖讀而不能記，故憚於讀。」余曰：「嗟乎，君非讀書人也。真讀書人，何必求其記哉。求記者欲記之，以省讀耳。苟存省讀之心，縱一時能記，久亦不復記。若余之於書也，不記者固讀，記者亦仍讀，但知有讀，不知有記。果能常讀，又安有終於不記者乎？」

文之佳者不在長也，字之佳者不在大也。然而短篇小楷，淺人猶可勉强爲之，若洋洋數千言、洸洸數尺書，非有真氣實力，何從措手？欲有真氣，惟在多讀書；欲有實力，唯在多臨帖。亦曰學之而已。

所謂空策者，以議論行之，不拘拘於條對，非枯窘之謂也。余少時狃於六朝策秀才文，喜用四六，嘗爲試官所戒，遂改事空策。己巳科試策問，爲「歷代養老」，余策中特峙三峰，其詞曰：「且夫養老，與養兵不同，與養士又不同，與養孤寡廢疾似同矣，而猶不同。」閱者竟不嫌其空也。每見今之對策者，動稱某事某文可考而知也云云，此真陋習，萬不可學。又見作時文者，略有引證，旋以「顧茲不具論」或「顧茲勿深考」五字了之，亦屬陋習，萬不可學。易贖帖之名爲試帖，自毛西河始也。本朝試士最尚此種。余少日亦嘗悉力治之，所流覽者無慮數千首，惟先中議公口述兩聯，迄未見其全篇也，然謹憶不能忘，始誌於此。一題爲《江面山樓月照時》，其句云：「闌干憑絶頂，杯酒話當頭。」妙在絶不費力。一題爲《小鬟勸酒不停箏》，其句有云：「色聲香並美，心手口俱靈。」妙在字字用力。

「腹有詩書氣自華」，非虚語也，果能讀書萬卷，自能下筆下言，此不可以矯飾者。昔李天生檢討名重一時，而閻百詩徵君斥爲杜撰故實，則非真博學可知。今觀其應詔時自陳《養親表》，頗覺有寒儉之色，偏不容以率真二字代爲之辭。學之不博，其苦如此。昔紀文達公亦名重一時，而自謂所坐之處典籍環繞如獺祭，則早成博學可知。今觀其發解時所擬《恩宴表》，已覺有富麗之象，正不煩以急就二字代爲之辭。學之既博，其樂如此。近之有志者，將以二曲自比歟？抑將以曉嵐自比歟？

篆、隸、真、行諸蹟，體勢攸殊，精神若接。翻覆檢校，有可得而言者。篆如《寰盤文》，隸如《楊震碑》，真如《聖教序》，此指褚遂良，非王行滿也，此指同州，非雁塔也。行如《雲麾碑》，此四種筆法，若相授受。篆如《神泉碑》，隸如《尹宙碑》，真如《九成宫》，行如《吴文碑》，此四種筆法若相授受。宣聖有言曰：「吾道一以貫之。」書，小道也，亦有一以貫之之趣。

古人書法有類相從而適相背者：《皇甫碑》，歐陽信本之徑寸楷書也，《多寶塔》，顔清臣之徑寸楷書也，是類相從矣。乃歐用短筆處，顔偏用長筆，歐用長筆處，顔偏用短筆，輕重方圓亦如之，豈非適相反乎？有趣相别而實相通者：《蘭亭序》，王右軍行書之平澹者也，《争坐位》，顔魯公行書之遒勁者也，是趣相别矣。乃初學顔帖，自覺力不足，初學王帖不自覺力不足，迨自王之顔，轉覺綽有餘力矣，豈非實相通乎？然非經過者不能言，亦非經過者不肯信。

文章之道雖曰萬變，不外虛實二字。虛處下筆有二訣焉：曰翻騰也，曰展拓也。實處下筆有二訣焉：曰刻畫也，曰渲染也。能讀唐宋十家諸作，則於翻騰、展拓之秘庶乎盡之；能讀《昭明文選》諸作，則於刻畫、渲染之秘庶乎盡之。

人有恒言，皆曰才情。才之本在情，情之本亦在才，未有有才而無情者，亦未有有情而無才者。余嘗謂讀古人書不能下淚者，其人必無情，亦必無才，縱使下筆爲文，不過考證之文而已矣，否則塗澤之文而已矣。才情二字，是其無分之産。

凡教初學，若者爲體格，若者爲氣勢，若者爲風度，皆有取法之處，唯情韻二字最難捉摸，故有博聞强識、終身搦管，不能爲情韻之文者，弊正坐此。余遇此輩，輒以《離騷》授讀。初讀之，但覺美人香草填塞滿紙，熟讀之，自覺激昂慷慨、悱惻纏綿，味之無窮，挹之不盡，然後從而下筆，則情韻油然而生矣。

司馬子長，文家之祖也。韓、柳、歐、曾並爲龍門血嗣，其不同者，各得其一體爾。王逸少，書家之祖也。歐、褚、顔、柳並爲蕺山血嗣，其不同者，亦各得其一體爾。然子長之文，單行文也，若京都諸賦，自當别爲一派。逸少之書，行楷書也，若篆籀諸字，自當别爲一派。竊謂篆籀在右軍前，右軍能自立宗派，則右軍誠豪傑之士。《京都》在太史公後，能于太史公外自立宗派，則不讓太史公，獨爲豪傑之士。

文家有尊題法，詩家亦然。昌黎咏石鼓，不得不貶右軍爲俗書，非定論也。今人少習篆分，便詆羲、獻，一似二王竟未睹古書者。淺之乎視二王，正淺之乎自視也。

近今作賦家頗尚才華，故摹仿《京》、《都》者掉鞅相逐也。惟《京》、《都》體中，例不得用四六排聯，初學者由律入古，以爲非便，然古賦所無者，四六聯耳，其長排聯、大排聯，豈曰不用？如孟堅文曰「險阻四塞，修其防禦，孰與處乎土中，平夷洞達，萬方輻輳？秦嶺九嵕，涇渭之川，曷若四瀆五嶽，帶河泝洛，圖書之淵」云云，直下五層，所謂長排也。太冲文曰「翼翼京室，眈眈帝宇，巢焚原燎，變爲煨燼，故荆棘旅庭也。殷殷寰内，繩繩八區，鋒鏑縱横，化爲戰場，故麋鹿寓城也」，並峙雙行，所謂大排也。由此類推，自能神明規矩。

作賦者固宜詞華豐艷，然亦須善用虚字，句法乃活。律賦造句，何嘗不從古賦中來？有用「以」字者，「博我以皇道，弘我以漢京」是也。有用「其」字者，「商洛緣其隈，鄠杜濱其足」是也。有用「於」字者，「仁聲惠於北狄，武誼動於南鄰」是也。有用「之」字者，「樹中天之華闕，豐冠山之朱堂」是也。有用「而」字者，「目中夏而布德，瞰四裔而抗棱」是也。有用「則」字者，「橘則園植萬株，竹則家封千户」是也。有用「兮」字者，「珠與玉兮艷暮秋，羅與綺兮嬌上春」是也。有用「乎」字者，「富既與地乎侔訾，貴正與天乎比崇」是也。

李詩夭矯如《扶風豪士》篇，杜詩沉雄如《王郎司直》篇，雖信手所書，亦各具本色。然李杜全集，未必人有其書也。即以選本言之，如《牛渚》一篇何等夭矯，《岳陽樓》一篇何等沉雄，兩不相下，亦兩不相掩。分觀合勘，真覺意味深長。

用意警而能超，用筆空而能切，真詩家上乘也。劉夢得《蜀先主廟》之「勢分三足鼎，業復五銖錢」可謂渲染致妙矣，然不如孟襄陽《登峴山》之「人事有代謝，往來成古今。江山留勝迹，我輩復登臨」，四句無一字是峴山，無一字不是峴山，愈警愈超，愈空愈切。駱臨海《在獄咏蟬》之「露重飛難進，風多響易沉」，可謂刻畫致妙矣，然不如李義山《咏蟬》之「本以高難飽，徒勞恨費聲。五更疏欲斷，一樹碧無情」，四句無一字是蟬，無一字不是蟬，亦愈警愈超，愈空愈切也。顧渲染刻畫之筆，在詩家亦終不可廢耳。

時文雖不同於古文，然亦在審題得訣。凡題長者，宜知其不長；題短者，宜知其不短。即如「飽食終日」三章題，實則「用心」二字。第二章乃宜用之心，第三章乃不宜用之心。「作者七人」三章題，實則「作爲已」三字。又如「宵」字題，實則「豳農秋燈對話」六字。「螬」字題，實則「廉士園林有小蟲」七字。由此類推，自使竅（胥）〔啓〕洞開，而絶妙好辭皆洋洋乎其來矣。

莽男子不諳平水韻，往往賦題限韻，其字有不在韻中者，是則全恃作者善爲變通矣。相傳有《邗溝賦》以邗字爲韻者，作者云：「稽《說文》於洨長，邗亦通韓。」又有《蝴蝶賦》以蝴字爲韻者，作者云：「考《字學》以正譌，蝶當作蜨；依篆文以從省，蝴本爲胡。」

滬上静安寺園亭稱勝，惜乎無山。有楊茂才者往游焉，賦兩絶句，甚佳，中有二語尤妙，云：「奇情欲與愚公訟，還我遥山一角青。」即從無山上翻出新意，可謂詩有别腸。

試帖詩實題能空，俗題能雅，皆妙筆也。崇仲蟾武部賦郭汾陽銀州遇織女云：「人難逢此巧，天獨降之祥。」落落大方，不覺題之繁重。吾從兄貢南賦《蜜官金翼使》，以「螽斯羽」對「范則冠」，爲黄漱蘭學使所劇賞。書味盎然，亦無佻巧之病。

《史記》以老、莊、申、韓合傳，其不右老子可知。傳載其譏切孔聖之言，乃太史公好奇之過耳，是以班史貶之。近有姚芸田者選《史記菁華録》，於此加評云：「自孔子言之，則温、良、恭、儉、讓也。自老子言之，則驕氣、多欲、態色、淫志也。因而推爲良朋切劘，尊爲絶頂開示。」嗟乎，姚家兒豈道教中人哉，抑何喪心病狂至于如是之極，吾恐初學爲其所惑，故此揭明。若正學、異端之優劣，又何待辯。

文家有謂參錯句法以爲矯健者，《魯論》之「迅雷風烈」、《楚詞》之「吉日辰良」皆此意也。余曰不然。《論語》紀事之書，非修詞之書。《九歌》意在協韻，非造句法。其云「蕙肴蒸兮蘭藉，奠桂酒兮椒漿」，正所以掩首句趁韻之迹。若恃此以示矯健，徒致文多紕繆，其爲矯健也幾何？唯昌黎《羅池碑》文曰「春與猿吟兮秋鶴與飛」，此則略用參錯以免平板耳，亦無所謂矯健也。求矯健者，當於用意、用筆求之。柳州《封建論》、東坡《范增論》皆矯絶健絶之文，不在區區句法。

先舅氏穀貽張公，以名秀才作宰灤平，最長於公牘文字。後以攝篆豐寧，窮詰屬吏張培渠指使聚衆一案，張夫婦畏罪情急，溺水偕亡，張父以威逼二命砌詞上呈，公一時失于措置，坐是褫職，遠戍龍沙並玉門，亦未能生入，嗚呼悲已。其初到戍時，却寄先中議公一書。發書時中議公尚在，書達之日，則捐館已逾數月矣。書中叙事、言情、寫景，起伏斷續，俱有法度，且人人能讀，亦人人能解。此種文筆，不可以不傳也，茲全録之。書曰：「濬人老表兄大人閣下：彼此不通音問又將一載矣，良由歷境艱辛，無可告語。想閣下亦以調停無術，慰藉無詞，故同一咄咄書空而已。夏六月，驚接紹甥述大女物故，一稟而未奉到手書，爲之疑信久之，令人不解所由。嗟嗟西河之淚未乾，掌珠之痛旋繼。誰非父母，何以堪之？辰維履祉延鴻，潭祺安燕，翹瞻福曜，曷罄遐思。弟年來心緒之劣、境遇之逆，有實逼處此，令人難堪者。謹將近況並赴戍情形爲閣下陳之。憶自客冬接奉部議，發黑龍江當差，後旋以交代虧空，三竿有奇，輾轉籌思，百無一策。不得已以無力完繳稟請上臺。往返稽遲，始於三月間奏奉查抄備抵，餘則可以援例豁免。直至五月方有頭緒，正擬料理行裝，從容就道，偏值三女以傷寒而兼本症，病勢垂危，適又聞長女夭折之耗。家計駁雜，行李匆忙，種種愁煩，幾非人境。待至六月杪，三女病轉，天氣漸涼，方能部署一切。於七月初六日由熱起程，道出平、建、朝一帶，沿途耽閣，至廿四日行抵瀋陽。奉天省會。謁見欽憲崇帥，重蒙垂念舊屬，慰藉與激勵交至。無如來時太晚，軍務已平，奏留一層，措辭匪易，思維至再，既無出頭之日，自非托足之方，乃以海三、北園諸舊好闊别已久，挽留至一月有餘，酒緑燈紅，幾忘故我。又復從長計議，俱云『不如遵旨前往，勢尚可圖』等語，於是甫拂征塵，又磨輪鐵，九月朔起行，十一日抵吉。禀謁軍憲古帥，錫之酒食，餽以兼金，禮貌有加，相待甚厚。復得一二當道舊雨，萍水聯歡，逗留旬日。廿一日前進，廿七日行抵伯都訥城，乃因江凍未合，既不能一葦以航，又不敢雙輪並騁，不得已復作平原之留。待至小陽八日，凍結冰凝，始克長驅徑渡。氣寒以冽，道阻且長，故於十月十四日方抵卜魁。黑龍江省會。乃使行李一肩得以暫卸，而途中風景更有難以言罄者。或則風雪彌天，冰霜遍野，寒真刺骨，地本不毛；或則蒙女蠻姑，粉白黛緑，胡笳聒聽，羌笛頻聞；或則蝸廬蚓壁，牛臭羊羶，低欲礙局，窄亦妨帽；或則室懸似磬，竈冷無煙，熱炕如焚，勺水欲罄；甚或數十里有一村，數十里並無一村，數百步見一人，數百步並無一人，縱多有用之錢，難買無償之物。此情此景，可慘可憐。何幸於天，置身其地。或亦人生在世所不可不閱歷之境耶？抑亦大丈夫不得志於時者之所爲耶？所幸由熱而奉而吉而黑，沿途經過，地方官無不支應，亦頗有餽贐者。初不料獲咎餘生，竟得以藉壯行色。中途復與陳大帥相遇，後先奔走，頡頏其間，秣馬膏車，頗不枯寂。川資既能稍省，旅費藉以稍充。如果一半年來恩綸倖遇，則阮囊雖形羞澀，而韓飯尚可支持。否則事不可知，涸將立待。現雖蒙豐軍帥格外垂青，派在水師營當差，旋又委印務處行走，辦理文案事件，無如公務之應接不暇，滿蒙之酬酢太煩、薪水之津貼無多、旅用之度支甚浩。叨在知己，何以教之。素荷關懷，用特縷及。伏思弟與閣下相處最久，相交最深，戚誼亦重複切近。而生世之勞逸，處境之滄桑，則不啻天壤之懸殊，實有不可解亦不及料者，殊令人且羨且歎。恨此日賜還莫卜，難隨旅雁以飛歸。倘我兄在遠不遺，尚冀賓鴻之時錫。辰下舍館未定，公私冗忙，適有便差，匆此奉告，藉請福安。令嬡並紹甥均問近佳。不另。愚弟張棟頓首。」

時文家有稱題法，有弄題法。稱題者，清題清做，濃題濃做，寬題寬做，窄題窄做也。弄題者，清題濃做，濃題清做，寬題窄做，窄題寬做也。或疑濃者、寬者難，清者、窄者易，則又不然。清者以意清之，若謬爲繚繞，豈得謂之清乎？窄者以理窄之，若迫爲枯窘，豈得謂之窄乎？要之，腹有書、手有筆，以我馭題，無所不可，斯爲至矣。

或問：「爲文運用典實，可酌改乎？」答之曰：「改其字句可，改其意義則不可。范雲謝表有云『金章有盈笥之談』，即用金章滿箱故實也，而改「滿」爲「盈」、改「箱」爲「笥」矣。崔駰《達旨》有云『吴札結信於丘木』，即用挂劍冢樹故實也，而改「冢」爲「丘」、改「樹」爲「木」矣。要於本事意義不相乖牾而已。」

凡題畫字迹，下筆宜淡。余早歲不明此理，每值嵩父從兄繪事屬余署款，輒用濃瀋爲之，殊於畫道格格不入。至字體，雖無一定，然亦有相得益彰者。金碧樓臺，宜題以衡山小楷；水墨蘭竹，宜題以板橋行書。若夫倪幻霞、王安節，其書法天然遒峭，殆如其人，固無乎不宜者也。

黄山谷詩曰：「管城子無食肉相，孔方兄有絶交書。」祇自傷文筆之賤、貲錢之窮耳，而一本退之《毛穎傳》，一本元道《錢神論》，點綴《漢書》班超、朱穆兩傳，語意生新，洵足啓初學悟境。然求新不已，流弊日滋，或失之迂怪，或失之輕俗，皆詩中惡道也。往見梁氏《兩般秋雨盦》所載雜句如「嶺松立雪周官束，塢竹藏雲商易深」、「芍藥花開菩薩面，棕櫚葉戰夜叉頭」、「古松奇似老名士，初月媚於新嫁娘」、「愁多不了消除帳，老至難懸迴避牌」之數聯者，非迂怪則輕俗，固不得以詩有比體藉口矣。

從兄子枚與余同庚，而詩筆不類，余詩多嬉笑之作，兄詩多愁苦之音，蓋性使然也。丙申之歲，年各五十，兄示余近作二首，興會淋漓，忽更故步。余慶以爲壽徵，急録諸此，用待後驗焉。詩題云《何兄居舊宅有留雲亭，故曾大父所建吟翠閣，後因閣材朽，改作亭。余曩栖兄處時，見亭側有梧桐一株，日益高竦，謬造名百尺梧桐閣。兄近即隙地立閣三層，雖方廣止八九尺，而直上三丈有奇。登眺之餘，撫今思昔，頗自快意。乃取余造名名之，並賦七言近體二章》曰：「吟翠凋零六十年，重新結構證前緣。量來十笏無多地，飛出重檐特占天。湧現恍升雲塔級，窮奢竟費露臺錢。凡材不是龍門望，也許高梧作比肩。」「疏懶心情久閉關，將衰那復出躋攀。仙居莫問人間世，勝具能收郭外山。高處置身無倚傍，空中著眼儘迴環。誰知輪與陶貞白，一枕松風更覺閒。」

宗人銘辛，吾族兄子也，恒與余爲竹林之游，故視群從爲密。其詩筆沉著高華，蓋深于少陵者。余近賦《五十述懷》七律四章，一時和作林立，唯銘辛詩最佳，亟登諸此，以誌吾宗文獻。其詩云：「江關小別四三年，憶出城闉踏暮煙。短榻共論詩竅要，華燈同踐酒因緣。騷人枌社今無主，驛使梅花遠有傳。手盥薔薇頻復誦，聞根新悟木犀禪。」「泉明舊締翟家姻，偕隱桃源占古春。手筆能傳方是壽，腹書可曬未爲貧。狂流漸謝嵇中散，豪士旁觀石季倫。且食蛤蜊不言事，一窩安樂駐吟身。」「紫薇花下戴貂冠，曾在中書侍謝安。儘有文章留鳳閣，無端身世戀漁竿。高風豈慕巖栖樂，來日明知世局難。未見銅駝委荊棘，稚川句漏已求丹。」「交態于今薄似紗，先生奇氣亘青霞。教兒不倩文干禄，捨宅翻將客作家。未減中年絲竹興，能栽照海李桃花。經生例享名山壽，請以岡陵祝歲華。」

駢文詞藻、音節皆有法則，范蔚宗《後漢書》諸論贊故爲上乘，次則沈休文、任彦昇亦自風流未隊。唐代作手自張燕公外，唯朱子奢《幽州仁昭寺碑》可稱傑構。宋人才力頗薄，遂不得不借助於成語，然長篇巨製，迄非所能。丁謂、楊億所纂封禪、郊祀等文，舉無足觀也。竊見近人學爲四六，或如律賦，或如紅禀，而駢文於是乎掃地矣。詞藻之法，貴在自然，工則極工，或不工則聽之，切勿强用借對；音節之法，貴以拗爲諧，以諧爲拗，切勿過事均調。

江寧潘清畏侍御敦儼彈劾權貴，罷官家居，資筆墨以娛老，有自著雜詩將付梓，六合汪明經爲題七律一首，甚佳，惜傳者忘其名字耳。題云：「鄙人瑟縮棲江潭，口嚼冰雪知回甘。戴笠久服杜陵老，騎驢欲覓楊升庵。青蒲晚節動京雒，紅顔宛委歸江南。藐姑仙子不可見，臨風搔首霜鬖鬖。」語意兀奡，足藥膚淺而起庸懦。

唐薇帥在臺嶠時，陰知事不可爲而不能去，日集諸名士爲詩鐘之會，所得佳句既夥，乃刊成一卷，命曰《詩畸》。陳柱北拔萃嘗豫焉，口述於余，余因掇而記之。上句次字限腹、下句次字限丹，云：「栗腹將才無那老，師丹吏事不曾忘。」上句四字限道、下句四字限清，云：「暮雲狄道驅車坂，春水臨清放牐船。」上句六字限回、下句六字限樹，云：「隻身渭水盟回紇，禿髮涼州定樹機。」並可誦也。亦有不甚雅馴者。上句咏美人乳、下句咏高帽云：「胸前酥雪雙峰暖，頂上威風一塔尖。」余易之云：「木瓜擲罷金訶艷，笥籜編成鐵柱空。」上句咏私孩、下句咏牛云：「春厠婢抛殘骨肉，夜叉鬼戴大頭顱。」余易之云：「商隱似聞歌藥轉，周京曾見放桃林。」附録於此，以質知音。

日本詩人有號淡齋者，手著百律行世。余嘗一覽盡之，猶記其一聯云：「争心已息觀棋懶，病骨猶羸禁酒嚴。」清婉宜人，雖中縣學者，或未之能先也。又一聯云：「名自緣無人識貴，身方爲與世乖閒。」造句亦拗折可喜。

芷湄兄嘗謁露筋祠，製五言一律，其中警句云：「全湖通夜白，萬柳失春青。」皆眼前真景，且有寓意。授余讀之，余以爲不免語病。兄乃屬余推敲，余始爲漫改曰：「全湖澂夜白，萬柳閟春青。」繼而兩聯互較，轉覺扭捏更甚，蓋大隄柳色，胡得以閟爲辭？由是反覆思之，數月不就。迨別歸海上，文窗多暇，重爲酌定，曰：「全湖終夜白，萬柳白春青。」自謂婉而多風，無復斧鑿痕迹矣。信乎劉舍人所謂「富于萬篇，貧于一字」者，誠非過語也。琢句既成，亟用函寄吾兄，以供賞析。

凡作小詩，貴有新意。向來咏七夕者，多爲别離愁苦之音，唯芷湄兄截句云：「天上一年爲一日，雙星無夕不團圓。」雋思妙諦，翻出吉祥文字，真可獨步詞壇矣。然亦有過于求新轉落乖辟者，則又不如其已。隨園咏楊妃曰：「馬嵬一死諸軍退，妾爲君王拒賊多。」又曰：「張均兄弟今何在，唯有楊妃死殉君。」此之謂刻畫無鹽。或人咏子陵釣臺曰：「一著羊裘便有心，虚名傳誦到而今。當時若荷漁蓑去，煙水茫茫何處尋。」此之謂唐突西施。

余嘗謂作時文者須善改題，前論審題得訣即改題法。非謂題真可改也，改題而適肖題，斯之謂善改。即如作虚縮題者，題爲「吾無行」三字，要當乙轉其句爲「無吾行」，緊扼「吾」字，下文「不與」意自透。後二比勒題處則曰：「如謂行其所行，未免自珍其爲吾也，則斷斷乎其無之；如謂吾之爲吾，竟若獨秘其所行也，則坦坦乎其無之。」又題爲「豈愛身」三字，要當旁註一字爲「豈不愛身」，重發愛身，下文「不若」意自透。後二比勒題處則曰：「儻謂身不足盡吾愛，即愛不必屬吾身也，則豈其然？儻謂愛之外更有愛，即身之外别有身也，則豈其然？」廬山真面既得，自然反看、側看無不中竅矣。

或問：「作虚冒題，必須冒下，乃先生又斥爲占下，將何以分别之？」笑應之曰：「虚冒題者，虚籠下意也，一經實按，則不謂之冒而謂之占矣。我先中議公嘗製『入曰』二字題，中二偶凌空起議，極擅勝場。出比曰：『欲審所非，莫若先審所是。』對比曰：『正伸其説，不如反較其情。』不即不離，不粘不脱，所以爲妙。設改云：『欲審争者之争，宜先審讓者之讓；欲伸父子之經，宜先較弟兄之詣。』則即而不能離，粘而不能脱，非占下而何？何難分别之有？」

詩貴造境，境以雅麗幽深、令人神往者爲上，雖在試帖，亦未嘗不然。有《賦得紅葉自知門》者，其項聯云：「十里珊瑚海，三家碌碡村。」可謂詩中有畫矣。詩貴協韻，韻以六通四闢、課虚責實者爲上，試帖之中尤以此擅長。近時專尚實韻者，固虚韻易飣，實韻不可飣也。有《賦得不可居無竹》者，其腹聯云：「案頭經日報，座上紀年書。」可謂詩雜仙心矣。

館閣試律，格調苦不甚高，然就題貼切，最足開濬初學。余幼時得力於此，兹爲爾等摘示之。《柳邊人歇待船歸》云：「苔磯三兩坐，畫檝一雙飛。帆結新蒲軟，茵鋪落絮肥。往來縈淺水，喧唤到斜暉。」《月中清露點朝衣》云：「宫袍涼有色，仙佩濕無聲。顆雜珍珠碎，光添錦繡明。簪裾排鷺序，星斗接龍城。」《樹含秋露曉》云：「濕翠濃于染，明珠潤欲流。飲蟬猶葉底，啼鳥已枝頭。」《家書新報橘千頭》云：「丁稅輸應早，庚郵訊乍真。江煙寒處景，鄉味客中身。」《茶煙輕颺落花風》云：「澹白斜還直，餘紅斷復連。晴和新火後，蕩漾夕陽天。」《路旁時賣故侯瓜》云：「渴除行道苦，夢斷戰場秋。」《柳塘春水漫》云：「鶯梭穿細雨，蛙鼓鬧斜陽。」《深山何處鐘》云：「白雲千嶂合，明月一聲聞。」《數莖紅蓼一漁船》云：「風光寒到雁，人影澹于鷗。」《五色筆》云：「書雲春放榜，賦日曉臨窗。」此中有造境法，有押韻法，有琢句法，有屬對法，皆明白淺近，令人易曉。其選本名曰《館律鴛鍼》，真可謂鴛鍼盡度矣。

凡山水畫屏四幀者，多分按四時，雖不必爲定則，然師出以律，固應爾爾。或用漁、樵、耕、讀[illegible]爲次序，愈益小樣矣。顧畫中必須有詩，而佳句殊不易覓。余嘗見潘蓮巢畫冊中有一詩曰：「春光脉脉雨冥冥，樓外山容一抹青。出谷新鶯偷喚客，隔花相對語丁寧。」此春景也。又於《芥子園畫譜》中見唐子畏一詩云：「楊柳陰陰首夏時，村邊齋館漫平池。鄰翁挈榼乘清早，來決輸贏昨日棋。」此夏景也。又見《閱微草堂筆記》中有題畫一詩曰：「野水平沙極目遥，半山紅樹影蕭蕭。酒樓人倚孤尊坐，看我騎驢過板橋。」此秋景也。又見龔聖予畫立幅系一詩曰：「谷口長松澗底藤，石橋山路晚登登。囊琴斗酒來何暮，空負寒齋隔夜燈。」此冬景也。四詩皆瀟灑有別致，且筆意如出一手。塗抹家初學吟咏，欲奪凡胎而換仙骨，正宜從此種求之。果能口誦心維，可先撲去俗塵三斗矣。

試律題，如賦得「佩聲歸到鳳池頭」、「二月黄鸝飛上林」等句，必須點明唐代宫禁，方不蹈玩褻之弊，否則通體頌揚，起處即用抬寫。但格式亦有一定，此恰宜依館律爲之，儻率爾操觚，望而知爲村學究已。

近時頌揚程式愈益講究，其「聖朝」、「皇上」等字，切不可落邊際一行，其八韻試帖，亦有不稱「盛代」而稱「熙代」者，取其一行字數扣足到底，然後跳行抬寫，自覺章法茂美，要皆辟支小乘耳。褚河南書《雁塔聖教序》「我皇帝」字様從我字空格，當時不以爲謬，今則萬不可行矣。然《同州聖教》即從皇字空格。

蘭成《竹杖賦》爲小物題闢出異徑，東坡《乳泉賦》爲雙關題抉開懸門。皆絶妙文心、絶妙文筆，裨益後學頗非淺尠，然亦在善悟者悟之耳。

乙未閏五月，同人社課，謁賦題於余，因拈「閏端陽」三字予之，作者率稱艾虎、菖羊、角黍、鱗艭等字復如何又如何云云，余視之，笑曰：「此皆死煞句下，非知文者。此題當超乎象外，乃得其環中。」同人請聞其恉，余曰：「端者，正也。聖人居正，天子當陽，豈宜有閏？然而自古有之。王莽，漢之閏端陽也；桓玄，晉之閏端陽也；武曌，唐之閏端陽也；張邦昌、劉豫，宋之閏端陽也。他如蜀吴三國、南北兩朝、梁唐五代，皆閏端陽也。崔鴻《十六國春秋》、歐陽修《十國世家》亦無非閏端陽也。推而言之，經學之鄭康成，端陽也，而何劭公則爲閏；理學之朱紫陽端陽也，而陸象山則爲閏；史學之司馬子長端陽也，而魏伯啓則爲閏；字學之許叔重端陽也，而李少温則爲閏；文學之賈、董、韓、蘇端陽也，而應休璉、樊宗師、徐彦伯則爲閏；詩學之曹、劉、李、杜，端陽也，而李長吉、盧玉川則爲閏；畫學之荆、關、董、巨，端陽也，而吴小仙、張平山則爲閏。蓋萬事之閏終不能掩乎正，故一歲之閏適足以定乎正，此其大旨也。」同人聞之，皆憬然若寤。

《得月樓賦鈔》有《牡丹花王賦》，張氏月槎評語直謂普天下才人學人一齊頫首，余獨以爲不然。或問其故，曰：「亦坐死煞句下耳。此題入手不得不略用揄揚，入後則宜純用規刺。如：『稻花能充天下之食，王何以不能拯飢？棉花能供天下之衣，王何以不能救寒？然猶可解之，曰群花之智力即王之智力也，群花之功名皆王之功名也。若夫梅花之高，則棄之寒山；菊花之傲，則屏之老圃；桂花之烈，則置之空庭；蓮花之潔，則陷之污泥。王者進賢之道安在？蘋花當澗，則任其浮蕩；藤花當路，則縱其延蔓；李花當門，則納其側豔；桃花當檐，則容其輕薄。王者退不肖之道安在？甚至梅聘海棠，聘非其偶，而王不問也，則掌判之制乖矣；竹彈甘蕉，彈非其罪，而王不理也，則聽訟之政廢矣。』末以『王亦自慚涼德，擇賢而與，遂禪位於蘭祖』作結。似此做法，是以議論運其詞藻，較之彼法，真有大小乘之别。學者於此宜知所從。」

昔掌禹錫喜出難題，故有「難題掌公」之目。今之試官喜出疑題，應試者讀書不多，往往因疑致誤。略舉數則，俾初學知所審慎。如「時文思索」者，《周禮》栗氏《量銘》也，或誤爲今之制藝；「喜雨志乎民」者，《公羊傳》語也，或誤爲東坡亭記；「田文、李克論功」者，魏之田文也，或誤爲孟嘗君；真西山且不免。「今事問仲舒」者，唐之高仲舒也，或誤爲董江都；「程表朱裏」者，馬融《長笛賦》語也，或誤爲宋理學；「黄花如散金」者，張翰暮春詩句也，或誤爲秋菊。凡此之類，指不勝僂。然初學知有此種疑竇，隨處手疏，隨時心識，自不至爲人所弄。顧亦有題句本無可疑，而讀書稍多，反自疑誤者，如「落霞與孤鶩齊飛」，以落霞爲水鳥；「波光摇海月」，以海月爲介蟲。謝靈運詩「挂席拾海月，揚帆采石華」句意自别。或妄作聰明，或輕聽戲謔，一言蔽之，總由不通文理耳。

三閭大夫被遷江南，作《漁父辭》，載在《楚辭》，此文人託興之筆也，司馬子長乃竟録爲事實，似乎乖史傳之例。曲逆侯解圍白登用美人計，本出桓譚《新論》，此文人好事之談也，應仲遠乃亦認爲事實，似乎乖史論之體。經有經之體例，史有史之體例。學者讀經、讀史，固宜先明大義，然此等處亦不可不知。

宋嘉祐制策，有曰：「治當先内，或曰何以爲京師？政在摘奸，或曰慎毋擾獄市。」按京師云云，此王儉述謝安之言也；獄市云云，此曹參屬齊相之言也。皆末季偏隅苟且偷安習氣，不足與論治道。昔者虞帝刑奸宄，文王慎庶獄，固已，下至燮臣如長魚矯，尚知御軌以刑；戰將若曹劇，尚知察獄以情。殷之亂也，寇攘式内；周之衰也，填寡宜岸。古無納污匿瑕、粉飾太平以爲治者。曹謝所言，所謂護疾忌醫者也。儻謂任用非人，激生變故，是以不如其已，此又所謂因噎廢食者也。東坡雄於文者，當時對策不能痛爲發揮，蓋來歷不詳，下筆自不敢放手。是以學者先貴博覽，次貴高論。

初學作「經始靈臺」題文，解用晉侯舍諸靈臺事，作「遷于負夏」題文，解用曾子吊于負夏事，即可謂之能讀書者。由此類推，會心不遠。

或問：「古有男子而女名者，馮婦也，徐夫人也，韓姬也，不亦可異矣乎？」余曰：「韓姬《漢書》作玘，不在此例。然以男子女名，專責之古，亦非通論也。今人取名，有以坤者，有以麟者，亦有以麐者。坤，妻道也；麟，大牝鹿也；麐，牝麒也。豈皆不爲雄飛甘爲雌伏之旨歟？知彼而不知此，是知二五而不知一十也。孔子曰：『拜而后稽顙，頹乎其順也。』則知稽顙而后拜者非順也，亦可知稽首、頓首而后拜者皆非順也。魯繆公餽子思鼎肉，其受之也，再拜稽首，其不受也，稽首再拜，順逆之意昭昭矣。今人以丹束請見，輒書曰『某某頓首拜』，不順之禮也，若云『某某再拜頓首』，斯爲得之。」

凡文章評語，貴能抉其奧窔，其繁詞汶飾者，皆下乘也。今人評文，多竊取平原《文賦》，甚有展轉相因，並不知其出自士衡者，尤陋之至已。此外有如章妥句適者，皇甫之頌韓文公也；

有如文從字順者，昌黎之許魁紀公也。試爲細心體驗，二語殊不易當，乃今以爲尋常公共之詞，動以獎借初學，豈非謬品？又如「毫髮無遺憾，波瀾獨老成」，「意愜關飛動，篇終接混茫」，「筆落驚風雨，詩成泣鬼神」，「冕旒俱秀發，旌旆共飛揚」等句，皆不知其爲老杜詩，甚矣末學之陋也。

文章之妙，即經濟之要。莊子謂批郤導窾、砉然奏刀，虞詡謂盤根錯節、以別利器，二義迴別，顧皆妙理也，亦皆要道也。推而論之，季良所稱「且攻其右」者，即「批郤導窾」之謂也；蔿賈所稱「不如伐庸」者，即「盤根錯節」之謂也。長魚矯「必先三郤、族大多怨」者，多怨即是「郤窾」，族大即是「根節」，又兼二説而神明之者也。誰謂文章無與經濟哉？孔門以政事、文學分科，特標目不可殺溷耳。

今之文人，識字不多，每於《説文》所不載之字，輒詆爲不合六書。嗟乎，彼所知之六書爲何書乎？何謂合，何謂不合乎？許氏一書，廣集衆説，特爲字學家屏去野狐禪，力標正法眼藏，其部首僅有一字者，亦大書曰「凡某之屬皆從某」可見。《玉篇》、《廣韻》增列諸字，但係有屬可從者，皆許氏所展卷以待者也。唯不知所從、無以下筆如《龍龕》、《心鏡》、《篇海》等書所收，斯必不可取耳。江徵君於許書未載之文悉黜弗用，並徐氏新附亦操矛逐之，此乃後世講門户、講畛域，戔戔自封之見，古之通人無是意也。不明古人之意，妄讀古人之書，其爲益也蓋寡。

內弟張岱雲恩泰天性好學，生八齡，偶感寒疾，閉置室中，終日披覽字典，樂而忘疲。甫弱冠，以瘵卒，蓋非恒人也。數十年來，吾見亦罕矣。嘗謂余曰：「凡讀一書，必須先讀其序，此首領之所系也。不得首領，何以會全體乎？凡誦一詩，必須兼誦其題，此眉目之所在也。不得眉目，何以窺真面乎？」余頗嗜典籍，而跡近涉獵，故岱雲以是爲規。附誌於此，俾後之誦讀家知所法守。

書劄中有稱閣下者，有稱執事者，有稱左右者，皆不敢斥言本身，姑自託於奴輩，謙之至也。若其事必須專指本身，則或稱先生，或稱大人，或稱吾兄以區别之。嘗見笨伯賀友生子，其簡首乃云「頃聞執事舉一男」，嘻，此大謬矣。此何事也，而可以僕代主耶？特記之以待《儒林外史》之續編、《笑林廣記》之增輯。東坡説帖書「左右」字猶用小字旁注，近人無此式也。

古無平、上、去、入之目，而諧聲諸字實兼用四聲以諧之，不得泥乎一字一音也。洛从各，路亦从各，一諧入聲，一諧去聲，此蓋古法。如从冓之字，諧入聲則爲斠，諧去聲則爲覯；从度之字，諧入聲則爲剫，諧去聲則爲渡；从尃之字，諧入聲則爲縛，諧去聲則爲賻。皆此例也。二徐疑路从各非聲，改作从各會意，猶未深通乎諧聲之法耳。

光緒二十年後，主文衡者競尚經書大義，截搭諸題寖衰寖息。二十四年夏，奉上諭罷去時文，秋，奉懿旨仍復時文，自是截搭之題稍稍復見於報。愚謂製截搭文者，亦須原本經義，方稱作手。假如題爲「能竭其力事君」，須用薛君《韓詩章句・汝墳篇》「如燬」、「孔邇」之義爲貫串；

題爲「未可與權至偏其反而」，須用董氏《春秋繁露·竹林篇》反經爲權之義爲貫串。上以是求，下以是應，安在許叔重、井文春不復見於今日乎？若戔戔然一挑半剔，真村塾黔驢技耳，何作手之足云。

古有實字虛用法，後人不通此法，未免少見多怪。相傳有塾師課三徒，始作破題，師命題曰「乘肥馬」，且各授以五字曰「觀賢者之所」，使各續一字於下，又教之曰此處必須到題，不得用題外之字。既而三徒呈藝，一用「乘」，一用「肥」，一用「馬」，師乃喟然而歎，因指用乘字者曰：「爾可讀書。彼二人者，並不可教誨也。」今按其師之言，可謂不通之甚矣。用乘字者，作庸文手也；用肥字、馬字者，作奇文手也。嘗爲成之，曰「觀賢者之所肥，知不徒歌乘馬矣」，此教以運用《毛詩》法。又爲成之，曰「觀賢者之所馬，唯家肥者能乘肥也」，此教以運用《戴禮》法。均能照下「富」字。因材而篤，善誘循循，安有不能讀書者哉。

《禮》云：「不學博依，不能安詩。」可見古之善詩者，未嘗不自博學中來也，若運用鮮明，所謂「神而明之，存乎其人」矣。歙縣程沓園孝廉與吾子鄉闈同譜，夙工小楷，曾爲其弟文園參軍書便面，余得借觀焉。所書爲《秋感》一十六首近體長句，後署「邱菽園先生作」。余自辭京輦後，交遊益寡，不知邱何籍何名，其詩則沉鬱蒼涼，頗似少陵野老。至驅遣史事觸批如意，又不僅以博覽擅長矣。因全録之，其詞曰：「痛哭空山最上頭，團圞明月負中秋。黄塵眯眼成新劫，青史填胸鬱古愁。海内幻民紛吐火，人間王母妄傳籌。横流滿目無安處，淚灑鄒生大九州。」「空山鶴警起霜鐘，一枕邯鄲夢正濃。豈有蒼生望安石，但云新政誤神宗。中原竿木愁分鹿，上郡衣冠詫駕龍。萬里風煙秋氣勁，甘泉聞説夜傳烽。」「漠漠燕雲望眼遮，九關秋閉阻雷車。飛符有詔搜逋客，侍櫛無人諫大家。萬騎防秋歸宿衛，百官陪列拜充華。夢中鸚鵡能言語，愁説黄臺再摘瓜。」「野死幽囚事豈真，竟傳蜚語惑愚民。蔓抄未定移宫案，莽伏須防跋扈臣。西日駒馳憂過隙，東雲龍出阻攀鱗。中興將相張韓盡，誰是平江對哭人。」「遺偈争傳黄檗禪，荒唐説餅更青田。戴鼇豈應遷都兆，逐鹿休謌厄運年。心痛少陽真畫地，眼驚太白果經天。祇憂讖緯非虚語，落日秋風意惘然。」「漫説才奇禍亦奇，是非朝議到今疑。違天憤血埋萇叔，去國扁舟異子皮。一網幾成名士獄，千秋重勒黨人碑。出門未敢輕西笑，時局驚聞似弈棋。」「變徵聲中起白虹，千門萬户冷西風。丁沽警集飛雲舸，甲帳寒生救日弓。忍把安危累君父，竟將成敗論英雄。望京樓上孤臣泣，殘月天南聽斷鴻。」「萬山寒色赴重陽，莽莽乾坤意黯傷。敢説臣君媚文母，未容孝孺問成王。東周紀月秋多蜮，西極占星夜動狼。笑指黄華亦時勢，金英開遍島臣章。」「鶴書赴隴正紛紛，誰料空勞覓舉勤。柴市歐刀酬國士，蘆溝襆被散徵君。垂藤求革青苗法，入衛能添白芀軍。赢得老儒同贊歎，篝燈重理説經文。」「浮雲西北望長安，轉緑回黄眼倦看。堂額競除新學字，門封重揭舊裁官。早知秦相能相壓，何有商君苦用鑽。辜負至尊憂社稷，千秋疑案説紅丸。」「萬方憂旱待甘霖，駭説神龍痼疾深。孝惠自緣高后病，叔文終誤順宗瘖。刊章畢反中朝汗，問鼎偏生敵國心。吟望低垂頭欲白，西風殘照滿秋林。」「秋肅春温總聖恩，不須公論白沉冤。荷戈竟歷新疆苦，得棅争輸舊黨尊。薦士詩休誦韓愈，逋臣迹已似張元。獨憐枉作無名死，中有文忠繼體孫。」「膠東海警接遼西，何意南來道更違。五虎門開集兵艦，九龍城近啓丸泥。攫金有士儕秦狗，戰水無軍等越犀。數往愁聞康節語，天津橋上杜鵑啼。」「悲秋有客卧江城，難遣蒼茫百感情。河決未消黄水勢，民飢易起黑山兵。石人敢信因謡出，金狄真愁應讖生。時難年荒正無奈，況堪江上鼓鼙聲。」「滿城落葉晚蕭蕭，磊塊憑誰借酒澆。玫瑰禍胎張異教，芙蓉毒焰煽花妖。悲歌燕市淒寒日，抉眼吴門鬱怒潮。留作遺臣千古恨，神州亂本未能消。」「不獨江南可賦哀，傷心聊復此登臺。佯狂伯虎全生命，改制公羊是黨魁。從古詩材兼史作，漫天秋色送愁來。廟堂且展安天手，儘把科場惱秀才。」按詩中語句，多指戊戌、己亥中閏都門變故，漫操囉嗊，未析嚨嘲，止是隱居放言，原非處士横議。後世讀者欲考求實際，當就此二年邸抄館報搜討根源。本集循例論文，不便宣著也。邱名煒萲，福建海澄人。

本朝七言律體，趙甌北以用力擅勝，王夢樓以不用力擅勝，後之人胹合兩家，有自擅於用力、不用力之間者，亦可謂湛深於此道矣。乙巳夏，余薄游武林，戴紫闓姊丈以湖舫見招。水天風景，自以三潭印月爲最，流連其間，見碑側有瀟湘漁人留題《聖湖秋思》八首，讀而好焉，以爲奄有趙、王二家之勝。將默識以歸鶴皋，三甥因言寺壁有橫幀書此，較爲完美，且自承録有副本，取閱尤便，乃暫置之。旋以蹀躞塵勞，未遑往取。既歸東海草堂，迄丙午夏搜羅文獻，始憶是詩，亟馳書戴甥，徵其副稿，嗣得甥却寄，蓋全本也。其詞云：「一夜西風動薜蘿，乾坤清氣入秋多。寒侵越水三更雁，瘦損吴山幾點螺。青鏡留連憎變换，黄陵歸隱笑蹉跎。銷魂錦帶橋邊路，聽徹砧聲奈汝何。」「便擬青門學種瓜，誰將往事訴琵琶。西泠霸業潮頭弩，南渡風流鏡裏花。鐵券蒼涼人代謝，玉鉤狼藉夕陽斜。匆匆結盡興亡局，一例霜林散晚鴉。」「何處金張此泊船，沉香雙陸夜如年。後房妙選嬌羅綺，前席高歌闘管絃。嘔出心肝誰報國，儻來富貴竟熏天。男兒要放千秋眼，縱畫淩煙亦偶然。」「間道南條水一支，要津久已失藩籬。含沙射影真無謂，同室操戈大是奇。不信處堂嬉燕雀，翻勞當路問狐狸。自强總賴天行健，矯首觚棱有所思。」「海潮江浪拍天浮，曼衍魚龍百戲秋。别創煙霞開浩劫，頗聞錢幣蠹清流。六州聚鐵難成錯，萬斛醇醪不解愁。知否中原薪膽日，幾人未雨肯綢繆。」「夢裏神馳泰岱高，黄流横決水滔滔。雁嗷已是無家别，馬煩還聞有釁挑。儻使一勞成永逸，應開直瀆瀉波濤。可憐振貸皆餘事，盼斷寒雲首重搔。」「江湖滿地一登臺，潦倒秋心入酒杯。薄宦已同萍梗泛，寒衣欲仗芰荷裁。屠龍身手終何用，羅雀門庭久不開。止有素娥單耐冷，夜深猶自照人來。」「竺雲高處聳孤亭，俯瞰群山入畫屏。萬象都隨流火變，百憂欲撼寸心靈。風霜併力催頭白，肝膽何人照汗青。悵觸天涯無限感，楚辭哀怨不堪聽。」其跋云：「右《聖湖秋思》八首，故友石紫林作。借湖山之嘯傲，抒忠愛之悃忱。殆以瀼西、劍南合爐而冶者歟？嗟乎，紫林詩人也，然僅以詩人目紫林，失紫林矣。計其宦浙，歷二十三稔，始得一榷嵊篆，視事四十九日而殁。嵊之人家祭巷哭，喪歸日攀號載塗。刊有《四山響應録》，用誌遺愛。其德化感人，神速若此。使天假以年，得竟其才，所表見者，又不知如何也。同鄉老友任景唐以紫林雖不僅以詩傳，而此詩題處既隱姓名曰『瀟湘漁人』，且字迹亦漸剥落，未可聽其湮没，爰以衍波謄之，張諸三潭印月之寺壁，俾後之攬者，免沿路訪。斯人之感，紫林有知，當不以余與景唐爲多事焉。紫林名治棠，湘之寧遠人也。時光緒戊戌小春日。湘鄉李續祜識並書。」甥疏自言疇昔就石録詩，未睹壁本，此跋則特泛瓜皮躬往補繕者也。按從來題壁之作多難覈考，兹乃獨得其詳，任、李兩君固與鄙人同嗜，而戴甥遠踐宿諾，表章人文，厥功不細矣。

余幼時讀黄君基《三顧草廬賦》，筆既修潔，語多逋峭，視唐賢有過之無不及處。其首段一聯曰：「時實需才，恨相見也何晚矣；君能趨士，欲有謀焉則就之。」微嫌出聯琢句尚欠自然，繼見選本有改之者曰「恨相見兮何晚也」，仍以假鬢進武安耳。後爲諸徒講藝，因易其句曰：「道不干時，得其門者或寡矣。」以《論》儷《孟》，始爲强對。未審黄君有知，將奉余爲七字師否？

近來新學日盛，古學寖衰，尋常日用之文亦因之累變。一變而生吞西譯，再變而爛嚼東詞。

夫西書譯本具有底蘊，非一覽所可了如。光學之回光、折光也，重學之中心、重心也，力學之吸力、壓力也，水學之緣力、漲力也，電學之傳電、阻電也，聲學之記音、留音也，算學之起點、極點也，立積、面積也，化學之空氣、炭氣也，原質、雜質也。此數者，能近取譬，是亦爲文之方。唯彼以實詣臻之，我以虛譚使之，未免自降一等耳。若東文詞句，皆我之敝帚，何爲乎效之？我本習言「風波」，茲效彼言「風潮」，「潮」豈勝乎？我本習言「熱腸」，茲效彼言「熱心」，「心」豈勝乎？我本習言「改正」，茲效彼言「改良」，「良」豈勝乎？我本習言「出色」，茲效彼言「特色」，「特」豈勝乎？我本習言「内心」，茲效彼言「内容」，「容」豈勝乎？我本習言「難題」，茲效彼言「問題」，「問」豈勝乎？我本習言「蠢動」，茲效彼言「暴動」，「暴」豈勝乎？我本習言「壹體」，茲效彼言「團體」，「團」豈勝乎？我本習言「義舉」，茲效彼言「義務」，「務」豈勝乎？我本習言「思路」，茲效彼言「思想界」，「界」豈勝乎？嗟虖，曾束帛戔戔之不若，猶原田每每之爭趨。若而人者，吾疑其有竊疾矣。

太倉徐菊生敦穆績學工詩，所著《賓笏軒全集》細筋入骨，静氣迎人。與吾從兄子枚交最善，兄欲爲製序，屬余捉刀，因得窺見一辦焉。茲録其庚午秋賦《回舟夜泊京口》之作云：「薄暮客程急，征帆葉葉開。江風吹月上，關樹擁山來。鬼蜮瞻夷落，蟲沙惜將才。扁舟泊煙水，重訪妙高臺。」「形勝南徐鎮，名區北固樓。六朝幾人物，萬古此江流。雲氣連瓜步，潮聲下石頭。清時防禦在，列戍控諸州。」「一尊京口酒，醉裏試長吟。雁陣秋情迴，龍窩夜氣深。江山文事助，科第少年心。預促明朝發，高樓急練砧。」按三首中，題前題後、所見所聞，景中情、情中景，無不井井有條、步武唐賢，信可謂重規疊矩。

張忠武公諱國樑，字殿臣，爲中興名將第一，戰功卓著。惜乎天未厭亂，赭寇方張，身殉丹陽，東南糜爛。時李小湖學使視學江蘇，特製哀詞四首，云：「夙生周處定無疑，蛟席回心化老羆。嶺表有名鍾秀獨，公廣東人，流寓廣西。江南無福受降遲。威弧正向天狼射，絕靮偏教扇馬騎。公常乘馬，至丹陽斃。翼長王浚贈公扇馬，公試騎奔逸，墮橋下，以是受創，遂致于敗。淚灑前功曾幾死，萬人袵席一身危。」「賈復終然忌寇恂，進明又不援張巡。中軍倡走先空郯，鄰境同仇莫望秦。旨酒一盛群鼓譟，長矛十盪劇悲辛。若非事裂諸公手，名將何愁敗兩甄。」「投壺亦復解詩歌，孰謂將軍怏怏多。長把知音哭宗澤，那堪爲國下廉頗。餘威猶震卭崍坂，散部誰充曳落河。累見靈旗颯風雨，鬼雄殺賊相天戈。」「遮蔽東南財賦區，金甌大局繫三吴。已愁獨木支全廈，況駭中流失一壺。馬革裹屍情慷慨，虎賁送葬典模糊。公陣亡時三帥不睦，數月後乃得恤旨。從今玉乳泉休飲，萬斛悲音咽練湖。」按小湖學士詩多游戲，此四律精心結撰，略無仲宣體弱、宋五坦率之病，可以傳公者自傳矣。

悲哉，何今日代閒人言與行之互愇也，名與實之互綟也。妄自尊大幾於子陽，而尚云平權；各爲覬奪比於蔡确，而尚云團體；意廣才疏等於孔融，而尚云熱心；多端寡要亞於袁紹，而尚云改良；持戟失伍見罪於孔距心，而尚云自强；輓弓識字見輕於張弘靖，而尚云文明。尤可怪者，滿讕殘駡，若有深惡痛絶於武后，而濫附革命黨，誠不解其何説，更不測其何心。吾宗燕孫從子以丙戌進士，筮仕奉天，由邑宰洊升監司，近更卜築陪京，有終焉之志。東三省爲我朝根本重地，數年來俄鄰虎踞，鬍匪鴟張，危亂之餘，頗形岌岌。燕孫此舉，似非不入不居之義。少琴從子乃其同堂弱弟，夀從吾游甚久，後登己丑賢書，秉如皋鐸。昨接燕孫手報，特製近體長句四章却寄之，婉爾多風，深得詩人宗旨，唯不炫博、不矜奇，衣鉢源流，一而二矣，喜爲綴録於此，其詩云：「峰巒如畫擁江城，中有先人屋數楹。渌水樓臺長攬勝，烏衣門巷舊知名。倉皇烽火驚三月，迢遞家山隔幾程。宦海茫茫無畔岸，直將官舍寄浮生。」「傳到遼陽一紙書，喜聞海上得新居。扶携老幼天俱適，俯仰琴尊地有餘。退食閒齋安澹泊，歷官巖邑憶崎嶇。盈庭瑞采知何屬，蕙蒨芝蘭滿玉除。」「遼水江天一樣寬，月明何處不團欒。但令堂構清芬紹，便作箕裘世德觀。持此丕基貽後葉，謝他瘴海競狂瀾。關東人物知多少，令聞應推管幼安。」「媿我婆娑無遠志，在山小草亦生春。枕流身世期招隱，捧檄情懷爲養親。冷署偶栽三徑菊，故園孤負九秋蒓。竹林煙雨携柑酒，待與流鶯結比鄰。」

《禮》云：「命太史陳詩以觀民風。」故古者里巷怨咨直達四聰之聽，而今亡矣。咸豐癸丑歲，赭寇下江南，焚掠甚慘。吾家遷流轉徙，越半載始抵泰州。余甫七齡，爾時所見所聞，未能筆記。時有《京口竹枝詞》，語多俚鄙，不足以傳，後見陸劍芝年丈《村居雜感》四首正咏其事，亟録之以代輶軒。其詞曰：「大川欲濟悵無舟，禁暴何人築武邱。營裏樓臺都入畫，軍中粉黛不知愁。一時技擊餘貂尾，萬里侯封負虎頭。莫道長江波浪闊，旁觀冷眼有沙鷗。」「回首江頭戰血殷，愁雲漠漠雨潸潸。寇來自落千尋鎖，險失真開四扇關。布地無功金早盡，補天有術石皆頑。直須請劍舒孤憤，太息英雄廣武山。」「阡陌平除作戰場，連村聞警亦披猖。投繯婦女成家瑞，置巷嬰兒等國殤。僅有孑遺在雲漢，更堪大掠甚咸陽。延燒本屬家人事，莫怪諸公木石腸。」「全師河上轉逍遥，在路弓旌肯見招。自是軍容同霸棘，豈真敵勢似苻姚。烽煙滿日經三歲，花柳何心問六朝。知否五湖最深處，怒騰還有子胥潮。」按四詩責驕將者多，繪流民者少，然亦可謂實録矣。又同時有尹杏農侍御《讀史》四首云：「誤將姑息當慈祥，懺悔惟憑貝葉章。大帥不逢邊佛子，奸民誰作宋金剛。果能先事教薪徙，何至難圖引蔓長。萌嶺梧關天下險，那容群盜恣猖狂。」「詔書日夜起廉頗，輿疾勤王奈老何。五丈隕星臣力盡，三軍吹律死聲多。中原蹂躪驚蛇豕，故壘荒涼失鸛鵝。自古勝兵由勝將，征南舊部淚滂沱。」林文忠赴粵招撫，旋薨於塗，是篇似指此。「月暈重圍急請兵，天威賜劍許專征。督師敢謂同殷浩，元帥如聞用孟明。蘭錡親軍誰陷陣，藩屏要地望移營。曹侯相業能無擾，小醜何難奏廓清。」「纔看越嶠息衝梯，又報衡陽急鼓聾。逋寇縱横行險鹿，疆臣進退觸藩羝。焚舟自覺湘潭隘，棄甲猶聞嶽麓低。獨有憂時陶士行，孤城吐氣作虹霓。」按此四詩嫥歸咎於謀國、謀軍者，所謂探本立論者也。

詩有變風變雅，良以賢士大夫遭逢喪亂，有不禁痛心疾首而言之者。視勞人思婦，其境殊，其旨壹也。咸豐庚申之變，洋兵北上，駕幸熱河，天下殆哉岌岌矣。浙江俞曲園太史、江西高陶堂大令先後咏其事，亦變風變雅之流也。曲園《感事四章》曰：「海上軍容盛火荼，名王自領黑頭都。獨當淝水心原壯，一失街亭勢已孤。九地藏兵狐善搰，重洋傳檄鱷難驅。遥知此夕甘泉望，早見烽煙照大沽。」「鬱鬱三山次第開，離宮别殿似蓬萊。累朝制度周靈囿，每歲巡遊漢曲臺。海外黨帆來絡繹，雲中鳳闕失崔巍。昆明湖畔波如鏡，猶望春風玉輦來。」「漢代和戎計最疏，重煩供帳大鴻臚。天吴紫鳳真兒戲，清酒黄龍是誓書。式璧齊廷聘鶡鴇，擊鐘魯國饗鶢鶋。幾時竿上垂明月，釣取吞舟海大魚。」「先朝講武舊圍場，蕭瑟秋風塞外涼。早望羽車迴谷口，漫勞石鼓刻岐陽。飛黄一去清塵遠，凝碧重來法曲荒。剩有開元朝士在，頹唐詩筆賦連昌。」陶堂《漢家四章》曰：「漢家新樂舞雲翹，酒醒丁沽萬里潮。尺二嫚書鳴狗彘，五千棲甲卷蟬貂。當關已哭歸元將，抗疏猶争辨色朝。幾宿賢良門下直，落槐如雨送吟飈。」「水斷盧龍八月冰，寒沉毳帳夜生棱。郊人聚橐田無燭，堠吏迎鑾馬不騰。璧月璚枝空邸第，銅牙砮矢在園陵。六宫休惜蒙霜露，羈旅乾坤數中興。」「何處郎官碧血封，金犀池上火雲彤。遥聞斬使非軍志，豈意修防有國容。北鄙秦師驕鄭賈，南征申伯痛周宗。懷柔事事干寬政，恩澤千秋溢賜鍾。」「蹕路蕪深四十年，翠華光動舊山川。鑄成精鐵籠車轂，割與流蘇飾馬鞴。迅鼓鞻皮驅涿野，還羅豹尾待甘泉。館幽營洛非常計，七誓雄規日麗天。」余嘗謂俞之俊逸清新將追太白，高之沉浸穠郁幾逼昌黎，均非尋常所及。世有識者，當不河漢斯言。玉堂金殿，要在論思，貢媚導諛，非職也。同治初元，李小湖學士有題詩一通，堪稱合作。蓋指陳實事，頌不忘規，以嶧山刻石之文，兼浯谿磨厓之義，是不可以弗録者。其題曰：「搶攘羈栖，不閲邸鈔兩載矣。近聞新天子迴鑾登極，以恭邸爲議政王，固叔父之親賢也。而怡藩載垣、鄭藩端華協揆肅順，以謀危社稷伏誅，額駙景壽及樞臣穆蔭、匡源、杜翰、焦(右)〔佑〕瀛以附同載垣等矯詔爲贊襄大臣，各加褫遣。敬賦四詩，以頌朝廷清明而伸中外望治之意。」其詩曰：「冲齡定鼎古來無，重振家聲六尺孤。七政煇聯占象緯，欽天監奏，四月合璧，五星連珠。三監事白感狼胡。治方總己官僚肅，鳴便驚人士庶孚。聖聖相承非異揆，堯憂驩鯀舜加誅。」「雲氣蒼梧闇野廬，璇闈含淚返金輿。宣仁懿化開元祐，明德慈徽炤建初。精意睢麟萬事本，譖言豺虎一朝除。紛紛枉阻垂簾制，臺諫憂時早上書。」董元醇奏請皇太后聽政。「爲痛宗盟賜白裁，難逃齊斧有渠魁。載垣、端華自盡，肅順斬決。由中嘗矯斜封敕，歇後虚充亞相才。李傕脅持三乘去，章惇離間兩宫來。本朝臣子從無此，貽笑蒙塵轍共哀。」「返闕方將巨猾收，免教行在變苗劉。朋從端合懲樞府，旅進何能貸粉侯。國病先期元氣復，時艱彌切乏才憂。江湖正爾心王室，夢想天邊傳説舟。」

庚戌歲，余在邗江，館於項氏，恒與吳仲遠允徠分轉以韻語相倡龢。仲遠詣省垣，謁樊雲門方伯，得《樊山集》以歸，因道集中迴文體、雙關體之工妙，似欲學步，余急尼之曰：「此皆小家數，壯夫不爲也。」既而隨手翻閲，得見《晉陽五首》，即録其四云：「晉陽西指玉衣寒，跋履真如蜀道難。蟲滿液池鴞仆柳，馬嘶宮禁泣幽蘭。麻鞋乘閒奔行在，豆粥臨岐勸御餐。猶有前朝豹房月，居庸夜出揭帷看。」「大同宣府羽書頻，郡縣交迎玉輅塵。乍進翟褕煇蹕路，漸看豹尾備鉤陳。金戈鐵騎風雲慘，紫蓋黄旗日月新。不意今年秋社飯，百官齊念老來身。」「宫車晚度雁門深，御宿逶迤白日陰。夜雨淋鈴雙淚眼，長星勸酒萬年心。蛟盤一峽愁青玉，虎卧重關扼紫金。謂升吉甫、方伯允。誰識幽燕諸敗將，執戈争擁翠華臨。」「回首金臺落照餘，奉先寶殿近何如。太妃兩膳開蟾鎖，夷軍聞宫中有咸、同主位，因令照常進膳。留守雙丸走蠟書。畿輔諸城等僑置，朝官連日有新除。行宫夜見傷心月，争怪常儀緑鬢疏。」又《聞都門消息》五首，復録其三云：「上林秋雁忽西翔，凝筆池頭孰舉觴。市有醉人偁異瑞，巢無完卵亦奇殃。犬銜朱邸焚餘骨，烏啄黄驄戰後瘡。滿目蓬蒿人迹少，向來多是管絃場。」「百年喬木委秋風，三月銅街火尚紅。崇愷珊珠兵子手，宋元書畫冷攤中。金華學士羈僧寺，玉雪兒郎雜酒傭。間得圓明雙鶴語，庚申庚子再相逢。」「島人列檄罪諸王，數到瓊枝絶可傷。待取血膋觴福鹿，誰將眼箸謎貪狼。伯霜仲雪俱危苦，宋劭殷辛僭比方。公法每寬親貴議，可須函首越重洋。」按此七章紀庚子西狩，特徵翔實，足爲菽園補遺，且詩筆亦儼然瑜亮，洵不可多覯矣。

集成句爲詩，最難自然。余生平不喜此格，間有所作，不入本集，兹姑録二則焉。余自光緒丁亥乞假南歸，京輦故人稍稍疏矣，獨延子澄同年書札往還不斷，嘗集唐詩成五律一首却寄之，曰：「置酒長安道，媿君相見頻。浮雲一别後，落日五湖春。名豈文章著，閒依農圃鄰。寄書常不達，獨有宦游人。」癸卯秋，宗人銘辛把晤金陵，旋即别往鄂渚。余歸江上，作五言八韻寄懷，亦集唐詩，云：「江漢曾爲客，風塵何所期。罷歸無舊業，疑誤有新知。下馬飲君酒，聞蟬但益悲。渚雲低暗渡，浦樹遠含滋。一路經行處，孤飛自可疑。故關衰草遍，建業暮鐘時。北土非吾願，南陵寓使遲。永懷愁不寐，竟夕起相思。」義山「南陵」句不知何指，余則以鎮江爲南蘭陵，姑借用之。

盱眙王仲皋穆之嘗以手録黄公度太守《今别離》詞四章示余，余悦其詩，因留其稿。今仲皋墓已宿草，詩稿猶存篋衍，合繕登之，其一章曰：「别腸轉如輪，一刻既萬周。眼見雙輪馳，益增心中憂。古亦有山川，古亦有車舟。車舟載别離，行止猶自由。今日舟與車，併力生離愁。明知須臾景，不許少綢繆。鐘聲一及時，頃刻不少留。雖有萬鈞柁，動如繞指柔。豈無打頭風，亦不畏石尤。送者未及返，君在天盡頭。望影倏不見，煙波杳悠悠。去矣一何速，歸如留滯不？所願君歸時，快乘輕氣球。」其二章曰：「朝寄平安語，暮寄相思字。馳書迅如電，云是君所寄。既非君手書，又無君默記。雖署花字名，知誰鈐紙尾。尋常並坐語，未遽悉心事。況經三四譯，豈能達人意。只有斑斑墨，類似臨行淚。門前兩行樹，離離到天際。中央如有絲，有絲兩頭繫。如何君寄書，斷續不時至。每日百須臾，書到時有幾。一息不見聞，使我容顏悴。安得如電光，一閃至君旁。」其三章曰：「開函喜動色，分明似君容。自君鏡奩來，入妾懷袖中。臨行剪中衣，是妾親手縫。肥瘦妾自思，今昔將毋同。自別思見君，情如春酒濃。今日見君面，猶覺心忡忡。攬鏡妾自照，顏色桃花紅。開篋持贈君，如與君相逢。妾有釵插鬢，君有襟當胸。雙懸可憐影，汝我長相從。雖則長相從，別恨終無窮。對面不解語，若隔山萬重。自非夢來往，密意何由通。」其四章曰：「古人貴守身，甲胄與干櫓。匪必求利器，要惟信義處。別來君自强，君亦宜周防。或謂格林好，或謂毛瑟良。區區一丸泥，鋒鋭雖莫當。頗慮發之暴，物我成兩殤。譬如城門火，竟罹池魚殃。男兒志報國，原知死封疆。馬革裹屍還，猶堪酬一觴。儻隨南沙化，何處詢昭王。拗蓮寸寸絲，擣麝塵塵香。絲香有時盡，相思無時忘。一別長相思，更比長安長。」按四詩並指新界器用，微示不滿之意，手眼俱高。一章言火車船，二章言電綫報，三章言照相片，四章言快槍炮也。言下各以雖字捩轉，而用法各異，使人弗覺，誠爲語妙天下。頃見鄭氏《詩史》亦載是篇，黄名遵憲，官至廉訪。唯第四章無一字同者，孰優孰劣，聽識者辨之。

小學之衰，至今尤甚。壬字象懷妊形，妊、任字从之；壬字从人在土上，大徐説亦申許氏意。廷、聽字从之。今乃書辛壬作壬矣。亙字从舟，栖、緪字同之。栖、緪並从恆，非从亙也，故曰同亙，即栖之重文。亘字从囘，宣、咺字从之。今乃書綿亙作亘矣。又有蒙字本从艸，今乃从廾；曳字本从申加丿，今乃加點。皆漫不考核之過也。

昔人謂跡字爲自切之字，以足亦合呼，適得跡音也。余謂以此類推，不止一跡字也。舍予爲舒，弗貝爲費，壹恣爲懿，京尤爲就，古人諧聲，四聲合用。並曰自切也可。偶與初學談切韻，因併及之。

延子澄嘗示余昭文孫師鄭選刻《四朝詩史》，因亦徵余詩，余移書諍之曰：「《詩》亡然後《春秋》作，是詩可代史，詩不必藉史取重也。且唐代詩人林立，稱『詩史』者止少陵一老，何今日杜老之多乎？試披其集，則陳筱石㩳内之篇，何潤夫好噉之作，並收入卷，此何物也，而亦充史料乎？使劉子元見之，必斥爲藥渣、果核之不若矣。」子澂置弗答。既而逐家檢校，頗與余近録相同。其祥符馮氏果卿《庚子感事三首》，亦誠不失爲史裁也，亟補登之，云：「望斷神兵下九霄，沙蟲化盡陣雲驕。西風戰鼓聲先死，東市朝衣血未消。夢繞觚棱金闕迥，魂飛車騎翠華遥。茫茫家國無窮恨，濁酒難將塊磊澆。」「詔書哀痛下并州，何日衣冠拜冕旒。飄泊杜陵常作客，蕭條宋玉況逢秋。滄桑變幻成孤注，宫柳淒涼斷曉籌。搔首問天天竟醉，銅駝荆棘不勝愁。」「邊城曙色上旌旗，淚灑新亭誤局棋。九陌煙塵生慘澹，一家骨肉痛流離。心旌終日愁無定，足繭荒山倦不支。聞道西平新畫策，披雲重見漢官儀。」其餘所選同於余者，里居、爵秩視余加詳，後有稽考及此者，從鄭本求之可也。

唐人五律固多傑作，必推少陵爲極則者，大家與名家自有分也。然後人學杜，非從杜入，唯仰事漢魏，旁通莊釋，多所關覽，自得神悟，方可升少陵之堂而入其室。鄭選《詩史》中得法者二人，特無干於史事。敝集以論文爲主，得竊取之。歸安朱氏古微《偕金鼓青過何氏艮園》四首云：「鄉關搖落後，君亦杜門偏。病脚蘇殘暑，澄心落古泉。林陰專祗得，盤實削瓜圓。酒觴非吾事，匡牀坐晚天。」「河汲論交晚，琴尊閒日開。興移無屐齒，詩罷點牆苔。機息林香發，天清塔影來。不須風扇拂，真氣辟飛埃。」「小牓幽人屋，新邀過侶懽。安巢無越鳥，傾槖買花闌。緗帙繙逾靜，風漪對不寒。滄洲吾亦羨，無路問漁竿。」「鄉緒不能理，清尊相向淒。朗吟蹇士賦，苦說碧山棲。迴鞚穿林失，炎雲覆蓋低。日歸情不愜，身外正蒿藜。」又會稽李氏越縵《病起示樊雲門二首》云：「强自扶筇起，南榮一晌懽。朝陽如我待，殘雪儘人看。裘敝偏知重，簾垂不隔寒。有身應有觸，翻羨捨支蘭。」「寂寞同岑友，時時裹飯來。一朝投杖笑，相喜素書開。摩詰燈無盡，尸陀肉未灰。歲寒窗竹在，日日共尊罍。」

詩家隸事，有令人知其爲使事者，有令人不察爲使事者，各立宗派，正不必過分軒輊也。鄭氏選本中如黄公度《秦淮夜泛和易實甫》一首，足徵其典贍矣。詩曰：「九州莽莽匆匆走，兩鬢蕭蕭漸漸枯。隔絶蓬萊來附鶴，折餘楊柳可藏烏。筆留白石飛仙句，袖有青谿小妹圖。猶是人間乾浄土，莫將樂國當窮途。」如劉裴村《感懷》一首，幾歎其清刻矣。詩曰：「肯信村塵有是非，年來閲世學忘機。枕中車轂難妨夢，畫裏江船且當歸。北地有人耕陸海，西山終古送斜暉。驚心塞雁程三萬，似避刀弦併力飛。」劉名光第，於戊戌見法，爲六士之一。余曾用明季獄生黄芝六瓣事製聯以誄之，見《叢話》。

應酬之作，易落凡下，必欲自成一子，雖大而近於擲，簡而鄰於傲，亦所弗恤矣。易氏實甫順鼎《賀梁節庵新除襄陽兵備》云：「九重殿上詔書新，世載臺前舊諫臣。始用豸驄酬國士，差宜龍鳳作州民。中年得地誰云晚，末劫回天尚可春。江漢滔滔看共濟，此生應免歎迷津。」此可謂大而擲歟？陳氏伯潛寶琛《和沈愛蒼倡修江西宛在堂詩龕見寄》二律之一云：「菱蘼彌望損湖光，誰更荒龕訊瓣香。失喜故人今岳牧，得閒鄉夢在滄浪。晉安風雅吾能説，天寶呻吟事可常。兩紀蕭條携手處，百花洲上舊祠堂。」此可謂簡而傲歟？或謂易詩工切似吴梅村，陳詩高雅似李崆峒，亦然。兩詩亦録自鄭選本。

人有恒言，皆曰詩詞，其實詩與詞異；皆曰詞曲，其實詞與曲異。詩人自高，輒謂詞爲詩餘；詞人自高，轉謂詞爲詩源。余謂不必争也。詩道之尊，以尼山所删《三百篇》爲之宗主，詞當少讓一籌。至於詞無犯調，曲則三犯、四犯習以爲常，蓋非此不能恣意所如、淋漓盡致也。大抵治詩不已，往往自入於詞；治詞不已，往往自入於曲。亦有不期然而然者。貴詩賤詞者非也，貴詞賤曲者亦非也。

詞學發起於唐，發達於元，元以取士。宋人其中峰也，一代作家輩出，而吾意獨以辛忠敏爲依歸。除岳少保、文信國及王荆公以人見重，少許勝多，所當别論外，唯稼軒寓聲之作，余嘗手録至四十餘首。若玉局之豪邁、屯田之旖旎，與夫白石之清婉、二窗之新穎，採摭處正自惜墨如金。子野、美成，竟從屏棄矣。蓋從來詞人結癖，綺語占十之七，苦語占十之三，無復文章光綫，而稼軒則英雄兒女、富貴神仙，胥繇腕下合同而化。夫惟大雅卓爾不群，故不禁一讀一擊節也。何物劉潛夫乃呰其掉弄書袋？然則詞家固應作里巷譚乎？陋哉斯言，其罪在不讀墳典之上，其蒙在不識之無之下矣。

辛亥孟秋，余客邗上，同里葉杏衫玉森明經邀余攝海門吟社。丈席杏衫精於詞者，輒就余諏題，於是詞律一道。鼏之淺嘗輒止者，今亦樂此不疲矣。若曲部中，則竱賞《臨川四夢》，兼及懷寧《燕箋》，它如笠翁之《十種》、藏園之《九種》，尚且不欲觀之，至《荆》、《劉》、《拜》、《殺》，雖鼎鼎有名，而俚鄙已甚，均付諸不食馬肝之列已。

歸在蝶園時，崇君伯鴻嘗示余雲林居士立幅數本，並超逸絶塵。又示余墨井道人册頁十二番，亦蒼秀多致，確爲真本。適有售石谷子《秋山圖》巨幀者，上有梅村題七絶二首，伯鴻取決於余。余視其畫既劣，其詩尤惡，屏不欲觀。伯鴻猶殷殷致詰，余笑曰：「果有作此畫之石谷，所當敲手；設有作此詩之梅村，竟嘗擊臀。」坐客爲之哄笑。

昨在項韻濤大令館中見黄小松《訪碑圖》，純乎卷軸之氣，固真本也。小松真迹未爲難得。又見馬瑶草爲楊龍友作《秋林亭子圖》，筆頗不俗，余亦許爲真蹟。芷湄從兄適至，因請觀之，兄曰：「水墨尚欠自然，此僞造也。」余曰：「瑶草不齒於士類，嘗有流傳手蹟被人改爲馮玉英者，馬名士英。作僞家恐不出此。」兄曰：「凡書畫贋本，非託名奇忠即託名巨奸，一則令人不敢議其僞，一則令人不必疑其僞也。正是僞造匱董之秘訣。」余深服其説。

芍亭先生纂述宏富，此其最淺近者，然篇法、句法、字法已非凡手所能至，爲初學淘濬心竅，開闢眼光，嘉惠正復不細。櫟者，守草樓也。先生家有菜田，故有是名。蜀琴世兄亦能文，可謂父菑子播矣。菑、播古今字也。乙未中冬，會稽胡玉德讀畢書之，即以爲跋。

吾家世以聚徒講學爲業，余早歲即嘗事舌耕。三十以後，待詔金馬門，青氈寖曠。四十以後，假旋海上。吾子長矣，苦所居廣斥，出門負極，罕所適從，不得已復理舊職，且以教己子者兼教門人焉。此間績學之士騰躍環集，好我實深。余亦昕夕孜孜，樂與講貫。凡古人之經籍、當代之文章，隨口稱亦即隨手鈔纂，日積月累，居然成帙，名之曰《菑畬櫟論文》，示志在佑我後人，非敢以皋比自命也。異日刊以問世，或以爲論癡之符也則可矣，或以爲嘉話之録也則過。光緒二十三年八月朔旦古谷陽趙氏邵亭父自書於玭山講堂。

文略

吴蔭培　撰

《文略》五卷首三卷

吴蔭培 撰

吴蔭培（一八五二—一九二〇），字少渠，號艮思，安徽歙縣人。清同治十二年（一八七三）舉人，歷官刑部、外務部郎中，民國時任職北京商税徵收局、農商部漁牧司等部門。能詩文，善繪畫，潛心學術，采摘經史，著《辭徵》、《學徵》、《文徵》、《新安吴氏詩文存》、《紫雲山房稿》、《文章軌範集評》、《蜀抱軒文鈔》等。父載勳，字慕渠，有《味陶軒集》、《夢夢齋詞航》等；子保琳，字洛白，有《停雲集》、《歙縣金石志》等，均有文名。事見吴吉祜輯《豐南志》卷三、《民國歙縣志》卷六「吴載勳」條附。另有吴縣吴蔭培，字樹白，非此人。

吴蔭培撰此書，最初似僅因子弟趨向未定，學術未純，故廣徵四部，於光緒二十七年（一九〇一）輯《文徵》六卷，以備用於家塾。後又幾經增删，改作《文略》五卷首三卷。因有感於日本小林氏對中國文學之推崇，更負「鎔鑄古今，勉求國粹」之責任，故而全書展現出作者在歐風美雨的時代思潮中對漢民族文學的獨特思考。全書出入經史，雜取百家，分門别類，「爰以原學、養蒙、立志、力行、識字、讀書各條冠之編首，復取姚姬傳氏之所謂格律、聲色、神理、氣味，而先之以典章、意義」，頗有特色。吴氏論文强調修身處世的儒家立場，首三卷重在作文之準備，從爲人處世到文字音韻，從經籍概覽到讀書要義，都予以設目徵引，體現出濃厚的傳統儒家尤其是理學家色彩。正文五卷以桐城派格律聲色、神理氣味爲綱，尤重於格律之解説。其中格律一、二設上下、前後、離合、抑揚、奇偶等四十一種文法，於每種文法下釋其要旨（主要徵引包世臣等人觀點），並拈出《詩經》、《論語》而至於唐宋古文等具體篇章予以示例；格律四則羅列三十一種文章風格，雜取諸家相關言論以闡説。該書雖是彙編式文話，但無論類目設置，還是所輯所選，均自具隻眼，整體結構中又將臨文準備、文法要義、文章風格相涵攝，將諸家論説與例文例句相糅合，可謂文話彙編的新模式，顯示出傳統文章學著述在清末民初的另一重要風貌。

與早先所成《文徵》相較，《文略》主要增加了「首三卷」，篇幅擴充近一倍。後五卷目次名稱亦略有變化，如「原」改作「所以然」、「逼」改作「兩面夾攻」、「設」改作「無中生有」，删「暢達」條，將「自然」條併入卷首下「評文」等，但内容大體相近。《文略》有抱蜀軒家塾刊本，今據以録入。《文徵》所引黄與堅論文語，《文略》多有删除，今據以補入相應位置，又將《文徵》「後序」附入書末，以資參考。

（侯體健）

序

古人有言曰：「太上有立德，其次有立功，其次有立言。」致君澤民，安乎内以治乎外，使天下樂其範圍而不過，百姓受福而不知，此得志於當世者之所爲也。至本乎心之所知，筆之於書以啓發乎人，是固上下千古，灼然獨見，而實有得於心，藴中發外，亦有所不得已焉者也。人之譽焉聽之，毁焉亦聽之。昔先哲著書立説詔後世，豈好辯哉。予譾陋曷足以言。予懼子弟趨向之未定，學術之未純也。爰以原學、養蒙、立志、力行、識字、讀書各條冠之編首，復取姚姬傳氏之所謂格律、聲色、神理、氣味，而先之以典章、意義，採經史子集，分别部居，爲《文略》六卷，置諸家塾，以爲先路之導。學者由是而學焉，庶不爲歧途所惑。是則予之所厚望已。甲辰正月艮思氏書。

辛丑冬，予輯《學略》一卷、《文略》六卷。癸卯，甫脱稿。甲辰，又增删之。乙巳冬，用活字排印。越二年丁未春三月，將告竣，得日本小林君論日本之現象，其言曰：「進取精神内，曾有一端足使諸君注意者，吾當更詳言之。凡人國初得他國文化之影響者，其國民每多生吐棄本國文化之心。如吾日本，亦曾有之。始也有窮極思變之苦衷，繼也不難將數千百年祖國之文學，視若糟粕。終也有識者出，籌全局，鑑古今，知其大謬不然，遂不能不起而重整保存國粹之旗鼓，是非過慮也。大凡一國國民，輕視其國國文者，其國未有不抵於滅亡。近人云：『欲滅人國，使其國民歷久而無愛國思想者，當先滅其國之文字。』豈無謂歟？余亦嘗聞貴國少年國民之風矣，醉心歐美，亦不免有是謬，良可惜也。夫中華者，世界大國也，世界文明之祖國也。其文學家，如孔、孟、程、朱諸子，李白、杜甫、文文山、王陽明、黄梨洲、龔定庵諸賢，皆以絶大經綸，著爲國學，實有令人欽佩之不暇，又烏取蔑視耶？以現時科學論，或有一二能稱勝者；以中國文學論，誠可謂舉世無雙。中國之真國民乎，其亦速求實存之策以實存之，急尋珍襲之方以珍襲之者乎？權衡中外，共體時艱，鎔鑄古今，勉求國粹，斯二者要無可以偏廢者。中國之真國民乎，其亦注意於此乎？」誠哉，小林君之言也，近日學界，無不規倣歐西，日本倣歐西而最著成效者也，識時務之士，又將倣日本以達於歐西者也。而小林君獨言之鄭重分明乃爾，抑亦可謂先得我心矣。爰取其言，以爲今之學者告。

國家廢科舉，興學堂，士子欲上進者，非學堂無他途。而學堂初學課本，又往往家自爲教，非失之淺陋，即失之深奥。同年吴少渠外部，近以所集《文略》、《學略》等七册見示，五經至言、子史粹語，取之至精，而又爲童蒙所易曉，實爲當今不可少之書。讀竟，書此以誌欽佩。年愚弟陸潤庠并識。

凡例

一　是書六卷，皆採經史子集。每條下注明某人或某書，其原本未經注明及鈔録遺忘所出，俟考明編入。至參以己見者，則以按字別之。

一　首卷冠以「原學」明學之宗旨也，次以「養蒙」謹其始也，次以「立志」定所向也，次以「力行」覘其行也，次以「論人」觀其識也，次以「應世」驗所學也，次以「養心」示所養也，次以「學貴有成」戒其廢也，次以「文字」、「音韻」以知識字定音之準，次以「經籍」知學先乎經，後及乎子史與集。以「識門徑」、「立課程」、「示讀法」、「明句讀」、「善講解」、「知要」、「心得」、「默識」爲程，次「論文」「評點」以知古人文章與評騭之例，次「讀文」以知讀文之法，次「作文」與「摹倣」以知行文之道，次「圖表」以考區域，以別異同，次「書法」以知書學之淵源。

一　是書一卷至五卷分「典章」、「意義」、「格律」、「聲色」、「神理」、「氣味」六類。首以「典章」、「意義」二類，以知文有根本，而以意義爲先。次「格律」、「聲色」、「神理」、「氣味」四類以知文之由粗而精，此四類蓋本之姚姬傳先生。其「格律」內之「上下」、「前後」等門及「明白」、「整齊」等門，蓋本之吕東萊先生，間有增入各門，亦皆本之先輩。

一　是書爲家塾課本，檢查未盡，鈔録鮮助，不免略疏，擴而充之，理而董之，以俟異日。

文略卷首上

抱蜀軒家塾本

原學

道統開自唐虞，三代相沿，孔子已集其成矣，無何而楊墨亂之。楊墨之學，孟子力爲闢之矣，無何而佛老又亂之。佛老之學，韓子力爲闢之矣，無何而又有陽儒陰釋之學以亂之。學者欲學爲人，必以孔子爲宗。樓灦。

先孔子而聖者，非孔子無以明；後孔子而聖者，非孔子無以法。所謂祖述堯舜，憲章文武，儀範百王，師表萬世者也。元成宗皇帝時加孔子號制。

「堯舜事功，孔孟學術」，此八字是君子終身急務。以天地萬物爲一體，此是「孔孟學術」；使天下萬物各得其所，此是「堯舜事功」。總來一個念頭。《呻吟語》。

《學而》開章第一便説一「學」字，三代以上一道同風，學出於一，三代以下百家争鳴，學散爲百。自孔氏没，而或爲楊，或爲墨，或爲申韓，或爲黄老，馴至後世而爲詞章，爲訓詁，爲功名，爲禪玄，種種不一。吾黨既讀聖賢書，欲學聖賢之爲人，豈可不先認清這一個字。陸世儀。

學之爲塗有三，曰義理也、考訂也、詞章也。三者皆聖人之道也，於古也合，於今也分。專取之則精，兼貫之則博，得其一而昧其二則隘，附於此而攻於彼則陋，有所利而爲之，而挾以争名則僞。昔者孔子之時，道術出於一，其爲教有《易》、《詩》、《書》、《禮》、《樂》、《春秋》，而人無異説。其於問仁、問政、問孝、問行、問知，所問同而答皆異，而人無異議。其設科有德行、言語、政事、文學，其及門有狂、有狷、有中行，而人皆得成其材。故曰道術出於一，一故合也。孔子没，群弟子以其所得轉相授受，而學始分。至孟子出，幾幾能合之，然當是時，刑名法術、縱横、楊墨，諸家競起而又不能勝。至秦遂大壞，而漢之學者收拾煨燼之餘，去聖愈遠，而學遂不可復合矣。於是區而爲六家，總而爲《七略》，歷史所載，書目所録，由漢迄今數千年。學之爲途日雜，而辯議日繁，然綜其要，則義理也、考訂也、詞章也。學之爲塗雖繁且雜，不越此三者。爲義理者本於孔孟，衍於荀、楊、王通、韓愈，而盛於宋之程朱；爲考訂者亦本孔子，泝流於漢，沿于唐初，而盛于明末之顧炎武；其於詞章也，六經尊矣，諸子百史備矣，漢朝人莫不能文，至六代寖靡焉，而盛于唐之昌黎氏。是故有專而取者，如漢之經師專治章句而詳于考訂，宋之諸儒專治德性而深於義理者也；有兼而貫者，如司馬遷之爲史，鄭康成之説經，韓之雄于文而其自任以道，朱之醇于儒而又工于文詞，明于訓詁是也，故曰精且博也。其次則得其一，失其一，顓于體而疏于用，其爲道隘矣；辯於義而俚于詞，其爲道亦隘矣。治考據、詞章者亦然，交濟則皆善，牴牾則皆病。蓋方其始爲之也，無論其爲義理、考訂、詞章也，其間必有一二巨子爲之倡，其後舉天下人從而附之，附之不已，又從而争之，争之不已，其高者不過以爲名，其下者至於趨利而止矣，故又曰陋且僞也。朱琦。按學術非一途，精考訂曰漢學，窮義理曰宋學，通古今曰史學，又有詞章之學、經濟之學。

由小學乃可通經學，繇經學乃可通史學，繇經、史學乃稱真理學，抑始可爲詞章、經濟之學。

許慎鄭玄諸儒之學，漢學也；程朱程明道、伊川、朱晦庵諸儒之學，宋學也。漢儒釋經皆有師法，鄭之箋《詩》則宗毛爲主，許氏《説文解字》則博采通人，必碻有所受，不同臆造。宋儒不然，凡事皆決於理，理有不合，即舍古訓而出以己意。此漢、宋二家之所以異，而經家之所以不取宋儒也。學者治經宗漢儒，立身宗宋儒，則兩得矣。江藩。

漢興，儒生捃摭群籍于火燼之餘，傳遺經于既絶之後，厥功偉哉，東京高密鄭君集其大成。後人攻擊康成，不遺餘力，朱子則曰「鄭康成是好人」，又曰「康成是大儒」，再則曰「康成畢竟是大儒」，朱子服（膺）〔膺〕鄭君如此，而小生豎儒妄肆詆訶，果何謂哉？爲宋學者不第攻漢學，抑且爲朱子之學者攻陸子，爲陸子之學者攻朱子。至明姚江之學興，尊陸卑朱，天下士翕然從風。姚江又著《朱子晚年定論》一篇，爲調人之説，亦自悔其黨同伐異矣。竊謂朱子主敬，《大易》「敬以直内」也；陸子主静，《大學》「定而後能静」也；姚江良知，《孟子》「良知良能」也。其末節雖異，其本則同，要皆聖人之徒也。有明儒生辯論朱、陸、王三家異同，甚無謂也。江藩。

朱子曰：「天理人欲之分，只争些子。故周先生只管説『幾』字，然辨之又不可不早，故横渠每説『豫』字。」按孟子「人之所以異於禽獸者，幾希」，又曰「無他，利與善之間也」。

南軒張氏曰：「學者潛心孔孟，必得其門而入。愚以爲莫先於義利之辨。」按《孟子》七篇首明義利之辨。

能辨真假是一種大學問，萬古惟「真」之一字磨滅不了，蓋藏不了。《呻吟語》。

原于天者謂之道，修于人者謂之學，貫天人而一之，方可謂之道學。此兩字正未易當，乃今人動以相戲，何也？陸世儀。

問：「如何爲道學？」曰：「道者，天地自然之道；學者，學其所謂道也。一部《中庸》止説得一『道』字，一部《大學》只説得一『學』字。」陸世儀。

天地間只有此個道理，人人在内，人人要做，本無可分别。自宋以來，横爲蔡京、章惇、韓侂胄輩分出個門户，目爲「道學」，甚至讀史者亦因而另立《道學傳》，不知自居何等，日用不知，吾末如之何也已矣。陸世儀。

嘉隆之間，書院偏天下。講學者以多爲貴，呼朋引類，動輒千人，附影逐聲，廢時失事，甚至有借以行其私者，天下何賴焉。又。

舜之濬哲，猶且好問好察。周公思有不合，則夜以繼日。孔子，聖之盛也，而有事乎好古敏求。顔淵、孟子之賢，亦曰博文、曰集義。蓋欲完吾性分之一源，則當明凡物萬殊之等。欲悉萬殊之等，則莫若即物而窮理。即物窮理云者，古昔聖賢共由之軌，非朱子一家之創解也。自陸象山氏以本心爲訓，而明之餘姚王氏乃頗遥承其緒。其説主于「良知」，謂吾心自有天，則不當支離而求諸事物。自是以後，沿其流者百輩。間有豪傑之士思有以救其偏，變一説則生一蔽。高景逸、顧涇陽之學以静坐爲主，所重仍在知覺，此變而蔽者也。近世乾嘉之間諸儒務爲浩博，惠定宇、戴東原之流鉤研詁訓，本河間獻王實事求是之旨，薄宋賢爲空疏。夫所謂事者，非物乎？是者，非理乎？實事求是，非即朱子所稱即物窮理乎？名目自高，詆毁日月，亦變而蔽者也。別有顏習齋、李恕谷氏之學，忍嗜欲，苦筋骨，力勤于見迹，等于許行之並耕，病宋賢爲無用，又一蔽也。其或守王氏之故轍，與變王氏而鄰于前三者之蔽，則皆釐而剔之。大率居敬而不偏于静，格物而不病于瑣，力行而不迫于隘，三者交修不爲口耳之求，而求自得焉，是則君子者已。曾文正。按孔子者，法堯、舜、禹、湯、文、武、周公者也。漢宋諸儒，其知能不及孔子，而皆學乎孔子以爲學者也。今之學者，誠能以孔子爲依歸，凡言與行，考諸義理之合與不合，揆諸事勢之當與不當，反之身果是耶、果非耶，果得耶、果失耶，問之心爲善乎、爲利乎，爲公乎、爲私乎，君子爲己是務，又何暇分漢分宋，闢陸闢王？學者果以孔子爲依歸，其合乎孔子者，則身體而力行之，其不合者，則改之，是在擇之者已。

近日學西法者，多糟粕程朱，粃糠孔孟，贊美西人，以爲事事勝於中國。不知今日之弊，由學者不能實踐，非孔孟程朱之過也。故學西法者，必先究心理學。朱克敬。按理學者，即讀書明理之謂也。典籍所載無非言乎天理、地理、人理、物理、事理也。日月之明，星辰之行，晝夜之推移，寒暑之往來，天理也。山之高，水之長，海之闊，江之深，沙之流，石之固，土之廣厚，地理也。仁義禮智之性，惻隱、羞惡、辭讓、是非之心，耳目口鼻四肢之用，君臣、父子、兄弟、夫婦、朋友之倫，人理也。或飛或潛，或動或植，土生之，水育之，山韞之，沙藏之，物理也。知微知彰，知柔知剛，知進知退，知存知亡，知彼知己，知得知喪，事理也。既爲人，當明人理，人理明，然後能立于天地之間。既爲人，當明事理，事理明然後能行于天地之間。若夫國家大政，內則當思其所以立，外則當思其所以行，鉅細輕重之間，悉賴乎權之衡之，以期有益而無損，有得而無失焉。至於天理、地理、物理，固與人事相輔而成者也，則其本末先後不言可知已。泰西哲學叢書云：「各國之老師宿儒，通東洋學者踵相接也。然于今日哲學科有所不足，欲列東洋倫理學于科學中，非學兼東西者不能也。若學西洋學兼及東洋，所獲匪淺。果研究東西洋部，始於倫理得其全。」其言「東洋」者指中國也，彼研究于吾之倫理學，而曰「所獲匪淺」，則吾人顧可自暴自棄也耶？按科學各門，西人專心致志，獨造精微，所以事事皆切實用。中土之人苟能研究，亦不難與西人並駕齊驅。算學，西人稱曰「東來法」，彼得之遂臻精萃，新法簡便，層出不窮，可見用心。天下無不精之事，世之有心人當必解此。

按江藩《漢學師承記》；張伯行《道統録》；張伯行《伊洛淵源録》；《重修宋儒學案》黄宗羲原本，全祖望修；黄爲陸王之學，全爲程朱之學。《增補宋元學案》全祖望修；黄宗羲《明儒學案》；此書爲陸王之學。明陳建《學蔀通辨》；此書辨陸王之學。吴鼎《東莞學案》；此書攻陳建書，申陸王之學。唐鑑《國朝學案小識》；此書爲程朱之學。孫奇逢《理學宗傳》；爲陸王兼程朱之學。張伯行《正誼堂全書》；此書爲程朱之學。朱子《宋名臣言行録》；《國朝先正事略》。又《北學編》、《洛學編》、《閩學編》、《浙學宗傳》、《閩中理學淵源考》亦可備考。

養蒙

朱子《(曰)〔白〕鹿洞書院揭示》：「父子有親，君臣有義，夫婦有別，長幼有序，朋友有信，此五教之目。堯舜使契爲司徒，敬敷五教，即此是也。學者學此而已，而其所以學之之序，亦有五焉：博學之，審問之，慎思之，明辨之，篤行之，此爲學之序。學、問、思、辨四者，所以窮理也。若夫篤行之事，則自修身以至于處事接物，亦各有要：言忠信，行篤敬，懲忿窒慾，遷善改過，此修身之要也；正其誼，不謀其利，明其道，不計其功，此處事之要也；己所不欲，勿施於人，行有不得，反求諸己，此接物之要也。」陳榕門曰：「學也者，所以學爲人也。天下無倫外之人，故自無倫外之學。朱子前列五教，所以揭明學之本指。而因及爲學之序，自修身以至處事接物之要，則學之大綱畢舉，徹上徹下，更無餘事矣。」

朱子《童蒙須知》：「序曰：『夫童蒙之學，始於衣服冠履，次及言語步趨，次及灑掃涓潔，次及讀書寫文字，及有雜細事宜，皆所當知。今逐目條列，名曰《童蒙須知》。若其修身治心，事親接物，與夫窮理盡性之要，自有聖賢典訓，昭然可考，當次第曉達，茲不復詳著云。』衣服冠履第一。大抵爲人先要身體端整，自冠巾、衣服、鞋襪，皆須收拾愛護，常令潔浄整齊。男子有三緊，謂頭巾總髻、腰帶、鞋襪。此三者要緊束，不可寬慢。寬慢則身體放肆不端嚴，爲人所輕賤矣。凡著衣服，必先提整衿領，結兩衽紐帶，不可令有闕落。飲食勿污壞，行路勿泥漬。凡脱衣服，必齊整摺叠箱篋中，勿散亂頓放。著衣既久，垢膩須要洗澣，破綻則補綴之，只要完潔。凡盥面，必以巾(脱)〔帨〕遮護衣領，卷束兩袖，勿令有所濕。凡就勞役，必去上籠衣服，只著短便，愛護勿使損污。凡日中所著衣服，夜卧必更，則不藏蚤蝨，不即敝壞。此最飭身之要，勿忽。語言步趨第二。凡爲人子弟，須是常低聲下氣，語言詳緩，不可高言諠鬨，浮言戲笑。父兄長上有所教督，但當低首聽受，不可妄大議論，長上檢責或有過誤，不可便自分解。徐徐細意條陳，若爾，則無傷忤，事理自明。至于朋友分上，亦當如此。凡聞人所爲不善，下至婢僕違過，宜且包藏，不應便爾聲言，當相告語，使其知改。凡行步趨蹌，須是端正，不可疾走跳躑。若父母長上有所唤召，却當疾走而前，不可舒緩。灑掃涓潔第三。凡爲人子弟，當灑掃居處之地。拂拭几案，當令潔浄。文字筆硯，凡百器用，皆當嚴肅整齊，頓放有常處，取用既畢，復置原所。父兄長上坐起處，文字紙劄之屬或有散亂，當加意整齊，不可輒自取用。凡借人文字，皆置簿鈔録主名，及時取還。窗壁几案文字間，不可書字。書几書硯，自黥其面，最不雅潔，切宜深戒。讀書寫文字第四。凡讀書須整頓几案，令潔浄端正，將書册整齊頓放，正身體，對書册，詳緩看字，子細分明讀之。須要讀得字字響亮，不可誤一字，不可少一字，不可多一字，不可倒一字，不可牽强暗記。只是要多誦遍數，自然上口，久遠不忘。古人云「讀書千遍，其義自見」，謂熟讀則不待解説，自曉其義也。余嘗謂讀書有三到，謂心到、眼到、口到。三到之法，心到最急。心既到矣，眼口豈不到乎？凡書册須要愛護，不可損污縐摺。濟陽江禄書讀未完，雖有急速，必待掩束整齊然後起，此最爲可法。凡寫文字，須高執墨錠，端正研磨，勿使墨汁污手。高執筆，雙鉤端楷書字，不得令手揩著豪。凡寫字，未問寫得工拙如何，且要一筆一畫，嚴正分明，不可潦草。凡寫文字，須要子細看本，不可差訛。雜細事宜第五。凡子弟須要早起晏眠。凡喧閧争鬭之處不可近，無益之事不可爲，謂如賭博、籠養、打球、踢球、放風禽等事。凡飲食，有則食之，無則不可思索，但粥飯充飢不可闕。凡向火，勿迫近火旁，不惟舉止不佳，且防焚（藝）〔爇〕衣服。凡相揖，必折腰。凡對父母、長上、朋友，必稱名。凡稱呼長上，不可以字，必云某丈。如弟行者，則云某姓某丈。按《釋名》弟訓第，謂相次第也。某丈者，如云張某、李某。某姓某丈者，如云張三丈、李四丈。舊注云。凡出外及歸，必于長上前作揖，雖暫出亦然。凡飲食于長上之前，必輕緩嚥，不可聞飲食之聲。凡飲食之物，勿争較多少美惡。凡侍長者之側，必正立拱手，有所問則必誠實對，言不可忘。凡開門揭簾，須徐徐輕手，不可令震驚聲響。凡衆坐，必斂手，勿廣占坐席。凡侍長上出，行必居路之右，住必居左。凡飲酒，不可令至醉。凡如廁，必去外衣，下必盥手。凡夜行，必以燈燭，無燭則止。凡待婢僕，必端嚴，勿得與人嬉笑。執器皿必端嚴，惟恐有失。凡危險不可近。凡道路遇長者，必正立拱手，疾趨而揖。凡夜卧，必用枕，勿以寢衣覆首。凡飲食，舉匙必置箸，舉筯必置匙，食已則置匙筯於案。雜細事宜，品目甚多，姑舉其略，然大概具矣。凡此五篇，若能遵守不違，自不失爲謹愿之士。必又能讀聖賢之書，進德修業，入於君子之域，汝曹宜免之。」

真西山先生《教子齋規》：「一曰學禮，凡爲人要識道理，識禮數，事父母，事先生，毋得怠慢。二曰學坐，定身端坐，齊脚斂手，毋得伏蹇靠背，偃仰傾側。三曰學行，籠袖徐行，毋得掉臂跳足。四曰學立，拱首正身，毋得跛倚欹斜。五曰學言，樸實語事，毋得妄誕。低細出聲，毋得叫唤。六曰學揖，低頭屈腰，出聲收手，毋得輕率慢易。七曰學誦，專心看字，斷句慢讀，須要字字分明，毋得目視東西，手弄他物。八曰學書。臻志把筆，字要齊整圓浄，毋得輕易糊塗。」

《程董二先生學則》：「凡學於此者，必嚴朔望之儀，謹晨昏之令。居處必恭，步立必正。視聽必端，毋浮視，毋傾聽。言語必謹。致詳審，重然諾，肅聲氣，毋輕毋誕，毋戲謔諠譁，毋論及鄉里人物長短，及市井鄙俚無益之談。容貌必恭，毋粗豪狠傲，毋輕有喜怒。衣冠必整。勿爲詭異華靡，毋致垢弊簡率，雖燕處不得裸袒露頂，雖盛暑不得輒去鞋襪。飲食必節，毋求飽，毋貪味，食必以時，毋耻惡食，非節假及尊命不得飲，飲不過三爵，勿至醉。出入必省。非尊長呼唤及已有急幹，不得輒出。出必告，反必面，出不易方，入不踰期。讀書必專一，必正心肅容計遍數，遍數已足而未成誦，必須成誦。遍數未足，雖已成誦，必滿遍數。一書已熟，方讀一書，毋務泛觀，毋務强記。非聖賢之書毋讀，無益之文勿觀。寫字必楷敬。勿草，勿傾欹。几案必整齊，位置有倫，簡帙不亂。書笥衣篋，必謹扃鑰。堂室必潔。水灑帚掃穢污。相呼必以齒，年長倍者以丈，十年長者以兄，年相若者以字，勿以爾汝，書問稱謂亦如之。接見必有定。凡客請見，師坐定，諸生如其服升堂序揖，立侍，師長命之退則退。若客於諸生中有自欲相見者，則見師長畢，就其位見之，非其類者勿與親。修業有餘功，遊藝有適性。彈琴、習射、投壺，各有儀矩，非時勿弄。博弈鄙事，不宜親學。使人莊以恕，而必專所聽。擇謹愿勤力者，莊以臨之，恕以待之。有小過者，訶之。甚，則白於師長，懲之。不悛，衆稟師長，遣之。不許直行己意。苟日從事於斯而不敢忽，則入德之方，庶乎其近矣。」

高賁亨《洞學十戒》：「一曰立志卑下，謂以聖賢之事不可爲，舍其良心，甘自暴棄，只以(上)〔工〕文詞、博記誦爲能者。二曰存心欺妄，謂不知爲己之學，好爲大言，互相標榜，粉飾容貌，專務虚名者。三曰侮慢聖賢，謂將聖賢正論格言作戲語，不盥櫛觀書之類。四曰陵忽師友，謂如相見不敬，退則詆毁，責善不從，規過則怒之類。五曰群聚嬉戲，凡接見必有節。若群聚遨游、設酒劇會、戲言戲動，不惟妨廢學業，抑且蕩害性情。六曰獨居安肆，謂如日高不起，白晝打眠，脱巾裸體，坐立偏跛之類。七曰作無益之事，謂如博弈之類。八曰觀無益之書，謂如老莊仙佛之書，及《戰國策》、諸家小説、各文集，但無關于聖人之道者皆是。九曰好争，凡朋友同處，當知久敬之道，通財之義。若以小忿小利輒傷和氣，與塗人無異矣。十曰無恒。夫恒者，入聖之道，小藝無恒且不能成，况學乎？言動課程，俱當有常，毋得朝更夕變，一作一輟。」

章潢《爲學次第》：「一學以立志爲根源。蓋樹必有根，其茂參雲；水必有源，其流倒海。志，乃人之根源也。志不立，則此心便爲富貴功利聲色所染誘；志一立，樹不朽事業而無忝所生，不亦偉然大丈夫哉。程子曰：『言學便以道爲志，言人便以聖賢爲志。自謂不能者，自賊者也。』人胡爲忍自賊耶？一學以會友輔仁爲主意。志仁在己，輔仁在友。平日志氣，果不以紛華美麗蕩心，不以科名得失易念，不以人言毁譽動情。平日交友，果皆直諒多聞之士，無淫僻邪佞之損，必有求爲聖人之志，方可與之共學。　一學以致知格物爲入路。玩聖經一篇，豈有二知，豈有二物哉？蓋天下、國家、身心、意知，一物也。凡知止、知本、知所先後，皆此物也。真知此者，内外精粗原是一物，天地萬物渾然一體。程子所謂先須識仁是也。苟物有未格，且昧乎致知之所在矣，何有於知之至哉。　一學以戒慎恐懼爲持循。古人畏天命，尊德性，亦臨亦保，不敢懈怠荒寧。正以性體本自嚴明，本自欽翼故也。　一學以孝弟謹信爲實地。孩提莫不知愛，莫不能愛，率此知能之良以孝其親，不過取諸吾性之仁而自足也。稍長，莫不知敬，莫不能敬，率此知能之良以弟其長，不過取諸吾性之義而自足也。何其簡也。　一學以懲忿窒慾、遷善改過爲檢察。氣忿而暴，情慾而迷，懲之于微，窒之必豫，庶氣質可變，習染可除。　一學以盡性至命爲極則。《易》曰：「窮理盡性以至于命。」凡前所云，皆性命之理也。何也？物一也。真能格物以致其知，則孝弟言行莫非此物之散見。而仁也，性也，命也，即此物之異名也。格致、戒懼、謹信、懲窒、遷改，孰非盡性至命之功哉。盡之云者，萬物一體之量，必欲其充滿無虧；至之云者，一原渾淪之大，務使其幾微畢到。孔子自「志學」至「從心所欲不踰矩」，其盡性至命，信萬世之楷範也。　一學以稽古窮經爲徵信。仲尼至聖，猶韋編三絶，好古敏求，四教四科，未嘗廢文學也。故《説命》曰：「學于古訓，乃有獲。」凡六經四書，孰非古聖賢之遺訓乎？奈何近世之士所嗜，反在班、馬、《莊》、《騷》，甚則獵戰國策士之雄談。又有留神心學者，往往遺棄人倫，其實視經傳爲糟粕。志格致之學者，凡非聖賢之書，豈可惑哉。」

古者八歲入小學，《周官》保氏掌養國子，教之六書。古人皆以字學爲小學，古人皆識字。《思辨録》。

古者八歲入小學，十五入大學，自是正理。今則人心風俗，遠不如古。人家子弟，至五六歲，已多知誘物化。今之教子弟入小學者，決當自五六歲始。陸世儀。

朱子《蒙卦》註曰「去其外誘，全其真純」，八字最妙。童子時，惟外誘最壞事，如樗蒲博弈，及看搬演故事之類，極易使人流蕩忘反。善教子者，只是形格勢禁，不使得親外誘。《樂記》所謂「奸聲亂色，不留聰明，淫樂慝禮，不接心術」是也。陸世儀。

灑掃、應對、進退，此真弟子事。自是俗習於侈靡，一切以僕隸當之，此理不講久矣。偶過友人姚文初家，見其一切灑掃、應對、進退皆令次公執役，猶有古人之風。陸世儀。

教童子歌詩習禮，以發其志意，肅其威儀。陸世儀。

人少時，未有不好歌舞者。蓋天籟之發，天機之動，歌舞即禮樂之漸也。聖人因其歌舞而教之以禮樂，所謂因其勢而利導之。今人教子，寬者或流於放蕩，嚴者或并遏其天機，皆不識聖人禮樂之意。欲蒙養之端，難矣。陸世儀。

教童子讀四書五經，先令讀正文，畢，然後却讀注。此一讀書之一法。程端禮。

朱子嘗言：「蔡神與所以教其子弟不干利禄，而開之以聖賢之學，其志識高遠，非人所及。」師長當首與講明富貴、功名、道德之别，使知吾輩讀書大有作用在，而後可言學。《訓蒙條例》。

按讀聖賢書用以致知格物，用以正心修身，用以治國平天下，故必讀有用之書，學有用之學，即灑掃、應對、進退，皆是學問，亦不可忽也。

近日人務捷得，胸中何嘗有一毫道理知覺，乃欲責其致君澤民。故欲令人才之端，必先令子弟讀書務實。陸世儀。

六藝古法雖不傳，然今人所當學者，正不止六藝。如天文、地理、河渠、兵法之類，皆切於用世，不可不講。俗儒不知內聖外王之學，徒高談性命，無補於世，此當世所以來迂拙之誚也。陸世儀。

凡人所當讀書，皆當自十五以前，使之熟讀。不但四書五經，即如天文、地理、史學、算學之類，皆有歌訣，皆須熟讀。陸桴亭《思辨録》。

人得力多在少年，每見人至五六十，往往喜談少時得力處，又喜讀少時所熟一路書，其精神在是故也，足知聞道貴早。二程十四五時，便慨然有學聖人之志，故後來所造甚大。若晚年聞道而能自棄所習，一依乎正，則又豪傑之士，不可以一例論矣。《思辨録》。

人家教子弟固是要事，教女子尤爲至要。蓋子弟失教，至長大讀書知世事，猶有變化氣質之時。若女子失教，終身無可挽回，大則得罪姑嫜，敗壞風俗，小則墮壞家事，貽譏親黨，豈細故哉。陸世儀。

教婦初來，教兒嬰孩。《顔氏家訓》。按男子無教，不孝于父母，不睦于兄弟，身之不修，行之不慎，踰閑蕩檢，家破身亡，辱先墜宗，其害固不可勝言。至女子，則關乎二姓與三世者也。是故，古者君子重昏禮。昏禮者，合二姓之好，上以事宗廟，下以繼後世也。是故，古者婦人未嫁之先，教以婦德、婦言、婦容、婦功，以成婦順。婦順者，順于舅姑，和于室人，而後當于夫，以成絲麻布帛之事，以審守委積蓋藏。是故婦順備而後内和理，内和理而後家可長久也。此古先聖賢之言也。故姆教不先，婦行不飭，心不明乎理，外不達乎事，任性背禮，于爲人之道，茫乎不曉。上不順于舅姑，中不和于室人，自不能當于夫。「上事宗廟，下繼後世」之謂何？更無論絲麻布帛之事，審守委積蓋藏也。甚至顛倒是非，致失二姓之好。蓋由于乃父乃母未察其實，不示以大公之道，轉徇其一己之私之所致也。讀書明理者，決不出此，而彼且以爲有禮。嗚乎，其亦不思之甚矣。即或生有子女，感氣受形，其何能淑？亦教化之未易轉移耳。所謂關乎二姓與三世者也。吾于「養蒙」書此以爲天下之有子女者告。國朝藍鼎元《女學》六卷，採摭經史，分德、言、容、功四篇，足以爲法。

漢曹大家《女誡》七：一曰卑弱，主下人，主執勤，主繼祭祀。二曰夫婦，事夫，主存禮義。三曰敬順，以柔爲用，以弱爲美，敬以持久，知止知足，順以寬裕，尚恭尚下。四曰婦行，一婦德，不必才明絶異也。清閑貞静，守節整齊，行己有耻，動静有法，是謂婦德。一婦言，不必辯口利辭也。擇詞而説，不道惡語，時然後言，不厭于人，是謂婦言。一婦容，不必顔色美麗也。盥浣塵穢，服飾鮮潔，沐浴以時，身不垢辱，是謂婦容。一婦功，不必工巧過人也。專心蠶績，劬勞女紅，潔齊酒食，以奉賓客，是謂婦功。五曰專心，耳無妄聽，目無邪視，出無冶容，入無廢飾。《女憲》曰：「得意一人，是謂永畢；失意一人，是謂永訖。」欲其正色，專心之謂也。六曰曲從，《女憲》曰「婦如影響」，順從舅姑，如影隨形，如響應聲，自得歡心。舅姑之心，莫尚于曲從，勿得違戾是非，勿分曲直。七曰和叔妹。愚蠢之人，於叔則託名以自高，於妹則因寵以驕盈。驕盈既施，何和之有？恩義既乖，何譽之臻？是以美隱而過宣，姑忿而夫愠，毁訾布于中外，耻辱集于厥身，進增父母之羞，退益君子之累。然則求叔妹之心莫尚于謙、順，知斯二者是以和矣。

《宋尚宫女論語》十二：一立身，立身之法，惟務清貞，清則身潔，貞則身榮。二學作，凡爲女子，須學女工，粗細不同，莫學懶婦，耻笑鄉中。三學禮，凡爲女子，當知禮數。安排整頓，輕言細語。莫學他人，説三道四，引惹惡聲，連累父母。四早起，凡爲女子，早起爲常。莫學懶婦，日高三丈，猶未離床，起來已晏，須知慚惶。五事父母，早晚問安，寒熱飢渴，依教訓，毋違犯。六事舅姑，如事父母。七事夫，夫剛妻柔，恩愛敬重。忍氣低聲，莫學潑婦。八訓男女，男女長成，教之有序。男不知書，家鄉不顧，女不知禮，强梁言語。不識尊卑，不能針指。辱及尊親，有玷父母。九營家，營家之女，惟儉惟勤。勤則家起，惰則家傾，儉則家富，奢則家貧。十待客，酒飯殷勤，莫缺禮數。夫喜能家，客稱曉事。十一和柔，處家之法，婦女須能，以和爲貴，孝順爲尊。十二守節。夫有不幸，守志堅心。保家持業，整頓墳塋。殷勤訓子，存没光榮。

教女子使之識字，則可理家政，治貨財，代夫之勞。若古今以來，女子知書義而又閑禮法，如曹大家者有幾。陸世儀。按當今之世，家各爲學，人各爲學，學不能一，如是則有學，有不學。即學矣，亦有合，有不合。果能有所統攝，而學歸于一，各本其所學而行之，有不蒸蒸日上者，吾未之前聞。

女子六歲始習女工之小者，七歲誦《孝經》、《論語》，九歲講《孝經》、《論語》及《女誡》之類，略曉大義。今人或教女子以作歌事，執俗樂，殊非所宜也。又。

人家兒女教壞，多由乳母、婢僕，此主人、主母之所不及覺也。故古人于乳母，必曰「擇於諸母與可者」，至于婢僕，尤當時時切戒。又。

是故，女及日猶言終日。乎閨門之內，不百里而奔喪，有三年之喪，則越境。事無擅爲，行去聲。無獨成，參謀于人。知而後動，可驗有證據。而後言，晝不游庭，夜行以火，所以正婦德也。

孔子曰：「婦人，伏於人也，是故無專制之義，有三從之道，無所敢自遂也。教令不出閨門，事在饋食之間而已矣。」

女有「五不取」：逆家不忠不孝。子不取，亂家內外淫瀆。子不取，世有刑人棄于官法。不取，世有惡疾天疱、癩風、體氣之類。不取，喪去聲。父長子無家教。不取。

婦有「七去」：上聲。不順父母，去；無子，去；淫，去；妬，去；有惡疾，去；多言，去；竊盜，去。

有「三不去」：有所取，娶時父兄在。無所歸，而今父兄不在。不去；與更三年喪，不去；先貧賤，後富貴，不去。

《士昏禮》曰：「父醮焦，去聲，戒命之酒。子，命之曰：『往迎爾相，妻相父。承我宗事，嗣先祖。勗音旭，勉也。帥先也。以敬先妣之嗣，共祭祀。若汝也。則有常。』子曰：『諾，唯恐弗堪，勗勉。不敢忘命。』父送女，命之曰：『戒之無非爲。敬之，勉善行。夙夜無違命。舅姑夫子之令。』母施衿音琹，小帶。結帨，音稅，佩巾。曰：『勉之敬之，夙夜無違宮事。閨門之事。』庶母父妾及門內，施鞶，音盤，大帶。申之以父母之命，命之曰：『敬恭言敬又言恭，恐其忽言也。聽爾父母之言，夙夜無愆，過也。視諸衿鞶。』」

匡衡曰：「匹配之際，生民之始，萬福之原，婚姻之禮正，然後品物遂而天命全。孔子論《詩》，以《關雎》爲首，言太上者，民之父母，后夫人之行，不侔乎天地，則無以奉九廟。神靈之統，而理九宮。萬物之宜。情欲之感，無介乎容儀。宴私之意，不形于動静。然後可以配至尊而爲宗廟主，此綱紀之首，王教之端也。」

《烈女傳》曰：「古者婦人妊子，寢不側，坐不邊，立不蹕，不食邪味，割不正不食，席不正不坐，目不視邪色，耳不聽淫聲。夜則令瞽誦詩，道正事。如此，則生子形容端正，才德過人矣。」

人家兄弟，無不義者，盡因娶婦入門，異姓相聚，爭長競短，漸漬日聞，偏愛私藏，以致背戾，分門割户，患若賊讎，皆汝婦人所作。男子剛腸者，幾人能不爲婦言所惑，吾見罕矣。陳榕門云：「愚嘗謂婦人有『五認得』，認得丈夫是自家丈夫，子女是自家子女，財帛是自家財帛，父母兄弟是自家父母兄弟，奴僕是自家奴僕。其夫家尊卑長幼，俱是路人。妯娌皆懷此心，家産安得不分？婦人日浸此言，兄弟安得無嫌？諺曰『兄弟一塊肉，婦人是刀錐』，言任其剜割也；『兄弟一釜羹，婦人是鹽梅』，言其調和也。婦人可畏哉，大抵婦人輕利而寡言，恩多而怨少，庶幾不作人家災星禍鬼云。」

兄弟者，分形連氣之人也。方其幼也，父母左提右挈，前襟後裾，食則同案，衣則傳服，學則連業，遊則共方。雖有悖亂之人，不能不相愛也。及其壯也，各妻其妻，各子其子，雖有篤厚之人，不能不少衰也。娣弟妻。姒兄嫂。之比兄弟，則疏薄矣。今使疏薄之人而節裁限。量計較。親厚之恩，猶方底而圓蓋，必不合矣。唯友悌深至，不爲傍人之所移者免夫。

家人之害，莫大於卑幼各恣其無厭之情，而上之人阿其意而不之禁，尤莫大於婢子造言而婦人悦之，婦人附會而丈夫信之。禁此二害，而家不和睦者，鮮矣。呂坤。

《李氏女戒》曰：「貧者安其貧，富者戒其富。」又云：「棄和柔之色，作嬌小之容，是爲輕薄之婦人。藏心爲情，出口爲語。言語者，榮辱之樞機，親疏之大節也，亦能離堅合異，結怨興讎，大則覆國亡家，小則六親離散，是以賢女謹口，恐招耻謗。或在尊前，或居閙處，未嘗觸應答之語，他人説話，傍邊接聲。發諂諛之言，不出無稽之言，不爲調戲之事，不涉穢濁，不處嫌疑。」

立志

人須先立志，志立則有根本，譬如樹木，須先有個根本，然後培養，能成合抱之木。若無根本，又培養個甚。上蔡謝氏。《持志塾言》：「志乃人之大主意，一生之學術事業無不本此以貫之。」

學者欲學聖人，須是立志第一。子曰「吾十有五而志於學」，二程十四五時便慨然有學聖人之志。陸世儀。

王沂公平生之志不在温飽。范文正公做秀才時，便以天下爲己任。

當思先聖志學何年，讀聖賢書，所學何事。陸世儀。

「爲天地立心，生民立命，往聖繼絶學，萬世開太平」，士君子不可無此志業。「以嗜欲殺身，貨財殺子孫，虐政殺民，學術殺天下後世人」，士君子不可有此罪過。巡撫都御史胡松諭諸生。

此理上際天，下際地，皆須著人承當，非大其心胸，堅其骨力，却如何承當得。陸世儀。

學道貴能自任。蓋既自任，則便有一條擔子，輕易脱却不得。又。

要實見得道爲天地間不可無之道，學爲天地間不可無之學，我爲天地間不可少之人，然後能擔當自任。又。

陸象山曰：「此是大丈夫事，幺麽小家相者，不足以承當。」又曰：「大世界不享，却要占個小蹊徑；大人不做，却要爲小兒態。直是可惜。」又曰：「上是天，下是地，人居其中，須是做得人，方不枉。」讀以上數語，皆可令人感發興起，志于聖人之道。又。

全仁義禮智之德，而不能得位行道，是爲天地負我。具耳目聰明之質，而不能爲聖爲賢，是爲我負天地。又。

聖人之所以爲聖人，只是一個志。故曰：「有志者，事竟成。」今人不能立志，非自暴即自棄也，如何成得個人物。又。

人不可無志，無志即無恥，無恥則放僻邪侈，無所不爲。又。

志不立，天下無可成之事，雖百工技藝，未有不本於志者。志不立，如無舵之舟，無銜之馬，漂蕩奔逸，何所底乎。昔人有言：「使爲善而父母怒之，兄弟怨之，宗族鄉黨惡之，如此而不爲善，可也。爲善則父母愛之，兄弟悦之，宗族鄉黨敬信之，何苦而不爲善？使爲惡而父母愛之，兄弟悦之，宗族鄉黨敬信之，如此而爲惡，可也。爲惡則父母怒之，兄弟怨之，宗族鄉黨賤惡之，何苦而必爲惡？」諸生念此，可以知所立志矣。王陽明。

學者不論天資美惡，不專在勤苦，但觀其趣向著心處何如。人多以鋭志功名爲有志，非也，此只是貪慕富貴。人若從此處認差，便終身不得長進。若只好富貴貨財，其人便不可救藥。今人謂仕途進取，輒曰功名，習而不察。凡僥緣苟且之事，皆不以爲耻，曰「吾爲功名耳」。不知「功名」二字固有辨矣。夫能建功，故謂之「功」，能立名，故謂之「名」。功名之所以有間於道德者，以其志在功名，於聖賢大學之道，或有所未明，進退出處之故，或有所未盡也。其視今之所謂「功名」，蓋不啻天壤矣。許昌靳裁之言曰：「志於功名者，富貴不足以累其心。志於富貴而已者，則亦無所不至矣。」胡氏以爲志於富貴者，即孔子之所謂「鄙夫」，士安可不自知所處。凡一言一動，一巾一服，必先要求異於人，唯恐人不知爲學道，此皆是名心。名心，德之賊也。

讀書着不得一點爲人的心，着此便斷根，雖孜孜窮年，無益也。《榕村語録》。

大禹聖人，乃惜寸陰。至于凡俗，當惜分陰。《晉書·陶侃傳》。

人一刻不進學，對草木亦可愧。館中有隙地，種蔬，不數日，已長成矣。因感記此。陸世儀。

少而不學，長無能也。《荀子》。

君子愛日以學，及時以行。《中説》。

學所以益才也，時難得而易失也，學者勉乎哉。陸贄《新書》。

人少則志益而難忘，長則神放而易失。故修學務早，及其精專，習與性成，不異自然也。若乃絶倫之〔氣〕〔器〕，盛年有故，雖失之于暘谷，而收之于虞淵，方知良田之晚播，愈于卒歲之荒蕪也。《抱朴子》。

志立則神日生，《思辨録》：「只有真氣、剛氣者，便可入道。惟客氣、世俗氣重者，斷不可入道。」要在提撕之力。《榕村語録》。

志常立，斯能隨時隨地不忘吾所有事。《持志塾言》。

丈夫爲志，窮當益堅，老當益壯。馬援。

有志者，事竟成。光武帝。

假如狂幾作聖，還防復入于狂。立志者，當無時不戒退轉。《持志塾言》。

人之爲學，只争個肯與不肯耳。他若不肯向這裏，略亦不解致思。他若肯向此一邊，自然有味，愈詳愈有味。朱子。

明明地放著堯、舜、禹、湯、文、武、周公、孔子，而决不肯明德、新民、止至善，此之謂大惑。陸世儀。

力行

聖賢所謂道學者，初非有至幽難窮之理，甚高難行之事也，亦不外乎人生日用之常耳。蓋道原於天命之奥，而實行乎日月之間。在心而言，則其體有仁、義、禮、智之性，其用有惻隱、羞惡、辭讓、是非之情。在身而言，則其所具有耳、目、口、鼻、四肢之用，其所與有父子、君臣、夫婦、兄弟、朋友之倫。在人事而言，則處而修身齊家，應事接物，出而涖官理國，牧民禦衆，微而起居言動，衣服飲食，大而禮樂刑政，財賦軍師。凡千條萬緒，莫不各有當然一定不易之則，皆天理自然流行著見，而非人之所强爲者。陳淳。

用功節目，其大要不過曰「致知力行」而已。知不致，則真是真非無以辨，其行將何所適從？必有錯認人欲作天理而不自覺者也。行不力，則雖精義入神，亦徒爲空言，而盛德至善，竟何有於我哉。此《大學》明明德之功，必以格物、致知爲先，而誠意、正心、修身繼其後。《中庸》擇善固執之目，必自夫博學、審問、愼思、明辨而篤行之。陳淳。

規矩嚴整，爲助不少。入儒者之門，自當從言規行矩始。陸象山。

爲學先須理會所學者何事，一行一住，一語一默，須要盡合道理。吕舍人。

爲學大益在變化氣質。《近思録》。

常令學者看喜怒哀樂未發時，作何氣象。龜山。

變化氣質，居常無所見，惟當利害，經變故，遭屈辱，平時忿怒者到此能不忿怒，憂惶失措者到此能不憂惶失措，始是能有得力處，亦便是用力處。天下事雖萬變，吾所以應之，不出乎喜怒哀樂四者。此爲學之要，而爲政亦在其中矣。王陽明。

徇俗與有心戾俗，皆爲俗動者也。一以是非爲權衡，俗何能誘我激我。《持志塾言》。

力行在奮勵處見，亦在遏制處見。遏制如不當思者能不思，不當言者能不言，不當爲者能不爲，皆是。《持志塾言》。

勿以惡小而爲之，勿以善小而不爲。昭烈帝。

火滅修容，慎戒必恭。《武王踐阼説》。

司馬温公平生所爲，未嘗有不可對人言者。

明道先生作字時甚敬，嘗謂人曰：「非欲字好，即此是學。」

張敬夫嘗言：「所見王荆公書，皆如大忙中寫。韓公書蹟，雖與親戚卑幼，亦皆端嚴謹重，與荆公躁擾急迫正相反。」書札細事，而於人之德性相關如此。朱子。按聖賢之學，雖暗室之中，細微之事，不敢放失，其心如此。

理以倫爲著落，倫以理爲主持，故性分、職分，一以貫之。《持志塾言》。

喜怒哀樂，視聽言動，子臣弟友，此即物窮理者最切之務。又。

欲爲君盡君道，欲爲臣盡臣道，欲爲人盡人道。陸世儀。

不必説道學，只是做人，做得一分是一分，做得兩分是兩分，做得八九十分是八九十分。陸世儀。

見聞得，體認不得；體認得，保守不得。只是不誠不敬。《持志塾言》。

若果有恒，自能轉世界，而不爲世界所轉。陸世儀。

予自幼習聞「心法」二字，從未理會，以爲心有何法。自丁丑春，用力於隨時精察，覺得心思細密，或行路，或閒坐，或飲食，或就寢，四書五經如人從耳邊説者，隨時隨地，滚滚不絶。一日偶想到曾子學問，恍然有得。曾子平日只是做日省工夫，後来悟著一貫，亦只是日省工夫做到透處。日省工夫，即所謂隨事精察也，即所謂格物致知也。日省而至於一貫，即格致而豁然貫通，表裏精粗無不到，而全體大用無不明也。要之，徹始徹終，總只一「敬」字。由是上迨堯舜，下迨程朱，皆以「敬」字按之，無不同條共貫。更按之愚夫愚婦，此心此理無不同，惜乎有其心而無其法也。乃知「心法」二字，洵非虚語。又。

師無往而不在也。鶴之父子，蟻之君臣，鴛鴦之夫婦，果然之朋友，烏之孝，騶虞之仁，雉之耿介，鳩之守拙，則觀禽獸而得吾師矣。松柏之孤直，蘭芷之清芳，蘋藻之潔，桐之高秀，蓮之緇泥不染，菊之晚節愈芳，梅之真白，竹之内虚外直、圓通有節，則觀草木而得吾師矣。山之鎮重，川之委曲而直，石之堅貞，淵之涵蓄，土之渾厚，火之光明，金之剛健，則觀五行而得吾師矣。鑑之明，衡之直，權之通變，量之有容，概之平，度之能較短長，箠之卷舒，蓋之張弛，綱之綱紀，機之經綸，則觀雜物而得吾師矣。嗟夫，能自得師，則盈天地間皆師也。不然，堯舜自堯舜，朱均自朱均耳。呂叔簡。

平生讀聖賢書，某事與之合，某事與之背，即知所適從，知所去取，否則口詩書而心衆人也，身儒衣冠而行鄙夫也，此士之稂莠也。《呻吟語》。

冬温夏凊，昏定晨省，是事父母小節。能讀書修身，學爲聖賢，使其親爲聖賢之親，方盡得孝之分量。舜稱大孝，亦只是「德爲聖人」一句。《思辨録》。

伊尹、顔淵，大賢也。伊尹恥其君不爲堯舜，一夫不得其所，若撻於市。顔淵不遷怒，不貳過，三月不違仁。志伊尹之所志，學顔子之所學，過則聖，及則賢，不及則亦不失令名。《近思録》。

聖賢之學，不貴能知，而貴能行。須在自己身上省察，日間動静，少有不合，便須愧恥，不可以俗人自待。外邊習氣不好，不知不覺被其引誘，胸中能浸灌於聖賢之道，則引誘不知矣。陸稼書。

人無時無地不在行之中，喜怒哀樂，視聽言動，子臣弟友，富貴貧賤，造次顛沛，皆當自爲勘驗而責勉之。《持志塾言》。

天不爲人之惡寒也輟冬，地不爲人之惡遼遠也輟廣，君子不爲小人匈匈也輟行。《荀子》。

良農不爲水旱不耕，良賈不爲折閲不市，士君子不爲貧窮怠乎道。《荀子》。

蘭生幽谷，不爲莫服而不芳。舟在江海，不爲莫乘而不浮。《淮南》。

學也者，學其性之所固有也。聖人之教，無非要人用力于仁義禮智。仁義禮智，非性所固有者而何？《持志塾言》。

内無關于盡性至命，外無益于開物成務，雖有所謂學焉者，亦管閒事、務虚名而已矣。又。

論人

人只是「是」與「不是」兩者而已。無「不是」者，聖人也；全然「不是」者，盜賊、樂户之屬也。其餘俱在「是」與「不是」之間。陸世儀。

評品古人，必須胸中有段道理，如權平衡直，然後能稱物輕重。若執偏見曲説，昧于時不知其勢，責其病不察其心，未嘗身處其地，未嘗心籌其事，而曰「某非也」「某過也」，是瞽指星、聾議樂，大可笑也。

聖人做出來都是德性，賢人做出來都是學問，衆人做出來都是習俗，小人做出來都是私欲。《呻吟語》。

有過不害爲君子。無過可指底，真則聖人，僞則大奸，非鄉原之媚世，則小人之欺世也。又。

正直人植綱常，扶世道；忠厚人養和平，培根本。然而激天下之禍者，正直之過；養天下之禍者，忠厚之過也。此四字兼而有之，惟時中之聖人。又。

小人終日苦心，無甚受用處。既欲趨利，又欲貪名；既欲掩惡，又欲詐善。虚文浮禮，惟恐其疏略；消沮閉藏，惟恐其敗露。又患得患失，只是求富求貴；畏首畏尾，只是怕事怕人。要之温飽之外，也只與人一般，何苦自令天君無一息寧泰處。又。

賢人君子那裏没有？鄙夫小人那裏没有？世俗多在那爵位上定人品，把邪正却作第二着看。今有僕隸乞丐之人，特地做忠孝節義之事，爲天地間立大綱常，我當北面師事之，環視達官貴人，似俛首居其下矣。論到此，富貴利達與忠孝節義，比來豈直太山鴻毛哉。然則匹夫匹婦未可輕，而下士寒儒其自視亦不可渺然小也。又。

體解神昏，志消氣沮，天下事不是這般人幹底。攘臂抵掌，矢志奮心，天下事也不是這般人幹底。幹天下之事者，智深勇沉，神閑氣定。有所不言，言必當；有所不爲，爲必成。不自是而露才，不輕試以倖功，此真才也。又。

大事難事看擔當，逆境順境看襟度，臨喜臨怒看涵養，群行群止看識見。又。

觀操守在利害時，觀精力在饑疲時，觀度量在喜怒時，觀存養在紛華時，觀鎮定在震驚時。又。

富以能施爲德，貧以無求爲德，貴以下人爲德，賤以忘勢爲德。又。

居視所親，富視所與，達視所舉，窮視所不爲，貧視所不取。李克對魏文侯語。一死一生，乃知交情；一貧一富，乃知交態。一貴一賤，交情乃見；一浮一没，交情乃出。《説苑》。

心平氣和而有强毅不可奪之力，秉公持正而有圓通不可拘之權，可以語人品矣。《呻吟語》。極寬過厚、足恭曲謹之人，亂世可以保身，治世可以敦俗。若草昧經綸，倉卒籌畫，荷天下之重，襄四海之難，永百世之休，旋乾轉坤，安民阜物，自有一等英雄豪傑，渠輩當束之高閣。又。棄此身操執之常而以圓軟沽俗譽，忘國家遠大之患而以寬厚市私恩，巧趨人人所未見之利，善避人人所未識之害，立身于百禍不侵之地，事成而我有功，事敗而我無咎，此智巧士也，國家奚賴焉。又。

避嫌者，尋嫌者也；自辯者，自誣者也。心似重門洞達，略不回邪，行事八窗玲瓏，毫無遮障，則見者服，聞者信。稍有不白之誣，將家家爲吾稱冤，人人爲吾置喙矣。此之謂潔品，潔品不自潔。又。

委罪掠功，此小人事；掩罪夸功，此衆人事；讓美歸功，此君子事；分怨共過，此盛德事。又。

古之論賢不肖者，不曰「幽明」，則曰「枉直」。則知光明洞達者爲賢，隱伏深險者爲不肖；

真率爽快者爲賢，斡旋轉折者爲不肖。故賢者如白日青天，一見即知其心事；不肖者如深谷晦夜，窮年莫測其淺深。賢者如疾矢急弦，更無一些回護；枉者如曲鉤盤繩，不知多少機關。故虞廷曰「黜陟幽明」，孔子曰「舉直錯枉」，觀人者舍是無所取矣。又。

或問：「君子小人，辨之最難？」曰：「君子而近小人之跡，小人而爲君子之態，此誠難辨。若其大都，則如皂白，不可掩也。君子容貌敦大老成，小人容貌浮薄瑣屑。君子之心正直光明，小人之心邪曲微曖。君子之言雅淡質直，惟以達意；小人之言鮮穠柔澤，務欲可人。君子與人真誠而不養其過，小人與人諛悅而多濟其非。君子處事可以盟天質日，雖骨肉而不阿；小人處事低昂世態人情，雖昧理而不顧。君子臨義，慷慨當前，惟視天下國家人物之利病，其禍福毀譽，漠不關心；小人臨義，則觀望顧忌，先慮爵禄身家妻子之便否，視社稷蒼生，漫不屬己。君子事上，禮不敢不恭，難使枉道；小人事上，身不知爲我，側意隨人。君子御下，防其邪而體其必至之情；小人御下，遂吾欲而忘彼同然之願。君子自奉節儉恬雅，小人自奉汰侈彌文。如此類者，色色頓殊。孔子曰『患不知人』，吾以爲終日相與，可定平生，雖善矜持，自有不可掩者在也。」又。

品第大臣率有六等。上焉者，寬厚深沉，遠識兼照，造福于無形，消禍于未然，無智名勇功而天下陰受其賜。其次剛明任事，慷慨敢言，愛國如家，憂時如病，而不免太露鋒鋩，得失相半。

其次恬静逐時，動循故事，利不能興，害不能除。其次持禄養望，保身固寵，國家安危，略不介懷。其次貪功啓釁，怙寵張威，愎是任情，擾亂國政。其次奸險凶淫，煽虐肆毒，賊傷善類，蠱惑君心，斷國家命脉，失四海人望。又。

凡候伺（振）〔權〕貴之門，（笑）〔以大〕言自炫奇技驚（露）〔衆者〕，皆不軌徇利之人。裴（鄰）〔潾〕。

喜怒、語默、行止、去就、利害、毁譽，皆可徵心以定品。又。

輕諾似烈而寡信，多易似能而無效，進鋭似精而去速，訶者似察而事煩，訐施似惠而無成，面從似忠而退違。《人物志》。

士之致遠，當先器識而後才藝。裴行儉。

鳥之勾喙美羽者，鳥畏之；魚之侈口垂腴者，魚畏之；人之利口贍辭者，人畏之。《韓詩外傳》。

應　世

艮思按，古之君子應事接物，言之無弗從也，行之無弗成也。惟義與理以爲之宗，惟分與位以爲之程。義與理何以合，時與位何以當，必有道焉存乎其中。曰：知而已矣。曷言乎知？曰知進知退，知存知亡，知得知喪，知始知終，知先知後，知彼知己，知古知今。如是者明，斯遂足以盡其道乎？曰：能而已矣。曷言乎能？曰：能柔能剛，能圓能方，能伸能屈，能顯能藏，能用人而不爲人用，能制人而不爲人制。如是者强，斯遂足以盡其道乎？曰：時而已矣。曷言乎時？曰：可以進則進，可以退則退，可以久則久，可以速則速。素富貴行乎富貴，素貧賤行乎貧賤，素患難行乎患難，素夷狄行乎夷狄。如是者當，合斯三者其庶幾乎？不知者愚，不能者庸，不當者非，過則不及也。凡天下之事與物，有情有理，有機有勢，有親有疏，有遠有近，有本有末，有始有終，有先有後，有真有僞，有源有委，有表有裏，有精有粗，有鉅有細。應之接之曰經、曰權、曰密、曰豫、曰暇、曰定、曰果、曰深、曰要、曰序、曰堅、曰細、曰大、曰因，其竟也爲行、爲止、爲成、爲敗、爲存、爲亡、爲是、爲非、爲毁、爲譽、爲得、爲失。事物之來已處其間，必明乎己之分焉，乃能盡所當爲也。明乎己之位焉，乃能思而不出也。又必安其身而後動，易其心而後語，斂其才而不以矜己也，平其氣而不以陵人也。是故窮理究情，誠僞見焉，相機度勢，智慮生焉，此之謂識。以我御物，毋爲所忤，以物與我，毋爲所縛，此之謂才。與時偕行，不失其正，無過不及，乃合乎中，是之謂當。見機而作，待時而動，乘勢而行，以此應事，何事不成，以此接物，何物不傾。不以得而志滿，不以失而心忿。唯其是不以毁譽移，唯其非不以成敗論。誠能持志以合道，制中以應外，物與化焉，天與游焉。世莫測其所以，人莫知其所由焉。古之有道，君子蔑以加兹。按凡人有親疏遠近之别，所當知之。有分親情親者，有分疏情疏者，有分親而情疏者，有分疏而情親者，四者分清，則處人處事，自有權衡已。癸巳秋日志。

天下大勢之所趨，天地鬼神不能易，而易之者，人也。《困學紀聞》。

風俗之厚薄奚自乎？自乎一二人之心之所向而已。民之生庸弱者戢戢皆是也，有一二人賢且智者，則衆人君之而受命焉。尤智者，所君尤衆焉。此一二人者之心向義，則衆人與之赴義；一二人者之心向利，則衆人與之赴利。衆人所趨，勢之所歸，雖有大力，莫之敢逆。故曰：「撓萬物者，莫疾乎風。」風俗之于人之心，始乎微而終乎不可禦者也。曾文正《原才》。

明者因時而變，知者隨事而制。《鹽鐵論》。

識時務者爲俊傑。榕村。按事雖有常變，要自有千古不易之理。因應合宜，不失其正，方爲至當。君子而時中，觀夫夏之不能衣裘，冬之不能衣葛也可見。

鉅鹿、昆陽皆以少勝衆，項羽一戰而驕，諸侯膝行而前，氣焰太露。光武一味收斂，伯升爲更始所殺，夜間淚濕枕席，平居却不露聲色，便是成事氣量。《榕村語録》。

惟有道之士能持勝。《吕氏春秋》。按處逆境難，處順境尤難。處逆境，處處提心。處順境，處處放心，提而不放，惟有道之君子爲然。《易》曰：「安而不忘危，存而不忘亡，治而不忘亂，是以身安，而國家可保也。」

天下之事，成于懼而(忽于敗)〔敗于忽〕。吕東萊。

慎終如始，則無敗事。《文子》。

心欲小，志欲大，智欲圓，行欲方。《淮南子》。

務善策者，無惡事；無遠慮者，有近憂。《黄石子》。

橛橛梗梗，所以立功；兢兢業業，所以保終。《黄石子》。

古人有言曰：「不知來，視諸往。」《春秋繁露》。

前事之不忘，後事之師。《史記》。

綆短不可以汲深，器小不可以盛大。《淮南子》。

巧者善度，智者善豫。又。

明者遠見于未萌，智者避危于無形。司馬相如。

人有致危之道，當爲救濟於未然，「見孺子將入井」，「將」字要著眼。《持志塾言》。

因時制宜，因地制宜，因人制宜。窮理須是將理窮得活了，方有用。《持志塾言》。

聖人千慮，必有一失；愚者千慮，必有一得。《晏子》。

用力不可以苦，用力苦則勞。《管子》。

不作無補之功，不爲無益之事。《管子》。

愚而自專，事不治。《荀子》。

勇夫招禍，辯口致殃。《論衡》。

任能者責成而不勞，任己者事廢而無功。《鹽鐵論》。

礪利劍者，必以柔砥；擊鐘磬者，必以濡木。轂彊必以弱輻，兩堅不能相和，兩强不能相服。

故梧桐斷角，馬氂截玉。《淮南子》。

齒堅剛，卒盡相磨；舌柔順，終以不弊。《孔叢子》。

柔能制剛，弱能制强。光武帝。

太剛則折，太柔則廢。雋不疑。

金剛則折，革剛則裂。賈誼《新書》。

我雖有所愉而喜，必先和心以求其當，然後發慶賞以立其德；雖有所忿而怒，必先平心以求其正，然後發刑罰以立其威。《春秋繁露》。

今人放火，或操火往益之，或接水往救之，兩者皆未有功，而德怨相去遠矣。《淮南子》。

只人情世故熟了，甚麼大事做不到；只天理人心合了，甚麼好事做不成。《呻吟語》。

公正二字，是撑持世界底，没了這二字，便塌了天。又。

只把持得公字定，便自天清地寧，政清訟息。又。

事休問大家行不行，舊規有不有，只看義上協不協。勢不在我而於義無害，且須勉從。若有害於義，即有主之者，吾不敢〔窮〕〔從〕也。又。

定、静、安、慮、得，此五字時時有，事事有，離了此五字，便是孟浪做。又。

事必要其所終，慮必防其所至，若見眼前快意便了，此最無識。故事有當怒而君子不怒，當喜而君子不喜，當爲而君子不爲，當已而君子不已者。衆人知其一，君子知其他也。又。

將事而能弭，遇事而能救，既事而能挽，此之謂達權，此之謂才。未事而知其來，始事而要其終，定事而知其變，此之謂長慮，此之謂識。又。

昧者知其一，不知其二，見其所見，而不見其所不見，故于事鮮克有濟。惟智者能柔能剛，能圓能方，能存能亡，能顯能藏，舉世懼且疑，而彼確然爲之，卒如所料者，見先定也。又。

計天下大事，只在要緊處一着留心用力，别個都顧不得。譬之弈棊，只在輸嬴上留心，一馬一卒之失，渾不放在心下。若觀者以此預計其高低，弈者以此預亂其心目，便不濟事。又。

凡處事須視小如大，又須視大如小。視小如大見小心，視大如小見作用，昔人所謂「瞻欲大而心欲小」也。《思辨録》。

學者只看得世上萬事萬物，種種是道，此心纔覺暢然。《呻吟語》。

道有個當然，有個自然。當然是屬人底，不問吉凶禍福，要向前幹去。自然是屬天底，任你躑躅咆哮，自勉强不來。而世只把此二層看得真、守得定，有多少受用處。又。

氣忌盛，心忌滿，才忌露。學者只是氣盈，便不長進。《呻吟語》。

只有一毫粗疏處，便認理不真，所以説惟精，不然，衆論淆之而必疑。只有一毫二三心，便守理不定，所以説惟一，不然，利害臨之而必變。又。

名利是天地間公共之物。利惟公故溥，名惟公故大。小人以名利爲私，而名利二字始目爲羶途矣。自聖人觀之，必得其名，必得其禄，名利何嘗是羶物。《思辨録》。

利與義合，則與和同。《文言》曰：「利者，義之和也。」利與義反，則與害對。《論語》曰：「放于利而行，多怨。」又。

處天下，前面常長出一分，此之謂豫。後面常餘出一分，此之謂裕。如此，則事無不濟，而心有餘樂。若盡煞分數做去，必有後悔處。人亦然。施在我有餘之恩，則可以廣德；留在人不盡之情，則可以全好。又。

見面前之千里，不若見背後之一寸。故達觀非難而反觀爲難，見見非難而見不見爲難。此舉世之所迷，而智者之所獨覺也。又。

當急遽冗雜時，只不動火，則神有餘而不勞事，從容而就理。一動火，種種都不濟。又。

沉静非緘默之謂也，意淵涵而態閑正，此謂真沉静。雖終日言語，或千軍萬馬中相攻擊，或稠人廣衆中應繁劇，不害其爲沉静神定故也。真沉静底自是惺惺，包一段全副精神在裏。又。

凡當事，無論是非邪正，都要從容藴藉，若一不當意，便忿恚而决烈之，此人終非遠器。又。

天下之事，每得于從容，而失之急遽。又。

事到手，且莫急，便要緩緩想；想得時，切莫緩，便要急急行。又。

處天下事，只消得「安詳」二字，雖兵貴神速，也須從此二字做出，然「安詳」非遲緩之謂也，從容詳審，養奮發于凝定之中耳。又。

世間事各有恰好處，慎一分者得一分，忽一分者失一分，全慎全得，全忽全失。小事多忽，忽小則失大，易事多忽，忽易則失難。存心君子自得之體驗中耳。又

天下有兩可之事，非義精者不能擇，若到精處，畢竟止有一可耳。又。

蓄疑者，亂真知。過思者，迷正應。又。

恒言「平穩」二字極可玩，蓋天下之事，惟平則穩。行險亦有得的，終是不穩，故君子居易。又。

輕喜易怒多至以小害大，回想時始知一毫值不得。何不移事後之覺悟，爲當幾之凝定耶？《持志塾言》。

不忍小忿小耻，將有大忿大耻隨之。然所貴于能忍者，初非爲其有此計較也，君子亦但知己當克，氣當養而已矣。又。

做天下好事，既度德量力，又審勢擇人。「專欲難成，衆怒難犯」，此八字者不獨妄動邪爲者宜慎。雖以至公無私之心，行正大光明之事，亦須調劑人情，發明事理，俾大家信從，然後動有成、事可久。《呻吟語》。

無用之樸，君子不貴，雖不事機械變詐，至于德慧術知，亦不可無。又。

圓融者無詭隨之態，精細者無苛察之心，沉默者無陰險之術，光明者無淺露之病，勁直者無徑情之偏，執持者無拘泥之跡，此是全才。有所長而矯其長之失，此是善學。又。

君者民之原也，原清則流清，原濁則流濁。《荀子》。

以身教者從，以言教者訟。第五倫。

天德只是個「無我」，王道只是個「愛人」。《呻吟語》。

天意隱而難知，人事切而易見。賈涉。

廟堂之上，以養正氣爲先；海宇之内，以養元氣爲本。能使賢人君子無鬱心之言，則正氣培矣；能使群黎百姓無腹（腓）〔誹〕之語，則元氣固矣。此萬世帝王保天下之要道也。

有治人，無治法。《荀子》。

道無廢而不興，器無毀而不治。陸賈《新語》。

古與今，理同勢異。不能變通之，是不知本；不能變化之，是不知用。《持志塾言》。

王者有易政而無易國，有易吏而無易民。賈誼《新書》。

通其變，天下無弊法；執其方，天下無善教。《中説》。

以正學爲基。《潛夫論》。

帝王之學，必先夫格物致知，以極夫事物之變，使義理所存，（殲）〔纖〕悉必照，則自然意誠心正，而可以應天下之務。朱子。

聖王之學，所以明理正心，爲萬事之綱。劉珙。

自古聖賢之君，未有不以興學以務。楊時。

學之道，不在多言，但默坐，澄心體認，天理自見。李侗。

君子知夫不全不粹之不足以爲美也，故誦數以貫之，思索以通之。《荀子》。

正其誼，不謀其利；明其道，不計其功。董仲舒。

爲國者，以富民爲本。《潛夫論》。

管仲既任政相齊，以區區之齊在海濱，通貨積財，富國强兵，與俗同好惡，故其稱曰：「倉廩實而知禮節，衣食足而知榮辱，上服度則六親固。四維不張，國乃滅亡。下令如流水之源，令順民心。」故論卑而易行。俗之所欲，因而予之；俗之所否，因而去之。《史記》。

一年之計，莫如樹穀；十年之計，莫如樹木。《管子》。

農有常業，女有常事。一農不耕，民有爲之飢者；一女不織，民有爲之寒者。《管子》。

積于不涸之倉者，務五穀(藏)也；〔藏〕于不竭之府者，養桑麻、育六畜也。《管子》。

開源不億刃，則無懷山之流；崇峻不凌霄，則無彌天之雲；財不豐，則其惠也不博。《抱朴子》。財政之要，開源節流而已。開源者，地中之利，各鑛是也，地上之利，種殖是也，製造者工，經營者商。楙遷有無，維舟與車，不畏風濤之險，不患山川之阻，則今日水之輪船，陸之火車是已。

人者，邦之本也；財者，人之心也。其心傷則其本傷，其本傷則枝葉瘁矣。陸贄。

論大計者，固不可惜小費。劉晏。

用財不可以嗇，用財嗇則費。《管子》。

奢侈之費甚于天災。傅咸。

興農桑以養其生，審好惡以正其俗，宣文教以章其化，立武備以秉其威，明賞罰以統其法。荀悦。

人主患不推誠，人臣患不竭忠。杜黄裳。

四海利病係生民之休戚，斯民休戚係守令之賢否。監司者守令之綱，朝廷者監司之本。朱子。

守令不得其人，百姓不堪其命。辛雄。

德莫高于博愛人，政莫高于博利人。政莫大于信，治莫大于仁。賈誼《新書》。

國不務大而務得民心，佐不務多而務得賢俊。得民心者，民往之；有賢俊者，士歸之。《新書》。

人君執要，人臣執職。執要者逸，執職者勞。高詡。

爲國者，當務實效而去虚名。徐温。

法貴簡而能禁。楊相如。

求必欲得，禁必欲止，令必欲行。求多者其得寡，禁多者其止寡，令多者其行寡。《管子》。

萬目不張舉其綱，衆毛不整振其領。崔林。

見可欲則思知足，將興繕則思知止，處高危則思謙降，臨滿盈則思挹損，遇逸樂則思撙節，在宴安則思後患，防壅蔽則思延納，疾讒邪則思正己，行爵賞則思因喜而僭，施刑罰則思因怒而濫。魏徵《十思》。

非澹泊無以明德，非寧静無以致遠，非寬大無以兼覆，非慈厚無以懷衆，非平正無以制斷。《淮南子》。

治本在得人，得人在審舉，審舉在核真，未有官得其人而國家不治者也。王猛。

四海之廣，萬機之衆，雖堯舜不能獨治，必擇人而任之。選能知人公正者以爲宰相，能愛民聽訟者以爲守令，能豐財足食者使掌金穀，能原情守法者使掌刑獄。高錫。

吏員猥多，難以求治。俸禄鮮薄，未可責廉。與其冗員而重費，不若省官而益俸。宋太祖。

致理之要，在於辨群臣之邪正。李德裕。

公卿大臣，用有經術，明於大誼者。霍光。

人主之職在知人，進君子，退小人，則大功可成。李綱。

陽明先生擇才，始終得其用，何術而能然？用人不專取其才，而先信其心，其心可托，其才自爲我用。世人喜用人之才，而不察其心，其才只足以自利其身已矣，故無成功。高景逸。

總天下之智以助聰明，順天下之心以施教令。又。

有功必賞，有罪必罰，則爲善者日進，爲惡者日止。周于謹。

官賞刑罰，與天下共其可否，勿以己之愛憎喜怒移之。韋澳。

威之以法，法行則知恩；限之以爵，爵加則知榮。諸葛亮。

抑奔競，崇恬静，庶幾有難進易退之人。王曾。

自古未有君子、小人雜然並進而能致治者，君子易退，小人難退，二者并用，終于君子盡去，小人獨留。任伯雨。

君子爲徒謂之「同德」，小人爲徒謂之「朋黨」，外雖相似，内實懸殊，在聖主辨其所爲邪正耳。裴度。

親君子，遠小人。信任防一己之偏，好惡公天下之理。張栻。

立國之本在乎得衆，得衆之要在乎見情。又。

善爲國者，愛民如父母之愛子，兄之愛弟，聞其飢寒爲之哀，見其勞苦爲之悲。《新書》。

治國之道，上忠于主，中敬其士，下愛其民。《新書》。

臣不欲用媚道，妄隨人主意，以害國事。吕蒙正。

道因權而立，德因勢而行。不在其位，則無以齊其政；不操其柄，則無以制其綱。陸賈《新語》。

宰相者，上佐天子，理陰陽，順四時，下遂萬物之宜，外鎮撫四夷諸侯，内親附百姓，使卿大夫各得任其職焉。陳平。

宰相之職，不可分也。天下之事，咸共平章。若各有所主，是乃有司，非宰相也。李泌。

百姓得所是人君太平，君民安業是人臣太平，五穀豐登是百姓太平，大小和順是一家太平，父母無疾是人子太平。《呻吟語》。

從政自有個大體，大體既立，則小節雖有牴牾，當别作張弛，以輔吾大體之所未備，不可便改弦易轍。譬如待民貴有恩，此大體也，即有頑暴不化者，重刑之，而待民之大體不變。待士有禮，此大體也，即有淫肆不檢者，嚴治之，而待士之大體不變。彼始之寬也，既養士民之惡，終之猛也，概及士民之善，非政也，不立大體故也。又。

不論國之大體，心存明恕。唯務吹毛求疵，擘肌分理，以深刻爲能，以繩逐爲務。跡雖似于奉公，事適成其威福。賀琛。

水至清則無魚，人至察則無徒。《大戴禮記》。

兼聽則明，偏信則闇。魏徵。

强人之所不能，事必不立。禁人之所必犯，法必不行。韋處厚。

規模先要個闊大，意思先要個安閑。古之人約己而豐人，故群下樂爲之用，而所得常倍。

徐思而審處，故己不勞而事極精詳。褊急二字，處世之大礙也。呂坤。

平日讀書，惟有做官是展布時。將窮居所聞見及生平所欲爲者，一一試嘗之，須是所理之政事，各得其宜，所治之人物，各得其所，纔是滿了本然底分量。呂坤。

監司視小民藹然，待左右肅然，待僚寀温然，待屬官侃然，庶幾乎得體矣。呂坤。

臨官莫如平。《新書》。

善爲吏者樹德，不善爲吏者樹怨。《新書》。

善用威者不輕怒，善用恩者不忘施。

居官念頭有三用：念念用之君民，則爲吉士；念念用之套數，則爲俗吏；念念用之身家，則爲賊臣。呂坤。

爲政者，貴因時。事在當因，不爲後人開無故之端；事在當革，不爲後人長不救之禍。又。

仕途上只應酬無益。人事工夫占了八分，更有甚精力時候修正經職業？又。

古之居官也，在下民身上做工夫；今之居官也，在上官眼底做工夫。古之居官也，尚正直。今之居官也，尚婞阿。又。

居官有五要：休錯問一件事，休屈打一個人，休妄費一分財，休輕勞一夫力，休苟取一分錢。又。

人只是怕當局。當局者之十，不足以當旁觀者之五。智慮以得失而昏也，膽氣以得失而奪也。只没了得失心，則志氣舒展，此心與旁觀者一般，何事不濟。又。

君子之交人也，歡而不媟，和而不同，好而不佞詐，學而不虚行，易親而難媚，多恕而寡非，故無絶交，無畔朋。徐幹。

以勢交者，勢傾則絶；以利交者，利窮則散。《中説》。

行合趨同，千里相從；行趨不同，對門不通。《淮南子》。

世俗之人，皆喜人之同于己，而惡人之異于己也。《莊子》。

人必自愛也，而後人愛之。自敬也，然後人敬之。揚子《法言》。

與人以實，雖疏必密；與人以虚，雖戚必疏。《韓詩外傳》。

善氣迎人，親于弟兄；惡氣迎人，害于戎兵。《管子》。

和氣致祥，乖氣致戾。《劉向傳》。

君不修德，則舟中之人皆敵國也。《史記·吴起傳》。

以賢臨人者，未有得人者也；以賢下人者，未有不得人者也。《列子》。

召遠在修邇，閉禍在除患。《管子》。

人有不及，可以情恕；非意相干，可以理遣。衛玠。

損人益己身不祥。劉向。

土處下，不争高，故安而不危；水下流，不争先，故疾而不遲。《淮南子》。

察察者，有所不見；恢恢者，何所不容。《新語》。

鳥窮則啄，獸窮則攫，人窮則詐，馬窮則逸。《家語》。

君子賢而能容罷，知而能容愚，博而能容淺，粹而能容雜。《荀子》。

賢者則貴而敬之，不肖者則畏而敬之。賢者則親而敬之，不肖者則疏而敬之。《荀子》。

口惠之人鮮信。《韓詩外傳》。

君子不乘人于利，不厄人于險。又。

察見淵魚者不祥，智料隱匿者有殃。《列子》。

非我而當者，吾師也。是我而當者，吾友也。諂諛我者，吾賊也。《荀子》。

其施厚者其報美，其怨大者其禍深。《荀子》。

士君子相與，必求協諸禮義，將世俗計較一切脱略。吕坤。

温公曰：「先公爲群牧判官，客至未嘗不置酒。或三行，或五行，不過七行。酒沽於市，果止梨栗棗柿，肴止於脯醢菜羹，器用瓷漆。當時士大夫皆然，人不相非也。會數而禮勤，物薄而情厚。」

聖賢處世，離一温厚不得。故曰泛愛衆，曰和而不同，曰和而不流，曰群而不黨，曰周而不比，曰愛人，曰慈祥，曰豈弟，曰樂只，曰親民，曰容衆，曰萬物一體，曰天下一家，中國一人。只恁踽踽涼涼，冷落難親，便是世上一個礙物。即使持正守方，獨立不苟，亦非用世之才，只是一節狷介之士耳。呂坤。

「謙」字、「諂」字，本大懸絶。今人多把「謙」字看作「諂」字，又把「諂」字看作「謙」字，殊不可解。有人于此，道德深重，學問該博，此所當親近而師事者也，則曰：子奚爲而諂事之？至于勢位所在，貨財所聚，又不覺談之、慕之而趨之恐後也。後生于此處看不分明，人品安得不壞。《思辨録》。

恕人有六：或彼識見有不到處，或彼聽聞有未真處，或彼力量有不及處，或彼心事有所苦處，或彼精神有所忽處，或彼微意有所在處。先此六恕而命之不從，教之不改，然後可罪也已。是以君子教人而後責人，體人而後怒人。《呻吟語》。

責人要含蓄，忌太盡。要委婉，忌太直。要疑似，忌太真。今子弟受父兄之責，尚有所不堪，而況他人乎？孔子曰「忠告而善道之，不可則止」，此語不止全交，亦可養氣。又。

或謂：「與傾險人處，甚有害。」曰：「甚有益。」或問故。曰：「正使人言語動作一毫輕易不得，豈惟過失可少，於敬字工夫上，亦甚增益。」《思辨録》。

忍激二字是禍福關。呂坤。

凡有横逆來侵，先思所以取之之故，即思所以處之之法，不可便動氣。兩個動氣，一對小人，一般受禍。呂坤。

横逆之來，聖凡不免。然而所以待横逆之道，則有間矣。出乎爾，反乎爾，此凡庸之所以待横逆也。惡聲至，必反之，此俠烈之所以待横逆也。寬柔以教，不報無道，此君子所以待横逆也。「禽獸何難」，此孟子所以待横逆也。「天生德于予，桓魋其如予何」，此孔子所以待横逆也。吾人苟有志于學聖賢，則凡待横逆之道，其于數者之間，可不知所以自處(予)〔乎〕?《思辨録》。

争多起于人各有欲，言多起于人各有見。惟君子以澹泊自處，以知能讓人，胸中有無限快活處。《呻吟語》。

兩人相非，不破家忘身不止，只回頭認自家一句錯，便是無邊受用。兩人自是，不反面稽脣不止，只温語稱人一句是，便是無限寬舒。呂坤。

天下無難處之事，只消得兩個如之何。天下無難處之人，只消得三個必自反。呂坤。

兵者，凶器也。争者，逆德也。《説苑》。

國雖大，好戰必亡。天下雖安，忘戰必危。司馬穰苴。

殺人安人，殺之可也。攻其國，愛其民，攻之可也。以戰止戰，雖戰可也。又。

凡兵，務精不務多。周世宗。

攻其無備，出其不意。孫武子。

知彼知己。又。

多算勝，少算不勝，而況於無算乎？孫武子。

慎毋與窮寇當鋒。光武帝。

古之良將能成功者，軍中之事決在一人。今人各有心，何以勝敵？于仲文。

選將當以智略爲本，勇力爲末。魏元忠。

克敵之要在乎將得其人，馭將之方在乎操得其柄。陸贄。

太平之將，但當撫循訓練士卒而已，不可疲中國之力以邀功名。王忠嗣。

自古疆埸之難，非盡由戎狄，亦多邊吏擾而致之。若緣邊諸軍撫御得人，但使峻壘深溝，畜力養鋭，以逸自處，則邊鄙安而民獲休息矣。張齊賢。

凡戰，知彼知己，然後可也。孫子。

桓公曰：「吾欲從事于諸侯。」「君若欲速得志於諸侯，則事可以隱令，可以寄政。」公曰：「爲之若何？」曰：「作内政而寄軍令焉。」公曰：「善。」《齊語》。「卒伍整于里，軍旅整于郊。内教既成，令勿使遷（徒）〔徙〕。伍之人，祭祀同福，死喪同恤，禍災共之，人與人相疇，家與家相疇，世同居，少同游。故夜戰聲相聞，足以不乖，晝戰日相視，足以相識，其歡欣足以相死。居同樂，行同和，死同哀，是故守則同固，戰則同〔疆〕〔彊〕。」

設刑者不厭輕，行罰者不患薄。陸賈《新語》。

古之聽訟者，惡其意不惡其人，求所以生之，不得其所以生，乃刑之。《孔叢子》。

賞一以勸百，罰一以勸衆。《中説》。

刑罰者，治亂之藥石。崔寔《政論》。

罰貴輕而必行。楊相如。

獄疑則從去，疑罪從去，仁也。賈誼《新書》。

獄者，天下之大命也。死者不可復生，絶者不可復屬。路温舒。

草茅弗去則害禾穀，盜賊弗誅則傷良民。《管子》。

失出，人臣之小過；好生，聖人之大德。徐有功。

獄者，萬民之命，所以禁暴止邪、養育群生也。能使生者不怨，死者不恨，則可謂文吏矣。

今則不然，用法或持巧心，析律貳端，深淺不平，增辭飾非，以成其罪。《漢書》宣帝詔。

情見跡著，辭服理窮，然後加刑罰焉。是以下無冤人，上無謬聽。陸贄。

有一言而可常行者，恕也。有一行而可常存者，正也。《申鑑》。

敬勝怠者去，怠勝敬者滅，義勝欲者從，欲勝義者凶。

乞火不如取燧，寄汲不如鑿井。《淮南》。

魚不可以無餌釣，獸不可虚器招。《淮南子》。

燿蟬者務在明其火，釣魚者務在芳其餌。又。

得非己力，故謂之福；來不由我，故謂之禍。《論衡》。

福生於隱約，禍生於得意。《説苑》。

言輕則招憂，行輕則招辜，貌輕則招辱，好輕則招淫。揚子。

苦莫苦于多願，病莫病于無常。黄石子。

明莫大乎自見，聰莫大乎自聞，睿莫大乎自慮。《中論》。

罪莫大于好進，禍莫大于多言，痛莫大于不聞過，辱莫大于不知耻。《中説》。

明鏡者所以察形也，往古者所以知今也。《大戴禮記》。

以鏡自照見形容，以人自照見吉凶。張九齡。

目短于自見，故以鏡觀面；智短于自知，故以道正身。《韓非》。

西門豹性急，佩韋以緩己；董安于性緩，佩弦以自急。《韓非》。

見人而不自見者謂之矇，聞人而不自聞者謂之聵，慮人而不自慮者謂之瞀。

凡人有憂而不知憂者凶，有憂而深憂之者吉。《淮南子》。

知其愚者非大愚也，知其惑者非大惑也。大惑者終身不解，大愚者終身不靈。《莊子》。

人有三不祥：幼而不肯事長，賤而不肯事貴，不肖而不肯事賢。《荀子》。

執雌持下，人莫踰之。金人銘。

凡人多拙於自謀，而巧於謀人。王思遠。

天下不如意事，十常居七八。羊祜。

得喪，常理也。譬如寒暑加人，雖善攝生者，不能無病。正須安以處之。劉奉世。

知足不辱，知止不殆。《老子》。

吾爵益高，吾志益下；吾官益大，吾心益小；吾祿益厚，吾施益博。官怠于宦成，病加于小愈，禍生於懈怠，孝衰于妻子。《韓詩外傳》。

只竟夕點檢，今日說得幾句話關係身心？行得幾件事有益世道？自慊自愧，自恍然獨覺矣。呂坤。

心術以光明篤實爲第一，容貌以正大老成爲第一，言語以簡重真切爲第一。又。

吾内有不可瞞之本心，上有不可欺之天日，在本人有不可掩之是非，在通國有不容泯之公論，一有不實，自負四愆矣。又。

晝坐當惜陰，夜坐當惜燈。遇言當惜口，遇事當惜心。閑時忙得一刻，則忙時閑得一刻。

《思辨録》。

飯休不嚼就嚥，路休不看就走，人休不擇就交，話休不想就説，事休不思就幹。吕坤。

欺世盜名其過大，瞞心昧己其過深。又。

名心勝者必作僞。又。

實處著脚，穩處下手。又。

苟有温良在中，則眉睫與之矣；疵瑕在中，則眉睫不能匿之。《韓詩外傳》。

喜來時一點檢，怒來時一點檢，怠惰時一點檢，放肆時一點檢，此是省察大條款。人到此多想不起、顧不得，一點錯了，便悔不及。若養得定了，便發而中節，無用此矣。吕坤。

渾身都遮蓋得，惟有面目不可掩。面目者，心之證也。故君子無怍容，中心之達，達以此也，肺肝之視，視以此也，此修己者之所慎也。又。

有過是一過，不肯認過又是一過，一認則兩過都無，一不認則兩過不免。彼强辯以飾非者，果何爲也？又。

世上没個分外好底，便到天地位、萬物育底功用，也是性分中應盡得事業。今人纔有一善，便向人有矜色，便見得世上人都有不是。余甚耻之。又。

世間無一件可驕人之事，才藝不足驕人，德行是我性分事，不到堯、舜、周、孔，便是欠缺，欠缺便自可耻，何驕人得？又。

無才無學，士之羞也；有才有學，士之憂也。夫才學非有之難，而降伏之難。君子之貴才學，以成身也，非以矜己也；以濟世也，非以夸人也。不然，鮮不爲身禍者。又。

擔當處都要個自强不息之心，受用處都要個有餘不盡之意。又。

只一個耐煩心，天下何事不得了？天下何人不能處？又。

毋謂人唯唯，遂以爲是我也；毋謂人默默，遂以爲服我也；毋謂人煦煦，遂以爲愛我也；毋謂人卑卑，遂以爲恭我也。又。

平常淡素是我本來事，熱鬧紛華是我倘來事。又。

胸中只擺脱一戀字，便十分爽浄、十分自在。人生最苦處，只是此心沾泥帶水，明是知得，不能斷割耳。又。

聖賢學問，只是個自責自盡。道理原無邊界，亦無盡頭。若完了自家分數，還要聽其在天在人，不敢怨尤。況自家舉動，又多鬼責人非底過罪，却敢怨尤耶？又。

不以外至者爲榮辱，極有受用處，然須是裏面分數足始得。今人見人敬慢，輒有喜愠心，皆外重者也。此迷不破，胸中冰炭一生。又。

治怒難，治懼尤難。克己可以治怒，明理可以治懼。程子。

君子道其常，小人道其怪。《荀子》。

君子之言寡而實，小人之言多而虚。《説叢》。

不聞大論則志不宏，不聽至言則心不固。《中論》。

簡而當事，曲而當情，精而當理，確而當時。一言而濟事，一言而服人，一言而明道。是謂修辭之善者，其要有二，曰澄心，曰定氣。又。

好稱人惡，人亦道其惡。好憎人，亦爲人所憎。《説叢》。

言人之善，澤于膏沐；言人之惡，痛于矛戟。又。

忠言逆耳利於行，良藥苦口利于病。張良。

動人以言，所感已淺。言又不切，人誰肯懷？《説叢》。

流俗多徇諂諛，揣所悦意則侈其言，度所惡聞則小其事。《説叢》。

兩喜必多溢美之言，兩怒必多溢惡之言。《莊子》。

慎于言者不譁。《韓詩外傳》。

無多言，多言多敗；無多事，多事多患。勿謂何傷，其禍將長；勿謂何害，其禍將大；勿謂不聞，神將伺人。金人銘。

學者説(法)〔話〕要簡重從容，循物傍事，這便是説話中涵養。吕坤。

平居時，有心訒言還容易，何也？有意收斂故耳。只是當喜怒愛憎時，發當其可，無一厭人語，纔見涵養。又。

士君子一出口，無反悔之言；一動手，無更改之事。誠之於思故也。又。

君子言見聞，不言不見聞；言有益，不言無益。謹言不但外面，雖家庭間，没個該多説底話。不但大賓，雖親厚友，没個該任口底話。吕坤。

辨學術，譚治理，直須窮到至處，讓人不得，所謂「宗廟朝廷便便言」者。蓋道理，古今之道理；政事，國家之政事，務須求是乃已。我兩人皆置之度外，非求伸我也，非求勝人也，何讓人之有？只是平心易氣，爲辯家第一法。纔聲高色厲，便是没涵養。吕坤。

稠衆中一言一動，大家環向而視之。口雖不言，而是非之公自在。果善也，大家同萌愛敬之念；果不善也，大家同萌厭惡之念。雖小言動，不可不謹。吕坤。

救寒莫如重裘，止謗莫如修身。徐幹。

聞謗而怒者，讒之囮也；見譽而喜者，佞之媒也。《中説》。

舉世譽之而不加勸，舉世非之而不加沮，定乎内外之分，辯乎榮辱之竟，斯已矣。《莊子》。

事修而謗興，德高而毁來。今世之所謂士者，一凡人譽之，則自以爲有餘；一凡人沮之，則自以爲不足。韓愈。

盛德之下，其實難副。李固。

大略浮名最害事。《鈍吟雜録》。

處毁譽要有識有量。見世所譽而趨之，見世所毁而避之，只是識不定。聞譽我而喜，聞毁我而怒，只是量不廣。真善真惡在我，毁譽與我無分毫相干。吕叔簡。

或問：「君子聞譽亦以爲喜耶？」曰：「聞譽而我有其實，非譽也，名稱其實也。此而不喜非人情，但不以此自矜耳。若聞譽而我無其實，則慚愧不暇，何敢喜焉？」《思辨録》。

人操行能修身正節，不能禁人加非于己。文王拘羑里，孔子厄陳蔡是也。《論衡》。

武叔毁仲尼，伯寮愬子路，臧倉沮孟子，從來聖賢未有不遭謗毁者，故曰「其不善者惡之」。不爲不善所惡，不成君子。後世執進退之柄者，只在「鄉人皆好之」上取之。千人之譽，不足以敵一人之毁。更不察這毁言從何處來，更不察這毁人者是小人、是君子。是以正士傷心，端人喪氣。吕坤。

君子之學，務求在己而已。毁譽榮辱之來，非獨不以動其心，且資之以爲切磋砥礪之地。故「君子無入而不自得」，正以其無入而非學也。若聞譽而喜，見毁而戚，則將皇皇於外，惟日之不足矣，其何以爲君子？王陽明。

按：「天下大勢」節至「圓融者」節，共六十節。以上處事。

「君者」節至「情見跡著」節，計一百零七節。以上治理。

「君子之交人也」節至「天下無難處之事」節，計三十八節。以上處人。

「有一言」節至「治怒難」節，計四十七節。以上律己。

「君子道其常」節至「稠衆中一言一動」節，計十八節。以上慎言。

「救寒莫如重裘」節至「君子之學」節，計十一節。以上毁譽。

養心

聖賢之遺言，無非存心養性之事。孟子言：「學問之道，惟在求其放心。」而程子亦言：「心要在腔子裏。」今一向耽着文字，令其心全然都奔在册子上，更不知有己，便是個無知覺、不識痛癢的人，雖讀得書，亦何益于吾事耶？《讀書訣》。

讀書先浄室焚香，令心意不馳走，則言下理會。黄山谷。

起居坐立，務要端莊，不可傾倚，恐至昏怠。出入步趨，務要凝重，不可慓輕，以害德性。以謙遜自牧，以和敬待人。凡事切須謹飭，無故不出入。少説閑話，恐廢光陰，勿觀雜書，恐分精力，早晚頻自點檢所習之業。每旬休日，將一旬内書温習數過，勿令心少有放佚，則自然漸近道理，講習易明矣。

董玄宰曰：「讀書要養精神，人一身只靠精神幹事。精神不旺，昏沉到老，只是這個人，故要養起精神。戒浩飲，浩飲傷神。戒貪色，貪色滅神。戒厚味，厚味昏神。戒飽食，飽食悶神。戒多動，多動亂神。戒多言，多言損神。戒多憂，多憂鬱神。戒多思，多思撓神。戒久睡，久睡倦神。戒久讀，久讀苦神。人若調養精神完固，不怕無解悟。」

六經循環，年欲一觀。觀書以静爲心，然人豈能長静，須以制其亂。張子。

爲學有用精神處，有惜精神處，有合着工夫處，有枉了工夫處。要之，人精神有得亦不多，自家將來枉用了，亦可惜。朱子。

朱子曰：「心于未遇事能静，至臨時方用，便有氣力。」此是不可不静之故。又曰：「動時循理，則静時始能静。」此是所以能静之由。

家務雖不能盡擺脱，然要見得此中都是道理，觸處皆是此理流行，則不患俗務累人矣。《陸清獻公集》。

工夫惟閑時可用。孔明自二十六歲出來，日倥傯于戎馬之間，曾無刻暇，而曰「學須静也，才須學也」，想他天資高，時時將心提起，用著實落工夫來。《榕村語録》。

動静二字不能打合，如何言學？陽明在軍中一面講學，一面應酬，軍務纖毫不亂，此時動静，是一是二？劉蕺山。

人之精神，以憂勤惕厲而聚，以般樂怠敖而散。《古桐書屋劄記》。

學貴有成

孟子問子思曰：「堯、舜、文、武之道，可力而致乎？」子思曰：「稱其言，履其行，夜思之，晝行之，滋滋焉，汲汲焉，如農之赴時，商之趨利，惡有不至者乎。」《孔叢子》「子居衛」章。即《大禹謨》「念茲在茲」之義。

學貴時習，須是心心念念在上，無一事不學，無一時不學，無一處不學。《近思録》。

學者，須是耐煩辛苦。又。

「學不能推究事理，只是心粗」，心粗安能區別是非、措之于用？《榕村語録》。按用功之法，有宜有忌，合其宜者成，犯所忌者敗，凡事皆然，爲學尤甚。其宜者，曰沉，曰静，曰定，曰敬，曰勤，曰專，曰恒，曰整，曰暇，曰細。其忌者，曰浮，曰躁，曰率，曰苟，曰惰，曰雜，曰荒，曰散，曰亂，曰粗。

學問之道無他，莫論事之大小，理之淺深，但到眼前，即與理會到底。《近思録》。

爲學之道，更無他法，但能熟讀精思，久之自有見處。尊所聞，行所知，久之自有至處。又。

游從之類，相熟相同，不教不學，闕然不見己缺，日失月亡，以至于老，所謂無以自別于常人者。每逢學士真儒，嘆息踧踖，愧生于中，顔變于外，不復自比於人。韓愈。按幼而不學，及長，問這個也不知，那個也不知，豈不可耻？即學矣，而不能元元本本、從始至終一一説出，由於未能透徹之故，所以貴乎精熟。

只是自己力量小，不能有恒，若果有恒，自能轉世界，而不爲世界所轉。《思辨録》。

後生才性過人者不足畏，惟讀書尋思推究者爲可畏。又讀書只怕尋思。蓋義理精深，惟尋思用意爲可以得之，鹵莽厭煩者決無有成之理。《小學》。

文略卷首中

抱蜀軒家塾本

文字　音韻

經籍經史子集

文字

古者庖犧氏之王天下也，仰則觀象於天，俯則觀法於地，觀鳥獸之文與地之宜，近取諸身，遠取諸物，於是始作《易》八卦，以垂憲象。及神農氏結繩爲治而統其事，庶業其繁，飾僞萌生。黄帝之史倉頡，見鳥獸蹏迒之迹，知分理之可相别異也，初造書契。依類象形，故謂之「文」。其後形聲相益，即謂之「字」。字者，言孳乳而寖多也。箸于竹帛謂之「書」。書者，如也。許慎。

《周禮》：「八歲入小學，保氏教國子，先以六書。」

《漢書・藝文志》曰：「六書謂象形、象事、象意、象聲、轉注、假借，造字之本也。」顔注曰：「象形謂畫成其物，隨體詰屈，日、月是也。有獨體之象形，如日、月、水、火是也。有合體之象形，合體者，從某而又象其形，如箕從竹，而以「𠀠」象其形；衰從衣，而以「冄」象其形，詰屈之形是也。獨體之象形則成字可讀，輔于從某者，不成字不可讀。此等字半會意、半象形，一字中兼有二者，會意則兩體皆成字，故與此别。象事即指事也，謂視而可識，察而見意，上、下是也。指事别于象形者，形謂一物，事賅衆物。指事不可以會意殽，合兩文爲會意，獨體爲指事。有形者物，無形者事也。物有形，故可象；事無形，聖人創意以指之而已。夫既創意，不幾近于會意乎？然會意者，會合數字以成一字之意也。指事，或兩體，或三體，皆不成字，即其中有成字者，而仍有不成字者，介乎其間，以爲之主，斯爲指事也。象意即會意也，謂比類合誼，以見指撝，武、信是也。會者，合也，合二體之意也。一體不足以見其義，故必合二體之意以成字。凡會意之字曰「從某(從)某」，如「信，從人言」、「武，從止戈」，皆聯屬成文，不得曰「從某從某」，蓋合數字以成一字，其意相附屬，亦即合二字以成語也。然亦有本用兩「從」字者，如「吏，從一從史」，「一」爲體，「史」爲用。又曰「史亦聲」，凡言「亦聲」者，會意兼形聲也，固當分別觀之。有似形聲，如句、鉤、笱皆在「句」部，不(不)〔入〕手、金、竹部，莽、算、葬不入犬、日、死部，莽、糾不入茻、糸部之類是也，亦不可不辨。象聲即形聲，謂以事爲名，取譬相成，江、河是也。其字半主義半主聲，其別于指事、象形者，指事、象形獨體，形聲合體；其別于會意者，會意合體主義，形聲合體主聲。聲或在左，或在右，或在上，或在下，或在中，或在外，亦有一字二聲者。有亦聲者，會意而兼形聲也。有省聲者，既非會意又不得其聲，則知其省某字爲之聲也。轉注謂建類一首，同意相受，考、老是也。轉注者，合數字爲一義也。轉注猶言互訓也，所以用象形、指事、會意、形聲四種文字者也，數字同義，則用此字可，用彼字亦可，謂引其義，使有所歸，如水之有所注也。假借謂本無其字，依聲託事，令、長是也。戴先生曰：「古文初作而文不備，乃以同聲爲同義。」所謂無字依聲者也。大氏假借之始，始于本無其字。及其後也，既有其字矣，而多爲假借。又其後也，且至後代譌字亦得自冒于假借。博綜古今，有此三變。至于經傳子史不用本字，而好用假借字，此或古古積傳，或轉寫變易，有不可知。許氏《説文》每字依形説其本義，依形以説音義，而製字之本義昭然可知。本義既明，則用此字之聲，不用此字之義者，乃可定爲假借，本義明而假借亦無不明矣。《説文》有言「以爲」者，以者，用也。凡言「以爲」者，用彼爲此也，此許氏説假借之明文也。段氏曰：「有云『古文以爲』者，又有引經説假借者，亦由古文字少之故，與云『古文以爲』者，正是一例。」古有實字，無虚字，後世之虚字皆借實字爲之也。文字之義，總歸六書，故曰『立字之本』也。」王筠。

《通志》曰「獨體爲文，合體爲字」是也。觀乎天文，觀乎人文，而文生焉。天文者，自然而成，有形可象者也。人文者，人之所爲，有事可指者也，故文統象形、指事二體。字者，孳乳而寖多也，合數字者以成一字者皆是，即會意、形聲二體也。四者爲經，造字之本也；轉注、假借爲緯，用字之法也。又。

段氏云：「戴先生曰：『象形、指事、會意、形聲四者，字之體也；轉注、假借二者，字之用也。』」有象形、指事，而後有會意、形聲，有是四者爲體，而後有轉注、假借二者爲用，六者次第出于自然也。象形、指事皆獨體也，有物然後有事，故以象形居首。會意、形聲皆合體也，會意兩體皆義，形聲則聲中大半無義。轉注合數字爲一義，假借分一字爲數義。愚按：象形者，畫成其物，以象其形，無形可象則屬諸事，事不可指則屬諸意，意不可會則屬諸聲，四者不足而後轉注、假借生焉。

六書者，文字、聲音、義理之總匯也。有象形、指事、會意、形聲，而字形盡于此矣。字各有音，而聲音盡于此矣。有轉注、假借，而字義盡于此矣。異字同義曰轉注，異義同字曰假借。有轉注而百字可一義也，有假借而一字可數義也。段玉裁。

後漢和帝命賈逵修理舊文，於是許慎慎從逵受古學。集篆、籀、古文諸家之書，周宣王太史籀著大篆十五篇，與古文或同或異。秦丞相李斯頗删籀文，謂之小篆。質之於逵，作《説文解字》，體包古今，首得六書之要。其於字學，處《説文》之先者，非《説文》無以明，處《説文》之後者，非《説文》無以法，故後學所用取以爲則。李文仲《字鑑序》。

許慎《説文》以五百四十二字爲部，以統古今之字，遂爲百世不刊之典。《復古編序》。凡部之先後，以形之相近爲次。凡每部中，字之先後，以義之相引爲次。《顔氏家訓》所謂「櫽括有條例」也。《説文》每部自首至尾，次第井井，如一篇文字。凡文字有義、有形、有音，《爾雅》已下，義書也，《聲類》已下，音書也，《説文》，形書也。凡篆一字，先訓其義，若「始也」、「顛也」是；次釋其形，若「從某」、「某聲」是；次釋其音，若「某聲」及「讀若某」是。合三者以完一篆，故曰形書也。段玉裁。

王筠曰：「文字之奥，無過形、音、義三端。古人之造字也，正名百物，以義爲本，而音從之，於是乎有形。後世識字，由形以求音，由音以考義，而文字之説備，乃往往不能識者，則以其即字求字，且牽連它字以求此字，於古人制作之義隔，而字遂不可識矣。」

王筠曰：「六書以指事、象形爲首，而文字之樞機，即在乎此。其字爲事，而作者即據事以審字，勿由字以生事。其字爲物，而作者即據物以察字，勿泥字以造物。且勿假他事以成此事之意，勿假他物以爲此物之形，而後可與倉頡、籀、斯相質于一堂也。」

文字之學有三。一體製，謂點畫有縱横曲直之殊。二訓詁，謂稱謂有古今雜俗之異。三音韻，謂呼吸有清濁高下之不同。體製之書，《説文》之類是也。訓詁之書，《爾雅》、《方言》之類是也。音韻之書，沈約《四聲譜》及西域反切之學是也。《通考》。

晁氏《讀書志》以《説文》爲體製之書，《爾雅》爲訓詁之書，此宋人支離之説。考《周官》保氏所掌，止有六書，六書之中，自兼訓詁、體製，故《爾雅》、《説文》實相爲表裏。《説文》所詳者，字之體，《爾雅》所詳者，字之用。《説文》出《爾雅》後，具述製作之原，實有功於《爾雅》，讀《爾雅》而不考《説文》，是數典而忘其祖也，豈僅爲體製之書哉。胡秉虔。

言小學者有二端。曰故訓，《爾雅》、《説文》之屬是也。曰聲音，《釋名》之屬是也。有文字然後有訓詁，而聲音實在文字之先。故言小學必通訓詁，言訓詁必先識字，欲識字必先審聲音。所謂聲者，萌芽于二儀初判之時，廣益于草昧既開之後，非後世四聲、七音、三十六母之説也。《爾雅》有釋詁、言、訓，獨無釋聲與名，是以劉氏廣之爲《釋名》。天下古今之名之文可正而同也，天下古今之聲音則莫能一也。夫聲隨人變，則字亦隨之俱變。書〔傳〕所紀，異言殊俗，紛更錯雜，新學後進，罔識據依，此《釋聲》之書所由繼《釋名》而作也。言訓詁者，《爾雅》外首推許慎，言聲音者當宗劉熙，取其詮釋諸名，俱以聲爲定準。蓋深有得乎六書形聲之旨者。而彼所釋，必據聲音以求故訓，此所釋則皆以聲音概文字，故其命名（爾）〔亦〕殊也。錢〔侗〕《釋聲序》。致知工夫莫備於六書，蓋天地間一物必有一字，而聖賢制字，一字必具一理。能即字以觀理，則格物之道存焉矣。按：讀書不讀《説文》，雖曰識字，猶之不識字也。識其形，考其義，求其音，字之本義明而借義自明。以讀經傳與夫周、秦、兩漢之書，雖有難解者，莫不涣然冰釋矣。初學讀《説文提要》、《説文建首》，讀王筠《文字蒙求》，再讀《説文》段、王二家注，尤以王之《説文釋例》爲要。又，《説文外編》載雷氏四種中乃《説文》中所無之字，亦有益于學者也。《説文》形書也，《爾雅》義書也。《爾雅》及揚雄《方言》、劉熙《釋名》，所以發明轉注、假借者也。《爾雅》以郝懿行《義疏》爲最。

按：《説文提要》，即《説文》五百四十部部首字并注，所謂偏旁纂與建首字也。讀此而《説文》之要以得。王筠《文字蒙求》，象形、指事、會意及形聲之不顯白者，各從其類，一一分晰。讀此而六書之旨以明。段氏若膺《説文注》，詳盡。王筠《説文句讀》，簡明。《説文釋例》，得六書要領。桂馥《説文義證》，賅博。黎永椿《説文通檢》，易於檢查《説文》。朱駿聲《説文通訓定聲》，便於初學。陳瑑《説文引經考證》、程際盛《説文古語考》、柳榮宗《説文引經考異》、吴玉搢《説文引經考》，載在《咫進齋叢書》。徐鼒《雜釋》、錢大昕《説文答問疏證》、姚文田《説文聲系》、鄭珍《説文逸字箋》、鈕樹玉《段注訂》、《小學鉤沉》、《倉頡》、《凡將》諸書久矣佚亡，任大椿搜集之，名《小學鉤沉》。謝啓昆《小學考》。此書爲小學之門徑。

音韻

韻書起於齊梁，沈約《四聲》一卷。按韻書起於魏李登、晉吕静，雖其書不傳，無從知部分若何，然是時未聞有四聲之説。《隋・經籍志》：「李登《聲類》、吕静《韻集》始判清濁，纔分宫羽。」《文心雕龍》：「昔魏武論賦，嫌于積韻，而善于資代。」《晉・律曆志》：「魏武時，河南杜夔精識音韻。」知此學之興，蓋于漢建安中。《梁書》：「沈約撰《四聲譜》。」《南齊書》云：「約文皆用宫商，以平、上、去、入爲四聲制韻，世呼爲永明體。」自後吕静、夏侯該等遞有述作，今皆不傳。所傳者，《廣韻》之二百六部耳。《廣韻》昉於隋陸法言與劉臻等八人，劉臻、顔之推、魏淵、盧思道、李若、蕭該、辛德淵、薛道衡。定南北音，撰爲《切韻》五卷。長孫訥言爲之箋注，唐儀鳳高宗年號後，郭知玄音懸等又坿益之。天寶末，孫愐復加刊正，名曰《唐韻》。至宋太平興國太宗年號及雍熙太宗年號、景德真宗年號，皆嘗命官討論。大中祥符真宗年號元年，敕改爲《大宋重修廣韻》，卷首仍題「陸法言撰本」。潘氏耒敘、張氏士俊重刻《宋本廣韻》曰：「歷代增修，雖有《切韻》、《唐韻》、《廣韻》之異名，而部分無改。」東原戴氏震亦曰：「《廣韻》之二百六部，殆法言舊目。」

明三山陳氏曰：「時有古今，地有南北，字有更革，音有轉移，亦勢所必至。故以今之音讀古之作，不免乖剌而不入，於是悉委之恊。夫其果出於恊也，作之非一人，采之非一國，何母必韻杞、韻止、韻喜，馬必韻組、韻黼、韻旅、韻土，京必韻堂、韻將、韻常、韻王，福必韻食、韻翼、韻德、韻億。厥類實繁，難以殫舉。其槩律之嚴，即《唐韻》不啻，此其故何邪？又《左傳》、《國語》、《易象》、《離騷》、秦碑、漢賦，以至上古歌謡、箴銘、頌贊，往往韻與《詩》合，實古音之證也。」陳氏名第，字季立，著有《毛詩古音考》、《屈宋古音義》、《讀詩拙言》等書。

古人用韻，未有平、上、去、入之限，四聲通爲一音。《帝舜歌》以「熙」韻「喜」、「起」，而三百篇通用平、上、去，及通用去、入者甚多，各如其本音，讀之自成歌樂。戴震。

考江左之文，梁天監以前，多以去、入二聲同用，以後則若有界限，絶不相通。是知四聲之論起于永明，而定于梁、陳之間也。顧炎武。

自元以來，作詩者多用黄公紹所次平水劉氏之書，訛謬相承，去古愈遠。以古音繩之，無待遠溯《詩》、《騷》，第視漢、魏、六朝、唐人，固已多出韻矣。李子德《古今韻考》。

戴氏震曰：「古音之説，近日始明。然考之於漢鄭康成箋《毛詩》云：『古聲填、寘、塵同。』及注它經，言『古者聲某某同』、『古讀某爲某』之類，不一而足。是古音之説，漢儒明知之，非後人創議也。唐陸德明《毛詩音義》雖引徐邈、沈重諸人謂合韻、取韻、協句，大致就《詩》求音，與後人漫從改讀、名之爲協者迥殊。而于《召南》『華』字云『古讀華爲敷』，於『邶』字云『古人韻緩，不煩改字』，是陸氏固顯言古人音讀及古韻、今韻之不同矣。」

講古音者，萌芽于宋。吴才老棫作《毛詩補音》，朱子傳《詩》用之，今已不傳。又作《韻補》就二百六部，注古通某、冬、鍾注「古通東」，脂、之、微、齊、灰注「古通支」，虞、模注「古通魚」，諄、臻、殷、痕、青、蒸、登、侵注「古通真」，仙、鹽、沾、嚴、凡注「古通仙」，覃、談、咸、銜注「古通刪」，宵、肴、豪注「古通蕭」，戈注「古通歌」，江、唐注「古通陽」，侯、幽注「古通尤」。古轉聲通某、佳、皆、咍注「古轉聲通支」，文、元、魂注「古轉聲通真」，寒、桓、刪、山注「古轉聲通先」，麻注「古轉聲通戈」。古通某或轉入某，江注「古通陽，或轉入東」，庚、耕、清注「古通真，或轉入陽」。前儒多譏其分合疏舛。鄭氏庠作《古音辨》分陽、支、先、虞、尤、覃六部。東、冬、鍾、江、唐、庚、耕、清、青、蒸、登，並從陽韻。脂、之、微、齊、佳、皆、灰、咍，並從支韻。真、諄、臻、文、殷、元、魂、痕、寒、桓、刪、山、仙，並從先韻。魚、模、歌、戈、麻，並從虞韻。蕭、宵、肴、豪、侯、幽，並從尤韻。侵、談、鹽、添、咸、銜、嚴、凡，並從覃韻。近崑山顧氏炎武作《音學五書》，《音論》、《詩本音》、《易本音》、《唐韻正》、《古音表》。更析東、陽、耕、真而二，析魚、歌而二，爲十部，東、冬、鍾、江第一，支、脂、之、微、齊、佳、皆、灰、咍第二，魚、虞、模、侯第三，真、諄、臻、文、殷、元、魂、痕、寒、桓、删、山、先、仙第四，蕭、宵、肴、豪、幽第五，歌、戈、麻第六，陽、唐第七，耕、清、青第八，蒸、登第九，侵、覃、談、鹽、添、咸、銜、嚴、凡第十。而支韻半屬第二，半屬第六。尤韻半屬第二，半屬第五。麻韻半屬第六，半屬第三。庚韻半屬第七，半屬第八。入聲四部。質、櫛、術、物、迄、月、没、曷、末、黠、鎋、屑、薛、麥、錫、職、德，屬第二部，兼屋、（錫）〔昔〕二韻字。屋、燭、鐸、陌、昔，屬第三部，兼沃、覺、藥、麥四韻字。沃、覺、藥，屬第五部，兼屋、鐸、錫三韻字。緝、合、盍、葉、帖、洽、狎、業、乏，屬第十部。婺源江氏永據三百篇爲本，作《古韻標準》，於「真」以下十四韻，真、諄、臻、文、殷、元、魂、痕、寒、桓、删、山、仙、先。「侵」以下九韻，侵、覃、談、鹽、添、咸、銜、嚴、凡。各析而二，蕭、宵、肴、豪及尤、侯、幽，亦爲二，爲十有三部，第一部：東、冬、鍾、江。第二部：支、脂、之、微、齊、佳、皆、灰、咍，分尤韻字屬焉。第三部：魚、虞、模，分麻韻字屬焉。第四部：真、諄、臻、文、殷、魂、痕，分先韻字屬焉。第五部：元、寒、桓、删、山、先、仙。第六部：蕭、宵、肴、豪。第七部：歌、戈、麻，分支韻字屬焉。第八部：陽、唐，分庚韻字屬焉。第九部：庚、耕、清、青。第十部：蒸、登。第十一部：尤、侯、幽，分虞、蕭、宵、肴、豪韻字屬焉。第十二部：侵，分覃、談、鹽韻字屬焉。第十三部：覃、談、鹽、添、嚴、咸、銜、凡。入聲八部。第一部：屋、沃、燭、覺。第二部：質、術、櫛、物、迄、没，分屑、薛韻字屬焉。第三部：月、曷、末、黠、鎋、屑、薛。第四部：藥、鐸，分沃、覺、陌、麥、昔、錫韻字屬焉。第五部：麥、昔、錫。第六部：職、德，分麥韻字屬焉。第七部：緝，分合、葉、洽韻字屬焉。第八部：合、盍、葉、帖、業、洽、狎、乏。金壇段氏玉裁作《六書音韻表》，析支、脂、之爲三，析真、臻、先與諄、文、殷、魂、痕，尤、幽與侯，各爲二，爲十有七部。第一部：之、咍。第二部：蕭、宵、豪。第三部：尤、幽。第四部：侯。第五部：魚、虞、模。第六部：蒸、登。第七部：侵、鹽、添。第八部：覃、談、咸、銜、嚴、凡。第九部：東、冬、鍾、江。第十部：陽、唐。第十一部：庚、耕、清、青。第十二部：真、臻、先。第十三部：諄、文、欣、魂、痕。第十四部：元、寒、桓、刪、山、仙。第十五部：脂、微、齊、皆、灰。第十六部：支、佳。第十七部：歌、戈、麻。入聲八部。職、德屬第一之、咍部，屋、沃、燭、覺屬第三幽、尤部，藥、鐸屬第五魚、虞部，緝、葉、帖屬第七侵、鹽部，合、盍、洽、狎、業、乏屬第八覃、談部，質、櫛、屑屬第十二真、臻部，術、物、迄、月、没、曷、末、黠、鎋、薛屬第十五脂、微部，陌、麥、昔、錫屬第十六支、佳部。休寧戴氏震初分七類，見《聲韻考》。後作《聲類表》分九類，一曰歌、魚、鐸之類，平聲歌、戈、麻、魚、虞、模，入聲鐸。二曰蒸、之、職之類，平聲蒸、登、之、咍，入聲職、德。三曰東、尤、屋之類，平聲東、冬、鍾、江、尤、侯、幽，入聲屋、沃、燭、覺。四曰陽、蕭、藥之類，平聲陽、唐、蕭、宵、肴、齊，入聲藥。五曰庚、支、陌之類，平聲庚、耕、清、青、支、佳，入聲陌、麥、昔、錫。六曰真、脂、質之類，平聲真、臻、諄、文、欣、魂、痕、先、脂、微、齊、皆、灰，入聲質、術、櫛、物、迄、没、屑。七曰元、月之類，平聲元、寒、桓、刪、山、仙，去聲祭、泰、夬、廢，入聲月、曷、末、黠、鎋、薛。八曰侵、緝之類，平聲侵、鹽、添，入聲緝。九曰覃、合之類。平聲覃、談、咸、銜、嚴、凡，入聲合、盍、葉、帖、恰、狎、業、乏。嘗云：「一類皆收喉音，二類、三類、四類、五類皆收鼻音，六類、七類皆收舌齒音，八類、九類皆收脣音。」聲音最斂，詞家謂之閉口音。案東原爲段氏之師，然《聲類表》書成在《六書音韻表》之後，故次于此。曲阜孔氏廣森作《詩聲類》，又析東、冬而二，爲十八類。陰陽對轉，陽聲九：一曰原類，平聲元、寒、桓、刪、山、仙，上聲阮、旱、緩、潸、産、獮，去聲願、翰、換、諫、襉、線。二曰丁類，平聲耕、清、青，上聲耿、静、迥，去聲諍、勁、徑。三曰辰類，平聲真、諄、臻、先、文、殷、魂、痕，上聲軫、準、銑、吻、隱、混、很，去聲震、稕、霰、問、焮、慁、恨。四曰陽類，平聲陽、唐、庚，上聲養、蕩、梗，去聲漾、宕、映。五曰東類，平聲東、鍾、江，上聲董、腫、講，去聲送、用、絳。六曰冬類，平聲冬，上聲腫，去聲宋。七曰侵類，平聲侵、覃、凡，上聲寢、感、范，去聲沁、勘、梵。八曰蒸類，平聲蒸、登，上聲拯、等，去聲證、嶝。九曰談類。平聲談、鹽、添、咸、銜、嚴，上聲感、琰、忝、豏、檻、儼，去聲闞、艷、㮇、陷、鑑、釅。陰聲九：一曰歌類，平聲歌、戈、麻，上聲哿、果、馬，去聲個、過、禡。二曰支類，平聲支、佳，上聲紙、蟹，去聲寘、卦，入聲麥、錫。三曰脂類，平聲脂、微、齊、皆、灰，上聲旨、尾、薺、駭、賄，去聲至、未、霽、祭、泰、怪、夬、隊、廢，入聲質、術、櫛、物、迄、月、没、曷、末、黠、鎋、屑、薛。四曰魚類，平聲魚、模，上聲語、姥，去聲御、暮，入聲鐸、陌、昔。五曰侯類，平聲侯、虞，上聲厚、麌，去聲候、遇，入聲屋、燭。六曰幽類，平聲幽、尤、蕭，上聲黝、有、篠，去聲幼、宥、嘯，入聲沃。七曰宵類，平聲宵、肴、豪，上聲小、巧、晧，去聲笑、效、號，入聲覺、藥。八曰之類，平聲之、咍，上聲止、海，去聲志、代，入聲職、德。九曰合類。入聲合、盍、緝、葉、帖、洽、狎、業、乏。丁、辰通用，支、脂通用，冬、侵、蒸通用，幽、宵、之通用。段氏云：「孔氏分屋、沃、燭爲二，分隸尤、侯。東、冬、鍾、江亦爲二，所謂以漸加詳者，至此亦綦備矣。」歸安嚴氏可均又譔《説文聲類》二篇，據許氏書九千四百餘字，有删有補。以聲爲經，以形爲緯，以韻分字，以子繫母，分爲十六類，上篇第一之類，平聲之、咍，上聲止、海，去聲志、代，入聲職、德，與蒸類對轉。第二支類，平聲支、佳，上聲紙、蟹，去聲寘、卦，入聲麥、錫，與耕類對轉。第三脂類，平聲脂、微、齊、皆、灰，上聲旨、尾、薺、駭、賄，去聲至、未、霽、祭、泰、怪、夬、隊、廢，入聲質、術、櫛、物、迄、月、没、曷、末、黠、鎋、屑、薛，與真類對轉。第四歌類，平聲歌、戈、麻，上聲哿、果、馬，去聲個、過、禡，與元類對轉。第五魚類，平聲魚、虞、模，上聲語、麌、姥，去聲御、暮，入聲鐸、陌、昔，與陽類對轉。第六侯類，平聲侯，上聲厚，去聲候、遇，入聲屋、燭，與東類對轉。第七幽類，平聲幽、尤、蕭，上聲黝、有、篠、巧、皓，去聲幼、宥、嘯，入聲沃，與侵類對轉。第八宵類。平聲宵、肴、豪，上聲小，去聲笑、效、號，入聲覺、藥，與談類對轉。下篇第一蒸類，平聲蒸、登，上聲拯、等，去聲證、嶝，與之類對轉。第二耕類，平聲耕、清、青，上聲耿、静、迥，去聲諍、勁、徑，與支類對轉。第三真類，平聲真、諄、臻、文、欣、魂、痕、先，上聲軫、準、吻、隱、混、很、銑，去聲震、稕、問、焮、慁、恨，與脂類對轉。第四元類，平聲元、寒、桓、删、山、仙，上聲阮、旱、緩、潸、産、獮，去聲願、翰、换、諫、襇、霰、線，與歌類對轉。第五陽類，平聲陽、唐、庚，上聲養、蕩、梗，去聲漾、宕、映，與魚類對轉。第六東類，平聲東、鍾、江，上聲董、腫、講，去聲送、用、絳，與侯類對轉。第七侵類，平聲侵、覃、咸、銜、凡、冬，上聲寑、感、范，去聲沁、勘、陷、梵、宋，與幽類對轉。第八談類。平聲談、鹽、添、嚴，上聲敢、琰、忝、儼、檻，去聲闞、艷、㮇、釅、鑑，入聲緝、合、盍、葉、帖、洽、狎、業、乏，與宵類對轉。此古音諸家之大略也。

古音至宋儒始有全書，然鄭氏分六部則太寬，顧氏以三十年蒐討之勤，博徵秦漢以上有韻之文及《説文》諧聲之字，以辨《唐韻》之非古音，而得古音之條理，分列十部。孔氏曰：「之、止、志收尤、有、宥之半，模、姥、暮、收麻、馬、禡之半，歌、哿、過收支、紙、寘之半，耕、耿、静收庚、梗、映之半，昔入于陌，錫入于麥，而别以其半歸于沃、藥，皆顧氏得之矣。」江氏猶謂其「考古功多，審音功少」，于是分真、元爲二，侵、談爲二，蕭、尤爲二，較顧氏多三部。段氏又謂支、佳一部，脂、微、齊、皆、灰一部，之、咍一部，漢人猶未嘗假借通用，晉宋已下，乃少有出入，迄乎唐人功令，支、脂、之同用，佳、皆同用，灰、咍同用，於是古之截然爲三者，罕有知之。又析真、臻、先與諄、文、殷、魂、痕爲二，尤、幽與侯爲二，故較江氏又多四部。戴氏初分七類，後乃定爲九類，而以入聲爲樞紐，陰陽相配，正轉、旁轉，諸説皆自戴氏發之。孔氏析東、同、丰、充、公、工、冢、悤、從、龍、容、用、封、凶、邕、共、送、雙、龙等聲爲一類，冬、衆、宗、中、蟲、戎、宫、農、夅、宋等聲爲一類，凡十有八類。陰陽相配，以東類配侯類，以冬類配幽類，其自序云：「通校東韻之偏旁，使冬割其半，鍾、江通其半，故《大明》、《雲漢》諸篇，雖出入於蒸，侵而不嫌其泛濫。分陰分陽，九部之大綱，轉陽轉陰，五方之殊音，則獨抱遺經，研求豁悟於『思我〔小〕怨』、『祇自疧兮』、『肆戎疾不殄』等向之不可得韻者，皆一以貫之，無所牽强，無所疑滯。」又云：「入聲者，陰陽互轉之樞紐，而古今遷變之原委也。舉之、咍一部而言：之之上爲止，止之去爲志，志音稍短則爲職，由職而轉則爲證、爲拯、爲蒸矣；咍之上爲海，海之去爲代，代音稍短則爲德，由德而轉則爲嶝、爲等、爲登矣。推諸他部，耕與佳相配，陽與魚相配，東與侯相配，冬與幽相配，侵與宵相配，真與脂相配，元與歌相配，其間七音遞轉，莫不如是。戴氏謂古音之學以漸加詳，諸家皆實事求是，遞有創獲。至此亦幾於詣極矣。」段氏云：「顧氏之功在藥、鐸爲二；江氏之功在真、文、元、寒爲二；段氏之功在支、脂、之爲三，尤、侯爲二，真、文爲二；戴氏之功在脂、微去入之分，配真、文、元、寒爲二；戴氏云：「江先生撰《古韻標準》時，曾代爲舉艱、鰥二字，辨論其偏旁得聲，江先生喜而採用之。」段氏云，江氏之書，戴氏實贊成之。孔氏之功在屋、沃爲二，東、冬爲二，皆以分配侯、尤，惜其未見嚴之書耳。」或又謂陰陽互轉以入聲爲樞紐，所謂異平同入也，若宵入覺，藥、談入緝、合，二類各有入聲，則不能相入矣，尚宜斟酌。

戴東原《答段若膺書》：「僕據《廣韻》分爲七類，侵已下九韻，皆收脣音，其入聲古今無異説。又方之諸韻，聲氣最斂，詞家謂之『閉口音』，在《廣韻》雖屬有入之韻，而其無入諸韻，無與之配，仍居後爲一類。又云：「以其爲閉口音而配之者，更微不成聲也。」後又分爲二類：侵、鹽、添，入聲緝，爲一類；覃、談、咸、銜、嚴，入聲合、盍、葉、帖、業、洽、狎、乏，爲一類。」其前昔無入者，今皆得其入聲。兩兩相配，以入聲爲相配之樞紐。真已下十四韻，皆收舌齒音；脂、微、齊、皆、灰，亦收舌齒音。入聲質、術、櫛、物、迄、月、設、曷、末、黠、鎋、屑、薛，合爲一類。後分爲二類：真、臻、諄、文、殷、魂、痕、先、脂、微、齊、皆、灰，入聲質、術、櫛、物、迄、没、屑，爲一類；元、寒、桓、删、山、仙，去聲祭、泰、夬、廢，入聲月、曷、末、黠、鎋、薛，爲一類。東、冬、鍾、江、陽、唐、庚、耕、清、青、蒸、登，皆收鼻音；支、佳、之、咍、蕭、宵、肴、豪、尤、侯、幽，亦收鼻音。分蒸、登、之、咍，入聲職、德，爲一類。東、冬、鍾、江、尤、侯、幽，入聲屋、沃、燭、覺，爲一類，陽、唐、蕭、宵、肴、豪，入聲藥，爲一類。庚、耕、清、青、支、佳，入聲麥、陌、昔、錫，爲一類。又云：「弓、馮、熊、雄、夢、薨等字，由蒸、登轉東。尤、郵、牛、丘、裘、紑、謀等字，由之、咍轉尤。服、伏、鞴、福、郁、彧、牧、坶、穆等字，由職、德轉屋。而東、冬轉爲江，尤、侯轉爲蕭，屋、燭韻字轉覺，陽、唐轉爲庚，及藥韻字轉陌、麥、昔、錫。音之流變無〔方定〕〔定方〕，而可以推其配者有如是。」歌、戈、麻，皆收喉音，魚、虞、模亦收喉音。入聲鐸，爲一類。以七類之平、上、去，分十三部，及入聲七部，得二十部。又云支、佳韻字，雖有從歌、戈流變者，虞韻字雖有從侯、幽流變者，皆屬旁轉，不必以例正轉。其正轉之法有三：一爲轉而不出其類，脂轉皆，之轉咍，文轉佳是也；一爲相配互轉，真、文、魂、先轉脂、微、灰、齊，换轉泰，咍、海轉登、等，侯轉東，厚轉講，模轉歌是也。《聲韻考》云：「其共入互轉者，如真、文、魂、先於脂、微、灰、齊，换於泰，咍於登，侯於東，厚、候于講、絳，支於清，模於歌、戈，此聲氣斂侈出入之自然。」一爲聯貫遞轉，蒸、登轉東，之、咍轉尤，職、德轉屋，東、冬轉江，尤、幽轉蕭，屋、獨轉覺，陽、唐轉庚，藥轉錫，真轉先，侵轉覃是也。以正轉知其相配及次序，而不以旁轉（感）〔惑〕之，以正轉之同入相配定其分合。」是支、脂、之三部之分，始於戴氏，而異平同入、陰陽相配互轉，其説亦自戴氏發之。蒸、之對轉，清、支對轉，真、脂對轉，東、侯對轉，後之言古韻者，卒莫能易。蓋戴氏之學，實有以發前賢之覆而啓後人之緒也。胡秉虔《古韻論》。《古今韻考》、《唐韻正》、陸法言《切韻》，其同用、獨用之注，但計二百六韻中字數多寡。宋吴才老《韻補》始言古通某，古轉聲通某。至陳季立《毛詩古音考》、《屈宋古音義》出，益暢其説。顧氏炎武作《音學五書》，乃始綜古音爲十部，又入爲閏聲，誠不易之論。江氏永繼之，析爲十三，段氏玉裁又析爲十七，益密于顧氏，然皆自顧氏之十部導之。故通乎十部之説，則於求古人之音，思過半矣。按楊傳第、李子德氏因篤依顧氏《音學五書》十部，集爲漢魏六朝唐人通用韻，又録入聲之古音，分爲四部，又專集唐人古詩通用之韻，末取唐初盛諸公近體嘗用之韻選録之，以見唐人律韻之嚴，曰《古今韻考》。書僅四卷（書僅四卷），簡而易明，可謂善述顧氏者。

以上古韻、今韻。

顔之推《家訓·音辭篇》曰：「鄭玄注六經，高誘解《吕覽》、《淮南》，許慎造《説文》，劉熙製

《釋名》，始有譬況假借，以證音字。」戴震。

張守節《史記正義·論例》曰：「先儒音字比方爲音，至魏孫炎始作反音。」又。

經傳字音，漢儒箋注但曰「讀如某」，魏孫炎始作反語，孫氏以前未嘗有。然言辭緩急，矢口得聲，如「蒺藜」爲「茨」，「奈何」爲「那」，「之焉」爲「旃」，「者與」爲「諸」，「之于」亦爲「諸」之類，反語之法，適與此合。唐之季避言「反」而改曰「切」，其實一也。宋元以來，競謂反切之學起于釋神珙傳西域三十六字母于中土。珙之《反紐圖》今具存，其人在唐憲宗元和以後，其圖祖述沈約，遠距反語之興已六七百載，而字母三十六定于釋守温，又在珙後。考論反切者，所宜知也。又。

三十六字母：

見經堅，又經電。全清。 溪輕牽，又牽溪。次清。 群勤乾，又瞿云。全濁。 疑銀研，又魚其。不清不濁。 牙音也。角也。

端丁顛，又多官。全清。 透汀天，又他候。次清。 定廷田，又徒徑。全濁。 泥寧年，又年題。不清不濁。 舌頭音也。

知珍邅，又珍離。全清。 徹癡䀽，又敕列。次清。 澄陳纏，又時陵。全濁。 娘紉尼，又女良。不清不濁。 舌上音也。徵也。

幫賓邊，又博旁。全清。 滂繽篇，又普郎。次清。 並貧便，又部迴。全濁。 明民綿，又眉兵。不清不濁。 重脣音也。

非分番，又匪微。全清。敷芬蕃，又芳蕪。次清。奉墳煩，又父勇。全濁。微文亡，又無非。不清不濁。輕脣音。羽也。

精津煎，又子盈。全清。清親千，又七精。次清。從秦前，又墻容。全濁。心新先，又思尋。全清。斜錫涎，又徐嗟。半濁半清。齒頭音也。

照真氈，又之笑。全清。穿嗔蟬，又昌緣。次清。牀峥潺，又仕莊。全濁。審身羶，又式荏。全清。禪脣蛇，又時連。半濁半清。正齒音也。商也。

影因烟，又於鏡。全清。曉馨軒，又興鳥。次清。匣刑賢，又轄甲。全濁。喻寅延，又俞戍。不清不濁。喉音也。宫也。

來鄰連，又郎才。不清不濁。日人然，又入質。不清不濁。半舌半齒音也。半徵半商也。按學者能分清牙、舌、脣、齒、喉等音，則得之矣。

《廣韻》卷首：「論曰：《切韻》者，紐以雙聲疊韻。」此蓋創立反語之本，如「東，得紅反」，「東得」爲雙聲，「東紅」爲疊韻；「支，章移反」，「支章」爲雙聲，「支移」爲疊韻。其于言辭所涉，矢口而得，如《詩·關雎》一篇，「參差」雙聲也，「窈窕」疊韻也。戴震。

温公《指掌圖》分遞用爲「音和」，徒紅切同。傍求爲「類隔」。補微切非。同歸一母則爲雙聲，和會切會。同出一韻則爲疊韻。商量切商。同韻而分兩切者，謂之「憑切」；乘人切神，丞真切辰。同音而分兩類者，謂之「憑韻」。巨宜切其，巨沂切祈。無字則點窠以足之，謂之「寄聲」。方中履《切字釋疑》。音和，如丁增切登，丁字爲切，增字爲韻，丁、增、登歸端字母，皆舌頭音，故曰音和。類隔者如丁吕切貯，丁字爲切，吕字爲韻，皆舌頭音。貯字歸知字母，知，舌上音，故曰類隔。類隔二十六字，唇重之幫、滂、並、明，唇輕之非、敷、奉、微，舌頭之端、透、定、泥，舌上之知、徹、澄、娘，齒頭之精、清、從、心、斜，正齒之照、穿、床、審、禪。按三十六母以牙、齒、舌、唇、喉等音統之四聲圖，以音爲經，韻爲緯，而分以四聲，平、上、去、入爲四聲，平、上、去、入亦各爲四聲。聲有開口、合口之分，開合有正副之别，正音洪大，副音細微，必辨明四聲，分清各音。上一字切以同母者爲雙聲，下一字韻以同韻者爲叠韻，而反切乃定，緩讀之則分爲二字，急讀之則合成一音。蓋反切者，天地自然之音，所謂天籟是也。

鄭樵本《七音韻鑑》爲内外轉圖，及元劉鑑《切韻指南》皆以音聲洪細别之爲一二三四等列，故稱「等韻」。如平聲冬、模、灰、魂、桓，全韻皆内聲一等；咍、痕、寒、豪、歌、覃、談，全韻皆外聲一等；臻、肴、咸、銜，全韻皆外聲二等；文，全韻皆内聲三等；嚴、凡，全韻皆外聲三等；蕭、幽、添，全韻皆外聲四等。上、去、入大致準此。餘韻或主辨等，兼内聲、外聲爲一韻。如唐、登、泰，一等；江、佳、皆、删、山、耕、夬，二等；微、齊、元，三等；先、青，四等，並兼内聲、外聲。上、去、入準此。或因字少，不煩别〔出〕，則兼數等爲一韻，或以字少，不别立部目。各等又分開口呼、合口呼，即外聲、内聲，開口呼至三等則爲齊齒，合口呼至四等則爲撮口。其説雖後人新立，而二百六韻之譜，實以此審定部分。然則呼等亦隋唐舊法，後人竊其意以名專學耳。又。

《切韻》之大要有三：雙聲，一也；區别其洪細，二也；聲類異同，三也。所謂聲類異同者，就二百六韻之次第考之，亦不甚遠。如東、冬、鍾一類也。江則古音同東、冬一類，今音同陽、唐一類之類。古音十有三類，今音十五類，上、去、入統乎此。而聲類大限無古今，就一類分之，爲平、上、去、入，又分之爲内聲、外聲，又分之爲一、二、三、四等列。雖同聲同等，而輕重舒促必嚴辨，此隋唐撰韻之法也。又。

字母以一字而貫衆字之音，統以牙、齒、舌、脣、喉音，每音分全清、次清、全濁、不清不濁。反切以二字而出一字之音。

切韻者，上字爲切，下字爲韻。晁公武《讀書志》。

反切之興，本于徐言、急言、雙聲、叠韻。學者但求雙聲，不言字母可也。戴震。

定反切法，上一字必用本母本等，如丁用顛經切，癉用都賀切之類。下一字必用本韻本呼。如曠用苦潢切，建用居健切之類。

切字以上字定位，下字照位取音，上字與所切之字是雙聲，兩字同出一母。下字與所切之字是叠韻。兩字同出一韻。合雙聲、叠韻所以成反切也。按平聲，章，灼良切。章略切，章灼、良略是雙聲，灼略、章良是叠韻。上聲，掌，章兩切。掌良切，章掌、良兩是雙聲，掌兩、章良是叠韻。去聲，障，章餉切。障傷切，章障、傷餉是雙聲，障餉、章傷是叠韻。入聲，灼，章略切。灼良切，章灼、良略是雙聲，灼略、章良是叠韻。按《泰西事物起原》云：「太古時，以畫達意之法承用若干代，遂漸變爲象形文字，更變爲今之亞爾甫阿培脱。其古時之以畫記事也，哥利亞所著《英國文學史》云，嘗有一長方木綿粗畫，記墨西哥帝雅喀墨庇科御世時征服諸方之事。其古之象形文字也。奇約賽夫有曰『亞當之子隨朱所作』，或曰西曆紀元前二千一百二十二年，實夏后相二十五年己亥，埃及王昧黎士氏之子雅脱脱對斯所作也。其羅馬字之行於希臘也，相傳始于西曆紀元前一千四百九十三年，實殷祖辛十四年戊辰。斐尼西亞國王子咯多瑪斯至希臘之時，當時文字之數凡十有五式。蓋斐尼西亞先傳于希伯來，繼傳于希臘，迨遞經改變，蓋臻美備，遂爲今日歐洲諸國所用文字。英吉利二十六、德意志二十六、法蘭西二十三、義大利二十、西班牙二十七、俄羅斯四十一、希臘二十四、臘丁二十三、斯科老烏鄂尼亞二十七、希伯來二十二、梵字五十、波斯字三十二、土耳其三十三、亞利伯二十八。」又亞洲日本字四十九。學西文者必中文精通，繙譯文字實義虛神，乃能兼到，否則譯其事而其事之委曲不能盡達，繙其言而其言之輕重緩急不能吻合，然則中文之不可不精通也審矣。

經籍

自六經焚於秦，而復出於漢，其師傳之道中絶，而簡編脱亂訛缺，學者莫得其本真，於是諸儒章句之學興焉。其後傳注、箋解、義疏之流，轉相講述，而聖道粗明，然其爲説，固已不勝其繁矣。經。至於上（言）〔古〕三皇五帝以來世次，國家興滅終始，僭竊僞亂，史官備矣。而傳記、小説，外暨方言、地理、職官、氏族，皆出於史官之流也。史。自孔子在時，方修明聖經，以絀繆異，而老子著書論道德。接乎周衰，戰國游談放蕩之士，田駢、慎到、列、莊之徒，各極其辨，而孟軻、荀卿，始專修孔氏，以折異端。然諸子之論，各成一家，自前世皆存而不絶也。子。夫王跡熄而《詩》亡，《離騷》作而文辭之士興。歷代盛衰，文章與時高下，然其變態百出，不可窮極，何其多也。集。自漢以來，史官列其名氏篇第，以爲六藝、九種、七略，至唐始分爲四類，曰：經、史、子、集。

古無經名，伏羲氏始畫八卦、造書契，以代結繩之政，文籍始興。《周官》「外史掌三皇五帝之書」，三墳五典、八索九丘，即楚左史倚相之能讀者。《王制》「樂正崇四術以訓士」，四術：《詩》、《書》、《禮》、《樂》也。「六經」之名始見于《莊子・天運篇》，《詩》、《書》、《禮》、《樂》、《易》、《春秋》。至秦焚書，《樂經》亡矣。《白虎通》以《易》、《書》、《詩》、《禮》、《春秋》爲「五經」，後益之以《周禮》、《儀禮》爲「七經」，又益以《孝經》、《論語》爲「九經」，又或稱「十經」。《易》、《詩》、《書》、三禮、《春秋左氏》、《公羊》、《穀梁》、《論語》、《孝經》是也。或稱「十二經」。六經六緯。原注《莊子・天道》、《紀數略》，「十二經」一說《易》上下經、十翼，一說《春秋》十二公經。唐之刻石國學曰「九經」。三禮、三傳、《孝經》、《論語》、《爾雅》是也。至宋程朱出，取《禮記》中之《大學》、《中庸》，及《孟子》，配《論語》謂之「四書」。國朝因之，而「十三經」之名始立。

《周易》。十卷。魏王弼注，《繫辭》以下韓康伯注，唐孔穎達等正義。伏羲則《河圖》、《洛書》，畫八卦。漢儒因有「河出圖，洛出書，聖人則之」之語，遂以爲畫卦所本，不知《繫辭》下傳明言「庖犧氏仰則觀象于天，俯則觀法于地，觀鳥獸之文，與地之宜，近取諸身，遠取諸物，于是始作八卦」，並未言因《河圖》而起也。八卦者，乾、兑、離、震、巽、坎、艮、坤。因八卦而重之，卦有六爻，重爲六十四卦，文王演《易》六十四卦，著三百八十四爻，故曰《周易》。分上、下二篇。上篇始乾、坤，終坎、離；下篇始咸、恒，終既濟、未濟。夏曰《連山》，殷曰《歸藏》。周公作爻辭，孔子作傳十篇，《上彖》、《下彖》、《上象》、《下象》、《上繫》、《下繫》、《文言》、釋乾、坤二卦之經文，故謂之《文言》。《説卦》、《序卦》、《雜卦》，曰「十翼」。

商瞿，魯人，受《易》孔子，以傳橋庇，庇傳馯臂，臂傳周醜，醜傳孫虞，虞傳田何，何傳丁寬、王同、周王孫、服生、項生，由是言《易》者本之田何。周王孫傳蔡公。王同傳楊何、即墨成、孟但、周霸、衡胡、主父偃。楊何傳京房。京房有二。其一頓丘人，其一不知何許人，皆以《易》學顯，爲太中大夫者。顏師古謂書字誤耳，不當作京房，今并存以備考。丁寬傳田王孫，王孫傳施讎、孟喜、梁丘賀，由是《易》有施、孟、梁丘之學。施讎傳張禹、魯伯、戴賓，張禹傳彭宣、戴崇，魯伯傳毛莫如、邴丹。戴賓傳劉昆，昆傳其子軼。孟喜傳焦贛、蓋寬饒、白光、翟牧、趙賓，焦贛傳京房。爲京氏學，與施、孟、梁丘爲四家，今術士「世應」、「飛伏」之説，皆出京氏。房傳殷嘉、姚平、乘弘、任良。梁丘賀傳其子臨，臨傳五鹿充宗、王駿，充宗傳士孫張、衡咸、鄧彭祖，由是梁丘有孫、衡、鄧之學。費直治《易》，其本皆古字，號曰「古文《易》」，長於卦筮，亡章句，徒以《彖》、《象》、《繫辭》、《文言》爲十篇解説上下經。直傳王璜，《易》有費氏之學。璜傳高相，(費)高相傳其子康及毋將永，由是《易》有高氏之學。節朱睦㮮《授經圖傳略》。漢世傳《易》分爲三：田何之《易》，費氏興，高氏衰；梁丘、施氏亡于西晉；孟氏有書無師。鄭玄、王弼二注，鄭注旨趣淵確，隋王注盛行，鄭學浸微。漢以來言《易》者，溺于象占之學，魏王弼黜象數而言義理，足糾讖緯之失，而弼好老氏，開晉世玄虛之漸。唐孔穎達疏，依注疏之而已。唐李鼎祚《周易集解》、唐史徵《周易口訣義》，尚發明漢學，講《易》之書之最古者。《周易康成注》一卷，乃宋王應麟輯，惠棟因其未備，又補正之，爲三卷，曰《新本鄭氏周易》。後之考校鄭書者甚多，以丁小疋《鄭氏易注》爲最善。宋《伊川易傳》大旨崇理黜數，與邵子各明一義，故是時言理者宗伊川，言數者宗康節。朱子作《本義》、《啓蒙》合而一之，可謂集程、邵之大成。明蔡清《蒙引》以《本義》爲宗。《周易折中》至爲允當，李文貞光地《通論》、《觀象》，實爲初學津逮。以義理言《易》，莫善于《伊川易傳》，王輔嗣不及也；以象數言《易》，莫善于李鼎祚《周易集解》，本朝惠、張、姚諸家，皆從此出。

《尚書》。二十卷，漢孔安國(國)傳，唐孔穎達疏。孔子討論典墳，斷自唐虞，下訖魯秦，典、謨、訓、誥、誓、命之文，凡百篇。秦焚書後，伏生口傳授二十篇，河内女子得《秦誓》一篇，魯共王壞孔子宅，於壁中得《古文尚書》。伏生《書》爲今文，安國《書》爲古文，今文多艱澀，古文反平易。以伏生之《書》考論文義并序，凡五十九篇。宋蔡沈《傳》。

孔安國，孔子十一世孫。魯共王壞孔子宅，得壁中《古文尚書》，安國以今文字讀之。安國傳都尉朝、司馬遷、兒寬、孔延年。朝傳庸譚，譚傳胡常，常傳徐敖，敖傳王璜、塗惲，惲傳桑欽、賈徽，徽傳子逵。兒寬傳簡卿。延年傳霸，霸傳光，光傳僖，僖傳季彦。杜林于西州得漆書《古文尚書》一卷，傳衛宏，作《尚書訓旨》。徐巡。蓋豫以《古文尚書》傳周防，防傳子舉。

伏生，濟南人，故秦博士，治《尚書》，授晁錯及張生、歐陽生。晁錯傳何比干。張生傳夏侯都尉，都尉傳族子始昌，始昌授族子勝，爲大夏侯氏學。勝傳從子建爲小夏侯氏學。及周堪、孔霸、黄霸。周堪授牟卿、許商，商傳唐林、吴章、王吉、炔欽，章傳云敞。建傳張山拊，山拊傳鄭寬中、張無故、秦恭、假倉、李尋。「小夏侯」有鄭、張、秦、假、李之學。寬中傳趙玄，無故傳唐尊，恭傳馮賓。歐陽生傳宋登、兒寬，寬傳歐陽子，世世相傳至曾孫高，高傳孫地餘及林尊，地餘傳子政，由是《尚書》世有歐陽氏學。歐陽、大小夏侯氏學，三家皆立博士。政傳子歙，歙傳高獲、禮震、曹曾，曾傳子祉。林尊傳平當、陳翁生，由是歐陽有平陳之學。翁生傳殷崇、龔勝，勝傳高暉。當傳朱普、鮑宣及子晏。普傳桓榮、彭閎、皐弘。榮傳子郁、丁鴻、何湯、胡憲、鮑駿。郁傳子焉及楊震、朱寵。焉傳子典及黃瓊、楊賜。震傳子秉及虞放、陳翼。秉傳彪及衆。寵傳張奐。丁鴻傳劉愷、巴茂、陳弇、朱倀、楊倫。節《授經圖傳略》。《隋・經籍志》：「伏生作《尚書傳》，傳至歐陽生，于是有歐陽之學。夏侯都尉受業張生，傳至勝，有大夏侯之學。勝傳子建，爲小夏侯之學。三家並立，訖漢東京，相傳不絶，歐陽最盛。魯恭王壞孔子舊宅，得所藏之《書》，字皆古文。孔安國以今文校之，合五十八篇。會巫蠱事起，不得奏，私傳之，謂之《尚書》古文之學。漢杜林傳《古文尚書》，賈逵作訓，馬融作傳，鄭玄爲之注。及永嘉之亂，歐陽、大小夏侯《尚書》並亡。漢訖西晉，言《書》惟祖歐陽氏。伏生之傳，唯劉向父子所著《五行傳》，是其本法，而多乖戾。自晉元帝時，梅賾始將安國之傳奏之，時文闕《舜典》一篇。齊建武中，吴姚方興，于大航頭得其書，奏上，比馬、鄭所注多二十八字，于是始列國學。」自安國學行，歐陽氏遂廢。閻若璩《古文尚書疏證》，即晉梅賾所上孔子壁中書，安國以今文讀之者是也。古文列在學宮，千餘年莫敢廢，因朱子有「文辭格製與今文迥然不類」之説，遂辭而闢之，其辨析三代以上之時日、禮儀等，因以證他經史者，皆足祛後儒之弊。見《黃梨洲序》。胡渭《禹貢錐指》於古今地理考證詳明，陳澧《錐指訂誤》。李文貞《尚書解義》七篇，二《典》、三《謨》、《禹貢》、《洪範》，詞簡而當，義約而精，所論天文地理，詩歌聲律，考證尤詳。

《詩》。四十卷，漢毛亨傳，鄭玄箋，唐孔穎達疏。古詩三千餘篇，孔子上采殷周，下至于魯，取其可施於禮樂者，刪存三百十一篇，皆弦歌之，以求合《韶》、《武》、《雅》、《頌》之音。秦火後，亡六篇，存三百五篇。虞之《賡歌》、夏《五子之歌》，三百篇之權。《洪範》「無偏無陂」至「歸其有極」，《伊訓》之「聖謨洋洋」而下，皆《詩》之體也。

子夏作《詩序》以傳魯申，申傳李克，克傳孟仲子，仲子傳根牟子，根牟子傳荀卿，荀卿傳毛亨，亨作《詩訓》傳毛萇，故稱《毛詩》。萇傳貫長卿，長卿傳解延年，延年傳徐敖，敖傳陳俠及王璜。俠傳謝曼卿，曼卿傳賈徽、衛宏，徽傳逵，宏傳徐巡。浮丘伯，齊人，秦時儒士，受業荀卿，傳《詩》申培、劉交、穆生、劉郢客、白生，後言《魯詩》者，皆宗浮丘伯。申培傳瑕丘江公、魯賜、王臧、趙綰、繆生、孔安國、闕門慶忌、徐偃、徐公、周霸、夏寬、許生。徐公、許生傳王式，式傳薛廣德、唐長賓、張長安、褚少孫，由是《魯詩》有張、唐、褚氏之學。瑕丘江公傳孫博士，江公〔傳〕韋賢，江公傳卓茂，爲《魯詩》宗。韋賢傳子玄成、韋賞，由是《魯詩》有韋氏之學。廣德傳龔舍、龔勝。長安傳游卿，卿傳王扶、許晏，由是張家有許氏之學。許晃習《魯詩》傳李業，魏應習《魯詩》，應傳劉伉。右師細君習《魯詩》傳包咸，咸傳黃讜子。高嘉習《魯詩》傳容，容傳詡。轅固，齊人，以治《詩》爲孝景時博士，傳夏侯始昌，始昌傳后蒼，蒼傳匡衡、翼奉、蕭望之、白奇，衡傳師丹、伏理、滿昌，由是《齊詩》有翼、匡、師、伏之學。（咸）伏理傳湛，湛傳晨、黯，晨傳無忌，無忌傳質，質傳完，黯傳恭，恭傳壽，由是北州多伏氏之學。師丹傳班伯，滿昌傳張邯、皮容。韓嬰，燕人，孝文時爲博士，推詩人之意，作內、外《傳》數萬言，其語頗與齊閒殊，然歸一也。燕趙間言《詩》者，皆宗之。嬰授賁生、博士商，商傳涿韓生，涿韓生傳趙子，趙子傳蔡誼，誼傳食子公與王吉，吉傳長孫順，順傳髮福，由是《韓詩》有王氏、長孫之學。食子公傳栗豐，豐傳張就。薛漢世習《韓詩》傳澹臺敬伯、韓伯高、杜撫，撫傳趙曄。按《隋·經籍志》曰：「漢初有魯人申公，受《詩》於浮丘伯，作訓詁，是爲《魯詩》。齊人轅固生亦傳《詩》，是爲《齊詩》。燕人韓嬰亦傳《詩》，是爲《韓詩》。齊轅固、燕韓生皆爲之傳，三家皆列於學官。又有趙人毛萇善《詩》，自云子夏所傳，作《詁訓傳》，是爲《毛詩》。河間獻王好之，未得立。《序》，子夏所創，毛公及敬仲又加潤色。鄭衆、賈逵、馬融並作《毛詩傳》，鄭玄作《毛詩箋》。《齊詩》魏代已亡，《魯詩》亡于西晉，《韓詩》雖存，無傳之者。唯《毛詩》鄭箋至今獨立。」

《周禮》。四十二卷，鄭玄注，賈公彥疏。周公制禮之日，禮教興行，至幽王，禮儀紛亂，孔子修定時已不具。蓋周衰，諸侯將踰法度，滅去其籍，至秦大壞。漢武帝時，除挾書律，李氏得《周官》五篇，上之河間獻王，失《冬官》一篇，取《考工記》以補其闕，而獻之朝。孝成時，劉歆校理秘書，以爲周公致太平之跡，始得序列，著于《録》、《略》，鄭玄作注，其學遂行于世。賈公彥。注疏皆頗引〔經〕〔緯〕書，故深爲宋儒所病，然考古不能不于鄭、賈取材。《簡明目録》。

用《周禮》而誤者，劉歆、王安石也；疑《周禮》爲贋者，林存孝、何休、蘇轍、胡宏之流也。程子曰：「必有《關雎》、《麟趾》之意，然後可以行《周官》之法度。」朱子謂：「是書廣大精密，非聖人不能作。」《通考》。

劉歆領校秘書，《周禮》始得列序，著于《録》、《略》。歆傳杜子春，子春傳鄭衆、賈逵、摯恂，衆傳安世，恂傳馬融、桓驎，融傳鄭玄、延篤、盧植，玄傳郗慮、王基、崔琰、趙商、國淵、任嘏。按《周官》初行于世，始皇禁絶不傳。武帝除挾書律，于是始出。成帝時，劉歆表而出之，其後馬融、鄭玄各爲訓詁，其學始傳。方苞《周官集注》訓詁簡明，最便初學。

《儀禮》。五十卷，漢鄭玄注，唐賈公彦疏。賈公彦云：「《周禮》、《儀禮》並是周公攝政太平之書，《周禮》爲末，《儀禮》爲本。」《隋・經籍志》：「漢初高堂生傳十七篇，又有古經出于魯淹中，河間獻王集而獻之，凡〔五〕十六篇，多天子、諸侯、卿大夫之制。」鄭氏注漢高堂生傳《士禮》十七篇，爲《儀禮》。《喪服傳》一卷，子夏所爲，其説曰：「《周禮》爲本，聖人體之；《儀禮》爲末，聖人履之。」爲本，則重者在前，故宗伯序五禮，以吉、凶、賓、軍、嘉爲次。爲末，則輕者在前，故《儀禮》先冠、婚，後喪、祭。《朱子語類》：「《儀禮》是經，《禮記》是解《儀禮》。且如《儀禮》有冠禮，《禮記》便有冠義；《儀禮》有昏禮，《禮記》便有昏義，以至燕射之禮，莫不皆然。只是《儀禮》有士相見禮，《禮記》却無士相見義，後來劉原甫補成一篇。」又曰：「張淳云：『如劉歆所言，則高堂生所得獨爲《士禮》，而今《儀禮》乃有天子、諸侯、大夫之禮，居其大半，疑今《儀禮》非高堂生之書，但篇數偶同耳。』此不察其所謂《士禮》者，特略舉首篇以名之，其曰『推而致於天子』者，蓋專指冠、昏、喪、祭而言，若燕射、朝聘，則士豈有是禮而可推耶？」《通考》。后蒼弟子戴德、戴聖、慶普三家立于學官，東漢曹褒傳慶氏學，鄭玄傳小戴之學，後三家並微，惟鄭注獨行。《簡明目録》：「三禮以鄭氏爲宗，《儀禮》尤以鄭氏爲絶學，注文古奧，得賈疏乃明。」朱子撰《古禮經傳通解》以十七篇爲主，而取大小戴及他書附入之，其未及論次者，門人黄（餘）〔榦〕續之。《通考》。

《禮記》。六十三卷，漢鄭玄注，唐孔穎達正義。 此書乃孔子没後七十子之徒所共録。或録舊禮之義，或録變禮所由，或兼記體履，或雜序得失，故編而録之，以爲記也。《中庸》，孔伋作；《緇衣》，公孫尼子作；《王制》，漢文帝時博士作，河間獻王集而上之，劉向校定，又得《明堂（位）陰陽記》、《孔子三朝記》、《王氏史氏記》、《樂記》，凡五種，合二百十四篇。戴德删爲八十五篇，謂之《大戴記》，聖又删定四十六篇，爲《小戴記》，馬融又附入《月令》、《明堂位》、《樂記》三篇，合四十九篇，則今之《禮記》也。《通考》。朱子謂鄭考《禮》名數最有功。六朝傳《禮》業者尤盛，孔穎達據皇甫侃爲本，其有不備，以熊安世補焉，作《正義》。明永樂中修《禮記大全》，始改用陳澔《集説》。《大學》、《中庸》兩篇，宋程明道、伊川始尊信而表章之，爲之解，朱子撰《章句或問》、《中庸輯略》。

高堂生，魯人，傳《禮》十七篇于蕭奮，奮傳孟卿，卿傳后蒼、蒼説《禮》數萬言，曰《后氏曲臺記》。閭丘卿，蒼傳戴德、戴聖、慶普及聞人通漢，聖傳橋仁、楊榮，德傳徐良，由是大戴德有徐氏，小戴聖有橋、楊之學。有戴德、戴聖而《禮》大明，今行于世《小戴記》是也。 慶普傳族子咸及夏侯敬伯、曹充、王臨，由是《禮》有慶氏之學。充傳子褒，臨傳董鈞，慶氏學遂行于世。《注疏》鄭康成云：「高堂生所傳十七篇，即《儀禮》也，故後儒以《儀禮》、《禮記》合爲一書，圖不更列《儀禮》。」

徐生，魯人，以容爲禮，傳襄、延及公户滿意、桓生、單次，諸言《禮》爲容者由徐氏。

《春秋左氏傳》。六十卷，晉杜預集解，唐孔穎達正義。《春秋》，魯史記之名也。孟子曰：「《詩》亡王降爲《風》。而後《春秋》作。」自平王東遷以後，周德日衰，官失其守，諸侯記注，多違舊章。孔子因魯史策，考其真僞，而志其典禮，上以遵周公之道，下以明先生之法。始于平王四十九年，止于敬王元年，蓋經筆削者二百四十二年，而褒貶之意寓焉。《春秋古經》，《漢藝文志》載之，其本文世所不見，自漢以來，俱自三傳中取出。《公羊》、《穀梁》傳文攙入正經，多有異同。《左氏》則經自經，而傳自傳，先儒取其已合者，復析之，命之曰《古經》。《通考》。左丘明受經于仲尼而作《傳》，《傳》或先經以始事，或後經以終義，或依經以辯理，或錯經以合異。經文自哀公十四年後，左氏所增書也。孔穎達所述事跡則皆徵國史，故説《春秋》者必以是書爲根柢。

《朱子語録》曰：「《左氏》之病，是以成敗論是非，而不本于義理之正。」

左丘明，魯人，受《春秋》于孔子，作《傳》，傳魯申，申傳吴起，起傳子期，期傳鐸椒，鐸椒傳虞卿，虞卿傳荀卿，荀卿傳張蒼及賈誼，張敞、劉公子，誼傳貫公及嘉，貫公傳子長卿，長卿傳張禹，禹傳尹更始，更始傳子咸及翟方進、胡常，方進傳宣，胡常傳賈護，護傳陳欽，欽傳子元，咸傳劉歆，由是言《左氏》者，本之賈護、劉歆。歆傳賈徽、孔奮、鄭興，賈徽傳逵，孔奮傳賈嘉，鄭興傳衆，衆傳安世，故《左氏》有鄭、賈之學。漢初出于張蒼之家，賈誼爲訓詁，授趙人貫公，諸儒罕傳。劉歆欲立于學而未果，東漢傳者始衆。晉杜預爲《經傳集解》、《春秋釋例》，嗣後《左》學盛行，孔穎達撰《正義》。左氏又著《國語》，與《春秋傳》并行，另爲《外傳》。孫吴韋昭參引鄭衆、賈逵、虞翻、唐因，合凡五家爲注。

《春秋公羊傳》。二十八卷，漢何休解詁，唐徐彦疏。戴宏序云：「子夏傳之公羊高，數傳至壽。漢景帝時，壽乃與弟子胡母子都著以竹帛，立于學宫。其後傳董仲舒，以《公羊》顯于朝，後世有嚴氏、顔氏之學，至何休爲《經傳集詁》，其書遂大傳。」鄭玄曰：「《公羊》善于讖，休之注引讖爲多。」徐《疏》以何氏「三科九旨」爲宗，本其説曰：「何氏之意，『三科九旨』正是一事爾。總而言之謂之『三科』，析而言之謂之『九旨』。『新周故宋，以《春秋》當新王』，此一科三旨也。『所見異詞，所聞異詞』，此二科六旨也。『内其國而外諸夏，内諸夏而外夷狄』，此三科九旨也。」

公羊高，齊人，受《春秋》于子夏，傳其子平，平傳地，〔地〕傳敢，敢傳壽，壽傳胡母生、董仲舒，胡母生傳嬴公、段仲、公孫弘，嬴公授孟卿、貢禹，禹傳堂谿惠，惠傳冥都。孟卿傳眭孟、疏廣，廣傳筦路，路傳孫寶，眭孟傳嚴彭祖、顔安樂，由是《公羊春秋》有嚴、顔之學。嚴彭祖傳丁恭、王中，中傳公孫文、東門雲，恭傳鍾興、樓望、樊儵、承宫，儵嘗删定《嚴氏春秋章句》，世號「樊侯學」，傳李脩、夏勤、張霸。霸删定樊儵《嚴氏春秋》，更名「張氏學」，傳子楷及孫林、劉固、段著。安樂傳冷豐、任公，由是顔氏有冷、任之學，復有筦、冥之學。豐傳馬宫、左咸。仲舒傳褚大、殷忠、温吕步舒、吾丘壽王、李育，育傳羊弼，弼傳何休，休作訓詁，其學遂大行。

《春秋穀梁傳》。二十卷，晉范寧注，唐楊士〔幼〕〔勛〕疏。穀梁赤，子夏弟子，作《春秋傳》，自孫卿、申公至蔡千秋、江翁，凡五傳，至漢宣帝好之，遂盛行于世。自漢魏以來，《穀梁》注解十數家，晉范寧以爲膚淺，自作傳解。嘗謂：「三傳之學，《穀梁》所得最多；諸家之解，范寧之論最善。」唐楊〔士〕勛疏，宋邢昺校定。

穀梁赤，魯人，受經子夏，作《春秋傳》，授荀卿，卿傳魯申公，申公授瑕丘江公，江公授子及孫博士公，江公傳榮廣、皓星公，劉向、胡常，惟榮廣、皓星公傳其學，常傳蕭秉，廣傳蔡千秋、周慶、丁姓，由是《穀梁》之學大盛。姓授申章昌，千秋傳尹更始，更始傳子咸及翟方進、房鳳，鳳傳侯霸。

《孝經》。九卷，唐玄宗御注，宋邢昺疏。《經籍志》：「孔子既叙六經，題目不同，指意差别，恐斯道離散，故作《孝經》。遭秦焚書，爲河間人顔芝所藏。漢初，芝子貞出之，凡十八章，而長孫氏、江翁、后蒼、翼奉、張禹，皆名其學。傳有鄭康成注，又有《古文孝經》析出三章，而長孫有《閨門》一章，合二十二章，孔安國爲之傳。歷代鄭、孔二家，並立國學，後孔本亡于亂，陳及周、齊，惟存鄭氏，隋王劭得孔《傳》，劉炫序其得喪，朝廷遂與鄭氏並立。」自開元唐明皇御注頒行，遂爲定本，元行沖作疏。五代以來，孔、鄭二注皆亡，宋邢昺取行《疏》删定，撰《正義》，朱子《孝經刊誤》。

《論語》。二十卷，魏何晏等集解，宋邢昺疏。《漢・藝文志》：「《論語》者，孔子應答弟子時人及弟子相與言而接聞于夫子之語也。當時弟子各有所記，夫子卒，門人相與輯而論纂，故謂之《論語》。漢興，有齊、魯之説。傳《齊論語》者，昌邑中尉王吉、少府宋畸、御史大夫貢禹、尚書令五鹿充宗、膠東庸生，唯王陽名家。師古曰：王吉，字子陽，故謂之王陽。傳《魯論語》者，常山都尉龔奮、長信少府夏侯勝、丞相韋賢、魯扶卿、前將軍蕭望之、安昌侯張禹，皆名家。張氏最後而行于世。」

《隋・經籍志》：「張禹本授《魯論》，晚講《齊論》，後遂合而考之，删其煩惑。除去《齊論・問王》、《知道》二篇，從《魯論》二十篇爲定，號《張侯論》，當世重之。又有《古論語》自孔壁出者，章句煩省，與《魯論》不異，唯分《子張》爲二篇，故有二十一篇。漢末，鄭玄注之，魏陳群、王肅、周生烈，皆爲義説，何晏又爲《集解》。《齊論》遂亡。梁、陳時，唯鄭玄、何晏立于國學。」宋朱子《集注》，皇侃《義疏》，劉寶楠《正義》，朱亦棟《札記》。

《孟子》。十四卷，漢趙岐注，舊題宋孫奭疏。宋孫奭云：「紹六經之教，莫尚于《孟子》，言精而贍，旨淵而通，致仲尼之道，獨尊千古。其書炎漢之後盛傳於世。」漢趙岐云：「孟子以儒術干諸侯，不用，退與公孫丑、萬章之徒難疑問答，著書七篇。」韓愈以爲弟子所會集。今考其書，載孟子所見諸侯皆稱謚，如齊宣、梁惠、滕定、梁襄、魯平，後人追爲之明矣，則岐之言非也。宋有伊川《解》、横渠《解》、朱子《集注》、《或問》。

《爾雅》。十卷，晉郭璞注，宋邢昺疏。世傳周公、孔子、子夏之書，叔孫通、梁文增補之。《通考》。璞序稱興于中古，隆于漢氏。至陸氏《釋文》始謂「《釋詁》爲周公所作」，其説蓋本于魏張揖。「《爾雅》所解或出諸子雜書，不盡釋經而釋經者爲多，故得與十三經之數。」《簡明目録》。《藝文志》以《爾雅》附《孝經》類，《經籍志》附《論語》類。《四庫目》置小學之首。晉郭璞注爲古，邢昺據孫炎、高槤本撰疏。

十三經乃學問文章之根柢，必須精熟貫通。異日立身行事，讀書作文，處處方有把握。然學者才質敏鈍不同，兼習原非易事，莫若隨其性之所近，量力專習一經。一經既畢，乃及他經，果能融會貫通，則一經亦自可發名成業。漢儒多以專門名家，昔人教子弟各執一藝，亦此意也。讀經之法，陳文恭《學約》云：「先將正文熟讀精思，從容詳味，然後及於傳注，然後及於諸家之説，平心静氣以求其解。毋執己見以違古訓，毋傍舊説以昧新知。本經既通，乃及他經，如未能通，不必他及。」此語誠爲切要。讀書原所以明理，使我之身心，（愛）〔受〕其約束；我之立身行事，胥有範圍。程子云：「今人不會讀書，如讀《論語》，未讀時是此等人，讀了後又只是此等人，便是不曾讀。」云：「爲學大益，在變化氣質。」於此處尤當加意。

黄山谷云：「凡讀書法，要以經爲主。經術深邃，則觀史易，知人之賢不肖，遇事得失，易以明矣。」

唐荆川曰：「讀書以治經明理爲先；次之諸史，可以見古人經綸之跡；又次則載諸世務，可爲應用資者。數者本末相轃，皆有益之書，餘非所急也。」焦弱侯《澹園集》。

聖人作經，以詔後世，將使讀者誦其文，思其義，有以知事理之當然，見道義之全體，而身體力行之，以入聖賢之域也。其言雖約，而天下之故幽明巨細，靡不該焉。欲求道以入德者，舍此無所用心矣。然去聖既遠，象數、名物、訓詁，老師宿儒尚有不知，新學小生驟而讀之，亦安能得其指歸？故程子教人，先讀《大學》、《論語》、《孟子》、《中庸》，次及諸經，然後看史，其序不可亂也。朱子。云：「立身以力學爲先，力學以讀書爲本。」《持志塾言》：「讀聖賢書，便當志聖人之志，行聖人之行。」魏主珪問博士李先曰：「天下何物可以益人神智？」對以「莫若書籍」。《鈍吟雜録》：「以書御者，不盡馬之情。故不更事者，不能讀書。霍子孟不學無術，有才德者又不可以不讀書。」《夏侯勝傳》云：「學經不明不如歸耕。」朱子云：「字求其訓，句求其義，章求其旨。」又云：「句句而講，字字而思，使無毫髮不通透處。」又曰：「讀書之法，先要熟讀，熟讀之後，又當正看、背看、左看、右看，看得是了，未可便説，是更須反覆玩味。」「説義理書，要推出事實來；讀事實書，要指出義理來。」陸象山曰：「大抵讀書，訓詁既通之後，但平心讀之，不必强探力索。如未通曉處，姑闕之，無害。但就明白昭晰者，日加涵泳，則自然日充日明，本源深厚，則向來未曉者，亦涣然冰釋矣。」《讀書日程》云：「凡讀書，句句字字要分明，不可太快，讀須聲實，如講説然，句盡字重道則句完，不可添虚聲，致句讀不明。」杜預云：「學者原始要終，尋其枝葉，究其所窮，優而柔之，使自求之，饜而飫之，使自趨之。若江河之浸，膏澤之潤，涣然冰釋，怡然理順，然後爲得也。」

朱子讀書法六：一循序漸進，二熟讀精思，三虚心涵泳，四切己體察，五著緊用力，六居敬持志。所謂循序漸進者，以二書言之，則通一書而後及二書。以一書言之，篇章句字，首尾次第，亦各有序而不可亂，量力所至而謹守之。字求其訓，句索其旨。未得乎前，不敢求乎後；未通乎此，不敢志乎彼。如是則志定理明，而無疏易陵躐之患矣。所謂熟讀精思者，讀書必須成誦，真第一義。遍數已足，而未成誦，必欲成誦。遍數未足，雖已成誦，必滿遍數。今人所以記不得、説不去，心下若存若亡，皆是不精不熟，所以不如古人。學者讀書，正文注解，一一認得，如自己做出底一般，方能有通透處。所謂虛心涵泳者，莊子説「吾與之虛而委蛇」，讀書須是虛心方得，聖賢説一字是一字，自家只平著心去秤停他，都(是)〔使〕不得一豪杜撰。其虛心涵泳之説如此。所謂切己體察者，學者讀書須將聖賢言語，體之于身，如「克己復禮」，如「出門如見大賓」等事，須就自家身上體覆，我實能克己復禮、主敬行恕否？件件如此，方有益。所謂著緊用力者，寬著期限，緊著課程，爲學要剛毅果決，悠悠不濟事。且如發憤忘食，樂以忘憂，是甚麽精神、甚麽筋骨。今之學者全不曾發憤，直要抖擻精神，如救火治病然。如撐上水船，一篙不可放緩。其著緊用力之説如此。所謂居敬持志者，朱子曰：「程先生云『涵養須用敬，進學則在致知』，此最精要。方無事時，敬以自持。心不可放入無何有之鄉，須是收斂在此。及應事時敬于應事，讀書時敬于讀書，便自然該貫動静，心無不在。今學者多是心上病，須要養得虛明專静，使道理從裏面流出方好。」云：「經義不過取證明此心。」云：「看書須要逐條想一遍，不但爲書，且將此心磨的可用。不然遇大事，此心用不入，便做不來。」張子《經學〔理〕窟》云：「學不能推究事理，只是心粗。心粗安能區别是非，措之于用？」楊氏教學者讀書之法云：「以身體之，心驗之，從容默會于幽閒静一之中，超然自得于書言象意之表。」榕村云：「讀書不耑是要博，須是湊成一堆。若散開，終不濟事。」云：「凡倍讀熟書，逐字逐句要讀之，緩而又緩，思而又思，使理與心洽。朱子所謂『虛心涵泳』，孔子所謂『温故知新』，以異于記問之學者在此。」朱子云：「讀書千遍，其義自見。某初讀《參同契》，了無入處，用此法試之，熟後遂見其中自有條理。初讀《大司樂》亦然，用此法又有入處，乃知此言果丹訣也。」《王虛中訓蒙法》：「讀書，當時雖極熟，久而不讀，亦必忘。其温書之法，若初讀一卷，則一日温此一卷，其後讀過二卷，則二日温一遍，三卷則三日温一遍，二百卷則二百日温一遍，亦可不忘。此乃吴秘之家傳法，既省工又永永不忘之妙法也。」

讀書先讀《大學》，以定其規模。次讀《論語》，以立其根本。次讀《孟子》，以觀其發越。次讀《中庸》，以求古人之微妙處。讀書且從易曉易解處去讀，四書道理皆然。人只是不去看，若理會得此，四書何書不可讀？何理不可究？何事不可處？又。

《大學》一篇，乃入德之門户，學者當先講習，知得爲學次第規模，乃可讀《語》、《孟》、《中庸》。先見義理根原體用之大略，然後徐考諸經，以極其趣，庶幾有得。蓋諸經條制不同，工夫浩博，若不先讀《大學》、《論》、《孟》、《中庸》，令胸中開明，自有主宰，未易可遽求也。又。

《大學》者，古之大人所以爲學之法也。其大要惟曰「明明德」，曰「新民」，曰「止於至善」三者而已。於三者之中，又分而爲格物、致知、誠意、正心、修身以至於齊家、治國、平天下者，凡八條。大抵規模廣大而本末不遺，節目詳明而始終不紊，實群經之綱領，而學者所當最先講明者也。朱子。《思辨録》：「能讀《大學衍義》、《衍義補》二書，則知天下無一書不可入《大學》，其不可入《大學》者，皆無用之書也。」

一部《大學》只説得一「學」字。陸世儀。

朱子曰：「《大學》是爲學綱目。先通《大學》，立定綱領，其他經皆雜説在裏許。通得《大學》了，去看他經，方見得此是格物、致知事，此是誠意、正心、修身事，此是齊家、治國、平天下事。」《大學》是一個腔子，而今却要去填教實着。若他説格物，自家須是去格物，填教實着。如他説誠意，自家須是去誠意，亦填教實着者。只讀得空殼子無益也。可將《大學》用數月工夫看去。此書前後相因，互相發明，讀之可見，不比他書。他書非一時所言，非一時所記，惟此書首尾具備，易以推尋也。只將《大學》一日去讀一遍，看他如何是大人之學，如何是小學，如何是「明明德」，如何是「新民」，如何是「止於至善」。日日如是讀，自見自家這個意思長長地新，所謂「温故而知(薪)〔新〕」。《大學》一書，有正經，有解，有或問。看來看去，不用或問，只看注解便了。久之，又只看正經便了。又久之，自有一部《大學》在我胸中，而正經亦不用矣。看《大學》須是將大段分作小段，字字句句不可容易放過，常時暗誦默思，反復研究。未上口時，須教上口。未通透時，須教通透。已通透後，更要純熟，直待不思索時，此意常在心胸之間，驅遣不去方是。此一段了，又换一段看，令如此數段之後，心安理熟，工夫省力，便漸得力也。近日都是貪多務廣，匆遽涉獵，所以凡事草率。本欲多知多能，下稍一事不知，一事不能。本欲速成，反成虚度歲月。讀《大學》字求其訓，句求其義，章求其旨，每一節十數次涵泳思索，以求其通。

《論語》二十篇，聖師言行之要皆萃，於是而學焉，則有以識操存涵養之實。朱子。

《論語》一章不過數句，易以成誦。成誦之後，反復玩味於燕居閒静之中，以俟其浹洽可也。又。

《孟子》七篇，皆諄諄乎王道、仁義之談，於是而學焉，則有以爲體驗充廣之端。朱子。

看《孟子》與《論語》不同。《論語》要冷看，《孟子》要熟讀。《論語》逐文、逐意，各是意義，故用子細静觀。《孟子》成大段，首尾通貫，熟讀文義自見，不可逐一句一字上理會也。又。

由《孟子》可以知《易》。程子。

《中庸》一書，則聖門傳授心法，程子以爲其味無窮。善讀者，味此而有得焉，則終身用之有不能盡者矣。然其爲言，大概上達之意多，而下學之意少，非初學所可驟語。朱子。

《中庸》工夫密，規模大。又。

一部《中庸》只説得一「道」字。《思辨録》。以上四子。

《易》之爲書，文字之祖，義理之宗。朱子。

一至十爲《河圖》，虚其中以爲《易》。一至九爲《洛書》，實其中以爲《範》。又。

《易》有象，然後有辭，筮有變，然有占。象之變也，在理而未形於事者也，辭則各因象而指其吉凶，占則又因吾所值之辭而決焉，其示人也，益以詳矣。又。

《尚書》貫通猶是第二義，直須見得二帝、三王之心，而通其所可通，毋强通其所難通。又。

《詩》之爲經，人事浹於下，天道備于上，而無一理之不具。又。

讀《詩》之法，只是熟讀涵泳，自然和氣從胸中流出，妙不容言。不待安排措置，務自立説，只恁虚心平讀，意思自足。上蔡云：「學《詩》，須先得六義體面，而諷咏以得之。」此是讀《詩》要法。又。大凡讀書，多在諷誦中見義理，況《詩》又全在諷誦之功。所謂清廟之瑟，一唱而三嘆，一人唱之，三人和之，方有意思。如今詩曲，若只讀過也無意思，須是歌唱起來，方見好處。因説讀書須是有自得處，到自得處，説與人也不得。如熹舊讀「仲氏任只，其心塞淵。終温且惠，淑慎其身。先君之思，以勗寡人」，「既破我［斧］，又缺我斨。周公東征，四國是皇。哀我人斯，亦孔之將」，伊尹曰「先王肇修人紀，從諫弗咈，先民時若，居上克明，爲下克忠，與人不求備，檢身若不及，以至于有萬邦。茲惟艱哉」，如此等處，直爲之廢卷慨想而不能已。讀《詩》惟是諷誦之功，上蔡亦云「《詩》須是謳吟諷誦以得之」，必須要自得他言外之意始得。這個有兩重，曉得文義是一重，識得意思好處是一重。若只曉外面一重，此是一件大病。

看《春秋》且須看得一部《左傳》，首尾意思通貫，方能略見聖人筆削與當時事之大意。又。

古禮非必有經。蓋先王之世，上自朝廷，下達閭巷，其儀品有章，動作有節，所謂禮之實者，皆踐而履之矣，故曰「禮儀三百，威儀三千」。待其人而後行，則豈必簡策而後傳哉？其後禮廢，儒者惜之，乃始論著爲書，以傳於世。又。

學禮先看《儀禮》，《儀禮》是全書，其他皆爲講説。又。朱子：「《儀禮》是經，《禮記》是解。」

《周禮》一書，廣大精密，周家之法度在焉。又。

《孝經》只前面一段是曾子聞於孔子者，後面皆是後人綴緝而成。又。

《爾雅》所解，或出諸子雜書，不盡釋經，而釋經者爲多。欲讀古書，先求古義，舍此無由入也。《簡明目録》。郝懿行《爾雅義疏》引據精博，與高郵王氏《廣雅疏證》同爲近今之絶學。

吕文節云：「欲用注疏工夫，先《毛詩》，次三《禮》，再及他經。」其説至精善，《詩》、《禮》兩端最切，人事義理較他經爲顯，訓詁較他經爲詳。《詩》、《禮》兼明，他經方可著手。

四子，六經之階梯。《近思録》，四子之階梯。朱子。

後生初學，且看《小學》書，是做人底樣子。又。小學事事皆愛親敬長之意，即灑掃、射御等可見。

修身之法，《小學》備焉。義理精微，《近思録》詳之。又。小學工夫，從行上起，觀弟子入，則孝章可見。

《小學》不止是教童子之書，人生自少至老，不可須臾離。《近思録》乃朱子聚周、程、程、張四先生之要語。性理精華，皆在於此。時時玩此二書，人品學問自然不同。陸清獻。

常將《小學》、《近思録》之言放在胸中，去聽人言，便如以鏡照物，自然是非了然。又。

周子《通書》，近世道學之源也，其言簡質。朱子。

須看孔、孟、程、朱四家文字，方始講究得着實。其他諸子，不能無過差。又。

以上經。

昔人云，左氏、司馬遷出于《尚書》、《春秋》。後世言事者宗左氏、司馬遷，左爲編年之祖，遷爲紀傳之祖也。史之爲體，其流有六：一曰《尚書》，記言家也；二曰《春秋》，記事家也；三曰《左傳》，編年家也；四曰《國語》，國别家也；五曰《史記》，通古紀傳家也；六曰《漢書》，斷代紀傳家也。夫紀言不著歲序，記事不詳顛末，國别非編年、非紀傳，不歸典式，《國策》乃其流派，《史記》上起黄帝，下窮漢武，代遠不立限斷。此四家者，其體久廢。惟《左傳》經年緯月，叙時事則銓次分明，所謂編年家，司馬光之《通鑑》，朱子之《綱目》，皆其體也。班固《漢書》紀、傳、表、志，舉一朝則起訖完具，所謂斷代紀傳家，其後曰「史」曰「志」，皆其體也。至若紀事本末，以一事爲一篇，各詳起訖，使節目分明，經緯條貫，遂于史家二體之外，自爲一體，實則《尚書》每事爲篇，先有此例，亦六家之流也。《史通》。

史有二體，編年與紀傳，互有得失。論一時之事，紀傳不如編年；論一人之終始，編年不如紀傳。要之，二者皆不可廢。呂祖謙。

《史記》。一百三十卷。漢司馬遷撰，晉裴駰集解，唐司馬貞索隱，唐張守節正義。遷續其父談書，漢武帝時，始置太史公，命司馬談掌其職。創爲義例，易編年爲紀傳，成一家言。先秦之書如《左氏》、《國語》、《國策》、《世本》無完書，遷采之以爲《史記》。起黄帝，迄漢武帝獲麟之歲，上下二千四百餘年事，凡百三十卷。遷没後，缺景、武紀等十篇，元成間褚少孫補之，不及遷書遠甚。《文獻通考》。《漢志》載《史記》百有十篇，不云有缺，當時已與少孫書合而爲一。古注有裴、司馬、張，三家本各爲書，宋元豐時合刊之。《簡明目録》。

《漢書》。一百二十卷。後漢班彪撰，唐顔師古注。彪繼《史記》作後傳數十篇，彪卒，子固續成其志。起高祖，終於孝平。固卒，帝令其妹昭續之，八《表》、《天文志》皆其所補，劉知幾詆其《古今人物表》無益於漢史，此論誠然。《通考》。《續錦機》：「宋倪思《班馬異同》一書，尋撦字句，此兒童學究之見。讀班、馬之書，辨論其同（翼）〔異〕，當知其大段落、大關鍵來龍何處，手中有手，眼中有眼，一字一句，龍脉歷然。又當知太史公所以上下三千年縱横獨絶者在何處，班孟堅所以整齊《史記》之文而瞠乎其後，不可幾及者又在何處。《尚書》、《左氏》、《國策》，太史公之粉本也，舍此而求之，見太史公之面目焉，此真《史記》也；大漢以前之史，孟堅之粉本也，後此而求之，見孟堅之面目焉，此真《漢書》也。由二史而求之，千古之史法在焉，千古之文在焉。」

《後漢書》。一百二十卷。宋范蔚宗撰，唐章懷太子注。内志三十卷，晉司馬彪撰，梁劉昭注。《唐・藝文志》云，爲《後漢》者，有謝承等七家，及劉珍等《東觀記》。范乃删取衆書爲一家之作，范書缺志，乃以司馬彪《續漢書》八志補之。

《三國志》。六十五卷。晉陳壽撰，宋裴松之注。《通考》：「王通稱壽書實高簡有法，但以魏爲紀，而稱吴、漢曰傳，又改漢曰蜀，世頗譏其失。」《簡明目録》云：「壽不以正統予蜀，爲後儒之論端，然晉承魏祚，壽爲晉臣，僞魏是僞晉也，未免於不論其世。裴注引據博洽，至今爲考證之資。」

《晉書》。一百三十卷。唐房喬等撰，唐何超音義。貞觀中，以何法盛等十八家未善，命房喬等據臧榮緒書增損之。《天文》、《律曆》二志，李淳風專之。至若取沈約誕誣之説，采《語林》、《(氏)〔世〕説》、《幽明録》、《搜神記》詭異謬妄之言，亦不可不辨。又。史非列傳之難，如所謂八書、十志等，大文之難也。史例創自子長，總粹于孟堅，自孟堅以下，立例之精，莫若《晉書》。或因或創，或損或益，或更或削，皆隨其時，各有改致。若合而陳乎作者之前，則史家之繩墨，不勞可定矣。沈幼真《諸史緝文序》。

《宋書》。一百卷。沈約撰。約以何承天書爲本，旁采徐爰之説，頗爲精詳。其志兼載魏晉，雖失於限斷，未足爲病。獨創《符瑞》一志，不經且贅甚矣。又。

《南齊書》。五十九卷。蕭子顯撰。《天文志》但紀災祥，《州郡》不著户口，《祥瑞》多載圖讖，表云：「天文事秘，户口不知，不敢私載。」又。

《梁》、《陳書》。五十六卷。三十六卷。唐姚思廉撰。先是，思廉父察嘗删集梁、陳事，未成。思廉采謝旻、顧野王等諸書，綜括爲二史，以卒父業。宋嘉祐中，命曾鞏等校正宋、齊、陳、魏、北齊、周，頒之學宫。又。

《後魏書》。一百一十四卷。北齊魏收撰。收《魏書》號爲穢史。如納爾朱榮子金，故減其惡而增其善事。隋命魏澹等更撰，後皆不傳，而收書獨存。又。

《北齊書》。五十卷。唐李百藥撰。百藥父德林在齊嘗撰著紀傳，百藥因續成之。又。

《周書》。五十卷。唐令狐德棻撰。初，周柳虯、隋牛洪各有撰次，率多牴牾。貞觀中，德棻與陳叔達、唐儉共成之。又。

《隋書》。八十五卷。唐魏徵等撰紀、傳，長孫無忌等撰《隋志》。極有倫理，本末兼明。又。

《南》、《北史》。八十卷。一百卷。唐李延壽撰。延壽作史遷體，總序八代，北起魏盡隋，二百二十四年，南起宋盡陳，百七十年，爲二史。删煩補闕，過本史遠甚，世稱佳史。第好載機祥小事，特爲繁猥。

《舊唐書》。二百卷。唐吴競撰。《新唐書》。二百二十五卷。宋歐陽修撰。宋董衡釋音。兢撰《舊唐書》，韋述修之，劉昫又增損之，繁略不均，多所闕漏。故宋仁宗嘉祐中，曾公亮等删定，成于歐陽修、宋祁等。書成，上表曰：「其事則增于前，其文則省于舊。」又。

予嘗論《新唐書》不及《舊書》，蓋矜奇字句，全失本色，又制詔等文詞（等），率皆削去。雖謂「事增于前，辭省于舊」，遠遜《舊書》之詳雅矣。《池北偶談》。

《舊》、《新五代史》。一百五十卷，目録二卷，宋薛居正撰。七十四卷，目録一卷，宋歐陽修撰，徐無黨注。五代史二，《舊五代史》，宋歐陽修重加删定，爲《新五代史》，得春秋之法，諸臣事一朝曰「某臣傳」，更歷代者曰「雜傳」，足爲世訓。雖司馬子長，無以復加。特其晉帝論，因濮園議而發，又不爲周臣韓通立傳，識者議之。《通考》。

歐陽氏之作《五代史記》也，上下五（千）〔十〕餘年，貫穿八姓十國，事各有首尾，人各有本末，而其經緯錯綜，瞭然於指掌之間，則史家之法備焉。錢謙益。

《宋史》。四百九十卷。元托克托等撰。初，元世祖命修遼、金二史，宋亡，又命通修三史，以義例未定，不成。順帝時，命托克托修之，或以遼、金爲「北史」，太祖至靖康爲「宋史」，建炎以後爲「南宋史」。詔遼、宋、金各爲史，再閱歲，書成。「大旨在表章道學，餘皆疏舛蕪蔓。遼國語，致煩聖朝之改譯，他可知也。」《簡明目録》。

《遼史》。一百一十六卷。元托克托等撰。遼制，國人著作無傳，修史時僅據耶律儼、陳大任二家所紀成書，頗傷疏略。《國語解》一卷，例義甚善，經聖朝改譯，庶不失真。《續文獻通考》。

《金史》。一百三十五卷。元托克托等撰。金典制修明，圖籍亦備，較《遼史》爲詳賅，體例亦爲嚴整。顧炎武曰：「《金史》大抵出劉祁、元好問之筆，亦頗可觀，然其中有重見而涉於繁者。」

《元史》。二百一十卷。明宋濂等撰。是書倉卒而成，最爲草略，本紀有脱漏月者，列傳有重書年者，有一人兩傳者，諸志皆案牘之文，並未修改。又。按《欽定遼金元三史國語解》，讀此三史者最要。

《明史》。三百三十六卷。乾隆四年大學士張廷玉撰。先是，康熙中户部侍郎王鴻緒撰《明史稿》三百十卷，頗稱詳贍。廷玉因其本而增損之，復經睿裁，始成定本。甲申以後，續載福王之號；乙酉以後，並録唐王、桂王諸臣。大公至正，固非編纂諸臣所能仰窺萬一也。《皇朝文獻通考》。

按《史記》、《漢書》、《後漢書》、《三國志》、《晉》、《宋》、《南齊》、《梁》、《陳》、《魏》、《北齊》、《周》、《隋》等書，《南史》、《北史》、《新唐書》、《新五代史》爲「十七史」。益之以《宋》、《遼》、《金》、《元》史爲「二十一史」。益之以《明史》爲「二十二史」。益之以《舊唐書》、《舊五代史》爲「二十四史」。武英殿所刻，頒行各學者，正史之數備焉。以上正史類，《史通》曰「紀傳家」。

《資治通鑑》。二百九十四卷。宋司馬光撰，元胡三省注。戰國至五代。宋英宗命光論次歷代君臣事跡，爲編年一書，賜名曰《資治通鑑》。温公之意專取關國家盛衰，繫生民休戚，善可爲法，惡可爲戒者，以爲是書。温公《通鑑》以魏爲主，故書「蜀丞相亮寇」何地，從《魏志》也。范曄却書「曹操自立爲魏公」，《綱目》亦用此例，參取史法之善者。朱子。

《春秋左傳》終于魯悼公四年，是爲周貞定王五年也。自是曠六十一年，始爲《通鑑》，何也？春秋以降，諸侯相吞滅者有之，此《通鑑》所以托始也。《左傳》終智伯，《通鑑》始智伯，《通鑑》不敢續《春秋》，所以接《左傳》也。《綱目》分注智伯之終始、三晉之事實，皆六十一年事也。《綱目》。

《續資治通鑑長編》。五百二十卷。宋李燾撰。北宋七代。燾據實録、正史、官書無不是正，而又家録野記，旁互參審，使衆説咸合于一。葉正則謂「《春秋》之後，纔有此書」，要非過論也。

《續資治通鑑》。三百二十卷。畢沅撰。宋元。明人續《通鑑》甚多，有此皆可廢。

《明紀》。六十卷。陳鶴。陳克家續成。

《稽古録》。宋司馬光撰。朱子謂「温公之言，如桑麻穀粟」，可知其有益于世矣。

《通鑑輯覽》。乾隆三十二年，敕撰。是書兼用《通鑑》及《綱目》義例。

《通鑑綱目》、五十九卷。《前編》、十八卷。《外編》、一卷。《舉要》、三卷。《續編》。二十七卷。《綱目凡例》，宋朱子作，餘趙師淵作。《前編》，金履祥。《續編》，明商輅，康熙四十六年殿本。以上編年類。

《繹史》。一百十六卷。馬驌撰。彙集三皇五帝以至秦亡事跡，紀事則詳其始末，紀人則備其始終，凡百六十篇。《皇朝文獻通考》。

《左傳紀事本末》。五十三卷。高士奇撰。 章冲以《左傳》所載事排比類從，首尾完具。 士奇因而廣之，以列國分門，所增五例，補逸、考異、辨誤、考證、發明，較冲爲密。《簡明目録》。

《通鑑紀事本末》。四十二卷。宋袁樞撰。 樞因司馬光《通鑑》之文分類排纂，以一事爲一篇，各詳起訖，亦《尚書》、《國語》之例也。《簡明目録》。

《宋史紀事本末》。二十六卷。明陳邦瞻撰。 邦瞻因馮琦遺稿補輯之，《宋史》蕪穢，雖亞于袁樞，其難則較樞十倍矣。 又。

《遼史紀事本末》。四十卷。李有棠撰。 是書區別條流，各從其類，均以正史爲。 與他史及各傳記有異同，分注每條之下。

《金史紀事本末》。五十二卷。李有棠撰。 是書具本正史，其或事有異同，詞有詳略，仿《通鑑》例，小注雙行分在每條之下，名曰「考異」，以資參證。

《西夏紀事本末》。十七卷。張鑑著。 洪氏亮吉有《西夏國志》，世罕傳本，是書采舊聞，萃群説，端委詳明，義例精密。

《元史紀事本末》。四卷。明陳邦瞻撰。 據《元史》及商輅《續綱目》，故不及《宋史紀事本末》之賅博。 然于一代典制，則條析頗詳。《簡明目録》。

《明史紀事本末》。八十卷。谷應泰撰。 應泰采談遷編年、張岱列傳，以成是書。《皇朝通考》。

《三藩紀事本末》。四卷。楊陸榮撰。

《聖武記》。十四卷。魏源撰。以上紀事本末。

《國語》。二十一卷。左丘明撰，吴韋昭注。　昔左丘明將傳《春秋》，乃先采集列國之史，國别爲語，旋獵其英華，作《春秋傳》。而先所采集之語，草藁具存，時人共傳習之，號曰《國語》。故其辭多枝葉，不若《内傳》之簡直峻健。《通考》。

《國語》一書，始西周之末，迄戰國之初，實穆王以後數百年之史也。《麟經》爲經，《左傳》爲傳，皆不可謂史。即曰編年、紀月已開百代之史法矣，而詳内略外，先魯後列國，此特一國之史而非天下之史。獨《國語》首冠以周，尊王也，史家先「本紀」，祖此。次魯、次齊、次晉、次鄭，重中國諸侯，《史記》繼以「世家」，祖此。厥後乃及楚、及吴、及越，外夷也，史家終以「列傳」，祖此。故《國語》雖稱《外傳》，而實穆王以後數百年之史也。

《戰國策》。三十三卷。高誘注，又宋姚宏校正、續注。　戰國之時，君德淺薄，爲之謀策者，不得不因勢而爲資，據時而爲畫。故其謀，扶急持傾，爲一切之權，雖不可以臨教化，兵革救急之勢也。皆高才秀士，度時君之所能行，出奇策異智，轉危爲安，易亡爲存，亦可喜，皆可觀。劉向《戰國策》序。

班固稱遷作《史記》，所據有《戰國策》，當入史類。以上雜史類，《史通》曰「國别家」。

凡讀書，先讀《語》、《孟》，然後讀史，則如明鏡在此而姸醜不可逃。若未讀徹《語》、《孟》、

《中庸》、《大學》，便去看史，胸中無一個權衡，多爲所惑。朱子。

《史記》爲歷代文章之鼻祖，班《書》實後世國史之權輿，斯二者定當熟讀。至若范《書》之取材宏富，陳《志》之用筆簡嚴，李延壽則號稱良史，歐陽公則長于叙事。《明史》時事去今最近，觀勝國之所以亡，即知本朝之所以興，尤足爲考證得失，通知世事之助。龍啓瑞。

讀史惟兩《漢》最要，次當便及《資治通鑑》。韓子曰「非三代兩漢之書不敢觀」，此語于初學要爲有益，不可反嫌其隘也。姚鼐。

二十一史列傳甚冗亂，其諸志却不可不讀，蓋一代之禮樂刑政存焉，未可忽也。予嘗欲去二十一史紀傳，别取諸志，合爲一書，天文、地理各從其類，是誠大觀。《文獻通考》亦仿佛其意，但終不若獨觀一代爲覩一代之全耳。按讀史以讀志爲最要，若止看列傳數篇，無當也。

隋劉臻精于兩《漢》，人稱「漢聖」。范祖禹熟唐事，著《唐鑑》，人稱「唐鑑公」。國初馬驌熟三代事，撰録《繹史》，人稱「馬三代」，此古人爲史學之法也。《輶軒語》。

張子《經學理窟》：「經義不過取證明此心。」後世情僞之變，無所不有，讀史乃練達人情之學，《左傳》尚不能備後世情僞，若《漢書》則幾備矣。

《平準書》，譏横歛之臣也。《貨殖傳》，譏好貨之君也。太史公之旨，千載而下，有趙汸知之，懿哉。楊慎《璅語》。

看《史》、《漢》、《三國》傳紀，必須以類相從，長者短者，分者合者，詳者略者，有以此人事蹟列彼傳中者，如稱名爵，年月日時，或載不載之類，皆要講其體例緣故。總之，要先治《春秋》，纔有根本。《榕村（記）〔語〕録》。

二十三史，除班、馬外，皆文人以意爲之。不知甲仗爲何物，戰陣爲何事，浮詞僞語，隨意編造，斷不可信。僕于《通鑑》中之不可信者，皆用筆識出矣。曾文正《覆李次青》。

假如一部《通鑑》只平平看去，依舊鑑斷是曰是、非曰非，絶無一些心得，儘有多少大事被前人瞞殺？如此，雖記得，有何益處？陸世儀。

讀史必讀《綱目》，然後史學、經學爲一。《問學録》。

或問《綱目》主意，朱子曰：「在正統。表歲以首年，而因年以著統，大書以提要，而分注以備言。使夫歲年之久近，國統之離合，事辭之詳略，議論之同異，通貫曉析，如指諸掌。」朱子。

讀史有必不可少諸書，如歷代地圖建置沿革、歷代官制建置沿革、年號考、甲子考、帝王世系、帝王授受、建都考、歷世統譜、《秋檠録》等書，俱不可少。意欲彙爲一集，名曰《讀史要覽》，亦是便學者之事。又。按《十七史商榷》、《二十二史劄記》亦讀史不可少之書。

今專門之學甚多，古來官制、田賦、冠服、地理之類，皆無精詳可據之書，此等必實實考究得原原本本，確有條貫方好。《榕村語録》。

《文獻通考》，此儒者有用之學。陸稼書。

《文獻通考》詳歷代之典禮，與《綱目》相表裏。《思辨録》。

凡國家禮文制度、法律條例之類，皆當熟讀深考。薛文清。

朱子曰：「讀史當觀大倫理、大機會、大治亂得失。」

程子曰：「凡讀史，不徒要記事迹，須要識其治亂安危、興廢存亡之理。且如讀《高帝紀》，便要識得漢家四百年終始治亂如何，是(一)〔亦〕學也。」

葉平巖曰：「觀高帝寬大長者，能用三傑，則知漢所以得天下；觀其入關，除秦苛法，則知漢所以立四百年基業；觀僞游雲夢，則知諸侯王次第而叛；觀繫蕭相國獄，則知漢之大臣多不保終。如此之類，皆致知之功也。」

如漢文帝之富庶，因恭儉而致；武帝虛耗，由用兵奢侈而然。又如唐之藩鎮，由節度跋扈而始；五胡亂華，自前代徙夷狄於内地而萌芽。他可類推矣。

大抵看史，見治則以爲治，見亂則以爲亂，見一事則止知一事，何取觀史？如身在其中，見事之利害、時之禍患，必掩卷自思：使我遇此等事，當作何處之？如此觀史，學問亦可以進，智識亦可以高，方爲有益。《吕祖謙傳》。

讀史先看統體，合一代綱紀、風俗、消長、治亂觀之。如(泰)〔秦〕之暴虐，漢之寬大，皆其統體也，其偏勝及流弊處，皆當考。復須識一君之統體，如文帝之寬、宣帝之嚴之類。統體蓋爲大綱，如一代統體在寬，雖有一兩君稍嚴，不害其爲寬，一君統體在嚴，雖有一兩事稍寬，不害其爲嚴。讀史自以意會之可也。至于戰國、三分之時，既有天下之統體，復有一國之統體，觀之亦如前例。大要先識一代統體，然後就其中看一國之統體，二者常相觀也。既識統體，須看機括。國之所以盛衰，事之所以成敗，人之所以邪正，于幾微萌芽，察其所以然，是謂機括。讀史既不可隨其成敗以爲是非，又不可輕立意見，易出議論。須揆之以理，體之以身，平心熟看，參會積纍，經歷諳練，然後時勢、事情漸可識別。又。

程子曰：「某每讀史到一半，便掩卷思量，料其成敗，然後却看有不合處，又更精思，其間多有幸而成，不幸而敗。今人只見成者便以爲是，敗者便以爲非，不知成者煞有不是，敗者煞有是底。」

讀史須見聖賢所存治亂之機，賢人君子出處進退，便是格物。朱子。

看史當看人物是如何，治體是如何，國勢是如何，當仔細察看。以上讀史法。

蘇東坡集：「卑意欲少年爲學者，每讀書皆作數過盡之。願學者每次作一意求之，如欲求古人興亡治亂、聖賢作用，但作此意求之，勿生餘念。又別作一次求事跡故實、典章文物之類。此雖迂鈍，而他日學成，八面受敵，與涉獵者不可同日而語也。」

陸桴亭世儀《思辨録》：「凡讀書分類，不惟有益，且兼省心目。如《綱目》等三書所載大約相同，若《綱目》用心看過，則此二書，但點過便是。譬如復讀，極省工夫，然須一齊看去，不可看完一部，再看一部，久則記憶生疏也。其餘理學書如先儒語録之類，作一項看；經濟書如《文獻通考》、《大學衍義補》、《經濟類編》之類，作一項看；天文、地理、河渠、樂律之類皆然，成就自不可量。水利、農田是一事，兩書可互相發〔明〕，能知水利，則農田思過半矣。」

讀史當以朱子《綱目》爲主，參之《資治通鑑》，以觀其得失；益之《紀事本末》，以求其淹貫；廣之「二十一史」，以博其記覽。然約禮之功，一《綱目》足矣，《資治通鑑》、《紀事本末》猶不可不讀，「二十一史」雖不讀可也，備查足矣。陸世儀。

閲史必且專意於一家，其餘悉屏去。候閲一史畢，歷歷默記，然後别取一史而閲之。如此有常不數年，諸史可以備記。苟閲一史未了，雜以他史，紛然交錯於前，則皓首不能通一史矣。惟是三傳，當參以《史記》，讀《史記》當參以《前漢》。文辭繁要，亦各有法，不可不知。《許文正公遺書》。以上「分讀合讀法」。

史之爲體，不有以本乎經，不足以成一家之言，不足成一代之制。故太史公之《史》，其體本乎《尚書》；司馬公之《通鑑》，其體本乎《左氏》；朱子之《綱目》，其體本乎《春秋》；杜佑之《通典》，其體本乎《周禮》。惟《易》、《詩》之體，未有得之者，而韓嬰之《韓詩外傳》、邵雍之《皇極演易》，可謂傑出者矣。《楊慎集》。

史有三長：才、學、識。世罕兼之。有學無才，猶愚賈操金不能殖貨；有才無學，猶巧匠無楩楠斧斤弗能成。識者，善惡必書，使驕君賊臣知懼。時以爲篤論。劉知幾。

自《史記》、班《漢》以來，秉史筆者言東漢，有若陳宗、尹敏、伏無忌、邊韶、崔寔、馬日磾、蔡邕、盧植、司馬彪、華嶠、范曄、袁宏；言國志，有若衛覬、繆襲、應璩、王沈、傅玄、茅曜、薛瑩、華覈、陳壽；言晉洛京史，有若陸機、束晳、王詮、詮子隱；言江左史，有若鄧粲、孫盛、王韶之、檀道鸞、何法盛、臧榮緒；言宋史，有若何承天、裴松之、蘇寶圭、沈約、裴子野；言齊史，有若江文通、吳均；言梁史，有若周興嗣、鮑行卿、何之元、劉璠；言陳史，有若顧野王、傅宰、陸瓊、姚察、察子思廉；言十六國史，有若崔鴻；言魏史，有若鄧淵、崔浩、浩弟覽、高允、張偉、劉橫、李彪、邢（巒）〔巒〕、温子昇、魏收；言北齊史，有若祖孝徵、陸元規、湯休之、杜臺卿、崔子發、李德林、林子百藥；言後周史，有若柳虯、牛〔弘〕、令狐德棻、岑文本；言隋書，有若王師邵、王胄、顏師古、孔穎達、于志寧、李延壽；言皇家受命，有若温大雅、魏鄭公、房梁公、長孫趙公、許敬宗、劉胤之、楊仁卿、顧胤、牛鳳及、劉子玄、朱敬則、徐堅、吳兢。劉軻《與植書》。

正史之外，有以偏方爲紀者，如劉知幾所稱「地理」，當以常璩《華陽國志》、盛弘之《荊州記》第一；有以一言一事爲記者，如劉知幾所稱「瑣言」，當以劉義慶《世說新語》第一；散〔文〕小傳，如伶玄《飛燕》雖近褻，《虬髯客》（難）雖近誣，《毛穎》雖近戲，亦是其行中第一。它如王粲《漢末英雄》、崔鴻《十六國春秋》、葛洪《西京雜記》、周稱《陳留耆舊》、周楚之《汝南先賢》、陳壽《益部耆舊》、虞預《會稽典録》、辛氏《三秦》、羅含《湘中》、朱贑《九州》、闞駰《四國》、《三輔黄圖》、《酉陽雜俎》之類，皆流亞也。《水經注》非注，自是大地史。《卮言》。

以上史。

古之子，各以所學詔後世。孔、孟之道與文，至矣。自老、莊以降，道有是非，言有工拙。姚鼐。

聖人既没，道術爲天下裂，諸子者出，各設門分户以爲文。是故管夷吾氏以霸略爲文，祁門氏以兩可辨説爲文，老聃氏以秉要執本、持謙處卑爲文，列禦寇氏以黄氏清凈無爲爲文，墨翟氏以貴儉、兼愛、上賢、明鬼、非命、上同爲文，公孫龍氏以堅白、名實爲文，莊周氏以通天地之統、序萬物之性、達生死之（愛）〔變〕爲文，慎到氏以刑名之學爲文，申不害氏、韓非氏復流于深刻之文，尹文氏又合黄老、刑名爲文，鬼谷氏以捭闔爲文，蘇秦氏、張儀氏因肆爲縱横之文，孫武氏、吴越氏以軍形、兵勢、圖國、料敵爲文，荀卿氏、揚雄氏則以明先聖之學爲文，淮南氏則以總統道德仁義而蹈虚守静、出入經道爲文，凡若此者，殆不可遽數也。雖其文人人殊，而其于道，未始不有明焉。

若能修六藝之術，而觀九家之言，舍短取長，則可以通萬方之略矣。《漢書·藝文志》。

閱子、史，必須有所折衷。六經、《語》、《孟》，乃子、史之折衷也，合於六經、《語》、《孟》者爲是，不合於六經、《語》、《孟》者爲非，以此衷考古之人而去取之，鮮有失矣。《許文正公遺書》。

周秦、漢魏諸子有益于經者三：一證佐事實，一證補諸經譌文、佚文，一兼通古訓、古音韻。然此爲周秦諸子言也，漢魏亦頗有之。至其義禮，雖不免偏駁，亦多有合于經義，宜辨其真僞，別其瑜瑕。唐以後，子部書最雜，不可同年而語。

諸子首在先求訓詁，務使確實可解。大抵天地間人情物理，下至猥瑣纖末之事，經、史所不能盡者，子部無不有之，其趣妙處較之經、史，尤易引人入勝。故不讀子不知沙礫糠秕無非至道，不讀子不知文章之面目變化百出，莫可端倪也。今人學古文以爲古文，唐宋巨公學諸子以爲古文，此八家秘奧。《輶軒語》。

文章，天下之難事，其法度雜見于百家之書，學者不偏考之，則無以知古人之淵源。元好問《錦機引》。

諸子切要者，有精校本、精注本、足本、孤本，此單行本不易得，莫若購叢書，如《漢魏叢書》、《津逮秘書》等，古傳記甚多爲勝。《輶軒語》。

周秦諸子：

《荀子》二十卷。周荀況撰，唐楊倞注，國朝郝懿行補注。其書大旨在勸學，性惡之説，爲後儒之詬病，要其宗法聖人，誦説王道，終以韓愈「大醇小疵」之評爲定論。儒。

《孔叢子》三卷。舊題孔鮒撰，末爲《連叢子》，題漢孔臧撰，皆僞託也。《隋志》著録已久，綴合孔氏遺文，相沿莫廢。儒。

《孫子》一卷。周孫武撰。《史記·孫子列傳》載「武之書十三篇」是也。兵家之書，傳於今者，惟此最古。兵。

《吴子》一卷。周吴起撰。《隋志》、《唐志》皆作一卷，惟晁氏《讀書志》作三卷。兵。

《管子》二十四卷。舊題周管仲撰，房玄齡注。據晁氏《讀書志》，蓋尹知章注也。明劉績補注，附舊注後，以「績按」別之，較舊注詞意分明。法。

《韓非子》二十卷。周韓非撰，其注不知何人作，元何犿注本稱爲李瓚，未知何據。法。

《墨子》十五卷。周墨翟撰。其説爲孟子所闢，不行於世，然其書則歷代著録列爲九流之一。觀其近理亂真，然後知儒、墨異同之所以然，則亦不必廢也。雜。

《鶡冠子》三卷。《漢志》著録佚其名氏，但知爲楚隱士。其説頗雜刑名，而大旨原本於《道德》，陸佃注之。雜。

《吕氏春秋》二十六卷。秦吕不韋撰，實爲其賓客所集也。凡十二紀、八覽、六論，故《漢志》稱二十六篇。是書較諸子爲醇，高誘注亦多明古義。雜。

《老子》二卷。周李耳撰，舊題河上公注，唐劉知幾嘗辨其僞。晉王弼注詞義簡遠，妙得微契，《老子》注本，此爲最古。道。

《列子》八卷。舊題周列禦寇撰。唐柳宗元《列子辨》謂其經後人增竄，遂以爲莊周寓言，並無其人。然據《爾雅疏》引《(列)〔尸〕子·廣澤篇》，知當日實有列子。晉張湛注。道。

《莊子》十卷。周莊周撰，晉郭象注。《世説新語》稱象攘竊向秀注，後向注復出，遂兩本並行。今乃向佚而郭存。以陸德明《莊子釋文》所引向注，象之攘竊灼然。道。

《文子》十二卷。姓名失傳，《漢志》但稱老聃弟子宋杜道堅注。今從《永樂大典》録出，凡所採李暹、徐靈府諸説，但題曰「舊注」，道堅自爲説者，則題「纘義」別之。道。

《晏子春秋》八卷。撰人名氏無考，舊題晏嬰撰，誤也。書中皆述嬰遺事，實魏徵《諫録》、李絳《論事集》之流，與著書立説者迥別，隸之傳記，庶得其真。傳記。

《楚詞》十七卷。楚屈原撰，漢王逸章句注，宋洪興祖補注，朱子集注。朱子以屈原所作二十五篇爲《離騷》，宋玉以下十六篇爲《續離騷》，其糾駁舊注者，別爲《辨證》，又刊定晁補之《續楚辭》、《變離騷》二書，録荀卿至吕大臨所作五十二篇爲《後語》。宋吴仁傑《離騷草木疏》。《離騷圖》，國朝蕭雲從畫圖並注。《山帶閣注》，蔣驥撰。集。

漢至隋唐説經之書：

《乾鑿度》二卷。是書爲「易緯」八種之二，舊本稱鄭康成注。唐以前説經之家恒相引用其太乙行九宫法，即後世《洛書》所從出，在緯書之中特爲醇正。經。

《尚書大傳》四卷。舊題漢伏勝撰，鄭玄注。據玄序文，乃勝之遺説，而張生、歐陽生録之也。其文如《易乾鑿度》、《春秋繁露》，與經義在離合之間，而古訓舊典往往而在，所謂六藝支流也。經。

《韓詩外傳》十卷。漢韓嬰撰。其書雜引古事古語，證以《詩》，詞與經義不相比附，所述多與周秦諸子相出入。班固稱「三家之《詩》，或取《春秋》，采雜説」，殆指此歟？經。

《春秋繁露》十七卷。漢董仲舒撰。原本殘缺，以《永樂大典》所載宋本補完。其書至北宋始出，又證以漢所載書名不合，故《崇文總目》頗疑其僞，程大昌尤力排之。然精言奥旨，往往而在，未敢云盡出仲舒手，亦決非唐以後書也。經。

《白虎通義》四卷。漢班固撰。或稱《白虎通》者，省文也。其説雖兼涉讖緯，而多傳古義，至今爲考證家所依據。

《春秋釋例》十五卷。晉杜預撰。原本久佚，今從《永樂大典》録出，存者凡四十三部，其書比事屬詞，凡《世族譜》、《土地名》、《長曆》，尤爲精核。大旨以《左氏》發凡五十爲根，與《公》、《穀》之例迥異。《左氏》大行於世者，預力爲多。經。

陸璣《詩疏》二卷。吴陸璣撰。於詩人所咏諸物今昔異名者，尚能得其梗概，故孔穎達《詩正義》全據此書，陳啓源《毛詩稽古編》亦多據以考正諸説。明毛晉注《陸疏廣要》，旁通博引，互相參證，雖傷冗碎，終勝空疏。經。

皇侃《論語疏》十卷。魏何晏等注，梁皇侃疏。自南宋後，其書久佚，此本得於東洋市舶，猶唐以來相傳舊笈，經文、注文多與今本不同，雖長短互見，而頗足以資考證。侃疏即邢疏之藍本，然猶存古義，實勝邢疏。經。

《周易集解》十七卷。唐李鼎祚撰。凡采子夏《易傳》以下三十五家之説，鼎祚《自序》稱「刊輔嗣之野文，補康成之逸象」，蓋發明漢學者也。經。

《周易口訣義》六卷。唐史徵撰。大旨與李鼎祚書相類，而互有詳略，誠罕覯秘笈也。

《經典釋文》三十卷。唐陸德明撰。採輯諸經音義，集文字異同，考證精博，惟列《老》、《莊》，不列《孟子》，蓋宋熙寧前《孟子》不列於經，《老》、《莊》則沿六朝積習也。

漢至隋小學之書：

《急就篇》四卷。漢史游撰，凡三十四章。文詞古雅，始終無一複字。隋曹壽以下，注者不一人，今惟顔師古之注存。宋王應麟又補師古之闕，亦爲典核。

《説文解字》三卷。漢許慎撰，宋徐鉉等補注、補音併增加新附字，其書爲小篆之祖。南唐徐鍇撰《説文繫傳》，凡所發明，列於慎注之後，題名以别之，其音切則朱翺所作也。《繫傳考異》四卷，國朝汪憲撰。

《字林》八卷。《字林考逸》八卷，任大椿撰。

《玉篇》三十卷。梁顧野王撰，唐孫强增加。宋大中祥符六年，陳彭年等奉敕重修，以爲野王原本者誤。張士俊家刊本，以爲孫强本者亦誤也。

《方言》十三卷。漢揚雄撰，晉郭璞注。後戴震有《方言疏證》，杭世駿有《續方言》，程際盛有《續方言補正》，錢繹有《方言箋疏》，錢侗有《方言義證》未刊。

《釋名》四卷。漢劉熙撰，凡二十篇。從音求義，多以同聲相諧，不免牽合，然可以推見古音。又去古未遠，所釋器物亦可以推見古制。江聲疏補。

《廣雅》十卷。魏張揖撰。是書因《爾雅》舊目，採漢儒箋注及《三蒼》、《説文》、《方言》諸書，以補所未備。隋曹憲爲之音釋，避煬帝諱，改名《博雅》，故至今二名並稱，實一書也。《廣雅疏證》，王念孫撰。

《廣韻》五卷。不著撰人名氏。注文簡當，乃宋大中祥符四年陳彭年等重修以前之舊本，但唐孫愐以後，有嚴寶文、裴務齊、陳道固三家之本，不知出誰手耳。

漢後隋前傳記諸子：

《鹽鐵論》十卷。漢桓寬撰，張敦仁考證，明張之象注。始元六年，郡國所舉賢良文學之士與桑弘羊議鹽鐵榷酤事，凡六十篇。

《新序》十卷。漢劉向撰。所録皆春秋至漢初軼事可爲法戒者，其大旨主於正紀綱、迪教化，不失爲儒者之言。儒。

《説苑》二十卷。漢劉向撰。與《新序》體例相同，大旨亦相類，其分爲兩書之故莫詳，中有一事而兩書異詞者，蓋採摭群書，各據所見，既莫定孰是，寧傳疑而存也。儒。

《法言》十卷。漢揚雄撰，宋司馬光注。《長楊》諸賦，文章殊絶，《訓纂（諸）〔篇〕》諸書，于小學亦深。惜此書摹倣《論語》，徒爲貌似，不知光何取而注之。殆以尊聖人、談王道，持論猶近正歟？

《潛夫論》十卷。漢王符撰。符遭逢亂世，以耿介忤俗發奮著書，然明達治體，所敷陳多切中得失，非迂儒矯激，務爲高論之比也。儒。

《申鑑》五卷。漢荀悦撰，明黄省曾注。《後漢書·荀淑傳》稱：「獻帝時，悦侍講禁中，見政移曹氏，志在獻替，而謀無所用，乃作《申鑑》五篇。其所論辨，通見政體。」今觀其《政體》、《時事》二篇，皆制治之要旨，《俗嫌》一篇排斥讖緯，《雜言》上下二篇，剖析義理，皆原本儒術之言。省曾所注，亦多得悦之本意。儒。

《文中子中説》十卷。舊題隋王通撰。核以事實，多相牴牾，蓋其子福郊、福時所依託也。書凡十篇，字句皆刻畫《論語》，師弟亦互相標榜，自比孔、顔。蓋自漢以來，僭擬聖人自通始，聚徒講學之風亦自通始。録之以著儒風變古，其所由來者漸也。儒。

《家語》二十一卷。魏王肅注。《家語》雖名見《漢志》，而書則久佚。今本蓋即王肅所依託，以攻駁鄭學。馬昭諸儒，已論之詳矣。然肅雖作僞，實亦割裂諸書所載孔子逸事，綴輯成篇。大義微言，亦往往而在。故編儒家之書者，終以爲首焉。儒。

《論衡》三十卷。漢王充撰。充生當漢季，憤世嫉俗，作此書以勸善黜邪，訂譌砭惑，大旨不爲不正。然激而過當，至於間孔刺孟，無所畏忌，轉至於不可以訓。又務求盡意，不惜繁詞，其文亦冗漫而無制。瑕瑜不掩，分別觀之可也。雜。

《中論》二卷。漢徐幹撰。舊題魏人，是未考幹没四年後，魏乃受禪也。書凡二十篇。大抵原本經訓，指陳人事，而歸於聖賢之道。故前史皆列之儒家。儒。

《淮南子》二十一卷。漢淮南王劉安撰，高誘注。安書原分内、外篇，大旨原本道德，而縱横曼衍，多所旁涉，故《漢書》列之雜家。誘注或題許慎撰，蓋慎注散佚，誤以誘注當之。今詳爲考定，仍題誘名。雜。

《獨斷》二卷。漢蔡邕撰。皆考論舊制，綜述遺文，與《白虎通義》、《風俗通義》，俱爲講漢學者之資糧。然《風俗通義》多説雜事，不及二書之字字皆爲典據也。雜。

《風俗通義》十卷附一卷。漢應劭撰。《後漢書》劭本傳作《風俗通》，省文也。原本自宋已佚，然散見《永樂大典》中，今裒爲一篇，附録於末。其書考論典禮，類《白虎通》，糾正流俗，類《論衡》。不名一體，故例之於雜説。雜。

《漢官舊儀》一卷，補遺一卷。漢衛宏撰。今從《永樂大典》録出，所記皆西漢典禮，本曰《漢舊儀》，後傳寫與應劭《汉官儀》混，遂增「官」字於書名中，非其舊也。政。

《吴越春秋》十卷。漢趙煜撰，元徐天祐注。記吴越二國興亡始末，中或參以小説家言，蓋百家雜記，往往如此，不可繩之以史例。載記。

《越絶書》十五卷。漢袁康撰，其友吴平同定。《隋志》稱子貢作者，謬也。其事與《吴越春秋》相出入，而文章博奥偉麗，則趙煜弗及也。載記。

《列女傳》七卷，續一卷。漢劉向撰，《續傳》一卷或曰班昭，或曰項原，皆無所據，舊合爲一編。宋王回乃以有頌無頌，離析其文，爲今本。凡分七目，曰母儀、賢明、仁智、貞慎、節義、辨通、嬖孼。傳記。

《九章算術》九卷。不著撰人名氏，今從《永樂大典》録出。蓋《周禮》保氏之遺法，漢張蒼删補校正，而後人又有所附益也，晉劉徽、唐李淳風皆爲之注。自《周髀》以外，此爲最古之算經。算。

《三輔黄圖》六卷。不著撰人名氏，蓋六朝舊笈，而唐人删補。故晉灼注《漢書》引之，而中又有唐地名也。所記皆漢代三輔古跡，而於宫殿苑囿之制，尤爲詳備，故録冠宫殿簿之首。地理。

《水經注》四十卷。舊題桑欽撰。證以書中地理，實三國時人，其注後魏酈道元作。戴震校本。

《齊民要術》十卷。後魏賈思勰撰。凡九十二篇，於農圃衣食之法，纖悉備至。又文章古雅，援據博奥，農家諸書更無出其上者。其注不題撰人，以《文獻通考》所載李燾序證之，知爲孫氏所作，其名則不可考矣。農。

《華陽國志》十二卷，附録一卷。晉常璩撰。其書述巴蜀事，始於開闢，終永和三年，文詞典雅，具有史裁。載記。

《顔氏家訓》二卷。隋顔之推撰。舊作北齊人者，誤。其書多辨正世俗之失，以戒子孫。大抵於世故人情，深明利害，而能文之以經訓，故《唐志》、《宋志》俱列儒家。然其《歸心》等，深明佛法，非專以儒理立言，故今退置於雜家。雜。

《新論》十卷。梁劉勰著。

唐宋以下，文人莫不語性命、談治道，滿紙炫然，一切自託於儒家。然非其涵養畜積之素，非真有一段千古不可磨滅之見。而影響剿説，蓋頭竊尾，如貧人借富人之衣，莊農作大賈之飾，極力裝做，醜態盡露。是以精光枵焉，而其言遂不久湮廢。然則秦漢而上，雖其老、墨、名、法、雜家之説而猶傳，今諸子之書是也；唐宋而下，雖其一切語性命、談治道之説而亦不傳，歐陽永叔所見唐四庫書目，百不存一焉者是也。後之文人，欲以立言爲不朽計者，可以知所用心矣。唐順之。

以上子。

《文選》爲文章淵藪，善注又考證之資糧。古今總集，以是書爲弁冕。《簡明目録》。《文選》當學其體裁、筆調、句法，生典奇句可用，僻字不可用。前人評論激賞，多在空靈波瀾處，至其臚陳物類，佶屈聱牙，未聞稱道之者。可悟。

《文選》所載，大都以詩賦爲主，而餘文以次類見。除表、箋、書、序、檄、論之外，上自郊廟制作，下逮草澤酬應，皆有韻之文。唐宋鉅公咸熟精于此，其詞尚風華，義歸典雅，搜羅剔抉，良亦發心，要是詞家淵藪。賦：張惠言《七十家賦鈔》，古雅有法；《歷代賦彙》、吳光昭《賦彙録要箋略》。駢文：李兆洛《駢體文鈔》，古雅有法；陳均《唐駢體文鈔》、曾燠《國朝駢體正宗》、（梅）〔姚〕燮《駢文類苑》、明王志堅《四六法海》、彭元瑞《宋四六選》；吳鼒《國朝八家四六文鈔》，八家，袁枚、邵齊燾、劉星煒、孔廣森、吳錫麒、曾燠、孫星衍、洪亮吉；又許豫生《八家四六文注》；別集則《袁文箋正》、王曇仲瞿《烟霞萬古樓集》、胡稚威《石笥山房集》、彭甘亭《小謨觴館集》；有注汪容甫、洪稚存駢文，要以《文選》爲正宗。詩：宋郭茂倩《樂府詩集》、《全唐詩》、《唐宋詩醇》、王士禛《古詩選》；又《萬首絶句選》，較洪邁原本，去取最當；姚鼐《今體詩選》、吳之振《宋詩鈔》、曹廷楝《宋百家詩存》、顧嗣立《元詩選》、《元詩癸集》、朱彝尊《明詩綜》、王昶《湖海詩傳》、陳祚明《采菽堂古詩選》、蘅塘居士《唐詩三百首》、仇兆鰲《杜詩詳注》、楊倫《杜詩鏡(詮)〔銓〕》、張(潛)〔溍〕《杜文注解》、《昌黎詩注》、《施注蘇詩》、《黄山谷詩集》、周之鱗《宋四家詩鈔》、靳注《吴詩集覽》、《國朝六家詩鈔》、《漁(陽)〔洋〕山人精華録訓纂》。詞：蜀趙崇祚《花間集》、《草堂詩餘》、宋黄昇《花菴詞選》、宋周密《絶妙好詞箋》、康熙四十六年敕定《歷代詩餘》、朱(藝)〔彝〕尊《詞綜》、(唐五代宋)陶梁《詞綜補遺》、王昶《明詞綜》、《國朝詞綜》、毛晉《宋六十名家詞》、孫默《十六家詞》、龔翔麟《浙西六家詞》。類書：魏繆襲《皇覽》、唐虞世南《北堂書鈔》、歐陽詢《藝文類聚》、徐堅《初學記》、《子史精華》、《淵鑒類函》、《佩文韻府》、《駢字類編》、《讀書記事略》。

《斯文精粹》，尚不如《文選》之盡善。《文選》縱不能全讀，其中詩數本，則須全卷熟讀，不可刪減一字，餘文亦以多讀爲妙。蓋京都、田獵、江海諸賦，雖難於成誦，而造字、形聲、訓詁之學，即已不待他求。此外各文，則并無難成誦者也。曾文正《復鄧寅階書》。

杜預、摯虞諸家，往往湮没不傳，今唯《昭明文選》、姚鉉《文粹》而已，二書所録，果得源流之正乎？故今所集以明義理、切世用爲主，其體本乎古而指近乎經者，然後取焉。否則，辭雖工，亦不録。若夫有志於史筆者，自當深求《春秋》大義，而參之遷、固諸書，非此所能該也。真德秀《文章正宗序》。

宋謝疊山《文章軌範》所録，自漢迄宋，文六十有九篇，標揭其篇章字句之法，分「放膽」、「小心」二格爲七集。由淺而深，由粗而精，使高者樂其範圍，卑者資其開導。先輩鉅公未有不以此爲準的者。

《古文關鍵》二卷，宋呂祖謙所取韓、柳、歐、蘇諸家文，各舉其命意布局之處，標抹注釋，以教幼學。

《妙絶古今》，宋湯漢編。起《春秋傳》，止眉山蘇氏，凡七十九篇。趙汸《題後》以南宋時事與漢之出處推求，篇篇具有深意。《簡明目録》。

日讀西漢文殊嘆息，須熟讀唐宋八家，乃見其妙。文似無間架，無針綫，然錯綜曲折、照應牽拂最巧妙。但文古樸，法不易見，非如八家起伏轉折，徑路可尋耳。拙處愈雋，生處愈韻，樸處愈華，直處愈曲折，粗俗處愈文雅。前輩嘗云「西漢風韻」，今人但以龐厚當之，流爲癡重肥室，失之遠矣。

鹿門八家之選，其旨大略本之荆川、道思。

《古文辭類纂》，閲之便可知門徑。劉海峰。

按古文選本，宋呂東萊《關鍵》、真西山《正宗》、樓迂齋《崇古文訣》、湯東澗《妙絶古今》、謝疊山《軌範》、茅鹿門《八家文鈔》，又《八家精選》、《欽定唐宋文醇》、方望溪《古文約選》、姚姬傳《古文辭類纂》。梅伯言《古文詞略》取姚氏《類纂》約選三百餘篇，末取王漁洋《古詩選》，汰其大半，於李、杜、韓之五古則增入之。曾文正《經史百家雜鈔》、《簡篇》、《鳴原堂論文》、王益吾《續類纂》、黎純齋《續類纂》，皆學者所宜玩索。于此求深者則《古文苑》，其至者則《歸方合評史記》、姚姬傳《漢書評點》也。初學以《軌範》及八家爲始。又宋陳鑑《漢文鑑》、《東漢文鑑》、明張溥《漢魏六朝百三家集》、宋姚鉉《唐文粹》、宋呂祖謙《宋文鑑》、莊仲方《南宋文範》、元蘇天爵《元文類》、《金文雅》、明程敏政《明文衡》、黄宗羲《明文授讀》、薛熙《明文在》、納蘭常安《二十四史文鈔》、《皇清文穎》、姚椿《國朝文録》、王昶《湖海文傳》。至賀長齡《經世文編》本陸燿《切問齋文鈔》，乃經濟書。以上總集。

孫退谷云：「章楓山先生薄詞章之學，謂『治世用之不能興禮樂，亂世用之不能致太平』，此爲篤論。每見前人文集，多可充棟，其中每有讀至卷終，求一性靈之解，關係之論，了不可得，不知何以遽行災木。昔趙忠毅南星得《四部稿》，一覽即散之村嫗，良有以也。」

古人名別集，俗稱專集，須取全集觀之，方能得其面目。一集數十百卷，不能一一精美，然必見其疵病處，方知其獨到處也。中材下學古集，豈可勝讀？止擇最有名諸大家瀏覽，取性所嗜者三兩家熟玩之，可矣。《輶軒語》。

唐以前專集有數，明張溥有彙編《漢魏六朝百三家集》。世稱八家外，唐之元結、陸贄、劉禹錫、孫樵、李翱，宋之宋祁、張耒、葉適，元之姚燧，明之王守仁、歸有光，國朝之方苞、姚鼐、惲敬、包世臣、曾國藩諸家，凡集中有奏議、考辯、記傳，文字中有實事者，須詳覽之。往來書牘中有實事者，刻書序詳載緣起者，同。其餘鑿空立論、流連風景之作，不必措意。又。

國朝文集，方苞、全祖望、杭世駿、袁(校)〔枚〕、彭紹升、李兆洛、包世臣、曾國藩，集中多碑傳志狀，可考當代掌故、前哲事實。朱彝尊、盧文弨、戴震、錢大昕、孫星衍、顧廣圻、阮元、錢泰吉，集中多刻書序跋，可考學術流別、群籍義例。朱彝尊、錢大昕、翁方綱、孫星衍、武億、嚴可均、張頤煊，集多金石跋文，可考古刻源流、史傳差誤。此類甚多，可以隅反。又。後兩體，國朝人開之，古集所無。漢蔡中郎邕集、諸葛武侯亮文集、曹子建植集，晉嵇中散康集、陸士衡機集、陸士龍雲集、陶淵明潛集，宋鮑參軍照集，齊謝宣城朓集，梁昭明太子蕭統集、江文通淹集、何水部遜集、庾子山信集、徐孝穆陵集，唐陸宣公贄奏議、李太白白集，初唐四傑王勃、楊炯、盧照鄰、駱賓王集，陳伯玉子昂文集、張燕公説集、張曲江九齡集、李北海邕集、杜工部甫集、王右丞維集、韓昌黎愈集、柳河東宗元集、元次山結集、顔魯公真卿集、韋蘇州應物集、皇甫持正湜集、李文公翱集、孟襄陽浩然集，宋司馬温公光集、歐陽文忠修集、曾南豐鞏集、王臨川安石集、三蘇洵軾轍全集、朱子文集，金元遺山好問集，元虞集《道園學古録》，明王文成守仁全書、升庵楊慎集、唐荆川順之集、歸震川有光集。

宋吕祖謙《左氏博議》文格不甚高古，而詞意顯豁，段落反正分明，有波瀾，有斷制，學之可期理明辭達。《輶軒語》。此書東萊少作，淺顯易明，初學作論最宜。

明張溥《歷代史論》，自漢迄元，每一帝作一論，又取《通鑑紀事本末》每一事作一論，大率每首三百餘字，簡練涵蓄，詞采斐然，而篇幅窄小，筆勢整齊。論中將本書本事檃括約舉，隨讀隨解，便可知史事大段。又。此書本爲初學熟史而設。

以上集。按各家書目所載，略者或記書名及卷數，或記板本；其詳者，或論其本書之優劣，或論傳注之當否。予於經籍門每書下，則先注明本書，次及傳注，至板本則有邵氏《書目》，無煩覼縷。

文略卷首下 抱蜀軒家塾本

讀書宜識門徑

泛濫無歸，終身無得，得門而入，事半功倍。或經，或史，或詞章，或經濟，或天算地輿。經治何經，史治何史，經濟是何條，因類以求，各有專注。至於經注孰爲師授之古學，孰爲無本之俗學；史傳孰爲有法，孰爲失體，孰爲詳密，孰爲疏舛；詞章孰爲正宗，孰爲旁門，尤宜決擇分析，方不致誤用聰明。《四庫全書總目提要》讀一過，即略知學問門徑矣。析而言之，《四庫提要》爲讀群書之門徑，《漢學師承記》爲經學之門徑，國朝人箸《小學考》爲小學之門徑，顧炎武《音學五書》爲韻學之門徑，《史通》爲史學之門徑，齊召南《歷代帝王年表》爲讀史之門徑，姚際恒《古今僞書考》可分古書真僞。爲讀諸子之門徑，《文心雕龍》、鍾嶸《詩品》爲詩文之門徑，趙執信《聲調譜》、沈德潛《説詩晬語》、紀昀《瀛奎律髓刊誤》、孫梅《四六叢話》、近人《歷代賦話》爲初學詩賦四六之門徑，孫過(亭)〔庭〕《書譜》、姜堯章《續書譜》、國朝包世臣所箸《安吴四種》内《藝舟雙楫》一種爲學書之門徑。《輶軒語》。《楊慎集》：「黄山谷嘗云：『論文則《文心雕龍》，評史則《史通》，二書不可不觀，實有益于後學焉。』」按阮元《四庫未收書目提要》、龍啓瑞《經籍舉要》、《書目答問》、《匯刻書目》正續編、瞿鏞《鐵琴銅劍樓藏書目録》、邵懿辰《書目鈔本》，皆足以資考證。

課程

讀書之法，將所讀之書分爲三節，自五歲至十五爲一節，十年誦讀；自十五歲至二十五爲一節，十年講貫；自二十五至三十五爲一節，十年涉獵。使學有漸次，書分緩急，庶幾學者可由此而程工，朝廷亦可因之而試矣。所當讀之書，約略開後。

十年誦讀：《小學》、文公《小學》頗繁，現行有《小學韻語》。四書、先讀正文，後讀注。五經、先讀正文。《周禮》、柯尚遷注者佳。《太極通書》、《西銘》、《綱目》、先讀《綱目》，又有《歷世通譜》、《秋檠録》等書載古今興亡大概，俱編有歌括，宜先講讀。古文、宜先讀《左傳》，次則《國策》、《史》、《漢》、八家，取其有關于興亡治亂者，讀之可知古今。古詩、宜先讀《離騷》、陶詩，并取漢唐以後詩之有合于興觀群怨者。各家歌訣。凡天文、地理、水利、算學，諸家俱有歌訣。

十年講貫：四書、宜看《大全》。五經、宜看《大全》。《周禮》、柯尚遷注，近有《集説》亦好。《性理》、《洪範皇極》、《律吕新書》、《易學啓蒙》、《皇極經世》等書，俱宜各自爲書。《綱目》、宜與《資治通鑑》、《紀事本末》二書同看，仍以《綱目》爲主。《本朝事實》、《本朝典禮》、《本朝律令》、三書最爲知今之要。《文獻通考》、此書與《綱目》相表裏。《大學衍義》、《衍義補》、理學經濟類書之簡明者。天文書、宜專看曆數。地理書、宜詳險要。水利農田書、有新刊《水利全書》、《農政全書》。兵法書、《孫子》、《吴子》、《司馬法》、《武備志》、《紀效新書》、《練兵實紀》俱宜講究。按以上四家，苟非全才，或專習一家亦可。古文、《左》、《國》、《史》、《漢》、八大家。古詩。李杜宜全閲。

十年涉獵：四書、五經、《周禮》、以上參看注疏及諸家之説。諸儒語録、二十一史、本朝實録及典禮律令諸書、諸家經濟類書、諸家天文、諸家地理、各省輿地志。諸家水利農田書、諸家兵法、諸家古文、諸家詩。以上諸書，力能兼者兼之，力不能兼，則略其涉獵而專其講貫，又不然，則或專習一家。庶學者俱爲有體有用之士。按此古人讀書之法也，方今學章具在，毋煩覼縷。總之，擇其所要所急之有切于用者習之，國家庶克收實效已。

李光地《榕村語録》：「《易》將注、疏、傳、朱義看過，略通大義，意一年可了。《詩》將注疏與朱傳看，《書經》亦然。《春秋三傳》注疏，每種一年，兼之禮樂書數，不過十餘年，無不通矣。」以上分年課程。

大約以「看讀寫作」四字爲提綱。讀熟書經類及《文選》、《古文詞類纂》。以沃其義理之根，看生書史類。以擴其通變之趣，寫字以觀其用心之静躁，作文以驗其養氣之淺深，四者具而學生之基業始立，尠慝志亦尠遁情矣。此專責成如蒙師者課十五六童子以下而設，初上學者，先作「讀寫」兩字功課爲要。

張楊園履祥《學規》：「初覺，即省昨日所業與今日所爲。早起讀經，熟讀精思，從容詳味，俟有所見，然後及于傳注。午膳後，述所看經，相質，總期有當身心。日間言語行事即準于經，其有不合，必思所以，有餘力則讀史書。日暮檢點一日所課，有闕則補，有疑則記，有過則自訟不寐。」

凡作工夫，須立定課程。日日有常，不可間斷。日誦文字一篇，或量力念半篇，或二三百字，編文字一卷或半卷，須分兩册，一册編題，一册編語，卷帙太多，編六七版亦得。作文字半篇或一篇，熟看程文及前輩文字各數首，此其大略也。從使出入及賓客之類，亦須量作少許。念前人文百字，編文字半板，非謂寫半板，但如節西漢半板，作文字數句，熟看程文及前輩文一首，雖風雨不移。欲求繁冗中不妨課程之術，古人每言整暇二字，蓋整則暇矣。《辭學指南》。以上逐日課程。

必窮十三經，必閲《注疏》、《大全》，必究性理，必覽《朱子文集》、《語類》，必觀《通鑑綱目》、《文獻通考》，必讀《文章正宗》，此學者之本務也。但亦當循序漸進，《易》曰「寬以居之」。《程氏分年讀書日程》一編，真可爲學者準繩。《榕村語録》。

量力所至，約其課程而謹守之，字求其訓，句索其旨。未得乎前，則不敢求其後，未通乎此，則不敢志乎(後)〔彼〕。如是循序而漸進焉，則意定理明，而無疏忽凌躐之患矣。

讀書博學强記，日有程課，亭林十三經盡皆背誦，每年用三個月温理，餘月用以知新。

只且立下一個簡易可常的課程，日日依此積累工夫。不要就生疑慮，既要如此，又要如彼，枉費思慮言語，下稍無到頭處。昔人所謂多歧亡羊者，不可不戒也。朱子。

只要量力，不要貪多，仍須反復熟讀，時時温習，是要法耳。

讀書總以有恒爲第一義。曾文正《覆歐陽牧雲》。

嚴立課程，寬著意思，久之，自當有味，不可求欲速之功。《近思録》。

細立課程，耐煩著實，而勿求速解。

只須小作課程，責其精熟，乃爲有益。

學者之病，都是貪多務廣，匆遽涉獵，所以凡事草率粗淺。本欲多知多能，下稍一事不知，一事不能。本欲速成，反成虚度歲月。

讀書不須務多，但嚴立課程，勿使作輟，則日累月積，所蓄自富，且可不致遺忘。大抵古人讀書，必思得此一書之用，終身守之不失，雖欲多，不得也。《姜西溟文鈔》。

學業則須是嚴立課程，不可一日放慢，日須讀一般經書，一般子書，不須多，只要令精熟。須静室危坐，讀取二三百遍，字字句句須要分明。又每日須連前三五授，通讀五七十遍，須令成誦，不可一字放過也。史書每日須讀取一卷或半卷以上始見功，須是從人授讀，疑難處便質〔向〕〔問〕，求古聖賢用心，竭力從之。吕本中。

今日記一事，明日記一事，久則自然貫穿。今日辨一理，明日辨一理，久則自然浹洽。今日行一難事，明日行一難事，久則自然堅固。涣然冰釋，怡然理順，久自得之，非偶然也。《吕氏童蒙訓》。

讀書

按童子讀書，不解其爲何言，自不解其何意，如北人之與南人言，無怪其格格不相入也。夫未有字，先有物有事。蒼頡見鳥獸蹏迒之迹，造書契，有象形、指事，而後有會意、形聲，有是四者爲體，而後有轉（法）〔注〕、假借二者爲用。文字不外形、聲、義三端，由形求音，由音考義，而文字之説備矣。至積字爲句，積句成章，是由俗語而文之以詞也，由俗語而文之以詞，是以文詞而達乎己之意也。讀者由文詞而反之于俗語，兩相比較，果能達其意、傳其神，則實意虚神兼到，真有如見其人之面，如聞其人之聲者。所謂「在心爲志」，宣于口爲言，垂于書曰文，其實一也。

力學以讀書爲本。鄭畊老《勸學》。按天地人物，古今事理，無不載之于書。

索物於夜室者，莫良於火；索道於當世者，莫良於典。《潛夫論》。

魏主珪問博士李先曰：「天下何物可以益人神智？」對以「莫若書籍」。

以書御者，不盡馬之情，故不更事者，不能讀書。霍子孟不學無術，有才德者，又不可以不讀書。《鈍吟雜録》。

學經不明，不如歸耕。《夏侯勝傳》。

凡讀書，句句字字要分明，不可太快，讀須聲實，如講説然。句盡字重道則句完，不可添虚聲，致句讀不明。《讀書日程》。

字求其訓，句求其義，章求其旨。朱子。

句句而講，字字而思，使無毫髮不通透處。又。

讀書之法，先要熟讀，熟讀之後，又當正看、背看、左看、右看，看得是了，未可便説，是更須反覆玩味。又。

大凡讀書，多在諷誦中見義理，況詩又全在諷誦之功。所謂「清廟之瑟，一唱而三歎」，一人唱之，三人和之，方有意思。如今詩曲，如只讀過，也無意思。須是歌唱起來，方見好處。因説讀書須是有自得處，到自得處，説與人也不得，直爲之廢卷慨想而不能已。又。

讀書之法，既先識得外面一個皮殼子，又須識得他裏面骨髓方好。大凡物事，須要説得有滋味，方見有功。如只説他形容得好，是如何，這個便是難説，須要自得他言外之意始得，須是看得他物事有精神方好。若看得有精神，自是活動有意思，跳擲叫喚，自然不知手之舞、足之蹈。這個有兩重：曉得文義是一重，識得意思好處是一重。若只曉得外面一重，此是一件大病。朱子。

凡人一藝之精，必有幾年高興，若迷溺其中，見得有趣方能精。況聖賢之學，非有一段毅然專致之誠，安能有得。《榕村語録》。

楊氏教學者讀書之法云：「以身體之，以心驗之，從容默會於幽閒静一之中，超然自得於書言象意之表。」

學者原始要終，尋其枝葉，究其所窮。優而柔之，使自求之；厭而飫之，使自趨之。若江河之浸，膏澤之潤，涣然冰釋，怡然理順，然後爲得也。杜預。

大抵讀書，訓詁既通之後，但平心讀之，不必强探力索，如未通曉處，姑闕之，無害。但就明白昭晰者，日加涵泳，則自然日充日明，本源深厚，則向來未曉者，亦涣然冰釋矣。陸象山。

經義不過取證明此心。

看書須要逐條想一遍，不但爲書，且將此心磨的可用。不然遇大事，此心用不入，便作不來。

學不能推究事理，只是心粗。心粗安能區别是非，措之於用？張子《經學理窟》。

讀義理書，要推出事實來；讀事實書，要推出義理來。劉融齋。

讀書不耑是要博，須是湊成一堆，若散開，終不濟事。

凡倍讀熟書，逐字逐句，要讀之緩而又緩，思而又思，使理與心洽。朱子所謂「虚心涵泳」，孔子所謂「温故知新」，以異于記問之學者在此。

讀書千遍，其義自見。某初讀《參同契》，了無入處，用此法（法）試之，熟讀後遂見其中自有條理。初讀《大司樂》亦然，用此法又有入處，乃知此言果丹訣也。朱子。

讀書當時雖極熟，久而不讀，亦必忘。其温書之法，若初讀一卷，其後讀過二卷，則二日温一遍，三卷則三日温一遍，二百卷則二百日温一遍，亦可不忘。此乃吴秘之家傳法，既省工夫，又永永不忘之妙法也。《王虚中訓蒙法》。

朱子讀書法：一循序漸進，二熟讀精思，三虚心涵泳，四切己體察，五着緊用力，六居敬持志。所謂循序漸進者，以二書言之，則通一書而後及二書。以一書言之，篇章句字，首尾次第，亦各有序而不可亂，量力所至而謹守之。字求其訓，句索其旨。未得乎前，不敢求乎後；未通乎此，不敢志乎彼。如是則志定理明，而無疏易陵躐之患矣。所謂熟讀精思者，讀書必須成誦，真第一義。遍數已足，而未成誦，必欲成誦。遍數未足，雖已成誦，必滿遍數。今人所以記不得、説不去，心下若存若亡，皆是不精不熟，所以不如古人。學者讀書，正文注解，一一認得，如自己做出底一般，方能有通透處。所謂虚心涵泳者，莊子説「吾與之虚而委蛇」，讀書須是虚心方得，聖賢説一字是一字，自家只平著心去秤停他，都（是）〔使〕不得一豪杜撰。其虚心涵泳之説如此。所謂切己體察者，學者讀書須將聖賢言語，體之於身，如「克己復禮」，如「出門如見大賓」等事，須就自家身上體覆，我實能克己復禮、主敬行恕否？件件如此，方有益。所謂着緊用力者，寬着期限，緊着課程，爲學要剛毅果决，悠悠不濟事。且如發憤忘食，樂以忘憂，是甚麽精神、甚麽筋骨。今之學者全不曾發憤，直要抖擻精神，如救火治病然。如撑上水船，一篙不可放緩。其着緊用力之説如此。所謂居敬持志者，朱子曰：「程先生云『涵養須用敬，進學則在致知』，此最精要。方無事時，敬以自持。心不可放入無何有之鄉，須是收斂在此。及應事時敬于應事，讀書時敬于讀書，便自然該貫動静，心無不在。今學者多是心上病，須要養得虚明專静，使道理從裏面流出方好。」

四書、六經及濂洛關閩之書，人須終身藝之，如農夫之終歲而藝五穀也。每藝一經必盡自家分量，務令徹底方休。藝之之法：一曰熟誦經文也；二曰盡參衆説，而别其同異，較其短長也；三曰精思以釋所疑，而猶未敢自信也；四曰明辨以去所非，而猶未敢自是也。能於一經上得其門而入，則諸書皆同室而異户者，可以類推而通。古之成業以名世者，其必由此矣。李榕村。按書有本文，然後有傳注。傳者，傳述本文者也；注者，疏解本文者也。本文不明則及于傳注，本文既明則舍傳注，且傳注繁于本文，不必一一盡合，可見以讀本文爲主。

悟處皆出於思，不思無由得悟；思處皆緣於學，不學則無可思。學者所以求悟也，悟者思而得通也。古來聖賢未有不重思者，思只是窮理二字。陸桴亭《思辨録》。

思如炊火，悟到時如火候，炊火可以着力，火候着力不得，只久久純熟，待其自至。然炊火亦有法，火力斷續，則難於熟，此孟子之所謂「忘」也；火力太猛，則易至焦敗，此孟子之所謂「助長」也。勿助勿忘，此中自有個妙處在。陸桴亭。

「學聚問辨」下著一句「寬以居之」，大妙。如用武火將物煮熟，却要用熳火煨，滋味纔入，方得他爛。李榕村。

有言不好讀經而好讀史者，曰：「此不過是心粗，不耐細看道理，其看史亦只於没要緊處看取耳。到後來粗浮無比，安能區别是非，措之於用？」《榕村語録》。

古人之文章，銜華佩實，晝然不朽，或源或委，咸有根柢。韓、柳所讀之書，其文每臚陳之。

宋景濂爲曾侍郎志，叙古人讀書爲學之次第也，此唐宋以來高曾之規矩也。宋人傳考亭、西山讀書分年之法，蓋自八歲入小學，迨於二十四五，經經緯史，首尾鉤貫，有失時失序者，更展二三年，則三十前已辦也。自時厥後，儲峙完具，逢源肆應，富有日新，舉而措之而已。《楊升菴集》。

韓、柳之文，皆自叙其所讀之書。而古人讀書之法，則宋潛溪於《曾侍郎墓誌》蓋詳言之。由宋、元以上溯於兩漢、有唐，其學問之條目，一而已矣。《有學集》。

卑意欲少年爲學者，每讀書皆作數過盡之。書富如入海，百貨皆有，凡人之精力，不能兼收盡取，但得其所欲求者耳。故願學者每作一意求之。如欲求古人興亡治亂、聖賢作用，但作此意求之，勿生餘念。又別作一次求事跡故實、典章文物之類，亦如之。他皆倣此。此雖迂鈍，而他日八面受敵，與涉獵者不可同日而語也。《東坡集》。

今人蓋未有能用旬月功夫，熟讀一人書者。及至見人泛然發問，臨時湊合，不曾舉得一兩行經傳成文，不曾照得一兩處首尾相貫。其能言者不過以己私意，敷衍立說，與聖賢本意，義理實處，了無干涉。朱子。

句讀

語意既完，語氣亦足，曰句；句中意未完，而語氣少停頓者，曰讀。

句讀之訛，賢者不免，即四書中亦往往有之，如「點句爾何如」、「不得其死句然禹躬稼而有天下」，如「逝者句如斯夫不舍晝夜」，如「樂正句裘牧仲」，如「卒爲善句士則之句野有衆逐虎」，如此點竄，妙有多少理會處？又如「君子疾没世而名不稱焉」，去聲今人每讀作平聲，不知夫子正以名不稱實爲可疾，不然四十無聞，其終也已，又何疾乎？又考李彦平讀《禮記》「男女不雜句坐不同句巾櫛不親授」，姚寬讀《左傳》「故講事以度軌句取財以章物句」，又「聞晉公子駢（肩）（脅）欲觀句其裸浴句薄而觀之」，費補之讀《漢書・衛青傳》「人奴子句生得無受笞駡即足矣」，楊用修讀《史記》「漢高與父老約句法三章耳」，讀《尚書》「百姓如喪考妣三年句四海遏滅八音」，金聖嘆讀《左傳》「蔓句草句」，又讀「下拜登受」，一字爲一句，皆妙得古人之旨。凡讀書者必當如是細心也。《續錦機》。

講解

與初學講書，教弟子先將該講之書理會一遍，字求其訓，句求其意，章求其旨。方與講解，講解只用俗淺，如閭閻市井説話一般。我嘗言講《中庸》、《大學》，須令僕僮、炊夫一聽手舞足蹈，方是真講書。至于深文奥義、天下國家，童子理會不來，强聒反滋其惑。師道豈易言哉，今之教者、學者，只是虚套相欺，可哀也已。《四禮翼》。

諸儒語曰：「無説《詩》，匡鼎來；匡説《詩》，解人頤。」《匡衡傳》。按以俗情常理解説經傳，婦孺亦能解之。

文章者，由俗情常理而文之以詞也。以文詞傳難摹之情狀，寫至隱之事理，如見其人之面，如聞其人之聲，是以文詞而狀其俗情常理也。以俗情道文言，有不令人解頤者乎。筆之于書者爲文，宣之于口者爲言，語言、文字二而一者也。歧而二之，其何以通之哉。

知要

讀書宜讀有用書，用以考古，用以經世，用以治身心三等，其餘皆宜屏絶。《輶軒語》。

讀書須識貨，方不錯用工夫。如四書五經、《性理》、《綱目》，此所當終身誦讀者也；水利、農政、天文、兵法諸書，亦要一一尋究，得其要領；其于子史百家，不過觀其大意而已，如欲一一記誦，便是玩物喪志。《思辨録》。

賓實讀書，惟四書五經中這點性命之理，講切思索，直(思)〔似〕胎包帶來的一般，此之謂「法嗣」。《榕村語録》。

須用精熟一部書之法，只是這部書却要實是丹頭，方可道得去。若熟一部沒要緊得書，便沒用。《讀書訣》。

自漢以來的學問，務博而不精，聖賢無是也。太公只是一部《丹書》，箕子只是一篇《洪範》，朱子讀一部《大學》，非別地道理文字都不曉，然得力只在此。《榕村語録》。《先正讀書訣》嘗謂：「學問先要有約的做根，再泛濫諸家，原不離約的，臨了仍在約的上歸根。如草木然，初原是種子，始有根、有幹、有花、有葉，仍結種子，結了種，雖小小的，而根、幹、花、葉，無數精華收在裏面。」

讀書先務精而不務博，有餘力乃能縱横。黄山谷。

古人所謂學問成者，只是幾部要緊書讀得了就是。歸震川。按如四書五經、《史》、《漢》之類。

徐幹《中論》：「凡學者，大義爲先，物名爲後，大義舉而物名從之。然鄙儒之博學也，務于物名，詳于器械，考於訓詁，摘其章句，而不能統其大義之所極，以獲先王之心，此無異乎女史誦詩、内豎傳令也，故使學者勞思慮而不知道，費日月而無成功，故君子擇師焉。」

觀書必總其言，而求作者之意。張子《經學理窟》。

開卷便求全體大用所在。《榕村語録》。

讀書須將作者之意發明出來，及考註其本之同異、文義之是否，字字不放過，方算得看過這部書。又。

讀書之法，既識得外面一個皮殼子，又須識得他裏面骨髓方好。朱子。

《虚受齋(目)〔日〕録》云：「讀一書，須將此部書從頭至尾悉心尋繹，要知著書人所處之世、所遇之境，大半是有爲而爲，有激而發。就中看其長處，再看其短處，疑者闕之，不解者考之，方不是空空讀過。同讀一書，甲之所得在此，乙之所得在彼，互相印證，得益最大。」

四書五經中條款，如《大學》中「八條目」、《中庸》中「九經」，忘了一件，如何是個學者？只是地名、人名，瑣瑣碎碎，如《孟子》，五個人倒忘了三個都不妨。《榕村語録》。

陶公讀書止觀大意，不求甚解。所謂甚解者，如鄭康成之《禮》、毛公之《詩》也。世人讀書，正苦大意未通耳，今者朝讀一書，至暮便竟，問其指歸，尚不知所言何事，自云「吾師淵明」，豈不自誤。《鈍吟雜録》。

心得

讀書以心爲本，心裏通透一點，便爲功甚大。《榕村語録》。

枉而直之，使自得之；優而柔之，使自求之；揆而度之，使自索之。《大戴記》。

人無所得，雖讀得「三通」，高談雄辨，證佐紛紜，羅其指歸，如搦冰然，初非不盈把，終消歸于無有，所以讀書以實得爲主。《榕村語録》。

古人讀書，必思得此一書之用，致于終身守之不失。《讀書訣》。

大抵觀書先須熟讀，使其言皆若出於吾之口；繼以精思，使其意皆若出於吾之心，然後可以有得爾。《讀書訣》。

凡人學問千歧萬派，但貴有成，不須一轍；實有自得，非從人取，斯爲豪傑矣。姚鼐。

夫文章之事，有可言喻者，有不可言喻者。不可有喻者，要必自可言喻者而入之。韓昌黎、柳子厚、歐、蘇所言論文之旨，彼固無欺人之語，後之論文者，豈能更有以踰之哉。若夫其不可言喻者，則在乎久爲之自得而已。姚鼐。

《古文辭類纂》閱之便可知門徑，若夫超然自得，不從門入，此非言説可喻，存乎妙悟矣。又。

子玄自小觀書，喜談名理，其所悟者皆得諸襟腑，非由染習。故始在總角，讀班、謝兩《漢》，便怪前書不應有《古今人表》，後書宜爲更始立紀。《史通》。

夫所謂文章者，立其質而文附之，有諸中而後章諸外也。自非至聖，其生平各有得力之處，故其著之言也必專。若曾子得力於孝，則孔子以《孝經》屬之；子夏得力於《詩》，則專序《詩》；孟子獨有見於性善，則專言性善。下及賈誼、晁錯專言經濟，言兵法；董仲舒、劉向、谷永、匡衡專言天人，言災異，言五經五行。其生平所立説，及其旁通而曲暢者，總不離其得力之處。太史公曰「此皆誠一之所致」，不其然哉。計東《董文友文集序》。

《文選》所載，自周、秦以及齊、梁，本非一體。八家工力至厚，莫不沉酣于周、秦、兩漢子史百家，而得體勢于韓公子、《吕覽》者爲尤深，徒以薄其爲人，不欲形諸論説，然後世有識，飲水辨源，其可掩耶。包世臣。

臨川李塗曰：「曾子固文學劉向。」余每讀子固之文，汗演迤邐，不知其所自來，因塗之言而深思之，乃知西漢文章，劉向自爲一宗，以向《封事》及《列女傳》觀之，信塗之知言也。退之《進學解》言太史、相如、子雲而不及劉向，蓋古人之學問，各有原本，深造獨得，如昌歜、羊棗之嗜，甘苦自知，非如今之人誇多炫博，而其中茫無所解也。《續錦機》。

吾讀子瞻《司馬温公行狀》、《富鄭公神道碑》之類，平鋪直叙，如萬斛水銀，隨地涌出，以爲古今未有此體，茫然莫得其涯涘也。晚讀《華嚴經》，稱性而談，浩如烟海，無所不有，無所不盡。乃喟然而嘆曰：「子瞻之文，其有得于此乎？」文而有得於《華嚴》，則事理法界開遮涌現，無門庭，無墻壁，無差擇，無擬議。世諦文字固已蕩無纖塵，又何自而窺其淺深，議其工拙乎。蘇黄門少年習制舉，爲《子瞻行狀》，曰：「公讀《莊子》，喟然歎息曰：『吾昔有見於中，口未能言。今見《莊子》，得吾心矣。』後讀釋氏書，深悟實相，參之孔、老，博辨無礙。」然則子瞻之文，黄州以前得之於莊，黄州以後得之於釋，吾所謂有得於《華嚴》者，信也。《續錦機》。

諸家各有門庭，則各以其所熟爲其所出。竊嘗論之：韓出於《左》，柳出於《國》，永叔出於西漢，明允父子出于《戰國》，介甫出于注疏諸文，子固出于東漢諸書。當其合處，無一筆相似，故韓無一筆似《左》，歐無一筆似史遷。《續錦機》。

凡以文名家者，人人皆有經歷，但各有入頭處與自得處耳。樓昉。

凡爲文者，其始也必求其所從入，其既也必求其所從出。彼句剽字竊，步趨尺寸以言工者，皆能入而不能出者也。古今人雖不相及，然而學問本末，莫不各有所會心與其所得力者，即父兄子弟，猶不相假借。某之文，其得力會心之所在，可以自喻，不可以語人，亦豈能驅之，使盡同古人耶？某嘗自評其文，蓋從廬陵入，非從廬陵出者也。假使拘拘步趨，如一手模印，辟諸輿儓皂隸，且不堪爲古人臣妾矣，況敢與之揖讓進退乎？至謂源流派别出于南渡諸家，苟非知己，不能深其本末，洞然如此也。汪琬《與梁日緝〔論〕類稿書》。

讀書須知出入法，始當求所以入，終當求所以出。見得親切是入書法，用得透脱是出書法，蓋不能入得書，則不知古人用心處；不能出得書，則又死在言下。《捫蝨新語》。

默識 鈔記附

昔陳烈先生苦無記性，一日讀《孟子》，至「求其放心」一章，曰：「我放心未收，如何讀書能記？」乃獨處一室，静坐月餘，自此讀書無遺。《讀書訣》。

讀書須記得，記得便説得，説得便行得，故不可無誦記。又。

讀書要搜根，搜得根，便不會忘。《榕村語録》。

古人有言曰：「并敵一向，千里殺將。」要須心地收汗馬之功，讀書乃有味。棄書册而游息時，書味猶在心中，久之乃見古人用心處。如此盡心一兩書，其餘如破竹數節，皆迎刃而解矣。黄山谷。

讀書要有記性，記性難强。某謂要練記性，須用精熟一部書之法，能字字解得，道理明透，諸家説俱能辨其是非高下，此一部便是根，可以觸悟他書。《榕村語録》。

記得多，便可生悟。譬如弈棋，記得譜多，也便須有過人之著。劉海峰。以上默識。

記事者必提其要，纂言者必鉤其玄。韓退之。

凡讀書分類，不惟有益，且兼省心目。《思辨録》。

編次文字，須作草簿，抄記項頭。如此，則免得用心去記他。兵法有云：「車載糗糧兵仗，以養力也。」此亦養心之法。朱子。

類聚孔孟之言仁處，以求夫仁之説，程子之説，可謂深切。朱子。

將《左傳》分類編纂，言禮者一處，言樂者一處，言兵者一處，言卜筮者一處，嘉言善行一處，如此容易記。《榕村集》。

評文上

虞夏之書渾渾爾，商之書灝灝爾，周之書噩噩爾。揚子《法言》。

經以載道，然文章之體，靡不大備，後人千變萬化，不能出其範圍。醇正如二《典》、三《謨》、《伊訓》、《説命》、《王制》、《禮運》、《儒行》、《樂記》等篇，風雅如《詩》，謹嚴如《春秋》，雋永如《檀弓》，峭拔如《公》、《穀》，序事如《左傳》，議論如《孟子》，詳明如《周禮》、《儀禮》，廣大精〔微〕如《學》、《庸》、《易》上下《繫》。其于文事固已極古今之變，後人安能更于此外别開户牖？故有志者當以治經爲急。李紱《論文》。

文章之事，自古及今，以之自任者衆矣，然當以聖人之文爲宗。文之立言，簡奇莫如《易》，又莫如《春秋》。序事精嚴，莫如《儀禮》，又莫如《檀弓》，又莫如《書》。《書》之中，又莫如《禹貢》，又莫如《顧命》。議論浩浩，而不見其涯，又莫如《易》之《大傳》。陳情托物，莫如《詩》。《詩》之中反復咏嘆，又莫如《國風》；鋪張王政，又莫如二《雅》；推美盛德，又莫如三《頌》。有開有闔，有變有化，脉絡之流通，首尾之相應，莫如《中庸》，又莫如《孟子》。《孟子》之中，又莫如《養氣》、《好辯》等章。人能致力于斯，得之深者，固與天地相始終，得其淺，亦能震蕩翕張，與諸子較所長于一世。《續錦機》。

陳后山云：「余以古文爲三等：周爲上，七國次之，漢爲下。周之文雅；七國之文壯偉，其失騁；漢之〔文〕華贍，其失緩；東漢而下無取焉。」

朱子曰：「有治世之文，有衰世之文，有亂世之文。六經，治世之文也。《國語》委靡繁絮，真衰世之文耳。是時語言議論如此，宜乎周之不能振起也。至亂世之文，則《戰國》是也。然有英偉氣，非衰世《國語》之文之比也。楚漢間文字，真是奇偉，豈易及也。」

天下之勢，日趨于文而不能自已。上古文字簡質。周尚文，而周公、孔子文之最盛。其後傳爲左氏，爲屈原、宋玉，爲司馬相如，盛極矣。盛極則蘖衰，流弊遂爲六朝。六朝之靡弱，屈宋之盛肇之也。昌黎氏矯之以質，本六經爲文，後人因之爲清疏爽直，而古人華美之風亦略盡矣。平奇華樸，流激使然，末流皆不可處。劉海峰。

上古文字初開，實字多，虚字少。典謨訓誥，何等簡奥，然文法自是未備。至孔子之時，虚字詳備，作者神態畢出。《左氏》情韻並美，文彩照耀。至先秦戰國，更加疏縱。漢人斂之，稍歸勁質，惟子長集其大成。劉海峰。

六經之文尚矣，不可企及也。先秦古文可學矣，《左氏》、《國語》之頓挫典麗，《戰國策》之清刻華峭，莊周之雄辨，《穀梁》之簡婉，《楚辭》之幽博，太史公之疏峻。漢而下其文可學矣，賈誼之壯麗，董仲舒之沖暢，劉向之規格，司馬相如之富麗，揚子雲之邃險，班孟堅之弘雅。魏而下陵夷，至李唐其文可學矣，韓文公之渾厚，柳宗元之光潔，張燕公之高壯，杜牧之之豪縟，元次山之精約，陳子昂之古雅，李華、皇甫湜之温粹，元微之、白樂天之平易，陸贄、李德裕之開濟。李唐而下，陵夷至于宋，其文可學矣，歐陽子之正大，蘇明允之老健，而臨川之清新，蘇子瞻之弘肆，曾子固之開闔，司馬温公之篤寔，下此而無學矣。學者苟能取諸家之長，貫而一之，以足乎己，而不蹈襲纍束，時出而時晦，以爲有用之文，則可以經緯天地，輝光日月也。劉因《敘學》。

儲同人欣云：「文章至西漢，極盛矣。然西漢文原有兩種，其一爲鄒陽、枚乘之徒，《漢書》曰：鄒陽，齊人也。事吳王濞，有《上書吳王》一首，《獄中上書自明》一首。《漢書》：枚乘，字叔，淮陰人，爲吳王濞郎中。有《上書諫吳王濞》一首，《重諫舉兵》一首，《七發》八首。屬辭綴事，藻耀風流，一家之美也。東京以後，轉相倣效，遂爲誇多鬬靡、駢四儷六之祖。其一晁、賈之論事，司馬相如之從諛，子長之發憤，雖體裁各出，要皆雄偉頓挫，直寫胸臆。其尤醇者，則董仲舒、劉向、揚雄，原本經術，不爲浮辭，雍雍乎儒者之言、大家之美也。東京以後，追配者罕，沿及魏晉，而遺響絶矣。韓退之《上宰相書》是以漢法掃六朝，尤以漢大家之美掃鄒、枚也。學者概言公文紹西漢，不知六朝之文，其濫觴亦在西漢時，顧所擇何如耳。」

古今文章大家數，甚不多見。六經，不可尚矣。戰國之文，反覆善辨。孟軻之條暢，莊周之奇偉，屈原之清深，爲大家。兩漢之文，渾厚典雅。賈誼之俊健，司馬之雄放，爲大家。三國之文，孔明之二《表》，建安諸子之數書而已。西晉之文，淵明《歸去來辭》，李令伯《陳情表》，王逸少《蘭亭敘》而已。唐之文，韓之雅健，柳之刻削，爲大家。陶宗儀《輟耕録》。

子長史筆，高視千古。稍知文墨蹊徑者，莫不醉心。《東坡外紀》。

龍門實而虛，《南華》虛而實。宋李耆卿《文章精義》。

班《書》典雅宏贍。黎庶昌。

班固之文，可謂新美。然體格和順，無太史公之嚴。遷之文如神龍行天，電雷惚恍而風雨驟至，萬物承其穢澤，各致餘妍。固之文類法駕整隊，黄麾後前，萬物夾仗，六引分旌，而循規蹈矩，不敢越尺寸。宋濂《吴漴州文集序》。

讀班、馬之書，辨論其同異，當知其大段落、大關鍵來龍何處，手中有手，眼中有眼，一字一句，龍脉歷然。又當知太史公所以上下三千年縱横獨絶者，在何處。班孟堅所以整齊《史記》之文而瞠乎其後，不可幾及者，又在何處。《尚書》、《左氏》、《國策》，太史公之粉本，舍此而求之，見太史公之面目焉，此真《史記》也。大漢以前之史，孟堅之粉本也，後此而求之，見孟堅之面目焉，此真《漢書》也。由二史而求之，千古之史法在焉，千古之文在焉。以文法言之，二史之文亦不過文從字順而已矣。《續錦機》。

漢興，文章有數等。蒯通、隋何、陸賈、酈生，游説之文，宗《戰國》。賈山、賈誼，政事之文，宗管、晏、申、韓。司馬相如、東方朔，譎諫之文，宗《楚詞》。董仲舒、匡衡、劉向、揚雄，説理之文，宗經傳。李尋、京房，術數之文，宗讖緯。司馬遷，紀事之文，宗《春秋》。嗚呼盛矣。《楊慎集》。

文以少而盛，以多而衰。以二漢言之，東都之文多於西京而文衰矣。以三代言之，春秋以降之文多於六經而文衰矣。《記》曰：「天下無道，則言有枝葉。」《續錦機》。

西漢自王褒以下，文字專事詞藻，不復簡古。而谷永等書雜引經傳，無復己見，而古學遠矣。此學者所宜戒。《續錦機》。

西漢簡質而醇，東京新艷而薄。《雨航雜録》。

建武南齊明帝。以還，文卑質喪，氣萎體敗，剽剥不讓，儷花鬬葉，顛倒相上。李翺《祭韓吏部文》。

梁自大同武帝。後，雅道淪缺，漸乖典則，争馳新巧。簡文、湘東啓其淫放，徐陵、庾信分路揚鑣。其意淺而繁，其文匿而彩，詞尚輕險，情多哀思，格以延陵之聽，蓋亦亡國之音也。《北史·文苑序》。

昔人以東漢末至唐初，凡排偶摘裂，填事粉澤，宣麗整齊之文（爲時文），而反是者爲古文。譬之古物器，其艷質必不如今，此古文之所爲名也。《續錦機》。

宋崔敦詩論文章關世變：「六朝之文破碎，遂有土地分裂之象；五代之文粗悍，遂有草茅崛起之象。」

唐興，承五代剖分，王政不剛，文弊質窮，䵷俚混并。天下已定，治荒剔蠹，計究儒術，以興典憲，薰醲涵浸，殆百餘年，其後文章稍稍可述。至貞元、元和間，愈遂以六經之文爲諸儒倡，障隄末流，反刓以樸，剗僞以真。《唐書·韓愈傳》贊語。

漢魏以逮六朝，其文之衰也，飾章繪句，襞襲疲玩，已潰瀾而莫之救。昌黎障而東之，迴于既倒。皇甫湜、李翺、李漢之徒，皆靡然從風，而唱和以肆其説。至樊紹述、孫可之，其文以佶屈爲能，盧玉川、李長吉，其文以幽詭相尚。張天植《兩河文起序》。

唐有天下三百年，文章無慮三變。高祖、太宗，大難始夷，沿江左餘風，飾句繪章，揣合低昂，故王、楊爲之伯。玄宗好經術，群臣稍厭雕琢，索理致，崇雅黜浮，氣益雄渾，則燕、許蘇頲、張說，時號「燕許大手筆」。擅其宗。是時，唐興百年，諸儒争自名家。大曆、貞元間，美才輩出，嚅嚌道真，涵泳聖涯，於是韓愈倡之，柳宗元、李翺、皇甫湜和之，排逐百家，法度森嚴，抵轢晉、魏，上軋漢、周，唐之文完然爲一王法，此其極也。若侍從酬奉則李嶠、宋之問、沈佺期、王維，制册則常衮、楊炎、陸贄、權德輿、王仲舒、李德裕，皆卓然以所長爲一世冠，其可尚已。《唐書・文藝列傳序》。

貞元中，文之尤高者，李元賓觀，韓退之愈。元賓尚其辭，故辭勝其理。退之尚於質，故理勝其辭。夫文興於唐虞而隆于周、漢，自明帝後，文體寖弱，以至於魏、晉、宋、齊、梁、隋，嫣然花媚，無復筋骨。唐興，猶襲隋故態。至天后朝，陳伯玉始復古制。當世高之，雖博雅典實，猶未能全去諧靡。至退之乃大革流弊，落落有老成之風。而元賓則不古不今，卓然自作一體，激揚發越，若絲竹中有金石聲。每篇得意處，如健馬在御，蹀蹀不能止。其所長如此，得不謂之雄文哉。陸希聲。

李翺之文，其味黯然而長，其光油然而幽。陸贄之文，遺言措意，切近的當。蘇洵。

東坡云：「杜詩、韓文、顔書、左史，皆集大成也。」又云：「唐之古文自韓愈始，其後學韓而不至者爲皇甫湜，學皇甫湜而不至者爲孫樵。自樵以降，無足觀之。」

唐人宗漢，多峭硬。宋人宗秦，得其疏縱，而失其厚懋，氣味亦稍薄矣。劉海峰。

唐人之體，較之漢人，微露圭角，少渾噩之象。然陸離璀璨，猶似夏商鼎彝。宋人文雖佳，而萬怪惶惑處少矣。劉海峰。

唐之文奇，宋之文雅。唐之文句短，宋之文句長。唐以詭卓頓挫爲工，宋以文從字順爲至。《續錦機》。

文至隋、唐而靡極矣。韓、柳振之，曰：「斂花而實也。」至于五代而冗極矣。歐、蘇振之，曰：「化腐而新也。」《東坡外紀》。

五代以來，文章卑弱。周翰與高錫、柳開、范杲習尚淳古，齊名友善，當時有「高梁柳范」之稱。《宋史·梁周翰傳》。

楊、劉之文靡而俗，元之之文旨而弱，永叔之文雅而則，明允之文渾而勁，子瞻之文爽而俊，子固之文腴而滿，介甫之文峭而潔，子由之文暢而平。茂叔之簡俊，子厚之沉深，二程之明當，紫陽其稍冗矣，訓詁無加焉。《卮言》。

東坡見山谷詩文，以爲超軼絶塵，獨立萬物之表。《宋·黄庭堅傳》。

張耒從軾游，軾稱其文汪洋沖澹，有一唱三嘆之聲。《宋史·張耒傳》。

孫明復、石徂徠公之文，雖不若歐陽之豐富新美，然自嚴毅可畏。徐節孝。

劉原父文，醇雅有西漢風，與歐陽公同時，爲歐陽名盛所掩。東萊編《文鑑》，多取原父文，幾與歐、曾、蘇、王並。而水心亦極稱之，于是論方定。宋吴氏《林下偶談》。

秦少游下筆精，心所默識而口不能傳者，能以筆傳之。然而氣韻雄拔，疏通秀朗，當推張文潛。蘇東坡。

宋南渡後，鄂州之爲學，自三代制作名物，帝王經世之迹，古今治忽之變，下逮草木之隱賾，博考精思，靡不淹貫。故其爲文，質厚中正，而節度謹嚴。本人倫，該物理，關世教，而未有無所爲而爲者。趙汸《書鄂州集後》。

姚燧爲文閎肆該洽，豪而不宕，剛而不厲，舂容盛大，有西漢風，宋末弊習，爲之一變。當時孝子賢孫，欲發揮其先德，必得燧文，始可傳信。名臣世勳，顯行盛德，皆燧所書。高麗王欲求燧文，燧靳不與，奉旨乃與之。《元史》燧本傳。

初，表元閔宋季文章氣萎薾而辭骫骳，慨然以振起斯文爲己任。時四明王應麟、天台舒岳祥並以文學師表一代，表元皆從而受業焉。故其學博而肆，其文清深雅潔，化陳腐爲神奇，蓄而始發，間事摹畫，而隅角不露，施于人者多，尤自秘重，不妄許與。至元、大德間，東南以文章大家名重一時者，惟表元而已。《元史》戴表元本傳。

虞集學雖博洽，而究極本原，研精探微，心解神契，其經緯彌綸之妙，一寓諸文，藹然慶曆、乾淳風烈。評議文章，不折之于至當不止，其詭于經者，文雖善，不與也。碑版之文，未嘗苟作。《元史·虞集傳》。

唐宋之文，自晦而明。明代之文，自明而晦。宋因王氏而壞，猶可言也。明因何、李而壞，不可言也。《續錦機》。

有明一代之文統，始于宋、方，東里嗣之。東里之後，北歸西涯，南歸震川、匏菴。震澤昭穆雖存，漸淪杞宋。至陽明而中興，爲之一振。《續錦機》。

宋濂厖材甚博，持議頗當，第以敷腴朗暢爲主，而乏裁剪之功。楊士奇源出歐陽，簡澹和易爲主，乏充拓之功。李東陽源出虞道園，穠於楊而法不如，簡於宋而學不足。王守仁（貴）〔資〕本超逸，辭達爲宗，其源出蘇氏。王褘、胡翰雜用歐、曾、蘇、黄家語。劉誠意用諸子。蘇伯衡、方希哲，皆出眉山父子。解大紳頗自足發。胡光大、楊勉仁、金幼孜、黄宗豫、曾子啓、王行儉，皆廬陵之羽翼也。劉文安、丘文莊、楊文懿、彭文思、程克勤、吴原博、王濟之、謝鳴治，亦李流輩也。《續錦機》。

祝（明）允〔明〕仿諸子，習六朝。康德涵源出秦、漢。王子衡出諸子。崔子鍾出《左氏》、《檀弓》、柳氏。陸浚明出班、《史》、韓、柳，閒雅有法。黄勉之出潘、陸、任、庾。王允甯出《史》、

《漢》，善叙事。高子業、陳約之出東京雜史。江（亦）〔以〕達、屠文升、袁永之亦是流派。鄭繼之出西京，晉江出曾氏，毗陵出蘇氏，皆一時射雕手也。《藝苑巵言》。

震川之文，其發於親舊，及人微而語無忌者，蓋多近古之文。至事關天屬，其尤善者，不俟修飾而情辭並極，使覽者惻然有隱。其師法蓋在子長、退之之間，而於王、蘇諸家，誠若不屑于規撫，而幾與之並也。方苞。

震川之文，於所謂有序者蓋庶幾矣，而有物者蓋寡焉。又其詞號雅潔，而尚有近俚而傷於繁者。方苞。

自前明諸君泥子瞻「文起八代」之言，遂斥《選》學爲別裁僞體，遂取八家下乘，橫空起議，照應鉤勒之篇，以爲準的。小儒目眯，前邪後許，而精深閎茂，反在屏棄。于是有反其道以求之者，至謂八家淺薄，務爲藻飾之詞，稱爲《選》學，格塞之語，詡爲先秦。夫六朝雖尚文采，然其健者，緩急疾徐，縱送激射，同符《史》、《漢》，貌離神合，精采奪人。至于秦、漢之文，莫不洞達駘宕，劌目怵心，間有語不能通，則出傳寫譌誤，以及當時方言。以此爲師，豈爲善擇？退之酷嗜子雲，碑版或至不可讀，而書説健舉渾厚，宜爲（爲）宗匠。子厚勁厲無前，然時有摹擬之迹，氣傷縝密。永叔奏議怵怛明暢，得大臣之體，翰札紆徐易直，真有德之言，而序記則爲庸調。明允長于推勘辨駁，一任峻急。介甫詞完氣健，饒有遠勢。子固茂密安和，而雄强不足。子瞻機神敏妙，比及暮年，心手相忘，獨立千載。子由差弱，然其委婉敦縟，一節獨到，亦非父兄所能掩。足下試各取其全集讀之，凡爲三百年來選家所遺者，大抵皆出入秦、漢，而爲古人真脉所寄也。其與《選》學，殊途同歸。貴鄉汪容甫頗有真解，惜其騖逐時譽，耗心飣餖，然有至者，固足爲後來先路矣。包世臣《與〈楊季子論文〉書》。

國初名集，所見甚尠。就中可指數者，侯朝宗隨人俯仰，致近俳優。汪鈍翁簡點瞻顧，僅足自守。魏叔子頗有才力，而學無原本，尤傷拉雜。方望溪視三子爲勝，而氣力寒怯。儲畫山典實可尚，而度涉市井。劉才甫極力修飾，略無菁華。姚姬傳風度秀整，邊幅急促。張皋文規形樵勢，惟説經之文爲善。惲子居力能自振，而破碎已甚，碑志小文，乃有完璧。凡此九賢，莫不具標能擅美，獨映當時之志。包世臣。

竊聞古之文，初無所謂法也。《易》、《書》、《詩》、《儀禮》、《春秋》諸經，其體勢聲色，曾無一字相襲。即周秦諸子，亦各自成體。持此衡彼，畫然若金玉與卉木之不同類，是烏有所謂法者。後人本不能文，强取古人所造而摹擬之，於是有合有離，而法、不法名焉。若其不俟摹擬，人心各具自然之文，約有二端，曰「理」，曰「情」。二者人人之所固有。就吾所知之理而筆諸書，而傳諸世，稱吾愛惡悲愉之情而綴辭以達之，若剖肺肝而陳簡策，斯皆自然之文。性情敦厚者，類能爲之。而淺深工拙，則相去十百千萬而未始有極。自群經而外，百家著述，率有偏勝。以理勝者，多闡幽造極之語，而其弊或激宕失中。以情勝者，多悱惻感人之言，而其弊常豐縟而寡實。自東漢至隋，文人秀士大抵義不孤行，辭多儷語。即議大政、考大禮，亦每綴以排比之句，間以婀娜之聲，歷唐代而不改。惟韓、李鋭志復古，而不能革舉世駢體之風。此皆習于情韻者類也。宋興既久，歐陽、曾、王之徒崇奉韓公，以爲不遷之宗。適會其時，大儒迭起，相與上稱鄒魯，研討微言。群士慕效，類皆法韓氏之氣體，以闡明性道。自元、明至聖朝康、雍之間，風會略同，非是不足與於斯文之末。此皆習於義理者類也。乾隆以來，鴻生碩彦稍厭舊聞，别啓塗軌，遠搜漢儒之學，因有所謂考據之文。一字之音訓，一物之制度，辨論動至數千言。曩所稱義理之文，淡遠簡樸者，或屏棄之，以爲空疏不足道。此又習俗趨嚮之一變已。屈原《離騷》諸篇，爲後世言情韻者所祖。周子《太極圖説》、《通書》，爲後世言義理者所祖。兩賢皆前無師承，創立高文，上與《詩經》、《周易》同風。曾文正《湖南文徵序》。

乾隆之末，桐城姚姬傳先生鼐善爲古文辭，慕效其鄉先輩方望溪侍郎之所爲，而受法于劉君大櫆及其世父編修君範。三子既通儒碩望，姚先生治其術益精。歷城周永年書昌爲之語曰：「天下之文章，其在桐城乎？」由是學者多歸嚮「桐城派」，猶前世所稱「江西詩派」者也。姚先生晚而主鍾山書院講席，門下著籍者，上元有管同異之、梅曾亮伯言，桐城有方東〔樹〕〔樹〕植之、姚瑩石甫。四人者，稱爲高弟弟子。各以所得，傳授徒友，往往不絶。在桐城者，有戴鈞衡存莊，事植之久，尤精力過絶人。自以爲守其邑先正之法，嬗之後進，義無所讓也。其不列弟子籍，同時服膺，有新城魯仕驥絜非、宜興吴德旋仲倫。絜非之甥爲陳用光碩士。碩士既師其舅，又親受業姚先生之門。鄉人化之，多好文章。碩士之群從，有陳學受藝叔、陳溥廣敷，而南豐又有吴嘉賓子序，皆承絜非之風，私淑於姚先生。由是江西建昌有桐城之學。仲倫與永福吕璜月滄交友，月滄之鄉人有臨桂朱琦伯韓、龍啓瑞翰臣、馬平王拯定甫，皆步趨吴氏、吕氏，而益求廣其術於梅伯言。由是桐城宗派流衍于廣西矣。昔者，國藩常怪姚先生典試湖南，而吾鄉人出其門者，未聞相從以學文爲事。既而得巴陵吴（梅樓）〔敏樹〕南屏稱述其術，篤好而不厭。而武陵楊彝（琛）〔珍〕性農、善化孫鼎臣芝房、湘陰郭嵩燾伯琛、漵浦舒燾伯魯，亦以姚氏文家正軌，違此則又何求。最後，得湘（譚）〔潭〕歐陽生，吾友歐陽兆熊小岑之子，而受法於巴陵吴君、湘陰郭君，亦師事新城二陳。其漸染者多，其志趣嗜好，舉天下之美，無以易乎桐城姚氏者也。當乾隆中葉，海内魁儒畸士崇尚鴻博，繁稱旁證，考覈一字，累數千言不能休。別立幟志，名曰「漢學」。深擯有宋諸子義理之説，以爲不足復存，其爲文尤蕪雜寡要。姚先生獨排衆議，以爲義理、考據、詞章三者不可偏廢。必義理爲質，而後文有所附，考據有所歸。一編之内，惟此尤兢兢焉。當時孤立無助，待之五、六十年。近世學子，稍稍誦其文，承用其説。道之廢興，亦各有時，其命也歟哉。曾文正《歐陽生文集序》。歐陽生，名勳，字子和。

承復寄示才郎功甫遺稿，卷首曾侍郎一序，其文甚奇縱，有偉觀，而叙述源流，皆以發功甫平生之志意。然弟於桐城宗派之論，則正往時所欲與功甫極辨而不果者，今安得不爲我兄道之。文章藝術之有流派，此風氣大略之云爾，其間實不必皆相師效，或甚有不同。而往往自無能之人，假是名以私立門户，震動流俗，反爲世所詬，而以病其所宗主之人。如江西詩派，始稱山谷、后山，而爲之圖列，號傳嗣者，則吕居仁。居仁非山谷、后山之流也。今之所稱桐城文派者，始自乾隆間姚郎中姬傳，稱私淑於其鄉先輩望溪方先生之門人劉海峰，又以望溪接續明人歸震川，而爲《古文辭類纂》一書，直以歸、方續八家，劉氏嗣之，其意蓋以古今文章之傳，繫之己也。如老弟所見，乃大不然。姚氏特吕居仁之比爾，劉氏更無所置之，其文之深淺美惡，人自知之，不可以口舌争也。自來古(今)〔文〕之家，必皆得力於古書，蓋文體壞而後古文興。唐之韓、柳，承八代之衰而挽之於古，始有此名。柳不師韓而與之並(豈)〔起〕，宋以後則皆以韓爲大宗，而其爲文所以自成就者，亦非直取之韓也。韓尚不可爲派，況後人乎？烏有建一先生之言，以爲門户塗轍，而可自達于古人者哉。歸氏之文，高者在神境，而稍病虚，聲幾欲下；望溪之文，厚於理，深於法，而或未工於言。然此二家者，皆斷然爲一代之文，而莫能尚焉者也。其所以能爾者，皆自其心得之于古，可以發人，而非發於人者。往時見功甫喜尋時人之論，稱劉、姚之學，以爲習于名而未稽其實，私欲進之。其於論詩，述梅伯言之説，云當自荆公入，尤爲害道。此等言議，殆皆得之陳廣專，廣專才雖高，不能爲文士，而論説多未當於人心。今侍郎序文所稱諸人學問本末，皆大略不謬，獨弟素非喜姚氏者，未敢冒稱。而果以姚氏爲宗，桐城爲派，則侍郎之心，（誅）〔殊〕未必然。然弟豈區區以侍郎之言爲枉，而急自明哉？惜乎不及與功甫究論之耳。

吴南屏《與歐陽筱岑論文派書》節録。

宗派之説，良爲誤人，此文足以開拓學者心胸。至論姚氏，未爲允當。曾文正有《致南屏書》，坿録於此。書云：「去歲辱惠書，久未奉報。尊書以弟所作《歐陽生集序》中稱引並世文家，妄將大名臚於諸君子之次，見謂不倫。李耳與韓非同傳，誠爲失當，然贊末一語曰：『而老子深遠矣。』子長胸中，固非全無涇渭，今之屬辭連類，或亦同科。至姚惜抱氏，雖不可遽語于古之作者，尊兄至比之吕居仁，則亦未爲明允。惜抱於劉才甫，不無阿私，而辨文章之源流，識古書之正僞，亦實有突過歸、方之處。尊兄鄙其宗派之説，而并没其篤古之功，揆之事理，寧可謂平？至尊緘有曰：『果以姚氏爲宗，桐城爲派，則侍郎之心，殊未必然。』斯實搔著癢處。往在京師，雅不欲溷入梅郎中之後塵，私怪閣下幽人貞介，何必追逐名譽，不自閟惜。昔睹鬷蔑之面，今知君子之心。吾鄉富人畏爲命案所污累，至靡錢五百千，摘除其名。尊兄畏拙文將來援爲案據，何不揖輸巨貲，摘除大名，亦一法也。見示詩文諸作，質雅勁健，不盜襲前人字句，良可誦愛。中如《書西銘講義後》，鄙見約略相同。然此等處，頗難於著文。雖以退之著論，日光玉潔，後賢猶不〔勉〕〔免〕有微辭。故僕嘗稱古文之道，無施不可，但不宜説理耳。送人序，退之爲之最多且善。然僕意宇宙間乃不應有此一種文體。後世生日有壽序，遷官有賀序，上樑有序，字號有序，皆此體濫觴，至於不可究詰。昔年作《書歸熙甫文集後》，曾持此論，譏世人不能糾正退之之謬，而逐其波，而拾其瀋，異時當就尊兄暢發斯旨。姚惜抱氏謂詩文宜從聲音證入，嘗有取于大曆及明七子之風。尊兄睥睨姚氏，亦頗欲參用其説否？」曾滌生《致吴南屏書》。

近世綴文之士，頗稱述熙甫，以爲可繼曾南豐、王半山之爲之。自我觀之，不同日而語矣。或又與方苞氏並舉，抑非其倫也。當時頗崇茁軋之習，假齊梁之雕琢，號爲力追周秦者，往往而有。熙甫一切棄去，不事塗飾，而選言有序，不刻畫而足以昭物情，與古作者合符，而後來者取則焉，不可謂不智已。曾滌生《歸震川文集後》。

明之言古文者，未有如歸氏者。余觀歸氏之文，遠宗乎司馬，近迹乎歐、曾。其爲學固精博，而其意見亦絶高。至其古體之文，乃其所盡意以爲，然擬之古人，猶若不逮。借使歸氏不生於明，而出於唐貞元、宋慶曆之間，無分其力而窮一生以成其文，豈在李翺、曾鞏之後哉？抑以歸氏之不遇，老而一第，終没于小官。當時大述作，皆莫出于其手，是又可傷也。吴南屏《歸震川文別鈔序》。

敏〔樓〕〔樹〕自少讀書，喜文事，弱冠忽若有悟文章之爲者，讀《易》、《詩》、《書》皆以文讀之，自是落筆爲文輒高異，而古文之道且躍然其胸中矣。閒從塾童《古文觀止》選本見歸氏文數篇，心獨異之，竊其全稿，乃掇録其可喜者，以鄙意評隲且叙論焉。後以此本得名京師。世之談古文家者，皆以余獨宗仰歸氏，得桐城姚姬傳氏《類纂》之繩墨，争欲觀其鈔本。邑子杜君仲丹，欲借此本刊刻行之，余弗許也。吴南屏。

自年二十時，輒喜學爲古文，經、子、《史》、《漢》外，惟見有八家之書，以爲文章盡於此爾。已乃於村塾古文選本中，見歸氏一二作，心獨異之，别鈔兩卷。甲辰入都，携之行篋，不意都中稱文者，方相與尊尚歸文，以此弟亦妄有名字，與在時流之末，此兄之所宿知也。又見《望溪文集》，亦欲鈔之而竟未暇。節吴南屏《與（滌）〔篠〕岑論文派書》。

廬陵、眉山、南豐、新安而後，歷金元明之久，僅得震川、荆川、遵巖三家，欲求一人而四之，雖劉、王兩文成，或且退然未敢自信，況其他哉？我朝自望溪方氏，别裁諸僞體，一傳爲劉海峰，再傳爲姚惜抱。桐城，一大縣耳，而有三君子接踵輝映其間，可謂盛矣。然世之沉溺於僞體者，固未常一日而息。朱梅厓所處僻遠，彭秋士年少，心孤口衆，徒能自守而已，有志之士所爲慨息也。吾常自荆川之殁，此道中絶，後有作者，復趨於歧塗，以要一時之譽。乾隆間，錢伯坰、魯思親受業於海峰之門，時時誦其師説於其友惲子居、張皋文二子者，始盡棄其考據、駢儷之學，專志以治古文。蓋皋文研精經傳，其學從源而及流，子居泛濫百家之言，其學由博而反約。二子之致力不同，而其文之瀓然而清，秩然而有序，則由望溪而上求之震川、荆川、遵巖，又上而求之廬陵、眉山、南豐、新安，如一轍也。陸祁孫《七家文鈔序》。

姬傳受業薑塢，復與殿麟、悔生師海峰。臺山、絜非師梅崖。碩士學於絜非，更事姬傳。〔姬傳〕之徒，伯言、異之、孟涂、植之最著。碩士行輩差先；伯言，其年家子；異之，典試所得士也。仲倫、春木、生甫出姬傳門少後。薑塢曾孫碩甫亦姬傳高第弟子，而名業特〔顯〕。子居、皋文私淑海峰，同時拔起者，小峴、祁孫其尤也。湘皋善碩甫，而與星叔相先後。月滄歸嚮桐城，嘗問道于仲倫、春木，以所學倡于粵西，其鄉人伯韓、子穆、翰臣、定甫亦請業伯言。子序、通甫、位西、子餘皆從伯言講論者也。石州以樸學鳴，與伯言論不合，魯川兼師二人。異之子小異，傳父業而早卒。植之之門，惟存莊著稱焉。曾文正公亟許姬傳，至列之《聖哲畫像記》，以爲「粗能文章，由姚先生啓之也」。然尋其聲貌，略不相襲。「道不可不一，而法不必盡同」，斯言諒哉。南屏沉思孤往，其適于道也，與姚氏無乎不合。學者讀文正《歐陽生文集序》及南屏《與篠岑論文派書》，百餘年文人承（擅）〔嬗〕離合之迹，略可觀矣。王先謙。

自惜抱繼方、劉爲古文學，天下相與尊尚其文，號桐城派。當海峰之世，有錢伯坰魯思，從受其業，以師説稱誦于陽湖惲子居、武進張皋文。子居、皋文遂棄其聲韻、考訂之學，而學古文，於是陽湖古文之學特盛。陸祁孫《七家文鈔序》言之。此陽湖爲古文者自述其淵源，無與桐城角立門户之見也。立言之道，義各有當而已。愚柔者仰企而不及，賢知者則務爲浩侈，不肯自抑其才。姚氏見之真，守之嚴，其撰述有以入乎人人之心，爲規矩準繩，不可踰越，乃古今天下之公言，非姚氏私言也。宗派之説，起於鄉曲競名者之私，播于流俗之口，而淺學者據以自便。有所作，弗協於軌，乃謂吾文派别焉耳。近人論文，或以桐城、陽湖離爲二派，疑誤後來，吾爲此懼。更有所謂不立宗派之古文家，殆不然與。王先謙。

梅氏浸淫于古，所造獨爲深遠。曾文正以雄直之氣，宏通之識，發爲文章，冠絶今古。其于惜抱遺書，篤好深思，雖謦欬不親，而塗跡並合。學者如欲杜岐趨，遵正軌，姚氏而外，取法梅、曾足矣。王先謙。

姚先生興於千載之後，獨持灼見，總括群言，一一衡量其高下，銖黍之得，毫釐之失，皆辨析之，醇駁較然。由是古今之文章，謬悠殽亂，莫能折衷一是者，得姚先生而悉歸論定。即其所自造述，亦浸淫近復於古。然百餘年來，流風相師，傳嬗賡續，沿流而莫之止，遂有文敝道喪之患。至湘鄉曾文正公出，公略師班氏，其文規恢閎闊，遂崒然直躋兩漢。擴姚氏而大之，並功、德、言爲一塗，挈攬衆長，轢歸掩方，跨越百氏，將遂席兩漢而還之三代，使司馬遷、班固、韓愈、歐陽修之文，絶而復續，豈非所謂豪傑之士、大雅不群者哉。蓋自歐陽氏以來，一人而已。曾氏之學蓋出於桐城，固知其與姚先生之旨合，而非廣己於不可畔岸也。循姚氏之説，屏棄六朝駢麗之習，以求所謂神理、氣味、格律、聲色者，法愈嚴而體愈尊。循曾氏之說，將盡取儒者之多識、格物、博辨、訓詁，一内諸雄奇萬變之中，以矯桐城末流虚車之飾，其道相資，無可偏廢。故既叙述略例，亦明夫不敢封己抱殘，守一先生家言，暖暖姝姝而私自悦以足也。然遂欲執塗之人而强同，則是又大惑已。黎庶昌。按茅鹿門八家之説，世皆以爲定自朱右，不知吴文正草廬序《王文公集》已言之。眉山衹數二蘇氏，僅得七人，子由尚不與也。

桐城宗派之説，流俗相沿，已踰百歲，其敝至於淺弱不振，爲有識者所譏。讀曾文正公暨吴南屏二家之書，齗齗之辯，自可以止。然工輸雖巧，不用規矩準繩，又可乎哉？本朝文章，其體實正自望溪方氏，至姚先生而辭始雅潔，至曾文正公始變化以臻於大。桐城之言，乃天下之至言也。昔孔子論文，義主修辭，而以立誠爲本。昌黎韓氏則曰：「沉浸醲郁，含英咀華。」未有辭不工且雄，而文能造其極者。又。

補評文上

聖人既没，道術爲天下裂。諸子者出，各設門分户以爲文。是故管夷吾氏以霸略爲文；（祁門）〔鄧析〕氏以兩可辨説爲文；老聃氏以秉要執本、持謙處卑爲文；列禦寇氏以黄氏清浄無爲爲文；墨翟氏以貴儉、兼愛、上賢、明鬼、非命、上同爲文；公孫龍氏以堅白、名實爲文；莊周氏以通天地之統、序萬物之性、達生死之〔愛〕〔變〕爲文；慎到氏以刑名之學爲文；申不害氏、韓非氏復流于深刻爲文；尹文氏又合黄老刑名爲文；鬼谷氏以捭闔爲文；蘇秦氏、張儀氏因肆爲縱横之文；孫武氏、吴越氏以軍形、兵勢、圖國、料敵爲文；荀卿氏、揚雄氏則以明先聖之學爲文；淮南氏則以總統道德仁義，而蹈虚而守静、出入經道爲文。凡若此者，殆不可遽數也。雖其文人人殊，而其于道未始不有明焉。王禕《文訓》。

陳氏曰：「六藝之後有四人焉：摭實而有文采者，左氏也；憑虚而有理致者，莊子也；屈原變《國風》、《雅》、《頌》而爲《離騷》；及子長易編年而爲紀傳。皆前未有比，後可以爲法。」

文公曰：「誼有戰國縱横之風。」又曰：「仲舒文實，劉向又較實，比之仲舒，仲舒較滋潤發揮。漢儒最純者若如仲舒，仲舒之文最純者若如三策。」又曰：「仲舒識得本原，如云『正心可以正朝廷』，如説『仁義禮樂皆其具』，此等話説皆好。」

邕之文於碑頌是所長。《池北偶談》：「墓誌之始，《事祖廣記》引《炙轂子》以爲始於王戎，馮鑑《續事始》以爲起于西漢杜子春，高承《事物紀原》以爲始于比干，《封氏聞見記》青州古冢，有石刻銘。又東都殖業坊王戎墓，有銘。又魏繆襲葬父母，墓下題版文，則魏晉以來，例有之矣。」時稱李北海。《新唐書·李邕傳》。

王勃與楊炯、盧照鄰、駱賓王皆以文章齊名天下，稱王楊盧駱「四傑」。《新唐書·王勃傳》。

竹溪林氏曰：「本朝古文，自尹、穆始倡爲之，然二公去華就實，可謂近古，而未盡變化之妙。所以歐公謂老泉曰：『於文得尹師魯、孫明復，而意猶不足。』此語見子由作公墓碑。」《文獻通考》。

宋古文始於柳開、穆修、鄭條三人。柳、穆今有集，人多知之。條，蘇州人，天聖八年進士，見《姑蘇科第表》。《池北偶談》。

陳氏曰：「本朝初爲古文者，柳開、穆修。其後有二尹、二蘇兄弟，歐公本以詞賦擅名場屋，既得韓文刻意爲之，雖皆在諸公後，而獨出其上，遂爲一代文宗。」《文獻通考》。

柳開、穆修、張景、劉牧，當時號能古文。葉水心。

元祐間，天下論文多曰「晁無咎張文潛」。葉石林序張文潛集。

晁無咎文章有漢唐間風味。

文章之最達者，無過宋文憲濂、楊文貞士奇、李文正東陽、王文成守仁。《藝苑卮言》。

唐興，文章承「徐庾」餘風，天下祖尚，子昂始變雅正。初，爲《感遇詩》三十八章，王適曰：「是必爲海内文宗。」乃請交。子昂所論著，當世以爲法。《唐書·陳子昂傳》。

評文下

文之爲德，與天地並生。玄黄色雜，方圓並體。日月疊璧，以垂麗天之象；山川焕綺，以鋪理地之形。人實天地之心，(生)心生〔而〕言立，言立而文明。龍鳳以藻繪呈瑞，虎豹以炳蔚凝姿。雲霞雕色，有踰畫工之妙；草木賁華，無待錦匠之奇。林籟結響，調如竽瑟；泉石激韻，和若球鍠。形立章成，聲發文生。無識之物，(爵)〔鬱〕然有彩；有心之器，其無文歟？道沿聖以垂文，聖因文而明道。《易》曰：「鼓天下之動，存乎辭。」辭之所以能鼓天下者，乃道之文也。《文心雕龍》。

聖人者，參天地以爲文，而六經者，配天地以爲名。自書契以來，載籍以往，志莫與之京。斯其爲文，不亦可以爲載道之稱也乎？《續錦機》。

夫天之文位乎上，地之文位乎下，人之文位乎中，不可得而增損者，自然之文也。伏羲作《八卦》以象天地，窮極終始萬化，無有差忒，故《易》與天地準。此聖人之文至也。仲尼作《春秋》以繩萬世，而褒貶在一字，是亦文之至者乎。夫天豈有意於文彩耶？而日月星辰不可踰；地豈有意於文彩耶？而山川丘陵不可加；《八卦》、《春秋》豈有意於文彩耶？而極與天地侔。其何故得以不可越？蓋自然也。夫自然者，不得不然之謂也。獨孤郁《辨文》。

昔人之論，謂如風行水上，自然成文。若不出於自然，而有意焉，則失之矣。劉器之。

六經者，聖人道德之所著，非有意于爲文，天下之至文也。左丘明之徒，道德不至而其意皆存于爲文，非天下之至文也。非六經不足以言文，可不汲汲于道德，而惟文辭之孜孜乎。蘇伯衡。

姚姬傳云：「人之學文，其功力所能至者，陳義理必明當，布置取舍、繁簡廉肉不失法，吐辭雅馴，不蕪而已。古今至此者，蓋不數數得，然尚非文之至者。其至者通乎神明，人力不及施也。」

垂日月所以爲天也，光盛而形物於（施）〔地〕。備禮樂所以成人也，言成而著訓於簡。故定曰天文，曰人文。自文而之於地、之於簡者，章也。然而文在帝則簡在史，是以堯文思章於典，舜文明亦章於典，文王性堯舜之文也，文治於西伯，章於《詩》、《易》。仲尼性堯舜文王之文，而弗帝弗伯也，盛章於禮樂經記。回性仲尼之文也，文不及章。偃商學仲尼文，而之於人也，故樂章武城民，而經章魏國君。伋性其祖者也，參以學而章於《中庸》。軻性伋者也，勤其道而章於七篇。《易》曰：「觀乎人文，以化成天下。」使章不自人文也，天下孰觀而孰化。韋籌《文之章解》。

王伯厚云：「王景文謂『文章根本在六經』。張安國欲記《考古圖》，曰『宜用《顧命》』，游廬山，叙所歷，曰『宜用《禹貢》』。」

王守溪云：「世謂六經無文法，不知萬古義理、萬古文字，皆從經出也。如《七月》一篇叙農桑稼圃，《内則》叙家人寢興烹飪之細，《禹貢》叙山川脉絡原委，如在目前，後世有此文字乎？《論語》記夫子在鄉、在朝、使儐等容，宛然畫出一個聖人，非文能之乎？昌黎序如《書》，銘如《詩》，學《書》與《詩》也，其他多從《孟子》，遂爲後世文章家冠冕。孰謂六經無文字乎？」

經之最古以醇者，莫如《孝經》。《孝經》，帝之德也。因心成化，其在唐虞之際乎。《書》、《詩》、《禮》，中古之典也，王道彬彬備矣。《易》與《春秋》之作也，聖人而當道之微乎。是故參升降，窮正變，聖人之極思，亦聖人之不得已也。程端本。

《論語》文字，如化工肖物，簡古渾淪而盡事情，平易涵蘊而不費辭。於《尚書》、《毛詩》之外，別爲一種。《大學》、《中庸》之文，極閎闊精微而包羅萬有。《孟子》則雄奇跌宕，變化洋溢。秦漢以來，無有能此四種文字者，特習讀而不察耳。又。

范甯曰：「《左氏》艷而富，其失也誣；《穀梁》清而婉，其失也短；《公羊》辯而裁，其失也俗。」

辯難攻擊之文，無出於公羊高、穀梁赤，於《春秋傳》見之。然氣脉甚短，此經師説經之文，不脱章句訓詁之習。程端本。

李性學云：「《禹貢》簡而盡。山水、田土、貢賦、草木、金革、物産，叙得皆盡，其後叙山脉一段，地脉一段，五服一段，更有條而不紊。」

《夏小正》、《大戴禮記》。《月令》、《禮記》。《時訓》《逸周書》。詳矣，而《堯典》「命羲和」以數十言盡之。《天官書》、《史記》。《天文志》《漢書》。詳矣，而《舜典》「璣衡」以一言盡之。叙事當以《書》爲法。《困學紀聞》。原注：《堯典》以「日中」、「宵中」爲春秋之別，《月令》兩言「日夜分」，無春秋之異。節曾子固《王囧文集序》曰：

「敘事莫如《書》。其在《堯典》，述命羲和，宅土，測日晷星候氣，揆民緩急，授萬民，興衆功，可謂博矣。然其言不過數十。其於《舜典》則曰『在璿璣玉衡，以齊七政』，曰七者，則日月五星，曰政者，則羲和之所治，無不在焉。其體至大，蓋一言而盡，可謂微矣。」

宋景濂云：「《禹貢》、《顧命》，序、記之宗也。」

虞之《賡歌》、夏《五子之歌》，此三百篇之權輿也。《洪範》「無偏無陂」至「歸其有極」，蔡氏《集傳》謂此章蓋《詩》之體，使人吟咏而得其性情，與《周禮》「太師教以六詩」同一機杼，《伊訓》以「三風十愆」訓太甲，自「聖謨洋洋」而下，亦叶其音，蓋欲日誦是訓，如衛武公之《抑》戒也，故曰「詩可以興」。《困學紀聞》。元圻按，林氏《尚書全解》：「《詩大序》曰：『治世之音安以樂，亂世之音怨以怒，亡國之音哀以思。』雖其詳見于三百篇，原其所由起，實本于虞夏之世，舜與皋陶《賡歌》，言『元首股肱』，資以成治，其言『安以樂』，蓋所謂治世之音也。太康失邦，五子述大禹之戒以作歌，其言『怨以怒』，蓋所謂亂世之音也。此二聲歌，雖載于《書》，實《詩》之淵源也。」

《易》之《彖》、《象》有韻者，即《詩》之屬。《周頌》敷陳而不協音者，非近于《書》歟？《書》之《禹貢》、《顧命》即序紀之宗。《禮》之《檀弓》、《樂記》，非論説之極精者歟？況《春秋》謹嚴，諸經之體又無所不兼之與？錯綜而推，則五經各備文之衆法，非可以一事而指名也。宋濂《白雲稿叙》。按文中多有用韻者，即如《易》之《坤卦·文言》曰：坤至柔而動也剛，十一唐。至静而德方，十陽。後得主而有常，十陽。含萬物而化光，十一唐。坤道其順乎承天而時行。行，户郎切。古音杭。《禮·郊特牲》：「土反其宅，水歸其壑，昆蟲毋作，草木歸其澤。」皆是。馬伏波援《武溪深行》：「滔滔武溪一何深。鳥飛不度，獸不敢臨。嗟哉武溪多毒淫。」用爲志銘，頗佳。

孔子贊《易》固有長言咏歎之妙，《後漢史》贊用韻語，豈祖此歟？

《考工記》博奥奇古，與《檀弓》並稱兩美。但即《虞書》之共工、冬官之一屬事耳，以入冬官則可，以補冬官則不可。程端本。

郝楚望云：「《堯典》、《皋陶謨》、《禹貢》三篇文詞最古，法度森嚴，爲萬世史書冠冕。後世依彷其體爲帝紀、世家、列傳。非不可觀，一登太山，覺阜丘爲小矣。」

《禮記·月令》，取乎《吕氏》之紀；三年問喪，寫乎《荀子》之書。此純粹之類也。《雕龍》。

《左傳》之釋經也，言見經文而事詳傳内，或傳無而經有，或經闕而傳存，其言簡而要，其事詳而博，信聖人之羽翮，而述者之冠冕也。《史通》。

《左傳》之叙事也，談恩惠則煦如春日，紀嚴切則凛若秋霜，叙興邦則滋味無量，陳亡國則凄凉可憫。或腴辭潤簡牘，或美句入咏歌，跌宕而不群，縱横而自得。若斯才者，殆將工侔造化，思涉鬼神。《史通》。

荀、孟之文，左右周孔之文也。理身、理家、理國、理天下，一日失之，敗亂至矣。騷人之文，發憤之文也。雅多自賢，頗有狂態。相如、子雲之文，譎諫之文也，自爲一家，不是正氣。賈誼之文，化成之文也，鋪陳帝王之道，昭昭在目。司馬遷之文，財成之文也，馳騁數千載，若有餘力。董仲舒、劉向之文，通儒之文也，發明經術，究極天人。其餘擅美一時，流譽千載者多矣。裴度《寄李翺書》。

孟子之文，語約而意盡，不爲巉刻斬絶之言，而其鋒不可犯。蘇洵。「保民」章、「許行」章、「好辨」章，可謂飛沙走石。

《禹貢》之叙九州，及《禮記·明堂位》之叙公侯位次，如繪圖。自昔者，周公朝諸侯至明，諸侯之尊卑也，妙在「天子負斧依，南鄉而立」句，提天子一句作主，勢如破竹。《史記·漢興以來諸侯年表序》之叙漢家形勢强弱，如指掌上紋。

文章自六經、《語》、《孟》之外，惟莊周、屈原、左氏、司馬遷最著，周出於《易》，原出於《詩》，左氏、司馬遷出於《尚書》、《春秋》。後之言理者宗周，言情者宗原，言事者宗左氏、司馬遷，皆不如六經、《語》、《孟》之純粹也。《風月堂雜（議）〔識〕》。

陳氏曰：「竊嘗謂著書立言，述舊易，作古難。六藝之後有四人焉：摭實而有文采者，左氏也；馮虚而有理致者，莊子也；屈原變《國風》、《雅》、《頌》而爲《離騷》；及子長易編年而爲紀傳。皆前未有比，後可以爲法，非豪傑特起之士，其孰能之。」

李塗云：「《莊子》者，《易》之變；《離騷》者，《詩》之變；《史記》者，《春秋》之變。」

汪彦章曰：「左氏、屈原始以文章自爲一家，而稍與經分。」

梅伯言曰：「《莊子》，文之工者也。」又曰：「莊子周、屈原、司馬遷，皆不得志於時者，之所爲皆怨悱之書也。」

理不可以直指也，故即物以明理；情不可以顯言也，故即事以寓情。即物以明理，《莊子》之文也；即事以寓情，《史記》之文也。劉海峰。

宋周密《浩然齋雅談》：「涪翁云：『章子厚嘗言，《楚辭》蓋有所祖述。』初不謂然。子厚曰：『《九歌》蓋取諸《國風》，《九章》蓋取諸二《雅》，《離騷》蓋取諸《頌》。』考之信然。」《後山詩話》：「子厚謂屈氏《楚辭》，《離騷》乃效《頌》，其次效《雅》，最後效《風》。」

六經以後便有司馬遷，三百十一篇後便有杜子美。六經不易學，故作文當學司馬遷，作詩當學杜子美。

遷之所紀，其論術學則崇黃老而薄五經，序貨殖則輕仁義而羞貧窮，道游俠則賤守節而貴俗功，此其大敝傷道。然善述序事理，辯而不華，質而不野，文質相稱，蓋良史之才也。誠令遷依五經之法言，同聖人之是非，意亦庶幾矣。《後漢書·班彪傳》。

太史公之文有數端焉。帝王紀，以己釋《尚書》者也，又多引圖緯子家言，其文衍而虛。春秋諸世家，以己損益諸史者也，其文暢而雜。《儀》、《秦》、《鞅》、《睢》諸傳，以己損益《戰國策》者也，其文雄而肆。《劉》、《項》紀，《信》、《越》諸傳，志所聞也，其文宏而壯。《河渠》、《平準》諸書，志所見也，其文核而詳，婉而多風。《刺客》、《游俠》、《貨殖》諸傳，發所（奇）〔寄〕也，其文精嚴而工篤，磊落而多感慨。《卮言》。

朱晦翁謂：「孔子言伯夷求仁得仁，又何怨？今觀太史公作《伯夷傳》，滿腹是怨。」此言殊不公。今試取《伯夷傳》讀之，始言天道報應差爽，以世俗共見聞者嘆之也。中言各從所好決擇死生輕重，以君子之正論折之也。一篇之中，錯綜震蕩，極文之變，而議論不詭于聖人，可謂良史矣。《楊慎集》。

孟堅叙事如霍氏、上官之郄，廢昌邑王奏事，趙、韓吏跡，京房術數，雖不得如化工肖物，猶是顧凱之、陸探微寫生。東京以還，重可得乎？陳壽簡質，差勝范曄，然宛縟詳至，大不及也。又。

司馬遷敢亂道却好，班固不敢亂道却不好，不亂道又好是《左傳》。歸震川先生云：「孟堅《郊祀志》讀與《封禪書》兩邊相稱，故人稱『班馬』。」又云：「《莊》、《左》如金碧山水，《史記》如清金淡墨。《史記》好奇，《漢書》冠冕雄渾。自《晉書》而下，其氣輕，無足觀矣。」

子長作論贊，不專在斷制，多以筆墨勝。孟堅作史，則意在勸懲，斷制極嚴。論文筆，子長較高；論見識，孟堅較勝。《續〔機錦〕〔錦機〕》。

六經之後，有屈原、宋玉，文甚雄壯，而不能經。厥後有賈誼，文詞詳正，近於理體。枚乘、司馬相如亦瓌麗才士，然而不近《風》、《雅》。揚雄用意頗深，班彪識理，張衡宏曠，曹植豐贍，王粲超逸，嵇康標舉，此外皆金相玉質，所尚或殊，不能備舉。左思詩賦有《雅》、《頌》遺風，干寶著論近乎王化根源，此外皆夐絶無聞。近日陳拾遺文體最正。李華。

顔之推曰：「夫文章者，原出五經。詔策檄，生于《書》者也。序述議論，生于《易》者也。歌咏賦頌，生于《詩》者也。祭祀哀誄，生於《禮》者也。書奏箴銘，生于《春秋》者也。」

今天下有用文章，大率有四。其一則法筵之講議，啓沃陳謨，以輔主德。此其源出禹、稷之《謨》，伊之《訓》，説之《命》。其二則閣臣之揭奏，進御者以陳善閉邪，進退人材，參贊機密，仰備顧問，發上之聰明。此其源亦與《謨》、《訓》合符。其三則史官之注記，編摩紀載朝廷大事大議，直文核事，以信千古。其源出于二《典》及《禹貢》、《盤庚》、《武成》之屬。其四則臺諫之奏疏，以弼違正義，補日月而勵群工。其源出于《旅獒》訓戒諸作。自此外一切無裨世用者，史官先生不必泛役其神明，亦不宜輕褻其體製。《續錦機》。

經筵勸講，元老啓沃之文，並祖二《典》、三《謨》。以及魏徵、陸贄、司馬光、范仲淹諸大疏，以簡重純明爲尚，一字浮誇無所用之，此廟廊之體。至如賈誼、晁錯以及蘇軾之流，通達國體，陳言世務，雖本六經，而參潤于管、韓之間，此臺省諸曹之體。若夫題覆糾正與文移案署，則自下僚主案者，上達之臺閣，又自一體也。筆下風霜，案前金石，浮文雅語，無所施所于此矣。沈幼真《文指大略》。

柳子厚曰：「文有二道，辭令褒貶，本乎著作者也。導揚諷諭，本乎比興者也。著作者流，蓋出于《書》之《謨》、《訓》，《易》之《象》、《繫》，《春秋》之筆削。其要在于高壯廣厚，詞正而理備，謂宜藏于簡册者也。比興者流，蓋出于虞夏之咏歌、商周之風雅，其要在于麗則清越，言暢而意美，謂其流于謡誦者也。」

揚雄、韓愈琺瑋奇崛之文。曾文正《致吴子序》。

韓出于《左》，柳出于《國》，永叔出于西漢，明允父子出于《戰國》，介甫出于注疏諸文，子固出于東漢諸書。當其合處，無一筆相似。故韓無一筆似《左》，歐無一筆似史遷。書家所謂書通即變，如李（渤）〔北〕海不似右軍，顔魯公不似張旭也。《續錦機》。

韓退之文自經中來，柳子厚文自史中來。歐陽公文和氣多，英氣少；蘇公文英氣多，和氣少。《邵氏聞見後録》。

李耆卿評文曰：「韓如海，柳如泉，歐如瀾，蘇如潮。」余謂柳如泉未允，易泉以江可也。《楊慎集》。

《原道》一篇，自孟子後，無人似他見得。又曰：「自古罕有人説得端的，惟退之《原道》庶幾近之，却説見大體。」《續錦機》。

文字須渾成而不斷續，滔滔如江河，斯爲極妙。若退之，近之矣，然未見《孟子》之一二。徐節孝。

韓愈亦近世豪傑之士，如《原道》中言語，雖有疵病，然自孟子之後，能將許大見識，尋求古人，自亦難得。觀其斷曰：「孟子醇乎醇，荀、揚擇焉而不精，語焉而不詳。」若不是他有見識，豈千餘年後便斷得如此分明？程伊川。

歐公《本論》與韓子《原道》，蓋三代而下追配六經之作也。李紱。

退之如崇山太海，孕育靈怪。子厚如幽巖怪壑，鳥叫猿啼。永叔如秋山平遠，春谷倩麗，園亭林沼，悉可圖畫，其奏劄樸健刻切，終帶本色之妙。明允如尊官酷吏，南面發令，雖無理事，誰敢不承？東坡如長江大河，時或疏爲清渠，瀦爲池沼。子由如晴絲裊空，其雄偉者，如天半風雨，嬝娜而下。介甫如斷岸千尺，又如高士谿刻，不近人情。子固如陂澤春漲，雖漶漫而深厚有氣力。《説苑》等叙，乃特緊嚴。《續錦機》。

王勃與楊炯、盧照鄰、駱賓王皆以文章齊名天下，稱王、楊、盧、駱「四傑」。炯嘗曰：「吾媿在盧前，耻居王後。」議者謂然。他日崔融與張説評勃等曰：「勃文章弘放，非常人所及。炯、照鄰可以企之。」説曰：「不然。盈川文如縣河，酌之不竭，優於盧而不減王。耻居後，信然；媿在前，謙也。」《新唐書・王勃傳》。

東坡得文法於《檀弓》，後山陳師道號。得文法於《伯夷傳》。《困學紀聞》。元圻案，黄山谷《與王觀復書》曰：「嘗問東坡先生作文章之法，東坡云：『但熟讀《禮記・檀弓》當得之。』既而取《檀弓》二篇，讀數百過，然後知後世作文章不及古人之病，如觀日月也。」《後山集》二十卷。

東坡初爲趙清獻公作《表忠觀碑》，王荆公嘆曰：「此三王世家也。」荆公以東坡《表忠觀碑》絶似西漢，楊德逢曰「王褒」，復曰「司馬相如、揚雄」。公曰：「直須〔與〕子長馳騁上下。」客曰：「似子長何語？」曰：「《楚漢以來諸侯王年表》也。」汪份《八家論文》。

羅鄂州所撰《新安志》簡而有要，篁墩程氏取其材作《文獻志》，此地志之最善者。朱彝尊《書新安志後》。

誌以簡核爲得體，康德涵《武功志》最稱于世。《池北偶談》。

《武功志》文古事核，厥後秦中士大夫撰郡邑志，率矜式之，故陝西諸志多可觀。嘉靖中，劉御史九經字豫吾所撰《郿志》凡八卷，訓詞爾雅，有對山之風。《武功志》列《璿璣迴文詩圖》，《郿志》列武侯《八陣圖》、《流馬法》，可玩。王士禎《居易録》。

「枚乘《七發》創意造端，麗詞腴旨，上薄《騷》些，故爲可喜。其後繼之者，如傅毅《七激》、張衡《七辨》、崔駰《七依》、馬融《七廣》、曹植《七啓》、王粲《七釋》、張協《七命》之類，規倣太切，了無新意。傅玄又集之以爲《七林》，使人讀未終篇，往往棄之〔凡〕〔几〕格。柳子厚《晉問》乃用其體，而超然别立機杼，激越清壯，漢晉諸文士之弊，於是一洗矣。東方朔《答客難》自是文中傑出，揚雄擬之爲《解嘲》，尚有馳騁自得之妙。至於崔駰《達旨》、班固《賓戲》、張衡《應閒》，皆章摹句寫，其病與《七林》同。及韓退之《進學解》出，於是一洗矣。」其言甚當。然此以辭之工拙論耳，若其意，則總不出於古人範圍之外也。洪氏《容齋隨筆》。

賦有五體。曰古賦，句法、章法全似《騷》，如長卿《長門》、王粲《登樓》之類。而《上林》、《子虛》創爲縱横，亦爲古賦。仿之者，班固《兩都》、左思《三都》也。曰俳賦，始《楚詞》「朝飲木蘭之墜露兮，夕餐秋菊之落英」、「製芰荷以爲衣兮，集芙蓉以爲裳」等句，後人效之，遂成此體。每句對偶，如陸機《文賦》、謝惠連《雪賦》之類。曰文賦，如《楚詞》中《卜居》、《漁父》二篇，洎揚子雲《甘泉》、牧之《阿房宫》、蘇子瞻《赤壁賦》是也。曰律賦，沈約有四聲八病之拘，徐、庾復隔句對聯，以爲四六，而律益細焉。如韓昌黎《明水賦》、王曾《有物渾成賦》是也。曰小賦，蓋詼諧游戲之作。本于宋玉《大言》、《小言》賦，以四言成篇，如揚子雲《逐貧賦》、左太沖《白髮賦》是也。潘耒。《文選》三賦，《月》不如《雪》，《雪》不如《風》。

秦少游云：「探道德之理，述性命之情，發天人之奥，明死生之變，此論理之文，如列禦寇、莊周之所作是也。別黑白陰陽，要其歸宿，決其嫌疑，此論事之文，如蘇秦、張儀之所作是也。考同異，次舊聞，不虛美，不隱惡，人以爲實録，此叙事之文，如司馬遷、班固之所作是也。原本山川，極命草木，比物屬事，駭耳目，變心意，此託詞之文，如屈原、宋玉之所作是也。鉤莊、列之微，挾蘇、張之辯，摭遷、固之實，獵屈、宋之英，本之以《詩》、《書》，折之以孔氏，此成體之文，如韓愈之所作是也。蓋前之作者多矣，而莫有備于愈；後之作者亦多矣，而無以加于愈。故曰：總而論之，未有如韓愈者也。」

今天下治古文衆矣。好古者株守古人之法，而中無所有，其弊爲優孟之衣冠。天資卓犖者師心自用，其弊爲野戰無紀之師，動而取敗。師心自用，其失易明；好古而中無所有，其故非一二言盡也。吾則以爲養氣之功在於集義，文章之能事在于積理。今夫文章，六經、四書而下，周秦諸子、兩漢百家之書，於體無所不備，唐宋大家則又取其書之精者，參和雜糅，鎔鑄古人以自成，其勢必不可以更加。故自諸大家後數百年間，未有一人獨創格調，出古人之外者。《續錦機》。按桐城雖云學《史》、《漢》、昌黎，實則遠宗歐、曾，近法震川。

《前漢》列傳，多少好樣度，於後插一銘詞，篇篇是個〔碑〕表墓誌，作者觀此足矣，不必他求。《池北偶談》。

范文正公爲《岳陽樓記》，用對語説時景，世以爲奇。尹師魯讀之曰：「《傳奇》體爾。」《傳奇》，唐裴鉶所著小説也。《後山詩話》。按國初侯朝宗方域近小説，魏叔子禧近時文，未盡善。

鹿門八家之選，其旨大略本之荆川、道思。觀荆川與鹿門論文書，底蘊已自和盤托出，而鹿門一生，僅得其轉折波瀾而已。所謂精神不可磨滅者，未之有得。緣鹿門但學文章，於經史之功甚疏，故只小小結果，其批評又何足道乎？不知者遂與荆川、道思並稱，非其本色。黄宗羲《答張爾公書》。

評點注解附

自六經燔于秦火，漢世掇拾殘遺，徵諸儒能通其讀者，支分節解，于是有「章句之學」。劉向父子勘書秘閣，刊正脱誤，稽合同異，于是有「校讐之學」。梁世劉勰、鍾〔鑅〕〔嶸〕之徒，品藻詩文，褒貶前哲，其後或以丹黄識别高下，於是有「評點之學」。三者皆文人所有事也。前明以四書經藝取士，我朝因之，科塲有勾股點句之例，蓋猶古者章句之遺意，試官評定甲乙，用朱墨旌别其旁，名曰「圈點」。後人不察，輒仿其法以塗抹古書，大圈密點，狼籍行間。故章句者，古人治經之盛業也，而今專以施之時文；圈點者，科塲之陋習也，而今以施之古書。末流之變遷，何可勝道。惟校讐之學，我朝獨爲卓絶，乾、嘉間，巨儒輩出，講求音聲故訓，校勘疑誤，冰解的破，度越前世矣。曾文正。

古人讀書，凡綱目要領，多用丹、黄筆等抹出，非獨文字爲然。後人亂施圈點，作者之精神不出矣。明《唐荆川先生文編》於接頭處用抹，尚是古法。

朱子云：「某自二十時看道理，便看到那裏面精微處。嘗看《上蔡語録》，其初將紅筆抹出，後用藍筆抹出，後用黄筆抹出，三番之後，更用墨筆抹出，其精微處自然瞞我不住，漸漸顯露出來。」

震川閲本《史記》，於學文者最爲有益，圈點啓發人意，有愈於解説者矣，可借一部，臨之熟讀，必覺有大勝處。劉海峰。

文家之事，大似禪悟。觀人評論圈點，皆是借徑，一旦豁然有得，呵佛罵祖，無不可者，此中自有真實境地，必不疑于狂肆妄言、未證爲證者也。姚鼐。

古人評文，只期切當，無嫌俗語，今人多所藻飾，中窾者希矣。

古文選本，其用批點者，在宋惟吕東萊之《闗鍵》、樓迂齋之《古文訣》、謝叠山之《軌範》而已。近世如茅鹿門《文鈔》，鉤勒點綴之法略備。相傳《文鈔》本子出自荆川，故有淵源，曾見荆川手批《文章正宗》，其中數篇與《文鈔》看法脗同，可證其説。其他若孫月峰、鍾伯敬之屬，則竟是批時文腔子，古法盡亡矣。

古文撮其精腴若干篇點勘，毋繁冗，毋穿鑿，但正句讀，分段落，於一篇要害處稍爲提出，粗示以行文之法。至精妙處，在學者熟復深思自得之耳。

句讀用點、讀，點居中，句點居側，有不可解者，明註闕疑。今人遇古文難句處，率多用圈點以掩其迹，此亦自欺之一端，不可效尤。

大段落用大横畫，小段落用乙。古文惟段落最要，批古文惟段落最難。蓋段落有極分明者，有最不易識者，其間多有過接、鉤帶、顯晦、斷續、反覆、錯綜之法，率由古人文心變化，故爲此以泥其段落之痕，多方以誤人，即如《原道》一篇，傳誦千年，至今鮮人勘破。故段落分，則讀文之功過半矣。

一篇中綱領及案據處，或用雙鉤之長側抹，或用側抹；緊要字眼，或字外用圈，或旁用雙鉤之短側抹；文章精妙、議論警策處，或連用圈，或連用點。以上評點。

七經。《御纂周易折中》、《書經傳説彙纂》、《詩經傳説彙纂》、《春秋傳説彙纂》、《周官義疏》、方苞《周官集註》訓詁簡明，最便初學，見《望溪全集》中。沈彤《周官祿田考》、莊存與《周官表》、戴震《考工記注》、阮元《明堂論》。《儀禮義疏》、宋李如圭《儀禮集釋》、《儀禮釋宫》、元敖繼公《儀禮集説》、胡培翬《儀禮正義》；朱子《儀禮經傳通解》，是書以《儀禮》爲經，而以《禮記》及諸書所載類附之爲傳，《喪》、《祭》二門，門人黄榦補成之；江永《禮書綱目》。《禮記義疏》。秦蕙田《五禮通考》。

五經。宋程(歐)〔頤〕《易傳》、唐李鼎祚《周易集解》，耑發明漢學，講《易》之書之最古者。以義理言《易》，莫善于伊川《易傳》，王輔嗣不及也。以象數言《易》，莫善于李鼎祚《周易集解》，本朝惠、虞、姚諸家，皆從此出。李光地《周易通論》、《周易觀彖》，皆自抒心得，足爲初學津逮。宋朱子《本義》、惠松厓有《本義辨證》二卷。宋蔡沈《書集傳》、《尚書句解》十三卷，元朱祖義撰，大旨爲啓迪幼學而作，故株守蔡《傳》，不復考求古義，然隨文詮釋，詞意明顯，使周誥殷盤佶屈聱牙之句，皆可了然於心目，不可爲非離經辨志之遺也。胡渭《禹貢錐指》、陳澧《錐指訂誤》。李光地《尚書解義》七篇，二典、三謨、《禹貢》、《洪範》，詞簡而當，義約而精，天文地理，詩歌聲律，考證尤詳。閻若璩《尚書古文疏證》。宋朱子《詩集傳》、吴陸璣《草木鳥獸蟲魚疏》、陳啓(原)〔源〕《毛詩稽古編》、陳奂《毛詩疏》、丁晏《三家詩説》、吴樹聲《詩小學》。

杜預《春秋左傳注》。孔穎達云：「古今言《左氏春秋》者多矣，今其遺文可見者十數家，預專修丘明之《傳》以釋經。」又，姚培謙專門杜預一家之學，并引各家之説，最爲簡明。馬驌《左傳事緯》、江永《春秋地理考實》。

陳澔《禮記集説》。宋衛湜《禮記集説》，載《通志堂經解》中。

孔廣森《公羊通誼》。

陳立《公羊正誼》。

柳興宗《穀梁大誼》。

鍾文烝《穀梁補注》。

郝懿行《爾雅義疏》，引據精博，直掩前賢，而上之與高郵王氏《廣雅疏證》同爲近今之絶學。《經籍舉要》。

邵晉涵《爾雅正(誼)〔義〕》。

《四書古注群義彙解》。《論語》，何晏《集解》，皇侃《義疏》。毛西河《四書改錯》、劉寶楠《論語正義》、焦循《孟子正義》、李光地《大學古本説》、《中庸章段》、《中庸餘論》、朱亦棟《論語札記》、《孟〔子〕札記》共九種。

《大學中庸章句》、《論語孟子集註》，朱子撰，先儒集解不復能與争席。《簡明目録》。王步青《四書匯參》、吴文園《四書經注集證》、黄瑞《四書會要録》、陳宏謀《四書考輯要》、閻若璩《四書釋地》、宋翔鳳《釋地辨證》、江永《鄉黨圖考》。

納蘭成德《通志堂經解》。《經典釋文》、《禮記集説》、《漢上易傳》最佳。

阮元《皇清經解》。此刻非阮公本意。阮欲翦截精要成《大清經解》，以當唐人《五經正義》，未成，其説見《漢學師承記叙》中。

按《通志堂》多宋、元諸儒發明義理之書，《皇清經解》則漢儒專門訓詁之學，似相反而適相成，有是二者，而説經之書始備。《經籍舉要》。

《史記》古注存者有裴駰、司馬貞、張守〔節〕，三家注各爲書，宋元豐時合刊之。《簡明目録》。

《三國志》裴松之注，引據博洽，至今爲考證之資。又。

《水經注》，酈道元注，戴震、全祖望、趙一清、董祐誠本最善。《經籍舉要》。案趙博戴精。齊召南《水道提綱》。傅澤洪《行水金鑑》。

諸子有精注本。《輶軒語》。《老子》，王弼注，吴澄注，張爾岐説略，姚鼐章義。《莊子》，郭象注，姚鼐章義。《孫子》，孫星衍《十家注》本。《荀子》，劉台（撰）〔拱〕、郝懿行補注。《淮南子》，許慎、高誘注；錢塘《天文訓注》。《白虎通》，陳立疏證。《孔子家語》，仁和孫志祖疏證。

《文選》爲文章淵藪，善注又考證之資糧。《簡明目録》。按經史子集注本，善者甚夥，兹不備録。按經史子集，詞義古奧，非注解不能發明，是故傳注、疏解、箋釋，皆所以發明本文者也。今世去古已遠，本文不明，賴注解以明之。注解果與本文合，而又能發明之，由此以獲古人之心，較之冥心搜索，事半功倍，此讀者所以必求之精注本也。注解之不合本文，與不能發明者，何足算乎？即合乎本文，而又能發明之，傳注亦傳注本文，疏解亦疏解本文，箋釋亦箋釋本文者也。本文明，舍傳注、疏解、箋釋可也。是故讀書要以本文爲主。以上傳注。

讀文

詩、古文各要從聲音證入，不知聲音，總爲門外漢耳。姚鼐。

大抵學古文者必要放聲疾讀，又緩讀，祇久之自悟。若但能默看，即終身作外行也。姚鼐。

急讀以求其體勢，緩讀以求其神味，得彼之長，悟我之短，自有進也。姚鼐。

凡行文多寡、長短、抑揚、高下，無一定之律，而有一定之妙，可以意會而不可以言傳。學者求神氣而得之於音節，求音節而得之於字句，則思過半矣。其要只在讀古人文字時，設以此身代古人説話，一吞一吐，皆由彼而不由我，爛熟後，我之神氣即古人之神氣，古人之音節都在我喉吻間，合我喉吻者，便是與古人神氣音節相似處，久之，自能鏗鏘發金石。劉海峰。

古人文章可告人者惟法耳，然不得其神而徒守其法，則死法而已。要在自家於讀時微會之。

韓退之、蘇明允論作文處，他都是下這般工夫，實見得那好處，方作出這般文章，他都是將三代以前文字熟讀後，故能如此。朱子。

吕東萊《論看文字法》：「學文須熟看韓、柳、歐、蘇，先見文字體式，然後徧考古人用意下句處。蘇文當用其意，若用其文，恐易厭人，蓋近世多讀故也。第一看大概主張，第二看文勢規模，第三看綱目關鍵，如何是主意首尾相應，如何是一篇鋪叙次第，如何是抑揚開合處，第四看警策句法，如何是一篇警策處，如何是下句下字有力處，如何是起頭、换頭佳處，如何是繳結有力處，如何是融化、屈折、翦截有力處，如何是實體貼題目處。」

看論須先看主意，然後看過接處。論之斂結處須要著些精神，要斬截。他人所詳者我略，他人所略者我詳。東萊。

讀者得其要領，於其開合、波瀾、抑揚、反覆、轉换、變化、起伏、斂收，種種自能領取。凡詩文事，與禪家相似，須由悟入，非語言所能傳。然既悟後，則返觀昔人所論文章之事，極是明了也。欲悟，亦無他法，熟讀精思而已。姚鼐。

讀古文未多，終是文字體輕語弱，更多將古人涵泳方得。許文正。

夫讀書無他奇妙，只在一「熟」。所云「熟」者，非僅口耳成誦之謂，必且沉潛體味，反覆涵演，使古人之文若自己出，雖至於夢囈顛倒中，朗朗在念，不復可忘，方謂之「熟」。如此之文，誠不在多，只數十百篇，可以應用不窮。

東萊曰：「論有三等。上焉藏鋒不露，讀之自有滋味；中焉步驟馳騁，飛沙走石；下焉用意庸庸，專事造語。」汪份曰：「《孟子》之文，已事馳騁，如『保民』章、『許行』章、『好（辦）〔辯〕』章，可謂飛沙走石矣，而以之爲次，可乎？吾願學者毋惑于藏鋒不露之説，而至于平庸以自誤也。」

敏樹自少讀書，喜文事，弱冠忽然有悟文章之爲者，讀《易》、《詩》、《書》，皆以文讀之，自是落筆爲文，輒高異，古文之道，且躍然胸中矣。吴南屏。

李方叔云：「東坡教人讀《戰國策》學説利害，讀賈誼、晁錯、趙充國章疏學論事，讀《莊子》學論性理，又須熟讀《論語》、《孟子》、《檀弓》，要志趨正當，讀柳韓，令記得數百篇，要知作文體面。」

《詩》、《書》、《左氏》、西漢，最宜精熟，須多讀古文，筆端自然可觀。真西山。

先讀秦漢、韓、柳、歐、曾文字，以養根本。吕東萊。

熟讀《漢書》、韓、柳文，不到，不能作文章。朱子。

日讀西漢文，殊嘆息，大須熟讀唐宋八家，乃見其妙。文似無間架，無針線，然錯綜曲折，照應牽拂，最巧妙。但文古樸，法不易見，非如八家起伏轉折、徑路可尋耳。拙處愈雋，生處愈韻，樸處愈華，直處愈曲折，粗俗處愈文雅。前輩嘗云「西漢風韻」，今人但以龐厚當之，流爲癡重肥室，失之遠矣。《續錦機》。

《文章軌範》第六集，諸葛武侯《前出師表》、韓文公《送浮屠文暢師序》、《柳子厚墓誌》、元次山《大唐中興頌序》、柳柳州《書箕子廟碑陰》、范文正公《嚴先生(詞)〔祠〕堂記》、辛稼軒《跋紹興親征詔草》、李太伯《袁州學記》、李文叔《書洛陽名園記後》、范文正公《岳陽樓記》。才、學、識三高，議論關世教，古之不朽者如是夫。人能熟此集，學進識進，而才亦進矣。謝疊山。按《軌範》七集，「放膽」二集，「小心」五集。其一集粗枝大葉之文，本于禮義，老于世俗，合于人情，二集辨論攻擊之文，氣勢雄健，三集斷制精確，四集道理强勝，五集謹嚴簡潔，至七集則與古争先。學者初要膽大，終要心小，由粗入細，由繁入簡，由豪蕩入純粹，則有條不紊矣。按王荆公云：「讀古人文字，當取其近時者；讀今人文字，當取其近古者。」善哉言乎。取其近時者則易明，取其近古者則不致囿於俗已。是故，讀近人文必雅馴近古者，讀三代、兩漢文必淺顯近時者，淺顯近時，雖童子亦易明曉。所以教童子必自淺近始，淺近者明，然後及其深奧者，不致枉費時日而無成功。此《軌範》七集所以由粗而細、由淺而深也。讀古人文字切須分看合看，則作文時方能合拍。分開一字一句、一氣一段看，則用意下字、造語遣詞，分寸銖兩，不致有差；合起一篇看，則前段、中段、後段，意各有屬，而大旨所在，亦可知已。如是一篇有一篇之益，自與草草過目者大不相同。

行文

按爲文之法，八家門徑，《姚選》體例，蓄理儲實，實即故實也。熟讀《史記》最要，《史記》爲文章鼻（禮）〔祖〕，《漢書》其次也，經濟、學問、人品須於是焉，則立言難哉。古文須從八家入手，韓不易學，學歐成，恐不結實，柳、王爲佳。

立言之道，聖人嘗於《易》示之矣。《艮》五之繇曰「言有序」，《家人》之象曰「言有物」，凡文之愈久而傳者，未有越此者也。方苞。

竊觀古之作者，莫不期於自達其性情而止。要以廣讀書、善養氣爲本，根極至性，原委六經，所以立命。貫穿百氏，上下古今，縱横事理，使物莫足礙之，所以安身也。子長之《自叙》，退之之《答李翊書》，其致可概見矣。《續錦機》。

文章，天下之難事。其法度雜見于百家之書，學者不偏考之，則無以知古人之淵源。予初學屬文，敏之兄爲予言如此。元好問《錦機引》。今人學古文以爲古文，唐宋巨公學諸子以爲古文，此八家秘奧。包世臣：「八家工力至厚，莫不沉酣于周秦兩漢子史百家，而得體勢于韓公子、《吕覽》者爲尤深，徒以薄其爲人，不欲形諸論説，然後世有識，飲水辨源，其可掩耶？」

養氣之功在於集義，文章之能事在於積理。《續錦機》。

讀書多，義理明，充溢其氣，慎擇其辭。此數言本末兼該，足盡文章之理。姚鼐。

余喜勸人讀書，有一分學識便有一分文章，但得古今十分貫穿，自然才力百倍。然學問不深，往往使才不盡。《鈍吟雜録》。

古人規模間架、聲響節奏皆可學，唯妙處不可學。須是讀書時一心兩眼，痛下工夫，得他好處。司馬光論文。

多讀書，則胸次自高，出語皆與古人相應，一也。博識多知，文章有根據，二也。所見既多，自知得失，下筆知取舍，三也。《鈍吟雜録》。

文之不可絶於天地間者，曰明道也，紀政事也，察民隱也，樂道人之善也。若此者有益于天下，有益於將來，多一篇多一篇之益矣。若夫怪力亂神之事，無稽之言，剿襲之説，諛佞之文，有損於己，無益于人，多一篇多一篇之損矣。《續錦機》。

古人學問自羈貫就傅以往，歲有程，月有要，年未及壯，九經、三史、七略、四部之樞要，已總萃於胸中。其有著作，叩囊發匱，舉而措之而已。李長蘅。

古人之文章，銜華佩實，畫然不朽，或源或委，咸有根柢。韓、柳所讀之書，其文每臚陳之。

宋景濂爲曾侍郎志，叙古人讀書爲學之次第，此唐宋以來高曾之規矩也。宋人傳考亭、西山讀書分年之法，若自八歲入小學，迨於二十四五，經經緯史，首尾鉤貫，有失時失序者，更展二三年，則三十前已辦也。自是厥後，儲峙完具，逢源肆應，富有日新，舉而措之而已耳。眉山出蜀應舉，若已在學成之後，方希哲負笈潛溪，前後六載，學始大就，皆此法也。

爲文當先留心史鑑，熟識古今治亂之故，則文雖不合古法，而昌言偉論，亦足信今傳後，此經世、爲文合一之功也。《日録》。

多讀古人書，便自沉浸變换，發生不窮。《續錦機》。

〔歐〕陽文忠公云：「無他術，惟多讀書而多爲之，自工。」

讀書勿求多，唯要貫穿，使義理融暢，則欲下筆時不塞吃也。《續錦機》。

又讀書固必熟而後用，亦有用而後熟，此又不可不知也。若必待熟而後用，則遂有雖熟而不用者矣。此其法當先勉强用之，用之既久，亦能成熟。

言之不文，不能行遠。今人所習大概世俗之調，無異史胥之案牘、旗亭之日曆，即有議論叙事，終非鹵簿中物。學文者須熟讀三史、八家，積聚竹頭木屑、常談委事，無不有來歷，而後方可下筆。顧傖父以世俗常見者爲清真，反視此爲脂粉，亦可笑也。黄黎洲。

蘇子瞻叙《南行集》曰：「昔之爲文者，非能爲之爲工，乃不能不爲之爲工也。」古之人，其胸中無所不有，天地之高下，古今之往來，政治之隆污，道術之醇駁，包羅旁魄，如數一二。及其境會相感，情僞相通，鬱陶駘蕩，無意於文而文生焉，此所謂不能不爲者也。

文人宜遵五經六藝爲文，諸子傳書爲文，造論著説爲文，上書奏記爲文，文德之操爲文，立五文在世，皆當賢也。王充《論衡》。

文必本之六經，始有根本。唯劉向、曾鞏多引用經語，至於韓、歐融聖人之意而出之，不必用經，自然經術之文也，近見巨子動將經文填塞，以希經術，去之遠矣。黄黎洲。

文章不朽，全在道理上説得正、見得大，方是世間不可少之文。若古今文集，一連三四篇不見一緊要關繫語，便知此人只在文士窠臼中作生活者。然要揀正大道理説，又有二病：一是古聖賢通同好語，掇拾敷衍，令人一見生厭，惟恐不完；一是真正切要好語，却與吾生平爲人南轅北向，了不相涉，即不必言清行濁，立意欺世盜名，亦未免爲識者所鄙笑矣。魏叔子《裹言》。

左氏、西漢、《文選》、韓、柳、歐、蘇、曾子固、陳無己、張文潛、秦少游、《文粹》，皆須分門節，如郊祀、禮樂、宫室、朝會、官名、書籍、器用、祥瑞、車旗、聖學、御製、御書之類是也。吕東萊。

南豐序晏元獻公《類要》：「總七十四篇，皆公所手鈔。六藝、太史、百家之言，騷人墨客之文章，至於地志、族譜、佛老、方伎之衆説，旁及九州之外，蠻夷荒忽、詭變奇跡之序録，皆披尋紬繹。公之得於内者在此，所以光顯於世者，有以哉。觀公所自致者如此，則知士不素學而處從官大臣之列，備文儒道德之任，其能不餒且病乎？此公之書所以爲可傳也。」《辭學指南》。

謝景思曰：「四六全在編類古語，唐李義山有《金鑰》，宋景文有一字至十字對，司馬文正有《金桴》，王岐公最多。」又。

《中興館閣書目》：「陸贄《備舉文言》三十卷，摘經史爲偶對類事，共四百五十二門。李商隱《金鑰》二卷，以帝室、職官、歲時、州府四部，分門編類。韓愈《西掖雅言》五卷，序云：『餘暇擬作，自大制令逮于百執事。』或云非愈所作。」又。

開源不億仞，則無懷山之流；崇峻不凌霄，則無彌天之雲。財不豐，則其惠也不博；才不遠，則其辭也不贍。《抱朴子》。

近代之僞爲古文者，其病有三：曰傚，曰剽，曰奴。寠人子賃居廊廡，主人翁之廣廈華屋，皆若其所有。問其所托處，求一(第)〔茅〕蓋頭，曾不可得，故曰傚也。(權)〔椎〕埋之黨，銖兩之奸，夜動而晝伏，忘衣食之源而昧生理。韓子謂降而不能者類是，故曰剽也。傭其耳目，囚其心志，呻呼嚬躞，一不自主，仰他人之鼻息而承其餘氣，縱其有成，亦千古之隸人而已矣，故曰奴也。《續錦機》。

末學之失，其病有二，一則蔽於俗學，謂不窮源經史。一則誤於自是。謂師心自用，謂以晚近僞謬爲準。文本於才，才命於氣，氣帥於志，志立於學。學以基之，志以成之，文不期工而自工矣。苟徒驅之以才，駕之以氣，則才有時而盡，氣有時而衰，文能久而不蹪乎？王禕《華川卮辭》。

氣之静也，必資於理，理不實則氣餒；其動也，挾才以行，〔行〕〔才〕不大則氣狹隘。然而才與理者，氣之所馮，而不可以言氣。才於氣爲尤近，能知才與氣之爲異者，則知文矣。《續錦機》。

天下之文，最患於無真氣，有真氣者或無特識高論，又或不合古人之法。合古法者，或拘牽摹擬，不能自變化。是以能者雖多，求其足自成立，庶幾古作者立言之義，則不少概見。《續錦機》。

曹子〔恒〕〔桓〕曰「文章以氣爲主」，李文饒舉以爲論文之要，予取韓、李之言參之。退之曰：「氣，水也；〔言〕，浮物也。水大者，物之浮者大小畢浮。氣盛則言之短長與聲之高下皆宜。」此氣之溢于言者也。習之曰：「義深則意遠，意遠則理辨，理辨則氣直，氣直則詞盛，詞盛則文工。」此氣之根於志者也。根於志，溢于言，經之以經史，緯之以規矩，而文章之能事備矣。《續錦機》。

士必不得已於言，則文不可以不工。蓋意有餘而文不足，則如吃人之辨訟，心未嘗不虛，理未嘗不直，然而或屈者，無助於辭而已。觀書契以來，特立之士未有不工於文者，故毅然盡心思與古人並。《宋史・吕南公傳》。

夫文章一事，而其所以爲美之道非一端。命意立格，行氣遣辭，理充於中，聲聞於外，數者一有不足，則文病矣。作者每意專於所求，而遺於所忽，故雖有志於學，而卒無以大過乎凡衆。故必用功勤而用心精密，兼收古人之具美，融合於胸中，無所凝滯，則下筆時自無得此遺彼之病也。姚鼐。

凡學文，初要膽大，終要心小。由粗入細，由俗入雅，由繁入簡，由豪蕩入純粹。謝疊山。

寧拙毋巧，寧樸毋華，寧粗毋弱，寧僻毋俗，詩文皆然。《後山詩(語)〔話〕》。

文章之事，望見塗轍可以力求，而才力高下必由天授。大抵好文字亦須待好題目然後發，積學用功以俟，一旦興會精神之至，雖古名家亦不過如此而已。姚鼐。

學文者，利病短長，下筆時必自知之，更取以與所讀古人文較量得失，使無不明了。充其得而救其失，可入古人之室矣，豈必同時人言其優劣哉?言之者未必當，不若精心自知之明也。又。

作文必要悟入處，悟入必自工夫中來，非僥倖可得也。《續錦機》。

大抵文字須熟乃妙，熟則利病自明，手之所至，隨意生態，常語滯意，不遣而自去矣。姚鼐。

作文本以明義理、適世用，而明義理、適世用必有待於文人之能事，程子謂「無子厚筆力，發不出」。劉海峰。

每自屬文，恒患意不稱物，文不逮意。陸機《文賦》。

陳同甫曰：「大凡論意與理勝，則文字自然超衆，故大手之文不爲詭異之體而自宏富，不爲險怪之辭而自典麗，奇寓於純粹之中，巧藏於和易之内。不善學文者，不求高於意與理，而務求異於文彩辭句之間，則亦陋矣。」林氏執（吾）〔善〕曰：「作論當如文與可畫竹，皆先有成竹於胸中，若胸中無個成竹，逐步揣摩，旋生議論，安有渾成氣象？」

凡文字不可走了樣子，《史記》創一個樣，後來史書便依他；敘記諸文，韓昌黎創一個樣，後來亦便依他。其初創爲者都非常人，若後來不是此等人，生要創爲，便不成樣子。《榕村語録》。

劉知幾云：「史有三長：才、學、識，世罕兼之。有學無才，猶愚賈操金，不能殖貨；有才無學，猶巧匠無楩楠斧斤，弗能成。善惡必書，使驕君賊臣知懼。」時以爲篤論。

韓退之謂「沉潛乎訓義，反覆乎句讀」，須有沉潛反覆之功，方得。讀書將義理去澆灌心腹，漸漸盪滌去那淺近鄙俗之見，方會見識高明。朱子。

説理之文，以論事出之，則無微不顯；論事之文，以説理出之，則無小非大。蓋必事與理相足，而後辭達，辭達而後辭之能事畢。李紱。

學者所以總群道也，群道統乎己心，群言一乎己口，唯所用之。默則立象，語則成文。述千載之上若共一時，論殊俗之類若與同室，探幽明之故若見其情，原治亂之漸若指己効。故《詩》曰「學有緝熙於光明」，其此之謂也。徐幹《中論》。

古之爲文，法在文成之後，詞由理出，文自詞生，法以文著，相因而成者也，非求法而作也。後世之爲文，先求法度，然後措詞以求理，法在文成之前，以理從詞，以詞從文，以文從法，所以愈工而愈無法也。郝伯常論文。

禹敷土，隨山刊木，奠高山大川，既成功矣，然後筆之爲《禹貢》之文。周制聘覲、燕享、餽食、昏喪諸禮，其升降揖讓之節既行之矣，然後筆之爲《儀禮》之文。孔居鄉黨，容色言動之間，從容中道，門人弟子既習見之矣，然後筆之爲《鄉黨》之文。其他格言大訓，亦莫不然。必有其實，然後文隨之，初未嘗以徒言爲也。《續錦機》。

宋樓昉迂齋云：「古人用字、古人名字，明用不如暗用。前代故事，實説不如虚説。五行家之言，以爲明合不如暗合，拱實不如拱虚。知此説，可以悟作文之法。」

夏竦字子喬，初學文於姚鉉，鉉使爲《水賦》，限以萬字。竦作三千字示鉉，鉉怒而不視，曰：「汝何不於水之前後左右廣言之？」竦益之，得六千字。鉉喜曰：「是子可教矣。」《宋稗（史）〔類〕鈔》。

林錢崖與吴介兹云：「張元長謂作文如打鼓，邊鼓雖要極多，中心却少不得幾下。予謂鼓心裏但少不幾下耳，却多打不得，以打邊鼓左右時，其下下意都已送到鼓心裏去也。今人之文，高者下下打邊，呆者下下搥心，求其中邊皆甜者烏有哉。」

文之工者，美必兼兩，每下一筆，其可見之妙在此，却又有不可見之妙在〔彼〕。辟如作屋，左砂高聳，右砂低卸，必須培高右砂方稱。拙者壘土填石，人一見知爲補右砂之闕；巧者只栽竹樹，令高與左齊，人一見只賞嘆林木幽茂之妙，而不知其意實補右砂低卸也。《續錦機》。

徐節孝云：「某少讀《貨殖傳》，見所謂『人棄我取，人取我與』，遂悟爲學法。蓋學〔能〕知人所不能知，爲文能用人所不能用，斯爲善矣。」

物亦有善變易染者，惟茶。近蘭似蘭，近桂似桂，似蘭似桂，而茶已失其故我，一一多似，而茶之爲茶者盡亡矣。自優孟不比爲兩人之衣冠，米海岳少時不免集古字之誚，太史公所以貴於自成一家言。徐世（傳）〔溥〕。

一人送文字求正於王陽明，許曰：「某篇似左，某篇似班，某篇韓、柳。」其人大喜。或以問陽明，陽明曰：「我許其似，正謂其不自做文，而求似人也。譬如童子垂髫，整衣向客，嚴肅自是可敬。若便童子戴假面，卦假鬚，傴僂咳嗽，儼然老人，人但笑之而已，又何敬焉？」觀此則知，似人之文，終非至文。江盈科。

司馬子長采《左氏内外傳》、《國策》、《世本》以爲《史記》，楊用修取《華陽國志》、王象之《紀勝》、《成都碑目》、費著《器物譜》、《蜀錦譜》、《蜀箋譜》，以爲《蜀志》，昔人謂可以爲修志乘法。予見康對山《武功志》前幅載《織錦璿璣詩圖》，劉九經《郿志》前幅載《武侯木牛流馬圖》，殊有別趣，但如此佳料不易得耳。《香祖筆記》。

好題須討論纂組，庶幾得用。如唐十道山川、貢賦，若非先整比，縱使㙻屋將《唐書》一部去，如何成文？漢振旅還京師，若非參合諸《傳》，則獨有《本紀》「山東」數語，豈無遺事？《辭學指南》。

昔孟子答公孫丑問好辨，中間歷叙古今治亂相尋之故，凡八節，所以深明聖人與己不能自已之意，終而又曰：「豈好辯哉？予不得已也。」蓋非獨理明義精，而字法、句法、章法，亦足爲文楷式。迨唐韓昌黎作《諱辨》，柳子厚《桐葉封弟》，識者謂其文效《孟子》，信矣。大抵辨須有不得已而辨之意，苟非有關世教，有益後學，雖工，亦奚以爲？

「作文須昌其氣，先使一篇機軸定於胸中，然後下筆當沛然莫禦矣。」又云：「詞必根據道理，雖恒言近事，亦不可略。」《明詩綜》。

文字首尾照應之法，有明用繳應起處者，有竟不顧者，有若無意牽動者，有反罵通篇大意者。《續錦機》。

主意一定，中間要常提掇起，不可放過。《續錦機》。

就文章家論之，雖其繩墨布置、奇正轉摺，自有專門師法。至於中一段精神、命脈、骨髓，則非洗滌心源、獨立物表、具今古隻眼者，不足以與此。唐順之。

作文者，散處思整，流處使停，吐舌伸牙處能提纏握索。《明詩綜》。

歐陽公云：「著撰苟多，更自精擇，少去其繁，則峻潔矣。然不必勉强，勉强簡節之，則不流暢，須待自然。」又云：「作文之體，初欲馳騁，久當樽節，使簡重嚴正，或時放以自舒，勿爲一體，則盡善。」

歐陽公每一文成，必粘於壁，迴環朗誦，苟言辭與聲音有未協者，必數易草焉。《續錦機》。

文字一篇之中，須有數行齊整處，須有數行不齊整處。或緩、或急、或顯、或晦，緩急顯晦相間，使人不知其爲緩急顯晦。常使經緯相通，有一脉過接乎其間，然後可。蓋有形者綱目，無形者血脉也。有用文字，議論文字是也。爲文之妙，在叙事狀情。筆健而不粗，意深而不晦，句新而不怪，語新而不狂。常中有變，正中有奇。題常則意新，意常則語新。辭源浩渺而不失之冗，意思新轉處多則不緩。結前生後，曲折斡旋，轉换有力，反覆操縱。吕東萊。

文之至者，當如稻粱可以食天下之饑，布帛可以衣天下之寒，下爲來學所禀承，上爲興王所取法，則一立言之間，而德與功已具。《續錦機》。

夫詩文之道，萌芽於人心，蟄啓於世運，而茁長於學問。三者相值，如燈之有炷有油有火，而燄發焉。今將欲剔其炷、撥其油、吹其火，而推尋其何者爲光，豈理也哉？方其標舉興會，經營將迎，新吾故吾，剥换於行間，心神識神，湧現於句裏，如蜕斯易，如蛾斯術，心了矣而口或茫然，手了矣而心尤介爾。於此之時，而欲鏤塵而畫影，尋行而數墨，非愚則誣也。《續錦機》。

當其執筆時，瞑目遐思，身與天地忘，每語人曰：「用志不分，思神將通之。」《李翺傳》。

士君子凡有撰述，當爲千秋萬古計，不當爲一時計。當爲海内萬口萬目計，不當爲一人計。必須胸有萬卷，眼無纖塵，天下函矢交攻，碪椎擊搏，了無縫隙，而後可以成一家之言。凡文人下筆，須具此識解。《續錦機》。

天下不可無此人，亦不可無此書，而後足以當君子之論。《讀書訣》。

蓋觀古人文能傳後世者，當其下筆之始，作者精神已是擁護於千百年之後。故僕嘗曰：「其文能自傳於世，非世之能傳之。」

文所以可傳，中必有物。其文能自傳於世，非世之能傳之。《續錦機》。

悲傷忠憤之至，盤曲糾纏，而無以自遂，其與政事之得失，邪正之消長，不以一身禍福易其憂國之思，含悲負痛，殷然而無以自解，故奮筆楮端，鋒銛芒暨，感慨淋漓，刺人於眉睫之間，而怵人於意氣之微。一篇亦見，數行亦見，如獅子殺物，若大若小，一付以不欺之(刀)〔力〕。以此知文須有爲而作，若其無爲，可以不作也。蕭士瑋。

文字只求千百世後一人兩人知得，不求並世之人，人人知得。劉海峰。

九天之屬，其高不可窺，八柱之列，其厚不可測，吾文之量得之；焜燿魄淵，運行不息，基地萬熒，纏次弗紊，吾文之敥得之；崑崙玄圃之崇清，層城九重之嚴邃，吾文之峻得之；南桂北瀚，東瀛西溟，杳渺而無際，涵負而不竭，魚龍生焉，波濤興焉，吾文之深得之；雷霆鼓舞之，風雲翕張之，雨露潤澤之，鬼神恍惚，曾莫窮其端倪，吾文之變化得之；上下之間，自色自形，羽而飛，足而奔，潛而泳，植而茂，若洪若纖，若高若卑，不可以數計，吾文之隨物賦形得之。宋濂《文原》。

古人法度，猶工師規矩，不可叛也。而興會所至，感慨、悲憤、愉樂之激發，得意即書，浩然自快其志。此一時也，雖勸以爵禄不肯移，懼以斧鉞不肯止，又安有左氏、司馬遷、班固、韓、柳、歐陽、蘇，在其意中哉。《續錦機》。

蘇東坡與人云：「某生平無快意事，惟作文章，意之所到，則筆力曲折，無不盡意，自謂世間樂事無踰此。」

吾每爲文章，未嘗敢以輕心掉之，懼其剽而不留也；未嘗敢以怠心易之，懼其馳而不嚴也；未嘗敢以昏氣出之，懼其昧没而雜也；未嘗敢以矜氣作之，懼其偃(塞)〔蹇〕而驕也。抑之欲其奥，揚之欲其明，疏之欲其通，沉之欲其節，激而發之欲其清，固而存之欲其重，此吾所以羽翼夫道也。本之《書》以求其質，本之《詩》以求其恒，本之《禮》以求其宜，本之《春秋》以求其斷，本之《易》以求其動，此吾所以取道之原也。參之《穀梁》以厲其氣，參之《孟》、《荀》以暢其支，參之《老》、《莊》以肆其端，參之《國語》以博其趣，參之《離騷》以致其幽，參之太史以著其潔，此吾所以旁推交通而以爲之文也。柳宗元《答韋中立書》。

文辭與政化相爲流通，上而朝廷，下而臣庶，皆資之以達務。是故祭饗郊廟則有祠祝，播告寰宇則有詔令，胙土分茅則有册命，陳師鞠旅則有誓戒，諫諍陳請則有章疏，紀功燿德則有銘頌，吟咏鼓舞則有詩騷。所以著其章典之懿，叙其聲名之實，制其事，爲之變，發其性情之正，闔闢化原，推拓政本，若有不疾而速，不行而至者矣。然必生於光嶽氣完之時，通乎天人精微之藴，索乎歷代盛衰之故，洞乎百物榮悴之情，覈乎鬼神幽明之賾，貫乎華夷離合之由，舉其大也極乎天地，語其細也則入夫芒杪，而後聚其精魄，形諸篇翰，渢渢乎，泱泱乎，誠不可尚矣。宋濂《歐陽公集叙》。

取《左氏》、《史》、《漢》叙事之可喜者，與後世記、序、傳、志之典則簡嚴者，以爲作文之式。若夫有志于史筆者，自當深求《春秋》大義，而參之遷、固諸書。真德秀。

吾爲史官，不可負天下後世公議。《宋史·袁樞傳》。

史筆天下之大信，一字當否，百世從之，苟無明識，好惡徇情，則禍不測。《金史·耶律孟簡傳》。

宋吴元美作吴縝《新唐書糾謬》序曰：「吴君於歐、宋大手筆，乃能糾謬纂誤，力裨前闕，殆晏子所謂獻可替否，和而不同者。」《續錦機》。

少年未達，投知求見之文亦不可輕作。昌黎集有《上京兆尹李實書》言「今未見有赤心事上、憂國如家如閤下者」，至其爲《順宗實録》則曰「實諂李齊運，驟遷至京兆尹」，與前所上之書，迴若天淵矣，後之君子可以爲戒。又。

高司諫若訥官至尚書左丞，史傳頗稱之，止以歐公書奏貶之，不合人意。然歐公此事原非中道，故晚年編集，亦去此篇。

彭文田嘗謂：「君子提筆撰文，凡是非毁譽之間，不宜草草。如陶穀悔作禪詔，孔文仲悔作伊川彈文，朱文公悔作紫岩墓碑，陸放翁悔作《南園記》，姚雪坡悔作《秋壑記》，李西涯悔作《玄明宫記》。諸公當日，無乃失之草草，或者亦不得已而然乎？」《讀書樂趣》。

吾觀前代馬融懲於鄧氏，不敢復違忤勢家，遂爲梁冀草奏李固，又作《大將軍西第頌》，以此頗爲正直所羞。徐廣爲祠部郎時，會稽王世子元顯録尚書，欲使百寮致敬，臺内使廣立議，由是内外並執下官禮，廣常爲愧恨。陸游晚年再出，爲韓侂胄撰《南園》、《閱古泉記》，見譏清議。是皆非其人而與之者也。非其人而與之，與非其人而拒之，均罪也。必不得已，與其與也，寧拒。至乃儉德含章，其用有先於此者，則又貴知微之君子矣。《元史》。

梁嘗讀《書》至《康誥》、《無逸》諸篇，讀《詩》至《大雅·文王》、《周頌·清廟》等什，雖以（武）周〔武〕、成康之聖，而於后稷、公劉、太王、王季、文王之德，未嘗不艷稱而樂道之，則知先世有德，而以語言文字傳之，亦情所不容已也。特患其文不足以傳其人，或文足以傳而爲文之人不足取信於天下，則未能爲親榮而適足爲親辱。故曾子固曰：「非畜道德而工文章者，無以爲也。」方希哲曰：「善爲親圖者，不在乎得可傳之文，而在乎得可傳之人。」鄭梁《上黄先生書》。

東坡祭張文定文云：「軾于天下，未嘗銘墓，獨銘五人，皆盛德故。」以文集考之，凡七篇。若富韓公、司馬温公、趙清獻公、范蜀公并張公，坡所自作。此外趙康靖、滕元發二誌，乃代張公者。《東坡外紀》。

夫銘誌之著于世，義近于史，非蓄道德者，烏能（辦）〔辨〕之不惑，議之不徇？不惑不徇，則公且是矣。而其詞之不工，則世猶不傳，于是又在其文兼勝焉。故曰：非蓄道德而能文章者，無以爲也。曾鞏《（宋）〔寄〕歐陽舍人書》。墓志、碑銘，昔稱曰「諛墓」。

洵少年不學，生二十五歲，始知讀書，從士君子遊。年既已晚，而又不遂刻意厲行，以古人自期。而視與己同列者，皆不勝己，則遂以爲可矣。其後困益甚，然後取古人之文而讀之，始覺其出言用意，與己大别。時復内顧，自思其才則又似夫不遂止于是而已者。由是盡燒曩時所爲文數百篇，取《論語》、《孟子》及其他聖人、賢人之文，而兀然端坐，終日以讀之者七八年。方其始也，入其中而惶然，博觀於其外而駭然以驚。及其久也，讀之益精，而其胸中豁然以明，若人之言固當然者，然猶未敢自出其言也。時既久，胸中之言日益多，不能自制，試出而書之，已而再三讀之，渾渾乎覺其來之易矣。然猶未敢以爲是也。蘇洵《上歐陽内翰書》。

古之人，其學殖之所醖釀，精氣之所結轖，千載而下，倒見側出，恍惚於語言竹帛之間。

《易》曰「言有物」，又曰「修詞立其誠」，《記》曰「不誠無物」，皆謂此物也。今之人，耳傭目僦，降而剽賊，如《弇州四部》之書，充棟宇而汗牛馬，即而視之，枵然無所有也，則謂之無物而已矣。《續錦機》。

韋貫之居輔相，裴均子持萬縑，請撰先銘，答曰：「吾寧餓死，豈能爲是哉。」《唐書·韋貫之傳》。

劉乂常穿屐破衣，聞韓愈接天下士，步歸之，因持愈金數斤去，曰：「此諛墓中人得耳，不若與劉君爲壽。」愈不能止。《唐書·劉乂傳》。

萬季野語余曰：「子於古文，信有得矣，然願子勿泥也。唐宋號爲文家者八人，其於道粗有明者，韓愈氏而止耳，其餘則資學者以愛玩而已，於是非果有益也。」余輟古文之學而求經義自此始。方望溪《萬季野墓表》。

摹倣

按古人有云「文以傳志」，所以如其意而文之以詞也。又云「文以載道」，所以本乎道而筆之于書也。理精學博，獨抒所見，前無古人，後無來者，詞旨雅馴，議論精要，是本乎道而達之以辭，蓋不僦、不剽、不奴也。夫文至摹倣，斯爲下矣。然亦有本非摹倣，而偶與古合者，可見文人之心固自相同，不足爲病。若初學爲文，則不得不因程式爲之，蓋篇法、章法、句法、字法各有規矩也。孟子云：「大匠誨人，能與人以規矩，不能使人巧。」學者誠能循規蹈矩，久之，而巧乃生焉，神而明之，存乎其人之自得焉爾。

作文雖不貴模倣，然要使古今體式無不備於胸中，始不爲大體目所壓倒，此古人所以讀萬卷也。黄黎洲《論文管見》。

朱文公：「古人作文多摹倣前人，學之既久，自然純熟，韓柳《答李翊》、《（來）〔韋〕中立書》可見其用力處。」《辭學指南》。

列禦寇之言理也，則憑李叟；揚子雲之草《玄》也，全師孔公。（關）〔苻〕朗則比跡於莊周，范曄則參踪於賈誼。況（使）〔史〕臣注記，其言浩博，若不仰範前哲，何以貽厥後來？蓋模擬之體，厥途有二：一曰貌同而心異，二曰貌異而心同。列國命官，卿與大夫爲別，必於國史所記，則卿亦呼爲大夫，此《春秋》之例也。而譙周撰《古史》，思欲擯抑馬《記》，師放孔經。其書李斯之棄市也，乃云「秦殺其大夫」。以諸侯之大夫名天子之丞相，以此而擬《春秋》，所謂貌同而心異也。當春秋之世，列國甚多，每書他邦，皆顯其號，至於魯國，直云我而已。而干寶撰《晉紀》，至天子之葬，必云「葬我某皇帝」。且無二君，何我之有？以此而擬《春秋》，又所謂貌同而心異也。《公羊傳》屢云「何以書？記其事也」，此則先引經語，而繼以釋辭，勢使之然，非史體也。如吴均《齊春秋》每書災變，亦曰「何以書？記異也」。夫事（他）無他議，言從己出，輒自問而自答者，豈是叙事之理者邪？以此而擬《公羊》，所謂貌同而心異也。《左傳》叙桓公在齊遇害，而云「彭生乘公，〔公〕薨於車」，如干寶《晉紀》叙愍帝殁於平陽，而云「晉人見者多哭，賊懼帝崩」，以此而擬《左氏》，所謂貌異而心同也。《左氏》與《論語》有叙人酬對，苟非類辭積句，但是往復唯諸而已，則連續而說，去其「對曰」、「問曰」等字。如裴子野《宋略》云「李孝伯問張暢：『卿何姓？』曰：『姓張。』『張長史乎？』」以此而擬《左氏》、《論語》，又所謂貌異而心同也。人皆好貌同而心異，不尚貌異而心同，蓋鑒識不明，嗜愛多僻。袁山松云：「書之爲難也有五：煩而不整，一難也；俗而不典，二難也；書不實録，三難也；賞罰不中，四難也；文不勝質，五難也。」夫擬古而不類，此乃難之極者，何爲獨闕其目乎？《史通》。

古文家退之取於六經、孟子，子厚取於韓非、賈生，明允雜以蘇、張之流，子瞻兼及於莊子。學之至善者，神合焉；合而不至者，貌存焉。姚鼐。

近世人習聞錢受之偏論，輕譏明人之摹倣。文不經摹倣，亦安能脱化。觀古人之學前古，摹倣而渾妙者自可法，摹倣而鈍滯者自可棄，雖揚子雲亦當以此義裁之，豈但明賢哉。又。

文士之效法古人，莫善於退之，盡變古人之形貌，雖有摹擬，不可得而尋其跡也。其他雖工於學古，而述不能忘，揚子雲、柳子厚於斯，蓋尤甚焉。以其形貌之過於似古人也，而遽擯之，謂不足與於文章之事，則過矣，然遂謂非學者之一病，則不可也。又。

古人爲文，未有一無所本者。如韓退之《諱辨》，本《顏氏家訓》；歐之論隱公非攝，本何氏《膏肓辨》；堯舜、后稷世次差舛，本杜預《釋例·世族譜》；蘇之序延州來季子壽，本孔穎達《正義》。不知其偶合歟？抑亦稍循其說，而縱横出之也？然文忠公所作《送廖倚序》，即退之《送廖道士序》也；《藥師院佛殿記》即《圬者傳》也。此其原委，皆顯然可見，儻古人亦不盡諱之與。汪琬《跋歐陽公集》。

韓文擬體《祭竹林神文》，其體疑出於《書》；《祈太湖神文》，其體疑出於《國語》；《弔武侍御史文》，其體疑出於《離騷》；其哀歐陽詹、獨孤申叔之文，疑合於《莊子》內篇、賈誼《(鵬)〔鵩〕賦》之體。柳文擬體《天對》，則祖出平之《天問》；其《乞巧》之文，則擬揚雄之《逐貧》；《先友記》，則法《家語・七十二子解》。《潘子岳詩話》。

韓退之作《毛穎傳》，此本南朝俳諧文《驢九錫》、《雞九錫》之類，而小變之耳。俳諧文字雖出於戲，實以譏切當世封爵之濫，而退之所致意，亦正在「中書君老不任事，今不中書」等數語，不徒作也。文章最忌祖襲，此體但可一試之耳。又。

柳子厚文有所模倣者極精，如《自解》諸書，是倣司馬遷《與任安書》。又曰：「子厚諸書悲傷悼惋反覆，與太史公《答任安書》辭氣頗相類。」朱子。

薑塢先生云：「《封禪文》，相如創爲之，體兼賦頌，其設意措詞，皆翔躡虛無，非如揚、班之徒誕妄貢諛，爲蹠實之文也。搆結若無畔岸，如雲興水溢，一片渾茫駿逸之氣。觀揚、班之作，而後知相如文句句欲活。」司馬長卿《封禪文》，規模自《虺誥》、《伊訓》諸篇來；揚子雲《劇秦美新》，全是摹擬《封禪》；班孟堅《典引》，則又兼攝馬、揚二家者也。

宋玉《對楚王問》，亦是騷家餘韻，假問答成文，亦本《卜居》、《漁父》之格；東方曼倩《答客難》，自《對問》來；揚子雲其體麗過於揚，而氣質不逮；至韓昌黎《進學解》，而大變矣。古人體各有淵源，要以變化爲貴。此等文字與《封禪文》等篇，皆辭賦類也，蓋其設爲問答，并無實事。

《禹貢》九州平叙，《子虚》所祖；水道串叙，《上林》所祖。

皇甫湜有《皇甫持正集》六卷，其文與李翱同出韓愈。翱得愈之醇，湜得愈之奇崛。

韓文重於今世，蓋自歐公始倡之。公集中擬韓作多矣，予能言其相似處。公《祭吴長〔文〕〔史〕文》似《祭薛中丞文》，《書梅聖俞詩稿》似《送孟東野序》，《弔石曼卿文》似《祭田横墓文》，蓋其步驟馳騁亦無不似，非但效其句語而已。《捫蝨新語》。

劉貢父文字工於摹倣，學《公羊》、《儀禮》。朱子。

「劉原父才思極多，湧將出來。每作文，多法古，絶相似，有幾件文字，學《禮記》。」又云：「劉原父補亡記，如《士相見義》、《公食大夫義》盡好，蓋偏會學人文字。」朱子。

羅圭峰學退之者也，歸震川學永叔者也，王遵巖學子固者也，方正學、唐荆川學二蘇者也。其他楊文貞、李文正、王文恪，又學永叔、子瞻而未至者也。前賢之學於古人者，非學其詞也，學其開闔、呼應、操縱、頓挫之法，而加變化焉，以成一家者是也。後生小子不知其説，乃欲以剽竊模擬當之，而古文於是乎亡矣。汪琬《答陳藹公書》。

欲作楚辭，須熟讀《楚辭》。觀古人用意曲折處，然後下筆。元好問。

《游黄溪記》距永州治七十里。仿太史公《西南夷傳》，皇甫湜《悲汝南子桑》倣《莊子・天運》，皆奇作也。《困學紀聞》。元圻案，柳子厚《游黄溪記》曰：「北之晉，西適豳，東極吴，南至楚越之交。其間名山水而州者以百數，永最善。環永之治百里，北至於浯溪，西至於湘之源，南至於瀧泉，東至於黄溪東屯。其間名山水而村者以百數，黄溪最善。」《史記・西南夷傳》曰：「西南君長以什數，夜郎最大；其西靡莫之屬以什數，滇最大；自滇以北君長以什數，(昂)〔邛〕都最大。」皇甫湜《悲汝南子桑文》曰：「渾沌無端，誰開闢之？善惡無形，誰分白之？善其福之，惡其禍之。謂善之福，夷死何饑；謂惡之禍，跖死何肥？〔何〕闔閭之死，金玉其墓？何黔(案)〔婁〕之死，手足不(要)〔覆〕？孰主張其事，而顛倒其數？天且高，地且遼，鬼神之形幽，敢問何故？巫咸招曰云。」《莊子・天運》曰：「天其運乎？地其處乎？日月其争於所乎？孰主張是？孰綱維是？孰居無事推而行是？意者其有機緘而不得已邪？意者其轉運而不能自止邪？雲者爲雨乎？雨者爲雲乎？孰隆施是？孰居無事淫樂而勸是？風(觀)〔起〕北方，一(段)〔西〕一東，有上彷徨，孰噓吸是？孰居無事而披拂是？敢告何故？巫咸招曰云。」

歐陽文忠《醉翁亭記》收句，即本《詩》「誰其尸之，有(齋)〔齊〕季女」。《文章精義》。按駱賓王《討武曌檄》「以此禦敵，何敵不摧；以此攻城，何城不克」，本《左・僖四年》「以此衆戰，誰能禦之；以此攻城，何城不克」。《史記・淮陽傳》「任天下武勇，何所不誅；以天下城邑封功臣，何所不服；以義兵從思東歸之士，何所不(取)〔散〕」，大致相似句法，長短錯綜不同。蘇明允論「雨，吾見其所以濕萬物也；日，吾見其所以燥萬物也；風，吾見其所以動萬物也」等句，吕東萊先生謂其學韓昌黎《獲麟解》「角者，吾知其爲牛；鬣者，吾知其爲馬；犬、豕、豺狼、麋鹿，吾知其爲犬、豕、豺狼、麋鹿」，其實韓亦學《史記》耳。《史記・老子韓非列傳》「鳥吾知其能飛，魚吾知其能游，獸吾知其能走」云云。方望溪《高陽孫文正逸事後》(段)「嗚呼，公之氣折逆奄，明周萬事，合智謀忠勇之士，以盡其材；用危困瘡痍之卒，以致其武。唐宋名賢中，猶有倫比，至於誠能動物，所糾所斥，退無怨尤，叛將遠人咸喻其志。而革心無貳，則自漢諸葛武侯而後，規模氣象，惟公有焉。是乃克己省身，憂民體國之實心，自然而慨乎天下者，非躬豪傑之才，而概乎有聞於聖人之道，孰能與於此」云云，本《論語·寧武子章》「其知可及也，其愚不可及也」、《孟莊子章》「孟莊子之孝也，其他可能也；其不改父之臣與父之政，是難能也」。《漢·蒯通傳》「則邊地之城皆將相告曰」，及韓文公《上張僕射書》「天下之人聞執事之於愈如是也，必將曰」，本《孟子》「舉欣欣然有喜色而相告曰」。韓昌黎《原道》「爲之衣」、「爲之食」數段，昔人謂從《禮記·禮運》「昔者先（生）〔王〕未有宮室」段脱出。《史記·禮書》「人，體安駕乘，爲之金輿錯衡以繁其飾」等段，與《禮運》同。

康德涵《武功官師志》，學柳子厚《先友記》。柳作《獨孤申叔墓碣》，末載其友十三人姓氏，與《先友記》同一奇格。王士禎《池北偶談》。

吴子經，與歐陽文忠游，著《法語》。有云：「稚子夜啼，拊背以呵之而不止，取果餌與之而不止，於是其母滅燭，其父伏户下，爲鬼嘯，爲狐鳴，則其口如窒。此事所以貴乎權也。」韓子蒼謂其絶似《莊子》。孝宗朝林艾軒試兵勢策，全用吴語，校文者以爲笑談，少司成陳少南見之大驚，嘆曰「此筆當與太史公争衡」。蓋當時訕笑與賞嘆者，皆不知其本吴語也。《池北偶談》。

東坡《表忠觀碑》，或以示王荆公，讀再三，忽嘆曰：「此三王世家也。」又云，荆公以東坡《表忠觀碑》寘坐隅，葉致遠、楊德逢在坐。公曰：「斯作絶似西漢。」德逢曰：「王褒蓋易之也。」公曰：「不可草草。」德逢復曰：「司馬相如、揚雄之流乎？」公曰：「相如、子雲未見其叙事典贍若此也，直須與子長馳騁上下。」客曰：「畢竟似子長何語？」公曰：「《楚漢以來諸侯王年表》也。」汪份《八家論文》。

韓文有二種：一種疏蕩條達，學孟子之文；一種琢鍊瑰異，上（退）〔推〕《盤》、《誥》，下兼漢末之文。其後門人師承，亦分兩途：若李翺、張籍、李漢，學其疏暢條達者也；若皇甫湜，下傳孫樵，學其琢鍊瑰異者也。《原道》係疏暢條達一種，字句根源易于尋究，其浩博已若此；若琢鍊瑰異，碑版大篇如《南海神》、《曹成王》等碑；及游戲恢詭，如《進學解》、《送窮》等作，離奇奥衍，尤未易窺其所本。《續錦機》。

歐陽氏之文，如澄湖萬頃，波濤不興，魚鼈潛伏而不動，淵然之色，自不可犯；曾氏之文，姬、孔之徒復生於今世，信口所談，無非三代禮樂；王氏之文，如海外奇香，風水齧蝕，木質將盡，獨真液凝結，靳然而猶存。學歐陽氏而不至者，其失也纖以弱；學曾氏而不至者，其失也緩而弛；學王氏而不至者，其失也枯以瘠。宋濂《張侍講翠屏集叙》。

八家工力至厚，莫不沉酣于周秦兩漢子史百家，而得體勢于韓公子、《吕覽》者爲尤深，徒以薄其爲人，不欲形諸論説，然後世有識，飲水辨源，其可掩耶。包世臣。

諸家各有門庭，則各以其所熟爲其所出。竊嘗論之：韓出於《左》，柳出於《國》，永叔出於西漢，明允父子出于《戰國》，介甫出于注疏諸文，子固出于東漢諸書。當其合處，無一筆相似，故韓無一筆似《左》，歐無一筆似史遷。書家所謂書通即變，如李北海不似右軍，顔魯公不似張旭也。當其率爾，時露熟態，往往望而知爲某家文章，亦如米元章所謂撑急水灘船，用盡氣力，不離故處，若董玄宰之不能離米，米元章之不能離褚也。《續錦機》。

王守溪曰：「所爲文必師古，使人讀之不知所師，善師古者也。韓師孟，今讀韓文，不見其爲孟也；歐學韓，今讀歐文，不覺其爲韓也。若拘拘摹倣，如邯鄲之學步，里人之效顰，則陋矣。所謂師其神，不師其貌，此最爲文之真訣。」江盈科《雪濤詩評》。

圖表

志附。按古者左圖右史，史須繁文，而後備圖表，如指掌上紋，一望可知，故圖表爲讀經史之要。

古者地里，有圖有志，蓋《周官》職方氏與小史、外史所掌，而道以詔王者，非徒以飾吏事，廣人之見聞而已。計田賦而知公歛之厚薄，因物産而知民生之豐儉，察宦迹而知吏治之得失，按人物而知士習之浮正、俗尚之澆淳，其於政乎繫焉若此，其大且要也。程篁墩《休寧志序》。

「天下山川險要，皆王室之秘奥，國家之急務，故《周禮》職方氏掌天下圖籍。漢祖入關，蕭何收秦籍，由是周知險要，請以今年所納圖上職方。又州郡地里，犬牙相入，向者獨畫一州地形，則何以傳合他郡，望令諸路轉運使每十年各畫本路圖一，上職方。所冀天下險要，不窺牖而可知，九州輪廣，如指掌而在斯。」從之。《續錦機》。

天文日月，五星運行，薄蝕之理，必不可不知，此儒者之事。曆數人人當知，亦國家所急賴。《思(辦)〔辨〕録》。

地理書宜詳險要，予嘗取二十一史戰争之事，其有關于險要者，分省分郡，各以類註，頗有關學問。又。

地勢險易，古今亦有變更，不可盡據書傳。昔當秦漢時，函谷至潼關八百里，其右阻河，其左傍山，道遠險陿，敵來犯關，常在千里之外，故曰「秦得百二」。今聞河流漸北，中饒平陸，寬坦無阻，失其險矣。天下古今異勢者，豈特一潼關哉。又。

水利農田，是一事兩書，可互相發明。能知水利，則農田思過半矣。水利與農田相表裏，故善治水者，以水爲利，不善治水者，以水爲害。江南澤國，而土田日闢，以水爲利也。西北高〔地〕，而每受河患，以水爲害也。故善言水利者必言農田。水利只是蓄洩二字。高田用蓄，水田用洩，旱年用蓄，水年用洩。其所以蓄洩之法，只在壩閘，知此數語，水利之道，思過半矣。又。

兵家所言「出奇制勝」者多矣，孫、吴不必言，即《通鑑》一書，凡言戰攻處，孰非出奇制勝之法？出奇制勝之法虚，旗鼓步伐之法實，虚處聰明人自可會得，實處非學不可。惟旗鼓步法所傳甚少。唐有《李靖兵法》，然不得見全書，今僅存杜氏《通典》所載，戚南塘《紀效新書》是從此書中脱出，故於旗鼓步法之功獨詳，讀者以爲有異人傳授，可笑也。又。《孫》、《吴》、《司馬法》等七書，世謂之「武經」，然七書中惟《司馬法》近正。孫子雖權譎，然學兵法者，心術既正之後，亦不可不盡兵之變。至吴子則淺矣。其餘若《尉（繚）〔繚〕》甚粗略，《六韜》、《三略》、《衛公問答》皆僞書，無足觀。《思辨録》。

人欲知地利，須是熟看《通鑑》，將古今來許多戰爭攻守去處，一一按圖細閲。天下雖大，其大形勢所在，亦不過數項。如秦蜀爲首，中原爲脊，東南爲尾；又如守秦蜀者，必以潼關、劍閣、夔門爲險；守東南者，必以長江上流荆襄爲險。此等處俱有古人説過做過，只要用心理會。其或因事遠遊，經過山川險易，則又留心審視，默以證吾平日書傳中之所得，久之貫通胸中，自然有個成局。其他瑣碎小利害去處，俟身到彼處，或按閲圖籍，或詢問土人，當自知之，無庸屑屑也。《思辨録》。

地理只是險阻二字。山爲險，水爲阻。秦以一面東制諸侯，山爲之也。長江天限南北，水爲之也。推此以往，可以知地利矣。又。顧炎武《天下郡國利病書》、顧祖禹《方輿紀要》，又《方輿紀要簡覽》。見蒼(悟)〔梧〕、塗山則思舜、禹邮民之艱，覩窮荒大漠則悟秦、漢勞師之弊，覽齊疆晉壤則想桓、文勤王之霸，觀洞庭、荆門則知苗、蜀恃險之敗。王者於是明乎得失，諸侯於是鑒乎興替，斯又懲勸之遠也。《續錦機》。

漢初，蕭何得秦圖書，故知天下要害。後又得《山海經》，相傳以爲夏禹所記。武帝時，計書既上太史，郡國地志，固亦在焉。而史遷所記，但述河渠而已。其後劉向略言地域，丞相張禹使屬朱貢條記風俗，班固因之作《地理志》。其州國郡縣，山川險夷，時俗之異，經星之分，風氣所生，區域之廣，户口之數，各有攸叙，與古《禹貢》、《周官》所記相埒。晉世，摯虞依《禹貢》、《周官》，作《畿服經》。其州郡及縣、分野、封略、事業、國邑、山陵、水泉、鄉亭、道里、土田、民物、風俗、先賢舊好，靡不具悉。凡一百七十卷，今亡。齊時，陸澄聚一百六十家之説，依以前後遠近，編而爲部，謂之《地理書》。任昉又增陸澄之書八十四家，謂之《地記》。陳時，顧野王抄撰衆家之言，作《輿地志》。隋大業中，普詔天下諸郡，條其風俗、物産、地圖，上於尚書。故隋代有《諸郡物産土俗記》一百五十一卷，《區宇圖志》一百二十九卷，《諸州圖經集》一百卷。唐李吉甫撰《元和郡縣志》四十卷，梁載言《十道志》亦頗詳博。（宗）〔宋〕樂史撰《太平寰宇志》二百卷，太平興國中上之，又元豐中王存被旨删定《九域志》十卷，又東陽布衣王希先撰《皇朝方域志》二百卷，最爲詳明。《文獻通考》。朱彝尊云：「宋樂史《太平寰宇記》，稽之國史多不合，殆取諸稗官小説者居多，不若《九域志》、《輿地記》之簡而有要也。」又云：「歐陽忞《輿地廣記》，先之以《禹貢》九州，而秦，而漢，而三國，而晉，而唐，而五代，首舉其大綱，序之曰：『以今之外縣而求于漢則爲郡，以漢之郡縣而求于三代則爲縣，三代之九州散而爲漢之六十餘郡，分而爲今之三百餘州。』故其沿革有條有理，勝于樂史《太平寰宇記》實多，後此志輿地者中原不入職方，殘山剩水，僅述偏安州郡。至於元，始修《大一統志》，而其書罕傳，益以徵是編之當寳惜也。

表亦史家要領，可訂歲月之譌，兼補紀傳之闕。《輶軒語》。

《史記》帝紀後有十表八書，表以紀治亂興亡之大略，書以紀治度沿革之大端。班固改書爲志，而年表視《史記》加詳焉。表所由立，昉於周之譜牒，與紀傳相出入。年經月緯，一覽瞭如，作史體裁，莫大於是。而范《書》闕焉，其失始於陳壽《三國志》，而范曄踵之其後。又援范《書》爲例，歐陽公譔《唐書》，有《宰相表》、《方鎮表》，有《宗室世系表》、《宰相世系表》，始復班馬之舊。朱鶴齡。歐陽修《五代史·職方表》。

《史記·功臣表》與《漢史·功臣表》其户數先後及姓名多有不同，二史各有是非，當以傳實證之。《史記·三代表》以堯舜俱出黄帝，是爲同姓，堯不當以二女嬪虞，舜亦豈容受，是其疏謬處。朱子。

按陳宏謀《四書考輯要》；杜炳《四書圖考》；江永《鄉黨圖考》；鄭之僑《六經圖》；焦循《群經宮室圖》；《三禮圖》；《大學圖》；吕與叔《太易圖象》，載在《通志堂經解》内；莊存與《周官表》；戴震《考工記圖》；張惠言《儀禮圖》；顧棟高《春秋大事表》，末坿《春秋輿圖總圖》一、《分圖》九、《河未徙圖》一、《河初徙圖》一、《淮水圖》一、《江水漢水圖》一；馬驌《左傳事緯》，《世系圖》、《列國年表》、《晉楚職官表》、《春秋名氏譜》；馬驌《繹史》，《世系圖》、《帝王傳(援)〔授〕總圖》一、《分圖》十一、《列國圖》二十五、《年表》，自庖羲氏，秦二世三年止。《周官表》、《詩譜》、《古今人表》；《爾雅圖》，《隋志》稱郭氏撰，書亡，今重刊影宋本或亦晉江灌所爲；齊召南《歷代帝王年表》；顧沅《古今聖賢圖考》；《聖蹟圖》；顧沅《聖廟祀典圖》；朱睦㮮《授經圖》。李兆洛《天文地輿圖》，《恒星赤道經緯度圖》一、《赤道北圖》二、《赤道南圖》三、《十二重天高卑圖》四、《分野圖》五、《日蝕圖》六、《月蝕圖》七、《水星圖》八、《金星圖》九、《火星圖》十、《木星圖》十一、《土星圖》十二、《日火下降陽氣上升圖》十三、《武侯風雨占圖》十四、《皇朝一統輿圖》十五。黄炳垕《五緯捷算》，《五星圖説》一、《黄赤道南北恒星經緯圖》二、《黄道十二宮量天尺》三、《土星行度表》四、《木星行度表》五、《土星行度圖》六、《木星行度圖》七、《火星行度表》八、《火星緯度表》九、《金星行度表》十、《水星行度表》十一、《五星伏見表》十二；《測地志要》、《儀器矩度圖》一、《經緯測算圖》二、《廣遠測算圖》三、《高深測算圖》四。李兆洛《歷代地理沿革圖》，胡刻《大清一統輿圖》，《長江圖》，《黃河圖》，《沿海圖》，現有浙江、福建、江蘇三省《沿海圖説》并《海島表》。《欽定西域圖志》，何秋濤《朔方備乘》於西北邊界爲詳；魏源、林則徐《海國圖志》，徐繼畬《瀛寰志略》，《欽定西清古鑑》。明西洋鄧玉函《奇器圖説》，明玉徵《諸器圖説》，用以考經史，考天文，考地輿，考器物，可以知其大略。按《書》曰：「禹敷土，隨山刊木，奠高山大川。」此述禹治水之要也。余謂輿地要訣，洵不外此。敷土者，辨區宇也。四至八到，明而疆界，以辨奠山川者，知要害，察風土，徵沿革也。途之險易，程之遠近，晰而要害，以知天之寒暄，地之饒薄。分而風土，以察考古今疆界之不同，知雅俗名稱之各異，而沿革以徵。敷土固重，奠山川尤要誠，以疆域有沿革，山川無改易也。方今各國通商，沿邊則以界務爲重，界務則以輿圖爲準。自某處經某處至某處止，爲兩國之界，中有何山何水，界外甌脱若干里，何年月日何人定界，有何標識之處，是非圖固不能明，亦非貼説不得晰也。圖以新測新繪者爲準，夫必明天度方能定經緯綫，能定經緯綫方能測繪，故圖以有經緯綫者爲準，僅開方者未可爲據也。中綫或以都城，或以觀星臺，中有中之中綫，英有英之中綫，亦隨所在而施之耳。若夫中國繪圖及山川，皆側視形也，西國地圖自上視下形也，西人繪山川，平視形也。側視平視，不易開方定綫，惟自上視下，則開方定綫，易而且準矣。圖與説又相輔而行，故有圖而無貼説者，亦闕而不全。

書法

古文。黃帝史蒼頡所造。唐應度。許慎《説文序》：「蒼頡見禽獸蹄迒之迹，初造書契，依類象形，故謂之文，其後形聲相益，即謂之字。」又曰：「孔子書六經，左丘明述《春秋傳》，皆以古文。」

科斗篆。其流出於古文。夢英。《三十五舉》：「科斗爲字之祖，象蝦蟇子形也。上古無筆墨，以竹梃點漆書竹上，竹硬漆膩，畫不能成。故頭粗尾細，似其形耳。」《漢書·藝文志》：「魯恭王壞孔子宅，而得《禮記》、《尚書》、《春秋》、《論語》、《孝經》

凡數（千）〔十〕篇，皆古文。」孔（璧）〔壁〕、汲冢竹簡科斗皆漆書。

大篆。周宣王太史史籀所造。唐應度。籀損益古文，作大篆，謂之籀書。

小篆。秦丞相李斯所作。唐應度。夢英云：「斯增損大篆，異同籀文，謂之小篆。」許慎：「秦書有八體，三曰刻符，五曰摹印。」刻符鳥頭雲脚，李斯、趙高皆善之，用題印璽。新莽繆篆，以施印章。《續三十五舉》：「鐵書宗漢銅。」蓋印章以漢印爲宗也。

隸書。程邈所作。韋（績）〔續〕。或曰：「程邈繫獄中十年，取小篆，去繁趣約，謂之隸書。獻始皇，始皇嘉之，釋罪，拜侍御史，名徒隸之書。」秦程邈作隸書，漢謂之「今文」，蓋省篆之環曲，以爲易直。一世所傳秦漢金石，凡筆近篆而體近真者，皆隸書也。及中郎變隸而作「八分」。八，背也，言其勢左右分布，相背然也。魏晉以來，皆傳中郎之法，則又以「八分」入隸，始成今真書之形。是以六朝至唐人誤以八爲數字，及宋，遂并混分、隸之名。竊謂大篆多取象形，體勢錯綜；小篆就大篆減爲整齊；隸就小篆減爲平直；分則縱隸體而出以駿發；真又約分勢而歸於遒麗。相承之故，端的可尋，故隸、真雖爲一體，而論結字則隸爲分源，論用筆則分爲真本也。包世臣。《秦本紀》：「秦既用篆，奏事繁多，難成，即令隸人佐書，曰隸書。」

八分書。後漢章帝時，上谷王次仲所造。王次仲以古書字形少波勢，乃作八分楷法，蔡邕《勸學篇》云：「上谷王次仲初變古形是也。」唐應度。夢英云：「飛白書，後漢蔡邕作，創法於八分，窮微於小篆。」蕭子雲《飛白論》云：「王次仲飛而不白，蔡伯喈白而不飛。」

楷書。魏鍾繇作，又謂之正書，以八分入隸，始成今真書之形，是以六朝至唐皆稱真書爲隸。《墨池編》。

行書。劉德升作。韋(續)〔續〕云：「正書之小譌也。」鍾繇謂之「行押書」。韋(續)〔續〕。韋(續)〔續〕：「稿書，行〔草〕之(交)〔文〕也。漢董仲舒欲言災異，主父偃竊而奏之。晉衛瓘、索靖善之，亦云相(間)〔聞〕之用者也。」

草書、章草。漢黄門令史游作。《急就章》，漢史游作，蓋草書之權輿，謂之「章草」。其文比篆爲流速，故名「急就」。草書之始，蓋出於篆。或以爲「解散隸體粗書之」，非也。夫草從篆生，故「武」字先書「戈」，後書「止」，以止包戈；「無」字上爲「卌」，下爲「亡」，省大省林；「稟」從「禾」；「釜」從「父」；「鹿」頭從「(二十)〔廿〕」；「卷」首從「釆」也。真出於草，故「葩」誤則爲「花」；「脩」誤則爲「俻」；「嫋」誤則爲「嫐」；「疊」誤則爲「叠」。一隅可以反之，後世字體與小學屢變，而失其初。章草則字字區別，一變爲今草。今草，即張芝變爲今草，加其流速，上下牽連，或借上字之終而爲下字之始者是也。再變爲懷素、張旭書，而上下牽連矣。孫星衍《急就章考異序》録要。

執筆。小仲之法，引食指加大指之上，置管於食指中節之端，以上節斜鉤之；大指以指尖對中指中節拒之，則管當食指節灣，安如置牀；大指之骨外突，抑管以向右，食指之骨橫逼，挺管以向左，則管定；然後中指以尖鉤其陽，名指以爪肉之際距其陰，小指以上節之骨貼名指之端；五指疏布，各盡其力，則形如握卵，而筆鋒始得隨指環轉，如士卒之從旌旄，此古人所謂雙鉤者也。東坡有言「執筆無定法，要使虚而寬」，善言此意已。包世臣。

小仲謂余書解側勢而未得其要，余病小仲時出側筆，小仲猶以未盡側爲憾。因詰其筆法，小仲曰：「書之道，妙在左右有牝牡相得之致，一字一畫之工拙不計也。余學漢分而悟其法，以觀晉、唐真行，無不合者。其要在執筆，食指須高鉤，大指加食指中指之間，使食指如鵝頭昂曲者，中指內鉤，小指貼名指外拒，如鵝之兩掌撥水，故右軍愛鵝，玩其兩掌行水之勢也。大令亦云飛鳥以爪畫地，此最善狀指勢已。是故執筆欲其近，布指欲其疏，吾子其秘之。」又。

八法。唐韓方明謂八法起於隸字之始，傳於崔子玉，歷鍾、王以致永禪師，古今學書之機括也。隸字即今真書。八法者，點爲側，平横爲勒，直爲努，鉤爲趯，仰横爲策，長撇爲掠，短撇爲啄，捺爲磔也。以「永」字八畫而備八勢，故(永)〔用〕爲式。唐以後多申明八法之書，然詳言者，或不得其要領，約言之，又不欲盡泄其秘，余故顯言之。夫作點勢，在篆皆圓筆，在分皆平筆。既變爲隸，圓平之筆，體勢不相入，故示其法曰側也。平横爲勒者，言作平横，必勒其筆，逆鋒落紙，卷毫右行，緩去急迴。蓋勒字之義，强抑力制，愈收愈緊，又分書横畫，多不收鋒，云勒者，示隸畫之必收也。後人爲横畫，順筆平過，失其法矣。直謂努者，謂作直畫，必筆管逆向上，筆尖亦逆向上，平鋒著紙，盡力下行，有引努兩端皆逆之勢，故名努也。鉤爲趯者，如人趯脚，其力初不在脚，猝然引起，而全力遂注脚尖，故鉤末斷不可作飄勢挫鋒，有失趯之義也。仰畫爲策者，如以策策馬，用力在策本，得力在策末，著馬即起也。後人作仰横，多尖鋒上拂，是策末未箸馬也。又有順壓不復仰卷者，是策既著馬而末不起，其策不警也。長撇爲掠者，謂用努法，(不)

〔下〕引左行，而展筆如掠，後撇端多尖穎斜拂，是當展而反歛，非掠之義，故其字漂浮無力也。短撇爲啄者，如鳥之啄物，鋭而且速，亦言其畫形以漸，而削如鳥啄也。捺爲磔者，勒筆右行，鋪平筆鋒，盡力開散而急發也。後人尚蘭葉之勢，波盡處猶婀娜再三，斯可笑矣。又。《墨池編》：「側不得平其筆，勒不得卧其筆，努不得直，〔直〕則無力。趯須存其鋒，得勢而出。策須背筆，仰而策之。略須筆鋒左出而利。啄須卧筆疾罨。磔須趯筆，戰行右出。横則正若長舟之截江渚，豎則直如冬笋之挺寒谷。作點之法，皆須磊磊如大石當衢路，或如蹲鴟，如科斗，如瓜子，凡此之類，各稟其宜用之。落竿之法，峩峩若長松之倚谿也。」

九宫。九宫者，每字爲方格，外界極肥，格内用細畫界一「井」字，以均布其點畫也。凡字無論疏密斜正，必有精神挽結之處，是爲字之中宫。然中宫有在實畫，有在虚白，必審其字之精神所注，而安置於格内之中宫，然後以其字之頭目手足分布於旁之八宫，則隨其長短虚實，而上下左右皆相得矣。每三行相並，至九字又爲大九宫，其中一字即爲中宫，必須統攝上下四旁之八字，而八字皆有拱揖朝向之勢。逐字移看，大小兩中宫皆得圓滿，則俯仰映帶，奇趣横出已。九宫之説，始見於宋，蓋以尺寸算字，專爲移縮古帖而設，不知求條理於本字，故自宋以來，書家未有能合九宫者也。兩晉真書碑版不傳於世，余以所見北魏、南梁之帖數十百種，悉心參悟，而得大小兩九宫之法。上推之周秦、漢魏、兩晉篆分碑版存於世者，則莫不合於此。其爲鍾、王專力可知也。世所行《賀捷》、《黄庭》、《畫贊》、《〔洛〕神》等帖，皆無横格，然每字布勢，奇縱周致，實合通篇而爲大九宮。如三代鐘鼎文字，其行書如《蘭亭》、《玉潤》、《白騎》、《追尋》、《違遠》、《吴興》、《外出》等帖，魚龍百變，而按以矩矱，不差累黍。降及唐賢，自知材力不及古人，故行書碑版皆有横格就中。九宮之學，徐會稽、李北海、張郎中三家爲尤密，傳書俱在，潛精按驗，信其不謬也。包世臣。《墨池編》：「王逸少《筆勢論》字體之形，不宜上闊下狹，太密過疏，傷長傷短，平穩爲本，分間布白，上下齊平，均其體勢，大者促之令小，小者縱之令大，自然寬狹得所，不失其宜。字不欲疏，亦不欲密，亦不欲長，亦不欲短，小展令大，大蹙令小，疏肥令密，密瘦令疏。」

墨法。畫法、字法，本於筆，成於墨，則墨法尤書藝一大關鍵已。筆實則墨沉，筆飄則墨浮，凡墨色奕然出於紙上，瑩然作紫碧色者，皆不足與言書。必黝然以黑，色平紙面，諦視之，紙墨相接之處，彷彿有毛，畫内之墨，中邊相等，而幽光若水紋徐漾於波發之間，乃爲得之。蓋墨到處皆有筆，筆墨相稱，筆鋒著紙，水即下注，而筆力足以攝墨，不使旁溢。故墨精皆在紙内。不必真跡，即玩石本，亦可辨其墨法之得否耳。嘗見有得筆法而不得墨者矣，未見得墨法而不由於用筆者也。又。

古人用兔毫，故書有中線；今用羊毫，其精者乃成雙鉤。又。

篆法匾者最好，謂之蜽音果。匾，石鼓文是也，徐鉉自謂：「吾晚年始得蜽匾法，凡小篆喜瘦而長，蜽匾法非老筆不能到。」《三十五舉》。劉融齋云：「石鼓有磅礴鬱積、盤拏倔强之意。」

小篆一也，而各有筆法。李斯方員廓落；陽冰員活姿媚；徐鉉如隸無垂脚，字不如釵股，稍大；鍇如其兄，但字下如玉筯，微小耳；崔子玉多用隸法，似乎不精，然甚有漢意；陽冰篆多非古法，效子玉也，當知之。又。

小篆俗皆喜長，然不可太長，長無法，但以方楷一字半爲度，一字爲正體，半字爲垂脚，豈不美茂？又。

寫篆把筆，只須單鉤，却伸中指在下夾襯，方員平直，無有不可意矣。又。

學篆字必須博古，能識古器，則其款識中古字，神氣敦樸，可以助人。又。

金文必講求篆法，乃知篆意。一畫之兩端是法，一畫之中是力，力足則在下筆時，凡運腕，須指定，不動之謂定。筆正始能運腕，提則用筆如錐，沉則如杵。作此畫不知第二畫，作此字不知下一字，字字全完，筆筆全完。合成一字，合成一篇，雖欹整疏密，自然一氣。深思多見，自能真知。又。

凡習篆，《説文》爲根本，能通《説文》，則寫不差。寫成篇章文字，只用小篆。又。

漢篆多變古法，許氏作《説文》，救其失也。又。

隸書人謂宜匾，殊不知妙在不匾，〔批〕〔挑〕拔平硬，如折刀頭，方是漢隸書體。括云：「方勁古拙，斬釘截鐵，備矣。隸法頗深，具其大略。」又。

毫書法晉帖。毛奇齡。按凡作書，其要在畫，畫由點起，因點以成。當於起筆處求其起法，再於住筆處求其住法。而於一畫之中求其運筆法，中截須知用力也。積畫成字，當於承筆、接筆處求之，兩畫之間，畫鋒須得相迎之勢，畫畫相迎，字字相顧，則脉絡貫通，形勢團結，書未有不工者也。《輶軒語》：「書法亦藝術内事，不知碑版，未能免俗，唐碑爲楷法準的，所宜步趨，更能於唐以前碑刻，博觀得悟，洞悉書法源流，貫徹篆隸，大可爲詁經考史之資。《字典》一書，其體例在網羅無遺，正譌雅俗，一概收入。愚者竟將所存别體，聚斂不遺，書之。俗人所駭，通人所哂也。近世通曉《説文》者，又將篆書之筆勢改真書之點畫，亦賢知過也。」

高山深林，望之無極，探之無盡，書不臻此境，未善也。劉融齋。

書要有金石氣，有書卷氣，有天風海濤、高山深林之氣。又。

按碑帖極多，更僕難數，姑舉大略，以備覽觀。篆：周石鼓文，直隸大興。又阮氏、浙江杭州。何氏山東歷城。及國學。光緒間摹宋拓本。覆本：秦《瑯琊臺刻石》、山東諸城。《泰山刻石》，山東泰安。漢《祝其卿墳壇刻石》、《上谷府卿墳壇刻石》、《魯王墓二石人題字》、山東曲阜。《嵩山少室石闕銘》、《開母廟石闕銘》、河南登封。《西嶽廟石闕題字》、陝西華陰。此數種外，漢碑額篆書頗多。《吴天發神讖碑》、江寧縣學。《禪國山碑》，江蘇宜興。唐《碧落碑》、山西絳州。《美原神泉詩序》、《神泉詩》、陝西富平。《城隍廟碑》、浙江縉雲。《怡亭銘并序》、湖北江夏。《峿臺銘》、湖南祁陽。《李氏遷先塋碑》并碑側《李氏三墳記》、陝西長安。《謙卦爻辭》、安徽蕪湖。《浯溪銘》、《浯廎銘》、湖南祁陽。《龔丘令庚賁德政頌》、山東寧陽。《般若臺題名》、福建閩縣。《軒轅黃帝鑄鼎原銘》，河南閿鄉。宋《説文偏旁字原》。陝西長安。

隸：漢《祀三公山碑》、直隸元氏。《延光殘碑》、山東諸城。以上二種，昔人謂兼篆之古隸。《開通褒斜道碑》、陝西褒城。《裴岑紀功碑》、甘肅巴里坤。《天鳳刻石》、山東。俗呼萊子侯。以上三種極古雅。《景君銘》、山東濟寧。濟寧學宮，漢碑甚多，不備舉。《張遷碑》、山東東平。《衡方碑》、山東汶上。隸書最忌正書筆畫若隸者，謂學此三種，最古雅有法。《楊孟文石門頌》、《楊淮表記》、陝西褒城。以上二種流動。蔡邕《范式碑》、山東濟寧。包安吴詩云：「中郎派別有鍾梁，茂密雄强正雁行。」注：鍾之《乙(暎)〔瑛〕》，梁之《孔羨》，北朝隸石恪守兩宗。梁鵠《孔羨碑》、山東曲阜。《禮器碑》、按諸河南書法本此，學者宜先學此。鍾繇《乙(煐)〔瑛〕碑》、《史晨碑》、山東曲阜。孔廟漢碑甚多，不備舉。《西嶽華山廟碑》、原石久佚，現存覆本及雙鉤本。醇厚。《武梁祠畫像題字》。山東嘉祥。漢隸之最小者。

正書：魏《鄭文公碑》、鄭道昭《雲峰山五言詩》、山東掖縣。包安吴云：「北碑體多旁出。《鄭文公碑》字獨真正，而篆勢、分韻、草情畢具。其中布白本《乙(煐)〔瑛〕》，措畫本《石鼓》與草同源，故自署曰草篆。」《刁遵志》、直隸南皮張氏藏石。包安吴云：「《刁惠公志》最茂密，平原于茂字少理會，會(積)〔稽〕于密字欠工夫。《書平》謂太傅茂密，右軍雄强。雄則生氣勃發，故能茂；强則神理完足，故能密。是茂密之妙已概雄强也。」又云：「北魏書《經石峪大字》、《雲峰山五言》、《鄭文公碑》、《刁惠公志》爲一種，皆出《乙(煐)〔瑛〕》，有雲鶴海鷗之態。《張公清頌》、《賈使君》、《魏靈藏》、《楊大眼》、《始平公》，各造像爲一種，皆出《孔羨》，具龍威虎震之規。《李仲璇》、《敬顯雋》別成一種，與右軍致相近，在永師《千文》之右，或出衛瓘而無可證驗。隋《龍藏寺》庶幾紹法，逐其淡遠之神，而體勢(要)〔更〕純一。」《經石峪大字》、山東泰安。《張清頌碑》、山東曲阜。《賈思伯碑》、山東兖州府學。《魏靈藏碑》、《楊大眼造象》、河南洛陽。《始平公造象》、河南洛陽。《敬顯儁碑》、河南長葛。《李仲璇碑》、山東曲阜。《王僧志》、直隸滄州。《司馬紹志》、《司馬景和妻孟氏志》、《司馬昇志》、《司馬昞志》、以上河南孟縣。《李超志》、河南偃師。《鞠彦雲志》、山東。《爨寶子志》、以上二志筆法純方。《爨龍顔碑》。雲南。又龍門二十品，不備録。晉陶弘景《瘞鶴銘》。江蘇丹徒。蕭散駿逸。隋《元公志》、《姬氏志》、江蘇。《淳于儉志》、山東淄川。俊逸。《龍藏寺碑》。直隸正定。唐虞世南《廟堂碑》，山東城武、陝西長安。臨川李氏有重摹本，有石印本。褚遂良《雁塔聖教序》、陝西長安。《房玄齡碑》、陝西醴泉。昭陵、獻陵各碑不備録。《伊闕三龕碑》，河南洛陽。歐陽詢《皇甫誕碑》、陝西長安。《化度寺銘》、原石久毁，山東聊城楊氏拓本。《醴泉銘》、陝西麟遊。《温彦博碑》，同上。徐浩《不空和尚碑》、陝西長安。薛曜《夏日游石淙詩序》、河南登封。《秋日宴石淙序》、河南登封，無書者名。《樊積慶碑》，陝西長安。王知敬《李靖碑》、陝西醴泉。《圭峰碑》、《磚塔銘》，顔真卿《臧懷恪碑》、陝西三原。《郭家廟碑》、陝西長安。《麻姑仙壇記》、《中興頌》、湖南祁陽，又四川劍州翻刻本。《宋璟碑》、直隸沙河。《八關齋會報德記》、河南商丘。《孔子廟殘碑》，陝西華州。柳公權《馮宿碑》、陝西長安。《玄秘塔碑》、仝上。《高元裕碑》。河南洛陽。

小楷：越州石氏《晉唐小楷》、臨川李氏石印本王羲之《黄庭經》遺字，《東方畫贊》海字、《樂毅論》、《曹娥碑》，王獻之《洛神十三行》，虞世南《破邪論》，歐陽詢《心經》、《小字陰符經》、《度人經》、《清静經》、《玉枕尊勝咒》六種。王羲之《樂毅論》、秘閣本佳，快雪堂本則近時矣。王獻之《十三行》、有碧玉本、白玉本、玄宴齋本。思古齋《黄庭經》、與《蘭亭》

合裝，另有考。褚河南《心經》、與率更筆法相同。顔平原《麻姑仙壇記》。民字缺末畫。

行書：《蘭亭序》修城本、葉仲山跋。定武闊行、定武肥、定武瘦、定武板刻、霍子明跋。定武缸石、定武斷石、定武古刻、兩京斷石、永興、古懿郡齋、宣城；以上甲集，十六刻録十一。舊梅花石、臨川麻石、靖江府治、鼎州；後有武陵二字。以上乙集，十三刻録四。蘇州府治、福州府治、道州、金陵三米、芾、友仁、友智。古雲斷石、蘭亭重言；以上丙集，十刻録六。紹興府治二、紹興倉司、餘姚縣治、曲水詩前、曲水詩後、婺州府治；褚遂良摹。以上丁集，十刻録七。高宗臨定武本、米友仁跋。唐貞觀、太清開皇、京師玉堂；以上戊集，十刻録四。玉枕、花石、柳誠懸大字、唐人雙鉤、唐人硬黄臨、晉唐刻、孫（道）〔過〕庭草、京師鵝黄棗木、黄紙印。彭城小字；以上巳集，九刻全録。蔡君謨臨、秦少游小字、安定家藏、字跡細瘦。建康晁謙之，有劉經跋。以上庚集，十一刻録四。吴先草書、吴璜、江西故家、循王家藏；米芾跋。以上辛集，十四刻録四。金陵畢氏、廬山吴氏、毘陵尤遂初、李忠愍所刻、東陽郭氏刻、唐李氏；以上壬集，十四刻録六。趙虚齋、吕氏家藏、建業朱氏、玉林二、不題名二、錢唐（季）〔李〕和。以上癸集，十刻録八。翁覃溪云：「《蘭亭》一百一十七刻，裝褫作十册，乃宋理宗内府所藏，（無）〔每〕板有内府圖書鈐縫玉池上。後歸賈平章。至元有八十餘年之間，凡又易數主矣。往在錢唐謝氏處見之，後陸國瑞携至松江，因得再三披閲，併録其目，真傳世之寶也。」《竹雲題跋》、《蘭亭二十種》，王禕云：「《蘭亭》自唐以後分爲兩派，其一出於褚河南，是爲唐本；其一出於歐陽率更，是爲定武本。定武唯一石，至宋南渡後，士大夫家有一刻，遂至多不可稽。褚本，當時摹搨極多，流傳最廣，故古本今刻亦往往各異。余所見歐得八種，褚得九種，歐、褚以外，別派僅得三種，《蘭亭》變態，大略已盡。」定武真本、《蘭亭》摹搨始於隋之開皇，唐文皇見搨本求真蹟，真蹟乃出，命廷臣臨摹，分賜諸王大臣，選逼真者得歐陽本，置禁中，所謂定武本者是也。宋南渡後，家刻一石，真贋不分。東陽本、乃南宋定武覆本。國學本、明初出天師庵土中。此定武本短二寸，行字亦差，小而瘦，精神意度奕奕動人，勝東陽本遠甚，今在大成殿東廡，爲趙吳興摹。上黨本、有明熹廟時，上黨長治令耆海來，從縣治東偏土中得此石，亦南宋佳刻。玉枕本、《玉枕蘭亭》有三，其一見《太清帖序》，云唐文皇使率更以楷法摹，藏枕中，名《玉枕蘭亭》；其二則宋政和間洛陽宮役夫作枕小石，只存數十字，今不可復見；其三則賈秋壑使廖瑩中以燈影縮小刻之（雲）〔靈〕璧石者。贾秋壑玉枕本、賈氏刻有二石，字畫大小皆同。其一有「秋壑珍玩」印章，右軍作立象而鬖心；其一坐而執卷，左有賈似道小印，所謂福州本也。南宋重刻定武本、此本「會」字闕，「亭」字、「群」字不全，蓋亦南宋覆刻定武本而純用秃筆。趙吳興云：「右軍書《蘭亭》是已退筆，此可徵也。」趙吳興臨本；獨孤所藏定武正本後有文敏《十三跋》，跋中臨得一卷，與今《快雪帖》中所刻字畫一同，今古迥絕。以上八種歐陽派。潁上本、《蘭亭》二派，一爲歐陽，一爲褚氏。歐陽獨有定武，褚氏首推潁上，河南摹本最多，要無出此上者。李伯時云：「柔間蕭散，神趣高華，風流天成，非學力可到，惟此得之。」自北宋至今，皆重定武。至董思翁，以爲各本皆出其下，米南宮稱爲天下第一。米氏袖珍本、米元章得褚摹黄絹真跡，對紫金浮玉，裁爲袖珍手裝成卷者，即此是也。先爲蘇太簡所藏，用「忠孝之家」印鈐識之後，歸米氏。鑒定爲褚摹真跡第一。明景泰間，陳緝熙模搨亂真，明季董宗伯得一本，後有范文正、王堯臣、米元章父子等跋。質於海寧陳氏，掣去「盛」字以下六行，共三十五行，玉烟堂所刻遂闕六行，海寧查氏重摹一石，以他本補之。洛陽宮本、唐文皇以褚摹本賜高士廉于洛陽宮，前有御書兩行，後有「臣褚遂良」四小字款，向藏涿鹿馮相國家，刻之快雪堂中。婺女本、此宋丞相游景仁所藏百種之一，首闕「永」字，後有貞觀八年褚遂良摹七大字。張界奴本、此亦褚摹本，比潁上特爲沉雄縱逸，有明神廟間藏吴用卿家，刻于《餘清帖》中，惜乏神采，真定梁相國刻《秋碧堂帖》中，頗勝吴氏。神龍本、唐貞觀中，舊有二本。其一入昭陵，其一當神龍中太平公主借出摹搨，遂亡。董侍御玉虬宋本前有神龍小璽，後有褚氏印章，比他本高半字，字亦較大，新安汪氏所藏褚摹黄絹真蹟，與此正同。良常于氏藏本、此吾邑于氏藏本，「因」、「向之」、「痛」、「夫」、「文」六字雙鉤，第九行闕。宋丞相游景仁所藏一本六字雙鉤，與于本一同。米元章臨本、此吾家損庵先生所藏，《宋本十種》之一，中闕七字。宋高宗臨本；陸放翁云：「史丞相言：高廟嘗臨《蘭亭》，賜壽〔皇〕于〔達〕〔建〕邸。」行列較寬，中闕五字，「朗」字、「月」字中闕兩小畫，蓋臨褚本。以上九種褚派。馮承素本、承素臨本見《鬱岡帖》中。慈谿姜氏本、姜西溟得舊刻《蘭亭》，一石兩面皆集《聖教序》字所成。當時懷仁集《聖教序》以《蘭亭》爲宗極，此集《蘭亭》以《聖教》爲宗極，轉轉相倣，愈遠而愈失真，兩本一肥一瘦，細玩筆法，大致相同，故獨存肥者。開皇本、此海寧陳氏所藏，字類定武而少肥大，中間合縫處「僧」字上有「騫異」兩字，乃滿騫、朱異合縫款，定武所無，蓋開皇本也。余臨《禊帖》，先之定武，以求其正中，之潁上，以盡其變終，之開皇，以還其本，千變萬化，不離本宗。潁上變化似定武，而雄厚不及；開皇遒古似定武，而淵渾不如。大而化之，無所不有，其唯定武乎。以上三種別派。宋理宗收集《蘭亭》百十七種，今俱進入内，無從得見；丞相游景仁所得百種，往往散落人間。定武本在宋時獨不甚重，黄山谷以爲不失右軍遺意，於是始見寶愛。趙子固彝齋五千金購一本，還至昇山，舟覆落水，大呼「蘭亭在此，餘無憂矣」，遂題此帖爲「落水蘭亭」。按落水本乃五字未損本，賈秋壑、趙松雪、宋仲温三本，皆五字已損者。宋搨九字損本、松園老人所藏乃南宋覆刻，桑澤卿《蘭亭博議》所謂「九字損本」也。懷仁集《聖教序》并《心經》、陝西長安。大雅集《吴文殘碑》、陝西長安。俗呼「半截碑」。李邕《嶽麓寺碑》、湖南長沙。《李思訓碑》、陝西蒲城。《李秀碑》、直隸大興。《隆闡大法師懷惲碑》、陝西長安。《靈運禪師功德塔銘》、河南登封。《大遍覺法師塔銘》、《基公塔銘》。行書各帖載在《閣帖》内者，不備録。

草書：隋智永《真草千文》、包安吴云：「隸不本分，草不本篆，實濫觴於《真草千文》。其自題曰真書，亦有意變古也。」唐太宗《屏風碑》、張旭《千文斷碑》、《心經》、《肚痛帖》、懷素《聖母帖》、《藏真律公帖》、《千字文》；以上陝西長安。草書各帖載在《閣帖》者，不備録。至許慎《説文》、薛尚功《鐘鼎款識》、《積古齋鐘鼎款識》、《汗簡箋正》、吴氏《古籀補》、《繆篆分韻》、王昶《金石萃編》、孫淵如、(王)〔邢〕澍《寰宇訪碑録》、包世臣《藝舟雙楫》、《安吴四種》之一。孫過庭《書譜》、姜堯章《續書譜》、《蘇米齋蘭亭考》、《石刻鋪叙》，知不足齋本。皆足資考證者也。

序

徐幹《中論》云：「凡學者大義爲先，物名爲後，大義舉而物名從之。」斯固以識大義爲尚矣。然積字成句，積句成章，積章成篇，洋洋灑灑，累千萬言，苟弗分別參考，字句之未明，篇章之未晰，大義其可舉乎？昔庖丁解牛，始之所見，無非牛者，三年之後，未嘗見全牛，以神遇，不以目視，官止神行，依乎天理，批大郤，導大窾，因其固然，恢恢乎游刃其有餘，動刀甚微，謋然已解。解牛如是，文亦何獨不然。爰分格律、聲色、神理、氣味，證之以經史子集，而以典章、意義冠之，名曰《文略》。間有參以己見者，則加「艮思」及「案」字以別之。鈔録成帙，置諸家塾，學者循是以求，其亦可以隅反矣。孟子曰：「梓匠輪輿，能與人以規矩，不能使人巧。」神而明之，則存乎其人之深造自得焉。博雅君子，尚其正之。甲辰初春，艮思氏書。

文略一

抱蜀軒家塾本

總説

典章

意義

格律一

上下　前後

左右　彼我

反正（先反後正、先正後反）　翻

横直　進退

所以然

總説

昔元黄文獻公之論文曰：「作文之法，以群經爲根本，遷、固二史爲波瀾。「舍此二者而爲文，則槁木死灰而已」，黄文獻語。本根不繁則無以造道之原，波瀾不廣則無以盡事之變。」此言約而能要。《姜西溟文鈔》。

積學以儲寶，酌理以富材。劉勰。《日録》：「爲文當先留心史鑑，熟識古今治亂之故，則昌言偉論，足以信今傳後。此經世爲文合一之功也。」元好問《錦機引》：「文章天下之難事，其法度雜見于百家之書，學者不徧考之，則無以知古人之淵源。」景濂從吴貞公萊遊，盡取經史諸子百家之書，而晝夜研窮之。凡三代以來，古今文章之洪纖高下，音節之緩促，氣焰之長短，脉絡之流通，首尾之開闔變化，吴公所受于前人者，景濂莫不悉聞之，于是其學大進。劉海峰：「行文之道，神爲主，氣輔之。至專以理爲主，則未盡其妙。蓋人不窮理讀書，則出詞鄙倍空疏；人無經濟，則言雖累牘，不適於用。故義理、書卷、經濟者，行文之實。若行文，自另是一事。譬如大匠操斤，無土木材料，縱有成風盡堊手段，何處設施？然有土木材料，而不善設施者甚多，終不可爲大匠。故文人者，大匠也。神氣音節者，匠人之能事也。義理、書卷、經濟者，匠人之材料也。」按事各有理，必多讀經史，熟于故實，以求治亂之由；物各有理，必於天地間之有切于日用者，以窮其原，而作文之材料始富。蓋不讀書窮理，則患在不雅不實，不雅由於理不足，不實由於事不足，故以讀書爲行文之要。

在心爲志，宣於口曰言，垂於書曰文，其實一也。獨孤郁《辨文》。

語之所貴者，意也。《莊子・天道》。

情志所託，當以意爲主，以文傳意。范蔚宗《後漢書》自序。案文之體類十餘，以著述、告語、記載三門統之。著述、告語、記載三門，以議論、敘事二者括之。議論、敘事二者，要不外乎意而已矣。意自理生，理從題出。一題有一題之所以然，得其所以然，並察其反正、上下、前後、左右、彼我，而文生焉。苦心孤詣之士，一題入手，憔悴專壹，較其分寸毫釐，直湊單微，援古必確與證明，論事不苟爲緣飾，斯爲得之。少陵云「意匠經營慘淡中」，魏武云「爲文傷命」，良不誣也。

作文不原於聖經，不關於世教，雖工，無益也。吴東吴語。按文章不外情理，至情至理，即是至文。天地之至文，天地之至理也。然則學爲文者，豈僅求之文哉？非洞悉心性之理不能精微，非博考人情物理不能通達，非貫通古今不能包舉，非真知事之情僞不能切中。故立言必有關于世教人心，克稱不朽。如諸葛武侯《出師表》、韓愈《原道》、（歐陽修）《論佛骨表》、李覯《袁州學記》、李格非《書洛陽名園記後》、周子《太極圖説》，所謂説得正、見得大是也。餘可類推。

述作窮根本，非關教化之大、由性情之正者不道。《宋史·蔡幼學傳》。識不高於庸衆，事理不足關係天下國家之故，雖有奇文，與《左》、《史》、韓、歐陽並立無二，亦可無作。

文之至者，當如膏粱可以食天下之飢、布帛可以衣天下之寒，下爲來學所禀承，上爲興王所取法，則一言之間，而德與功已具。魏禧。云：「文之不可絶于天地間者，曰明道也，紀政事也，察民隱也，樂道人之善也。若此者，有益于天下，有益于將來，多一篇，多一篇之益矣。若夫怪力亂神之事，無稽之言，勦襲之説，諛佞之文，有損于己，無益于人，多一篇，多一篇之損。」

尋常小文，强推大義，王、曾尤多。夫事無大小，苟能明其始卒，究其義類，皆足以成至文。

固不必悉本忠孝，攸關家國也。包世臣。袁小修嘗云：「文人之高文典則，莊重矜嚴，不若瑣言長語，取次點墨，無意爲文，而神情興會，多所標舉。若歐公之《歸田録》、東坡之《志林》、放翁之《入蜀記》，皆天下之真文也。」

有用文字，議論文字是也。呂東萊。

爲文之妙，在叙事狀情。又。

議論、叙事兩體，要認分明後，最得力。程端禮。汪份《文章各體》：「詳觀論體，條流多品。陳政則與議説合契，釋經則與傳注參體，辨史則與贊平齊行，銓文則與叙引共紀。論也者，彌（論）〔綸〕群言，而研精一理者也。論之爲體，所以辨正然否，窮有數，進無形，鑽堅求通，鉤深取格。是以論如析薪，貴能破理。斤利者越理而横斷，辭辨者反義而取通。覽文雖巧，而檢跡知要。」王充《論衡》：「造論著説之文，發胸中之思，論世俗之事，非徒諷古經、續故文也。論發胸臆，文成手中，非説經藝之人所能爲也。」包世臣云：「言事之文，必先洞悉所事之條理原委，抉明正義，然後述現事之所以失，而條畫其補救之方。」歐陽修《與黄校書論文》：「其救弊之説甚詳，而革弊未之能。望見其弊而識其所以革之者，才識兼通，然後其文博辨而深切，（於中）〔中於〕時病而不爲空言。蓋見其弊，必見其所以弊之因，若賈生論秦之失，而推古養太子之禮，此可謂知其本矣。」《日録》：「作論有三不必、二不可：前人所已言、衆人所易知、摘拾小事無關係處，此三不必作也；巧文刻深以攻前賢之短而不中要害、取新出奇以翻昔人之案而不切情實，此二不可作也。作論須先去此五病，然後乃議論文章耳。」呂東萊曰：「論有三等：上焉藏鋒不露，讀之自有滋味；中焉步驟馳騁，如飛沙走石；下焉用意庸庸，專事造語。」汪份曰：「孟子之文已事馳騁，如『保民』章、『許行』章、『好辨』章，可謂飛沙走石矣，而以之爲次，可乎？吾願學者毋惑於藏鋒不露之説，而至於平庸以自誤也。」

《文章辨體》：「大抵序事之文，以次第其語，善叙事理爲上。」包世臣：「記事之文，必先表明緣起，而深究得失之故，然後述其本末，則是非明白，不惑將來。」《後漢書・班彪傳》：「善述序事理，辨而不華，質而不野，文質相稱，蓋良史之才也。」《（金）〔遼〕史・

耶律孟簡傳》：「史筆天下之大信，一字當否，百世從之。苟無明識，好惡徇情，則禍不測。」《宋史·袁樞傳》：「吾爲史官，不可負天下後世公議。」李紱《論文》：「文章惟叙事最難，非具史法者，不能窮其奥也。有順叙，有倒叙，有分叙，有類叙，有追叙，有暗叙，有借叙，有補叙，有特叙。順叙最易拖闒，必言簡而意盡乃佳。蘇子瞻《方山子傳》則倒叙之法也。分叙者，本合也，而故析其理。類叙者，本分也，而巧相聯屬。追叙者，事已過，而覆數于後。暗叙者，事未至，而逆揭于前。《左傳》箕之役叙狼瞫取戈斬囚事，追叙之法也。蹇叔哭送師，曰『晉人禦師必于殽』云云，暗叙之法也。叙中所闕，重綴于後，爲補叙。不用正面，旁徑出之，爲借叙。《史記》鉅鹿之戰叙事已畢，忽添出諸侯從（璧）〔壁〕上觀一段，此補叙而兼借叙也。特叙者，意有所重，特表而出之。如昌黎作《子厚墓誌》，獨抽出以柳易鄱一段是也。而又有夾叙夾議者，如《史記》伯夷、屈原等傳是也。大約叙事之文，《左》、《國》爲之祖，《莊》、《列》分其流，子長會其宗，退之大其傳，至荆公而盡其變。學者誠盡心于數子之書，庶乎其有所從入也夫。」《續錦機》：「史之文有正紀，有追紀。其上曰『春王正月，暨齊平。二月戊午，盟于濡上』，正紀也。此曰『齊燕平之月，壬寅，公孫段卒』，『其明月，子産立公孫洩及良（正）〔止〕以撫之』，追紀也。追紀而再用正月、二月，則嫌于一歲之中，而有兩正月、二月也，故變其文而云，古人史法之密也。」《史通》：「叙事之體，其别者四：有直紀其才行者，有唯書其事跡者，有因言語而可知者，有假讚論而自見者。《左傳》言子大叔之狀，目以『美秀而文』，所稱如此，更無他説，所謂直紀其才行者。《班史》稱紀信爲項籍所圍，代君而死，不言其節操，而忠孝自彰，所謂唯書其事跡者。《左傳》記隨會之論楚也，其詞曰『篳路藍縷，以啓山林』，此則才行事跡莫不闕如，而言有關涉，事便顯露，所謂因言語而可知者。《漢書·孝文紀》末，其讚曰『吴王詐病不朝，賜以几杖』，此則紀之與傳，並所不書，而史臣發言，别出其事，所謂假讚論而自見者。又叙事之省，其流有二：一曰省句，二曰省字。《左傳》宋華耦來盟，稱其先人得罪於宋，魯人以爲敏，夫以鈍者敏稱，則明賢達所嗤，此爲省句也。《春秋經》曰『隕石於宋五』，夫聞之隕，視之石，數之五，加以一字太詳，减其一字太略，求諸折中，簡要合理，此爲省字也。其反於是者，若《公羊》稱『郄克眇，季孫行父秃，孫良夫跛，齊使跛者逆跛者，秃者逆秃者，眇者逆眇者』，蓋宜除『跛者』已下字，但云『各以其類逆者』，必事皆再述，則於文殊費，此爲煩句也。《漢書·張倉傳》云『年老，口〔中〕無齒』，蓋於此一句之内，去『年』及『口中』可矣。夫此六文成，而三字妄加，此爲煩字也。然則省句爲易，省字爲難。洞識此心，始可言史矣。」《史通》：「敘事之工者，以簡爲主。《尚書》務于寡事，《春秋》貴于省文，文約而事豐，此述作之尤美者也。」《史通》：「《左傳》之敘事也，談恩惠則煦如春日，紀嚴切則凛若秋霜，敘興邦則滋味無量，陳亡國則淒涼可憫。或腴辭潤簡牘，或美句入咏歌。跌宕而不群，縱横而自得。若斯才者，殆將工侔造化，思涉鬼神。」黄宗羲：「敘事須有風韻，不可擔板。今人見此，遂以爲小説伎倆。不觀《晉書》、《南》、《北史》列傳，每寫一二無關係之事，使其人之精神生動，此頰上三毫也。史遷《伯夷》、《孟子》、《屈賈》等傳，俱以風韻勝。其填《尚書》、《國策》者，稍覺擔板矣。」《容齋隨筆》：「《孟子》書子濯、庾公一段，凡二百字，其旨以爲羿能如子濯，則必無逢蒙之禍。然前段結尾，自常爲文者處之，必云『如子濯孺子，施教於尹公之他』則可，不然，後段之末，必當云『以是事觀之，羿之不善取友，至於殺身，其失如此』，然後文體相屬。兹判爲兩節，若不關聯，而宫商相宣，律吕相焕，立言之妙，是豈步趨模倣所能彷彿哉。」《史通》：「蓋作者自敘，其流出于中古。按屈原《離騷經》，其首章上陳氏族，下列祖考，先述厥生，次顯名字，自敘發跡，實基于此。降及司馬相如，始以自敘爲傳，然其所述者，但記自少及長，立身行事而已，逮于祖先所出，則蔑爾無聞。至馬遷，又徵三閭之故事，訪文園之近作，模楷二家，勒成一卷。于是揚雄遵其舊轍，班固酌其餘波，自敘之篇，實煩于代，雖屬辭有異，而兹體無易。後來敘傳非止一家，競學孟堅，從風而靡。施于家譜，猶或可通，列于國史，每見其失者矣。」汪琬《題劉須谿評班馬異同》：「予觀須谿所評《班馬異同》，深歎其淺陋無識，真有兒童之見不若者，而舉世猶傳其書，何也？試以《李將軍傳》言之。子長於上郡太守之下，即總敘云：『後廣轉邊郡太守，徙上郡，嘗爲隴西、北地』云云，皆以力戰爲名，此正子長敘法之妙。下文止留射雕者一事以模畫之，以見在上郡力戰如此，則他處不言可知矣。又前文云『日以合戰』，後文云『廣結髮與匈奴大小七十餘戰』，皆與此力戰相照應。人知此傳以『射』字爲案，不知其又以『力戰』二字爲案也。孟堅憒憒，輒舉而删除之，此可謂之有法乎？而須谿則評云『《史記》錯出』，非是。且子長别用程不識，兩兩相比，共作三段，此政以客形主，能令李將軍鬚眉生動，可謂史傳絶調。孟堅仍之，良是。而須谿又評云：『程不識爲人，何爲於此可去不去。』若有憾於孟堅者。彼豈知作史之道哉？」《巵言》：「孟堅敘事，如霍氏上官之郄，廢昌邑王奏事，趙韓吏跡，京房術數，雖不得如化工肖物，猶是顧凱之、陸探微寫生。東京以還，重可得乎？陳壽簡質，差勝范曄，然宛縟詳至，大不及也。」李映碧《與門人李竹西》云：「僕聞馮具區讀《孟子》，至《沈同》章『夫士也』三字，輒咀味不置。乃予所味又不獨此。若移『仁人固如是乎』於『在弟則封』之下，則索然。得是解也，可悟文家實而虛之、板而活之之法。若移『王子有其母死者』二語於公孫之口，則又索然。得是解也，可悟文家叙事兼議論之法。」《捫蝨新語》：「『仕宦而至將相，富貴而歸故鄉』，此歐公《晝錦堂》第一句也。東坡《韓文公廟碑》『匹夫而爲百世師，一言而爲天下法』，語句之工，不減前作。議者謂歐工於叙富貴，坡工于説道義。」按議論可以辨別是非，叙事可以曲盡事情。論辨或據正理言之，或用婉言諷之，或以詼諧出之，或詭譎其詞，雜陳利害。不讀辨難攻擊之文，及緣情託興之作，不足以發舒志氣，開拓心胸，增益神智。如韓愈《争臣論》、《諱辨》、《與孟尚書書》及《送窮文》，王績《醉鄉記》，頗足啓發心思。餘可類推。凡行文必洞悉事理，通達人情，方能層層駁詰，處處攻擊。如剥蕉心，如抽繭絲，論人使其人無躲閃處，論事使其事無遺漏處。實由于設身處地，處處想得周到，事事想得透徹，生出一種議論，自能壓倒一切也。問則不知其如此而問，其詞委婉。詰則明知其如此而詰，其詞尖利。辨則别其是非，析及微茫。難則難以所不知、不能、不可者。叙事之文，爲繁冗所累，則氣不能流行自在。必欲簡峻，莫若讀《史》、《漢》。《史記》爲文章鼻祖，《漢書》冠冕雄渾。次則唐宋八家，則下筆自爾不同矣。

文章一事，其所以爲美之道，非一端。命意立格，行氣遣辭，理充于中，聲聞于外，數者一有不足，則文病矣。姚鼐。

凡文之體類十三，論辨、序跋、奏議、書説、贈序、詔令、傳狀、碑誌、雜記、箴銘、頌贊、辭賦、哀祭。而所以爲文者八，曰：神、理、氣、味、格、律、聲、色。神、理、氣、味者，文之精也；格、律、聲、色者，文之粗也。然苟舍其粗，則精者亦胡以寓焉？學者之於古人，必始而遇其粗，中而遇其精，終則御其精者而遺其粗者。又。

呂氏論作文法：上下、離合、聚散、前後、遲速、左右、遠近、彼我、一二、次第、本末、明白、整齊、緊切、的當、流轉、豐潤、精妙、端潔、清新、簡肅、清快、雅健、立意、簡短、閎大、雄壯、清勁、華麗、縝密、典嚴。呂東萊。

余嘗以隱顯、回互、激射説古文。然行文之法，又有奇偶、疾徐、墊拽、繁複、順逆、集散。不明此六者，則於古人之文，無以測其意之所至，而第其詣之所極。墊拽、繁複者，回互之事；順逆、集散者，激射之事；奇偶、疾徐，則行于墊拽、繁複、順逆、集散之中，而所以爲回互、激射者也。回互、激射之法備，而後隱顯之義見矣。討論體勢，奇偶爲先。凝重多出於偶，流美多出于奇。體雖駢，必有奇以振其氣；勢雖散，必有偶以植其骨。儀厥錯綜，致爲微妙。次論氣格，莫如疾徐。文之盛在沉鬱，文之妙在頓宕。而沉鬱頓宕之機，操於疾徐，此之不可不察也。有徐而疾不爲激，有疾而徐不爲紆。夫是以峻緩交得，而調和奏膚也。墊拽者，爲其立説之不足聳聽也，故墊之使高；爲其抒議之未能折服也，故拽之使滿。高則其落也峻，滿則其發也疾。墊之法有上有下，拽之法有正有反。是故墊拽者，先覺之鴻寶，後覺之梯航。未悟者，既望洋而不知；聞聲者，復震驚而不信。然得之則爲蹈厲風發，失之則爲樸樕遼落。姬嬴之際，至工斯業。降至東京，遺文具在。能者僅可十數，論者竟無片言。千里比肩，百世接踵，不其諒已。繁複者，與墊拽相需而成，而爲用尤廣。比之詩人，則長言咏歎之流也，文家之所以極情盡意，茂豫發越也。繁以助瀾，複以鬯趣。繁如鼓風之浪，複如捲風之雲。浪後而盪萬石，比一葉之輕；雲深而釀雲雨，有千里之遠。斯誠文陣之雄師，詞囿之家法矣。文勢之振，在于用逆；文氣之厚，在于用順。順逆之于文，如陰陽之于五行，奇正之于攻守也。集散者，或以振綱領，或以争關紐，或奇特形于比附，或指歸示于牽連，或錯出以表全神，或補述以完風裁。是故集則有勢有事，而散則有縱有横。六法變備，其于文也，猶魚兔之筌蹄、膚髮之脂澤也。《易》曰：「觀乎人文，以化成天下。」士君子能深思天下所以化成者，求諸古，驗諸事，發諸文，則庶乎言有物而不囿於藻采雕繪之末技也夫。包世臣。

六經之文，班班俱存。自秦迄隋，其體遞變，而文無異名。自唐以來，始有古文之目，而目六朝之文爲駢儷。按駢體權輿于西漢鄒陽、枚乘之徒，東漢以後，轉相倣效，盛於六朝，極于唐宋。流別不一，有漢魏體，有晉宋體，有齊梁至初唐體，有中晚唐體，有北宋體。要以《文選》爲正宗，次則六朝及唐，又次則宋。唐以前氣味古茂，神韻閑雅。自宋而後，必求議論之工、證據之確，其源本于唐之陸宣公，至其末流，遂乃鄙俚繁冗，殊失古雅簡鍊之旨。國朝以胡稚威天游、邵荀慈齊燾、汪容甫中、洪稚存亮吉爲最。古文者，昌黎韓氏，屏棄六朝駢儷之文，反之于三代兩漢，而古文之名以立。而爲其學者，亦自以爲與古文殊路。既歧奇與偶爲二，而於偶之中，又歧六朝與唐與宋爲三。夫苟第較其字句，獵其影響而已，則豈徒二焉三焉而已，以爲萬有不同可也。夫氣有厚薄，天爲之也；學有純駁，人爲之也。體格有遷變，人與天參焉者也；義理無殊途，天與人合焉者也。得其厚薄純雜之故，則于其體格之變，可以知世焉，於其義理之無殊，可以知文焉。文之體，至六代而其變盡矣。沿其流極而泝之，以至乎其〔源〕，則所出者一也。李兆洛。

〔文章氣運與世推移。六經之後，秦文峻峭，漢文瓌瑋，皆因沿戰國，不能復反周初。晉魏以降，專尚修詞，至於六季，日益雕鎸，文章之道，澌然盡矣。韓、歐諸子，承唐宋之敝，起而救之，其勢漸趨於平衍，較之六經，業已醇者漓，豐者瘠，然皆奉六經以爲的，而世之反而射者罕矣。明崆峒諸子，欲以秦漢淩而上之，究亦何益。黄與堅。〕

〔唐宋諸家文，自茅鹿門選八家，人徇以爲然。究之唐宋，不止八家，八家亦疵纇不少。凡學者，當有所別擇，然後以材力，各造其所至。若學殖未成，即以是枵然者，規趨大家，是又以大家一途，自便其不學，初學者之大戒也。余沉酣於秦漢三十餘年，始要歸於唐宋。凡所爲文，始訒庵以爲廬陵，已能愚齋諸先生以爲南豐，余皆媿之。末學無常師，安敢自矜爲定論。又。〕

艮思按：心之聲爲言，所以動于中而宣之口也。會集衆字以成詞，誼爲文所以如其意而筆之書也。故讀其文如聞其言，聞其言如見其心。人心各具自然之文，要不外乎情理兩端。情理，人人之所固有，必詞有以達之，然後足以啓發乎人，而感動乎人也。孔子曰：「言之無文，何以行遠。」文之爲用大矣哉。夫文者，積字成句，積句成章者也。字有虚有實，虛字以象其言之神，實字以象其言之意。必虛神實意兼到，乃謂之文。有虛字實用者，如「步」，行也，虛字也，《詩經》之「國步」、「天步」，則實用也。有實字虛用者。如《管子》「春風風人，夏雨雨人」，下「風」、「雨」字作「養」字用，是虛用也。句有讀有句。讀者，句中意未完而語氣少停頓者，謂之讀；句者，語意既完，語氣亦足，謂之句。由一句而增至數句，語氣少住而未能完足者，謂之一氣。有數句或十數句，語意完足，而截然斷住者，謂之小段落。有至數十句，語氣完足，而截然斷住者，謂之大段落。段落者，蓋即梁劉勰所謂「章」。合數章而聯之，首尾完具，前後井然，即謂之篇。其相聯之處，有反有正，有提綴，有離開說者，有從旁面說者，有從對面說者，有從上下說者，有從前後說者，有說其所以然者，有說其所當然者，有進一步說者，有退一步說者，有橫說者，有竪說者，有順說者，有逆說者，有明說者，有暗說者，有分說者，有總說者，有疾說者，有徐說者，有抑揚其詞者，有譬喻，有引證，有代，有補，有撇，有曲，有變換，有墊拽，有繁複，有集散，有錯綜，有滾串，有平側，有長短，苟非圜枘而方鑿，何致齟齬而不相入焉。而其所以積字成句，積句成章者，蓋由俗語而詞以文之，以達乎吾之意也。人有頂、面、背、心、足、影六者，文亦有上、下、前、後、反、正、左、右、彼、我、當然、所以然。夫頂者，前一層也，上一層也。面者，正面也，當然也。心者，所以然也。背者，反面也。足者，後一層也，下一層也。影者，對面也，彼也，旁面左右也。知此六者，則胸中自有主見，行文自有次第矣。夫必有此六者，然後可以言骨幹，所謂意是也。歷稽往籍，莫不皆然。讀者所當由文詞而反之于俗語，則一字之義，一句之意，了然于胸。必使其言皆若出于吾之口，其意皆若出于吾之心。由一句而一段而一篇，識其大義所在，然後可以言有得。迨作文時，亦是由俗語而文之以詞。汩汩其來，不能自已，得機得勢，有聲有色，無一字不的當，無一句不明白。一段有一段之法，一篇有一篇之法。或叙事，或議論。有用文字，議論、叙事二者是也。必將此二體分明，作文乃能得力。詞舉足以達其意焉，而所言之理有以啓發乎人，所道之情有以感動乎人也，斯之謂文。學者由是學焉，祇見文之易，不見文之難，而才與學於是乎進。若夫氣味神理，文之精也，則在其人之深造自得耳，而其從入之途，則必于聲音證之，始克解悟。高吟之，低咏之，音節見焉，神氣出焉。虚字總要重讀，重讀則聲音響亮。聲音響亮，則抑揚高下之間，音節始見，神氣始出。此古人所以重讀功也。急讀以求其體勢，緩讀以求其神味。舍聲音而別求谿徑，恐終無入門時矣。

典章

皇世三墳，帝代五典，重以八索，申以九丘。劉勰。孔安國《尚書序》：「伏羲、神農、黄帝之書，謂之『三墳』，言大道也；少昊、顓頊、高辛、唐、虞之書，謂之『五典』，言常道也；八卦之説，謂之『八索』，求其義也；九州之志，謂之『九丘』，丘，聚也，言九州所有土地所生、風氣所宜，皆聚此書也。」

《詩》以道志，《書》以道事，《禮》以道行，《樂》以道和，《易》以道陰陽，《春秋》以道名分。《莊子・天下》。六經名始見《莊子・天運》篇，自秦焚書，《樂經》亡，《白虎通》始以《易》、《書》、《詩》、《禮》、《春秋》爲五經。

《易》張十翼，《書》標七觀，《詩》列四始，《禮》正五經，《春秋》五例。劉勰。《易通卦驗》：「孔子作《上象》、《下象》、《上象》、《下象》、《上繫》、《下繫》、《文言》、《説卦》、《序卦》、《雜卦》，爲十翼。」《尚書大傳》：「六《誓》可以觀義，五《誥》可以觀仁，《甫刑》可以觀誡，《洪範》可以觀度，《禹貢》可以觀事，《臯陶》可以觀治，《堯典》可以觀美。」《詩序注》：「《關雎》者，《風》之始。《鹿鳴》者，《小雅》之始。《文王》者，《大雅》之始。《清廟》者，《頌》之始。」《禮記・祭統》：「禮有五經，莫重於祭。五經，謂吉、凶、軍、賓、嘉。」《春秋序》：「爲例之情有五：一曰微而顯，二曰志而晦，三曰婉而成章，四曰盡而不污，五曰懲惡而勸善。」

聖人之文，厥有六經。《易》以顯陰陽，《詩》以道性情，《書》以紀政事之實，《春秋》以示賞罰之明，《禮》以謹節文之上下，《樂》以著氣運之虧盈。凡聖賢傳心之要，帝王經世之具，所以建天衷，奠民極，立天下之大本，成天下之大法者，皆於是乎有徵。斯蓋群聖之淵源，九流之權衡，百王之憲度，萬世之準繩。猶之天焉，則昭雲漢而揭日星，布烟霞而鼓風霆；猶之地焉，則山嶽峙而江河行，鳥獸蕃而草木榮。故聖人者，參天地以爲文，而六經者，配天地以爲名。自書契以來，載籍以往，悉莫與之京。斯其爲文，不亦可爲載道之稱也乎。王禕《文訓》。劉勰：「《易》惟談天，入神致用；故《繫》稱旨遠辭文，言中事隱。《書》實記言，而訓詁茫昧，通乎《爾雅》，則文意曉然。故子夏歎《書》，昭昭若日月之明，離離如星辰之行。《詩》主言志，詁訓同《書》，摛風裁興，藻辭譎喻。《禮》以立體，據事剬範，章條纖曲，執而後顯。《春秋》辨理，一字見義。

聖人不作無用文章。其論道則爲有德之言，其論事則爲有見之言，其叙述歌咏則爲有益世教之言。呂東萊。

子長網羅百代，通古紀傳家。孟堅紀述一朝。斷代紀傳家。黎庶昌。

讀史須識治亂安危、興廢存亡之理。程子。

二十一史，取有關修齊治平之要者，又搜歷代典制沿革，後世如何可通行者。榕村。晁氏曰：「後世述史者，其體有三：編年者，以事繫日月，而總之於年，本於左丘明；紀傳者，分紀君臣行事之終始，亦本于司馬遷；實録者，其名起于蕭梁，至唐而盛。」

《文獻通考》詳歷代之典禮，與《綱目》相表裏。陸世儀。《左傳》爲編年之祖，司馬光《通鑑》、朱子《綱目》，皆其體也。紀事本末，以一事爲一篇，於紀傳、編年二體外，自爲一體，實則《尚書》每事爲篇，先有此例。

凡國家禮文、制度、法律、條例之類，皆當熟讀深考。又。最爲知今之要。

古之諸子，各以所學著書詔後世。孔、孟之道與文至矣。自老、莊以降，道有是非，文有工拙。姚鼐。三代古傳記：《國語》、《戰國策》、《大戴禮》、《七經緯》、《山海經》、《世本》、《逸周書》、《竹書紀年》、《穆天子傳》、《周髀》、《素問》、《司馬法》。周秦間諸子：《老子》、《管子》、《孫子》、《晏子春秋》、《列子》、《莊子》、《文子》、《吴子》、《墨子》、《荀子》、《韓非子》、《鶡冠子》、《孔叢子》、《呂氏春秋》、《楚辭》。漢後隋前傳記諸子：《新序》、《説苑》、《列女傳》、《吴越春秋》、《越絶書》、《家語》、《漢官六種》、《三輔黄圖》、《水經注》、《華陽國志》、《淮南子》、《法言》、《鹽鐵論》、《新論》、《潛夫論》、《論衡》、《獨斷》、《風俗通》、《申鑒》、《齊(氏)〔民〕要術》、《文中子》、《中説》、《顔氏家訓》、《九章算術》。

自劉向父子總《七略》，梁昭明太子集《文選》，而後先古文章始有所歸。宋歐陽氏表章韓愈，明茅順甫坤録八家，而後斯文之傳，若有所屬。黎庶昌。

文章至西漢極盛矣。然西漢文原有兩種：其一爲鄒陽、枚乘之徒，屬辭綴事，藻耀風流，一家之美也。東京以後，轉相倣效，遂爲誇多鬭靡，駢四儷六之祖。其一晁賈之論事、司馬相如之從諛、子長之發憤，雖體裁各出，要皆雄偉頓挫，直寫胸臆。其尤醇者，則董仲舒、劉向、揚雄，原本經術，不爲浮辭，雍雍乎儒者之言、大家之美也。東京以後，追配者罕。沿及晉魏，而遺響絶矣。儲欣。

昔史臣述堯，啓四言之始；孔子贊《易》，兆偶辭之端。此上古之元音，載道之華辭，不徒以文言也。及《左氏傳》、《曲臺記》，戰國之文，百家之書，莫不時引其緒。至枚乘、司馬長卿出，而其體大備，有《書》之昭明，《詩》之諷諫，《禮》之博物，《左》之華腴。故其文典，其音和，盛世之文也。吴育。

天下之勢，日趨於文而不能自已。上古文字簡質。周尚文，而周公、孔子之文最盛，其後傳爲左氏，爲屈原、宋玉，爲司馬相如，盛極矣。盛極則蘖衰，流弊遂爲六朝。六朝之靡弱，屈宋之盛肇之也。昌黎氏矯之以質，本六經爲文。後人因之爲清疏爽直，而古人華美之風，亦略盡矣。平奇華樸，流激使然，末流皆不可處。劉大櫆。

顏之推曰：「夫文章者，原出五經。詔誥策檄，生於《書》者也；序述論議，生於《易》者也；

歌咏賦頌，生於《詩》者也；祭祀哀誄，生於《禮》者也；書奏箴銘，生於《春秋》者也。故凡朝廷憲章，軍旅誓誥，敷暢仁義，發明功德，牧民建國，皆不可無。」《唐書·文藝列傳序》。

論説辭序，則《易》統其首；詔策章奏，則《書》發其源；賦頌歌讚，則《詩》立其本；銘誄箴祝，則《禮》總其端；紀傳移檄，則《春秋》爲根。劉勰。

王禹偁曰：「爲文而舍六經，又何法焉？」

李塗曰：「經雖非爲作文設，而千萬代文章從是出。」

某常説，做理學文字不能離《學》、《庸》、《論》、《孟》、《易經》，學古文不能離《尚書》，學記事不能離《春秋》，學詩不能離三百篇。五經是各樣文字的根本。《榕村語録》。

辯論攻擊之文，無出於公羊高、穀梁赤，於《春秋傳》見之。程端本。

緣情託興之作，戰國詼諧辨譎者流，實肇厥端。其言引情於趣外，是故小而能微，淺而能永，博而能檢，就其徧者，亦潤理内苞，秀采外溢，不徒以（縷）〔鏤〕繪爲工，逎峭取致而已。後之作者，乃以爲遊戲，佻側洸盪，忘其所歸，遂成俳優，病尤甚焉。李兆洛。

禀經以製式，酌《雅》以富言。文能宗經，體有六義：一則情深而不詭，二則風清而不雜，三則事信而不誕，四則義直而不回，五則體約而不蕪，六則文麗而不淫。劉勰。

文章自六經、《語》、《孟》之外，惟莊周、屈原、左氏、司馬遷最著。周出於《易》，原出於《詩》，子厚曰：「《九歌》蓋取諸《國風》，《九章》蓋取諸二《雅》，《離騷》蓋取諸《頌》。」左氏、司馬遷出於《尚書》、《春秋》。後之言理者宗周，言情者宗原，言事者宗左氏、司馬遷，皆不能無弊。不如六經、《語》、《孟》之純粹也。《風月堂雜(議)〔識〕》。

屈原《離騷》諸篇爲後世言情韻者所祖，周子《太極圖説》、《通書》爲後世言義理者所祖。兩賢皆前無師承，創立高文，上與《詩經》、《周易》同風。曾文正《湖南文徵序》。

退之著論取於六經、《孟子》，子厚取於《韓非》、賈生，明允雜以蘇、張之流，子瞻兼及於《莊子》。姚鼐。

東坡得文法於《檀弓》，黄山谷《與王觀復書》。後山得文法於《伯夷傳》。王應麟。

先生口不絶吟於六藝之文，手不停披於百家之編，記事者必提其要，纂言者必鉤其玄。上窺姚姒，渾渾無涯。周《誥》殷《盤》，佶屈聱牙。《春秋》謹嚴，《左氏》浮誇，《易》奇而法，《詩》正而葩。下逮《莊》、《騷》，太史所録，子雲、相如，同工異曲。韓愈。

本之《書》以求其質，本之《詩》以求其恒，本之《禮》以求其宜，本之《春秋》以求其斷，本之《易》以求其動，此吾所以取道之原也。參之《穀梁》以厲其氣，參之《孟》、《荀》以暢其支，參之《老》、《莊》以肆其端，參之《國語》以博其趣，參之《離騷》以致其幽，參之太史以著其潔，此吾所以旁推交通，而以爲之文也。柳宗元《答韋中立書》。

數年來退居山野，自分永棄，於世俗日疏闊，得以大肆其力於文章。詩人之優柔，騷人之精深，孟、韓之温淳，遷、固之雄剛，孫、吴之簡切，投之所向，無不如意。常以爲董生得聖人之經，其（先）〔失〕也流而爲迂；鼂錯得聖人之權，其（先）〔失〕也流而爲詐。有二子之才而不流者，其賈生乎。蘇（詢）〔洵〕《上田樞密書》。

當先讀六經，次《論語》、孟氏書，皆經言；《左氏》、《國語》、莊周、屈原之辭，少采取之；穀梁子、太史公甚峻潔，可以出入。柳宗元。

經期於默記，遷、固、范氏之書，其默記亦如經。基本既正，而後徧觀歷代之史，察其得失，稽其異同，會其綱紀，知識益且至矣。而又參於秦漢以來之子書，古今譔定之集録，探幽索微，使無遁情。於是道德性命之奥，以至天文地理、禮樂兵刑、封建郊祀、職官選舉、學校財用、貢賦户口征役之屬，無所不詣其極。或廟堂之上有所建議，必旁引曲證以白其疑，不翅指諸掌之易也。《宋學士集·曾侍郎神道碑》。

意　義

列天地，立君臣，親父子，别夫婦，明長幼，浹朋友，六經之旨也。浩乎若江海，高乎若丘山，赫乎若日火，包乎若天地，掇章稱咏，津潤怪麗，六經之詞也。創意造言，皆不相師。故其讀《春秋》也，如未嘗有《詩》；其讀《詩》也，如未嘗有《易》；其讀《易》也，如未嘗有《書》；其讀屈原、莊周也，如未嘗有六經。故義深則(義)〔意〕遠，意遠則理辯，理辯則氣厚，氣厚則辭盛，辭盛則文工。孫樵《與王霖書》。

聖人之文雖不可及，然大抵道勝者，文不難而自至也。歐陽修。

聖賢之道充乎中，著乎外，形乎言，不求其成文而文生焉者也。不求其成文而文生焉者，文之至也。宋濂《文説》。

聖賢道德之光，積於中而發於外，故其言不文而文。故學於聖人之道，則聖人之言莫之致而致之矣；學於聖人之言，非惟不得其道，并其所謂言亦且不能至矣。蘇伯衡。

道理之妙，當求於聖人之言，具在六經，不可揜也。《東坡外紀》。

不知道德之旨，雕飾綴緝，以爲新奇，鉗齒刺舌，以爲簡古，於世無所加益，是爲文辭之蠹。方孝孺《侯城雜誡》。

養氣之功在於集義，文章之能事在於積理。《續錦機》。

張文潛誨人作文，以理爲主。嘗著論云：「自六經以下，至於諸子百氏、騷人辯士論述，大抵皆將以爲寓理之具也。故學文之端，急於明理，如知文而不務理，求文之工，未嘗有也。」《宋史·張文潛傳》。

文未有不自義理中出者。若講明得義理通透，則識見高人，行文條暢。若不通義理，則識見凡下，議論淺近，言語鄙俗。文字中十病九痛，不自知覺。雖没世窮年從事於此，亦無益也。《性理大全》。

義理明，則文字議論益有精神光采。躬行心得者有素，則形之商訂時事，敷陳治體，莫非溢中肆外之餘，自有以當人情、中物理，藹然仁義道德之言，一一皆可用之實也。又。

詩家無拘鄙之氣，然(令)〔令〕人放曠；詞家無暴戾之氣，然(令)〔令〕人淫靡。道學自有泰而不驕、樂而不淫氣象，雖寄意於詩詞，而綴景言情皆自義理中流出。所謂吟風弄月，有吾與點也之意。吕坤。

文章不朽，全在道理上説得正，見得大，方是世間不可少之文。魏叔子《裏言》。

所謂文者，未有不寫其心之所明者也。心苟未明，劬勞憔悴於章句之間，不過枝葉耳，無所附之而生。故古今來，不必文人始有至文，凡九流百家，以其所明者，沛然隨地湧出，便是至文。故使子美而談劍器，必不能如公孫之波瀾；柳州而叙宫室，必不能如梓人之曲盡。此豈可强者哉。同上。

言之不文，不能行遠。今人所習大概世俗之調，無異吏胥之案牘，旗亭之日曆，即有議論叙事，敝車(羸)〔羸〕馬，終非鹵簿中物。學文者，須熟讀三史八家，將平生一副家當盡行籍没，重新積聚。竹頭木屑，常談委事，無不有來歷，而後方可下筆。顧傖父以世俗常見者爲清真，反視此爲脂粉，亦可笑也。《論文管見》。

人生平耳目所聞見，身所經歷，莫不有其所以然之理。雖市儈優倡大猾逆賊之情狀，竈婢丐夫米鹽淩雜鄙褻之故，必皆深思而謹識之，醞釀蓄積，沉浸而不輕發。及其有故臨文，則大小淺深，各以類觸，沛乎若決陂池之不可禦。譬之富人積財，金玉、布帛、竹頭、木屑、糞土之屬，無不預貯，初不必有所用之，而當其必需，則糞土之用有時與金玉同功。《續錦機》。

昌黎論文以創意爲宗。所謂創意者，如《春秋》之意不同于《易》，《易》之意不同於《書》是也。劉大櫆。

詩文皆技也。技之精者，必近道，故詩文美者，意必善。姚鼐。

曾亮少好爲駢體文。異之曰：「人有哀樂者，面也。今以玉冠之，雖美，失其面矣。此駢文之失也。」余曰：「誠有是。然《哀江南賦》、《報楊遵彦書》，其意固不快耶？而賤之也。」異之曰：「彼其意固有限。使有孟、荀、莊周、司馬遷之意，來如雲興，聚如車屯，則雖百徐、庾之詞，不足以盡其一意。」梅伯言《管異之文集書後》。

徐孝穆陵、庾子山信可謂當行，徐逸而不遒，庾遒逸兼之。

「文章工于外而拙於内者，可以驚四筵而不可以適獨坐，可以取口稱而不可得首肯。」又云：「文章以意爲主，以字語爲役，主强而役弱，則無令不從。今人往往驕其所役，至跋扈難制，甚者反役其主，雖極辭語之工，而豈文之正哉。」《中州集·周昂小傳》。

每篇先看主意，以識一篇之綱領，次看其敘述，抑揚、輕重、運意、轉換、演證、開（闔）〔闔〕、（闔）〔關〕鍵、首腹、結末、詳略、淺深、次序，既于大段中看篇法，又於大段中分小段看章法，又于章法中看句法，句法中看字法，則作者之心不能逃矣。譬之於樹，通看則谿根至表，幹生枝，枝生華葉，大小次第相生而爲樹。又折一幹一枝看，則又皆各自有枝幹華葉，猶一樹然，未嘗毫髮雜亂，此可以識文法矣。程端禮。

大抵作文辨料識格，在於平日。及作文之日，得題即放膽立定主意，便佈置間架，以平日所見，一筆掃就，却旋改可也。如此則筆力不餒。作文以主意爲將軍，轉換開闔，如行軍之必由將軍號令，句則裨將，字則其兵卒，事料則其器械，當使兵隨將轉。所以東坡答江陰葛延之萬里徒步至儋耳求作文秘訣，曰：「意而已。」作文事料，散在經史子集，惟意足以攝之，正此之謂。如通篇主意間架未定，臨期逐一摹擬，用盡心力，不成文矣。切戒。程端禮。

作文之法，先觀時節，次看人品，又當玩味其立意。如退之作《柳子厚墓銘》，自「士窮而見節義」三四十言，皆自道胸中事。如東坡《韓文公廟碑》有云「匹夫爲百世師，一言爲天下法」，此豈非東坡之自課乎？張端義《貴耳（録）〔集〕》。

所謂立意，如《學記》泛説尚文，是無意也，須就題立意，方爲親切。柳子厚《柳州學記》説：「仲尼之道，與王化遠邇。」此兩句便見嶺外立學，不可移於中州學校也。東萊。

是故，本之《詩》以求其恒，本之《易》以求其變，本之《書》以求其質，本之《春秋》以求其斷，本之《樂》以求其通，本之《禮》以求其辨。夫如是，則六經之文爲我之文，而吾之文一本於道矣。故曰：「經者，載道之文，文之至者也。」王禕《文訓》。

〔凡行文，有一題必有一喫緊處，注目須在此。往者吴梅村先生謂余曰：「古人作文多離題者何？」余曰：「此擒題，非離題也。凡遇一題，頭腦必多，不能處處周帀，得其要處，縱横發揮，總不離此。甚有將題面撇開，題之奧妙，恰已説盡。如用兵者，必據一要害以争奇，所謂擒賊擒王，乃見機用，若營壘行列，豈暇一顧哉？」已至京師，説巖先生謂余曰：「君行文有訣乎？」余曰：「否。」固以詢，乃以梅村之説進，〔説〕巖深領之。黄與堅《論學》。〕

〔余論文先理學，以理學是非之正也。盡天下大小事物，皆有一是非，若是非定，而詖辭譎説胥遁矣。顧所以行文不在此，文之爲道，千變萬化，莫可終窮，用之必以法，而法又離奇，不可以法用，故有法必至於無法，乃可以盡神。余於集中數言之，皆真實語，非好詭譎也。黄與堅《論學》。〕

格律一

上下上即高一層，下即低一層。

我非生而知之者，上。好古，敏以求之者也。《論語》。

若聖與仁，則吾豈敢。上。抑爲之不厭，誨人不倦，則可謂云爾已矣。又。

孔子曰：「聖則吾不能，上。我學不厭而教不倦也。」《孟子》。

千乘之君，求與之友而不可得也，上。而況可召與。《孟子》。

怨毒之於人(深)〔甚〕矣哉，王者尚不能行之於臣下，上。況同列乎。《史記》。

夫千乘之王，萬家之侯，百室之君，尚猶患貧，上。而況匹夫編户之民乎。《史記・貨殖傳》。

以上上。

夫禮者，自卑而尊人，雖負販者，必有尊也，下。而況富貴乎？《禮・曲禮》。

管仲且猶不可召，下。而況不爲管仲者乎？《孟子》。

鄉黨自好者不爲，下，而謂賢者爲之乎？又。

天下君王至於賢人衆矣，當時則榮，没則已焉。下。孔子布衣，傳十餘世，學者宗之。自天子王侯，中國言六藝者，折中於夫子，可謂至聖矣。《史記・孔子世家贊》。

以上下。

前後

上古穴居而野處，後世聖人易之以宮室，上棟下宇，以待風雨。上古結繩而治，後世聖人易之以書契，百官以治，萬民以察。《易・繫辭》。

昔我往矣，楊柳依依；今我來思，雨雪霏霏。《詩・小雅》。

昔我往矣，黍稷方華；今我來思，雨雪載塗。又。

昔先王受命，有如召公，日辟國百里，今也日蹙國百里。於乎哀哉，維今之人，不尚有舊。《詩・大雅》。

昔者先王以爲東蒙主。《論語》。

明日，出弔於東郭氏。公孫丑曰：「昔者辭以病，前。今日弔，或者不可乎？」曰：「昔者疾，前。今日愈，如之何不弔？」王使人問疾，醫來。孟仲子對曰：「昔者有王命，有采薪之憂，不能造朝。前。今病小愈，趨造於朝，我不識能至否乎？」使數人要於路，曰：「請必無歸，而造於朝。」《孟子》。

父之考爲王父，父之妣爲王母。王父之考爲曾祖王父，王父之妣爲曾祖王母。曾祖王父之考爲高祖王父，曾祖王父之妣爲高祖王母。《爾雅·釋親》。

愈之獲見于閣下有年矣，始者亦嘗辱一言之譽。韓愈《與陳給事書》。

以上前。

後世雖有作者，虞帝弗可及也已矣。《禮·表記》。

其或繼周者，雖百世可知也。《論語》。

聖人復起，不易吾言矣。《孟子》。

子之子爲孫，孫之子爲曾孫，曾孫之子爲玄孫，玄孫之子爲來孫，來孫之子爲晜孫，晜孫之子爲仍孫，仍孫之子爲雲孫。《爾雅·釋親》。

奮乎百世之上，百世之下聞者莫不興起也。非聖人而能若是乎？而況於親炙之者乎？《孟子》。

制《春秋》之義，以俟後聖，以君子之爲，亦有樂乎此也。《公羊·哀十四年》。

後之覽者，亦將有感於斯文。王羲之《蘭亭記》。

秦人不暇自哀而後人哀之，後人哀之而不鑑之，亦使後人而復哀後人也。杜牧之《阿房宫賦》。

其後閣下位益尊，伺候於門牆者日益進。夫位益尊，則賤者日隔；伺候於門牆者日益進，則愛博而情不專。愈也道不加修，而文日益有名。夫道不加修，則賢者不與；文日益有名，則同進者忌。韓愈《與陳給（練）事書》。

以上後。

左右　左右者，即所謂旁面也，所謂襯貼也，所謂墊也，如金玉之用雕鏤，綾綺之裝花錦。其法或以目之所見墊，或以耳之所聞墊，或以經史墊，或以古人往事墊。左右者，賓也。《詩》則賦爲主，比、興皆賓也。《易》則羲畫爲主，六爻皆賓也。《莊子》一部，無非寓言，無一句犯正位，未嘗一句離正位。正位者，主也。實講、明講爲主，虚講、暗講爲賓。或進前一步，或退後一步，或上下，或前後，或左右，對面皆賓也。不知借賓形主之法，多不能醒且不能暢。昔洞山禪立四賓主：主中主、賓中賓、賓中主、主中賓。

天下國家可均也，爵禄可辭也，白刃可蹈也，中庸不可能也。《中庸》。

其他可能也，其不改父之臣與父之政，是難能也。《論語》。

「昔者，文王之治岐也」至「《詩》云：哿矣富人，哀此煢獨」。《孟子》。此以古人往事言。引齊宣之先則列前後條内，引古之先王故列左右條内。

離婁之明，公輸子之巧，不以規矩，不能成方員；師曠之聰，不以六律，不能正五音；堯舜之道，不以仁政，不能平治天下。《孟子》。

角者，吾知其爲牛；鬣者，吾知其爲馬；犬豕、豺狼、麋鹿，吾知其爲犬豕、豺狼、麋鹿；惟麟也，不可知。韓愈《獲麟解》。

夫女色之惑，不幸而不悟，則禍斯及矣。使其一悟，捽而去之可也。宦者之爲禍，雖欲悔悟，而勢有不得而去者也，唐昭宗之事是已。歐陽修《五代史·宦者傳論》。

五伯莫盛於威、文，文公之才，不過威公，其臣又皆不及仲。靈公之虐，不如孝公之寬厚。文公死，諸侯不敢叛晉，晉襲文公之餘威，得爲諸侯之盟主者，百有餘年。何者？其君雖不肖，而尚有老成人焉。威公之薨也，一敗塗地，無惑也。彼獨恃一管仲，而仲則死矣。蘇洵《管仲論》。

子房以蓋世之才，不爲伊尹、太公之謀，而特出於荆軻、聶政之計，以僥幸於不死，此圯上老人所爲深惜者也。蘇軾《留侯論》。

彼齊雲、落星，高則高矣；井幹、麗譙，華則華矣。止於貯妓女、藏歌舞，非騷人之事，吾所不取。王禹（稱）〔偁〕《黄岡竹樓記》。

皇宋受命，四方僭亂，以次削平。西蜀、江南，負其險遠，兵至城下，力屈勢窮，然後束手。而河東劉氏，百戰守死，以抗王師，積骸爲城，釃血爲池，竭天下之力，僅乃克之。獨吴越不待告命，封府庫，籍郡縣，請吏於朝，視去其國，如去傳舍，其有功於朝廷甚大。蘇軾《表忠觀碑》。

律曰：「二名不偏諱。」釋之者曰：「謂若言『徵』不稱『在』，言『在』不稱『徵』是也。」賓中賓。律曰：「不諱嫌名。」釋之者曰：「謂若『禹』與『雨』、『丘』與『蓲』之類也。」賓中主。今賀父名晉肅，賀舉進士，爲犯二名律乎？主中賓。爲犯嫌名律乎？父名晉肅，子不得舉進士。若父名仁，子不得爲人乎？主中主。韓愈《諱辨》。

彼我 彼即對面，我即正面。

晉楚之富不可及也，彼以其富，我以吾仁；彼以其爵，我以吾義。吾何慊乎哉。《孟子》。

今大冶鑄金，金踴躍曰：「我且必爲鏌鋣。」大冶必以爲不祥之金。《莊子·大宗師》。

莊子之楚，見空髑髏，髐然有形。撽以馬捶，因而問之曰：「夫子貪生失理，而爲此乎？將子有亡國之事，斧鉞之誅，而爲此乎？將子有不善之行，愧遺父母妻子之醜，而爲此乎？將子有凍餒之患，而爲此乎？將子之春秋，故及此乎？」於是語卒，援髑髏，枕而卧。夜半，髑髏見夢曰：「子之談者似辯士。諸子所言，皆生人之累也，死則無此矣。子欲聞死之説乎。」莊子曰：「然。」髑髏曰：「死，無君於上，無臣於下，亦無四時之事，從然以天地爲春秋，雖南面王樂，不能過也。」莊子不信，曰：「吾使司命復生子形，爲子骨肉肌膚，反子父母妻子、閭里知識，子欲之乎？」髑髏深矉蹙額曰：「吾安能棄南面王樂，而復爲人間之勞乎？」《莊子·至樂》。

盜莫大於子，天下何故不謂子爲盜丘，而乃謂我爲盜跖？《莊子》。

「愿之言曰」至「何如也」，對面。「昌黎聞其言」至末。正面。韓愈《送李愿歸盤谷序》。

反正 文貴反，反言最能聳動人精神也。古文聳動人精神者，莫如《國策》。策士游説，不曰「如此便利」，而曰「不如此必有害」，其所以敲骨打髓，令人主陡然變色者，專用此法也。文家用意遣詞，無正不切實，無反不醒豁，惟正反互用，然後文機靈變。

管氏而知禮，孰不知禮？《論語》。本説管仲不知禮，反説管仲知禮。

微管仲，吾其被髮左衽矣。《論語》。若正言之，只宜曰：「管仲有仁者之功。」此則反説也。　魯無君子者，斯焉取斯？又。本説魯多君子，反説魯無君子。

王曰：「何以利吾國？」大夫曰：「何以利吾家？」士庶人曰：「何以利吾身？」上下交征利，而國危矣。萬乘之國，弑其君者，必千乘之家；千乘之國，弑其君者，必百乘之家。萬取千焉，千取百焉，不爲不多矣。苟爲後義而先利，不奪不饜。《孟子》。本言仁義，反説利之害。

向令伍子胥從奢俱死，何異螻蟻？《史記·伍子胥傳贊》。

向使周公輔理承化之功，未盡章章如是，而非聖人之才，而無叔父之親，則將不暇食與沐矣，豈特吐哺握髮之勤而止哉。韓愈《復上宰相書》。得此一反，吐哺精神益見。

有功不賞，有罪不誅，雖唐、虞猶不能以化天下。《漢書·宣帝紀》本始三年詔。

使吴楚反，錯以身任其危，日夜淬礪，東向而待之，使不至於累其君，則天下將恃之，以爲無恐，雖有百盎，可得而間哉？蘇軾《鼂錯論》。

軒轅之時，神農氏世衰，諸侯相侵伐，暴虐百姓，而神農氏弗能征。於是軒轅乃習用干戈，以征不享。諸侯咸來賓從，而蚩尤最爲暴，莫能伐。炎帝欲侵陵諸侯，諸侯咸歸軒轅。軒轅乃修德振兵，治五氣，蓺五種，撫萬民，度四方，教熊羆、貔貅、貙虎，以與炎帝戰於阪泉之野。三戰，然後得其志。蚩尤作亂，不用帝命。於是黄帝乃徵師諸侯，與蚩尤戰于涿鹿之野，遂禽殺蚩尤。而諸侯咸尊軒轅爲天子，代神農氏，是爲黄帝。《史記·五帝本紀》。張之象曰：「此將言黄帝征伐之事，必先言神農弗能征，莫能伐，以引其端。先反後正，史家叙事提掇，類如此。」

孝公元年，河山以東彊國六，與齊威、楚宣、魏惠、燕悼、韓哀、趙成侯並。淮(四)〔泗〕之間，小國十餘。楚、魏與秦接界。魏築長城，自鄭濱洛以北，有上郡。楚自漢中，南有巴、黔中。周室微，諸侯力政，爭相併。秦僻在雍州，不與中國諸侯之會盟，夷翟遇之。《史記·秦本紀》。按此將言諸侯畢賀秦，先言秦不與會盟，夷翟遇之。先反後正也。

以上先反後正。

事君盡禮，人以爲諂也。《論語》。

孔子謂柳下季曰：「夫爲人父者，必能詔其子；爲人兄者，必能教其弟。若父不能詔其子，兄不能教其弟，則無貴父子兄弟之親矣。」《莊子·盜跖》。

人君無愚智、賢不肖，莫不欲求忠以自爲，舉賢者以自佐。然亡國破家相隨屬，而聖君治國累世而不見者，其所謂忠者不忠，而所謂賢者不賢也。《史記·屈原列傳》。

夫人君莫不欲安存而惡危亡，然而政亂國危者甚衆。所任者非其人，而所繇者非其道，是以政日以仆滅也。《漢書·董仲舒傳》。

獄者，萬民之命，所以禁暴止邪，養育群生也。能使生者不怨，死者不恨，則可謂文吏矣。今則不然。用法或持巧心，析律貳端，深淺不平，增辭飾非，以成其罪，奏不如實，上亦亡繇知。此朕之不明，吏之不稱，四方黎民，將何仰哉。《漢書·宣帝元康二年詔》。

今夫平居里巷相慕悦，酒食游戲相徵逐，詡詡强笑語以相取下，握手出肺肝相示，指天日涕泣，誓生死不相背負，真若可信；一旦臨小利害，僅如毛髮比，反眼若不相識，落陷井，不一引手救，反擠之，又下石焉者，皆是也。此宜禽獸夷狄所不忍爲，而其人自視以爲得計。聞子厚之風，亦可以少愧矣。韓愈《柳子厚墓志銘》。

以上先正後反。

翻 反者，正之對也。反則質直言之，翻則須用活筆、活句也。劉勰云曰：「詞徵實而難巧，意翻空而易奇。」翻者，翻弄也。借淺翻深，借非翻是，不翻則是者不見，深者不出。董思白云：「翻者，翻公案之意也。老吏舞文出入人罪，雖一成之案能翻駁之，文章家得之則光景日新。」昔齊鬼説善解，鄰國以必不可解之結致齊王，齊王令鬼説解之。鬼説曰：「此結不可解，臣乃以不解解之也。」此非翻乎？又如法眼和尚曾問徒弟曰：「猛虎項下金鈴，是誰解得？」人多不能對。其後有一僧出，曰：「繫者解得。」此非翻乎？曹操有疑塚七十二，古人有詩云「直須盡發疑塚七十二」，已自翻矣。後人又云「以操之奸，安知不慮及于是，七十二塚必無真骨」，此又翻也。

子路曰：「有民人焉，有社稷焉，何必讀書，然後爲學？」《論語》。

何必高宗，古之人皆然。又。

孟子見梁惠王，王曰：「叟，不遠千里而來，亦將有以利吾國乎？」孟子對曰：「王，何必曰利？亦有仁義而已矣。」《孟子》。

方亞夫嗾項莊時，微噲誚讓羽，則漢之爲漢，未可知也。蘇洵《高帝論》。

鼂錯自將而討吴楚，未必無功。蘇軾《鼂錯論》。

莊子與惠子遊於濠梁之上。莊子曰：「儵魚出游從容，是魚樂也。」惠子曰：「子非魚，安知魚之樂？」莊子曰：「子非我，安知我不知魚之樂？」惠子曰：「我非子，固不知子矣。子固非魚也，子之不知魚之樂，全矣。」莊子曰：「請循其本。惠子曰『女安知魚樂』云者，既已知吾知之而問我，我知之濠上也。」《莊子·秋水》。

「往何遽必辱，且又何至是？」卒行。《史記·鄭世家》。齊襄公會諸侯于首止，鄭子亹往會。祭仲以子亹與襄公嘗鬭，相仇，請無行。子亹言：「何遽辱？何至是？」乃翻也。

「文王之囿，方〔四〕〔七〕十里，有諸？」孟子對曰：「於傳有之。」曰：「若是，其大乎？」曰：「民猶以爲小也。」《孟子》。

「齊桓、晉文之事可得聞乎？」孟子對曰：「仲尼之徒，無道桓、文之事者，是以後世無傳焉。臣未之聞也。」又。

橫直 橫說，或由遠說到近，或由近說到遠，皆是。直說，或由古說到今，或由今說到古，或由始說到終，或由終說到始，或由上說到下，或由下說到上，皆是。

克明峻德，以親九族。九族既睦，平章百姓。百姓昭明，協和萬邦，黎民於變時雍。《書·堯典》。

唯天下至誠，爲能盡其性；能盡其性，則能盡人之性；能盡人之性，則能盡物之性；能盡物之性，則可以贊天地之化育；可以贊天地之化育，則可與天地參矣。《中庸》。

親親而仁民，仁民而愛物。《孟子》。

天下之本在國，國之本在家，家之本在身。又。

以上橫。

古者包犧氏之王天下也，仰則觀象於天，俯則觀法於地，觀鳥獸之文，與地之宜，近取諸身，遠取諸物，於是始作八卦，以通神明之德，以類萬物之情。作結繩而爲網罟，以佃以漁，蓋取諸「離」。包犧氏没，神農氏作，斲木爲耜，揉木爲耒，耒耨之利，以教天下，蓋取諸「益」。日中爲市，致天下之民，聚天下之貨，交易而退，各得其所，蓋取諸「噬嗑」。神農氏没，黄帝、堯、舜氏作，通其變，使民不倦；神而化之，使民宜之。《易》「窮則變，變則通，通則久」，是以「自天祐之，吉無不利」。黄帝、堯、舜垂衣裳而天下治，蓋取「乾」、「坤」。刳木爲舟，剡木爲楫，舟楫之利，以濟不通，致遠以利天下，蓋取諸「涣」。服牛乘馬，引重致遠，以利天下，蓋取諸「隨」。重門擊柝，以待暴客，蓋取諸「豫」。斷木爲杵，掘地爲臼，臼杵之利，萬民以濟，蓋取諸「小過」。弦木爲弧，剡木爲矢，弧矢之利，以威天下，蓋取諸「睽」。上古穴居而野處，後世聖人易之以宫室，上棟下宇，以待風雨，蓋取諸「大壯」。古之葬者，厚衣之薪，葬之中野，不封不樹，喪期無數，後世聖人易之以棺槨，蓋取諸「大過」。上古結繩而治，後世聖人易之以書契，百官以治，萬民以察，蓋取諸「夬」。《易·繫辭》。

「少之時，血氣未定」至「及其老也，血氣既衰，戒之在得」。《論語》。

自天子以至於庶人，壹是皆以修身爲本。《大學》。

天子不仁，不保四海；諸侯不仁，不保社稷；卿大夫不仁，不保宗廟；士庶人不仁，不保四體。《孟子》。

「當堯之時」至「其惟春秋乎」。《孟子》。

堯以是傳之舜，舜以是傳之禹，禹以是傳之湯，湯以是傳之文、武、周公，文、武、周公傳之孔子，孔子傳之孟軻。軻之死，不得其傳焉。韓愈《原道》。

以上直。

進退進，所謂深一層、透過一層也。退，所謂寬一筆、放鬆一筆也。凡文字有進不得處，則必用退法以進之。人但見用寬筆，不知愈寬乃愈緊也；但見其用反筆，不知正是佐助順筆也。又突然而起，下故不接；中間方叙，忽爾拓開；意猶未盡，故爲勒住：皆進退法也。

雖有粟，吾得而食諸？《論語》。

雖賞之不竊。又。

雖多，亦奚以爲？又。

雖令不從。又。

自反而縮，雖千萬人吾往矣。《孟子》。

聖人復起，不易吾言矣。又。

雖有天下易生之物也，一日暴之，十日寒之，未有能生者也。《孟子》。

如有周公之才之美，使驕且吝，其餘不足觀也已。《論語》。

雖欲勿用，山川其舍諸？又。

雖違衆，吾從下。又。

且予縱不得大葬，予死於道路乎？又。

雖閉户可也。又。

雖其所憎怨。韓愈《復上宰相書》。

以上進。

雖曰未學，吾必謂之學矣。《論語》。

雖之夷狄，不可棄也。又。

雖執鞭之士，吾亦爲之。又。

雖小道，必有可觀者焉。

果能此道矣，雖愚必明，雖柔必强。《中庸》。

雖袒裼裸裎於我側，爾焉能浼我哉？《孟子》。

自反而不縮，雖褐寬博，吾不惴焉。又。

公劉雖在戎狄之間，復修后稷之業，務耕種，行地宜，自漆、沮渡渭，取材用，行者有資，居者有畜積，民賴其慶。百姓懷之，多徙而保歸焉。《史記·周本紀》。

今游俠，其行雖不軌於正義，然其言必信，其行必果，已諾必誠，不愛其軀，赴士之阨困，既已存亡死生矣，而不矜其能，羞伐其德，亦有足多者焉。《史記・游俠列傳》。

不躬進藥者，誠不孝矣，雖無愛親之心，然未有弑父之意。歐陽修《春秋論》。

以上退。

所以然凡事，有當然之理，有所以然之故。得其所以然，則挈領提綱，一語破的，而當然之理不待贅言。其法或由後而推其前，或因事而原其心，皆是。蘇秦説六國，撮其大旨，不過曰：「割地事秦，如抱薪救火，此自盡之術也。」然此亦人人知之，人人能言之，偏是蘇秦爲從約之長，何也？到一國，自有一國議論，舉一國之形勢，揣各國之人心，搜各國之往事，投各國之所重所輕，描各國之所畏所苦，天下機局如在目前，睥睨抵掌，極文之變。令傷心者哽咽，不平者按劍，何暇計群羊之不敵猛虎，與連雞之不能俱飛？雖不舉國以聽，其道無由，蓋得其所以然也。

乾，天也，故稱乎父；坤，地也，故稱乎母。震，一索而得男，故謂之長男；巽，一索而得女，故謂之長女。坎，再索而得男，故謂之中男；離，再索而得女，故謂之中女。艮，三索而得男，故謂之少男；兑，三索而得女，故謂之少女。《易・繫辭》。天、地及一、二、三索，言稱父、母、男、女之故。

伯夷、叔齊不念舊惡，怨是用稀。《論語》。「不念舊惡」，言怨希之故。

敏而好學，不恥下問，是以謂之文也。又。「好學」、「下問」，言謂之「文」之由。

退而省其私，亦足以發，回也不愚。又。「足發」，言不愚之故。

道之不行也，我知之矣。知者過之，愚者不及也。道之不明也，我知之矣。賢者過之，不肖者不及也。《中庸》。賢知之過、愚不肖之不及也，明道不行之故。

故爲淵敺魚者，獺也。《孟子》。「獺也」，明爲淵敺魚之故。

孔子懼，作《春秋》。又。「孔子懼」，以明作《春秋》之由。

有寒疾，不可以風。又。「有寒疾」，明不可以風之故。

今也父兄百官不我足也，恐其不能盡於大事，子爲我問孟子。《孟子》。父兄不足而恐其不能盡於大事，以明問孟子之故；而父兄百官不足於我，又爲恐其不能盡事之故。

如告，則廢人之大倫以懟父母，是以不告也。《孟子》。言「廢人倫」、「懟父母」，明不告之由。

吾妻之美我者，私我也；妾之美我者，畏我也；客之美我者，欲有求於我也。《國策》。「私我」、「畏我」、「有求於我」，明美之故。

齊襄公會諸侯於首止，鄭子亹往會，高渠彌相，祭仲稱疾不行。所以然者，子亹自齊襄公爲公子之時，嘗會鬬，相仇。及會諸侯，祭仲請子亹無行，子亹曰：「齊强而厲公居櫟，即不從，是率諸侯伐我，内厲公。我不如往，往何遽必辱，且又何至是？」卒行。於是祭仲恐齊并殺之，故稱疾。《史記・鄭世家》。明鄭子亹往會而祭仲所以稱疾不行之故。

彼奪其民時，使不得耕耨以養其父母，父母凍餓、兄弟妻子離散。彼陷溺其民，王往而征之，夫誰與王敵？《孟子》。明可撻之故。

文略二　抱蜀軒家塾本

格律二

離合　抑揚
明暗　遠近
奇偶　疾徐
墊拽　繁複
順逆　集散
分總　平側
滚串　比興賦
錯綜　雙關
兩面夾攻　代
無中生有　撇

文略

曲　幹

變換　長短

引證　倒文

起　接

轉折　提伏應

結　次第

格律二

離合　離合，即開合也。夫題本如此，文却如彼，離也；文之前半，或寬寬説來，或疑，或問，或反，或虚説，或淺説，或從旁面説，欲抑先揚，欲揚先抑，正題先反，反題先正，皆離也。意必與題相生而不與題相背，乃爲得之。開合之法明，文章蹊徑便可尋矣。夫文有呼必有應，有賓必有主，有反必有正，有虚必有實，而其大致則「開合」二字盡之。先呼後應則呼爲開、應爲合，先賓後主則賓爲開、主爲合，推之反正、虚實，莫不皆然。此昔人所論荆川之文惟一開一合，而先生聞言，謂「平生苦心，被一語道盡」也。開合者，于對待諸法中而兼抑揚之致，或兼反正之致者是也。如賓主、擒縱、虚實、淺深諸法，皆對待者也，有對待而無抑揚、反正之致，則賓主自賓主，擒縱自擒縱，虚實自虚實，浅深自淺深，不可云開合，唯對待中兼有抑揚、反正之致，乃真開合也。能得其法，文多錯綜變化，縱横離合之致焉。如韓愈《送王含秀才序》、歐陽修《讀李翺文》，餘可類推。

季氏富於周公，開。而求也爲之聚斂而附益之。合。《論語》。

曰：「怨乎？」開。曰：「求仁而得仁，又何怨？」合。又。

「伯夷、伊尹於孔子，若是班乎？」開。曰：「否。自有生民以來，未有孔子也。」合。《孟子》。

士非爲貧也，開。而有時乎爲貧。合。又。以上兩句爲開合。

或曰：「孰謂鄹人之子知禮乎？入太廟，每事問。」開。子聞之，曰：「是禮也。」合。《論語》。

「夫子聖矣乎？」開。曰：「聖則吾不能，我學不厭而教不倦也。」合。《孟子》。以上數句爲開合。

子曰：「賢哉回也。一簞食，一瓢飲，在陋巷，人不堪其憂，開。回也不改其樂。合。賢哉回也。」《論語》。

君子無所争，開。必也射乎？揖讓而升，下而飲，其争也君子。又。

子曰：「吾與回言終日，不違，如愚。開。退而省其私，亦足以發。回也不愚。」又。

「王之所大欲，可得聞與？」王笑而不言。曰：「爲肥甘不足於口與？輕煖不足於體與？抑爲采色不足視於目與？聲音不足聽於耳與？便嬖不足使令於前與？王之諸臣，皆足以供之，而王豈爲是哉？」開。曰：「否，吾不爲是也。」合。曰：「然則王之所大欲可知已。欲辟土地，朝秦楚，莅中國而撫四夷也。以若所爲，求若所欲，猶緣木而求魚也。」《孟子》。以上一節爲開合。

「愈聞周公之輔相」至「不衰」。開。「今閤下」至「有周公之説焉」。韓愈《後二十九日復上宰相書》。以上二節爲開合。

既數日，復自奮曰：無所能人，乃宜以盲廢；開。有所能人，雖盲，當廢於俗輩，不當廢於行古人之道者。合。此一轉巧。淛水東七州，户不下數十萬，不盲者何限；開。李中丞取人，固當問其賢不賢，不當計其盲與不盲也。合。此一轉又巧。當今盲於心者皆是，開。若籍自謂獨盲於目爾，其心則能别是非。若賜之坐而問之，其口固能言也。合。韓愈《代張籍與李淛東書》。以上迭開迭合者。

抑揚

與開合參看。輕量之則爲抑，重視之則爲揚；於事則爲褒貶，於詞則爲軒輊。抑揚輕重之間，文之波瀾以成，文之情趣以彰。欲揚先抑，抑則才氣收縮，筆情曲屈，而文爲之一斂；既抑則揚，揚則有氣有勢，光焰逼人，而文爲之一振。此法文中處處宜用，不獨評論人物欲揚先抑、欲抑先揚也。一揚一抑，而開合在其中矣。

曰：「然則吾〔子〕與管仲孰賢？」曾西艴然不悦，曰：「爾何曾比予於管仲？管仲得君如彼其專也，行乎國政如彼其久也，功烈如彼其卑也，爾何曾比予於是？」抑。曰：「管仲以其君霸，晏子以其君顯，管仲、晏子猶不足爲與？」揚。《孟子》。

景春曰：「公孫衍、張儀，豈不誠大丈夫哉？一怒而諸侯懼，安〔居〕而（居）天下熄。」揚。孟子曰：「是焉得爲大丈夫乎？子未學《禮》乎？丈夫之冠也，父命之；女子之嫁也，母命之。往送之門，戒之曰：『往之女家，必敬必戒，無違夫子。』以順爲正者，妾婦之道也。」抑。《孟子》。

伯州犁曰：「所爭，君子也，其何不知？」上其手，曰：「夫子爲王子圍，寡君之貴介弟也。」揚。下其手，曰：「此子爲穿封戌，方城外之縣尹也。」抑。《左・襄二十六年》。

增之去善矣，揚。不去，羽必殺增，獨恨其不早耳。抑。蘇軾《范增論》。

增年已七十，合則留，不合則去，不以此時明去就之分，而欲依羽以成功，陋矣。抑。雖然，增，高帝之所畏也，增不去，項羽不亡。嗚呼，增亦人傑也哉。揚。又。

嗟夫，方其奔走於二袁之間，困於呂布而狼狽於荆州，抑。百敗而其志不折，不可謂無高祖之風矣，揚。而終不知所以自用之方。抑。夫古之英雄，惟漢高帝爲不可及也夫。蘇轍《三國論》。

夫有天下之志，有天下之材，又有治天下之效，揚。然而不得與先王並者，法度之行，擬之先王，未備也；禮樂之具，田疇之制，庠序之教，擬之先王，未備也。抑。躬親行陣之間，戰必勝、攻必克，天下莫不以爲武，揚。而非先王之所尚也。抑。四夷萬里，古所未及以政者，莫不服從，天下莫不以爲盛，揚。而非先王之所務也。抑。曾鞏《唐論》。

揚子雲曰：「古者楊墨塞路，孟子辭而闢之，廓如也。」揚。孟子雖聖賢，不得(立)〔位〕，空言無施，雖切何補？抑。然賴其言，而今之學者尚知宗孔子、崇仁義，尊王賤霸而已。揚。其大經大法皆亡滅而不救，壞爛而不收，所謂存十一於千百，安在其能廓如也？抑。然向無孟氏，則皆服左衽而言侏離矣。故愈嘗推尊孟氏，以爲功不在禹下者，爲此。揚。韓愈《與孟尚書書》。

裴封叔之第，在光德里。有梓人款其門，願傭隟宇而處焉。所職尋引、規矩、繩墨，家不居礱斲之器。問其能，曰：「吾善度材，視棟宇之制，高深、圓方、短長之宜，吾指使而群工役焉，捨我衆莫能就一宇。故食於官府，吾受禄三倍；作於私家，吾收其直大半焉。」揚。他日，入其室，其牀闕足而不能理，曰：「將求他工。」余甚笑之，謂其無能而貪禄嗜貨者。抑。其後京兆尹將飾官署，余往過焉。委群材，會衆工，或執斧斤，或執刀鋸，皆環立嚮之。梓人左執引，右執杖而中處焉，量棟宇之任，視木之能，舉揮其杖曰：「斧。」彼執斧者奔而右，顧而指曰：「鋸。」彼執鋸者趨而左。俄而斤者斲，刀者削，皆視其色，俟其言，莫敢自斷者。其不勝任者，怒而退之，亦莫敢慍焉。畫宮於堵，盈尺而曲盡其制，計其毫釐而構大廈，無進退焉。既成，書於上棟，曰：「某年某月某日建。」則某姓字也。凡執用之工不在列。揚。柳宗元《梓人傳》。

愈白：辱惠書，語高而旨深，三四讀尚不能通曉，茫然增愧赧。揚中之抑。韓愈《答陳商書》。

此三事者，三國之君，其才皆無有能行之者，獨有一劉備近之而未至，其中猶有翹然自喜之心。揚中之抑。蘇轍《三國論》。

明暗

明暗，與顯晦、虛實同。

士之能享大名、顯當時者，莫不有先達之士、負天下之望者爲之前焉；以上暗說于公。士之能垂休光、照後世者，亦莫不有後進之士、負天下之望者爲之後焉。以上暗說自己。韓愈《與于襄陽書》。

天下之患最不可爲者，名爲治平無事而其實有不測之憂，以上暗說景帝時諸侯强大，削亦反，不削亦反。非勉强期月之間而苟以求名者之所能也。以上暗說晁錯削七國事。天下治平，暗說景帝時。無故而發大難之端，暗說削七國。吾發之，吾能收之，然後有辭於天下；暗說七國反。事至而循循焉欲去之，使他人任其責，暗說晁錯欲使天子自將而己居守。則天下之禍必集於我。暗說袁盎所以進斬晁錯之說。蘇軾《晁错論》。

遠近與「橫直」條參。

「當堯之時」至「然後人得平土而居之」。先引禹。「堯舜既没」至「咸以正無缺」。次引周公。「世衰道微」至「其惟《春秋》乎」。次引孔子。「聖王不作」至「不易無吾言矣」。始説到孟子。《孟子》。

「大凡物不得其平則鳴」至「其皆有弗平者乎」。先以草、木、水、金、石之鳴興人言。「樂也者」至「尤擇其善鳴者而假之鳴」。次以樂天時之善鳴興人之言精者。「其在唐虞」至「善鳴者也」。次叙前代之善鳴者。「唐之有天下」至「能焉」。次言唐之能鳴者。「孟郊東野始以其詩鳴」。始説到東野。韓愈《送孟東野序》。

奇偶包慎伯云：「凝重多出于偶，流美多出于奇。體雖駢，必有奇以振其氣；勢雖散，必有偶以植其骨。雖文字之始基，實奇偶之極軌。」劉海峰云：「文貴參差，天之生物，無一無偶，而無一齊者。故雖排比之文，亦以隨勢曲注爲佳。」吕東萊云：「文字一篇之中，須有數行齊整處，須有數行不齊整處。」李申耆云：「天地之道，陰陽而已。奇偶也，方圓也，皆是也。陰陽相並俱生，故奇偶不能相離，方圓必相爲用。道奇而物偶，氣奇而形偶，神奇而識偶。」

欽明文思一字爲偶。安安疊字爲偶。允恭克讓，二字爲偶。光被四表，格于上下。語奇也而意偶。

克明俊德，四字一句奇。以親九族。九族既睦，平章百姓。百姓昭明，十六字四句偶。協和萬邦。

《書·堯典》。

黎民於變時雍。十字三句奇，而「萬邦」與「九族」、「百姓」語偶；「時雍」與「黎民於變」，意偶。是奇也而偶寓焉。又。

乃命羲和，欽若昊天，曆象日月星辰，敬授人時。通節奇。若天、授時，隔句爲偶。中六字，綱目爲偶。又。

分命羲仲，宅嵎夷，曰暘谷。寅賓出日，平秩東作。日中，星鳥，以殷仲春。厥民析，鳥獸孳尾。申命羲叔，宅南交，曰明都。平秩南訛，敬致。日永，星火，以正仲夏。厥民因，鳥獸希革。分命和仲，宅西，曰昧谷。寅餞納日，平秩西成。宵中，星虛，以殷仲秋。厥民夷，鳥獸毛毨。申命和叔，宅朔方，曰幽都。平在朔易，日短，星昴，以正仲冬。厥民隩，鳥獸氄毛。體全偶而詞悉奇。又。

帝曰：「咨，汝羲暨和。期三百有六旬有六日，以閏月定四時，成歲。允釐百工，庶績咸熙。」帝曰：「疇咨若時？登庸。」放齊曰：「胤子朱啓明。」帝曰：「吁，嚚訟可乎？」帝曰：「疇咨若予采？」驩兜曰：「都，共工方鳩僝功。」帝曰：「吁，靜言庸違，象恭滔天。」帝曰：「咨，四岳，湯湯洪水方割，蕩蕩懷山襄陵，浩浩滔天。下民其咨，有能俾乂？」僉曰：「於，鯀哉。」帝曰：「吁，咈哉，方命圮族。」岳曰：「異哉，試可乃已。」帝曰：「往，欽哉。」九載，績用弗成。帝曰：「咨，四岳。朕在位七十載，汝能庸命，巽朕位？」岳曰：「否德忝帝位。」曰：「明明揚側陋。」師錫帝曰：「有鰥在下，曰虞舜。」帝曰：「俞，予聞，如何？」岳曰：「瞽子，父頑，母嚚，象傲，克諧以孝，烝烝乂，不格姦。」帝曰：「我其試哉。女于時，觀厥刑于二女。」釐降二女于嬀汭，嬪于虞。

帝曰：「欽哉。」「帝曰咨」節奇。「期三百」十七字，參差爲偶；「允釐」八字，顛倒爲偶，而意皆奇。故雙意必偶，「欽明」、「允恭」等句是也；單意可奇可偶，「光被」、「允釐」是也。又。

疾徐　即所謂緩急也，即吕東萊之所謂遲速也。包慎伯云：「論氣格，莫如疾徐。文之盛在沉鬱，文之妙在頓宕，而沉鬱頓宕之機，操于疾徐，此之不可不察也。有疾而徐不爲激，有徐而疾不爲紆，夫是以峻緩交得而調和奏膚也。」

觚不觚，疾。觚哉觚哉。徐。《論語》。

其然，徐。豈其然乎？疾。又。以上兩句爲疾徐。

《大學》：「一家仁，一國興仁；一家讓，一國興讓；一人貪戾，一國作亂。其機如此。此謂一言僨事，一人定國。疾。堯、舜帥天下以仁，而民從之。桀、紂帥天下以暴，而民從之。其所令反其所好，而民不從。是故君子有諸己而後求諸人，無諸己而後非諸人。所藏乎身不恕，而能喻諸人者，未之有也。」徐。《大學》。

王曰「何以利吾國」，大夫曰「何以利吾家」，士庶人曰「何以利吾身」，上下交征利而國危矣。萬乘之國，弑其君者，必千乘之家；千乘之國，弑其君者，必百乘之家。萬取千焉，千取百焉，不爲不多矣。苟爲後義而先利，不奪不饜，徐。未有仁而遺其親者也，未有義而後其君者也。疾。《孟子》。以上兩節爲疾徐。

天子適諸侯曰巡狩，巡狩者，巡所狩也。諸侯朝於天子曰述職，述職者，述所職也。無非事者，春省耕而補不足，秋省斂而助不給。夏諺曰：「吾王不游，吾何以休？吾王不豫，吾何以助？一游一豫，爲諸侯度。」今也不然。師行而糧食，飢者弗食，勞者弗息。睊睊胥讒，民乃作慝。方命虐民，飲食若流。流連荒亡，爲諸侯憂。從流下而忘反謂之流，從流上而忘反謂之連，從獸無厭謂之荒，樂酒無厭謂之亡。徐。先王無流連之樂、荒王之行，惟君所行也。疾。又。

國君進賢，如不得已，將使卑踰尊，疏踰戚，可不慎與？左右皆曰賢，未可也；諸大夫皆曰賢，未可也；國人皆曰賢，然後察之。見賢焉，然後用之。左右皆曰不可，勿聽；諸大夫皆曰不可，勿聽；國人皆曰不可，然後察之。見不可焉，然後去之。左右皆曰可殺，勿聽；諸大夫皆曰可殺，勿聽；國人皆曰可殺，然後察之。見可殺焉，然後殺之。徐。故曰，國人殺之也。如此，然後可以爲民父母。疾。又。

尊賢使能，俊傑在位，則天下之士皆悦而願立於其朝矣。市廛而不征，法而不廛，則天下之商皆悦而願藏於其市矣。關譏而不征，則天下之旅皆悦而願出於其路矣。耕者助而不税，則天下之農皆悦而願耕於其野矣。廛無夫里之布，則天下之民皆悦而願爲之氓矣。徐。信能行此五者，則鄰國之民仰之若父母矣。率其子弟，攻其父母，自生民以來，未有能濟者也。如此，則無敵於天下。無敵於天下者，天吏也。然而不王者，未之有也。」疾。又。以上通篇爲疾徐。

墊拽 墊拽者，爲其立説之不足聳聽也，故墊之使高；爲其抒議之未能折服也，故拽之使滿。高則其落也滿，峻則其發也疾。墊之法，有上有下；拽之法，有正有反。《孟子》「知虞公之不可諫而去之秦」一百二十二字，《荀子》「凡生於天地之間者，氣血之屬必有知」一百八十一字，旋墊旋拽，備上下反正之致。文心之巧，於斯爲極。

知而使之，是不仁也；不知而使之，是不智也。仁、智，周公未之盡也。《孟子》。

且以文王之德，百年而後崩，猶未洽于天下。武王、周公繼之，然後大行。又。

今有不才之子，父母怒之，弗爲改；鄉人譙之，弗爲動；師長教之，弗爲變。《韓非子》。

視鍛錫，察青黄，區冶不能以必劍；發齒吻形容，伯樂不能以必馬。又。

禹利天下，子産存鄭，皆以得謗。又。

侈而惰者貧，而力而儉者富。今徵儉於富人，以施布於貧家。又。

嘗以十倍之地，百萬之衆，叩關而攻秦。秦人開關延敵，九國之師逡巡逃遁而不敢進。《史記》。

非有仲尼、墨翟之賢，陶朱、猗頓之富。又。

以上上墊。

管仲、曾西之所不爲也。《孟子》。

非所以納交於孺子之父母也，非所以要譽於鄉黨朋友也，非惡其聲而然也。又。

禮云禮云，玉帛云乎哉？樂云樂云，鐘鼓云乎哉？《論語》。

爾以爲必鋪几筵，升降酌獻酬酢，然後謂之禮乎？爾以爲必行綴兆，興羽籥，作鐘鼓，然後謂之樂乎？《禮・仲尼燕居》。

磐石千里，不可謂富。象人百萬，不可謂强。《韓非子》。

藉使子嬰有庸主之才，僅得中佐。《史記》。

向使二世有庸主之行而任忠賢，臣主一心而憂海内之患。又。

是所重者在於色樂珠玉，而所轻在於人民。又。

以上下埶。

萬取千焉，千取百焉，不爲不多矣。苟爲後義而先利。《孟子》。

文王以民力爲臺、爲沼，而民歡樂之。又。

「予及汝偕亡」，民欲與之偕亡。又。

此爲救死而恐不贍。又。

螾無爪牙之利，筋骨之强，上食槁壤，下飲黄泉，用心一也。蟹六跪而二螯，非蛇螾之穴，無可託足者，用心躁也。是故無冥冥之志者，無昭昭之明；無惛惛之用者，無赫赫之功。《荀子》。

今之學者，入乎耳，出乎口，口耳之間，則四寸耳，安能美七尺之軀？又。

今有搆木鑽燧於夏后之世者，必爲鯀禹笑矣；有決瀆於殷周之世者，必爲湯武笑矣。《韓非子》。

人主之左右，不必智也；人主於人有所智而聽之，因與左右論其言，是與愚人論智也；人主之左右不必賢也，人主於人有所賢而禮之，因與左右論其行，是與不肖論賢也。又。

民農則樸，樸則易用，易用則邊境安、主位尊；民農則重，重則少私義，少私義則公法立、力專一；民農則其産複，其産複則重徙，重徙則死其處而無二慮。《吕覽》。

马者，伯樂相之，造父御之，賢主乘之，一日千里，無御相之勞而有其功。又。

天下已定，秦王之心，自以爲關中之固，金城千里，子孫帝王萬世之業也。秦王既没，餘威振於殊俗。《史記》。

二世不行此術，而重之以無道。又。

秋水時至，百川灌河，涇流之大，兩涘渚崖之間不辯牛馬。於是焉，河伯欣然自喜，以天下之美爲盡在己。《莊子》。

以上正拽。

天子能薦人於天，不能使天與之天下；諸侯能薦人於天子，不能使天子與之諸侯；大夫能薦人於諸侯，不能使諸侯與之大夫。《孟子》。

而居堯之宮，逼堯之子，是篡也。又。

將戕賊杞柳而後以爲桮棬？如將戕賊杞柳而以爲桮棬。又。

金重於羽者，豈謂一鉤金。又。

是君臣、父子、兄弟終去仁義，懷利以相接。又。

樂姚冶以險，則民流僈鄙賤矣。流僈則亂，鄙賤則争，争亂則兵弱城犯，敵國危之。《荀子》。

且夫暴國之君，將誰與至哉？彼其所與至者，必其民也，而其民之親我歡若父母，其好我芬若椒蘭，彼反顧其上，則若灼黥，若仇讐；人之情，雖桀跖，又豈肯爲其所惡，賊其所好？又。

法術之士，操五不勝之勢，以歲數而又不得見；當涂之人，乘五勝之資，而旦暮獨説於前。《韓非子》。

智士者，遠見而畏於死亡，必不從重人矣；廉士者，脩而羞與佞臣欺其主，必不從重人矣。是當涂之徒屬，非愚而不知患，即汚而不避奸者也。大臣挾愚汚之人，上與之欺主，下與之收利侵漁。又。

秦并海内，兼諸侯，南面稱帝，以四海養，天下斐然向風。《史記》。

今秦二世立，天下莫不引領而觀其政。夫寒者利短褐，飢者甘糟糠，民之嗷嗷，新主之資也。又。

以上反拽。

繁複包慎伯云：「繁複者，與埶拽相需而成，而爲用尤廣，比之詩人則長言咏歎之流也，文家之所以極情盡意、茂豫發越也。《荀子·議兵》、《禮論》、《樂論》、《性惡》篇，《吕覽·開春》、《慎行》、《貴直》、《不苟》、《似順》、《士容論》，《韓非·説難》、《孤憤》、《五蠹》、《顯學》篇，無不繁以助瀾，複以鬯趣，繁如鼓風之浪，複如捲風之雲，斯誠文陣之雄師，詞囿之家法矣。」

聲不過五，五聲之變，不可勝聽也；色不過五，五色之變，不可勝觀也；味不過五，五味之變，不可勝嘗也；戰勝不過奇正，奇正之變，不可勝窮也。繁。奇正相生，如循還之無端，孰能窮之者？複。《孫武子》。

穀與魚鼈不可勝食，材木不可勝用，七十者衣帛食肉，黎民不饑不寒。繁。《孟子》。

天下之欲疾其君者，皆欲赴愬於王。繁。又。

然則一羽之不舉，爲不用力焉。複。又。

昔者禹抑洪水而天下平。複。又。

口之於味也，有同嗜焉。複。又。

鄉爲身死而不受，今爲宫室之美爲之。複。又。

離婁之明、公輸子之巧，不以規矩，不能成方員。師曠之聰，不以六律，不能正五音。堯舜之道，不以仁政，不能平治天下。繁。又。

聖人既竭目力焉，繼之以規矩準繩，以爲方員平直，不可勝用也。既竭耳力焉，繼之以六律正五音，不可勝用也。既竭心思焉，繼之以不忍人之政，而仁覆天下矣。複。又。

樂民之樂者，民亦樂其樂；憂民之憂者，民亦憂其憂。樂以天下，憂以天下。繁而兼複。又。

君子以仁存心，以禮存心。仁者愛人，有禮者敬人。愛〔人〕者，人恒愛之；敬人者，人恒敬之。繁而兼複。又。

得道者多助，失道者寡助。寡助之至，親（威）〔戚〕畔之；多助之至，天下順之。以天下之所順，攻親戚之所畔。複而兼繁。又。

順逆 由下而上，由後而前，由遠而近，謂之逆；由上而下，由前而後，由近而遠，謂之順。文勢之振，在於用逆；文氣之厚，在於用順。

克明峻德，以親九族；九族既睦，平章百姓；百姓昭明，協和萬邦，黎民於變時雍。順。《書·堯典》。

古之欲明明德於天下者，先治其國；欲治其國者，先（其）齊〔其〕家；欲其齊家者，先修其身；欲修其身者，先正其心；欲正其心者，先誠其意；欲誠其意者，先致其知；致知在格物。逆。物格而後知至，知至而後意誠，意誠而後心正，心正而後身修，身修而後家齊，家齊而後國治，國治而後天下平。順。《大學》。

公叔文子之臣大夫僎。順而逆。《論語》。

而取於吴，爲同姓，謂之吴孟子。順而逆。《孟子》。

無恒産而有恒心者，惟士爲能。本言當制民産，先言取民有制，又先言民之陷罪由於無恒心，而無恒心本於無恒産，並先言惟士之恒心不係於恒産，則逆之逆也。《孟子》。

天下大悦而將歸己，視天下悦而歸己猶草芥也，惟舜爲然。不得乎親，不可以爲人。不順乎親，不可以爲子。舜盡事親之道而瞽瞍厎豫，瞽瞍厎豫而天下化，瞽瞍厎豫而天下之爲父子者定，此之謂大孝。全用逆。《孟子》。

桀紂之失天下也，失其民也；失其民者，失其心也。得天下有道，得其民，斯得天下矣。得其民有道，得其心，斯得民矣。得其心有道，所欲與之聚之，所惡勿施爾也。民之歸仁也，猶水之就下、獸之走壙也。故爲淵敺魚者，獺也；爲叢敺爵者，鸇也；爲湯武敺民者，桀與紂也。今天下之君有好仁者，則諸侯皆爲之敺矣，雖欲無王，不可得已。今之欲王者，猶七年之病求三年之艾也，苟爲不畜，終身不得。苟不志於仁，終身憂辱，以陷於死亡。詩云「其何能淑，載胥及溺」，此之謂也。全用逆。又。

君子所以異於人者，以其存心也。君子以仁存心，以禮存心。仁者愛人，有禮者敬人。愛人者，人恒愛之；敬人者，人恒敬之。有人於此，其待我以横逆，則君子必自反也，我必不仁也，必無禮也，此物奚宜至哉？其自反而仁矣，自反而有禮矣，其横逆由是也。君子必自反也，我必不忠。自反而忠矣，其横逆由是也。君子曰：「此亦妄人也已矣。如此則與禽獸奚擇哉？於禽獸又何難焉？」是故，君子有終身之憂，無一朝之患也。乃若所憂則有之，舜人也，我亦人也，舜爲法於天下，可傳於後世，我由未免爲鄉人也，是則可憂也。憂之何如？如舜而已矣。若夫君子所患則亡矣。非仁無爲也，非禮無行也。如有一朝之患，則君子不患矣。全用順。又。

修之於身，其德乃真；修之於家，其德乃餘；修之於鄉，其德乃長；修之於邦，其德乃豐；修之於天下，其德乃普。故以身觀身，以家觀家，以鄉觀鄉，以邦觀邦，以天下觀天下。吾何以知天下之然哉？以此。順。《老子》。

夏禹名曰文命，禹之父曰鯀，鯀之父曰帝顓頊，顓頊之父曰昌意，昌意之父曰黄帝。逆。《史記·夏本紀》。

契卒，子昭明立；昭明卒，子相土立；相土卒，子昌若立；昌若卒，子曹圉立；曹圉卒，子冥立；冥卒，子振立；振卒，子微立；微卒，子報丁立；報丁卒，子報乙立；報乙卒，子報丙立；報丙卒，子主壬立；主壬卒，子主癸立；主癸卒，子天乙立，是爲成湯。順。《史記·殷本紀》。

視都知野，視野知國，視國知天下。順。柳宗元《梓人傳》。

洪武二十四年，田凡一千八百九頃一畝六分七釐。永樂十年，增二十四頃二畝八分。弘治十五年，增二十九頃三十畝一分。正德七年，計一千八百六十二頃三十四畝五分七釐。順。志田起用一凡字，中用二「增」字，末用一「計」字。户，正德七年，一千九百七十有八；口，二萬七千四百三十有一。視弘治十五年，户增二十一，口增二百五十七。視永樂十年，户增二百八，口增九千八百五十四。視洪武二十四年，户增二百九十五，口增一萬四千七百四十一。逆。志户、口用三「視」字。康對山海《武功縣志》。

集散

集散者，或以振綱領，或以爭關紐，或奇特形於比附，或指歸示於牽連，或錯出以表全神，或補述以完風裁。是故，集則有勢有事，而散則有縱有橫。集勢列後。《孟子》引「經始靈臺」、「時日曷喪」，徵古以明意；説「不違農時」、「五畝之宅」，緣情以比事。《吕覽》專精證驗，《韓非》旁通喻釋。《史記》載祠石墜履，而西楚遂以遷鼎；述廁鼠驚人，而上蔡無所税駕。曲逆意遠，見於俎上；淮陰志異，得之城下。臨邛竊貲，好時分橐。衒晦既殊，心跡斯別。右遊俠之克崇退讓，而知在位之專恣睚眦；稱權利之致於誠壹，而知居上之不收窮民，是集事者也。二帝同典，止紀都俞；五臣共謨，乃書陳告，是縱散者也。龍門帝紀，已屬有心避就；金華臣傳，遂至僅存闕閲。求其繼聲，未易屈指。《史記》廉將軍矜功爭列，與避車連文，以美震悔之忠。長平侯重揖客，諱擊傷，於本傳不詳，以歎尊容之廣。程、李名將，而行酒辨其優劣；汲、鄭長者，而廷論譏其局趣，是橫散者也。「闕閲」下注云：「宋濂作《九國春秋》，事蹟悉詳紀中。諸臣列傳，勢難重出，寂寥已甚。今吴任臣書，即竊其本也。」

君將納民於軌物者也，故講事以度軌量，謂之軌；取財以章物采，謂之物。不軌不物，謂之亂政。《左·隱》。

將修先君之怨於鄭，而求寵於諸侯，以和其民。又。

是故君子有終身之憂，無一朝之患。《孟子》。

彼陷溺其民，王往而征之，夫誰與王敵？又。

仁不可爲衆也。夫國君好仁，天下無敵。又。

或勞心，或勞力。勞心者治人，勞力者治於人。治於人者，食人；治人者，食於人。又。

是以賞莫如厚而信，使民利之(知)；罰莫如重而必，使民畏之。法莫如一而固，使民知之。《韓非子》。

夫離法者罪，而諸先生以文學取；犯禁者誅，而群俠以私劍養。故法之所非，君之所取；吏之所誅，上之所養也。又。

故明主之國，無書簡之文，以法爲教；無先生之語，以吏爲師；無私劍之捍，以斬首爲勇。又。

强則能攻人者也，治則不可攻者也。治、强不可責於外，内政之修也。又。

以上集勢。

《詩》云：「經始靈臺，經之營之。庶民攻之，不日成之。經始勿亟，庶民子來。王在靈囿，麀鹿攸伏。麀鹿濯濯，白鳥鶴鶴。王在靈沼，於牣魚躍。」文王以民力爲臺爲沼，而民樂歡之，謂其臺曰「靈臺」，謂其沼曰「靈沼」，樂其有麋鹿魚鼈。古之人與民偕樂，故能樂也。《孟子》。《湯誓》曰：「時日害喪，予及女偕亡。」民欲與之偕亡，雖有臺池鳥獸，豈能獨樂哉？又。以上徵古以明意。

不違農時，穀不可勝食也。數罟不入洿池，魚鼈不可勝食也。斧斤以時入山林，材木不可勝用也。穀與魚鼈不可勝食，材木不可〔勝〕用，是使民養生喪死無憾也。養生喪死無憾，王道之始也。又。

五畝之宅，樹之以桑，五十者可以衣帛矣。雞豚狗彘之畜，無失其時，七十者可以食肉矣。百畝之田，勿奪其時，數口之家可以無飢矣。謹庠序之教，申之以孝悌之義，頒白者不負戴於道路矣。七十者衣帛食肉，黎民不飢不寒，然而不王者，未之有也。又。以上緣情以比事。

以上集事。

分總文有總有分，有先總後分者，有先分後總者，有上下總中間分者。

子以四教：文、行、忠、信。文、行、忠、信，歷數四教也。《論語》。

子不語怪力亂神。又。

德行：顏淵、閔子騫、冉伯牛、仲弓。言語：宰我、子貢。政事：冉有、季路。文學：子游、子夏。又。

大學之道，在明明德，在新民，在止於至善。《大學》。

君子之道四，丘未能一焉。所求乎子以事父，未能也；所求乎臣以事君，未能也；所求乎弟以事兄，未能也；所求乎朋友，先施之，未能也。《中庸》。

晉有三不殆，國險而多馬，齊、楚多難。「三不殆」總提，「國險」、「多馬」、「多難」，歷數其三不殆也。《左・昭四年》。

天下有達尊：爵一，齒一，德一。《孟子》。

與父老約，法三章耳，殺人者死，傷人及盜抵罪。「殺人者死」、「抵罪」，乃歷數三章也。《史記・高帝本紀》。

商君之法，舍人無驗者，坐之。《史記・商君列傳》。

其治米鹽，大小事皆關其手。先言「其治」，下叙所治之事。《李將軍傳》。

所以自惟：上之不能納忠效信，有奇策材力之譽，自結明主；次之又不能拾遺補闕，招賢進能，顯巖穴之士；外之又不能備行伍，攻城戰野，有斬將搴旗之功；下之不能積日累勞，取尊官厚禄，以爲宗族交游光寵。所叙上之、次之、下之、外之四者之未能，皆所以自惟之事。《司馬遷傳》。

小功服最多，親則叔父之下殤，與適孫之下殤，與昆弟之下殤，尊則外祖、外父，常服則曾祖、曾父母也。「最多」後皆歷數小功之服也。《論小功不税書》。

故事，使外國常賜州縣官十員，使以名上，以便其私，號「私覿官」。「故事」總提，以下叙明其事也。

韓愈《韋公墓志銘》。

以上先總後分。

又有微子、微仲、王子比干、箕子、膠鬲，皆賢人也。《孟子》。

非其君不事，非其民不使，治則進，亂則退，伯夷也； 何事非君，何使非民，治亦進，亂亦進，伊尹也； 可以仕則仕，可以止則止，可以久則久，可以速則速，孔子也。 皆古聖人也。《孟子》。

夏曰校，殷曰序，周曰庠，學則三代共之，皆所以明人倫也。又。

晉之《乘》，楚之《檮杌》，魯之《春秋》，一也。又。

楊氏爲我，是無君也； 墨氏兼愛，是無父也。 無父無君，是禽獸也。又。

學不厭，智也； 教不倦，仁也。 仁且智，夫子既聖矣。又。

行一不義、殺一不辜而得天下，皆不爲也。又。

先聖後聖，其揆一也。又。

自天子以至于庶人，壹是皆以修身爲本。《大學》。

秋毫皆高祖力也。「皆」指秋毫所表諸事也。《張陳列傳》。

其彊宗大族，家家結爲仇讎。「家家」分指彊宗大族也。《趙廣漢傳》。

夫僕與李陵俱居門下。「俱」字約指以上兩人也。《司馬遷傳》。

所過皆敬事焉。「皆」者指所過之居也。《朱雲傳》。

以上先分後總。

子所雅言，《詩》、《書》、執禮，皆雅言也。《論語》。

禹，無吾閒然矣，菲飲食而致孝乎鬼神，惡衣服而致美乎黻冕，卑宮室而盡力乎溝洫。禹，(無吾)〔吾無〕閒然矣。又。

「天下之生久矣，一治一亂」。總。「當堯之時」至「不易吾言矣」。分。「昔者禹抑洪水」至「亂臣賊子懼」。總。《孟子》。

夫南面而聽天下，其託衆而恃力，惟相與將耳。總。相爲天下得人于朝廷，將爲天子取文武士于幕下，分。求内外無治，不可得也。總。韓愈《送石洪處士序》。

以上上下總中分。

平側 文有平有側，有平而側者，平者輕重相等，側則有輕重之分。

分命羲仲，宅嵎夷，曰暘谷。寅賓出日，平秩東作。日中，星鳥，以殷仲春。厥民析，鳥獸孳尾。申命羲叔，宅南交，曰明都，平秩南訛，敬致。日永，星火，以正仲夏。厥民因，鳥獸希革。分命和仲，宅西，曰昧谷。寅餞納日，平秩西成。宵中，星虛，以殷仲秋。厥民夷，鳥獸毛毨。申命和叔，宅朔方，曰幽都。平在朔易，日短，星昴，以正仲冬。厥民隩，鳥獸氄毛。《書・堯典》。

「冀州」至「西戎即叙」。《書・禹貢》。

以上平。

貴貴、尊賢，其義一也。《孟子》。

士之能享大名、顯當世者，莫不有先達之士、負天下之望者爲之前焉。士之能垂休光、照後世者，莫不有後進之士、負天下之望者爲之後焉。韓愈《與于襄陽書》。

以上語平而意側。

滾串　滾串者，别於兩截。截者，截然兩層也。串者，兩事兩意，聯而爲一者也；滾者，語句雖分，而氣脉則緊緊相連，合之只是一句。蓋語勢蟬聯，一氣直下也。

未能事人，焉能事鬼。《論語》。

吾聞其語矣，未見其人也。又。

「赤，爾何如？」對曰：「非曰能之，願學焉。宗廟之事，如會同，端章甫，願爲小相焉。」又。

不患人之不己知，患其不能也。又。

學如不及，猶恐失之。又。

子路有聞，未之能行，唯恐有聞。
不患無位，患所以立，不患莫己知，求爲可知也。《論語》。
頌其詩，讀其書，不知其人，可乎？是以論其世也。《孟子》。
以上滚。
子罕言利，與命，與仁。《論語》。
名不正則言不順，言不順則事不成。又。
傷人及盗抵罪。《史》。
「導岍及岐至」至「四海會同」。《書・禹貢》。
「有天地，然後萬物生焉」至「離者麗也」。《易・序卦傳》。
「有天地，然後有萬物」至「故受之以未濟終焉」。又。
獲於上有道，不信於友，弗獲於上矣。信於友有道，事親弗悦，弗信於友矣。悦親有道，反身不誠，不悦於親矣。誠身有道，不明乎善，不誠其身矣。《孟子》。
以上串。

比興賦

《詩》有比、興、賦。比者，以彼物比此物也；興者，先言他物，以引其所咏之辭也；賦者，敷陳其事而直言之者也。《詩》固有之，文亦皆然。韓愈《獲麟解》、《雜説一》、《雜説四》皆通體譬喻，不露正意。《應科目時與人書》一篇譬喻，只一句點明。《復上宰相書》以蹈水火者喻，《答陳商書》以齊王好竽喻，《送温處士序》以伯樂喻。《孟子題辭》解《孟子》長于譬喻，辭不迫切而意以獨至。

螽斯羽，詵詵兮。宜爾子孫，振振兮。《詩·周南》。

習習谷風，以陰以雨。黽勉同心，不宜有怒。采葑采菲，無以下體。德音莫違，及爾同死。

涇以渭濁，湜湜其沚。宴爾新昏，不我屑以。毋逝我梁，毋發我笱。我躬不閲，遑恤我後。《詩·邶風》。

歲寒，然後知松柏之後凋也。《論語》。

且爾言過矣，虎兕出於柙，龜玉毁於櫝中，是誰之過與？又。

驥不稱其力，稱其德也。又。

若火之始然，泉之始達。《孟子》。

古之君子，其過也，如日月之食焉，民皆見之，及其更也，民皆仰之。又。

文王視民如傷。又。

今惡死亡而樂不仁，是猶惡醉而强酒也。又。

以上比。

嘒彼小星，三五在東。興。肅肅宵征，夙夜在公，寔命不同。《詩・召南》。

南有樛木，葛藟纍之。興。樂只君子，福履綏之。《詩・周南》。

桃之夭夭，灼灼其華。興。之子于歸，宜其家人。《詩・周南》。

就其深矣，方之舟之。就其淺矣，泳之游之。興。何有何亡，黽勉求之。凡民有喪，匍匐救之。《詩・邶風》。

人有雞犬放，則知求之，有放心而不知求。《孟子》。

故爲淵毆魚者，獺也。爲叢毆爵者，鸇也。爲湯武毆民者，桀與紂也。以毆魚、毆爵興毆民。又。

離婁之明，公輸子之巧，不以規矩，不能成方員；師曠之聰，不以六律，不能正五音；堯舜之道，不以仁政，不能平治天下。以離婁、公輸，規矩、方員，師曠六律五音興堯舜仁政、平治天下。又。

「大凡物不得其平則鳴」至「其皆有弗平者乎」。以草木、水、金石之鳴興人言。「樂也者」至「尤擇其善鳴者而假之鳴」。以樂天時之善鳴興人言之精者。韓愈《送東野序》。

夫大木爲宗，細木爲桷，欂櫨侏儒，椳闑扂楔，各得其宜，施以成室者，匠氏之工也。玉札丹砂，赤箭青芝，牛溲馬勃，敗鼓之皮，俱收並蓄，待用無遺者，醫師之良也。興。登明選公，雜進巧拙，紆餘爲妍，卓犖爲傑，較短量長，惟器是適者，宰相之方也。韓愈《進學解》。

以上興。

賓之初筵，左右秩秩。籩豆有楚，殽核維旅。酒既和旨，飲酒孔偕。鐘鼓既設，舉醻逸逸。大侯既抗，弓矢斯張。射夫既同，獻爾發功。發彼有的，以祈爾爵。《詩·小雅》。

崧高維嶽，駿極于天。維嶽降神，生甫及申。維申及甫，維周之翰。四國于蕃，四方于宣。《詩·大雅》。

皎皎白駒，食我場苗。縶之維之，以永今朝。所謂伊人，於焉逍遥。《詩·小雅》。

考槃在澗，碩人之寬。獨寐寤言，永矢弗諼。《詩·衛風》。

十畝之澗兮，桑者閑閑兮，行與子還兮。十畝之外兮，桑者泄泄兮，行與子逝兮。《詩·衛風》。

以上賦。

及爾偕老，老使我怨。賦。淇則有岸，隰則有泮。興。總角之宴，言笑晏晏。信誓旦旦，不思其反。反是不思，亦已焉哉。《詩·衛風》。

彼黍離離，彼稷之苗。興。行邁靡靡，中心摇摇。知我者謂我心憂，不知我者謂我何求。悠悠蒼天，此何人哉。《詩·王風》。

以上賦而興。

南有喬木，不可休息。興。漢有游女，不可求思。漢之廣矣，不可泳思。江之永矣，不可方思。比。《詩・周南》。

椒聊之寔，蕃衍盈升。興。彼其(子之)〔之子〕，碩大無朋。〔椒〕聊且，遠條且。比。《詩・唐風》。奕奕寢廟，君子作之。秩秩大猷，聖人莫之。興。他人有心，予忖度之。躍躍毚兔，遇犬獲之。比。《詩・小雅》。

以上興而比。

桑之未落，其葉沃若。比。于嗟鳩兮，無食桑(甚)〔葚〕。興。于嗟女兮，無與士耽。士之耽兮，猶可説也。女之耽兮，不可説也。《詩・衛風》。

以上比而興。

行道遲遲，中心有違。不遠伊邇，薄送我畿。賦。誰謂荼苦，其甘如薺。比。宴爾新婚，如兄如弟。《詩・邶風》。

以上賦而比。

有頍者弁，實維伊何？興。爾酒既旨，爾殽既嘉。豈伊異人？兄弟匪他。賦。蔦與女蘿，施於松柏。比。未見君子，憂心奕奕。既见君子，庶幾説懌。《詩・小雅》。

以上賦而興又比。

錯綜　正喻相間，夾叙夾議，皆是也。字奇偶相間，句長短相參，段整散相兼亦然。李映碧云：「《孟子》『王子有其母死者』二語，若移于公孫丑之口，則索然。得是解也，可悟文家叙事兼議論之法。《春秋》書『隕石于宋五，是日六鷁退飛過宋都』，説者皆以石鷁五六，先後爲義，不知聖人文字之法，正當如此。既曰『隕石于宋五』，又曰『退飛鷁于宋六』，豈成文理？故不得不錯綜其語。」王鶩云：「《史記·貨殖傳》議論未了，忽出叙事，叙事未了，又出議論，不倫不類，後人決不能如此作文，奇亦甚矣。」

爲政以德，譬如北辰，居其所而衆星共之。《論語》。

工欲善其事，必先利其器。居是邦也，事其大夫之賢者，友其士之仁者。又。

愈聞之，蹈水火者之求免於人也，不惟其父兄子弟之慈愛，然後呼而望之也。有介於其側者，雖其所憎怨，苟不至乎欲其死者，則將大其聲疾呼而望其仁之也。彼介於其側者，聞其聲而見其事，不惟其父兄子弟之慈愛，然後往而全之也。雖有所憎怨，苟不至乎欲其死者，則將狂奔盡氣，濡手足，焦毛髮，救之而不辭也。若是者何哉？其勢誠急而其情誠可悲也。愈彊學（立）〔力〕行有年矣。愚不惟道之險夷，行且不息，以蹈於窮餓之水火，其既危且亟矣；大其聲而疾呼矣，閣下其亦聞而見之矣，其將往而全之歟？抑將安而不救歟？韓愈《後十九日復上宰相書》。

以上正喻相間。

泰伯其可謂至德也已矣，三以天下讓，民無得而稱焉。《論語》。

子曰：「孟之反不伐，奔而殿，將入門，策其馬，曰：『非敢後也，馬不進也。』」又。

孰謂微生高直，或乞醯焉，乞諸其鄰而與之。又。

以上先議後叙。

子曰：「先進於禮樂，野人也；後進於禮樂，君子也。如用之，則吾從先進。」

以上先叙後議。

雙關 即爾我相形也。爲本當説東，然單説東則或意不明，氣不揚，則當以西形之。爲本説己欲爲此，然單説己欲爲此，則或意不明，氣不揚，則當以人亦欲爲此形之。

今王鼓樂於此，百姓聞王鐘鼓之聲、管籥之音，舉疾首蹙頞而相告曰：「吾王之好鼓樂，夫何使我至於此極也，父子不相見，兄弟妻子離散。」今王田獵於此，百姓聞王車馬之音，見羽旄之美，舉疾首蹙頞而相告曰：「吾王之好田獵，夫何使我至於此極也？父子不相見，兄弟妻子離散。」此無他，不與民同樂也。今王鼓樂於此，百姓聞王鐘鼓之聲、管籥之音，舉欣欣然有喜色而相告曰：「吾王庶幾無疾病與，何以能鼓樂也？」今王田獵于此，百姓聞王車馬之音，見羽旄之美，舉欣欣然有喜色而相告曰：「吾王庶幾無疾病與，何以能田獵也？」此無他，與民同樂也。《孟子》。

先生以利説秦楚之王，秦楚之王悦於利，以罷三軍之師，是三軍之士樂罷而悦於利也。爲人臣者懷利以事其君，爲人子者懷利以事其父，爲人弟者懷利以事其兄，是君臣、父子、兄弟終去仁義，懷利以相接，然而不亡者，未之有也。先生以仁義説秦楚之王，秦楚之王悦於仁義，而罷三軍之師，是三軍之士樂罷而悦於仁義也。爲人臣者懷仁義以事其君，爲人子者懷仁義以事其父，爲人弟者懷仁義以事其兄，是君臣、父子、兄弟去利，懷仁義以相接也，然而不王者，未之有也。何必曰利？又。

夫不以所居之時不一，而所蹈之德不同也。若《蠱》之上九，居無用之地，而致匪躬之節，以《蹇》之六二，在王臣之位，而高不事之心。韓愈《爭臣論》。

古之聖人，其出人也遠矣，猶且從師而問焉。今之衆人，去聖人也亦遠矣，而恥學於師。是故聖益聖，愚益愚，聖人之所以爲聖，愚人之所以爲愚，其皆出於此乎？韓愈《師説》。

愈之獲見於閣下有年矣。始者亦嘗辱一言之譽。貧賤也，衣食于奔走，不得朝夕繼見。其後閣下位益尊，伺候于門牆者日益進。夫位益尊，則賤者日隔；伺候于門牆者日益進，則愛博而情不專。愈也道不加修，而文日益有名。夫道不加修，則賢者不與；文日益有名，則同進者忌。韓愈《與陳給事書》。

兩面夾攻即所謂左右夾攻也。

太子帥師，公衣之偏衣，佩之金玦。狐突御戎，先友爲右。梁餘子養御罕夷，先丹木爲右。羊舌大夫爲尉。先友曰：「衣身之偏，握兵之要，在此行也，子其勉之。偏躬無慝，兵要遠災，親以無災，又何患焉。」狐突嘆曰：「時，事之徵也；衣，身之章也；佩，衷之旗也。故敬其事則命以時，服其身則衣之純，用其（裹）〔衷〕則佩之度。今命以時卒，閟其事也；衣之尨服，遠其躬也；佩以金玦，棄其衷也。服以遠之，時以閟之，尨涼冬殺，金寒玦離，胡可恃也？雖欲勉之，狄可盡乎？」梁餘子養曰：「帥師者受命於朝，受脤於社，有常服矣。不獲而尨，命可知也。死而不孝，不如逃之。」罕夷曰：「尨奇無常，金玦不復，雖復何爲，君有心矣。」先丹木曰：「是（役）〔服〕也，狂夫阻之。曰『盡敵而反』，敵可盡乎？雖盡敵，猶有内讒，不如違之。」狐突欲行。羊舌大夫曰：「不可。違命不孝，棄事不忠。雖知其寒，惡不可取，子其死之。」大子將戰，狐突諫曰：「不可，昔辛伯諗周桓公云：『内寵並后，外寵二政，嬖子配（敵）〔適〕，大都耦國，亂之本也。』周公弗從，故及於難。今亂本成矣，立可必乎？孝而安民，子其圖之，與其危身以速罪也。」《左・閔二年》。

晏子立於崔氏之門外，其人曰：「死乎？」曰：「獨吾君也乎哉？吾死也。」曰：「行乎？」

曰：「吾罪也乎哉？吾亡也。」曰：「歸乎？」曰：「君死，安歸？君民者，豈以陵民？社稷是主。臣君者，豈惟其口實，社稷是養。故君爲社稷死，則死之；爲社稷亡，則亡之。若爲己死而爲己亡，非其私暱，誰敢任之？且人有君而弑之，吾焉得死之，而焉得亡之？將庸何歸？」《左・襄二十五年》。

夫嘗已在貴寵之位，天子改容而體貌之矣，吏民嘗俯伏以敬畏之矣，今而有過，帝令廢之(令)可也，退之可也，賜之死可也，滅之可也。若夫束縛之，係緤之，輸之司寇，編之徒官，司寇小吏詈罵而榜笞之，殆非所以令衆庶見也。《漢書・賈誼傳》。

抑未聞後進之士，有遇之左右，而獲禮於門下者，豈求之而未得耶？左攻。將志存乎立功，而事專乎報主，雖遇其人，未暇禮耶？右攻。何其宜聞而久不聞也？左右夾攻。愈雖不才，其自處不敢後於恒人，閤下將求之而未得歟？古人有言：「請自隗始。」左攻。如曰：「吾志存乎立功，而事專乎報主。雖遇其人，未暇禮焉。」則非愈之所敢知也。右攻。韓愈《與于襄陽書》。

爲增計者，力能誅羽則誅之，不能則去之，豈不毅然大丈夫也哉？蘇軾《范增論》。

胡氏曰：「人君擅一國之名寵，生殺予奪，惟我所制耳。使高克不臣之罪已著，按而誅之可也。情狀未明，黜而退之可也。愛惜其才，以禮馭之亦可也。夾攻。烏可假以兵權，委諸竟上，坐視其離散而莫之卹乎。《春秋》書曰『鄭棄其師』，其責之深矣。」《詩・清人》章注。

代代者，代其人之言，寫他意中事也。如《孟子》「百姓聞王鐘鼓之聲，管籥之音，舉疾首蹙頞而相告曰」兩節，韓愈《上張僕射書》「必皆曰」、「又將曰」，蘇洵《管仲論》「仲以爲」等皆代也。

齊人伐燕。或問曰：「勸其伐燕，有諸？」曰：「未也。沈同問：『燕可伐與？』吾應之曰：『可。』彼然而伐之也。彼如曰：『孰可以伐之？』則將應之曰：『爲天吏，則可以伐之。』今有殺人者，或問之曰：『人可殺與？』則將應之曰：『可。』彼如曰：『孰可以殺之？』則將應之曰：『爲士師，則可以殺之。』今以燕伐燕，何爲勸之哉？」《孟子》。

公都子不能答，以告孟子。孟子曰：「敬叔父乎？敬弟乎？彼將曰：『敬叔父。』曰：『弟爲尸，則誰敬？』彼將曰：『敬弟。』子曰：『惡在其敬叔父也？』彼將曰：『在位故也。』庸敬在兄，斯須之敬在鄉人。」又。

狗彘食人食而不〔知〕檢，塗有餓莩而不知發，人死，則曰：「非我也，歲也。」是何異於刺人而殺之，曰：「非我也，兵也。」王無罪歲，斯天下之民至焉。又。

曰：「有復於王者，曰：『吾力足以舉百鈞，而不足以舉一羽，明足以察秋毫之末，而不見輿薪。』」又。

蜩與學鳩笑之曰：「我決起而飛，槍榆枋，時則不至，而控於地而已矣，奚以之九萬里而南爲？」《莊子·逍遥遊》。

梟與鳩遇，梟曰：「西方人惡我聲，我將東徙。」鳩曰：「子改鳴則可，不改，雖東徙猶惡子也。」劉向《説苑》。

周聞之：儒者冠圜冠者知天時，履句屨者知地形，緩佩玦者事至而斷。君子有其道者，未必爲其服也；爲其服者，未必知其道也。公固以爲不然，何不號於國中曰：「無此道而爲此服者，其罪死。」《莊子·田子方》。

燕將見魯仲連書，泣三日，猶豫不能自決。欲歸燕，已有隙，恐誅；欲降齊，所殺虜于齊甚衆，恐已降而後見辱。喟然歎曰：「與人刃我，寧自刃。」《史記·魯仲連鄒陽列傳》。

聖人曰：「是天人參焉，道也。」道有所施吾教矣。蘇洵《易論》。

無中生有

古人本無此事，而由其已往之事，設身處地以推之，有確乎爲理之所必有，情之所必然者，即此反復言之如實有其事者然，所謂無中生有是。蘇軾《留侯論》善于用虛，都是將無作有。

方羽殺卿子冠軍，增與羽比肩而事義帝，君臣之分未定也。爲增計者，力能誅羽則誅之，不能則去之，豈不毅然大丈夫也哉？蘇軾《范增論》。

雖然，其不去呂后，何也？勢不可也。昔者武王没，成王幼，而三監叛。帝意百歲後，將相大臣及諸侯王有如武庚禄父，而無有以制之也，獨計以爲家有主母，而豪奴悍婢不敢與弱子抗。呂氏佐帝定天下，爲諸將大臣素所畏服，獨此可以鎮壓其邪心，以待嗣子之壯，故不去呂后者，爲惠帝計也。蘇洵《高祖論》。

撇

撇者，撇去其非者，而言其是者也。如披沙揀金然，披去其沙而金乃出也。

非一朝一夕之故，其所由來者漸矣。《易·坤》。

非不説子之道，力不足也。《論語》。

非曰能之，願學焉。又。

非敢後也，馬不進也。又。

非求益者也，欲速成者也。又。

我非生而知之者，好古，敏以求之者也。又。

聖則吾不能，我學不厭而教不倦也。《孟子》。

然則子非食志也，食功也。又。

予豈好(辨)〔辯〕哉，予不得已也。又。

非惟百乘之家爲然也，雖小國之君亦有之；非惟小國之君爲然也，雖大國之君亦有之。又。

自古聖人賢士，皆非有心求於聞用也。閔其時之不平，人之不義，得其道，不敢獨善其身，而必以兼濟天下也。韓愈《争臣論》。

不惟其父兄子弟之慈愛，然後望而全之也。韓愈《復上宰相書》。

非所以納交於孺子之父母也，非所以要譽於鄉黨朋友也，非惡其聲而然也。《孟子》。

城郭不完，兵甲不多，非國之災也；田野不辟，貨財不聚，非國之害也。《孟子》。

城非不高也，池非不深也，兵革非不堅利也，米粟非不多也。又。

非隴西之民有勇怯，乃將吏之制巧拙異也。鼂錯《言兵事書》。

曲 與「進退」條參看。文無曲筆，則正意跌不醒，且散漫平直而少抑揚之致，是故曲之爲貴。

從其有皮，丹漆若何。《左・宣二年》。「縱」省作「從」。

諸君縱欲阿意背約，何面目見高帝地下。《史記・呂后紀》。

雖取舍萬殊，静躁不同，其致一也。王羲之《蘭亭記》。

斡 斡即補也。李長吉云「筆補造化天無功」，缺漏處須用意斡旋。如慎終追遠，説到生前尊養；如弟子，説到可爲聖賢。或援古，或證今，或引經傳，或翻進一層，或從後而推其來歷，或由前而窮其究竟，或因行事而推原其用心，或因疑似而推原其所以然，皆補也。

公攝位而欲求好於邾，故爲蔑之盟。《左・隱元年》。推原魯公盟蔑之心。

初，鄭武公娶于申，曰武姜，生莊公及共叔段。莊公寤生，驚姜氏，故名曰「寤生」，遂惡之。

愛公叔段，欲立之，亟請於武公，公弗許。又。推原鄭伯克叔段、寘姜氏之由。

凡吏於土者，若知其職乎？蓋民之役，非以役民而已也。凡民之食於土者，出其什一傭乎吏，使司平於我也。今受其直怠其事者，天下皆然。豈惟怠之，又從而盜之。向使傭一夫於家，受若直，怠若事，又盜若貨器，則必甚怒而黜罰之矣。以今天下多類此，而民莫敢肆其怒與黜罰者，何哉？勢不同也。勢不同斡。而理同，如民吾何？有達于理者，得不恐而畏乎？柳宗元《送薛存義之任序》。

商鞅、韓非求爲其説而不得，斡。得其所以輕天下而齊萬物之術，是以敢爲殘忍而無疑。蘇軾《韓非論》。

變换 湯東澗云：「兩段意换而文不换。所不同者，數字而已，所謂『變换』也。有從人已兩面説者，有一反一正説者，有一意翻作兩層者，其東萊之所謂一二耶？如『人之善，非生而自善，必有待于學也』，是一層；『人之善乃生而自善，原不待于學也』，是翻作兩層，又同是一事，而叙法各異。如《禮・檀弓》『知悼子卒』章，與《左・昭公九年》『晉荀盈如齊』章，《史記・漢興以來諸侯年表序》與《漢書・諸侯王表序》，大致相同，須看其同處，又須看其不同處，當有會心。」

始吾于人也，聽其言而信其行；今吾于人也，聽其言而觀其行。《論語》。

事親有隱而無犯，左右就養無方，服勤至死，致喪三年。事君有犯而無隱，左右就養有方，服勤至死，方喪三年。事師無犯無隱，左右就養無方，服勤至死，心喪三年。《禮記・檀弓》。

人之城守，人之出戰，而我以力勝之也，則傷人之民必甚矣。傷人之民甚，則人之民惡我必甚矣。人之民惡我甚，則日與我鬬。人之城守，人之出戰，而我以力勝之，則傷吾民必甚矣。傷吾民甚，則吾民之惡我必甚矣。吾民之惡我甚，則日不欲爲我鬬。人之民日欲與我鬬，吾民日不欲爲我鬬，是强者之所以反弱也。《荀子》。從人己兩面説。

「當〔是〕時（是）天下之賢才皆已舉用」至「皆已備至」。「天下之賢才豈盡舉用」至「豈盡備至」。韓愈《復上宰相書》。前從周公説用「皆已」字，後從時相説用「豈盡」字。

「愈聞之蹈水火者之求免于人也」至「救之而不辭也」。韓愈《復上宰相書》。從人己兩面説。

長短

長短者，縮長爲短，伸短爲長，意同而文不同也。劉勰云：「引而伸之，則兩句敷爲一章；約以貫之，則一章删成兩句。思贍者善敷，才覈者善删。善删者，字去而意留；善敷者，辭殊而義顯。」韙哉是言，同是一意，短者可使之長，長者亦可使之短，各隨其意之所至而爲之。短而不括則挂漏，長而不潔則繁冗。短而包掃一切，十數言不嫌其少；長而情得理當，千萬言不厭其多。能短能長，斯文人之能事也。郭象《莊子注》曰：「工人無爲于刻木而有爲于運矩，主上無爲于親事而有爲于用臣。」柳子厚演之爲《梓人》一篇，凡數百言。毛萇《詩傳》云：「漣，風行水成文也。」蘇老泉演之爲《蘇文甫字説》一篇，亦數百言。得奪胎换骨之三昧矣。《書·泰誓》：「受有億兆夷人，離心離德，予有亂臣十人，同心同德。」《左傳·成公元年》引之則曰：「《泰誓》所謂『商兆民離，周十人同者衆也』。」《淮南子》：「舜釣于河濱，期年而漁者争處湍瀨，以曲隈深潭相予。」《爾雅注》引之則曰：「漁者不争隈。」此皆略其文而用其意也。韓愈《送浮屠文暢師序》「民之初生」至「中國之人世守之」，與《原道》「古之時」至「患生而爲之防」，又「夫所謂先王之教者」至「故其説長」，一短一長，意同而文不同，可悟長短伸縮之法。

君子之道，孰先傳焉？孰後倦焉？譬諸草木，區以别矣。君子之道，焉可誣也？有始有卒者，其惟聖人乎？《論語》。

言君子之道，非以其末爲先而傳之，非以其本爲後而倦教。但學者所至，自有淺深，如草木之有大小，其類固有別矣。若不量其淺深，不問其生熟，而概以高且遠者强而語之，則是誣之而已。君子之道，豈可如此？若夫始終本末，一以貫之，則惟聖人爲然，豈可責之門人小子乎？朱注。

仕非爲貧也，而有時乎爲貧；娶妻非爲養也，而有時乎爲養。《孟子》。

仕本爲行道，而亦有家貧親老，或道與時違，而但爲禄仕者，如娶妻本爲繼嗣，而亦有爲不能親操井臼，而欲資其餽養者。朱注。

君子可欺也，不可罔也。《論語》。

君子可欺以其方，難罔以非其道。《孟子》。

若聖與（人）〔仁〕，則吾豈敢？抑爲之不厭，誨人不倦，則可謂云而已矣。《論語》。

聖則吾不能，我學不厭而教不倦也。《孟子》。

婦人，從人者也。幼從父兄，嫁從夫，夫死從子。《禮・郊特牲》。

禮，婦人謂嫁曰歸，反曰來歸，從人者也。婦人在家制於父，既嫁制於夫，夫死從長子，婦不專行，必有從也。《穀梁・隱二年》。

引證　引證者，引彼以證此也。或經，或傳，或古人，或古事。有相同者，有相反者，或引在前，或引在後，或引在中，或引之以互相比較，或引之以疏解其義，或引之以證此之是與非者。要皆見其言之確有可據，乃爲得之。與「集事」條參。如韓愈《與孟簡尚書書》引孟子之距楊墨，《諱辯》引周公、孔子、曾子，《王含秀才序》引阮籍、陶潛、顏子、曾子，《高閑上人序》引張旭，歐陽修《讀李翺文》引韓愈、蘇軾，《三槐堂記》引李栖筠，當看其如何相關處。

《詩》有之「高山仰止，景行行止」，雖不能至，然心鄉往之。《史記·孔子世家贊》。

《詩》曰「大邦維翰」，《書》曰「以蕃王室」，諸侯之于天子，不惟守土地、奉職貢而已，固將有以翰蕃之也。韓愈《守戒》。

愈聞周公之〔爲〕輔相，其急於見賢也，方一食三吐其哺，方一沐三握其髮。韓愈《後二十九日復上宰相書》。

嘗讀《孔子世家》，觀其言語文章，循循然莫不有規矩，不敢放言高論，言必稱先王，然後知聖人憂天下之深也。蘇軾《荀卿論》。

昔疏廣、受二子，以年老一朝辭位而去。於時公卿設供帳，祖道都門外，車數百兩。道路觀者，多歎息泣下，共言其賢。漢史既傳其事，而後世工畫者，又圖其迹，至今照人耳目，赫赫若前日事。韓愈《送楊少尹序》。

或曰：「封唐叔，史佚成之。」柳宗元《桐葉封弟辯》。

夫盲者業專，於藝必精，故樂工皆盲。籍倘可與此輩比並乎？韓愈《代張籍與李浙東書》。

其後景監得以相衛鞅，弘、石得以殺望之。誤之者，晉文公也。余故著晉君之罪，以附《春秋》許世子止、趙盾之義。柳宗元《守原議》。

五霸莫盛於威、文。文公之才不過威公，其臣又皆不及仲。靈公之虐不如孝公之寬厚。文公死，諸侯不敢叛晉。晉襄文公之餘威，猶得爲諸侯之盟主百餘年。何者？其君雖不肖，而尚有老成人焉。威公之薨也，一敗塗地，無惑焉也。彼獨恃一管仲，而仲則死矣。蘇（荀）〔洵〕《管仲論》。

吾觀史鰌，以不能進蘧伯玉，而退彌子瑕，故有身後之諫。蕭何且死，舉曹參以自代。大臣之用心，固宜如此也。又。

子房以蓋世之才，不爲伊尹、太公之謀，而特出于荆軻、聶政之計，以僥倖于不死，此圯上老人所爲深惜者也。蘇軾《留侯論》。

觀夫高帝之所以勝，項籍之所以敗，在能忍與不能忍之間而已矣。項籍惟不能忍，是以百戰百勝，而輕用其鋒。高祖忍之，養其全鋒而待其弊，此子房教之也。當淮陰破齊，而欲自王，高祖發怒，見于詞色。由是觀之，猶有剛强不能忍之氣，非子房其誰全之？又。引此以證實子房之能忍。

《詩》之《序》曰：「《菁菁者莪》，樂育材也。君子能長育人材，則天下喜樂之矣。」其詩曰：

「菁菁者莪，在彼中阿，既見君子，樂且有儀。」説者曰：「菁菁者，盛也。莪，微草也。阿，大陵也。言君子之長育人材，若大陵之長育微草，能使之菁菁然盛也。『既見君子，樂且有儀』云者，天下美之之辭也。」其三章曰：「既見君子，錫我百朋。」説者曰：「百朋，多之之辭也，言君子既長育人材，又當爵命之，賜之厚禄以寵貴之云爾。」其卒章曰：「汎汎楊舟，載沉載浮。既見君子，我心則休。」説者曰：「載，載也；沉浮者，物也。言君子之於人材，無所不取，若舟之於物，浮沉皆載之云爾。『既見君子，我心則休』云者，言若此則天下之心美之也。君子之於人也，既長育之，又當爵命寵貴之，而於其才無所遺焉。」孟子曰：「君子有三樂，王天下不與存焉。其一曰：樂得天下英才而教育之。」此皆聖人賢士之所極言至論，古今之所宜法者也。然則孰能長育天下之人材，將非吾君與吾相乎？孰能教育天下之英才，將非吾君與吾相乎？幸今天下無事，小大之官，各守其職，錢穀甲兵之問不至於廟堂，論道經邦之暇，捨此宜無大者焉。韓愈《上宰相書》。

倒文 即倒裝法也。如《論語》不曰「仁鮮矣」，曰「鮮矣仁」；不曰「不知己」，而曰「不己知」；杜少陵《秋興》詩「香稻啄餘（鸚）〔鸚〕鵡粒，碧梧棲老鳳凰枝」皆是。

巧言令色，鮮矣仁。《論語》。

不患人之不己知。又。

居則曰：「不吾知也。」又。

隕石于宋五。《春秋・僖十六年》。

吾聞諸老聃云。《禮・喪服》。

我之不共，魯故之以。《左・昭十三年》。杜注：「不共晉貢，以魯故也。」案猶云因魯之故，倒文也。

君子藏器于身，待時而動，何不利之有？《易・繫辭》。言豈有不利也。

夫子焉不學，而亦何常師之有？《論語》。

猿彌猴錯木據水，則不如魚鼈；歷險乘危，則騏驥不如狐狸。《國策》。

上視而笑曰：「此非不足君所乎？」師古云：「帝言賜君食而不設箸，此由我意，于君有不足乎？」愚案此「非」字，猶云豈也。不足，不副其意也。君，謂亞夫。不足君所，倒文也。言此地豈君不足之所乎，蓋陽笑而實怒之。《漢書・周亞夫傳》。

其人能靖者與有幾。《左・僖二十三年》。此倒語也，若曰「其有幾人能靖者與」。

曰：「苟有履衛地、食衛粟者，昧雉彼視。」《公羊・襄公二十七年》。昧，割也。時割雉以爲盟。猶曰「視彼割雉」，負此盟則如彼矣。

如松(伯)〔柏〕之茂，無不爾或承。《詩・小雅》。無或者，無一不然之謂也。「無不爾或承」者，言無或不爾承也。蓋倒言之。

先君之敗德，及可數乎？《左·僖十五年》。「及可數乎」者，猶云「可及數乎」，言敗德多，雖稱數不及。倒言之也。

古者言之不出，耻躬之不逮也。《論語》。

吾斯之未能信。又。「吾未能信」，加以「斯」字、「之」字，則神情勃然矣。

古者民有三疾，今也或是之亡也。又。猶云「今也或亡是也」。

末之也已，何必公山氏之之也。又。猶云「何必之公山氏也」。

吾以子爲異之問，曾由與求之問。又。猶云「吾以爲子所問之有異也，乃所問者由與求耳」。

唯弈秋之爲聽。《孟子》。

大夫其非罪之謂。《左·桓十三年》。

惟怪之欲聞。韓愈《原道》。

姜氏何厭之有。《左·隱元年》。

惟陳言之務去。韓愈《答李翊書》。

虢多涼德，其何土之能得。《左·莊三十二年》。

鄭將覆亡之不暇，豈敢不懼。《左·僖七年》。猶云「陳將不暇於覆亡也」。

我未之前聞也。《禮·檀弓》。

德之不修，學之不講，聞義不能徙，不善不能改，是吾憂也。《論語》。

陽子不色喜。韓愈《争臣論》。

雖違君命，而有所壅塞不行是懼。《左・昭元年》。

惟不得出大賢之門下是懼。韓愈《復上宰相書》。

君出魯之四門以望四郊，亡國之虛，則必有數蓋焉。《荀子・哀公篇》。楊倞注：「有數蓋焉，猶云蓋有數焉，倒言之耳。」劉淇云：「案此『蓋』字，亦是語助辭，語助則或上或下，各從所安，本無定所，不必專以『蓋有數焉』爲正文也。」

起

起者，開章第一句也。凡文之起處，當看其于題何處著筆，如何説法；再看其接處、轉處，更看其止處、結處乃得。起須氣象峥嶸，有昂頭天外之概，切不可軟弱。起有二：就一篇言，則起段是也；就一段言，則起句是也。全篇之勢，在起段，或反或正，必使虛不迂遠，簡不局促，高踞題顛，有振衣千仞之勢。凡中後文字，皆安根伏綫于此，而又無一語占實，乃爲得勢。至于一段之勢，則全在起句，弱則全段皆弱，此句晦則全段皆晦。故無論或反或正，或比或興，皆必渾舉全段之意，高唱而入，以後乘勢抒發，自爾便利。若于開口時作低頭之勢，以下便難措手矣。或引詩書，或推原其始，或叙事立案，或譬喻，或暗説，或引古人古事，或直入，或假設問答，或用某年月日，或用某聞蓋聞，或就來書起。觀韓愈《代張籍與李浰東書》「籍聞議論者皆云」至「專制于其境内者」，起不凡不弱。蘇軾《潮州韓文公廟碑》「匹夫而爲百世師」二句，起得健，餘可類推。凡好文字，無不皆然。

太史公曰：「《詩》有之：『高山仰止，景行行止。』雖不能至，然心鄉往之。」《史記・孔子世家》。

《詩》曰「大邦維翰」，《書》曰「以蕃王室」，諸侯之于天子，不惟守土地、奉職貢而已，固將有以翰蕃之也。韓愈《守戒》。

以上引經起。

「叙曰：古者庖犧氏」至「厥意可得而説」。許慎《説文序》。

「唐受天子命」至「小者」。韓愈《送殷員外使回鶻序》。

「《易》曰：天垂象」至「伊戾禍宋」。范蔚宗《後漢書·宦者傳序》。

以上推原其始起。

晉文公既受原於王，難其守。問寺人勃鞮，以畀趙衰。柳宗元《晉文公守原議》。

管仲相桓公，霸諸侯，攘戎狄，終其身齊國富彊，諸侯不敢叛。管仲死，竪刁、易牙、開方用。桓公薨於亂，五公子争立。其禍蔓延，訖簡公，齊無寧歲。蘇洵《管仲論》。

漢用陳平計，間疏楚君臣。項羽疑范增與漢有私，稍奪其權。增大怒曰：「天下事大定矣，君王自爲之。願賜骸骨歸卒伍。」歸未至彭城，疽發背死。蘇軾《范增論》。

世皆稱孟嘗君能得士，士以故歸之，而卒賴其力以脱于虎豹之秦。王安石《讀孟嘗君傳》。

古之傳者有言，成王以桐葉與小弱弟戲，曰：「以封汝。」周公入賀，王曰：「戲也。」周公曰：「天子不可戲。」乃封小弱弟于唐。柳宗元《桐葉封弟辯》。

以上叙事立案起。

伯樂一過冀北之野，而馬群遂空。夫冀北馬多於天下，伯樂雖善知馬，安能空其群耶？

〔能〕〔解〕之者曰：「吾所謂空，非無馬也，無良馬也。伯樂知馬，遇其良，輒取之，群無留良焉。苟無良，雖謂無馬，不爲虚語矣。」韓愈《送温處士赴河陽軍序》。

「愈聞之蹈水火者」至「其情誠可悲也」。韓愈《後十九日復上宰相書》。

以上譬喻起。

「士之能享大名者」至「不可謂下無其人」。韓愈《與于襄陽書》。

「天下之患，最不可爲者」至「必集於我」。蘇軾《晁錯論》。

「古之所謂豪傑之士」至「而其志甚遠也」。蘇軾《留侯論》。

「匹夫而爲百世師」至「無足怪者」。蘇軾《潮〔湘〕〔州〕韓文公廟碑》。

以上暗説起。

「昔疏廣、受二子」至「赫若前日事」。韓愈《送楊少尹序》。

「嘗讀《孔子世家》」至「不失爲寡過而已矣」。蘇軾《荀卿論》。

以上引古人事起。

曰若稽古帝堯。《尚書》。

曰若稽古大禹。又。

黄帝者，少典之子，姓公孫，名曰軒轅。《史記·五帝本紀》。

周后稷名棄。《史記·周本紀》。

秦之先，帝顓頊之苗裔孫曰女脩。《史記·秦本紀》。

秦始皇帝者，秦莊襄王子也。《史記·秦始皇本紀》。

孔子生魯昌平鄉陬邑。《史記·孔子世家》。

淮陰侯韓信者，淮陰人也。《史記·淮陰侯列傳》。

臣聞吏議逐客，竊以爲過矣。李斯《諫逐客書》。

先生，光武之故人也。范仲淹《嚴先生祠堂記》。

以上直入起。

皇帝二十有三年，制詔州縣立學。李覯《袁州學記》。

慶曆四年春，滕子京謫守巴陵郡。范仲淹《岳陽樓記》。

七月三日，將仕郎、守國子四門博士韓愈，謹奉書尚書閣下。韓愈《與于襄陽書》。

月日，前某官某，謹東向再拜，寓書浙東觀察使中丞李公閣下。韓愈《代張籍與李浙東書》。

以上用年月日起。

「愈白：辱惠書」至「然不足補吾子之所須也」。韓愈《答陳商書》。

以上就來書起。

愈聞周公之輔相。韓愈《後二十九日復上宰相書》。

籍聞議論者皆云：「方今居方伯連帥之職，坐一方，得專制於其境内者。」韓愈《代張籍與李浙東書》。

以上用某聞起。

客難東方朔曰：「蘇秦、張儀壹當萬乘之主，而身都卿相之位。」東方朔《答客難》。

楚襄王問於宋玉曰：「先生其有遺行歟？何士民衆庶不譽之甚也？」宋玉《對楚王問》。

「或問諫議大夫陽城於愈」至「彼豈以富貴移易其心哉」。韓愈《争臣論》。

以上假設問答起。

接 接者，承上文而接言之也。引而申之，觸類而長之，接而又接，層出不窮。有正接，有反接，有急接，有緩接，有逆接，有順接。既觀其如何起，并觀其如何接。一段中看其一氣如何相接，兩段中又看其兩意如何相接。看過一段，又復一段，則可以知其上下文相連之故。段落一一分明，則雖洋洋千萬言固不難，如指掌上紋也。凡行文，勝人多在接處。人急接者，彼故緩之；人緩接者，彼故急之；人順接者，彼故逆之；人直接者，彼故曲之。人此接必要合題，彼偏用離筆；人此接必用進筆，彼偏用退法。且接了又接，步步相承。尤難者段尾與段頭緊接，又或當接不接，忽插他事後用遥接法，皆化境也。按此反正、順逆接法以求經史，并取鼂錯《言兵事書》、董仲舒《賢良三策》、韓愈《原道》、蘇洵《易》、《樂》、《詩》、《書》各論，細看其接處，當有悟入處。蘇軾《韓文公廟碑》起二句健，下接「是皆有以參天地之化」四句，亦不弱。總要有氣力，有光焰。必字下得重，句讀得響，乃爲得之。

古之欲明明德於天下者，先治其國；欲治其國者，先齊其家；欲齊其家者，先修其身；欲修其身者，先正其心；欲正其心者，先誠其意；欲誠其意者，先致其知。致知在格物。《大學》。順接。

惟耳亦然。至於聲，天下期於師曠，是天下之耳相似也。惟目亦然。至於子都，天下莫不知其姣也，不知子都之姣者，無目者也。又。「惟目亦然」順接，「不知子都之姣者」反接。

以上順接。

物格而後知至，知至而後意誠，意誠而後心正，心正而後身修，身修而後家齊，家齊而後國治，國治而後天下平。《大學》。上節「平天下」説到「格物」，順接。此節由「格物」説到「天下平」，逆接。

其所厚者薄，而其所薄者厚。《大學》。上由厚説到薄，下由薄説到厚。逆接。

我不欲人之加諸我也，吾亦欲無加諸人。《論語》。上説人加諸我，下説我加諸人。逆接。

人能弘道，非道弘人。《論語》。上句由人説到道，下句即由道説到人。逆接。

叔父有憾于寡人，寡人弗敢忘。《左·隱〔五〕年》。上由叔父説到寡人，下即由寡人接説。逆接。

欲爲君，盡君道；欲爲臣，盡臣道。二者皆法堯、舜而已矣。不以舜之所以事堯事君，不敬其君者也；不以堯之所以治民治民，賊其民者也。《孟子》。上説堯、舜，下接説舜，後説到堯，是逆接。「不以舜之事堯事君，堯之治民治民」，又是反接。

以上逆接。

惟仁者爲能以大事小，故湯事葛，文王事昆夷；惟智者爲能以小事大，故大王事獯鬻，句踐事吳。《孟子》。大事小，小事大，是暗説虛説，其理下明。説其人，實指其事。正接。

以大事小者，樂天者也；以小事大者，畏天者也。樂天者保天下，畏天者保其國。《孟子》。「樂天」、「畏天」，言其故；「保天下」、「保國」，申言其效。正接。

以上正接。

口之於味，有同耆焉。易牙先得我口之所耆者也。如使口之於味也，其性與人殊，若犬馬之與我不同類也，則天下何耆皆從易牙之於味也？至於味，天下期於易牙，是天下之口相似也。又。「如使」句反接。

中也養不中，才也養不才，故人樂有賢父兄也。如中也棄不中，才也棄不才，則賢不肖之相去，其間不能以寸。《孟子》。「如中也棄不中」反接。

獲於上有道，不信於友，弗獲於上矣。信於友有道，事親弗悦，弗信於友矣。悦親有道，反身不誠，不悦於親矣。誠身有道，不明乎善，不誠其身矣。《孟子》。

以上反接。

轉折

轉者，翻轉也，轉換也。上文如此説而下文如彼説也。蓋從此意轉出彼意，有反正、開合、淺深、虚實之不同焉，一層深一層亦是。董華亭云：「文章之妙，全在轉處。轉則不窮，轉則不板。如游名山至山窮水盡處，以爲觀止矣。俄而懸崖穿徑，忽又別出境界，則應接不暇。武夷九曲，遇絶則生。若千里江陵，直下奔迅，便無勢矣。文章到此，似難再説，一轉灣間，另有一番境界，可以生出許多議論。故凡更進一層，另起一論者，皆轉之理也。至於折，則有迴環返復之致焉。從東折西，又從西折東，其間有數十句四五折者，三四句一句一折者，往復合離，抑揚高下，此折之理也。」按轉是大轉灣，折是小曲折。轉如樂之九成，共是九轉折，如其中節奏，不可數計。詩云「山窮水盡疑無路，柳暗花明又一村」，轉之境也。又詩云「東風摇曳柳參差」，折之態也。故轉或從虚轉實，從淺轉深，從外轉内，從學問轉經濟，從工夫轉效驗，皆是從此意轉出彼意，兩意也。折則祇此一意，但以屈曲吞吐之筆出之，便不平直，而有淡折秀折之致耳。所當深辨。文不轉不靈，轉貴清，一層深一層。然一層托出一層，意似變化而其實一意到底。蓋于言盡之時，另開生面，乃爲不窮。特拙者爲之，則層折多而不遒勁，不融貫，病在不知賓中主耳。文有從一意中推出第二層，又從第二層中推出三四層，此名一層進一層法。此其法不先能進而先能留，能一層留一層，斯能一層進一層，真秘訣也。按剥法與此相類，故不另説。

滔滔者天下皆是也，而誰以易之？且轉。而與其從辟人之士也，孰若從辟世之士哉？《論語》。

且轉。爾言過矣。又。上責其焉用彼相，此更責以是誰之過。

不逆詐，不億不信，抑轉。亦先覺者，是賢乎？又。

子夏之門人小子，當洒掃應對進退，則可矣，抑轉，猶云「然而」。末也。又。

季氏富于周公，而求也轉。爲之聚斂而附益之。《論語》。

今由與求也，相夫子，遠人不服而不能來也，邦分崩離析而不能守也，而謀轉。動干戈於邦內。吾恐季孫之憂不在顓臾，而在蕭牆之内也。又。

《孟子》：「問其所與飲食者，則盡富貴也，而未嘗轉。有顯者來。與其妾訕其良人，而相泣于中庭，而良人轉。未之知也。」《孟子》。

天下之水，莫大於海。萬川歸之，不知何時止而不盈；尾閭泄之，不知何時已而不虛。春秋不變，水旱不知。此其過江河之流，不可爲量數。而吾未嘗轉。以此自多者，自以比形於天地，而受氣於陰陽。吾在於天地之間，猶小石小木之在大山也。方存乎見少，又奚以自多。《莊子·秋水》。

學者多稱五帝，尚矣。然《尚書》轉。獨載堯以來，而百家言黃帝，其文不雅馴，薦紳先生難言之。《史記·五帝本紀》。

荆軻奉於期頭函，而秦舞陽奉地圖柙，以次進。至陛，秦舞陽色變振恐，群臣怪之。荆軻顧笑舞陽，前謝曰：「北蕃蠻夷之鄙人，未嘗見天子，故振慴。願大王稍假借之，使得畢使於前。」秦王謂軻曰：「取舞陽所持地圖。」軻既取圖，奏之秦王。發圖，圖窮而匕首見。因左手把秦王之袖，而右手持匕首揕之。未至身，秦王驚，自引而起，袖絶。拔劍，劍長，操其室。時惶急，劍堅，故不可立拔。荆軻逐秦王，秦王環柱而走。群臣皆愕，卒起不意，盡失其度。而秦法轉。群臣侍殿上者，不得持尺寸之兵；諸郎中執兵，皆陳殿下，非有詔召不得上。方急時，不及召下兵，以故荆軻乃逐秦王，而卒惶急無以擊軻，而以手共搏之。《史記·刺客列傳》。

近者閣下從事李協律翺到京師，籍於李君友也，不見六七年，聞其至，馳往省之。問無恙外，不暇出一言，且先賀其得賢主人。李君曰：「子豈盡知之乎？吾將盡言之。」數日，籍益聞所不聞。籍私獨喜，常以爲自今以後，不復有如古人者，於今忽有之。退自悲，不幸兩目不見物，無用於天下。胸中雖有知識，家無錢財，寸步不能自致。今去李中丞五千里，何由致其身於其人之側，開口一吐出胸中之奇乎？因飲泣不能語。既數日，復自奮曰：一轉。無所能人，乃宜以盲廢；有所能人，雖盲，當廢於俗輩，不當廢於行古人之道者。此一轉巧。浙水東七州，二轉。户不下數十萬，不盲者何限？李中丞取人，固當問其賢不賢，不當計其盲與不盲也。此一轉又巧。當今盲於心者皆是，三轉。若籍自謂獨盲於目爾，其心則能别是非。若賜之坐而問之，其口固能言也。幸未死，實欲一吐出心中所知見，閣下能信而致之於門耶？籍又善於古詩，使其心不以憂衣食亂，閣下無事時，一致之座側，使跪進其所有。閣下憑几而聽之，未必不如聽吹竹彈絲敲金擊石也。夫盲者業專，於藝必精，故樂工皆盲，籍儻可與此輩比並乎？使籍誠不以畜妻子、憂飢寒亂心，此一轉妙。有錢以濟醫藥，其盲未甚，庶幾復見天地日月，因得不廢，則自今至死之年，皆閣下之賜。閣下濟之以已絶之年，賜之以既盲之視，其恩輕重大小，籍宜如何報也。韓愈《代張籍與李浙東書》。

余曰：「潭山川甲兵如何，食幾何，賊(重)〔衆〕寡强弱如何，余不能知。能知書，轉。書之載，潭事多矣。」曾鞏《送趙宏序》。

提伏應。提者，提起説也。所以提掇其要領，以醒眉目而振動全體之精神也。此文之筋骨，文之氣脉處也。提有明暗、虚實、反正、逆順之分，至中間亦多用提掇者，或束上，或開下，或應前，或伏後，或先提數語而後敘事，或于衆事與衆人中提出一事一人説，或于説過事與人重提出説。其法亦大同小異，要皆簡勁老健，高古軒豁，乃爲佳製。伏者以所言不止一事一意，而此一事一意又不能見之於前幅，必見于中後。作者恐後無根突然而出，則于前幅預伏一二句以爲張本，則于中後用意應前方，有照應。有照應則文字謹嚴，不至汗漫而不可收拾。有前後相照應者，有一段中自相照應者。

后稷之興，在陶唐、虞、夏之際，皆有令德。《史記·周本紀》。公劉雖在戎狄之間，復修后稷之業。周道之興自此始，故詩人歌樂思其德。又。古公亶父復修后稷、公劉之業。於是古公乃貶夷狄之俗，而營築城郭室屋，而邑別居之。又。以上提明后稷、公劉、古公累世積德，以明周王天下之由。

河山以東彊國六，與齊威、楚宣、魏惠、燕悼、韓哀、趙成侯並。淮泗之間，小國十餘。楚、魏與秦接界。魏築長城，自鄭濱洛以北，有上郡。楚自漢中，南有巴、黔中。周室微，諸侯力政，争相併。秦僻在雍州，不與中國諸侯之會盟，夷翟遇之。《史記·秦本紀》。提掇此一段，下乃逼出孝公發憤爲政，何等力量。是乃文之筋骨氣脉，所以振動全體之精神也。

項梁起東阿，西北至定陶，再破秦軍。項羽等又斬李由，益輕秦有驕色。《項羽本紀》。爲章邯大破楚軍而設。

呂臣軍彭城東，項羽軍彭城西，沛公軍碭。章邯已破項梁軍，則以爲楚地兵不足憂，乃渡河擊趙，大破之。提明章邯破楚軍於定陶，則以楚兵不足憂，爲楚敗秦軍而設。當此時，趙歇爲王，陳餘爲將，張耳爲相，皆走入鉅鹿城。章邯令王離、涉間圍鉅鹿，章邯軍其南，築甬道而輸之粟。陳餘爲將，將卒數萬人而軍鉅鹿之北。此所謂河北之軍也。又。提明河北之軍，爲項羽渡河大破秦軍而言，所謂醒眉目是也。

項羽已殺卿子冠軍，威震楚國，名聞諸侯。又。提出項羽威名，所謂振動精神處也。

當是時，楚兵冠諸侯。諸侯軍救鉅鹿下者十餘壁，莫敢縱兵。及楚擊秦，諸將皆從壁上觀。楚戰士無不一以當十，楚兵呼聲動天，諸侯軍無不人人惴恐。又。提明楚兵之盛，是精神妙處。

章邯軍棘原，項羽軍漳南，相持未戰。又。提此一段爲約項羽而設。

當是時，項羽兵四十萬，在新豐鴻門；沛公兵十萬，在霸上。又。提此以醒眉目。楚左尹項伯者，項羽季父也。又。提此一段，爲宴鴻門時，項莊以欲劍擊沛公，項伯常以身翼蔽之而言。

項王、項伯東嚮坐，亞父南嚮坐。亞父者，范增也。沛公北嚮坐，張良西嚮侍。又。提明宴時坐次以醒眉目。當與《明堂位》參看。

當是時，項王軍在鴻門下，沛公軍在霸上，相去四十里。沛公則置車騎，脱身獨騎，與樊噲、夏侯嬰、靳彊、紀信等四人持劍盾步走，從酈山下，道芷陽閒行。沛公謂張良曰：「從此道至吾軍，不過二十里耳。度我至軍中，公乃入。」又。提明兩軍相去四十里，以醒眉目，爲下從酈山下，道行二十里而言。

既孝既忠，持官持身，内外斬斬。韓愈《曹成王碑》。先提此三句，以下叙其忠孝及持身持官事實以應之。先提數語而後叙事，孟堅史傳法，若《趙充國》諸傳是也。韓公用子長法多，然班法亦間用之，如《曹成王碑》。

當此時，彭越數反梁地，絶楚糧。《史記·項羽本紀》。

楚漢久相持未決，丁壯苦軍旅，老弱罷轉漕。又。

是時，彭越復反，下梁地，絶楚糧。又。

是時，漢兵盛食多，項王兵罷食絶。又。以上兩提絶楚糧，又漢提食盛、項食絶。爲項羽之亡而言。

每吴中有大繇役及喪，項梁嘗爲主辦。陰以兵法部勒賓客及子弟，以是知其能。伏後。梁部署吴中豪傑爲校尉、候、司馬。有一人不得用，自言於梁。梁曰：「前時某喪使公主某事，不能辦，以此不任用公。」衆乃皆伏。又。應前。

項梁嘗有櫟陽逮，乃請蘄獄掾曹咎書抵櫟陽獄掾司馬欣，以故事得已。伏後報兩掾案。長史欣者，故爲櫟陽獄掾，常有德於項梁。司馬欣爲塞王，王咸陽以東至河，都櫟陽。是時，彭越復反，下梁地，絶楚糧。項王乃謂海春侯大司馬曹咎等曰：「謹守成皋，則漢欲挑戰，慎勿與戰，毋令得東而已。」漢果數挑楚軍戰，楚軍不出。使人辱之五六日，大司馬怒，渡兵汜水。士卒半渡，漢擊之，大破楚軍，盡得楚國貨賂。大司馬咎、長史、塞王欣皆自剄汜水上。大司馬咎者，故蘄獄掾，長史欣亦故櫟陽獄吏。兩人嘗有德於項梁，是以項王信任之。又。應前。

項梁自號爲武信君。居數月，引兵攻亢父，與齊田榮、司馬龍且軍救東阿，大破秦軍於東阿。田榮即引兵歸，逐其王假。假亡走楚，假相田角亡走趙。角弟田間，故齊將，居趙不敢歸。田榮立田儋子市爲齊王。別序三田本末，伏後案。項梁已破東阿下軍，遂追秦軍。數使使趣齊兵，欲與俱西。田榮曰：「楚殺田假，趙殺田角、田間，乃發兵。」項梁曰：「田假爲與國之王，窮來從我，不忍殺之。」趙亦不殺田角、田間以市於齊。齊遂不肯發兵助楚。齊將田都從其救趙，因從入關，故立都爲齊王，都臨菑。故秦所滅齊王建孫田安，項羽方渡河救趙，田安下濟北數城，引其兵降項羽，故立安爲濟北王，都博陽。田榮者，數負項梁，又不肯將兵從楚擊秦，以故不封。田榮聞項羽徙齊王市膠東，而立齊將田都爲齊王，乃大怒，不肯遣齊王之膠東，因以齊反，迎擊田都。田都走楚。齊王市畏項王，乃亡之膠東就國。田榮怒，追擊殺之即墨。榮因自立爲齊王，而西擊殺濟北王田安，并王三齊。榮與彭越將軍印，令反梁地。陳餘陰使張同、夏説説齊王田榮曰：「項羽爲天下宰，不平。今盡王故王於醜地，而王其群臣諸將善地，逐其故主。趙王乃北居代，餘以爲不可。聞大王起兵，且不聽不義，願大王資餘兵，請以擊常山，以復趙王，請以國爲扞蔽。」齊王許之，因遣兵之趙。陳餘悉發三縣兵，與齊并力擊常山，大破之，張耳走歸漢。陳餘迎故趙王歇於代，反之趙，趙王因立陳餘爲代王。又。應前。

當是之時，始皇元年。秦地已并巴、蜀、漢中、越、宛，有郢置南郡矣；北收上郡以東，有河東、太原、上黨郡；東至滎陽，滅二周，置三川郡。秦初并天下，二十六年。分天下爲三十六郡。地東至海暨朝鮮，西至臨洮、羌中，南至北嚮户，北據河爲塞，並陰山至遼東。《史記・秦始皇本紀》。提明元年地已甚廣，二十六年中大興兵，滅六國并天下，地又加廣，乃二世而即亡。賈生言其仁義不施，信哉。

結

結束者，歸根結穴之處也。全篇局勢義理皆凝聚於此，最宜緊嚴周匝，不可一毫懈怠。其體或反或正，或引證，或別轉一意，或推開説，或繳應前文，隨機運筆可也。有結處始點明本意者，蓋其反復辨駁，千回百折，無限峰巒，至末醒出，乃知其皆爲此而發也。文至後幅已盡，亦可推廣説去。苟説得有關係、有根據，則前半文情得此愈振動也。文章實意已盡，猶似未可遽止，則長言咏嘆以盡餘情，則局勢舒展，神韻悠揚，文動人多由於此。詩云「曲終人不見，江上數峰青」，結處要得有餘不盡意乃佳。結文字(煩)〔須〕要精神，不要閑言語。韓文公《獲麟解》結云：「麟之所以爲麟者，以德不以形。若麟之出不待聖人，則其謂之不祥也亦宜。」《送浮屠文暢序》結：「余既重柳請，又嘉浮屠能喜文辭，于是乎書。」歐(云)〔公〕《縱囚論》結：「是以堯、舜、三王之治，必本于人情。不立異以爲高，不逆情以干譽。」皆此法也。呂東萊云：「論之繳結處，須要著些精神，要斬截。」

自天子以至於庶人，壹是皆以修身爲本。其本亂而末治者，否矣。其所厚者薄而其所薄者厚，未之有也。《大學》。此二節結上文兩節之意。

《康誥》曰「克明德」，《太甲》曰「顧諟天之明命」，皆自明也。又。結所引《書》之意。

故治國在齊其家。又。結上文之意。

此謂治國在齊其家。又。上文三引《詩》以釋之，末又結之以此。

此謂國不以利爲利，以義爲利也。又。結明上文之意。

入則無法家拂士，出則無敵國外患者，國恒亡。然後知生於憂患而死於安樂也。《孟子》。結明生死之由。

然吾聞浮屠人善幻，多技能，閑如通其術，則吾不能知矣。韓愈《送高閑上人序》。別轉一意作結。

余故著晉君之罪，以附《春秋》許世子止、趙盾之義。柳宗元《晉文公守原議》。引證作結。

或曰：「封唐〔叔〕，史佚成之。」柳宗元《桐葉封弟辯》。引史佚結，有不盡意。

「盤之中」至「終吾身以徜徉」。韓愈《送李愿歸盤谷序》。

「公其騎龍白雲鄉」至「翩然被髮下大荒」。蘇軾《潮州韓文公廟碑》。

「天目之山」至「視此刻文」。蘇軾《表忠觀碑》。

「嗚呼休哉」至「嗚呼休哉」。蘇軾《三槐堂記》。

雲山蒼蒼，江水泱泱。先生之風，山高水長。范仲淹《嚴先生祠堂記》。

以上或四言，或七句，或長短韻語結。

次第法者，言之有序者也。序者，次第也。次第者，先後也。次叙其語，前之説勿施于後，後之説勿施于前，其語次第不可顛倒。反先正後，暗先明後，虚先實後，淺先深後，賓先主後，略先詳後。一人有一人之先後，一事有一事之先後。或由前代説到後世，或由幼説到老，或由貧賤説到富貴，或由始説到終，或由源説到委。此其常也。亦有先實後虛，先詳後略者，則其變也。知此布置，則文有起伏，有首尾，輕重徐疾，苟得合宜，雖命意措詞不甚過人，而大概已佳。若位置失宜，當先反後，當後反先，雖詞意甚佳，亦紊亂不成章矣。況位置失宜，則步步皆成窒境，欲成篇且難，遑問美惡乎？此次第所以爲重也。讀文作文，須思此意如何當在先，此意如何當在後。先思其起，次思其接，次思其轉，次思其結。知所先後，則自有條不紊矣。呂東萊曰：「記序有混作一段説者，有分兩節説者，如《未央宫》先略説高帝、蕭何定天下作一段，乃説『爲之記曰』。」「有叙其事於首者，如宫殿經始於某年某月，落成於某年某月之類。先説在頭一段，然後入『爲之記曰』云云。周子充《漢未央宫記》首云『漢高帝』云云、『八年丞相蕭何治未央宫』云云是也。有叙其事於尾者，如詹叔義《漢城長安記》末云『城肇功於元年正月，已事於五年九月』云云、『爲門者十有二，南北則象斗形』云云。洪景伯《唐勤政務本樓記》末云『樓成於開元二年之九月』云云是也。」

「黄帝者，少典之子，姓公孫，名曰軒轅。生而神靈，弱而能言，幼而徇齊，長而敦敏，成而聰明」至「故號黄帝」。《史記·五帝本紀》。先言其生弱幼長成，次言其功業，又次言其子若孫。

「軒轅之時，神農氏衰」至「遂禽殺蚩尤」。又。先言神農弗能征，是反；次言黄帝禽蚩尤，是正。

「周后稷名棄，其母有邰氏女曰姜原」至「皆有令德」。《史記·周本紀》。先言其母初生棄事，次言在唐虞時爲農師，次言後世興衰，末言周既不祀。

「呂不韋者，陽翟大賈人也，家可千金」至「封爲文信侯」。《史記·呂不韋列傳》。先言其微賤時，次言其傳楚，次言其爲相封侯。

「李斯者，楚上蔡人也，年少時爲郡小吏」至「從荀卿學帝王之術」。《史記·李斯列傳》。先言斯從荀卿學，次言爲秦客，次言官(庭)〔廷〕尉，次言爲丞相。

「夫《易》者」至「生靈之所益也」止。「若夫龍出於河」至「又違於注」止。「至若復卦」至「妄作異端」止。「今既奉敕删定」至「附之卷首爾」。孔穎達《周易正義序》。首言《易》道彌綸天地；次言傳者有丁、孟、京、田、荀、劉、馬、鄭，唯魏王弼注爲冠，其江南義疏十餘家，涉于佛氏不足取；次言諸家解「七日來復」、「先甲三日」，不顧王注而妄作；次言正義之作，以仲尼爲宗，以王弼爲本。

「古者」至「文籍生焉」止。「伏羲」至「遺書也」止。「先君」至「並受其義」止。「及秦始皇」至「亦所不隱也」。孔安國《尚書序》。首言畫卦書契之始，次言皇墳帝典三代之書，次言夫子定書之由，又次言秦亡漢興求書之事。

「周公制禮」至「惡能存其亡者乎」止。「孔子卒」至「五家之儒莫得見焉」止。「至孝成皇帝」至「庶成此家世所訓也」。《序周禮廢興》。首言周公制禮，至幽王紛亂，孔子修定時，已不具；次言始皇焚書，《周官》至孝武時始出；末言《周禮》起于成帝劉歆，成于鄭玄。

「《關雎》」至「故曰風」止。「至于王道衰」至「《詩》之亡也」止。「然則」至「《關雎》之義也」。卜子夏《詩序》。首言六義之始，次言變雅之作，又次言二南王化之自。

「《春秋》者」至「仲尼從而明之」止。「左丘明受經」至「然後爲得也」止。「其發凡」至「人倫之紀備矣」止。「或曰《春秋》以錯文」至「釋例詳之也」止。「或曰《春秋》之作」至「亦無取焉」。杜預《春秋序》。首言孔子因魯史修《春秋》，以明周公之志；次言左氏依經立傳；次言體有三，例有五；次言專修《左氏》并集解釋例；末言《春秋》孔子爲感麟而作。

「夫《春秋》者」至「爲皇王之明鑒也」止。「若夫三始之目」至「則歷百王而不朽者也」止。「至於秦滅典籍」至「其可離乎」止。「今校先儒優劣」至「猶有可觀」止。「今奉勅删定」至「以裨萬一焉」。孔穎達《春秋正義序》。首言《春秋》爲皇王明鑒；次言孔子因魯史作《春秋》；次言傳者有張蒼、賈誼、尹咸、劉歆、鄭衆、賈逵、服虔、許惠卿，唯杜預注爲最；次言義疏有沈文何、蘇寬、劉炫，唯劉爲冠；末言疏據劉爲本，補以沈氏。

「夫總群聖之道者」至「孟子」止。「自昔仲尼既没」至「至於此乎」止。「其書由炎漢之後盛傳」至「謹上」。孫奭《孟子正義序》。首言孟子紹六經；次言仲尼没，異端并作，有孟子而仲尼之教尊；次言注者趙、陸、張、丁，并己本趙説爲《正義》。

「周室自文武始興」至「豈不大哉」止。「及春秋之後」至「非勢不行」止。「仲尼既没」至「所去國輕」止。「然當此之時」至「不亦宜乎」止。「戰國之時」至「亦可喜皆可觀」。劉向《戰國策序》。先言周以禮爲國，次言仲尼之道不行，次言六國争强，次言秦以詐力并天下而終致敗，末言戰國之士因時而畫策。

「叙曰」至「厥意可得而説」止。「其後」至「隸書」止。「漢興」至「書幡信也」止。「壁中書者」至「豈不悖哉」止。「《書》曰」至「蓋闕如也」。許慎《説文序》。先言文字之源及古文大篆，次言秦小篆及八體書，次言新室，次言世俗非訾壁中古文不達字例，末言述己著書之旨，以大小篆合古籀。

「《易》曰天垂象」至「伊戾禍宋」止。「漢興」至「損穢帝德焉」止。「中興之初」至「漢之紀大亂矣」止。「若夫高冠長劒」至「信乎其然矣」。范曄《後漢・宦者傳序》。先言宦官原起，次言前漢，次言後漢宦官事實，末言宦官災毒。

「臣聞漢興以來」至「不可擇也」止。「臣又聞用兵臨戰」至「弓弩三不當一」止。「士不選練」至「百不當十」止。「兵不完利」至「五不當一」止。「故兵法曰以一擊十之術也」止。「雖然」至「此萬全之術也」。鼂錯《言兵事書》。先言用兵在擇將，次言得地形，次言卒服習，次言器械利，次言比較中國與匈奴之長技而言其可勝，末言兼用也明與漢兵二者之長。

「大凡物不得平則鳴」至「其皆有弗平者乎」止。「樂也者」至「而假之鳴」止。「其在唐虞」至「其善鳴者也」止。「唐之有天下」至「自鳴其不幸耶」。韓愈《送孟東野序》。先以草木水金石興人言，次以樂天時之善鳴興人言之精者，次歷序前代，次入唐、入東野。

「籍聞議論者皆云」至「聞所不聞」止。「籍私獨喜」至「與此輩比並乎」。韓愈《代張〔籍〕與李淛東書》。先言聞淛東之賢，分兩層，次言其自己由喜而悲而奮，以其能别是非，又善古詩，兩自薦。

「古之能享大名」至「下無其人」。韓愈《與于襄陽書》。此段是暗説、虚説，下段是明説、實説。

「匹夫而爲百世師」至「無足怪者」。蘇軾《潮州韓文公廟碑》。此是虚説、暗説，下乃實説、明説。

「天下之患」至「必集于我」。蘇軾《鼂錯論》。此是虚説、暗説，下乃實説、明説。

「予始讀《復性書》」至「不作可焉」止。「又讀《與韓侍郎薦賢書》」至「亦善論人者也」止。「最後讀《幽懷賦》」至「豈有亂與亡哉」止。「然翺」至「可歎也夫」。歐陽修《讀李翺文》。先言《復性書》可不作，次言《韓侍郎書》不過特爲無薦己者而已，次言讀《幽懷賦》，歎服其憂世之心，末有感於今之憂世者。

文略三　抱蜀軒家塾本

格律三

格律三

總說

夫人之立言，因字而生句，積句而成章，積章而成篇。篇之彪炳，章無疵也；章之明靡，句無玷也；句之清英，字不妄也。劉勰。

篇中不可有冗章，章中不可有冗句，句中不可有冗字，亦不可有齟齬處。《緯文瑣語》。篇章句字，莫不有法，初學於篇章，或遽難通徹，而字句必先務端詳，略字句而講篇章，則字有齟齬，句先杌隉，復安能跗蕚相銜、首尾一體？此謀篇之道，必先字句。讀古人文，句斟字酌，細意考求，一字不肯放過，方有心得。

作文之法，有篇聯，欲其脉絡貫通；有段聯，欲其奇偶迭生；有句聯，欲其長短合節；有字聯，欲其賓主對待。《潛溪集》。

每篇先看主意，以識綱領，再看其次序。於大段中看篇法，又於大段中分小段看章法，又於章法中看句法，句法中看字法。元程端禮。

國藩以爲欲着字之古，宜研究《爾雅》、《説文》小學訓詁之書，故嘗好觀近人王氏、段氏之説。欲造句之古，宜倣效《漢書》、黄氏庭堅云：「《前漢》精密，其佳字善句，皆當經心。」《文選》，而後可砭俗而裁僞。欲分段之古，宜熟讀班、馬、韓、歐之作，審其行氣之短長，自然之節奏。欲謀篇之古，則群經諸子以至近世名家，莫不各有匠心，以成章法。如人之有肢體，室之有結構，衣之有要領，大抵以力去陳言，戛戛獨造爲始事，以聲調鏗鏘、包蘊不盡爲終事。僕學無師承，冥行臆斷，所辛苦而僅得之者，如是而已。曾文正《覆許仙屏書》。

篇法

篇法者，合通篇之體格局勢而言也。宜整不宜碎，宜純不宜雜，宜舒展不宜蹻促，宜收斂不宜散漫，宜高古不宜平庸，宜夭嬌不宜板直。由虛入實，由淺入深，首尾相銜，詳略各當。前宜有提伏，中宜有關鎖，後宜有結應。或則整散間行，呂東萊云：「有數行整齊處，亦必有數行不整齊處。」或則奇正錯出。此篇法之大略也。學者自經書既畢，粗知講解，學爲文章，當解篇法，其細微曲折、開合變化，不能遽知，而前後呼應，層次分明，開合反正，一氣相生，則不可不講。凡題目到手，尋出一確當主意作一篇骨字，以後處處提掇，步步照顧，至結束處尤須滴滴歸源。若時出時入，雜以他意，即不成篇法，所以千變萬化，總歸于一線也。古有云，理、弊、功、效，四言爲篇法之大端。首泛論其理，次則歷指其弊，次則極言其功，次則申説其效。如是則有虛實，有反正，則前後次第，自無不合法矣。

入手當如虎首，中如豕腹，終如蠆尾。首取其猛，腹取其楦穰，尾取其螫而毒也。《池北偶談》。

馮厚齋曰：「論一篇之體，鼠頭欲精而鋭，豕項欲肥而縮，牛腹欲肥而大，（峰）〔蜂〕尾欲尖而峭。」

凡爲論，未舉筆之前而一篇之規模已備于胸中，其結尾如何議論，已寓深意於論首。故一篇首尾貫穿，無間斷處，文有餘而意不盡。陳止齋。

文字首尾照應之法，有明（用）〔明〕繳應起處者，有竟不顧者，有若無意牽動者，有反罵通篇大意，實是照應收拾者。《續錦機》。

常山蛇勢，非特兵法，亦文章法也。文章亦要宛轉回複，首尾相應，乃爲盡善。山谷論詩文亦云：「每作一篇，先立大意，長篇須曲折三致意乃成章耳。」《捫蝨新語》。

記、贊、銘、頌、序、跋，各有其體，體製既熟，一篇之中，起頭結尾，繳換曲折，反覆難應，關鎖血脉，其妙不可以言盡，要須自得於古人。《朱子語類》。

以文言之，則大家之有法，猶弈師之有譜，曲工之有節，匠氏之有繩度，不可不講求而自得者也。後之作者，惟其知字而不知句，知句而不知篇，於是有開而無闔，有呼而無應，有前後而無操縱頓挫，不散則亂，辟諸驅烏合之市人而思制勝於天下，其不立敗者幾希。古人之於文也，揚之欲其高，斂之欲其深，推而遠之欲其雄且駿。其高也，如垂天之雲；其深也，如行地之泉；其雄且駿也，如波濤之洶涌，如萬騎千乘之奔馳。而及其變化離合，一歸於自然也，又如神龍之宛延而不露其首尾。蓋凡開闔呼應、操縱頓挫之法，無不備焉，則今之所傳唐宋諸大家，舉如此也。汪琬《答陳藹公書》。

當知有法而無法，無法而有法。有法者，篇篇皆有法也；無法者，篇篇法各不同也。《讀書日程》。

緊，非縮丈爲尺、縮尺爲寸之謂也，謂文之接縫鬬筍處也。接縫鬬筍處不散漫，古人所謂布局寬、結構緊者是也。

文章有由虚入實，如韓愈《與于襄陽書》、蘇軾《韓文公廟碑》、《鼂錯論》。由淺入深，如韓愈《代張籍上李浙東書》、《送孟東野序》。循序漸進者；有虚實淺深相間成文者；有前半意義已盡，後半不得不旁引曲證，如韓愈《上張僕射書》。或推廣言之者；有前半攻擊太甚，令人無可躲避，後半不得不放寬一步説者；如韓愈《争臣論》、蘇軾《范增論》。又或援引古昔，或附帶他事者；有褒貶互用者；凡作漢唐君臣文字，前面若説他好，後面須説他些不好處。蘇軾《范增論》前説增不足道，後却説他好，乃是放他一線也。或先證以經傳，末則攻擊其心者；如韓愈《諱辨》。有用一字貫串成篇者。如《吕氏春秋·當染》用一「染」字，蘇伯衡《染説》同。韓愈《送孟東野序》用一「鳴」字，《送石洪處士序》用一「曰」字，《上張僕射書》用一「言」字，後半以「曰」字代之。篇法萬有不同，其爲反正、開合、虚實、深淺、前後，次第不紊則一也。

文章之變多端。有理不變而意變者，反言而正論益伸，《孟子》「王曰何以利吾國」節。翻案而成局愈定；或翻駁成案，令人心服口服者；或前半借他人之言刻意吹求，而後面不得不歸正理者。有意不變而法變者，人詳者我略之，人淺者我深之；有變在體格者，虚者實之，實者虚之，李映碧云：「《孟子》『仁人固如是乎』，若移於『在弟則封之』下，則索然。得是解也，可悟文家實而虚之，板而活之之法。」整者散之，散者整之；有變在色韻者，或辭約義微，或態濃意遠，而濃淡可以相參，或壹倡三歎，或急管繁弦，而徐疾無妨迭奏。同此命意而推陳出新，同一布格而化板爲活，要在變而不失其常。此熟于常法所爲，必進之以變也。《易》曰「通其變，使民不倦」，學者解此，必有憬然思、躍然起者。

章法

章法者，總乎一義，以意盡而成體者也。有明有暗，有虚有實，有淺有深。有反正，有開合，有賓主，有反覆，有疑問，有推説，有照應。有鎖上起下，有一層進一層，如剥蕉心者。有放鬆處，有逼緊處。如何爲大段，如何爲小段，看過一段又復一段，則可以知其上下文相聯之故。大段小段，一一分明，斯得爲文之道矣。

古文惟段落最要，古文亦惟段落最難。蓋段落有極分明者，有最不易曉者，其間多有過接鉤帶，顯晦斷續，反覆錯綜之法。率由古人文心變化，故爲此以泯其段落之痕，故段落分，則讀文之功過半矣。

文忌平直。但觀古人一段文字，或順或逆，或明或暗，或正或反，少則數語，多十數語，而還相爲宫，自有天然節拍。何況通篇體勢，其中提緻起伏，向背往來，淺深開合，未嘗一筆凌躐。

須于循循規矩之中，得其曲折游行之趣，則平直之病，庶乎免矣。

句法

句法者，合虛字實字而相聯以成之者也。實字審義理，虛字審精神，不究虛字，精神莫出，不考實字，義理焉明。文必虛字備而後神態出，數句相連而下，何以開而能合、放而能收、鬆而能緊，呼而能應，且何以頓挫排宕而能上下相足，此皆句中虛字爲之也。虛字者，所以聯實字而貫串，以爲句精神之所從出也。文必實字當而後義意足，論事理貴的確，何以能緊切不移，論物情貴精詳，何以能發揮透闢，此皆句中之實字爲之也。句法，于古人文字，從中抽出一句，將實字拆開，考校義理，改易之，于古人所用之實字義理如何，虛字拆開，體察其精神，改易之，于古人所用之虛字精神如何，此則未有不佳者也。

神氣者，文之最精處也；音節者，文之稍粗處也；字句者，文之最粗處也。然予謂論文而至于字句，則文之能事盡矣。蓋音節者，神氣之跡也；字句者，音節之矩也。神氣不可見，于音節見之；音節無可準，以字句準之。劉海峰。

音節高則神氣必高，音節下則神氣必下，故音節爲神氣之跡。一句之中，或多一字，或少一字；一字之中，或用平聲，或用仄聲；同一平字仄字，或用陰平、陽平、上聲、去聲、入聲，則音節迥異，故字句爲音節之矩。又。按某虛字應在句之首，某虛字應在句之中，某虛字應在句之尾，有一定不易之程。古人句法中，即無虚字，亦必有半實半虚字以聯貫之。至句中或增一字則圓足，或減一字則斬截。或在下者而易之於上，或在上者而移之于下，皆於造句時相度爲之，不多不少。無論長句短句排句疊句，朗誦低吟，脱口而出，必使語意完足，語氣充暢而止。當於古人文字中求之，必有領會處。按字須下得重，句要讀得響，前世能文者，無不如此。

近人論文，不知有所謂音節者，至語以字句，則必笑以爲末事，此論似高實謬。作文若字句安頓不妙，豈復有文字乎？但所謂字句音節，須從古人文字中實實講過始得，非如世俗所云也。又。

學文切不可學怪句，且須明白正大，務要十句百句只作一句，貫串意脉。説得通透處，儘管説去，説得返覆，結處自(住)〔佳〕。所謂行乎其所當行，止乎其所不得不止也。《文章精義》。

馬遷句法似贅拙，而實古厚可愛。劉海峰。

字句亦不可不奇，自是文家能事。揚子《太玄》、《法言》，昌黎甚好之，故昌黎文奇。又。句法上異下同者，如韓愈《争臣論》「今陽子實一匹夫，在位不爲不久矣；天下之得失，不爲不熟矣；天子待之，不爲不加矣」，首句二字，二句六字，三句四字，此上異也。句法上同下異者，如《争臣論》「問其官，則曰諫議也；問其禄，則曰下大夫之秩也；問其政，則曰我不知也」，首句二字，二句五字，三句三字，此下異也。句法由短而長者，如韓愈《原道》「博愛之謂仁」四句四樣句法，「是故君者，出令者也」三句三樣句法。句法由長而短者，如《原道》「君不出令」三句，一句二句七字，三句二字。數句相同而末句獨長者，如韓愈《上宰相書》「以其于周不可則去之魯」三句，上二句八字，末一句十五字。《送孟東野序》「其聲清以浮」五句，長四句五字，末一句九字。句法長短相間者，如韓愈《上宰相書》「天下之賢才皆已舉用」九句，連用九個「皆已」，變化七樣句法，又「天下之賢才豈盡舉用」十一句，九個「豈盡」字對上段九個「皆已」，又添兩個「豈盡」字，巧。《原道》「其文：《詩》、《書》、《禮》、《樂》、《易》、《春秋》」八句，連用九個「其」字，變化六樣句法。《送石洪處士序》「使大夫恒無變其初」至「天子之寵命」，句法長短相間。《送温處士序》「居守河南尹」至「無所禮于其廬」四節四樣句法。

字　法

字法最爲要緊。文章一句中有一字不合處，即足爲一篇之累。俗必易之以雅，陳必易之以新，濁必易之以清，粗必易之以細，生必易之以熟，方必易之以圓，弱必易之以强，晦必易之以亮，騎墻者易之以的確，寬泛者易之以切當，當死説者須下死字，當活説者須下活字。推之淺深虚實，無不皆然，斯字法精而句法愈工矣。

古人措語自與後世不同。吾嘗謂表記辭欲巧，巧即《易傳》所云修辭耳，不可以巧言佞色，便譏其失。《荀子》「化性起僞」之「僞」，非詐僞也。楊倞云：「言聖人能變化本性而興起矯僞也。」《荀子》：「不可學、不可事而在人者，謂之性。可學而能、可事而成之在人者，謂之僞。」必以今人用字之法，上衡古人，則覺其不當者多矣。姚鼐。《荀子》「性惡，其善者僞也」，楊倞注：「爲僞，矯也，矯其本性也。凡非天性而人作爲之者，皆謂之僞。故僞字，人旁爲，亦會意字也。」《禮·曾子問》云「作僞主以行」，鄭注：「僞，猶假也。」然則僞之爲言，詐也。詐之爲言，作也。「作」與「詐」與「爲」，古皆通用。

昌黎論文以創意造言爲宗。所謂造言者，如述笑哂之狀，《論語》曰「莞爾」，《易》曰「啞啞」，《穀梁》曰「粲然」，班固曰「攸爾」，左思曰「囅然」，後人作文凡言笑者，皆不宜復用其語。劉海峰。

昔人謂杜詩、韓文，無一字無來歷者，凡用一字二字，必有所本也，非直用其語也。況詩與古文不同，詩可用成語，古文則必不可用。故杜詩多用古人句，而韓於經史諸子之文，只用一字或至兩字而止，若直用四字，知爲後人之文矣。又。

原本古人意義，到行文時，却須重加鑄造一樣言語，不可便直用古人。此謂去陳言，未嘗不換字，却不是換字法。又。韓愈《争臣論》「人皆以爲華」，「榮」字變爲「華」也。又「不色喜」，「無喜色」變爲「不色喜」也。

以今日之地爲不古而借古地名，以今日之官爲不古而借古官名，舍今日恒用之字而借古字之通用者，皆文人之所以自盡其俚淺也。《續錦機》。

古人讀書多，作文時偶用一二古字，初不以爲工。近時乃或抄掇《史》、《漢》中字入文辭中，自以爲工妙，不知有笑之者。又。

石林嘗云：「今世安得文章，只有個減字、換字法耳。」如言湖州必須去「州」字，此減字法也；不然，則稱「霅上」，此換字法也。朱子。

地名亦必全用，摘用二字如登萊，如温台，則可；如真順廣大，則不通矣。左思《蜀都賦》「跨躡犍牂」，是犍爲、牂牁二郡；《魏都賦》「恒碣碪碍于青雲」，是恒山、碣石二山。摘字之法，蓋始于此。《續錦機》。

善爲文者，富於萬篇，貧於一字。劉勰。

蘇子由論人做文章，自有合用底字，只是下不著。又如鄭齊叔云：「做文字自有穩的字，只是人思量不著。」横渠云：「發明道理，惟命字難。」要之，下字實是難，不知聖人説出來底，也只是這幾字，如何鋪排得恁地安穩。或曰：「子瞻云：都來這幾字，只要會安排。」朱子。

體　式

曾氏文鈔類目三門 十一類

箸述門三類：論箸、詞賦、序跋。

論箸類：箸作之無韻者，經如《洪範》、《大學》、《中庸》、《樂記》、《孟子》，皆是。諸子曰篇、曰訓、曰覽，古文家曰論、曰辨、曰議、曰説、曰解，皆是。按姚氏鼐曰：「論辨蓋原于古之諸子，各以所學箸書詔後世。孔孟之道與文至矣。自老莊以降，道有是非，文有工拙。」論理則有常有變，語其常則爲千古不易之理，語其變則亦不失其爲常理，必合乎聖賢之道，則得之矣。論人則有褒有貶，善則褒之，惡則貶之。有須於其好處中尋出他不好處來，于不好處中尋出他好處來。論事則有是有非，權其利害，衡其輕重，别其非而得其是，令人口服心服，以爲必當如此，斯爲得之。

詞賦類：箸作之有韻者，經如《詩》之賦頌，《書》之五子作歌，皆是。後世曰賦，曰辭，曰騷，曰七，曰設論，曰符命，曰頌，曰贊，曰箴，曰銘，曰歌，皆是。案詞賦者，風雅之變，皆設詞，無事實，可以言所欲言，以義在託諷也。如楚人以弋説襄王，宋玉對楚王問遺行，皆是。箴銘者，聖賢所以自戒謹之意。

序跋類，他人之箸作序述其意者。經如《易》之《文言》、《繫辭》、《説卦》、《序卦》、《雜卦》，《禮記》之《冠義》、《昏義》，皆是。後世曰序，曰跋，曰引，曰題，曰讀，曰傳，曰注，曰箋，曰疏，曰説，曰解，皆是。按序跋者，他人箸作以推論本原，廣大其義，如《易》之《繫辭》等篇，或自述其意，如《孟子》末章，《莊子·天下》，《荀子》末篇，《史記·太史公自序》，皆是。

告語門四類：詔令、奏議、書牘、哀祭。

詔令類，上告下者。經如《甘誓》、《湯誓》、《牧誓》、《大誥》、《康誥》、《酒誥》等，皆是。後世曰誥，曰詔，曰諭，曰令，曰教，曰敕，曰璽書，曰檄，曰策命，皆是。謹案《歷朝聖訓》、《硃批諭旨》，皆是。詔令者，明制度，肅紀綱，所以悦服人心而勝于三軍之衆，國家猶有賴焉。

奏議類，下告上者。經如《皋陶謨》、《無逸》、《召誥》，及《左傳》季文子、魏絳等諫君之辭，皆是。後世曰書，曰疏，曰議，曰奏，曰表，曰劄子，曰封事，曰彈章，曰牋，曰對，曰策，皆是。謹案《皇清奏議》是。臣子所以爲國謀者，即《孟子》陳善閉邪之義。奏議在明切事理奧義，藻詞弗尚焉。包氏世臣曰：「言事之文，必先洞悉所事之條理原委，抉明正義，然後述現事之所以失而條畫其補救之方，古今必宗此法，書牘同。」

書牘類，同輩相告者。經如《君奭》及《左傳》鄭子家、叔向、吕向之辭，皆是。後世曰書，曰啓，曰移，曰牘，曰簡，曰刀筆，曰帖，皆是。按書牘有爲吾意之所欲者，有爲吾意之所否者，應如何說法？應如何占地步處？義必允當，辭必委婉，人于吾言有不能不從，有不能不服之勢，情真理足故也。其意所欲者，如韓愈《與于襄陽書》、《後二十九日上宰相書》、《代張籍與李浙東書》、《復上宰相書》。其意所否者，如韓愈《上張僕射書》，觀其如何說法，如何占地步處。

哀祭類，人告于鬼神者。經如《詩》之《黃鳥》、《二子乘舟》，《書》之《武城》、《金縢》祝辭，《左傳》荀偃、趙簡子告辭，皆是。後世曰祭文，曰弔文，曰哀辭，曰誄，曰告祭，曰祝文，曰願文，曰招魂，皆是。

記載門四類：傳誌、叙記、典志、雜記。

傳誌類，所以記人者。經如《堯典》、《舜典》，史則本紀、世家、列傳，皆記載之公者也。後世記人之私者，曰墓表，曰墓誌銘，曰行狀，曰家傳，曰神道碑，曰事略，曰年譜，皆是。謹案《國朝實録》本紀、大臣列傳、年表皆是。傳誌者，撮序其生平賢否也。碑之體，本于《詩》，歌頌功德，其用施于金石，如周石鼓，秦刻石，漢碑文，以石立在墓上者曰碑，曰表，埋乃曰誌。元潘景梁《金石例》，明王止仲《墓銘舉例》，國朝黃太沖《金例》，世稱「金石三例」，劉寶楠《漢石例》。

叙記類，所以記事者。經如《書》之《武成》、《金縢》、《顧命》，《左傳》大戰記會盟及全編，皆記事之書，《通鑑》法《左傳》，亦記事之書也。後世古文如《平淮西碑》等是，然不多見。謹案《歷朝方略》是。包氏世臣曰：「記事之文，必先表明緣起，而深究得失之故，然後述其本末，則是非明白，不惑將來，古今必宗此法。」

典志類，所以記政典者。經如《周禮》、《儀禮》全書，《禮記》之《王制》、《月令》、《明堂位》，

《孟子》之「北宮錡」章，皆是。《史記》之八書，《漢書》之十志及「三通」皆典章之書也，後世古文如《趙公救災（菑）記》是，然不多見。謹案《國朝會典》及律例皆是。

雜記類，所以記雜事者。經如《禮記·投壺》、《深衣》、《內則》、《少儀》，《周禮》之《考工記》，皆是。後世古文家修造宮室有記，游覽山水有記，以及記器物、記瑣事，皆是。

姚姬傳氏之纂《古文辭》，分爲十三類，曾文正公稍更易爲十一類，曰論箸，曰詞賦，曰序跋，曰詔令，曰奏議，曰書牘，曰哀祭，曰傳誌，曰雜記，九者，曾氏與姚氏同焉者也。曰贈序，《老子》曰「君子贈人以言」，顏淵、子路之相違，則以言相贈，擇言而進，所以致愛敬，陳忠告之誼也。《文章辨體》云：「古人贈言之義，無枉己徇人之失，壽序專致愛敬，贈序則愛敬忠告兼之。」贈序應附書、説後。姚氏所有而曾氏無焉者也。曰叙記，曰典志，曾氏所有而姚氏無焉者也。曰頌贊，曰箴銘，姚氏所有，曾氏以附之詞賦之下編。曰碑誌，姚氏所有，曾氏以附入傳誌之下編。論次微有異同，大體不甚相遠，後之君子以參觀焉。

漢世校書有《辭賦略》，其所列者甚當。昭明太子《文選》，分體碎雜，其立名多可笑者。後之編集者，或不知其陋而仍之。姚鼐。

作文要使古今體式無不備于胸中，始不爲大題目所壓倒，此古人所以讀萬卷也。黃（架）〔梨〕洲。

散體古文，學史法者也。駢體詞章，古所謂俗體也。李紱。

今所稱古文者安在？蓋昔人以東漢末至唐初，凡排偶摘裂，填事粉澤，宣麗整齊之文爲時文，而反是者爲古文，此古文之所爲名也。若以辭華爲古，則韓之先爲六朝，歐公之先有五代，皆稱古文矣。《續錦機》。

古文者，韓退之氏厭棄魏晉六朝駢儷之文，而反之於六經、兩漢，從而名焉者也。名號雖殊，而其積字而爲句，積句而爲段，積段而爲篇，則天下之凡名爲文者一也。曾文正《覆許仙屏書》。

品　類

凡讀書分類，不惟有益，且兼省心目。陸世儀《思辨録》。

天地之大，古今之變，帝王之嬗代，名物之紛繁，非後生小子所能盡識。而啓其屯蒙，又未始不可爲先路之導。分天、地、人、物四類，則群經古史、諸子百家，由一名一物之微，推而至於天人理數之極，罔不包舉，其裨益非淺鮮也。王晴川。按事物至繁，以天、地、人、物四者括之，凡麗于天，附于地，關乎人，屬于物者，其類固已包括無遺。

文略四

抱蜀軒家塾本

隱顯　變化
閎大　雄壯
精妙　醇厚
渾灝　奇逸
古拙　淡遠
疏密　高老

格律四

總説

吕氏論文：格製，明白，整齊，緊切，的當，流轉，豐潤，精妙，端潔，清新，簡肅，清快，雅健，簡短，閎大，雄壯，清勁，華麗，縝密，典嚴。吕東萊。

論文字病：深晦，怪冗，弱澀，虚直，疏碎，緩暗，塵俗，熟爛，輕易，排事，説不透，意未盡，泛而不切。又。

行文最貴者品藻。無品藻，便不成文字。如曰渾，曰灝，曰雄，曰奇，曰頓挫，曰跌宕之類，不可勝數。然有神上事，有氣上事，有體上事，有色上事，有聲上事，有味上事，有識上事，有情上事，有才上事，有格上事，有境上事，須辨之甚明。劉海峰。

好文字與俗下文字相反，如行道者一東一西，愈遠則愈善。一欲巧，一欲拙。一欲利，一欲鈍。一欲柔，一欲硬。一欲肥，一欲瘦。一欲濃，一欲淡。一欲艷，一欲樸。一欲鬆，一欲緊。一欲輕，一欲重。一欲秀令，一欲蒼莽。一欲偶儷，一欲參差。夫拙者，巧之至，非真拙也；鈍者，利之至，非真鈍也。又。

或曰：「辭達而已矣。」聖人以文，其隩也有五：曰玄，曰妙，曰包，曰要，曰文。幽深謂之玄，理微謂之妙，數博謂之包，辭約謂之要，成章謂之文。聖人之文，成此五者，故曰不得已。荀悦《申鑒》。

立文之道，其理有三：一曰形文，五色是也；二曰聲文，五音是也；三曰情文，五性是也。五色雜而成黼黻，五音比而成韶夏，五情發而爲辭章，神理之數也。情者文之經，辭者理之緯。經正而後緯成，理定而後辭暢，此立文之本源也。劉勰。

文者，天地之精英，而陰陽剛柔之發也。惟聖人之言，統二氣之會而弗偏，然而《易》、《詩》、《書》、《論語》所載，亦間有可以剛柔分矣。值其時其人，告語之體，各有宜也。自諸子而降，其爲文無弗有偏者。其得於陽與剛之美者，則其文如霆，如電，如長風之出谷，如崇山峻崖，如決大川，如奔騏驥。其光也，如杲日，如火，如金鏐鐵。其於人也，如馮高視遠，如君而朝萬衆，如鼓萬勇士而戰之。其得於陰與柔之美者，則其文如升初日，如清風，如雲，如霞，如煙，如幽林曲澗，如淪，如漾，如珠玉之輝，如鴻鵠之鳴而入寥廓。其於人也，漻乎其如嘆，邈乎其如有思，暖乎其如喜，愀乎其如悲。觀其文，諷其音，則爲文者之性情形狀，舉以殊焉。姚鼐。

尉遲楚好爲文，謁空同子曰：「敢問文有體乎？」曰：「何體之有？《易》有似《詩》者，《詩》有似《書》者，《書》有似《禮》者，何體之有？」「有法乎？」曰：「初何法？《典》、《謨》、《訓》、《誥》，

《國風》、《雅》、《頌》，初何法？」「難乎？易乎？」曰：「吾將言其難也，則古《詩》三百篇，多出於小夫婦人。吾將言其易也，則成一家言者，一代不數人。」「宜繁？宜簡？」曰：「不在繁，不在簡，狀情寫物在辭達。辭達則二三言而非不足，辭未達則千百言而非有餘。」「宜何如？」曰：「如江湖。」「何也？」曰：「有本也。如鍵之於管，如樞之於户，如將之於三軍，如腰領之於衣裳。」「何也？」曰：「有統攝也。如置陳，如構居第，如建國都。」「何也？」曰：「謹布置也。如草木焉，根而榦，榦而枝，枝而葉而葩。」「何也？」曰：「條理精暢，而皆有附麗也。如手足之十二脉焉，各有起，有出，有循，有注。」「何也？」曰：「支分派别，而榮衛流通也。如天地焉，包涵六合而不見端倪。」「何也？」曰：「氣象沉鬱也。如漲海焉，波濤湧而魚龍張。」「何也？」曰：「浩汗詭怪也。如日月焉，朝夕見而令人喜。」「何也？」曰：「光景常新也。如煙霧舒而雲霞布。」「何也？」曰：「動蕩而變化也。如風霆流而雨雹集。」「何也？」曰：「神聚而冥會也。如重林，如邃谷。」「何也？」曰：「深遠也。如秋空，如寒水。」「何也？」曰：「潔浄也。如太羹，如玄酒。」「何也？」曰：「雋永也。如瀨之旋，如馬之奔。」「何也？」曰：「回復馳騁也。如羊腸，如鳥道。」「何也？」曰：「縈迂曲折也。如孫吴之兵。」「何也？」曰：「奇正相生也。如常山之蛇。」「何也？」曰：「首尾相應也。如父師之臨子弟，如孝子仁人之處親側，如元夫碩士端冕而立乎宗廟朝庭。」「何也？」曰：「端嚴也，温雅也，正大也。如楚莊王之怒，如杞良妻之泣，如昆陽城之戰，如公孫大娘之舞劍。」「何也？」曰：「激切也，雄壯也，頓挫也。如菽粟，如布帛，如精金，如美玉，如出水芙蓉。」「何也？」曰：「有補於世也，不假磨礲雕琢也。」「將烏乎以及此也？」曰：「《易》、《詩》、《書》、三《禮》、《春秋》所載，丘明、高、赤所傳，孟、荀、莊、老之徒所著，朝焉，夕焉，諷焉，味焉，習焉，斯得之矣。雖然，非力之可爲也。聖賢道德之光，積於中而發乎外，故其言不文而文。譬猶天地之化，雨露之潤，物之魂魄，以生華蔓毛羽，極人力所不能爲，孰非自然哉？故學於聖人之道，則聖人之言莫之致而致之矣。學於聖人之言，非惟不得其道，並其所謂言亦且不能至矣。」尉遲楚曰：「微空同子，吾不知大道之恢，於是盡心焉，將於文偈焉，無難能者矣。」蘇伯衡《瞽說》。

文有「四瑕」、「八冥」、「九蠹」。何謂「四瑕」？雅鄭不分之謂荒，本末不比之謂斷，筋骸不束之謂緩，旨趣不超之謂凡。是四者，賊文之形也。何謂「八冥」？訐者將以賊夫誠，揞者將以蝕夫圜，庸者將以混夫奇，瘠者將以勝夫腴，觕者將以亂夫精，碎者將以害夫完，陋者將以革夫博，昧者將以損夫明。是八者，傷文之膏髓也。何謂「九蠹」？滑其真，散其神，糅其氛，徇其私，滅其知，麗其蔽，違其天，昧其幾，表其貞。是九者，死文之心也，有一于此，則心受死而文喪矣。《續錦機》。

文章途轍，千途萬方，符印古今、浩劫不變者，惟真與僞二者而已。僞體玆多，稂莠煩殖，有以獵兔園、拾餖飣爲經術者矣，有以開馬肆、陳芻狗爲理學者矣，有以拾斷爛、黨枯朽爲史筆者矣，有以造木鳶、祈土龍爲經濟者矣。真文必淡，而陳羹醨酒、酸薄腐敗者亦曰淡。真文必質，而盤木焦桐、卷曲枯朽亦曰質。真文必簡，而斷絲折線、尺幅窘窄者亦曰簡。真文必平，而蹄涔牛踪、行潦紆徐者亦曰平。真文必變，而飛頭岐尾、乳目臍口者亦曰變。真則朝日夕月，僞則朝華夕槿也。真則精金美玉，僞則瓦礫糞土也，不待比量而區以別矣。《續錦機》。

明　白

沈隱侯曰：「文章當從三易。易見事一也，易識字二也，易讀誦三也。」《顏氏家訓》。按昔人論文曰「典、顯、淺」，初學尤以顯淺爲要，則文義易明，文法易曉。行文用字，本之經史，不患不典，特不用其深奥者，自易于解矣。

粗枝大葉之文，本於義禮，老於世俗，合於人情。初學熟之，開廣其胸襟，發舒其志氣。但見文之易，不見文之難，必能放言高論，筆端不窘束矣。謝叠山。按俗情常理，最易明白，經傳如《大學》「小人閒居」節，《孟子》「臣聞之胡齕」節，「昔者有饋生魚於鄭子産」節，「今夫弈之爲數」節，古文如《文章軌範》，皆粗枝大葉之文。

揚雄好爲艱深之詞，以文淺易之説，若正言之，則人人知之，此正所謂雕蟲篆刻者。其《太玄》、《法言》皆是類也，而獨悔于賦。何哉？蘇軾。

意必深然後爲工。

意深而不晦。呂東萊。

凡爲文記事，嘗患意晦而辭不達，語雖蔓衍而終不能發明。東坡論文。

但當以理爲主，理明而辭順，文章自能出類拔萃。汪份。

整　齊

作文如畫，全要界畫。歸震川。按文有界畫，自然整齊合法。如説此數句，必有要説此數句之故。一意是一意，一段是一段。若少不分明，便不整齊。

法者，言之有序者也。天下之事，莫不有法。法之于文也，尤精而嚴。法者精而至博，嚴而至通者也。夫具五官、備四體，而後成爲人，其形質配合乖互，則貴賤妍醜分焉。包世臣。

體不備，不可以爲成人。辭不足，不可以爲成文。韓愈。

作文須要血脉貫穿，造語用事妥貼，前世號爲能文者，無不如此。《文章精義》。

前賢之學於古人者，非學其詞也，學其開闔呼應、操縱頓挫之法而加變化焉，以成一家者也。後生小子不知其説，乃欲以剽竊模擬當之，而古文于是乎已矣。汪琬。

文字須要數行整齊處，數行不整齊處，意對文却不必對，文不對處意却對。呂東萊。

文章之事，能運其法者，才也。而極其才者，法也。古人文有一定之法，有無定之法。有定者所以爲嚴整也，無定者所以爲變化也。二者相濟而不相妨，故善用法者，非以窘吾才，乃所以達吾才也。非思之深、功之至者，必不能見古人縱横變化中所以爲嚴整之理。思深功至而見之矣，而操筆，而使吾手與吾所見之切副，而非一日事也。姚鼐。按古人縱横變化中，所以爲嚴整之理，則整齊者實文之階也。初學而不從事于此，則字句篇章未能合法，一片模糊，流于狂僻，貽誤終身。欲求文從字順，且不可得，況能佳乎？凡行文，一字不穩即一句之累，一句不穩即一段之累，一段中有不穩處即一篇之累。故一句中不使一字不妥當，一段中不使一句不熨貼。實字審其義理，果得當否？虛字察其神情，果得肖否？安頓得平平妥妥，整整齊齊，檢閱時無礙眼處，吟哦時無礙口處，而字法、句法、章法、篇法，皆得其宜。雖命意不甚過人，大致妥適，亦不失爲佳文。

近人詩文，間亦有長處，恨苦不停當。蕭士瑋。

當知有法而無法，無法而有法。有法者，篇篇皆有法也；無法者，篇篇法各不同也。《讀書日程》。

作爲文字，法度規矩，一不敢背於古，而卒歸于自爲其言。王慎中《與江午坡書》。

緊切

昌黎「陳言之務去」，所謂陳言者，每一題必有庸人思路。共集之處，纏繞百端，剥去一層，方有至理可言。猶如玉在璞中，鑿開頑璞，方始見玉，不可認璞爲玉也。黄宗羲。凡一題必有一題之竅，故必須詳審確當，得其要領。此處文字，他處移易不去，方爲緊切。題是如此而作者，不問與題之合否。開口一鬆，以下皆非，安能望其緊切乎？

熙甫嘗語其門人：「韓子言『惟陳言之務去』，何以謂之『陳言』？」門人雜然以對。熙甫曰：「皆非也，惟不切者爲『陳言』耳。」

震川謂「惟不切者爲陳言」，然第言不切之弊，而未及言切之樂也。世之苟且爲文者，切爲難，而厭苦之。不知惟求切，則隨意命題、因物賦形，可以千篇不竭。不求切，則執筆茫然，思無所屬，鮮有不立窘者乎。

凡作文字，先要知格律，次要立意，次要語贍。所謂格律，但熟考總類是也。所謂立意，如學記泛説尚文，是無意也。須就題立意，方爲親切。柳子厚《柳州學記》説「仲尼之道，與王化遠邇」，此兩句便見嶺外立學，不可移於中州學校也。所謂語贍，如韓退之《南海神廟文》「乾端坤倪，軒豁呈露」一段，老蘇《兄涣字説》「風水」一段是也。《文章辨體》。

我則爲此之文，而他人得移之於彼，無亦於此有不甚真切焉者歟？嚴平子。

文惟因物賦形，欲移甲置乙，必不可也。《施愚山集》。

的當

措語自有律令，一不當即是亂道。曾南豐語。汪份論文。按文貴得體，方爲的當。下告上者，須得與君父言氣象。上告下者，須得與臣民言氣象。平輩相告者，須得與平輩言氣象。或委婉，或質直，義各有當。韓愈《送殷員外使回鶻序》「詔曰」至「尤謹」段，又「丞相」至「告之朕意」段，皆尊中國，得體。

下一字時，直是稱輕等重，方敢寫出。朱子。

凡作史評斷古人是非得失、存亡成敗，如明官判斷大公案，須要説得人心服。若只能責人，亦非高手。須要思量我若生此人之時，居此人之位，遇此人之事，當如何應變？當如何全身？必有至當不易之説，能知此者，必長於作論。謝疊山。按論事不的當，由於窮理不透澈。譬如老吏斷獄，必中肯綮。人人聞之，以爲必當。如是，雖被罪者，亦口服心服，以爲不冤，此之謂的當。如蘇老泉《管仲論》、蘇東坡《范增論》，足稱的當。即起古人而問之，亦復何辭，方爲佳文。

大凡作漢唐君臣文字，前面若説他好，後面須説他些不好處，蘇軾《范增論》前説增不足道，後説他好，是放他一線地。吕東萊。若斷人之過，攻人之惡，没人之善，皆非老手。謝枋得。

此等公家文字，或施于君上，或布之吏臣，只用當時體式直述事意，乃易曉而通行。故韓公之文雖曰高古，然于此等處，亦未嘗敢故爲新巧，以失莊敬平易之體，但其反覆曲折，説盡事理，便是真文章，他人自不能及耳。朱子論韓文《禘祫議》。

孟簡曰：「史筆天下之大信，一言當否，百世從之。苟無明識，好惡徇情，則禍不測。故左氏、司馬遷、班固、范蔚宗，俱罹殃禍，可不慎歟？」《金史·耶律孟簡傳》。

《宋史·袁樞傳》：「吾爲史官，不可負天下後世公議。」

熙寧《祧廟議》，荆公云：「反屈列祖之主，下祔子孫之廟，非所以順祖宗之孝心。」如何不説得人主動。伊川云：「介甫所見，終是高于世俗之儒。」又曰：「荆公所論，深得三代之制。」朱子《論廟議劄子》。

六一記菱溪石，東坡記四菩薩，皆寓意防人取去，然氣象不類如此。凡吾儒爲僧作文，不可十分放起他，亦不可不略略救起他。朱子論《四菩薩〔閣〕記》。

作文不可倒却架子，爲二氏之文，須如堂上之人，分别堂下臧否。韓、歐、曾、王，莫不皆然。東坡稍稍放寬。至於宋景濂，其爲大浮屠塔銘，和身倒入，便非儒者氣象。王元美爲《章篔誌》，以刻工例之徵明、伯虎，太函傳查八十，許以節俠，抑又下矣。黄宗羲《論文(節)〔管〕見》。

元祐間修上清儲祥宫成，命蘇軾作碑紀其事，坡命事既得體，且取道家所言與吾儒合者記之，大有補于治道。《東坡外紀》。

暢達

孔子曰：「辭達而已矣。」物固有是理，患不知。知之，患不能達之于手與口。所謂文者，能達是而已。《東坡集》。

凡爲文辭，得所欲言而止。《元史·(允)〔元〕明善傳》。

心所默識而口不能傳者，能以筆傳之。蘇軾。按只是眼前事、眼前語，人人意中所欲言之而不能者，獨能暢所欲言，此之謂達。蓋其心早了然於其事其物之終始本末，而筆又足以副之故也。

操筆而使吾手與吾所見之相副，非一日事也。姚鼐。

孔子曰：「言之不文，行之不遠。」又曰：「辭達而已矣。」夫言止於達意，疑若不文，是大不然。求物之妙，如繫風捕影，能使是物了然于心者，蓋千萬人而不一遇也，而況能使了然于口與手者乎？是之謂辭達。辭至于能達，則文不可勝用矣。蘇軾《與謝民師書》。

辭主乎達，不謂其繁與簡也。繁簡之論興，而文亡矣。《史記》之繁處必勝於《漢書》之簡處，《新唐書》之簡也，不簡于事而簡於文，其所以病也。

不在繁，不在簡，狀情寫物在辭達，辭達則一二言而非不足，辭未達則千百言而非有餘。蘇伯衡《蒭說》。

文章之失，其始於《左氏》乎？漓上古道德之真，開後世浮華之漸，辭達之旨，於斯漸遠矣。《思辨録》。

「時子因陳子」，不須重見，而意已明。「齊人有一妻一妾」、「有饋生魚於鄭子產」兩章，詞必須重疊而情事乃盡，此《孟子》文章之妙。使入《新唐書》，於齊人則必曰「其妻疑而瞯之」，於子產則必曰「校人出而笑之」，兩言而已矣。是故，辭主乎達，不主乎簡。

策莫盛于漢，漢策莫過于晁大夫。晁策就事爲文，簡勁明暢，事皆鑿鑿可行，賈太傅不及也。王仲淹曰「洋洋乎晁、董、公孫之對」，有以哉。鄭曉古言。

昌黎論一事便一事透澈，此人煞有用。《榕村語録》。

東坡文説得透，南豐文亦説得透。朱子。

文章紆徐委曲，説盡事理，惟歐陽公爲得之。吕居仁。

〔孔子曰：「辭達而已矣。」達以氣爲主，顧所以爲達者，全在曲折以取勝。如長江大河，瀇瀁天地間，必千百折乃可以至海，此文家所謂波瀾也。余於文，始求其達，行之以氣，而徑意直情，率多滯礙。久之，而始能開闔反覆，窮其指趣。逾曲折，得以逾條暢，而行止有不得不然之勢。匠心之妙，非親歷至此，其何以知之。黄與堅論文。〕

清　勁

蘇軾云：「當時號令君聽取，白戰不許持寸鐵。」按畫家有白描法，不待煊染皴擦，自然名貴。筆端有氣力，有光焰。謝枋得。清而不勁，其失也，非薄弱不支，即委靡不振。凡爲文筆，要豎得起。果能豎得起，振筆直書，字字有力，斯之謂「勁」。否則，卑卑不足言矣。

文雖厲聲色，露鋒芒，然氣力雄健，光焰長遠，讀之令人意强而神爽。又。

文章占得道理，强以清明正大之心，發英華果鋭之氣，筆勢無敵，光焰燭天，必擅大名于天下。又。理足則意勝，意勝則氣盛，而筆足以達之，詞足以副之，有氣力，有光焰，咄咄逼人，斯爲清勁。

晁以道言：「近見東坡説：『凡人作文字，須是筆頭上挽得數萬斤起，可以言文字也。』余曰：『豈非興來筆力千鈞重乎？』」

清快

如月之曙，如氣之秋。司空圖《詩品》。意不雜，詞不混，氣不濁，則清。筆不鈍，機不滯，語不悶，則快。運筆如風之行，如電之掣。渣滓盡去，清光大來，斯爲清快。暑雨初晴，秋風乍起，西山爽氣入我窗几，文境髣髴似之，令讀者暢然滿志，雖哀家梨、并州翦，不是過也。

欲得筆勢痛快，一在力學〔古人〕，一在涵養胸趣。夫心静則氣自生矣。姚鼐。

少年作文，最愛可驚可喜之句，若讀三四行不使人踴躍稱快者，輒再删改。凡平時讀文，雖遇一二語驚奇，亦必拈出揣摩。

端潔

花木之英，雜於蕪草穢葉中，則其光不耀，夫文亦猶是耳。姚鼐。文貴端潔，不獨拉雜可憎，即字句有一不修飾處，亦有礙於全局。或如時雨初霽，晴空一無片雲；或如皓月千里，絶無纖（醫）〔翳〕障目，斯爲得之。

鑿石以求玉，石去而玉全；陶沙以求金，沙盡而金見。膚者空而後真者露也。文章貴潔，意亦如此。併沙石而存之，病在不能割愛。不能割愛，人又坐識卑耳。李紱論文。

陳後山文字簡潔，極有法度。朱子。

〔《史》、《漢》，文之淵藪也，余尤以《史記》爲特絶。若《貨殖》等篇，其聯娟隱秀，史家未有。子長以潔許《離騷》，柳子厚又以太史致其潔。「潔」之一字，爲千古文字金鍼。黄與堅《論學》。〕

〔文之病不潔也，不獨一字句，若義理叢煩而沓複，不潔之尤也。故行文以矜貴爲至要。明初宋潛溪，文以淵博稱，而鋪叙繁蕪。較以方正學，即次其風骨。錢牧齋作文，欲以大家包舉六朝，爲古今第一流，而品格適已落第二。嘻，多才多學，而不審所以行之者，其爲患亦豈細故哉。又。〕

輕靈

文須氣重筆輕。劉海峰。按字句下得重則氣重，造語脱口而出，明白簡捷，毫不費力，則筆輕。

凡作古文，須知古人用意，沖澹處忌濃重。譬如舉萬鈞之鼎如一鴻毛，乃文之佳境，有竭力之狀，則入俗矣。姚鼐。

偃師木偶，耳目口鼻儼然似人，而其中無精神魂魄，不能活動，豈人也哉。司馬光論文。蜻蜓點水，柳絮迎風，意趣橫生，栩栩欲活。文筆之輕靈者，可以方之。文章勝人，全恃筆姿。筆姿勝者，同此命意，及其落筆，抑揚頓挫之間，翩躚飛舞，迥不猶人。作者覺輕鬆靈動，閱者亦自心爽神怡。蓋筆勝則理透、意顯、語圓，而神情亦無不畢露矣。彼筆鈍者，非板滯即平庸，何足言此。昔之教人者，必曰「輕靈」，童子性靈初啓，見刻入奇古之文，以爲難而畏之，見輕靈之文，以爲易而樂之，且輕靈最足動人，入門一誤，便不可救藥矣。

流轉

謝玄暉云：「好詩圓美流暢如彈丸。」此所謂詩中有文也。唐子西謂：「古人作文，雖不用偶儷，而數句之中暗有聲調，步驟馳騁，亦有節奏。」此所謂文中有詩也。《楊鐵崖集》。

蘇子由嘗云：「作文要使心如懸床，大事大圓成，小事小圓成，每句要珠圓。」論不要似義方，要活法圓轉。呂東萊。如珠走盤，如彈脱手。魚躍鳶飛，機神活潑，絶無黏滯之迹，此之謂流轉。李（得）〔德〕裕《文箴》曰：「文之爲物，自然靈氣，忽怳而來，不思而至，所謂機也。機者，發動所由也。夫必意在筆先，然後取之于心，注之于手，轉輸由我，自有一段活潑機神。閱者有不眉飛色舞，而擊節嘆賞者乎？」

純熟

歐陽公云：「文之法只是要熟耳，變化恣態皆從熟處生也。」按純熟者，不生澀、不拉雜之謂也。凡火候到時，自然緊拍，有上句便有下句，恰有水到渠成之妙。凡文不論高低，只論生熟。雖粗豪亦不妨，只須絡繹奔會，淋漓意盡而止。

大抵文字須熟乃妙，〔熟〕則利病自明。手之所至，隨意生態，常語滯意不遺而自去矣。姚鼐。

文公曰：「老蘇説：『平生因聞升裏轉、斗裏量，遂悟作文章妙處。』這個須是爛熟，縱横妙用，皆由自家，方濟得事也。」

老蘇年已壯，方學文，煞用力，到所謂「若人之言固當然者」，這處便是悟。做文章合當如此，亦只是熟，便如此。老蘇文豪傑，只是熟。朱子。

雅健

大抵作詩古文，皆急須先辨雅俗。俗氣不除盡，則無由入門，況求妙絶之境乎。姚鼐。劉勰曰：「稟經以製式，酌雅以富言。」又曰：「煙靄天成，不勞於粧點；容華格定，無待於裁鎔。」可見文章秀在氣骨，不在辭語。知此可醫俗字之病。

細心静氣讀書，沉潛反覆，其真見聖賢意旨所在，然後執筆爲文，不必務爲奇異，而自卓然遠於流俗。此則天下之至文也。陸稼書。

文有雅體，有野體、鄙體、俗體，能審鑒諸體、委詳所來，方可定其優劣。

文之出奇怪，惟功深以待其自至，却又須常將太史公、韓公境懸置胸中，則筆端自與尋常境界漸遠也。姚鼐。

如今讀書，須是加沉潛之功，將義理去澆灌心腹，漸漸盪滌去那許多淺近鄙俗之見，方會見識高明。朱子。

每相聚，輒讀數葉《前漢書》，甚佳。人胸中久不用古人澆灌之，則俗言生其間，照鏡覺面目可憎，對人亦語言無味也。庭堅《與宋子茂》。

太史公質而不俚。班固。

太史公於《五帝本紀》首言：「好學深思，心知其意。」又曰：「擇其尤雅馴者。」此十四字龍門心法也。今人雅不能馴，馴即不雅，好學而深思者鮮矣，況能心知其意乎？徐世溥。

流俗之文，每變愈下，良以志趣凡近，了無拔俗之韻，不思力與古人作敵耳。蕭士瑋。

其心卓然絶於俗者，其文不求而自至也。獨〈狐〉〔孤〕郁《辨文》。

今天下，家殊人異，爭名文章。然辨之不過二説，曰本領、曰家數而已。有本領者，如巨室大賈，家多金銀，時出其所有，以買田宅，營園圃，市珍奇玩好，無所不可。有家數者，如王謝子弟，容止言談，自然大雅。有本領，無家數，理識雖自卓絶，不合古人法度，不能曲折變化以自盡其意，如富人作屋，梓材丹雘，物物貴美而結構鄙俗，觀者神氣索然。有家數，無本領，望之居然《史》、《漢》、大家，進求之，則有古人而無我，如俳優登場，啼笑之妙可以感動旁人，而與其身悲喜，了不相涉。魏禧。

文字寧不厚、不渾、不光焰、不周詳，而必不肯俗。此俗字勿輕看，今人之所謂波瀾光焰，結構事實，以爲必不可無者，高眼看之，總是俗處，愈好愈俗。古人文字不輕易討好，好在其中。近唯晴鶴翁曉此，下筆又不易言，非好學深思，清濁總無著手也。施愚山。

清　新

《曲禮》之訓「毋勦説、毋雷同」，此古人立言之本。

有言爲文不落人窠臼，託於退之尚異之旨者。夫窠臼之説，即《記》所譏之勦説雷同也。比如有人焉，五官端正，四體調均，偏視數千萬人而莫有能同之者，得不謂之真異人乎哉。而戾者乃欲顛倒條理，删節助字，務取詰屈，以眩讀者，是何異自憾狀貌之無以過人，而抉目截耳，折筋封脇，蹣行于市，而矜詡其有異于人人也耶。包世臣《與楊季子書》。

文之異，在氣格之高下，思致之深淺，不在磔裂章句，隳廢聲韻也。人之異，在風神之清濁，心志之通塞，不在於倒置眉目、反易冠帶也。裴度《寄李翺書》。

文字是日新之物，若陳陳相因，安得不目爲臭腐。劉海峰。

試取前輩名家盡閲之，未有堆古語、寫時套而不至於腐者。王元美、李于鱗古文盡鈔《史》、

《漢》，是以臭腐。歐陽公贊東坡先生之文，謂其洗浄面孔與天下相見，其意亦與此同。《答鄭超宗》。

發人所未嘗言之理，則可謂之新。方孝孺。

昔人謂經對經、子對子者，皆詩賦偶麗、八比之時文耳。若散體古文，則六經皆陳言也。劉海峰。

師其意，不師其辭。韓愈。

不用古人句，只用古人意。《螢雪叢説》。

人一日不學問，則騰寫胸間宿意，文不新鮮。此非必捃拾事故，翦辭綴調，用所日新得。但多讀古人書，便自沉浸變换，發生不窮。《續錦機》。

黄希菴與趙得心云：「今之文士，莫不厭故而喜新。僕以爲文章之道，從無新也，有新皆故，故即新也。故莫如歲，四時遞遷，周而復始，人必曰新歲。故莫如月，哉明漸生，一鉤初縣，人必曰新月。一切及時之果蔬，亦何非故者，而皆以爲新，只是能改换耳。能改换則能新，是新原在故中也。文章之道，豈不然乎？」

夫物相雜曰文。文也者，至變者也。古之爲文者，各極其才而盡其變。故人有一家之業，代有一代之製。其窪隆可手模，而青黄可自辨。古不授今，今不蹈古，要以屢遷而日新，常用而不可弊。夫文有常新之用，有必弊之術。接而不勝遷者，情也。多而不勝易者，事也。虛而不勝出者，才也。饒而不勝取者，學也。叩虛給饒，以抒至遷，紀至易。故一日之間而供吾文者新，新而不可勝用，夫安得而窮之？吾見文《左》、《國》，而詩初唐者矣。已則人厭之而思去之，方其自喜爲新奇之時，而識者已笑其陋，此必弊之術也。陶望齡。

譬諸日月，雖終古常見，而光景日新。李德裕。

宋末爲文者，矯陳腐之過，喜以新奇亂事實。如官位以他名易之，讀之殊不曉其所居何職，所爲何事，惟視之太息而已。方孝孺。

凡書事必遵用今製，凡使辭不妨參用古，斯得之矣。李紱。

華麗

文貴華，華正與樸相表裏。以其華美，故可貴重。劉海峰。春城桃李，夏沼芙蕖，是何等風致。文字之得春夏氣者，可以喻之。

《詩》正而葩。韓愈。

班固贍而有體，《左》、《史》之亞也。《雨航雜録》。

六朝靡弱，昌黎氏矯之以質，本六經爲文。後人因之爲清疏爽直，而古人華美之風，謂屈原、宋玉、司馬相如等。亦略盡矣。劉海峰。

東坡與姪書曰：「凡文字，少小時須令氣象峥嶸，采色絢爛，漸老漸熟，乃造平淡。其實平淡乃絢爛之極也。汝只見我而今平淡，一向只學此樣，何不取舊時應舉文字看，高下抑揚，如虎蛇捉不住，當且學此。」

真摯

文以理爲主，然而情不至，則亦理之郛廓耳。廬陵之誌交友，無不嗚咽。子厚之言身世，莫不悽愴。郝陵川之處真州，戴剡源之入故都，其言皆能惻惻動人。古今自有一種文章，不可磨滅，真是「天若有情天亦老」者，而世不乏堂堂之陣、正正之旗，皆以大文目之。顧其中無可以移人之情者，所謂刳然無物者也。黄宗羲《論文管見》。作文須設以身處其地，目擊其事，體貼一段精神出來。如告君父，須寫出忠愛意思。如論事勢，須寫出利害意思。如論小人，須寫出巧媚隱伏意思。論君子，須寫出平易坦實意思。人能摹寫得出，即爲好文。歐陽公《宦者傳論》、東坡《諫用兵書》，所宜熟玩。

古之人，其學殖之所醖釀，精氣之所結轖，千載而下，倒見側出，恍惚於語言竹帛之間。《易》曰「言有物」，又曰「修詞立其誠」，《記》曰「不誠無物」，皆謂此物也。今之人，耳傭目僦，降而剽賊，如《弇州四部》之書，充棟宇而汗牛馬，即而視之，枵然無所有也，則謂之無物而已矣。

詩文之妙，平奇濃淡，初無定質，要須有一種動人處。「思涉樂其必笑，方言哀而已歎」，能如士衡云云，自然驚心動魄，一字千金。李紱論文。

黄坤五云：「文章之道，别無他術，要使五岳可摇，星河如覆，世界民物之中，或掀髯而笑、或放聲而哭，自然通體透亮，滿盤周（匠）〔匝〕，其不爾者，總是小言耳。」直據胸臆，信手寫出，如寫家書，雖或疏鹵，然絶無煙火酸餡氣習，便是宇宙間一樣絶好文字。

近來覺得，詩文一事，只是直寫胸臆。如諺語所謂「開口見喉嚨」者，使人讀之如真見其面目，瑕瑜俱不容掩，所謂本色，此爲上乘文字。

秦漢以前，儒家有儒家本色，至如老莊有老莊本色，縱横家有縱横家本色，名家、墨家、陰陽家，皆有本色。雖其爲術也駁，而莫不皆有一段千古不可磨滅之見，是以老家必不肯剿儒家之説，縱横必不肯借墨家之談，各自其本色而鳴之爲言。其所言者，其本色也，是以精光注焉，而其言遂不泯於世。

如讀項羽垓下之敗，必（潸）〔潸〕然出涕，乃爲得之。歸震川。

今人讀《游俠傳》即欲輕生，讀《屈原賈誼傳》即欲流涕，讀《莊周》、《魯仲連傳》即欲遺世，讀《李廣傳》即欲立鬭，讀《石建傳》即欲俯射，讀《信陵》、《平原君傳》即欲好士。若此者何哉？蓋各得其物之情，而肆於心故也。

嘗言文不可以苟作，誠不著焉，則不能工。且晉人能文者多矣，至劉伯倫《酒德頌》、陶淵明《歸去來辭》，字字如肺肝出，遂高步晉人之上，其誠著也。《宋史·李格非傳》。

李格非善論文章，嘗曰：「諸葛公《出師表》，李令伯《陳情表》，陶淵明《歸來引》，沛然如肺肝流出，殊不見有斧鑿痕。數君子在後漢之末、兩晉之間，未嘗以文章名世，而其詞意超邁如此。」《墨客揮犀》。

歐陽修《瀧岡阡表》「求其生而不得」以下，一句一意，曲盡聖人用刑哀矜之至意。所謂驚心動魄，一字千金者也。李紱《與方苞論所評歐文書》。

李太伯作《袁州學記》，説崇詩書，尚節義。文字雖粗，其説振厲，使人讀之森然，可以激懦夫之氣。

子由爲棲賢僧作《僧堂記》，讀之凜然，覺崩崖飛瀑，逼人寒冽也。蘇軾《與李公擇》。

吴佩甫讀予爲其先人墓文未畢，涕數行下，哽咽不能出聲，爲廢其讀，讀之三四而後能畢。每讀皆欷泣欲絶，以謂道其情事，如探其肺腸腎胆，而所以寫其親者，不獨神志如存，形貌亦儼然在目矣。夫孝子不忘其親者，思其居處，思其笑語，思其所樂所嗜，思之之極，其精誠之耑，猶不得見，而一讀吾文，則其人忽焉在前，而居處、笑語、樂嗜皆是。蓋文之妙如此。昔李少君致李夫人于帷帳燈燭之間，使武帝真以李夫人爲生也，文亦猶是與。王慎中《與吴泉濱》。

豐　潤

嘗勸人讀《漢書》、《文選》，以日漸于腴潤。曾文正《復吴子序》。鋪叙充滿，議論圓足，不事塗澤，自然清腴。如此則無寒瘦狹隘之弊。若徒以詞采繁縟爲事，有肉無骨，可厭可憎，在駢儷中亦下乘也。

文須從瘦出，而不宜以瘦名，以瘦名則文必狹隘。劉海峰。

《公》、《穀》、《韓非》、王半山之文，極高峻難識，學之有得，便當捨去。劉海峰。

吾讀《柳子厚集》，尤愛山水諸記，而在永州爲多。子厚之文至永州益工，其得山水之助耶。及讀《元次山集》，記道州諸山水，亦曲盡其妙。子厚豐縟精絶，次山簡淡高古。王守溪《震澤長語》。

簡　肅

文貴簡，凡文筆老則簡，意真則簡，辭切則簡，理當則簡，味淡則簡，氣蘊則簡，品貴則簡，神遠而含藏不盡則簡，故簡爲文章盡境。劉海峰。

大抵作文須見古人簡質，惜墨如金處也。姚鼐。

古之文也約以達，今之文也繁以塞。王通論文史。

只是數語便説盡，更移動不得。朱子《論廟議劄子》。

序事説要害，宜一二百言者，能數十字輒盡情狀，及意窮事盡，反若有千百言在筆下。孫樵。

凡作簡短文字，必須要轉處多，凡一轉必有一意思乃妙。《仕學規範》。

國史之美者，以叙事爲工，而叙事之工者，以簡爲主。歷觀自古作者權輿，《尚書》發踪，所載務於寡事，《春秋》變體，其言貴于省文。然文約而事豐者，此述作之尤美者也。《史通》。

文章之道，無過簡易。詞尚體要，簡也。辭達而已，易也。古人修辭立誠，富有日新。文從字順，陳言務去。雖復鋪陳排比，不失其爲簡。詰屈聱牙，不失其爲易。今則稗販異聞，餖飣奇字，駢花取妍，買菜求益。譬如窮子製衣，天吴紫鳳，顛倒裋褐，足暴其單寒，露其補拆耳。聖人片言之間，可以包羅數百言者，文愈簡而其義愈無窮。宋濂《葉彝仲文集叙》。

程(光)〔去〕華云：「精一執中，無俟皇極之煩言。欽恤兩字，何至吕刑之騰口。蓋古今世變不同，而文之繁簡因之。」孔子曰：「夏道未瀆辭。」推而言之，則殷周之詞已瀆矣。韓退之云：「周公而下，其説長。」《楊慎集》。

《夏小正》、《大戴禮記》。《月令》、《禮記》。《時訓》《逸周書》。詳矣，而《堯典》「命羲和」以數十言盡之。《天官書》、《史記》。《天文志》《漢書》。詳矣，而《舜典》「璣衡」以一言盡之。叙事當以《書》爲法。《困學紀聞》。

一字之褒，寵逾華衮之贈；片言之貶，辱過市朝之撻。范甯《穀梁序》。

《春秋》雖以一字爲褒貶，然皆須數句以成言。杜預《左傳序》。

《檀弓》，或數句書一事，至有二字而書一事，語極簡而味深長。事不相涉而意脈貫穿，經緯錯綜，成自然之文。此所以可法也。東坡論文。

劉知幾云：「叙事之工，以簡爲主。」因思《左氏》記晉平公飲酒，杜蕢云「辰在子卯」云云，幾三四十言。《檀弓》只以十七字盡之，云：「子卯不樂，知悼子在堂，斯其爲子卯也大矣。」語愈簡，味愈長，可爲文章之法。

古地志《九丘》之所述，《(上)〔土〕訓》、《誦訓》之所傳，不可得而聞矣。《禹貢》于帝都，首列冀州，僅兩言爾。舉餘州所至，可知其境界，因以見尊京師，示王者無外之意。此《書》之體例也。《商頌》稱亳都，曰：「景員惟河。」景，山；河，大河；員，言大河之旋繞于山。文僅四言，而山之高大，水之縈迴，形勢之雄壯險固，俱粲若指掌，此立言之法也。文王治岐及豐，二《南》所咏，多在江、沱、汝、漢之間，無一言及于岐、豐土俗者，舉遠可以見近也。蓋《詩》、《書》之言約而該，其旨微而顯。

子長論贊文多短簡，或論其一二軼事，或感慨數語。孟堅則是非不苟，直下斷制語矣。《管子》、《韓非》、《史記·韓長孺傳》「安國爲人多大略」至「出于忠厚焉」，三語括盡安國生平。《管子》、《韓非》文，有置樞紐于中，要綰前後者。後來惟太史公、韓退之能爲此。太史公于蕭相國，非萬世之功不著。于留侯，非天下之所以存亡不著。于黯，非關社稷之計不著。所謂詞尚體要也。

《史記》汲黯治東海，爲九卿，徙内史，居淮陽。不填實一事，止虚言其性情氣象，略舉其語言及君臣上下之嚴憚，遂使千載下，可聞風而興起。必如此，乃與黯之爲人相稱。方苞《史記義法》。

陸賈著《新語》十二篇，其書不下數千言，而其要旨不越馬遷傳賈「馬上得之」數言。信遷之雄于文，序事覈而明也。劉青蓮《眼明録》。

「論文之繁簡各有當。《史記·衛青傳》『校尉李朔』至『爲從平侯』，《前漢書》于此間省二十三字，然終不若《史記》爲樸（瞻）〔贍〕可喜。」愚謂文字之法，冗長不如簡練，若概以蕪蔓爲勝，豈足以盡文之能事哉。《漢書》所省，殊優于《史記》。容齋之説，非定論也。

班書《地理志》，首遂全寫《禹貢》一篇。如地理爲書，論自古風俗至於夏世，宜云《禹貢》已詳，何必重述古文，益其辭費也。陸士衡有云：「雖有愛而必捐。」善哉斯言，可謂達作者之致矣。《史通》。《東方朔畫贊》云：「先生〔事〕漢武帝，《漢書》具載其事。」是不辭費也。

范蔚宗之删《後漢》也，簡而且周，疏而不漏。《史通》。

晁氏曰：「王通數稱陳壽《三國志》實高簡有法，如不言曹操本生，而載夏侯惇及淵于諸曹傳中，則見嵩本夏侯氏之子也。高貴鄉公書卒，而載司馬昭之奏，則見公之不得其死也。他皆類此。」《文獻通考》。

《文則》云：「文有以繁爲貴者，若《檀弓》石祁子『沐浴佩玉』，《莊子》之『大塊噫氣』用『者』字，韓子《送孟東野序》用『鳴』字，《上宰相書》至今稱周公之德，其下又有『不衰』二字。凡此類則以繁爲貴。又有以簡爲貴者，若《舜典》『至于中岳，如岱禮』，『西岳如初』，《史記》事在某人傳。凡此類則又以簡爲貴也。但繁而不厭其多，簡而不遺其意，乃爲善矣。」

韓公《畫記》其叙馬處云：「馬大者九匹。于馬之中，又有上者、下者焉，行者，牽者，奔涉者，陸者，翹者，顧者，鳴者，寢者，吼者，立者，齕者，飲者，溲者，陟者，降者，痒磨樹者，嘘者，嗅者，喜而相戲者，怒相踶齧者，秣者，騎者，驟者，走者，載服物者，載狐兔者。凡馬之事二十有七焉，馬大小八十有三，而莫有同者焉。」秦少游謂其叙事該而不煩，故仿之而作《羅漢記》。

錢思公鎮洛，僚屬盡一時俊彦。公大創一館，榜曰「臨轅」。既成，命謝希深、尹師魯、歐陽公各撰一記。希深文五百字，歐公文五百餘字，獨師魯（心）〔止〕三百八十餘字，語簡事備，復典重有法。師魯曰：「諸君誠高，少未至者，格弱字冗耳。」永叔奮然持此説別作一記，更減師魯文二十字，尤完粹有法。師魯謂人曰：「歐九真一日千里也。」

元明善作文，既成，集曰：「能去百有餘字，則可傳矣。」集凡删百二十字，而文益精密。《元史·元明善傳》。

文字意同，而立語自有工拙。沈存中記穆修、張景二人同造朝，方論文次，適有奔馬踐死一犬，遂相與各記其事，以較工拙。穆修曰：「馬逸，有黄犬遇蹄而斃。」張景曰：「有犬死奔馬之下。」今較此二語，張當爲優。然存中所記，則又渾成矣。《捫蝨新語》。江村曰：「余曾記某書云，歐陽公以『逸馬殺犬于道』六字蔽之，似更勝。」

敘事之文，爲繁冗所累，則氣不能流行自在。必欲簡峻，莫若讀荆公所爲，則筆間自有裁製矣。姚鼐。

作史全要簡潔。《蜀志》後主二年，終歲止八字，曰：「勸農殖穀，閉關息民。」只此的是良史才。《榕村語録》。

典嚴

昔人謂杜詩韓文，無一字無來歷。來歷者，凡用一字二字，必有所本也，非直用其語也。況詩與古文不同，詩可用成語，古文則必不可用。故杜詩多用古人句，而韓于經史諸子之文，只用一字或止兩字而止。若直用四字，知爲後人之文矣。按用字句必有根據，非經傳不可輕用。然六經字句，須避其古奥者。若用宋儒字句，須避其通俗者。又或將古人成語恣意割裂，爲歇後、爲射覆，如刑于貽厥、媚兹念典、物恒居諸之類，不成文理，大雅所不取。

昌黎既云去陳言，又極言去之之難。蓋經史諸子百家之文，雖讀之甚熟，却不許用他一句，另作一番言語，豈不甚難？《樊宗師墓誌》云「必出于己，不蹈襲前人一言一句」，又何其難也。正與「戛戛乎難哉」，互相發明。又。按作文宜用典雅顯明者，須要鎔化而出之始無弊。若用隱僻生澀之言語，非習見人不易解，斷不可用。

《樊誌銘》云：「惟古于詞必己出，降而不能乃剽賊。後皆指前公相襲，自漢迄今用一律。」蓋指班固而下相襲者。樊宗師之文怪矣，退之特取其不相襲耳，不直以爲美也。樊宗師文澀。若宗師之文，則懲時人之失而又失之者也。今人行文，反以用古人成語，自謂有出處，自矜典雅，不知其爲襲也，剽賊也。又。

老杜作詩，退之作文，無一字無來處。蓋後人讀書少，故謂韓、杜自作此語耳。古之能爲文章者，真能陶冶萬物，雖取古人之陳言入于翰墨，如靈丹一粒，點鐵成金也。黄庭堅。

宋景文公云：「柳柳州爲文，或取前人陳語用之，不及韓吏部卓然不丐于古，而一出諸己。」

文貴去陳言。昌黎論文，以去陳言爲第一義。後人見爲昌黎好奇，故云爾。不知作古文，無不去陳言者。試觀歐、蘇諸公，曾直用前人一言否？劉海峰。

王元美論東坡云：「觀其詩，有學矣，似無才者；觀其文，有才矣，似無學者。」此元美不知文，而以陳言爲學矣。東坡詩於前人事詞無所不用，以詩可用陳言也。東坡文於前人事詞一毫不用，以文不可用陳言也。正可於此悟古人行文之法與詩迥異，而元美見以爲有學、無學。夫一人之詩文，何以忽有學、忽無學哉？由不知文，故其言如此。元美所謂有學者，正古人之文所唾棄而不屑用，畏避而不敢用者也。東坡之文，如太空浩氣，何處可著一前言，以貌爲學問哉。又。

東坡省試《論刑賞》，梅聖俞一見，以爲其文似孟子，置在高等。坡後往謝，梅問：「論中用堯舉陶事出何書？」坡徐應曰：「想當然。」于至今傳以爲戲。《捫蝨新語》。

曲直

詩閲一二字可意得其全句者，非佳詩也。文氣貴直而其體貴屈，不直則無以達其機，不屈則無以達其情。爲文詩者，主乎達而已矣。梅曾亮《舒伯魯集序》。

今粗示學者，古人行文至不可阻處，便是他氣盛。非獨一篇爲然，即一句有之。古人下一語，如山崩，如峽流，覺攔當不住，其妙只是直的。劉海峰。

曾所以不及歐處，是紆徐曲折處。朱子。文不曲則無飛動之致，且難於生發，故必用一二語頓之，以作起勢。或用一二語挫之，以作止勢。而後可施轉折之意。頓挫與抑揚相似。

文章要有曲折，不可作直頭布袋。然曲折太多，則語意繁碎，整理不暇，反不若直頭布袋之爲愈也。宋濂。

文貴瘦，須從瘦出，而不宜以瘦名。蓋文至瘦，則筆能屈曲盡意，而言無不達。然文以瘦名，則文必狹隘。劉海峰。

「東萊教人作文，當看《獲麟解》，也是其間多曲折。」又曰：「某舊愛陳無己文，他文字也多曲折。」

隱顯 隱顯者，即吕東萊氏之所謂顯晦也。

文字或緩或急，或顯或晦。緩急顯晦相間，使人不知其爲緩急顯晦，常使經緯相通，有一脉過接乎其間，然後可。蓋有形者綱目，無形者血脉也。吕東萊。

章句之言，有顯有晦。顯也者，繁詞縟説，理盡於篇中。晦也者，省字約文，事溢於句外。丘明授經，師範尼父。夫經以數字包義，而傳以一句成言。雖繁約有殊，而隱晦無異。故其綱紀而言邦俗也，則有「士會爲政，晉國之盜奔秦」，「邢遷如歸，衛國忘亡」。其(疑)〔款〕曲而言人事也，則有「使婦人飲之酒，以犀革裹之，比及宋，手足皆見，宋人醢之」，「蕭潰師人多寒，王撫而勉之，三軍之士，皆如挾纊」。斯皆言近而旨遠，辭淺而義深。雖發語已殫，而含意未盡。使夫讀者望表而知裏，捫毛而辯骨，覩一事於句中，反三隅於字外。晦之時義，不亦大哉？洎班、馬二史，雖多謝五經，必求其所長，亦時值斯語。至若高祖亡蕭何，如失左右手；漢兵敗績，睢水爲之不流；董生乘馬，三年不知牝牡；翟公之門，可張雀羅，則其例也。《史通》。

《春秋》之義，痛之益至，則其辭益深，「子般卒」是也。詩人之義，責之愈切，則其言愈緩，「君子偕老」是也。歐陽修《論尹師魯墓誌》。

（簡）〔夫〕司馬遷作《史記》，其意深遠，則其言愈緩。其事繁碎，則其言愈簡。此《詩》、《春秋》之意也。李方叔。

古人作史，有不待論斷而于序事之中即見其指者，惟太史公能之。《平準書》末載卜式語，《王翦傳》末載客語，《荆軻傳》末載魯句踐語，《鼂錯傳》末載鄧公與景帝語，《武安侯田蚡傳》末載武帝語，皆史家于序事中寓論斷法也。後人知此法者鮮矣，惟班孟堅間一有之，如《霍光傳》任宣與霍禹語，見光多作威福。《黄霸傳》載張敞奏，見祥瑞多不以實，通傳皆褒，獨此寓貶，可謂得太史公之法者矣。

變化

文貴變。《易》曰：「虎變文炳，豹變文蔚。」又曰：「物相雜，故曰文。」故文者，變之謂也。一集之中篇篇變，一篇之中段段變，一段之中句句變，神變、氣變、境變、音節變、句字變，惟昌黎能之。劉海峰。

李習之親炙昌黎之門，故其論文以創意造言爲宗。所謂創意（以）者，如《春秋》之意不同于《詩》，《詩》之意不同于《易》，《易》之意不同于《書》是也。所謂造言者，如述笑哂之狀，《論語》曰「莞爾」，《易》曰「啞啞」，《穀梁》曰「粲然」，班固曰「悠爾」，左思曰「囅然」，後人作文，凡言笑者，皆不宜復用其語。習之此言，雖覺太過，然彼親聆師長之訓，故發明之如此，亦可窺見昌黎學文之大旨矣。又。

夫物相雜曰文。文也者，至變者也。古之爲文者，各極其才而盡其變。故人有一家之業，代有一代之製。其窪隆可手模，而青黄可自辨。然微跡其緒系，又如草隸變矣，而篆籀之法具存其間，非深於書者莫能辨也。陶望齡。

《穀梁傳》說御，云：「車軌塵，馬候蹄。」《列子》說御，云：「（與）〔輿〕輪之外，可使無餘轍；馬蹄之外，可使無餘地。」《韓非子》說御，云：「馳而前之，輪中繩；引而却之，馬掩跡。」命意則一，修詞則殊，可見古人筆端之變化矣。《天禄識餘》。

劉向多引用經語，傳而疏解之，非同剿襲。

記事而叙入其人之文，則爲尤難。《史記》點竄内外《傳》、《戰國策》諸書，遂如己出。太史公用經傳，盈篇累幅，於其中改易數字或數句，便成己出。班氏襲用前文，微有增損，而截然爲兩家。如製藥冶金，隨其鎔範，形隨手變，性與物從，非具神奇，徒嫌依傍。包世臣。

馬、班紀載舊文，多非原本。故《史記》善賈生推言之論，而班氏《典引》直指以爲司馬。《始皇紀》後，亦兼載賈、馬之名，賈生之文入《漢書》者已屬摘略，而其局度意氣，與《過秦》殊科，則知其出于司馬删潤無疑也。比及陳、范所載全文，多形蕪穢，或加以删薙，輒又見爲碎缺。故子瞻約趙抃之牘以行己意，而介甫嘆爲子長復出者，蓋深知其難也。《通鑑》删採忠宣，能使首尾完具，利害畢陳，原父鑪錘，斯爲可尚。包世臣。

韓千變萬化，無心變，歐有心變。《續錦機》。

文章用事不使人覺，若胸臆語也。《顔氏家訓》。

爲文必師古，使人讀之不知所師，善師古者也。韓師孟，讀韓文不見其爲孟也。歐學韓，讀歐文不覺其爲韓也。若拘拘規倣，如邯鄲之學步，里人之效顰，則陋矣。所謂師其神，不師其貌，此最爲文之真訣。江盈科。

西山云：「史遷作《孟荀傳》，不正言二子，而旁及諸子。此體之變，可以爲法。」《步里客談》又云：「范史《黄憲傳》蓋無事迹，直以語言模寫其形容體段，此爲最妙。」由是觀之，傳之行迹，固繫其人；至于辭之善否，則又繫之于作者也。若退之《毛穎傳》，迂齋謂以文滑稽，而又變體之變者乎？

于房論文有曰：「陽開陰闔，俯仰變化，出無入有，其妙若神。」何其言之善也。蓋文生于變，變而無迹之可尋，則神矣。司馬遷、班固、韓愈之徒，號爲文章家，其果能易此言哉？大抵作金石文字，本有正體，以其無可説，乃爲變體。始於昌黎作《殿中少監馬君誌》，因變而生奇趣，文家之境以是廣矣。姚鼐。

閎大

文貴大。道理博大，氣脉洪大，丘壑遠大；丘壑中，必峰巒高大，波瀾闊大，乃可謂之遠大。劉海峰。

古文之大者，莫如史遷。震川論《史》爲大手筆，又曰「起頭處來得勇」，又曰「連山斷嶺，峰巒參差」，又曰「如畫長江萬里圖」，又曰「如大塘上打纏，千船萬船，不相妨礙」。此氣脉洪大，丘壑遠大之謂也。劉海峰。

文章不朽，全在道理上説得正、見得大，方是世間不可少之文。魏叔子《裏言》。

凡作文，須從不朽處求，不可從速朽處求。如言依忠孝，語關治亂，以直心樸氣爲文者，此不朽之故也。浮華鮮實，妄言背理，以致周旋世情，自失廉隅者，此速朽之故也。今人作文，專一向速朽處着想着力，而日冀其文之不朽，不亦惑乎？《日録》。

文之至者，當如稻（梁）〔粱〕可以食天下之饑，布帛可以衣天下之寒。下爲來學所禀承，上爲興王所取法，則一立言之間，而德與功已具。《續錦機》。

雄壯

文章品藻，最貴者曰雄，曰逸。歐陽子逸而未雄，昌黎雄處多，逸處少，太史公雄過昌黎，而逸處更多于雄處，所以爲至。劉海峰。

積健爲雄。司空表聖。

善爲文者，發而爲聲，鼓而爲氣。真則氣雄，精則氣生。柳冕。

司馬遷文字雄豪可愛。朱子。

歐文之妙，只是説而不説，説而又説。是以極吞吐往復、參差離合之致。史遷加以超忽不羈，故其文特雄。又。

前輩文有氣骨，故其文壯。歐公、東坡亦皆于經術本領上用功。今人只于枝葉上粉澤爾。朱子。按文字須有上下千古、縱横萬里之概，必聲色俱厲，鋒鋩四出，氣力雄健，光燄長遠，讀之令人意强神爽，方爲雄壯。詩云「提筆四顧天地窄」，可以喻此。

精妙

夫道德之精微而觀聖人者，不出動容周旋中禮之事。文章之精妙，不出字句聲色之間，舍此便無可窺尋矣。姚鼐。

凡行文，多寡短長，抑揚高下，無一定之律，而有一定之妙。可以意會，不可以言傳。學者求神氣而得之於音節，求音節而得之於字句，則思過半矣。劉海峰。

文章到極妙處，便一字不可移易。所謂無一定之律，而有一定之妙。劉海峰。按文所以載道也，微而天人性命，顯而日用人倫，遠而天地萬物，近而語默起居。道之全體不可窮，皆于文焉發之，則文之必以理勝，明矣。凡文有一入目而令人擊節嘆賞者，細思之而令人愛不釋手者，其理之平實，顛撲不破，言之高超，無與比倫。經傳而外，厥惟遷、固、莊、屈，其餘集中，亦復不乏。故誦其詩、讀其書、論其世，有欣然以喜者，有躍然以興者，有慨然而嘆者，有淒然以悲者，有睪然高望者，有肅然動容者，有不知手之舞之足之蹈之者。此本至情至理，發而爲文，天地之至文，文之至真者也。真斯精，真斯妙矣。

夫文章之事，有可言喻者，有不可言喻者。不可言喻者，要必自可言喻者而入之。其不可言喻者，則在乎久爲之自得而已。姚鼐。

文章之妙，不在步趨形似之間，自然靈氣，恍惚而來，不思而至，怪怪奇奇，莫可名狀，非物尋常得以合之。湯顯祖。

昔者，唐虞有神明之性，有微妙之德，使由之者不能知，知之者不能名，以爲治天下之本。號令之所布，法度之所設，其言至約，其體至備，以爲治天下之具。而爲二典者推而明之，豈獨其迹耶？並與其深微之意而傳之。小大精粗，無不盡也；本末先後，無不白也。使誦其説者如出乎其時，求其旨者如即乎其人。是可不謂明足以周萬事之理，道足以適天下之用，智足以通難知之意，文足以發難顯之情者乎？曾鞏《南齊書目録序》。

程子曰：「《繫詞》之文，自然與學者不同。譬之化工生物，如一枝花，或有翦裁爲之者，或有繪畫爲之者，看時雖似相類，然終不若化工所生，自有一般生意。」

文章之妙，在叙事狀物。《左氏》記列國征戰次第，叙事之妙也。韓昌黎、柳子厚諸序記，可見狀物之妙。至《禮記·曲禮》教人等事，《論語·鄉黨》記聖人言動，可謂至深。學者學文若不本此，未能遠過人也。吕居仁論文。

孟子書子濯、庾公一段，凡二百字，其旨以爲羿能如子濯，則必無逢蒙之禍。然前段結尾，自常爲文者處之，必云「如子濯孺子，施教于尹公之他則可」，不然，後段之末，必當云「以是事觀之，羿之不善取友，至于殺身，其失如此」，然後文體相屬。兹判爲兩節，若不關聯，而宫商相宣，律吕明焕，立言之妙，是豈步趨模倣所能彷彿哉？

酈道元《水經注》形容水之清徹，云「分沙漏石」，又云「淵無潛甲」，又云「魚若懸空」，又云

「石子如樗蒲」，皆極造語之妙。

潁濱《棲賢寺記》造語特奇，雖唐作者如劉夢得、柳子厚妙于言語，亦不能過之。予遊廬山，然後知其形容之妙，如丹青畫圖，後人不能及也。《香祖筆記》。

是故三代以來，爲文者至多。臻其妙者，春秋則左丘明，戰國則荀況、莊周、韓非，秦則李斯，漢則司馬遷、賈誼、董仲舒、班固、劉向、揚雄，唐則韓愈、柳宗元、李翺，宋則歐陽修、王安石、曾鞏、老泉、東坡、潁濱。上下數千百年間，不過二十人爾。蘇伯衡。

〔有行世、傳世二種，盡天下三教九流，大小源委，爛熟於中，隨所求而能，率然以應，辭義豐美，各有頭訖，此行世之文也。若孤行直上，不假梯接，甚至衆采俱空，萬籟并寂，能於無聲無色中靈光炯出，雖一字句，可以千百年。此傳世之文也。黄與堅《論學》。〕

醇　厚

典謨之篇，雅頌之聲，不温純深潤，則不足以揚鴻烈而章緝熙。揚雄。

孟子醇乎醇者也，荀與揚也，擇焉而不精，語焉而不詳。韓愈。

馬遷句法似贅拙，而實古厚可愛。劉海峰。

西漢簡質而醇，東京新艷而薄，時之變也。班固贍而有體，《左》、《史》之亞也。此外寥寥矣。《雨航雜録》。

唐人之體，較之漢人微露圭角，少渾噩之象。劉海峰。

唐人宗漢多峭硬，宋人宗秦得其疏縱，而失其厚懋，氣味亦稍薄矣。文必虛字備而後神態出，何可節損？然枝蔓軟弱，少古人厚重之氣，自是後人文漸薄處。又。

渾灝

古文要氣質渾厚，勿太琱琢。黄庭堅《與洪駒父書》。

神渾則氣灝。劉海峰。古人云：「十年讀書，十年養氣。」渾灝云者，非有真氣行乎其間，不能臻乎斯境，欲見之于臨文之時，必養之有素，始能沛然莫禦也。其殆如長江大河之奔流，急雨飄風之驟至，蓋有不可測者。

返虛入渾。司空表聖。

虞夏之書渾渾爾，商之書灝灝爾，周之書噩噩爾。揚子《法言》。

文字須渾成而不斷續，滔滔如江河，斯爲極妙。若退之近之矣，然未及孟子之一二。徐節孝。

《漢書》冠冕雄渾。歸震川。

古今之文，雄渾激射，累千百言如一氣迴復者，太史公之後，惟蘇子瞻耳。《續錦機》。

奇　逸

文貴奇。所謂珍愛者，必非常物，然有奇在字句者，有奇在意思者，有奇在筆者，有奇在丘壑者，有奇在氣者，有奇在神者。字句之奇，不足爲奇，氣奇則真奇矣。神奇者，古來亦不多見。次第雖如此，然字亦不可不奇，自是文家能事。揚子《太玄》、《法言》，昌黎甚好之，故昌黎文奇。劉海峰。

奇氣最難識。大約忽起忽落，其來無端，其去無迹。

讀古人文，于起滅轉接之間，覺有不可測識處，便是奇氣。又。

奇，正與平相對。氣雖盛大，一片行去，不可謂奇。奇者，于一氣行走之中，時時提起。又。

文法有平有奇，須是兼備，乃盡文人之能事。又。

《易》奇而法。韓愈。

夫文辭于學者至爲淺事，以道言之正，不必求其新奇。惟發人所未嘗言之理，則可謂之新；非衆人思慮之所及，則可謂之奇。如孔子之《大傳》，有聖人以來未之有也。子思之《中庸》、孟子之「七篇」，有諸子以來未之有也。周子之《太極通書》，張、程之《西銘》、《易傳》，以至諸子之所論著，有經説以來未之有也。以其古所未有，謂之新奇或可也。然聖賢豈務爲新奇哉？其道明，其德盛，不得不高且美耳。

蘇子由云：「莊周《養生》一篇，誦之如神龍行空，爪指鱗翼所及，皆合規矩，可謂奇矣。」《史記》好奇。歸震川。

史公《伯夷傳》可謂神奇。又。

《史記》不必人人立傳。《孟子傳》及三騶子，《荀卿傳》間及公孫龍、劇子之屬，衛青、霍去病同傳，竇嬰、田蚡、灌夫三人爲一傳。其間叙事合而離，離而復合，文最奇而始末備。《漢書》兩龔同傳，亦得此意。王〔鰲〕〔鏊〕《震澤長語》。

《史記·張蒼傳》叙至遷御史大夫，忽入周昌。周昌後又入趙堯。趙堯抵罪，又入任敖，任敖後仍入張蒼。事核而文奇，四人皆相繼爲御史大夫者也。同上。

《史記·貨殖傳》議論未了，忽出叙事；叙事未了，又出議論。不倫不類，後世決不能如此作文，奇亦甚矣。同上。

辭必高，然後爲奇，意必深，然後爲工。秦漢以降，古文所稱工而奇者，莫若揚馬。孫樵。

陳師道曰：「善爲文者，因事以出奇。江河之行，順下而已。至於觸山赴谷，風搏物激，然後盡天下之變。子雲唯好奇，故不能奇也。」王世貞《藝苑卮言》。

誼有經世之才，文章蓋其餘事，其奇偉卓絶，亦非司馬相如輩所能彷彿。朱子。

唐文之奇，莫奇於樊宗師。韓文公論其文曰：「文從字順乃其職。」乃知宗師之文如《絳守園池記》，令人聱牙不能句讀者，乃文公之所謂「文從字順」者也。由是推之，則揚子雲諸賦，古文奇字，層見疊出，亦不過文從字順而已矣。推極古今之文，至於商《盤》周《誥》，固不出於文從字順，宜乎讀書爲文之易易也。

夫決水於江河淮海也，順道而行，滔滔汩汩，日夜不止。衝砥柱，絶吕梁，放於江湖，而納之海。其舒爲淪漣，鼓爲波濤，激之爲風飆，怒之爲雷霆，蛟龍魚鱉，噴薄出没，是水之奇變也。水之初豈若是哉？順道而決之，因其所遇而變生焉。溝瀆東決而西竭，下滿而上虚，日夜激之，欲見其奇。彼其所至者，蛙蛭之玩耳。江河淮海之水，理達之文也，不求奇而奇至矣。激溝瀆而求水之奇，此無見於理，而欲以言語句讀爲奇，反覆咀嚼，卒亦無有，文之陋也。學者以爲至言。張文潛論文。

古拙

文法至鈍拙處，乃爲極高妙之能事，非真鈍拙也，乃古之至耳。古來能此者，史遷尤爲獨步。劉海峰。

夫拙者，乃巧之至，非真拙也；鈍者，利之至，非真鈍也。又。

（黄）〔王〕小畜云：「文以傳道，古聖人不得已而爲之。謂欲句之難通，義之難曉，必不然矣。《詩》三百篇，皆可以播管絃，薦宗廟。《書》者，二帝三王之世之文也，文之古無出於此，則曰：『惠迪吉，從逆凶。』又曰：『德日新，萬邦惟懷；志自滿，九族乃離。』在《禮·儒行》，夫子之文也，則曰：『衣冠中，動作謹。』在《易》，則曰：『乾道成男，坤道成女。日月運行，一寒一暑。』夫豈句之難通，義之難曉耶？今爲文而舍六經，又何法哉？若第取《書》之『弔由靈』，《易》之『朋盍簪』者，法其語而謂之古，是豈謂之古文哉？」

古文亦有數。漢文，司馬相如、揚雄，名教罪人，其文古。唐文，韓外，元次山近古，樊宗師作爲苦澀，非古。宋文章家尤多，老歐之雅粹，老蘇之蒼勁，長蘇之神俊，而古作甚不多見。蓋清廟茅屋謂之古，朱門大廈謂之華屋，可，謂之古，不可；太羹玄酒謂之古，八珍謂之美味，可，謂之古，不可。知此者，可與言古文之妙矣。夫古文以辨而不華、質而不俚爲高，無排句，無陳言，無贅辭。陶宗儀《輟耕録》。

時人論文體有今古之異。虬以爲時有今古，非文有今古，此至當之論。夫今之不爲二《漢》，猶二《漢》之不能爲《尚書》、《左》、《史》。乃剿取《史》、《漢》中文法以爲古，甚者獵其一二字句，用之于文，殊爲不稱。《後周書·柳虬傳》。

淡　遠

文貴遠，遠必含蓄。或句上有句，或句下有句，或句中有句。説出者少，不説出者多，乃可謂遠。昔人論畫曰：「遠山無皴，遠水無波，遠樹無枝，遠人無目。」此之謂也。遠則味永，〔文〕至味永則無以加。昔人謂子長文字「微情妙旨，寄之筆墨蹊徑之外」，又謂「如郭忠恕畫天外數峰，略有筆墨，而無筆墨之迹」。太史公文，並非孟堅所知。姚鼐。

吾思乃無定方，但多公家之言，少於事外逸致，以此爲恨。范蔚宗。

古文大家，不用人一字，不寫人一句，純以淡以樸勝人。經久百年，其文如新。此董思白所謂「文莫妙於淡」，予更廣之曰「文莫奇於淡」。《答鄭超宗》。

歸震川能於不要緊之題，説不要緊之語，却自風韻疏淡，此乃是于太史公深有會處。又。

疏　密

文貴疏。宋畫密，元畫疏。顔、柳字密，鍾、王字疏。孟堅文密，子長文疏。凡文力大則疏。氣疏則縱，密則拘。神疏則逸，密則勞。疏則生，密則死。劉海峰。

子長拿挖大意，行文不妨脱略。劉海峰。

太史公行天下，周覽四海名山大川，與燕、趙間豪俊交游，故其文疏蕩，頗有奇氣。蘇轍。

高老

文貴高。窮理則識高，立志則骨高，好古則調高。劉海峰。

文到高處，只是樸淡意多，譬如不事紛華，翛然世味之外，謂之高人。昔人謂子長文字峻，震川謂此言難曉，要當于極真、極樸、極淡處求之。劉海峰。

古人文字最不可攀處，只是文法高妙而已。又。

東坡論陶柳詩，謂其「外枯而中膏，似淡而實美」，讀者能分別其中邊，方知作者着墨不多，而書味自深，理趣自足。按天地之氣，春夏主乎生發，秋冬主乎成熟。少年爲文，須得春夏氣，則筆端蓬蓬勃勃，氣象峥嶸。迨積久功深，删除枝葉，歸于純實，方爲老境。平淡爲絢爛之極，文之所以造平淡者，固由法老，實由識老、氣老。多讀聖賢經世傳心之書，融洽胸中，增長其識，又能静養此心，使之真機洋溢。迄乎臨文，一字一義，心凝形釋，灝氣流行，而吞吐闔闢，涵孕萬有，其精妙不在行墨間。其體简，其貌蒼，其古在骨，其腴在神。局渾成而味澹泊，理醇厚而氣深穩。息心探討，當自知古人深處，非壯年淺學之所能幾。若未至其境而妄爲之，譬諸學步而驟欲趨，未有不蹶者也。

學工夫以多讀書貫穿，自當造平淡。黄庭堅。

六經無浮字，秦漢無浮句，唐以下靡靡耳，其詞曄然，其義索然。《雨航雜録》。

文略五

抱蜀軒家塾本

聲色五

文章之精妙，不出字句聲色之間，舍此便無可窺尋矣。姚鼐。

詩、古文各要從聲音證入，不知聲音，總爲門外漢耳。又。

文章最要節奏，譬之管絃繁奏，中必有希聲窈渺處。劉海峰。按李德裕云：「絲竹繁奏，必有希聲窈渺處，聽之者悦聞。」

神氣者，文之最精處也；音節者，文之稍粗處也；字句者，文之最粗處也。然予謂：論文而至于字句，則文之能事盡矣。蓋音節者，神氣之跡也；字句者，音節之矩也。神氣不可見，于音節見之；音節無可準，以字句準之。又。

音節高則神氣必高，音節下則神氣必下。故音節爲神氣之迹，一句之中或多一字，或少一字；一字之中或用平聲，或用仄聲；同一平字仄字，或用陰平、陽平、上聲、去聲、入聲，則音節迥異，故字句爲音節之矩。又。

積字成句，積句成章，積章成篇。合而讀之，音節見矣；歌而咏之，神氣出矣。又。

夫人受天地之中，資五氣之和，故發喉引聲，和言中宫，危言中商，疾言中角，微言中徵、羽，此自然之體勢，不易之理也。吴育。如説平話者，有興頭處，就歌唱起來。歸震川《史記例意》。

譬諸音樂，古辭如金石琴瑟，尚于至音；今文如絲竹鞞鼓，迫于促節。李德裕。

詩者，志之所之也。在心爲志，發言爲詩。情動於中而形於言，言之不足，故嗟歎之，嗟歎之不足，故咏歌之，咏歌之不足，不知手之舞之足之蹈之也。子夏《詩序》。

情發於聲，聲成文謂之音。治世之音安以樂，其政和；亂世之音怨以怒，其政乖；亡國之音哀以思，其民困。又。《禮·樂記》：「聲音之道，與〔政〕通矣。」

夫文生于情，情生于哀樂，哀樂生于治亂。故君子感哀樂而爲文章，以知治亂之本。屈、宋以降，則感哀樂而亡雅正；魏晉以還，則感聲色而亡風教；宋齊以下，則感物色而亡興致。教化興亡，則君子之風盡。故淫麗形似之文，皆亡國哀思之音也。柳冕《與盧大夫論文書》。

作文如畫，當工于設色、皴擦、烘染、點綽，一縈一拂，恣態横生。子長、退之、永叔三人最工於此。李紱論文。

《莊》、《左》如金碧山水，《史記》如清金淡墨。歸震川。

宋王元章《題墨梅》詩：「我家洗硯池頭樹，個個花開淡墨痕。不要人誇好顔色，只留清氣滿乾坤。」《庚子消夏記》。

文貴華。華正與樸相表裏，以其華美，故可貴重。所惡于華者，恐其近俗耳；所取于樸者，謂其不着脂粉耳。昔人謂：「不着脂粉而精彩濃麗，自《左傳》、《莊子》、《史記》而外，其妙不傳。」此知文之言。劉海峰。每見經生行文，往往似註疏者，令閲者頽然廢然，幾於倦卧者，色不佳故也。

氣充而静者，其聲閎而不蕩；志章以檢者，其色耀而不浮。意與氣相御而爲辭，然後有聲音節奏，高下抗墜之度，反復進退之態，采色之華。故聲色之美，因乎意與氣而時變者也。姚鼐。

韓子之文，如長江大河，渾浩流轉，魚黿蛟龍，萬怪惶惑，而抑遏蔽掩，不使自露。而人自見其淵然之光、蒼然之色，亦自畏避，不敢迫視。蘇洵《上歐陽内翰書》。

神理六

神者，文家之寶。劉海峰。

古人文章可告人者，惟法耳。然不得其神而徒守其法，則死法而已。要在自家于讀時微會之。又。

文章者，最要氣盛，然無神以主之，則氣無所附，蕩乎不知其所歸也。神者氣之主，氣者神之用。神只是氣之精處。又。

行文之道，神爲主，氣輔之。曹子桓、蘇子由論文，以氣爲主，是矣。然氣隨神轉，神渾則氣灝，神遠則氣逸，神偉則氣高，神變則氣奇，神深則氣静，故神爲氣之主。又。

文有神來、氣來、情來。《巵言》。

每一抽思，了了如見古人爲文之意，乃知千古作家，別自有正法眼藏在。蓋其首尾節奏，天然之度，自不可差，而得意于筆墨蹊徑之外，則唯神解者而後可以語此。莊定山之論文曰：「得乎心，應乎手，若輪扁之斲輪，不疾不徐；若伯樂之相馬，非牡非牝。」庶足以形容其妙乎？唐順之《與兩湖書》。

經之爲教不一，六藝異科。衆説之郛，大道之管，得其機神而闡明之，則爲秦、爲漢、爲六朝、爲唐宋、爲元明，靡所不有，亦靡所不合。此之謂「取之左右而逢其原」也。朱彝尊《答胡司臬書》。

秦、漢、唐、宋雖殊，總之獨造首創，神理所極，各有至焉。秦不必襲周，漢不必襲秦，唐不必襲漢，宋不必襲唐，而明之人必欲雲仍而祖之，得毋令諸君子笑地下哉。《續錦機》。

西漢文拙處愈雋，生處愈韻，樸處愈華，直處愈曲折，粗俗處愈文雅。前輩嘗云：「西漢風韻，今人但以龐厚當之，流爲癡重肥窒，失之遠矣。」東漢文高者一二足追配，流弊輒流六朝。又。

退之著論，取于六經、孟子。子厚取于韓非、賈生。明允雜以蘇、張之流。子瞻兼及于《莊子》。學之至善者，神合焉；善而不至者，貌存焉。姚鼐。按文猶畫也。容貌有一不肖，不得謂之工；容貌肖矣，神氣有一不肖，不得謂之妙。此神理之所以爲貴也。

王守溪曰：「所爲文必師古。使人讀之不知所師，善師古者也。韓師孟，今讀韓文，不見其孟也；歐學韓，今讀歐文，不覺其爲韓也。若拘拘摹倣，如邯鄲之學步、里人之效顰，則陋矣。

所謂師其神不師其貌，此最爲文之真訣。」江盈科《雪濤詩評》。

蘇子瞻畫枯株竹石，絕異古今畫格，乃愈奇妙，若以畫格程之，幾不入格。米家山水、人物，不多用意，略施數筆，形象宛然。正使有意爲之，亦復不佳。故夫筆墨小技，可以入神而證聖，自非通人，誰與解此？湯顯（宗）〔祖〕《合奇序》。

震川之所以見重於世者，以其得史遷之神也。其神之所寓，一往情深，而紆絗曲折次之。顧今之學震川者，不得其神而求之於枯淡。夫春光之被於草木也，在其風煙縹緲之中，翠艷欲流，無跡可尋。而乃執陳根枯幹以覓春光，不亦悖乎？黃宗羲《鄭禹梅刻稿序》。

氣味七

文以氣爲主。氣之清濁有體，不可力强而致。譬諸音樂，曲度雖均，節奏同檢。魏文《典論》。

氣盛，則言之短長與聲之高下皆宜。韓愈。古文洋洋大篇，根于理，足于氣，固是千人共見。至有寥寥短篇而精神團聚，函蓋天地，橫亘古今，無他，其氣盛也。

今粗示學者，古人行文至不可阻處，便是他氣盛，非獨一篇爲然，即一句有之。古人下一語，如山崩，如峽流，覺攔當不住，其妙只是個直的。劉海峰。

氣最要重。予向謂「文須筆輕氣重」，善矣，而未至也。要得氣重，須便是字句下得重。此最上乘，非初學笨拙之謂也。又。

自《晉書》以下，其氣輕，無足觀矣。歸有光。

奇氣最難識，大約忽起忽落，其來無端，其去無跡。讀古人文，於起滅轉接之間，覺有不可測識處，便是奇氣。奇，正與平相對，氣雖盛大，一片行去，不可謂奇。奇者，於一氣行走之中時時提起。史公《伯夷傳》可謂神奇。劉海峰。

跌宕如在峽中行，而忽然躍起，此與激處不同。跌宕如《封禪書》「三神山」一段中云「世主莫不甘心焉」，「未能至，望見之焉」，都是跌宕處，都是「焉」、「矣」字。歸有光《史記例意》。

文者，氣之所形。然文〔不〕可（不）學而能，氣可養而致。孟子曰：「吾善養吾浩然之氣。」今觀其文章，寬厚弘博，充乎天地之間，稱其氣之小大。太史公行天下，周覽四海名山大川，與燕、趙間豪俊交遊，故其文疏蕩，頗有奇氣。此二子者，豈常執筆學爲如此之文哉？其氣充乎其中而溢乎其貌，動乎其言而見乎其文，而不自知也。蘇轍。

氣之精也，必資於理，理不實則氣餒。其動也，挾才以行，（行）〔才〕不大則氣狹隘。然而才與理者，氣之所馮，而不可以言氣。才於氣爲尤近，能知其才與氣之爲異者，則知文矣。《續錦機》。

天下之文，最患于無真氣。有真氣者，或無特識高論，又或不合古人之法。合古法者，或拘牽摹擬，不能自變化。是以能者雖多求其足自成立，庶幾古作者立言之義，則不少概見。又。

論氣不論勢，不備。劉海峰。

勢者，一篇呼吸之概也。大將提兵合戰，得勢者乃百戰百勝。學者悟此，累數千百言，探喉而出，如風之掣雲、泉之出峽。蘇文忠公所謂「行乎其所不得不行，止乎其所不得不止」是也。茅鹿門。按一題之勢，在奪險扼要；一篇之勢，在提挈關鎖；一段之勢，則全在起句。得此三勢，自無格格不吐之病，譬之破竹，有迎刃而解者焉。《史記》項羽之救鉅鹿，其所引軍渡河，破竈沉舟，持三日糧，士卒無生還意。已而人皆死戰，無不一當百，呼聲動天地，諸侯旁觀者十餘壁，人人惴恐。卒之覆秦而霸諸侯者，羽能呼吸三軍之氣以馳驟之，其勢也。他如光武昆陽之戰、周瑜赤壁之戰、謝〔康樂〕〔安石〕淝水之戰，皆然。

「行乎其所不得不行，止乎其所不得不止」，子瞻自述其爲文之樂，亦僅舉其半耳。於方騁筆汪洋恣肆之時，而忽焉沉然以止，人莫測其何以止。於意語俱盡、山窮水竭之際，而忽焉波瀾怒生，曲折層疊，使人眙愕，人莫知其所止。變化之妙，乃爲文章之至樂。若不得不行而行，不得不止而止，則是我之行止若有所制之者，又何樂耶？計東《示倪師留論文書》。

大抵文章之妙，在馳驟中有頓挫，頓挫處有馳驟。若但有馳驟，即成剽滑，非真馳驟也。更精心於古人求之，當有悟處耳。姚鼐。

文之感慨痛快馳騁者，必須往而復還。往而不還，則勢直氣泄，語盡味止。往而復還，則生顧盼，此嗚咽頓挫所從出也。

嘗讀李文饒《文論》，舉曹子建「以氣爲主」之言，而以兩言疏通之，曰：「氣不可以不貫，勢不可以不息。」劉海峰云：「『文以氣爲主，氣不可以不貫。鼓氣以勢壯爲美，而氣不可以不息。』此語甚好。」此兩言者，文章之指歸也。文饒謂「川流迅激，必有洄洑逶迤，觀之者不厭」，又謂「文章如千兵萬馬，風恬雨霽，寂無人聲」，劉海峰云：「此語形容得氣好。」皆善息之説也。《續錦機》。李德裕《文章論》：「魏文《典論》稱『文以氣爲主，氣之清濁有體』，斯言盡之矣。然氣不可以不貫，不貫，則雖有英詞麗藻，如編珠綴玉，不得爲金璞之寶矣。鼓氣以勢壯爲美，勢不可以不息，不息，則流蕩而忘返，亦猶絲竹繁奏，必有希聲窈眇，聽之者悅聞。如川流迅激，必有洄洑逶迤，觀者不厭。從兄翰嘗言：『文章如千軍萬馬，風恬雨霽，寂無人聲。』蓋謂是也。」按氣貫人之一身，四肢百骸皆藉運用。手足一處不到，則手足痿痺；膚肉一點不到，則膚肉潰爛；至于咽喉一線不接，則百骸俱僵而死矣。文有一字不貫，則爲死字；一句不貫，則爲死句。至于關鍵緊要處，有一絲不貫，則通篇文字皆死。然又不是一直到底無斷續者也，其間自有闔闢。譬如鼻息，必一呼一吸，迭相循環，若但吸而不呼，呼而不吸，氣必悶絶矣，文字亦然。

文貴遠。遠必含蓄，或句上有句，或句下有句，或句中有句，或句外有句，説出者少，不説出者多，乃可謂遠。昔人論畫曰：「遠山無皴，遠水無波，遠樹無枝，遠人無目。」此之謂也。遠則味永，〔文〕至味永則無以加。昔人謂子長文字「微情妙旨，寄之筆墨蹊徑之外」，又謂「如郭忠恕畫天外數峰，略有筆墨，而無筆墨之迹」。故太史公文，並非孟堅所知。劉海峰。

程子云：「立言貴含蓄意思，勿使無德者眩、知德者厭。」此語最有味。《史記·淮陰侯傳》末載蒯通事，令人讀之感慨有餘味。《淮南王傳》中伍被與王答問語，情態橫出，文亦工妙。

袁公伯長嘗問於虞公伯生曰：「爲文當何如？」虞公曰：「當問諸浙中庖者。予川人也，何足以知之？川人之爲庖也，粗塊而大臠，濃醯而厚醬，非不果然屬饜也，而飲食之味微矣。浙中之庖則不然，凡水陸之産皆擇取柔甘，調其湆濟，澄之有方，而潔之不已，視之泠然水也，而五味之和，各得所求，羽毛鱗甲之珍，不易故性。故予謂爲文之妙，惟浙中庖者知之。」袁公蓋矍然稱善也。趙汸《潛溪集序》。

王雙溪述竹溪居士張公予云：「爲文猶之善釀，稻秫必時，麴蘖必（齋）〔齊〕，水泉必香，投於一器。既熟，去其糟粕，沉濁在下，菁華在上，其色澄清，其氣芬郁，其味醇旨，此良醞也。惟文亦然。」當代之士，大抵與此説背馳矣，即天分高者，亦但有水泉；指授精者，亦但有麴蘖。莫先於稻秫而顧無之，又安望其釀之成熟耶？文無味，便不耐人咀嚼。古人傳文，非有奇思奥句，只是味厚。或則雋永，或則辛辣，或則甘美，或則酸苦，相濟而不相勝，令人咀嚼不盡耳。蓋有學有養，其味自然深厚。古人云：「一語耐人十日思。」又曰：「如飲醇醪，不覺其醉。」又曰：「諫果之甘味，美于回味之至也。」

昔人謂：「意盡而言止者，天下之至言也，然言止而意不盡者尤佳。」按《東坡外記》：「東坡曰：意盡而言止者，天下之至言也。然而言止而意不盡，尤爲極致。如《禮記》、《左傳》可見。」意到處言不到，言盡處意不盡，自太史公後，惟韓、歐得其一二。劉海峰。

學徵文徵後序

予輯《學徵》、《文徵》，以爲子姓勸也。輯畢，徧贈當世諸君子，願得一言，指其疵纇，以更易之。乃或紀以詩，或贈以文，或覆以書，或面道其意恉。有謂「體大思精，卓然名貴」者，有謂「學有心得」者，有謂「五經至言，子史粹語，取之至精，而又爲童蒙所易曉，實爲當今不可少之書」者，有謂「知音難得」者，有謂「陳義甚高，非近今所能希企」者，有謂「柱鎮中流」者，有謂「追本溯源，爲幼稚立不摇之根柢，聖賢學問賴以昌明，其功不在韓文公下，有益世道人心，誠非淺鮮」者，有謂「足爲後學津梁」者，有謂「有益蒙養，足以含蓋一切」者，有謂「引經史子集以證明文法，最足啓發人之心思」者，有謂「因考究文法而遂有得乎經史子集，其爲文自無不雅馴」者，有謂「慨斯文之將墜，思所以存之，采姚氏、曾氏之體例，擷經史子集之菁華，名示文章之法，實樹經籍之藩，正人心，維風俗，保國粹，而挽回氣運，不僅爲幼學惠」者，有謂「文法書中最完備之讀本，書中多言行文、氣味、神理之秘，精確無匹，數千年名家談論，略備於斯」者。以余譾陋，乃得諸君子之過譽，榮莫大焉，愧莫甚焉。余益以自勵，又深願我子姓循是以行，庶或知所從焉，於是乎序。

古文義法鈔

許鍾嶽　撰

《古文義法鈔》一卷

許鍾嶽　撰

許鍾嶽（一八七二—一九〇二），字宣三，安徽歙縣人。父祖皆商賈，及父殁，家道中落，遂以治醫持家。喜詞章，工詩歌，與許承堯、黄賓虹交好，俱從學於汪宗沂，後因溺水卒。著有《陶盦詩存》、《藥類提要》等，均未刊行。事見許承堯代筆《先考邑庠增廣生宣三府君行狀》、朱度成《許生宣三傳》（並收入許承堯輯《嘆逝》）。

《古文義法鈔》是抄録歷代古文家的論述而成，尤以明清諸家爲主，如歸有光、侯方域、魏際瑞、魏禧、汪琬、姚鼐、曾國藩等人論文要語，均輯入不少。在自序中，作者不滿於時人文章或「艱詭奥折」、或「支蔓平衍」的文風，希望能够取法近代大家，以溯源韓柳，通於爲文之法；提出文章以簡要爲貴，當從容不迫，出於自然。對文壇的辭章禁例，也取通達看法，認爲「通乎古文之意，則禁例可守亦可芟；不通乎古文之意，則雖日言禁例，亦苦其束縛而無益」，顯示出許氏深邃的洞見。全書編排稍雜，於各家論述之後，常下按語，闡述自己觀點。許氏特别强調古文的離合操縱之法，認爲「文之筋節全在此，解此則板者化，平者峭，突轉突接可以入神」，其主張明顯受到桐城派影響，而尤尊韓柳。作者年輕驟逝，論文觀點却堪稱老到。是書前有汪宗沂序，後有鮑鷚跋，都特別爲中國文字、文學張目，顯示出當時西方文化强勢影響下，古文家們的共同焦慮。

有清抄本藏於安徽省博物館，據以録入。

（侯體健）

古文義法鈔序

自歐人貝根啓新革故之説出，澡雪民智，大闢靈橐，流風波扇，衍及亞東。有志向學者方拳拳切今，而許生獨斤斤印古，毋乃舛乎？嗟呼，爲此説者，是淺言啓新者也。古文詞雖中國舊學，而斷爲啓新者所不能廢。夫西之文樸，中之文華，樸者簡而易通，華者繁而難曉。去華而崇樸，芟繁而就簡，以省日力，以便講貫，以易解釋，西文誠長，然中文卓犖成一體，託始於巴比倫造文字之先，字各有詁，詁各一義，釐然秩然，寓目而不可稍淆。高文典册，涵負崇蔚，西人之通雅故者，亦謂其偉麗典切、奇光爍然。必欲盡舍此以就彼，抉其藩籬，毁裂破滅，則中國三千年之文明制作精神萃於是，豈一旦遂委而棄之耶？故曰，不可廢也。存其體則必存其法，文字之業，所以能樸茂淵懿，藹乎其詞、粹乎其氣者，義法實爲之。嗚呼，方言巷語，不妨刊報以語童孺走卒，取其易知。而古文詞義法，則以詔博學鴻碩之士，俾其率由途軌，達理闡情，不失古人文章旨趣，而因以通夫世運之變者也。若是乎，切今與印古不相背也。許生篤學，好湛深之思，其去取當，固無俟言。光緒壬寅孟春之月汪宗沂序。

古文義法鈔自序

姚、曾既謝，古文詞之學闃然曠聲，受簡之士有所撰述，大都非艱詭奥折俎豆定盦，即支蔓平衍導源默深。其高者，摭摭古藻，以爲雅馴；其下者，則又株守宗派，擬議銖寸，而不足與通於方，均蔽也。夫中國文字一日未絶於天下，則爲文之法自有真君存焉。《易》曰「修辭立其誠」，孔子曰「詞達而已矣」，古文詞之有義法，即教人以修之達之之道也。若禁例者，則其不得已而設，以防僞者也。色有閒，聲有鄭，惟文亦然。文貴澤古，然磅礴者真，而粉飾者僞也。文貴簡要，然渾樸者真，而枯澀者僞也。文貴有條理而不迫，然從容俯仰，無遺義、無贅詞者真，而無本而强爲之者僞也。文貴能神明變化於法，然出之自然者真，而有所摹擬者僞也。通乎古文之意，則禁例可守亦可芟；不通乎古文之意，則雖日言禁例，亦苦其束縛而無益。鍾嶽不揣椎暗，雜取近代古文家論列，抉精要，命副墨，以爲學古之杭，然不敢暖暖姝姝，奉一先生之言以小其郭也。壬寅正月歙縣許鍾嶽。

例言

是編取明切而易喻者，故所輯多近代之語，而終以韓柳諸論，溯其源也。

晦者、偏者、華而無實者不録，雜序桐城、陽湖派系者亦不録。

昔人標舉諸大家之言，如唐氏《讀書作文譜》，亦曾纂録，惜其略於近代，特爲補蒐。

是編乃隨手擷拾，前後無次，以無書人不及重爲倫脊也。

是編以諸同學敦促，草草削簡，以語蒙學，取舍不精，敬俟大雅糾正。

古文義法鈔

許鍾嶽　撰

秦以前之文主骨，漢以後之文主氣。六經非可以文論，其他如《老》、《韓》諸子，《左傳》、《國語》、《戰國策》，皆斂氣於骨者也。漢後文，若《史》若《漢》若八家，最擅其勝，皆運骨於氣者也。斂氣於骨者，如泰華三峰，直與天接，層嵐危蹬，非仙靈變化，未易攀陟，尋步計里，必蹶其趾。姑舉明文如李夢陽者，亦所謂蹶其趾者也。運骨於氣者，如縱舟長江大海間，其中烟嶼星島，往往可自成一都會。即颶風忽起，波濤萬狀，東泊西注，未知所底。苟能操柁覘星，立意不亂，亦可免漂溺之失。此韓、歐諸子所以獨嵯峨於中流也。侯壯悔方域。

文之所貴者氣也，然必以神樸而思潔者御之，斯無浮漫鹵莽之失。

行文之旨，全在裁制，無論細大，皆可驅遣。當其閒漫纖碎處，反宜動色而陳，鑿鑿娓娓，使讀者見其關係，尋繹不倦。至大議論人人能解者，不過數語發揮，便須控馭，歸於含蓄，若當快意時聽其縱橫，必一瀉無復餘地矣。辟如渴虹飲水，霜隼摶空，瞥然一見，瞬息滅没，神力變化，轉更夭矯。鍾嶽按：此乃論裁制之法，言各有當，不可太泥。

文有以度勝者，蒼然悠然，全在矣字、也字數十處，用得回旋有態。東坡晚年文字如此。徐恭士作肅。

大蘇無多層折，小蘇層折覺細碎而少雄剛。

文章之衰，至明而極。古人之文潔，而明之文冗；古人之文精，而明之文膚；古人之文樸以蒼，而明之文媚，明之文鉤棘。

有奇文無頭尾者，乃善藏頭尾不以示人，如神龍見首不見尾，非無頭尾也。魏伯子際瑞。

疏花小石之文，宜雅而有章；長江大河之文，宜勁而有力；斷制議論之文，宜嚴而有據。

作詩作文，非神氣洋溢，有發不可禦之勢，則必不能信手口遽成妙緒。

文極天下之虛，神明變化，不可方物，而非至實無以相致。故情者，文之本也。愚夫婦號泣歌舞之誠，猝然而發，雖聖於文章之士，無以過之。蓋其情極意誠，精神皆赴，是爲源盈而溢之候，必將洋洋充滿，心手相得，以成其章，古樂府之所以真，陶公之所以腴，諸葛武侯、李令伯、韓昌黎所以使人讀之涕下，豈徒工於文耶？

文者在勢，逆則聳而順則卑，逆則奇而順則庸，逆則强而順則弱，故一波未平而再波，一逆未已而再逆，虛多於實，則實益榮。

雉矢而墮，鷹終日飛而麗天者，雉不能矯，鷹則矜持激蕩而翔倨也。出題入題之際，貴於翔而後攫焉。翔而攫，攫必中，翔則屢也，攫一而已。鍾嶽按，蘇氏論辨，不外此秘。

古大家文雖極奇崛，必有氣静意平處。故忙處能閒，亂處能整，細碎處有片段，險兀處有安頓，順處不流，逆處不費，筋力穿插處不小家，方正處不板硬。如置重器於平闊之案，觀者神氣亦自閒定，總由養氣鍊格已到，故不爲波瀾所撓也。

引證古事，以對舉二事爲妙，單舉則似一事偶合，對舉則其理若事事無不碻者，而辨證之力亦厚。觀《孟子》諸章可悟。

興致極穠而反淡率，詞語極精而反膚庸，皆不識體要之故。

文章煩簡，非因字句多寡，篇幅短長。若庸絮懈蔓，一句亦謂之煩；切到詳盡，連篇亦謂之簡。

有主有客，有主中客、客中主，有主中主、客中客，有客即是主、主即是客，其中又有變化。能文、能處事者，總此道也。

由規矩者，熟於規矩，能生變化；不由規矩者，巧力精到，亦生變化。既有變化，自合規矩。鍾嶽按：伯子之文，亦巧力精到而生變化者也。

詩文句句要好，便不在行。

小題大做，是俗人得意，及枯窘人躲閃捷徑。

善改者不如善删，善取者不如善舍。

凡文須有主意而作，無謂之文，如庸人傳、誌、祭文。尤不可不另立主意議論，似借此人事實點綴吾文，雖不臻妙，亦能補叙終篇，成一體段。

文主於意，而意多亂文；議論主於事，而事雜亂議。然亦有意多事雜之文，必有法以束之，否則蒙師離塾，叫囂盈屋。

古文大家各不諱其偏弊，故足自成一家。

字有不老不馴不雅，必不可用者，亦有改句中他字，而此字即老即雅馴者。

浮急之聲躁滑而無力，小家所以别於大家。

用故事須如訟人告干證，又如一花一石，位置天然。

凡人有一端獨至者，即生平得力所在，彼其精神聚於此一端，乃爲獨至。吾之精神亦必聚於此人之一端，乃能寫其獨至。

小疵小癖反見大意，所謂頰上三毛、眉間一點也。太史公善識此意，故文極古今之妙。

古人文字有累句、澀句、不成句處而不改者，非不能改，改之恐傷氣格，故寧存其自然。名帖之存敗筆，亦此意。鍾嶽按：知此説可以讀《莊子》。

文章首貴識，次貴議論。有識則議論自生，有議論則詞章自不容已，何者？人得一見，必伸其説，發之未罄，必不得止。作文而憂詞之不足者，皆無識之病耳。

文章必有所以然處，所以然者，在文章之意，然非謂以忠孝爲意，便處處應接忠孝，蓋幾微之先，精神、眼光、興會有獨得一處者。故言忠孝，反不必斤斤忠孝之言，人之感之，無往而非忠孝也。

文章之能事在積理。夫自六經、四書而下，周秦諸子、兩漢百家之書，於體無不備，後之作者不之此則之彼。而唐宋大家則又取其書之精者，參和雜糅，鎔鑄古人以自成，其勢必不可以更加。故自諸大家後數百年間，未有一人獨創格調者。然文章格調有盡，天下事理日出而不窮，識不高於庸衆，事理不足關係天下國家之故，則雖有奇文與左、史、韓、歐並立，亦可無作。理固非取辦臨文之頃，窮思力索，以求其必得。人生平耳目所見聞，身所經歷，莫不有其所以然之理，雖市儈優倡、大猾逆賊之情狀，竈婢丐夫米鹽凌雜鄙褻之故，必皆深思而謹識之，醞釀蓄積，沉浸而不輕發。及其有故臨文，則大小淺深各以類觸，沛乎若決陂池之不可禦。魏叔子禧。

吾少工時文，稍一放手，時弱之調便湊筆下。又天姿短，不能多讀古書，不曉星緯、九州、形勢、聲律、飛、走、潛、植之性，不爾，吾文當更磅礴也。吾好窮古今治亂得失，長議論，吾文集頗工論策。與世傑書。

正性情、治行誼，使吾之身不悖於道，仁義之人，其言藹如，所謂本也。其次則考古論今，毅然自見識力，窺人之所不及窺，言人之所不敢言，軌於義理而無隱怪之失。

識定則求其暢，所謂了然於手口也。暢則求其健，不簡不鍊，則氣膚格弱，不足以經遠。三者既立，而欲進求古人之精微，窮其變化，則學至而後知之。

日讀西漢文，殊太息，大須熟讀唐宋八家，乃見其妙。文似無間架，無鍼綫，然錯綜曲折，照應牽拂，最巧妙。但文古樸，法不易見，非如八家起伏轉折，徑路可尋耳。拙處愈雋，生處愈韻，樸處愈華，直處愈曲折，粗俗處愈文雅。前輩嘗云：「西漢風韻，今人但以龐厚當之，流爲癡重肥窒，失之遠矣。東漢文，高者一二足追配，弊薄輒流六朝，特魏晉中不乏佳趣，如詩盛唐之有晚唐也。」鍾嶽按：「拙處愈雋」數語標西漢文，最爲深詣。

作文須從不朽處求，如言依忠孝，語關治亂，以真心樸氣爲文，此不朽之故。

爲文有驕心怠氣、疏慢苟足之情，皆不可以入室，及其至處，工候所到，自然臻之。凡文微巧之妙若須一一想頭布置，雖十年不能成，似只信手湊泊，天機相觸，然非工苦積久，不可妄希。

作論有三不必、二不可：前人所已言、衆人所易知、摘拾小事無關係處，此三不必作也。巧文刻深，以攻前賢之短而不中要害；取新出奇，以翻前人之案而不切情實，此二不可作也。作論須先去此五病，乃可議文章耳。

言古文者，曰伏、曰應、曰斷、曰續。不知無所謂伏、應者，伏、應之至也；無所謂斷、續者，斷、續之至也，是爲神於伏、應、斷、續。規矩者，方圓之至，能爲方圓，能不爲方圓，能爲不方圓者也。

善作文者，有窺古人作事主意，生出見識，却不去論古人，自己憑空發出議論，可驚可喜，只借古事作證。蓋發己論則識愈奇，證古事則議愈確。此翻舊爲新之法，蘇氏多用之。

或問：「學八大家而不善，其病何如？」曰：「學子厚易失之小，學永叔易失之平，學東坡易失之衍，學子固易失之滯，學介甫易失之枯，學子由易失之蔓，惟學昌黎、老泉少病。然昌黎易失之生撰，老泉易失之粗豪，病終愈於他家也。」

唐宋八大家文，退之如崇山大海，孕育靈怪；子厚如幽巖怪壑，鳥叫猿啼；永叔如秋山平遠，春谷倩麗，園亭林沼，悉可圖畫，其奏議樸健刻切，終帶本色之妙；明允如尊官配吏，南面發令，雖無理事，誰敢不承；東坡如長江大河，時或疏爲清渠，瀦爲池沼；子由如晴絲裊空，其雄偉者，如天半風雨，嬝娜而下；介甫如斷岸千尺，又如高士谿刻，不近人情；子固如陂澤春漲，雖漶漫而深厚有氣力，《説苑》等《叙》，乃特緊嚴。

龍門縱遊江南沅湘，彭蠡之匯，故其文奇恣蕩軼，得南戒江海、煙雲、草木之氣爲多也。

韓文入手多特起，故雄奇有力；歐文入手多配説，故委迤不窮，相配之妙，至於旁正錯出，幾不可分，非尋常賓主之法可言矣。鍾嶽按：文章陶鑄變化，由於性情，故韓、歐各有真面目。

爲文當先留心史鑑，熟識古今治亂之故，則文雖不合古法，而昌言偉論，亦足信今傳後，此經世爲文合一之功也。

論古文須如快刀切物，迎刃而解。又如利錐攻堅木，左右鑽研，如不得入，而引證古事，如與人構訟有得力干證。嘗謂善聽訟者，但讕兩家干證，十已得九，故引古得力，則議論不須煩而事理已暢，此要法也。

作文立意，先求爲世所不可少，則自然卓犖，更力去常格常調，勁挺老健，則雖未合古人法度變化，要亦必爲可傳之文矣。

子瞻得水分多，故波瀾動盪；退之得山分多，故峰巒峭起。

古樂府以跳脱斷缺爲古，是已。細求之，語雖不倫，意却相屬，但章法妙，人不覺耳。然竟有各成一段，上下意絶不相屬者，却增減他不得、倒置他不得，此何故？蓋意雖不屬，而其節之長短起伏，合之自成片段，不可得而亂也。語不倫而意相屬者，辟如複岡斷嶺，望之各成一山，察之皆有脊脉。意不屬而節屬者，辟如一林亂石，原無脉絡，而高下疏密，天然位置，可入畫圖。

鍾嶽按：知此可與論古文神化之詣。

文之工者，美必兼兩，其可見之妙在此，却又有不可見之妙在彼。

文字首尾照應之法，有明明繳應起處者，有竟不顧者，有若無意牽動者，有反罵破通篇大意，實是照應者。不明變化，則千篇一律，易入板俗。

凡文之轉，易流便無力。故每於字句未轉時，情勢先轉，少駐而後下，則頓挫沉鬱之意生。更有當轉而不轉，以開爲轉，以起爲轉者。以起爲轉，轉之能事盡矣。

平時不論何人何文，只將他好處沉酣，偏歷諸家，博采諸篇，刻意體認，及臨文時，不可著一古人、一名文在胸，則觸手與古法會，而自無某人某篇之迹。

歐文之妙，只是説而不説，説而又説，是以極吞吐往復、參差離合之致。史遷加以超忽不羈，故其文特雄。

文之有法，如棋之有譜，工曲之有節，匠氏之有繩度，不可不講求而自得者也。後之作者，唯其知字而不知句，知句而不知篇，於是有開無闔，有呼無應，有〔開合〕〔前後〕而無操縱頓挫，不散則亂。辟如驅烏合之市人，而思制勝於天下，其不立敗者幾希。汪鈍翁琬。

古人之於文也，揚之欲其高，斂之欲其深，推而遠之欲其雄且駿。其高也，如垂天之雲；其深也，如行地之泉；其雄且駿也，如波濤之洶湧，如萬騎千乘之奔馳，而及其變化離合，一歸於自然也。又如神龍之蜿蜒，而不露其首尾，蓋開闔、呼應、操縱、頓挫之法，無不備焉。則今所傳唐宋諸大家，舉如此也。

前明二百七十餘年，其文屢變，而其中最卓卓者，莫不學古人。羅圭峰學退之，歸震川學永叔，王道巖學子固，方正學、唐荆川學二蘇，其他楊文貞、李文正、王文恪又學永叔、子瞻而未至者。學古人，非學其詞也，學其開闔、呼應、操縱、頓挫之法而加變化焉，以成一家者也。後生小子不知其説，乃欲以剽竊模擬當之，而古文亡矣。鍾嶽案：學古文須從開闔呼應八字入手。

文章不能無故而作，必借他人之事而發之，以稍見其胸中之奇，而取重於後世。或所遇非其人，所書非其事，則雖有上下馳騁、瑰瑋詭異之詞，決不及傳。或得其人矣，而行事不加恢奇，雖傳亦決不及於久遠。故尤慎擇其所得而詳書之，非其人以文章傳，乃文章借其人以傳也。

進學必有本，而文章不離乎經術。西京之文，惟董仲舒、劉向經術最純，故其文最爾雅。朱竹垞彝尊。

北宋之文，惟蘇明允雜出乎縱横之説，故其文最下。南宋之文，惟朱元晦以窮理盡性之學出之，故其文最純。老蘇學周秦文，格頗高，而衷之於道則合者寡，故曰最下。徐鳳輝云。

稽之六經以正其源，考之史以正其事，本之性命之理，俾不惑於百家、二氏之説，以正其學。

文章之壞，至唐始反其正，至宋而始純。宋人之文，亦猶唐人之詩，學者舍是，不能得師也。

古文體最嚴潔，一切綺語、諧語、排偶語、詞賦語、理學語、佛老語、考據註疏語，皆不可一字犯其筆端。袁簡齋枚。

古文十三弊：談心性似宋人語録，一弊也；排詞偶語學六朝靡曼，二弊也；記序不知體裁，傳志漫無抉擇，三弊也；優孟衣冠，摩秦仿漢，四弊也；謹守八家空套，不自出心裁，五弊也；餖飣成語，死氣滿紙，六弊也；措詞率易，頗類應酬尺牘，七弊也；窘於邊幅，有文無章，如枯木寒鴉，淡而可厭，且受不住一大題目，八弊也；平弱敷衍，襲時文調，九弊也；鉤章棘句，以艱深文淺陋，十弊也；徵書數典，瑣碎零星，誤以註疏爲古文，十一弊也；馳騁亂雜，自夸氣力，近於粗才，十二弊也；寫《説文》篆隸，字古而文不古，十三弊也。鍾嶽按，袁氏文閒有肆而不純、雜而不潔處，遺後人口實。而其沉雄透闢，亦自成一家言，何可輕議也。即其論文云云，與桐城格律亦合。

方望溪才力雖薄，頗得古文義意，竹汀詆之，與僕少時見解同，中年後則不敢復爲此論。蓋望溪讀書少，而竹汀無書不覽，以故渺視望溪，有劉貢父笑歐九之意，不知古文之道，不貴書多，所讀之書不古，則所作之文亦不古。昌黎自言「非三代兩漢之書不敢觀」，懼其雜也，迎而距之。柳子厚《與韋中立書》所引書目，班班可考，其得力處，全在鎔鑄變化，純以神行。若欲自炫所學，廣搜百氏，旁摭佛老及説部書，傀入古文，便傷嚴潔。

平素宜與書合，落筆宜與書離。

文貴曲。木之直者無文，木之拳曲盤紆者有文；水之静者無文，水之被風撓激者有文。孔子曰：「情欲信，詞欲巧。」巧即曲之謂矣。

古文者，途之至狹者也。劃今之界不嚴，則學古之詞不類。

《左》、《穀》以序事勝，屈、宋以詞賦勝，莊、列以論辨勝，賈、董以對策勝。就一古文之中，猶不肯合數家爲一家，以累其樸茂之氣、專精之神。荀子曰：「不〔獨〕〔誠〕則不〔誠〕〔獨〕，不〔誠〕〔獨〕則不形。」非其才之有所短也。鍾嶽按：古人成家，皆有孤詣。孤詣者，深造而獨闢也。

從事於韓柳以下之文而熟復焉，深造焉，將怪怪奇奇，渾涵變化，與夫紆餘深厚，清陗遒折，悉融會於一心一手之間，以是上窺賈、董、匡、劉、馬、班，自可縱横貫穿而摩其壘。韓柳八家外，唐則李習之、杜牧之、孫可之，宋則李泰伯、司馬文正公、王梅溪、陳同甫，諸公文俱當蒐討畋漁者。沈歸愚德潛。

昌黎出入孟子，陶鎔司馬子長，惟時雅健雄深，力與之角者，柳州也。廬陵得力昌黎，上窺孟子。老泉之才横，矯如龍蛇。東坡之才大，一瀉千里，純以氣勝。潁濱渟蓄淵涵。南豐深湛經術，又一變矣。半山純粹，狠戾互見。

聖賢之文以載道，學者之文期弗畔道，故學文者，必先濬文之源，而後究文之法。文之源者何？在讀書，在養氣。夫六經，道之淵藪也，故讀書必先治經。愚意欲晝以歲月，《易象》、《詩》、《書》、《春秋》、《三禮》諸書，以漸而及，不必屑屑拘牽註疏，務融液其大指所在。然後綜貫諸史，以驗其廢興治亂之由，旁及子集，以參其邪正得失之故。又恐力不能兼營，史自左氏、司馬、班、范、三國、南北、五代而外，子自莊、列、荀、揚、韓非、呂氏、賈、董而外，集自韓、柳、歐、蘇、曾、王而外，或略加節抄，可備采擇，此讀書之漸也。韓氏有言：「氣，水也。言，浮物也。水大而物之浮者畢浮。」是故其氣盛者，其文暢以純；其氣舒者，其文疏以達；其氣矜者，其文厲以疵；其氣惡者，其文詖以刓；其氣撓者，其文剽以瑕。是故涵咏道德之塗，菑畬六藝之圃，以充吾氣也；泊乎寡營，浩乎自得，以舒吾氣也；植聲氣、急標榜，矜吾氣者也；投贄干謁，蠅附螘營，惡吾氣者也；應酬轇轕，諛墓攫金，撓吾氣者也。此養氣之説也，二者所以濬文之源也。至於文之法有不變者，有至變者。文體有二：曰叙事，曰議論，是謂定體。辭斷意續，筋絡相束，奔放者忌肆，雕刻者忌促，深賾者忌詭，敷演者忌俗，是謂定格。言道者必宗經，言治者必宗史，導情欲婉而暢，述事欲法而明，是謂定理，此法之不變者也。若夫縱横馳鶩，變化百出，各視其工，力之所及，巧拙不相師，後先不相襲，此法之至變者也。吾得其所爲不變者，不《左》《史》，不班范，不韓柳歐蘇，而不可駭其創也。吾得其所爲至變者，即《左》《史》，即班范，即韓柳歐蘇，而不可訾其襲也。二者所以究文之法也。邵子湘長蘅。鍾嶽按：「不變」、「至變」之論，剖晰最精，一空瘢結。

夫文以載道，其道則君臣父子，禮樂政刑，其文則日星河嶽者，六經、四子之文是也。其於道或純駁參，而其文足自名其家者，遷、固、韓愈以下數十家之文是也。其文嵺峠魁偉，駭世之耳目，而於道往往支離而叛去者，莊、列、諸子之文是也。若夫知乎道而嗇乎文者，宋儒語録之文是也。修詞者病剽，談理者病僞，而文與道兩失之者，末世之文是也，謂之無文可也。

其氣韻蓋得之子長，故能取法於歐、曾，而少更其形貌。孔子於《艮》曰「言有序」，於《家人》曰「言有物」。凡文之愈久而傳，未有越此者也。震川之文，於所謂「有序」者，蓋庶幾矣，而「有物」者則寡焉。方望溪苞《書震川集後》。鍾嶽按：古之爲文者，胸次積蓄其富若生發不得已而噴薄之，故不先立格而格古，此望溪所謂言有物也。氣運日華而日趨於薄，於是學爲古人文，即古人文而强名之，爲格，爲氣，爲簡古，爲雄奇，其實古人只無意出之，惟其自然流露，所以渾厚質直，萬變不窮。惟其有意摹擬，所以枯薄淡澀，百無一肖也。

文以貫乎道，而後能文。方先生品高行卓，其爲文，非先王之法不道，非昔聖之旨弗宣。其義峻遠，其法謹嚴，其氣肅穆，而味淡以純，湛於經而合乎道。沈椒園廷芳《望溪文集序》。

徒材不足以爲美，徒法不可以致用。經史百家，天人理數，章程典故，草木蟲魚，何一而非文之材？剪裁運用，起伏開合，變化錯綜，何一而非文之法？古之作者，未有不厚積其材，深覈其法，而能以文辭名者也。潘稼堂耒。

文家有堆垛之弊，有裝飾之弊，有畫蛇添足之弊，有疊床架屋之弊，有買菜求益之弊，有外强中乾之弊，有零星補湊、前後不相貫之弊。徐丹崖文駒。

漢時不以詩文爲教，惟務讀書。讀書有得，率臆而發爲文章，故往往以質實勝。自唐以後，講求爲詩文之法加詳，而詩文之日益衰薄，亦自唐而積漸使然也。爲欲供賦詩作文之用而讀書，其讀書，未有不雜且陋者。茅鈍叟星來。

古文必極其才，而後可以裁於法；必無所不有，而後可以爲大家。自非馳騖於東京六朝沉博絶麗之塗，則無以極其才，而所謂法者，徒法而已。以徒法而語於文，犬羊之鞹耳。宋以後，歐、曾、虞、范數公之文，非不古也，以視韓、柳，則其氣質之厚薄，材境之廣狹，區以別矣。蓋韓、柳皆嘗從事於東京六朝，韓有六朝之學，一掃而空之，融其液而遺其滓，遂以夐絶千古；柳有其學而不能空，然亦與韓爲輔。望溪方氏宗法昌黎，心獨不慊於柳，亦由方氏所涉於東京六朝者淺耳。今雖謂歐、曾數公之文勝於柳可也，使歐、曾數公執筆爲韓氏之文，吾知諸公謝不能也。王鐵夫芑孫。鍾嶽按，此可與曾文正公之言相發明。

韓子曰：「文無艱易，惟其是耳。」而所以皆是，在於聞道，聞道則識見真而言必有中，所謂「道者文之根本，文者道之枝葉」是也。又曰：「所謂文者，必有諸其中。」何以有諸其中？在於積學，積學則中扃富而出之裕如，所謂「長袖善舞，多財善賈」是也。袁易齋守定。

周南仲爲文，皆達於時用。范伯逵生平不爲無用之言。文章之道無他，惟有裨身心日用、人倫世教、國計民生，而後爲不可棄也。

讀書有得，則心源開通，自然欲言者，多隨處迸出。韓昌黎所謂「取心注手，汩汩乎其來」，若不知其所自是也。

孫莘老問作文之法於歐陽公，公曰：「此無他，惟勤讀書而多爲之，自工。」朴學士問作文之法於歐陽公，公曰：「只是要熟，變化姿態，皆從熟處出。」蓋多讀則中扃足，内足則出之有餘；多作則濬思深，思深則行其所熟，而文章之能事畢矣。

昔人謂太史公文所以奇者，能以少爲多，以多爲少。以少爲多者，如墨池涓滴，驚濤怒湧，鼇抃鯨黿，不可方物；以多爲少者，如萬馬千軍，肅令整隊，銜枚以進，寂無人聲。

太史公《屈原傳》序屈原而忽入「天者人之始」一段，此詠歎法；忽入張儀請獻商、於之地一段，此穿插法；忽入「人君無智愚賢不肖」一段，此寄託法；忽入漁父之詞一段，此波瀾法；忽入「楚有宋玉、唐勒、景差之徒」一段，此帶見法。序屈原畢，而曰「後百有餘年，漢有賈生過湘水，投書以弔屈原」，遂以合傳，此飛渡法。即一篇而文章變化之道具矣。

孫氏曰：「宋景文作《新唐書》，如許道甯畫山水，是真畫也；太史公作《史記》，如郭忠恕畫天外數峰，略有筆墨，使人見而心服者，在筆墨之外也。」能者之累在好盡，好盡則無意到筆不到之妙矣。

古文每以水喻文。史稱坡公爲文，「如行雲流水，初無定質」，是以水之因地行止，喻爲文之因物賦形也。韓昌黎曰：「氣，水也；言，浮物也。水大而物之浮者大小畢浮，氣盛則言之短長與聲之高下皆宜。」是以水盛則物浮，喻爲文氣盛則辭達也。張文潛曰：「理達之文，如江海之水，舒爲淪漣，鼓爲波瀾，不求奇而自奇。無見於理之文，如溝瀆之水，東決則西竭，下滿則上虛，雖激之使奇而無奇可覩。」是以水大則波瀾生，喻爲文理足則精光見也。以水喻文，而斯道之原委性情具矣。

王黄州見韓昌黎《祭(斐)〔裴〕太常》，譏其類(排)〔俳〕；皇甫湜見元次山《浯溪頌》，惜其近碎。文須有氣格，(排)〔俳〕斯下矣；文須成片段，碎則失之。

歐陽公曰：「雕刻文字，薄者之所爲。」凡牛鬼蛇神以爲奇，蟲鳴鼠唧以爲幽，鉗齒刺舌以爲古，屠手斷足以爲潔，寒儉苦澀以爲高，撏撦飣餖以爲富，取青媲白以爲麗，皆雕刻也。大抵人内不足，無可爲自張之具，故嘔心反胃、鏤肝刻腎以爲之，字字句句求勝於人，而其失之也愈遠。若中貯既富，如長江大河，有本之水，滔滔流出，尚何雕刻之足言乎。

文章之能，首推西漢。試觀賈、董文，曷嘗字鏤句琢以爲奇，而理達詞昌，樸茂典重，惟其畜之也裕，彼枵腹者，百思不能到。

作文必有一段興致，觸景感物，適然相遭，遂造妙境。史稱張説至岳州詩益進，得江山助；王文恪鏊謂子厚至永州文益工，得永州山水之助；吴立夫謂胸中無三萬卷書，眼中無天下奇山水，未必能文，縱文亦兒女語耳，皆是此意。

柳子厚曰：「爲文以神志爲主。」蓋神志定静則天機明妙，既汩其虛靈之天，而强索之嗜慾之府，必無所遇矣。

昌黎語劉正夫曰「文無難易唯其是」，習之語王載言曰「文無難易極於工」，此二言者如左右手，斷一則兩廢，不是非工也，不工非是也。故皇甫持正之誌昌黎也，曰「至是歸工」，則既盡出矣。方樸山黎如。

爲此者，有祖有族。昌黎蓋祖《左》、《史》、揚子雲，而以劉向、班固輩爲之族，故其文奇而法；河東蓋祖《國語》、《漢書》，而以杜欽、谷永輩爲之族，故其文密而至；樊川則已固矣，然所祖者尚在賈太傅、晁家令，而以韓、柳爲之族，故其文散朗勁俠，得韓一體；習之、持正及可之輩不能紀遠，祖於韓而還相爲族，故論者以爲學韓未至，夫其學韓也，茲其所以不至也。賴其才力雄獨，故尚能持門户，苟才減則躓矣，如義山、襲美等，皆是也。

文至於適焉，止矣。柳子曰「搜擇融液，與道大適」，李習之云「辭與意適」，因其抵於道，而意以幹之，詞以枝葉之，參相得焉。以唯變所適而立均出度，又適至是而止，是之謂適。

文者，天地之精英，而陰陽剛柔之發也。其得於陽與剛之美者，則其文如霆，如電，如長風之出谷，如崇山峻崖，如決大川，如乘騏驥；其光也如杲日，如火，如金鏐鐵；其於人也，如憑高視遠，如君而朝萬衆，如鼓萬勇士而戰之。其得於陰與柔之美者，則其文如升初月，如清風，如雲，如霞，如煙，如幽林曲澗，如淪，如漾，如珠玉之輝，如鴻鵠之鳴而入寥廓；其於人也，惨乎其如嘆，邈乎其如有思，暎乎其如喜，愀乎其如悲。觀其文，諷其音，則爲文者之性情形狀，舉以殊焉。姚姬傳鼐。

所以爲文者八，曰：神、理、氣、味、格、律、聲、色。神理氣味者，文之精也；格律聲色者，文之粗也。然苟舍其粗，則精者亦胡以寓焉。學者之於古人，必始而遇其粗，中而遇其精，終則御其精者而遺其粗者。文士之效法古人，莫善於退之，盡變古人之形貌，雖有摹擬，不可得而尋其迹也。其他雖工於學古，而迹不能忘，揚子雲、柳子厚於斯蓋尤甚焉。以其形貌之過於似古人也，而遽擯之，謂不足與於文章之事，則過矣。然遂謂非學者之一病，則不可也。鍾嶽按：學古不取貌似，論最扼要。

退之著論，取於六經、孟子，子厚取於韓非、賈生，明允雜以蘇、張之流，子瞻兼及莊子。學之至善者，神合焉；善而不至者，貌存焉。惜乎，子厚之才，可以爲其至而不及至者，年爲之也。論辯。太史公、歐陽永叔表誌敘論，序之最工者，其後目録之序，子固獨優。序跋。唐初贈人，始以序名，作者亦衆。至於昌黎，乃得古人之意，其文冠絶前後作者。贈序。秦最無道，而詞則偉。漢至文、景，意與辭俱美矣。光武以降，人主雖有善意，而辭氣何其衰薄也。詔令。楚人之辭至工，後世惟退之、介甫而已。哀祭。節《古文詞類纂序目》。

詩文皆技也，技之精者必近道。故詩文美者，命意必善。文字者，猶人之言語也。有氣以充之，則觀其文也，雖百世而後，如立其人而與言於此，無氣則積字而已。意與氣相御而爲詞，然後有聲音節奏高下抗墜之度，反復進退之態，采色之華。故聲色之美，因乎意與氣而時變者也。

夫古人之文，豈第文焉而已。明道義、維風俗以詔世者，君子之志；而詞足以盡其志者，君子之文也。達其詞則道以明，昧於文則志以晦，鼐之求此數十年矣。瞻於目、誦於口而書於手，較其離合而量劑其輕重多寡，朝爲而夕復，捐嗜捨欲，雖蒙流俗訕笑而不耻者，以爲古人之志遠矣。苟吾得之，若坐階席而接其音貌，安得不樂而日與爲徒也。

《易》曰：「吉人之詞寡。」夫内充而後發者，其言理得而情當；理得而情當，千萬言不可厭，猶之其寡矣。氣充而静者，其聲閎而不蕩。志章以檢者，其色耀而不浮。遂以通者，義理也；雜以辨者，典章名物。凡天地之所有也，閔閔乎聚之於錙銖。夷懌以善虚，志若嬰兒之柔，若雞伏卵，其專以一，内候其節而時發焉。夫天地之間，莫非文也。故文之至者，通於造化之自然。然而驟以幾乎合之則愈離。今足下爲學之要，在涵養而已。聲華榮利之事，曾不以奸乎其中，而寬以期乎歲月之久，其必有以異乎今而達乎古也。《答魯賓之書》。

僕昔備官朝列，亦嘗好觀古人之文章。竊以爲自唐以後，善學韓者，莫如王介甫氏。而近世知言君子，惟桐城方氏、姚氏所得尤多。因就數家之作而考其風旨，私立禁約，以爲有必不犯者，而後其法嚴而道始尊。大抵剽竊前言，句摹字擬，是爲戒律之首。稱人之善，依於庸德，不宜褒揚溢量，動稱其行異徵，鄰於小説誕妄者之所爲。貶人之惡，又加慎焉。端緒不宜繁多，辟如萬山旁薄，必有主峰；龍袞九章，但挈一領。否則首尾衡決，陳義蕪雜，兹足戒也。識度曾不異人，或乃競爲僻字澀句，以駭庸衆，斲自然之元氣，斯又才士之所同蔽，戒律之所必嚴。明兹數者，持守勿失，然後下筆造次皆有法度，乃可專精以理吾之氣。熟讀而强探，長吟而反覆，使其氣若翔翥於虚無之表，其辭跌宕俊邁而不可以方物。蓋論其本，則持戒律之説，詞愈簡而道愈進；論其末，則抗吾氣以與古人之氣相翕。有欲求太簡而不得者，兼營乎本末，斟酌乎繁簡，此自昔志士所爲畢生矻矻也。曾文正公。

四言詩最難有聲響、有光芒。雖《文選》、韋、孟以後諸作，亦復爾雅有餘，精光不足。揚子雲之《州箴》、《百官箴》諸四言，刻意摹古，亦乏作作之光、淵淵之聲。余生平於古人四言，最好韓公之作，如《祭柳子厚文》、《祭張署文》、《進學解》、《送窮文》，諸四言固皆光如皎日、響如春霆。即其他凡墓志銘詞及《淮西碑》、《元和聖德》各四言，亦皆於奇崛中迸出聲光，其要不外意義層出、筆仗雄拔而已。自韓以外，則班孟堅《漢書叙傳》一篇，亦四言中最雋雅者。

偶思古文、古詩，最可學者占八句，曰：《詩》之節、《書》之括、《孟》之烈、《韓》之越、馬之咽、《莊》之跌、陶之潔、杜之拙。鍾嶽按：節，音節也。越，超越也。咽，悲咽也。跌，跌宕也。杜，當學其沉雄，不當學其拙，然杜之拙不掩其沉雄也。

嘗慕古文境之美者，約有八言。陽剛之美，曰雄、直、怪、麗；陰柔之美，曰茹、遠、潔、適。各係以贊：

雄　劃然軒昂，盡棄故常。跌宕頓挫，捫之有芒。

直　黄河千曲，其體仍直。山勢如龍，轉换無迹。

怪　奇趣横生，人駭鬼眩。易玄山經，張韓互見。

麗　青春大澤，萬卉初葩。詩騷之韻，班揚之華。

茹　衆義輻湊，吞多吐少。幽獨咀含，不求共曉。

遠　九天俯視，下界聚蚊。寤寐周孔，落落寡群。

潔　冗意陳言，累字盡芟。慎爾褒貶，神人共監。

適　心境兩閑，無營無待。柳記歐（拔）〔跋〕，得大自在。鍾嶽按：泠然之聲、蒼然之色、浩然之氣、雍然之度，皆文也。古人文章之意，絶不相類。以天然之機拍，成自然之神趣。我寸摹而步仿之，成優孟矣。夫天地之新機無窮，文亦安有窮？優游於古人，培其根，厚其質，而下筆時聽其所詣，斯得焉。

古文之道，謀篇布勢是一段最大工夫。《書經》、《左傳》每一篇空處較多，實處較少；旁面較多，正面較少。精神注於眉宇目光，不可周身皆眉，到處皆目也。綫索要如蛛絲馬跡，絲不可過粗，迹不可過密也。鍾嶽按：此數語乃離合操縱之秘。

古人文筆，有雲屬波委、官止神行之象，實從熟後生出，所謂「文入妙來無過熟」者，此也。

古文之道，布局須有千巖萬壑、重巒複嶂之觀，不可一覽而盡，又不可雜亂無紀。

古文須有奇橫之趣，自然之致，二者並進，乃爲成體之文。

古文之法，全在「氣」字上用功夫。

韓文實從揚子雲、馬相如得來，而參以孔孟之義理，所以雄視千古。

柳子厚山水記，似有得於陶淵明沖澹之趣，文境最高不易及。

姚公謂蘇氏學《莊子》外篇之文，實則恢詭處不逮遠甚。鍾嶽按，《南華》奇趣最爲磅礴深厚，讀之如飲純酒。温韓文若有所得，古人之不可及，全在行氣，如《列子》之御風，不在義理字句間也。

讀震川文數首，所謂風塵中讀之，一似嚼冰雪者，信爲清潔。而波瀾意度，猶嫌不足以發揮奇趣。

韓公「周情孔思」四字，非李漢知之極深，焉能道得出？爲文者要須窺得此四字，乃爲知本。

讀《原毀》、《伯夷頌》、《獲麟解》、《龍雜説》諸首，岸然想見古人獨立千古、確乎不拔之象。

昌黎文皆學《書》經。

閲韓文《送高閑上人》，所謂「機應於心，不挫於物」，姚氏以爲韓公自道作文之旨。余謂「機應於心」，熟極之候也，《莊子·養生主》之説也；「不挫於物」，自慊之候也，《孟子·養氣章》之說也。不拙於物者，體也，道也，本也；機應於心者，用也，技也，末也。韓子之於文，技也進乎道矣。

韓文《柳州羅池廟碑》，覺情韻不匱，聲調鏗鏘，乃文章中第一妙境。情以生文，文亦以生情；文以引聲，聲亦足以引文。循環互發，油然不能自已，庶漸漸可入佳境。

爲文全在氣盛。欲氣盛，全在段落清。每段分束之際，似斷非斷，似咽非咽，似吞非吞，似吐非吐。古人無限妙境，難於領取。每段張起之際，似承非承，似提非提，似突非突，似紆非紆。古人無限妙用，亦難領取。

奇辭大句，須得瑰瑋飛騰之氣驅之以行。凡堆重處，皆化爲空虛，乃能爲大篇。所謂氣力有餘於文之外也，否則氣不能舉其體矣。

古文之道與駢體通。由徐、庾進之任、沈，由任、沈進之潘、陸，由潘、陸進之左思，由左思進之班、張，由班、張進之卿、雲。韓退之文比卿、雲更高一格，解學韓文，則可窺六經闞奧矣。

吾嘗取姚氏之説，文章之道分陽剛之美、陰柔之美。大抵陽剛者，氣勢浩瀚，常噴薄而出；陰柔者，韻味深美，常吞吐而出。余所分十一類，論著、詞賦宜噴薄，序跋宜吞吐；奏議、哀祭宜噴薄，詔令、書牘宜吞吐；傳誌、叙記宜噴薄，典志、雜記宜吞吐。其一類中微有區別者，如哀祭雖宜噴薄而祭郊社、祖宗則宜吞吐，詔令雖宜吞吐而檄文則宜噴薄，書牘雖宜吞吐而論事則宜噴薄。此外各類，皆可以是推之。

賈誼《治安策》、賈山《至言》、太史公《報任安書》、韓退之《原道》、柳子厚《封建論》、大蘇《上神宗書》，皆有最盛之氣勢。

余嘗怪國朝大儒如戴東原、錢辛楣、段懋（堅）〔堂〕、王懷祖諸老，其小學訓詁實能超越近古，直逼漢唐，而文章不能追尋古人深處，達其本而閡於末，知其一而昧其二，頗覺不解。私欲以戴、錢、段、王之訓詁，發爲班、張、左、郭之文章。

晉人左思、郭璞小學最深，文章亦逼兩漢，潘、陸不及也。

觀《南海神廟碑》、《送鄭尚書序》諸篇，則知韓文與漢賦近。觀《祭張署文》、《平淮西碑》諸篇，則知韓文與《詩經》近。

《文選》如《兩都賦》、《蕪城賦》及《九辯》、《解嘲》，皆宜熟讀。徐《與楊遵彥書》、庾《哀江南賦》。又經世之文如馬貴（與）〔輿〕《文獻通考》序二十四首，天文如丹元子之《步天歌》，地理如顧祖禹之《州域形勢叙》，見《方輿紀要》首數卷。低一格者不必讀，高一格者可讀。其排列某州某郡，無文氣者，亦可不讀。亦宜熟讀。

解《漢書》之訓詁，參《莊子》之詼詭。

卿、雲之跌宕，昌黎之倔强，皆爲行氣不易之法。讀韓文須於倔强處揣摩之。

雄奇以行氣爲上，造句次之，選字又次之。然未有字不古雅而句能古雅，句不古雅而氣能古雅者。亦未有字不雄奇而句能雄奇，句不雄奇而氣能雄奇者。是文之雄奇，粗處在造句選字，精處在行氣也。

雄奇之文，昌黎第一，子雲次之。二公行氣本天授，至人事之精能，韓則造句功多，揚則選字功多。

問叙事誌傳之文，難行氣。是不然。如昌黎《曹成王碑》、《韓許國公碑》，固千奇萬變，不可方物。即盧夫人之銘，女挐之誌，寥寥短篇，亦復雄奇崛强。試將此四篇熟看，則知二大二小，各極其妙矣。

非高聲朗誦，不能得其雄偉之概；非密咏低吟，不能探其深遠之韻。

西漢文章，如子雲、相如之雄偉，此天地遒勁之氣，得於陽與剛之美者也，此天地之義氣也。劉向、匡衡之淵懿，此天地温厚之氣，得於陰與柔之美者也，此天地之仁氣也。東漢以還，淹雅無慚於古，而風骨少隤矣。韓、柳有作，盡取揚、馬之雄奇萬變，而内之薄物小篇之中，豈不詭哉。歐陽氏、曾氏，皆法韓公而體質於匡、劉，近文章之變，莫可窮詰。要之，不出此二途，雖百世可知也。鍾嶽按：此與姚氏言相出入。

近時爲古文以倣歸氏，故喜爲閒情眇狀，摇曳其聲，以取姿媚，以爲歸氏學史之遺，而文始衰矣。韓氏曰：「文無定體，惟其是而已。」又曰：「辭不備，不可以成文。」又曰：「惟陳言之務去，戛戛乎其難哉。」後百餘年，宋有歐陽子宗韓子，爲古文而風神獨具，又非韓之所有，是真豪傑也。吴南屏敏樹。

文必古於詞，則自我求之古人而已，奚宗派之云。鍾嶽按：吴南屏言：「敏樹自少讀書，喜文事。弱冠，忽若有悟於文章之爲者。讀《易》、《詩》、《書》，皆以文讀之。」蒙三復此言，宿翳頓釋。蓋古人文章之事，取神略迹，苟心知其意，固無之非文也。

本朝文章，其體實正自望溪方氏，至姚先生而詞始雅潔，至曾文正公始變化以臻於大。循姚氏之説，屏棄六朝駢麗之習，以求所謂神、理、氣、味、格、律、聲、色者，法愈嚴而體愈尊。循曾氏之説，將盡取儒者之多識、格物、博辨、訓詁，一内諸雄奇萬變之中，以矯桐城末流虚車之飾，其道相資，不可偏廢。黎蒓齋庶昌。

唐以前，《史》、《漢》並尊，自昌黎氏「太史、子雲、相如」之論出，不及孟堅，馬班始有軒輊。柳子厚、李習之輩因之，獨蘇明允並稱馬班。余謂班書典雅宏贍，微特元明人莫能爲，即唐宋諸賢昌黎外，亦未有及者。曾文正公略師班氏，其文規恢閎闊，遂崒然真躋兩漢，況進此者耶。故斷以馬、班、韓、歐爲百世不祧之祖。

《莊子》之文，以無爲有；《戰國策》之文，以曲爲直。東坡生平熟此二書，爲文惟意所到，俊辯痛快，無所滯礙。羅大經。

左氏浮夸，當學其用字用句妙處。司馬氏雄健，有戰國文氣象。班氏亦雄健，深得司馬家數。韓氏簡古，一本於經。學韓簡古，不可不學其法度，徒簡古而乏法度，則樸而不文矣。柳氏關鍵出於《國語》，學其好處，當戒其雄辨。議論文字，亦反覆。歐陽氏平淡，祖述韓氏，議論文字最反覆。學歐平淡，不可不學其淵源，徒平淡而無淵源，則枯而不振矣。蘇氏波瀾出於《國策》、《史記》，亦得關鍵法。學其好處，當戒其不純處。陽明氏平正，詞學老蘇，而理優於韓。歸有光。

孟子之文，語約而意盡，不爲巉刻斬絶之言，而其鋒不可犯。韓子之文，如長江大河，渾浩流轉，魚黿蛟龍，萬怪惶惑，而抑遏蔽掩，不使自露，而人望見其淵然之光、蒼然之色，亦自畏避，不敢迫視。執事之文，紆餘委備，往復百折，而條達疏暢，無所間斷，氣盡語極，急言竭論，而容與閑易，無艱難勞苦之態。惟李翱之文，其味黯然而長，其光油然而幽，俯仰揖讓，有執事之態。陸贄之文，遣言措意，切近的當，有執事之實。老泉《上歐陽内翰書》。

詩人之優柔，騷人之清深，孟、韓之温純，遷、固之雄剛，孫、吴之簡切，投之所向，無不如意。嘗試以爲董生得聖人之經，其失也流而爲迂；晁錯得聖人之權，其失也流而爲詐。有二子之才而不流者，其惟賈生乎？

始者，非三代兩漢之書不敢觀，非聖人之志不敢存。處若忘，行若遺，儼乎其若思，茫乎其若迷。當其取於心而注於手也，惟陳言之務去，戛戛乎其難哉。其觀於人，不知非笑之爲非笑也。如是者亦有年，猶不改。然後識古書之正僞，與雖正而不至焉者，昭昭然白黑分矣，而務去之，乃徐有得也。當其取於心而注於手也，汩汩然來矣。其觀於人也，笑之則以爲喜，譽之則以爲憂，以其猶有人之説者存也。如是者亦有年，然後浩乎其沛然矣。吾又懼其雜也，迎而距之，平心而察之，其皆醇也，而後肆焉。雖然，不可以不養也，行之乎仁義之途，遊之乎詩書之源，無迷其途，無絶其源，終吾身而已矣。昌黎。

氣，水也；言，浮物也。水大而物之浮者，大小畢浮。氣之與言猶是也，氣盛則言之短長與聲之高下者皆宜。

將蘄至於古之立言者，則無望其速成，無誘於勢利，養其根而竢其實，加其膏而希其光。根之茂者其實遂，膏之沃者其光煜。仁義之人，其言藹如也。

有來問者，不敢不以誠答。或問：「爲文宜何師？」必謹對曰：「宜師古聖賢人。」曰：「古聖賢人所爲書具存，辭皆不同，宜何師？」必謹對曰：「師其意，不師其詞。」又曰：「文宜易宜難？」必謹對曰：「無難易，惟其是爾。」

始吾幼且少，爲文章，以辭爲工。及長，乃知文者以明道，是固不苟爲炳炳烺烺，務采色、誇聲音而以爲能也。凡吾所陳，皆自謂近道，而不知道之果近乎？遠乎？柳州。

故吾每爲文章，未嘗敢以輕心掉之，懼其剽而不留也；未嘗敢以怠心易之，懼其弛而不嚴也；未嘗敢以昏氣出之，懼其昧没而雜也；未嘗敢以矜氣作之，懼其偃蹇而驕也。抑之欲其奥，揚之欲其明，疏之欲其通，廉之欲其節，激而發之欲其清，固而存之欲其重，此吾所以羽翼夫道也。本之《書》以求其質，本之《詩》以求其恒，本之《禮》以求其宜，本之《春秋》以求其斷，本之《易》以求其動，此吾所以取道之原也。參之《穀梁氏》以厲其氣，參之《孟》、《荀》以暢其支，參之《莊》、《老》以肆其端，參之《國語》以博其趣，參之《離騷》以致其幽，參之太史以著其潔，此吾所以旁推交通而以爲之文也。

鍾嶽按：古今論文之秘，盡於韓、柳此二書。

鍾嶽按：作文之法，不外離合操縱。離合操縱，所謂伸縮呼吸也。文之筋節全在此，解此則板者化，平者峭，突轉突接，可以入神，凡古文家皆然，而侯、魏兩家尤易見。

自歸震川以庸妄誚弇州，爲古文者遂畏周秦漢，以爲難學，束而不觀。流派相衍，名宗韓，實學歐，甚則乞餘慧於近時作者，此古文之學所以日敝也。夫氣格之古，魄力之健，唐不如漢，漢不如周秦，學者不多讀古書，則筆氣不能沉雄渾古，必無蒼然鬱然之光。譬之一勺之水，寸株之木，其儲不富，其發不奇。故由六經以迄兩漢之書，塗徑畢具，斷不可不沉湎也。夫學古而貌襲者僞，然不學古者，必弱必庸，必膚必俚。物之偏也，輒有所蔽，矯枉者恒過其中，今之弊亦矯有明之失而失之耳。若夫濬識積理而推極於躬行，則又所以爲文之本也。鍾嶽輯《古文義法》竟，因攄所見於末。

跋

言語文字爲一國之人精神命脉之所寄，即國之根本存焉。故歐洲各國皆自尊其國語國文，其能英禁用威爾士語，法禁用巴斯克語，俄强波蘭人習國語，美强斐律賓島習國文，此其證也。兼他國文字者，謂之通材，然未有不先本國而先其他者也。西人之言曰：華文所闕，不在不足，而在難通。將來新學普行，華人或自將語言畫一，文字稍變易，以省學者日力，則未可知。若棄置其本有之語學文學，是拔根本也，必不然也。鶚謂悟文章義法，則布置井井，約不病略，繁不病冗，足以闡難達之理，狀難顯之情，於郵譯亦不爲無助，是烏可忽也。因校勘此編，略發其端焉。歙縣鮑鶚跋。

淩谿精舍課文六條

楊昭楷　撰

《蔆谿精舍課文六條》一卷

楊昭楷　撰

楊昭楷，字重恒（一作衡），湖南湘潭人。清光緒二十三年（一八九七）鄉試舉人。历任時務學堂中文教習、京師大學堂國文教員等職。李肖聃《星廬筆記》言其年未四十，以疾殁於湘潭會館。

光緒二十七年（一九〇一）冬，楊昭楷應湘潭黄氏聘，講學於蔆谿精舍。其從侄楊篤鉞依所授，取韓柳歐蘇及方苞、姚鼐、梅曾亮、管同等人諸「論」四十二篇，編成《蔆谿精舍論文》四卷，并以此「課文六條」附於後。此書備言爲文程式，以四段作文法爲總綱，總結分析了「爲文宜有摹擬」、「爲文宜先立意」、「布局宜知分析」、「用筆宜知開合」、「造句宜求自琢」、「用事宜引所出」等六條，切實明白，要言不煩，以爲初學作文之依尋。所析雖旨在應試諸論，然亦頗具一般文章學意義。前五則又載於王葆心《古文辭通義》卷九，王氏謂嘗考其四段法或三段法，乃「循古人文中塗轍而求之」，認爲楊氏所論「較深而可淺用之」，評價頗高。

有清光緒二十八年（一九〇二）長沙刻本，民國三年（一九一四）湘潭群守益圖書印刷社鉛印本。今據光緒刻本録入。

（侯體健　李易特）

菱谿精舍論文序

余黄氏創設菱谿精舍以教族中子弟，蓋三十年矣。辛丑冬，始議變更舊制，略仿學堂辦法，延聘同里楊重恒先生主講席。新訂規約，極爲嚴整，而課文則詳於法，譔有《課文六條》。其第三條論章法，謂：「古人爲文，一篇之中必分四段。首段曰籠起，所以挈其主意，爲一篇之綱領也。次段曰探源，所以溯其本始，爲一篇之來脉也。中段曰實發，所以闡其義藴，爲一篇之精神也。末段曰收束、掉尾，所以窮其歸宿，而揚其餘波，爲一篇之去路也。其有止三段者，或無籠起而用探源直入，或籠起實發，帶叙本事。雖立局之變，而要爲不失其正者也。」楊君以是法繩諸生，所爲文，毋得有所踰越，於是取近世桐城方氏、姚氏之文，以上溯之八家，日爲講説批點。久之，遂得文四十二篇，從姪篤鉞輯録成編，釐爲四卷，而以《課文六條》附之於後，余爲命之曰《菱谿精舍論文》。

夫文無所謂法也，義而已矣。義者，事理之宜也。法者，語言之序也。事理既明，而即有自然之次序，故論文而拘拘於法，抑末矣。雖然，舍法而義亦胡以寓焉？此學者之於文，所以必又從法入也。是編所論，專主章法，間及筆法，其所未詳，則留以待學者自悟，最爲簡明，甚宜初學。余族子弟，承其指授，於文事頗知門徑。余不欲以自私，爰亟刊之，亦以爲近世譚蒙養者之一助云爾。光緒二十有八年六月己丑朔湘潭黄遠劭謹序。

菱谿精舍課文六條

楊昭楷　撰

一爲文宜有摹擬。若無所摹擬，則任意馳騁，不諳步驟，必致顛倒陵亂，首尾横決，此之謂無紀律之師。曾文正公以「剽竊前言、句摹字擬」爲戒律之首，而姚惜抱先生則謂效法古人，當盡變形貌，使不得尋其跡，於此可知摹擬之道。蓋布局、用筆、造句三者，皆當有一定之程式，如大匠之於規矩，而不可分寸踰越。然又當在若離若合之間，而不得襲用字面句調，要期於脱化而已。矧在初學，尤不可輕率下筆。揚子雲、柳子厚過似古人，雖文章之病，然舍是又烏從而入門哉？今每次課文，必取古人文平日所熟讀者一篇以爲法。當於題目下用小字註明，擬某人某文。

一爲文宜先立意。意不可以强求者也，必由讀書多，積理富，胸中確有把握，而後每遇一題，出其所見，識解自足以勝人。若學既不深，且茫然於是非得失之故，又何意之可言？然題有難易，義有淺深，學者既經開筆爲文，自宜發其思路以導之。用意，蓋必有意而後有局，有局而後有筆，有筆而後有詞，有詞而後有氣，此爲文自然相生之次第也。苟非求之於意，則必杜湊鈔撮，敷衍蕪雜，終身莫得塗轍，以此自誤誤人，蓋不少矣。今每爲一文，必先立定主意，當於題目第二行低一格寫明作意，以一二語約之，不得繁冗。

一布局宜知分析。局生於意，意之始終本末，即文之層次首尾。然意之變化，不可端倪，而要必有一定不移之局。故意或頭緒繁多，必藉局以範之，而後無旁雜紛歧之患。嘗求之古人之文，實莫不有一定之局法。大率必分四段，或止三段。何謂四段？一曰籠起。將通篇主意，以數語挈之，或渾括，或明提，所謂一篇之綱領也。二曰探源。凡題莫不有源，學之源則當考其所自出，事之源則當叙其所由起。既清其源，而後落題，所謂一篇之來脉也。三曰實發。所以闡明主意，宜用斷法，架空立論。或原本經術，以窮其義理，或徵引史事，以衡其得失。務在實面透露，而後續到題意。若意猶未盡，即再引伸提起，多至數層，亦無不可。要使題之所藴，無不究宣而後已，所謂一篇之精神也。四曰收束、掉尾。總結通篇之意，以回應首段，謂之收束。或引他事作證，或從後面概論，謂之掉尾，所謂一篇之去路也。其有止三段者，或用探源直入，或籠起實發，帶叙本事，要是立局之變，總當以四段爲正格。今每爲一文，務必確守四段爲一定局法，宜於每段下用小字雙行註明「以上言某某」，如探源段下即云「以上言某某意探源」之類是也。

一用筆宜知開合。筆尚變化，似無成法可拘。然陰陽闔闢，造化之機，爲文之道，亦豈外是？故雖筆之變化無常，而要有一定之開合，其曰斷、曰續、曰縱、曰擒者，皆得統名之以開合。故以一篇之開合言之，或一段反、一段正，一段虛、一段實，此開合之大者，則局爲之也。以一段之開合言之，或時而斷、時而續，時而縱、時而擒，此開合之小者，則筆爲之也。筆之所以妙者，惟在熟於開合，使斷續擒縱，無不如志而已。蓋既有斷與縱者，以離而遠之，即有續與擒者，以收而近之，此之謂善於用筆。至於一段之中，有開中之開合，有合中之開合，其實即是筆之嚮背，而亦得名之以開合。神而明之，固隨其所施，無有不宜者矣。今爲文於每段中，或用一層開合，數層開合，皆不能拘。然在初學，要以一層開合爲易明晰，宜於每一開下註明「以上言某某意作開」，每一合下註明「以上言某某意作合」。

一造句宜求自琢。既知局法、筆法，尤宜講求句法、字法。古人爲文，莫不有句例。短者多用四字，或三五字不等，長或十數字、數十字，要皆有例。若不明其例，讀古人文，且莫辨其字之上下屬，何能自譔？即或任意爲之，亦斷不能成語，故必求熟於句例，而後可以造句。韓文公起八代之衰，在「務去陳言」，「語必己出」而已。今雖不足語此，然文之雅俗，實由此而分。若雜採古書成語，襞積爲文，乃八股、律賦及俗體四六之陋習。從事於此，終身無望入門，切宜痛戒。然亦不可求之太過，如李習之謂狀笑哂不可復言「莞爾」、「啞啞」之類，恐或流於僻澀。大抵古書成語一二字可用，多至四字亦不妨偶用，即用之，亦當避熟。文之所以能自拔於流俗者，此也。

故造句之法，惟當倣古人句例以自琢之，使能達其意而已。至於用字，則宜求之《説文》、《爾雅》，若熟於訓詁，自能隨手應用。惟經籍不能常見之事，用之反足以累文體，亦在所宜禁。蓋造句貴清而不可澀，用字貴新而不可僻，此亦臨文之所不可苟者也。

一用事宜引所出。行文時，如必須藉古人之言，以達己之意，自不妨引用。惟宜詳載所出，稱「某某曰」。若竟據爲己有，鈔録數句，或多至數行，即是剿襲。夫竊人之財，猶謂之盜，況學者之於文乎？下筆造次，自不可苟，心術邪正，即於此分，固不容不慎也。至於將古人數篇文字，取其語意與題稍近者，更换字面，每篇盜其一二處，以湊成一文，使人莫測，欲藉以自欺欺人，此尤不肖無賴之舉。有志之士，卓然自立，豈肯拾人牙慧，誠不慮此。然在初學，誤於積習，或致偶然蹈此，所宜切戒。其或引用經書，自宜出「《易》曰」、「《詩》曰」等字，尤不待言。若引古事以爲佐證，亦宜載出某史某紀傳表志，或某子書，不得含糊。惟帝王聖賢及古今表表人物，或不明出典，自亦不妨。總之在求爲切實，不可稍事粉飾，以爲欺世盜名之計。蓋爲文之道，根本於立身，亦充無穿窬之心而已。

以上六條，切實淺近，從此入門，有所依尋，斷無歧誤。但爲文必先求法度，法度不熟，不知下筆。故宜將古人名作熟讀數十篇，專求法度，而後循其法度以爲之，自得塗轍。幸勿畏難而自沮也。

十家論文

佚名　撰

《十家論文》一卷

佚名　撰

此書乃輯録元潘昂霄，及清黄宗羲、魏禧、劉大櫆、姚鼐、惲敬、吴德旋、方東樹、曾國藩、吴敏樹等十家論文之語而成，大體以時間排序，以曾國藩年紀最小，故當成書於晚清。其中潘氏論文出自《金石例》、黄氏論文出自《論文管見》、魏氏論文出自《日録論文》、劉氏論文出自《論文偶記》、吴德旋論文出自《古文緒論》，以上五家均有專門文話，所輯較爲集中。姚氏、惲氏論文采自書信，方氏論文主要輯自序跋墓誌，曾氏論文又源於日記，吴敏樹論文則兼序跋書信等，相對分散。各家所取，大體以綜論古文風格、文章史和古文要法爲主，而尤重桐城一脉，編者可能是晚清桐城後學。

除了輯録諸家論文之語外，此書在潘氏論文諸條後，又附入王芑孫相關論文條目，當爲王芑孫點評《金石例》之語。王芑孫有《金石三例》點評，未刊行，此書輯出若干則，體現出王氏的一些論文觀念，如論南宋諸儒「學雖醇而文不光」，談作古文「雖非騁才之具，却要以才爲主而以學爲輔之，不可以學爲主也」等，均頗有啓發意義。另外書中所輯劉大櫆論「大約文字是日新之物」條下，有按語「爲文是學者本分中事」云云，對劉氏觀點多有商榷，並非出自本書編者，而似從鄒壽祺《論文要言》中抄出。然此書所序諸家，展現出晚清桐城文章學的脉絡重構，所輯無文話專著的諸家論文之語，亦提供了有益綫索。

有清抄本，據以録入。

（侯體健　程軍）

十家論文

潘氏論文

佚名　撰

濟南潘昂霄景梁

論古人文字有純疵

前輩作文，各有入門處。退之本《孟子》，永叔亦祖《孟子》，故其講論純正少疵。子厚、明允集中，皆自言其所得處。明允多自《戰國策》中來，視子厚爲不純。子瞻亦宗其家學，氣焰赫奕，人多慕之，然少純正。要之，自六經中出，則源深而流長。人但見正大温粹，不知其所養者有本也。此最當謹所習之。始者不謹，則末流可知。王愓甫曰：「文者，貫道之器，必有所載之而出。修德飭行，是其大本，空談經訓，尚非探源之論。」

論作文法度

立本論，前説備矣。本者既立，必學問充就，而後識見造詣，凡見之議論言語者，皆正大純粹。如冠冕佩玉入宗廟之中，人自起敬。學力既到，體製亦不可不知。如記、贊、銘、頌、序、跋，各有其體。不知其體，則喻人無容，雖有實行，識者幾何人哉？體製既熟，一篇之中，起頭結尾，繳換曲折，轉折反覆，照應關鎖，綱目血脉，其妙不可以言盡，要須助自得於古人。王愓甫曰：「不識體製，則如南宋諸儒，學雖醇而文不光。」

韓文公《上李侍郎書》云：「大之爲河海，高之爲山嶽，明之爲日月，幽之爲鬼神，纖之爲珠璣華實，變之爲雷霆風雨。」《答尉遲生書》云：「本深而末茂，形大而聲宏，行峻而言厲，心醇而氣和。昭晰者無疑，優遊者有餘。」《上于頔相公書》云：「變化若雷霆，浩汗若河漢。正聲諧韶濩，勁氣沮金石。」凡皆形容文章之妙，公實道胸中之自得者。

《黄氏日抄》：「韓文公《與馮宿論文》，謂稱意者，人以爲怪，下筆令人慚，則人以爲好，古文真何用於今，以俟知者知耳。公殆矯其説，以振起一世之庸庸者乎？然歷數百年至本朝，歐陽公方能得公之文於殘棄而發搉之，否者終於湮没。自歐陽公以來，雖曰家藏而人誦，殆不過野人議璧，隨和稱好。及自執筆爲文，鮮有不與之背。真知公之文者，又幾何人哉。愚嘗歎息而爲之自警曰：人誰不講孔、孟之學，至遇事，則往往而違其訓；人誰不讀韓、歐之文，至執筆，則往往而非其體。人莫不飲食，鮮能知其味。不心誠求之，是真無益哉。」

《答劉正夫書》論爲文，譬之「百物朝夕所見者，人皆不注視。及睹其異者，則衆觀之」。又謂：「用功深者，其收名也遠。」《答陳商書》喻以齊王好竽而鼓以瑟，「所謂工於瑟，而不工於求齊」。合是兩書而觀之，庸庸者不足以自見，怪怪者非所以諧俗。公所告語，雖各隨其病而藥之，功深一語，則均所當務，而根本之論乎？

《答李翊書》：「生之書，辭甚高，而其問何下而恭也？能如是，誰不欲告生以其道？道德之歸也有日矣，況其外之文乎？抑愈所謂望孔子之門牆而不入於其宮者，焉足以知是且非也邪？雖然，不可不爲生言之。生所謂立言者是也，生所爲者與所期者，甚似而幾矣。抑不知生之志，蘄勝於人而取於人耶？將蘄至於古之立言者邪？蘄勝於人而取於人，則固勝於人而可取於人矣，將蘄至於古之立言者，則無望其速成，無誘於勢利。養其根而竢其實，加其膏而希其光。根之茂者其實遂，膏之沃者其光曄。仁義之人，其言藹如也。抑又有難者，愈之所爲，不自知其至猶未也。雖然，學之二十餘年矣。始者，非三代兩漢之書不敢觀，非聖人之志不敢存。處若亡，行若遺，儼乎其若思，茫乎其若迷。當其取於心而注於手也，惟陳言之務去，戛戛乎其難哉。其觀於人，不知其非笑之爲非笑也。如是者亦有年，猶不改，然後識古書之正僞，與雖正而不至焉者，昭昭然白黑分矣。而務去之，乃徐有得也。當其取於心而注於手也，汩汩然來矣。其觀於人也，笑之則以爲喜，譽之則以爲憂，以其猶有人之説者存也。如是者亦有年，然後浩乎其沛然矣。吾又懼其雜也，迎而距之，平心而察之，其皆醇也，然後肆焉。雖然，不可以不養也。行之乎仁義之途，遊之乎《詩》、《書》之源，無迷其途，無絶其源，終吾身而已矣。氣，水也；言，浮物也。水大，而物之浮者大小畢浮。氣之與言猶是也。氣盛，則言之短長與聲之高下者皆宜。雖如是，其敢自謂幾於成乎？雖幾於成，其用於人也奚取焉？雖然，待用於人者，其肖於器邪？用與舍屬諸人。君子則不然，處心有道，行己有方，用則施諸人，舍則傳諸其徒，垂諸文而爲後世法。如是者，其亦足樂乎？其無足樂也。有志乎古者希矣，志乎古必遺乎今，吾誠樂而悲之。亟稱其人，所以勸之，非敢褒其可褒而貶其可貶也。問於愈者多矣，念生之言不志乎利，聊相爲言之。」韓退之。王惕甫曰：「文之爲用，上者載道，下以載心。其人古，斯其文古矣，如果不違於今，必非古文也。近賢以文爲應酬世故之具，避就既多，不暇自遂，亦何怪其動皆背法耶？」

柳柳州《答韋中立書》：「始吾幼且少，爲文章，以辭爲工。及長，乃知文者以明道，是固不苟爲炳炳烺烺，務采色、夸聲音而以爲能也。凡我所陳，皆自謂近道，而不知道之果近乎？遠乎？吾子好道而可吾文，或者其於道不遠矣。故吾每爲文章，未嘗敢以輕心掉之，懼其剽而不留也；未嘗敢以怠心易之，懼其弛而不嚴也；未嘗敢以昏氣出之，懼其昧没而雜也；未嘗敢以矜氣作之，懼其偃蹇而驕也。抑之欲其奥，揚之欲其明，疏之欲其通，廉之欲其節，激而發之欲其清，固而存之欲其重，此吾所以羽翼夫道也。本之《書》以求其質，本之《詩》以求其恒，本之《禮》以求其宜，本之《春秋》以求其斷，本之《易》以求其動，此吾所以取道之原也。參之《穀梁氏》以厲其氣，參之《孟》、《荀》以暢其支，參之《莊》、《老》以肆其端，參之《國語》以博其趣，參之《離騷》以致其幽，參之太史以著其潔，此吾所以旁推交通而以爲之文也。凡若此者，果是耶？非耶？有取乎？抑其無取乎？吾子幸觀焉擇焉，有餘以告焉。苟亟來以廣是道，子不有得焉，則我得矣。」朱文公曰：「韓、柳《答李翊》、《韋中立書》可見其用力處。」

《與友人論文書》：「古今號文章爲難，足下知其所以難乎？非謂比興之不足，恢拓之不遠，鑽礪之不工，頗僻之不除也。得之爲難，知之愈難耳。苟或得其高朗，探其深賾，雖有蕪敗，則爲日月之蝕也，大圭之瑕也，曷足傷其明、黜其寶哉？且自孔氏以來，兹道大闡。家修人勵，刓精竭慮者，幾千年矣。其間耗費簡札，役用心神者，其可數乎？登文章之籙，波及後代，越不過數十人耳。其餘誰不欲争裂綺繡，互攀日月，高視於萬物之中，雄峙於百代之下乎？率皆縱臾而不克，躑躅而不進，力蹶勢窮，吞志而没。故曰得之爲難。嗟乎，道之顯晦，幸不幸繫焉；談之辯訥，升降繫焉；鑒之頗正，好惡繫焉；交之廣狹，屈伸繫焉。則彼卓然自得以奮其間者，合乎否乎？是未可知也。而又榮古虐今者，比肩疊跡。大底生則不遇，死而垂聲者衆焉。揚雄没而《法言》大興，馬遷生而《史記》未振。彼之二才，且猶若是，況乎未甚聞著者哉。固有文不傳於後祀，聲遂絶於天下者矣。故曰知之愈難。而爲文之士，亦多漁獵前作，戕賊文史，抉其意，抽其華，置齒牙間，遇事蠭起，金聲玉耀，誑聾瞽之人，徼一時之聲。雖終淪棄，而其奪朱亂雅，爲害已甚。是其所以難也。」柳子厚。

蘇明允《上歐陽公書》：「孟子之文，語約而意盡，不爲巉刻斬絶之言，而其鋒不可犯。韓子之文，如長江大河，渾浩流轉，蚖鼉蛟龍，萬怪惶惑，而抑遏掩蔽，不使自露，而人望見其淵然之光、蒼然之色，亦自畏避，不敢迫視。」

蘇子由曰：「太史公行天下，周覽名山大川，與燕趙間豪俊交遊，故其文疏宕，頗有奇氣。」

韓愈以六經之文爲諸儒倡，障隄末流，反刓以樸，剗僞以真。粹然一出於正，刊落陳言，横騖别驅，汪洋大肆，無抵牾聖人者。其《原道》、《原性》、《師説》數十篇，皆奥衍宏深，與孟軻、揚雄相表裏而佐佑六經云。本贊。

柳子厚之文，雄深雅健似司馬子長，崔、蔡不足多也。本傳。

蘇子瞻曰：「歐陽公云：『晉無文章，惟陶淵明《歸去來辭》。』余亦謂唐無文章，惟韓愈《送李愿歸盤谷序》。」王愓甫曰：「此决非歐、蘇二公之言也。」又曰：「此一時有激之言，非篤論也。」

《歐陽公文集序》云：「歐陽子之學，推韓愈、孟子以達於孔氏，著禮樂仁義之實以合於大道。其言簡而明，信而通，引物連類，折之於至理，以服人心。故天下翕然師尊之。自歐陽子出，天下争自濯磨，以通經學古爲高，以救時行道爲賢，以犯顔納諫爲忠。至嘉祐末，號稱多士，歐陽子之功爲多。」蘇子瞻。王愓甫曰：「折之至理，故昌黎之文，有義例可言。」

《邵氏後録》云：「東坡中制科，王荆公曰：『全類戰國文章。』故荆公修《英宗實録》，謂明允有戰國縱横之學。」

東坡之文如長江大河，一瀉千里。至其渾浩流轉、曲折變化之妙，則無復可以名狀，蓋能文之士莫之能尚也。而尤長於指陳世事，述叙民生疾苦。方其年少氣鋭，尚欲泛掃宿弊，更張百度，有賈太傅流涕漢庭之風。及既懲創王氏，一意忠厚，思與天下休息。其言切中民隱，發越懇到，使巖廊崇高之地，如親見閭閻哀痛之情，有不能不惻然感動者。真可垂訓萬世矣，嗚呼休哉。《黄氏日抄》。

蘇子瞻曰：「凡人作文，須是筆頭上挽得數百鈞起。」「凡作文如行雲流水，初無定質，但常行於所當行，常止於不可不止。文理自然，情態横生。」王惕甫曰：「蘇氏尚才不尚學，故不可以例拘。」

李漢老曰：「爲文之法，有筆力，有筆路。筆力到二十歲便定，後來長進，只就上面添得些子。筆路則常拈弄時轉開拓，不拈弄便荒廢。」

杜牧之曰：「文以意爲主，氣爲輔，以辭采爲兵衛。」

李文饒曰：「譬諸日月，雖終古常見而光景常新。」

朱文公曰：「古人作文多摹倣前人，學之既久，自然純熟。今人於韓文，知其力去陳言之爲工，而不知其文從字順之爲貴。」王惕甫曰：「摹倣之説，未爲確論，人自各有天性，其姿才不同，一涉摹倣，無論工拙，皆失其真矣。」又曰：「杜詩韓文，蟠天際地，不過到得文從字順地位，即聖人所謂辭達而已者也。」

歐陽公曰：「爲文有三多，看多，做多，商量多。」鶴山曰：「辭根於氣，氣命於志，志立於學。」

西山先生問傅公景仁以作文之法，傅公曰：「長袖善舞，多財善賈。子歸取古人書，熟讀而精甄之，則蔚乎其春榮，薰乎其蘭馥有日矣。」

平齋洪公曰：「古今萃於胸中，造化運於筆下。多讀多做，兩盡爲勝。」

夏文莊曰：「美辭施於頌贊，明文布於牋奏。詔誥語重而體宏，歌咏言近而音遠。」

陸士衡曰：「謝朝華於已披，啓夕秀於未振。」「銘博約而温潤，箴頓挫而清壯，頌優遊以彬蔚。」「要辭達而理舉，故無取乎冗長。」「立片言以居要，乃一篇之警策。雖衆辭之有條，必待兹而效績。」

野處洪公曰：「文章有淵源，有機杼，有關鍵，有本根。」「用其文如老農之用禾。旦而溉，中而芸，深耕而熟耰之。吾文唐矣，不兩漢若乎？漢矣，不三代若乎？欿然自視，未能參於柳州、吏部之奥，則日引月長，不至不止也。」

朱文公曰：「作文自有穩字，古之能文者纔用便用著。」宋景文云：「人之屬文，有穩當字，第初思之未至也。」王惕甫曰：「學者未能用著，所以要多讀多做。做多讀多，則自然用著，所以文成之後不厭多改。」

李德裕《文箴》曰：「文之爲物，自然靈氣。忽恍而來，不思而至。杼軸得之，澹而無味。琢刻藻繪，彌不足貴。如彼璞玉，磨礱成器。奢者爲之，錯以金翠。美質既彫，良寶斯棄。」王惕甫曰：「此論文之精語也。若一一以例言之，則下筆時有一合例不合例橫據其胸中，即所謂天者不全而神先敗矣。故例不可無，而亦不可拘執也。神而明之，存乎其人。」

朱文公曰：「前輩文有氣骨，故其文壯。今人只是於枝葉上粉澤爾。」「後山携所作謁南豐，因留款語。適作一文字，事多，因託後山爲之，成數百言。南豐曰：『大略也好，只是冗字多。』後山請改竄。南豐取筆抹數處，每抹處連一兩行，凡削去一二百字。後山讀之，則其意尤全，因嘆服，遂以爲法。」

《文心雕龍》曰：「風骨乏采，則鷙集翰林；采乏風骨，則雉竄文囿。若藻耀而高翔，固文章鳴鳳也。」「鎔冶經典之範，翔集子史之術，洞曉情變，曲昭文體。然後能莩甲新意，雕畫奇辭。」「才有天資，學謹始習。斲梓染絲，功在初化。器成綵定，難可翻移。」「情者文之經，辭者理之緯。」「才爲盟主，學爲輔佐。」「善爲文者，富於萬篇，貧於一字。一字非少，相避爲難也。」曾文昭曰：「文才出於天分，可省學問之半。」王惕甫曰：「近來爲古文者，其趨嚮稍正，每苦於沉溺，皆由才不勝也。爲古文雖非騁才之具，却要以才爲主而以學輔之，不可以學爲主也。今天下能爲古文，無過姚姬傳。然桐城之論，皆以學爲主，故其傳皆正而其才皆乏，無以滿天下才人之志量。」

汪彦章謂傳自得曰：「今世綴文之士雖多，往往昧於體製。獨吾子爲得之，不懈則古人可及也。」

論作文當取法經史造語

王景文曰：「文章根本皆在六經，非惟義理也。而機杼、物采、規模、制度，無不俱備者。」張安國出《考古圖》，其品百二十有八，曰：「是當爲記。於經乎何取？」景文曰：「宜用《顧命》。」遊廬山訖事，將哀所歷序之，曰：「何以？」景文曰：「當用《禹貢》。」「叙事法《禹貢》、《顧命》、《考工記》，其次《左傳》、《史記》、《西漢書》，各物當類編，字面考究。」「論事似賈誼、董仲舒、劉向。」

「句法求之《檀弓》，則音節響亮，言語絢麗。」

「銘辭贊頌，不似《風》、《雅》，則俚而無足〔傳〕。」

「詩當得《風》、《雅》、《頌》之旨趣，因事感發性情之正，《騷》、《選》以下宜取其體製，唐律當學他格式嚴整，至於淫艷，乃所當戒。余教人作文，先要令解其經，蓋以所説之書，使之演文。既是熟於義理，就其中抑揚以得作文之法。此是求速化之術。全章既能解釋，則作疑義、設疑以問之，以觀其見識。若能因所問得其旨意，則心地已開，見識已到，然後斷史，以觀其處事，如此則作詩作文，無所不通矣。『良（工）〔弓〕之子，必學爲箕。良治之子，必學爲裘』。無與於弓、治教人者，使之以歸其理。此當與智者道。學者能如是用工，他日悟其言之有味。不然，視之爲迂闊，而近效亦終不可得矣。」

論文管見

餘姚黄宗羲梨洲

昌黎「陳言之務去」，所謂「陳言」者，每一題必有庸人思路共集之處，纏繞筆端，剥去一層，方有至理可言。猶如玉在璞中，鑿開頑璞，方始見玉，不可認璞爲玉也。不知者，求之字句之間，則必如《曹成王碑》，乃謂之去陳言，豈文從字順者，爲昌黎之所不能去乎？

言之不文，不能行遠。今人所習，大概世俗之調，無異吏胥之案牘、旗亭之日曆，即有議論叙事，敝車羸馬，終非鹵簿中物。學文者，須熟讀三史八家，將平日一副家儅盡行籍没，重新積聚。竹頭木屑，常談委事，無不有來歷，而後方可下筆。顧傖父以世俗常見者爲清真，反視此爲脂粉，亦可笑也。

作文雖不貴模倣，然要使古今體式無不備於胸中，始不爲大題目所壓倒。有如女紅之花樣，成都之錦自與三村之越異其機軸。今人見歐、曾一二轉折，自詫能文。余嘗見小兒摶泥爲炕，擊之石上，鏗然有聲，泥多者聲宏；若以一丸爲之，總使能響，其聲幾何？此古人所以讀萬卷也。王惕甫曰：「孔子言『博文約禮』，孟子言『博學詳説』，未有不從博入者，及其放之於文，則曰『辭達而已』。文從字順，所謂達也。」

叙事須有風韻，不可擔板。今人見此，遂以爲小説家伎倆，不觀《晉書》、《南》、《北史》列傳，每寫一二無關係之事，使其人之精神生動，此頰上三毫也。史遷《伯夷》、《孟子》、《屈賈》等傳，俱以風韻勝，其填《尚書》、《國策》者稍覺擔板矣。

文必本之六經，始有根本。惟劉向、曾鞏多引經語，至於韓、歐，融聖人之意而出之，不必用經，自然經術之文也。近見巨子，動將經文填塞，以希經術，去之遠矣。王愓甫曰：「經術之氣，南宋羅端良爲最，又出韓、歐之上，文不可以時代論也。」

文以理爲主，然而情不至，則亦理之郛廓耳。廬陵之誌交友，無不嗚咽；子厚之言身世，莫不悽愴。郝（臨）〔陵〕川之處真州，戴剡源之入故都，其言皆能惻惻動人。古今自有一種文章，不可磨滅，真是「天若有情天亦老」者。而世不乏堂堂之陣、正正之旗，皆以大文目之，顧其中無可以移人之情者，所謂刳然無物者也。王愓甫曰：「陳壽《三國志》叙事最精而不能動人，職此之由。六朝之文，純乎竽笙絲弦；陳壽之文，純乎匏土革木。故一傷於淫宕，一苦於木彊耳。」

作文不可倒却架子，爲二氏之文，須如堂上之人分別堂下臧否。韓、歐、曾、王，莫不皆然；東坡稍稍放寬。至於宋景濂，其爲《大浮屠塔銘》，和身倒入，便非儒者氣象。王元美爲章篔誌，以刻工例之徵明、伯虎；太函傳查八十，許以節俠，抑又下矣。

廬陵誌楊次公云：「其子不以銘屬他人而以屬修者，以修言爲可信也。然則銘之，其可不信？」表薛宗道云：「後世立言者，自疑於不信，又惟恐不爲世之信也。」今之爲碑版者，其有能信者乎？而不信先自其子孫始；子孫之不信，先自其官爵、贈謚始。聊舉一事以例其餘。如某主江西試，以試策犯時忌削籍。有無賴子高守謙，結黨十餘人，恐喝索賂，某不應，遂掠其資以去。某尋死。崇禎初，昭雪死事者，竄名其中，得贈侍讀學士。今其子孫乃言：「逆奄竊柄，某抗疏糾參，幾至不測，閣臣爲之救解。已而理刑指揮高守謙等緹騎逮訊，某辯論侃侃，被拷掠而斃。崇禎初，贈侍讀學士，謚文忠。」脱空無一事實，不知「文忠」之謚，誰則爲之？且並無賴之高守謙，授以僞官，真可笑也。潘汝禎建逆奄祠於西湖，某已卧病不能起。奄敗，遂有言：「某入祠不拜，爲守祠奄人所梃，因而致死。」以之入奏者，今無不信之矣。近見修志，有無名子之子孫以其父祖入于「文苑」，勃然不悦，必欲入之「儒林」而止。嗚呼，人心如是，文章一道所宜亟廢矣。

所謂文者，未有不寫其心之所明者也。心苟未明，劬勞憔悴於章句之間，不過枝葉耳，無所附之而生。故古今來，不必文人始有至文，凡九流百家，以其所明者，沛然隨地湧出，便是至文。故使子美而談劍器，必不能如公孫之波瀾；柳州而叙宫室，必不能如梓人之曲盡。此豈可强者哉？

魏叔子論文

寧都魏禧冰叔

歐文之妙，只是説而不説，説而又説，是以極吞吐往復、參差離合之致。史遷加以超忽不羈，故其文特雄。

文有得水分者，有得山分者。子瞻水分多，故波瀾動盪；退之山分多，故峰巒峭起。

韓文入手多特起，故雄奇有力，歐文入手多配説，故委迤不窮。相配之妙，至於旁正錯出，幾不可分，非尋常賓主之法可言矣。

唐宋八大家文，退之如崇山大海，孕育靈怪；子厚如幽巖怪壑，鳥叫猿啼；永叔如秋山平遠，春谷倩麗，園亭林沼，悉可圖畫，其奏劄樸健刻切，終帶本色之妙；明允如尊官配吏南面發令，雖無理事，誰敢不承？東坡如長江大河，時或疏爲清渠，瀦爲池沼；子由如晴絲裊空，其雄偉者如天半風雨，裊娜而下；介甫如斷岸千尺，又如高士谿刻，不近人情；子固如陂澤春漲，雖漶漫而深厚有氣力，《説苑》等叙，乃特緊嚴。然諸家亦各有病。學古人者知得古人病處，極力洗刷，方能步趨；否則，我自有病，又益以古人之病，便成一幅百醜圖矣。

或問：學八大家而不善，其病何如？曰：學子厚易失之小，學永叔易失之平，學東坡易失之衍，學子固易失之滯，學介甫易失之枯，學子由易失之蔓。惟學昌黎、老泉少病。然昌黎易失之生撰，老泉易失之粗豪，病終愈於他家也。

論文偶記

桐城劉大櫆海峰著

凡作文，纔有個講究的便不是。

文字只求千百世後一人兩人知得，不求並時之人人人得知。

行文之道，神爲主，氣輔之。曹子桓、蘇子由論文，以氣爲主，是矣。然氣隨神轉，神渾則氣灝，神遠則氣逸，神偉則氣高，神變則氣奇，神深則氣靜，故神爲氣之主。至專以理爲主，則未盡其妙。蓋人不窮理讀書，則出詞鄙倍空疏。人無經濟，則言雖累牘，不適於用。故義理、書卷、經濟者，行文之實。若行文自另是一事，譬如大匠操斤，無土木材料，縱有成風盡堊手段，何處施設？然有土木材料，而不善施設者甚多，終不可爲大匠。故文人者，大匠也；神氣音節者，匠人之能事也；義理、書卷、經濟者，匠人之材料也。

作文本以明義理、適世用，而明義理、適世用，必有待於文人之能事，朱子謂「無子厚筆力發不出」。

當日唐虞紀載，必待史臣。孔門賢傑甚衆，而文學獨稱子游、子夏，可見自古文字相傳，另有個能事在。

古人文字最不可攀處，只是文法高妙而已。

神者，文家之寶。

文章最要氣盛，然無神以主之，則氣無所附，蕩乎不知其所歸也。

神者氣之主，氣者神之用，神只是氣之精處。

古人文章可告人者，惟法耳，然不得其神而徒守其法，則死法而已。要在自家於讀時微會之。

李翰云：「文章如千軍萬馬，風恬雨霽，寂無人聲。」此語最形容得氣好。

論氣不論勢，不備。

今粗示學者，古人行文至不可阻處，便是他氣盛。非獨一篇爲然，即一句有之。古人下一語，如山崩，如峽流，覺攔當不住，其妙只是個直的。

氣最要重。予向謂文須筆輕氣重，善矣而未至。要字句下得重，此最上乘，非初學筌拙之謂也。

文法至鈍拙處，乃爲極高妙之能事，非真拙鈍也，乃古之至耳。古來能此者，史遷尤爲獨步。

昔人云：「文以氣爲主，氣不可以不貫。鼓氣以勢壯爲美，而氣不可以不息。」此語甚好。

文章最要節奏，譬之管絃繁會中，必有希聲窈渺處。

神氣者,文之最精處也;音節者,文之稍粗處也;字句者,文之最粗處也。然予謂論文而至於字句,則文之能事盡矣。蓋音節者,神氣之跡也;字句者,音節之矩也。神氣不可見,於音節見之;音節無可準,於字句準之。

音節高,則神氣必高;音節下,則神氣必下。故音節爲神氣之跡。一句之中,或多一字,或少一字;一字之中,或用平聲,或用仄聲;同一平字仄字,或用陰平、陽平、上聲、去聲、入聲,則音節迥異。故字句爲音節之矩。積字成句,積句成章,積章成篇,合而讀之,音節見矣;歌而咏之,神氣出矣。

近人論文,不知有所謂音節者,至語以字句,必笑以爲末事。此論似高實謬。作文若字句安頓不妙,豈復有文字乎?但所謂字句、音節,須從古人文字中實實講貫過始得,非如世俗所云也。

文貴奇,所謂「珍愛者必非常物」。然有奇在字句者,有奇在意思者,有奇在筆者,有奇在丘壑者,有奇在氣者,有奇在神者。字句之奇,不足爲奇;氣奇,則真奇矣;神奇者,古來亦不多見。

次第雖如此,然字句亦不可不奇,自是文家能事。揚子《太玄》、《法言》,昌黎甚好之,故昌黎文奇。

奇氣最難識,大約忽起忽落,其來無端,其去無跡。

讀古人文，於起滅、轉接之間，覺有不可測識處，便是奇氣。奇，正與平相對。氣雖盛大，一片行去，不可謂奇。奇者，於一氣行走之中，時時提起。〔太〕史公《伯夷傳》可謂神奇。

文貴高。窮理則識高，立志則骨高，好古則調高。文到高處，只是樸淡意多，譬如不事紛華，翛然世味之外，謂之高人。昔人謂子長文字峻，震川謂此言難曉，要當於極真、極樸、極淡處求之。

文貴大。道理博大，氣脉洪大，丘壑遠大。丘壑中，必峰巒高大，波瀾闊大，乃可謂之遠大。古文之大者莫如史遷。震川論《史記》，謂爲「大手筆」，又曰「起頭處來得猛勇」，又曰「連山斷嶺，峰頭參差」，又曰「如畫《長江萬里圖》」，又曰「如大塘上打縴，千船萬船，不相妨礙」，此氣脉洪大、丘壑遠大之謂也。

文貴遠，遠必含蓄。或句上有句，或句下有句，或句中有句，或句外有句，説出者少，不説出者多，乃可謂遠。

昔人論畫曰「遠山無皴，遠水無波，遠樹無枝，遠人無目」，此之謂也。遠則味永，文至味永，則無以加。昔人謂子長文字微情妙旨，寄之筆墨蹊徑之外；又謂如郭忠恕畫天外數峰，略有筆墨，而無筆墨之跡。故太史公文，並非孟堅所知。

昔人謂「意盡而言止者，天下之至言也」，然言止而意不盡者尤佳。意到處，言不到，言盡處，意不盡，自太史公後，惟韓、歐得其一二。

文貴簡。凡文筆老則簡，意真則簡，辭切則簡，理當則簡，味淡則簡，氣藴則簡，品貴則簡，神遠而含藏不盡則簡。故簡爲文章盡境。

程子云：「立言貴含蓄意思，勿使無德者眩，知德者厭。」此語最有味。

文貴疏。宋畫密，元畫疏；顔、柳字密，鍾、王字疏；孟堅文密，子長文疏。凡文力大則疏，氣疏則縱，密則拘；神疏則逸，密則勞；疏則生，密則死。

子長筝捏大意，行文不妨脱略。

文貴變。《易》曰「虎變文炳，豹變文蔚」，又曰「物相雜，故曰文」。故文者，變之謂也。一集之中篇篇變，一篇之中段段變，一段之中句句變，神變、氣變、境變、音變、節變、句變、字變，惟昌黎能之。

文法有平有奇，須是兼備，乃盡文之能事。上古文字初開，實字多，虛字少。典謨訓誥，何等簡奥，然文法要是未備。至孔子之時，虛字詳備，作者神態畢出。《左氏》情韻並美，文彩照耀。至先秦戰國，更加疏縱。漢人斂之，稍歸勁質，惟子長集其大成。唐人宗漢，多峭硬。宋人宗秦，得其疏縱，而失其厚懋，氣味亦少薄矣。文必虛字備而後神態出，何可節損？然文蔓軟弱，少古人重厚之氣，自是後人文漸薄處。

馬遷句法似贅拙，而實古厚可愛。

文貴瘦。須從瘦出，而不宜以瘦名。蓋文至瘦，則筆能屈曲盡意而言無不達，然以瘦名，則文必狹隘。

《公》、《穀》、韓非、王半山之文極高峻難識，學之有得，便當捨去。

文貴華。華正與樸相表裏，以其華美，故可貴重。所惡於華者，恐其近俗耳；所取於樸者，謂其不著粉飾耳。昔人謂：「不著粉飾而清真刻削者，梅聖俞之詩也；不著粉飾而精彩濃麗，自《左傳》、《莊子》、《史記》而外，其妙不傳。」此知文之言。

天下之勢，日趨於文，而不能自已。上古文字簡質。周尚文，而周公、孔子之文最盛。其後傳爲左氏，爲莊周，爲屈原、宋玉，爲司馬相如，盛極矣。盛極則衰，流弊遂爲六朝；六朝之靡弱，屈、宋之盛肇之也。昌黎氏矯之以質，本六經爲文。後人因之，爲清疏爽直，而古人華美之風亦略盡矣。平奇華樸，流激使然，末流皆不可處。

唐人之體，較之漢人，微露圭角，少渾噩之象，然陸離璀璨，猶似夏、商鼎彝。宋人文雖佳，而萬怪惶惑處少矣。荊川云：「唐之韓，猶漢之班、馬；宋之歐、曾、二蘇，猶唐之韓。」此自其同者言之耳。然氣味有厚薄，力量有大小，時代使然，不可强也。但學者宜先求其同，而後別其異，不宜伐其異而不知其同耳。

文貴參差。天之生物，無一無偶，而無一齊者。故雖排比之文，亦以隨勢屈曲貫注爲佳。

好文字與俗下文字相反，如行道者一東一西，愈遠則愈善。一欲巧，一欲拙；一欲利，一欲鈍；一欲柔，一欲剛；一欲肥，一欲瘦；一欲濃，一欲淡；一欲艷，一欲樸；一欲鬆，一欲堅；一欲輕，一欲重；一欲秀令，一欲蒼莽；一欲偶儷，一欲參差。夫拙者，巧之至，非真拙也；鈍者，利之至，非真鈍也。

文貴去陳言。昌黎論文，以去陳言爲第一要義。後人見爲昌黎好奇故云爾，不知作文無不去陳言者。試觀歐、蘇諸公，曾直用前人一言否？

昌黎既云去陳言，又極言去之之難。蓋經史諸子百家之文，雖讀之甚熟，却不許用他一句，另作一番語言，豈不甚難？《樊宗師墓誌》云「必出於己，不蹈襲前人一言一句，又何其難也」，正與「戛戛乎難哉」互相發明。李習之親炙昌黎之門，故其論文，以創意造言爲宗。所謂創意者，如《春秋》之意不同於《詩》，《詩》之意不同於《易》，《易》之意不同於《書》是也。所謂造言者，如述笑哂之狀，《論語》曰「莞爾」，《易》曰「啞啞」，《穀梁》曰「粲然」，班固曰「攸爾」，左思曰「囅然」，後人作文，凡言笑者，皆不宜復用其語。習之此言，雖覺太過，然彼親(領)〔聆〕師長之訓，故發明之如此，亦可窺見昌黎學文之大旨矣。

《樊宗師墓銘》云：「惟古於詞必己出，降而不能乃剽賊，後皆指前公相襲，自漢迄今用一律。」今人行文，反以用古人成語，自謂有出處，自矜爲典雅，不知其爲襲也，剽賊也。

昔人謂「杜詩、韓文無一字無來歷」者，凡用一字二字，必有所本，非直用其語也。況詩與古文不同，詩可用成語，古文則必不可用。故杜詩多用古文句，而韓於經史諸子之文，用一字，或至兩字而止。若直用四字者，定知爲後人之文矣。

大約文字是日新之物，若陳陳相因，安得不爲腐臭？原本古人意義，到行文時却須重加鑄造，一樣言語，不可便直用古人，此謂去陳言。未嘗不換字，却不是換字法。按：爲文是學者本分中事，仍是達意而止。其法則有非言所能盡者，以上各條間有未得昔人深處。如曰「不直用前人一言」，曰「另作一番言語」，曰「於經史子用一字或至兩字而止」，曰「重加鑄造一樣言語」，皆未得其所以然。文必能達吾今日心目中之理、之情、之事，未有能與古人同一字不須易之言語也。彼用古人之陳言，以自欺飾者，皆不能達之故也。

王元美云：「觀東坡詩有學矣，似無才者；觀其文有才矣，似無學者。」此元美不知文而以陳言爲學也。東坡詩於前人事詞無不用，以詩可用陳言也；東坡文於前人事詞一毫不用，以文不可以用陳言也。正可於此悟古人行文之法與詩迴異，而元美見以爲有學無學。夫一人之詩文，何以忽有學、忽無學哉？由不知文，故其言如此。

元美所謂「有學」者，正古人之文所唾棄而不屑用、畏避而不敢用者。東坡之文如太虛浩氣，何處可著一前言以貌爲學問哉？

昔人謂經對經、子對子者，皆詩賦偶儷八比之時文耳，若散體之文，則六經皆陳言也。

行文最貴品藻，無品藻便不成文字。如曰渾，曰浩，曰雄，曰奇，曰頓挫，曰跌宕之類，不可勝數。然有神上事，有氣上事，有體上事，有色上事，有聲上事，有味上事，有識上事，有情上事，有才上事，有格上事，有境上事，須辨之甚明。

文章品藻，最貴者曰雄、曰逸。歐陽子逸而未雄；昌黎雄處多，逸處少；太史公雄過昌黎，而逸處更多於雄處，所以爲至。

理不可以直指也，故即物以明理；情不可以顯言也，故即事以寓情。即物以明理，《莊子》之文也；即事以寓情，《史記》之文也。

凡行文，字句短長，抑揚高下，無一定之律，而有一定之妙，可以意會，不可以言傳。學者求神氣而得之音節，求音節而得之字句，思過半矣。其要只在讀古人文字時，設以此身代古人説話，一吞一吐，皆由彼而不由我。爛熟後，我之神氣即古人之神氣，古人之音節都在我喉吻間，合我喉吻者，便是與古人神氣音節相似處，自然鏗鏘發金石〔聲〕。

記得多，便可生悟。譬如弈棋，記得譜多，他便須有過人之著。

文章到極妙處，便一字不可移易，所謂無一定之律而有一定之妙。

姚氏論文

桐城姚鼐姬傳

所論「讀書多，義理明，充養其氣，慎擇其辭」，此數言本末兼該，足盡文章之理。雖古之爲學善論文者，蔑以加此矣，鄙見亦何以更益之哉？願勉副其言，功之深而志不懈者，必能矯然獨立于千載矣。《與董筱槎》。

夫文章之事，有可言喻者，有不可言喻者。不可言喻者，要必自可言喻者而入之。韓昌黎、柳子厚、歐、蘇所言論文之旨，彼固無欺人語。後之論文者，豈能更有以踰之哉？若夫其不可言喻者，則在乎久爲之自得而已。震川閱本《史記》，於學文者最爲有益，圈點啓發人意，有愈於解説者矣。可借一部，臨之熟讀，必覺有大勝處。《答徐季雅》。

鼐有《古文辭類纂》，石士編修處有鈔本，借閱之，便可知門徑。若夫超然自得，不從門入，此非言説可喻，存乎妙悟矣。《與張梧岡》。

夫學文者利病短長，下筆時必自知之；更取以與所讀古人文較量得失，使無不明了。充其得而救其失，可入古人之室矣。豈必同時人言其優劣哉？言之者未必當，不若精心自知之明也。《與魯賓之》。

又近讀宋以後史書，大抵多采取傳誌之文，稍竄易便爲正史。然此必名人之集之甚著者，乃得用之，而鼐非其倫也。《與譚蘭楣》。

文章之事，能運其法者，才也；而極其才者，法也。古人文有一定之法，有無定之法。有定者，所以爲嚴整也；無定者，所以爲縱横變化也。二者相濟而不相妨，故善用法者，非以窘吾才，乃所以達吾才也。非思之深、功之至者，必不能見古人縱横變化中，所以爲嚴整之理，思深功至而見之矣。而操筆而使吾手與吾所見之相副，尚非一日事也。《與張阮林》。

韓、李以來，諸賢論文之語具在，取師之，彼必不爲欺人語也。用功之始，熟讀古人之作而已，豈復有異術哉？《與鮑雙五》。

東漢、六朝之誌銘，唐人作贈序，乃時文也；昌黎爲之，則古文矣。明時經藝壽序，時文也；熙甫爲之，則古文矣。作古文者，生熙甫後，若不解經藝，便是缺陷。本朝如李安溪，所見不出時文，其評論熙甫，可謂滿口亂道也。望溪則勝之矣，然於古文、時文界限，猶有未清處。大抵從時文家逆追經藝古文之理甚難。若本解古文，直取以爲經義之體，則爲功甚易，不過數月内可成也。《與管異之》。

今人詩文不能追企古人，亦是天資遜之，亦是塗轍誤而用功不深也。若塗轍既正，用功深久，於古人最上一等文字，誠不可到，其中下之作，非不可到也。昌黎不云「其用功深者，其收名遠」乎？近世人習聞錢受之偏論，輕譏明人之摹倣，文不經摹倣，亦安能脱化？觀古人之學前古，摹倣而渾妙者，自可法；摹倣鈍滯者，自可棄。雖揚子雲亦當以此義裁之，豈但明賢哉？《與管異之》。

「震川論文深處，望溪尚未見」，此論甚是。望溪所得，在本朝諸賢爲最深，而較之古人則淺。其閱《太史公書》，似精神不能包括其大處、遠處、疏淡處及華麗非常處，止以義法論文，則得其一端而已。然文家義法，亦不可不講，如梅崖便不能細受繩墨，不及望溪矣。臺山則似於此事更遠，想其所得，自在禪悅，而不能移其妙於文内。其時文，大不及二林居作也。《與陳碩士》。

文家之事，大似禪悟。觀人評論圈點，皆是借徑。一旦豁然有得，呵佛罵祖，無不可者。此中自有真實境地，必不疑於狂肆妄言、未證爲證者也。《與陳碩士》。

欲得筆勢痛快，一在力學古人，一在涵養胸趣。夫心静則氣自生矣。《與陳碩士》。

詩、古文、舉業，當以性情所近，專治一途。一時欲其兼善，安有是理邪？《與陳碩士》。

專力《班史》，自爲得要。凡人學問，千歧萬派，但貴有成，不須一轍。實有自得，非從人取，斯爲豪傑矣。《與陳碩士》。

學文之法無他，多讀多爲，以待其一日之成就，非可以人力速之也。士苟非有天啓，必不能盡其神妙。然苟人輟其力，則天亦何自而啓之哉？《與陳碩士》。

讀史惟兩漢最要，次當便及《資治通鑑》，《晉書》當又在所緩。韓子曰「非三代兩漢之書不敢觀」，此語於初學要爲有益，不可反嫌其隘也。《與陳碩士》。

夫文章之事，望見塗轍，可以力求。而才力高下，必由天授。鼐所自歉者，正在才薄耳。頃見王鐵夫文，規模頗正，其才恐不免與吾輩上下，無復古人意致佳處也。《與陳碩士》。

西漢人文傳者，大抵官文書耳，而何其雄駿高古之甚。昌黎官中文字，止用當時文體，而即得漢人雄古之意。歐、曾、荆公官文字，雄古者鮮矣。然詞雅而氣暢，語簡而事盡，固不失爲文家好處矣。熙甫於此體，乃時有傷雅、不能簡當之病。若絜非先生此數篇，又下熙甫數等矣。但以其議論設施言之，則亦足存。若爲之竄改，則大難矣。以此知文字必須身前自定之也。《與陳碩士》。

寄來之文，尚不免牽於應酬，不能極其才力所至。此後肆力爲之，當大有進步耳。亦止是熟讀多作，固無他法也。《與陳碩士》。

石士前所寄文，俱爲閲過，其間卓然精詣者不能及半，而牽于應酬者多。大抵好文字，亦須待好題目然後發。積學用功，以俟一旦興會精神之至，雖古名家亦不過如此而已。吾刻集後所作亦十餘首，然精神日減，文有退無進矣。《與陳碩士》。

石士寄來文字，《達生解》最佳，庶幾東坡。《述典》亦可，然未出近人疆域。大抵頌辭，每以囁嚅爲病，能如孟堅《典引》，已是大難，況《西京》乎？《與明東書》、《祭静山文》，皆不佳。《陳户部文》一篇，不能見佳處，然不至俗陋，便是可學。大抵學古文者，必要放聲疾讀，又緩讀，祇久之自悟。若但能默看，即終身作外行也。寄來《文章體則》，此是一鄙陋時文家所爲，其論之謬處便大謬。如數胡澹菴便是。不謬處亦膚淺，不著痛癢，如云以理爲主便是。必須超出此等見解者，便入内行。須知此如參禪，不能説破，安能以「體則」言哉？《與陳碩士》。

鐵夫不逮梅崖，誠然，誠然。墓表自與神道碑同類，與埋銘異類。神道碑有銘，似墓表，用銘亦可通，然非體之正也。吾謂文章體制，當準理決之。不得以前賢有此，便執爲是。如贈序中，用「不具某頓首」與書同，此顔魯公、蔡明遠序體也。直當斷以爲不是耳，安可法之邪？《與陳碩士》。

所寄來詩文，皆有可觀。文，韻致好，但説到中間，忽有滯鈍處，此乃是讀古人文不熟。急讀以求其體勢，緩讀以求其神味，得彼之長，悟吾之短，自有進也。《與陳碩士》。

大抵作詩、古文，皆急須先辨雅俗，俗氣不除盡，則無由入門，況求絶妙之境乎？《與陳碩士》。

頃寄《與小峴書》及《山木誌文書後》，皆佳。然有未調適處，故爲竄改。昌黎云「詞不足，不可以成文」，理是而詞未諧，故是病也。至進册頁之文，以爲翰林文字自可，但不能高古耳。須知真翰林之文，如《典引》、《貞符》、《滄州過闕上殿疏》，皆不易到也。《與陳碩士》。

《送集正序》甚佳，風味疏淡，自是好處。從此做深，或更入古人奇妙之境。然不可彊爲，反成虚憍。《與陳碩士》。

諸文時有佳處，時患語繁拖沓。大抵簡峻之氣，昌黎爲最，更當於此著力。《與陳碩士》。

頃見吴中王鐵夫集中，有《跋惜抱集》一篇。此君乃未識面之人，而承其推許，使人有知己之感。其論鄙作所最許者，序事之文。甚愛《朱竹君傳》，而不甚喜考證之作。愚意謂以考證累其文，則是弊耳；以考證助文之境，正有佳處，夫何病哉？鐵夫必欲去之，亦偏見耳。其文章不愧雅馴，亦今之奇士矣。《與陳碩士》。

鼐近作《禮親王傳》，録一本與石士閲之，似尚可。《道園學古録》中文，以較韓、歐，便覺遠在，况子長乎？然只可如此做去，若勉彊作漢人，則反成明人之僞體矣。《與陳碩士》。

漢人之文，如《論衡》乃不足道。謂蔡伯喈秘其書，乃越中僞造之辭，伯喈何至貴是書？其言平者則陋，奇者乃悖，奈何欲擬之乎？名位俱聖人所輕，「不患無位」、「莫己知」是也。於二者稍存優劣，理皆不足。茅鹿門嘗言作文須占地步，如石士此論，所占地步不高矣。《與陳碩士》

所寄來文字，無甚劣亦非甚妙，蓋作文亦須題好。今石士所作之題内本無甚可説，文安得而不平也。歸震川能於不要緊之題，説不要緊之語，却自風韻疏淡，此乃是於太史公深有會處。此境又非石士所易到耳。文家有意佳處，可以著力；無意佳處，不可著力，功深聽其自至可也。《與陳碩士》。

此番寄來文字，勝于已前所寄，足見功力精進也。字句微繁處，已爲節删。大抵作文，須見古人簡質，惜墨如金處也。《與陳碩士》。

鼐適作一同年墓志，頗自喜，今以稿寄老弟閲之。大抵作金石文字，本有正體，以其無可説，乃爲變體。始於昌黎作《殿中少監馬君誌》，因變而生奇趣。文家之境，以是廣矣。《與陳碩士》。

所寄來文二篇，不及去歲所寄者，一是胸趣不暢時所爲，一是題本無文字可發揮也。作文尋題目亦是要事。《與陳碩士》。

所寄來文字，大旨得之，而時有鈍筆、不快人意處。大抵文字須熟乃妙，熟則利病自明。手之所至，隨意生態，常語滯意，不遺而自去矣。《與陳碩士》。

文二首已閲過，今寄，但加芟削爾，然似意足而味長矣。陳無己以曾子固删其文，得古文法。不知鼐差可以比子固乎？花木之英，雜於蕪草穢葉中，則其光不耀，夫文亦猶是耳。《與陳碩士》。

文之出奇怪，惟功深以待其自至。却又須常將太史公、韓公境懸置胸中，則筆端自與尋常境界漸遠也。《與陳碩士》。

石士誌文可用，微繁耳。必欲簡峻，莫若更讀荆公所爲，則筆間自有裁制矣。叙事之文，爲繁冗所累，則氣不能流行自在，此不可不知也。《與陳碩士》。

凡人不能静坐，須以讀書寫字自遣者，亦是心不寧帖，無胸中真樂故也。鼐近深覺平生愛休文章，於自己本分事，全乏工夫。今雖欲自勉薄收桑榆之效，其可得乎？石士近喜《三國志》，此等史學，固不可少。然須知文章考證外，更大有事耳。《與陳碩士》。

所論《漢書》處甚是。大抵《漢書》惟宣帝以前之傳，可以肩隨子長，元成以後則彌劣矣。《與陳碩士》。

所作《南池文集序》，非不佳，亦非佳。其論學太涉門面氣，凡言理不能改舊，而出語必要翻新。佛氏之教，六朝人所説，皆陳陳耳。達摩一出，翻盡窠臼，然理豈有二哉？但更搬陳語，便了無意味，移此意以作文，便亦是妙文矣。《與陳碩士》。

夫文章一事，而其所以爲美之道非一端，命意立格，行氣遣辭，理充於中，聲振於外。數者一有不足，則文病矣。作者每意專於所求而遺於所忽，故雖有志於學而卒無以大過乎凡衆。故必用功勤而用心精密，兼收古人之具美，融合於胸中，無所凝滯，則下筆時自無得此遺彼之病也。《與陳碩士》。

文章之事，欲其言之多寡，當然不可增減。意如駢枝，辭如贅疣，則失爲文之義。前所云有所忽者在此，非言骨脉及聲色。然有此，則骨脉聲色必皆病矣。大塘打縴，移入議論，此豈易言。必如此言，則如《報任少卿書》，足以當之耳。《與陳碩士》。

詩、古文各要從聲音證入，不知聲音，總爲門外漢耳。頃見王述菴集論子瞻諸銘在昌黎上。此何其謬耶？以此歎解人難得。時之爲詩文者，多亂道耳。今日王鐵夫來，得晤之，然未得細談。其天分當在覃谿上，但學不如，此不可以名位爲優劣也。常州有惲子居，文亦有可觀。聞淞江姚春木選國朝文，然此不過如《唐粹》、《宋鑑》之類，備一朝之人才典章，不可以爲論文之極致。如鐵夫謂宋、元人文各有可學，此只是門面話。如云體例有可采處，則凡有遇皆可采，不獨宋、元也。如直求可當古文家數者，則南宋雖朱子不爲是，況元及明初諸賢乎？如宋金華直是外道，而朱竹君以爲妙絶，遂終身爲所誤。此等非所見親切，安得無妄説也。《與陳碩士》。

凡學詩文之事，觀覽不可以不泛博。若其熟讀精思效法者，則欲其少，不欲其多。《與陳碩士》。

經學用功，誠爲要務。竊謂學者以潛心玩索，令胸中有浸潤深厚之味，不須急急於著述，斯爲最善學也。至於作文作詩，亦以此意通求之爲佳耳。《與陳碩士》。

石士於應務紛冗中，嘗使此心瀓空，甚佳甚佳。久久純熟，古賢何不可到也。前所寄古文，今閲畢寄還。大抵正有餘而奇不足。此不必勉爲奇，只求益其醇厚，即自貴耳。古人不云善用其短乎？《與陳碩士》。

學詩文不摹擬，何由得入？須專摹擬一家，已得似後，再易一家。如是數番之後，自能鎔鑄古人，自成一體。若初學未能逼似，先求脱化，必全無成就。譬如學字而不臨帖，可乎？《與伯昂從姪孫》。

汝所論吾文字，大體得之。汝所自爲詩文，但是寫得出耳，精實則未。然此不可急求，深讀久爲，自有悟入。若只是如此，却只在尋常境界。夫道德之精微，而觀聖人者，不出動容周旋中禮之事。文章之精妙，不出字句聲色之間。舍此便無可窺尋矣。《與石甫姪孫》。

汝詩文流暢能達，是其佳處。而盤鬱沉厚之力，澹遠高妙之韻，瓌麗奇偉之觀，則皆所不能。故長篇尚可，短章則無味矣。更久爲之，當有進步耳。《與石甫姪孫》。

大抵文章之妙，在馳驟中有頓挫，頓挫處有馳驟。若但有馳驟，即成剽滑，非真馳驟也。更精心於古人求之，當有悟處耳。《與石甫姪孫》。

凡詩文事與禪家相似，須由悟入，非語言所能傳。然既悟後，則返觀昔人所論文章之事，極是明了也。欲悟亦無他法，熟讀精思而已。《與石甫姪孫》。

夫文章之事，欲能開新境專於正者，其境易窮，而佳處易爲古人所掩。近人不知詩有正體，但讀後人集，體格卑卑。務求新而入纖俗，斯固可憎厭。而守正不知變者，則亦不免於隘也。《登科記》文，著筆嫌其太重。凡作古文，須知古人用意沖澹處，忌濃重。譬如舉萬鈞之鼎如一鴻毛，乃文之佳境。有竭力之狀，則入俗矣。大抵古文深入難于詩，故古今作者少於詩人。然又有能文而不能詩者，此亦自由天分耳。《與石甫姪孫》。

汝臨場每日讀書之外，須静坐一時。使神凝氣定，最爲有益，切忌多與人談白也。《與馬魯成甥》。

所論文章之事，具見古人學之根柢，非深入者，不能爲是言也。獨不信望溪不取孟堅之旨，此其間別有説焉。蓋以學問論，則《漢書》乃史家之首宗，豈可輕視；若以爲文論，凡《漢書》除所取太史公之作，其傳之佳者，盡在昭、宣之世。大抵西漢人舊文，非孟堅所能爲也。其諸志率本劉歆，若班氏自爲之文，只是東漢之體，不免卑近。若司馬相如之文，自是西漢之傑，昌黎極推之。以學論，司馬固遠遜孟堅；以文論，孟堅安得望相如。昌黎詩文中效相如處極多，如《南海廟碑》中叙景瑰麗處，即效相如賦體也。而先生謂韓文無司馬體，則退之爲文，學人必變其貌而取其神，故不覺耳。韓公效相如處頗多，故其稱之不空口也，望更尋之。《與張翰宣》。

承示數文字，皆佳甚，今世那得見此手。第校之古人，當尚有遜處耳。夫古人妙處不可形求，不可力取，用力精深之至，乃忽遇之。衰髦如僕，豈復能更有絲毫進步。閣下年力猶强，從政之餘，不忘學問，望更勉至古人深處，不以所值自限而已。《與惲子居》。

大抵學古人必始而迷悶，苦毫無似處，久而能似之，又久而自得，不復似之。若初不知有迷悶難似之境，則其人必終身無望矣。爲學非難非易，只在肯用功耳。《與方植之》。

大雲山房論文

陽湖惲敬子居

天地萬物，皆日變者也，而不變者在焉。不變者，所以成其日變也。文者，生乎人之心。天地萬物之日變，氣爲之；心之日變，神爲之。神之變，速於氣之變。而迂回之弊，循循然而緩；謹細之弊，切切然而急，於神皆有所閡焉，敢不力充之以求所以日變者哉？然而有不可變者，《典論》曰「學無所遺，辭無所假」，《史記》曰「擇其言尤雅者」著於篇，可以觀矣。《初集叙録》。

孔子曰：「辭達而已矣。」孟子曰：「詖辭知其所蔽，淫辭知其所陷，邪辭知其所離，遁辭知其所窮。」古之辭具在也，其無所蔽、所陷、所離、所窮，四者皆達者也。有所蔽、所陷、所離、所窮，四者皆不達者也。然而是四者有有之而于達無害者焉，列禦寇、莊周之言是也，非聖人之所謂達也。有時有之、時無之而于達亦無害者焉，管仲、荀卿之書是也，亦非聖人之所謂達也。聖人之所謂達者何哉？其心嚴而愼者，其辭端；其神暇而愉者，其辭和；其氣灝然而行者，其辭大；其知通於微者，其辭無不至。言理之辭，如火之明，上下無不灼然，而蹟不可求也；言情之辭，如水之曲行旁至，灌渠入穴，遠來而不知所往也；言事之辭，如土之墳壤鹹瀉而無不可用也。此其本也，蓋猶有末焉。其機如弓弩之張，在乎手而志則的也；其行如挈壺之遞下而微至也；其體如宗廟圭琮之不可雜置也，如毛髮、肌膚、骨肉之皆備，而運於脉也，如觀於崇岡深巖，進退俯仰，而横側喬墮無定也。如是，其可以爲能于文者乎？若其從入之途，則有要焉，曰：其氣澄而無滓也，積之，則無滓而能厚也；其質整而無裂也，馴之，則無裂而能變也。《與紉之論文書》。

古文，文中之一體耳，而其體至正。不可餘，餘則支；不可盡，盡則敝；不可爲容，爲容則體下。方望溪先生曰：「古文雖小道，失其傳者七百年。」望溪之言若是，是明之遵巖、震川，本朝之雪苑、勺庭、堯峰諸君子，世俗推爲作者，一不得與乎望溪之所許矣。望溪謹厚，兼學有源本，豈妄爲此論邪？蓋遵巖、震川常有意爲古文者也。有意爲古文，而平生之才與學不能沛然于所爲之文之外，則將依附其體而爲之；依附其體而爲之，則爲支、爲敝、爲體下，不招而自至矣。是故遵巖之文贍，贍則用力必過，其失也，少支而多敝；震川之文謹，謹則置辭必近，其失也，少敝而多支。而爲容之失，二家緩急不同，同出于體下。集中之得者十有六七，失者十而三四焉。此望溪之所以不滿也。李安溪先生曰：「古文，韓公之後，惟介甫得其法。」是説也，視望溪之言有加甚焉。敬常即安溪之意推之：蓋雪苑、勺庭之失，毗于遵巖而鋭過之，其疾徵于三蘇氏；堯峰之失，毗于震川而弱過之，其疾徵于歐陽文忠公。歐與蘇二家所蓄有餘，故其疾難形；雪苑、勺庭、堯峰所蓄不足，故其疾易見。噫，可謂難矣。然望溪之于古文，則又有未至者，是故旨近端而有時而歧，辭近醇而有時而窳。近日朱梅（巖）〔崖〕等于望溪有不足之辭，而梅崖所得視望溪益庳。文人之見，日勝一日，其力則日遜焉，是亦可虞者也。後與同州張皋文、吴仲倫，桐城王悔生游，始知姚姬傳之學出于劉海峰，劉海峰之學出于方望溪。及求三人之文觀之，又未足以饜其心所欲云者。由是由本朝推之于明，推之于宋、唐，推之于漢與秦，齗齗焉析其正變，區其長短，然後知望溪之所以不滿者，蓋自厚趨薄，自堅趨瑕，自大趨小，而其體之正，不特遵巖、震川以下未之有變，即海峰、姬傳亦非破壞典型、沉酣淫詖者，不可謂傳之盡失也。若是，則所謂爲支、爲敝、爲體下，皆其薄、其瑕、其小爲之。如能盡其才與學以從事焉，則支者如山之立，敝者如(木)〔水〕之去腐，體下者如負青天之高，于是積之而爲厚焉，斂之而爲堅焉，充之而爲大焉，且不患其傳之盡失也。然所謂才與學者，何哉？曾子固曰：「明必足以周萬事之理，道必足以適天下之用，智必足以通難知之意，文必足以發難顯之情。」如是而已。《上曹儷笙侍郎書》。

儒家體備於《禮》及《論語》、《孝經》，墨家變而離其宗，道家、陰陽家支駢於《易》，法家、名家疏源於《春秋》，縱横家、雜家、小説家適用於《詩》、《書》。孟堅所謂《詩》以正言，《書》以廣聽也。惟《詩》之流復別爲詩賦家，而《樂》寓焉。

賈生自名家、縱横家入，故其言浩汗而斷制；晁錯自法家、兵家入，故其言峭實；董仲舒、劉子政自儒家、道家、陰陽家入，故其言和而多端；韓退之自儒家、法家、名家入，故其言峻而能達；曾子固、蘇子由自儒家、雜家入，故其言温而定；柳子厚、歐陽永叔自儒家、雜家、辭賦家入，故其言詳雅有度；杜牧之、蘇明允自兵家、縱横家入，故其言縱厲；蘇子瞻自縱横家、道家、小説家入，故其言逍遥而震動。《二集序録》。

本朝作者如林，其得正者，方靈皋爲最，下筆疏樸而有力，惟叙事非所長。再傳爲劉海峰，變而爲清宕，然識卑且邊幅未化。三傳而爲姚姬傳，變而爲淵雅，其格在海峰之上焉，較之靈皋則遜矣。《上舉主笠帆先生書》。

《史記》、《漢書》有排比數千言者，其後必大震蕩之。此文實在前，虚在後，所以如此者，因通篇不書文端一事，故用排比法叙次家世、科名、官位，然後提筆作數十百曲，皆盤空擣虚，左回右轉，令其勢稽天匝地，以極震蕩之力焉。此法近日諸家無人敢爲，亦無人能爲也。東坡《司馬公神道碑》，虚在前，實在後，所以如此者，由一切事業不足以盡文正，故竭力推闡在前，後列數大事，止閒閒指示，如浮雲，如小石，此文正人之大，東坡手筆之大也。文端雖賢，必不敢自儕古人。敬才弱，不敢犯東坡，因顛倒其局用之，至變化則竊取子長，嚴整則竊取孟堅也。自南宋以後，東縛修飾，有死文，無生文；有卑文，無高文；有碎文，無整文；有小文，無大文。《上舉主陳笠帆先生書》。

曹子建云：「後世誰相知定吾文？」劉彦和云「善爲文者，富於萬篇，貧於一字」；歐陽永叔文成即黏壁，時時讀之；蘇子瞻用事必檢出。此數人者，其用心可以觀矣。《答伊揚州書》。

大抵韓公天資近聖賢豪傑，而爲文從諸經諸子入，故用意深博，下筆奧衍精醇。梅崖止文人，而爲文又從韓公入，故詞甚古，意甚今。求鍊則傷格，求遒則傷調，自皇甫持正、李南紀、孫可之以後，學韓者皆犯之。然其法度之正，聲氣之雅，較之破度敗律以爲新奇者，已如負青天而下視矣。《答伊揚州書》。

先生論史筆「不難於簡，難於有餘」，最爲高識名論。敬更有復之先生者。王右軍寫《樂毅》則情多怫鬱，書《畫讚》則意涉瑰奇，《黄庭經》則怡懌虛無，《太史箴》又從横争折。此如太史公傳《儒林》、《循吏》，皆筆筆内斂，與《游俠》、《酷吏》不同。《答鄧鹿耕書》。

近得劉海峰先生集，筆力清宕，然細加檢點，于理多有未足。《答曹侍郎》。

文章之事，工部所謂天成，著力雕鎸，便覿面千里。儷體尚然，何況散行？然此事如禪宗箍桶脱落、布袋打失之後，信口接機，頭頭是道，無一滴水外散，乃爲天成。若未到此境界，一鬆便屬亂統矣。是以敬觀古今之文，越天成越有法度，如《史記》，千古以爲疏闊，而柳子厚獨以潔許之。今讀《伯夷》、《屈原》等列傳，重疊拉雜，及删其一字一句，則其意不全，可見古人所得矣。至所謂疏古，乃通身枝葉扶疏，氣象渾雅，非不檢之謂也。敬于此事，如禪宗看話頭、參知識，蓋三十年。惜鈍根所得，不過如此。然于近世文人病痛，多能言之。其最粗者，如袁中郎等乃卑薄派，聰明交游客能之；徐文長等乃瑣異派，風狂才子能之；艾千子等乃描摹派，佔畢小儒能之；侯朝宗、魏叔子進乎此矣，然槍梧氣重；歸熙甫、汪苕文、方靈皋進乎此矣，然袍袖氣重。能捭脱此數家，則掉臂游行，另有蹊徑。亦不妨仍落此數家，不染習氣者，入習氣亦不染，即禪宗入魔法也。《與舒白香》。

彭躬菴文氣甚和，而鋒不可犯。丘邦士文奇澹，不蹈襲前人一語一意。明季年多異才，吾宗遜菴先生文亦然。然非正宗，擇之可也。《答陳雲渠》。

興中閱《後漢書》，如《馬援》、《袁紹傳》，不讓孟堅。《董卓傳》閱之殊苦，不了了。鄙見如是，未知高明意中何如？承祚《三國志》，魏繁於吳，吳繁於蜀，地勢、事蹟不得不然。帝魏之説本不足憑，卷帙多寡，更不必置論。《魯肅傳》有「但諸將軍單刀俱會」之言，非雜劇妄題，然詩文中難用。凡經史事，世俗所習知習言者，宜用意鍛錬之，或暗用，或翻用，不得不然。識之。《答陳雲渠》。

敬少時詩學太白，後漸入香山、東坡，所嗛嗛不足者，太似耳。析骨還父，割肉還母，方能現清浄身説法，詩何獨不然？至文亦太似韓、曾，高深處尚不及，未知何時能自（力）〔立〕一家也。《答陳雲渠》。

承見示《海峰樓文集》，二十餘年前在京師一中舍處見之。今細檢量，論事、論人未得其平，論理未得其正。大抵筆鋭于本師方望溪先生，而疏樸不及，才則有餘于弟子姚姬傳先生矣。前閣下以潔目之，鄙見太史公之潔，全在用意摔落千端萬緒，至字句不妨有可議者。今海峰字句極潔，而意不免蕪近，非真潔也。姬傳以才短，不敢放言高論，海峰則無所不敢矣。懼其破道也。又好語科名得失、酒食徵逐，胸中得無滓穢太清耶？狂瞽之言，未必有當，惟閣下擇之。《與章澧南》。

近有言漢人文多如經註，唐、宋文乃漢之變體者，吾誰欺，欺天乎？漢人文如經註者，止經師自序之文，其他奏疏上書、記事、言情之文俱在，皆與唐、宋之文出入者也。推而上之，聖人之六經，文之最初者矣，唐、宋諸大家悉與之相肖。《儀禮》之細謹，《考工》之峭宕，其相肖者，如《畫記》、《説車》是也。若漢之經師，肖六經何體耶？且文固不論相肖也。《與趙石農》。

江右乾隆間古文家，如魯絜非、宋立崖，皆識力未至，束縛未弛，用筆進退略有震川、堯峰矩矱而已。《與李汀州》。

《羅臺山外傳》，其人真性情也。有宜書之而不書者，竊用微顯志晦之義。同上。

今晨草草作《同游海幢寺記》，又爲客所曠幾一時。午後始脱稿，無鈔録者，謹將原稿送呈。希飭貴高足鈔録後即見擲，并無底本也。此文儒爲主中主，禪爲主中賓，琴與詩爲賓中主，畫與棋與酒爲賓中賓。其序次，前五節皆以禪消納之，爲後半重發無和尚張本。而儒止瞥然一見，如大海中日影，大山中雷聲。此子長《河渠》、《平準書》，《伯夷》、《屈原賈生列傳》法也。海幢形勢佳甚，先于獨游時寫足，入同遊後不必煩筆墨，此子長《項羽本紀》、《李將軍傳》法也。敬古文法盡出子長，其孟堅以下，時參筆勢而已。所以屑屑自表者，諸君子遇我厚，庶幾留古文一支在海南，勿使野干鳴者亂頻伽之聽耳。作詩賦雜文，其法亦然，舍是皆外道也。《與黄(晉)〔香〕石》。

古文之訣，歐陽文忠公已言之，曰多讀書、多作文耳。然必有性靈、有氣魄之人，方能語小則直凑單微，語大則推倒豪傑。本源穢者，文不能浄；本源粗者，文不能細；本源小者，文不能大也。吾壻于性靈氣魄四字上，均不讓人，勉之勉之，在有恒而已。至體裁所在，亦不可忽。宋景文曰：「文章必自名一家，然後可傳之不朽。若體規畫圓，準方作矩，終爲人之臣僕。」「五經不同體，百家奮興，類不相沿，前人先得此旨。」景文此言，誠哉作文之要也。雖然，《易》有《易》之體，《書》有《書》之體，各經皆然，不相雜也。即百家之體，亦不相雜，若一切妄爲之，豈可藉口景文之説耶？譬之横目縱鼻、穢下潔上者，人也；必横鼻縱目、潔下穢上，新則新矣，奇則奇矣，恐非復人形也。凌雜之文，何以異是？大抵意可新不可奇，詞可新可奇，文之體、文之矩矱無所謂新奇，能善用之，則新奇萬變在其中矣。不佞嘗告陶南明經，以爲字字有本，句句自造，篇篇變局，事事搜根，古人不傳秘密法也。《與來卿》。

來書需批本韓文，知有事于古文矣。然不在乎批本，蓋批本即滯于一隅，不如不佞略舉學韓文之指，吾壻自繹之。如一人獨行，其衢路曲折，皆歷歷可記，隨人行則怳惚也。作文之法，不過理實氣充，理實先須致知之功，氣充先須寡欲之功。致知非枝枝節節爲之，不過其心淵然，于萬物之差別一一不放過，故古人之文無一意一字苟且也。寡欲非掃盡斬絶爲之，不過其心超然，於萬事之攻取一一不黏着，故古人之文無一字一句塵俗也。其尺度則《文心雕龍》、《史通》、《文章宗旨》等書，先涉獵數過，可以得典型焉。若其變化之妙，存乎一心而已。不佞就韓文言之，《平淮西碑》是摹《書》、《詩》二經，已爲人讀爛，不可學。《南海廟碑》是摹漢人文，亦不可學。如書字摹古之帖，若復摹之，乃奴婢中重臺也。《送李愿序》淺而近俗，《與于襄陽書》俳而近滯，《釋言》窠臼太甚，《上宰相書》亦有窠臼。其後兩篇，夭矯如龍矣。學韓文先須分別其不可學者，乃最要也。此外可學者，大都識高則筆力自達，力厚則詞采自映，而其用意用法之巧，有不可勝求者，略舉數篇，以爲體例。如《汴州水門記》，節度使是何官銜，隴西公是何人物，水門之事則甚小，若一鋪叙，不成話矣。故記止三行，詩中詳其事業，于水門止一兩語點過。此是小題，不可大作也。有大題亦不可大作者，李習之《拜禹言》是也。禹之功德，從何處贊揚？故止以數言唱歎之。知此，雖著述汗牛充棟，豈有浮筆浪墨耶？如《殿中少監墓志》，竟用點染法。韓公何以有此種筆墨？蓋因少監無事可書，北平王事業函蓋天地，若不叙北平王，于理不可。然輕叙則不稱北平王，重叙則少監一邊寥落，喧客奪主矣。是以并叙三代，均用喻言，使文體均稱，翻出異樣采繪，照耀耳目。且恐平叙三代，有涉形迹，是以將納交作連絡，存没作波瀾，真鬼神于文者也。如《滕王閣記》，有王子安一篇在前，其文較之韓公，乃瑜珈僧之于法王，寇謙之、杜光（廷）〔庭〕等于仙伯，何足芥蔕。然工部所謂當時體也，其力亦足及遠。既有此文，不可不避，故韓公通篇從未至滕王閣用意，筆墨皆烟雲矣。如貞曜先生、施先生墓志，不列一事，以貞曜詩人、施先生經師，止此二意便可推衍成絶世之文；若列一事，體便雜也。又如《曹成王碑》、《許國公碑》，盡列衆事，以二人均有大功于民生國計，其事皆不可削，須擇之、部署之、鋪排之，以成吾之文。若一虚摹，文與人、與官皆不稱也。以上意法，引而申之，可千可萬，可極無量，歐公蓋能得之而盡易其面貌，故差肩于韓公。若各大家、各名家均有所得，不如歐公所得之多也。倘不如此看，則歐公之文與凡庸惡軟美之文何别哉？吾壻極聰明人，能留心於此，終身不間斷，定將上下五千年，縱横一萬里。望之望之。《與來卿》。

來書言每日讀古文一篇，知其法而不知法之所自出，此言可見近日功候。然由求之過深，反不得灑然；稍繚緩之，則所自出可知矣。又言著意合拍，著意收束，欲法古人而爲古人所攝伏，此言甚是。南宋以後文人，皆爲此病所誤，不過爲古人所見存耳。治之之法，須平日窮理極精，臨文夷然而行，不責理而理附之。平日養氣極壯，臨文沛然而下，不襲氣而氣注之，則細入無倫，大含無際，波瀾氣格，無一處是古人而皆古人至處矣。看文可助窮理之功，讀文可發養氣之功。看文看其意，看其辭，看其法，看其勢，一一推測備細，不可孤負古人。讀文則湛浸其中，日日讀之，久久則與爲一。然非無脱化也。歐公每作文，讀《日者傳》一遍，歐文與《日者傳》何啻千里？此得讀文三昧矣。今舉看文之法爲吾壻言之。譬如《史記·李將軍列傳》：「匈奴驚，上山陣。」一「山」字便是極妙法門，何也？匈奴疑漢兵有伏，以岡谷隱蔽耳。若一望平原，則放騎追射矣，李將軍豈能百騎直前，且下馬解鞍哉？使班孟堅爲之，必先提清漢與匈奴相遇山下，亦文中能手。史公則於「匈奴驚」下消納之，劍俠空空貌也。此小處看文法也。《史記·貨殖列傳》千頭萬緒，忽叙忽議，讀者幾于入武帝建章宫、煬帝迷樓，然綱領不過「昔者」及「漢興」四字耳，是史公胸次真如龍（仙）〔伯〕國人，可塊視山林，杯看五湖矣。此大處看文法也。其讀文之妙則無可言，當自得之而已。《答來卿》。

古文緒論

宜興吴德旋仲倫授　粤西吕璜月滄輯

作文立志要高。北宋大家，雖不可以不學，然志僅及此，則成就必小矣。《史》、《漢》及唐人，須常在意中也。

古文之體，忌小説，忌語録，忌詩話，忌時文，忌尺牘。此五者不去，非古文也。國初如汪堯峰文，非同時諸家所及，然詩話、尺牘氣尚去未净，至方望溪乃盡净耳。詩賦字雖不可有，但當分别言之。如漢賦字句，何嘗不可用？惟六朝綺靡，乃不可也。正史字句，亦自可用。如《世説新語》等太雋者，則近乎小説矣。公牘字句，亦不可闌入者。此等處，辨之須細須審。

文章自當從艱難入手，却不可有艱澀之態。

作文豈可廢雕琢？但須是清雕琢耳。功夫成就之後，信筆寫出，無一字一句喫力，却無一字一句率易，清氣澄澈中，自然古雅有風神，乃是一家數也。

章有章法，句有句法，字有字法。到純熟後，縱筆所如，無非法者。

昌黎謂「聲之長短高下皆宜」，須善會之。有作一句不甚分明，必三兩句乃明而古雅者；亦有鍊數句爲一句乃覺簡古者。總之，不可不疏。

《古文辭類纂》，其啓發後人，全在圈點。有連圈多，而題下只一圈兩圈者；有全無連圈，而題下乃三圈者，正須從此領其妙處。末學不解此旨，好貪連圈，而不知文品之高，乃通篇之古淡，而不必有可圈之句。知此，則於文思過半矣。

淡非淺薄之謂，淺薄則人人能之，正爲文所當戒者也。文章之道，剛柔相濟。《史記》及韓文，其兩三句一頓，似斷不斷之處極多，要有灝氣潛行，雖陡峻亦寓綿邈，且自然却好，所以爲風神絕世也。

唐人以五律爲四十賢人，不可有一字帶屠沽氣。古文亦然，通篇容不得一字屠沽。然而，知此者鮮矣，能辨其是否屠沽亦不易矣。真作家所以少也。

「不受八家牢籠」，安得有此才分？但于八家範圍中有所以表異之處，如姚惜抱所云「尋求昌黎未竟之緒而引伸之」，則途轍自正，各就其才，而可幾於成。

戚鶴泉謂古文不可有古文氣，其說非也。前明多誤於此論，故自震川而外，鮮有成就者。姚子壽謂文忌爽，亦非也。《孟子》乃文章之最爽者，《史記》、《戰國策》亦然。西漢初年，文章之高，猶有周、秦氣，亦正以其爽耳。武帝以後，則文有爲作矣。

文章不可不放膽做。

作文遇好題目，自易動人，然此乃偶然湊手，非己所能主張。惟有相題行文，還他質而不俚，是能自主者，亦不必刻意求奇。往往通篇只可單點却是好文章，便可入集。若無可寄慨而必要感慨，無可援引而必要援引，反支離矣。「只可單點却是好文章」，讀姚惜抱文能知之。厚齋陳增注。

不得已應酬之作，則入集時必去之。如震川集中，壽文已有可以不存者；公牘而入于書中，亦少揀擇；小簡則尤不必入集也。

上等之資從韓入，中等資從柳、王二家入，庶幾文品可以峻，文筆可以古。人皆喜學歐、蘇，以其易肖，且免艱澀耳。然此兩家當於學成後，隨筆寫出，無不古雅，乃參之以博其趣，庶不流於率易。

《孟子》文章，無美不備。

《老》、《列》、《莊》三子，《老》雖道其所道，而最精深；《莊子》亦超妙；《列子》較淺，恐是周、秦間人采一時小説，而稗販《老》、《莊》之旨以爲之。其同於《莊》處，亦似從《莊》剽剥者。

《莊子》文章最靈脱，而最妙於宕，讀之最有音節。姚惜抱評昌黎《答李翊書》，以爲善學《莊子》。此意須會。能學《莊子》，則出筆甚自在。

《荀子》文少變化，其精者已爲《禮記》所采矣。

諸子中，《老子》似經，其旨與吾儒異，無害也。《荀子》説理較醇，而文筆近於平。《淮南》排句亦多，却有精采。莫超于《莊子》，莫峭刻于《韓非子》矣。《孫武子》亦先秦之文，非漢人所及。

《列子》義藴稍淺，亦先秦之文也。

《史記》、兩《漢》、《三國》、《五代史》皆事與文并美者，其餘諸史備稽考而已，文章不足觀也。

《史記》如海，無所不包，亦無所不有。古文大家，未有不得力于此書者，正須極力探討。韓文擬之，如江河耳。

古來善用疏，莫如《史記》。後之善學者，莫如昌黎。看韓文濃郁處皆能疏，柳州則有不能疏者。

《史記》未嘗不罵世，却無一字纖刻，柳文如《宋清傳》、《蝜蝂傳》等篇，未免小説氣，故姚惜抱于諸傳中只選《郭橐駝》一篇也。所謂小説氣，不專在字句。有字句古雅而用意太纖太刻，則亦近小説。看昌黎《毛穎傳》，直是大文章。

《史記》諸表序，筆筆有唱歎，筆筆是豎的；歐陽文有一唱三歎者，多是横闊的。范蔚宗自謂「體大思精，而無事外遠致」，誠哉是言。「事外遠致」，《史記》處處有之；能繼之者，《五代史》也，震川文也。

《史記》于《左傳》長篇，只用一二語叙過，正是其妙處。須知質而不俚，只是叙此等如道家常，所以高耳。

漢文近於平。如劉子政，則較之董江都爲不平矣。

班孟堅學劉子政而文不同。《後漢書》之筆太鬆，當下《班書》兩等。《三國志》得龍門之簡，以史法論，勝于《後漢書》。裴松之補注，有近于小説而亦收之者。須知此等書亦陳承祚所見而不采取，所以爲簡要也。

李習之謂昌黎文如「他人疾書之，熟誦之」，此是何等音節。昌黎品第，當在班孟堅之上。

柳州碑誌中，其少作尚沿六朝餘習，多東漢字句，而風骨未超，此不可學。貶謫後之文，則篇篇古雅，而短篇尤妙，蓋得力於《檀弓》、《左》、《國》最深。《平淮西雅》與昌黎《平淮西碑》亦相埒。

古人文章，似不經意，而未落筆之先，必經營慘淡。如永叔《與尹師魯書》直似道家常，若不先有一番琢鍊，何以能如此古雅？

老泉《嘉祐集》存文不多，却篇篇可傳。

蘇長公晚年之作，有隨筆寫出，不待安排而自然超妙者，非天資高絶，不能學之。其少年之作，滔滔數千言，才氣真不可及，然精義却究不能多。若賈長沙之長篇，則事理本多，所以不可删節。長公論只論一事，而波瀾層出，故間有可節處。

古來博洽而不爲積書所累者，莫如王介甫。渠作文直不屑用前人一字，此所以高。其削盡膚庸、一氣轉折處，最當玩。

潁濱在八家中自覺稍弱，然自渠以後，至震川未出以前，無此作也。

歐之大碑版，不善學之，易于平，易于散。

八家之外，李習之尚可參，其氣息自好也。孫可之則有暴氣，亦未能自然，究非正宗，看王介甫便高過之遠甚。姚牧庵力掃南宋，而學韓尚太喫力。

虞道園筆太游衍，較之宋潛溪稍淨，而文品不甚相懸。王遵巖文少靈氣，然自正派，虞道園正與之相伯仲耳。明七子文，句句欲古峭，而不知運以灝氣，往往至於不可讀，乃荆棘叢也。

歸震川直接八家。姚惜抱謂其于不要緊之題，説不要緊之語，却自風韻疏淡，是于太史公深有會處，不可不知此旨。如張鱸江所賞諸篇，不過歐、曾勝處而已。有寥寥短章而逼真《史記》者，乃其最高淡之處也。

汪堯峰文氣息好，在國初諸老中，自屬第一。但少嚴峻遒拔，如游池沼江湖而不見壁岸，未能與北宋名家抗行。

朱竹垞頗能擺落浙派，叙事文較議論爲優，但少風韻耳。姜湛園則更漫衍。黄(黎)〔梨〕州氣岸自闊，而文中乃多不揀擇之語，法亦尚疏。

丘邦士文有質味，同時諸子罕有能似其質者。

侯朝宗天資雅近大蘇，惜其文不講法度，且多唐人小説氣。

魏叔子文之大病痛，在好做段落，很其容，亢其氣，硬斷硬接，議論處尤多此種。邵青門亦有此病，而又甚之。

本朝時文，如李榕村入理深而氣格亦高，至古文便全不合法。如儲同人及畫山諸公，皆時文勝古文者。王罕皆古文，亦不唐不宋不六朝，不似古人。方樸山亦然。前明人古文又是一種，讀一篇，了不知其命意所在。如唐荆川、茅鹿門時文之高，幾足與古人同其品第；作古文則語不揀擇，而法亦不合。

方望溪直接震川矣，然謹嚴而少妙遠之趣。如人家房屋，門廳、院落、廂廚無一不備，但不見書齋別業，若園亭池沼，尤不可得也。

劉海峰文最講音節，有絶好之篇。其摹諸子而有痕迹者，非上乘也。

姚惜抱享年之高，略如海峰，而好學不倦，遠出海峰之上，故當代罕有倫比。揀擇之功，雖上繼望溪，而迂迴蕩漾，餘味曲包，又望溪之所無也。叙事文，惲子居亦能簡，然不如惜抱之韻矣。

張皋文惜不永年，故摹古之文尚不盡化，然淳雅無有能及之者。早年雖講漢學，而仍不薄程、朱，所以入理深也。

惲子居文多縱横氣，又多徑直説下處。不善學之，便易矜心作意而氣不和。其續集氣息較好，筆力又不逮前集矣。惟作銘詞，古質不可及，文章説理不盡醇，故易見鋒鍔。子居自命似欲獨開生面，然老泉已有此種，不可謂遂能出八家範圍也。但不可謂其學老泉耳，老泉文變化離合處，非子居所能。

朱梅崖文境、文體與方望溪不相入，學韓而專學其詰屈處，此非善學也。昌黎本文從字順，妙極自然。今人無其根柢，乃只見怪怪奇奇耳。然梅崖集中，書一體最佳，有可傳者。

王惕甫文有不講法度者，只不肯淡，便是其病。從《選》學入，然于《選》亦不甚深也。

秦小峴文未脱詩話氣，條達之篇則有之。

袁簡齋文不如其小説，然小説亦不到古人佳處。陳令升曰：「侯朝宗、王于一，其文之佳者，尚不能出小説家伎倆，豈是名家？」

張鱸江文雖少蒼古，然取道甚正，王惕甫不及也。

魯賓之文，清而能瘦，其氣亦疏，可以卓然有成者，惜不永年。惕甫評其文云「皮殼未去」，此言不確。如惕甫之文，乃正嫌其皮殼多而無骨耳。賓之文亦遠出惕甫上。

儀衛堂論文

桐城方東樹植之

樹讀先生文，歎其説理之精，持論之篤，沉然黯然，紙上如有不可奪之狀，而特怪其文重滯不起，觀之無飛動嫖姚跌宕之勢，誦之無鏗鏘鼓舞抗隊之聲，即而求之，無玄黄采色，創造奇辭奥句，又好承用舊語，其於退之論文之説，未全當焉。先生襲於程朱道學已明之後，力求充其知而務周防焉，不敢肆，故議論愈密，而措語矜慎，文氣轉拘束，不能閎放也。《書望溪先生集後》。

侍郎之文，静重博厚，極天下之物賾而無不持載，泰山巖巖，魯邦所瞻，擬諸形容，象地之德焉，是深於學者也。

學博之文，日麗春敷，風雲變態，言盡矣，而觀者猶若浩浩然不可窮，擬諸形容，象太空之無際焉，是優於才者也。

先生之文，紆餘卓犖，樽節檃栝，託於筆墨者浄潔而精微，譬如道人德士，接對之久，使人自深。學博論文主品藻，侍郎論文主義法。要之，不知品藻，則其講於義法也愨；不解義法，則其貌夫品藻也滑耀而浮。先生後出，尤以識勝，知有以取其長，濟其偏，止其弊。《書惜抱先生墓誌後》。

求闕齋論文

湘鄉曾國藩滌笙

古文之道，謀篇布勢是一段最大工夫。《書經》、《左傳》，每一篇空處較多，實處較少；旁面較多，正面較少。精神注於眉宇目光，不可周身皆眉，到處皆目也。綫索要如蛛絲馬跡，絲不可過粗，跡不可太密也。己未八月。

古人文筆有雲屬波委、官止神行之象，實從熟後生出。所謂「文入妙來無過熟」者，此也。庚申九月。

古文之道，布局須有千巖萬壑、重巒複嶂之觀，不可一覽而盡，又不可雜亂無紀。庚申十月。

古文之道，亦須有奇横之趣、自然之致，二者并進，乃爲成體之文。辛酉九月。

古文之法，全在氣字上用功夫。辛酉十一月。

爲文全在氣盛，欲氣盛，全在段落清。每段分束之際，似斷不斷，似咽非咽，似吞非吞，似吐非吐，古人無限妙境，難於領取。每段張起之際，似承非承，似提非提，似突非突，似紓非紓，古人無限妙用，亦難領取。辛亥七月。

奇辭大句，須得瑰瑋飛騰之氣，驅之以行。凡堆重處，皆化爲空虛，乃能爲大篇，所謂氣力有餘於文之外也，否則氣不能舉其體矣。辛亥七月。

桦湖論文

巴陵吴敏樹本深

讀《詩》、《書》，至別鈔爲本，以文擬之。塾題出，不肯即爲，而取韓、柳文一篇，讀之數過，引被沉思，覺心倦欲痛即止。又起爲之，如是者數，而文成矣。或出行畦田間，與農父牧子語，溪旁觀水流，一頃遽歸而文成矣。

鄉居僻陋，無名人，入都亦不識邸外人，故於當時聞見少，而孤意自行也。甲辰，都下始見梅伯言、余小坡二君之文，驚而異之，以爲過我。因鈔取梅氏文數篇，以歸案頭，用潔紙正書之，即見其多不足者。乃日書韓文碑誌，細注而讀之。鈔《孟》、《書》，評《史記》，文且至矣。遭艱棘罷，起爲瀏陽學官，三歲治《春秋》成本。壬子，復入都，熟觀天下英賢，今相國曾公、邵郎中位西之流，而吾文未爲薄也。旋遘亂離，避山中，間出從人事，以其暇治《論語》、《孟子》，多爲其説而文之。事無所事，問題而題，至與人書札，都不覺成文，且有關時事大者，蓋十數年如此矣。《自序》。

余讀《史記》，竊歎古今談文章家，必推司馬氏序事之長。至其所以贊美之者，不免震於形貌，而以爲有縱横離變之奇，及所與《班書》較上下者，惟在字句繁省之間。余獨以此悲史公本志之不明，筆削之不彰，又以知後代史官文字之不相逮及者，亦由未講乎此也。《史記別鈔序》。

自少讀書喜文事，弱冠忽有悟文章之爲者。讀《易》、《詩》、《書》皆以文讀之，自是落筆爲時文輒高異，而古文之道且躍然其胸中矣。

蓋近時爲古文以倣歸氏，故喜爲閑情渺狀，摇曳其聲，以取姿媚，以爲歸氏學《史記》之遺，而文章始衰矣。余是以有《史記別鈔》之選，欲正之也。韓子云：「文無定體，惟其是而已。」又曰：「辭不備，不可以成文。」又曰：「惟陳言之務去，戛戛乎其難哉。」後百餘年，宋有歐陽子宗韓子爲古文，而風神獨妙，又非韓之所有。余以身居野逸，爲文不免類歐，且喜且慚。歸氏將與我同此性質耳，焉可爲天下倡乎？歐有舊本韓文，珍之如異寶，而爲文輒不類之，真豪傑矣，是可師也。《鈔本震川文記尾》。

蓋歸氏之文，高者在文境，而稍病虚，聲幾欲下；望溪之文，厚於理，深於法，而或未工於言。然此二家者，皆斷然爲一代之文，而莫能尚焉者也。其所以能爾者，皆自其心得之於古，可以發人，而非發於人者。《與篠岑論文派書》。

蓋爲文之道，在誠其中。中誠而後其氣實，其辭盡。否則，矜氣而已，遊辭而已。《與左季高》。

夫文章之道，主乎其氣。氣竭矣，雖欲强而張之，不可得也。氣誠不餒而盛矣，雖欲强而抑之，亦不可得也。氣盛而用之其學與其才，故其文莫高焉。

今年已四十，濩落無成。大者不望見用於時，猶願發揮文字，有傳於後。何則？其才之與學，雖已薄陋，而其矯厲自直之氣，差欲不後於古人。養而充之，當有所至。此其所以終報閣下者也。《與朱伯韓書》。

余年及冠，有志於古之作者，患才不敏，力不强，然勉而學焉。遭先君見棄，懷痛窮天，思爲顯揚計，讀書用力頗勤。無何，試有司不利，意有疑焉。《勵志賦序》。

初，余道光甲辰至都，有瑞安項君几山者，知余好治古文，有前明歸氏文選録之本，來借去。數日，乃挾位西來，共談歸文，語亦未甚合。及壬子，余復至，位西則大喜，與往來甚密。時梅先生伯言已歸江南，而吾鄉曾侍郎滌生，魁然盛有聞望，位西意不相下，而余皆與相得。然位西閱余文，許之常不多，或一見，輒掉頭曰：「未好。」而意色相顧乃甚親。《夢二友辭》。

余曩在京師，見時學治古文者，必趨梅先生以求歸、方之所傳。而余頗亦好事，顧心竊隘薄時賢，以爲文必古於詞，則自我求之古人而已，奚近時宗派之云？果若是，是文之大阨也。而余間從梅先生語，獨有以發余之意。又讀其文數十篇，知先生於文自得於古人，而尋聲相逐者，或未之識也。余自是益求之古書。《梅伯言先生誄辭》。

圖書在版編目（CIP）數據

稀見清人文話二十種／王水照，侯體健編．—上海：復旦大學出版社，2021. 9（2022.8重印）
ISBN 978-7-309-15554-9

Ⅰ. ①稀…　Ⅱ. ①王…　②侯…　Ⅲ. ①中國文學-古典文學-文學批評史-史料-清代　Ⅳ. ①I206.09

中國版本圖書館CIP數據核字 (2021) 第049259號

稀見清人文話二十種

王水照　侯體健　編

出版發行　復旦大學出版社
上海市國權路579號　郵編：200433
86-21-65102580（門市零售）
86-21-65104505（團體訂購）
86-21-65642845（出版部）
fupnet@fudanpress.com　http://www.fudanpress.com

責任編輯　王汝娟

印　　刷　江陰市機關印刷服務有限公司
開　　本　850×1168　1/32
印　　張　57.5
字　　數　1104千字
版　　次　2021年9月第1版
印　　次　2022年8月第1版第2次印刷

書　　號　ISBN 978-7-309-15554-9/I・1265
定　　價　360.00元